# ANTOLOGÍA DEL CUENTO HISPANOAMERICANO

FERNANDO BURGOS

# ANTOLOGÍA DEL CUENTO HISPANOAMERICANO

**EDITORIAL PORRÚA, S. A.**
AV. REPÚBLICA ARGENTINA, 15
MÉXICO, 1991

Primera edición "Sepan cuantos...", 1991

Copyright © 1991 by FERNANDO BURGOS
3445 Poplar avenue, Suite 6-210
Memphis, TN. 38111, U.S.A.

Esta edición y sus características son propiedad de la
EDITORIAL PORRÚA, S. A.
Av. República Argentina, 15, 06020, México, D. F.

Queda hecho el depósito que marca la ley

Derechos reservados

ISBN 968-452-495-1

IMPRESO EN MÉXICO
PRINTED IN MEXICO

*Dedico este libro*

a mis padres ALAMIRO Y ROSARIO
a CÉSAR, OLIVIA Y MARÍA
a MARILYN, CAMILA Y FERNANDO RODRIGO
a BILL Y CARMEN DAVIS
a HORACE Y ROSELAN THAYER
a EDILIA CASANOVA
a MARUJA Y TITO

Esta antología es una de las selecciones más comprensivas del cuento hispanoamericano. Esta obra ofrece un panorama completo sobre el desarrollo del relato en Hispanoamérica, desde el cuento *El matadero* escrito hacia 1838 hasta las realizaciones cuentísticas más recientes. *Antología del cuento hispanoamericano* incluye las figuras principales del cuento en el siglo diecinueve, el modernismo, la vanguardia y la literatura actual. Otra atractiva característica de esta edición es la cuidadosa preparación del ensayo introductorio, notas críticas y bibliográficas a cargo del profesor Fernando Burgos.

*Antología del cuento hispanoamericano* es una obra indispensable de estudio y referencia en los programas de educación secundaria y universitaria. Este volumen aporta con una selección de más de noventa cuentos escritos por autores como Eduardo Acevedo Díaz, José López Portillo, Manuel Gutiérrez Nájera, Rubén Darío, Amado Nervo, Baldomero Lillo, Horacio Quiroga, Carmen Lyra, Pablo Palacio, Augusto Monterroso, María Luisa Bombal, Augusto Roa Bastos, Jorge Luis Borges, Hernando Téllez, Juan Rulfo, Juan José Arreola, Julio Cortázar, Gabriel García Márquez, Mario Benedetti, Elena Garro, Reinaldo Arenas, Antonio Skármeta, Mario Levrero, Cristina Peri Rossi, Carmen Naranjo, José Emilio Pacheco, Salvador Elizondo, Alfredo Bryce Echenique y otras figuras claves de la literatura hispanoamericana.

Fernando Burgos, chileno, se doctoró en la University of Florida, Estados Unidos. Ha sido profesor de la Universidad de Chile-Osorno y del Middlebury College en Vermont. Actualmente es profesor de literatura hispanoamericana en la Memphis State University. Es autor de numerosos artículos sobre literatura hispanoamericana y de los libros *La novela moderna hispanoamericana* (1ª ed. Madrid, 1985, 2ª ed. Madrid, 1990); *Prosa hispánica de vanguardia* (Madrid, 1986); *Los ochenta mundos de Cortázar: ensayos* (Madrid, 1987); *Las voces del karaí: estudios sobre Augusto Roa Bastos* (Madrid, 1988) y *Edición crítica de "El Matadero" de Esteban Echeverría* (Hanover, N. H., 1991).

# RECONOCIMIENTOS

Agradezco a los herederos, editoriales y agencias literarias que se nominan a continuación los permisos otorgados y gestiones realizadas para la inclusión de los cuentos seleccionados en esta antología.

1. Monte Ávila Editores C. A. (Venezuela) por los cuentos "La I latina" de José Rafael Pocaterra; "El crepúsculo del diablo" de Rómulo Gallegos; "Ensayo de vuelo" de Salvador Garmendia; "El *catire*" de Rufino Blanco Fombona; "El gallo" de Arturo Uslar Pietri; "El pozo" de Augusto Céspedes; "El coronel Buenrostro" de Marcio Veloz Maggiolo; "La mano junto al muro" de Guillermo Meneses; "El cuento ficticio" de Julio Garmendia; "La mujer" de Juan Bosch.

2. Editorial Universitaria Centroamericana-EDUCA (Costa Rica) por los cuentos "El hombre que parecía un caballo" de Rafael Arévalo Martínez; "Mosquita muerta" de Rogelio Sinán; "Revolución en el país que edificó un castillo de hadas" de Álvaro Menén Desleal; "La petaca" de Salarrué; "Escomponte perinola" de Carmen Lyra; "El zoológico de papá" de Lizandro Chávez Alfaro y "Ondina" de Carmen Naranjo.

3. Fondo de Cultura Económica, S. A. de C. V. (México) por los cuentos "Tachas" de Efrén Hernández; "El coronel que asesinó un palomo" de Jorge Ferretis; "Macario" de Juan Rulfo; "Tiempo destrozado" de Amparo Dávila.

4. Patrimonio Editorial de la Universidad Nacional Autónoma de México (México) por su gestión en el permiso del cuento "Tachas" de Efrén Hernández.

5. Casa de la Cultura Ecuatoriana Benjamín Carrión (Ecuador) por el cuento "El antropófago" de Pablo Palacio.

6. Ediciones Era, S. A. de C. V. (México) por el cuento "Cama 11. Relato autobiográfico" de José Revueltas.

7. Editorial Universitaria, S. A. (Chile) por el cuento "Espuma y nada más" de Hernando Téllez.

8. Editorial Joaquín Mortiz (México) por el cuento "Charles Atlas también muere" de Sergio Ramírez.

9. Dirección General Editorial y de Publicaciones de la Universidad Veracruzana (México) por los cuentos "Antes de la guerra de Troya" de Elena Garro; "La tregua" de Rosario Castellanos.

10. Ediciones Corregidor S.A.I.C.I. y E. (Argentina) por el cuento "La cola del perro" de Marco Denevi. El cuento "La cola del perro" forma parte del tomo V de la *Obra completa* de Marco Denevi (pág. 205/215) publicada por Ediciones Corregidor (ISBN: 950-05-0467-6).

11. Editorial Le Parole Gelate (Italia) por el cuento "El pájaro verde" de Juan Emar.

12. Editorial Nueva Nicaragua (Nicaragua) por su gestión tendiente a conseguir el permiso del cuento "La noche de los saltones" de Juan Aburto.

13. Smith/Skolnik Literary Management (Estados Unidos) por el cuento ."La Biblioteca de Babel" de Jorge Luis Borges. Smith/Skolnik Literary Management (United States) for the permission of the short story "La Biblioteca de Babel" by Jorge Luis Borges, Copyright © 1956 by Emecé Editores. All rights reserved. Reprinted by arrangement with the Estate of Jorge Luis Borges.

14. Ediciones del Norte (Estados Unidos) por su autorización para incluir en esta antología el cuento "El hombre de la poltrona'" de Antonio Benítez Rojo.

15. Editorial Porrúa, S. A. (México) por el cuento "A la deriva" de Horacio Quiroga.

16. Farrar, Straus & Giroux, Inc. (Estados Unidos) por el cuento "El árbol" de María Luisa Bombal. Farrar, Straus & Giroux, Inc. (United States) for the permission of the short story "El árbol" ("The Tree") by María Luisa Bombal. "The Tree" from *New Islands* by María Luisa Bombal. English translation copyright © 1982 by Farrar, Straus and Giroux, Inc. Originally published in Spanish in *La ultima niebla*. Copyright © 1976 by Editorial Orbe, Santiago de Chile. Reprinted by permission of Farrar, Straus and Giroux, Inc.

17. Editorial Seix Barral, S. A. (España) por permitir el uso de la versión del cuento de María Luisa Bombal "El árbol" publicado en *La última niebla/La amortajada* (Barcelona, 1984, págs. 45-56).

18. Agencia Literaria Carmen Balcells, S. A. (España) por los cuentos "Borrador de un informe" de Augusto Roa Bastos; "El ahogado más hermoso del mundo" de Gabriel García Márquez; "La autopista del sur" de Julio Cortázar.

© Augusto Roa Bastos, 1966.

© Gabriel García Márquez, 1968.

© Julio Cortázar, 1966 y herederos de Julio Cortázar.

19. Gracia de Aburto por el permiso del cuento "La noche de los saltones" de Juan Aburto.

20. Eliodoro Yáñez (en representación de la Sucesión Álvaro Yáñez) por su gestión tendiente a conseguir el permiso del cuento "El pájaro verde" de Juan Emar.

21. Lilia Carpentier, Directora del Centro de Promoción Cultural Alejo Carpentier y heredera universal de los derechos de propiedad intelec-

tual del escritor Alejo Carpentier por el permiso para incluir en la presente antología el cuento "Viaje a la semilla" del escritor citado.

22. Sybila de Arguedas por el cuento "La muerte de los Arango" de José María Arguedas.

23. Luz Bono de Di Benedetto por el permiso del cuento "Mariposas de Koch" de Antonio Di Benedetto.

24. Herminia del Portal de Novás Calvo por el permiso del cuento "¡Trínquenme ahí a ese hombre!" de Lino Novás Calvo.

25. Luisa Valenzuela por su autorización para incluir en esta antología el cuento "El abra" de Luisa Mercedes Levinson.

Agradezco asimismo a los autores que cito a continuación el permiso de sus cuentos y el apoyo que expresaron en todo momento a la realización de este proyecto, contribuyendo así al conocimiento y difusión del cuento en Hispanoamérica.

Antonio Skármeta, Mario Benedetti, Alfredo Bryce Echenique, Marco Denevi, Armonía Somers, Enrique Jaramillo Levi, Luisa Valenzuela, Juan José Arreola, Lydia Cabrera, Cristina Peri Rossi, Augusto Monterroso, Poli Délano, Julio Ramón Ribeyro, Reinaldo Arenas, Mario Monteforte Toledo, Salvador Elizondo, Antonio Benítez Rojo, Teresa Porzecanski, José Emilio Pacheco, José María Méndez, Augusto Guzmán, Jorge Mario Varlotta Levrero, Rosario Ferré, Julio Escoto, Mempo Giardinelli, Abdón Ubidia, Marcial Souto, Roberto Castillo y Myriam Bustos Arratia.

Mis agradecimientos a Pedro Lastra, maestro que me interesó por el estudio del cuento hispanoamericano. A Juan Loveluck por sus continuas sugerencias. A los colegas Hugo Verani, Norma Klahn, Graciela Maturo, Jorge Ruffinelli, Eduardo Béjar, Malva E. Filer, Raquel Chang-Rodríguez, Wilfrido Corral, Nancy Kason, Armando Romero y Antonio Torres Alcalá por su generosa ayuda en el contacto con varios autores. A Ivan A. Schulman, Director del Departamento de Español, Italiano y Portugués en la Universidad de Illinois, Urbana-Champaign y a Enrique Meyer, Director del Centro de Estudios Latinoamericanos y Caribeños de la misma universidad quienes facilitaron una beca de estudios en esa institución. Mi estadía en Urbana me permitió acceso a la completísima biblioteca de la Universidad de Illinois donde conté con la magnífica dirección de las bibliotecarias Sara de Mundo Lo y Nelly González. Al College of Art and Sciences de la Universidad de Memphis por haberme otorgado un semestre de sabático que me permitió completar parte de este proyecto. A la amistad y entusiasmo por la realización de esta publicación de Rubén González, Felipe Lapuente, M. J. Fenwick, Hernán Castellano Girón, Carlos Rojas Maffioletti, Jorge Zepeda, Eduardo Barraza, Lida Aronne-Amestoy, Nicholas Rokas y José Freire.

## ACKNOWLEDGEMENT

I am idebted to Dr. William Carpenter, Dean of the College of Arts and Sciences, John Haddock, Director of Graduate Studies and Research, College of Arts and Sciences, Don Franceschetti, Interim Associate Vice President for Research, and Ralph Albanese, Chairman, Department of Foreign Languages, Memphis State University, for their support for this research project.

I also wish to express my gratitude to Dr. W. Theodore Mealor, Associate Vice President for Academic Affairs and to Dr. Thomas Collins, Professor, Department of Anthropology for their constant encouragement in this research endeavor.

FERNANDO BURGOS
*Memphis State University*

# INTRODUCCIÓN

## GERMINACIÓN DEL CUENTO HISPANOAMERICANO

"El cuento era, para el fin que le es intrínseco, una flecha, que cuidadosamente apuntada, parte del arco para ir a dar directamente en el blanco. Cuantas mariposas trataran de posarse sobre ella para adornar su vuelo, no conseguirían sino entorpecerlo."[1] Con estas palabras escritas en 1930 en el artículo "Ante el tribunal", Horacio Quiroga reflexionaba sobre algunos de los aspectos que habían guiado la realización de su genial cuentística. Con anterioridad, su artículo "La retórica del cuento" de 1928 y la publicación de su famoso "Manual del perfecto cuentista" en 1925, habían expuesto la síntesis de un programa estético global que el escritor uruguayo diseñara para el cuento.[2]

Las ideas vertidas en "Ante el tribunal" no tenían por tanto el propósito de presentar sistemáticamente la totalidad de su construcción teórica sobre el género sino de confrontar el usual gesto iconoclasta dado en el surgimiento de proposiciones artísticas marcadas por la audacia de lo actual. Quiroga "comparecía" ante el tribunal no solamente de una generación posterior a la suya sino que ante la sensibilidad venidera de todo un siglo. El autor de *Cuentos de amor, de locura y de muerte* estaba consciente de que su obra representaba —en los momentos en que escribía esa suerte de apología literaria— el fondo de una tradición; legado que se distinguiría como uno de los más ricos en el curso del cuento de este siglo producido en Hispanoamérica.

---

[1] Horacio QUIROGA, *Cuentos* (13ª ed. México: Editorial Porrúa, S. A., 1985, p. XXXVI). Selección, estudio preliminar, notas críticas e informativas de Raimundo Lazo.

[2] Es preciso puntualizar que algunos de esos postulados estaban orientados solamente por un propósito de contestación que el escritor dirigía a los remanentes más tradicionales de entonces. Gabriela Mora ha notado que la relación entre los principios del decálogo quiroguiano y su práctica no es necesariamente estricta: "estos artículos no se escribieron para dar lo que sus títulos prometen, sino para criticar la práctica cuentística del día o para burlarse de la ingenuidad de algunos críticos". *En torno al cuento: de la teoría general y de su práctica en Hispanoamérica* (Madrid: Ediciones José Porrúa Turanzas, S. A., 1985, p. 41). Sobre la relación escritura/teoría puede consultarse el estudio de José Luis Martínez Morales *Horacio Quiroga: teoría y práctica del cuento* (México: Centro de Investigaciones Lingüístico-Literarias, Universidad Veracruzana, 1982).

A treinta y tres años de la publicación del citado artículo del escritor uruguayo otra figura excepcional del cuento hispanoamericano retomaría las implicaciones de esa tradición quiroguiana: "la novela y el cuento se dejan comparar analógicamente con el cine y la fotografía... una fotografía lograda presupone una ceñida limitación previa. ...El tiempo del cuento y el espacio del cuento tienen que estar como condensados, sometidos a una alta presión espiritual y formal para provocar esa 'apertura' ".[3] Ideas con las que Julio Cortázar buscaba producir una imagen sobre la naturaleza implosiva y explosiva del cuento, sobre esa región ganada por la concentración de ritmos que ejecutados diestramente van a abrirse con un poder multívoco.

En la analogía que Quiroga hacía del cuento con una flecha lanzada sin distracciones, de certera dirección al objetivo y en la que Cortázar hacía del cuento con la fotografía atendiendo a la asombrosa irradiación de los elementos concentrados en un espacio mínimo había, evidentemente, una preocupación respecto de la idea de tensión o intensidad, entendida como un componente narrativo vertebral del cuento moderno. Dos grandes maestros del cuento en Hispanoamérica, también dos escritores decididos a formular principios teóricos sobre el mismo. Esos postulados no ahogaron la atmósfera del cuento ni agotaron las posibilidades del género, por el contrario, señalaron direcciones y vetas inagotables de exploración cuyos resultados se pueden apreciar en la diversidad y riqueza de la producción cuentística en Hispanoamérica.

Quiroga exploró el universo de la muerte a través de una poderosa visión existencial sobre la misma; en el dinamismo de la imaginación quiroguiana no interesaba tanto la detención en el motivo de la muerte como acontecimiento o como reclamo materialista por el abandono del cuerpo sino como transcurso, como viaje que permitía la reflexión sobre el fluir de la temporalidad y que alojaba la presencia de elementos modificadores de la conciencia humana, y de la visión sobre la existencia. Cortázar por su parte sondeó el mundo de lo fantástico y lo excepcional reinventando la experiencia de lo cotidiano, abriendo espacios sorprendentes, llegando a rincones olvidados, trayendo un perspectivismo múltiple y vital sobre la existencia, ampliada además por esa pasión incansable de lo lúdico. La idea de tensión —a pesar

---

[3] Julio Cortázar, "Algunos aspectos del cuento" en *La casilla de los Morelli* (Julio Ortega, ed. Barcelona: Tusquets Editor, 1873, p. 138). El artículo fue publicado en la revista *Casa de las Américas* en 1962-1963. El otro comentario de Cortázar sobre el cuento se titula "Del cuento breve y sus alrededores" en *Último Round* (3ª ed. Tomo I. México: Siglo XXI Editores, 1972, pp. 59-82); incluido también en el citado libro editado por Julio Ortega, pp. 105-116. Otros dos textos del autor argentino en los que se encuentran referencias sobre el relato y sus elementos son "Del sentimiento de no estar del todo" y "Del sentimiento de lo fantástico", ambos incluidos en *La vuelta al día en ochenta mundos* (4ª ed. México: Siglo Veintiuno Editores, 1968, pp. 21-26; pp. 43-47).

de los signos de similitud en ambos escritores— fue llevada a cabo con cauces distintos en cada caso y con la peculiaridad de una escritura que sería advertida como nueva en la experiencia de quienes la abordarían. Esta expresión conjuntiva de reflexividad y creatividad tan explícita en la obra de Quiroga y Cortázar señalaría paradigmáticamente el consciente cultivo del relato en todo el proceso del cuento hispanoamericano producido en el siglo diecinueve y veinte.

Si me he referido primeramente a Horacio Quiroga y a Julio Cortázar es porque estimo que en la obra cuentística de ambos, la ductilidad entre los medios de la creatividad y las direcciones de lo reflexivo alcanza uno de los momentos de mayor balance y de más sofisticada realización en el desarrollo del relato hispanoamericano. Ciertamente, no son los únicos escritores de Hispanoamérica que han esbozado aspectos teóricos sobre el cuento, también (para citar un ejemplo) lo hizo el dominicano Juan Bosch en sus escritos "El tema en el cuento" (1958), "Apuntes sobre el arte de escribir cuentos" (1960), "La forma en el cuento (1961).⁴ Por otra parte el hecho de que en los escritores argentino, uruguayo, dominicano —y otros autores cuyas ideas se encuentran en entrevistas, revistas o en la forma de comentarios marginales (Jorge Luis Borges, Edmundo Valadés, Mempo Giardinelli, Miguel Serrano, Nicomedes Guzmán)— se haya hecho explícito un cuerpo de ideas sobre los constituyentes esenciales del cuento no es una pauta que indique la ausencia de componentes teóricos en el resto de los narradores hispanoamericanos, ya que aquéllos se incorporaron en muchos casos a la textura del propio cuento.

En este sentido hay significativas direcciones de diverso radio en los cuentistas de la América Hispana a partir del relato "El matadero" de Echeverría, proseguido en "El combate de la tapera" de Eduardo Acevedo Díaz, en los cuentos de los modernistas y vanguardistas, en los de Lugones, Borges, Arreola, Monterroso, Somers, Rulfo, Carpentier, Benedetti, Ribeyro, Peri Rossi, Denevi, Bryce Echenique, Skármeta, Benítez Rojo, Porzecanski, Jaramillo Levi, Arenas, Levrero y otros escritores. De ese universo interno del cuento hispanoamericano se desprendería una visión sobre el uso del lenguaje cinematográfico, la fuerza expresiva de lo grotesco, el internamiento poético de la prosa, el adentramiento en lo fantástico, el juego sorpresivo de ángulos temporoespaciales, la pulsión vitalista del lenguaje narrativo, la asimilación del texto a los sistemas de un universo indescifrable, el uso existencial de

---

⁴ Estos artículos aparecieron en publicaciones venezolanas; en el mismo orden citado, ellas son: *a)* Papel Literario de *El Nacional,* Caracas, 27 de noviembre de 1958, pp. 1-6; *b) Revista Shell.* Año IX, Nº 37, Caracas, diciembre 1960, pp. 44-49; *c) Revista Nacional de Cultura,* Nº 114, Caracas, enero-febrero 1961, pp. 40-48. Posteriormente estos escritos se recopilaron en el libro *Teoría del cuento: tres ensayos,* Mérida, Venezuela: Universidad de los Andes, Centro de Investigaciones Literarias, 1967.

la ironía, el laconismo de la frase como tratamiento diverso de lo metafórico, el cuestionamiento de lo real y de lo ficticio, la desacralización de lo literario, el desplazamiento hacia zonas oníricas cautivadoras, las vertientes inesperadas de lo irreal y el mismo tono irreverente dirigido hacia el cuento para romper sus límites y evitar su fijación, renovándolo.

El recorrido de este espacio es el de la tradición moderna; práctica de la modernidad cuyo origen no puede atribuirse exactamente al relato de Echeverría, pero cuyos tonos se insinúan allí, en el anuncio de esa fenomenal pluralidad sincrética que comporta el estrato artístico del relato "El Matadero". El desarrollo del cuento en Hispanoamérica no es por tanto ajeno a los procesos y desenlaces de la modernidad hispanoamericana tal como ésta se hace patente en la novela, la poesía y otras formas literarias y artísticas desde los tres últimos decenios del siglo diecinueve hasta hoy. El cuento establece su carácter de género en constitución en el decurso sociocultural del siglo diecinueve y en las últimas décadas de ese siglo su apertura definitiva a lo moderno.

Esta antología empieza con una selección de Esteban Echeverría escrita hacia los años 1838-1839 y publicada por primera vez en la *Revista del Río de la Plata* en 1871, lo cual no significa nuestro rechazo a la idea que postula la existencia de expresiones cuentísticas en el periodo colonial.[5] Es probable que tanto el discurso narracional como los elementos estilísticos que se encuentran en las manifestaciones del relato en la época colonial no constituyan una instancia de establecimiento en la conformación del género, pero descartar totalmente la irrupción de formas del cuento en la Colonia sería negar el proceso de la imaginación que nos conecta hacia esa época e ignorar la posibilidad de que el cuento responda a una forma distinta de expresión que es lo que en el fondo ocurre en este caso.

Es atendible el hecho de que la estructura socioeconómica colonial no era la más adecuada para la gestación de novelas o cuentos con las características que estas formas literarias adquirieron en el siglo die-

---

5 El problema de la autoría en el caso de los cuentos del cubano José María Heredia (1803-1839) ha impedido verlo como el primer cuentista hispanoamericano en el siglo diecinueve. Sobre sus "Cuentos orientales" publicados entre 1830 y 1832 se ha indicado que posiblemente fueron textos que Heredia tradujo del francés. José Miguel Oviedo comenta al respecto: "Es, pues, difícil saber cuánto puso Heredia de su cosecha en un cuento como "Manuscrito encontrado en una casa de locos" (*Miscelánea*, febrero de 1832), que, a pesar de su estridencia y de su previsible final, es un cuento de horror que bien podría encabezar el proceso del cuento hispanoamericano si estuviésemos más seguros acerca de su origen. Sólo parece haber acuerdo general en atribuirle con certeza el titulado "Historia de un salteador italiano", publicado en la misma *Miscelánea* en 1831, pero que tiene bastante menos interés narrativo". *Antología crítica del cuento hispanoamericano: del romanticismo al criollismo (1830-1920)* (Madrid: Alianza Editorial, S. A., 1989, p. 13).

cinueve y veinte, es decir, la presencia conflictiva de héroe y mundo
en los términos como lo expusiera el estructuralismo genético de Lucien
Goldmann: la problematización de un mundo alienante a través de un
héroe degradado. En este contexto de ideas el discurso narrativo hispanoamericano en su vertiente de novela y cuento se gestaría en el
siglo diecinueve y su desarrollo más cabal se correspondería con el
curso de una ideología liberal y de una economía incipientemente ca-
pitalista, es decir, en el afianzamiento y avance de una modernización
social ocurrida en Hispanoamérica, cuya expresión cultural más rele-
vante sería la de la modernidad. También es cierto que en las obras
narrativas coloniales no se daría el cruce de estéticas, particularizada
ya en los primeros relatos decimonónicos ni tampoco el registro de una
reflexividad textual por medio de la cual el género se podía cuestionar
a sí mismo, experimentando así constantes transformaciones.[6]

Nuestro acuerdo con estas postulaciones no concluyen, reiteramos,
en una posición que excluya la visibilidad de un discurso del relato
en la Colonia. El hecho, por tanto, de que nuestra antología comience
en el siglo diecinueve obedece a otra razón. Dado que en el periodo
colonial la presencia de formas cuentísticas se manifiesta de un modo
muy distinto, creemos que es necesario antologar esas formas en el
marco de un estudio crítico detallado que explique con rigor la eclo-
sión de ese arte: su enunciado, su lenguaje, su proveniencia, y sobre
todo su articulación al panorama literario de la Colonia. La selección
de una forma aislada en esta antología no habría enriquecido la perspectiva del lector sobre los factores y contextos socioculturales de esa
época.[7]

---

[6] En el caso de la novela se ha indicado que la primera expresión hispano-
america de este género sería *El periquillo sarniento* del mexicano José Joaquín
Fernández de Lizardi, publicada en 1816. Fernando Alegría, entre otros, defiende
esta posición y cuando comenta sobre expresiones coloniales que otros críticos
han señalado como novelas expone las razones de su objeción: "De las obras
que, por lo común se citan a manera de antecedentes históricos de la novela
hispanoamericana, una sola hay que en realidad posee cualidades novelescas:
*El lazarillo de ciegos caminantes* (1773) narración de carácter picaresco de
Alonso Carrió de la Vandera. Sin embargo, para ser novela, le falta a este
*Lazarillo* un argumento literariamente organizado; es, además pobre de acción
y su autor o narrador jamás llega a encarnar la personalidad del clásico antihéroe de la picaresca... Sin ser novela en el sentido exacto de la palabra...
es un anuncio del *Periquillo* de Lizardi". *Nueva historia de la novela hispanoamericana* (Hanover, N. H.: Ediciones del Norte, 1986, pp. 13-14). Otros inves-
tigadores dedicados a la narrativa colonial difieren de la posición de Alegría,
llamando la atención sobre el hecho de que no se puede estudiar las expresiones artísticas coloniales con los conceptos prevalentes para el arte del siglo
diecinueve y veinte.
[7] En torno a aspectos debatibles sobre el estudio de la literatura colonial en
Hispanoamérica véanse los ensayos de Jaime Concha, "La literatura colonial
hispanoamericana: problemas e hipótesis". *Neohelicón* 4.1/2 (1976): 31-50;
Ingrid Simson, "Apuntes para una nueva orientación en los estudios de la lite-

Para ejemplificar sobre el inadecuado resultado de antologar aisladamente la producción narrativa corta colonial indicaré que en la revisión que hiciéramos de las antologías nacionales del cuento hispanoamericano nos encontramos con una selección de Rodrigo Miró sobre
la cuentística panameña en la cual se incluye un relato de la época colonial, correspondiente al capítulo treinta y ocho del *Libro sexto de la
historia general y natural de las Indias,* considerándosele el primer relato en Panamá: "A esa zona ambigua donde se mezclan realidad y fantasía pertenece el encantador relato —nuestro primer cuento— de don
Gonzálo Fernández de Oviedo y Valdés, maestro de cronistas, clásico
historiador de Indias".[8] Esta inclusión es loable en el intento de buscar las raíces del relato en el legado literario colonial, sin embargo
queda, en la referida obra, como una pieza totalmente desgajada del
resto de la producción cuentística panameña al omitirse un análisis
sólido sobre el imprescindible contexto sociocultural y artístico de lo
colonial. Tampoco se discute analíticamente otro aspecto importante
que debería acompañar observaciones sobre el relato en esa época: la
diversidad de su forma, por ejemplo, su incorporación a textos más
amplios como novelas o crónicas.

La pieza narrativa de Gonzalo Fernández de Oviedo y Valdés merece una discusión más amplia de sus referentes y contextos al ser incluida como selección del cuento colonial, de modo que así pueda integrarse o relacionarse con los cuentos que han estudiado otros críticos
como José Arrom. Otro de los relatos que habría que incluir en esa futura antología de la narración breve dedicada a la época colonial es
"La endiablada", escrito alrededor de 1626 por Juan de Mogrovejo
de la Cerda. "No soy narrador sino parlero" dice el autor manifiesto
del cuento para entregarle la conducción narrativa a dos voces de sostenido humor, el diablo Asmodeo y el diablo Amonio. El estudio de
Raquel Chang-Rodríguez sobre este cuento ha demostrado los novedo-
sos y modernos aspectos narrativos que lo conforman: "La trama de
este interesante relato revela su novedosa estructura cuentística...
Llama la atención la soltura y modernidad del lenguaje usado por este
autor del siglo XVII que mezcla la sátira mordaz con referencias pica-

---

ratura colonial hispanoamericana". *Revista de Crítica Literaria Latinoamericana*
30 (1989): 183-198; Hernán Vidal, *Socio-historia de la literatura colonial hispanoamericana: tres lecturas orgánicas* (Minneapolis, 1985).

[8] Rodrigo MIRÓ, *El cuento en Panamá: estudio, selección, bibliografía*
(Panamá, 1950, p. 25). El capítulo citado que se selecciona como cuento colonial se titula "El caso peligroso e experimentador de la grandísima habilidad
que tuvo un vecino de la ciudad de Panamá en nadar". Miró comenta que este
texto es "un relato magistral que la vocación narradora de don Gonzalo adorna
con las galas de una feliz fantasía, pero en cuyo fondo de suceso real está el
tema inigualable para el cuentista", p. 25.

rescas y cómicas aplicables a Lima y a toda Hispanoamérica." [9] Chang-Rodríguez transcribe el relato, en la publicación citada, acompañándolo de un excelente marco interpretativo que concluye dando énfasis a la urgencia del estudio de las diversas formas literarias manifestadas en la época colonial como punto de encuentro con el desarrollo posterior de la prosa hispanoamericana: "El análisis de "La endiablada" indica que para estudiar el desarrollo de la prosa en Hispanoamérica es indispensable considerar obras seminales del periodo virreinal porque ellas no sólo llevan la impronta del sincretismo cultural, revelan la estructura social de la época y tratan de los problemas de entonces, sino que cuando lo hacen incorporan el Nuevo Mundo a la naciente literatura, indican las novedades técnicas coetáneas y abren las puertas a la temática americana que aportará una nueva realidad junto con una renovada visión estética".[10]

Hay ya una buena labor de investigación sobre las expresiones del relato colonial que podría fructificar en un ensayo teórico y antológico al respecto. Arrom ha indicado que "en las crónicas de aquellos siglos se descubre un considerable número de relatos míticos, anécdotas intencionadas, casos prodigiosos, leyendas fantásticas, historias de amores y venganzas y otras narraciones breves a las que los propios autores a veces llaman, con toda razón *ficciones* y *cuentos*".[11] Esta cita corresponde a un artículo de Arrom en el que estudia el relato "Ficción y suceso de un pastor, Acoytapia, con Chuquillanto, hija del Sol" incluido en el libro de fray Martín de Murúa *Historia general del Perú; origen y descendencia de los Incas* cuyo manuscrito, completado en 1611, se publicaría recién en el siglo veinte. Arrom demuestra la manera en que el particular tratamiento de lo ficticio en el relato de Murúa nos acerca al concepto de lo real maravilloso desarrollado en la literatura hispanoamericana del siglo veinte en escritores como Asturias, Carpentier y García Márquez.[12]

Emilio Carilla también ve la necesidad de estudiar las expresiones narrativas breves coloniales aunque demuestra cierta cautela en la afirmación definitiva sobre la existencia del relato en el periodo colonial: "Con las vicisitudes conocidas, admitimos, hoy, una 'novela colonial'.

---

[9] " 'La endiablada', relato peruano inédito del siglo XVII" *(Revista Iberoamericana* 41 (1975): 273-285). La cita se encuentra en las páginas 274-275.

[10] " 'La endiablada', relato peruano inédito del siglo XVII", p. 276.

[11] José J. Arrom, "Precursores coloniales del cuento hispanoamericano: Fray Martín de Murúa y el idilio indianista" en *El cuento hispanoamericano ante la crítica* (Enrique Pupo-Walker, ed. Madrid: editorial Castalia, 1973, p. 25).

[12] Otros ensayos de José J. Arrom sobre el cuento colonial son: *a)* "Hombre y mundo en dos cuentos del Inca Garcilaso" en *Certidumbre de América: estudios de letras, folklore y cultura* (2ª ed. ampliada. Madrid: Editorial Gredos, S. A., 1971, pp. 27-35). *b)* "Becerrillo: comentarios a un pasaje narrativo del Padre Las Casas" en *Libro de homenaje a Luis Alberto Sánchez* (Lima, 1967, pp. 41-44).

A su lado, no resulta tan fácil proclamar la existencia del cuento colonial, ni yo lo pretendo", pero consiente sí en la necesidad de abordar su estudio "como precedente (y no como cauce definido), es posible hablar de un borroso 'cuento' en la época colonial".[13] El discreto comentario de Carilla no es un consentimiento por la total ausencia de esta forma literaria en la Colonia sino que la muestra de una preocupación por el riesgo de distorsión existente en el enfrentamiento de esa producción desde concepciones establecidas sobre lo que es el cuento: "Los escasos testimonios que podemos alinear como cuentos en la época de la Colonia, no corresponden a intentos escritos como cuentos, ni a colecciones especiales que muestren una intención de responder a un determinado canon. Con otras palabras, son cuentos considerados desde la perspectiva de nuestro siglo, que separa de ciertos tipos de obras (por lo común, crónicas históricas, poemas narrativos y relatos novelescos), manifestaciones literarias que, sin mucho forzamiento, entran en la categoría estética del cuento".[14]

Con gran convicción por su parte, Raquel Chang-Rodríguez establece que la existencia de novelas y cuentos durante la Colonia es un hecho indudable: "Por mucho tiempo se repitió que durante el periodo colonial no se habían escrito cuentos ni novelas porque éstos habían sido reemplazados por crónicas, cartas, relaciones e historias de la conquista y la colonización. También se explicó que si bien existían algunos relatos, eran sólo narraciones embriónicas, protonovelas cuyo estudio no merecía mucha atención. Sin embargo, investigaciones recientes han comprobado que sí se escribieron cuentos y novelas en la época colonial."[15] Idea opuesta a la de José Miguel Oviedo para quien en los siglos de la Colonia hay "formas de relato novelesco que colindan con el cuento. Pero este género no existe como tal en América hasta el advenimiento del romanticismo".[16] Pedro Lastra admite que la conformación del género se da en el siglo diecinueve, pero cree que se debe estudiar en profundidad los precedentes narrativos del cuento existentes en la época colonial: "no negamos la presencia de elementos

13 Emilio CARILLA, "El cuento literario del romanticismo" en *Homenaje a Alfredo Roggiano: en este aire de América* (Keith McDuffie y Rose Minc, eds. 1990, pp. 155-156).

14 "El cuento literario del romanticismo", p. 153.

15 Raquel CHAN-RODRÍGUEZ y Malva E. FILER, *Voces de hispanoamérica: antología literaria* (Boston, Massachusetts: Heinle & Heinle Publishers, Inc., 1988, p. 7). En un ensayo fundamental sobre la prosa colonial, Raquel Chang-Rodríguez ha observado con acierto que "la conquista y la colonización hispanoamericanas produjeron *narraciones disímiles* que la crítica literaria ha intentado valorar y encasillar de acuerdo a sus vínculos con la ficción o la historia concebida con cánones positivistas decimonónicos". *Violencia y subversión en la prosa colonial hispanoamericana, siglos XVI y XVII* (Madrid: José Porrúa Turanzas, S. A., 1982, p. XI).

16 *Antología crítica del cuento hispanoamericano (1830-1920)*, p. 10.

ficticios —novelescos— en esa literatura, que podrían estimarse como antecedentes del relato hispanoamericano".[17] Ángel Flores no duda sobre el desarrollo del cuento en la Colonia: "formas del cuento fueron apareciendo en Hispanoamérica desde los comienzos del siglo XVII. En los *Comentarios reales de los incas* (1609, 1616) del primer escritor hispanoamericano, el Inca Garcilaso de la Vega".[18]

Teniendo en cuenta las consideraciones anotadas sobre este polémico aspecto, creo que se debería desarrollar una actitud crítica que preste cuidadosa atención al enlace entre la concepción que se maneja de género constituido (siglos diecinueve y veinte) y los elementos narrativos que prefiguran lo cuentístico en la época colonial. Será también necesario dar énfasis al hecho de que no se trata tanto de establecer una positiva identificación de relatos coloniales teniendo en consideración los modelos de cuentos generados a partir del siglo diecinueve sino que de explorar en el peculiar proceso imaginativo de esas narraciones y en el de su vinculación a la fundación y desarrollo del cuento como hecho artístico-cultural, trascendiendo, por tanto, una perspectiva con énfasis sólo en lo tocante a la especificidad de su forma o función literaria.

El desarrollo del cuento hispanoamericano en el siglo diecinueve que precede a las primeras manifestaciones modernistas se caracteriza por su evolución amalgamada tanto en lo que respecta a estéticas literarias como en cuanto a los constituyentes internos propios del género. En relación a este último aspecto, Pedro Lastra indicaría que "el cuento hace su entrada en América por la puerta que abren los cuadros de costumbres".[19] Lastra comenta sobre el aporte de esta forma literaria en escritores como los cubanos Cirilo Villaverde y José María de Cárdenas y Rodríguez, los venezolanos Juan Manuel Cagigal, Fermín Toro, Luis D. Correa y Rafael María Baralt, los colombianos Eugenio Díaz y José Manuel Groot, los peruanos Manuel Ascensio Segura y Felipe Pardo y Aliaga, el chileno José Joaquín Vallejo "Jotabeche", el argentino Juan Bautista Alberdi. Autores que fueron otorgando consistencia a esta modalidad literaria cuyo distanciamiento del cuento se marcaba especialmente en la ausencia de una tensión interna narrativa y en el énfasis de su finalidad moralizante por sobre lo estético.

---

[17] *El cuento hispanoamericano del siglo XIX: notas y documentos* (Garden City, New York: Helmy F. Giacoman Editor, 1972, p. 9). Refiriéndose también al estudio de los antecedentes del cuento en la época colonial, señala Lastra: "deberá hacerse una indagación exhaustiva en la que se rastreen los elementos narrativos que de una u otra manera es posible sorprender en las relaciones y crónicas del Descubrimiento de la Conquista y de la Colonia, ya sean ellos de vertiente tradicional indígena o de procedencia española, y de su influencia en el establecimiento de una tradición popular o culta". p. 65.

[18] *Orígenes del cuento hispanoamericano: Ricardo Palma y sus "Tradiciones". Estudios, textos y análisis.* México: Premiá Editora, 1979, p. 7.

[19] *El cuento hispanoamericano del siglo XIX,* p. 15.

Enrique Pupo-Walker ha estudiado el distingo de discursos narrativos que dan especificidad literaria al cuento y al cuadro de costumbres aclarando así que no se trata "de dos estadios consecutivos en la evolución de un género".[20] Puntualización oportuna ante la reiterada posición crítica de que el cuadro de costumbres había constituido una especie de pre-forma del cuento. Esta idea se basaba en el hecho de que en el cuadro de costumbres la persistencia de una actitud narrativa, la elaboración de personajes y tipos, y, especialmente, la gradual imbricación de una fuente histórica al campo de lo ficticio (junto con su eventual fusión) habían configurado paulatinamente una especie de apertura o transición hacia el cuento. Sin embargo, como demuestra Pupo-Walker, se está frente a dos tipologías narrativas de diferente constitución estilística y construidas sobre diversos principios literarios.

En el caso de la afirmación anteriormente citada de Lastra no hay la intención de desarrollar una tesis sobre el carácter derivativo del cuento respecto del cuadro de costumbres, sino de llamar la atención sobre la importancia de estudiar este último como un modo narrativo "germinal" en la experiencia narracional breve en Hispanoamérica. La apreciación de Lastra está en la misma línea por tanto de la idea de un sincretismo de formas literarias ocurrido en el cuento que se iba gestando en el siglo diecinueve. El texto más ejemplificador de esta afirmación es *El matadero*. En esa gran tela narrativa que es este relato, de una parte está la presencia del comentario y la digresión, el énfasis de lo testimonial, la abundancia descriptiva sin función tensiva, y la internación en una dimensión social conducida en principio por su tono edificante, rasgos pertinentes al cuadro de costumbres. De otra parte, el contraste lo ofrece el alejamiento de una progresión temporal y la consiguiente situación de una perspectiva espacial y ficticia, realizada a través del desencadenamiento de una visión eléctrica, aglutinada y dinámica de imágenes anticipatoriamente cinematográficas, el uso del crescendo lingüístico y la fuerza de un estrato irónico moderno muy distinto a la intención moralizante propia del cuadro de costumbres; elementos indudables de la realización cuentística. La incorporación de los componentes del cuadro de costumbres en el proceso constitutivo con que se desarrolla el cuento en el siglo diecinueve es inevitable. Es probablemente el resultado de su coexistencia, puesto que la producción de cuadros de costumbres ocupa prácticamente todo el siglo diecinueve. No hay absorción de una forma por otra o evolución

---

[20] "Mutaciones de la relación ocasional en el siglo XIX: precisiones conceptuales sobre el cuadro de costumbres y el cuento literario" en *La vocación literaria del pensamiento histórico en América. Desarrollo de la prosa de ficción: siglos XVI, XVII, XVIII y XIX* (Madrid: Editorial Gredos, S. A., 1982, p. 212.

de un discurso hacia el otro sino simultaneidad o transferencia de componentes, lo cual puede verse en el relato de Echeverría o en otros escritores como los mexicanos Manuel Payno y José López Portillo que incluimos en esta antología.

El otro cariz mixto de este espacio literario que precede al surgimiento del modernismo tiene que ver con la convivencia de motivos y rasgos estéticos románticos, realistas o naturalistas en un mismo cuento. "El matadero" y "El combate de la tapera" son dos claros ejemplos entre los relatos que hemos seleccionado. Más que como característica de un fenómeno premoderno, lo apuntado puede verse en realidad como un temprano anuncio de lo moderno teniendo en cuenta la condición yuxtapositiva de esa escritura que más tarde se produciría abiertamente en la modernidad hispanoamericana en una confluencia de discursos diversos asimilados al espacio de una modalidad estética amplia, no reductiva. Aun cuando esta fase constitutiva del cuento hispanoamericano sea vista en su condición premoderna, es evidente la variedad coetánea de formas literarias europeas y autóctonas que progresaban a través de manifestaciones discontinuas en el siglo diecinueve. Ciertamente, en una perspectiva de periodización puede parecer legítimo separar las características sincréticas del curso con que se forma el cuento en esta época, distinguiendo así con nitidez el campo de una expresión romántica, naturalista, o realista. En la práctica de la lectura de esta producción sin embargo, tal transparencia en la división de estéticas se comprueba artificial en cuanto al aislamiento de motivos y componentes de una y otra tendencia artística. La superposición de estructuras narrativas, y de estéticas es inherente a este estadio en el desarrollo del cuento hispanoamericano.

En cuanto al relato fantástico hispanoamericano que se escribe en el siglo diecinueve se puede apreciar algunas de las líneas desarrolladas en el romanticismo como el de la preferencia por motivos enfocados en lo misterioso y lo sobrenatural, pero también se deja traspasar por otras modulaciones estéticas que se hacían presente en este aglutinante espacio literario. Óscar Hahn ha estudiado esta cuentística en autores nacidos entre 1815 y 1859, la cual comprende escritores como el ecuatoriano Juan Montalvo, los argentinos Miguel Cané, Eduardo Wilde, Juana Manuela Gorriti y Eduardo Ladislao Holmberg, el mexicano José María Roa Bárcena y el venezolano Eduardo Blanco.[21] La lectura atenta de esta producción permitirá apreciar la diversidad de tendencias artísticas que entran en el particular tratamiento hispano-

---

[21] *El cuento fantástico hispanoamericano en el siglo XIX* (México: Premià Editora, 1978). El autor aclara que también considera en su estudio tres cuentos de Rubén Darío aun cuando la fecha de nacimiento del autor nicaragüense (1867) es posterior al periodo propuesto en la investigación. Esto le permite a Hahn la visualización de un momento de transición en el modo de abordar lo fantástico.

XXIV ANTOLOGÍA DEL CUENTO HISPANOAMERICANO

americano de lo fantástico. Resultaría por tanto forzado y erróneo referirse al conjunto de los cuentos fantásticos escritos en el siglo diecinueve como textos definidos exclusivamente por su expresión artística romántica. Lo fantástico se va moldeando en esa diversidad que es lo que hará más original y polifacético la plasmación de este concepto literario. Por otra parte el uso artístico de lo fantástico se manifestará en el acontecer entero de la prosa hispanoamericana desde las letras coloniales, pasando por el periodo premodernista del diecinueve, luego en el modernismo mismo, siguiendo con la vanguardia hasta la literatura actual, absorbiendo en cada una de estas fases la energía de orientaciones artísticas variadas y hasta contradictorias.

Respecto a la diversidad de formas literarias que se manifestaron en el diecinueve se puede citar como ejemplo el de la "tradición", original expresión de la narración breve en Hispanoamérica, representada en esta antología con un texto de Ricardo Palma. En las *Tradiciones*, el autor peruano desarrolla una expresión literaria original, la cual contendrá remanentes de la estética romántica de la época, pero sin ser una derivación de esas postulaciones. En esta realización, Palma toma conciencia de estar frente a la elaboración de un género literario peculiar en el cual la atención por la forma sería esencial. Se trata, asimismo, de una creación nueva en la que se funden los elementos de referencia clásica y los medios expresivos autóctonos y populares con lo cual el autor daba un carácter original y americanista a su prosa. Las declaraciones que hace Palma en su correspondencia demuestran la consciente elaboración estilística de las *Tradiciones*. Su insistencia en que la *forma* era esencial en su creación revela una clara concepción frente a una narración preocupada por el espacio en que se movía: "novela en miniatura, novela homeopática" diría el escritor peruano. La estética de Palma habría de ser enormemente productiva y anticipatoria en los rasgos más esenciales del cuento hispanoamericano.[22]

La coexistencia de varias formas narrativas cortas susceptibles de integrarse en el discurso del cuento como también el isocronismo de motivos artísticos de arraigo europeo proveniente de diversos movimientos estéticos, participaron junto con las propias búsquedas de raíces hispanoamericanas en el largo recorrido germinal del cuento his-

---

[22] Entre los estudios dedicados a examinar los aspectos estilísticos, narrativos de las *Tradiciones* se pueden consultar: *a)* Ángel Flores, ed. *Orígenes del cuento hispanoamericano: Ricardo Palma y sus "Tradiciones". Estudios, textos y análisis,* ed. cit. Flores llega a ver en las *Tradiciones peruanas* "la primera manifestación, la más auténticamente literaria del cuento hispanoamericano" (p. 7). Este libro incluye estudios de críticos como José Miguel Oviedo, Alberto Escobar, Walter J. Peñaloza. *b)* Alberto Escobar, "Tensión, lenguaje y estructura: las *Tradiciones peruanas*" en *Patio de letras* (Lima: Ediciones Caballo de Troya, 1965, pp. 68-140).

panoamericano. Esta condición plural quedaría vitalmente registrada en la significativa publicación de El matadero, relato de admirable actualidad cuyos signos multívocos de invención aparecerán en el proceso entero del cuento hispanoamericano. El cuento no surge en Hispanoamérica como una forma depurada en lo que concierne a límites de un género literario; como se puede apreciar en el caso del primer cuento postcolonial en Hispanoamérica, éste se da conjuntamente con el cuadro de costumbres. El sincretismo (en varios órdenes) constituirá así un rasgo predominante en las manifestaciones artísticas hispanoamericanas.

El arribo del modernismo en el último tercio del siglo diecinueve va a constituir la primera fase definida de la modernidad en Hispanoamérica. Los modernistas desarrollarían tanto una preocupación por la movilidad y naturaleza cambiante de los lenguajes artísticos como por la capacidad transformacional de los medios expresivos en los que aquéllos se canalizaban. Las repercusiones de tan fundamental actitud renovadora llegarían hasta la literatura actual. Su efecto inmediato en los momentos en que se producía el modernismo se hizo sentir en la idea tradicional de texto artístico, disolviendo la naturaleza demarcadora con que éste se había concebido. Los géneros literarios comenzarían a invadirse o a perder los límites de su fijación anterior, los componente estéticos se desplazarían agresivamente, las distintas manifestaciones del arte comenzarían un rápido y creativo intercambio con el cual cada arte lograba enriquecer y ampliar su campo de operación. En el caso del cuento, el logos poético sería traspasado hacia el discurso narrativo amplificando las resonancias connotativas de éste; la linealidad narracional se cambiaría por discontinuidades que iban a crear un nuevo tipo de lector e implicarían su compromiso creativo. Como he indicado previamente algunos anuncios de esta modernidad están presentes con anterioridad al establecimiento del modernismo, pero no hay duda de que es en esta fase donde se expande la idea de enfrentar al arte como un reto de creatividad y como un acto de libertad irrestricta que no tenía que responder a la vigencia de ciertos cánones o formulaciones. En nuestra antología incluimos cuentos de Eduardo L. Holmberg, Manuel Gutiérrez Nájera, Rubén Darío, José Asunción Silva, Ricardo Jaimes Freyre, Carlos Reyles, Manuel Díaz Rodríguez, Amado Nervo que ilustran distintos aspectos de esta inicial fase moderna del cuento hispanoamericano.

Entendido como fase de la modernidad y no como movimiento generacional, el modernismo no puede desaparecer abruptamente en la indicación de una cronología determinada. Su estética se va internando en procesos transicionales y de intensificación que desembocarían más tarde en una fase radical de la modernidad: la vanguardia. La transición que se da entre el modernismo y la vanguardia va a producir una literatura con ángulos de distintos enfoques relacionada de todas maneras a ciertas direcciones de la modernidad inaugurada por los modernistas. En el caso del escritor argentino Roberto Payró, por ejemplo, se puede estudiar los modos con que su narrativa ofrece un énfasis en lo social que no abandona la preocupación por los componentes estéticos narracionales desarrollados por los modernistas. Uno de estos aspectos narrativos resaltantes en el caso de Payró es el uso de la ironía aunado a la extraordinaria capacidad literaria para describir personajes de un modo caricaturesco. En su novela *El casamiento de Laucha* se lee: "Era pequeñito, delgado, receloso, móvil; la boca parecía un hociquillo orlado de poco y rígido bigote... el cabello descolorido, arratonado... El cura Papagna era bajito, gordinflón, muy narigueta... con unas manos peludas y como patas de carancho." [23] En esta novela, la idea de enfrentar el mundo a través del engaño y el trasfondo estético de la caricatura nos recuerda la atmósfera de la picaresca española con la diferencia, claro está, que en la obra del escritor argentino se trata de una concepción moderna de la ironía. El conocimiento que Payró tenía de la tradición literaria junto con el fuerte tono social y la dimensión moderna de su tratamiento fueron factores importantes en el logro original de su obra. La autenticidad del lenguaje, de los prototipos y del ambiente social es cabal en la narrativa del escritor argentino.

Payró advierte en el arte un elemento de compromiso social a través del cual estima necesario dar énfasis a la actividad intelectual crítica, a la existencia estimulante del diálogo y del análisis y, sobre todo, a la necesidad de mantener un lenguaje artístico distinto de la retórica oficial dominante distorsionadora de los hechos, pues, en su concepto, el ocultamiento de la verdad es uno de los factores más eficaces del estragamiento social. En este sentido, las primeras escenas del cuento "Poncho de verano" que se incluye en la antología están controladas por un discurso que funciona como estímulo de la lucidez, de la crítica, y del descubrimiento de fondo del problema de crisis social, y que por tanto no son abruptas desde el punto de vista del dominio de las técnicas del cuento puesto que se corresponden con un discurso de reflexividad integrado a la concepción artística que maneja Payró. En el mismo cuento, la función de personajes como don Ignacio y Viera es la de ofrecer una perspectiva más amplia de análisis respecto del problema específico, en este caso, el robo de animales. El diálogo sobre el abigeato conduce a un examen sobre sus causas. Ampliación en la cual la pervivencia de un poder político corrupto aparece como el verdadero responsable de tal situación. En cuanto a la escena del castigo "edificante" y de "escarmiento" que lleva a cabo el comisario Barraba,

[23] Roberto PAYRÓ. *El casamiento de Laucha* (5ª ed. Buenos Aires: Editorial Losada, 1961, pp. 9 y 32).

se revela allí la acción de una injusticia dirigida al débil, la arbitrariedad y el abuso del poder junto con la impotencia de una sociedad demasiado tiempo pasiva o tolerante como para detener el curso de una acción política guiada por los excesos de la violencia. Relaciones todas que agregan elementos de mayor dimensión tendientes a universalizar el contenido histórico del relato. En la lectura del cuento incluido en la antología se notará una conformación estilística que compromete tres distintos escenarios, articulados con eficaz fluidez narrativa. La unidad artística se logra así en la red de ampliaciones críticas y reflexivas globales que alcanza el conjunto de elementos del relato.

El momento transicional al que nos referimos, también admitió la creación de una literatura que preparaba progresivamente la irrupción de la vanguardia. Al respecto es importante, por ejemplo, estudiar la producción cuentística de escritores como Leopoldo Lugones, Rafael Arévalo Martínez y Teresa de la Parra en quienes se advierten con claridad los elementos de intensificación del modernismo que conducirían hacia la fase vanguardista. De acuerdo con esta visión, la vanguardia hispanoamericana es otra fase fundamental de la modernidad y en tal contexto no representa una ruptura con el modernismo sino un aprovechamiento de sus componentes más agresivos.

En la medida que la vanguardia se va definiendo estéticamente aparece una literatura fundada esencialmente en los principios de transformación y de transgresión. Irrumpe la noción de escritura cuestionando de manera radical las premisas convencionales de diseño artístico incluyendo aquéllas que el modernismo no había tocado o que no habían sido afectadas en su soporte estructural. El ejemplo más representativo de esta ruptural modalidad artística en el relato lo constituye la obra de escritores como el chileno Juan Emar, el venezolano Julio Garmendia, el ecuatoriano Pablo Palacio y el mexicano Efrén Hernández cuyos cuentos se incluyen en esta antología. También debemos mencionar los relatos del uruguayo Felisberto Hernández y del argentino Roberto Arlt (que no pudimos incluir), los de María Luisa Bombal (a través de su venero surrealista), los de Augusto Céspedes y con posterioridad a la década del treinta los del escritor cubano Lino Novás Calvo. Los decenios del veinte y del treinta constituyeron el periodo de mayor productividad vanguardista en Hispanoamérica, pero su efecto se hizo también sentir en la década del cuarenta.

La enorme presencia de la cuentística de Jorge Luis Borges en la literatura universal lograda a través de su multifocal poder de renovación marcó la apertura de una nueva fase de la modernidad hispanoamericana. La escritura de Borges integró las estrategias previas del modernismo y del vanguardismo, logrando abrir direcciones insospechadas de la creatividad literaria en Hispanoamérica.

El desarrollo de esta nueva fase verá crecer innumerables búsquedas: la de Alejo Carpentier en el espacio de lo real maravilloso; la de
Luisa Mercedes Levinson en la zona agresiva y sensual de lo fantástico;
la de Miguel Ángel Asturias en los elementos autóctonos y mágicos de
lo americano; la de Lydia Cabrera en el alma de la leyenda y la productividad sincrética de la cultura americana; la de Juan José Arreola
en la expresión irónica de lo existencial; la de Juan Rulfo en la internación profunda de sicologías y culturas; la de Antonio Di Benedetto
en el expresionismo onírico o en la realización "objetivista" del arte;
la de Rosario Castellanos en el poder desmitificador de la literatura; la
de Marco Denevi en la vertiente mágica y humorística de lenguajes;
la de Reinaldo Arenas en el rostro alucinante de la Historia redimida
por la actividad poética y marginal del individuo; la de Mario Benedetti
en el enfrentamiento al desamparo existencial del hombre y a la máquina alienante de lo social; la de Elena Garro en el descenso a las
zonas irreales de la memoria; la de Poli Délano en la mirada tierna
del hombre que descubre la cruda, desesperante vivencia de lo real;
la de Gabriel García Márquez en el desborde de lo imaginante; la de
Julio Cortázar en la visión no advertida de lo real y el desenlace fantástico de tal operación; la de Mario Monteforte Toledo en la síntesis
de lo socioexistencial; la de Julio Ramón Ribeyro en la visión de urbes
y de sus marginalidades; la de Guillermo Meneses en la persistencia
renovadora de lo experimental; la de Hernando Téllez en el dominio
de lenguajes y la perfección de estilos; la de José Emilio Pacheco en
la visión del texto como sistema de confluencias; la de Enrique Jaramillo Levi en la reiteración de obsesiones posmodernas; la de Julio
Escoto en el centro de una Historia ciega y violenta; la de Sergio
Ramírez en la capacidad desalienante del verbo; la de Augusto Roa
Basto en los modos pluridimensionales con que la escritura o la reescritura desviste la Historia; la de Augusto Monterroso en la invención de una escritura colocada más allá de los géneros literarios;
la de Luisa Valenzuela en la capacidad cambiante, transformacional de la escritura; la de Marcio Veloz Maggiolo en la reconstrucción crítica de las armazones culturales; la de José María Arguedas
en la musicalidad híbrida de la sintaxis y en la visión amalgamada de
lenguajes y culturas; la de Arturo Uslar Pietri en la fuerza del expresionismo visual creado para la escritura; la de José María Méndez en
la mordacidad dirigida a convenciones sociales y en la desacralización de utopías inventadas por la esperanza tecnológica; la de Rogelio
Sinán en el poder autotransformador de lo vanguardista; la de Antonio
Skármeta en la absorción poética y vitalista con que se explora el
rango entero de lo humano; la de Alfredo Bryce Echenique en la función indagadora con que la ironía descubre posturas sociales y edificios culturales; la de Carmen Naranjo en la fotografía precisa e

inesperada del rincón misterioso; la de Teresa Porzecansky en el acercamiento iconoclasta de módulos socioculturales; la de Antonio Benítez Rojo en el encaminamiento de una escritura autorreflexiva que desemboca en la duda o en el azar; la de Cristina Peri Rossi en la conformación disímil de su lenguaje narrativo seducido por la fragmentación y pluralidad de lo moderno; la de Mempo Giardinelli en la transgresión de estereotipos literarios y el recorrido en nuevas zonas artísticas, la de Marcial Souto en la versatilidad de la imagen; la de Mario Levrero en la intensidad de lo imaginante y la atractiva (también desconcertante) movilidad de sus ambientes. .

Este modo elíptico con que describo las aportaciones artísticas reveladas en la obra de los escritores de esta fase de la modernidad no pretende obviamente registrar la totalidad de las ricas vertientes propuestas en su escritura. Tampoco he anotado a todos los autores. Mi intención aquí es sólo la de mostrar el tono y la dirección en que se mueven esas voces de rasgos neovanguardistas, la versatilidad de su expresión, la inagotable capacidad de renovación. En la presentación que precede a cada una de las selecciones, además de los datos biobibliográficos, hemos tratado de ofrecer una síntesis ilustrativa de los rasgos más importantes de la escritura de cada autor a través de un análisis del cuento antologado o de una referencia general a la estética de la que participa su obra.

El proyecto original de mi investigación incluía —además de los noventa y tres escritores que componen esta antología— relatos del peruano Clemente Palma, los uruguayos Felisberto Hernández y Juan Carlos Onetti, los chilenos Manuel Rojas y Marta Brunet, el argentino Roberto Arlt y el guatemalteco Miguel Ángel Asturias. Su exclusión es involuntaria y en gran parte se debe al complejo y largo trámite con que el antólogo se enfrenta al gestionar los permisos de publicación, sobre todo tratándose de un volumen tan amplio como el que ofrecemos aquí. Conscientes de la importancia de la cuentística de narradores como Manuel Rojas y Juan Carlos Onetti, de los aspectos vanguardistas en Roberto Arlt, de la inventiva cuentística de Clemente Palma y Miguel Ángel Asturias, de la exploración en los elementos modernos de lo sicológico en Marta Brunet no dudamos en integrar a estos autores en nuestra antología. Su omisión no refleja, por tanto, nuestro criterio selectivo y esperamos que en las ediciones subsiguientes de esta obra se logre incorporar a los autores mencionados.

Al revisar las numerosas antologías nacionales sobre el cuento hispanoamericano y estudiar esa voluminosa producción en los seminarios sobre el cuento dictados en la universidad, comprobábamos una y otra vez la difícil tarea de selección que teníamos por delante. En esa revisión apreciamos el talento creativo y discutimos la obra cuentística de numerosos autores que eventualmente no quedarían incluidos en esta antología. Entre ellos mencionamos a los chilenos Augusto D'Halmar, Mariano Latorre, Jorge Edwards, José Donoso, Carlos Olivarez, Manuel Miranda, Ariel Dorfman, Alfonso Alcalde, Carlos Santander, María Calleja Honores, Ramiro Rivas, Sonia González, Ramón Díaz Eterovič y Enrique Lihn; los argentinos Benito Lynch, Daniel Moyano, Haroldo Conti, Manuel Mujica Láinez, Juan José Saer, Eduardo Mallea, Adolfo Bioy Casares, Marta Lynch, Elvira Orphée, Angélica Gorodischer, Marta Traba, Rodolfo Rabanal, Cristina Siscar, Elvio Gandolfo, Pablo de Santis y Fernando Sánchez Sorondo; los ecuatorianos José de la Cuadra, Demetrio Aguilera Malta, Pedro Jorge Vera, Miguel Donoso Pareja y Raúl Pérez Torres; los paraguayos María Concepción Leyes de Chaves, Gabriel Casaccia, Rubén Bareiro Saguier y Osvaldo González Real; los costarricenses Rima de Vallbona, Alfonso Chase, Julieta Pinto y Fernando Durán Ayanegui; los dominicanos Manuel del Cabral, Aída Cartagena Portalatín, Antonio Lockward Artiles y Miguel Alfonseca; los bolivianos Adolfo Cáceres Romero, Óscar Soria Gamarra, Renato Prada Oropeza, Homero Carvalho y Pedro Shimose; los colombianos José Félix Fuenmayor, Pedro Gómez Valderrama, Manuel Mejía Vallejo, Marco Tulio Aguilera Garramuño, Nicolás Suescún y Policarpo Varón; los venezolanos Manuel Urbaneja Achelpohl, Adriano González León, Denzil Romero, Francisco Massiani, Luis Britto García, Gustavo Luis Carrera, Argenis Rodríguez y Esdras Parra; los puertorriqueños René Marqués, José Luis González, Ana Lydia Vega, Pedro Juan Soto, Edgardo Sanabria Santaliz, Luis Rafael Sánchez, Carmen Lugo Filippi, Magali García Ramis, Manuel Ramos Otero, Luis López Nieves y Juan Antonio Ramos; los hondureños Marcos Carías Reyes, Eduardo Bahr, Horacio Castellanos Moya, Marcos Carías Zapata y Jorge Luis Oviedo; los peruanos Enrique Congrains Martin, Mario Vargas Llosa, José B. Adolph y Luis Loayza; los nicaragüenses Irma Prego y Fernando Gordillo; los cubanos José Lezama Lima, Norberto Fuentes, Calvert Casey, Ramón Ferreira y Humberto Arenal; los uruguayos Carlos Martínez Moreno, Sylvia Lago, Tomás de Mattos, Felipe Polleri y L. S. Garini; los mexicanos Julio Torri, Carlos Fuentes, Edmundo Valadés, Inés Arredondo, Juan García Ponce, Guillermo Samperio, Óscar de la Borbolla y Luis Arturo Ramos.

El aporte de estos escritores al cuento hispanoamericano es riquísimo, pero toda antología debe seleccionar, de lo contrario se transforma en una realización prácticamente inabordable y más allá de los límites con que usualmente concebimos este tipo de proyecto. Una selección implica por lo demás el establecimiento de criterios en los que se instalan la percepción del investigador sobre el cambio literario y la dirección estética que se quiere dar a la antología. Nuestro trabajo no está exento de omisiones ni de la posibilidad de errores, pero está realizado con gran dedicación y con la pasión de muchísimas lecturas en las que disfrutamos la extraordinaria imaginación existente en el cuento producido en Hispanoamérica.

La presente antología está construida con una visión de la literatura como proceso. El devenir constitutivo "premoderno" entre 1810 y 1870 (a falta de mejor término, pues los gérmenes de la modernidad ya están en esa etapa) y el desarrollo y desenlace de la modernidad a través de tres fases interrelacionadas.[24] Por esta razón esta antología quiere ser una invitación al lector para que reconstruya ese proceso, para que él mismo encuentre los cruces que algunas historias literarias han impedido por su afán clasificatorio, para que el lector trace puentes, círculos, confluencias de escrituras separadas sólo por la temporalidad en la que surgieron, pero vinculadas a un mismo espacio. Al lado de esas relaciones aparecerán también las discontinuidades y las diferencias, o las intensificaciones, o la necesidad de reescrituras en vista al enfrentamiento a otros contextos, la diversidad, en fin, de *modos* que pluralizan ese proceso. Consecuentemente esta antología no está diseñada a través de una ordenación que atienda a la cronología de los autores, a la fecha de publicación de los cuentos, a simetrías en cuanto a la representación de países, a periodizaciones artísticas, a sistemas generacionales, o a identificación de escuelas literarias.

El diseño de esta antología quiere atender a la irregularidad, o a la falta de linealidad que molesta al historiador literario que busca la conformación perfecta de secuencias, al encuentro de un cuento modernista y otro actual, al impacto del discurso vanguardista desarrollado en las décadas del veinte y del treinta y a su relación equidistante con el modernismo y la literatura que le sigue, al surgimiento de obras tratadas como dislocaciones, a las repercusiones que un cuento como el de Echeverría, de Acevedo Díaz, de Darío, de Lugones, de Palacio y otros autores imprimen en el devenir de la literatura hispanoamericana. Esta antología no se funda en un registro histórico, parcelado y secuencial del relato, es más bien una lectura de la experiencia del cuento hispanoamericano buscando en esos textos las percepciones con que a su vez nos leen, nos escriben y nos dan indicios de nuestras preocupaciones culturales. Si se considera la fecha en que Esteban Echeverría escribió "El matadero" (1838-1839) hasta la publicación del cuento "Holocausto sin tiempo en un pueblo lleno de luz" (1989) del escritor hondureño Roberto Castillo se trata de un registro de ciento cincuenta años de una creatividad ejercida como

---

[24] Una discusión amplia sobre esta manera de entender el desarrollo de la modernidad en la narrativa hispanoamericana se encuentra en mi libro *La novela moderna hispanoamericana: un ensayo sobre el concepto literario de modernidad*. 1ª ed. Madrid: Editorial Orígenes, 1985. Segunda edición, Madrid: Orígenes, 1990.

germinación de modos perteneciente a una escritura invasiva, desbordada, así como se ejecuta en el cuento del escritor panameño Enrique Jaramillo Levi cuyo título es la metáfora que uso para denominar este proceso. Germinación, en lugar de inicio y desenlace. Brote, crecimiento persistente con el que nos ha asombrado la multivocidad inventiva del cuento hispanoamericano.

FERNANDO BURGOS

Memphis, octubre de 1990.

# FECHA DE PUBLICACIÓN DE LOS CUENTOS

Se consignan aquí las fechas de publicación de los cuentos seleccionados en la antología. Cuando hay dos años se advierte sobre la fecha en que se escribió el cuento y el momento de su publicación o bien sobre su publicación primera en revistas y luego en una colección de relatos. Como se explica en la introducción, esta antología no está realizada con un criterio cronológico. La ordenación de los cuentos con sus respectivas fechas de composición o publicación que doy aquí, tiene el propósito de mostrarle panorámicamente al lector los ciento cincuenta años de producción cuentística en Hispanoamérica desde el relato "El matadero" de Esteban Echeverría escrito hacia 1838 hasta el cuento de Roberto Castillo "Holocausto sin tiempo en un pueblo lleno de luz" de 1989.

1. Esteban Echeverría — El matadero (1838/1871)
2. Manuel Payno — El cura y la ópera (1859/1871)
3. Ricardo Palma — Don Dimas de la tijereta (1864)
4. Eduardo L. Holmberg — El ruiseñor y el artista (1876)
5. Eduardo Wilde — La lluvia (1880/1886)
6. Manuel Gutiérrez Nájera — Memorias de un paraguas (1883)
7. Rubén Darío — El rey burgués (1888)
8. José Asunción Silva — La protesta de la musa (1890)
9. Eduardo Acevedo Díaz — El combate de la tapera (1892)
10. Ricardo Jaimes Freyre — Zoe (1896)
11. Manuel Díaz Rodríguez — Cuento azul (1899)
12. Carlos Reyles — El sueño de Rapiña (1899)
13. José López Portillo y Rojas — Puro chocolate (1900-1915)
14. Clorinda Matto de Turner — Espíritu y Materia (1902)
15. Baldomero Lillo — La compuerta número 12 (1904)
16. Leopoldo Lugones — La lluvia de fuego (1906)
17. Amado Nervo — El "ángel caído" (1901-1910)
18. Rufino Blanco Fombona — El catire (1904)
19. Roberto Payró — Poncho de verano (1908)
20. Javier de Viana — Facundo Imperial (1901/1911)
21. Horacio Quiroga — A la deriva (1912)
22. Tomás Carrasquilla — El ángel (1914)
23. Ricardo Güiraldes — El pozo (1915)
24. Rafael Arévalo Martínez — El hombre que parecía un caballo (1915)
25. Teresa de la Parra — El ermitaño del reloj (1915)
26. Rómulo Gallegos — El crepúsculo del diablo (1919/49)
27. Federico Gana — El escarabajo (1920)

# SINOPSIS DE AUTORES POR PAÍSES

Explicamos en la introducción de esta antología que nuestros criterios de selección no reflejan cronologías de ningún tipo, ordenaciones generacionales o representación por países. El cuadro sinóptico que sigue tiene el simple propósito, por tanto, de servir como guía orientadora.

1. ARGENTINA: Esteban Echeverría, Eduardo L. Holmberg, Eduardo Wilde, Leopoldo Lugones, Roberto Payró, Ricardo Güiraldes, Jorge Luis Borges, Antonio Di Benedetto, Luisa Mercedes Levinson, Marco Denevi, Julio Cortázar, Luisa Valenzuela, Mempo Giardinelli, Marcial Souto. 2. BOLIVIA: Ricardo Jaimes Freyre, Augusto Céspedes, Augusto Guzmán. 3. COLOMBIA: José Asunción Silva, Tomás Carrasquilla, Hernando Téllez, Gabriel García Márquez. 4. COSTA RICA: Carmen Lyra, Carmen Naranjo. 5. CUBA: Lydia Cabrera, Alejo Carpentier, Lino Novás Calvo, Reinaldo Arenas, Antonio Benítez Rojo. 6. CHILE: Baldomero Lillo, Federico Gana, Héctor Barreto, María Luisa Bombal, Juan Emar, Antonio Skármeta, Poli Délano, Myriam Bustos Arratia. 7. ECUADOR: Pablo Palacio, Abdón Ubidia. 8. GUATEMALA: Rafael Arévalo Martínez, Mario Monteforte Toledo, Augusto Monterroso. 9. HONDURAS: Julio Escoto, Roberto Castillo. 10. MÉXICO: Manuel Payno, Manuel Gutiérrez Nájera, José López Portillo y Rojas, Amado Nervo, Efrén Hernández, Jorge Ferretis, Juan José Arreola, Juan Rulfo, Amparo Dávila, Rosario Castellanos, Elena Garro, José Revueltas, Salvador Elizondo, José Emilio Pacheco. 11. NICARAGUA: Rubén Darío, Lizandro Chávez Alfaro, Juan Aburto, Sergio Ramírez. 12. PANAMÁ: Rogelio Sinán, Enrique Jaramillo Levi. 13. PARAGUAY: Augusto Roa Bastos. 14. PERÚ: Ricardo Palma, Clorinda Matto de Turner, Julio Ramón Ribeyro, José María Arguedas, Alfredo Bryce Echenique. 15. PUERTO RICO: Rosario Ferré. 16. REPÚBLICA DOMINICANA: Juan Bosch, Marcio Veloz Maggiolo. 17. EL SALVADOR: Salarrué, Álvaro Menéndez Leal, José María Méndez. 18. VENEZUELA: Manuel Díaz Rodríguez, Rufino Blanco Fombona, Teresa de la Parra, Rómulo Gallegos, José Rafael Pocaterra, Julio Garmendia, Arturo Uslar Pietri, Guillermo Meneses, Salvador Garmendia. 19. URUGUAY: Eduardo Acevedo Díaz, Carlos Reyles, Javier de Viana, Horacio Quiroga, Armonía Somers, Mario Benedetti, Mario Levrero, Teresa Porzecanski, Cristina Peri Rossi.

# BIBLIOGRAFÍA I

Reúno aquí una selección de las antologías consultadas nacionales o generales de la prosa y el cuento hispanoamericanos. En el largo periodo que tomó la realización de este proyecto examiné un vasto material sobre el tema; debido a su extensión no me ha sido posible reproducirlo en su totalidad en esta bibliografía.

ACOSTA, Óscar y Roberto SOSA. *Antología del cuento hondureño.* Tegucigalpa, Honduras: Universidad Nacional Autónoma de Honduras, 1968.

AGUILERA MALTA, Demetrio y Manuel MEJÍA VALERA. *El cuento actual latinoamericano.* México: Ediciones de Andrea, 1973.

ANDERSON-IMBERT, Enrique y Lawrence B. KIDDLE. *Veinte cuentos hispanoamericanos del siglo XX.* New York: Appleton-Century-Crofts, Inc. 1956.

*Antología del cuento andino.* Bogotá: Secretaría Ejecutiva Permanente del Convenio "Andrés Bello" SECAB, 1984.

*Antología del cuento cubano.* Lima: Ediciones Paradiso, 1968.

*Antología del joven relato latinoamericano.* Buenos Aires: Compañía General Fabril Editora, S. A., 1972.

ARBELÁEZ, Fernando. *Nuevos narradores colombianos: antología.* Caracas: Monte Ávila, C. A., 1968.

ARCE DE VÁZQUEZ, Margot y Mariana ROBLES DE CARDONA. *Lecturas puertorriqueñas: prosa.* Sharon, Conn.: The Troutman Press, 1966.

BALLÓN, Enrique. *Antología general de la prosa en el Perú: de 1895 a 1985.* Tomo III. Lima: Ediciones Edubanco, 1986.

BAPTISTA GUMUCIO, Mariano. *Narradores bolivianos: antología.* Caracas: Monte Ávila Editores, C. A., 1969.

BARBA SALINAS, Manuel. *Antología del cuento salvadoreño (1880-1955).* San Salvador, El Salvador: Ministerio de Cultura, Departamento Editorial, 1959.

BAREIRO SAGUIER, Rubén y Olver DE LEÓN. *Antología del cuento latinoamericano.* 4 vols. 2ª ed. Uruguay: ASESUR, 1989.

BARRADAS, Efraín. *Apalabramiento: diez cuentistas puertorriqueños de hoy.* Hanover, N. H.: Ediciones del Norte, 1983.

BECCO, Horacio Jorge y Carlota María ESPAGNOL. *Hispanoamérica en cincuenta cuentos y autores contemporáneos.* Buenos Aires: Ediciones Latinprens Latinoamericanas, 1973.

BENEDETTI, Mario y Antonio BENÍTEZ ROJO. *Un siglo del relato latinoamericano.* La Habana: Casa de las Américas, 1976.

BOSCO, María Angélica y Haydée M. JOFRÉ BARROSO. *Antología consultada del cuento argentino.* Buenos Aires: Compañía General Fabril Editora, S. A., 1971.

CABALLERO BONALD, José Manuel. *Narrativa cubana de la revolución.* Madrid: Alianza Editorial, 1968.

CABEZAS, Berta María. *Cuentos panameños.* Bogotá: Instituto Colombiano de Cultura, 1972.

CALDERÓN, Alfonso, Pedro LASTRA y Carlos SANTANDER. *Antología del cuento chileno.* 3ª ed. Santiago de Chile: Editorial Universitaria, 1984.

CÁMARA, Madeline. *Cuentos cubanos contemporáneos: 1966-1990.* Xalapa, México: Universidad Veracruzana, 1989.

CARBALLO, Emmanuel. *Narrativa mexicana de hoy.* Madrid: Alianza Editorial, S. A., 1969.

CARTAGENA, Aída. *Narradores dominicanos: antología.* Caracas: Monte Ávila Editores, C. A., 1969.

CASTAÑÓN BARRIENTOS, Carlos. *El cuento modernista en Bolivia: estudio y antología.* La Paz, Bolivia, 1972.

CORREAS DE ZAPATA, Celia. *Short Stories by Latin American Women: The Magic and the Real.* Houston, Texas: Arte Público Press, 1990.

CORREAS DE ZAPATA, Celia y Lygia JOHNSON. *Detrás de la reja: antología crítica de narradoras latinoamericanas del siglo XX.* Caracas: Monte Ávila Editores, C. A., 1980.

CORTÉS, Carlos, Vernor Muñoz y Rodrigo Soto. *Para no cansarlos con el cuento: narrativa costarricense actual.* San José, Costa Rica: Editorial de la Universidad de Costa Rica, 1989.

COTELO, Rubén. *Narradores uruguayos: antología.* Caracas: Monte Ávila Editores, C. A., 1969.

CROW, John A. y Edward J. DUDLEY. *El cuento.* New York: Holt, Rinehart and Winston, 1966.

*Cuentos colombianos.* Medellín, Colombia: Ediciones Fondo Cultural Cafetero, 1977.

*Cuentos de dos orillas.* Buenos Aires: Centro Editor de América Latina, S. A., 1971.

*Cuentos ecuatorianos.* Bogotá: Instituto Colombiano de Cultura, 1971.

CHANG-RODRÍGUEZ, Raquel y Malva E. FILER. *Voces de Hispanoamérica: antología literaria.* Boston, Massachussetts: Heinle & Heinle Publishers, Inc., 1988.

CHASE, Alfonso. *Narrativa contemporánea de Costa Rica.* 2 tomos. San José, Costa Rica: Ministerio de Cultura, Juventud y Deportes, Departamento de Publicaciones, 1975.

DE PAOLA, Luis. *Diez narradores argentinos.* Barcelona: Editorial Bruguera, S. A., 1977.

DE LEÓN, Olver Gilberto. *Cuentistas hispanoamericanos en la Sorbona.* Montevideo: Ediciones de la Plaza, 1984.

——————. *Literaturas ibéricas y latinoamericanas contemporáneas: una introducción.* Francia: Editions Ophrys, 1981.

DESNOES, Edmundo. *Los dispositivos en la flor. Cuba: literatura desde la revolución.* Hanover, N. H.: Ediciones del Norte, 1981.

DÍAZ ETEROVIĈ, Ramón y Diego MUÑOZ VALENZUELA. *Contando el cuento*. *Antología joven narrativa chilena*. Santiago, Chile: Editorial Sinfronteras, 1986.

*Diez relatos y un epílogo*. Montevideo: Fundación de Cultura Universitaria, 1979.

DI PRISCO, Rafael. *Narrativa venezolana contemporánea*. Madrid: Alianza Editorial, 1971.

DOMÍNGUEZ MICHAEL, Christopher. *Antología de la narrativa mexicana del siglo XX*. México: Fondo de Cultura Económica, 1989.

DONOSO, Armando. *Algunos cuentos chilenos*. 3ª ed. Madrid: Editorial Espasa-Calpe, S. A., 1964.

DONOSO PAREJA, Miguel. *Prosa joven de hispanoamérica*. 2 tomos. México: Secretaría de Educación Pública, 1972.

EPPLE, Juan Armando. *Brevísima relación del cuento breve de Chile*. Santiago, Chile: Literatura Americana Reunida, 1989.

——————. *Cruzando la cordillera. El cuento chileno: 1973-1983*. México: Coedición de Secretaría de Educación Pública y La Casa de Chile en México, 1986.

ESCOBAR, Alberto. *Antología general de la prosa en el Perú: del siglo XVIII al XIX*. Lima: Ediciones Edubanco, 1986.

——————. *Cuentos peruanos contemporáneos*. Lima: Ediciones Peruanas, S. A., 1958.

*¡Exilio!* México: Editorial Tinta Libre, S. A., 1977.

FAJARDO, Julio José (Director Literario). *Antología del cuento colombiano*. Bogotá: Colombia Editores, La Universidad Popular, Primer Panorama del Mundo Contemporáneo, s.f.

FLORES, Ángel. *El realismo mágico en el cuento hispanoamericano*. México: Premià Editora de Libros, S. A., 1985.

——————. *Narrativa hispanoamericana 1816-1981: historia y antología*, 8 vols. México: Siglo veintiuno Editores, 1981-1985.

FORNET, Ambrosio. *Antología del cuento cubano contemporáneo*. México: Ediciones Era, 1967.

——————. *Cuentos de la Revolución cubana*. Santiago, Chile: Editorial Universitaria, 1971.

GLANTZ, Margo. *Onda y escritura en México: jóvenes de 20 a 33*. México: Siglo XXI Editores, S. A., 1971.

GARCINI, María del Carmen y Eugenio MATUS. *Antología del cuento hispanoamericano*. La Habana: Editorial Nacional de Cuba, Editora del Ministerio de Educación, 1963.

GÓMEZ BENOI, Abelardo. *Antología contemporánea del cuento hispanoamericano*. Buenos Aires: Instituto Latinoamericano de Vinculación Cultural, 1965.

GORDON, Samuel. *El tiempo en el cuento hispanoamericano: antología de ficción y crítica*. México: Universidad Nacional Autónoma de México, 1989.

HAHN, Óscar. *El cuento fantástico hispanoamericano en el siglo XIX*. México: Premià Editora, 1978.

Instituto de Literatura Chilena. *Antología del cuento chileno.* Santiago de Chile: Publicaciones del Instituto de Literatura Chilena, Universidad de Chile, 1963.

JARAMILLO LEVI, Enrique. *Antología crítica de joven narrativa panameña.* México: FEM, 1971.

——————. *El cuento erótico en México.* México: Diana, 1975.

——————. *Women Who Write: Short Stories by Women Writers from Costa Rica and Panama.* Pittsburgh, PA: Latin American Literary Review Press, 1991.

JIMÉNEZ, José Olivio y Antonio R. DE LA CAMPA. *Antología crítica de la prosa modernista hispanoamericana.* New York: Eliseo Torres & Sons, 1976.

JOFRE BARROSO, Haydée M. *Así escriben los argentinos.* Buenos Aires: Ediciones Orión, 1975.

——————. *Así escriben los latinoamericanos.* Buenos Aires: Ediciones Orión, 1974.

LAFOURCADE, Enrique. *Antología del nuevo cuento chileno.* Santiago de Chile: Empresa Editora Zig-Zag, S. A., 1954.

——————. *Antología del cuento chileno.* Tres Tomos. Santiago, Chile: Importadora Alfa Ltda.

LAGOS, BELÉN y Amalia CHAVERRI. *Cuentos para gente joven.* San José, Costa Rica: Editorial Universitaria Centroamericana, 1990.

LAMB, Ruth S. *Antología del cuento guatemalteco.* México: Ediciones de Andrea, 1959.

LANCELOTTI, Mario A. *El cuento argentino: 1840-1940.* Buenos Aires: Editorial Universitaria de Buenos Aires, 1964.

LATCHAM, Ricardo, *Antología del cuento hispanoamericano: 1910-1956.* Santiago de Chile: Empresa Editora Zig-Zag, S. A., 1958.

LATORRE, Mariano. *Antología de cuentistas chilenos.* Santiago de Chile, 1938.

LEAL, Luis, *Breve historia del cuento mexicano.* México: Ediciones de Andrea, 1956.

——————. *Antología del cuento mexicano (2ª parte complementaria de la "Breve Historia del Cuento Mexicano").* México: Ediciones de Andrea, 1957.

——————. *Cuentistas hispanoamericanos del siglo veinte.* New York: Random House, 1972.

LIJERÓN ALBERDI, Hugo y Ricardo PASTOR POPPE. *Cuentos bolivianos contemporáneos: antología.* La Paz, Bolivia: Ediciones "Camarlinghi", 1975.

LOVELUCK, Juan. *El cuento chileno 1864-1920.* Buenos Aires: Editorial Universitaria de Buenos Aires, 1964.

LLOPIS, Rogelio. *Cuentos cubanos de lo fantástico y lo extraordinario.* La Habana: UNEAC, 1968.

MANCISIDOR, José. *Cuentos mexicanos del siglo XIX.* México: Editorial Nueva España, S. A., 1947.

MANZOR, Antonio R. *Antología del cuento hispanoamericano.* Santiago de Chile: Zig-Zag, 1939.

MARINI-PALMIERI, Enrique. *Cuentos modernistas hispanoamericanos.* Madrid: Editorial Castalia, S. A., 1989.

MARQUÉS, René. *Cuentos puertorriqueños de hoy.* 8ª ed. Río Piedras, Puerto Rico: Editorial Cultural, 1985.

MARTINI, Juan Carlos. *Los mejores cuentos argentinos de hoy.* Buenos Aires: Editorial Rayuela, 1971.

MATA, Humberto. *Distracciones: antología del relato venezolano 1960-1974.* Caracas: Monte Ávila Editores, C. A., 1974.

MEDINA, José Ramón. *Antología venezolana: prosa.* Madrid: Editorial Gredos, 1962.

MELÉNDEZ, Concha. *El arte del cuento en Puerto Rico.* New York: Las Américas Publishing Co., 1961.

—————. *Cuentos hispanoamericanos.* México: Editorial Orión, 1967.

MENESES, Guillermo. *Antología del cuento venezolano.* Caracas: Monte Ávila Editores, 1984.

—————. *El cuento venezolano. 1900-1940.* Buenos Aires: Editorial Universitaria de Buenos Aires, 1981.

MENTON, Seymour. *El cuento costarricense: estudio, antología y bibliografía.* México: Ediciones de Andrea y University of Kansas Press, 1964.

—————. *El cuento hispanoamericano: antología crítico-histórica.* 3ª ed. México: Fondo de Cultura Económica, 1986.

MILLÁN, María del Carmen. *Antología de cuentos mexicanos.* 8ª ed. 2 tomos. México: Editorial Nueva Imagen, S. A., 1989.

MIRANDA, Julio E. *Antología del nuevo cuento cubano.* Caracas: Editorial Domingo Fuentes, 1969.

MIRÓ, Rodrigo. *El cuento en Panamá; Estudio, selección, bibliografía.* Panamá, 1950.

MORETIČ, Yerko y Carlos ORELLANA. *El nuevo cuento realista chileno.* Santiago de Chile: Editorial Universitaria, S. A., 1962.

*Narradores 72.* Montevideo: Biblioteca de Marcha, Colección Los Premios, 1972.

*Narradores latinoamericanos: antología.* Caracas, Equinoccio, Ediciones de la Universidad Simón Bolívar, 1976.

NAZOA, Aquiles. *Cuentos contemporáneos hispanoamericanos.* La Paz: Ediciones Buriball, 1957.

NOLASCO, Sócrates. *El cuento en Santo Domingo: selección antológica.* Santo Domingo: Biblioteca Nacional, 1986.

OQUENDO, Abelardo. *Narrativa peruana 1950-1970.* Madrid: Alianza Editorial, S. A., 1973.

ORTEGA, Julio. *El muro y la intemperie: el nuevo cuento latinoamericano.* Hanover, N. H.: Ediciones del Norte, 1989.

OVIEDO, Jorge Luis. *El nuevo cuento hondureño.* Tegucigalpa, Honduras: Dardo Editores, 1985.

OVIEDO, José Miguel. *Antología crítica del cuento hispanoamericano: del romanticismo al criollismo (1830-1920).* Madrid: Alianza Editorial, S. A., 1989.

—————. *Narradores peruanos.* 2ª ed. Caracas: Monte Ávila Editores, C. A., 1976.

PACHÓN PADILLA, Eduardo. *El cuento colombiano*. 2 vols. Bogotá: Plaza & Janés/Editores Colombia Ltda, 1985.

PASTOR POPPE, Ricardo. *Los mejores cuentos bolivianos del siglo XX*. 2ª ed. corregida y aumentada. La Paz-Cochabamba: Editorial Los Amigos del Libro, 1989.

PÉREZ-MARICEVICH, Francisco. *Breve antología del cuento paraguayo*. Asunción: Ediciones Comuneros, 1969.

—————. *Ficción breve paraguaya: de Barret a Roa Bastos*. Asunción: Díaz de Bedoya & Gómez Rodas Editores, 1983.

PICÓN SALAS, Mariano. *Dos siglos de prosa venezolana*. Madrid/Caracas: Ediciones Edime, 1965.

PLÁ, Josefina. *Crónicas del Paraguay*. Buenos Aires: Jorge Álvarez Editor, S. A., 1969.

PROMIS, José y Jorge Román LAGUNAS. *La prosa hispanoamericana: evolución y antología*. New York: University Press of America, 1988.

QUESADA SOTO, Álvaro. *Antología del relato costarricense 1890-1930*. San José, Costa Rica: Editorial de la Universidad de Costa Rica, 1989.

RAMÍREZ, Sergio. *Antología del cuento centroamericano*. 4ª ed. San José, Costa Rica: Editorial Universitaria Centroamericana, 1984.

—————. *El cuento nicaragüense*. Managua, Nicaragua: Ediciones El Pez y La Serpiente, 1976.

RELA, Walter. *Antología del nuevo cuento hispanoamericano 1973-1988*. Montevideo: Ediciones de la Plaza, 1990. Precedida de la introducción Directrices del cuento hispanoamericano contemporáneo" por David William Foster.

—————. *20 cuentos uruguayos magistrales*. Buenos Aires: Editorial Plus Ultra, 1980.

RIVAS MORENO, Gerardo. *Cuentistas colombianos*. Cali, Colombia: Ediciones El Estudiante, 1966.

RODRIGO, Saturnino. *Antología de cuentistas bolivianos contemporáneos*. Buenos Aires: Editorial Sopena Argentina, S. R. L., 1942.

RODRÍGUEZ FERNÁNDEZ, Mario. *Cuentos hispanoamericanos*. 4ª ed. Santiago de Chile: Editorial Universitaria, 1983.

RODRÍGUEZ MONEGAL, Emir. *El cuento uruguayo: de los orígenes al modernismo*. Buenos Aires: Editorial Universitaria de Buenos Aires, 1965.

ROSA NIEVES, Cesáreo y Félix FRANCO OPPENHEIMER. *Antología general del cuento puertorriqueño*. 2 tomos. San Juan, Puerto Rico: Editorial Campos, 1959.

ROSS KATHLEEN e Ivette E. MILLER. *New World. New Voices: Short Stories by Latin American Women Writers*. Pittsburgh, PA: Latin American Literary Review Press, 1991.

ROVERE, Susana Inés. *Cuentos hispanoamericanos del siglo XX*. 2ª ed. Buenos Aires: Editorial Huemul, S. A., 1981.

SAAD, Gabriel y Heber RAVIOLO. *Antología del cuento humorístico uruguayo*. Montevideo: Ediciones de la Banda Oriental, 1967.

SÁINZ, Gustavo. *Jaula de palabras: una antología de la nueva narrativa mexicana*. México: Editorial Grijalbo, S. A., 1980.

SÁNCHEZ, Néstor. *20 nuevos narradores argentinos*. Caracas: Monte Ávila Editores, C. A., 1970.

SÁNCHEZ JULIAO, David y Eduardo MARCELES DACONTE. *El hombre y la máquina*. Colombia: Editorial Creditario, Colección Biblioteca Agraria Nº 8, 1978.

SANZ Y DÍAZ, José. *Antología de cuentistas hispanoamericanos*. Madrid: M. Aguilar, Editor, 1946.

SATURNINO, Rodrigo. *Antología de cuentistas bolivianos contemporáneos*. Buenos Aires: Editorial Sopena, 1942.

SEFCHOVICH, Sara. *Mujeres en espejo*. México: Folios Ediciones, 1985.

SERRANO, Miguel. *Antología del verdadero cuento chileno*. Chile: "Gutenberg", 1938.

SILVA, José Enrique. *Breve antología del cuento salvadoreño*. San Salvador, El Salvador: Editorial Universitaria, 1962.

SILVA-VELÁZQUEZ, Caridad L. y Nora ERRO-ORTHMAN. *Puerta abierta: la nueva escritora latinoamericana*. México: Editorial Joaquín Mortiz, S. A., 1986.

SORIANO BADANI, Armando. *Antología del cuento boliviano*. La Paz-Cochabamba: Editorial Los Amigos del Libro, 1975.

—————. *El cuento boliviano: 1900-1937*. Buenos Aires: Editorial Universitaria de Buenos Aires, 1964.

—————. *El cuento boliviano: 1938-1967*. La Paz:: Universidad Mayor de San Andrés, 1969.

SORRENTINO, Fernando. *36 cuentos argentinos con humor*. Buenos Aires: Editorial Plus Ultra, 1984.

VARGAS, Germán. *La violencia diez veces contadas*. Colombia: Ediciones Pijao. 1976.

VEGA, José Luis. *Reunión de espejos*. Río Piedras, Puerto Rico: Editorial Cultural, 1983.

VERDEVOYE, Paul. *Antología de la narrativa hispanoamericana 1940-1970*. 2 tomos. Madrid: Editorial Gredos, S. A., 1979.

VISCA, Arturo Sergio. *Alborada: cuentos de hoy*. Montevideo: Editorial Cisplatina, Colección La Antología Narrativa, s/f.

—————. *Antología del cuento uruguayo*. 6 tomos. Montevideo: Ediciones de la Banda Oriental, 1968.

VITERI, Eugenia. *Antología básica del cuento ecuatoriano*. Quito: Editorial "Voluntad" 1987.

WAGENHEIM, Kal. *Cuentos. An Anthology of Short Stories from Puerto Rico*. New York: Schocken Books, 1978.

YAHNI, Roberto. *Prosa modernista hispanoamericana: antología*. Madrid: Alianza Editorial, S. A., 1974.

—————. *70 años de narrativa argentina: 1900-1970*. Madrid: Alianza Editorial, S. A., 1970.

YÁÑEZ, María Flora. *Antología del cuento chileno moderno 1938-1958*. Santiago de Chile: Editorial del Pacífico, S. A., 1958.

YATES, Donald A. y John B. DALBOR. *Imaginación y fantasía. Cuentos de las Américas*. 4ª ed. New York: Holt, Rinehart and Winston, 1983.

ZANETTI, Susana. *El cuento hispanoamericano contemporáneo*. Buenos Aires: Centro Editor de América Latina, 1977.

ZANETTI, Susana. *El cuento hispanoamericano del siglo XIX*. Buenos Aires: Centro Editor de América Latina, S. A., 1978.

ZAS, Lubrano. 2 vols. *Cuentistas argentinos contemporáneos*. Buenos Aires: Ediciones "El Matadero", 1960.

## BIBLIOGRAFÍA II

Esta sección bibliográfica informa sobre los textos que fueron útiles en la recopilación de datos sobre cuentistas y en la revisión del género, tales como diccionarios de autores, libros que reúnen entrevistas de autores seleccionados en la antología, estudios de carácter panorámico y teórico sobre el cuento.

ACEVEDO ÁLVAREZ, Raúl et al. *Primer seminario nacional en torno al cuento y a la narrativa breve en Chile: 30-31 de agosto de 1984*. Valparaíso, Chile: Ediciones Universitarias de Valparaíso, 1984.

ALDRICH, Earl M. *The Modern Short Story in Peru*. Madison: The University of Wisconsin Press, 1966.

ANDERSON-IMBERT, Enrique. *Teoría y técnica del cuento*. Buenos Aires: Marymar Ediciones, S. A., 1979.

BARBAGELATA, Hugo D. *La novela y el cuento en Hispanoamérica*. Montevideo, 1947.

BENEDETTI, Mario. *Crítica cómplice*. Madrid: Alianza Editorial, S. A., 1988.

BOSCH, Juan. *Teoría del cuento: tres ensayos*. Mérida, Venezuela: Universidad de los Andes, Centro de Investigaciones Literarias, 1967.

CARBALLO, Emmanuel. "Juan José Arreola" en *Diecinueve protagonistas de la literatura mexicana del siglo XX*. México: Empresas Editoriales, S. A., 1965, pp. 359-407.

—————."Rosario Castellanos" en *Diecinueve protagonistas de la literatura mexicana del siglo XX*. México: Empresas Editoriales, S. A., 1965, pp. 409-424.

CARILLA, Emilio. *El cuento fantástico*. Buenos Aires: Editorial Nova, 1968.

—————. "El cuento literario del romanticismo" en *Homenaje a Alfredo A. Roggiano: En este aire de América*. Keith McDuffie y Rose Minc, eds. Instituto Internacional de Literatura Iberoamericana, 1990, pp. 153-163.

CORTÁZAR, Julio. "Algunos aspectos del cuento" en *La casilla de los Morelli*. Julio Ortega, ed. Barcelona: Tusquets, 1973, pp. 133-152.

—————. "Del cuento breve y sus alrededores" en *Último Round*. 3ª ed. Tomo I. México: Siglo XXI Editores, 1972, pp. 59-82.

DURÁN-CERDA, Julio. "Sobre el concepto de cuento moderno". *Explicación de textos literarios*. 2 (1976): 119-132.

EARLE, Peter G. "Dreams of Creation: Short Fiction in Spanish America." *Denver Quarterly* 12.3 (1977): 67-79.

ESCOBAR, Alberto. "Tensión, lenguaje y estructura: *Las tradiciones perua-*

*nas"* en *Patio de letras.* Lima: Ediciones Caballo de Troya, 1965, pp. 68-140.

FLORES, Ángel, ed. *Orígenes del cuento hispanoamericano: Ricardo Palma y sus "Tradiciones": Estudio, textos y análisis.* México: Premià Editora, 1979.

FOSTER, David William, comp. *A Dictionary of Contemporary Latin American Authors.* Phoenix, Arizona: Center for Latin American Studies, Arizona State University, 1975.

—————————. *Studies in the Contemporary Spanish-American Short Story.* Columbia & London: University of Missouri Press, 1979.

GARCÍA PINTO, Magdalena. *Historias íntimas: conversaciones con diez escritoras latinoamericanas.* Hanover, NH: Ediciones del Norte, 1988.

GONZÁLEZ, José. *Diccionario de autores hondureños.* Tegucigalpa, D.C., Honduras: Editores Unidos, S. de R. L., 1987.

LANCELOTTI, Mario A. *Teoría del cuento.* Buenos Aires: Ediciones Culturales Argentinas, 1973.

LASTRA, Pedro. *El cuento hispanoamericano del siglo XIX: notas y documentos.* New York: Helmy F. Giacoman, Editor, 1972.

LEAL, Luis. *Historia del cuento hispanoamericano.* México: Ediciones de Andrea, 1966.

LIDA DE MALKIEL, María Rosa. "El cuento hispanoamericano y la tradición literaria europea" en *El cuento popular y otros ensayos.* Buenos Aires: Editorial Losada, S. A., 1976, sección III, pp. 63-80.

MARCO, Joaquín. *Literatura hispanoamericana: del modernismo a nuestros días.* Madrid: Editorial Espasa-Calpe, S. A., 1987.

MARTÍNEZ, Juana. "El cuento hispanoamericano del siglo XIX" en *Historia de la literatura hispanoamericana. Del neoclasicismo al modernismo.* Tomo II. Luis Íñigo Madrigal, coord. Madrid: Ediciones Cátedra, 1987, pp. 229-243.

MATLOWSKY, Bernice D. *Antologías del cuento americano. Guía bibliográfica.* Washington, D.C.: Unión Panamericana, 1950.

MENTON, Seymour. *Prose Fiction of the Cuban Revolution.* Austin & London: University of Texas Press, 1975.

MINC, Rose S., ed. *The Contemporary Latin American Short Story.* New York: Senda de Nueva Ediciones, Inc., 1979.

MIRANDA, Julio E. "Nueva narrativa cubana: historia e interpretación" en *Nueva literatura cubana.* Madrid: Taurus Ediciones, S. A., 1971, pp. 75-104.

—————————. *Proceso a la narrativa venezolana.* Caracas: Ediciones de la Biblioteca de la Universidad Central de Venezuela, 1975.

MORA, Gabriela. *En torno al cuento: de la teoría general y de su práctica en hispanoamérica.* Madrid: José Porrúa Turanzas, S. A., 1985.

NAVARRO, Armando. *Narradores venezolanos de la nueva generación: ensayo.* Caracas: Monte Ávila Editores, C. A., 1970.

OMIL, Alba y Raúl A. PIÉROLA. *El cuento y sus claves.* Buenos Aires: Editorial Nova, 1966.

PICON GARFIELD, Evelyn. *Women Voices from Latin America: Interviews with Six Contemporary Authors.* Detroit: Wayne State University Press, 1985.

POLLMAN, Leo. "Función del cuento latinoamericano." *Revista Iberoamericana* 48 (1982): 207-215.

PROPP, Vladimir. *Morfología del cuento.* Madrid: Editorial Fundamentos, 1971.

PUPO-WALKER, Enrique. *El cuento hispanoamericano ante la crítica.* Madrid: Editorial Castalia, 1973.

—————. "El cuento modernista: su evolución y características" en *Historia de la literatura hispanoamericana. Del neoclasicismo al modernismo.* Tomo II. Luis Íñigo Madrigal, coord. Madrid: Ediciones Cátedra, 1987, pp. 515-522.

RAMÍREZ, Sergio. *La narrativa centroamericana.* Editorial Universitaria, 1969.

RIVA, Hugo. *Eduardo Acevedo Díaz. El combate de la tapera.* Montevideo: Ediciones de la Casa del Estudiante, 1977.

RIVERA SILVESTRINI, José. *El cuento moderno venezolano.* Río Piedras, Puerto Rico: Colección Prometeo, 1967.

RUFFINELLI, Jorge. *Crítica en Marcha: ensayos sobre literatura latinoamericana.* México: Premià Editora, 199.

SERRA, Edelweis, *Tipología del cuento literario: textos hispanoamericanos.* Madrid: Cupsa Editorial, 1978.

SHIMOSE, Pedro, ed. *Diccionario de autores iberoamericanos.* Madrid: Instituto de Cooperación Iberoamericana, 1982.

SOLÉ, Carlos A. y María Isabel ABREU, eds. *Latin American Writers.* 3 vols. New York: Charles Scribner's Sons, 1989.

SUBERO, Efraín. "Para una teoría del cuento latinoamericano" en *Literatura del sub-desarrollo.* Caracas: Equinoccio, Editorial de la Universidad Simón Bolívar, 1977, pp. 221-266.

VALADÉS, Edmundo y Luis LEAL. *La revolución y las letras: 2 estudios sobre la novela y el cuento de la Revolución mexicana.* México: Instituto Nacional de Bellas Artes, 1960.

# ANTOLOGÍA DEL CUENTO HISPANOAMERICANO

# ESTEBAN ECHEVERRÍA

ARGENTINO
(1805-1851)

*La lectura de la obra del gran autor argentino deja ver al intelectual bien formado e influyente, al escritor comprometido con el destino histórico de su nación, al artista reflexivo. Hay en Echeverría la inseparabilidad del pensador y del hombre de letras. Releer los escritos estéticos de Echeverría es una experiencia de actualidad.*

*Esa actualidad de su reflexión estética es la que también proyecta el cuento* El matadero, *narración aparecida veinte años después de la muerte del autor. Este artístico dibujo social que es* El matadero *fue escrito alrededor de 1839 y publicado por primera vez en* Revista del Río de la Plata *en 1871 con un prefacio ("Advertencia") de Juan María Gutiérrez. Se vuelve a publicar tres años más tarde en el tomo quinto de las* Obras *completas preparadas por el mismo Gutiérrez. Desde entonces, el relato de Echeverría se ha considerado un momento fundacional de la prosa hispanoamericana en lo concerniente a la expresión cuentística. La continuidad de sus ediciones y su inescapable inclusión en antologías del cuento y de la prosa en Hispanoamérica comprende las tres décadas del siglo pasado y todo lo recorrido de este siglo. Esta persistente presencia de* El matadero *no responde a la necesidad representacional e inclusiva que exige la organización de toda historia literaria. Se trata de una auténtica necesidad de encuentro con una obra impactante por su dimensión social e histórica en el pasado y presente hispanoamericano como también de una lectura que alecciona sobre las vacilaciones, límites y posibilidades estéticas de un medio literario reciente.*

*Aun teniendo en cuenta las expresiones coloniales del relato,* El matadero *continuará siendo el puente de ingreso del cuento en Hispanoamérica. Su impacto de actualidad es comprensible si se observa el hábil dominio de la tensión narrativa, la inteligente captación del lenguaje popular, la plasticidad y colorido del detalle —razón por la cual el discurso histórico del cuento no absorbe lo intrahistórico— y la consonancia de su sincretismo estético, es decir, la coexistencia de rasgos románticos, realistas, y naturalistas sin la primacía de ninguno de ellos. Este último aspecto le otorga gran originalidad al relato, convirtiéndolo en*

1

*ejemplo temprano de las búsquedas y creatividad de la literatura moderna que despertaría en las dos últimas décadas del siglo diecinueve.*

*Vertebrado por un discurso altamente irónico, este cuento remueve los esquemas de organización social, de suerte que el supuesto carácter institucional de lo político, lo religioso y lo jurídico es descubierto en su dimensión abusiva del poder. Se promueve así la plasmación del cuento como el de un gran mural social que desnuda frente al pueblo la violencia y la injusticia de un sistema político opresivo. De allí, el nivel metafórico del acorralamiento del toro que coincide con el del unitario; de allí también la alegoría del matadero como el ambiente que ha devenido una sociedad desprovista de libertad y aterrada por la violencia. Lo grotesco, lo distorsionante de algunas escenas del cuento se corresponde con la exaltación de una escritura fuertemente comprometida con lo histórico.*

*Esteban Echeverría nació en Buenos Aires. Vivió por un tiempo en Francia donde se nutriría intelectualmente. A su regreso a Buenos Aires en 1830 se encuentra con la dictadura de Rosas que asfixiaba el desarrollo sociocultural de entonces en Argentina. El fuerte régimen represivo ejercido por el rosismo no amedrenta al escritor argentino, quien continúa difundiendo la idea de una sociedad democrática y de principios libertarios en el terreno cultural. En 1842 logra crear la conocida "Asociación de Mayo", agrupación de intelectuales que buscaba una dirección histórica distinta del totalitarismo de Rosas. La iniciativa de Echeverría por la realización de una sociedad pluralista, le acarrea el odio del rosismo. En 1841 comienza su exilio. Se va a Uruguay, país en el cual permanecerá hasta su muerte. Entre las obras famosas de Echeverría se encuentra* Elvira o la novia del Plata *publicada en 1832;* Los consuelos *de 1834;* Dogma socialista *de la Asociación de Mayo de 1846. Su conocido poema "la cautiva", el cual generalmente acompaña las ediciones de* El matadero, *es parte del libro* Rimas *publicado en 1837.*

# EL MATADERO

A pesar de que la mía es historia, no la empezaré por el Arca de Noé y la genealogía de sus ascendientes como acostumbraban hacerlo los antiguos historiadores españoles de América, que deben ser nuestros prototipos. Tengo muchas razones para no seguir ese ejemplo, las que callo por no ser difuso. Diré solamente que los sucesos de mi narración pasaban por los años de Cristo de 183... Estábamos, a más, en

cuaresma, época en que escasea la carne en Buenos Aires, porque la
Iglesia, adoptando el precepto de Epicteto, *sustine, abstine* (sufre, abs-
tente), ordena vigilia y abstinencia a los estómagos de los fieles a
causa de que la carne es pecaminosa, y, como dice el proverbio, busca
a la carne. Y como la Iglesia tiene *ab initio,* y por delegación directa
de Dios, el imperio inmaterial sobre las conciencias y estómagos, que
en manera alguna pertenecen al individuo, nada más justo y racional
que vede lo malo.

Los abastecedores, por otra parte, buenos federales, y por lo mismo
buenos católicos, sabiendo que el pueblo de Buenos Aires atesora una
docilidad singular para someterse a toda especie de mandamiento, sólo
traen en días cuaresmales al matadero los novillos necesarios para el
sustento de los niños y de los enfermos dispensados de la abstinencia
por la Bula y no con el ánimo de que se harten algunos herejotes, que
no faltan, dispuestos siempre a violar los mandamientos carnificinos
de la Iglesia, y a contaminar la sociedad con el mal ejemplo.

Sucedió, pues, en aquel tiempo, una lluvia muy copiosa. Los caminos se anegaron; los pantanos se pusieron a nado y las calles de entrada y salida a la ciudad rebosaban en acuoso barro. Una tremenda
avenida se precipitó de repente por el Riachuelo de Barracas, y extendió majestuosamente sus turbias aguas hasta el pie de las barrancas del Alto. El Plata, creciendo embravecido, empujó esas aguas que
venían buscando su cauce y las hizo correr hinchadas por sobre campos, terraplenes, arboledas, caseríos, y extenderse como un lago inmenso por todas las bajas tierras. La ciudad circunvalada del norte
al este por una cintura de agua y barro, y al sud por un piélago blanquecino en cuya superficie flotaban a la ventura algunos barquichuelos
y negreaban las chimeneas y las copas de los árboles, echaba desde
sus torres y barrancas atónitas miradas al horizonte como implorando
la misericordia del Altísimo. Parecía el amago de un nuevo diluvio.
Los beatos y beatas gimoteaban haciendo novenarios y continuas plegarias. Los predicadores atronaban el templo y hacían crujir el púlpito
a puñetazos. Es el día del juicio, decían, el fin del mundo está por
venir. La cólera divina rebosando se derrama en inundación. ¡Ay de
vosotros, pecadores! ¡Ay de vosotros, unitarios impíos que os mofáis
de la Iglesia, de los santos, y no escucháis con veneración la palabra
de los ungidos del Señor! ¡Ah de vosotros si no imploráis misericordia
al pie de los altares! Llegará la hora tremenda del vano crujir de dientes y de las frenéticas imprecaciones. Vuestra impiedad, vuestras here-
jías, vuestras blasfemias, vuestros crímenes horrendos, han traído sobre
nuestra tierra las plagas del Señor. La justicia del Dios de la Federación os declarará malditos.

Las pobres mujeres salían sin aliento, anonadadas del templo,
echando, como era natural, la culpa de aquella calamidad a los unitarios.

Continuaba, sin embargo, lloviendo a cántaros, y la inundación crecía acreditando el pronóstico de los predicadores. Las campanas comenzaron a tocar rogativas por orden del muy católico Restaurador, quien parece no las tenía todas consigo. Los libertinos, los incrédulos, es decir, los unitarios, empezaron a amedrentarse al ver tanta cara compungida, oír tanta batahola de imprecaciones. Se hablaba ya, como de cosa resuelta, de una procesión en que debía ir toda la población descalza y a cráneo descubierto, acompañando al Altísimo, llevado bajo palio por el obispo, hasta la barranca de Balcarce, donde millares de voces, conjurando al demonio unitario de la inundación, debían implorar la misericordia divina.

Feliz, o mejor, desgraciadamente, pues la cosa habría sido de verse, no tuvo efecto la ceremonia, porque bajando el Plata, la inundación se fue poco a poco escurriendo en su inmenso lecho sin necesidad de conjuro ni plegarias.

Lo que hace principalmente a mi historia es que por causa de la inundación estuvo quince días el matadero de la Convalecencia sin ver una sola cabeza vacuna, y que en uno o dos, todos los bueyes de quinteros y *aguateros* se consumieron en el abasto de la ciudad. Los pobres niños y enfermos se alimentaban con huevos y gallinas, y los gringos y herejotes bramaban por el beefsteak y el asado. La abstinencia de carne era general en el pueblo, que nunca se hizo más digno de la bendición de la Iglesia, y así fue que llovieron sobre él millones y millones de indulgencias plenarias. Las gallinas se pusieron a seis pesos y los huevos a cuatro reales, y el pescado carísimo. No hubo en aquellos días cuaresmales promiscuaciones ni excesos de gula; pero en cambio se fueron derecho al cielo innumerables ánimas y acontecieron cosas que parecen soñadas.

No quedó en el matadero ni un solo ratón vivo de muchos millares que allí tenían albergue. Todos murieron o de hambre o ahogados en sus cuevas por la incesante lluvia. Multitud de negras rebusconas de *achuras,* como los caranchos de presa, se desbandaron por la ciudad como otras tantas harpías prontas a devorar cuanto hallaran comible. Las gaviotas y los perros, inseparables rivales suyos en el matadero, emigraron en busca de alimento animal. Porción de viejos achacosos cayeron en consunción por falta de nutritivo caldo; pero lo más notable que sucedió fue el fallecimiento casi repentino de unos cuantos gringos herejes que cometieron el desacato de darse un hartazgo de chorizos de Extremadura, jamón y bacalao, y se fueron al otro mundo a pagar el pecado cometido por tan abominable promiscuación.

Algunos médicos opinaron que si la carencia de carne continuaba, medio pueblo caería en síncope por estar los estómagos acostumbrados a su corroborante jugo; y era de notar el contraste entre estos tristes pronósticos de la ciencia y los anatemas lanzados desde el púlpito por los reverendos padres contra toda clase de nutrición animal y de promiscuación en aquellos días destinados por la Iglesia al ayuno y la penitencia. Se originó de aquí una especie de guerra intestina entre los estómagos y las conciencias, atizada por el inexorable apetito y las no menos inexorables vociferaciones de los ministros de la Iglesia, quienes, como es su deber, no transigen con vicio alguno que tienda a relajar las costumbres católicas; a lo que se agregaba el estado de flatulencia intestinal de los habitantes, producido por el pescado y los porotos y otros alimentos algo indigestos.

Esta guerra se manifestaba por sollozos y gritos descompasados en la peroración de los sermones y por rumores y estruendos subitáneos en las casas y calles de la ciudad o dondequiera concurrían gentes. Alarmóse un tanto el gobierno, tan paternal como previsor, del Restaurador, creyendo aquellos tumultos de origen revolucionario y atribuyéndolos a los mismos salvajes unitarios, cuyas impiedades, según los predicadores federales, habían traído sobre el país la inundación de la cólera divina; tomó activas providencias, desparramó a sus esbirros por la población, y por último, bien informado, promulgó un decreto tranquilizador de las conciencias y de los estómagos, encabezado por un considerando muy sabio y piadoso para que a todo trance, y arremetiendo por agua y lodo, se trajese ganado a los corrales.

En efecto, el decimosexto día de la carestía, víspera del día de Dolores, entró a nado por el paso de Burgos al matadero del Alto una tropa de cincuenta novillos gordos; cosa poca por cierto para una población acostumbrada a consumir diariamente de doscientos cincuenta a trescientos, y cuya tercera parte al menos gozaría del fuero eclesiástico de alimentarse con carne. ¡Cosa extraña que haya estómagos privilegiados y estómagos sujetos a leyes inviolables y que la Iglesia tenga la llave de los estómagos!

Pero no es extraño, supuesto que el diablo con la carne suele meterse en el cuerpo y que la Iglesia tiene el poder de conjurarlo: el caso es reducir al hombre a una máquina cuyo móvil principal no sea su voluntad sino la de la Iglesia y el gobierno. Quizá llegue el día en que sea prohibido respirar aire libre, pasearse y hasta conversar con un amigo, sin permiso de autoridad competente. Así era, poco más o menos, en los felices tiempos de nuestros beatos abuelos que por desgracia vino a turbar la revolución de Mayo.

Sea como fuera, a la noticia de la providencia gubernativa, los corrales del Alto se llenaron, a pesar del barro, de carniceros, achuradores y curiosos, quienes recibieron con grandes vociferaciones y palmoteos los cincuenta novillos destinados al matadero.

—Chica, pero gorda —exclamaban—. ¡Viva la Federación! ¡Viva el Restaurador! Porque han de saber los lectores que en aquel tiempo la Federación estaba en todas partes, hasta entre las inmundicias del matadero y no había fiesta sin Restaurador como no hay sermón sin San Agustín. Cuentan que al oír tan desaforados gritos las últimas ratas que agonizaban de hambre en sus cuevas, se reanimaron y echaron a correr desatentadas conociendo que volvían a aquellos lugares la acostumbrada alegría y la algazara precursora de abundancia.

El primer novillo que se mató fue todo entero de regalo al Restaurador, hombre muy amigo del asado. Una comisión de carniceros marchó a ofrecérselo a nombre de los federales del matadero, manifestándole *in voce* su agradecimiento por la acertada providencia del gobierno, su adhesión ilimitada al Restaurador y su odio entrañable a los salvajes unitarios, enemigos de Dios y de los hombres. El Restaurador contestó a la arenga, *rinforzando* sobre el mismo tema y concluyó la ceremonia con los correspondientes vivas y vociferaciones de los espectadores y actores. Es de creer que el Restaurador tuviese permiso especial de su Ilustrísima para no abstenerse de carne, porque siendo tan buen observador de las leyes, tan buen católico y tan acérrimo protector de la religión, no hubiera dado mal ejemplo aceptando semejante regalo en día santo.

Siguió la matanza, y en un cuarto de hora cuarenta y nueve novillos se hallaban tendidos en la playa del matadero, desollados unos, los otros por desollar. El espectáculo que ofrecía entonces era animado y pintoresco aunque reunía todo lo horriblemente feo, inmundo y deforme de una pequeña clase proletaria peculiar del Río de la Plata. Pero para que el lector pueda percibirlo a un golpe de ojo, preciso es hacer un croquis de la localidad.

El matadero de la Convalecencia o del Alto, sito en las quintas al sud de la ciudad, es una gran playa en forma rectangular colocada al extremo de dos calles, una de las cuales allí se termina y la otra se prolonga hacia el este. Esta playa, con declive al sud, está cortada por un zanjón labrado por la corriente de las aguas pluviales, en cuyos bordes laterales se muestran innumerables cuevas de ratones y cuyo cauce recoge, en tiempo de lluvia, toda la sangraza seca o reciente del matadero. En la junción del ángulo recto hacia el oeste está lo que llaman la casilla, edificio bajo, de tres piezas de media agua con corredor al frente que da a la calle y palenque para atar caballos, a cuya espalda se notan varios corrales de palo a pique de ñandubay con sus fornidas puertas para encerrar el ganado.

Estos corrales son en tiempo de invierno un verdadero lodazal en el cual los animales apeñuscados se hunden hasta el encuentro y quedan como pegados y casi sin movimiento. En la casilla se hace la recaudación del impuesto de corrales, se cobran las multas por violación de reglamentos y se sienta el juez del matadero, personaje importante, caudillo de los carniceros y que ejerce la suma del poder en aquella pequeña república por delegación del Restaurador. Fácil es calcular qué clase de hombre se requiere para el desempeño de semejante cargo. La casilla, por otra parte, es un edificio tan ruin y pequeño que nadie lo notaría en los corrales a no estar asociado su nombre al del terrible juez y a no resaltar sobre su blanca cintura los siguientes letreros rojos: "Viva la Federación", "Viva el Restaurador y la heroína doña Encarnación Ezcurra", "Mueran los salvajes unitarios". Letreros muy significativos, símbolo de la fe política y religiosa de la gente del matadero. Pero algunos lectores no sabrán que la tal heroína es la difunta esposa del Restaurador, patrona muy querida de los carniceros, quienes, ya muerta, la veneraban como viva por sus virtudes cristianas y su federal heroísmo en la revolución contra Balcarce. Es el caso que en un aniversario de aquella memorable hazaña de la mazorca, los carniceros festejaron con un espléndido banquete en la casilla a la heroína, banquete a que concurrió con su hija y otras señoras federales, y que allí, en presencia de un gran concurso, ofreció a los señores carniceros en un solemne brindis su federal patrocinio, por cuyo motivo ellos la proclamaron entusiasmados patrona del matadero, estampando su nombre en las paredes de la casilla donde se estará hasta que lo borre la mano del tiempo.

La perspectiva del matadero a la distancia era grotesca, llena de animación. Cuarenta y nueve reses estaban tendidas sobre sus cueros y cerca de doscientas personas hollaban aquel suelo de lodo regado con la sangre de sus arterias. En torno de cada res resaltaba un grupo de figuras humanas de tez y raza distinta. La figura más prominente de cada grupo era el carnicero con el cuchillo en mano, brazo y pecho desnudos, cabello largo y revuelto, camisa y chiripá y rostro embadurnado de sangre. A sus espaldas se rebullían caracoleando y siguiendo los movimientos, una comparsa de muchachos, de negras y mulatas achuradoras, cuya fealdad trasuntaba las harpías de la fábula, y, entremezclados con ella algunos enormes mastines, olfateaban, gruñían o se daban de tarascones por la presa. Cuarenta y tantas carretas toldadas con negruzco y pelado cuero se escalonaban irregularmente a lo largo de la playa, y algunos jinetes, con el poncho calado y el lazo prendido al tiento cruzaban por entre ellas al tranco o reclinados sobre el pescuezo de los caballos echaban ojo indolente sobre uno de aquellos animados grupos, al paso que más arriba, en el aire, un enjambre de gaviotas blanquiazules que habían vuelto de la emigración al olor de carne, revoloteaban cubriendo con su disonante graznido todos los ruidos y voces del matadero y proyectando una sombra clara sobre aquel campo de horrible carnicería. Esto se notaba al principio de la matanza.

Pero a medida que adelantaba, la perspectiva variaba; los grupos se deshacían, venían a formarse tomando diversas actitudes y se desparramaban corriendo como si en medio de ellos cayese alguna bala perdida o asomase la quijada de algún encolerizado mastín.

Esto era, que ínter el carnicero en un grupo descuartizaba a golpe de hacha, colgaba en otros los cuartos en los ganchos a su carreta, despellejaba en éste, sacaba el sebo en aquél, de entre la chusma que ojeaba y aguardaba la presa de achura, salía de cuando en cuando una mugrienta mano a dar un tarazón con el cuchillo al sebo o a los cuartos de la res, lo que originaba gritos y explosión de cólera del carnicero y el continuo hervidero de los grupos, dichos y gritería descompasada de los muchachos.

—Ahí se mete el sebo en las tetas, la tía —gritaba uno.

—Aquél lo escondió en el alzapón —replicaba la negra.

—¡Che! negra bruja, salí de aquí antes que te pegue un tajo —exclamaba el carnicero.

—¿Qué le hago, ño Juan? ¡No sea malo! Yo no quiero sino la panza y las tripas.

—Son para esa bruja: a la m...

—¡A la bruja!, ¡a la bruja! —repitieron los muchachos—, ¡se lleva la riñonada y el tongorí! Y cayeron sobre su cabeza sendos cuajos de sangre y tremendas pelotas de barro.

Hacia otra parte, entre tanto, dos africanas llevaban arrastrando las entrañas de un animal; allá una mulata se alejaba con un ovillo de tripas y resbalando de repente sobre un charco de sangre, caía a plomo, cubriendo con su cuerpo la codiciada presa. Acullá se veían acurrucadas en hilera cuatrocientas negras destejiendo sobre las faldas el ovillo y arrancando uno a uno los sebitos que el avaro cuchillo del carnicero había dejado en la tripa como rezagados, al paso que otras vaciaban panzas y vegijas y las henchían de aire de sus pulmones para depositar en ellas, luego de secas, la achura.

Varios muchachos, gambeteando a pie y a caballo, se daban de vegijazos o se tiraban bolas de carne, desparramando con ellas y su algazara la nube de gaviotas que columpiándose en el aire celebraban chillando la matanza. Oíanse a menudo, a pesar del veto del Restaurador y de la santidad del día, palabras inmundas y obscenas, vociferaciones preñadas de todo el cinismo bestial que caracteriza a la chusma de nuestros mataderos, con las cuales no quiero regalar a los lectores.

De repente caía un bofe sangriento sobre la cabeza de alguno, que de allí pasaba a la de otro, hasta que algún deforme mastín lo hacía buena presa, y una cuadrilla de otros, por si estrujo o no estrujo, armaba una tremenda de gruñidos y mordiscones. Alguna tía vieja salía furiosa en persecución de un muchacho que le había embadurnado el rostro con sangre, y acudiendo a sus gritos y puteadas los compañeros del rapaz, la rodeaban y azuzaban como los perros al toro y llovían sobre ella zoquetes de carne, bolas de estiércol, con

groseras carcajadas y gritos frecuentes, hasta que el juez mandaba
restablecer el orden y despejar el campo.

Por un lado, dos muchachos se adiestraban en el manejo del cuchillo tirándose horrendos tajos y reveses; por otro, cuatro, ya adolescentes, ventilaban a cuchilladas el derecho a una tripa gorda y un
mondongo que habían robado a un carnicero; y no de ellos distante,
porción de perros, flacos ya de la forzosa abstinencia, empleaban el
mismo medio para saber quién se llevaría un hígado envuelto en
barro. Simulacro en pequeño era éste del modo bárbaro con que se
ventilan en nuestro país las cuestiones y los derechos individuales y
sociales. En fin, la escena que se representaba en el matadero era
para vista, no para escrita.

Un animal había quedado en los corrales, de corta y ancha cer-
viz, de mirar fiero, sobre cuyos órganos genitales no estaban conformes los pareceres porque tenían apariencias de toro y de novillo.
Llególe su hora. Dos enlazadores a caballo penetraron al corral en
cuyo contorno hervía la chusma a pie, a caballo y horquetada sobre
sus ñudosos palos. Formaban en la puerta el más grotesco y sobresaliente grupo varios pialadores y enlazadores de a pie con el brazo
desnudo y armados del certero lazo, la cabeza cubierta con un pañuelo punzó y chaleco y chiripá colorada, teniendo a sus espaldas
varios jinetes y espectadores de ojo escrutador y anhelante.

El animal, prendido ya al lazo por las astas, bramaba echando
espuma, furibundo, y no había demonio que lo hiciera salir del pegajoso barro donde estaba como clavado y era imposible pialarlo.
Gritábanlo, lo azuzaban en vano con las mantas y pañuelos los muchachos prendidos sobre las horquetas del corral, y era de oír la disonante batahola de silbidos, palmadas y voces tiples y roncas que
se desprendía de aquella singular orquesta.

Los dicharachos, las exclamaciones chistosas y obscenas rodaban
de boca en boca y cada cual hacía alarde espontáneamente de su ingenio y de su agudeza excitado por el espectáculo o picado por el
aguijón de alguna lengua locuaz.

—Hi de p... en el toro.

—Al diablo los torunos del Azul.

—Mal haya el tropero que nos da gato por liebre.

—Si es novillo.

—¿No está viendo que es toro viejo?

—Como toro le ha de quedar. ¡Muéstreme los c... si le parece,
c...o!

—Ahí los tiene entre las piernas. No los ve, amigo, más grandes
que la cabeza de su castaño; ¿o se ha quedado ciego en el camino?

—Su madre sería la ciega, pues que tal hijo ha parido. ¿No ve
que todo ese bulto es barro?

—Es emperrado y arisco como un unitario. —Y al oír esta mágica palabra todos a una voz exclamaron: —¡Mueran los salvajes unitarios!

—Para el tuerto los h...

—Sí, para el tuerto, que es hombre de c... para pelear con los unitarios.

—El matahambre a Matasiete, degollador de unitarios. ¡Viva Matasiete!

—¡A Matasiete el matahambre!

—Allá va —gritó una voz ronca interrumpiendo aquellos desahogos de la cobardía feroz—. ¡Allá va el toro!

—¡Alerta! Guarda los de la puerta. ¡Allá va furioso como un demonio!

Y, en efecto, el animal acosado por los gritos y sobre todo por dos picanas agudas que le espoleaban la cola, sintiendo flojo el lazo, arremetió bufando a la puerta, lanzando a entrambos lados una rojiza y fosfórica mirada. Dióle el tirón el enlazador sentando su caballo, desprendió el lazo de la asta, crujió por el aire un áspero zumbido y al mismo tiempo se vio rodar desde lo alto de una horqueta del corral, como si un golpe de hacha la hubiese dividido a cercén, una cabeza de niño cuyo tronco permaneció inmóvil sobre su caballo de palo, lanzando por cada arteria un largo chorro de sangre.

—Se cortó el lazo —gritaron unos— allá va el toro. Pero otros, deslumbrados y atónitos, guardaron silencio porque todo fue como un relámpago.

Desparramóse un tanto el grupo de la puerta. Una parte se agolpó sobre la cabeza y el cadáver palpitante del muchacho degollado por el lazo, manifestando horror en su atónito semblante, y la otra parte, compuesta de jinetes que no vieron la catástrofe, se escurrió en distintas direcciones en pos del toro, vociferando y gritando: —¡Allá va el toro! ¡Atajen! ¡Guarda!— Enlaza, Sietepelos. —¡Que te agarra, Botija! —Va furioso; no se le pongan delante. —¡Ataja, ataja, morado! —Dele espuela al mancarrón. —Ya se metió en la calle sola. —¡Que lo ataje el diablo!

El tropel y vocería era infernal. Unas cuantas negras achuradoras, sentadas en hilera al borde del zanjón, oyendo el tumulto se acogieron y agazaparon entre las panzas y tripas que desenredaban y devanaban con la paciencia de Penélope, lo que sin duda les salvó, porque el animal lanzó al mirarlas un bufido aterrador, dio un brinco sesgado y siguió adelante perseguido por los jinetes. Cuentan que una de ellas se fue de cámaras; otra rezó diez salves en dos minutos, y dos prometieron a San Benito no volver jamás a aquellos malditos corrales y abandonar el oficio de achuradoras. No se sabe si cumplieron la promesa.

El toro, entre tanto, tomó hacia la ciudad por una larga y angosta calle que parte de la punta más aguda del rectángulo anteriormente descripto, calle encerrada por una zanja y un cerco de tunas, que llaman *sola* por no tener más de dos casas laterales y en cuyo apozado centro había un profundo pantano que tomaba de zanja a zanja. Cierto inglés, de vuelta de su saladero, vadeaba este pantano a la sazón, paso a paso, en un caballo algo arisco, y sin duda iba tan absorto en sus cálculos que no oyó el tropel de jinetes ni la gritería sino cuando el toro arremetía al pantano. Azoróse de repente su caballo dando un brinco al sesgo y echó a correr dejando al pobre hombre hundido media vara en el fango. Este accidente, sin embargo, no detuvo ni refrenó la carrera de los perseguidores del toro, antes al contrario, soltando carcajadas sarcásticas: —Se amoló el gringo; levántate, gringo —exclamaron, y cruzando el pantano amasaron con barro bajo las patas de sus caballos, su miserable cuerpo. Salió el gringo, como pudo, después, a la orilla, más con la apariencia de un demonio tostado por las llamas del infierno que de un hombre blanco pelirrubio. Más adelante al grito de: ¡Al toro! ¡Al toro!, cuatro negras achuradoras que se retiraban con su presa se zambulleron en la zanja llena de agua, único refugio que les quedaba.

El animal, entre tanto, después de haber corrido unas veinte cuadras en distintas direcciones azorando con su presencia a todo viviente, se metió por la tranquera de una quinta donde halló su perdición. Aunque cansado, manifestaba bríos y colérico ceño; pero rodeábalo una zanja profunda y un tupido cerco de pitas, y no había escape. Juntáronse luego sus perseguidores que se hallaban desbandados y resolvieron llevarlo en un señuelo de bueyes para que expiase su atentado en el lugar mismo donde lo había cometido.

Una hora después de su fuga el toro estaba otra vez en el matadero, donde la poca chusma que había quedado no hablaba sino de sus fechorías. La aventura del gringo en el pantano excitaba principalmente la risa y el sarcasmo. Del niño degollado por el lazo no quedaba sino un charco de sangre: su cadáver estaba en el cementerio.

Enlazaron muy luego por las astas al animal que brincaba haciendo hincapié y lanzando roncos bramidos. Echáronle uno, dos, tres piales; pero infructuosos: al cuarto quedó prendido de una pata; su brío y su furia redoblaron; su lengua, estirándose convulsiva, arrojaba espuma, su nariz, humo, sus ojos, miradas encendidas. —¡Desgarreten ese animal! —exclamó una voz imperiosa. Matasiete se tiró al punto del caballo, cortóle el garrón de una cuchillada y gambeteando en torno de él con su enorme daga en mano, se la hundió al cabo hasta el puño en la garganta, mostrándola en seguida humeante y roja a los espectadores. Brotó un torrente de la herida, exhaló algunos bramidos roncos, vaciló y cayó el soberbio animal entre los gritos de la chusma que proclamaba a Matasiete vencedor y le adjudicaba en premio el matambre. Matasiete extendió, como orgulloso, por segunda vez el brazo y el cuchillo ensangrentado y se agachó a desollarle con otros compañeros.

Faltaba que resolver la duda sobre los órganos genitales del muerto, clasificado provisoriamente de toro por su indomable fiereza; pero estaban todos tan fatigados de la larga tarea que la echaron por lo pronto en olvido. Mas de repente una voz ruda exclamó: —Aquí están los huevos —sacando de la barriga del animal y mostrando a los espectadores, dos enormes testículos, signo inequívoco de su dignidad de toro. La risa y la charla fue grande; todos los incidentes desgraciados pudieron fácilmente explicarse. Un toro en el matadero era cosa muy rara, y aun vedada. Aquél, según reglas de buena policía debió arrojarse a los perros; pero había tanta escasez de carne y tantos hambrientos en la población, que el señor Juez tuvo a bien hacer ojo lerdo.

En dos por tres estuvo desollado, descuartizado y colgado en la carreta el maldito toro. Matasiete colocó el matambre bajo el pellón de su recado y se preparaba a partir. La matanza estaba concluida a las doce, y la poca chusma que había presenciado hasta el fin, se retiraba en grupos de a pie y de a caballo, o tirando a la cincha algunas carretas cargadas de carne.

Mas de repente la ronca voz de un carnicero gritó: —¡Allí viene un unitario! —Y al oír tan significativa palabra toda aquella chusma se detuvo como herida de una impresión subitánea.

—¿No le ven la patilla en forma de U? No trae divisa en el fraque ni luto en el sombrero.

—Perro unitario.

—Es un cajetilla.

—Monta en silla como los gringos.

—La mazorca con él.

—¡La tijera!

—Es preciso sobarlo.

—Trae pistoleras por pintar.

—Todos estos cajetillas unitarios son pintores como el diablo.

—¿A que no te le animas, Matasiete?

—¿A que no?

—A que sí.

Matasiete era hombre de pocas palabras y de mucha acción. Tratándose de violencia, de agilidad, de destreza en el hacha, el cuchillo o el caballo, no hablaba y obraba. Lo habían picado: prendió la espuela a su caballo y se lanzó a brida suelta al encuentro del unitario.

Era éste un joven como de veinticinco años, de gallarda y bien apuesta persona, que mientras salían en borbotón de aquellas desaforadas bocas las anteriores exclamaciones, trotaba hacia Barracas, muy ajeno de temer peligro alguno. Notando, empero, las significativas miradas de aquel grupo de dogos de matadero, echa maquinalmente la diestra sobre las pistoleras de su silla inglesa, cuando una pechada al sesgo del caballo de Matasiete lo arroja de los lomos del suyo tendiéndolo a la distancia boca arriba y sin movimiento alguno.

—¡Viva Matasiete! —exclamó toda aquella chusma cayendo en tropel sobre la víctima como los caranchos rapaces sobre la osamenta de un buey devorado por el tigre.

Atolondrado todavía, el joven fue, lanzando una mirada de fuego sobre aquellos hombres feroces, hacia su caballo que permanecía inmóvil no muy distante, a buscar en sus pistolas el desagravio y la venganza. Matasiete dando un salto le salió al encuentro y con fornido brazo asiéndolo de la corbata lo tendió en el suelo tirando al mismo tiempo la daga de la cintura y llevándola a su garganta.

Una tremenda carcajada y un nuevo viva estertorio volvió a victoriarlo.

¡Qué nobleza de alma! ¡Qué bravura en los federales! Siempre en pandilla cayendo como buitres sobre la víctima inerte.

—Degüéllalo, Matasiete: quiso sacar las pistolas. Degüéllalo como al toro.

Pícaro unitario. Es preciso tusarlo.

—Tiene buen pescuezo para el violín.

—Tócale el violín.

—Mejor es la resbalosa.

—Probemos —dijo Matasiete, y empezó sonriendo a pasar el filo de su daga por la garganta del caído, mientras con la rodilla izquierda le comprimía el pecho y con la siniestra mano le sujetaba por los cabellos.

—No, no le degüellen —exclamó de lejos la voz imponente del Juez del Matadero que se acercaba a caballo.

—A la casilla con él, a la casilla. Preparen la mazorca y las tijeras. ¡Mueran los salvajes unitarios! ¡Viva el Restaurador de las leyes!

—¡Viva Matasiete!

—¡Mueran! ¡Vivan! —repitieron en coro los espectadores y atándole codo con codo, entre moquetes y tirones, entre vociferaciones e injurias, arrastraron al infeliz joven al banco del tormento como los sayones al Cristo.

La sala de la casilla tenía en su centro una grande y fornida mesa de la cual no salían los vasos de bebida y los naipes sino para dar lugar a las ejecuciones y torturas de los sayones federales del matadero. Notábase además en un rincón otra mesa chica con recado de escribir y un cuaderno de apuntes y porción de sillas entre las que resaltaba un sillón de brazos destinado para el juez. Un hombre, soldado en apariencia, sentado en una de ellas, cantaba al son de la guitarra la resbalosa, tonada de inmensa popularidad entre los federales, cuando la chusma llegando en tropel al corredor de la casilla lanzó a empellones al joven unitario hacia el centro de la sala.

—A ti te toca la resbalosa —gritó uno.

—Encomienda tu alma al diablo.

—Está furioso como toro montaraz.

—Ya le amansará el palo.

—Es preciso sobarlo.

—Por ahora verga y tijera.

—Si no, la vela.

—Mejor será la mazorca.

—Silencio y sentarse —exclamó el juez dejándose caer sobre su sillón. Todos obedecieron, mientras el joven, de pie, encarando al juez, exclamó con voz preñada de indignación:

—Infames sayones, ¿qué intentan hacer de mí?

—¡Calma! —dijo sonriendo el juez—, no hay que encolerizarse. Ya lo verás.

El joven, en efecto, estaba fuera de sí de cólera. Todo su cuerpo parecía estar en convulsión. Su pálido y amoratado rostro, su voz, su labio trémulo, mostraban el movimiento convulsivo de su corazón, la agitación de sus nervios. Sus ojos de fuego parecían salirse de la órbita, su negro y lacio cabello se levantaba erizado. Su cuello desnudo y la pechera de su camisa dejaban entrever el latido violento de sus arterias y la respiración anhelante de sus pulmones.

—¿Tiemblas? —le dijo el juez.

—De rabia porque no puedo sofocarte entre mis brazos.

—¿Tendrías fuerza y valor para eso?

—Tengo de sobra voluntad y coraje para ti, infame.

—A ver las tijeras de tusar mi caballo: túsenlo a la federala.

Dos hombres le asieron, uno de la ligadura del brazo, otro de la cabeza, y en un minuto cortáronle la patilla que poblaba toda su barba por bajo, con risa estrepitosa de sus espectadores.

—A ver —dijo el juez—, un vaso de agua para que se refresque.

—Uno de hiel te haría yo beber, infame.

Un negro petizo púsosele al punto delante con un vaso de agua en la mano. Dióle el joven un puntapié en el brazo y el vaso fue a estrellarse en el techo, salpicando el asombrado rostro de los espectadores.

—Este es incorregible.

—Ya lo domaremos.

—Silencio —dijo el juez—, ya estás afeitado a la federala, sólo te falta el bigote. Cuidado con olvidarlo. Ahora vamos a cuentas.

—¿Por qué no traes divisa?

—Porque no quiero.

—¿No sabes que lo manda el Restaurador?

—La librea es para vosotros, esclavos, no para los hombres libres.

—A los libres se les hace llevar a la fuerza.

—Sí, la fuerza y la violencia bestial. Esas son vuestras armas, infames. El lobo, el tigre, la pantera también son fuertes como vosotros. Deberíais andar como ellos en cuatro patas.

—¿No temes que el tigre te despedace?

—Lo prefiero a que, maniatado, me arranquen como el cuerpo, una a una las entrañas.

—¿Por qué no llevas luto en el sombrero por la heroína?

—¡Porque lo llevo en el corazón por la Patria, por la Patria que vosotros habéis asesinado, infames!

—¿No sabes que así lo dispuso el Restaurador?

—Lo dispusisteis vosotros, esclavos, para lisonjear el orgullo de vuestro señor y tributarle vasallaje infame.

—¡Insolente!, te has embravecido mucho. Te haré cortar la lengua si chistas.

—Abajo los calzones a ese mentecato cajetilla y a nalga pelada dénle verga, bien atado sobre la mesa.

Apenas articuló esto el juez, cuatro sayones salpicados de sangre suspendieron al joven y lo tendieron largo a largo sobre la mesa comprimiéndole todos sus miembros.

—Primero degollarme que desnudarme, infame canalla.

Atáronle un pañuelo a la boca y empezaron a tironear sus vestidos. Encogíase el joven, pateaba, hacía rechinar los dientes. Tomaban ora sus miembros la flexibilidad del junco, ora la dureza del fierro y su espina dorsal era el eje de un movimiento parecido al de la serpiente. Gotas de sudor fluían por su rostro, grandes como perlas; echaban fuego sus pupilas, su boca espuma, y las venas de su cuello y frente negreaban en relieve sobre su blanco cutis como si estuvieran repletas de sangre.

—Átenlo primero —exclamó el juez.

—Está rugiendo de rabia —articuló un sayón.

En un momento liaron sus piernas en ángulo a los cuatro pies de la mesa volcando su cuerpo boca abajo. Era preciso hacer igual operación con las manos, para lo cual soltaron las ataduras que las comprimían en la espalda. Sintiéndolas libres el joven, por un movimiento brusco en el cual pareció agotarse toda su fuerza y vitalidad, se incorporó primero sobre sus brazos, después sobre sus rodillas y se desplomó al momento murmurando: —Primero degollarme que desnudarme, infame, canalla.

Sus fuerzas se habían agotado; inmediatamente quedó atado en cruz y empezaron la obra de desnudarlo. Entonces un torrente de sangre brotó borbolloneando de la boca y las narices del joven, y extendiéndose empezó a caer a chorros por entrambos lados de la mesa. Los sayones quedaron inmóviles y los espectadores estupefactos.

—Reventó de rabia el salvaje unitario —dijo uno.

—Tenía un río de sangre en las venas —articuló otro.

—Pobre diablo: queríamos únicamente divertirnos con él y tomó la cosa demasiado a lo serio —exclamó el juez frunciendo el ceño de tigre—. Es preciso dar parte, desátenlo y vamos.

Verificaron la orden; echaron llave a la puerta y en un momento se escurrió la chusma en pos del caballo del juez cabizbajo y taciturno.

Los federales habían dado fin a una de sus innumerables proezas.

En aquel tiempo los carniceros degolladores del matadero eran los apóstoles que propagaban a verga y puñal la federación rosina, y no es difícil imaginarse qué federación saldría de sus cabezas y cuchillas. Llamaban ellos salvaje unitario, conforme a la jerga inventada por el Restaurador, patrón de la cofradía, a todo el que no era degollador, carnicero, ni salvaje, ni ladrón; a todo hombre decente y de corazón bien puesto, a todo patriota ilustrado amigo de las luces y de la libertad; y por el suceso anterior puede verse a las claras que el foco de la federación estaba en el matadero.

# EDUARDO ACEVEDO DÍAZ

URUGUAYO
(1851-1921)

*La novelística de Eduardo Acevedo Díaz constituye un cimiento significativo en el desarrollo de la narrativa uruguaya. La fuerza artística y el sentido raigal con el que se integran los registros históricos en su obra es uno de los aspectos mejor concebidos y logrados del escritor uruguayo. Su narrativa, así como la del argentino Esteban Echeverría, participa de varias direcciones estéticas: realismo, romanticismo y naturalismo, sin prevalencia de ninguna de ellas. Proporcionado sincretismo que en el caso de Acevedo Díaz le permite explorar en lo histórico con la visión de lo nuevo y la resolución formativa de un arte que debe inventar sus propios signos.*

*El problema de la naturaleza del discurso histórico y ficticio que con tanta lucidez han expuesto contemporáneamente escritores como Alejo Carpentier, Augusto Roa Bastos y Carlos Fuentes, se encuentra abordado tempranamente en las letras hispanoamericanas por Acevedo Díaz. En su escrito sobre "La novela histórica" publicado en* El Nacional *en 1895 indica: "El novelista consigue, con mayor facilidad que el historiador, resucitar una época,* dar seducción a un relato. La historia recoge prolijamente el dato, analiza fríamente los acontecimientos, hunde el escalpelo en un cadáver." *Contraste en el que es evidente la conciencia de Acevedo Díaz sobre la distancia de elementos y de tratamiento en los registros artísticos e históricos. En esta cita se comprueba además un aspecto crucial de su estética: la idea de "seducción" literaria en la plasmación de lo histórico; principio que el escritor uruguayo no abandonaría. De allí el consenso de la crítica en señalar que las descripciones de acontecimientos y personajes en la pluma de Acevedo Díaz se encuentran entre las más vigorosas en la narrativa de trasfondo histórico producida en Hispanoamérica. El cuento "El combate de la tapera" es un magnífico ejemplo de la afirmación previa: una pintura enérgica y brillante en la que la Historia no es análisis frío sino verdadera pasión del retrato por la cual el acontecimiento queda detrás de la visión artística.*

*La obra narrativa de Acevedo Díaz comprende las novelas* Brenda *(1884-1886);* Ismael *(1888);* Nativa *(1890);* Grito de glo-

17

ria *(1893)*; Soledad *(1894)*; Minés *(1907)*; Lanza y sable *(1914)*. *Su famosa tetratología épica está constituida por las novelas* Ismael, Nativa, Grito de gloria y Lanza y sable. *En el ensayo destacan* Ideales de la poesía americana *(1884)*; Índole de los partidos: criterio histórico y político *(1895)*; Carta política *(1903)*; Épocas militares de los países del Plata *(1911)*; El mito del Plata *(1916)*. *En las décadas del cincuenta y del sesenta se reeditaron sus novelas* Grito de gloria *(1964)*; Ismael *(1953 y 1966)*; Nativa *(1964)* y Lanza y sable *(1965)*.

*Eduardo Acevedo Díaz nació en la Villa de la Unión. Estudió leyes y periodismo. Se dedicó a esta última actividad escribiendo para las publicaciones* La Revolución, La Democracia, La Revista Uruguaya, La Razón. *Fundó en 1872 el diario* La República. *Su participación en la política le lleva a militar en el Partido Nacional, pero es expulsado de él, luego de apoyar como candidato a la presidencia a José Batlle y Ordóñez, representante del partido de oposición. En 1903 comienza su desempeño diplomático que le significaría representación y estadía en países como México, Estados Unidos, Argentina, Paraguay, Brasil, Italia y Suiza. Deja el cargo diplomático en 1916 y se establece en Buenos Aires, ciudad en la que muere.*

*El cuento "El combate de la tapera" aparece como folletín en* La Tribuna, *de Buenos Aires, en 1892. Se vuelve a publicar en Montevideo en* La Alborada *en 1901. Su primera inclusión en un libro corresponde al año 1931 cuando sale junto con la novela* Soledad, *publicación reeditada en 1954, 1965 y 1972. En 1975 se publica* El combate de la tapera y otros cuentos, *libro que incluye el estudio de Ángel Rama "Ideología y arte de un cuento ejemplar". Otros estudios sobre la obra del escritor uruguayo son los de Alejandro Paternain,* Eduardo Acevedo Díaz *(Uruguay: Arca Editorial, 1980); el prólogo de Francisco Espínola a* Soledad y El combate de la tapera *(Montevideo: Ministerio de Instrucción Pública y Previsión Social, Biblioteca Artigas, 1954, pp. VII-XXXII); Hugo Riva,* El combate de la tapera *(Montevideo: Ediciones de La Casa del Estudiante, 1977). En este último estudio se retrata bien el armónico compromiso de Acevedo Díaz con el arte y lo social: "su conciencia de la nacionalidad es el hilo conductor, el factor común que permite amalgamar al narrador y al hombre de acción, que une vida y creación artística en un ejemplar humano que supo ser coherente con su pensamiento" (página 9).*

*Este extraordinario cuento de Acevedo Díaz recuerda el estilo descriptivo de algunas escenas de "El matadero". La minuciosidad en el detalle, el naturalismo, el cuadro compuesto de elementos grotescos, la pasión romántica del enfrentamiento.*

*Como he indicado anteriormente hay sincretismo en los compo-
nentes estéticos y a la vez que todos ellos tienen importancia, ninguno de ellos permanece en el centro del cuento. La relación que
establezco entre "El combate de la tapera" y el cuento de Echeverría debe tomarse solamente como una referencia destinada a
mostrar el funcionamiento estético de las manifestaciones literarias previas al desarrollo del modernismo. Es evidente que
ambos relatos son dos grandes piezas narrativas y que cada cuento nos entrega un retrato original a la vez que universal de lo
histórico.*

*Si el cuento de Acevedo Díaz fuera sólo la descripción na-
turalista de un combate, su lectura sería probablemente hoy el
expediente de la historiografía literaria, pero, muy por el contrario, la lectura de este relato es absorbente y atractiva. Una de
las razones es la modernidad de su técnica narracional por medio de la cual la escritura se convierte en cámara de primeros
planos que enfoca los ángulos precisos. Destreza composicional,
escénica, de narrativa cinematográfica en la cual se puede aten-
tar en contra de la linealidad del suceso. De hecho el avance de
Cata (una de las dos mujeres-dragones) hacia el capitán Heitor
se interrumpe para ser retomado luego de un viraje hacia otro
cuadro. Los personajes son vigorosos, la lucha es encarnizada, la
muerte es omnipresente y la narración —ubicua cámara escritural— posee la llave del mejor arte visual, pictórico y sinestésico.*

## EL COMBATE DE LA TAPERA

### 1

Era después del desastre del Catalán, más de setenta años hace.

Un tenue resplandor en el horizonte quedaba apenas de la luz
del día.

Por las narices de los caballos sudorosos escapaban haces de vapores, y se hundían y dilataban alternativamente sus ijares como si
fuera poco todo el aire para calmar el ansia de los pulmones.

Algunos de estos generosos brutos presentaban heridas anchas en
los cuellos y pechos, que eran desgarraduras hechas por la lanza o
el sable.

En los colgajos de piel había salpicado el lodo de los arroyos y
pantanos, estancando la sangre.

Parecían jamelgos de lidia, embestidos y maltratados por los toros.
Dos o tres cargaban con un hombre a grupas, además de los jinetes,

enseñando en los cuartos uno que otro surco rojizo, especie de líneas trazadas por un látigo de acero, que eran huellas recientes de las balas recibidas en la fuga.

Otros tantos, parecían ya desplomarse bajo el peso de su carga, e íbanse quedando a retaguardia con las cabezas gachas, insensibles a la espuela.

Viendo esto el sargento Sanabria gritó con voz pujante:

—¡Alto!

El destacamento se paró.

Se componía de quince hombres y dos mujeres; hombres fornidos, cabelludos, taciturnos y bravíos; mujeres-dragones de vincha, sable corvo y pie desnudo.

Dos grandes mastines con las colas barrosas y las lenguas colgantes, hipaban bajo el vientre de los caballos, puestos los ojos en el paisaje oscuro y siniestro del fondo de donde venían, cual si sintiesen todavía el calor de la pólvora y el clamoreo de guerra.

Allí cerca, al frente, percibíase una "tapera" entre las sombras. Dos paredes de barro batido sobre "tacuaras" horizontales, agujereadas y en parte derruidas; las testeras, como el techo, habían desaparecido.

Por lo demás, varios montones de escombros sobre los cuales crecían viciosas las hierbas; y a los costados, formando un cuadro incompleto, zanjas semicegadas, de cuyo fondo surgían saúcos y cicutas en flexibles bastones ornados de racimos negros y flores blancas.

—A formar en la tapera —dijo el sargento con ademán de imperio—. Los caballos de retaguardia con las mujeres, a que pellizquen... ¡Cabo Mauricio! haga echar cinco tiradores de vientre a tierra, atrás del cicutal... Los otros adentro de la tapera, a cargar tercerolas y trabucos. ¡Pie a tierra dragones, y listo, canejo!

La voz del sargento resonaba bronca y enérgica en la soledad del sitio.

Ninguno replicó.

Todos traspusieron la zanja y desmontaron, reuniéndose poco a poco.

Las órdenes se cumplieron. Los caballos fueron maneados detrás de una de las paredes de lodo seco, y junto a ellos se echaron los mastines resollantes. Los tiradores se arrojaron al suelo a espaldas de la hondonada cubierta de malezas, mordiendo el cartucho; el resto de la extraña tropa distribuyóse en el interior de las ruinas que ofrecían buen número de troneras por donde asestar las armas de fuego; y las mujeres, en vez de hacer compañía a las transidas cabalgaduras, pusiéronse a desatar los sacos de munición o pañuelos llenos de cartuchos deshechos, que los dragones llevaban atados a la cintura en defecto de cananas.

Empezaban afanosas a rehacerlos, en cuclillas, apoyadas en las piernas de los hombres, cuando caía ya la noche.

—Nadie pite —dijo el sargento—. Carguen con poco ruido de baqueta y reserven los naranjeros hasta que yo ordene... ¡Cabo Mauricio! vea que esos mandrias no se duerman si no quieren que les chamusque las cerdas... ¡Mucho ojo y la oreja parada!

—Descuide, sargento —contestó el cabo con gran ronquera—; no hace falta la advertencia, que aquí hay más corazón que garganta de sapo.

Transcurrieron breves instantes de silencio.

Uno de los dragones, que tenía el oído en el suelo, levantó la cabeza y murmuró bajo:

—Se me hace tropel... Ha de ser caballería que avanza.

Un rumor sordo de muchos cascos sobre la alfombra de hierbas cortas, empezaba en realidad a percibirse distintamente.

—Armen cazoleta y aguaiten, que ahí vienen los portugos. ¡Va el pellejo barajo! Y es preciso ganar tiempo a que resuellen los mancarrones. Ciriaca, ¿te queda caña en la mimosa?

—Está a mitad —respondió la aludida, que era una criolla maciza vestida a lo hombre, con las greñas recogidas hacia arriba y ocultas bajo un chambergo incoloro de barboquejo de lonja sobada—. Mirá, güeno es darles un trago a los hombres...

—Dales chinaza a los de avanzada, sin pijotearlos.

Ciriaca se encaminó a los saltos, evitando las "rosetas", agachóse y fue pasando el "chifle" de boca en boca.

Mientras esto hacía, el dragón de un flanco, le acariciaba las piernas y el otro le hacía cosquillas en el seno, cuando ya no era que le pellizcaba alguna forma más mórbida, diciendo: "¡luna llena!".

—¡Te ha de alumbrar muerto, zafao! —contestaba ella riendo al uno; y al otro: —¡largá lo ajeno, indino!— y al de más allá: —¡a ver si aflojás el chisme, mamón!

Y repartía cachetes.

—¡Poca vara alta quiero yo! —gritó el sargento con acento estentóreo—. Estamos para clavar el pico, y andan a los requiebros, golosos. ¡Apartáte Ciriaca, que aurita no más chiflan las redondas!

En ese momento acrecentóse el rumor sordo, y sonó una descarga entre voceríos salvajes.

El pelotón contestó con brío.

La tapera quedó envuelta en una densa humareda sembrada de tacos ardiendo; atmósfera que se disipó bien pronto, para volverse a formar entre nuevos fogonazos y broncos clamoreos.

## 2

En los intervalos de las descargas y disparos, oíase el furioso ladrido de los mastines haciendo coro a los ternos y crudos juramentos.

Un semicírculo de fogonazos indicaba bien a las claras que el enemigo había avanzado en forma de media luna para dominar la tapera con su fuego graneado.

En medio de aquel tiroteo, Ciriaca se lanzó fuera con un atado de cartuchos, en busca de Mauricio.

Cruzó el corto espacio que separaba a éste de la tapera, en cuatro manos, entre silbidos siniestros.

Los tiradores se revolvían en los pastos como culebras, en constante ejercicio de baquetas.

Uno estaba inmóvil, boca abajo.

La china le tiró de la melena, y notóla inundada de un líquido caliente.

—¡Mirá! —exclamó—, le ha dao en el testuz.

—Ya no traga saliva —añadió el cabo—. ¿Trujiste pólvora?

—Aquí hay, y balas para hacer tragar a los portugos. Lástima que esté oscuro... ¡Cómo tiran esos mandrias!

Mauricio descargó su carabina.

Mientras extraía otro cartucho del saquillo, dijo, mordiéndolo:

—Antes que éste, ya quisieran ellos otro calor. ¡Ah, si te agarran, Ciriaca! A la fija que te castigan como a Fermina.

—¡Que vengan por carne! —barbotó la china.

Y esto diciendo, echó mano a la tercerola del muerto, que se puso a baquetear con gran destreza.

—¡Fuego! —rugía la voz del sargento—. Al que afloje lo degüello con el mellao.

## 3

Las balas que penetraban en la tapera, habían dado ya en tierra con tres hombres. Algunas, perforando el débil muro de lodo, hirieron y derribaron varios de los transidos matalotes.

La segunda de las criollas, compañera de Sanabria, de nombre Catalina, cuando más recio era el fuego que salía del interior por las troneras improvisadas, escurrióse a manera de tigra por el cicutal, empuñando la carabina de uno de los muertos.

Era Cata —como la llamaban— una mujer fornida y hermosa, color de cobre, ojos muy negros velados por espesas pestañas, labios hinchados y rojos, abundosa cabellera, cuerpo de un vigor extraordinario, entraña dura y acción sobria y rápida. Vestía blusa y chiripá y llevaba el sable a la bandolera.

La noche estaba muy oscura, llena de nubes tempestuosas; pero los rojos culebrones de las alturas o grandes "refucilos" en lenguaje campesino, alcanzaban a iluminar el radio que el fuego de las descargas dejaba en las tinieblas.

Al fulgor del relampagueo, Cata pudo observar que la tropa enemiga había echado pie a tierra y que los soldados hacían sus disparos de "mampuesta" sobre el lomo de los caballos, no dejando más blanco que sus cabezas.

Algunos cuerpos yacían tendidos aquí y allá. Un caballo moribundo con los cascos para arriba se agitaba en convulsiones sobre su jinete muerto.

De vez en cuando un trompa de órdenes lanzaba sones precipitados de atención y toques de guerrilla, ora cerca, ya lejos, según la posición que ocupara su jefe.

Una de esas veces, la corneta resonó muy próxima.

A Cata le pareció por el eco que el resuello del trompa no era mucho, y que tenía miedo.

Un relámpago vivísimo bañó en ese instante el matorral y la loma, y permitióle ver a pocos metros al jefe del destacamento portugués que dirigía en persona un despliegue sobre el flanco, montado en un caballo tordillo.

Cata, que estaba encogida entre los saúcos, lo reconoció al momento.

Era el mismo; el capitán Heitor, con su morrión de penacho azul, su casaquilla de alamares, botas largas de cuero de lobo, cartera negra y pistoleras de piel de gato.

Alto, membrudo, con el sable corvo en la diestra, sobresalía con exceso de la montura, y hacía caracolear su tordillo de un lado a otro, empujando con los encuentros a los soldados para hacerlos entrar en fila.

Parecía iracundo, hostigaba con el sable y prorrumpía en denuestos. Sus hombres, sin largar los cabestros y sufriendo los arranques y sacudidas de los reyunos alborotados, redoblaban el esfuerzo, unos rodilla en tierra, otros escudándose en las cabalgaduras.

Chispeaba el pedernal en las cazoletas en toda la línea, y no pocas balas caían sin fuerza a corta distancia, junto al taco ardiendo.

Una de ellas dio en la cabeza de Cata, sin herirla, pero derribándola de costado.

En esa posición, sin lanzar un grito, empezó a arrastrarse en medio de las malezas hacia lo intrincado del matorral, sobre el que apoyaba su ala Heitor.

Una hondonada cubierta de breñas favorecía sus movimientos.

En su avance de felino, Cata llegó a colocarse a retaguardia de la tropa, casi encima de su jefe.

Oía distintamente las voces de mando, los lamentos de los heridos, y las frases coléricas de los soldados, proferidas ante una resistencia inesperada, tan firme como briosa.

Veía ella en el fondo de las tinieblas la mancha más oscura aún que formaba la tapera, de la que surgían chisporroteos continuos y lúgubres silbidos que se prolongaban en el espacio, pasando con el plomo mortífero por encima del matorral; a la vez que percibía a su alcance la masa de asaltantes al resplandor de sus propios fogonazos, moviéndose en orden, avanzando o retrocediendo, según las voces imperativas.

### 4

De la tapera seguían saliendo chorros de fuego entre una humareda espesa que impregnaba el aire de fuerte olor a pólvora.

En el drama del combate nocturno, con sus episodios y detalles heroicos, como en las tragedias antiguas, había un coro extraño, lleno de ecos profundos, de esos que solo parten de la entraña herida. Al unísono con los estampidos, oíanse gritos de muerte, alaridos de hombre y de mujer unidos por la misma cólera, sordas ronqueras de caballos espantados, furioso ladrar de perros; y cuando la radiación eléctrica esparcía su intensa claridad sobre el cuadro, tiñéndolo de un vivo color amarillento, mostraba al ojo del atacante, en medio del nutrido boscaje, dos picachos negros de los que brotaba el plomo, y deformes bultos que se agitaban sin cesar como en una lucha de cuerpo a cuerpo. Los relámpagos sin serie de retumbos, a manera de gigantescas cabelleras de fuego desplegando sus hebras en el espacio lóbrego, contrastaban por el silencio con las rojizas bocanadas de las armas seguidas de recias detonaciones. El trueno no acompañaba al coro, ni el rayo como ira del cielo la cólera de los hombres. En cambio, algunas gruesas gotas de lluvia caliente golpeaban a intervalos en los rostros sudorosos sin atenuar por eso la fiebre de la pelea.

El continuo choque de proyectiles había concluido por desmoronar uno de los tabiques de barro seco, ya débil y vacilante a causa de los ludimientos de hombres y de bestias, abriendo ancha brecha por la que entraban las balas en fuego oblicuo.

La pequeña fuerza no tenía más que seis soldados en condiciones de pelea. Los demás habían caído uno en pos del otro, o rodado heridos en la zanja del fondo, sin fuerzas ya para el manejo del arma.

Pocos cartuchos quedaban en los saquillos.

El sargento Sanabria empuñando un trabuco, mandó cesar el fuego, ordenando a sus hombres que se echaran de vientre para aprovechar sus últimos tiros cuando el enemigo avanzase.

—Ansí que se quemen ésos —añadió— monte a caballo el que pueda, y a rumbear por el lao de la cuchilla... Pero antes, naide se mueva si no quiere encontrarse con la boca de mi trabuco... ¿Y qué se han hecho las mujeres? No veo a Cata...

—Aquí hay una —contestó una voz enronquecida—. Tiene rompida la cabeza, y ya se ha puesto medio dura...

—Ha de ser Ciriaca.

—Por lo motosa es la mesma, a la fija.

—¡Cállense! —dijo el sargento.

El enemigo había apagado también sus fuegos, suponiendo una fuga, y avanzaba hacia la "tapera".

Sentíase muy cercano ruido de caballos, choque de sables y crujido de cazoletas.

—No vienen de a pie —dijo Sanabria—. ¡Menudeen bala!

Volvieron a estallar las descargas.

Pero, los que avanzaban eran muchos, y la resistencia no podía prolongarse.

Era necesario morir o buscar la salvación en las sombras y en la fuga.

El sargento Sanabria descargó con un bramido su trabuco.

Multitud de balas silbaron al frente; las carabinas portuguesas asomaron casi encima de la zanja sus bocas a manera de colosales tucos, y una humaza densa circundó la "tapera" cubierta de tacos inflamados.

De pronto, las descargas cesaron.

Al recio tiroteo se siguió un movimiento confuso en la tropa asaltante, choques, voces, tumultos, chasquidos de látigos en las tinieblas, cual si un pánico repentino la hubiese acometido; y tras esa confusión pavorosa algunos tiros de pistola y frenéticas carreras, como de quienes se lanzan a escape acosados por el vértigo.

Después un silencio profundo...

Solo el rumor cada vez más lejano de la fuga, se alcanzaba a percibir en aquellos lugares desiertos, y minutos antes animados por el estruendo. Y hombres y caballerías, parecían arrastrados por una tromba invisible que los estrujara con cien rechinamientos entre sus poderosos anillos.

5

Asomaba una aurora gris-cenicienta, pues el sol era impotente para romper la densa valla de nubes tormentosas, cuando una mujer salía arrastrándose sobre manos y rodillas del matorral vecino; y ya en su borde, que trepó con esfuerzo, se detenía sin duda a cobrar alientos, arrojando una mirada escudriñadora por aquellos sitios desolados.

Jinetes y cabalgaduras entre charcos de sangre, tercerolas, sables y morriones caídos acá y acullá, tacos todavía humeantes, lanzones mal encajados en el suelo blando de la hondonada con sus banderolas hechas flecos, algunos heridos revolviéndose en las hierbas, lívidos, exangües, sin alientos para alzar la voz; tal era el cuadro en el campo que ocupó el enemigo.

El capitán Heitor, yacía boca abajo junto a un abrojal ramoso.

Una bala certera disparada por Cata lo había derribado de los lomos en mitad del asalto, produciendo el tiro y la caída, la confusión y la derrota de sus tropas, que en la oscuridad se creyeron acometidas por la espalda.

Al huir aturdidos, presos de un terror súbito, descargaron los que pudieron sus grandes pistolas sobre las breñas, alcanzando a Cata un proyectil en medio del pecho.

De ahí le manaba un grueso hilo de sangre negra.

El capitán aún se movía. Por instantes se crispaba violento, alzándose sobre los codos, para volver a quedarse rígido. La bala le había atravesado el cuello, que tenía todo enrojecido y cubierto de cuajarones.

Revolcado con las ropas en desorden y las espuelas enredadas en la maleza, era el blanco del ojo bravío y siniestro de Cata, que a él se aproximaba en felino arrastre con un cuchillo de mango de asta en la diestra.

Hacia el frente, veíase la tapera hecha terrones; la zanja con el cicutal aplastado por el peso de los cuerpos muertos; y allá en el fondo, donde se manearon los caballos, un montón deforme en que solo se descubrían cabezas, brazos y piernas de hombres y matalotes en lúgubre entrevero.

El llano estaba solitario. Dos o tres de los caballos que habían escapado a la matanza, mustios, con los ijares hundidos y los aperos revueltos, pugnaban por triscar los pastos a pesar del freno. Salíales junto a las coscojas un borbollón de espuma sanguinolenta.

Al otro flanco, se alzaba un monte de talas cubierto en su base de arbustos espinosos.

En su orilla, como atisbando la presa, con los hocicos al viento y las narices muy abiertas, ávidas de olfateo, media docena de perros cimarrones iban y venían inquietos lanzando de vez en cuando sordos gruñidos.

Catalina, que había apurado su avance, llegó junto a Heitor, callada, jadeante, con la melena suelta como un marco sombrío a su faz bronceada: reincorporóse sobre sus rodillas, dando un ronco resuello, y buscó con los dedos de su izquierda el cuello del oficial portugués, apartando el líquido coagulado de los labios de la herida.

Si hubiese visto aquellos ojos negros y fijos; aquella cabeza crinuda inclinada hacia él, aquella mano armada de cuchillo, y sentido aquella respiración entrecortada en cuyos hálitos silbaba el instinto como un reptil quemado a hierro, el brioso soldado hubiérase estremecido de pavura.

Al sentir la presión de aquellos dedos duros como garras, el capitán se sacudió, arrojando una especie de bramido que hubo de ser grito de cólera; pero ella, muda e implacable, introdujo allí el cuchillo, lo revolvió con un gesto de espantosa saña, y luego cortó con todas sus fuerzas, sujetando bajo sus rodillas la mano de la víctima, que tentó alzarse convulsa.

—¡Al ñudo ha de ser! —rugió el dragón-hembra con ira reconcentrada.

Tejidos y venas abriéronse bajo el acerado filo hasta la tráquea, la cabeza se alzó besando dos veces el suelo, y de la ancha desgarradura saltó en espeso chorro toda la sangre entre ronquidos.

Esa lluvia caliente y humeante bañó el seno de Cata, corriendo hasta el suelo.

Soportóla inmóvil, resollante, hoscosa, fiera; y al fin, cuando el fornido cuerpo del capitán cesó de sacudirse quedándose encogido, crispado, con las uñas clavadas en tierra, en tanto el rostro vuelto hacia arriba enseñaba con la boca abierta y los ojos saltados de las órbitas, el ceño iracundo de la última hora, ella se pasó el puño cerrado por el seno de arriba abajo con expresión de asco, hasta hacer salpicar los coágulos lejos, y exclamó con indecible rabia:

—¡Que la lamban los perros!

Luego se echó de bruces, y siguió arrastrándose hasta la tapera.

Entonces, los cimarrones coronaron la loma, dispersos, a paso de fiera, alargando cuanto podían sus pescuezos de erizados pelos como para aspirar mejor el fuerte vaho de los declives.

### 6

Algunos cuervos enormes, muy negros, de cabeza pelada y pico ganchudo, extendidas y casi inmóviles las alas, empezaban a poca altura sus giros en el espacio, lanzando su graznido de ansia lúbrica como una nota funeral.

Cerca de la zanja, veíase un perro cimarrón con el hocico y el pecho ensangrentados. Tenía propiamente botas rojas, pues parecía haber hundido los remos delanteros en el vientre de un cadáver.

Cata alargó el brazo, y lo amenazó con el cuchillo.

El perro gruñó, enseñó el colmillo, el pelaje se le erizó en el lomo y bajando la cabeza preparóse a acometer, viendo sin duda cuán sin fuerzas se arrastraba su enemigo.

—¡Vení, Canelón! —gritó Cata colérica, como si llamara a un viejo amigo—. ¡A él, Canelón!...

Y se tendió, desfallecida...

Allí, a poca distancia, entre un montón de cuerpos acribillados de heridas, polvorientos, inmóviles con la profunda quietud de la muerte, estaba echado un mastín de piel leonada como haciendo la guardia a su amo.

Un proyectil le había atravesado las paletas en su parte superior, y parecía postrado y dolorido.

Más lo estaba su amo. Era éste el sargento Sanabria, acostado de espaldas con los brazos sobre el pecho, y en cuyas pupilas dilatadas vagaba todavía una lumbre de vida.

Su aspecto era terrible.

La barba castaña recia y dura, que sus soldados comparaban con el borlón de un toro, aparecía teñida de roji-negro.

Tenía una mandíbula rota, y los dos fragmentos del hueso saltado hacia afuera entre carnes trituradas.

En el pecho, otra herida. Al pasarle el plomo el tronco, habíale destrozado una vértebra dorsal.

Agonizaba tieso, aquel organismo poderoso.

Al grito de Cata, el mastín que junto a él estaba, pareció salir de su sopor; fuese levantando trémulo, como entumecido, dio algunos pasos inseguros fuera del cicutal y asomó la cabeza...

El cimarrón bajó la cola y se alejó relamiéndose los bigotes, a paso lento, importándole más el festín que la lucha. Merodeador de las breñas, compañero del cuervo, venía a hozar en las entrañas frescas, no a medirse en la pelea.

Volvióse a su sitio el mastín, y Cata llegó a cruzar la zanja y dominar el lúgubre paisaje.

Detuvo en Sanabria, tendido delante, sobre lecho de cicutas, sus ojos negros, febriles, relucientes, con una expresión intensa de amor y de dolor.

Y arrastrándose siempre llegóse a él, se acostó a su lado, tomó alientos, volvióse a incorporar con un quejido, lo besó ruidosamente, apartóle las manos del pecho, cubrióle con las dos suyas la herida y quedóse contemplándole con fijeza, cual si observara cómo se le escapaba a él la vida y a ella también.

Nublábansele las pupilas al sargento, y Cata sentía que dentro de ella aumentaba el estrago en las entrañas.

Giró en derredor la vista quebrada ya, casi exangüe, y pudo distinguir a pocos pasos una cabeza desgreñada que tenía los sesos volcados sobre los párpados a manera de horrible cabellera. El cuerpo estaba hundido entre las breñas.

—¡Ah!... ¡Ciriaca! —exclamó con un hipo violento.

En seguida extendió los brazos, y cayó a plomo sobre Sanabria.

El cuerpo de éste se estremeció; y apagóse de súbito el pálido brillo de sus ojos.

Quedaron formando cruz, acostados sobre la misma charca, que Canelón olfateaba de vez en cuando entre hondos lamentos.

# RICARDO PALMA

PERUANO
(1833-1919)

*Las* Tradiciones *de Ricardo Palma adelantan en la literatura hispanoamericana el tratamiento mixto de lo ficticio y lo histórico
al punto que su delimitación precisa se pierde por la extraordinaria expansión de lo imaginario recuperando así la noción encontrada en las primeras visiones sobre la América Hispana: la
historia americana es inseparable del acto de la imaginación con
el que se inicia y encarna tal historia. También, las* Tradiciones
*ahondan poéticamente la expresión popular, con lo cual se logra
integrar la referencia clásica a un nuevo modo artístico. Finalmente, la reunión de lo clásico y lo popular, lo ficticio y lo histórico se da en estas narraciones desde una perspectiva humorística.*

*Ricardo Palma nació en Lima. Escribió poesía, teatro, prosa,
y ensayo en las áreas de lingüística e historia. Su primera obra
teatral* Rodil *se publica en 1851 y su primer libro de poemas*
Poesías, *en 1855. Estos dos libros marcarían tan solo el inicio de
una activa producción en la que mencionaremos su trabajo de recreación histórico,* Anales de la inquisición de Lima *(1863); su
creación poética,* Armonías *(1865) y* Pasionarias *(1870); tópicos
relacionados a la lengua,* Neologismos y americanismos *(1896);
artículos literarios,* Cachivaches *(1900). Su obra más notable es,
indudablemente, sus* Tradiciones peruanas *publicadas principalmente en cuatro series entre 1872 y 1877. Luego se van agregando más relatos que llegan hasta una octava serie en 1891. La
vida política de Palma fue intensa. En 1860 se ve obligado a exi-
larse en Chile donde frecuenta a importantes figuras literarias
como Lastarria y Blest Gana. Regresa al Perú en 1863. Asume un
cargo diplomático en Brasil. Viaja por Europa al año siguiente.
En 1868, Palma ejerce de diputado y senador. Posteriormente decide alejarse completamente de la política.*

*La consideración de las* Tradiciones *de Palma como cuentos
es de hecho polémica en la crítica hispanoamericana. Pedro Las-
tra separa las* Tradiciones *del cuento y del cuadro de costumbre.
(El cuento hispanoamericano del siglo XIX: notas y documentos.
New York: Helmy F. Giacoman, Editor. 1972, p. 50). Óscar
Hahn —aunque reconoce el fuerte carácter imaginativo de las* Tra-

diciones— *también las distingue del cuento*. (El cuento fantástico hispanoamericano en el siglo XIX. *México: Premià Editora, 1978, p. 11). José Miguel Oviedo destaca la cercanía de las* Tradiciones *al cuento, pero advierte sobre el aspecto digresivo de tipo histórico o didáctico "que impide, en definitiva, que la tradición sea un verdadero cuento, aunque pueda estar muy cerca de serlo". (Ricardo Palma",* Historia de la literatura hispanoamericana. Del neoclasicismo al modernismo. *Tomo II. Luis Íñigo Madrigal, coord. Madrid: Cátedra, 1987, p. 262). En el lado crítico opuesto, Ángel Flores encuentra en las* Tradiciones *"la primera manifestación, la más auténticamente literaria, del cuento hispanoamericano". (Orígenes del cuento hispanoamericano: Ricardo Palma y sus* Tradiciones. Estudios, textos y análisis. *México: Premià Editora, 1979, p. 7). Creo que, en lugar de tomar partido ante una u otra posición crítica, es más importante reiterar el común acuerdo de los críticos que he mencionado en relación al hecho de que las* Tradiciones *revisten la conformación de un espacio literario de significativa gravitación en la literatura hispanoamericana.*

*"Don Dimas de la Tijereta" fue escrito en 1864. El tema del alma que se vende al diablo o de la intervención diabólica en general plasmado en este relato, se encuentra en la literatura clásica universal, sin embargo, el original tratamiento artístico conseguido por Palma incentivará el desarrollo de su elaboración literaria en cuentistas de la América Hispana quienes también incorporarán la temática en su producción con rasgos humorísticos y peculiares. Es el caso del cuento del colombiano Tomás Carrasquilla "El gran premio" (1914), el del narrador venezolano Julio Garmendia en su cuento "El alma" publicado en* La tienda de muñecos *(1926), y el del mexicano Juan José Arreola en su cuento "Un pacto con el diablo" (1942) incluido en* Varia invención.

*Otro aspecto crucial de este relato y que también será perdurable en la literatura hispanoamericana es el consciente carácter ambiguo que sostiene y significa la narración. Aquí se trata de una ambigüedad lingüística (almilla como "alma" y como "prenda de vestir") que intensificada por el tono humorístico general existente en la narración alcanzará poco a poco todos los rincones significacionales del relato.*

# DON DIMAS DE LA TIJERETA

(CUENTO DE VIEJAS QUE TRATA DE CÓMO UN ESCRIBANO
LE GANÓ UN PLEITO AL DIABLO)

## I

Érase que se era y el mal que se vaya y el bien se nos venga, que allá por los primeros años del pasado siglo existía, en pleno portal de Escribanos de las tres veces coronada ciudad de los reyes del Perú, un cartulario de antiparras cabalgadas sobre nariz ciceroniana, pluma de ganso u otra ave de rapiña, tintero de cuerno, gregüescos de paño azul a media pierna, jubón de tiritaña, y capa española de color parecido a Dios en lo incomprensible, y que le había llegado por legítima herencia pasando de padres a hijos durante tres generaciones.

Conocíale el pueblo por tocayo del buen ladrón a quien don Jesucristo dio pasaporte para entrar en la gloria; pues nombrábase don Dimas de la Tijereta, escribano de número de la Real Audiencia y hombre que, a fuerza de dar fe, se había quedado sin pizca de fe, porque en el oficio gastó en breve la poca que trajo al mundo.

Decíase de él que tenía más trastienda que un bodegón, más camándulas que el rosario de Jerusalén que cargaba al cuello, y más doblas de a ocho, fruto de sus triquiñuelas, embustero y trocatintas, que las que cabían en el último galeón que zarpó para Cádiz y de que daba cuenta la Gaceta. Acaso fue por él quien dijo un caquiversista lo de

un escribano y un gato
en un pozo se cayeron;
como los dos tenían uñas
por la pared se subieron.

Fama es que a tal punto habíanse apoderado del escribano los tres enemigos del alma, que la suya estaba tal de zurcidos y remiendos que no la reconociera su Divina Majestad, con ser quien es y con haberla creado. Y tengo para mis adentros que si le hubiera venido en antojo al Ser Supremo llamarla a juicio, habría exclamado con sorpresa:
—Dimas, ¿qué has hecho del alma que te di?

Ello es que el escribano, en punto a picardías, era la flor y nata de la gente del oficio, y que si no tenía el malo por donde desecharlo, tampoco el ángel de la guarda hallaría asidero a su espíritu para transportarlo al cielo cuando le llegara el lance de las postrimerías.

Cuentan de su merced que siendo mayordomo del gremio, en una fiesta costeada por los escribanos, a la mitad del sermón acertó a caer un gato desde la cornisa del templo, lo que perturbó al predi-

cador y arremolinó al auditorio. Pero don Dimas restableció al punto
la tranquilidad, gritando: —No hay motivo para barullo, caballeros. Adviertan que el que ha caído es un cofrade de esta ilustre congregación, que ciertamente ha delinquido en venir un poco tarde a
la fiesta. Siga ahora su reverencia con el sermón.

Todos los gremios tienen por patrono a un santo que ejerció sobre
la tierra el mismo oficio o profesión; pero ni en el martirologio romano existe santo que hubiera sido escribano, pues si lo fue o no lo
fue San Aproniano está todavía en veremos y proveeremos. Los pro-
brecitos no tienen en el cielo camarada que por ellos interceda.

Mala pascua me dé Dios, y sea la primera que viniere, o déme
longevidad de elefante con salud de enfermo, si en el retrato, así físico como moral, de Tijereta, he tenido voluntad de jabonar la paciencia a miembro viviente de la respetable cofradía del ante mí y
el certifico. Y hago esta salvedad digna de un lego confitado, no tanto
en descargo de mis culpas, que no son pocas, y de mi conciencia de
narrador, que no es grano de anís, cuanto porque ésa es gente de
mucha enjundia, con la que ni me tiro ni me pago, ni le debo ni le
cobro. Y basta de dibujos y requilorios, y andar andillo, y siga la
zambra, que si Dios es servido, y el tiempo y las aguas me favorecen,
y esta conseja cae en gracia, cuentos he de enjaretar a porrillo y sin
más intervención de cartulario. Ande la rueda y coz con ella.


## II

No sé quién sostuvo que las mujeres eran la perdición del género
humano, en lo cual, mía la cuenta si no dijo una bellaquería gorda
como el puño. Siglos y siglos hace que a la pobre Eva le estamos
echando en cara la curiosidad de haberle pegado un mordisco a la
consabida manzana, como si no hubiera estado en manos de Adán,
que era a la postre un pobrete educado muy a la pata la llana, el devolver el recurso por improcedente; y eso que, en Dios y en mi
ánima, declaro que la golosina era tentadora para quien siente rebu-
llirse una alma en su almario. ¡Bonita disculpa la de su merced el
padre Adán! En nuestros días la disculpa no lo salvaba de ir a presidio, magüer barrunto que para prisión basta y sobra con la vida
asaz trabajosa y aporreada que algunos arrastramos en este valle de
lágrimas y pellejerías. Aceptemos también los hombres nuestra parte
de responsabilidad en una tentación que tan buenos ratos proporciona, y no hagamos cargar con todo el mochuelo al bello sexo.

> ¡Arriba, piernas,
> arriba, zancas!
> En este mundo
> todas son trampas.

No faltará quien piense que esta digresión no viene a cuento. ¡Pero vaya si viene! Como que me sirve nada menos para informar al lector que Tijereta dio a la vejez, época en que hombres y mujeres huelen, no a patchouli, sino a cera de bien morir, en la peor tortura en que puede dar un viejo. Se enamoró hasta la coronilla de Visitación, gentil muchacha de veinte primaveras, con un palmito y un donaire y un aquel capaces de tentar al mismísimo general de los padres belethmitas, una cintura pulida y remonona de esas de mírame y no me toques, labios colorados como guindas, dientes como almendrucos, ojos como dos luceros y más matadores que espada y basto en el juego de tresillo o rocambor. ¡Cuando yo digo que la moza era un pimpollo a carta cabal!

No embargante que el escribano era un abejorro recatado de bolsillo y tan pegado al oro de su arca como un ministro a la poltrona, y que en punto a dar no daba ni las buenas noches, se propuso domeñar a la chica a fuerza de agasajos; y ora la enviaba unas arracadas de diamantes con perlas como garbanzos, ora trajes de rico terciopelo de Flandes, que por aquel entonces costaban un ojo de la cara. Pero mientras más derrochaba Tijereta, más distante veía la hora en que la moza hiciese con él una obra de caridad, y esta resistencia traíalo al retortero.

Visitación vivía en amor y compañía con una tía, vieja como el pecado de gula, a quien años más tarde encorozó la Santa Inquisición por rufiana y encubridora, haciéndola pasear las calles en bestia de albarda, con chilladores delante y zurradores detrás. La maldita zurcidora de voluntades no creía, como Sancho, que era mejor sobrina mal casada que bien abarraganada; y endoctrinando pícaramente con sus tercerías a la muchacha, resultó un día que el pernil dejó de estarse en el garabato por culpa y travesura de un pícaro gato. Desde entonces si la tía fue el anzuelo, la sobrina mujer completa ya según las ordenanzas de birlibirloque, se convirtió en cebo para pescar maravedises a más de dos y más de tres acaudalados hidalgos de esta tierra.

El escribano llegaba todas las noches a casa de Visitación, y después de notificarla un saludo, pasaba a exponerla el alegato de lo bien probado de su amor. Ella le oía cortándose las uñas, recordando a algún boquirrubio que la echó flores y piropos al salir de la misa de la parroquia, diciendo para su sayo: —Babazorro, arrópate que sudas, y límpiate, que estás de huevo— o canturreando:

> No pierdas en mí balas
> carabinero,
> porque yo soy paloma
> de mucho vuelo.

Si quieres que te quiera,
me has de dar antes
aretes y sortijas,
blondas y guantes.

Y así atendía a los requiebros y carantoñas de Tijereta, como la piedra berroqueña a los chirridos del cristal que en ella se rompe. Y así pasaron meses hasta seis, aceptando Visitación los alboroques pero sin darse a partido ni revelar intención de cubrir la libranza, porque la muy taimada conocía a fondo la influencia de sus hechizos sobre el corazón del cartulario.

Pero ya la encontraremos caminito de Santiago, donde tanto resbala la coja como la sana.

### III

Una noche en que Tijereta quiso levantar el gallo a Visitación, o lo que es lo mismo, meterse a bravo, ordenóle ella que pusiese pies en pared, porque estaba cansada de tener ante los ojos la estampa de la herejía, que a ella y no a otra se asemejaba a don Dimas. Mal pergeñado salió éste, y lo negro de su desventura no era para menos, de casa de la muchacha; y andando, andando y perdido en sus cavilaciones, se encontró, a obra de las doce, al pie del cerrito de las Ramas. Un vientecillo retozón, de esos que andan preñados de romadizos, refrescó un poco su cabeza, y exclamó:

—Para mi santiguada que es trajín el que llevo con esa fregona que la da de honesta y marisabidilla, cuando yo me sé de ella milagros de más calibre que los que reza el "Flos-Sanctórum". ¡Venga un diablo cualquiera y llévese mi almilla en cambio del amor de esa caprichosa criatura!

Satanás, que desde los antros más profundos del infierno había escuchado las palabras del plumario, tocó la campanilla, y al reclamo se presentó el diablo Lilit. Por si mis lectores no conoce a este personaje, han de saberse que los demonógrafos, que andan a vueltas y tornas con las "Clavículas de Salomón", libro que leen al resplandor de un carbunclo, afirman que Lilit, diablo de bonita estampa, muy zalamero y decidor, es el correveidile de su Majestad Infernal.

—Ve, Lilit, al cerro de las Ramas y extiende un contrato con un hombre que allí encontrarás, y que abriga tanto desprecio por su alma, que la llama almilla. Concédele cuanto te pida y no te andes con regateos, que ya sabes que no soy tacaño tratándose de una presa.

Yo, pobre y mal traído narrador de cuentos, no he podido alcanzar pormenores acerca de la entrevista entre Lilit y don Dimas, porque no hubo taquígrafo a mano que se encargase de copiarla sin perder punto ni coma. ¡Y es lástima, por mi fe! Pero baste saber que

Lilit, al regresar al infierno, le entregó a Satanás un pergamino que, fórmula más o menos, decía lo siguiente:

"Conste que yo, don Dimas de la Tijereta, cedo mi almilla al rey de los abismos en cambio de amor y posesión de una mujer. Ítem, me obligo a satisfacer la deuda de la fecha en tres años." Y aquí seguían las firmas de las altas partes contratantes y el sello del demonio.

Al entrar el escribano en su tugurio, salió a abrirle la puerta nada menos que Visitación, la desdeñosa y remilgada Visitación, que ebria de amor se arrojó en los brazos de Tijereta. Cual es la campana, tal la badajada.

Lilit había encendido en el corazón de la pobre muchacha el fuego de Lais, y en sus sentidos la desvergonzada lubricidad de Mesalina. Doblemos esta hoja, que de suyo es peligroso extenderse en pormenores que pueden tentar al prójimo labrando su condenación eterna, sin que le valgan la bula de Meco ni las de composición.

Como no hay plazo que no se cumpla, ni deuda que no se pague, pasaron, día por día, tres años como tres berenjenas, y llegó el día en que Tijereta tuviese que hacer honor a su firma. Arrastrado por una fuerza superior y sin darse cuenta de ello, se encontró en un verbo transportado al cerro de las Ramas, que hasta en eso fue el diablo puntilloso y quiso ser pagado en el mismo sitio y hora en que se extendió el contrato.

Al encararse con Lilit, el escribano empezó a desnudarse con mucha flema, pero el diablo le dijo:

—No se tome vuesa merced ese trabajo, que maldito el peso que aumentará a la carga la tela del traje. Yo tengo fuerzas para llevarme a usarced vestido y calzado.

—Pues sin desnudarme no caigo en el cómo sea posible pagar mi deuda.

—Haga usarced lo que le plazca, ya que todavía le queda un minuto de libertad.

El escribano siguió en la operación hasta sacarse la almilla o jubón interior, y pasándola a Lilit, le dijo:

—Deuda pagada y venga mi documento.

Lilit se echó a reír con todas las ganas de que es capaz un diablo alegre y truhán.

—Y ¿qué quiere usarced que haga con esta prenda?

¡Toma! Esa prenda se llama almilla, y eso es lo que yo he vendido y a lo que estoy obligado. Carta canta. Repase usarced, señor diabolín, el contrato, y si tiene conciencia se dará por bien pagado. ¡Como que esa almilla me costó una onza, como un ojo de buey, en la tienda de Pacheco!

—Yo no entiendo de tracamundanas, señor don Dimas. Véngase

conmigo y guarde sus palabras en el pecho para cuando esté delante de mi amo.

Y en esto expiró el minuto, y Lilit se echó al hombro a Tijereta, colocándose con él de rondón en el infierno. Por el camino gritaba a voz en cuello el escribano que había festinación en el procedimiento de Lilit, que todo lo fecho y actuado era nulo y contra la ley, y amenazaba al diablo alguacil con que si encontraba gente de justicia en el otro barrio le entablaría pleito, y por lo menos lo haría condenar en costas. Lilit ponía orejas de mercader a las voces de don Dimas, y trataba ya, por vía de amonestación de zambullirlo en un caldero de plomo hirviendo, cuando alborotado el Coyito y apercibido Satanás del laberinto y causa que lo motivaban convino en que se pusiese la cosa en tela de juicio. ¡Para ceñirse a la ley y huir de lo que huele a arbitrariedad y despotismo, el demonio!

Afortunadamente para Tijereta no se había introducido por entonces en el infierno el uso del papel sellado, que acá sobre la tierra hace interminable un proceso, y en breve rato vio fallada su causa en primera y segunda instancia. Sin citar las Pandectas ni el Fuero Juzgo, y con sólo la autoridad del Diccionario de la Lengua, probó el tunante su buen derecho; y los jueces, que en vida fueron probablemente literatos y académicos, ordenaron que sin pérdida de tiempo se le diese soltura, y que Lilit lo guiase por los vericuetos infernales hasta dejarlo sano y salvo en la puerta de su casa. Cumplióse la sentencia al pie de la letra, en lo que dio Satanás una prueba de que las leyes en el infierno no son, como en el mundo, conculcadas por el que manda y buenas sólo para escritas. Pero destruido el diabólico hechizo, se encontró don Dimas con que Visitación lo había abandonado corriendo a encerrarse en un beaterio, siguiendo la añeja máxima de dar a Dios el hueso después de haber regalado la carne al demonio.

Satanás, por no perderlo todo, se quedó con la almilla; y es fama que desde entonces los escribanos no usan almilla. Por eso cualquier constipadillo vergonzante produce en ellos una pulmonía de capa de coro y gorro de cuartel, o una tisis tuberculosa de padre y muy señor mío.

Y por más que fui y vine, sin dejar la ida por la venida, no he podido saber a punto fijo si, andando el tiempo, murió don Dimas de buena o mala muerte. Pero lo que sí es cosa averiguada es que lió bártulos, pues no era justo que quedase sobre la tierra para semilla de pícaros. Tal es, ¡oh lector carísimo!, mi creencia.

Pero un mi compadre me ha dicho, en puridad de compadres, que muerto Tijereta quiso su alma, que tenía más arrugas y dobleces que abanico de coqueta, beber agua en uno de los calderos de Pero Botero, y el conserje del infierno le gritó: —¡Largo de ahí! No admitimos ya escribanos.

Esto hacía barruntar al susodicho mi compadre que con el alma del cartulario sucedió lo mismo que con la de Judas Iscariote; lo cual, pues viene a cuento y la ocasión es calva, he de apuntar aquí someramente y a guisa de conclusión.

Refieren añejas crónicas que el apóstol que vendió a Cristo echó, después de su delito, cuentas consigo mismo, y vio que el mejor modo de saldarlas era arrojar las treinta monedas y hacer zapatetas, convertido en racimo de árbol.

Realizó su suicidio, sin escribir antes, como hogaño se estila, epístola de despedida, y su alma se estuvo horas y horas tocando a las puertas del purgatorio, donde por más empeños que hizo se negaron a darle posada.

Otro tanto le sucedió en el infierno, y desesperada y tiritando de frío regresó al mundo, buscando donde albergarse.

Acertó a pasar por casualidad un usurero, de cuyo cuerpo hacía tiempo que había emigrado el alma, cansada de soportar picardía, y la de Judas dijo: —aquí que no peco—, y se aposentó en la humanidad del avaro. Desde entonces se dice que los usureros tienen alma de Judas.

Y con esto, lector amigo, y con que cada cuatro años uno es bisiesto, pongo punto redondo al cuento, deseando que así tengas la salud como yo tuve empeño en darte un rato de solaz y divertimiento.

# M A N U E L   P A Y N O

(1810-1894)

*Refiriéndose a las dos obras narrativas más importantes del escritor mexicano, el investigador Antonio Castro Leal señala: "No hay pintura de la sociedad mexicana del siglo XIX, en todas sus categorías y todos los ámbitos nacionales, tan completa, tan variada, tan informativa y tan convincente como la que ofrecen las dos grandes novelas de Payno* El fistol del Diablo *y* Los bandidos de Río Frío.*" (Estudio preliminar a* El fistol del Diablo. Novela de costumbres mexicanas. *México: Editorial Porrúa, S. A., 1967, p. XIII). Acertadísimo juicio sobre un aspecto de la obra de Payno que también había llamado la atención del escritor Mariano Azuela en su ensayo* Cien años de novela mexicana, *publicado en 1947. Azuela comenta sobre el manejo del diálogo en la obra de Payno como una técnica poco lograda, pero resalta la vitalidad pictórica de su narrativa: "frescos pintados con fidelidad y vigor", "El fuerte colorido y la veracidad", "Payno describe el paisaje y el ambiente que han captado sus sentidos con fidelidad admirable". (Mariano Azuela,* Obras completas. *México: Fondo de Cultura Económica, 1960, pp. 959, 604, 602). Mientras es verdad que los elementos estilísticos en la obra de Payno no reflejan una cuidadosa elaboración es también necesario puntualizar que esa carencia parece compensarse por la fuerza descriptiva de una observación penetrante.*

*Manuel Payno nació en la ciudad de México. Comenzó a trabajar en el servicio de Aduanas participando más tarde en la fundación de la Aduana Marítima de Matamoros. Se desempeñó asimismo como administrador de la Fábrica Nacional de Tabacos. En 1842 —con un cargo diplomático— viaja a América del Sur y luego a Francia e Inglaterra. En 1844 se dirige a Nueva York con el encargo de estudiar el sistema penitenciario. Mientras se encontraba en esta ciudad observa los preparativos militares a cargo del general Taylor que darían inicio a la guerra con México. Payno regresa inmediatamente a su país para informar sobre las verdaderas intenciones del gobierno norteamericano. En 1850 es ministro de Hacienda. La participación de Payno en la vida política mexicana se va haciendo cada vez más intensa. Es elegido diputado y posteriormente senador. En 1882 es enviado a París*

*como agente de colonización. En 1886 es cónsul con residencia
en Santander y luego en Barcelona. Viaja por varios países europeos durante su desempeño diplomático.*

La obra literaria de Payno es fundamentalmente narrativa aun
cuando escribió algunos poemas y dramas. Su primera novela
extensa es El fistol del diablo *cuya primera versión es de 1845-46.
Las dos versiones siguientes corregidas son de 1859 y 1871; en
1887 aparece con un subtítulo:* El fistol del diablo: novela de costumbres mexicanas. *Siguen las novelas* El hombre de la situación.
Novela de costumbres *(1861) y* Los bandidos de Río Frío, *publicada en Barcelona en 1889-1891 durante la estadía del escritor en
esa ciudad como representante diplomático. En 1900 se publica
con un "llamativo" subtítulo* Los bandidos de Río Frío: novela naturalista, de costumbres, de crímenes y de horrores. *En 1871 publica* Tardes nubladas: colección de novelas, *que incluye las siguientes
novelas cortas y relatos* "El cura y la ópera", "María Estuardo",
"La reina de Escocia a la reina Isabel", "Isabel de Inglaterra",
"El poeta y la santa", "El castillo del barón D'Artal", "La lámpara", "Pepita", "Granaditas. Recuerdos históricos", "El lucero de
Málaga" y "Un viaje a Veracruz en el invierno de 1843". *Después de la muerte del escritor se recogen varios de sus relatos y
novelas cortas en el volumen titulado* Obras de don Manuel
Payno. Tomo I. Novelas cortas. *Este tomo (no se publica un segundo) incluye algunos relatos ya aparecidos en* Tardes nubladas,
*tales como* "Pepita", "El castillo del barón D'Artal", "La lámpara", "El lucero de Málaga" y "El cura y la ópera". *Agrega los
relatos* "María", "Un doctor", "El mineral de Plateros. Tradición", "La víspera y el día de una boda", "¡Loca!", "El Monte
virgen", "Alberto y Teresa", "La esposa del insurgente", "Aventura de un veterano", "El rosario de Concha Nácar", "Amor secreto" y "Trinidad Juárez".

Payno dejó también una abundante obra de carácter histórico
y financiero; de ella destacan *Apuntes para la historia de la guerra entre México y los Estados Unidos (1848);* Cuestión de Te-
huantepec *(1852);* Contestación de los agentes de la convención
inglesa *(1855);* La convención española *(1857);* México y sus
cuestiones financieras en la Inglaterra, la España y la Francia
*(1862);* La deuda interior de México *(1865);* Cuentas, gastos,
acreedores y otros asuntos del tiempo de la intervención francesa
y el imperio. Obra escrita y publicada de orden del gobierno
constitucional de la República *(1868);* Compendio de la historia
de México, para el uso de los establecimientos de la instrucción
primaria de la República *(1870) con reediciones en 1871, 1876,
1880, 1882 y 1891;* El libro rojo *(1870) en colaboración con
Vicente Riva Palacio, Juan A. Mateos y Rafael Martínez de la*

*Torre;* Barcelona y México en 1888 y 1889 *(1889). Publicó asimismo relaciones diversas:* Memorias e impresiones de un viaje a Inglaterra y Escocia *(1853);* Memoria de Hacienda presentada al Excmo. Sr. Presidente de la República *(1857);* Memoria sobre la revolución de diciembre de 1857 y enero de 1858 *(1860);* Memorias sobre el maguey mexicano y sus diversos productos *(1864);* Memoria sobre el ferrocarril de México a Veracruz *(1868).*

*La narrativa de Payno, especialmente en las novelas cortas, no escapa de los elementos convencionales del romanticismo; lo cual se puede examinar en relatos como "María", "Pepita", "Un doctor", "Alberto y Teresa", "La esposa del insurgente" y "Amor secreto". En estos textos la pasión del amor queda interrumpida por factores varios, entre ellos, el social. En el desenlace generalmente se precipita la enfermedad de la heroína y su muerte. Dentro de este sistema estético hay gran versatilidad en la prosa de Payno; el hecho de que el tono romántico de su narrativa no es uniforme puede apreciarse por ejemplo en el formato narracional de "Alberto y Teresa" o en la marcada fuerza en la caracterización del personaje femenino en "La esposa del insurgente". Por otra parte ver la producción de Payno en la óptica de una influencia puramente romántica no es exacto. En el caso del escritor mexicano —así como en Echeverría y otros narradores del siglo diecinueve— hay un manifiesto sincretismo estético que Azuela expresaría así: "Su vieja educación y su tendencia renovadora lo hacen producir una revoltura híbrida. (Obras completas, ed. cit., p. 602). El realismo es parte también de la estética de Payno, el cual no tiene nada de convencional; se da, por el contrario, de manera espontánea en su obra.*

*El relato "El cura y la ópera", escrito en 1859, es el primero incluido en* Tardes nubladas; *se recoge posteriormente en* Obras de don Manuel Payno. Tomo I. Novelas cortas. *Los viajes del escritor procuraron nuevos escenarios para su narrativa; "El lucero de Málaga" constituye un ejemplo. En "El cura y la ópera" el ambiente es Inglaterra. Distanciándose del motivo de amor no realizado, Payno opta en este texto por una tensión que afecta al mundo religioso y secular del personaje, pero apartándose de los contrarios románticos se dirige a la observación del detalle a través de un realismo propio, modulado por un delicado humor.*

## EL CURA Y LA ÓPERA

En una de esas mañanas frescas, nubladas y melancólicas del fin del mes de mayo, se paseaban dos personajes por las orillas del Támesis, frente al pintoresco pueblo de Richmond.

El uno era un hombre de estatura mediana, grueso de los hombros al estómago, y delgado de los muslos al tobillo; pero su fisonomía era extremadamente amable, modesta y regular y su tez tersa y encarnada, a pesar de los cincuenta años que representaba. Vestía una levita negra, que abotonada desde el cuello, le bajaba hasta los talones, formando una especie de sotana. Un pantalón estrecho, también negro, una corbata blanca, y un alto sombrero opaco, un paraguas de género de algodón debajo del brazo izquierdo, y un libro con cantos dorados en la mano derecha, formaban el equipo completo de nuestro personaje.

El otro era un joven como de veinticuatro años, robusto, de grandes ojos azules, de labios gruesos y encarnados, que siempre dejaban ver dos hileras de dientes blancos. Su fino cabello castaño le caía detrás de las orejas, y le cubría casi enteramente el cuello de un saco gris que le bajaba hasta la rodilla. El resto de su vestido era como el de la mayor parte de los ingleses de la clase media, es decir, de color oscuro, de una hechura pésima y de un aseo infinito.

El anciano era el pastor, o como diríamos nosotros, el cura de una pequeña feligresía inmediata a Liverpool. Se llamaba el doctor Parson.

El otro era el organista de la capilla, y se llamaba Tomás.

—Siempre que el cardenal Wiseman me llama a Londres para encargarme alguna comisión, se lo agradezco en el fondo del alma, dijo el cura.

—Lo creo, contestó Tomás, porque eso de visitar esta gran ciudad, y pasear por las calles del Regente, y...

—No, no es por eso, sino por gozar del espectáculo encantador, y siempre nuevo e interesante, que presenta Richmond. Además, yo viví en mi infancia allí... en aquella calle, y todas las tardes venía con mi aya a estas orillas... la diferencia que encuentro de entonces a ahora, es que el río me parece más cristalino y más poblado de cisnes, el césped más fino y más espeso, y árboles más copados y frondosos: tampoco había esta casa de campo, ni aquel hotel, ni ese castillo que se divisa entre las copas de los castaños, ni el puente... ¡oh! también hace veinticinco años que no venía yo.

En efecto, el río Támesis, turbio y cenagoso por enfrente de Londres, acaricia con las dulces olas de sus aguas claras y transparentes, las orillas variadas del pueblo que, en la época en que vamos ha-

blando, había ya cubierto la primavera de una alfombra de un verde
espléndido. Los grupos de árboles formaban esparcidos, a ciertas distancias, unos pabellones donde circulaba un ambiente fresco y perfumado, y las vidrieras de las ventanas góticas e italianas, y las almenas de los castillos y casas de campo, se desprendían por encima
de las copas de los árboles, blancas y resplandecientes, con algunos
rayos del sol que hendían las nubes que volaban sobre la campiña.

—Tiene usted razón, respondió el organista, esto es muy hermoso;
pero hay todavía otras cosas más dignas de verse en Londres, que el
parque de Richmond; por ejemplo, el castillo de Windsor, el Museo
Real, la ópera...

—Sí, sí, la música es muy hermosa. En el templo mismo, la música predispone y ayuda a la meditación; pero en cuanto a la ópera,
eso ya es otra cosa, dijo el cura meneando la cabeza.

—Es decir, señor cura, le dijo el organista, que nunca ha oído
usted una ópera.

—Y cómo que sí, contestó el cura: hace cosa de veinte años que
oí a la Catalani. Se llamaba Angélica, y por cierto que tenía una voz
de ángel. Todavía tengo aquí en los oídos los dulces gorjeos de esa
mujer, más suaves que los de los pajarillos que nos cantan en la
capilla cuando digo misa, a la hora del alba.

—Pues, señor cura, si usted me da licencia, me quedaré dos o tres
días en Londres, resuelto a gastar en la galería del teatro de la Reina,
mis diez chelines cada noche, por oír a Madame Sontag y a Mademoiselle Cruvelli, y a Lablache y a Ronconi. Una vez gastados mis
veinte chelines, tomo el camino de fierro, y el domingo me tiene usted
muy temprano delante del órgano, procurando recordar a lo divino,
algo de lo que haya oído.

—Dicen los periódicos tanto de la Sontag y de la Cruvelli, repuso
el cura, que sin duda el diablo me ha puesto la tentación de hacer
un disparate, y... pero no, repito que no pasa de tentación. En cuanto a ti, como sé que eres idólatra de la música, puedes quedarte toda
la semana en Londres, asistir a cuantas óperas quieras, con tal que
estés en la capilla el domingo a la hora del servicio divino. ¡Eh! justamente va a dar la hora, continuó sacando el reloj, y será bueno
acercarnos a la estación del camino de fierro, o al despacho de los
ómnibus. A medio día salgo de Londres, y a la tarde estaré ya descansando en el curato.

—Precisamente, señor cura, quería yo pedir a usted un gran favor.

—No asistir el domingo a la iglesia, ¿no es verdad? Pues bien;
eso no puede ser. Yo no estoy autorizado para proteger la ociosidad
a costa del culto...

—No era eso, señor cura.

—¿Pues, entonces?

—Lo que yo quería, era que me acompañase usted una noche a la ópera.

—¿Estás loco? dijo el cura, encarándose con el organista y arrugando el ceño.

—Era por cariño a usted, respondió Tomás bajando los ojos.

—Bien, bien, yo te lo agradezco hijo mío, repuso el cura con una voz suave; pero no puede ser...

—¿Por qué? preguntó tímidamente Tomás.

—Voy a explicarte. En primer lugar, las dos o tres libras esterlinas que yo gaste en la diversión, las defraudo a los pobres. En segundo, desatiendo mis obligaciones. En tercero, la ópera, al fin es una diversión profana. Si se tratara de música solamente, pase... yo adoro la música, como adoro todas las maravillas de la naturaleza, que son obra de Dios; pero luego las bailarinas hacen tales gestos, tales ademanes, tales contorsiones, que en verdad, Tomás, eso no conviene a un pastor que tiene necesidad de dar ejemplo a sus ovejas.

—Voy en un momento a allanar todos los obstáculos, si no son más que esos, señor cura, dijo el organista muy contento. En cuanto al dinero, no hay que apurarse: yo pagaré le entrada.

El cura miró a Tomás, dándole las gracias más expresivas con los ojos.

—En cuanto a la falta en el curato, un día, dos días, tres días, no son nada, continuó el organista. Respecto al baile, la cosa más fácil es salirse al pórtico a fumar, y volver a entrar cuando se haya acabado. Así, el señor cura no hará mas que oír la música, y nada más que la música.

En esta conversación nuestros dos personajes atravesaron algunas calles de Richmond, y llegaron a una esquina donde estaba el despacho de la línea de ómnibus. Uno de estos carruajes acababa de salir, y otro estaba tan próximo a llegar, que se oía el ruido que hacían sus ruedas en el empedrado de las calles.

Cinco minutos después, el ómnibus se presentó en la calle principal, lleno de gente, tanto dentro, como en el techo.

El cura y el organista se dispusieron a tomar, para el regreso a Londres, los mejores asientos, y para esto se colocaron en la portezuela del carruaje, dando atentamente la mano, como es costumbre en Inglaterra, a todas las señoras que bajaban.

El cura maquinalmente tendía su mano a las hermosas viajeras, y ni levantaba los ojos para mirarlas. Era un hombre anciano, y además virtuoso y casto. El organista, al disimulo, dio un tirón a la levita del párroco: este volvió la cara.

—La señora a quien va usted a dar la mano, es Madame Sontag, le dijo el organista en el oído.

El cura retrocedió medio paso; más por no parecer desatento, volvió a su puesto.

Una señora, con un gracioso y pequeño sombrero de paja de Italia, adornado con unos ramitos de verbena, un chal tibio y voluptuoso de cachemira, y un vestido de *moirée* negro, se levantó del asiento que ocupaba en el ómnibus, y recogiendo y levantando su vestido con la mano izquierda, se adelantó en dos pequeños y graciosos pasos hacia la portezuela, y presentó al cura la mano derecha, pequeña, pulida y blanca, y afortunadamente en ese momento, sin la eterna cubierta de cabritilla que la maldecida moda ha inventado para tormento de los que saben dar valor y mérito a unos deditos redondos y a unas uñas de marfil y rosa.

El cura tomó aquella mano que se le presentaba, y por no caer en la tentación de ver un pie pequeño, y calzado con un botín de raso café, levantó la vista, y se encontró con unos ojos azules y apacibles, y una boca que se entreabrió graciosamente, para decir en un buen inglés: *mil gracias, caballero.*

Esta amable y graciosa dama, era Enriqueta Sontag. Detrás de ella bajaron dos o tres caballeros. Uno de ellos la tomó del brazo, y echaron todos a andar, dirigiéndose a las orillas del río.

En cuanto al cura, tomó el mejor lugar del ómnibus, y al cabo de dos horas estaba en la estación del camino de fierro, y en la tarde cosa de las seis entraba a su curato.

El organista se quedó en Londres, se paseó por la calle del Regente toda la tarde, y en la noche, indeciso entre Mario y Tamberlick; entre Julia Grissi y Enriqueta Sontag, entre el teatro de la Reina y el de Covent Garden, se encontró con un antiguo camarada de colegio, y convinieron en tomar boletos para los dos teatros, y asistir cada uno a la mitad de la representación. Al cabo de tres días, el organista regresó perfectamente tranquilo a su pueblo, decidido a tocar en la primera oportunidad, la marcha del Profeta o la cavatina de la Linda de Chamounix.

No sucedió igual cosa al cura. La voz amable y fina con que le había dado las gracias Enriqueta, sonaba todavía en sus oídos, y su fisonomía expresiva y dulce se le presentaba en la imaginación, ya clara y distinta, ya confusa y borrada, como sucede siempre que se ha visto rápidamente una sola vez a algún personaje interesante.

El cura, a pesar de ser inglés, era un hombre entusiasta por la música. Sus economías las había dedicado a la compra de un magnífico órgano, y la primera partida del presupuesto de los gastos del curato, era la del sueldo del hábil Tomás con quien hemos hecho ya conocimiento: así, desde que se despertó en su alma el deseo de oír una ópera, después de veinte años de soledad y de retiro completo de todas las diversiones, desde que por una inesperada casualidad dio la mano para bajar del coche a Enriqueta, que entonces volvía llena de fama al mundo artístico, perdió aquella tranquilidad y calma de que habitualmente había disfrutado.

Todos los días, así que concluía sus ocupaciones religiosas y que se encerraba en su habitación a leer o a descansar, el pensamiento de la ópera venía a fijarse en su cabeza con tal tenacidad, que necesitaba de toda la energía de su voluntad para desecharlo. Tomás, como un diablillo filarmónico, venía de vez en cuando a renovar la tentación, y a excitar al buen anciano a que prevaricara, y se dejase arrastrar de esa inclinación irresistible a la música.

Pasaron así algunas semanas, y se acercaba el fin de la temporada de la ópera, que en Londres comienza en principios de mayo, y concluye en julio, o cuando más tarde en fines de agosto.

El cura no pudo resistir, y celebró con su conciencia una capitulación, por la cual quedó arreglado: primero, que para no distraer una suma considerable de los objetos de caridad y del culto (en los cuales hemos dicho empleaba todos los productos de la parroquia), los gastos se harían con la mayor economía; segundo, que solamente asistiría a tres óperas, procurando oír en una a Enriqueta Sontag, cn otra a Sofía Cruvelli, y en la última a Julia Grissi y a Mario; tercero, que buscaría un asiento cercano a la puerta, para salirse a la hora del baile, pues su intención era oír la música, y nada más que la música, y se supone, los trinos y gorjeos y *fioritures* de las *primas donnas;* cuarto y último, que a su regreso al curato, establecería nuevas economías, hasta reponer los gastos que erogase en esta expedición filarmónica.

Firme ya en su resolución, dispuso sus cosas, de manera que su presencia no hiciese falta en el curato durante cinco días; comunicó su resolución bajo el más estricto sigilo al organista Tomás, el cual estuvo a punto de saltar de alegría y abrazar al eclesiástico.

El diablo de la filarmonía había triunfado. Nuestro doctor tomó su asiento en el camino de tierra a medio día, calculando llegar a Londres antes de las seis de la tarde, evitando con esto el gasto de la comida en la metrópoli.

En efecto, con la puntualidad y exactitud acostumbrada en los ferrocarriles, el tren llegó a la estación del Puente de Londres a las seis menos veinte minutos. El cura salió inmediatamente del coche con su pequeño saco de viaje en la mano, alzó la cara para ver en el reloj del despacho la hora que era, y llevando adelante su sistema de economía pensó que podía ahorrar perfectamente los dos o tres chelines del *cab* * con solo andar un poco aprisa.

De la estación del Puente de Londres al teatro Real, había cosa de seis o siete millas: así, el cura tenía que correr por lo menos dos leguas antes de que diesen las siete de la noche, hora en que comienza la ópera; mas como era hombre fuerte y acostumbrado al ejercicio, en un momento atravesó las espaciosas y eternas calles de altísimas

* Cabriolé.

casas de ladrillo que están del otro lado del Támesis, y en breve pasó el magnífico puente, y se halló en el laberinto de la antigua *City.* Allí, algo fatigado, le pareció prudente tomar un asiento en un ómnibus, y por seis peniques (un real), antes de las siete se encontró salvo y sano en el Circo del Regente.

Dirigióse a un hotel pequeño y barato, donde había parado en el viaje anterior, dejó su equipaje, se quitó el polvo del camino, y se dirigió al teatro de la Reina alborotado y ufano como un niño.

En la puerta leyó el anuncio. Se representaba esa noche el *Barbero de Sevilla;* en seguida un acto de Hernani, y un ballet titulado: *El Diablo a cuatro.* El precio de cada luneta era de una libra esterlina (cinco pesos).

El cura hizo un gesto.

—Mejor sería, dijo, que el precio fuera de media libra, y suprimieran ese horrible baile, que con razón lleva el nombre cuatriplicado de Satanás.

Mas como había venido expresamente a la ópera, y quería asistir a la representación en un lugar cómodo y cercano, no había medio de retroceder. Dirigióse a la casilla.

—Caballero, dijo metiendo con los dedos una libra esterlina por el boquete del despacho, hágame usted favor de darme un billete de patio, lo más cercano que sea posible a la orquesta.

—No hay ya lunetas, se han acabado; pero podrá usted encontrar billete en algunas de las librerías de la calle del Regente.

—Pues entonces deme usted un billete de palco.

El encargado del despacho de boletos soltó una carcajada.

—¿Por qué se ríe usted? preguntó el cura algo amostazado; yo pago mi dinero y tengo *derecho* de pedir el lugar que me agrade.

Es sabido que los ingleses, aun en las cosas más insignificantes, apelan al mote de sus armas *Dios y mi derecho.*

—Es que todos los palcos están tomados por la nobleza durante la estación, contestó el hombre del despacho; pero, en fin, si quiere usted *pit seats* * le daré un boleto; pero como el teatro está lleno de gente, tendrá usted que estar en pie toda la noche.

El cura, que estaba muy cansado, no acabó de escuchar la proposición, y se dirigió a una librería.

—¿Me hace usted favor de un boleto de luneta? dijo al librero, volviendo a tomar su libra esterlina en los dos dedos.

—Con mucho gusto, respondió el librero. Aquí tiene usted el mejor asiento del teatro; pero vale tres libras.

—¡Tres libras! dijo el cura abriendo los ojos.

---

* Lugar en el teatro donde unos están en pie, y otros en asientos sumamente estrechos e incómodos.

—Tres libras, caballero. Esta noche canta la Sontag las variaciones de Rhode, y los asientos son muy caros.

El cura se tocó ligeramente el sombrero, y salió de la librería para entrar en otra.

—No, decía, de ninguna suerte daré yo tres libras; eso sí sería un verdadero pecado mortal. En fin, veremos si algún otro librero es más racional.

El cura recorrió tres librerías, y en todas el precio de los billetes era el mismo. Por fin, hubo un librero más humano, que le vendió un billete por dos libras (diez pesos). El cura dio con una repugnancia visible sus dos monedas de oro; pero hemos dicho que todo esto era una tentación del diablo, y el eclesiástico caminaba, al menos así lo creía él, por una pendiente rápida a su perdición.

Entre alegre y reflexivo, se dirigió de nuevo al teatro de la Reina. Habían ya dado las siete, y tenía el sentimiento de pensar, que después de haber pagado dos libras por el asiento, sólo gozaría de las cuatro quintas partes de la representación. En consecuencia de esto, apresuró el paso, entró en el vestíbulo, atravesó dos salones, y por fin se vio delante de dos graves personajes vestidos de negro, que estaban en la puerta del patio encargados de recoger los boletos.

El cura entregó el suyo con una especie de orgullo. Le había costado dos libras, y el eclesiástico se figuraba que esto había de ser un motivo de consideración.

Uno de los dependientes tomó en efecto el billete, le hizo señal de que entrase; pero apenas había avanzado tres pasos, y comenzaba a divisar, con el arrobamiento de un chiquillo, el foro espléndidamente iluminado y llenó de majos andaluces, cuando fe detenido por el hombro.

—Caballero, si a usted le agrada, me hará favor de salir, le dijo uno de los dependiente.

—¿Salir yo? dijo el cura sin quitar la vista del foro.

—Sí, salir inmediatamente.

—¿Y por qué?

—Porque se ha puesto usted una levita, sin duda por equivocación.

—No, caballero, no me he equivocado, es mi traje habitual; pero no me importune usted y déjeme ver si consigo llegar a mi asiento, porque parece que...

—Formalmente, caballero, usted no puede entrar, interrumpió el dependiente.

—¿Cómo que no puedo? contestó el cura avanzando.

—Que no puedo permitirlo, dijo el dependiente poniéndose delante del cura e interrumpiéndole el paso.

—¿Querrá usted explicarse? dijo el eclesiástico algo molestado.

—Lo he dicho ya, caballero, usted viene con levita, y al teatro de la Reina nadie entra sino de frac.

El cura comenzó a comprender la extensión de su falta, y más que todo los inconvenientes a que están expuestos los forasteros que vienen a la corte.

—Caballero, dijo el cura enteramente calmado y con la voz más dulce que pudo, reflexione usted que yo vengo desde Liverpool, con el único objeto de asistir una o dos noches a la ópera; no tengo ni equipaje, ni conocimiento en Londres...

—Lo siento mucho, dijo el cobrador secamente, pero la etiqueta es muy rigorosa. Busque usted un frac.

Al decir estas últimas palabras, volvió la espalda, y continuó ocupándose, no solo en recoger los boletos de los que entraban, sino en echar una mirada inteligente y escrutadora sobre los trajes de los concurrentes.

El cura dio la vuelta, y con la vergüenza en el rostro y el duelo en el corazón, se retiró lentamente; dio dos o tres paseos por el pórtico, reflexionando en la gravedad, de su situación, y después se dirigió a la librería donde había pagado las dos libras esterlinas por su billete.

—Caballero, dijo, yo no puedo entrar a la ópera.

—¿Por qué razón? preguntó el librero.

—Porque tengo levita.

—¡Ah! precisamente es motivo muy poderoso.

—¿Entonces?...

—La cosa es muy sencilla, póngase usted un frac.

—No es eso, sino que no necesito del billete, porque he venido desde Liverpool sin equipaje, y no tengo frac.

—El caso es muy desagradable, interrumpió el librero.

—Pero usted tendrá la bondad de volverme mis dos libras, y tomar su boleto.

—¡Imposible! La ópera ha comenzado, y los billetes a estas horas no valdrán mas que tres o cuatro chelines (un peso).

—Buenas noches, dijo el cura saliendo de la librería lleno de enfado.

—Buenas noches, contestó el librero, continuando tranquilamente la lectura de un gran volumen.

—¡Oh! esta gente de Londres, exclamó el cura al salir, esta gente de Londres no conoce mas que el interés y el egoísmo. Comienzo a comprender que en efecto he cometido una grave falta, y que estas contrariedades, pequeñas en circunstancias ordinarias, en mi caso debo reconocer que son lecciones de la Providencia. ¡Eh! no pensemos más en la ópera: compraré algunas frioleras que necesito, me acostaré a buena hora, dormiré tranquilamente, y mañana, en el tren de las seis, marcharé a mi curato, curado ya, a Dios gracias, de este deseo inmoderado de espectáculos y diversiones.

Dirigióse a una tienda donde vendían cajitas de cerillos y de obleas, papel, lacre, plumas y otros objetos de que tenía necesidad;

el despacho de la tienda estaba confiado a dos guapas muchachas, llenas de amabilidad y de atenciones para con los parroquianos.

Luego que entró nuestro personaje, e indicó lo que deseaba, pusieron delante del mostrador la mitad del almacen. El cura tomó lo que necesitaba, y al salir quiso probar fortuna, y hacer el último esfuerzo para recobrar una parte siquiera de sus dos libras empleadas en el boleto.

—Señoritas, les dijo, como esta tienda está muy cerca del teatro de la Reina, y todavía no irá muy adelantada la representación, creo que les sería a usted muy fácil encargarse de la venta de un billete de la ópera.

—Con mucho gusto, caballero, contestó una de las muchachas: pero advertiré a usted que una vez comenzada la representación, los boletos bajan enormemente de precio. Además, como los libreros son los que hacen el monopolio de las entradas de los teatros, será muy aventurado que se venda esta noche. Sin embargo, tendremos un placer en encargarnos de esta comisión.

—Caballero, interrumpió la otra muchacha, ¿me disimulará usted que le haga una pregunta?

—Puede usted preguntarme cuanto guste, señorita.

—¿No le gusta a usted la música?

—El cura suspiró profundamente.

—Entonces, ¿por qué quiere usted vender su billete?

—Diré a usted la verdad: precisamente porque la música es quizá la única pasión que tengo, al cabo de mis años he venido a Londres; pero tuve la indiscreción o el olvido, de no traer un frac, y esas gentes no me han dejado entrar, o más claro, me han echado fuera después de haber entrado.

—¿Y no es más que eso?

—En verdad, es el único motivo porque no he asistido a la ópera.

—Se me ocurre una idea, caballero, y si usted consiente en ella, no perderá su libra esterlina.

—¡Dos libras! contestó el cura.

—¡Dos libras! repitió la muchacha. ¡Dos libras esterlinas gastadas, y no ir a la ópera! Decididamente no permitiremos eso. Tenga usted la bondad de pasar, caballero.

El cura no adivinaba el plan que pensaban seguir las muchachas; pero como una de ellas abrió la puerta del mostrador, y le hizo una graciosa cortesía, entró maquinalmente a una pequeña trastienda.

Las dos muchachas se hablaron en secreto; una de ellas se quedó en el despacho, y la otra abrió una vidriera, sacó una cajita, y se metió a la trastienda.

—¿Tendrá usted la complacencia de desabotonarse la levita?

El cura vacilaba.

—Se lo suplico a usted insistió la muchacha.

El cura obedeció.

Durante cinco o seis minutos, la muchacha, ya en pie, ya de rodillas, estuvo arreglando la levita; concluida la operación, tomó en la mano una luz y llevó a nuestro personaje delante de un espejo. ¿Qué tal? le preguntó.

—¡Soberbio! ¡magnífico! exclamó el cura. Jamás habría creído que ustedes iban a hacer tal cosa. Gracias, muchachas, gracias.

El cura, en efecto, se veía y se volvía a ver, y cada vez parecía más satisfecho.

La muchacha, con el único auxilio de algunos alfileres, había convertido en un momento la levita en un elegante frac, que podría haber servido de modelo al mismo *Frecman*, sastre del príncipe Alberto.

—Ahora, caballero, no hay que perder tiempo, dijeron las muchachas.

El cura les dio de nuevo las gracias, y marchó al teatro de la Reina, con la cabeza alta y el paso majestuoso, para imponer a los cobradores de boletos, pero mortificado en el fondo, de haber recurrido a una inocente superchería.

—He aquí, decía, cómo de una falta se va insensiblemente a otra, y de esta a excesos mayores.

Llegó a la puerta, entregó su boleto, y notó que los dos cobradores le fijaron mucho la atención.

Procuró disimular, y continuó avanzando en el tránsito.

—Caballero, usted no puede entrar a la ópera, le dijo uno de los cobradores.

—Que no puedo entrar, ¿y por qué?

—Porque trae usted levita.

—¿Yo levita? dijo el cura recorriéndose rápidamente con la vista, para ver si por casualidad se le habían caído los alfileres.

—Sí, insisto en que trae usted levita, y si usted me permite...

En un abrir y cerrar de ojos, el cobrador quitó cuatro o cinco alfileres, y cayeron majestuosamente los dos grandes faldones de la levita.

—El cura creyó que lo ahogaba la sangre, y que el pavimento se hundía debajo de sus pies. Pasado un momento retrocedió, diciendo a los cobradores con un acento decidido: —Aseguro a ustedes que buscaré por todo Londres un frac y volveré a la ópera.

—Muy bien, contestaron secamente los cobradores, volviendo a colocarse en su puesto, uno enfrente del otro, como unas estatuas.

El cura formó un verdadero capricho inglés en domar la inflexible severidad y suspicacia de los cobradores del teatro, y se dirigió otra vez a la tienda.

—Señoritas, les dijo, esos hombres tienen verdaderamente una suspicacia y una malicia de Satanás.

—¿Cómo? ¿qué ha sucedido?

—Ya lo veis, contestó mostrando la levita. Luego que entré, conocieron todo lo que había, como si lo hubieran visto; desprendieron los alfileres, y todo está dicho. Me veis aquí de vuelta.

—Y ahora, ¿qué hacer caballero?

—Necesito a toda costa un frac: es un punto de amor propio. No quiero ver ya ópera ni nada, sino vencer a esa canalla de porteros insolentes e intolerantes.

—Las dos muchachas se miraron un momento, y una de ellas subió al primer piso de la tienda, y bajó con dos fracs negros en la mano.

—¿Si usted quiere probar, caballero?

—Con mucho gusto.

—Son de nuestros hermanos, y están casi nuevos.

—Entonces no me podrán vender uno.

—No, caballero; pero lo usará usted esta noche y mañana lo devolverá.

—Eso de ninguna manera... En fin, veremos si alguno me viene, . y nos arreglaremos.

El cura pasó de nuevo a la trastienda. Uno de los fracs, que era sin duda del hermano menor, estaba tan chico que el cura no pudo meterse ni una de las mangas. El otro, aunque con trabajo y esfuerzos, lo encajó en su cuerpo, ajustándolo definitivamente en el precio de dos libras y media, y dejando su levita para recogerla en la mañana siguiente.

Hecha esta operación, se dirigió de nuevo al teatro y presentó su boleto. Notó que los cobradores lo miraban con más curiosidad que antes.

—Ahora tengo frac, les dijo, tomando uno de los faldones, y enseñándoselos.

—Es verdad, dijeron ellos, y puede usted entrar, porque está en su derecho; pero diremos a usted que el frac está casi destruido por la espalda.

—¿Cómo? dijo el cura.

—Deme usted su mano, dijo el cobrador.

El cura dejó que le guiaran la mano, y se convenció de que tenía el frac una rotura de cosa de ocho dedos, que dejaba descubierto el forro blanco del chaleco.

—Repetimos, dijo uno de los cobradores, que supuesto que viene usted de frac, está en su *derecho* y puede entrar.

El cura inclinó la cabeza, dio la vuelta y salió del teatro lleno de vergüenza y confusión, y dando gracias a la Providencia, porque le había demostrado patentemente el peligro de desviarse de sus deberes. Al día siguiente recogió su levita por medio de un criado, y se marchó a su pueblo. En cuanto llegó, llamó a Tomás el organista.

—Tomás, le dijo, he gastado ocho libras esterlinas y no he visto la ópera, y lo único que traigo de Londres es el alma llena de remordimientos por las faltas que he cometido, y este frac usado y roto.

—Señor cura, explíquese usted por el amor de Dios.

—Te ordeno, Tomás, que jamás me vuelvas a mentar ni la palabra ópera. El día que quebrantes este precepto, te das por despedido. Retírate.

Tomás se retiró; pero el cura, pasados algunos días, para evitar que el organista cavilase indiscreta e inútilmente, le contó, con el candor de su alma buena y sencilla, todo lo que le había ocurrido en su viaje.

# EDUARDO WILDE

ARGENTINO
(1844-1913)

*El desplazamiento ágil de lo imaginativo y la amplitud de lo poético son rasgos salientes de la prosa de Eduardo Wilde. Allí se encuentra además el aspecto más perdurable de su escritura, la creación de un tono de modernidad al que nos enfrentamos contemporáneamente, disfrutándolo, sin el distanciamiento de lo cronológico. La prosa del cuento "La lluvia" que incluimos aquí es el mejor ejemplo del sorprendente lirismo narrativo y del magnífico poder imaginante que hay en Wilde. También se debe mencionar el uso del humor en su obra, clarificando así que es exagerado ver en lo humorístico lo más caracterizador de su prosa; se trata de un tono y no del elemento central de su escritura. Además de su lograda producción literaria, Eduardo Wilde también dejó una obra periodística, escribió ensayos como pensador social y como especialista en el campo de la medicina.*

*Eduardo Wilde nació en Tupiza, Bolivia. De ascendencia inglesa, su abuelo Santiago Wilde había emigrado de Inglaterra, estableciéndose en Argentina donde se dedicó al periodismo. El padre del escritor, Diego Wellesley Wilde, quien había nacido en Inglaterra, adquirió la nacionalidad argentina y luchó por la causa de los unitarios, lo cual le costaría el destierro durante la represiva tiranía de Rosas. Es forzado a exiliarse en Bolivia, país en el que nace Eduardo Wilde. Sobre la cuestión de la nacionalidad indica Félix Weinberg: "Después de Caseros, por ley de la Nación de 1862, los nacidos en aquellas circunstancias en el extranjero se consideraron ciudadanos argentinos." (Escritos literarios. Buenos Aires: Hemisferio, 1952, p. 9). En Bolivia transcurre la infancia del escritor; la educación secundaria es completada en el Colegio Nacional de Concepción del Uruguay. Al regresar a Buenos Aires estudia medicina, obteniendo su título en 1870. Hacia 1873 se dedica al periodismo, escribiendo para varios diarios de Buenos Aires. Más tarde se desempeña como catedrático de Anatomía en la Facultad de Medicina de la Universidad de Buenos Aires. Deja toda una obra en este campo: Curso de higiene pública: lección en el Colegio Nacional de Buenos Aires (1878); "Lecciones de medicina legal" y "Toxicología". A partir de 1875 se integra a la vida política argentina. Es elegido Diputado pri-*

*mero, y luego en 1882 es nombrado Ministro de Justicia, Culto
e Instrucción Pública, cargo mantenido hasta 1885. En 1886,
durante el gobierno de Juárez Celman, recibe otro alto nombramiento: Ministro del Interior, cargo que cumple hasta 1889. Durante esos años produce su obra de orientación social; publica los
discursos La* cuestión religiosa en el congreso argentino (1883);
Arrendamiento de las obras de salubridad de la capital (1887);
También publica Plan de estudios para los colegios nacionales
(1884). Su carrera diplomática comienza durante el segundo periodo presidencial de Julio A. Roca. En representación del gobierno argentino se le envía a México, Estados Unidos, España,
Bélgica, Holanda. Viaja por varios países europeos y por el Oriente. Fallece en Bruselas en 1913.*

*La obra periodística de Eduardo Wilde que había aparecido
cuando colaboraba para* la Tribuna, El Diario, El Nacional, La República, La Prensa, *se reúne en dos volúmenes en la obra* Tiempo
perdido, *publicada en 1878. En 1899 se publica su prosa (cuentos,
notas, observaciones de viaje, retratos) en los libros* Prometeo &
Cía., Viajes y observaciones y Por mares y por tierras. *Mientras era
diplomático escribe un libro autobiográfico* —Aguas abajo— *que
queda inconcluso. Su publicación póstuma es de 1914, a la cual
sigue su inclusión en las* Obras completas, *luego en el volumen*
Aguas abajo y sus mejores cuentos *(1944) y* Aguas abajo *(1964)
con una introducción de Guillermo Ara. Otras selecciones sobre
la obra del escritor son* Trozos selectos de literatura por Eduardo
Wilde *(1915);* Páginas escogidas *(1939), editado por José María
Monner Sans;* Escritos literarios *(1952) con un prólogo de Félix
Weinberg;* Prosas brillantes: cuentos *(1964);* Cuentos y otras páginas *(1965), editado por Teresita Frugoni de Fritzsche;* Tina y
otros relatos *(1948) con varias reediciones, la última es de 1980;*
Antología *(1970). En los libros* Cuentos y otras páginas, Páginas
escogidas y Escritos literarios *nos encontramos con la curiosa
omisión de la hermosa escena de los recién casados del cuento
"La lluvia". Las* Obras completas *de Wilde se publican en diecinueve tomos entre los años 1914 y 1939.*

*El cuento seleccionado "La lluvia" fue escrito en 1880; se
publicó en 1886 junto con "Tini" otro conocido relato del autor.
En 1899, su libro* Prometeo & Cía. *también incluye "La lluvia"
y otros cuentos. El elemento material de la lluvia —así como en
los cantos poéticos que conoceríamos más tarde en los mejores
poetas hispanoamericanos— es en este relato la vertiente narrativa de una producción imaginativa que se lleva a distintos espacios habitados por lo humano y la naturaleza. La lluvia vista en
sus múltiples formas y cadencias es el elemento de la evocación
poética, el hilo conductor que traslada hacia el recuerdo, hacia el*

*paisaje, hacia el interior de una casa, hacia la escuela, hacia el cuarto de los desposados. La lluvia es la compañía del éxtasis y de las sensaciones, el elemento de energía, impulso, dinamismo y perduración, auténtica metáfora de la fluidez de la escritura, de sus procesos y recorridos: "Y mientras tanto el agua eterna, siempre agua, viajando de la flor al océano, de la fosa a las nubes y del vapor al hielo, continuaba su ruta, apurada por los fenómenos naturales, entonando su música en los mares, en los ríos, en las peñas, en los valles y por fin en los tejados... El agua eterna siempre agua, empujando las locomotoras, haciendo navegar a los buques, surgiendo de los pozos artesianos." El poder creador que se asimila en la unidad lluvia-poesía será contrastado en la escena final con las direcciones económicas y científicas de lo social. La articulación de una escritura poética en la prosa de Wilde no es distinta, en la época en que él escribía, a la dialéctica de una modernidad artística enfrentada a la modernización social naciente. En el cuento la vitalidad de la lluvia contrastará, por tanto, con el registro frío de "la indiferencia científica" y la "degradación" de la especulación bursátil.*

*En cuanto al humor, como señalara anteriormente, siempre se inserta en la escritura de Wilde como un tono liviano que no gana la dirección de la prosa. En "La lluvia" hay algunas instancias de este aspecto, por ejemplo: "Allí se han enloquecido de hambre las pulgas más aventureras e ingeniosas y las polillas, después de haber roído todas las vidas de los santos, han entregado su alma al creador bajo los auspicios de la religión." El desplazamiento de la mayoría de los componentes de este cuento enfoca su energía hacia la zona lírica que la imaginación busca, allí está el centro de la prosa: "revoloteaban en la atmósfera las luces de cristal de las gotas saltonas, cortejadas por el ruido inmutable, acompasado, monótono, variado, uniforme, caprichoso, metálico y líquido, propio sólo de la lluvia".*

*En el cuento "Tini" del autor —escrito en 1881 —también hay preferencia por este tipo de escritura poética. Menciono este relato porque el tema de la enfermedad del niño (una afección respiratoria, "crup"/difteria) y el hecho de que el escritor era doctor, podría haber significado una conducción narrativa con elementos naturalistas, pero no hay nada de esto. El cuento se dirige hacia la experiencia emotiva, trágica de la muerte. No hay tampoco un énfasis en el detalle científico de la enfermedad sino por el contrario en la expansión evocadora, lírica: "Cien voces dijeron* crup *en la alcoba, los ecos repitieron* crup, *las sombras de las cortinas, de las molduras y de los adornos de la habitación...* Crup, *dijeron los ruidos misteriosos de la noche;* crup, *decía el viento que soplaba sus lamentos por las rendijas de las puertas*... Crup *dijeron las aves que pasaban en bandas y los aletecs de los pájaros en sus jaulas;* crup *pronunciaban las olas que chocaban en las costas*... y crup, crup *preludiaban los músicos ambulantes que buscaban un pan y un cobre martirizando sus instrumentos en la noche callada".* (Aguas abajo y sus mejores cuentos. *2ª ed. Buenos Aires: W. M. Jackson Inc. Editores, 1947, pp. 197-198).*

## LA LLUVIA

No hay tal vez un hombre más amante de la lluvia que yo.

La siento con cada átomo de mi cuerpo, la anido en mis oídos y la gozo con inefable delicia.

La primera vez que según mis recuerdos vi en conciencia llover, fue después de una grave enfermedad, en mi infancia.

Había tenido la grandiosa, la terrible fiebre tifoidea, ese modelo de infección simpática a pesar de sus horrores.

Me acuerdo todavía de la tarde en que me sentí ya mal, de la situación de mi cama, del aspecto del cuarto vacío de muebles, de su aire frío y del número de tirantes del techo sin cielo raso.

Estuve cerca de cuarenta días enfermo y mis percepciones fueron, por lo que recuerdo, confusas y sin ilación. Me quemaba sin poder sudar, pasaba horas enteras en pellizcarme los labios cubiertos de costras, sacándome sangre al arrancarlas. Percibía todo, pero como si fuera yo otra persona siendo ante mi juicio un desterrado de mí mismo. El tiempo era eterno y en sus marchas infinitas yo tomaba brebajes perdurables todos con igual gusto, siempre amargo. Soñaba cosas increíbles, siendo a mi juicio sueños las realidades y realidades los sueños. Oía los ruidos con mis propios oídos, pero como si éstos me hubieran sido prestados y no supiera manejarlos. Veía los objetos o muy lejos o muy cerca; cuando me sentaba todo daba vueltas y cuando me acostaba mi cama se movía como un buque. Paseaban en mi cuarto animales silenciosos y muebles con vida. Las personas de mi casa me parecían recién llegadas y extrañas. Un día me sangraron; al sentir la picadura de la lanceta y ver la sangre, me desmayé. Cuando volví en mí, cerca de mi cama estaba parada mi madre con su cara pálida y seria; era una estatua.

El médico me miraba con aquella dulce atención tan propia de su oficio; su fisonomía no expresaba nada; yo lo tomé por un hombre tallado en madera, como un santo sin pintar que había en la iglesia. No me acuerdo haber tenido dolores durante mi enfermedad. La naturaleza en los graves estados nos dota sin duda de una melancólica y suave insensibilidad destinada a mitigar los sufrimientos.

Poco a poco me fui restableciendo.

Apenas tuve permiso para dejar la cama me miré en un espejito redondo como esos que usan los viajeros (siempre he sido un poco presumido) y, en lugar de las mejillas abultadas y coloradas que tenía antes, encontré dos huecos pálidos y chocantes; fui a pararme y me faltaron las fuerzas; llevé las manos a mis pantorrillas y no hallé nada, no tenía tales pantorrillas. ¿Y mi pelo rubio y ensortijado, qué se había hecho?

No tenía muslos, ni vientre, ni estómago; no tenía nada; todo se había llevado la fiebre. —"Pero que la busquen a la fiebre y le pidan que me devuelva mis cosas", me dio ganas de decir.

La fiebre me había dejado, sin embargo, un apetito insaciable, una hambre homérica y mortificantemente deliciosa, como pude observarlo en los días siguientes.

Si durante mi convalecencia hubiera oído a cualquier individuo decir que no tenía apetito, lo habría tenido por un audaz impostor y un gran hipócrita.

Yo soñaba con comidas y componía platos imaginarios con todo lo que uno podía llevarse a la boca. Si alguna vez tuve una idea clara de la eternidad, fue entonces, al considerar los millones de siglos que había entre el almuerzo y la comida.

El que no ha sido convaleciente no sabe lo que es bueno, como el que no tiene callos no conoce las delicias de sacarse las botas. Yo no he tenido nunca ni callos ni botas, pero admito el testimonio de personas fidedignas y experimentadas.

La convalecencia es una nueva vida. Uno nace de la edad que tiene al salir de su enfermedad y se siente vivir, bebiendo, aspirando, absorbiendo la fuerza que retoña; la vida tiene sabor, perfume, música y color; la vida es sólida, puede uno tocarla y alimentarse con ella.

La luz es más luz, el aire más puro, más fresco, más joven; la naturaleza es pródiga, risueña, alegre, coqueta, sabrosa, encantadora.

Los órganos asimilan el alimento con incomparable rapidez y se apoderan de su jugo con la energía del hambre para llenar las necesidades de la vida.

¡Convalecer es una suprema delicia!

La debilidad nos vuelve a la infancia y nuestros sentidos hallan en cada cosa la novedad y el atractivo que los niños le encuentran.

Ninguna mala pasión, ninguna de esas ideas insanas que son el sustento de la sociedad, germina en la cabeza de un convaleciente; ¡él no quiere sino vivir, comer y descansar!

Se levanta tan pronto como puede para tomar el día por la punta, vive con gusto su vida durante unas cuantas horas y se acuesta después para dormir con un sueño profundo, robusto, intenso, dormido de una pieza.

Y luego las gentes son buenas, compasivas; las caras amables; hay sonrisas en todas las bocas para el restablecido que se deja adular, regalar, felicitar y cuidar sin inquietarse siquiera con la sospecha de que sus contemporáneos no esperan sino verlo en buen estado para volver a agarrarlo por su cuenta y morderlo, despedazarlo e injuriarlo, como se usa entre hombres que se quieren y viven por eso en sociedad.

En fin, yo estaba convaleciente, pálido, flaco, sin fuerza.

¡Qué traza la mía! Yo era mi propio abuelo; un abuelito chico, disminuido, como si me hubiera secado y acortado; era mi antepasado en pequeño, un antiguo concentrado que no había comido nada durante muchas generaciones; mi apetito era del tiempo de Sesostris y yo había estado en el sitio de Jerusalén; la conciencia de mi persona se confundía con las más remotas tradiciones y no podía entender cómo pudo llegar hasta mí la noticia de mi existencia, siendo como era una momia mayor que sí misma y contemporánea de los mastodontes.

La enfermedad había retirado en mi memoria las épocas y yo tenía por sensaciones todas esas paradojas disparatadas.

Conforme iba ganando en fuerza, los días eran más plácidos. Durante algunas horas me sentaba a recibir el sol que entraba en la pieza y mi silla lo seguía en sus cambios de dirección hasta la tarde.

Nunca he visto sol más amable, más abrigador ni más cariñoso.

Verdad es que mi gloria se aumentaba con las delicias de una excepción legítima: no iba a la escuela y mis hermanos iban. No ir yo era por sí solo una bienaventuranza; que otros fueran era el colmo de la dicha. ¡Tan cierto es que nada abriga tanto como saber que otros tienen frío!

Un día no hubo sol, pero en cambio llovió; llovió a torrentes. El patio se llenó pronto de agua y las gotas saltaban formando candeleritos que la corriente arrastraba. Estas legiones de existencias fugitivas corrían como si estuvieran apuradas, al son de la música del aguacero, con acompañamiento de truenos y relámpagos. Había en el aire olor a tierra mojada, perfume inimitable que ningún perfumista ha fabricado, y revoloteaban en la atmósfera las luces de cristal de las gotas saltonas, cortejadas por el ruido inmutable, acompasado, monótono, variado, uniforme, caprichoso, metálico y líquido, propio sólo de la lluvia.

Yo habría querido petrificar mis sentidos y que la feria continuara eternamente.

Allá lejos en el horizonte limitado por cerros rojos o grises que punzaban el cielo con sus picos, el agua caía en hilos paralelos a veces o en torbellino, en polvo cuando el viento arreciaba, en bandas o fajas impetuosas, según los sacudimientos de la atmósfera y precipitándose por las hendiduras y las pendientes, llegaba roncando al río para enturbiar su clara corriente.

Las nubes viajaban, en montones arrastradas por caballos invisibles que el vívido relámpago apuraba tocándolos con látigos de fuego.

El cielo en sus confines semejaba un campo de batalla; el oído estremecido recogía el fragor de la pelea y los ojos seguían el fulgor de los disparos de la gran batería meteorológica.

¡Pobres viajeros con semejante lluvia! Mi imaginación los acompañaba en su camino por los desfiladeros, por los bañados, y los veía recibiendo el agua en las espaldas, con el sombrero metido hasta las orejas y llena de inquietud el alma; ¡aquí atraviesan un río cuya corriente hace perder pie a los caballos, allí cae una carga, más allá se despeña un compañero cuya cabalgadura se espantó del rayo!

¡Pobres navegantes con semejante lluvia! Sobre la cubierta de la nave solitaria que toma un baño de asiento en el océano y recibe una ducha al mismo tiempo, corren los marineros con sus ropas enceradas a recoger las velas, mientras el capitán se moja las entrañas con ron en su camarote para que todo no sea pura agua. Las puntas de los mástiles convidan centellas, la lona se muestra indócil, la madera cruje y el buque se ladea hacia las ondas como si fuera un sombrero de brigadier puesto sobre la oreja del mar irritado.

Solamente los mineros están a sus anchas con un tiempo tan hidráulico; sin ninguna noticia salen de su trabajo, negros de polvo de carbón o de metal y se sorprenden del caso acontecido.

¿Y las lavanderas? Nunca he podido explicarme por qué se apresuran a recoger las ropas, juntarlas en atados y con ellas correr hasta su casa.

Cuando estaba yo en la escuela, tiempos duros aquellos, y comenzaba a llover, el maestro, un terrible maestro, se distraía o se dormía con el ruido narcótico del agua y mi Catón, mi Robinson Crusoe y mi plana se retiraban al infinito. Yo sólo existía para adormecerme con la elegía de la lluvia; una deliciosa estupidez se apoderaba de mi alma y ya podían pasar sin perturbarme Robinson y los Catones, mil generaciones de maestros y todas las planas juntas de la tierra.

Y veía como en sueños a los pobres diablos que pasaban por la calle chapaleando en el barro y pegándose a las paredes para evitar los chaparrones, -o a los provistos de paraguas que hacían un redoble al enfrentar las ventanas, merced a las gruesas gotas del tejado, que resbalando por la tela estirada iban a colgarse de las varillas como lágrimas en una pestaña colosal.

¡No obstante, al salir de mi éxtasis me preguntaba por qué no daban asueto en los días de lluvia!

El aire era libre, los pájaros volaban a su antojo, el ganado pastaba sin restricciones en los campos, el agua corría por el suelo, buscando a su albedrío o al de la gravedad los declives. ¿Por qué todo esto no estaba en la escuela como yo, o por qué la escuela no era el campo, nosotros las vacas, los libros la yerba y el maestro un buey manso y gordo, semejante a esos aradores incansables e indolentes que miran con estoicismo la picana y con supremo desdén a los transeúntes?

Años más tarde, en el colegio, la lluvia solía venir a embargar mis sentidos y muchas mañanas, antes que sonara la fatídica campana que nos llamaba al estudio, me despertaba oyendo llover como si el agua hubiera trasnochado para estar ya lista a esa hora.

Mi pensamiento volaba entonces a mis primeros años; me cubría la cabeza con las frazadas y mientras la lluvia cantaba en voz baja todas las elegías de la desdicha, mi delicia era representarme mi casa, las personas que conocí y amé primero y mi propia figura correteando sin zapatos por el patio anegado.

Más tarde todavía, en el hospital, mientras estudiaba medicina, en mi cuarto húmedo y sombrío, la lluvia caía mansamente sobre los árboles de los grandes y solemnes patios, acompañando a bien morir a los que expiraban en las salas. La lluvia tristísima aleteaba entre las hojas, y el cráneo de algún pobre diablo, ex número de la sala tal y famosa pieza anónima de anfiteatro, me miraba con sus cuencas triangulares y oscuras como si quisiera entrar en conversación conmigo acerca del mal tiempo.

Alguna vértebra, unas cuantas costillas y otros huesos de difunto amarillentos, adorno indispensable de todo cuarto de estudiante, tiritaban de frío en un rincón, o se estremecían al sentirse trepar por un ratón de hospital de esos ratones calaveras y descreídos que no saben lo que es la inmortalidad del alma y que viven entre esqueletos y cadáveres contentos de la buena compañía.

Y mientras tanto el agua eterna, siempre agua, viajando de la flor al océano, de la fosa a las nubes y del vapor al hielo, continuaba su ruta, apurada por los fenómenos naturales, entonando su música en los mares, en los ríos, en las peñas, en los valles y por fin en los tejados, haciendo disparar a los gatos que, como se sabe, tienen una marcada animadversión contra ese líquido.

El agua eterna siempre agua, sirviendo de espejo a los pastores en el campo, amontonando nieve en las cordilleras, haciendo trombas en los mares, regando las sementeras, hirviendo en algún tacho de cocina o lavando la cara de cualquier muchacho de cuatro años, pues todos los de esa edad tienen la cara sucia, continúa su ruta de la flor al océano, de la fosa a las nubes y del vapor al hielo.

El agua eterna siempre agua, empujando las locomotoras, haciendo navegar a los buques, surgiendo de los pozos artesianos, vendiéndose a peso de oro en todas las boticas, lavando las ropas en todo género de vasijas, entrando en la confección de las comidas, sirviendo para inyecciones higiénicas o ahogando gentes en las inundaciones, continúa su ruta bajo el imperio de las fuerzas físicas, de la planta a los cielos o del corazón a los ojos para desprenderse en lluvia de lágrimas sobre las mejillas abatidas.

No tengo preferencia por determinado género de lluvia; me gusta la fuerte, la torrencial, la continua, la intermitente, la mansa y la inopinada, ésa que toma desprevenido a todo el mundo en la calle haciendo la delicia y el negocio de los vendedores de paraguas.

La niebla me encanta y la bruma me enamora. Y es mi delicia durante un aguacero contemplar el espectáculo que la ciudad ofrece.

El aire está fresco, la luz es tenue y delicada, no grosera como en los días de sol. Los edificios se lavan, el agua limpia las calles, los viandantes andan de prisa vestidos de fantasía, los carruajes se ponen en movimiento y van dando cabezadas a un lado y otro como quien opina de diferente modo; los carros de los vendedores atraviesan despavoridos las bocacalles previstos de su perro malhumorado, cuya misión es gruñir sin motivo a todo ser viviente que se acerca; los caballos trotan haciendo saltar chispas de diamante; las mujeres levantan coquetamente sus vestidos y los célibes se enfilan para verlas, simulando esperar algo en retardo.

Quizá también un coche fúnebre con su acompañamiento correspondiente, se dirige al cementerio seguido de veinte carruajes con sus cocheros agachados, provistos de su látigo a modo de pararrayo, todos iguales y dibujando la misma silueta oscura. En la casa mortuoria las gentes vestidas de luto oyen en silencio la lluvia que canta acorde con sus sentimientos, cayendo gota a gota, como si expendiera una plegaria al menudeo.

Los seductores que fomentan el amor de las jóvenes obreras, hormiguean por los barrios lejanos y van a hacer su visita tierna por no poder emplear mejor su tiempo con semejante día.

En cualquier casa, junto a la ventana, mirando pasar la gente y oyendo la lluvia que con sus dedos amantes golpea los vidrios, cosen distraídas dos hermanas, una mayor y otra menor (podían ser mellizas); la menor es más bonita, la mayor más interesante; las dos alzan la cabeza al oír el más leve ruido y suspiran si es el gato el causante. Entre ellas está la mesita con su hilo, sus tijeras, su alfiletero y su pedazo de cera arrugada como la cara de una vieja, merced a las injurias del hilo, su mortal enemigo. El cuarto tiene piso de ladrillo, hay un brasero cerca de la puerta, en el cual murmura suavemente una caldera con aquella melancolía uniforme del agua que está por hervir, al unísono con las voces interiores del sentimiento. Hay además

en la pieza una cómoda de caoba en cuyos cajones moran mezclados
los cubiertos sucios, las ropas, una redecilla, dos o tres abanicos, varias
horquillas y añadidos de pelo, una estampa de modas, la libreta del
almacén, un borrador de carta amorosa que comienza con esta ortografía: "My Cerrido hamigo de mi qorason", y una multitud más de
objetos de todas las épocas.

Sobre la cómoda se ve una cajita con tapa de espejo toda desven-
cijada, un libro de misa con las hojas revueltas que lo asemejan a un
repollo, un florero roto con una vela adentro, un santo de yeso con
la cara estropeada, un busto de Garibaldi, otro de Pío IX, y en el contiguo lienzo de pared, clavados con alfileres, los retratos en tarjeta
de todos los visitantes de la casa, ostentando una variedad grotesca de
modas y de actitudes; unos con pantalón largo y pelo corto, otros con
pantalón corto y pelo largo; unos con libro en mano y aire sentimental, otros tiesos como si fueran de madera y todos con aquel aspecto pretencioso que toman las gentes ante las máquinas fotográficas.

—Cómo llueve —dice la menor.

—Hoy no viene —dice la mayor.

—¿Por qué? Siempre que llueve viene.

La lluvia hace una pausa, y la conversación otra; se oye ruido de
pasos y de gotas de tejado sobre género tenso.

Y la imagen de la lluvia, con el paraguas cerrado, la levita cerrada, el cuello cerrado y el corazón y el estómago más cerrados aún,
hace su entrada bajo la forma de un elegante joven, pobre de bienes
enajenables, rico de esperanzas y elocuente como cualquier necesitado
en trámite de amores.

Una de las niñas, después de los saludos, continúa haciendo silbar
su hilo en el bramante nuevo, mientras la otra abre los oídos a la
música siempre adorable del amor prometido.

Y la lluvia batiendo su compás comienza de nuevo fuerte, cal-
mada, violenta, bulliciosa, alternativamente, acompañando con sus tonos dulcísimos las vibraciones de dos corazones henchidos de amor
y de zozobra.

La lluvia lenta y suave canta en tono menor sus tiernas declaraciones, formula esperanzas, prodiga consuelos y adormece los cuerpos
con sus secretas voces misteriosas.

La lluvia furiosa, torrencial, vertiginosa relata batallas, catástrofes, aparta la esperanza, despedaza el corazón y hace brotar en los
ojos esferas de cristal que balanceándose en las pestañas parece que
vacilan antes de soltarse para regar la tierra maldita.

Más allá en la vieja ciudad, álzase un convento sombrío, pesado,
vetusto, como un elefante entre las casas; una ventana microscópica
trepada en la pared enorme da paso a la luz que penetra sigilosamente

en la celda de un fraile, para insultar con la novedad de sus rayos una cama vieja, una mesa vieja y una silla vieja también, tres muebles hermosos en flacura que instalaron allí su osamenta hace dos siglos y en los cuales mil generaciones de insectos han llegado en la mayor quietud a la edad senil. La bóveda amarillenta da atadura a cortinas colosales de telarañas, donde yacen aprisionadas las momias de las moscas fundadoras y donde merodean silenciosas arañas calvas y sabandijas bíblicas enclaustradas, aun cuando no siguen la regla de la orden. Allí se han enloquecido de hambre las pulgas más aventureras e ingeniosas, y las polillas, después de haber roído todas las vidas de los santos, han entregado su alma al creador bajo los auspicios de la religión. Un libro con tapas de pergamino se aburre de sí mismo entre las manos de un padre también de pergamino, que mira desde la altura de sus ochenta años, con ojos mortuorios de ágata deslustrada, las letras seculares de las hojas decrépitas e indiferentes.

En el patio del convento crecen los árboles sobre las tumbas de los religiosos y la lluvia que cae revuelve el olor a sepulcro de la tierra abandonada.

La mente del padre, huida de su cerebro, vaga por no sé dónde, mientras él, estúpido de puro santo y sordo de puro viejo, no oye los salmos que canta el agua desplomándose de los campanarios y azotando los claustros.

Las pasiones han abandonado su corazón. Ahí está sobre su silla gastada, vegetando en vida sensible sólo al tañido de la campana, único motor de su cerebro hecho a despertarse a su llamado por la costumbre antigua y cotidiana; su cuerpo se ha secado y la estéril vejez sin dolores ni entusiasmos, marchitando sus sentimientos y despojando de aguijón sus días escasos, niega a su alma, aislada en la oscuridad de sus sentidos, las dulzuras inefables de la lluvia que adormece al desfallecimiento y arrulla al moribundo.

Y mientras el viejo duerme su vida abandonado de sí mismo en su celda helada, la lluvia saltando sobre los tejados, apurada por las calles, chorreando por las rendijas, mandando su agua por los albañales o formando arcoiris en los horizontes, refresca, anima y vigoriza la naturaleza o enferma y destruye los gérmenes de la existencia humana.

Y mientras el viejo reposa sus órganos faltos de acción en su silla fósil, la lluvia, deslizándose por los muros grises, serpentea lentamente por las hendiduras, buscando su tumba al pie del edificio, o, chocando con los obstáculos, produce con sus gotas desarticuladas un sonido de péndulo que convida a morir.

La lluvia redobla en las bóvedas; en la iglesia desierta resuena la voz del religioso que dice sus rezos con murmullos nasales, teniendo la soledad por testigo; las naves están frías, el piso yerto, los altares estáticos como decoraciones enterradas en el teatro de alguna ciudad ahogada por las cenizas de un volcán y las imágenes de los santos, con los ojos fijos y los brazos catalépticos, parecen aterrorizados por la lluvia que asedia, embiste y golpea las dobles puertas claveteadas.

El cuadro de la vida humana es monótono en su conjunto, pero variado en sus detalles.

En una capilla, como prueba de las atracciones sexuales, acaba de desposarse una pareja. El padre ha dirigido su sermón inútil que los novios no han oído. Los incitados al acto y los recién casados se han metido en los coches y han llegado sanos y salvos a la casa preparada; ha habido una despedida en la puerta, la madre ha dado a la esposa un beso en la frente, último beso casto que ésta recibe antes de entrar, llena de estremecimientos y colgada del brazo de su marido, al dormitorio matrimonial. Allí está la cama, una temible cama monumental, preñada de amenazas y misterios; la niña se sienta en ella alarmada y temblorosa; el marido revuelve proyectos en su cabeza inspirados en recientes orgías y con mano vigorosa desprende los azahares de la frente virginal; luego el velo, después las horquillas..., el pelo cae derramándose sobre los hombros blancos..., un corpiño y un corsé se oponen a los proyectos: ¡abajo estos atavíos!; el vestido liviano se instala en una silla ostentando su cola; cae una enagua; la novia se encoge de frío y de vergüenza; ¡en camisa delante de un hombre! ¡Y qué hombre! Un brutal prosaico cuyos botines han atronado al caer sobre el piso de madera. El frac ha ido a extenderse sobre un sofá, donde ofrece el aspecto de un cajón fúnebre, al lado de las demás ropas masculinas; la desposada encuentra que son mejores los novios vestidos que los maridos desnudos. Han sido echados cautelosamente los pasadores de las puertas; los corazones palpitan con violencia; los labios están mudos; se oye el ruido de un beso; la lámpara opaca esparce su luz tímida sobre la escena; hay en la atmósfera perfume de carne joven; las sábanas nuevas dejan escapar esos anchos silbidos de las telas frotadas; la desposada suspira, llora y se queja como un tierno pájaro que expira; el marido, ardiendo en deseos, abraza, acaricia y oprime... De repente el oído percibe un murmullo inquietante, como el de cautelosas llamadas repetidas... Las respiraciones se suspenden y a favor de su silencio se sienten los golpes espaciados de las gotas en los postigos de la ventana, como preludios de la lluvia que comienza; lluvia de lágrimas en delicado homenaje a una virginidad sacrificada y doliente elegía que penetra en el alma de la joven con la melancólica suavidad de un recuerdo lejano...

En otra escena, en medio de la ciudad bulliciosa, los diarios de la mañana y de la tarde instalan en sus columnas de telegramas la biografía y el itinerario del último aguacero, según noticias venidas de cien leguas a la redonda; los pluviómetros marcan insolentemente la cantidad de agua caída en cada metro cuadrado, con la indiferencia científica de los datos físicos y la poética, la sublime, la encantadora lluvia, pasando por la Bolsa de Comercio, experimenta la degradante y final transformación de delicias humanas, convirtiéndose en dato estadístico y objeto de especulación.

# BALDOMERO LILLO

CHILENO
(1867-1923)

*Indudable maestro del cuento hispanoamericano. Un control técnico admirable resalta en la cuentística del escritor chileno. Además de la lograda construcción en lo que a la estructura del género toca, los cuentos de Lillo ofrecen un amplio rango de referencias que van desde lo social hasta lo humorístico.*

*Baldomero Lillo nació en Lota, un pueblo minero cerca de Concepción. Posteriormente, por razones de trabajo, se trasladó a la capital; murió en San Bernardo, localidad cercana a Santiago. Autor de los libros de cuentos* Sub terra *(1904) y* Sub sole *(1907). Comienza, asimismo, a escribir la novela* La huelga, *pero el proyecto queda incompleto. Las publicaciones póstumas de la obra de Lillo incluyen* Relatos populares *(1942);* El hallazgo y otros cuentos del mar *(1956) y* Pesquisa trágica. Cuentos olvidados *(1963), libro que incluye los cuentos "Pesquisa trágica", "El perfil" y "Carlitos". De 1968 son las* Obras completas *del autor, precedidas de una introducción biográfica de Raúl Silva Castro; en la sección "Páginas del salitre" de este volumen se incluyen las páginas de "La huelga" que escribió Lillo. (Obras completas. Santiago de Chile: Nascimento, 1968, pp. 413-429). Raúl Silva Castro explica las circunstancias históricas que originaron este proyecto literario: "En el mes de diciembre de 1907, es decir, a poco de publicada la colección de* Sub sole, *se produjo en Iquique un doloroso hecho de sangre, durante el cual las fuerzas del ejército hubieron de reprimir en forma violenta una tumultuosa demostración obrera. Así se puso fin a la huelga que tuvo paralizada por semanas la industria... Para enterarse a fondo de ese panorama... Lillo emprendió viaje al norte". (Obras completas, pp. 23-24.)*

*"La compuerta número 12" se incluyó en el volumen* Sub terra. *El enfoque social del drama que afecta al mundo del minero (explotación, inhumanidad, abusos, el niño como fuerza de trabajo) alcanza gran universalidad en este cuento del autor. Aspecto que, como se sabe, es difícil de obtener cuando el cuadro predominante es un suceso social marcado por la especificidad circunstancial de lo histórico. La escritura de Lillo no se dirige solamente al efectismo de lo emotivo sino que usa además ele-*

*mentos estéticos modernistas como en el caso de los tonos de
contraste artístico: (luz/oscuridad), (compasión/crueldad). Hay
además una completa posesión metafórica narrativa (la mina como
monstruo, por ejemplo) para lograr —como ocurre en este relato
esa dimensión que transforma la eventual dispersión/olvido del
hecho social en significante y perdurable plasmación artística.*

## LA COMPUERTA NÚMERO 12

Pablo se aferró instintivamente a las piernas de su padre. Zumbábanle
los oídos y el piso que huía debajo de sus pies le producía una extraña
sensación de angustia. Creíase precipitado en agujero cuya negra abertura había entrevisto al penetrar en la jaula, y sus grandes ojos miraban con espanto las lóbregas paredes del pozo en el que se hundían
con vertiginosa rapidez. En aquel silencioso descenso sin trepidación
ni más ruido que el del agua goteando sobre la techumbre de hierro
las luces de las lámparas parecían prontas a extinguirse y a sus débiles destellos se delineaban vagamente en la penumbra las hendiduras y partes salientes de la roca: una serie interminable de negras
sombras que volaban como saetas hacia lo alto.

Pasado un minuto, la velocidad disminuyó bruscamente, los pies
asentáronse con más solidez en el piso fugitivo y el pesado armazón
de hierro, con un áspero rechinar de goznes y de cadenas, quedó inmóvil a la entrada de la galería.

El viejo tomó de la mano al pequeño y juntos se internaron en el
negro túnel. Eran de los primeros en llegar y el movimiento de la
mina no empezaba aún. De la galería, bastante alta para permitir al
minero erguir su elevada talla, sólo se distinguía parte de la techumbre cruzada por gruesos maderos. Las paredes laterales permanecían
invisibles en la oscuridad profunda que llenaba la vasta y lóbrega
excavación.

A cuarenta metros del pique se detuvieron ante una especie de
gruta excavada en la roca. Del techo agrietado, de color de hollín,
colgaba un candil de hoja de lata cuyo macilento resplandor daba a
la estancia la apariencia de una cripta enlutada y llena de sombras.
En el fondo, sentado delante de una mesa, un hombre pequeño, ya
entrado en años, hacía anotaciones en un enorme registro. Su negro
traje hacía resaltar la palidez del rostro surcado por profundas arrugas. Al ruido de pasos levantó la cabeza y fijó una mirada interro-
gadora en el viejo minero, quien avanzó con timidez, diciendo con
voz llena de sumisión y de respeto:

—Señor, aquí traigo el chico.

Los ojos penetrantes del capataz abarcaron de una ojeada el cuerpecillo endeble del muchacho. Sus delgados miembros y la infantil inconsciencia del moreno rostro en el que brillaban dos ojos muy abiertos como de medrosa bestezuela, lo impresionaron desfavorablemente, y su corazón endurecido por el espectáculo diario de tantas miserias, experimentó una piadosa sacudida a la vista de aquel pequeñuelo arrancado a sus juegos infantiles y condenado, como tantas infelices criaturas, a languidecer miserablemente en las húmedas galerías, junto a las puertas de ventilación. Las duras líneas de su rostro se suavizaron y con fingida aspereza le dijo al viejo que muy inquieto por aquel examen fijaba en él una ansiosa mirada:

—¡Hombre! este muchacho es todavía muy débil para el trabajo. ¿Es hijo tuyo?

—Sí, señor.

—Pues debías tener lástima de sus pocos años y antes de enterrarlo aquí enviarlo a la escuela por algún tiempo.

—Señor —balbuceó la voz ruda del minero en la que vibraba un acento de dolorosa súplica—, somos seis en casa y uno solo el que trabaja, Pablo cumplió ya los ocho años y debe ganar el pan que come y, como hijo de mineros, su oficio será el de sus mayores, que no tuvieron nunca otra escuela que la mina.

Su voz opaca y temblorosa se extinguió repentinamente en un acceso de tos, pero sus ojos húmedos imploraban con tal insistencia, que el capataz vencido por aquel mudo ruego llevó a sus labios un silbato y arrancó de él un sonido que repercutió a lo lejos en la desierta galería. Oyóse un rumor de pasos precipitados y una oscura silueta se dibujó en el hueco de la puerta.

—Juan —exclamó el hombrecillo, dirigiéndose al recién llegado— lleva este chico a la compuerta número doce, reemplazará al hijo de José, el carretillero, aplastado ayer por la corrida.

Y volviéndose bruscamente hacia el viejo, que empezaba a murmurar una frase de agradecimiento, díjole con tono duro y severo:

—He visto que en la última semana no has alcanzado a los cinco cajones que es el mínimum diario que se exige de cada barretero. No olvides que si esto sucede otra vez, será preciso darte de baja para que ocupe tu sitio otro más activo.

Y haciendo con la diestra un ademán enérgico, lo despidió.

Los tres se marcharon silenciosos y el rumor de sus pisadas fue alejándose poco a poco en la oscura galería. Caminaban entre dos hileras de rieles cuyas traviesas hundidas en el suelo fangoso trataban de evitar alargando o acortando el paso, guiándose por los gruesos clavos que sujetaban las barras de acero. El guía, un hombre joven aún, iba delante y más atrás con el pequeño Pablo de la mano seguía el viejo con la barba sumida en el pecho, hondamente preocupado. Las palabras del capataz y la amenaza en ellas contenida habían llenado de angustia su corazón. Desde algún tiempo su decadencia era visible para todos; cada día se acercaba más el fatal lindero que una vez traspasado convierte al obrero viejo en un trasto inútil de la mina. En balde desde el amanecer hasta la noche durante catorce horas mortales, revolviéndose como un reptil en la estrecha labor, atacaba la hulla furiosamente, encarnizándose contra el filón inagotable que tantas generaciones de forzados como él arañaban sin cesar en las entrañas de la tierra.

Pero aquella lucha tenaz y sin tregua convertía muy pronto en viejos decrépitos a los más jóvenes y vigorosos. Allí en la lóbrega madriguera húmeda y estrecha, encorvábanse las espaldas y aflojábanse los músculos y, como el potro resabiado que se estremece tembloroso a la vista de la vara, los viejos mineros cada mañana sentían tiritar sus carnes al contacto de la vena. Pero el hambre es aguijón más eficaz que el látigo y la espuela, y reanudaban taciturnos la tarea agobiadora, y la veta entera acribillada por mil partes por aquella carcoma humana, vibraba sutilmente, desmoronándose pedazo a pedazo, mordida por el diente cuadrangular del pico, como la arenisca de la ribera a los embates del mar.

La súbita detención del guía arrancó al viejo de sus tristes cavilaciones. Una puerta les cerraba el camino en aquella dirección, y en el suelo arrimado a la pared había un bulto pequeño cuyos contornos se destacaron confusamente heridos por las luces vacilantes de las lámparas: era un niño de diez años acurrucado en un hueco de la muralla.

Con los codos en las rodillas y el pálido rostro entre las manos enflaquecidas, mudo e inmóvil, pareció no percibir a los obreros que traspusieron el umbral y lo dejaron de nuevo sumido en la oscuridad. Sus ojos abiertos, sin expresión, estaban fijos obstinadamente hacia arriba, absortos tal vez, en la contemplación de un panorama imaginario que, como el miraje del desierto, atraía sus pupilas sedientas de luz, húmedas por la nostalgia del lejano resplandor del día.

Encargado del manejo de esa puerta, pasaba las horas interminables de su encierro sumergido en un ensimismamiento doloroso, abrumado por aquella lápida enorme que ahogó para siempre en él la inquieta y grácil movilidad de la infancia, cuyos sufrimientos dejan en el alma que los comprende una amargura infinita y un sentimiento de execración acerbo por el egoísmo y la cobardía humanos.

Los dos hombres y el niño después de caminar algún tiempo por un estrecho corredor, desembocaron en una alta galería de arrastre de cuya techumbre caía una lluvia continua de gruesas gotas de agua. Un ruido sordo y lejano, como si un martillo gigantesco golpease sobre sus cabezas la armadura del planeta, escuchábase a intervalos. Aquel rumor, cuyo origen Pablo no acertaba a explicarse, era el choque de las olas en las rompientes de la costa. Anduvieron aún un corto trecho y se encontraron por fin delante de la compuerta número doce.

—Aquí es —dijo el guía, deteniéndose junto a la hoja de tablas que giraba sujeta a un marco de madera incrustada en la roca.

Las tinieblas eran tan espesas que las rojizas luces de las lámparas, sujetas a las viseras de las gorras de cuero, apenas dejaban entrever aquel obstáculo.

Pablo, que no se explicaba ese alto repentino, contemplaba silencioso a sus acompañantes, quienes, después de cambiar entre sí algunas palabras breves y rápidas, se pusieron a enseñarle con jovialidad y empeño el manejo de la compuerta. El rapaz, siguiendo sus indicaciones, la abrió y cerró repetidas veces, desvaneciendo la incertidumbre del padre que temía que las fuerzas de su hijo no bastasen para aquel trabajo.

El viejo manifestó su contento, pasando la callosa mano por la inculta cabellera de su primogénito, quien hasta allí no había demostrado cansancio ni inquietud. Su juvenil imaginación impresionada por aquel espectáculo nuevo y desconocido se hallaba aturdida, desorientada. Parecíale a veces que estaba en un cuarto a oscuras y creía ver a cada instante abrirse una ventana y entrar por ella los brillantes rayos del sol, y aunque su inexperto corazoncillo no experimentaba ya la angustia que le asaltó en el pozo de bajada, aquellos mimos y caricias a que no estaba acostumbrado despertaron su desconfianza.

Una luz brilló a lo lejos en la galería y luego se oyó el chirrido de las ruedas sobre la vía, mientras un trote pesado y rápido hacía retumbar el suelo.

—¡Es la corrida! —exclamaron a un tiempo los dos hombres.

—Pronto, Pablo —dijo el viejo—, a ver cómo cumples tu obligación.

El pequeño con los puños apretados apoyó su diminuto cuerpo contra la hoja que cedió lentamente hasta tocar la pared. Apenas efectuada esta operación, un caballo oscuro, sudoroso y jadeante, cruzó rápido delante de ellos, arrastrando un pesado tren cargado de mineral.

Los obreros se miraron satisfechos. El novato era ya un portero experimentado, y el viejo, inclinando su alta estatura, empezó a hablarle zalameramente: él no era ya un chicuelo, como los que quedaban allá arriba que lloran por nada y están siempre cogidos de las faldas de las mujeres, sino un hombre, un valiente, nada menos que un obrero, es decir, un camarada a quien había que tratar como tal. Y en breves frases le dio a entender que les era forzoso dejarlo solo; pero que no tuviese miedo, pues había en la mina muchísimos otros de su edad, desempeñando el mismo trabajo; que él estaba cerca y vendría a verlo de cuando en cuando, y una vez terminada la faena regresarían juntos a casa.

Pablo oía aquello con espanto creciente y por toda respuesta se cogió con ambas manos de la blusa del minero. Hasta entonces no se había dado cuenta exacta de lo que se exigía de él. El giro inesperado que tomaba lo que creyó un simple paseo, le produjo un miedo cerval, y dominado por un deseo vehementísimo de abandonar aquel sitio, de ver a su madre y a sus hermanos y de encontrarse otra vez a la claridad del día, sólo contestaba a las afectuosas razones de su padre con un ¡vamos! quejumbroso y lleno de miedo. Ni promesas ni amenazas lo convencían, y el ¡vamos, padre!, brotaba de sus labios cada vez más dolorido y apremiante.

Una violenta contrariedad se pintó en el rostro del viejo minero; pero al ver aquellos ojos llenos de lágrimas, desolados y suplicantes, levantados hacia él, su naciente cólera se trocó en una piedad infinita: ¡era todavía tan débil y pequeño! Y el amor paternal adormecido en lo íntimo de su ser recobró de súbito su fuerza avasalladora.

El recuerdo de su vida, de esos cuarenta años de trabajos y sufrimientos se presentó de repente a su imaginación, y con honda congoja comprobó que de aquella labor inmensa sólo le restaba un cuerpo exhausto que tal vez muy pronto arrojarían de la mina como un estorbo, y al pensar que idéntico destino aguardaba a la triste criatura, le acometió de improviso un deseo imperioso de disputar su presa a ese monstruo insaciable, que arrancaba del regazo de las madres los hijos apenas crecidos para convertirlos en esos parias, cuyas espaldas reciben con el mismo estoicismo el golpe brutal del amo y las caricias de la roca en las inclinadas galerías.

Pero aquel sentimiento de rebelión que empezaba a germinar en él se extinguió repentinamente ante el recuerdo de su pobre hogar y de los seres hambrientos y desnudos de los que era el único sostén, y su vieja experiencia le demostró lo insensato de su quimera. La mina no soltaba nunca al que había cogido, y como eslabones nuevos que se sustituyen a los viejos y gastados de una cadena sin fin, allí abajo los hijos sucedían a los padres, y en el hondo pozo el subir y bajar de aquella marea viviente no se interrumpiría jamás. Los pequeñuelos respirando el aire emponzoñado de la mina crecían raquíticos, débiles, paliduchos, pero había que resignarse, pues para eso habían nacido.

Y con resuelto ademán el viejo desenrolló de su cintura una cuerda delgada y fuerte y a pesar de la resistencia y súplicas del niño lo ató con ella por mitad del cuerpo y aseguró, en seguida, la otra extremidad en un grueso perno incrustado en la roca. Trozos de cordel adheridos a aquel hierro indicaban que no era la primera vez que prestaba un servicio semejante.

La criatura medio muerta de terror lanzaba gritos penetrantes de pavorosa angustia, y hubo que emplear la violencia para arrancarla de entre las piernas del padre, a las que se había asido con todas sus fuerzas. Sus ruegos y clamores llenaban la galería, sin que la tierna víctima, más desdichada que el bíblico Isaac, oyese una voz amiga que detuviera el brazo paternal armado contra su propia carne, por el crimen y la iniquidad de los hombres.

Sus voces llamando al viejo que se alejaba tenían acentos tan desgarradores, tan hondos y vibrantes, que el infeliz padre sintió de nuevo flaquear su resolución. Mas, aquel desfallecimiento sólo duró un instante, y tapándose los oídos para no escuchar aquellos gritos que le atenaceaban las entrañas, apresuró la marcha apartándose de aquel sitio. Antes de abandonar la galería, se detuvo un instante, y escuchó: una vocecilla tenue como un soplo clamaba allá muy lejos, debilitada por la distancia:

—¡Madre! ¡Madre!

Entonces echó a correr como un loco, acosado por el doliente vagido, y no se detuvo sino cuando se halló delante de la vena, a la vista de la cual su dolor se convirtió de pronto en furiosa ira y, empuñando el mango del pico, la atacó rabiosamente. En el duro bloque caían los golpes como espesa granizada sobre sonoros cristales, y el diente de acero se hundía en aquella masa negra y brillante, arrancando trozos enormes que se amontonaban entre las piernas del obrero, mientras un polvo espeso cubría como un velo la vacilante luz de la lámpara.

Las cortantes aristas del carbón volaban con fuerza, hiriéndole el rostro, el cuello y el pecho desnudo. Hilos de sangre mezclábanse al copioso sudor que inundaba su cuerpo, que penetraba como una cuña en la brecha abierta, ensanchándose con el afán del presidiario que horada el muro que lo oprime; pero sin la esperanza que alienta y fortalece al prisionero: hallar al fin de la jornada una vida nueva, llena de sol, de aire y de libertad.

# JOSÉ LÓPEZ PORTILLO Y ROJAS

## MEXICANO
## (1850-1923)

La presencia literaria de José López Portillo y Rojas en su época
se dio a través de una actividad artística cimentada en claros y
específicos principios estéticos. Esta conciencia sobre los recursos
utilizados por el escritor en su creación provenía de una sólida
formación intelectual y de su profunda absorción en la tradición
literaria. El producto de su arte narrativo se mostraba atento
tanto a la realidad social observada como al rigor de la construcción estilística y al cuidadoso manejo del lenguaje propuesto. Aun
en el caso de valoraciones que intentaban mostrar aquellos aspectos menos convincentes de la obra de López Portillo se celebraría
esa consecución impecable de la prosa: "Sus descripciones son
de mano maestra... Se admira la armonía de la construcción, el
espíritu mesurado y alerta del novelista y sobre todo su propósito
de hacer literatura bella, sana y provechosa". (Mariano Azuela,
"Cien años de novela mexicana" en Obras completas. México:
Fondo de Cultura Económica, 1960, p. 639). Azuela criticó el
efecto "académico" y la carencia del retrato "natural" de la novela La parcela.

En el ensayo La novela: su concepto y su alcance (1906)
López Portillo expondría algunas ideas fundamentales sobre el
género que revelaban su avanzada concepción al respecto. Una de
estas nociones era el definitivo rol desempeñado por la imaginación en la construcción de la novela; por esta razón acercaba el
género novelesco a la poesía, atribuyéndole prioridad al hecho de
la invención: "La novela no es más que un género de poesía, pues
radica en la tendencia a soñar y en el instinto ingénito a la emoción, que palpitan en el fondo de nuestra naturaleza... El primer
hombre que contó un sueño o fingió una historia, el primero que
agregó a los acontecimientos reales y verdaderos, rasgos y pinceladas procedentes de su propia inventiva, ese hombre fue el primer novelista". (La novela: su concepto y su alcance. Guadalajara: Et Caetera, 1952, p. 3.) Otra percepción importante de López Portillo sobre la novela es la afirmación del carácter reflexivo
supuesto por el género cuya implicación más importante es la in-
terrelación entre desarrollo social y surgimiento de esta forma
literaria: "Es la novela la última palabra de la literatura y la co-

*rona de la cultura artística, porque se compone de análisis y reflexión; y sólo es posible su florecimiento cuando la sociedad está bastante adelantada para tener conciencia de sí misma, estudiarse y reproducirse en cuadros de palpitante verdad y colorido."* (La novela: su concepto y su alcance *ed. cit., p. 31).*

El proyecto de una visión viva y concienzuda de lo social lo intenta el autor en sus tres novelas: La parcela, *una de sus obras más conocidas y comentadas, publicada en 1898;* Los precursores *de 1909 y* Fuertes y débiles *publicada en 1919.* La primera obra *de López Portillo* Impresiones de viaje. Egipto y Palestina *(1874) corresponde a la relación de su recorrido en el extranjero luego de graduarse de abogado en 1871. Incursiona asimismo en la lírica publicando un solo libro en este género,* Armonías fugitivas *en 1892.*

Los célebres relatos, leyendas, y novelas cortas de López Portillo se publican en cuatro libros: Seis leyendas *(1883);* Novelas cortas *(1900) que incluye nueve relatos extersos y uno breve llamado "La suerte del bueno";* Sucesos y novelas cortas *(1903) que incluye once novelas breves más, un relato novelesco de cierta extensión titulado "Tres desenlaces ilógicos";* Historias, historietas y cuentecillos *(1918) una colección de ocho relatos. En el prólogo de este último libro se refiere al "doloroso ostracismo" por el que pasó entre 1914 y 1915 debido a la persecución de que fue objeto por el gobierno de Victoriano Huerta; dice en el prefacio: "este libro es fruto parcial de más de un año de aislamiento y de tristeza. Ausente de mi hogar y obligado a refugiarme en casas de parientes, de amigos y hasta de extraños, padecía, cuando a trozos fuile componiendo, la indecible nostalgia de la familia".* (Historias, historietas y cuentecillos. *París/México: Librería de la Vda. de Ch. Bouret, 1918, p. 7). De 1920 es su libro* Rosario la de Acuña: un capítulo de historia de la poesía mexicana.

*De su obra ensayística de filiación histórico-política destacan* La doctrina Monroe *(1912);* Enrique VIII de Inglaterra *(1921) y* Elevación y caída de Porfirio Díaz *(1921). También se publicaron separadamente poemas, leyendas y monólogos del autor:* Un héroe *(poema, 1882);* El amor del cielo *(leyenda, 1884);* Carne de cañón *(monólogo, 1884). López Portillo colaboró con artículos en diversos periódicos y revistas. La más temprana compilación de sus obras son los cuatro volúmenes iniciados en 1898,* Obras del Lic. D. J. López Portillo y Rojas; *los tomos siguientes aparecen en 1900, 1903 y 1909. En 1964 se publica* La vida al través de la muerte: *novela corta, edición a cargo de Lota M. Spell. La publicación original de esta obra correspondería a 1870 lo cual la convierte en la primera novela de López Portillo. Los cuentos del escritor mexicano se recopilan en dos publicaciones póstumas:* Cuentos completos *(1952) en dos tomos y* Algunos cuentos *(1956) ambas ediciones preparadas por Emmanuel Carballo.*

José López Portillo y Rojas *nació en Guadalajara, Jalisco. Se graduó de abogado en 1871. Realiza un viaje por Europa y el Oriente que dura tres años. Desempeña la docencia en los ramos de Derecho Penal y Economía Política. De activa participación en la vida política de su país: Diputado, Senador, Secretario de Relaciones Exteriores, Gobernador de Jalisco, Ministro de Educación Pública y de Relaciones Exteriores, su presencia intelectual en el panorama cultural mexicano del siglo pasado es destacada. Fundador de la revista de ciencias, letras y artes* La República Literaria, *miembro de la Sociedad Mexicana de Geografía y Estadística, miembro de la Real Academia Española, Secretario y Director de la Academia Mexicana de la Lengua.*

*Emmanuel Carballo llama a López Portillo "escritor de encrucijada" aludiendo al sincretismo estético de su obra: "sensibilidad de encrucijada donde convergían diluidas algunas características románticas y alboreaban notas realistas... Figura de transición, López Portillo se resiste a ser encasillado en el rígido patrón de una escuela determinada. De allí el por qué resulta deslucida su presencia en el movimiento realista". (Prólogo a* Algunos cuentos. *México: ediciones de la Universidad Nacional Autónoma, 1956, pp. XXIX-XXX). Efectivamente, la prosa de López Portillo es mejor disfrutada cuando se la aparta de rótulos y escuelas literarias. El cuento "Puro chocolate" pertenece al volumen* Historias, historietas y cuentecillos.

*Cada época y estrato social tiene sus convenciones y el artista siempre encuentra la manera de desarmarlas. La sátira en este cuento se dirige a la "más alta aristocracia de la metrópoli", también a los paradigmas y estereotipos que había generado la influencia del romanticismo. No se trata de un retrato costumbrista puesto que no hay un mensaje moralizante. Hay humor, risa, de principio a fin: en la descripción del personaje, esa amada algo gruesa: "Brígida se apartaba del camino seguido por esas insensatas doncellas, que son mártires de sí mismas... comía y bebía a discreción cuanto le pedía el organismo, y que así daba fin a un bifstec Bismarck con un cerro de patatas, como a media gallina gorda o a un plato colmado de mondongo"; en las situaciones: "[el doctor] metió la mano dentro del corpiño, por la parte de la espalda, buscó al tacto los cordones del corsé, aplicó el filo del cortaplumas con resolución, de abajo, arriba, y oímos luego un ruido como de cables rotos... Enseguida, como aguas impetuosas que han roto su dique... vi elevarse, ensancharse, y extenderse hacia afuera, una especie de montaña que hizo saltar*

*el corsé, rebasó los bordes del corpiño e infló y llenó toda la
blanca y fina anchura de la camisa... ¿Qué era aquello, Dios
mío? ¿Un montgolfier? ¿Un Zeppelin? ¿Era la Atlántida? ¿Era
la América?"; en el lenguaje: "En el acto tomé la pluma y contesté con un nudo en la garganta (que era el de la corbata)." Por
los caminos de la comedia se juega con los elementos de la narración; se abandona la seriedad tan pronto se empieza a producir. La risa como elemento conductor, fresco modo tensivo y
distensivo del relato.*

## PURO CHOCOLATE

### I

Por aquél tiempo andaba yo perdido de amores por la hermosa Brígida, joven perteneciente a la más alta aristocracia de la metrópoli.
Era huérfana de padre e hija queridísima de la señora doña Asunción, dama principal y muy respetada y respetable. Brígida andaba
cerca de los veinte años, y era un verdadero primor de criatura, tanto
por su belleza, cuanto por su gracia y dulzura. No describo menudamente sus facciones para que mis lectores (si tanta es mi dicha que
llegue a tenerlos) se la figuren como mejor les parezca, según sus
ideales y con arreglo al tipo o arquetipo que se hayan imaginado;
pues no es cosa que me preocupe el que el uno se la pinte morena,
el otro de pelo castaño y el de más allá tan rubia como los rayos del
sol; lo que importa es que ninguno se la represente fea. Eso sí que
no lo admito, porque de ello no tenía mi novia ni la menor parte-
cilla, y quedaría maltrecha la verdad histórica, si cualquiera de mis
favorecedores se la imaginase negra, bizca o de rostro avinagrado.
Conténtome, pues, como dar esta indicación: *Brígida era muy hermosa,*
para que cada fantasía borde sobre ese dato preciso, la sinfonía de
líneas y colores que más le acomode, como pasa con la música, que
no da más que temas melodiosos, para que sobre ellos soñemos lo
que sea más de nuestra inclinación, según nuestra edad, posición y
fortuna, pues que ella por sí misma carece de lenguaje.

Muy a mi pesar tengo que poner otra restricción al poderoso empuje de la imaginación de mis favorecedores, y es la del peso y volumen de mi heroína. Porque bien podría suceder que alguno de ellos
fuese afecto a las figuras flacas, vaporosas y escuchimizadas, y que,
llevado de su tendencia natural a la esbeltez y adelgazamiento de las
personas, diese en atribuir a mi beldad un talle de abeja, un cuello
de cisne y una diafanidad semejante a la de los cuerpos gloriosos.
No, señor, protesto contra semejante suposición, porque sería ofen-

siva para la salud excelente, y la lozana frondosidad de mi adorado tormento. Porque es de saber, que mi bien no había dado en los devaneos de muchas damitas de hogaño que, por tal de parecer sílfides y visiones de poetas, se echan en hambre, beben vinagre, chupan limones, y no toman por la noche sino una taza de té sin azúcar, porque han oído decir que el té adelgaza y que el azúcar engorda. No, pardiez, mi Brígida no pertenecía a esa brigada de sombras borrosas que se deslizan por los bailes, teatros y paseos, haciendo el efecto de un aquelarre de brujitas, o de una sala de hospital sublevada y ambulante; no, mi Brígida se apartaba del camino seguido por esas insensatas doncellas, que son mártires de sí mismas, y era una mujer normal, que comía y bebía a discreción cuanto le pedía el organismo, y que así daba fin a un bifstec Bismarck con un cerro de patatas, como a media gallina gorda o a un plato colmado de mondongo. Y por lo que hace a dulces, ¡vaya que era golosillo el angelito! Ración doble de cremas, pastas y conservas en la comida y en la cena, y a más de eso, repletos cartuchos de bombones a toda hora.

Lógica consecuencia de aquel régimen alimenticio tan amplio, rico y variado, era la excelente estampa de mi novia, donde no había ojeras color de violeta, ni ojos lánguidos, ni tez pálida, ni andar desmayado; sino mirada viva, terso cutis, rubicundo color y paso fuerte y rápido, que producía trepidaciones en el pavimento del segundo piso de la casa donde vivía.

Me he valido de este enorme circunloquio para atenuar todo lo posible la gravedad de la amarga confesión que tengo que hacer respecto de aquel ser exquisito: Brígida era un tanto gruesa, digamos gruesecilla para tratarla con cariño. En efecto, vista de perfil, ostentaba debajo de la barba una papadita, que a mí me parecía muy graciosa, y un busto que pasaba de rico y tendía a multimillonario; y, por lo que hace al talle, no hubiera podido abarcarlo yo con una sola mano, ni con dos, ni tal vez con cuatro, si Dios me hubiese hecho cuadrúmano. Empero, aquel insignificante exceso de salud y desarrollo de su persona, no me parecía del todo mal, porque Brígida, por todo lo demás, no tenía defecto y era extremadamente ideal, seductora y donairosa; y también porque, entre un extremo y otro, prefiero cierto exceso de carnes a cualquier exceso de huesos. Jamás he podido concebir la belleza de las momias, ni aun siendo egipcias y del tiempo de Sesostris; y en tratándose de espectros, el único que me gusta es el espectro solar.

He conocido jóvenes que por haber tomado antifat o tiroidina, o bien por estar enfermas de cosas que no sé, o por haber recibido de la naturaleza uno o dos adarmes nada más de tejido adiposo, tienen los ojos hundidos, enjutas las mejillas, prominentes los pómulos, filosa la nariz, descoloridos los labios, hecho un manojo de cuerdas el cuello, hundido el pecho, como látigos los brazos y las manos como

manojos de esparto. Sé de alguna tan descuadrilada, que se le escurre la falda hasta los pies en cuanto da algunos pasos, por más que
apriete las cintas o los cordones en torno de la cintura. ¿Qué belleza
plástica puede fundarse sobre tan pobres y míseros cimientos? ¿Que
amor puede nacer a la vista de tan escuálido y descorazonador espectáculo? Eso no es primavera, sino invierno, ni jardín de flores,
sino campo agostado; y eso no puede despertar otro sentimiento en
el espectador, que el de la tristeza y el de la lástima... Señorita,
¿está usted enferma? ¿qué le duele?... ¿Anda mal la digestión?
¿Padece usted del hígado o del bazo? ¿Sufre calenturita diaria, acompañada de sudores, tos y fatiga?... Tome usted elixir de Saiz de
Carlos, o quinina, o Wampole, o emulsión de Scott; no ingiera cosas
pesadas, ni se exponga al frío, ni al calor, ni al sereno, ni al aire...
Quédese metidita en su casa, sujeta a un buen método alimenticio,
arropadita y tomando drogas; y ya se dará de alta cuando pueda
hacerlo sin menoscabo de sus preciosos intestinos, o de su finísimo hi-
pocondrio o de sus delicados pulmones. Acongoja y contrista observar
que está usted tan extenuada y destruida, y turba y echa a perder la
alegría de cualquier fiesta, verla con trajes ligeros, o escotada, mostrando los huesecillos y los tendoncitos delgaduchos de la garganta,
que parecen partes y componentes de algún instrumento músico; y
a cada momento tememos que usted se desarme, o se desmaye, o que
se la lleve un viento fuerte.

Hecha mi profesión de fe sobre asunto tan peliagudo, no habrá
temor de que se me considere exigente en demasía por hallar en Brígida la imperfeccioncilla de ser un tanto inclinada a la polisarcia,
porque se comprenderá que al expresarme de esta manera, hágolo
sólo por amor a la verdad desnuda, por la gravedad positiva del caso,
y aun después de haber tomado en cuenta la tolerancia que en las
mismas casas de moneda se concede al aleaje de los metales preciosos.
Mi confesión no envuelve traición a un antiguo afecto, pues sobre
todas mis impresiones, juicios y exigencias estéticas, elévase mi protesta de admiración a aquella criatura celestial, por quien hubiera
sido capaz de hacer, y aun creo que hice, numerosas locuras. Conve-
nir en que hubiera podido ser un poquito desbastada sin perjuicio
de su frondosidad, no es inferirle agravio, sino hacer una reflexión
teórica sobre el perfeccionamiento posible de los seres físicos. En
mis profundas y solitarias meditaciones, llegué por aquel tiempo a
las siguientes conclusiones, mitad científicas y mitad cariñosas: "El
peso de mi amada debe ser de unas ocho arrobas como *mínimum;*
ahora bien, como el de una buena moza no ha de pasar de seis como
*máximum*, bien podrían sustraerse dos arrobas o un tantico más de
carne blanca y sonrosada a esa preciosa doncella, sin falsear en lo
más mínimo las bases y fundamentos de su belleza escultórica." Sólo
que, en el remoto caso de que hubiese sido posible el llevar a cabo

ese arreglo, habría yo exigido como condiciones *sine qua non,* a la potencia misteriosa que en él hubiese intervenido, todo lo siguiente: 1º, que no peligrase la preciosa existencia de la niña; 2º que no se menoscabase su salud floreciente; 3º, que no se la hiciese sufrir en lo más mínimo; y 4º, que las mermas y raspaduras que se practicasen en las frondosidades de su cuerpo, fuesen escrupulosamente calculadas, pesadas y medidas, para que la porción conservada intacta que le hubiese quedado, no hubiese perdido la armonía y bella distribución que los cánones de la belleza requieren en cualquier estatua griega.

Como se ve, mis cavilaciones amatorias nada tenían de inhumanas, pues muy lejos de tender al martirio de la joven o al aminoramiento de su singular belleza, llevaban por norte su perfecta anestesia antes de todo, y en seguida, el aumento ilimitado de sus atractivos.

Mas basta de delirar y entrar en accesos de fiebre, dando y tomando sobre todas esas cosas, que ni pasaron, ni hubieran sido posible que sucediesen, por más votos que hubiesen salido de mi pecho o exvotos hubiese colocado en el retablo de las benditas ánimas del purgatorio.

Poco diré de doña Asunción, porque aunque era dama excelente, nada notable tenía que la distinguiese de todas las otras que educan, engalanan y buscan esposo a sus hijas. Lo único que sobre el asunto me atrevo a insinuar, es que tenía singular parecido con su hija, como era muy natural, por ser ésta fruto de sus entrañas; y ya sabe que los frutos son semejantes al árbol que los produce. Las diferencias que se notaban entre las dos, eran las de la edad y sus consecuencias, pues así como Brígida estaba rozagante, habíase marchitado la madre, y así como la primera incurría en el pecado de una gordura venial, había caído la segunda en el mortal, en el horrendo crimen del mismo género; de tal suerte que, vistas a la vez la madre y la hija, presentábase a la imaginación, ésta, como el pasado de aquella, y aquella como el porvenir de ésta; o, lo que es lo mismo, hacían conjeturar que doña Asunción habría sido igual a su hija cuando joven, y que Brígida tendría que ser igual a su madre cuando vieja. Aquel anticipo a la historia de la familia, me causaba alguna inquietud, porque me sentía como desalentado y sin fuerzas para soportar carga tan pesada cuando llegase mi edad provecta. Por la cuenta, aquellas redondas y sonrosadas mejillas de Brígida, habrían de convertirse en los amplios, colgantes y congestionados mofletes de doña Asunción, aquella papadita tan simpática de la joven, ¡tenía que inflarse y subdividirse con el transcurso de los años, y se tornaría en la papada, o, más bien dicho, en la doble papadota de la señora!, y la cintura algo pasadita de gruesa de mi amada, ¡habría de parar en aquella circunferencia de tronco de ahuehuete de la Noche Triste, de la autora de sus días!

Debo confesar que palidecía a mis solas y se me cubría la frente de sudor frío y viscoso, al pensar cosas tan tremendas; y que algunas veces me consolaba reflexionando que las leyes del heredismo podían resultar chasqueadas en Brígida, y otras caía en el más profundo abatimiento, recordando que Zola demostró en obras tan largas y aburridas como las del Tostado, que las faltas de los padres pasan de generación en generación, como la Magnífica. Pues si es cierto que pasan las faltas, ¿por qué no han de pasar también las sobras? Mi ánimo no tenía momento de reposo, fluctuando entre la esperanza y el temor, como frágil barquilla que navega en mar tempestuoso; y unas veces decía: *¡sí me caso!*, y otras clamaba *¡no me caso!*, según hallaba más o menos grande el parecido entre aquellas dos distinguidísimas mujeres.

Hasta que sucedió un día que, habiendo llegado demasiadamente temprano a la casa de mi novia, hallé a la señora doña Asunción en bata, a la *negligée* y desprovista de pretal, faja o cotilla. Entonces sí que pude darme cuenta de la gravedad del caso en toda su extensión, por lo que torné a mi domicilio más preocupado que nunca, pues aquello que ví era tan grande, tan grande, que me pareció inmenso, y ahora mismo lo encuentro imposible de describir, porque no cabe en este papel, ni en estas cuartillas, ni aun en una resma de papel ministro... Pasé la noche en vela, pensando en aquellas enormidades, y a la madrugada, molido del cuerpo y cansado del alma, formulé en mi cama la oración del Huerto: *¡Señor, si es posible, que pase de mí este cáliz!* Pero también debo decir que, para no mancillar mi conciencia, ni truncar los textos (como lo hacen los protestantes), agregué luego: *¡Pero que se haga tu voluntad y no la mía!* ... En seguida, me quedé esperando que bajase un ángel a consolarme; y como no bajó, me bajé de la cama y me vestí con bastante desconsuelo.

No obstante, poco tiempo después, pude comprender que mi petición había sido favorablemente acogida por la divinidad, en el modo y forma que podrá ver el lector, si tiene la paciencia de seguir leyendo esta romántica y ensoñadora historia. Entretanto, me limito a exclamar como un mahometano: *¡Alah Kerim!* ¡Dios sea loado!, y a hacer una profundísima zalama.

## II

La noche convenida para asistir al baile del Casino Español, llegué a la casa de Brígida a las ocho, según lo acordado. Encontré a la familia sentada a la mesa, y dispuesta a tomar la colación nocturna. Madre e hija se habían ataviado con suma elegancia; y bien oprimida dentro de su talle doña Asunción, no me produjo ya el espanto que me causó cuando tuve la mala suerte de sorprenderla en bata o kimono aquella trágica mañana.

Brígida me pareció hermosísima. Habíase puesto un traje color de rosa, que a maravilla armonizaba con el rosicler de sus frescas y lozanas mejillas, y llevaba entrelazadas en el pelo algunas flores, que parecían corona real sobre su cándida frente; corona de juventud, gracia y belleza, que hacía pensar en abril, en primavera, en vida y alegría.

—Usted tan puntual como siempre, díjome la señora tendiéndome la mano.

—Sí, la contesté, igual que siempre.

—No dirá usted que no lo somos también nosotras, observó Brígida por vía de saludo, dándome a estrechar a su vez la finísima diestra.

—No diré tal cosa, repuse, porque no me agrada la mentira; pero conste que mi puntualidad es mayor que la de ustedes.

—No veo por qué, replicó la joven.

—En efecto, corroboró la mamá: nos encuentra usted listas ya para salir: vestidas, peinadas y en momentos de levantarnos de la mesa.

—Ahí está el *quid,* insistí; encuéntrolas *casi* listas, pero no *enteramente,* y ese *casi* tiene más de tres bemoles.

—Nada de eso, insistió mi novia; podemos marcharnos a la hora que usted guste.

—Por mi parte no hay prisa, contesté sonriendo: pueden ustedes tardar cuanto quieran, y no deben levantarse, sino cuando hayan dado fin a todos esos manjares.

Y eché un vistazo a la colección de platones, fuentes y composteras que había sobre la mesa.

Mi novia siguió el movimiento de mis ojos y agregó:

—Yo prescindo de todo eso que usted ve; carezco de apetito.

—Pero, niña, replicó la mamá, ¡cómo has de ir al baile sin tomar nada!... No, eso no puede ser.

—Mamá, no tengo apetito.

—Pues aun cuando no lo tengas, hija; es necesario.

—No, no tomo nada.

—Que sí.

—Que no.

—La señora tiene razón, intervine con instinto diplomático para dejar contentas a ambas. (A doña Asunción por constituirme en su aliado, y a Brígida por el tierno interés que hacia ella sentía.) Tome usted algo, Brígida, cualquier cosa; se lo ruego, agregué.

—Eso es, hija, continuó la señora, adoptando aquel prudente temperamento; si no quieres cenar en forma, toma algún alimento ligero.

Brígida se rindió a nuestro deseo, tanto por obediencia filial cuanto por docilidad amorosa.

—En tal caso, repuso viéndome con ojos que parecían decirme *por usted hago el sacrificio:* en tal caso, tomaré una taza de chocolate.

—En leche, continuó la madre.

—No, mamá, en agua, suplicó Brígida; no sé qué tengo esta noche que todo me repugna.

—Bien, hija, con tal que no salgas de aquí con el estómago vacío, me conformo con eso.

Dictadas las órdenes necesarias, no tardó la taza en llegar a la mesa, ni mi bella prometida en gustar su contenido a pequeños y graciosos sorbos. Negóse, con todo, a tomar pan, y hubimos de contentarnos doña Asunción y yo con aquella ventaja, aunque fuese tan corta. Entretanto, mi futura madre política embauló rápidamente todos los platos que el mesero le presentó, sin perdonar la ensalada ni la conserva de melocotones.

Llegó al fin el momento en que todo estuvo listo, y pudimos salir de la casa; sólo que, por más prisa que se habían dado las señoras, eran las ocho y media cuando tocamos el punto de nuestro final destino. Por aquel tiempo no se había trasladado el Casino al elegante edificio que hoy ocupa, sino estaba instalado en otro de alquiler, amplio también, pero no tan hermoso como el actual. Los salones destinados a las reuniones sociales eran dos muy vastos, que se extendían a uno y otro lado de la construcción, en forma de ángulo recto, sin división alguna entre ellos. La *soirée* comenzaba de ordinario con una corta representación, en la que tomaban parte varios de los socios y algunas señoras y señoritas pertenecientes a la colonia ibérica. Para ello se levantaba un escenario movible en el vértice del ángulo de que se ha hablado, el cual escenario era colocado de tal modo, que tuviese vista para los dos espacios que se extendían a sus lados. Así toda la concurrencia podía disfrutar por igual del espectáculo. Una vez pasado éste, procedíase a desarmar el teatrillo, lo que era obra de unos cuantos momentos, y quedaban despejados los dos salones para que corriesen, saltasen y se arremolinasen por ellos las alegres parejas adoradoras de la diosa Terpsícore.

Cuando mis compañeras y yo llegamos al Casino, iba la representación muy adelantada ya, y la concurrencia ocupaba casi todos los asientos disponibles. Los corteses caballeros que nos recibieron y se encargaron de llevar al guardarropa los abrigos de mis compañeras, pasaron la pena negra para hallar sillas donde instalar a mi niña y su mamá; pero al fin las encontraron. Para ello tuvieron que hacer levantar a algunos de los socios que habían ganado con derecho de prelación buenos lugares; y, en fin de cuentas, doña Asunción y su hija quedaron colocadas en sitio inmejorable, cerca del foro y junto a la calle de tránsito, que entre las sillas se había dejado para la circulación. Solamente yo no alcancé sitio aceptable en ninguno de los salones, porque no quise meterme como cuña en el corazón de la oprimida concurrencia, por más que la comisión de recibir me instaba para que pasase a uno u otro lugar que solía verse vacante en lo más apiñado de las hileras. En vista de mi resistencia, condujéronme a la puerta lateral de un aposento, que se comunicaba con el salón donde se hallaba mi novia. Ahí permanecí en pie debajo del marco, viendo un poco y no oyendo casi nada de lo que pasaba en el foro.

La representación era muy regocijada, los actores y las actrices desempeñaban sus papeles con suma gracia; y el público, atento a la escena, reía de buena gana y aplaudía a cada paso estruendosamente. Pero ¿qué novedad ocurrió de repente en el salón, cerca del foro? Observé un gran movimiento; levantáronse con precipitación varias personas: cayeron algunas sillas; y vi que un grupo numeroso de damas y caballeros se arremolinaba en lugar determinado. "¿Qué pasa?" "¿Qué ocurre?" nos preguntábamos los que mirábamos desde lejos tanta alarma. Por fin, de boca en boca transmitióse este rumor:

—¡Una señorita accidentada!

¡Una señorita accidentada! El caso era sensible y me interesé mucho por la desconocida, pues, gracias a Dios, no tengo corazón de fiera; pero no me afectó en demasía, porque no me imaginé que dicha ignota persona pudiese tocarme en lo más mínimo. Así que seguí observando los acontecimientos con relativo sosiego, aunque con esa simpatía natural que despierta todo mal sufrido por un semejante. Vi que varios caballeros levantaban en brazos a una de las concurrentes, la cual no daba señales de vida, pues llevaba sueltos los pies y las manos, como si fuese cuerpo sin alma. Caso grave sin duda, porque para que una persona sufra un desmayo súbito, tan intenso y de tan larga duración como aquel, suele necesitarse que la causa que lo produce sea seria y de cuidado.

Fue avanzando por la callecilla central el grupo de los caballeros que llevaban a cuestas la preciosa carga, hasta llegar cerca de mí; y entonces pude ver con ojos espantados, que la señorita accidentada era... mi Brígida. Venía lívida, con los ojos cerrados y descompuesta del rostro. Tras ella caminaba doña Asunción asustada, despavorida y ocupada en bajar las faldas de su hija, que se levantaban en demasía, dejando ver en confusión, tules, encajes y blancas medias; pero ¡nada! que con el movimiento de la marcha y el desorden que traen siempre consigo tales sucesos, las ropas de Brígida se habían rebelado, continuaban sublevándose y no había medio de reducirlas a aquel orden y compostura que demandan el pudor y el bien parecer de las doncellas. ¿Podrá creerlo el lector? Aun en medio de aquella situación tan angustiosa y afligida, me indignaba al pensar que miradas atrevidas e indiscretas violasen aquellos secretos de lencería y musculatura que nadie tenía el derecho de penetrar; y de buena gana hubiera arrancado los ojos a los circunstantes masculinos, pues respecto de los femeninos, me parecía que no había cuidado.

—¡Un médico! ¡un médico! clamaron varias voces.

—¡Sí, un médico! repetí con angustia, echando una mirada exploradora sobre el concurso.

Por fortuna había un doctor entre los espectadores, el cual, aun antes de ser solicitado, había dejado su asiento y se había incorporado al grupo de la improvisada Cruz Roja que prestaba socorros a la enferma. Ese grupo, saliendo del cerrado recinto, dirigióse al tocador, que fue donde dejó depositada a la enferma. Los seis jóvenes que fueron necesarios para levantar y conducir el cuerpo de Brígida, llegaron congestionados y anhelantes, y tan luego como colocaron a mi amada en una *chaise longue,* echaron mano al pañuelo y se enjugaron la frente que el sudor con abundancia les cubría; la carga había sido demasiado fuerte para aquellos elegantes figurines oprimidos por una indumentaria de lujo, pues les quedaron ajadas las blanquísimas y bien almidonadas pecheras, saltados de los botones los cuellos y estropeados los puños de las finas camisas. A pesar de mi turbación, pude darme cuenta de esos detalles, y siguiendo el curso de la idea fija que hacía tiempo me atormentaba, deduje de tales antecedentes, que la joven debía pesar bastante más de las ocho arrobas que en mi cariñoso optimismo había calculado; porque los elegantes mancebos que habían prestado sus servicios para practicar la remoción y el traslado de aquel precioso cuerpo, no eran escuálidos ni endebles, sino antes vigorosos y robustos, y no era posible que hubiesen experimentado tanta fatiga sólo por haber levantado un peso de poco más de una arroba por barba. Porque tomando como base, con respecto a mi amada, una pesadumbre de sólo ocho arrobas, hubiera resultado muy leve la carga proporcional que a cada uno de aquellos atletas hubiese correspondido. Soy muy mal calculador y la aritmética guarda para mí misterios más grandes que los de Eléusis; pero se me figura que ocho arrobas divididas entre seis cargadores, tocan a razón de una arroba, ocho libras, cinco onzas y algunos adarmes por cabeza; lo que no constituye ciertamente el peso de nuestro planeta, ni siquiera el de un asteroide de los que caen por los días de San Juan. De suerte que, de la visible fatiga que dichos caballeros mostraban, podía deducirse en sana lógica, que no se habían echado a cuestas ese peso tan leve, con el cual hubiera podido caminar sin molestia hasta una señorita clorótica; sino otro mucho más grande. ¿Cuál sería, Dios mío? Me devanaba los sesos conjeturando cuál podía ser, y mi cerebro se perdía en un mar de números y arrobas.

Me había agregado al cortejo, y fui testigo presencial de los hechos. Lleno de congoja, no tanto por el trabajo de calcular sobre pesos y medidas (que eso era una ridícula extravagancia en aquellos momentos), sino por el temor de que el mal repentino de Brígida fuese de carácter serio, me colé por en medio de los circunstantes, apartándolos a un lado y otro con bastante brusquedad y falta de consideración. Pero ¿quién se anda con medias tintas en tales ocasio-

nes? ¿Quién tiene reflexión para contenerse en los momentos fatales
de una crisis? ¿Quién es capaz de gastar cumplidos cuando está en
peligro la existencia del ser idolatrado de su corazón? Por otra parte,
me hallaba investido de derechos y cargado de obligaciones en aquel
punto y hora: mis derechos procedían de ser amado por la joven y
su marido en cierne; y dimanaban mis obligaciones del hondo afecto
que a ella fuertemente me ligaba. Me sentía, como era natural, más
que su amigo, y más todavía que si hubiese sido su pariente; como
que éramos novios oficiales y estábamos destinados a ser una misma
cosa, o sea dos en una carne. *Duo in carne una.* ¡Carne! ¡Carne! ¿Con
qué cantidad de ella iría yo a enriquecerme? La mía no era mucha,
pero ¡la de ella! ¿Qué contingente me traería? Yo estaba loco con
aquella idea, como Hamlet con la de ser o no ser.

No obstante, reconociéndome fuerte con tantos títulos como obra-
ban en mi favor, me negué a abandonar a la simpática paciente, y me
planté con resolución junto a ella, entre el médico y mi futura madre
política, sin que nadie a ello se opusiese, bien sea por el desconcierto
que en casos semejantes reina en los grupos, o bien porque hubiesen
sido tácitamente conocidos y reconocidos mis mencionados títulos por
cuantos ahí se encontraban.

Por mi parte, hallábame dispuesto a prestar mis servicios en todo
aquello que pudiesen ser utilizados, desde tener la palmatoria y traer
un vaso de agua, hasta volar a la botica o ir por el sacerdote.

## III

Puesta Brígida boca arriba, iba a comenzar la auscultación, cuando
el médico, reflexionando con muy buen sentido, no era conveniente
llevarla a cabo en presencia de tantos espectadores, dijo en voz alta:

—Suplico atentamente a las personas presentes, despejen el local... Con excepción de la familia.

En pocos momentos se vio casi desierto el tocador, pues sólo
quedamos en él la mamá, el médico, un servidor de ustedes, y tres
amigas íntimas de Brígida. Una vez cerrada la puerta, comenzó el
examen de la enferma. El médico sacó el reloj, y tomando el puño
de mi amada, contó las pulsaciones durante un minuto; aplicó en
seguida el oído al corazón muy atentamente; después, levantó los cerrados párpados de la joven y examinó ambas pupilas. Un silencio
angustioso reinaba en el aposento; el médico nada decía, y nadie se
atrevía a interrogarle.

—¿Es usted la mamá? preguntó al fin volviéndose a doña Asunción.

—Sí, señor, repuso ésta tiritando de emoción.

—Pues sírvase usted desabrochar el talle a esta joven, repuso el
facultativo.

No fue muy sencilla la operación, porque iba la tela tan bien ajustada al corsé, que no había por donde meter los dedos; pero al fin pudo ser ejecutada. Sólo que para ello fue preciso sacudir no poco el cuerpo de la enferma. En medio de aquella fatiga, vino un nuevo accidente a avivar la alarma de todos, y fue que por la entreabierta boca de Brígida, comenzaron a aparecer vómitos de color sospechoso:

—¡Sangre! clamó doña Asunción consternada, recogiendo piadosamente aquel alarmante líquido en el pañuelo de batista.

—¡Sangre! repitieron las amigas aterradas, enjugando también con los suyos la boca de mi novia.

—¿Sangre? pregunté trastornado y sintiendo que la mía se me iba a los pies.

El médico, que estaba inclinado sobre la enferma, se enderezó al oir aquellas voces.

—¿Han dicho ustedes sangre? preguntó.

—Sí, señor doctor, repuso mi señora madre política sollozando, mire usted.

Y puso en las manos del galeno el manchado pañuelo. El médico se acercó a una lámpara, miró con suma atención las máculas oscuras que se dibujaban en la finísima tela, y, no contento con eso, examinolas al trasluz, extendiendo aquella entre sus ojos y la llama... Después, guardó profundo silencio.

—Mala, muy mala señal, pensé al observarlo. ¿Congestión pulmonar? ¿Hemoptisis? ¿Ruptura de algún vaso? ¿Úlcera redonda?... ¿Qué será, Dios mío, qué será?

Y me castañeteaban los dientes en fuerza de la emoción, como si estuviese dentro de una nevera. Todos los ojos estaban fijos en el doctor; todas las miradas eran de angustia. El facultativo no perdió la cabeza a pesar de todo. Acercóse de nuevo a la enferma y quiso palparle el estómago y el vientre; pero se encontró con el estorbo del corsé, que parecía una coraza. Algo buscó en el bolsillo del chaleco, que no pudo encontrar, por lo cual, volviéndose a mí, me dijo:

—¿Trae usted un cortaplumas?

Por fortuna llevaba uno finísimo, de carey, que nunca abandonaba.

—Sí, señor, repuse.

—Hágame usted el favor de prestármelo, agregó con acento imperioso y breve.

—Aquí está, repuse poniéndole en sus manos.

Y seguí pensando.

—¿Qué irá a hacer este galeno con mi navaja?... ¿Irá a sangrar a Brígida?... No puede ser, porque ese tratamiento no está ya en uso... Pasó el tiempo de los flebotomianos... ¿Alguna operación? ¿Una sajada?... Pero ¿en dónde?... Y luego, que un cortaplumas no puede hacer las veces de un bisturí... Además, no hay aquí vendas, ni algodón absorbente, ni gasa esterilizada... ni aun siquiera agua hervida.

Al fin me atreví a preguntar, mirándole vacilar y como en suspenso.

—¿Se le ofrece a usted algo, doctor?

—Sí, me dijo, que me ayude usted a colocar a la señorita sobre un costado.

—Con mucho gusto.

Y nos pusimos a la obra. Tan pronto como estuvo concluida, metió él la mano dentro del corpiño, por la parte de la espalda, buscó al acto los cordones del corsé, aplicó el filo del cortaplumas con resolución, de abajo arriba, y oímos luego un ruido como de cables rotos... En seguida, como aguas impetuosas que han roto su dique y se derraman espumantes y furiosas por la vega, ví elevarse, ensancharse, y extenderse hacia afuera, una especie de montaña, que hizo saltar el corsé, rebasó los bordes del corpiño e infló y llenó toda la blanca y fina anchura de la camisa... ¿Qué era aquello, Dios mío? ¿Un montgolfier? ¿Un Zeppelin? ¿Era la Atlántida? ¿Era la América? Ignoro lo que sería; sólo sé decir que fue para mí un mundo nuevo y desconocido.

—¡Pero, doctor, exclamó doña Asunción con tono de reproche; me hubiera usted prevenido! Estas cosas no se hacen así como así, ni mucho menos delante de la gente.

Y no hallando otra tela de que echar mano, y atendiendo al pudor de su hija antes que al suyo, se levantó la falda y la arrojó sobre el esternón de Brígida, con el mismo bíblico ademán con que Jafet echó su manto sobre el cuerpo desnudo de Noe, cuando se embriagó éste con el jugo de la uva.

Yo aparté los ojos de aquel espectáculo, tanto por respeto a mi amada, como por el espanto que su enorme corpulencia me produjo; porque, a decir verdad, aunque mucho de aquello había sospechado, nunca, ni en mis horas de mayor pesimismo, llegué a imaginarme tanto, tanto...

Por fortuna el grito general de contento que en aquellos momentos resonó en el tocador, trocó mis tristes impresiones en una alegría desbordada.

—¡Ya abrió los ojos! gritaron las amigas.

—¡Hija de mi vida! exclamó doña Asunción con lágrimas en los ojos. ¿Qué te duele? ¿Cómo te sientes?

—Ya no me duele nada, mamá, oí que respondía Brígida. Me sentía ahogar... Una grande opresión; pero ya pasó todo.

Y en efecto, nada tenía; tanto que pudo sentarse desde luego.

Pronto vinieron los abrigos del guardarropa, y, habiéndose envuelto la joven en el suyo, recogió la falda la mamá y pude yo volver los ojos a la paciente.

—Aquí estoy, Brígida, la dije, cerca de usted.

—Gracias, Pablo, repuso ella procurando amontonar más y más ropa sobre la parte semidescubierta de su cuerpo.

Y después de unos instantes, agregó con tono lánguido y romántico:

—¡Qué cosas tan horribles he sentido! Así debe ser la muerte.

—Pero ya pasó todo, intervino el médico; ahora sólo se necesita un poco de reposo.

—¿Qué le hacemos, doctor? preguntó ansiosa la mamá.

—Nada, señora, repuso el galeno; no ha menester medicinas.

—¿Le daremos sales o éter a aspirar?

—Lo que ustedes gusten; pero no precisa.

—¿Debe guardar cama?

—No, señora; antes por el contrario, le hará provecho andar un poco y respirar el aire de la calle, cuando haya descansado lo bastante... Y como no soy ya necesario, con permiso de ustedes, me retiro.

—¿Y qué dice usted de la sangre? preguntó por lo bajo doña Asunción, deteniéndole por el brazo.

—¿De la sangre? interrogó a su vez el galeno con acento inseguro.

—Sí, de la sangre, insistió la afligida señora mostrando a hurtadillas el pañuelo.

—¡Ah, sí! repuso el doctor con tono indefinible; digo que no hay cuidado.

—¡Cómo! insistió doña Asunción. Sangre por la boca, ni mucha ni poca.

—En este caso falla la regla, afirmó el doctor sonriendo ligeramente. Créame usted, señora, no hay cuidado.

—Como quiera que sea, necesito hablar con usted, y que examine despacio a Brígida, volvió a decir mi madre política. Aguardo a usted en casa, mañana.

Y le dio las señas, que el doctor apuntó en un carnet de baile que llevaba en el bolsillo.

—Mañana, antes del medio día, estaré en la casa de usted, repuso inclinándose.

Yo le acompañé hasta fuera del tocador, deseoso de interrogarle aparte, pues deseaba saber toda la verdad, por aterradora que fuese. Temía que, por exceso de consideración a mi madre política, algo la hubiese ocultado.

Un grupo ansioso nos aguardaba en el corredor, y vino luego a rodearnos.

—¿Cómo sigue la enferma?, preguntaron damas y caballeros.

—Pasó ya todo, repuso el médico; está bien y en reposo.

—¿Qué fue lo que tuvo?

—Un vahído, repuso el interrogado, un desvanecimiento de carácter común y sin consecuencias.

—¡Vaya, qué bueno!, murmuraron. Nos alegramos...

Y poco a poco fueron tomando el camino de los salones, donde acababa de comenzar el baile.

Tan pronto como estuvimos solos, dije al doctor:

—Soy el prometido de Brígida, la señorita enferma, y me intereso mucho por ella, como usted se lo debe figurar... Servidor de usted.

Y le tendí la mano que él estrechó con suma urbanidad.

—Tanto gusto de conocerle, repuso.

—He salido, continué, para hablar a solas con usted.

—Estoy a sus órdenes, caballero.

—¿Qué ha tenido Brígida?

—Un vahído, ya lo dije.

—¿Nada más?

—Nada más.

—No me oculte usted la verdad por dolorosa que sea.

—No la oculto, caballero; nada hay que ocultar.

—Soy hombre y sabré resistir el golpe. Comprendo la reserva de usted en tratándose de doña Asunción, porque es mujer, y, sobre todo, madre...; pero no respecto de mí. Tanto más cuanto que es preciso estar al tanto de todo, para hacer frente a la situación.

—Pero, caballero, si nada tengo que decirle; ha sido un accidente pasajero...

—¿Y la sangre?, insistí con sincera preocupación.

—¿Cuál sangre?, me preguntó con el tono más raro del mundo.

—La que ha echado por la boca.

—¡Si no hay tal!, repuso con aplomo.

—Pues, ¿qué fue lo que vomitó?

—Chocolate, articuló con voz firme.

—¡Cómo así, doctor!, exclamé.

—¡Puro chocolate!, afirmó de nuevo. El olor, el color, todo es de puro chocolate... No tenga usted cuidado.

—¡Vaya, por Dios!, dije con tono de alivio... En efecto, tiene usted razón, poco antes de salir para el Casino, tomó una taza de chocolate...

—¿En agua?, agregó el galeno.

—Exactamente, contesté.

—Sí, así lo comprendí, porque en el vómito no hallé grumos de leche.

—Pero, ¿cómo se explica el caso?

El médico reflexionó un momento.

—¿Quiere usted que le diga la verdad?

—¡Cómo no! Es mi mayor deseo.

—Pues se explica por el corsé... La niña está demasiado robusta; se oprimió sin miramiento; tomó chocolate; el líquido no pudo pasar del esófago; y ese estancamiento produjo el trastorno. Todo, se en-

tiende, junto con el efecto de las luces y la falta de ventilación...
Pero ya vio usted como, en cuanto pudo arrojar el chocolate y rompí
los cordones del corsé, abrió los ojos y quedó instantáneamente curada.

—Así es, en efecto, repuse pensativo.

—Sí, caballero, tranquilícese usted; la joven goza una salud de
primer orden. Funciona su corazón de un modo excelente; tiene unos
pulmones envidiables; y es muy frondosa.... tal vez demasiado frondosa... Debe usted aconsejarle no se oprima tanto la cintura.

—Gracias, doctor; me deja usted completamente tranquilo. ¡Bendito sea Dios!

Con esto me despedí del médico, y volví al tocador. En el corto
camino que tuve que andar para reunirme con la familia, viniéronme
a la memoria espontánea e inesperadamente, aquellos versos de Gil
y Zárate en *Carlos II el Hechizado,* que hicieron reír tanto al pica-
rón de Martínez Villergas.

> —¿Chocolate?
> Sí en verdad.
> —Con estas cosas me ofusco...
> ¡Que oculte tanta maldad
> un poco de soconusco!

## IV

Cuando entré, hallé a Brígida levantada ya, cuidadosamente envuelta en el amplio abrigo, y, de tal modo arropada, que ocultaba con
sumo arte su *deshabillé* interior. Doña Asunción se había puesto también el suyo, y madre e hija parecían ansiosas por salir del Casino.
En el acto acudí al guardarropa para recobrar el gabán y el sombrero,
y en compañía de ellas emprendí la retirada.

Mis dos compañeras iban por la calle lánguidas y melancólicas,
como es de costumbre después de un grave contratiempo, y, además,
porque doña Asunción no había podido ocultar a su hija el terrible
secreto de los vómitos.

—¡Quién sabe qué sea esto!, decía Brígida con suma tristeza. Siempre he sospechado que algo tengo en el corazón, o en los pulmones,
porque siento sofocaciones frecuentes.

—¡Con razón!, dije para mi coleto, puesto que la gordura fatiga,
y el corsé aprieta.

Pero no articulé palabra.

—Hijita, prorrumpió doña Asunción con grande y conmovedora
ternura. Dios ha de querer que no sea nada; ya verás como no es nada.

—No lo creas mamá, repuso Brígida con dolorosa convicción; eso
de arrojar sangre por la boca, es cosa muy grave; no te hagas ilusiones.

—Puede haber sido de las encías o de la garganta.

—¿En esa cantidad, mamá? No es posible. ¡Cuatro pañuelos ensangrentados!... Tanta sangre no puede venir sino de los pulmones... Ya verás cuán pronto voy a morirme.

Mi suegra se puso a llorar a lágrima viva, y mi novia se enterneció también, pensando en su fin prematuro. Yo no, porque estaba en el secreto, y preferí guardar silencio, hasta que al fin, condolido de tanta pena imaginada, y deseoso de aliviarla, me atreví a revelar el trivial secreto.

—No se atormenten ustedes inútilmente, dije.

—¿Cómo inútilmente?, interrogó indignada doña Asunción.

—Déjalo, mamá, intervino Brígida con ira. ¿No ves cuán sereno está? Es que yo no le importo ni poco ni mucho. Venía callado, indiferente, y la primer palabra que suelta, es para decir que no vale la pena hablar de la espantosa hemorragia que acabo de sufrir.

—Yo no he dicho tal cosa, repliqué.

—Sí, señor, saltó mi suegra con tono terrible; usted lo ha dicho.

—Eso fue lo que usted ha dado a entender, continuó mi novia excitadísima. No puede tener otro sentido su frase, sino el de que carece de importancia la hemorragia.

Atacado de esa manera, y viéndome en la necesidad de defenderme para rechazar las imputaciones de novio inhumano que me abrumaban, me apresuré a protestar:

—¡Pero si no ha habido tal hemorragia!

—¿Cómo se atreve usted a decir eso?, preguntó mi suegra en el colmo de la rabia. ¿No ha visto usted los pañuelos manchados de sangre?

—Manchados sí, contesté; pero de sangre no.

—¿De qué entonces?, interrogó Brígida a su vez con tono violento y respiración anhelante.

—De chocolate, repuse con firmeza.

—¡Chocolate! ¡Chocolate!, exclamó la señora sarcásticamente. ¿De dónde ha sacado usted esa especie de chocolate?

No pudiendo decir que yo no había sacado nada, y que el prosaico líquido había brotado por sí solo de las cavidades internas de mi novia, preferí guardar humilde y compungido silencio.

—Es que quiere ponerme en ridículo, mamá, terció Brígida con despecho.

—No invento nada, repuse mansamente; es el médico quien lo afirma.

—¡Buen matasanos será él! profirió doña Asunción con desencadenado despecho.

—Deben haberse puesto de acuerdo Pablo y el doctor para propalar esa ridícula especie; así reirá toda la gente a costa nuestra, aseveró Brígida.

—Por Dios, por Dios, exclamé contristado; no se ofusquen ustedes ni se formen de mí tan mal concepto. Les aseguro por lo más sagrado, que si he aclarado el hecho, ha sido sólo para calmar su dolorosa ansiedad, pues se me figuró llevaría alguna tranquilidad a su ánimo, el saber no había habido sangre de por medio.

—Pues se equivoca usted redondamente, replicó mi suegra acaloradísima, porque esa explicación envuelve una burla.

—Por mi parte, observó Brígida, prefiero mil veces la tisis o la aneurisma a quedar en ridículo.

A tales palabras siguió entre los tres un diálogo muy desagradable, durante el cual mi suegra y su hija continuaron sosteniendo la tesis de la sangre, y yo la del chocolate. No me excedí en manera alguna, hablé con moderación, y di testimonio del mayor respeto a mis interlocutoras en todo lo que expuse; pero ellas fueron exaltándose de momento a momento de un modo tan asombroso, que acabaron por decirme claridades que me dejaron a oscuras y pesadeces que no pude resistir. Cuando el carruaje que nos conducía llegó a la casa de la familia, iban ya tan mal dispuestos nuestros ánimos, que mi suegra y su hija se rehusaron a que las acompañase a subir la escalera, y yo, por mi parte, no quise aceptar por nada hacer uso del vehículo para tornar a mi domicilio.

Ya para despedirnos, mi novia se quedó deliberadamente algunos pasos atrás de doña Asunción, con el objeto de hacerme una última y formal intimación.

—¿Insiste usted, me dijo con voz destemplada, en que no fue sangre lo que arrojé?

—Sí, la contesté, consternado; tanto por ser esa la verdad, como para bien de usted misma. ¿Qué empeño tiene usted, Brígida, en verse atacada de un mal terrible, de que por fortuna no adolece?

—¿Y qué empeño tiene usted en burlarse de mí? repuso ella. Por última vez, Pablo ¿se afirma usted en que vomité chocolate?

—Así es, Brígida, contesté con triste resignación.

—¿Con que chocolate, eh? preguntó de nuevo con sarcasmo.

—Sí, Brígida, contesté con tono blando.

—Pues aténgase usted a las consecuencias de *mi chocolate*, concluyó la joven con violencia, volviéndome las espaldas.

Así dijo Brígida, y, sin oír más, se dirigió a la escalera, por donde la vi subir con toda la ligereza que su robustez le permitía. Me quedé estupefacto y sin comprender lo que pasaba. ¡Nada! Que aquellas señoras estaban empeñadas en que el accidente fuese mortal, y en que había de ser sangre el chocolate, cuando sólo en las bodas de Canaan se ha visto la transmutación de los líquidos. Por una de esas aberraciones de la humana naturaleza, preferían la catástrofe a la trivialidad. ¡Asombrosos milagros del amor propio!

Las últimas palabras de Brígida habían sido terribles: debía yo atenerme a las consecuencias de *su chocolate*. Aquello era espantoso, pero incomprensible. ¿Cómo podía realizarse el anatema? No era posible que me indigestara *su chccolate;* ni vomitarlo; ni convertirlo en tósigo. Por otra parte, yo no usaba corsé apretado..., ni sin apretar. ¿Cómo, pues, llegarían a alcanzarme los efectos de aquella bebida? ¡Vaya con el cacao! ¡Y yo le había creído tan inocente!

No dormí aquella noche más que ocho horas, cavilando sobre la solución de tan arduo problema. Tenía por seguro que Brígida me castigaría muy severamente; pero ¿cómo? Mi pecado parecía ser peor que el de Santo Tomás, porque el apóstol vio y creyó, y yo vi chocolate y no creí que fuese sangre. Soñé puro chocolate: en tablillas, en agua, en leche; asentado, revuelto, espumante; caliente, frío; formando remanso, huyendo en corriente, precipitándose en cascadas; y, finalmente, convertido en mar tempestuoso, donde me vi náufrago y perdido... Hasta que al fin me ahogué entre sus revueltas espumas.

Y en efecto, al siguiente día, me hallé al levantarme, con el portero de la casa de Brígida, que mc aguardaba para desempeñar una delicadísima misión. Me entregó una carta de la *niña* y una cajita. En ésta venían todas *mis cosas,* y aquella decía así:

"Señor...
"Mi sangre es muy mía y no permito que usted la convierta en chocolate. No soy  hazmerreír de nadie. Todo acabó entre nosotros. No insista usted, porque sería inútil. Su servidora."

"BRÍGIDA."

En el acto tomé la pluma y contesté con un nudo en la garganta (que era el de la corbata):

"Brígida:
"Nunca creí que una cuestión tan frívola como la de anoche, ocasionase nuestro rompimiento; pero, supuesto que el chocolate se interpone entre usted y yo, me doy por muerto."

"PABLO."

¡Cuán inescrutables son los designios de la Providencia! Así fue como resultó bien acogida mi oración del Huerto. ¡Haberme dado calabazas mi adorada Brígida, sólo por negarme a admitir quc el chocolate fuese sangre! ¡Qué locura la suya! Y sobre todo ¡qué flaqueza! Fue la única que le conocí.

# EDUARDO L. HOLMBERG

ARGENTINO
(1852-1937)

El carácter multifacético de la actividad intelectual realizada por
Eduardo L. Holmberg es un aspecto que han destacado con énfasis las caracterizaciones dirigidas a trazar el significativo aporte
del escritor argentino a la cultura hispanoamericana. Ese polifa-
cetismo del artista, del científico, del traductor, del médico, del
educador, del conferencista que había en Holmberg se daría también en su producción literaria. La prismática narrativa de Holmberg recorre vertientes relativas a lo fantástico y a lo policial
como también a la ciencia ficción. Su discurso opta ya por lo
poético, ya por el poder reflexivo del ensayo, ya por el humor que
descubre el desencanto de la lógica. Sus cuentos son siempre
aperturas a un encuentro fascinante, a postulaciones y utopías, al
potencial del arte y a la significación social del artista.

En un estudio sobre un cuento inédito del autor. Gioconda
Marún ha hecho ver con razón que la asociación de Holmberg a
la literatura fantástica ha silenciado un enfoque más profundo
de su obra en el que se destaque también su relación a la modernidad literaria hispanoamericana: "En el desarrollo de la literatura argentina, el nombre de Eduardo L. Holmberg está unido al
cuento fantástico. Este encasillamiento crítico ha mutilado la creatividad de Holmberg que cultivó no solamente lo fantástico, sino
que fue uno de los iniciadores del modernismo en la Argentina."
("Historia y ficción en el cuento inédito de Eduardo L. Holmberg: 'Un periódico liberal' 1879)." Discurso Literario. Revista
de Estudios Iberoamericanos 8.2 (1990): 377-853). La confluencia de estéticas, la variedad de discursos narrativos, el original
tratamiento de lo imaginario son indicadores palmarios de la expresión modernista en los textos narrativos de Holmberg.

Eduardo Ladislao Holmberg nació en Buenos Aires. Ingresó
a la Facultad de Medicina en 1871, recibiéndose de doctor en
1880. Atraído por la investigación en el campo de las ciencias
naturales, no ejerció su especialización médica. Concentra su atención en el estudio de la flora y la fauna argentinas; actividad que
queda registrada en la publicación de numerosos artículos y varios ensayos científicos. Los libros que cito a continuación son
sólo una breve muestra de la enorme productividad de Holmberg

*en este campo. En el área de la botánica publica* Repertorio de
la flora argentina *(1902);* Amarilidáceas argentinas, indígenas, y
exóticas cultivadas *(1905). En 1874 aparece* Arácnidos argentinos
*uno de sus libros más conocidos en el área de entomología. Sobre
ornitología publica* Aves libres en el Jardín Zoológico de Buenos
Aires *(1891);* Las aves argentinas, *libro editado dos años después de la muerte del autor por la Sociedad Ornitológica del
Plata como reedición de una publicación de 1895. De 1898 es
su libro* La fauna de la República Argentina. *Luego están las relaciones escritas como resultado de sus expediciones de investigación en el campo de las ciencias naturales:* Informe oficial de
la comisión científica agregada al estado mayor general de la expedición al Río Negro (Patagonia) *realizada en los meses de
abril, mayo y junio de 1879 (1881);* La Sierra de Curá-Malal (Cu-
rrumulan): informe presentado al excelentísimo señor gobernador
de la provincia de Buenos Aires, Dr. Dardo Rocha *(1881);* Viaje
a Misiones *(1887).*

Además *de su rigurosa preparación científica, Holmberg recibió una educación formal completísima que le permitió el conocimiento de idiomas clásicas y de idiomas modernos como francés, italiano, inglés y alemán. Sus estudios científicos se desarrollaron así de modo paralelo con su interés por varias áreas del
conocimiento entre las que destacan la filosofía, la literatura y la
lingüística. Participa en la investigación sobre un "Diccionario
de Argentinismos" y contribuye activamente en la creación de la
Academia Argentina de Ciencias y Letras. Holmberg se preocupa
también de la divulgación del conocimiento científico; es cofun-
dador de la revista* El naturalista argentino *y fundador de la* Revista del Jardín Zoológico. *Otra importante actividad desarrollada
por Holmberg se dio en el campo educacional, maestro y orien-
tador estimulante para las nuevas generaciones. Fue profesor de
Historia Natural y de Botánica en la enseñanza superior. Publicó
textos educacionales como* El joven coleccionista de historia natural en la República Argentina *en 1905,* Botánica elemental *en
1908, e* Historia Natural *en 1909.*

En 1910 *se publica el poema de Holmberg* Lin-Calel, *único
libro en el ámbito de la lírica. Dice al respecto Antonio Pagés
Larraya: "Al acercarse el centenario de la Independencia, Holmberg se sintió tocado por el noble entusiasmo patriótico que cun-
día y publicó su poema Lin-Calel, ilustrado por su hijo, y en el
que cantaba la lucha y los triunfos de la raza argentina en hexá-
metros épicos. Es un intento de actualizar la epopeya, compuesto
de 3.000 endecasílabos asonantados, en que aprovecha los mitos
y creencias de los pueblos autóctonos."* (Cuentos fantásticos. Buenos Aires: Librería Hachette, S. A. 1957, p. 33). *El resto de la*

*producción literaria del autor argentino es narrativa, principalmente cuentos, y también novelas cortas.*

Estas narraciones fueron apareciendo en diarios y revistas de la época tales como La Ondina del Plata, El Tiempo, El Álbum del Hogar, Revista Argentina, La Época, La Nación y otras publicaciones. Sólo veinte años después de la muerte del autor se reúne parte de su narrativa en el libro Cuentos fantásticos (1957), volumen precedido de un completo estudio de Antonio Pagés Larraya sobre la vida, la obra y el contexto sociocultural del escritor. Se compilan aquí los cuentos "El ruiseñor y el artista" (1876), "La pipa de Hoffmann (1876), "Horacio Kalibang o los autómatas" (1879), y las novelas cortas "La bolsa de huesos" (1896), Nelly (1896) y "La casa endiablada" (1896).

Otras narraciones representativas del escritor argentino son "Dos partidos en lucha" (1875); "El maravilloso viaje de Nic-Nac" (1875); "El tipo más original" (1878); "Filigramas de cera", "Un periódico liberal" (1879); "El medallón (1889). Pagés Larraya indica que Holmberg dejó una cuantiosa producción narrativa en las publicaciones periódicas de la época. Debe considerarse además la obra narrativa inédita del autor señalada por Cristóbal M. Hicken en su aportación bibliográfica publicada en el libro El último enciclopedista (Buenos Aires: Francisco A. Colombo, 1952). La amistad entre Rubén Darío y el escritor argentino ha sido documentada por Antonio Pagés Larraya en el "Estudio Preliminar" de Cuentos fantásticos (ed. cit., pp. 30-33).

El cuento "El ruiseñor y el artista" se publica por primera vez como folletín de la revista La Ondina del Plata; aparece en tres números del año 1876. Se incluye luego en Cuentos fantásticos de 1957 y también se incorpora al texto crítico-antológico de Óscar Hahn El cuento fantástico hispanoamericano en el siglo XIX de 1978. La posibilidad de que el cuento "El ruiseñor y lu rosa" de Óscar Wilde haya sido la fuente del relato de Holmberg no tiene fundamentos, indica Pagés Larraya, puesto que el texto de Wilde es posterior (1888).

El cuento de Holmberg ha sido discutido en el ensayo citado de Hahn, quien observa la dimensión de lo fantástico a través del uso narrativo de lo insólito como asimismo los elementos estéticos del romanticismo en torno a la temática de "la inspiración artística" que se dan en "El ruiseñor y el artista". (Obra citada, pp. 46-59. Hahn analiza también el cuento "Horacio Kalibang o los autómatas"). Gioconda Marún ha estudiado la conformación modernista de este cuento " 'El ruiseñor y el artista' (1876): un temprano cuento modernista argentino". Río de la Plata 2 (1982) 107-116. Irmtrud Konig revisa los aspectos que anunciaban el desarrollo de la modernidad a partir de 1870 y los planos *metafóricos del cuento en torno a la escisión entre productividad artística (inspiración, arrebato, subjetivismo) frente a los indicadores materialistas de la modernización (desarrollo, progreso, el arte en el mercado económico). Véanse en el capítulo de Konig "La expresión fantástica pre-modernista en la Argentina", los cuatro primeros apartados, desde "En los albores de la modernidad" hasta el dedicado al autor argentino "E. L. Holmberg: el placer de lo imaginario". (La formación de la narrativa fantástica en Hispanoamérica en la época moderna. Frankfurt: Verlag Peter Lang, 1984, pp. 54-82).*

*Dado que el modernismo hispanoamericano asimiló aspectos de varias estéticas, no es sorprendente encontrar en las obras artísticas de esta fase elementos del romanticismo y de otras concepciones artísticas. "El ruiseñor y el artista" es un cuento modernista; los puntos que lo demuestran se encuentran en el artículo de Marún. Entre los aspectos significativos del modo modernista asumido en este cuento están el predominio de un lenguaje poético, el arte como eje de preocupación del cuento con la consecuente marginalización en la función de los personajes, el tono fantástico, la deliberada producción de lo ambiguo y el intento de ver el acto de la creación en movimiento, plasmándose, integrándose como una ejecución en la tela. Mirada en la cual el arte comienza a verse como una serie de enfoques y desplazamientos que alertan sobre el carácter cambiante del mismo. Esa última imagen que logra el artista no quiere verse en su instancia de fijación sino de proceso. "Prodigio" que bordea en el desafío de acercarse a lo imposible.*

# EL RUISEÑOR Y EL ARTISTA

## I

Carlos era un excelente pintor. ¿Quién se atrevería a dudarlo?

Nadie como él sabía dar a la carne esa suavidad aterciopelada que invita a acariciar el lienzo, ni delinear esos blandos contornos femeninos que se pierden en la fusión de las curvas, ni prestar a las medias tintas mayor armonía con el claroscuro y el tono resaltante de los golpes de luz.

Carlos pintó cierto día un bosque de cedros, y era tan viva la ilusión producida por el contraste de las líneas y de los colores, que se creía oír el murmullo de las agujas de aquéllos, cantando en coro un himno a la naturaleza; y aunque los vientos yacían encerrados en sus profundas cavernas, el mágico poder del arte los despertaba, para derramarlos sobre aquella creación de un espíritu superior.

Las montañas con sus moles azuladas, recortando el horizonte; las azucenas blancas levantándose del fondo por una extraña penetración de luces; las yerbas alejándose en una perspectiva suave; los arroyos estremeciéndose al contacto de las auras; los vetustos troncos precipitándose pulverizados por la acción de los años y encerrando las sombras en sus cavidades carcomidas; las nubes coloreándose con el beso del poniente o de la aurora; los surcos vengativos del rostro de Medea; la severa majestad de Júpiter en una creación Olímpica; el hambre, la desesperación y la esperanza en la incomprensible fisonomía del náufrago; todo esto y mucho más, llevado a la perfección de la verdad, del grito de la naturaleza, por el lienzo ante la fuerza del genio atrevido, todo este conjunto evocado en extrañas creaciones, hacía de Carlos un ser original, eminentemente visionario. Había limitado a la naturaleza, estrechándola en los reducidos límites de su paleta, y la naturaleza vencida, subyugada por el arte, se complacía —según opinaba Carlos— en proporcionar a sus pinceles el atributo de la inteligencia.

—Mis pinceles —decía Carlos— se mueven solos; yo les doy color, y ellos pintan.

Durante algún tiempo las producciones se siguieron sin interrupción, de tal modo que en el taller del artista se acumulaban los lienzos sin que otras miradas que las de los amigos íntimos pudieran penetrar en el santuario de las Musas.

Pero de pronto se paralizó la actividad de Carlos; los colores extendidos en la paleta se secaron, llenándose de polvo; los pinceles se endurecieron y el caballete soportó el peso del lienzo comenzado, rechinando... de dolor: causa realmente aceptable, si recordamos que en aquel taller había algo sobrenatural, que daba vida aun a los mismos objetos, por lo regular inanimados.

Pero, ¿qué había en aquel lienzo comenzado?, ¿qué nuevas combinaciones soñaba Carlos, no interpretadas por sus pinceles?, ¿acaso se había desligado el vínculo que le unía con sus fieles instrumentos y este abandono amortiguaba su vida de colores y de formas?

No; en el lienzo no había nada, o si queréis, no se veía otra cosa que el fondo, sobre el cual debían resaltar las imágenes no contorneadas aún.

Y aquel fondo, menester es confesarlo, no valía el trabajo que había dado.

Era de un gris azulado oscuro, sobre el cual se hubiera destacado una estrella, con el reverberar de su fulgor sidéreo.

¿Qué se iba a pintar allí? ¿Lo sabía Carlos? Parece que sí y que no.

Que sí, porque se notaba en él cierta insistencia, no acostumbrada, en atacar aquella monotonía, pero el pincel caía de su mano y el desconsuelo se apoderaba de su rostro valiente e inquieto.

Que no, porque al preguntárselo ignoraba qué responder.

Cansado al fin de sus inútiles ensayos, reposó. Pero este reposo fue efímero. Era evidente que algo le preocupaba, y ¿quién mejor que un amigo para arrancar el secreto y procurar el remedio?

Corrí a su casa, y en el momento de ir a tocar el llamador, apareció en el segundo patio la vieja negra que le servía. Al ver su traje color chocolate y el pañuelo de coco punzó, con discos blancos, que ceñía su... iba a decir cabellera... pero pase, y el índice derecho colocado en sus robustos labios, y el aire de azoramiento y de misterio con que se había revestido el rostro, despertó involuntariamente en mi espíritu la imagen de un Harpócrates sofisticado por alguna hada maléfica.

No sé lo que me sorprendió al entrar en la casa, pero algo extraño sucedía allí.

—¿Qué hay? —le pregunté cuando se hubo acercado.

—El amito está muy malo.

—¡Carlos!

—¿Y quién otro va a ser? —dijo, abriendo la reja.

—Lléveme a su cuarto.

—Entre nomás, pero no haga ruido, porque se ha quedado dormido.

—¿Y qué es lo que tiene?

—Hacía más de una semana que no dormía, y ayer le ha venido una fiebre muy fuerte.

—Otra vez, mándame avisar, porque si no...

—La niña dijo que no lo molestara.

—¿Qué niña?

—La niña Celina, su hermanita.

—¿Está Celina aquí? ¿Cuándo ha venido?

—Ayer temprano.

En el aposento que precedía al de Carlos, estaba Celina sentada en un diván, hojeando una porción de manuscritos borroneados, que había colocado sobre una mesita chinesca que tenía a su lado.

—¿Eres tú? —me dijo, poniéndose de pie.

—¿Y por qué no me has hecho avisar que tu hermano estaba enfermo?

—Te creía muy ocupado.

—Razón más para venir.

Si Celina hubiera sido hija de Carlos o encarnación resucitada de alguno de sus cuadros, se podría haber dicho que era la creación más bella y más perfecta del artista; pero era su hermana, y yo me complacía en ser amigo de los dos.

Acerquéme al lecho del enfermo. Dormía.

Una débil vislumbre le iluminaba el rostro, y creí leer en las contracciones de su frente y en las crispaciones de sus dedos, que una idea violenta le agitaba.

Toméle el pulso. La arteria era una corriente de lava, palpitando bajo un cutis de fuego.

—Mucha fiebre, ¿no es verdad? —dijo Celina, ocultando una lágrima furtiva, de esas que se esfuerzan en iluminar los ojos, sin que las evoque otro deseo que el de que permanezcan ocultas.

—Mucha idea —contestéle, más conmovido al ver su lágrima, que al contemplar a Carlos devorado por un volcán del espíritu.

—Calmará, ¿no es cierto?

—¿Y quién lo dudaría?

—Dejémosle tranquilo; ven, ayúdame —dijo, volviendo al aposento que ocupaba cuando entré.

—¿Qué buscas en este torbellino?

—Algo que me aclare sobre la causa de esta fiebre.

—¿Que te aclare, Celina...?

—¿Y por qué no? ¿No puede haber alguna frase interrumpida, algún párrafo explicativo, que arroje aunque sea un resplandor?

Celina tenía razón.

Entre aquellos manuscritos, que comenzamos a clasificar, se colocaron las cartas tiernas a un lado y las invitaciones a funeral junto a ellas; luego algunos apuntes históricos, los trozos en prosa, en último término, con los borradores de músicas incompletas.

Todo lo leímos una, dos, diez veces.

Pero aquéllos no eran secretos para nosotros; Carlos siempre había llevado el corazón visible para su hermana y para sus amigos.

Al principio nos agitaba el triste presentimiento de no hallar nada, pero poco a poco nuestros rostros se fueron iluminando simultáneamente con los resplandores de la esperanza.

—¿Has hallado algo, Celina?

—¿Y tú? —me preguntó sonriendo de alegría.

No contesté, me pareció inútil. El alma palpitaba en el semblante.

En las cartas amorosas, en los versos, en las pautas, sin notas o con ellas, en todos y en cada uno de aquellos papeles se leía la palabra "ruiseñor"; pero "ruiseñor" no nos explicaba casi nada: era necesario buscar el calificativo.

En este manuscrito se leía: "Palpitante" como arrojado al acaso; en otro: "Ruiseñor en agonía"; en aquél: "Artista desconsolado" y en muchos: "Ruiseñor... última nota".

—¿Qué deduces de todo esto? —pregunté a la hermana de mi amigo.

—Deduzco sencillamente que Carlos desea representar en cuadro un ruiseñor que modula las últimas notas de su último canto, y no hallando ni las líneas, ni los colores más apropiados, se empeña en una lucha terrible con una inspiración que huye de su espíritu, y por eso ha pintado como fondo un cielo nocturno.

—Eres un hada —le dije tomándole la mano—. Todos los sabios del mundo no habrían reunido, con tanta felicidad, una serie más perfecta de coincidencias.

—Soy mujer —dijo Celina, iluminada por una aureola tenue como la primera vibración del día, en el azul profundo de la noche.

—No, tú eres un ser extranatural, encerrado en una forma femenina. Tú eres la inspiración de Carlos; eres el delicado genio del artista, y tu última lágrima ha sido tu primera esperanza.

Celina sonrió... pero sonrió con otra lágrima. Su mano estaba helada.

—Carlos desea pintar un ruiseñor cantando —dijo, y moduló un suspiro, que parecía la primera nota del ruiseñor que no podía pintar Carlos.

¡Pobre Carlos si era cierto lo que Celina decía!

¡Un ruiseñor cantando! ¿Acaso bajo el color extendido sobre el lienzo podía palpitar un corazón lleno de fuego, una garganta de vibración argentina?

¿Pero qué digo? ¿No había oído ya el murmullo de los cedros, al combinarse los colores por un extraño consorcio de la fantasía y de la realidad? ¿No se movía la nube que los pinceles de Carlos estampaban en la tela? Y en aquellos cielos donde volaba el águila de Júpiter, ¿no se difundía la luz del Olimpo, como el perfume en torno de la magnolia?

¡Sí! Carlos hará estremecer la garganta del ruiseñor, y un torrente de notas puras, vibrantes, apasionadas, brotará del color y de la forma. Prometeo de la pintura, dará la vida a su creación audaz.

—¡Delirio! Más de un rayo de sol había acariciado los pinceles de Carlos, y sin embargo, el fondo era siempre el mismo. Ni un solo movimiento en la paleta, ni un golpe artístico sobre el fondo que esperaba recibir las imágenes.

Era evidente que los pinceles ya no pintaban solos. Era incuestionable que agonizaba la inspiración del artista.

¿Y Celina? ¿De qué te sirve, infeliz, el caudal de cariño que para él atesoras, si la fiebre le devora ante el arcano?

Largo tiempo hacía que me hallaba sumergido en estas reflexiones, y hubiera permanecido así mucho más, a no haber tomado mi espíritu otro vuelo y mi cuerpo experimentado una sensación de placer infinito, porque oí un nuevo suspiro, pero esta vez más tenue, más puro, más angelical, más etéreo. Tal vez los serafines, deliciosa creación de algún poeta de los desiertos, no tienen una nota más sublime para cantar en el empíreo.

Miré en torno mío y no vi a Celina. La llamé y nadie contestó. Corrí de aposento en aposento... y mis pesquisas fueron inútiles.

No sé qué vacío tan grande sentí en el corazón. Las tinieblas absolutas absorbiendo la luz eterna no habrían arrancado de mis labios ni un lamento, ni una queja, ni siquiera una maldición; pero aquella ausencia de Celina me la dio un alma infinita para que fuera infinito mi dolor.

Y era porque un negro presentimiento voló sobre mi espíritu, accesible un instante a la esperanza, como la nube que presagia los grandes cataclismos de la atmósfera.

Desesperado al fin de verme solo, corrí al aposento en que Carlos dormía el sueño de una fiebre originada por el arte, y sentándome en un sillón, junto a la cabecera de la cama del enfermo, esperé.

Frente a mí estaba el caballete y el lienzo comenzado, y los útiles del pintor desparramados en las sillas; en las paredes algunos bocetos que representaban vírgenes lacrimosas que Carlos había diseñado sonriendo entre sus líneas no indecisas y aquella transformación de rostros que yo había visto animados por la alegría me hizo comprender una vez más que una pintura no es una piedra y que el amor, el odio, el desconsuelo, la resignación y la esperanza pueden palpitar en lo que aparentemente no es más que un boceto. En una mesita que había junto a mí, se veían algunos libros. Examiné los títulos y con agradable sorpresa leí: *La Biblia*, *El Cosmos* de Humboldt, *Novena a Nuestra Señora*, *La vida de Jesús* por Renan, *Las delicias de un panteísta* y diversos otros.

Si de la fusión íntima de estas obras resultara una ciencia, podéis estar seguros que su primer adepto sería Carlos.

Un rayo de luna se deslizó a través de los cristales, y creí adivinar una figura deliciosa formada con las hebras de aquel rayo.

Me puse de pie; quise beber aquel espíritu que bajaba del cielo... y no era más que el rayo de la luna al través de los cristales, y las amapolas del sueño, que se filtraban en mis pupilas.

Mi espíritu ordenaba el reposo de mi cuerpo, y el cuerpo obedeció.

Recostado en el sillón, con la cabeza apoyada en la mano, sentí que los párpados daban tregua a las fuerzas de la vista.

Pero el recuerdo velaba y me pareció que evocaba extraordinarias imágenes.

¿Queréis permitirme reproducirlas?

Era una tumba de mármol, envuelta en ondas de jazmín y madreselva.

Un féretro en la tumba, y violetas en torno. Perfumes en el aire.

Un ángel en el féretro. Un nombre en la corona de siemprevivas: ¡Celina!

Gotas de rocío en las violetas, en las madreselvas y en los jazmines, apagaban la sed de las avecillas, y quemaban las cuerdas de las liras. El canto era un sacrilegio allí... Violetas y lágrimas.

Y la realidad volvió a apoderarse de mi alma y me encontré en el dormitorio de Carlos, velando su fiebre.

—Celina —es un delirio —me dije—; es cierto que Carlos tenía una hermana de este nombre, que murió hace dos años; tenía quince, y la que acabo de ver en el otro aposento representa diecisiete. ¿Soy presa de una pesadilla ahora o lo he sido al entrar en la casa? Pero no; tengo la evidencia más profunda de que Celina ha muerto hace dos años, y la más profunda evidencia de que he conversado con ella hace dos horas. En este momento no duermo, estoy seguro, convencido de ello, dudar sería un absurdo; pero, ¿y cómo se explica que la vida y la muerte se presenten de un modo tan fantástico? Mejor es no explicarlo.

Y volví a quedar dormido; pero esta vez, real y profundamente.

## II

Cuánto tiempo dormí, yo no lo sé.

Tal vez hubiera dormido eternamente, pero sentí que me tocaban el hombro.

Era Carlos, que se había levantado de la cama y envuelto con una sábana. Su elevada estatura, la palidez de su semblante, los ojos animados por un brillo fatídico, los labios estremeciéndose como las hojas de un álamo que el viento acaricia, su cabellera en desorden y el brazo extendido en dirección al cuadro con misteriosa postura, la luna iluminándole de lleno y haciéndole representar la imagen de un espectro, tal fue la escena que contemplé al despertar. Experimenté algo semejante al terror.

—¿Oyes? —me preguntó, señalando siempre el cuadro.

—Cálmate, Carlos; te sientes mal y voy a darte una cucharada del jarabe que te ha estado dando Celina durante el día.

—¿Oyes? —volvió a preguntarme.

Ante aquella insistencia, escuché.

Un gorjeo suave, imperceptible, como el que producen los pajaritos al amanecer, parecía salir del cuadro.

¿Qué misterio era aquél? Miré a Carlos y me aterró su semblante convencido.

Dirigí la vista al cuadro que el artista contemplaba extasiado, y vi que se llenaba de ramificaciones negras.

Si pudiera haber relámpagos negros, diría que aquellas ramificaciones eran relámpagos.

Un bosque dibujado en un segundo. Pero era un bosque tétrico, sombrío, sin perspectiva, sin hojas, sin aire, sin vida, sin perfumes y sin rumores. Era una red de pinceladas negras, y aquellas pinceladas aparecían espontáneamente.

—¡Mis pinceles están pintando solos! —dijo Carlos, con la voz de un loco desesperado.

Sobre el bosque, una nube tendía su pesado velo.

La luna se ocultó.

Pero en aquel mismo instante, la nube pintada en el cuadro comenzó a moverse, como impelida por un viento de la noche, y a medida que se dislocaba, se perfilaban de luz sus recortados bordes. El viento la desgarró y una nueva luna, argentina y brillante, lanzó un torrente de luz azulado sobre la escena sombría del bosque y del césped.

—¡Encanto y horror!

Cada rama, cada hoja, cada tronco, cada yerba recibió el beso de la luna y la perspectiva iluminada alejó los últimos planos, difundiéndolos valerosamente en el fondo.

Un vientecillo suave hizo estremecer las hojas y ondular el césped, y arrebatando sus aromas a aquel bosque de delirios, los esparció en torno nuestro, bañándonos en sus efluvios purísimos.

—¡Celina! ¡Celina! Ven, ¡contempla esta maravilla! —exclamé en un arrebato inexplicable.

—¡Calla! —me dijo Carlos—, estás loco, ¿a qué Celina llamas?

—A tu hermana, con quien he estado conversando hace algunas horas.

—¡Infeliz! Celina murió hace dos años. Admira en silencio y no turbes el reposo de las tumbas con tus desvaríos.

Aquellas palabras eran una evocación.

No tuve tiempo de responder.

Una nota dulce, cristalina, sonora, dominó el susurro de las brisas y evaporándose en el fondo del bosque como una gota de aroma del cielo, conmovió hasta la más humilde de las yerbas que tapizaban el cuadro.

Y aquella nota, lágrima de esperanza, tenía todo el sentimiento, todo el diapasón, toda la vida que un momento antes había expresado Celina en un suspiro.

El artista de las formas dominó al poeta del arte, y el naturalista dominó al arte y al poeta.

—¿Dónde está el ruiseñor? —preguntó Carlos, hablando consigo mismo—. ¡Aquí! —se respondió, señalando un ramillete de hojas, junto al cual estaba el alado cantor.

El pico abierto, la garganta obstruida, el plumaje erizado y bañado de luz, las alas moviéndose convulsivamente, tal era el aspecto que presentaba la avecilla de humilde plumaje y canto del cielo.

—¡Canta! ¡Canta! —le dijo Carlos—. ¡Canta! ¡Canta!, porque tu silencio me arrebata la vida.

Dos perlas de luz bañaron los párpados del ruiseñor, y después de brillar un instante, volaron al cielo.

Eras dos lágrimas.

## III

Un profundo silencio reinó en la escena del cuadro.

Las nubes detuvieron su vuelo vaporoso, y los árboles del bosque inclinaron sus ramas.

La naturaleza se preparaba a escuchar.

El ruiseñor dejó oír una nueva nota, pero esta vez produjo una impresión tan extraordinaria en el espíritu de Carlos, que su rostro no pudo ocultar el sentimiento evocado.

Y esta nota, preludio de amor y de esperanza, comenzó a decrecer, elevándose en la escala, como vibra la cuerda de una cítara, cuya longitud disminuye bajo la rápida presión sucesiva de la mano que la impulsa.

El ruiseñor repitió varias veces esta escala sin interrupciones, cuyas últimas notas fueron a perderse, cual ecos agonizantes, en aquel templo sombrío, que el misterio había elevado para rcunirlas, difundiéndolas en un medio sutil.

A la escala siguió un trino prolongado, y cuando éste apagó sus vibraciones, el ruiseñor había llegado al diapasón más alto de su fuerza; se había lanzado a él como la catarata que se precipita al fondo de un abismo, y deteniéndose un instante, vuelve a elevarse en vapores impalpables, para desvanecerse luego en el aire invisible. Deliciosos arpegios descendentes agitaron la garganta de aquel prodigio alado, y libre ya de las impresiones primeras, medido el alcance de su poder, lanzó una cascada de melodías, una lluvia de trinos y de escalas, un torrente impetuoso de notas que se sucedían las unas a las otras en violentas combinaciones. Ora su canto era dulce como un suspiro; ora majestuoso como el trueno; de cuando en cuando agitaba las alas para que fueran más vehementes, o bien producía sonidos imperceptibles, que el alma adivinaba entre los que precedían y los que se oían luego. Ora se detenía en lo más agitado de su fuga; ora se abismaba en gorjeos que la furia estimulaba. A veces su canto se asemejaba a la voz del océano, luchando con las tempestades del aire; a veces corría mansamente como el arroyo que serpenteaba en el bosque. A una cadencia inimitable sucedía una lucha de notas extrañas, y cuando aquella garganta, vencida por su misma debilidad, producía sonidos quejumbrosos y lánguidos, como para dar una tregua a sus esfuerzos supremos, el ruiseñor agitaba con vehemencia las alas y volvía a lanzarse en lo más atrevido del combate.

De pronto se detuvo. Quiso volar, y no halló fuerza para alejarse de aquel altar. El cuerpo conmovido, las alas estremeciéndose, la cabeza elevada, eran signos evidentes de que la avecilla no agonizaba aún.

Nuevos esfuerzos produjeron nuevos sonidos, pero el instrumento no vibraba con la misma intensidad. El océano borrascoso se había transformado en fuentes apacibles, y tranquilas corrientes de melodía brotaban de aquel abismo de vibración.

La llama de la vida se apagaba en aquella lámpara de sentimiento, y el alma del ruiseñor iba a volar al cielo donde estaban sus lágrimas.

Y a medida que el sonido decrecía, Carlos se aproximaba al templo en que cantaba la avecilla, y era tal su exaltación, que olvidé por un instante la escena misteriosa para tomarle el pulso.

Era un infierno de latidos.

Dirigí la vista al cuadro.

El ruiseñor, como herido por una mano invisible, estaba tendido en la rama en que cantara y las alas extendidas, palpitantes aún, revelaban que la muerte le absorbería en breve.

Y así debilitado para desafiar al imposible, exhaló su última nota, su última expresión de melodía, como la ola que no pudiendo arrancar la roca inconmovible, se lanza por sobre ella y expira blandamente en la arena de la playa.

Lira sin cuerdas, templo sin cánticos, antorcha sin luz y sin aromas, el ruiseñor cayó de rama en rama, y como un cuerpo inerte que no sensibiliza el choque, precipitóse, agonizante aún, sobre el mullido lecho de césped que tapizaba el suelo del bosque.

## IV

¿Qué pasó entonces en nuestras almas?

Yo no lo sé; pero si la locura trae consigo la pérdida de la memoria, la muerte del ruiseñor nos había enloquecido. No sé lo que vi, no sé lo que escuché, no sé lo que sucedió. Tengo una vaga idea de que el cuadro se iluminó con los resplandores de una luz que parecía del cielo y que oí un coro de ángeles que bajaban del empíreo y que arrebataron el alma del ruiseñor. ¡Pero es una idea tan vaga! Tal vez lo habré soñado.

## V

El sol estaba muy alto cuando desperté, sentado en el sillón, junto a la cabecera de la cama de Carlos.

—¿Cómo te sientes? —pregunté al amigo.

—¿Yo? Perfectamente. ¿Y tú?

—Es original tu pregunta. ¡Cómo! ¿Y qué es el de la escena que hemos contemplado?

—¡Ah! —exclamó súbitamente, sentándose en el lecho y dirigiendo la vista al cuadro—, ¡mira!

Un rayo de sol bañaba el cuadro, y el bosque, iluminado por los velos de su luz, sonreía entre sus hojas de esmeralda y en su césped florido, y en el manso arroyo, y en los lejanos montes.

Hay cosas que no se explican, porque no se puede ni se debe explicarlas. Si se admira lo que se ignora, es necesario ignorar algo grande para tener algo grande que admirar y aquel cuadro vivo, que momentos antes había sido centro de la mayor admiración posible en espíritus humanos, era una prueba evidente de esta proposición.

Carlos saltó del lecho y llevando la mano hacia el lienzo, tocó el ruiseñor tendido sobre el césped.

¡El ruiseñor no se había enfriado aún!

—¿Por qué no llamas a Celina...?

—¿Estás loco? ¿No te he dicho que Celina ha muerto hace dos años?

—¡Carlos! —exclamé aterrorizado.

—¿No acompañaste tú el cortejo fúnebre?

—¿Pero... y qué...? ¿Será ilusión también la negra vieja que me recibió y que me dijo que Celina había llegado antes de ayer?

—¿Negra vieja? ¿Qué negra?

—La criada que te sirve.

—¿A mí? Si yo vivo completamente solo. El único servicio que tengo es un muchacho que viene todas las mañanas a arreglar la casa.

—¡Carlos! Tú no eres mi amigo. Tu fiebre, Celina, los papeles, la negra... ¿Es ilusión todo eso?

—Todo, menos el cuadro.

Aquello era un abismo. Y cuando iba a precipitarme en él con mis reflexiones, el día comenzó a oscurecerse, hasta el punto que quedamos sumidos en las tinieblas más profundas.

Me puse de pie. Carlos ya lo estaba.

—Juro por todos los colores y por todas las artes que no volveré a pintar un solo cuadro —dijo Carlos con acento desesperado.

Y como para justificar aquel juramento, se difundió en el taller una luz imperceptible, que aumentando poco a poco de intensidad, vino a condensarse en su centro.

—Ésta es la inspiración que se despide para siempre de mí. Lo juro por ti, luz del espíritu —dijo extendiendo la mano hacia aquel resplandor antes indeciso.

Pero admirad nuestra sorpresa cuando observamos que aquella concentración de luz tomó la forma de Celina, con sus gracias infantiles, con su delicada sonrisa.

La Celina de luz dirigió la mirada al Cielo, y se desvaneció como el resplandor de una ilusión perdida.

Entonces, recién entonces, reconocí con Víctor Hugo, que hay momentos supremos en los cuales, aunque el cuerpo esté de pie, el alma está de rodillas.

El ruiseñor se había helado ya.

# MANUEL GUTIÉRREZ NÁJERA

MEXICANO
(1859-1895)

La renovación estética que guió la obra de Manuel Gutiérrez Nájera no solamente constituyó una de las direcciones del modernismo sino que también significó un modelo inspirador en el desarrollo de la escritura de la modernidad hispanoamericana. La labor literaria del escritor mexicano abarca la poesía, el cuento y la crónica. Gutiérrez Nájera ejerció el periodismo de manera intensa. La Revista Azul que fundara en colaboración con Carlos Díaz Dufóo fue un suplemento de un perióaico en el que escribía; esta publicación se constituyó en la más importante fuente de difusión modernista en México. En 1883 se publica su primera colección de relatos Cuentos frágiles. El libro que recoge su obra lírica Poesías se publica en 1896, un año después de su muerte. La otra colección de relatos de Gutiérrez Nájera se arma con cuentos aparecidos entre los años 1890 y 1894; así nace el volumen de publicación póstuma (1917 y luego en 1942) Cuentos de color de humo.

Para una recopilación de sus cuentos puede consultarse Cuentos completos y otras narraciones. (México: Fondo de Cultura Económica, 1958). Entre las publicaciones sobre su prosa previas a 1958 se encuentran Obras de Manuel Gutiérrez Nájera 1: Prosa (1898); Obras de Manuel Gutiérrez Nájera 2: Prosa (1903) Cuaresmas del duque Job (1910); Hojas sueltas: artículos diversos (1912); Cuentos de Manuel Gutiérrez Nájera (1916); Cuentos, crónicas y ensayos (1940); Los amores del cometa: cuentos (1940); Obras inéditas de Gutiérrez Nájera: crónicas de Puck (1943); Cuaresmas del duque Job [pseud.] y otros artículos (1946); Prosa selecta (1948), la selección y prólogo de este último libro es de Salvador Novo.

Los cuentos de Gutiérrez Nájera iban apareciendo en periódicos de la época; el aquí seleccionado también se da a conocer de esa manera en 1883, firmado con el seudónimo "El Duque Job". Luego se incluye en el libro Obras de 1898, citado anteriormente y posteriormente en Cuentos completos y otras narraciones de 1958. Con una plasticidad narracional única y sin interrupciones autoriales se gana la especial territorialidad de este relato: el perspectivismo del objeto a través del mismo objeto. En esa *instancia totalizadora que es el cuento, el paraguas dominará el reino de la narratividad sin concesiones; la risa de su mirada sobre el mundo descubre el alma oscura de la existencia y la condición alienante del universo construido por el hombre. Refrescante humor y poderosa crítica reservada al objeto humanizado que juega consigo, con la prosa y los lectores. Temprana idea de los múltiples caminos que perseguiría la prosa moderna en Hispanoamérica.*

## MEMORIAS DE UN PARAGUAS

Nací en una fábrica francesa, de más padres, padrinos y patrones que el hijo que achacaban a Quevedo. Mis hermanos eran tantos y tan idénticos a mí en color y forma, que hasta no separarme de sus filas y vivir solitario, como hoy vivo, no adquirí la conciencia de mi individualidad. Antes, en mi concepto, no era un todo ni una unidad distinta de las otras; me sucedía lo que a ciertos gallegos que usaban medias de un color igual y no podían ponerse en pie, cuando se acostaban juntos, porque no sabían cuáles eran sus piernas. Más tarde, ya instruido por los viajes, extrañé que no ocurriera un fenómeno semejante a los chinos, de quienes dice Guillermo Prieto con mucha gracia, que vienen al mundo por millares, como los alfileres, siendo tan difícil distinguir a un chino de otro chino, como un alfiler de otro alfiler. Por aquel tiempo no meditaba en tales sutilezas, y si ahora caigo en la cuenta de que debía haber sido en esos días tan panteísta como el judío Spinoza, es porque viene a manos de un letrado, cuyos trabajos me dejaban ocios suficientes para esparcir mi alma en el estudio.

Ignoro si me pusieron algún nombre; aunque tengo entendido que la mayoría de mis congéneres no disfruta de este envidiable privilegio, reservado exclusivamente para los machos y las hembras racionales. Tampoco me bautizaron, ni había para qué dado el húmedo oficio a que me destinaban. Sólo supe que era uno de los novecientos mil quinientos veintitrés millones que habían salido a luz en aquel año. Por lo tanto, carecí desde niño de los solícitos cuidados de la familia. Ustedes, los que tienen padre y madre, hermanos, tíos, sobrinos y parientes, no pueden colegir cuánta amargura encierra este abandono lastimoso. Nada más los hijos de las mujeres malas pueden comprenderme. Suponed que os han hecho a pedacitos, agregando los brazos a los hombros y los menudos dientes a la encía; imaginad que cada uno de los miembros que componen vuestro cuerpo es obra de un artífice distinto, y tendréis una idea, vaga y remota, de los suplicios a que estuve condenado. Para colmo de males, nací sensible y blando de carácter. Es muy cierto que tengo el alma dura y que mis brazos son de acero bien templado; pero, en cambio, es de seda mi epidermis y tan delgada, tenue y transparente que puede verse el cielo a través de ella. Además, soy tan frágil como las mujeres. Si me abren bruscamente, rindo el alma.

A poco de nacido, en vez de atarme con pañales ricos, me redujeron a la más ínfima expresión para meterme dentro de una funda, en la que estaba tan estrecho y tan molesto como suelen estar los pasajeros en los vagones de Ramón Guzmán. Esa envoltura me daba cierto parecido con los muchachos elegantes y con las flautas; pero esta consideración no disminuía mis sufrimientos. Sólo Dios sabe lo que yo sufrí dentro del tubo, sacando nada más pies y cabeza entre congojas y opresiones indecibles. Los verdugos me condenaron a la sombra, encerrándome duramente en una caja con noventa y nueve hermanos míos. Nada volví a saber de mí, envuelto como estaba en la obscuridad más impenetrable, si no es que me llevaban y traían, ya en hombros, ya en carretas, ya en vagones, ya, por último, en barcos de vapor. Una tarde, por fin, miré la luz, en los almacenes de una gran casa de comercio. No podía quejarme. Mi nueva instalación era magnífica. Grandes salones, llenos de graderías y corredores, guardaban en vistosa muchedumbre un número incalculable de mercancías: tapetes de finísimo tejido, colgados de altos barandales; hules brillantes de distintos dibujos y colores cubriendo una gran parte de los muros; grandes rollos de alfombras, en forma de pirámides y torres; y en vidrieras, aparadores y anaqueles, multitud de paraguas y sombrillas, preciosas cajas policromas, encerrando corbatas, guantes finos, medias de seda, cintas y pañuelos. Sólo para contar, enumerándolas, todas aquellas lindas chucherías, tendría yo que escribir grandes volúmenes. Los mismos dependientes ignoraban la extensión e importancia de los almacenes, y eso que, sin pararse a descansar, ya subían por las escaleras de caracol para bajar cargando gruesos fardos, ya desenrollaban sobre el enorme mostrador los hules, las alfombras y los paños o abrían las cajas de cartón henchidas de sedas, blondas, lino, cabritilla, juguetes de transparente porcelana y botes de cristal, guardadores de esencias y perfumes.

A mí me colocaron, con mucho miramiento y atención, en uno de los estantes más lujosos. La pícara distinción de castas y de clases, que trae tan preocupados a los pobres, existe entre los paraguas y sombrillas. Hay paraguas de algodón y paraguas de seda, como hay hombres que se visten en los Sepulcros de Santo Domingo, y caballeros cuyo traje está cortado por la tijera diestra de Chauveau. En cuanto a las sombrillas, es todavía mayor la diferencia: hay feas y bonitas, ricas, pobres, de condición mediana, blancas, negras, de mil colores, de mil formas y tamaños. Yo desde luego conocí que había nacido en buena cuna y que la suerte me asignaba un puesto entre la aristocracia paragüil. Esta feliz observación lisonjeó grandemente mi amor propio. Tuve lástima de aquellos paraguas pobres y raquíticos, que irían, probablemente, a manos de algún cura, escribiente, tendero o pensionista. La suerte me reservaba otros halagos: el roce de la cabritilla, el contacto del raso, la vivienda en alcobas elegantes y en armarios de rosa, el bullicio de las reuniones elegantes y el esplendor de los espectáculos teatrales. Después pude advertir con desconsuelo que la lluvia cae de la misma suerte para todos; que los pobres cuidan con más esmero su paraguas, y que el destino de los muebles elegantes es vivir menos tiempo y peor tratados que los otros.

En aquel tiempo no filosofaba como ahora: me aturdía el ir y venir de los carruajes, la animación de compradores y empleados; pensé que era muy superior a los paraguas de algodón y a los paraguas blancos con forro verde; repasé con orgullo mis títulos de nobleza, y no preví, contento y satisfecho, los decaimientos inevitables de la suerte. Muchas veces me llevaron al mostrador y otras tantas me despreciaron. Esto prueba que no era yo el mejor ni el más lujoso. Por fin, un caballero, de buen porte, después de abrirme y de transparentarme con cuidado, se resignó a pagar seis pesos fuertes por mi graciosa y linda personita. Apenas salí del almacén, dieron principio mis suplicios y congojas. El caballero aquel tenía y tiene la costumbre de remolinear su bastón o su paraguas, con gran susto de los transeúntes distraídos. Yo comencé a sentir, a poco rato, los síntomas espantosos del mareo. Se me iba la cabeza, giraban a mis ojos los objetos, y Dios sabe cuál habría sido el fin del vértigo, si un fuerte golpe, recibido en la mitad del cráneo, no hubiera terminado mis congojas. El golpe fue recio; yo creí que los sesos se me deshacían, pero, con todo, preferí ese tormento momentáneo al suplicio interminable de la rueda. Sucedió lo que había de suceder; quedé con la cabeza desportillada, y no era ciertamente para menos el trastazo que di contra la esquina. Mi dueño, sin lamentar ese desperfecto, entró a la peluquería de Micoló. Allí estaban reunidos muchos jóvenes, amigos todos de mi atarantado propietario.

Me dejaron caer sobre un periódico, cuyo contenido pude tranquilamente recorrer. ¡La prensa! Yo me había formado una idea muy distinta de su influjo. El periódico, leído de un extremo a otro, en la peluquería de Micoló, me descorazonó completamente. Era inútil buscar noticias frescas, ni crímenes dramáticos y originales. Los periódicos, conforme al color político que tienen, alaban o censuran la conducta del Gobierno; llenan sus columnas con recortes de publicaciones extranjeras, y andan a la greña por diferencias nimias o ridículas. En cuanto a noticias, poco hay que decir. La gacetilla se surte con los chismes de provincia o con las eternas deprecaciones al Ayuntamiento. Sabemos, por ejemplo, que ya no gruñen los cerdos frente a las casas consistoriales de Ciudad Victoria, que plantaron media docena de eucaliptus en el atrio de tal o cual parroquia; que pasó a mejor vida el hijo de un boticario en Piedras Negras; que faltan losas en las calles de San Luis y que empapelaron de nuevo la oficina telegráfica de Amecameca. Todo esto será muy digno de mención, pero no tiene mucha gracia que digamos. Las ocurrencias de la población tienen la misma insignificancia y monotonía. Los revisteros de teatros encomian el garbo y la elegancia de la Srita. Moriones; se registran las defunciones, que no andan, por cierto, muy escasas; se habla del hedor espantoso de los mingitorios, de los perros rabiosos, de los gendarmes que se duermen, y para fin y postre, se publica un boletín del Observatorio Meteorológico, anunciando lo que ya todos saben, que el calor es mucho y que ha llovido dentro y fuera de garitas. Mejor sería anunciar que va a llover, para que aquellos que carecen de barómetro sepan a qué atenerse y arreglen convenientemente sus asuntos.

Dicho está: la prensa no me entretiene ni me enseña. Para saber las novedades, hay que oír a los asiduos y elegantes concurrentes de la peluquería de Micoló. Yo abrí bien mis oídos, deseoso de la agradable comidilla del escándalo. Pero las novedades escasean grandemente, por lo visto. Un empresario desgraciado, a quien llaman, si bien recuerdo, Déffossez, ha puesto pies en polvorosa, faltando a sus compromisos con el público. Las tertulias semanarias del Sr. Martuscelli se han suspendido por el mal tiempo. Algunos miembros del Jockey Club se proponen traer en comandita caballos de carrera para la temporada de otoño, con lo cual demuestran que, siendo muy devotos del *sport*, andan poco sobrados de dinero o no quieren gastarlo en lances hípicos. Las calenturas perniciosas y las fiebres traen inquieta y desazonada a la población, exceptuando a los boticarios y a los médicos, cuya fortuna crece en épocas de exterminio y de epidemia. En los teatros nada ocurre que sea digno de contarse y una gran parte de la aristocracia emigra a las poblaciones comarcanas, más ricas en oxígeno y frescura.

No hay remedio. He caído en una ciudad que se fastidia y voy a aburrirme soberanamente. No hay remedio.

A tal punto llegaba de mis reflexiones, cuando el dueño que había deparado mi destino, ciñéndome la cintura con su mano, salió de la peluquería. No tardé mucho tiempo en recibir nuevos descalabros, ni en sentir, por primera vez, la humedad de la lluvia. Los paraguas no vemos el cielo sino cubierto y obscurecido por las nubes. Para otros, es el espectáculo hermosísimo del firmamento estrellado. Para nosotros, el terrible cuadro de las nubes que surcan los relámpagos. Poco a poco, una tristeza inmensa e infinita se fue apoderando de mí. Eché de menos la antigua monotonía de mi existencia; la calma de los baúles y anaqueles; el bullicio de la tienda y el abrigo caliente de mi funda. La lluvia penetraba mi epidermis helándome con su húmedo contacto. Fui a una visita; pero me dejaron en el patio, junto a un paraguas algo entrado en años y un par de chanclos sucios y caducos. ¡Cuántas noches he pasado después en ese sitio, oyendo cómo golpean los caballos, con sus duros cascos, las losas del pavimento y derramando lágrimas de pena, junto al caliente cuarto del portero! Es verdad que he asistido algunas ocasiones al teatro, beneficio de que no habría disfrutado en Europa; porque allí los paraguas y bastones, proscritos de las reuniones elegantes, quedan siempre en el guardarropa o en la puerta. Pero ¿qué valen estas diversiones, comparadas con los tormentos que padezco? He oído una zarzuela cuyo título es: *Mantos y capas;* pero ni la zarzuela me enamora ni estoy de humor para narraros su argumento. Un paraguas que pertenece a un periodista y que concurre habitualmente al teatro desde que estuvo en México la Sontag, me ha dicho que no es nueva esta zarzuela y que tampoco son desconocidos los artistas. Para mí todo es igual, y sin embargo, soy el único que no escucha como quien oye llover, los versos de las zarzuelas españolas.

En el teatro he trabado amistades con otros individuos de mi raza, y entre ellos con un gran paraguas blanco, cuyo dueño, según parece, está en San Ángel. Muchas veces, arrinconado en el comedor de alguna casa, o tendido en el suelo y puesto en cruz, he hecho las siguientes reflexiones: —¡Ah! ¡Si yo fuera de algodón, humilde y pobre como aquellos paraguas que solía mirar con menosprecio! Por lo menos, no me tratarían con tanto desenfado, abriéndome y cerrándome sin piedad. Saldría poco: de la oficina a la casa y de la casa a la oficina. La solícita esposa de mi dueño me guardaría con mucho esmero y mucho mimo en la parte más honda del armario. Cuidarían de que el aire me orease, enjugando las gotas de la lluvia, antes de enrollarme, como hoy lo hacen torciendo impíamente mis varillas. No asistiría a teatros ni a tertulias; pero ¿de qué me sirve oír zarzuelas malas o quedarme a la puerta de las casas en unión de las botas y los chanclos? No, la felicidad no está en el oro. Yo valgo siete pesos; soy de seda; mi puño es elegante y bien labrado; pero a pesar de la opulencia que me cerca, sufro como los pobres y más que ellos. No, la felicidad no consiste en la riqueza; preguntadlo a esas damas cuyo lujo os maravilla, y que a solas, en el silencio del hogar, lloran el abandono del esposo. Los pobres cuidan más de sus paraguas y aman más a sus mujeres. ¡Si yo fuera paraguas de algodón!

¡O si, a lo menos, pudiera convertirme en un coqueto parasol de lino, como esos que distingo algunas veces cuando voy de parranda por los campos! Entonces vería el cielo siempre azul, en vez de hallarlo triste y entoldado por negras y apretadas nublazones. ¡Con qué ansia suspiro interiormente por la apacible vida de los campos! El parasol no mancha su vestido con el pegajoso lodo de las calles. El parasol recibe las caricias de la luz y aspira los perfumes de las flores. El parasol lleva una vida higiénica: no se moja, no va a los bailes, no trasnocha. Muy de mañana, sale por el campo bajo el calado toldo de los árboles, entretenido en observar atentamente el caprichoso vuelo de los pájaros, la majestad altiva de los bueyes o el galope sonoro del caballo. El parasol no vive en esta atmósfera cargada de perniciosas, de bronquitis y de tifos. El parasol recorre alegremente el pintoresco lomerío de Tacubaya, los floridos jardínes de Mixcoac o los agrestes vericuetos de San Ángel. En esos sitios veranea actualmente una gran parte de la aristocracia. Y el parasol concurre, blanco y limpio, a las alegres giras matinales; ve cómo travesea la blanca espuma en el colmado tarro de la leche, descansa con molicie sobre el césped y admira el panorama del Cabrío. Hoy en el campo las flores han perdido su dominio, cediéndolo dócilmente a la mujer. Las violetas murmuran enfadadas, recatándose tras el verde de las hojas, como se esconden las sultanas tras el velo; las rosas están rojas de coraje; los lirios viven pálidos de envidia, y el color amarillo de la bilis tiñe los pétalos de las margaritas. Nadie piensa en las flores y todos ven a las mujeres. Ved cómo salen, jugueteando, de las casas, desprovistas de encajes y de blondas. El rebozo, pegado a sus cuerpos como si todo fuera labios, las ciñe dibujando sus contornos y descendiendo airosamente por la espalda. Una sonrisa retozona abre sus labios, más escarlatas y jugosos que los mirtos. Van en bandadas, como las golondrinas, riendo del grave concejal que descansa tranquilamente en la botica, del cura que va leyendo su breviario, de los enamorados que las siguen y de los sustos y travesuras que proyectan. Bajan al portalón del paradero; se sientan en los bancos, y allí aguardan la bulliciosa entrada de los trenes. Las casadas esperan a sus maridos; las solteras, a sus novios. Llega el vagón y bajan los pasajeros muy cargados de bolsas y de cajas y de líos.

Uno lleva el capote de hule que sacó en la mañana por miedo del chubasco respectivo; otro, los cucuruchos de golosinas para el niño; éste, los libros que han de leer por las noches en las gratas veladas de familia; aquél una botella de vino para la esposa enferma, o un tablero de ajedrez.

Los enamorados que, despreciando sus quehaceres, han venido, asoman la cara por el ventanillo, buscando con los ojos otros ojos, negros o azules, grandes o pequeños, que correspondan con amor a sus miradas. Muchos, apenas llegan cuando vuelven, y por ver nada más breves instantes a la mujer habitadora de sus sueños, hacen tres horas largas de camino. En la discreta obscuridad de la estación, suelen cambiarse algunas cartas, bien dobladas, algunas flores ya marchitas, algunas almas que se ligan para siempre. De improviso, la campanilla suena y el tren parte. Hasta mañana. Los amantes se esfuerzan en seguir con la mirada un vestido de muselina blanca que se borra, la estación que se aleja, el caserío que se desvanece poco a poco en el opaco fondo del crepúsculo. Un grupo de muchachas atrevidas, que, paseando, habían avanzado por la vía, se dispersa en tumulto alharaquiento para dejar el paso a los vagones.

Más allá corren otras, temerosas del pacífico toro que las mira con sus ojos muy grandes y serenos. El tren huye: los enamorados alimentan sus ilusiones y sus sueños con la lectura de una carta pequeñita; y el boletero, triste y aburrido, cuenta en la plataforma sus billetes. En la estación se quedan, cuchicheando, las amigas. Algunas, pensativas, trazan en la arena, con la vara elegante de sus sombrillas, un nombre o una cifra o una flor. Los casados que se aman vuelven al hogar, contándose el empleo de aquellas horas pasadas en la ciudad y en los negocios. Van muy juntos, del brazo; la mamá refiere las travesuras de los niños, sus agudezas y donaires, mientras ellos saborean las golosinas o corren tras la elástica pelota.

¡Cómo se envidian esos goces inefables! Cuando la noche cierre, acabe la velada, y llegue la hora del amor y del descanso, la mujer apoyará, cansada, su cabeza en el hombro que guarda siempre su perfume; los niños estarán dormidos en la cuna y las estrellas muy despiertas en el cielo.

Parasol, parasol: tú puedes admirar esos cuadros idílicos y castos. Tú vives la honesta vida de los campos. Yo estoy lleno de lodo y derramando gruesas lágrimas en los rincones salitrosos de los patios. Sin embargo, también he conseguido cobijar aventuras amorosas. Una tarde, llevábame consigo un joven que es amigo de mi dueño. Comenzaba a llover y pasaban, apresurando el paso, cerca de nosotros, las costureras que salían de su obrador. Nada hay más voluptuoso ni sonoro que el martilleo de los tacones femeniles en el embanquetado de las calles. Parece que van diciendo: —¡Sigue! ¡Sigue! Sin embargo, el apuesto joven con quien iba no pensaba en seguir a las grisetas, ni acometer empresas amorosas. Ya habrán adivinado ustedes, al leer esto, que no estaba mi compañero enamorado. De repente, al volver una esquina, encontramos a una muchacha linda y pizpireta que corría temerosa del chubasco. Verla mi amigo y ofrecerme, todo fue uno. Rehusar un paraguas ofrecido con tanta cortesía hubiera sido falta imperdonable; pero dejar, expuesto a la intemperie, a tan galán y apuesto caballero, era también crueldad e ingratitud. La joven se decidió a aceptar el brazo de mi amigo. Un poeta lo ha dicho.

> La humedad y el calor
> siempre son en la ardiente primavera
> cómplices del amor.

Yo miraba el rubor de la muchacha y la creciente turbación del compañero. Poco a poco su conversación se fue animando. Vivía lejos y era preciso que atravesáramos muchas calles para llegar hasta la puerta de su casa. La niña menudeaba sus pasos, muy aprisa, para acortar la caminata; y el amante, dejando descubierto su sombrero, procuraba abrigarla y defenderla de la lluvia. Ésta iba arreciando por instantes. Parecía que en cada átomo del aire venía montada una gota de agua. Yo aseguro que la muchacha no quería apoyarse en el brazo de su compañero ni acortar la distancia que mediaba entre sus cuerpos. Pero ¿qué hacer en trance tan horrible? Primero apoyó la mano y luego la muñeca y luego el brazo; hasta que fueron caminando muy juntitos, como Pablo y Virginia en la montaña. Muchas veces el aire desalmado empujaba los rizos de la niña hasta la misma boca de su amante. Los dos temblaban como las hojas de los árboles. Hubo un instante en que, para evitar la inminente colisión de dos paraguas, ambos a un propio tiempo se inclinaron hasta tocar mejilla con mejilla. Ella iba encendida como grana; pero riendo, para espantar el miedo y la congoja. Una señora anciana, viéndolos pasar, dijo en voz alta al viejo que la cubría con su paraguas:

—¡Qué satisfechos van los casaditos!

Ella sintió que se escapaba de sus labios una sonrisa llena de rubor. ¡Casados! ¡Recién casados! ¿Por qué no? Y la amorosa confesión que había detenido en muchas ocasiones el respeto, la timidez o el mismo amor, salió, por fin, temblando y balbuciente, de los ardientes labios de mi amigo.

Ya tú ves, parasol, si justamente me enorgullezco de mis buenas obras. Esas memorias, lisonjeras y risueñas, son las que me distraen en mi abandono. ¿Cuál será mi destino? Apenas llevo una semana de ejercicio y ya estoy viejo. Pronto pasaré al hospital con los inválidos, o caeré en manos de los criados, yendo enfermo y caduco a los mercados. Después de pavonearme por las calles, cubriendo gorritos de paja y sombreros de seda, voy a cubrir canastos de verdura. Ya verás si hay razón para que llore en los rincones salitrosos de los patios.

# JOSÉ ASUNCIÓN SILVA

## COLOMBIANO
### (1865-1896)

*Mientras la poesía de José Asunción Silva logra una transparencia voluptuosa de la imagen, su prosa se interna en la experiencia de lo cinemático y lo lírico. Por la misma razón se vinculan la obra poética y narrativa del escritor colombiano; registros prácticamente indiferenciados en busca de las zonas más sensuales de la escritura.*

*José Asunción Silva nació en Bogotá. En el transcurso de una vida breve —se suicida antes de cumplir los treinta y un años— el gran escritor colombiano nos deja su obra poética* El libro de versos *(1928) y* Gotas amargas; *en cuanto a su obra en prosa, su novela* De sobremesa *(1925-1928) y otros escritos cortos. La fecha de composición de su obra publicada póstumamente es situada entre 1891-1896 para su poesía (algunos poemas fueron comenzados hacia 1883) y entre 1887-1896 para su novela. Silva viaja por Europa entre los años 1883 y 1885. En 1908 se publica en Barcelona el conjunto de su obra poética con un prólogo de Miguel de Unamuno, al cual sigue la edición definitiva publicada en París, con notas de Baldomero Sanín Cano en 1923. En 1955 se publican en Bogotá las obras completas. Entre las publicaciones que recogen la poesía y prosa de José Asunción Silva cabe mencionar* Prosas y versos *(México, 1941);* Poesías completas seguidas de prosas selectas *(Madrid, 1951);* Obras completas *(Buenos Aires, 1968);* Obra completa *(Medellín, 1970);* Obra completa *(Caracas, 1977, la más cuidada con prólogo y notas de Eduardo Camacho Guizado y Gustavo Mejía, publicada por Biblioteca Ayacucho);* Poesía y Prosa *(Bogotá, 1979, edición de S. Mutis Durán y J. G. Cobo Borda, reproduce la de Biblioteca Ayacucho agregando los poemas juveniles de Silva).*

*"La protesta de la musa" aparece en la* Revista Literaria *de Bogotá en 1890. En este cuento se dan cita las preocupaciones más urgentes de la modernidad; particularmente acentuadas aparecen las relaciones entre crítica-creación y escritura-lectura. En la confrontación de la Musa y del Poeta se abre el conflictivo espacio operado por el ingreso en la sensibilidad moderna, por ejemplo el de la integración de géneros literarios y la desacralización de los mismos. El diálogo que hace este relato crea la*

*actitud del poder autorreflexivo sobre el arte, por tanto la discusión de su soporte tradicional. Anuncia, asimismo, las contradictorias e inciertas zonas que empezaba a invadir el discurso moderno.*

## LA PROTESTA DE LA MUSA

En el cuarto sencillo y triste, cerca de la mesa cubierta de hojas escritas, la sien apoyada en la mano, la mirada fija en las páginas frescas, el poeta satírico leía su libro, el libro en que había trabajado por meses enteros.

La oscuridad del aposento se iluminó de una luz diáfana de madrugada de mayo; flotaron en el aire olores de primavera, y la Musa, sonriente, blanca y grácil, surgió y se apoyó en la mesa tosca, y paseó los ojos claros, en que se reflejaba la inmensidad de los cielos, por sobre las hojas recién impresas del libro abierto.

—¿Qué has escrito?... —le dijo.

El poeta calló silencioso, trató de evitar aquella mirada, que ya no se fijaba en las hojas del libro, sino en sus ojos fatigados y turbios...

—Yo he hecho —contestó, y la voz le temblaba como la de un niño asustado y sorprendido—, he hecho un libro de sátiras, un libro de burlas... en que he mostrado las vilezas y los errores, las miserias y las debilidades, las faltas y los vicios de los hombres. Tú no estabas aquí... No he sentido tu voz al escribirlos, y me han inspirado el Genio del odio y el Genio del ridículo, y ambos me han dado flechas, que me he divertido en clavar en las almas y en los cuerpos, y es divertido... Musa, tú eres seria y no comprendes estas diversiones; tú nunca te ríes; mira, las flechas al clavarse herían, y los heridos hacían muecas risibles y contracciones dolorosas; he desnudado las almas y las he exhibido en su fealdad, he mostrado los ridículos ocultos, he abierto las heridas cerradas, esas monedas que ves sobre la mesa, esos escudos brillantes son el fruto de mi trabajo, y me he reído al hacer reír a los hombres, al ver que los hombres se ríen los unos de los otros. Musa, ríe conmigo... La vida es alegre...

Y el poeta satírico se reía al decir esas frases, al tiempo que una tristeza grave contraía los labios rosados y velaba los ojos profundos de la Musa...

—¡Oh profanación! —murmuró ésta, paseando una mirada de lástima por el libro impreso y viendo el oro—; ¡oh profanación, ¿y para clavar esas flechas has empleado las formas sagradas, los versos que cantan y que ríen, los aleteos ágiles de las rimas, las músicas fascinadoras del ritmo?... La vida es grave, el verso es noble, el arte es sagrado. Yo conozco tu obra. En vez de las pedrerías brillantes, de los zafiros y de los ópalos, de los esmaltes policromos y de los camafeos delicados, de las filigranas áureas, en vez de los encajes que parecen tejidos por las hadas, y de los collares de perlas pálidas que llevan los cofres de los poetas, has removido cieno y fango donde hay reptiles, reptiles de los que yo odio. Yo soy amiga de los pájaros; de los seres alados que cruzan el cielo entre la luz, y los inspiro cuando en las noche claras de julio dan serenata a las estrellas desde las enramadas sombrías; pero odio a las serpientes y a los reptiles que nacen en los pantanos. Yo inspiro los idilios verdes, como los campos florecidos, y las elegías negras, como los paños fúnebres, donde caen las lágrimas de los cirios..., pero no te he inspirado. ¿Por qué te ríes? ¿Por qué has convertido tus insultos en obra de arte? Tú podrías haber cantado la vida, el misterio profundo de la vida; la inquietud de los hombres cuando piensan en la muerte; las conquistas de hoy; la lucha de los buenos; los elementos domesticados por el hombre; el hierro, blando bajo su mano; el rayo, convertido en su esclavo; las locomotoras, vivas y audaces, que riegan en el aire penachos de humo; el telégrafo, que suprime las distancias; el hilo por donde pasan las vibraciones misteriosas de la idea. ¿Por qué has visto las manchas de tus hermanos? ¿Por qué has contado sus debilidades? ¿Por qué te has entretenido en clavar esas flechas, en herirlos, en agitar ese cieno, cuando la misión del poeta es besar las heridas y besar a los infelices en la frente, y dulcificar la vida con sus cantos, y abrirles, a los que yerran, abrirles amplias, las puertas de la Virtud y del Amor? ¿Por qué has seguido los consejos del odio? ¿Por qué has reducido tus ideas a la forma sagrada del verso, cuando los versos están hechos para cantar la bondad y el perdón, la belleza de las mujeres y el valor de los hombres? Y no me creas tímida. Yo he sido también la Musa inspiradora de las estrofas que azotan como látigos y de las estrofas que queman como hierros candentes; yo soy la musa Indignación que les dictó sus versos a Juvenal y al Dante; yo inspiro a los Tirteos eternos; yo le enseñé a Hugo a dar a los alejandrinos de los *Castigos* clarineos estridentes de trompetas y truenos de descargas que humean; yo canto las luchas de los pueblos, las caídas de los tiranos, las grandezas de los hombres libres..., pero no conozco los insultos ni el odio. Yo arrancaba los cartelones que fijaban manos desconocidas en el pedestal de la estatua de Pasquino. Quede ahí tu obra de insultos y desprecios, que no fue dictada por mí. Sigue profanando los versos sagrados y conviértelos en flechas que hieran, en reptiles que envenenan, en *Inris* que escarnezcan, remueve el fango de la envidia, recoge cieno y arrójalo a lo alto, a riesgo de mancharte, tú que podrías llevar una aureola si cantaras lo sublime, activa las envidias dormidas. Yo voy a buscar a los poetas, a los ena-

morados del arte y de la vida, de las Venus de mármol que sonríen
en el fondo de los bosques oscuros, y de las Venus de carne que sonríen en las alcobas perfumadas; de los cantos y de las músicas de la
naturaleza, de los besos suaves y de las luchas ásperas; de las sede-
rías multicolores y de las espadas severas; jamás me sentirás cerca
para dictarte una estrofa. Quédate ahí con tu Genio del odio y con tu
Genio del ridículo.

Y la Musa grácil y blanca, la Musa de labios rosados, en cuyos
ojos se reflejaba la inmensidad de los cielos, desapareció del aposento, llevándose con ella la luz diáfana de alborada de mayo y los olores
de primavera, y el poeta quedó solo, cerca de la mesa cubierta de
hojas escritas, paseó una mirada de desencanto por el montón de oro
y por la página de su libro satírico, y con la frente apoyada en las
manos sollozó desesperadamente.

# RUBÉN DARÍO

NICARAGÜENSE
(1867-1916)

La obra de Rubén Darío es central al establecimiento de la modernidad literaria hispanoamericana. Al Darío creador se une el Darío vocero de una estética; por esto se le consideró el iniciador del modernismo, aunque este movimiento ya contaba con figuras tan importantes como José Martí, Manuel Gutiérrez Nájera, José Asunción Silva y Julián del Casal. El estudio de la obra de Rubén Darío es más productivo a la luz de una consideración del modernismo como fase inicial de los procesos de la modernidad. Tal comprensión evitará una visión esquemática del modernismo y otorgará una perspectiva más profunda para enfocar la enorme influencia, alcance y perduración de una obra tan extraordinaria como la del escritor nicaragüense. La escritura de Darío expone con desenvoltura la tremenda potencialidad expresiva del lenguaje, el cual pasa a concebirse como un material artístico sin limitaciones y dispuesto a la conductividad de la estética que lo opera.

Entre las múltiples aperturas artísticas que trajera consigo la obra dariana, el énfasis puesto en el medio expresivo de la literatura, originaría una revolución en la apropiación creativa del lenguaje de enorme proporciones y de una extensión aún presente en la literatura hispanoamericana. El cosmopolitismo de Darío tiene que ver con su visión sobre la modernidad como ha indicado Ángel Rama en su "Prólogo" a Rubén Darío. Poesía. (Caracas: Biblioteca Ayacucho, 1977, p. XVIII). La clave de la estética dariana reside en su proyección hacia las coordenadas futuras que desarrollaría el curso de la modernidad en Hispanoamérica: una estética rebelde, una estética incorporativa de las mejores tradiciones literarias hispánicas, una estética sensual, una estética plural, una estética sincrética, una estética en' lucha consigo mismo ante la idea de estancamiento en una red de principios únicos.

Nicaragua vio nacer y morir a Rubén Darío, pero estuvo en muchos países: Chile, Argentina, El Salvador, Guatemala, Costa Rica, Cuba, España, Francia, Italia, Bélgica, Alemania, Austria, Estados Unidos. Circunstancias y motivaciones diversas impulsaron sus travesías y estadías fuera de su Nicaragua; viajero ince-

121

*sante, su tierra era una y todas, y su compromiso con lo moderno
no se restringiría tampoco a nacionalismos estrechos. En verdad, su
americanismo se energizaba en la presencia de lo internacional.*

*El nombre verdadero de Darío era Félix Rubén García Sar-
miento. Entre sus primeras obras se encuentran* Epístolas y poemas
*manuscrito que fue a la imprenta en 1885 y que fuera publicado
en 1888 bajo el título* Primeras notas. *También publicó en esta
primera etapa sus libros* Abrojos y Rimas, *ambos en el año 1887.
En 1888 se publica en Chile un libro simbólico de la renovación
modernista:* Azul... *Luego destacan* Prosas profanas y otros poemas y Los raros *en 1896;* España contemporánea *(1899);* Peregrinaciones *(1901);* Cantos de vida y esperanza *(1905);* El canto
errante *(1907);* Poema del otoño y otros poemas *(1910) y* Canto
a la argentina y otros poemas *en 1914. En colaboración con Eduardo Poirier incursiona en la novela con* Emelina *(1886); la narración autobiográfica* El oro de Mallorca *(1913-1914) queda inconclusa. La obra de Darío se reúne en los cinco volúmenes*
Obras completas *publicados en Madrid entre 1950 y 1953; de
1952 es el libro* Poesías, *publicado en México y del mismo año*
Poesías completas, *publicado en Madrid; de 1976 es la primera
edición del texto* Rubén Darío: cuentos fantásticos, *volumen editado y prologado por José Olivio Jiménez, en el que se reúnen diez
relatos de trasfondo fantástico, más un ensayo de Darío (orientado
a la misma temática) sobre Edgar Allan Poe. La colección Ayacucho publica en 1977 el volumen* Poesía, *precedido de un estudio de Ángel Rama y editado por Ernesto Mejía Sánchez.*

*El cuento "El rey burgués" pertenece al libro* Azul, *publicado
en 1888. No hay otro relato hispanoamericano que plasme con
tanta fuerza y complejidad estéticas el problema de la modernización social y de la modernidad artística como esta deslumbran
te pieza narrativa de Darío. En este cuento las relaciones entre
artista y entorno social van más allá de la comentada protesta
del artista frente a la opulencia de una sociedad cuya alienación
y vulgaridad no permiten la apreciación y libre desenvolvimiento
del arte. Decimos que esta narración trasciende este aspecto porque ello es sólo un lado de las contradictorias y múltiples formas
que el cuento adelanta en el desarrollo del arte moderno.*

*Este relato es en el fondo la articulación de toda una estética,
la visión de una problemática que perseguiría la sensibilidad de
todo un siglo. Por ello es que se supera el maniqueísmo de lo
visible: sociedad versus artista. Junto con la extraordinaria creación de una escritura nutrida por artes diversas —pintura, escultura, poesía, música— asoma una nítida conciencia crítica sobre
el nuevo sistema socioestético en el que entraba el arte del siglo
veinte.*

# EL REY BURGUÉS

### (CUENTO ALEGRE)

¡Amigo! El cielo está opaco, el aire frío, el día triste. Un cuento alegre..., así como para distraer las brumosas y grises melancolías, helo aquí:

Había en una ciudad inmensa y brillante un rey muy poderoso que tenía trajes caprichosos y ricos, esclavas desnudas, blancas y negras, caballos de largas crines, armas flamantísimas, galgos rápidos y monteros con cuernos de bronce, que llenaban el viento con sus fanfarrias. ¿Era un rey poeta? No, amigo mío: era el Rey Burgués.

Era muy aficionado a las artes el soberano, y favorecía con gran largueza a sus músicos, a sus hacedores de ditirambos, pintores, escultores, boticarios, barberos y maestros de esgrima.

Cuando iba a la floresta, junto al corzo o jabalí herido y sangriento, hacía improvisar a sus profesores de retórica canciones alusivas; los criados llenaban las copas de vino de oro que hierve, y las mujeres batían palmas con movimientos rítmicos y gallardos. Era un rey sol, en su Babilonia llena de músicas, de carcajadas y de ruido de festín. Cuando se hastiaba de la ciudad bullente iba de caza atronando el bosque con sus tropeles, y hacía salir de sus nidos a las aves asustadas, y el vocerío repercutía en lo más escondido de las cavernas. Los perros de patas elásticas iban rompiendo la maleza en la carrera, y los cazadores, inclinados sobre el pescuezo de los caballos, hacían ondear los mantos purpúreos y llevaban las caras encendidas y las cabelleras al viento.

El rey tenía un palacio soberbio donde había acumulado riquezas y objetos de arte maravillosos. Llegaba a él por entre grupos de lilas y extensos estanques siendo saludado por los cisnes de cuellos blancos antes que por los lacayos estirados. Buen gusto. Subía por una escalera llena de columnas de alabastro y de esmeraldas, que tenía a los dos lados leones de mármol, como los de los tronos salomónicos. Refinamiento. A más de los cisnes, tenía una vasta pajarera, como amante de la armonía, del arrullo, del trino; y cerca de ella iba a ensanchar su espíritu, leyendo novelas de M. Ohnet, o bellos libros sobre cuestiones gramaticales, o críticas hermosillescas. Eso sí, defensor acérrimo de la corrección académica en letras y del modo lamido en artes; alma sublime amante de la lija y de la ortografía.

—¡Japonerías! ¡Chinerías! Por lujo y nada más.

Bien podía darse el placer de un salón digno del gusto de un Goncourt y de los millones de un Creso; quimeras de bronce con las fauces abiertas y las colas enroscadas, en grupos fantásticos y maravillosos; lacas de Kioto con incrustaciones de hojas y ramas de una flora monstruosa, y animales de una fauna desconocida; mariposas de raros abanicos junto a las paredes; peces y gallos de colores; máscaras de gestos infernales y con ojos como si fuesen vivos; partesanas de hojas antiquísimas y empuñaduras con dragones devorando flores de loto; y en conchas de huevo, túnicas de seda amarilla como tejidas con hilos de araña, sembradas de garzas rojas y de verdes matas de arroz; y tibores, porcelanas de muchos siglos, de aquellas en que hay guerreros tártaros con una piel que les cubre los riñones y que llevan arcos estirados y manojos de flechas.

Por lo demás, había el salón griego lleno de mármoles: diosas, musas, ninfas y sátiros; el salón de los tiempos galantes, con cuadros del gran Wateau y de Chardin: dos, tres, cuatro, ¡cuántos salones!

Y Mecenas se paseaba por todos, con la cara inundada de cierta majestad, el vientre feliz y la corona en la cabeza, como un rey de naipe.

Un día le llevaron una rara especie de hombre ante su trono, donde se hallaba rodeado de cortesanos, de retóricos y de maestros de equitación y de baile.

—¿Qué es esto? —preguntó.

—Señor, es un poeta.

El rey tenía cisnes en el estanque, canarios, gorriones, sinsontes en la pajarera; un poeta era algo nuevo y extraño.

—Dejadle aquí.

Y el poeta:

—Señor, no he comido.

Y el rey:

—Habla y comerás.

Comenzó:

—Señor, ha tiempo que yo canto el verbo del porvenir. He tendido mis alas al huracán, he nacido en el tiempo de la aurora; busco la raza escogida que debe esperar, con el himno en la boca y la lira en la mano, la salida del gran sol. He abandonado la inspiración de la ciudad malsana, la alcoba llena de perfumes, la musa de carne que llena el alma de pequeñez y el rostro de polvos de arroz. He roto el arpa adulona de las cuerdas débiles contra las copas de Bohemia y las jarras donde espumea el vino que embriaga sin dar fortaleza; he arrojado el manto que me hacía parecer histrión o mujer, y he vestido de modo salvaje y espléndido; mi harapo es de púrpura. He ido a la selva, donde he quedado vigoroso y ahíto de leche fecunda y licor de nueva vida; y en la ribera del mar áspero, sacudiendo la cabeza bajo la fuerte y negra tempestad, como un ángel soberbio, o como un semidiós olímpico, he ensayado el yambo dando al olvido el madrigal.

He acariciado a la gran Naturaleza, y he buscado el calor ideal, el verso que está en el astro, en el fondo del cielo, y el que está en la perla, en lo profundo del océano. ¡He querido ser pujante! Porque viene el tiempo de las grandes revoluciones, con un Mesías todo luz, todo agitación y potencia, y es preciso recibir su espíritu con el poema que sea arco triunfal, de estrofas de acero, de estrofas de oro, de estrofas de amor.

¡Señor, el arte no está en los fríos envoltorios de mármol, ni en los cuadros lamidos; ni en el excelente señor Ohnet! ¡Señor! El arte no viste pantalones, ni habla burgués, ni pone los puntos en todas las íes. Él es augusto, tiene mantos de oro, o de llamas, o anda desnudo, y amasa la greda con fiebre, y pinta con luz, y es opulento, y da golpes de ala como las águilas o zarpazos como los leones. Señor, entre un Apolo y un ganso, preferid el Apolo, aunque el uno sea de tierra cocida y el otro de marfil.

¡Oh la poesía!

¡Y bien! Los ritmos se prostituyen, se cantan los lunares de las mujeres y se fabrican jarabes poéticos. Además, señor, el zapatero critica mis endecasílabos, y el señor profesor de farmacia pone puntos y comas a mi inspiración. Señor, ¡y vos les autorizáis todo esto!... El ideal, el ideal...

El rey interrumpió:

—Ya habéis oído. ¿Qué hacer?

Y un filósofo al uso:

—Si lo permitís, señor, puede ganarse la comida con una caja de música; podemos colocarla en el jardín, cerca de los cisnes, para cuando os paseéis.

—Sí —dijo el rey; y dirigiéndose al poeta—: Daréis vueltas a un manubrio. Cerraréis la boca. Haréis sonar una caja de música que toca valses, cuadrillas y galopes, como no prefiráis moriros de hambre. Pieza de música por pedazo de pan. Nada de jerigonzas, ni de ideales. Id.

Y desde aquel día pudo verse, a la orilla del estanque de los cisnes, al poeta, tiriririn, tiriririn... ¡avergonzado a las miradas del gran sol! ¿Pasaba el rey por las cercanías? Tiriririn, tiriririn... ¿Había que llenar el estómago? ¡Tiriririn! Todo entre las burlas de los pájaros libres que llegaban a beber el rocío en las lilas floridas; entre el zumbido de las abejas que le picaban el rostro y le llenaban los ojos de lágrimas..., ¡lágrimas amargas que rodaban por sus mejillas y que caían a la tierra negra!

Y llegó el invierno, y el pobre sintió frío en el cuerpo y en el alma. Y su cerebro estaba como petrificado, y los grandes himnos estaban en el olvido, y el poeta de la montaña coronada de águilas no era sino un pobre diablo que daba vueltas al manubrio: ¡tiriririn!

Y cuando cayó la nieve se olvidaron de él el rey y sus vasallos: a los pájaros se les abrigó, y a él se le dejó al aire glacial que le mordía las carnes y le azotaba el rostro.

Y una noche en que caía de lo alto la lluvia blanca de plumillas cristalizadas, en el palacio había festín, y la luz de las arañas reía alegre sobre los mármoles, sobre el oro y sobre las túnicas de los mandarines de las viejas porcelanas. Y se aplaudían hasta la locura los brindis del señor profesor de retórica, cuajados de dáctilos, de anapestos y de pirriquios, mientras en las copas cristalinas hervía el champaña con su burbujeo luminoso y fugaz. ¡Noche de invierno, noche de fiesta! ¡Y el infeliz, cubierto de nieve, cerca del estanque, daba vueltas al manubrio para calentarse, tembloroso y aterido, insultado por el cierzo, bajo la blancura implacable y helada en la noche sombría, haciendo resonar entre los árboles sin hojas la música loca de las galopas y cuadrillas; y se quedó muerto, pensando en que nacería el sol del día venidero, y con él el ideal... y en que el arte no vestiría pantalones, sino manto de llamas o de oro... Hasta que al día siguiente lo hallaron el rey y sus cortesanos, al pobre diablo de poeta, como un gorrión que mata el hielo, con una sonrisa amarga en los labios, y todavía con la mano en el manubrio.

—¡Oh, mi amigo! El cielo está opaco, el aire frío, el día triste. Flotan brumosas y grises melancolías...

Pero ¡cuánto calienta el alma una frase, un apretón de manos a tiempo! Hasta la vista.

# RICARDO JAIMES FREYRE

BOLIVIANO
(1868-1933)

La primera obra de Ricardo Jaimes Freyre es el cuento "Zoe"
publicado en 1896. A este gran escritor boliviano se le ha estudiado, sin embargo, como poeta y no hay equívoco de apreciación
en este respecto de parte de la historiografía literaria. Jaimes
Freyre fue un sobresaliente poeta modernista en las letras hispa-
nas; prueba de ello son sus dos excelentes colecciones poéticas Castalia bárbara, publicada en 1899 y Los sueños son vida, de 1917.
El problema de la historiografía inicial sobre Jaimes Freyre no
está pues en haber destacado su labor lírica sino en haber ocultado su producción narrativa, de la cual recién en 1961 se ocuparía Emilio Carilla en el artículo citado más adelante. Los cinco
cuentos escritos por Jaimes Freyre y el proyecto de su novela
que no alcanzó a terminar Los jardines de Academo deben ser
considerados como una dirección importante de su escritura. La
crítica contemporánea ha sostenido que la revolución modernista
empieza por la prosa; adecuada observación que creo necesaria
aplicar también en el caso del escritor boliviano.
    Las otras obras de Jaimes Freyre revelan un interés amplio
y variado sobre la especificidad de lo literario, lo histórico y lo
cultural: teoría métrica en Leyes de la versificación castellana
(1912); notas de viaje, ensayos historiográficos sobre Tucumán
en Historia de la república de Tucumán (1911); El Tucumán del
siglo XVI (1914); El Tucumán colonial (1915) e Historia del descubrimiento de Tucumán (1915). Vivió en esta provincia argentina por dos décadas (1901-1921); su estadía en este país le acercó
a Rubén Darío y a Leopoldo Lugones. Dirigió en 1894 La Revista
de América (Darío era codirector) y la Revista de Letras y Ciencias Sociales (Tucumán, 1904-1907). Su obra poética se ha recopilado en el volumen Poesías completas, publicado en La Paz en
1957 y en Poemas/Leyes de la versificación castellana, publicado
en México en 1974, con un prólogo y notas de Antonio Castro
Leal.
    "Zoe" apareció por primera vez en la publicación mexicana
Revista Azul en el año 1896. Entre 1900 y 1907, Jaimes Freyre
publicó cuatro cuentos más, los cuales también salieron en revistas. Su cuento "Los viajeros" se dio a conocer en la publica-

*ción argentina* Almanaque Sudamericano *y los otros tres relatos* "Zaghi Mendigo", "En las montañas" *y* "En un hermoso día de verano" *en* Revista de Letras y Ciencias Sociales. *En la década del sesenta Emilio Carilla aporta con una justa valoración crítica de la obra narrativa de Jaimes Freyre y reproduce al mismo tiempo los cinco cuentos mencionados en* "Jaimes Freyre, cuentista y novelista". Thesaurus 16 (1961): 664-698.

*El mismo crítico se encarga de exponer el argumento del cuento incluido en esta antología:* "Zoe es una cortesana griega que en la corte de Nicéforo de Bizancio deslumbra por su belleza. A la belleza une conocimientos y habilidad dialéctica. Hasta su palacio llegan los más altos personajes del Imperio y le rinden pleitesía generales victoriosos, prelados y doctores. Zoe ha sido penetrada por la doctrina de Cristo, si bien pocos conocen esta conversión y la imagen de Zoe es más bien personificación del paganismo. En este ambiente de lujo y corrupción, un humilde soldado, Romano, se atreve a declarar su amor a la cortesana y la logra con el calor de su palabra, mientras resaltan en Zoe y su ambiente una infusa mezcla de paganismo y cristianismo." *(Obra citada, p. 666.)*

*Esta historia que aparece como despliegue ininterrumpido en el artificio de la abstracción sumaria del cuento, es en la escritura misma una sinuosa entrada en la ornamentación tensiva del barroco, la elegancia del clasicismo, y el provocativo decorado del modernismo. La acumulación de imágenes proveniente de diversas modalidades estéticas es parte de la dirección moderna de esta escritura, al tiempo que un anuncio de la resolución sincrética aplicada al despertar de incertidumbres de base religiosa, artística y cultural.*

*El llamado de lo sensual, de lo erótico, de lo lujoso, de lo misterioso de lo desconocido, abre sus puertas a esta escritura desinteresada por la lógica de las respuestas. El cuento no debe cerrarse con la tranquilidad de la aserción institucionalizada; por el contrario, debe continuar su curiosidad penetrante con las interrogaciones persistentes. Inquietud corpoescritural. Disidencia frente a los atrapamientos alternativos: occidente/oriente, paganismo/cristianismo, clasicismo/modernismo. Opción incierta de sincretismos, por lo mismo plural y multívoca.*

# MOSAICOS BIZANTINOS

## ZOE

En aquel tiempo imperaba Nicéforo en Bizancio, y había en la ciudad una cortesana hermosísima, nacida a orillas del Cefiso. El amor la llevó a la corte de los pomposos Césares bizantinos. Desde su palacio, al pie del cual se extendían las aguas azuladas y tranquilas del Mar de Mármara, veía relucir al sol las cúpulas cobrizas y blanquear las columnas de mármol de los templos. Cuando quería deleitar su espíritu en la meditación, subía la escalerilla esculpida, encerrada en el hueco de un pilar de jaspe y pórfido, y en la pequeña terraza, al pie de la estatua enorme de un gladiador, traída de Corinto, hundía su mirada en el horizonte, mientras una brisa suave acariciaba la cascada negra de sus cabellos. A sus pies pasaban las carrozas de los señores, las literas de las damas, los frailes murmurando oraciones o disputando por cuestiones teológicas, los bufones, los espías, con ojo vivo y paso rápido, los mercaderes judíos, de aspecto desconfiado y lastimero. La ateniense soñaba, y un velo de nostalgia obscurecía su frente, mientras los recuerdos danzaban en su espíritu una danza fantástica.

Zoe era hija del placer. Cuando llegó a Bizancio trajo consigo un rayo de sol. A él venían para desentumecer sus mentes ateridas y sus corazones helados, los retóricos que buscaban el secreto de un giro de Esquines, los sofistas, parladores y vacíos; los soldados, que habían luchado contra Harum-al Raschid y contra los feroces búlgaros, que cortan la nariz a sus prisioneros; y alguna vez (esto lo sabía toda la ciudad), recorrían sus jardines o sus pórticos, graves teólogos que acababan de debatir, en las plazas o en los templos, la doble naturaleza del Hijo.

En el palacio de Zoe había un gabinete reservado a los íntimos. Cubría el piso finísima alfombra que representaba un gigantesco pavo real, abriendo la cola multicolor, con aire reposado y digno. Tapices de lino vestían las paredes o servían de marco a preciosos mosaicos que dibujaban bailarinas en licenciosas actitudes, juegos de circo y escenas de amor. Lechos lujosos rodeaban una mesa, sobre la cual caían del techo abovedado, pendientes de doradas cadenas, vasos artísticos, en los que ardían perfumes de Arabia. Un crucifijo de marfil abría en el muro sus brazos rígidos.

Decíase que por esta encantadora estancia habían pasado generales gloriosos, que iban a dejar sus laureles, a los pies de la ateniense, suave y blanca; prelados que discutían en los concilios, y preguntaban después a la cortesana su opinión sobre la última doctrina herética, mientras una blanda música ritmaba sus palabras o una danza tenue seguía las inflexiones de su voz. Zoe había visto acaso a las ninfas huir en los bosques helénicos, a las oréadas escalar las colinas, a los sátiros atravesar las florestas, y había escuchado la flauta de Pan que conmueve a la Naturaleza; pero la palabra de Jesús penetró en su espíritu y en esa gran ciudad, donde la sutileza teológica llevaba todas las encrucijadas de la fe, arrojó de su ser la ola de la poesía mítica y la llevó a buscar la gota de sangre que le correspondía en la Redención.

—La griega es idólatra —decían los fanáticos mirándola con sus hundidos ojos, perdidos en sus rostros macilentos y huesosos—. La griega es idólatra.

Pero los amigos de Zoe sabían que era cristiana.

El amor mezcló sus perlas y diamantes en sus oscuros rizos; diola vestidos de lama de oro para cubrir su hermoso cuerpo; calzó sus pies con borceguíes de púrpura y bordó su cinturón violáceo con rubíes y esmeraldas. Así, semitendida en el lecho, con su sonrisa triunfal y su mirada ardiente, olvidaba en las conversaciones galantes las nostalgias del cielo helénico.

¿Amaba Zoe? Ese río de oro, que corría delante de ella, con rumoroso y chispeante murmullo, la fascinaba. Hundíase en él con delicia y hacía jugar entre sus dedos las cristalinas gotas de los diamantes y las gotas opacas de las perlas. Amaba en sus amantes, su palacio, sus jardines, sus estatuas, sus vasos de oro, sus adornos, su crucifijo de marfil, a cuyos pies rezaba y pedía al dulce Cristo que le revelara si la llama era creada o increada.

Zoe —le dijo una vez Romano, un joven oficial de la guardia de Nicéforo, en una fiesta en el gabinete de los mosaicos—. Zoe, yo no tengo oro; pero te amo.

Los convidados de la bella ateniense, se incorporaron ligeramente en sus lechos y sonrieron con placidez. Al través de una tenue gasa veíanse en el fondo danzarinas que se movían con pausado y rítmico compás, agitando por encima de sus cabezas largos velos, blancos como sus cuerpos. La música cantaba armonías aladas y un vago perfume inpregnaba la atmósfera. El lejano sollozo de las olas unía a la orquesta un ritmo imperceptible.

La cortesana tenía los ojos chispeantes y la voz trémula. Encendido color teñía sus mejillas y reía al hablar.

Cuando terminó la fiesta, salieron del palacio los convidados, entre una doble hilera de esclavos, inclinados con medrosa humildad. Discutían aún.

—Una sola voluntad en un ser a la vez divino y humano...

—El culto a las imágenes es una idolatría...

Callaban de pronto. Una lengua mercenaria no tardaría en delatarlos y habría para el suplicio nuevas víctimas; pero detrás de ellos, de los señores, levantaban sus frentes humilladas los eunucos y reanudaban en voz baja sus conversaciones interrumpidas:

—El Hijo difiere del Padre en esencia y en voluntad.

En las calles de Bizancio hormigueaba el pueblo; en las tiendas, en los foros, en los templos, en los palacios, en las termas, en los pórticos de dos pisos que cruzaban la ciudad, en todas partes veíanse circular los ejemplares más abigarrados de todas las razas y de todos los pueblos de la tierra. Las provincias del imperio enviaban a las riberas del foro tracios y epirotas, sirios y dálmatas, servios y jonios, chipriotas, italianos y esclavones, y se escuchaban bajo la cúpula inmensa de Santa Sofía, como en la góndola dorada que surcaba el canal y en la barca del pescador, que cruzaba como una flecha la bahía, oraciones, símbolos, explicaciones de un versículo de San Pablo. Entretanto, una áurea corrupción minaba a Bizancio, encerrada detrás de sus murallas almenadas y de sus torres. Los pájaros del árbol de oro de Teófilo, cantarán más tarde una canción de tristeza, y sus leones amarillos rugirán de terror.

—Zoe, yo no tengo oro; pero te amo, decía Romano a la cortesana.

Estaban solos. Sobre el velo de gasa había caído un tapiz de Persia; los lechos que rodeaban la mesa, tenían aún la ondulación que les imprimiera el cuerpo de los invitados.

—¿No sabes que yo no puedo amar?

—Puedes ser amada.

—Sí, con perlas y con diamantes.

El joven se acercó a la hermosa hetaira y se apoderó de su mano. Después la habló al oído; caían, caían sus palabras, suaves, blandas, acariciadoras; caían, caían sus palabras y entraban en el corazón de Zoe, porque ellas eran también perlas y diamantes, y ceñían como un collar de reina el corazón de Zoe; y había en esas palabras —Zoe lo sabía— murmullos de risas de ninfas y rumores de voces de oréadas y ecos de la dulce flauta del dios Pan, y había brisas del Ática y mieles del Himeto, porque sobre ellas pasaba un soplo del Infinito Amor.

—Cuando calló Romano, Zoe apoyó la cabeza en el hombro del joven y cerró los hojos.

—Después dijo suavemente, muy suavemente:

—Sí... pero antes... responde: ¿Crees que el Padre procede del Hijo?

# C A R L O S   R E Y L E S

## URUGUAYO
### (1868-1938)

Una preocupación estética fundamental de este notable escritor modernista fue el de consignar en su literatura los elementos de crisis, rupturas y contradicciones que comprometían las transformaciones sociales y artísticas finiseculares. Es importante en este respecto observar la enorme conciencia que Reyles tenía sobre lo moderno más allá de cualquier consideración generacional, así como la necesidad de crear una escritura atenta a la gran disparidad de tendencias artísticas que convivían hacia fines del siglo pasado.

Carlos Reyles nació en Montevideo. De descendencia irlandesa (originalmente O'Reilly); su familia pertenecía a la aristocracia uruguaya; viajó a Europa en 1886 y residió en España por un tiempo. De sólida producción narrativa iniciada en 1888 con la novela Por la vida; luego vienen las novelas Beba (1894); La raza de Caín (1900); El terruño (1916); El embrujo de Sevilla (1922), novela que lo hizo muy popular entonces, y El gaucho Florido (1932).

Reyles también escribió los ensayos La muerte del cisne (1911); Diálogos olímpicos (1924) y El nuevo sentido de la narración gauchesca (1930). En 1968 con motivo del centenario del nacimiento del autor se publica una edición que recoge sus cuentos; este volumen incluye "Primitivo", "El Extraño", "El sueño de Rapiña", "La odisea de Perucho", "Mansilla" y "Capricho de Goya". Novelas cortas, llamaba Reyles a estos relatos puesto que en el caso del autor uruguayo el discurso del cuento era el más propicio para la experimentación narrativa; el relato visto como el punto de partida de la novela. En ese espacio más reducido de la narración cuentística se concentrarían tensivamente todos los motivos que perseguía su arte.

El cuento "El sueño de Rapiña" se publicó en 1898. Como se sabe uno de los aspectos más característicos del personaje de la narrativa modernista es su inestabilidad: constante inquietud de cuestionamiento frente a los parámetros sociales de seguridades normativas, rasgo que derivaba en varios motivos expresivos de esa relación problemática. Su tratamiento más usual era el sentido de inadecuación de los caracteres respecto de un entorno cultural *determinado. Por lo general, la máxima fuerza expresiva de tal conflicto se lograba en la elección de un personaje de fina sensibilidad artística y amplia percepción intelectual como sería el caso de novelas modernistas tales como* Sin rumbo, *de Eugenio Cambaceres,* De sobremesa, *de José Asunción Silva,* Ídolos rotos, *de Manuel Díaz Rodríguez y la narración de Carlos Reyles* El extraño.

*En este cuento el autor uruguayo juega con el sistema de la escritura modernista a través de la desviación. El personaje central del relato, Rapiña, representa un desenfreno y sórdido materialismo. La desmesura de la ambición de Rapiña toca en lo vulgar con un abandono total de elementos espirituales susceptibles de redimir la grotesca condición realzada de lo material. El juego inventado por Reyles consiste en el inventivo manejo de los resortes narracionales de lo aparente: la inicial marcada presencia del personaje se disuelve poco a poco, deviniendo una figura de trasfondo. El primer plano lo ganan las voces de la modernidad artística que asedian a Rapiña. El cuento se inunda de pinturas, lujos, formas sensuales y fantasías: "la pedrería y las perlas orientales recamaban los complicados cortinajes; los históricos tapices de múltiples colores, los muebles ricos y caprichosos, los bizantinos mosaicos del techo, las taraceas árabes y las filigranas florentinas; la profusión, en fin, de estatuas y jarrones de alabastro y mármol, y vasos y ánforas de los más peregrinos pórfidos y ónices".*

*Toda la estética modernista acude para desbordar la tela de la escritura con la impaciencia de saber que el camino del utilitarismo es la negación de los sentidos, del placer y del goce de la imaginación, por tanto, el arribo del tiempo destructivo. Mientras Rapiña es devorado por el transcurso implacable del tiempo que su materialismo no puede controlar, las voces del arte preservan un eco que se escuchará una y otra vez en el acaecer de la sensibilidad moderna.*

## EL SUEÑO DE RAPIÑA

### I

Con su cajón de chucherías a cuestas y en la mano su grueso garrote, los pies metidos en groseras botas de cuero amarillo y la cabeza cubierta por un sombrero de alas verdosas y caídas como las mustias orejas de un burro cargado de penas y de años, avanzaba Rapiña por áspera y temerosa senda, precavido el pie, el ojo avizor, el oído alerta y gimiendo aunque muy de su grado, bajo el peso del oro que en varios cintos traía oculto. Su rostro anguloso, de nariz corva y ojuelos grises, penetrantes e inquietos, adquiría desconfiada y agresiva expresión cuando algún extraño ruido asustaba a las alimañas ocultas en los espesos matorrales que flanqueaban la tortuosa senda, la senda peligrosa.

Había ladrones, ¡ah! sí, muchos ladrones, que él se figuraba codiciosos de sus monedas, ganadas sabe Dios a costa de cuántos trabajos; y por eso, lleno de temores, palpábase a cada instante los repletos cintos, como para cerciorarse de que no había sido robado; y a pesar de la angustia, al sentir el oro bajo sus temblorosos dedos, una ola de frescura le inundaba el corazón.

## II

Era extranjero, turco. En Europa se había ganado la vida haciendo bailar un oso viejo al sol de una vieja pandereta. En el Uruguay rodaba de estancia en estancia y de rancho en rancho, desafiando las inclemencias del tiempo y las furias de los canes, para vender algunas baratijas, aumentar su tesoro y concluir la linda casita que, en secreto, construía en un pueblo floreciente, mientras él dormía al raso o en alguna miserable covacha. Pero estaba contento; sentíase vivir en la lucha continua y desesperada de la conquista del pan; y las privaciones, las penurias, las fatigas no hacían otra cosa que aumentar su placer, sin duda porque al gozo se mezclaba la salsa picante del dolor. Cada moneda que iba a la bolsa era una victoria... y él, como tantos otros, sentía la embriaguez de esos humildes triunfos, no tan humildes, empero, porque a veces en las rudas peleas por el oro corría la sangre, la roja sangre, y era necesario sacar el botín de guerra de debajo de los muertos... ¿Escrúpulos, dudas, remordimientos? No; su padre, su abuelo, todos habían hecho lo mismo. Por eso tampoco le pesaban sobre la conciencia las tretas y ardides condenados por la ley, de que generalmente se valía para triunfar. "Yo hago lo que hacen los otros; si pudieran, me comerían", decíase, y se quedaba tan fresco después de haber dado por oro la plata dorada. En su existencia azarosa, lo único que solía mortificarlo, aunque muy vagamente y muy de tarde en tarde, era algo así como la tristeza de no haber gozado bastante de la vida. A veces lo acometían grandes dudas, tan grandes que no sabía a punto fijo si había hecho bien o mal en sacrificarse y si le serviría de algo su sacrificio. Pero estos relámpagos de oscura melancolía duraban lo que los relámpagos verdaderos. Sus tareas y el mismo cansancio con que de noche se tiraba sobre un montón de paja, le impedían engolfarse en sutiles metafísicas, no gustaba de ellas tal vez, o por condición de su propia naturaleza y hábitos obraba y huía el pensar. Fuese lo que fuera, el caso era que luchaba desesperadamente por el oro, y siempre, al sentirlo bajo sus temblorosos dedos, una ola de frescura le inundaba el corazón.

He ahí por qué, a pesar de todo, seguía Rapiña caminando, caminando con sus botas viejas, su garrote y su pesada caja de mercancías.

### III

Cuando hizo alto era la hora incierta del crepúsculo vespertino. Oíase el rumor de los arroyos y juntamente ecos lejanos de músicas extrañas y misteriosas. Los rayos del sol oculto ya sólo coloreaban con tintas de un rojo de fuego, parte no más del horizonte; por la opuesta, por el oriente avanzaban las espesas y frías sombras. En la semi-oscuridad triste, los ruidos de la viviente naturaleza subían al cielo como una grandiosa plegaria que murmurasen miles de fieles, adoloridos por la secreta adivinación de ese no *sé qué* que muere en nosotros todas las tardes...

Rapiña tuvo frío y sintió una impresión desconocida. Apoyándose en su grueso garrote hundió la mirada en las sombras. Así estuvo un rato; luego encogióse de hombros y se internó en el salvaje monte que se veía a poco trecho del camino.

Cuando lo apartado del sitio y el solemne silencio que reinaba le devolvieron la tranquilidad —hasta allí no llegaba sino el ladrido lejano, muy lejano de los perros—, colgó el cajón en un árbol, quitóse la miserable chaqueta que había recibido de limosna, y despojándose de la molesta, pero preciosa carga de los cintos, pudo respirar libremente. Ebrio de gozo extendió la sucia prenda por el suelo y sobre ella vació los cintos, separando después cuidadosamente el oro de la plata y el cobre.

¡Cuánto había sufrido para reunir aquel resplandeciente montón, aquel montón centelleante! Pero todo lo daba por bien empleado al contemplar su oro, al acariciarlo, al hacerlo sonar hundiendo en él el rostro enrojecido por el hipo de una risa nerviosa que lo hacía sufrir por lo intensa y persistente.

—¡Ja, ja, ja! mi orito, mi querido orito; mío, sí, mío, solamente mío —repetía con voz entrecortada y muy bajo, como para que no lo oyeran las ranas, que a la muriente claridad de la luna cantaban su monótono *cri, cri, cri*. Muy satisfecho encendió su pipa de guindo y continuó hablando solo.

—La verdad es que no me puedo quejar. ¡Lindo viaje!... esto representa lo menos el doble de lo que me costó la mercancía, y aún tengo lleno el cajón... y todavía me falta visitar cuatro o seis gran-

des estancias. Si Dios quiere, venderé todo, y Dios ayuda al que trabaja... eso es: que otros lo tiren; yo lo guardo para, para... —y
Rapiña no supo completar su pensamiento. Luego dióle dos fuertes
chupadas a la pipa, y como si interiormente hubiese aclarado su
idea, prosiguió—... lo *demás* son pamplinas; yo para ti, tú para mí.
Sí, orito mío, como Rapiña nadie te ha de querer. Ves, hasta las ranas te lo dicen —e interpretando a su capricho el canto de las ranas,
tarareó con música alegre:

Dí, din, din, din,
¿Quién te quiere a ti?

## IV

En el claro del umbroso monte, la escena del avaro cantando y
haciendo correr por entre los dedos, como ágiles sierpes de brillante
oro, las queridas monedas, producía extraño contraste con el poético
misterio que encantaba aquel recinto apartado, paisaje de ensueño en
el que los rayos de plata de la luna dibujaban casual y caprichosamente entre las hojas y los troncos de los árboles hundidos en la
sombra, dorsos femeninos, piernas y brazos que se enlazaban, vientres suavemente redondeados, mórbidos muslos, cabelleras locas, una
fantástica visión de ninfas de carnes lucientes como el azogue y como
el azogue movibles, que volteaban por el aire y por el mullido suelo,
adoptando posiciones académicas, llenas de flexibilidad y gracia. Parecía cosa de encantamiento. Unas veíanse con las nimbadas cabezas
hacia abajo, otras cabalgando sobre blanquísimos cisnes o echadas
sobre los robustos lomos de barbudos cabrones, o en el suelo, boca
arriba, voluptuosamente arqueadas, como las ondinas desperezándose
en la pulida superficie de los lagos tranquilos, y todas juntas surgían
de la oscuridad, formando luminosos grupos de imágenes intangibles,
bellas, ilusorias. Para completar tan peregrino cuadro y acabar de
enloquecer los sentidos, en la espesura los golpes de luz semejaban
los alegres farolillos con que se adornan las avenidas y los árboles
en las fiestas campestres, y las sombras seres deformes, monstruos
apocalípticos.

Dí, din, din, din,
¿Quién te quiere a ti?

repetía entre tanto Rapiña, sin sufrir la sugestión, el mareo de aquella
noche misteriosa, como un Terminus impasible contemplando una
orgía de alegres bacantes. Sí; noche misteriosa. El aire tibio y fuertemente aromatizado, el murmullo rítmico del fugitivo arroyuelo, el
enervante calor, todo hacía, no sé por qué desconocida virtud, más
perceptible la vida *universal*, la vida ardiente de la naturaleza. Un sen-

tido *nuevo* y *singular* diríase que experimentaba sensaciones nunca percibidas por los otros. Efluvios extraños, emanaciones cálidas brotaban de la tierra húmeda, de las yemas de los árboles, del polen de las flores y de la profundidad de las aguas; y en la atmósfera se sentía que vapores y fluidos magnéticos, fuerzas vitales —imposible decir a punto fijo qué—, circulaban y circulaban, produciendo la sensación de ansiedad y beatitud a un tiempo, de que algo había en el aire que pugnaba por materializarse y adquirir forma corpórea. Acaso eran larvas de los líquidos generadores, entidades semi-fluídicas, semi-inteligentes, que querían fijarse, utilizarse, satisfacer los deseos sexuales esparcidos por todas partes, porque todo también no parecía sino que suspiraba eróticos deseos. La voluptuosidad en que desmayaba la naturaleza era tal, que adormecía el espíritu y creaba apetitos vagos, excitaciones confusas, pero fuertes, semejantes a las que, según los cabalistas, producen los fluidos astrales y que preceden a la misteriosa formación del íncubo, que turba al monje en su ermita y a la casta virgen en su lecho... La fantasía esperaba una aparición: los duendes y los silfos de la leyenda iban a convertirse en seres reales. El aroma de las flores producía mareos, y la tibieza de la noche, la laxitud de un baño caliente: grato estado que predisponía a amar y a sentir que una simpatía armoniosa acercaba todos los seres, todas las fuerzas, fundiendo milagrosamente todos los ritmos. Primavera fecundaba con sus besos ardorosos los gérmenes y embriones de la madre tierra, y la luna riente iluminaba las fiestas nupciales, el inmenso misterio.

> Dí, din, din, din,
> ¿Quién te quiere a ti?

canturriaba Rapiña fuera del concierto general, sin ver nada, indiferente a todo lo que no fuesen sus queridas monedas.

De pronto opaca nube ocultó la luna y el fantástico cuadro fundióse en las tinieblas.

Entonces Rapiña, por creerlos más seguros sobre sus riñones, volvió a ceñirse los pesados cintos y a poco se durmió con el brillo del precioso metal en la retina de sus ojos grises.


## V

Y durmiendo soñó que después de mucho caminar, caminar y caminar, llegaba a un magnífico y estupendo palacio, obra de peregrino y armonioso concierto de todas las arquitecturas y todos los decorados: la pesadez egipcia y la esbeltez griega, las místicas ojivas de los hijos de Cristo y las sensuales curvas de los fieles de Mahoma, los severos torreones de los castillos feudales y los frívolos miradores del estilo pintoresco... todo en una pieza y misteriosamente combinado por inmortal arquitecto. Lo curioso del caso era que él veía sin extrañeza y sin perder ni uno de sus más complicados detalles, cosas que jamás había visto.

Jardines de cientos de leguas, siempre floridos y donde se daban todos los árboles y frutos del Edén, extendíanse al pie del colosal palacio, que a pesar de sus grandes dimensiones, sólo tenía dos puertas, una al oriente y otra al occidente, resguardadas ambas por una esfinge de terrible e impenetrable gesto. Al entrar sintió Rapiña que se le dilataban los pulmones, respirando el aire rico en oxígeno y fecundos gérmenes de vida, y que sus sentidos excitados por desconocidas sensaciones, parecían despertar de un largo sueño. Tuvo la alegre sorpresa que se experimenta al recibir de lleno la luz después de haber estado largo tiempo en un claustro sombrío. ¡Ah! ¡qué puro era aquel aire y qué hermoso y bueno el sol! De contento se puso a bailar, pero repentinamente se detuvo, y un grito, mezcla de alegría y estupor, se escapó de sus labios. Las calles de los encantados jardines contenían grano de oro —hasta en sueños lo perseguía la fiebre del oro—. Cientos y cientos de trabajadores se afanaban en amontonarlo, entre tanto que algunos paseando lo pisaban indiferentemente. Eran viejos decrépitos o jóvenes demacrados, comidos por los insomnios y los vicios.

La risa que alegraba el rostro de Rapiña huyó para no volver; púsose muy grave, profunda arruga le plegó la nudosa frente y le entraron furiosos deseos de juntar oro, mucho oro. Para el caso construyóse con ramas secas un cesto tan grande como le fue posible, y a punto seguido atareóse en llenarlo. Cuanto más oro acumulaba, más pesado se le hacía el cesto y más difícil le era cargar con él; pero Rapiña no se daba cuenta de ello y seguía impertérrito en su tarea, cada vez más fatigado y cargándose cada vez más.

Transcurría el tiempo... como en la realidad, exactamente como en la realidad. Absorto en aquel trabajo rudo, no echaba de ver la hermosura del paisaje, ni las parejas de enamorados, los cuales huyendo de la luz se escondían en las silenciosas florestas, ni tampoco los grupos de mancebos y bellas que cantando y coronados de fragantes flores, pasaban junto a él como imágenes risueñas de la vida feliz. No percibía tampoco el olor de las rosas, ni oía el melodioso murmullo de las fuentes, ni el canto de los sabiás, que entre las ramas elevaban a porfía sus difíciles trinos, mientras las requeridas hembras se posaban orgullosamente en la copa de los árboles... Trabajaba, trabajaba y trabajaba. Sólo allá, cuando se sintió medio muerto de fatiga, sentóse al pie de un árbol, y secándose el sudor de la innoble frente, contempló deslumbrado, al través de las múltiples ventanas y vidrieras del palacio, la interminable orgía que alegraba los fastuosos salones.

## VI

Ni en sueños había visto riqueza igual, y sin embargo el oro de las molduras y capiteles, la pedrería y las perlas orientales que recamaban los complicados cortinajes; los históricos tapices de múltiples colores, los muebles ricos y caprichosos, los bizantinos mosaicos del techo, las taraceas árabes y las filigranas y florentinas; la profusión, en fin, de estatuas y jarrones de alabastro y mármol, y vasos y ánforas de los más peregrinos pórfidos y ónices, no desconcertaron tanto a Rapiña como los gritos de placer y apasionadas canciones que ensalzaban el amor, el triunfo, la gloria, y al son de los cuales, formando caprichosos grupos, dignos de los lienzos de Rubens o Pablo Veronés, bailaban y al mismo tiempo bebían en riquísimas copas de labrado cristal de Bohemia y Venecia, ardorosos mancebos y mujeres amables, sonrientes, bellas y felices... Sobre todo las frescas carnes desnudas, los blanquísimos y duros pechos, los voluptuosos muslos de piel suavísima, despertaron sus torpes sentidos, inspirándole ansias nunca experimentadas y el vehemente deseo de ir a ocupar un asiento en aquel festín, en el que parecían disfrutarse todos los placeres... pero cayendo en la cuenta de que aun le faltaba algo para llenar el cesto, sacudió la cabeza como quien quiere desechar enojosas ideas, y suspirando profundamente, apresuróse de nuevo a recoger oro.

Las flores exhaltaban sus aromas, cantaban los pájaros y triscaban los animales alegremente, entre tanto que por el rostro de Rapiña corría el sudor.

## VII

Cuando tuvo el cesto lleno, contemplólo un instante con delicia, y pensando que hasta la noche podía muy bien llenar otro pequeñito, púsose a construirlo; pero a pesar de su propósito, no le pareció bastante grande hasta que no fue mayor que el primero. Rapiña obraba, según sus hábitos, en estado de vigilia, sólo que le parecía ver más, saber más y vivir en otro mundo, porque junto a algunas cosas que veía cómo eran, observaba también otras que no tenían ninguna relación con lo existente; sin embargo *no las encontraba imposibles,* como seguramente le hubieran parecido estando despierto. Cosas de los sueños.

Descansó breves momentos; cuando se disponía a volver a su tarea, acertó a pasar junto a él, acompañado de algunas bellas, un joven cuyo rostro no le era desconocido.

—¡Diantre! ¡si es el calavera de mi sobrino! —exclamó, reconociendo en el hermoso y apuesto joven a un muchacho del pueblo, que él tenía por la criatura más inútil y despreciable, e iba a llamarlo, pero lo detuvo el temor de que acaso sería capaz el muy tronera de pedirle dinero; luego, diciéndose que con negárselo estaba todo arreglado, añadió fuerte:

—Ven, aturdido: ¿será posible que aun después de haber derrochado tu rica herencia —esto de la herencia era pura fantasía—, pienses en diversiones? ¿no estás harto ya? Dime, ¿qué has hecho, qué haces, qué piensas hacer? ¿cuándo sentarás el juicio?

El joven se detuvo, lo examinó con impertinente curiosidad, y soltando una sonora carcajada, hizo un picaresco guiño a sus compañeras y dijo:

—¿Qué hago, qué he hecho, qué pienso hacer? ¡Ah! tío Rapiña, una sola cosa: vivir, vivir, vivir —y con gracioso desenfado sentóse en el mullido césped al mismo tiempo que sus tres compañeras, sobre el hombro de una de las cuales apoyó la cabeza, mientras que, cogiendo por el flexible talle a las otras dos, las atraía dulcemente hacia sí.

Sorprendido ante su luminosa hermosura, contemplábalas Rapiña un si no es envidiando la suerte del mancebo.

## VIII

La que se colocó a la derecha del aturdido, era la más joven de las tres y sonreía siempre. Una bacante niña. De los poros de su piel delicada, bajo la cual bullía la sangre moza y rica, diríase que brotaba la salud. Toda ella causaba una sensación de frescura y encanto indecibles. Sus actitudes eran resueltas, graciosas y ágiles, los ojos grandes y de límpida mirada, la boca elástica, entreabierta siempre por inquieta y juguetona sonrisa, y la cabellera abundosa. Locos rizos le acariciaban el cuello de cisne y le caían sobre los hombros y las espaldas como lucientes chorros de oro. Cuando hablaba, la cadenciosa voz producía ese balanceo interno que sienten los amantes del baile a los primeros compases de un vals... y la alegría le dilataba el pecho. Rapiña la miraba, la miraba...

La que el joven tenía a su izquierda era tan bella, que su vista producía mareos. Amorosamente sonreíale a su amante, y sus ojos acariciaban como la luz fuerte acaricia hasta marchitarlas, las hojas de las flores. El cuerpo, de líneas puras, aunque ligeramente voluptuosas, diríase hecho para dar la vida y llevarla después en locos deliquios a las riberas de la muerte. ¡Dios, Dios! ¡qué boca roja, roja! ¡qué piel blanca, blanca! ¡qué mirada dulce, dulce!... Rapiña la deseaba temblando.

La belleza de la tercera era tan pura, tan ideal, que más bien parecía un ángel que una mujer. Sus ojos luminosos hacían resplandecer las cosas como si, por misterioso modo, les comunicase el alma, el *fuego espiritual* que los encendía. El gesto era noble, los ademanes armoniosos, la voz musical. Rapiña delante de ella comprendió por primera vez en su vida todo lo torpe y feo que era.

"¿De dónde salen estas criaturas que no las he visto jamás? —preguntóse Rapiña— y *por qué* las veo *ahora* y antes no las veía?"

—Puedes admirarlas a tu sabor —acertó a decir entonces el joven—; no tengo celos de ti. Éstas nunca amarán a nadie tan discreto y sesudo como tú; ¡cosa rara!, ¿eh? pero es así.

"¡Qué bien habla! ¿pero es realmente mi sobrino el que habla?" —pensó Rapiña.

El aturdido continuó:

—Amarán, por el contrario, a los pródigos del corazón, a los disolutos de la propia existencia, a los pobrecillos que, por ser *ineptos para devolver lo que reciben, echan ustedes del pueblo.* Yo sé que allá me tienen en poca estima; sé que les parezco un ser inútil. Tanto mejor; los útiles suelen saber bien poco de la vida, y yo, ya lo sabes, sólo quiero vivir: seamos inútiles, pues. Así como así, desde que he decidido no ser nada he empezado a ser dueño de todo. Soy libre como el aire y me río de ti y de los otros pobres diablos que se pasan la existencia sudando tinta para juntar un poco de oro que yo tiro a manos llenas; porque has de saber que, tan miserable como te parezco, soy inmensamente rico, sí, tengo el tesoro que no se agota nunca. Además, un loco te lo dice: el oro se ha hecho para tenerlo debajo de los pies y no encima de la cabeza.

Y este lenguaje cínico y disparatado, ¡cosa extraña! no indignaba a Rapiña. Hizo lo posible por enojarse, pero no lo pudo conseguir. "Acaso *ahora* tenga razón... en el fondo" —se dijo, porque dormido y todo comprendía, *quién sabe por qué,* que no debía juzgar las cosas por el orden vulgar y corriente.

—Escáncianos el vino —añadió el mozo dirigiéndose a la virgen de la loca cabellera; y al tiempo que Rapiña estiraba la callosa mano para coger la honda copa, agregó maliciosamente:— Pero a ti podría embriagarte el vino y apartarte de tu trabajo, no te conviene beberlo.

"Es verdad" —díjose Rapiña, y todo mohinoso retiró la mano.

Los jóvenes rieron, y sus risas limpias y vibrantes como el sonoro cristal, alegraron los jardines y bosquecillos.


## IX


Rapiña, enojándose quizá porque no podía reír tan franca y alegremente, dijo de malísimo humor:

—¡Bueno estaría el mundo si todos pensaran como tú! Por supuesto, acabarás en el manicomio... o en el hospital. Afortunadamente no todos son así. Mira tu primo Nicolás, ya ha terminado sus estudios y no necesita que nadie lo mantenga.

Las tres beldades preguntaron en coro a Rapiña:

—¿Y qué?

Él quiso hacer gala de pensamientos levantados, y prosiguió:

—¡Y qué!... ha abierto su estudio de médico en el pueblo y será útil a su familia y a sus semejantes... ¡ejem, ejem!

—¿Y qué? —repitieron ellas.

—Ya lo han hecho presidente del Casino; pronto comprará una casita, acaso, una estancia, y se convertirá en un personaje...

—¿Y qué? tornaron a repetir las compañeras del joven, y como Rapiña todo confuso no supiera contestar, le soltaron la risa en las narices.

Después que cesaron de reír, el mancebo expuso lo siguiente:

—Yo... yo no quiero ser presidente del Casino ni personaje al precio de mi juventud. Eso se queda para el pobre Nicolás. Sí, pobre, porque no conocerá la alegría de ésta, ni el amor de esta otra, ni los encantos divinos de esa que está más cercana a ti.

Rapiña no comprendía.

—¡Cuando yo digo que tú acabarás en el manicomio! ¿Entonces, según tú, sólo venimos al mundo para serles agradables a estas... damiselas?

Rapiña las llamó damiselas para vengarse de la risa de las jóvenes.

—Venimos al mundo para vivir —contestó el joven gravemente.

Rapiña, todo perplejo, miraba sin pestañear al calavera de su sobrino. De pronto repuso:

—Para vivir, para vivir... ¿qué entiendes tú por vivir?

—Vivir es gozar y sufrir, vivir es amar, vivir es... ser joven eternamente.

Tan cómico le pareció todo esto a Rapiña, que no pudo menos de echarse a reír. Luego, sorprendido por las miradas despreciativas de las jóvenes, se puso serio, después volvió a reír nuevamente, y al fin articuló:

—Pero, loco ¿no piensas en lo que te espera cuando llegues a viejo?

—¡Uf! ¡la eterna y fastidiosa canción! —exclamó el joven. Se conoce, tío, que eres poco versado en la verdadera filosofía, y, ya se ve, ocupado en tus negocios, no has tenido tiempo de pensar en los intereses del alma. Eso queda para los haraganes, ¿no es cierto? Bueno. ¿Te parece razonable sacrificar la hermosa juventud para asegurarnos la fea vejez? pues a mí no. Si llego a viejo, que no lo creo ni lo deseo, pobre y todo viviré gozando al gustar la miel de los recuerdos de la edad dichosa, mientras que tú, podrido en plata, morirás de hambre de carne, de sed del alegre vino, de fiebre de deseos.

## X

Rapiña se irritó.

—No quiero escucharte. Ahora sí, creo en lo que me decían todos. No tienes chispa de vergüenza o estás loco de remate. Me das compasión.

El joven, sin apurarse, bebió otra copa y repuso:

—Guárdatela para ti, pues eres tú quien la necesita. Si vieses a un cuerdo y a un loco hacer un viaje, un largo viaje, y el cuerdo se cargara de guijarros y piedras inútilmente, ¿quién creerías tú que era el verdadero loco?... ¡Abre la boca! ¿tal vez nunca has pensado en eso? ¡Ja, ja, ja! tú sí que inspiras compasión. ¡Las riquezas! ¿qué haría con ellas? ¿sudar y gemir como tú bajo su peso? ¡Bah, bah! no las quiero; atento a los cuidados que demandan, tendría que renunciar a las caricias de mis gentiles compañeras. No, no; quiero ser loco, quiero ser inútil: amemos, riamos, cantemos, que es lo que *naturalmente,* como el rosal da rosas, debemos hacer.

Rapiña, escandalizado, respondió:

—No sé cómo he tenido paciencia para oirte, mozuelo disoluto, libertino y loco. He perdido tiempo de sobra escuchando tus desvergüenzas e insensateces. Vete y que no te vuelva a ver. En castigo de tu depravada conducta, no te dejaré ni un cobre.

Entonces se levantó la más amorosa y dulce de las tres compañeras del joven, y dirigiéndose a Rapiña, dijo arrugando el ceño, lo cual realzaba su belleza...

## XI

—¿Llamas disoluto, viejo egoísta, a mi amado porque me entregó su corazón? Pues sabe, hombre serio, que los pródigos de él son los que verdaderamente *viven,* y los avaros de él como tú *mueren,* y cuanto más lo son, más mueren, como las ramas de un árbol están más muertas cuanto más secas. Yo doy la vida; vivir es amar; el universo es hijo de un inmenso e inagotable amor. Se aman los animales, se aman las flores, las piedras se aman. No contraríes, pues, el único y verdadero objeto de tu vida, que es amar. ¡Qué comprensible, hermoso y bueno te parecería el mundo si amases! Asistirías a un gran espectáculo. Pero mis caricias tienen un precio, ínfimo para algunos, caro para los de tu ralea: es el *olvido de sí mismo.* ¡Ah! no eres bastante rico, a pesar de tus millones, para pagarme; no puedes amar, infeliz; por tal razón será contigo siempre la guerra dolorosa, la guerra que nace del egoísmo y convierte en fieras a los hombres. Contempla aquel cuadro, observa lo que hacen tus iguales, las gentes de membrudos brazos y frente estrecha. A puñetazo limpio se disputan los granos de oro. Los de atrás empujan a los que han logrado ponerse delante, y éstos se revuelven furiosos para detenerlos. Aquellos que caen, ¡ay! son pisoteados sin lástima, sin compasión; nadie les tiende la mano porque nadie auxilia a un enemigo; lejos de eso, cuando uno muere, los otros prorrumpen en gritos de júbilo salvaje: hay un puesto libre, y se lanzan todos a conquistarlo como lobos hambrientos sobre la presa. ¡Qué asco! El insecto más vil, la repugnante cucaracha cumplirá su misión mejor que tú. Toma mis besos —añadió dirigiéndose al joven— y desprecia las riquezas de Rapiña: yo te haré más poderoso que lo que su oro maldito puede hacerte. *Bésame.*

Rapiña sentía una cosa extraña.

"¿Por qué tiemblo, por qué me turban sus palabras? ¿es posible que haya alguna verdad en lo que dice?" —se preguntó vagamente—. "¡Y es tan bella! Si yo tuviese el valor de... pero sería una locura!" —E iba a contestar algo, cuando la más risueña de las tres hermosas le atajó las palabras, diciéndole, mientras se ponía repentinamente seria...

## XII

—¿Llamas, viejo estúpido, libertino a mi amado porque me adora? Pues has de saber que todos, incluso tú, viven ansiando mis favores, porque ellos prolongan la existencia. El sabio estudiando en la oscura guardilla, el héroe que busca gloriosa muerte, el gusano que se arrastra, cuanto hacen los seres todos, es, sin saberlo, por acercarse a mí. *Reír es lo más serio que se puede hacer sobre la tierra.* Anda; si quieres ser dichoso déjate de preocupaciones y cuidados graves y bebe en mi copa... pero miserable de ti, no lo harás porque te lo impedirá el placer del oro que te he dado, y es lo menos que te podía dar, para que renunciases a todos los otros. Bebe tú, querido mío —añadió dirigiéndose al mancebo—, alégrate de ser un desheredado; yo te haré más dichoso de lo que podría hacerte todo el oro de California. *Ríe.*

"El olvido de mí mismo... —pensó Rapiña— no, no puede ser; y sin embargo yo también ansío sus favores, y sé que si no los consigo, será mi compañera la tristeza; pero ¿qué hacerle? *El olvido de mí mismo,* ¡ah, ah!...

## XIII

En aquel instante dio un paso hacia él la tercera de las jóvenes.

—¿Llamas, viejo, imbécil, loco a mi adorado porque por mí suspira? Pues sabe que yo soy quien hace habitable y bello al mundo —exclamó—. Los que me aman y comprenden son *señores de la libertad y de la hermosura,* y gozan mil dulces sensaciones a las que

tus torpes sentidos, pobre mentecato, son insensibles. Si me enten-
dieras, todo aparecería a tu vista transparente y luminoso. Dilata el
corazón, abre el entendimiento, afina los sentidos y escucha mis canciones.

> "¡Caed y apartaos, oh lóbregos muros;
> dejar que penetren el aire y la luz!
> ¡Rasgad, densas nubes, los velos oscuros!
> ¡Oh estrellas y soles, los rayos más puros
> verted en las ondas del éter azul!"

Pero, ¡bah! tú no puedes entenderme; tienes oídos de mercader. Ven
tú, dueño mío; yo te haré más hermoso que si fuesen de oro puro.
*Canta.*

Tan poderoso era el encanto de aquella voz melodiosa, que Rapiña
sintió vehementes deseos de caer de rodillas y romper a llorar. Experimentaba sacudimientos nerviosos muy raros, nunca sentidos; emociones profundas que le dilataban el pecho, y goces purísimos que le
refrescaban el alma estéril y baldía. Su rostro se contrajo; lágrimas
ardientes le corrieron por las mejillas y se puso a temblar. Y palabras
de que jamás había hecho uso, y cuyo sentido no conocía bien, se le
escaparon de los labios.

—¡Criatura divina! —murmuró— si quisiera me fulminaría con
los rayos de sus ojos, ¡ay! y a mí me gustaría morir, sí, morir, de sus
encantos. Yo no sé.. creo que estoy muriendo ya. ¡Dios bondadoso!
me siento más... aéreo, como si fuera capaz de volar; mis ojos se
nublan y sólo veo círculos azules, verdes, violáceos, y mil resplandecientes estrellitas... Me suenan en los oídos celestiales músicas, mi
cabeza voltea. ¡Qué desmayo delicioso! ¡Nunca he sentido trinar así
los pájaros, nunca las flores han olido así!... ¿Qué será?

Pero en aquel mismo momento —enorme contraste— presentósele
tal cual era en la realidad, la gruñona vieja que desde niño lo aconsejaba, la cual le dijo, arrancándolo del éxtasis en que había caído:

—Rapiña, hijo mío, vuelve en ti. ¿También tú necesitas que te
guarden del maleficio de esas mujeres? No olvides que Eva perdió a
Adán. Tú, tan juicioso y trabajador, ¿vas a destruir en un minuto
la obra de tantos años? ¿Como ese calavera caerá también el hombre
prudente? No seas tonto; piensa que ellas sólo quieren tu dinero, tu
sangre. Esta vieja amiga te lo dice: se lo comerán todo vorazmente,
y después te despreciarán. Ten juicio, sé cauto, vuelve en ti.

Rapiña sacudió la cuadrada cabezota, restregóse los ojos, e irritado contra sí mismo por haber tenido un momento de debilidad, se
puso en pie de un salto —en sueños oía sentado las palabras de las
vírgenes— y empuñando una vara de membrillo, gritó:

—¡O se van de aquí pronto, mujerzuelas locas y deslenguadas, o
que un rayo me parta si no les mido el cuerpo mejor que un sastre!

¿Se han creído que soy algún incauto, como este babieca, para dejarme seducir sólo con palabras bonitas? A otro perro con ese hueso. Buena cuenta darían ustedes de mi caudal. No, no; les agradezco los placeres que me ofrecen. Rapiña no comulga con ruedas de molino; Rapiña es un hombre serio, que sabe dónde le aprieta el zapato. Lo que ustedes quieren es mi dinero, mi sangre. ¡Fuera, fuera de aquí!

Las jóvenes se echaron a reír, y sin curarse de las palabras de Rapiña, empezaron a girar alrededor del mancebo, que las miraba sonriendo amorosamente.

—Tus estúpidas amenazas no nos causan temor —contestaron, mientras Rapiña se retorcía, sintiendo la angustiosa imposibilidad, como acontece en sueños, de levantar la mano y cumplir su juramento—; tus deformes pies de trabajador no podrán seguir nunca el ligero paso de nuestras ágiles piernas; siempre nos reiremos de ti en tus propias narices, y tú patearás de rabia y... de envidia. ¡Grotesco bufón! frótate la corcova mientras cantamos; trabaja, trabaja, mientras el cadencioso baile descubre las líneas armoniosas de nuestros sacros cuerpos. ¡Ruede la bola, las gallinas pongan huevos y vuele el águila! ¡Dancemos, dancemos! ¡Levanta, loquillo! por tu frente no corre el sudor, pero corrió la sangre; si no la surca profunda arruga, la parte gloriosa herida. ¡Viva el loquillo! ¡amemos, cantemos, lloremos! ¡Viva el loquillo! ¡amemos, cantemos, lloremos! ¡viva el que ama! ¡viva el que canta! ¡viva el que llora! los que prodigan a la vida son los que viven.

## XIV

Esto dijeron, y en compañía del joven, formando amoroso grupo, alejáronse por entre los árboles, cuyas ramas incendiaban a trechos los rayos de oro del refulgente sol. Rapiña los seguía con la vista, sintiendo que a pesar de todo, algo pugnaba dentro de él por irse tras las hermosas. A medida que se alejaban, más le oprimía el corazón la melancólica tristeza y más lúgubremente sonaban en sus oídos las fatídicas palabras del calavera: *"tú morirás de hambre de carne, de sed del alegre vino, de fiebre de deseos..."*

Y ellas se alejaban, se alejaban, y con ellas la luz también parecía huir. Los colores tornábanse mates, las sombras invadían los llanos, sólo las peladas cumbres de abruptos cerros resplandecían con los fulgores moribundos del astro rey. Pronto vendría la noche, la soledad, la tristeza...

Las jóvenes se alejaban sin detenerse un instante, un corto instante. Al cabo de cierto tiempo, apenas si sus canciones y risas herían el oído de Rapiña; los cuerpos también menguaban y se hacían borrosos; por último fundiéronse en el lejano horizonte, y sólo le pareció percibir algo así como un rumor de risas y susurro de besos, que llegaban hasta él vagamente, repercutiendo de árbol en árbol y de flor en flor.

Rapiña dejó caer la cabeza sobre el pecho y se quedó pensando.

—Estás triste, y debías estar alegre porque has cumplido con tu deber —le dijo la vieja.

—Mi deber, mi deber, ¡ah sí... —contestó Rapiña, y suspirando tornó a su tarea.

Cuando tuvo llenos los dos cestos, restregóse las manos de alegría y luego echóselos a cuestas, no sin grandes trabajos, porque pesaban mucho.

Entonces dijo la vieja:

—Es necesario que ahora más que nunca sigas mis consejos, si no quieres dejar tu tesoro en las garras de tanto truhán y mala pécora como anda por ahí. Ya sabes que soy la prudencia misma y que sólo deseo serte útil. No te dejaré extraviar. Ten cuidado, oculta el oro, mira dónde pones el pie.

Y Rapiña, todo mohíno, la siguió, dando tumbos y tropezones.


## XV

Subieron cuestas, bajaron cuestas, y el palacio permanecía siempre a la misma distancia. Rapiña jadeaba, tenía los pies ensangrentados y le dolían todos los huesos. La vieja, con su voz cavernosa, no cesaba de repetirle:

—Ten cuidado, oculta el oro, mira dónde pones el pie.

Los parajes que atravesaban, eran cada vez más sombríos y temerosos. Oíase el lúgubre graznido de las lechuzas, y negros murciélagos cruzaban fugaces el aire, fugaces como la mente los malos pensamientos.

Rapiña experimentaba un malestar, una desazón inexplicable. De pronto *comprendió* que dos ojos brillantes se clavaban en él; los *sentía, los sentía* sobre las espaldas, y repentino miedo oprimióle el corazón. Volvióse y la sangre se le heló en las venas: a cosa de unos veinte pasos, mirándolo fijamente, acechándolo, caminaba un hombre de malísima catadura. Apretó el paso, sin poder resistir al imperioso deseo de volver la cabeza, cada dos o tres minutos al principio, y luego más frecuentemente: los ojos negros lo observaban con irritante tenacidad. Abandonó el camino, tomando una tortuosa senda, y después de avanzar un buen trecho, se detuvo: el hombre lo seguía siempre. En la sombra, sus facciones y el color vinoso del rostro, resaltaban como sobre los fondos oscuros del Españoleto, las carnes maceradas y los perfiles que baña la luz. Veíasele parte no más de la cara y de la nudosa frente, los ojos le brillaban en las negras órbitas, la barba era espesa, la boca innoble, la nariz roja.

Sin poderse dominar, presa de súbito terror, echó a correr a campo traviesa. Entonces su sueño convirtióse en horrorosa pesadilla. El extraño personaje, con un filoso cuchillo en la diestra, lo perseguía francamente, le daba caza sin disimular sus siniestros designios, y Rapiña, medio loco de miedo, lejos de acercarse, se alejaba del palacio. Y corría, corría, sintiendo tras de sí las pisadas del asesino. Corría sin descanso. Zarzas y malezas le destrozaban los vestidos y las carnes; faltábale ya el aliento, y el corazón se le quería salir por la boca. Las fuerzas lo abandonaban, tropezó varias veces. Al dar vuelta un grupo de árboles, se le doblaron las piernas y cayó en un pozo, y allí se estuvo quieto, la faz pegada contra la tierra, sin ánimos para defenderse, más muerto que vivo.

"Se acerca, se acerca —pensó—, todo va a concluir... ¿Me herirá en el cuello o en la espalda?... siento sus pasos... ya llega... ¡perdón, Dios mío, ten compasión de mí. ¡Ah!... Padre nuestro..." —y cerró los ojos.

Pero el bandido pasó junto a él sin detenerse; más tarde tornó a pasar otra vez; a todas luces lo buscaba. Al alejarse de nuevo, atrevióse Rapiña a mirar y lo vio en el momento en que se metía entre los árboles para ocultarse a los ojos de otro hombre que avanzaba lentamente, cargado también con un cesto de oro. El asesino siguióle los pasos con gran cautela, y Rapiña pudo ver cuándo, apretando los dientes... Un brillo fatídico, un golpe sordo, y el infeliz cayó hacia atrás.

El malhechor lo puso boca abajo, y echándose a cuestas el cesto, se internó en el bosque.

## XVI

Muy tarde llegaron al palacio. Rapiña, dejándose caer de rodillas, dio gracias a Dios.

—Al fin puedo descansar —exclamó después.

—No, aún no. Es necesario poner tu tesoro en lugar seguro. Anda, que es tarde —dijo la vieja—, y no te descuides, porque aquí también es necesario abrir el ojo, estar alerta, ver dónde poner el pie.

Y Rapiña, refunfuñando, tuvo que seguirla.

En el primer salón, a la vista de los ricos y nunca gustados manjares, que en vajilla de labrada plata ofrecíanse al antojo nunca satisfecho de alegres y parlanchines comensales, sintió Rapiña que se le despertaba feroz apetito. Hubiera querido tener cien bocas para engullir de todo y de todo a un tiempo, y que su estómago, como el tonel de las Danaides, no se llenase nunca. Sus ávidos ojos iban desde las mayonesas adornadas con tronchitos de lechuga y los pavos trufados, puestos sobre temblorosa gelatina, a los mariscos en extrañas salsas, guisadas aves y trozos de suculenta carne, y de ésta a los delicados budines, cremas exquisitas, pasteles de mil hojas y sabrosas frutas de las huertas de Valencia y Andalucía.

Maravillado se detuvo. "Por fin —pensó— voy a gozar; la verdad es que..." —pero la vieja le dijo que era preciso seguir, y Rapiña, todo pesaroso, tuvo que obedecer, llevándose sólo una fugaz visión de aquel recinto que alegraban el espumoso champagne y el ruido de las copas, y en donde otros mortales, ¡ay! más felices que él, se hartaban de lo lindo. "Cuando haya puesto en lugar seguro mi tesoro volveré, juro que volveré; hay tiempo para todo, por más que..." —dijose para consolarse.

Era la sala inmediata de estilo oriental. En el medio susurraba una fuente de blanquísimo mármol. Recostados en blandos cojines y protegidos por mortecina luz verde y el humo de excitantes perfumes que se quemaban en damasquinados vasos, veíanse por doquier amorosos grupos, suspirándose al oído dulces palabras y tiernas quejas.

Amplios ropajes orientales dejaban entrever las perfecciones de las hermosas; aquí aparecía el botón de rosa de un bien torneado pecho, acá tersa espalda, allí un pie desnudo, pequeño y regordete... Para aumentar el encanto de aquella mansión, cuyos brillantes azulejos, yeserías de las paredes, bóvedas de primoroso alfarje y pechinas estalactíticas, hacían que pareciera un ascua de oro, oíanse al través de los calados almocárrabes de los tabiques, voluptuosas canciones que embriagaron a Rapiña de sensuales deseos. Sentía ya que los juveniles ardores lo remozaban, cuando la vieja, agarrándolo del brazo, le ordenó que la siguiera.

—Déjame amar —clamó entonces el muy sin ventura.

A lo cual respondió la arpía:

—Es tarde... ¿quieres perder en un momento el fruto de tantos trabajos? Después, después amarás.

Y Rapiña llorando casi, abandonó la sala, sin poder gozar las caricias de las rubias de lánguido rostro, ni los ardientes besos de las morenas de labios de fuego y ojos negros como el delito...

Y la fatal fórmula fue repetida en todos los salones, que, cada vez más de prisa, iban atravesando. "Quiero sentir" —dijo en uno. "Quiero llorar" —exclamó en otro. "Es tarde, es tarde" —contestaba su guía implacablemente; hasta que al llegar al último salón del palacio, un inmenso salón oscuro:

—Déjame vivir —imploró el desdichado abrazándose a las descarnadas piernas de su compañera; pero ésta, ¡cosa horrible! con un puñal idéntico al del asesino, le asestó una tremenda puñalada en mitad del pecho.

—¡Traición!... ¡Ay, madre mía! —gimió Rapiña, con el acento lloroso y desfallecido de los niños que no se pueden valer, al mismo tiempo que le parecía precipitarse en un agujero profundo, profundo...

Despertó.

—"¡Gracias a Dios!... todo ha sido una mala pesadilla" —díjose alegremente. Luego, restregóse los ojos y miró a un lado y a otro, sin comprender, ¡suceso disparatado e imposible! El paisaje no era el mismo; no había flores en las plantas, ni frutos en los árboles, ni los pajarillos alegraban el monte con sus trinos como el día anterior. Era el invierno. Rapiña lo comprendió terrorificado, y aunque parezca estupendo, no soñaba... o soñaba: ¿quién puede decirlo?, pero era el invierno. Las hojas amarillas y secas remolineaban sobre la tierra cubierta a trechos por espesa helada.

—¡Madre mía! ¿qué ha sucedido? —exclamó, y contemplando la blanca y luenga barba que le crecía sobre el pecho, tuvo la triste certeza de que su sueño había durado muchos años—. Pero si no puede ser, si ayer aún era joven! —agregó mesándose los cabellos.

Quiso levantarse porque el oro le producía tan fuerte opresión, que apenas lo dejaba respirar, pero los enflaquecidos miembros se negaron a sostenerlo; quiso desembarazarse de los cintos, pero inútilmente también: sus manos no tenían fuerzas para cumplir tal intento, y entonces indecible pena oprimió el atormentado corazón de Rapiña. "Es tarde" —se dijo amargamente, recordando con temblor frío las palabras de la vieja, y sin poder apartar de sí las encantadas visiones de su sueño, puso en blanco los tristes ojos, palidecieron sus labios, en los que vagaba una sonrisa irónica, y cayéndosele de golpe, como desarticulada la mandíbula, expiró.

# MANUEL DÍAZ RODRÍGUEZ

VENEZOLANO

(1871-1927)

*La narrativa de Manuel Díaz Rodríguez se cuenta entre las expresiones artísticas de mayor refinamiento en el desarrollo de la literatura moderna en Hispanoamérica. El modernismo del narrador venezolano es consecución de una modernidad que ha aportado ideas nuevas para los escritores de la América Hispana en las distintas fases del transcurso literario del siglo veinte.*

*Manuel Díaz Rodríguez nació en Chacao, Venezuela. Se graduó en medicina en 1891, pero no ejerció; va a Europa en 1892 y de la experiencia de estos viajes surgen los libros* Sensaciones de viaje, *en 1896 y* De mis romerías, *en 1898. Entre la publicación de estos dos libros aparece el volumen de narraciones breves* Confidencias de Psiquis, *en 1897. Dos años más tarde publica el volumen de relatos* Cuentos de color. *Hacia fines de la primera década se aleja de lo literario para dedicarse a la política y aceptar una serie de puestos encargados por el gobierno.*

*En los primeros años del siglo veinte Díaz Rodríguez publica sus dos obras más conocidas, las novelas* Ídolos rotos, *en 1901 y* Sangre patricia, *en 1902. Su ensayo* Camino de perfección *es de 1908 y* Sermones líricos, *una recopilación de ensayos y oratoria, de 1918. Su última publicación retoma lo literario con la novela* Peregrina o el pozo entandado, *en 1922. Manuel Díaz Rodríguez murió en Nueva York, ciudad a la que había viajado por razones médicas.*

*El relato aquí incluido pertenece a* Cuentos de color. *"Crónicas del cielo, leídas en el cielo azul de unos ojos" son la poesía que desciende al voluptuoso cuerpo escritural de este cuento. Su principio narrativo es la exploración de la imagen poética; es decir, la extensión de sus resonancias, la densidad de su sonido, el cromatismo de su composición, y la movilidad de su proceso. Estas crónicas leen el ritmo, la luminosidad y el encantamiento lujoso de las metáforas que rodean nuestros deseos y nuestros sueños. Una de ellas es el astro, la estrella fulgente que se ha creado por la intensidad del amor, por el viaje ascendente de su arrebato pasional y místico. Allí queda la admiración por esa iluminación sideral, formada de las afinidades, traspasada ahora a*

*la prosa que también viaja con su propia carga de imágenes evo-*
*cando nuevas imágenes en pos del color, la figura y el onirismo*
*aéreo de las palabras.*

## CUENTO AZUL

Cuentas las crónicas del cielo —y estas crónicas las he leído en el
cielo azul de unos ojos— que el Señor de los mundos y Padre de
los seres ocupa altísimo trono, hecho de un solo enorme zafiro ta-
raceado de estrellas, y deja caer, a semejanza de vía láctea fulgurante y en dirección de la tierra, mezquina y oscura, su lengua barba
luminosa color de nieve, a cuyo laberinto de luz llegan, a empaparse
en amor y convertirse en esencia eterna y pura, todas las quejas, todos los sollozos y el llanto inacabable de la humanidad proscrita.

Y según añaden las crónicas, toda alma de hombre está unida,
por un hilo de luz muy largo y tenue, a las barbas divinas. Por ese
hilo de luz, invisible para ojos humanos, es por donde ascienden la
fragancia de los corazones y las bellezas nacidas y cultivadas en las
almas: amores castos, perfume de obras buenas, plegarias, quejas, y
sobre todo lágrimas, muchas lágrimas, las infinitas lágrimas que el
amor arranca a nuestros ojos. Estas últimas, en su viaje al través de
los cielos, son la causa de iris maravillosos, delicia de los bienaventurados; pero al fin de su viaje, y poco antes de convertirse en fuego
inmortal, surgen en el extremo de las hebras de luz por donde han
ido, en la forma de flores efímeras y radiantes, cándidas como lirios,
purpúreas como rosas o delicadas y azules como flores de pascua.
Y como a cada instante, y a la vez, en el extremo de muchos hilos
están abriendo esas flores, parece como si las barbas divinas perpetuamente florecieran.

Sucedió que, una vez, al decir de las crónicas, uno de esos ángeles fisgones que todo lo espían con sus ojillos de violeta y lo hus-
mean todo con sus naricillas de rosa, púsose a considerar muy circuns-
pecto, con mucha atención y cuidado, el entrelazarse y confundirse
de las dos madejas de luz: la formada por los hilos que suben de las
almas y la otra, color de nieve, que baja del rostro del Eterno.

Distraíase el ángel contemplando unas veces la ascensión continua
de iris mágicos, otras el incesante abrir de rosas, lirios y campánulas,
cuando de repente fijóse con insistencia en un punto y comenzó a
pintársele en el rostro una sorpresa indecible. Hizo un gesto de asombro; cayéronle sobre la frente, como lluvia de oro, algunos de sus
rizos más alborotados, y saltó, vibrante como nunca, la centella azul
y glauca de sus pupilas.

Lo que sus ojos acababan de ver, jamás lo hubiera concebido su mente de ángel. Dos de aquellos hilos provenientes de la tierra, y de los más hermosos, en vez de correr la misma suerte que los demás, yendo a perderse en el regazo del Padre, profundo océano de amor, se aproximaban uno a otro llegados a cierto sitio, y seguían así durante un buen espacio, hasta enlazarse y fundirse por completo, formando una especie de arco fúlgido, por el cual pasaban a bajar por uno de los hilos las bellezas que por el otro subían. De manera que dos almas, almas elegidas a juzgar por las apariencias, eximíanse de pagar al Señor de los cielos el obligado tributo de gracias, perfume y amor.

El ángel, escandalizado con tal descubrimiento, lo calificó de crimen insólito, merecedor de todos los castigos, y se propuso ir en seguida a denunciarlo a los oídos del Padre. Pero como a la vez reflexionó que a Quien todo lo sabe y todo lo ve presente, así lo que es como lo que fue y será, no podía pasar inadvertido nada de lo que en sus propias barbas estaba sucediendo, resolvió indagar por sí mismo, antes de romper en palabras acusadoras, lo que significaba aquel tejemaneje irrespetuoso de las dos almas predilectas.

Sin decir a nadie su intento, el ángel abrió sus alas de libélula, transparentes y vistosas, y siguiendo uno de los dos hilos echó a volar hasta la tierra oscura.

En la tierra le esperaba una sorpresa tal vez mayor que la recibida en el cielo. El culpable rayo de luz, objeto de su curiosidad, llegaba a un sitio apartado y agreste de la tierra española, caía en el silencioso recinto de un monasterio y terminaba, coronando la frente de un viejo monje, en el interior de una celda blanca y desnuda de cosas vanas, como la conciencia del justo. Y el ángel, confundido, pero armándose de astucia, siguió los pasos del religioso, presunto reo de una falta imperdonable.

Nadie recordaba ya el nombre que tuvo ese religioso en el siglo: Atanasio lo llamaban en el convento. Un día, años atrás, había llegado al monasterio con la señal de los viajes muy largos en el vestido, con la huella de las grandes torturas en el rostro, en demanda de paz, amor y albergue. Extranjero, venido de países distantes, fatigado de errar de zona en zona, se acogía al reposo del claustro. Alma grande y buena, los hombres habían hecho de él un gran dolor. Joven y fuerte, aun tenía mucha costra de ceguera en los ojos; en el pecho, la tempestad de todas las pasiones; en los labios, la amargura de todos los ajenjos. Pero él supo dar empleo a su energía, cultivando su propio dolor, y lo cultivó tan bien que le hizo dar flores. Poco a poco limpió su alma, hasta dejarla blanquísima y pulcra como las paredes de su celda; y en aquélla, como en un incensario precioso, empezó a quemarse de continuo un incienso impalpable. La pureza fue desde entonces norma de su vida: ni una mancha en sus costumbres; su fuerza, la castidad; su mejor alimento, la oración; su alegría, el sacrificio. Nadie como él soportaba las grandes penitencias: los ayunos prolongados o las crueles mordeduras del flagelo. Sembró virtud, y la cosecha de alabanzas no cupo en las eras. Muy pronto fue de sus hermanos ejemplo, veneración y gloria. Los que le habían visto llegar como a un leproso, le rodeaban como a quien da salud y reparte beneficios. En donde él ponía los pies, los otros ponían los labios, seguros de recoger un perfume; lo que él tocaba con sus dedos convertíase en algo como hostia; y cuando su boca se entreabría destilaba música y mieles. La fama de sus virtudes voló, con alas de paloma, fuera del claustro, y se fue esparciendo por ciudades y aldeas, tanto, que muchos apresuráronse a ir en romerías a besar los pies del viejo monje.

Y el ángel, viendo y observando todo eso, admirábase cada vez más y se entristecía mucho. En vano trataba de penetrar en el secreto de aquella existencia. En vano buscaba en el alma del monje la mancha que, según él, había de afearla. Comparaba su propia albura con la blancura de alma del monje, y no sabía decir cuál era mayor. Pero nada le impidió seguir creyendo que bajo todas aquellas apariencias de santidad andaban ocultas las garras del demonio. Animado por esta creencia, no se dio por vencido, y resuelto a terminar su obra, aunque algo triste y melancólico por lo infructuoso de sus primeras pesquisas, voló al cielo, para bajar de nuevo a la tierra, siguiendo el otro hilo culpable. Y por éste llegó a una ciudad americana, al seno de un oratorio discretamente escondido en una casa que tenía aspecto de antigua mansión solariega. En la sombra del oratorio hallábase una mujer, ya anciana, la cual, puesta de rodillas, pasaba las cuentas de un rosario y dejaba salir de su boca el suave y monótono murmullo de los rezos. La dama era bastante conocida en la ciudad. En su existencia todos podían leer como en un libro abierto; e igual que al través de cristales muy diáfanos, todos podían admirar sus virtudes. Vestida con pobreza, caminaba por entre la multitud, en las manos la limosna, la oración en los labios. Nunca abandonaba la sombra de su oratorio sino por la de las capillas o los rincones en penumbra de las iglesias muy vastas. En catedrales y capillas habíase marchitado su hermosura, como en el altar las flores; y sus días volaban en una atmósfera de cantos místicos, como el humo del incienso. Los de su edad recordaban que, cuando joven, había sido bella y reinado con cetro de encantos y gracias en medio de una corte amable y numerosa; pero sólo unos cuantos explicábanse por qué un día, bruscamente, aun en la flor de los años y en la plenitud de la belleza, dejó caer el cetro de soberana, cerró el oído a los infinitos halagos de su corte y, sin más voto que el que hizo ante sí misma, renunció a las comodidades de su opulencia, a todas sus costumbres muelles, para vivir, sin fatigarse jamás, arrodillada en las duras baldosas de los templos.

Y el ángel siguió los pasos de la beata, como antes los del monje, pero con éxito mejor. El muy curioso, poniendo el oído al rumor de algunas almas, insinuándose al través de muchas rendijas, hurgando viejas memorias, recogiendo aquí y allá papeles amarillos, flores muertas y pálidos bucles de oro, pudo sacar de lo más hondo del pasado una historia de amor, fresca, vibrante y luminosa como las mañanas de abril. Por fin tenía en sus manos el secreto perseguido con tenacidad inquebrantable, secreto amoroso cuya tibieza de fuego oculto bajo cenizas lo bañó, acariciándolo dulcemente. Pero el ángel contestó a la suave caricia estremeciéndose de miedo y horror, como ante un inminente contagio.

¡Pícaras almas! Aquellos dos seres, que tan lejos uno de otro vivían, respiraron tiempos atrás el mismo aire, bebieron antaño la luz del mismo cielo, y sus almas, abiertas al amor, se mecieron juntas en el mismo idilio plácido. En breves días amáronse mucho, con todos los amores: tierna, casta, ardientemente. Luego, una mano profanadora turbó el idilio; la sombra de un crimen se interpuso entre los dos amantes, apagó en sus labios la sonrisa, llenó sus corazones de tristeza, y los fue separando lentamente, hasta arrojarlos por último, a ella a la vida devota en un retiro casi impenetrable; a él al destierro, al áspero camino de todas las peregrinaciones.

Separados para siempre, sin saber el uno lo que el otro hacía, fueron a dar al mismo refugio. Ella, en su oratorio, y él, en su celda, empeñáronse en matar el pasado, en extinguir las llamas del amor terreno, en volver a la paz y a la inocencia, haciéndose humildes, muy humildes, y luchando por convertir la turbia fuente de sus dolores en la onda clara de un amor divino. Después de bregar días y años, lograron su fin: tornáronse buenos, y la plegaria —paloma blanca— se anidó en sus corazones para nunca más dejarlos. Pero, en realidad, en vez de matar el amor, lo mantuvieron vivo. Se aislaron, alejándose de los hombres, pero le dieron forma al recuerdo de la juventud y vivieron con él en perpetuo coloquio. Creyendo no amar sino a Dios, y sólo a Dios ofrecer en holocausto sus penas, amaban ese recuerdo de la juventud y le ofrecían todos los sacrificios. Cada uno guardaba la imagen del otro, como rosa de eterna fragancia en un altar sin mancilla. En ellos el amor continuaba siendo tan vivo y fuerte como antes, pero más ideal. Y la plegaria —paloma blanca— fue la mensajera de ese amor, secreto e invencible.

El ángel reconstruyó fácilmente las vidas del monje y de la beata; comprendió lo que significaba el abrazo de luz de los dos hilos culpables; con toda evidencia apareciósele el desacato hecho a la Divinidad, desacato acreedor a un castigo sin término; y radiante de indignación voló al cielo y rompió a hablar con el tono severo de un juez implacable en la presencia divina:

—Señor —dijo—, hay dos almas pecadoras a las que deben abrumar con todo el peso de la justicia. Son dos de tus predilectas, de las que enriqueciste con los dones más excelsos y colmaste de gracias. Tu generosidad sin límites la pagan con la más honda ingratitud. Viven olvidadas de Ti. No sacrifican en tu honor una sola de sus bellezas, ni han quemado nunca en tus aras un solo grano de incienso. Y no sólo se han olvidado de Ti y de la senda por donde a Ti se llega, sino que han pretendido traicionarte haciéndote mediador de sus locuras. So pretexto de amarte, se adoran; so pretexto de rendirte culto, se ha convertido cada una en altar de la otra. En tus propias barbas, ahí cerca, se están besando siempre, entregadas a un amor nada puro, porque es hijo de la tierra. ¡Señor!, castígalas. Abrúmalas con todo el peso de tu justicia.

El Padre, al oír esto, sonrió con sin igual dulzura, posó la mano derecha sobre la cabeza del ángel y durante algún tiempo la acarició, enredando y desenredando los alborotados rizos de oro. Luego dijo:

—No te impacientes; ya verás como pronto haré justicia.

Muchos ángeles y vírgenes que habían oído las palabras acusadoras del ángel recién llegado pusiéronse a esperar con atención profunda el fallo del Eterno.

Muy pronto, en efecto, las dos almas pecadoras, obedientes a la Voluntad infinita, abandonaron el mundo. Casi a la misma hora encontraron al monje muerto en su celda, y a la beata sin vida en su oratorio. Una sonrisa iluminaba sus rostros, y sobre la boca de ambos erraba un perfume.

A poco de viajar en forma de chispas refulgentes, y cada cual por su hilo de luz, las dos almas se divisaron reconociéndose a pesar de la distancia. Entonces quedáronse inmóviles y despidieron un resplandor vivísimo, para continuar después el viaje y de tiempo en tiempo detenerse a lanzar nuevos fulgores. Eran besos que se mandaban al través del espacio y en tales besos los hombres no veían sino vulgares exhalaciones, de esas que incendian el cielo en las claras noches de estío.

Las dos chispas viajeras, acercándose cada vez más, subieron y subieron hasta llegar al punto en donde se abrazaban los hilos. Ahí, encendidas como nunca, fundiéronse en una sola llama, la cual, a un gesto de la Voluntad infinita, cuajóse en estrella y subió a resplandecer por los siglos de los siglos en la corona de astros que ciñe el Señor de los mundos y Padre de los seres.

Muchos de los ángeles y vírgenes que estaban atentos al fallo sintieron las tristezas de la envidia: corridos y descontentos, no acertaban a comprender por qué merecían tan alto honor las dos almas pecadoras. Eran ángeles y vírgenes que no habían amado nunca e ignoraban la virtud suprema de los que saben amarse con amor abnegado y sin fin. Algunos, en el colmo de la vergüenza y la envidia, escondieron su frente bajo las alas vaporosas, en tanto que resonaba por todas partes un como rumor de innúmeras harpas heridas, y caía, de vergeles invisibles, una lluvia de pétalos cándidos.

Y abajo, en la tierra oscura, un astrónomo desconocido, solitario habitador de una cumbre, habló a las gentes de un nuevo astro, cuya sonrisa blanca y suave alegraba el rincón más azul de los cielos.

# A M A D O   N E R V O

MEXICANO
(1870-1919)

La producción literaria de Amado Nervo es una de las más sobresalientes del modernismo en México. Su extensa obra narrativa y poética es resueltamente plural, caracterizada por una pasional búsqueda en los más diversos planos, desde lo místico a lo fantástico.

Amado Nervo nació en Tepic, México. Su apellido era Ruiz de Nervo, pero su padre lo abrevió. En 1890, Nervo quiere seguir el sacerdocio; intento que luego abandona. Llega a la capital de México en 1894. Trabaja para varios periódicos: El Mundo Ilustrado, El Nacional, El Imparcial. En el año 1900 va a Francia como corresponsal, allí se hace amigo de Rubén Darío; también en París conoce a Ana Cecilia Luisa Dailliez con quien mantuvo una intensa relación sentimental que marca a Nervo. No se casan, Ana Celicia muere en 1912. La conmoción que esa muerte produjo en el poeta se registra en su obra La amada inmóvil. Colabora en la Revista Moderna de México. En 1905 ingresa al servicio diplomático, viaja a España y reside allí hasta 1918. Al año siguiente —en el ejercicio de su carrera diplomática— se le designa ministro en Argentina y Uruguay. Muere en Montevideo en mayo de 1919; sus restos son trasladados a México.

Una idea de la vasta producción del escritor mexicano la da la publicación de los treinta volúmenes (a cargo de Alfonso Reyes) que recogen su obra. Entre 1920 y 1928 aparecen veintinueve tomos; el volumen treinta de estas Obras completas sale en 1938. También Editorial Aguilar publica en Madrid las Obras completas (1962), dos volúmenes editados por Francisco González Guerrero en la sección prosa y por Alfonso Méndez Plancarte en la de poesía.

La obra poética de Amado Nervo incluye Perlas negras (1898); Místicas (1898); Lira heroica (1902); El éxodo y las flores del camino (1902); Las voces (1904); Los jardines interiores (1905); En voz baja (1909); Serenidad (1914); Elevación (1917); El estanque de los lotos (1919) y las publicaciones póstumas La amada inmóvil (1920); El arquero divino (1922); La última luna (1943). En cuanto a su prosa destacan las novelas El bachiller (1895); Pascual Aguilera, escrita en 1892, pero publicada posteriormente;

El domador de almas *(1899)* y *las colecciones de relatos* Cuentos
de juventud *(1898);* Almas que pasan *(1906)* y Cuentos misteriosos *(1921).*

*Luego está su prosa periodística, artículos diversos, crónicas,
crítica literaria, conferencias, discursos, y ensayos entre los que
sobresale* Juana de Asbaje *(1910) dedicado a Sor Juana Inés de
la Cruz. Escribió también narraciones mientras residía en España.
Entre 1916 y 1918 se publican* El diablo desinteresado; El diamante de la inquietud; Un sueño; Amnesia; Sexto sentido; Una
mentira. *Para una edición dedicada a los cuentos, se puede consultar* Cuentos y crónicas de Amado Nervo. *Prólogo y selección
de Manuel Durán. (México: Universidad Nacional Autónoma de
México, 1971.) "El 'ángel caído'" pertenece al volumen* Cuentos misteriosos.

*El motivo del ángel que cae a la tierra se dará también en
otros relatos hispanoamericanos. Mientras la diferenciación modal
de la escritura es evidente en estos cuentos donde la figura del
ángel presencia en el cotidiano paisaje humano, hay, de otra parte,
proximidades en la conducción humorística de la narración, en
la desacralización del ser alado y en la visión crítica de lo social,
o de la naturaleza humana permitida por el nuevo perpectivismo
de su arribo. La llegada del ángel opera por tanto algún tipo de
transformación tanto para él mismo en el contacto de lo terrenal
como para la realidad que le toca observar.*

*En el cuento de Amado Nervo el ludismo del ángel soporta
la metáfora y la comunión de lo místico. En el relato de Gabriel
García Márquez "Un señor muy viejo con unas alas enormes",
el dificultoso vuelo final del ángel —ansioso de ganar el espacio
vertical de lo imaginante— lo separa del mundo degradado que
le ha tocado vivir. (Las relaciones entre el cuento de Nervo y del
escritor colombiano han sido comentadas por Flora H. Schimino-
vich en el ensayo* Estudios críticos sobre la prosa modernista hispanoamericana *(1975), editado por J. O. Jiménez). Finalmente,
en el cuento de la escritora uruguaya Cristina Peri Rossi (incluido
en esta antología), cuyo título es idéntico al del relato de Amado
Nervo, el movimiento del ángel ocurre dentro de un logos posmoderno y de una apocalíptica visión social.*

## EL ÁNGEL CAÍDO

*Cuento de Navidad, dedicado a mi sobrina María de los Ángeles.*

Érase un ángel que, por retozar más de la cuenta sobre una nube crepuscular teñida de violetas, perdió pie y cayó lastimosamente a la tierra.

Su mala suerte quiso que, en vez de dar sobre el fresco césped, diese contra bronca piedra, de modo y manera que el cuitado se estropeó un ala, el ala derecha, por más señas.

Allí quedó despatarrado, sangrando, y aunque daba voces de socorro, como no es usual que en la tierra se comprenda el idioma de los ángeles, nadie acudía en su auxilio.

En esto acertó a pesar no lejos un niño que volvía de la escuela, y aquí empezó la buena suerte del caído, porque como los niños sí suelen comprender la lengua angélica (en el siglo xx mucho menos, pero en fin), el chico allegóse al mísero y sorprendido primero y compadecido después, tendióle la mano y le ayudó a levantarse.

Los ángeles no pesan, y la leve fuerza del niño bastó y sobró para que aquél se pusiese en pie.

Su salvador ofrecióle el brazo y viose entonces el más raro espectáculo: un niño conduciendo a un ángel por los senderos de este mundo.

Cojeaba el ángel lastimosamente, ¡es claro! Acontecíale lo que acontece a los que nunca andan descalzos: el menor guijarro le pinchaba de un modo atroz. Su aspecto era lamentable. Con el ala rota, dolorosamente plegada, manchado de sangre y lodo el plumaje resplandeciente, el ángel estaba para dar compasión.

Cada paso le arrancaba un grito; los maravillosos pies de nieve empezaban a sangrar también.

—No puedo más —dijo al niño.

Y éste, que tenía su miaja de sentido práctico, respondióle:

—A ti (porque desde un principio se tutearon), a ti lo que te falta es un par de zapatos. Vamos a casa, diré a mamá que te los compre.

—¿Y qué es eso de zapatos? —preguntó el ángel.

—Pues mira —contestó el niño mostrándole los suyos—: algo que yo rompo mucho y que me cuesta buenos regaños.

—¿Y yo he de ponerme eso tan feo?...

—Claro..., ¡o no andas! Vamos a casa. Allí mamá te frotará con árnica y te dará calzado.

—Pero si ya no me es posible andar... ¡cárgame!

—¿Podré contigo?

—¡Ya lo creo!

Y el niño alzó en vilo a su compañero, sentándolo en su hombro, como lo hubiera hecho un diminuto San Cristobal.

—¡Gracias! —suspiró el herido—; qué bien estoy así... ¿Verdad que no peso?

—¡Es que yo tengo fuerzas! —respondió el niño con cierto orgullo y no queriendo confesar que su celeste fardo era más ligero que uno de plumas.

En esto se acercaban al lugar, y os aseguro que no era menos peregrino ahora que antes el espectáculo de un niño que llevaba en brazos a un ángel, al revés de lo que nos muestran las estampas.

Cuando llegaron a la casa, sólo unos cuantos chicuelos curiosos les seguían. Los hombres, muy ocupados en sus negocios, las mujeres que comadreaban en las plazuelas y al borde de las fuentes, no se habían percatado de que pasaban un niño y un ángel. Sólo un poeta que divagaba por aquellos contornos, asombrado clavó en ellos los ojos y sonriendo beatamente los siguió durante buen espacio de tiempo con la mirada... Después se alejó pensativo...

Grande fue la piedad de la madre del niño, cuando éste le mostró a su alirroto compañero.

—¡Pobrecillo! —exclamó la buena señora—; le dolerá mucho el ala, ¿eh?

El ángel, al sentir que le hurgaban la herida, dejó oír un lamento armonioso. Como nunca había conocido el dolor, era más sensible a él que los mortales, forjados para la pena.

Pronto la caritativa dama le vendó el ala, a decir verdad, con trabajo, porque era tan grande que no bastaban los trapos; y más aliviado y lejos ya de las piedras del camino, el ángel pudo ponerse en pie y enderezar su esbelta estatura.

Era maravilloso de belleza. Su piel translúcida parecía iluminada por suave luz interior y sus ojos, de un hondo azul de incomparable diafanidad, miraban de manera que cada mirada producía un éxtasis.

Los zapatos, mamá, eso es lo que le hace falta. Mientras no tenga zapatos, ni María ni yo (María era su hermana) podremos jugar con él —dijo el niño.

Y esto era lo que le interesaba sobre todo: jugar con el ángel.

A María, que acaba de llegar también de la escuela, y que no se hartaba de contemplar al visitante, lo que le interesaban más eran las plumas; aquellas plumas gigantescas, nunca vistas, de ave del Paraíso, de quetzal heráldico..., de quimera, que cubrían las alas del ángel. Tanto, que no pudo contenerse, y acercándose al celeste herido, sinuosa y zalamera, cuchicheóle estas palabras:

—Di, ¿te dolería que te arrancase yo una pluma? La deseo para mi sombrero...

—Niña —exclamó la madre, indignada, aunque no comprendía del todo aquel lenguaje.

Pero el ángel, con la más bella de sus sonrisas, le respondió extendiendo el ala sana:

—¿Cuál te gusta?

—Esta tornasolada...

—¡Pues tómala!

Y se la arrancó resuelto, con movimiento lleno de gracia, extendiéndola a su nueva amiga, quien se puso a contemplarla embelesada.

No hubo manera de que ningún calzado le viniese al ángel. Tenía el pie muy chico, y alargado en una forma deliciosamente aristocrática, incapaz de adaptarse a las botas americanas (únicas que había en el pueblo), las cuales le hacían un daño tremendo, de suerte que claudicaba peor que descalzo.

La niña fue quien sugirió, al fin, la buena idea:

—Que te traigan —dijo— unas sandalias. Yo he visto a San Rafael con ellas, en las estampas en que lo pintan de viaje, con el joven Tobías, y no parecen molestarle en lo más mínimo.

El ángel dijo que, en efecto, algunos de sus compañeros las usaban para viajar por la tierra; pero que eran de un material finísimo, más rico que el oro, y estaban cuajadas de piedras preciosas. San Crispín, el bueno de San Crispín, fabricábalas.

—Pues aquí —observó la niña— tendrás que contentarte con unas menos lujosas, y déjate de santos si las encuentras.

Por fin, el ángel calzado con sus sandalias y bastante restablecido de su mal, pudo ir y venir por toda la casa.

Era adorable escena verle jugar con los niños. Parecía un gran pájaro azul, con algo de mujer y mucho de paloma, y hasta en lo zurdo de su andar había gracia y señorío.

Podía ya mover el ala enferma, y abría y cerraba las dos con movimientos suaves y con un gran rumor de seda abanicando a sus amigos.

Cantaba de un modo admirable, y refería a sus dos oyentes historias más bellas que todas las inventadas por los hijos de los hombres.

No se enfadaba jamás. Sonreía casi siempre, y de cuando en cuando se ponía triste.

Y su faz, que era muy bella cuando sonreía, era incomparablemente más bella cuando se ponía pensativa y melancólica, porque adquiría una expresión nueva que jamás tuvieron los rostros de los ángeles y que tuvo siempre la faz del Nazareno, a quien, según la tradición, "nunca se le vio reír y sí se le vio muchas veces llorar".

Esta expresión de tristeza augusta fue, quizá, lo único que se llevó el ángel de su paso por la tierra...

¿Cuántos días transcurrieron así? Los niños no hubieran podido contarlos; la sociedad con los ángeles, la familiaridad con el Ensueño, tienen el don de elevarnos a planos superiores, donde nos substraemos a las leyes del tiempo.

El ángel, enteramente bueno ya, podía volar, y en sus juegos maravillaba a los niños, lanzándose al espacio con una majestad suprema; cortaba para ellos la fruta de los más altos árboles, y, a veces, los cogía a los dos en sus brazos y volaba de esta suerte.

Tales vuelos, que constituían el deleite mayor para los chicos, alarmaban profundamente a la madre.

—No vayáis a dejarlos caer por inadvertencia, señor Ángel —gritábale la buena mujer—. Os confieso que no me gustan juegos tan peligrosos...

Pero el ángel reía y reían los niños, y la madre acababa por reír también, al ver la agilidad y la fuerza con que aquél los cogía en sus brazos, y la dulzura infinita con que los depositaba sobre el césped del jardín... ¡Se hubiera dicho que hacía su aprendizaje de Ángel Custodio!

—Sois muy fuerte, señor Ángel —decía la madre, llena de pasmo.

Y el ángel, con cierta inocente suficiencia infantil, respondía:

—Tan fuerte, que podría zafar de su órbita a una estrella.

Una tarde, los niños encontraron al ángel sentado en un poyo de piedra, cerca del muro del huerto, en actitud de tristeza más honda que cuando estaba enfermo.

—¿Qué tienes? —le preguntaron al unísono.

—Tengo —respondió— que ya estoy bueno; que no hay ya pretexto para que permanezca con vosotros...; ¡que me llaman de allá arriba, y que es fuerza que me vaya!

—¿Que te vayas? ¡Eso, nunca! —replicó la niña.

—¿Y qué he de hacer si me llaman?...

—Pues no ir...

—¡Imposible!

Hubo una larga pausa llena de angustia.

Los niños y el ángel lloraban.

De pronto, la chica, más fértil en expedientes, como mujer, dijo:

—Hay un medio de que no nos separemos...

—¿Cuál? —preguntó el ángel, ansioso.

—Que nos lleves contigo.

—¡Muy bien! —afirmó el niño palmoteando.

Y con divino aturdimiento, los tres pusiéronse a bailar como unos locos.

Pasados, empero, estos transportes, la niña quedóse pensativa, y murmuró:

—Pero ¿y nuestra madre?

—¡Eso es! —corroboró el ángel—; ¿y vuestra madre?

—Nuestra madre —sugirió el niño —no sabrá nada... Nos iremos sin decírselo..., y cuando esté triste, vendremos a consolarla.

—Mejor sería llevarla con nosotros —dijo la niña.

—¡Me parecse bien! —afirmó el ángel—. Yo volveré por ella.

—¡Magnífico!

—¿Estáis, pues, resueltos?

—Resueltos estamos.

Caía la tarde fantásticamente, entre niágaras de oro.

El ángel cogió a los niños en sus brazos, y de un solo ímpetu se lanzó con ellos al azul luminoso.

La madre en esto llegaba al jardín, y toda trémula violes alejarse.

El ángel, a pesar de la distancia, parecía crecer. Era tan diáfano, que a través de sus alas se veía el sol.

La madre, ante el milagroso espectáculo, no pudo ni gritar. Quedóse alelada, viendo volar hacia las llamas del ocaso aquel grupo indecible, y cuando, más tarde, el ángel volvió al jardín por ella, la buena mujer estaba aún en éxtasis.

# FEDERICO GANA

CHILENO
(1867-1926)

*El prosista atento a la eficacia del trazo impresionista y a la delicadeza de la conducción narrativa es el que encontramos en la obra de Federico Gana. Se ha dado gran énfasis a la vertiente de la visión del campo que hay en los relatos del escritor chileno, debido quizás a que el único libro publicado durante la existencia de Gana fue* Días de campo. *Sin embargo, hay otros aspectos del autor que deben también estudiarse. El cuento que incluimos aquí ofrece una pauta de la amplitud estética que hay en la prosa del escritor.*

*Federico Gana nació en Santiago. Realizó sus estudios en el Instituto Nacional de Santiago y luego en la Escuela de Derecho de la Universidad de Chile donde prosiguió la carrera de leyes. Se graduó de abogado en 1890, profesión que ejerció por un período muy breve. Fue nombrado representante diplomático en Londres, cargo que ejerció durante un año. Antes de regresar a Chile en 1892 viajó por algunos países europeos. La familia de Federico Gana era adinerada, pero el escritor no logró mantener los bienes heredados de sus padres; relata Alfonso M. Escudero: "Con el dinero de la venta de su parte de El Rosario a su hermano Luis y de lo que habían reservado en El Teniente, compra Federico una propiedad en la Isla de Maipo. Pero olvida pagar las contribuciones, y su tierra sale a remate." (Obras completas. Santiago: Nascimento, 1960, p. 19). Los detalles financieros, las responsabilidades económicas serán ajenos al universo del escritor chileno que prefiere disfrutar de la conversación literaria, de los ambientes de la vida nocturna, de la observación de la naturaleza y del arte. La enfermedad, la falta de medios económicos es el escenario de los últimos años de Federico Gana; muere a los 59 años.*

*La obra de Federico Gana fue apareciendo en revistas y diarios como* El Año Literario, La Revista Nueva, Zig-Zag, Pacífico Magazine, La Revista Literaria, La Revista Católica, El Mercurio, Atenea *y otras publicaciones. El libro publicado en vida del escritor es la colección de cuentos* Días de campo, *en 1916. La primera publicación póstuma es* Cuentos completos, *en 1926, volumen que reúne los relatos de* Días de campo *y varios cuentos inéditos tales como "Los pescadores", "La jorobada" y "Víspera de boda". Sigue el libro* Manchas de color y nuevos cuentos, *en 1934, editado por Julio Molina Núñez. Las Obras completas del autor aparecen en 1960, editadas por Alfonso M. Escudero.*

*El cuento seleccionado "El escarabajo" aparece por primera vez en la revista* Zig-Zag *el 13 de marzo de 1920. Los cuentos del autor antologados con frecuencia son "La señora" y "Paulita", ambos de la colección* Días de campo. *En nuestra antología hemos preferido presentar un aspecto distinto al cuento de temática campesina señalado como lo más característicos de la obra del autor. Julio Molina Núñez comentaba en 1934: "Fue en 'El Rosario'", extensa heredad de sus padres ubicada en la antigua provincia de Linares, en donde, como en algunas otras comarcas chilenas, tuvo ocasión de observar las costumbres de nuestro pueblo y singularmente de nuestros campesinos." (Manchas de color y otros cuentos. Santiago: Editorial Nascimento, p. 255). La visión del campo (paisaje, sicología de los personajes) constituye sin duda una dirección importante en la obra de Gana, pero no refleja la totalidad de su preocupación estética. En otros términos, Federico Gana no es un escritor asimilado por el criollismo. Aun en sus cuentos sobre el campo hay ciertas tonalidades que reflejaban una estética más amplia*

*Así como en otros escritores de este tiempo, hay en Gana la instancia del modernismo que se verá muy bien por ejemplo en sus impresiones de prosa poética* Manchas de color. *Al respecto indicaría Alfonso Escudero: "Respecto al título* Manchas de color, *que usó en la mayoría de los casos, nos revela una de sus aficiones más visibles: las artes plásticas. Entre nuestros escritores, fue uno de los primeros entendidos en pintura." (Obras completas, ed. cit., p. 36.) La idea de expandir la esfera de la literatura y de asociarla con otras artes se da plenamente en el modernismo. En el caso del escritor chileno estas "Manchas" resultaban pinceladas breves de intenso lirismo y de llamativos colores. La idea de la literatura pensada como tela artística puede apreciarse en esta prosa, por ejemplo, en "Mediodía": "Los árboles henchidos de hojillas nuevas parecen dormirse en el azul infinito; copudas ramas de hojas perennes lucen en el parque que tengo al frente, entre el verde tiernísimo del follaje de las hayas y los negros pinos". (Obras completas, ed. cit., p. 219.) También en la impresión "Ensueño": "Mi imaginación dibuja con tristeza tu silueta llena de gracia y de vida y de juventud. Me parece escuchar en la soledad tu risa fresca como el sonido de los cristales brillantes que se rompen de súbito bajo los rayos matinales de un sol ardiente" (Obras completas, ed. cit., p. 232). Este tono estilístico de profusos colores, de contrastes, de cuidadosa elaboración de la imagen, de síntesis poética es el que aparece también en el*

cuento "El escarabajo" donde un organismo de la tierra busca
—aún a costa de su destrucción— el espacio del color y del ensueño.

"El escarabajo" es un cuento de brillantes imágenes poéticas,
de vívida construcción de colores, de obsesivo movimiento hacia
un encuentro deseado por la atracción de lo intenso. Bellísimo cuento, moderno, actual.


# EL ESCARABAJO

Escuchad lo que un picaflor refería a unas violetas mientras aleteaba
y bailaba alegremente en el aire embriagado de luz, de perfumes de
flores recién abiertas, chupando insaciable la miel con su larga lengua.
Les decía:

—Mirad, amigas mías, ese rosal, ese viejo rosal que está allá abajo, lleno de polvo, abrasado por el sol, muriéndose de sed, con sus
raíces carcomidas. Hubo un tiempo en que él y yo fuimos íntimos
amigos, pero entonces estaba cubierto de frescas verdes hojas y de rosas más rojas que el rubor de las doncellas. Ahora, ya lo veis, el
pobre viejo marcha rápido hacia la tumba, ya no tiene sino una que
otra escuálida florecilla y sarmientos secos que dan lástima y repugnancia, y vosotras sabéis que a mí me agradan la juventud, la belleza
y los colores alegres que vosotras poseéis en grado eminente, mis dulces amigas.

Al pie de ese rosal vivía, no hace mucho tiempo, una familia de
escarabajos, cuyo nombre no sé ni quiero saber, porque la ciencia
me repugna, pero lo que no se me ha olvidado era que brillaban sobre la tierra y sobre las hojas como las esmeraldas y que tenían reflejos de arco iris. Os confieso que eran tan bellos esos colores, que
varias veces la envidia se deslizó en mi corazón, y que de buena gana
hubiera cambiado mi diadema tornasol por su brillante corselete.

Componíase aquella familia de cuatro animalitos, la madre y tres
hijos; el padre había muerto a consecuencia de un accidente muy común en esta raza de escarabajos que se arrastran; un día el jardinero
le puso el pie encima y. . .

La madre y sus hijos vivían felices a pesar de su orfandad; nuestra buena madre Tierra les daba todo lo que necesitaban para su
sustento y conservación; cómodas y abrigadas habitaciones entre las
raíces del rosal y abundante alimento en los mil gusanillos incautos
que se aventuraban cerca de su vivienda. Su corselete impermeable
y durísimo les libraba del frío y de la necesidad de usar y lucir lujosos trajes.

La menor de las tres hermanas tenía un espíritu inquieto, ardiente... Muchas veces, marchando sobre el fresco césped en busca de su comida, había experimentado sensaciones indefinibles, extraños deseos de saber, de conocer muchas cosas, y como ella misma no se daba cuenta con fijeza de lo que habría querido, sufría y se quedaba a veces meditabunda.

Una mañana de primavera, antes que el sol hubiese aparecido tras de las montañas lejanas, paseábase solitaria a inmediaciones de la casa maternal. Habiendo visto un pequeño gusanillo que venía arrastrándose torpemente por una de las ramas del rosal, se lanzó en su persecución y subió rápidamente tras él; pero apenas había dado algunos pasos, se detuvo llena de turbación. Allá arriba, a través de las enmarañadas ramas negras, brillaba, resplandecía algo muy azul. ¿Y qué era lo que había allá arriba? Habría querido ir sin demora a conocerlo, a hundirse en aquel húmedo, sombrío, desconocido y lejano azul que parecía llamarla a ella, la pobrecilla que se veía sin fuerzas para llegar hasta él. Y permanecía, en tanto, arrobada, llena de desesperación, hasta que vio aquello, de azul que era, se teñía en un tenue color de oro. Una inmensa y universal explosión de cantos, de luz, de perfumes, de armonías, parecía saludar aquel áureo y extraño resplandor.

Y el animalillo, hundido en el polvo, embriagado de ternura y agradecimiento, adoraba y bendecía aquella gloria suprema.

Su alma se estremecía de dolor y de ternura al pensar en que por fin había descubierto el objeto de sus inciertos deseos: era esa luz, esa luz lejana lo que ella soñaba poseer.

Mientras su madre y sus hermanas jugaban sobre la yerba húmeda bañada por el sol de la mañana, ella, encerrada en el rincón más obscuro de su morada subterránea, daba curso a sus pensamientos. Soñaba sueños de suprema felicidad vagando en aquellos distantes horizontes, en una vida nueva y espléndida, llena de eterno amor, de eterna juventud, y para ello era menester subir más arriba y estrechar aquello que tan dulcemente palpitaba entre las ramas y las hojas verdes.

Un día le oprimió el corazón una angustia inmensa: una mariposa que iba aquí, allá, conversando con las flores, se detuvo cerca de ella, bañada en la húmeda grama de su cuerpecito fatigado y ardiente. Después, inconstante, tendió el vuelo haciendo zigzag en el aire, y ella la vio alejarse allá por fin, llegar a la cima del rosal, posarse sobre una hoja y confundir sus variados colores, sus ridículos colores, con el azul, con el eterno azul.

En la noche, mientras todo dormía, salió furtivamente, como un criminal, de su agujero subterráneo. Su corazón palpitaba de miedo y de placer al encontrarse en medio del silencio y la obscuridad.

Principió a subir trabajosamente el rugoso tronco del rosal. Cada excrecencia de la corteza era un precipicio para sus débiles fuerzas.

Al paso el camino estaba cubierto de espinas agudísimas que herían y destrozaban su pobre cuerpecillo fatigado: su sangre blanca corría, pero ella experimentaba un placer amargo, una voluptuosidad secreta. El aliento le faltaba; se detuvo un instante a descansar y se vio rodeada de tinieblas y siguió adelante ciegamente. De repente sintió que el rosal entero se agitaba como si fuera a ser arrancado con violencia. La lobreguez de la noche era turbada por luces rápidas y lejanas que iluminaban siniestramente la tierra, y la llama de inmenso amor que quemaba su alma le daba siempre nueva fuerza.

Largo, largo tiempo marchó rabiosamente en medio del viento tempestuoso, el estallido del rayo, la lluvia y la obscuridad; al fin, sus fuerzas estaban agotadas. Hizo un último y desesperado esfuerzo, y entonces sintió que marchaba sobre una superficie desigual y sedosa; un perfume penetrante llegaba hasta lo más hondo de su ser despedazado; se dejó caer extenuada en una cavidad que se abrió repentinamente a sus pies; lc pareció que descendía a lo largo de una pared blanda y suave y que el perfume que aspiraba iba en aumento. Llegó al fondo de aquella cavidad desconocida y allí se apoderó de ella una laxitud, un bienestar inmenso, y se quedó profundamente dormida.

Al despertar, vióse recostada en el cáliz de una rosa purpúrea que había abierto durante la noche; sus pétalos, cuajados de rocío, temblorosos de amor y de felicidad, parecían acariciarla llenos de timidez y de ternura y decirle: "¡Oh, buena amiga, no te vayas: comparte con nosotros el primer beso de la aurora!"

Y el animalillo gozaba en su corazón, y permanecía mudo de sentimiento.

Les habría dicho:

"¡Ah!, buenos amigos; yo os amo; yo moriré por vosotros, si lo queréis; pero por ahora necesito llegar a un país azul que he visto desde la tierra."

Y en ese instante ella vio algo que tenía claridades de llama, diáfanos tonos de la primera luz, perfumes de inocencia, sueños jamás soñados. Y enloquecida, trémula, sin aliento, ahogada por la dicha, trepó a lo alto de una hoja de rosa que temblaba.

—¡Por fin! Aquí está el azul, el profundo azul.

Un viento de nieve soplaba de las lejanas montañas, que despertaban entre la bruma de los valles y el resplandor, verdoso, diáfano de la mañana; un viento de nieve venía de la inmensa y verde extensión, de las dormidas alamedas, de las sombrías lagunas.

Entonces ella avanzó más arriba aún, y se sintió perdida, rodando, en el espacio, arrebatada para siempre en una agonía de inmensa felicidad por el viento glacial que la acercaba al azul, siempre al azul.

# CLORINDA MATTO DE TURNER

## PERUANA
## (1852-1909)

Una producción literaria variada, continua, comprometida, de profunda dimensión intelectual es el legado artístico de la escritora peruana. Escribió tradiciones y leyendas, novelas, drama, poesía, bocetos biográficos, recuentos de viajes, prosa varia de intenso carácter poético.

Clorinda Matto de Turner nació en el Cuzco. Desarrolló una extensa e importante labor periodística desde joven: dirigió la revista El Recreo del Cuzco en 1876, escribió para El Correo del Perú de Lima, fue jefa de redacción del diario La Bolsa en Arequipa, dirigió la revista semanal El Perú Ilustrado y el periódico Los Andes en Lima.

Su primera obra es Tradiciones cuzqueñas. Leyendas, biografías y hojas sueltas publicada en Arequipa en 1884; la segunda serie de tradiciones se publica en 1886 bajo el título Tradiciones cuzqueñas: crónicas, hojas sueltas. De estas tradiciones cuzqueñas hay varias ediciones principalmente en la década del cincuenta, pero solamente en 1976 se publica la más integral de ellas con el título Tradiciones cuzqueñas completas, volumen que incluye cincuenta y siete tradiciones. Su criterio de selección excluye las leyendas, crónicas y otros escritos que solían incluirse en las ediciones previas de índole diversa al de la tradición.

Su novela más conocida Aves sin nido es de 1889, esta obra que marca los inicios de la novela indigenista, es prontamente traducida al inglés con el título Birds without a Nest: a Story of Indian Life and Priestly Oppresion in Peru (1904). Siguen su libro Bocetos al lápiz de americanos célebres, publicado en Lima en 1890; su novela Índole, en 1891; Hima Sumac: drama en tres actos y en prosa, en 1892, drama histórico que fuera estrenado en Arequipa en 1884 y en Lima en 1888; Leyendas y recortes en 1893; su novela Herencia en 1895. De 1902 es Boreales, miniaturas y porcelanas. En 1909 publica los libros Cuatro conferencias sobre América del Sur y Viaje de recreo: España, Francia, Inglaterra, Italia, Suiza y Alemania, testimonio de su viaje por Europa en 1908. En 1895 se exilia en Argentina debido a circunstancias políticas. Muere en Buenos Aires el año en que se publica su libro Viaje de recreo.

"Espíritu y Materia" se encuentra en su libro Boreales, miniaturas y porcelanas *aparecido en 1902. El sostenido contraste de luces, colores y superficies verbales ejecutado en esta delicada narración es una paradigmática forma de las pulsiones barrocas que adoptaría una de las vertientes de lo moderno. La tensión está llevada a su punto máximo como si se quisiera romper el mecanismo mismo que permite el ritmo de las oposiciones; pero no se trata del barroco posmoderno que apunta hacia el eventual vacío de las formas sino del que propende hacia la iluminación de las materias contrastadas. En ese encuentro de fulgores irradia el volumen de dos cuerpos: volutas de la escritura y lubricidad sensorial. En ese tejido se cruzan también las imágenes de un amor espiritual y otro corporal. Con una sensual producción de imágenes la escritura brilla convocada por su estro erótico e impulsada por esa "atmósfera afrodisiaca" que recrea el cuento.*

## ESPÍRITU Y MATERIA

*(A Sara Poppe de Martínez)*

Y fueron resueltamente a la alcoba.

Las paredes tersas, con su papel color de oro, parecían soles calientes con la luz que se derramaba, profusa, sobre la superficie quemante.

Allí lucía el lavabo la blancura del mármol, atenuando la atmósfera afrodisiaca; allá el *chaise-longue* de terciopelo rosa denunciaba la molicie femenina en la hora de la siesta o de las lecturas de la novela favorita; y en una de las testeras el trono virginal, con grandes colgaduras blancas semejantes a nubes que se evaporan o como alas de cisne prontas a cobijar los cuerpos alabastrinos, sonroseados por la ebullición de la sangre.

Él tenía con una mano la diestra y con la otra rodeaba su cintura impulsándola a caminar, así como la brisa empuja las velas de una barca.

Ella daba tranquitos pesados denunciando cierta languidez: iban al altar...

Ya estaban frente a frente.

La naturaleza sacudía todos los organismos nerviosos. Las flores del jardín inclinaban sus corolas como vencidas por tanta luz y calor, acaso saludando también tanta ilusión.

Los mecheros mismos de las lámparas parecían parpadeantes ante el escenario que alumbraban y las palpitaciones del pecho golpeaban aceleradamente levantando los encajes del seno, comunicando suaves vibraciones en uno y otro corazón, flexibilizando la epidermis, dando al aliento el olor de sales marinas.

El altar ostentaba los refinamientos del arte y la pulcritud femenina, en sus sábanas vaporosas y el acolchado purpúreo. Los almohadones cuajados de encajes de Inglaterra festoneando la batista de lascivas suavidades sobre raso encarnado.

Y las lámparas parpadeaban menudamente.

Él estaba con el semblante iluminado; sus ojos despedían claridades misteriosas, y nerviosamente crispaba las manos y los brazos oprimiendo la cintura y la mano de la mujer amada.

Adriana se detuvo y levantó la frente con la altivez del pensamiento fulmíneo.

—¡Alfredo mío! —suspiró, y como incorporándose en sus propias fuerzas, continuó.

¡Mira ese lecho espléndido en donde voy a sacrificarte el corderillo blanco de las ilusiones queridas! Dime si no te parece un ataúd. ¿Quiéres que muera nuestra ilusión querida? ¿Quiéres que la sepultemos entre desfallecimientos, después de un solo rayo mágico que será el veneno de la felicidad futura? ¿Quiéres que después, lánguidos como reos avergonzados, volvamos a una vida donde faltará todo, porque habrá muerto la ilusión?

¡Si tú lo quieres, sea, Alfredo, sea!...

Y desprendiendo su mano y su cintura se puso a una pequeña distancia envolviendo a Alfredo, por completo, en una mirada de luz, que fue como un baño de magnesio en que quedó sumergido el amado.

—¡Tú eres la diosa de las ilusiones, matarla, dejarla en su ataúd, enterrarla!... ¡imposible! ¡imposible! gritó el espíritu de las inmortales fruiciones, mientras que la materia se retorcía convulsionada, epiléptica.

Una oleada de aire puro, fresco, saturado del perfume de las flores, invadió el recinto de las paredes con papel color oro, que a la luz de los quinqués parecía inundado de sol.

Él estaba inconsciente, y como débil plumilla que el viento arrastra, fue empujado a la calle por una fuerza misteriosa e irresistible, y llevado por las veredas.

Había caminado sin rumbo. Se encontró en la Avenida de Mayo; se agarraba la cabeza con ambas manos, las sienes le pulsaban con rapidez febril, sus labios estaban secos, su cerebro era presa de fantasmas, y arrastrado por la fuerza de la materia, que es poder, dirigió sus pasos a una casa patentada.............................

—¡Ilusión, ilusión querida! yo no he presenciado tus funerales, porque tú eres el espíritu y sepulté sólo la materia. Mujer, vives en la mente como ser alado, mientras que las mujeres pululan en mi recuerdo como sepultureros en tiempo de epidemia.

Y allá, a lo lejos, parpadeaban unas lámparas junto a un altar con alas de cisne y acolchados purpúreos, como la sangre joven que espera la resurrección de las ilusiones.

# RUFINO BLANCO FOMBONA

VENEZOLANO
(1874-1944)

*Multifacético intelectual. Poeta, ensayista y narrador. Rufino Blanco Fombona nació en Caracas. El escritor venezolano desempeñó cargos diplomáticos como el de cónsul en Amsterdam entre 1901 y 1904; viajó por Europa, Estados Unidos y Latinoamérica. Durante la dictadura de Juan Vicente Gómez debió vivir en el exilio por más de veinticinco años (1910-1936); residió en París y luego en Madrid donde fundó la Editorial América con el propósito de difundir las obras hispanoamericanas. Al morir Juan Vicente Gómez pudo regresar a Venezuela en 1936; murió en Buenos Aires durante un viaje al sur del continente.*

*Su extensa obra comienza con la publicación de su libro de poemas* Trovadores y trovas *en 1899; otros libros en este género son* Más allá de los horizontes *(1903);* Pequeña ópera lírica *(1904);* Cantos de la prisión y del destierro *(1911);* Cancionero del amor infeliz *(1918);* Mazorcas de oro *(1943). Su novela más destacada es* El hombre de hierro, *publicada en 1907; le siguen las novelas* El hombre de oro *(1915);* La mitra en la mano *(1927);* La bella y la fiera *(1931);* El secreto de la felicidad *(1933). Su obra ensayística es amplísima, comprende crítica literaria, diarios y recuentos de viajes, escritos políticos, ensayos históricos y otros que incluyen artículos de diversa índole. Algunos de sus ensayos son* Letras y letrados de Hispanoamérica *(1908);* La evolución política y social de Hispanoamérica *(1911);* La lámpara de Aladino *(1915);* El conquistador español del siglo xvi *(1922);* El modernismo y los poetas modernistas *(1929);* Camino de imperfección. Diario de mi vida, 1906-1913 *(1933);* El pensamiento vivo de Bolívar *(1942).*

*Su primera colección de relatos es* Cuentos de poeta, *publicado en 1900; refiriéndose a la génesis poética de los doce cuentos reunidos en este volumen, dice el autor: "[son] historias de esas que se hablan los poetas en un banco de plaza pública, a la media noche, cuando el cielo está azul, paramentado con temblorosos hilos de estrellas". En 1904 aparece* Cuentos americanos *y en 1913 la edición ampliada del mismo libro publicada en París por la Editorial de Garnier Hermanos. Luego viene el libro de cuentos* Dramas mínimos *(1920) que consigna relatos ya publicados y algunos inéditos. En 1928 publica* Tragedias grotescas: nove- lines de la fe, del amor, de la maldad y de la estupidez. *El sub- título "novelines" indica el intento de diferenciación con el género cuentístico. Estos últimos dos libros se publican en Madrid du- rante los años de exilio del autor. La narrativa de Blanco Fom- bona como la de otros escritores de esta época, combinó elementos de las estéticas modernistas, naturalistas y realistas.*

"El Catire" *es uno de los dieciocho relatos incluidos en la colección* Cuentos americanos. *Otros cuentos notables del autor venezolano son* "El hombre que nunca habló" *y* "Democracia criolla". *En 1958 se publica en Madrid y Caracas una recopila- ción de sus obras por Ediciones Edime con el título* Obras se- lectas. *Una magnífica selección de los diarios íntimos de Rufino Blanco Fombona es la publicada por Monte Ávila Editores en 1975 bajo la dirección de Ángel Rama. El libro se titula* Rufino Blanco Fombona íntimo *e incluye selecciones de los libros* Diario de mi vida. La novela de dos años *(1929);* Camino de imperfec- ción *(1933) y* Dos años y medio de inquietud *(1942).*

## EL *CATIRE* [1] *

### I

A partir del caserío de la Urbana, Orinoco arriba, hasta el caserío de Atures, toda la vasta región que se extiende, desde la margen dere- cha del gran río hasta los confines del Brasil, es zona de bosques y desiertos donde erran tribus bárbaras de Guahibos y otros indios no reducidos a la vida cristiana.

La civilización se ha quedado por allí, a la margen izquierda del Orinoco. No se ha atrevido a pasar el río. La misma naturaleza cam- bia de una orilla a otra del agua. A la siniestra riba, la tierra, plana y monótona, cubierta de gramíneas y de rebaños, hace horizonte como el mar; a la margen opuesta, el terreno forma gibosidades, se enmon- taña, las selvas extienden su imperio tupido e impenetrable.

A cosa de siete leguas de La Urbana, aguas arriba, al pie de enor- mes moles de piedra, en un claro de bosque donde crecía paja sil- vestre y se producía silvestre la sarrapia, cuatro o cinco ranchos, no distantes los unos de los otros, un corral de vacas, gallinas, patos,

---

[1] Catire llama el pueblo de Venezuela al pelirrubio.
* Reproducido con permiso de Monte Ávila Editores, S. A., Caracas, Ve- nezuela.

pavos, cerdos, caballos, burros, perros, gatos, el conuco de maíz, la sementera de frijoles y el pegujalito de yuca, indicaban por aquellas soledades la presencia del hombre residente y agricultor, a más de las tribus trashumantes y depredadoras.

Aquella colonia —dos hermanos con su respectiva familia y seis u ocho indios mansos que servían de peones— recogía sarrapia en los bosques comarcanos, fabricaba queso en el hato y cultivaba sus conucos y sus hortalizas.

Hortalizas y conucos, junto con los cercanos bosques, abundantes de caza, y el propio río, abundante en pesca, les daban a todos comida. El queso iban a mercarlo a La Urbana o a Caicara, o bien a los hatos ricos de la margen izquierda. Estos lo expendían para centros lejanos de población. Cuanto a la sarrapia, varias veces por año atracaban a la costa fluvial buques de Ciudad Bolívar que la pagaban a precio de diamante, lo mismo que las plumas de garza.

No bien recibían el dinero los campesinos, se morían por ahucharlo y aprovechaban la primera noche clara para enterrar el oro, ya al pie de un guayabo longevo, ya cerca de algún peñón grande como una catedral e inamovible, ya en otros sitios más recónditos de que jamás informaban ni a su esposa ni a sus hijos.

Entre las vigas del rancho, sobre la troje, escondían winchesteres relucientes, usados de continuo, menos contra la acometida de alguna horda de aborígenes ebrios —lo que sólo había ocurrido un par de veces en cinco años de residencia— que contra las incursiones de los tigres o para tirar a los caimanes, carniceros y ladinos como el mismo cunaguaro.

Este felino rapaz, lo mismo que el caimán, sorprendía a los cerdos y aunque cobarde, se aventuraba de noche hasta los mismos corrales para robar becerritos. Burros, caballos, fueron a menudo víctimas, sorprendidos pastando, no lejos de la ranchería. Mas ¡cuántos caimanes, cuántos tigres o cunaguaros no cayeron al ojo certero de los tiradores en las batidas nocturnas! manchadas pieles jaguarescas y atigradas tapizaban el suelo y las paredes de aquellos ranchos. Solía encontrarse, estirado en el patio a secar, prendido con estacas, el cuero fresco de algún felino recién cazado. Vacas, potros, perros, acercábanse ignorantes, y luego de olfatearlo se alejaban con presura de aquel despojo de exhalaciones enemigas, mugiendo las vacas, relinchando los potros, aullando los perros.

## II

En viaje a la margen izquierda para mercar sus quesos, uno de los hermanos, de retorno, meses atrás, trajo consigo del Arauca a un zagaletón de diecisiete años, entregado por los mismos padres del mozo, que no podían soportarlo: tan maleante era y tan perturbador.

En la colonia le apoderaron el *Catire* por su cabeza pelirroja,
sus ojos zarcos y su rostro de blancura desvaída, amarillenta y pe-
cosa. Alto, anguloso, flacucho, exuberante, todo nervios, el *Catire* era
de una actividad inextinguible: él ordeñaba las vacas en la madrugada, pasteoreaba en la mañana; traía leña al mediodía, cargaba agua
mientras los demás dormían siesta, hacía queso en la tarde o recogía
sarrapia o iba al conuco por frijoles, traía el ganado al crepúsculo y
todavía encontraba tiempo para ir a echar anzuelos antes de oscurecer y alegrar después de la comida la prima noche del desierto orino-
cense entonando al son de la guitarra *corridos* y *galerones*.

Era el diablo, eso sí. Desplumaba vivos a los pájaros, quebraba
el rabo a las vacas, robaba los huevos de las gallinas, untaba de bosta
y aun de zulla los cuchitriles de los peones, improvisaba un galerón
contra el lucero del alba. Los amos lo toleraban porque lo explotaban.

El *Catire,* una tarde, hizo caer en una zanja y quebrarse un cuerno
a la vaca más lechera y rozagante, y presentóse al hato con la res
mogona o, como decía él, *tocona.* La esposa de uno de los hermanos,
propietaria del animal, oronda con su vaca, puso el grito en el cielo.
El *Catire* fue despedido. Sólo que, al día siguiente de la expulsión, el
*Catire,* considerándose ya desligado de sus patronos, se negó a ordeñar, a conducir el rebaño al pastoreo, a cargar agua, a recoger hierba,
etcétera.

Pasóse el día las manos en los bolsillos, el cigarro en la boca y
en la noche pidió que le arreglasen su cuenta. Ambos hermanos tuvieron un oportuno enternecimiento, la dueña de la vaca perdonó al
*Catire* y el *Catire* continuó en la colonia.

Pero aquel diablejo de chico iba a ser corroboración de que *genio*
*y figura hasta la sepultura.*

## III

Bajaba del monte el zagal, semanas adelante, caballero en su burro
y quería bajar con más rapidez de lo que permitía la pendiente. El burro era un asnazo rubio, cariblanco, de ancho pecho, cabos finos, ancas gordas y pescuezo robusto. El *Catire* le cosquilleaba las ancas con
buida vírgula de guayabo.

Sintiéndose incómodo, molestado por la púa, el asno apresurábase
cuanto podía; pero como la puya era inclemente, se enfureció y, de
un concorvo, echó a rodar a su caballero barranco abajo.

El *Catire* salió del enbarrancamiento carirroto y contuso. Desde
entonces cobró un odio carnicero al cuadrúpedo.

Sacábalo a menudo fuera del rancho con un pretexto u otro y,
amarrándolo en el campo, le atizaba paliza tras paliza. Días enteros
lo dejaba sin beber y noches y noches sin el pasto de la cena. El asno
comenzó a enflaquecerse, a perder la brillantez de su pelaje claro y

hasta su cara peluda y blanca de asno joven pareció entenebrecerse con el dolor de aquella persecución ignorada e inmerecida.

La saña del *Catire* no se desarmaba. Una mañana sacó el borrico al campo, lo maneó, aseguró las patas traseras con un retorcido bramante, y ya por tierra el jumento, empezó a embadurnarlo con la grasa de un pote que traía en el bolsillo. Untóle, meticuloso y con método, primero las patas, luego el pecho, después la cara y, por último, el cuello. El animal se debatía desesperado, pero impotente; abría pávido los ojos, resoplaba y tendía sobre la hierba la cabeza para erguirla de nuevo en inquietud y desespero.

Aquella manteca de la unción era grasa de tigre, materia oleosa, de olor peculiar e intenso, que no pueden soportar las bestias sin creerse vecinas de la fiera.

Terminada la unción, el *Catire,* desligó las cuatro patas del rucio. Este púsose en pie, sacudióse y, moviendo la cabeza de derecha a izquierda con vehemencia, tiraba del tenso cabestro pugnando por libertarse, por romper aquel ramal que lo mantenía atado a una ceiba corpulenta.

La pobre bestia quejábase como una persona.

Los ojos se le salían de las órbitas; ya restregaba el hocico contra el suelo, ya lo levantaba a las nubes. En torno del sin ventura se había alzado debajo de la hierba chafada una amarillenta nube de polvo que lo envolvía. A corta distancia, el *Catire* contemplaba la escena pierniabierto, las manos en los bolsillos y la sonrisa en los labios.

El sol de mediodía llenaba el espacio y caía sobre los campos en olas de fuego. El jumento no cesaba un instante de agitarse, presa de desesperación. Su piel se mojaba de sudor. Cuando parecía que iba a caer exánime, sacaba nuevas fuerzas de su angustia, lanzaba quejidos más lastimeros y, tarascando el cordel, hacía esfuerzos cada vez más desesperados.

Por fin rompióse el cabestro. El rucio, ya libre, echó a correr. También echó a correr el *Catire* con intención de atraparlo. El asno corría, corría, y tras del asno se desalaba el *Catire.* Creyó el muchacho, al principio, que el asno se enderezaría al rancho y corrió de través para cerrarle el paso; pero bien pronto se desilusionó. Proseguía el rucio su carrera campo adelante, sin torcer rumbo. Pasó el prado, pasó un morichal, pasó otro prado y se emboscó en la montaña. El *Catire* ya no podía más.

Perdida la esperanza de alcanzar el desatentado borrico, más por curiosidad que por otra causa, ascendió a un pico de cerro de donde se divisaba buen espacio de monte y llanura. Allí estuvo un rato. No columbró al rucio.

Serían las dos de la tarde. Sintió hambre y, queriendo regresar a la ranchería, empezó a combinar una mentira que explicara su tardanza y la ausencia del animal. De pronto vislumbró, en campo raso y en dirección al Orinoco, el asno, que, salido del bosque al llano, seguía corriendo, corriendo.

Llegado al río, erró el burro un instante, y después de un instante de titubeo, lanzóse denodado al agua. El *Catire* no percibió ya sino la cabeza blanquecina del rucio emergiendo del turbión. Unos momentos después, sin embargo, apareció de nuevo toda la figura del asno, arribado a una islita de arena, no distante de la costa, playa o borde del río. El desasosiego del infeliz debía ser grande, porque se echó de nuevo al agua, en dirección a la orilla, de donde partió un momento antes. La corriente lo arrastraba y ganó margen muy abajo. El *Catire* lo divisaba entonces, a causa de la distancia, mucho más pequeño, de no más alzada que un pollino.

"Ahora se irá a casa", discurrió el mozo. Pero se equivocaba. El animal echóse de nuevo al río. Ya sin fuerzas, dejóse arrastrar por la corriente, que lo llevaba a la deriva aguas abajo.

"Es —imaginó de nuevo el *Catire*— que no puede más y no quiere salir del agua, porque estando cubierto por ella no le huele a tigre."

La cabeza clara del burro seguía flotando. Ya no era sino un punto en el centro del Orinoco. El río lanzaba reflejos de diamante herido por el sol.

El muchacho veía alejarse y empequeñecerse aquel punto navegante. Así, vio lo que menos esperaba. El punto se sumergió de súbito en las ondas. El *Catire*, cabizbajo, quedóse durante cinco minutos mirando el río. El puntito viajero no volvió a subir a flor de agua.

"Algún caimán", pensó el *Catire*.

Y comenzó a bajar lentamente.

# JAVIER DE VIANA

URUGUAYO
(1868-1926)

*La producción cuentística de Javier de Viana es una de las más extensas en Hispanoamérica. En una investigación bibliográfica y hemerográfica de la obra del escritor uruguayo, Álvaro Barros-Lémez recuenta un total cercano a los setecientos cuentos, publicados entre 1905 y 1921. (La obra cuentística de Javier de Viana. Uruguay: Arca Editorial S.R.L., 1985, p. 10) Los primeros años en la producción literaria de Javier de Viana son de estabilidad económica para el autor y de activa participación en la vida política del Uruguay; dirige el diario de oposición La verdad, escribe para los diarios El Nacional, El Heraldo, milita en el Partido Nacional. Posteriormente viene una época conflictiva para el escritor uruguayo que comienza cuando es apresado luego de su participación en la Revolución de 1904 en contra del gobierno. Huye a Buenos Aires donde debe permanecer hasta 1918 pese a sus esfuerzos por regresar a Montevideo. Su estadía en Buenos Aires es difícil por la precaria situación económica a la que se ve sujeto, la cual ha quedado documentada en la correspondencia que de Viana mantuvo con su editor Bertini.*

*El ritmo de producción de cuentos es vertiginoso en el caso del narrador uruguayo; Barros-Lémez comenta: "En vida de Javier de Viana, 1868-1926, se publicaron 16 volúmenes de cuentos, con un total de 441 piezas diferentes." (Obra citada, p. 93.) Entre sus colecciones de cuentos destacan los libros Campo (1896); Gurí (1901), volumen que contiene siete cuentos y la narración (novela corta) "Gurí"; Macachines (1910); Leña seca (1911); Yuyos (1912); Cardos (1919); Abrojos (1919); Sobre el recado (1919). Su novela Gaucha es de 1899. También escribió las crónicas Con divisa blanca (1904) y Crónica de la revolución del Quebracho publicada en 1944, dieciocho años después de la muerte del escritor. Otras publicaciones póstumas son Pago de deuda, campo amarillo y otros escritos (1934); Antología de cuentos inéditos de Javier de Viana (1973) y Alzando el poncho (1983). Importa también mencionar su producción teatral aun cuando la información existente al respecto es mínima. El cuento seleccionado "Facundo Imperial" se publicó primero en la revista uruguaya La* alborada, *en 1901, incluyéndose luego en el libro* Leña seca, *en 1911.*

*Otros cuentos bien realizados de Javier de Viana son "La tapera del cuento", incluido en* Leña seca; *"Las tormentas" y "Jugando al lobo", ambos en* Yuyos; *"Última campaña", "¡Por la causa!", "La trenza" y "En familia", del libro* Campo; *"Captura imposible", "Por el amor al truco", "Pa ser hay que ser", "Castigo de una injusticia", del volumen* Abrojos; *"En las cuchillas" y "La Yunta de Urubolí". recopilados en el libro* Gurí; *"Puesta de sol", en el libro* Macachines. *Además del importante estudio de Barros-Lémez, debe mencionarse el ensayo de Tabaré J. Freire,* Javier de Viana, modernista *(Montevideo: Universidad de la República, 1957); constituye una exploración fundamentada de los planos modernos existentes en la escritura de Javier de Viana, lo cual, naturalmente, supone una perspectiva crítica muy distinta a la tradicional valoración realista o naturalista que se hacía sobre la obra del escritor.*

*En el relato seleccionado hay la pintura de trasfondo de un pasado histórico retrógrado, especialmente aquel marcado por los abusos del caudillismo u otros modelos autoritarios junto con los cambios que afectaron a una figura central y representativa de esa época: el gaucho. Este último motivo, el más elaborado del cuento, se desarrolla a través de la marginación del gaucho como también de su transformación, es decir, la pérdida completa de las características que habían definido su configuración y también estereotipo literarios. La pintura del gaucho libre, valiente, amante, apuesto es reemplazada en este cuento por la de una figura que paulatinamente deviene un ser pusilánime, pasivo, incapaz de luchar y cuya resignación final acaba con los últimos vestigios de una dignidad constantemente lacerada a través del relato. Con un conocimiento maestro de los mecanismos de extraversión en el arte, el sui géneris logos narrativo— que logra crear Javier de Viana en este cuento— busca en el lector la experiencia del pathos, una evocación de la piedad sin más alternativa que la solidaridad de la conmiseración. Compasión que en un principio es conscientemente demorada con la mención de esperanzas que tan pronto se anuncian se diluyen, de suerte que ese ansiado momento en que Facundo Imperial va a restituir su fuerza, recuperar su estancia, su mujer, su orgullo empieza a adquirir los contornos de un espejismo.*

## FACUNDO IMPERIAL

*A Martiniano Leguizamón*

No es fábula, es una historia real y triste, acaecida en una época todavía cercana, bien que sepultada para siempre; es una historia vulgar, un crimen común, sin otra originalidad que el procedimiento empleado para realizarlo; trasunto de los tiempos bárbaros y avergonzadores del caudillismo analfabeto y sensual, repugnante episodio de despotismo cuartelero que ya sólo puede revivir en las creaciones evocadoras del arte.

### I

En la campaña del litoral, en casa de un rico hacendado, al finalizar la esquila. A la tarde se ha merendado en el monte bajo amplio cenador silvestre formado por apretadas ramazones de sauces y guayabos; la alfombra era de trébol y gramilla; los adornos, tapices escarlatas de ceibos en flor, albos racimos de arrayán, guirnaldas de pasionarias y rubíes de arazá; la orquesta, cuatro guitarras que sabían gemir como calandrias cantando amores en el pórtico del nido al apagarse el sol; por únicos manjares, doradas lonjas del tradicional asado con cuero.

Por la noche se bailó en la sala de la estancia. Muchas parejas, mucho gaucho burdo, mucha criolla tímida; destacándose en el conjunto de rostros bronceados y de polleras almidonadas, Rosa, la morocha de ojos más negros, de labios más rojos, de cuerpo más airoso; entre los hombres, imponiéndose estaban Santiago Espinel, comandante, comisario y caudillo, y Facundo Imperial, joven rico, buen mozo. Ambos cortejaban a Rosa; ambos se odiaban.

Espinel era bajo y grueso; tenía estrecha la frente y pequeños los ojos, roma la nariz, carnosos los labios, copiosa la barba.

Imperial era alto, delgado, garboso; linda la cabeza de rizada cabellera, enérgica la aguileña nariz, algo pálido el rostro y de un rubio oscuro la barba muy sedosa y muy brillante; los ojos color topacio, tenían la mirada suave, aterciopelada, de las razas que mueren.

Rosa sentía instintiva predilección por el comisario, cuya insolente grosería emparejaba con las tendencias cerriles de su alma; pero sus veinte años elevaban mezclado con el simple aroma campesino, el acre perfume de una filosofía práctica. Rosa había estado en la ciudad; sus dedos habían gustado el voluptuoso placer de estrujar telas de seda, sus ojos se habían deleitado en la contemplación de blondas de encajes, de pieles, de plumas y de joyas, y en su imaginación flotaban indefinidos ensueños de riqueza y de lujo. Como Imperial era rico y bueno, la criolla dudaba.

Esa noche, en el baile, Facundo fue, desde el principio, su preferido. Espinel, furioso al verse desdeñado, no tardó en partir, yendo a cruzar campos, en lo lóbrego de la noche, para mascar la raíz amarga de la derrota y rumiar la venganza.

Facundo quedó solo y triunfante. Rosa, un tanto mortificada al principio con la brusca partida del comisario, recobró sin demora su alegre frivolidad, extremando las amabilidades para con su cortejante. Y cuando éste, tímido, trémulo, tartamudeante, le dijo, casi al oído:

—¿Hoy también nos separaremos sin que me dé ese sí que...
—ella lo interrumpió, exclamando:

—¿Está muy apurado?...

—Siempre hay apuro en conseguir la felicidad.

—Si la suya consiste en conseguir mi cariño, no necesita andar mucho.

—¿Entonces?... ¿me acepta?

—Lo quiero —dijo ella simplemente, tendiendo la mano que el mozo estrechó con fuerza entre su ancha y ruda mano de paisano laborioso.

No vio Imperial que la mujer adorada ligaba su existencia a la suya, en pacto solemne, sin asomo de emoción; no vio la glacial, la humillante tranquilidad con que había resuelto el más fundamental problema de la vida. No vio nada. Cuando un hombre ama a una mujer, y esa mujer le dice: "¡Te amo!" ¿quién se detiene a observar y analizar su semblante?... El amor sólo entra en nosotros cuando la razón, centinela del espíritu, se queda dormida.

Poco tiempo después Imperial y Rosa se casaron. El gaucho cesó de concurrir a las reuniones. Ya no cuidaba parejeros, ya había olvidado el naipe y la taba, y hasta descuidaba un tanto sus haciendas, para consagrar mayor tiempo a su adorada. Vuelto del trabajo sentábase junto a Rosa, bajo el toldo esmeralda de un venerable paraíso, y era aquél su paraíso.

Mientras su mujercita cebaba el amargo, él recostaba la cabeza en el seno opulento, y su mano callosa jugaba con la larga y negra trenza. Las tiernas frases, expresión de su cariño y de su dicha, se formaban sin adquirir sonido. En las sombras tibias del crepúsculo, en el silencio infinito de la campaña, su alma se adormecía, sus labios buscaban los labios de la morocha, y su corazón latía despacio, con la inefable tranquilidad del obrero que ha concluido su trabajo y reposa.

—¡Prenda! —murmuraba el gaucho.

—¡Vidita! —exclamaba ella besándolo.

—¿Me querés mucho?

—¡Bobo!...

Y las sombras se iban espesando, un toldo plomizo sustituía al dosel azul; el paraíso suavizaba sus contornos, se apagaban los rumores y dulcísima paz acariciaba el alma del paisano.

Diez meses habían transcurrido así, cuando una tarde se presentó de improviso el comisario. Facundo empalideció, presintiendo una desgracia; pero el caudillo sonriendo mansamente, le tendió la mano, y le dijo:

—Buenas tardes, amigo Imperial y la compaña... ¿No interrumpo?

Rosa se empurpuró. Facundo ofreció una silla. El comisario se sentó, aceptó un mate y durante un tiempo habló de cosas indiferentes y sin importancia. Después, poniéndose de pie, dijo con acento extraño:

—Siento tener que molestarlo, amigo Imperial, pero el jefe lo manda llamar.

—¿A mí?... ¿Para qué?

—No afirmo, pero colijo que sea por cosa de elecciones.

—Está bien, mañana iré —respondió Imperial.

Espinel se despidió y partió. Facundo no durmió esa noche, luchando con un enjambre de ideas negras y pesadas como nubes de tormenta. Rosa también padeció inquietudes. Se levantaron de madrugada. Pronto a partir, Imperial tomó en sus brazos a Rosa y la besó apasionadamente en la boca y en los ojos, exclamando con acento triste:

—No sé por qué temo que algo malo me espera.

—No seas tonto. ¿Qué te va a pasar?...

—No sé —replicó Facundo, y al fijar sus pupilas leales en las pupilas oscuras de su amada, le pareció advertir que su amada no experimentaba pena alguna con su partida.

—Tornó a besarla, y notando que las lágrimas amenazaban afrentar sus ojos varoniles, montó a caballo y partió a galope, sin volver la cabeza.

Al llegar a la jefatura de policía, el coronel lo recibió afablemente y lo convidó a comer, pero esquivó todas las explicaciones que Imperial solicitaba con insistencia. Concluida la cena el jefe díjole:

—Usted debe estar cansado; vaya a acostarse y mañana charlaremos.

El paisano intentó protestar; pero el coronel le impuso silencio, ordenando al oficial que estaba al lado suyo:

—Acompañe al señor.

Lo condujeron al fondo del edificio, hacia una pieza sin luz. Facundo, receloso, se detuvo en el umbral de la puerta. El oficial que le acompañaba, dióle entonces un violento empujón, y antes de que el gaucho hubiera vuelto de su asombro, varios soldados le cayeron encima, agarrotándole.

## II

Esa misma noche, cargado de cadenas como un bandido peligroso, lo llevaron en compañía de una veintena de infelices, a un cuartel de infantería situado en la ciudad próxima.

Al día siguiente le cortaron el pelo, le afeitaron y lo obligaron a trocar su traje civil por el uniforme de soldado de línea, sin que él opusiera resistencia, atolondrado como estaba con la insólita, inexplicable aventura. Pero cuando se vio uniformado, dándose cuenta de que había dejado de ser un hombre libre, cuando contempló los muros siniestros de aquel cuartel famoso, la reflexión comenzó a obrar, descubriéndole la terrible verdad. Lo habían cazado, y en adelante sería uno más entre los infelices *voluntarios,* como con sangrienta ironía se les llamaba en esa época.

¡Lo habían cazado!... Pero ¿por qué?... En las *razzias* enderezaban al gaucho pobre y desvalido; cuando un individuo de alguna significación se hacía sospechoso, en vez de encerrarlo y hacerle marcar el paso, se recurría a medios más expeditivos. Luego, él, rico, considerado, sin enemistades de política, por cuanto nula casi fue siempre su actuación en ella, ¿obedeciendo a qué causa lo humillaban así?...

La clave del enigma estaba cercana, y bastóle a Facundo evocar un nombre para aclarar el misterio: ¡Espinel... ¡Espinel, herido en su orgullo de hombre, de comisario, de comandante y caudillo, abusando de su poder y de su influencia para realizar la más atroz venganza!...

—¡Ah, miserable!... —exclamó Imperial, y de inmediato otra idea, más dolorosa y más terrible, nació en su espíritu; ¿si Espinel le hubiera hecho aherrojar para... ¡No, no! ¡imposible!... ¡Rosa se dejaría matar antes de ceder a tan infame propósito!...

En ese estado de ánimo se encontraba cuando un sargento, un negro alto y fornido, entró y le dijo con voz áspera y conminatoria:

—¡A la estrucción!...

El gaucho observó al sargento, quien, muy marcial dentro del uniforme de brin blanco y almidonado, lo miraba impasible, frío, sin una expresión en su rostro de ébano.

El cautivo salió, andando, inseguro, obedeciendo sin saber por qué.

En la espaciosa plaza de armas estaban ya, formados en pelotón, sus veinte compañeros de infortunio. Un cabo, armado de una vara de membrillo, les hacía marcar el paso.

Y la vara funcionaba, cimbrándose sin piedad sobre las piernas de los reclutas, quienes inclinaban la cabeza, humildes, rendidos de antemano, sometidos y resignados a los vejámenes.

En cuanto a Imperial, la contemplación de aquella escena le en-

cendió el rostro en un borbollón de grana, y al ordenarle el sargento
¡firme!, él echó un pie atrás, sacudió la cabeza con ademán de gaucho
bravo dispuesto a jugar la vida, y, rabioso, escupió una palabra fea.

Rápidamente, el sargento armó la bayoneta, pero en ese mismo
instante un capitán, que cruzaba el patio y que había visto y oído,
corrió, espada en mano. Bajo, grueso, trigueño, el quepis inclinado sobre la oreja y como incrustado en la crespa melena de mulato, un
hombro alzado, caído el otro, entornados los párpados, desdeñoso el
labio, el capitán gritó con voz nasal:

—¿Qué dice ese sarnoso?...

Facundo, pálido de coraje, fulgurantes los ojos, respondió:

—¡Digo que quiero hablar con algún jefe, que quiero saber por
qué me han traído aquí, a mí que soy un vecino, un estanciero! —Y
luego en un arranque de orgullo, agregó: —¡Tengo tres leguas de
campo y más de seis mil vacas!...

—¡Seis mil palos te vi'atracar yo, trompeta! —replicó el oficial;
y uniendo la acción a la amenaza, descargó un hachazo feroz sobre
la cabeza del rebelde que se desplomó ensangrentado y sin sentido.
Sin compasión, sin misericordia, el bárbaro continuó dando palos
hasta cansarse el brazo. Entonces ordenó:

—¡Cepo colombiano!...

Unos cuantos soldados presentes cargaron con la víctima, conduciéndola al calabozo donde habría de sometérsele al castigo decretado.

Los reclutas habían presenciado horrorizados la rápida escena.
El cabo instructor gritó:

—¡Vivo! ¡vivo!... ¡Un dos, un dos, dos, dos... —y la vara de
membrillo continuó cayendo inclemente sobre las piernas, sobre las
espaldas, sobre las cabezas de los desdichados que marcaban el paso
sin una protesta, sin ánimo de rebelión, perdida la conciencia de hombres libres.

### III

Durante todo el día y durante toda la noche permaneció Facundo
en el cepo colombiano. Al concluir la tortura, su cuerpo ardía, sus
sienes latían con fuerza, los ojos tenían reflejos metálicos, los labios
estaban descoloridos y resecos. Hubo que pasarlo a la enfermería.

El médico diagnosticó una fiebre grave; sin embargo, la robusta
constitución del gaucho se impuso, y pocos días después entraba en
convalescencia. Cierta tarde, el soldado que le llevó al rancho, pre-
guntóle afablemente:

—¿Cómo sigue don Facundo?

El prisionero volvió la cabeza, extrañado de que lo llamasen por
su nombre, y más extrañado aún de escuchar voces afables en aquel
sitio que comenzaba a considerar como un infierno, donde todos los

rostros expresaban odios y donde todas las palabras traslucían rencores. El soldado comprendiéndolo dijo:

—Soy Lucas Ríos, de Pago Chico.

—¡Ah!

—Si en algo puedo servirlo...

Lucas Ríos había sido peón de Facundo: lo conocía, era un paisano bueno y leal a quien en cierta ocasión había prestado un servicio importante.

—Gracias, amigo —contestó con evidente emoción; y luego:

—Si pudiera conseguirme con qué escribir una carta...

—¡Cómo no!... ¡Y llevarla ande quiera también!...

—Al correo, ni más.

—Aurita güelvo.

A poco volvió, efectivamente y merced a su buena voluntad, Imperial pudo escribir y enviar a su esposa, a su inolvidable, a su siempre amada Rosa, la carta que sigue:

"Mi china querida: Ya sabrás que me agarraron como malevo y me metieron en un cuartel lo mismo que pudieran hacer con cualquier gaucho de maletas, vago y bandolero. Yo sé quién fue el autor de la artería: uno que te codiciaba, mi prenda, y que, en su despecho, quiso hacerme pagar muy cara la dicha de guardarte en mi rancho y vivir en tu corazón. Maniado como oveja me trajeron al cuartel, me vistieron de tropa y un mulato con galones intentó afrentarme. No pude defenderme, no tenía armas; me golpearon, me apalearon... ¡Me apalearon, mi vida, me apalearon a mí, a tu Facundo!... Me dejaron sin sentido y he estado en cama, medio por morirme, no sé cuántos días. Lo que sufrí no lo sabrás nunca, porque es imposible explicarte el entrevero de penas que estuvieron mordiéndome el cuerpo y el alma... Ahora empiezo a criar fuerzas y, siempre pensando en vos, mi chinita querida, voy empollando el desquite. Me han humillado, se han limpiado las manos en mí. Yo siempre fui bueno y tranquilo; vos lo sabés y todos lo saben en el pago; pero Facundo Imperial no es perro manso que se agacha si lo castigan. ¡Todavía me arde la marca y la sepultura está esperando al bandido que me sableó indefenso!... Ya lo he pensado bien, en las largas noches sin sueño, pasadas en este cuarto, sólo con mis dolores y mi vergüenza. Lo mataré al indigno, lo mataré infaliblemente; pero eso será más luego. Antes tengo que arreglar otras cuentas. En seguida que esté sano me ingeniaré para ganar la puerta, desertarme y volver al pago en busca de Espinel. Lo encontraré, lo encontraré, aunque se meta en la tierra y cave como peludo; y entonces, mi vida, entonces, a pesar de ser grandote, ¡cuerpo le va a hacer falta para recibir puñaladas!... ¡Por algo se ha de desgraciar un hombre, y yo te aseguro que a ese sabandija, cobarde y traicionero, lo dejaré muy pronto con la panza hacia arriba y las achuras de afuera, para evitarles trabajo a los caranchos y los

himangos!... Después, te alzaré en ancas de mi tordillo, te llevaré
muy lejos, donde Dios quiera ampararnos, te esconderé en pagos
ajenos, te guardaré muy bien, estrellita mía, y volveré para concluir
mi venganza, ¡porque mientras viva uno solo de los miserables que
me humillaron, tendré vergüenza de decir que soy hombre! ¡Adios
mi vida, mi flor de ceibo, mi lindo lucero!"

## IV

Transcurrió un mes. Facundo Imperial marcaba el paso junto a
los otros reclutas, y, como ellos, aprendía el ejercicio al rayo del sol,
en el amplio patio del cuartel. En apariencia sometido, estaba a la
espera del momento oportuno para huir, conservando vivas en el alma
las altiveces ingénitas y los rencores acumulados durante el afrentoso
cautiverio.

Y así, en resignada expectativa, pasó otro mes. Sus compañeros
empezaron a tener puerta franca; pero para él no se abría nunca aque-
la puerta maldita. Los demás iban amoldándose a la suerte; en
cambio, Facundo enflaquecía, languidecía, consumíase lentamente requemado por las ansias de vengarse y el deseo de volver al pago.

Pasó otro mes. Era un sábado. Se había pagado a la tropa y se
había dado puerta franca; casi todo el batallón se lanzó a la calle en
busca de aire, de luz, de libertad, de bajos e innobles placeres que
hicieran olvidar momentáneamente los diarios sufrimientos de sus
existencias de esclavos en la ignominia cuartelera.

Sólo para Facundo no tenía tregua el encierro. Nunca una licencia, jamás una salida, ni aun para las guardias fuera del cuartel: se
le guardaba con precauciones, como a una bestia peligrosa.

Ese día su corazón rebosaba amargura. Cuando todos hubieron
partido, cuando se vio solo en el inmenso patio rodeado de murallas,
cuando observó la única puerta guardada por bayonetas, sintióse ahogado por una tristeza infinita. Más que el deseo vehemente de vengarse,
más que el deseo ardoroso de ver a su mujercita, fue la nostalgia del
pago, extendiéndose en espeso nublado por su espíritu. El recinto del
cuartel, no obstante su amplitud, aparecíasele con estrechez de celda,
en la cual sus pulmones, habituados al derroche de aire y luz en las
inmensidades camperas, trabajaban con fatiga. Flaqueó su energía, una
lágrima humedeció sus ojos...

Por largo rato anduvo errante, fumando con vicio, baja la vista,
el cuerpo encorvado y el pensamiento distante, muy distante, reco-
rriendo los llanos y las cuchillas, las cañadas y los arroyos de la co-
marca nativa, o durmiéndose a la sombra del frondoso paraíso del
patio de su estancia, junto a Rosa, sol de sus días, luna de sus noches,
estrella del rumbo en el viaje de la existencia... Sin duda alguna el
sufrimiento iba desgastando rápidamente sus energías orgullosas. Sólo

así podía explicarse que se acercara a un grupo de oficiales reunidos bajo el corredor del cuartel, y que, cuadrándose y haciendo la venia dijese:

—Mayor... Vengo a pedirle que me dejen salir siquiera una vez...

Los oficiales lo miraron con asombro.

—¿Quién es este idiota? —preguntó el jefe.

Imperial respondió, humildemente, sin experimentar el ardor de la bofetada:

—Soy un vecino bueno, señor; no he hecho mal a nadie, se me trajo por maldad; tengo familia, señor; no he cometido ningún delito...

El mayor lo miró fijamente y dijo:

—¿Tenéis mujer?...

—Si, señor.

—¿Es linda?

Imperial comprendió y enrojeció de indignación. Le castañearon los dientes, se le inyectaron de sangre las conjuntivas, tembló todo y respondió con voz ronca:

—¡Es linda y es mía!... ¡Es mía como el ganado de mi señal y los caballos de mi marca!... Vos, ¡canalla!, no has de tener... ¡ni padre!...

Jefe y oficiales pusiéronse de pie echando mano a las armas. El primero gritó:

—¡Cabo cuarto! —y cuando aquel llegó presuroso, acompañado de dos soldados, agregó, serenado ya:

—Lleven ese hombre al calabozo y délen cincuenta azotes.

Facundo no intentó resistir: sus fuerzas físicas y morales estaban agotadas. Se sometió; lo llevaron y soportó resignadamente el tormento. ¿Qué había de hacer el infeliz? ¿Qué puede hacer un hombre a quien le cae encima una montaña o lo arrastra un río desbordado?...

## V

Pasaron dos meses más, y Facundo escribió a su esposa una segunda carta concebida así:

"Mi prenda querida: Hace cerca de medio año que me tienen encerrado; en todo ese tiempo no he salido a la calle una sola vez; y tú no te imaginas como es triste tal vida de galpón para un potro como yo. ¡No sé por qué me muestran tanto rigor; no sé por qué me queman con la marca tan sin piedad!... El coronel me prometió darme salida un día de estos.

Me dijo que no se me dejaba salir temiendo me desertase. He contestado que no. ¿Dónde voy a ir? Protesto y no me creen. El coronel

es bueno, no me trata mal, pero desconfía, a pesar de que yo, sin renunciar a mis propósitos, trato de ocultarlos, convencido de que sólo
la astucia puede ayudarme en este trance. Será lo que Dios quiera.
Adiós mi amada, muy amada"...

Ya Imperial era un soldado hecho; ya no se mostraba tan huraño;
hablaba con los camaradas, en ocasiones aceptaba un trago de caña
y a veces reía. La bárbara disciplina del cuartel había quebrado su
carácter altanero, su soberbia gaucha. Las humillaciones diarias, los repetidos insultos, los continuos castigos, habían concluido por domar-
lo. Carcomida la dignidad, coraza mortal, la moral se destruía precipi-
tadamente, como se destruye una muela después de averiado el marfil protector. Llegó a ser, al igual del mayor número, un esclavo sometido. Pero así y todo no le dejaban salir. Ahora, mordido en lo
hondo por la degradación progresiva, la idea vengativa había casi
borrádose en su mente; apenas le atormentaba el recuerdo de la esposa ausente, de la fortuna secuestrada, de la vida antigua de señor
rico en pago propio. Al oír, en el crepúsculo de la cuadra, las relaciones de los camaradas contando sus divertimientos durante las veinticuatro horas de franquicia, la envidia le roía el pecho, desesperado
por salir, por beber con ellos el *duraznillo* en el almacén de la esquina, por echar con ellos una moneda de cobre en el *cuadro* de una
ruleta, por *amacarse* como ellos, en las danzas lascivas de una *academia*, por gozar, como ellos, la embriaguez consoladora de las negras
abyecciones...

Salir, aun cuando fuese por un rato, abandonar siquiera por una
hora la terrible cárcel, llegó a ser una obsesión en Facundo. Venciendo las últimas resistencias del amor propio, se atrevió un día a
solicitar humildemente del coronel un permiso de salida. El jefe contestó con sequedad:

—No.

—Pero señor —balbució Imperial— vea que hace un año que me
tienen encerrado. ¡Déjeme salir un ratito no más!...

—¡He dicho que no, retírate!

Facundo insistió:

—¿Qué crimen tengo, señor, para que me traten así?

—El de ser bobo con mujer bonita.

El gaucho enmudeció; púsose densamente pálido; subióle algo
amargo a la garganta, se le nubló la vista, resurgió el orgullo y tornó
a salir a flote la dignidad adormecida a palos.

—¡Miserables! —exclamó.

Y ante el asombro del jefe, repitió:

—¡Miserables!... ¡Sí, miserables! ¡bandidos! ¡verdugos! ¡todos
ustedes!...

Cinco minutos después, Imperial golpeado y maniatado era conducido al calabozo, de donde debería salir la madrugada del día si-

guiente para sufrir el inquisitorial castigo a que lo había hecho acreedor su incalificable insubordinación.

Al venir la aurora, el batallón estaba ya formado en cuadro en la plaza de armas. Reinaba un profundísimo silencio, y entre aquellos cuatrocientos hombres más o menos envilecidos, ningún labio se atrevía a sonreír.

Imperial, custodiado por cuatro soldados, llegó hasta el medio del cuadro.

Trajeron una silla; el coronel hizo su entrada, se sentó y cruzó la pierna.

Cuatro reclutas llegaron llevando un poncho patrio, que tendieron en el suelo; otro apareció con un balde de salmuera; dos soldados siguieron, cargados con haces de varas de membrillo.

Todos estos preparativos realizábanse en medio de un silencio absoluto, siniestro, casi fúnebre. Hacía frío, el aire estaba inmóvil; escasa claridad llegaba hasta la plaza de armas, y los soldados, rígidos, mudos, el arma en descanso, parecían hileras de peñascos sombríos.

A una señal del jefe adelantaron diez cabos que se abrieron en dos filas. Imperial despojado de sus ropas, fue llevado allí y obligado a acostarse, boca abajo, sobre la bayeta roja del poncho patrio. Los cuatro reclutas lo sujetaron de pies y manos. Entonces el coronel sacó del bolsillo interior de la blusa un cigarro habano, le quebró la punta con los dientes, escupió el fragmento, y con voz imperativa, ordenó:

—¡Rompan diana!

Luego, encendió el puro, aspiró una humada, y dijo:

—¡Rompan el castigo!

El primer cabo de la derecha, hincó una rodilla en tierra, apoyó el codo de la diestra sobre la otra rodilla y la vara de membrillo se alzó, silbó y cayó sobre las carnes desnudas. La víctima lanzó un grito y se encogió forcejeando inútilmente por escapar a los reclutas que le tenían amarrado. El cabo, después de descargar rápidamente los diez azotes reglamentarios, se levantó cediendo el sitio al contiguo.

Facundo se revolvía desesperado, mientras las varas caían incesantemente, rítmicamente, sobre las carnes maceradas. Y los gritos, los rugidos, las súplicas y las blasfemias eran apagados por la voz de bronce de los clarines y el sordo redoble de las cajas.

Por fin el coronel arrojó el cigarro. Era la señal: los verdugos suspendieron el castigo; la diana cesó. Uno de los cabos, tomó el balde de salmuera, y, con un hisopo de trapo, roció las carnes despedazadas de Facundo, quien yacía sin conocimiento.

En seguida el coronel se puso de pie, adelantóse hasta el centro del cuadro, y con voz tranquila, suave, paternal, como quien da un bondadoso consejo, dijo, dirigiéndose a la tropa:

—Que esto sirva de ejemplo.

## VI

Sólo después de transcurrido un mes pudo Facundo volver a las filas. Pero ya no era Facundo: ya no quedaba de él nada del paisano noble y altivo, del hombre de vergüenza, del ser libre, consciente y amante de su derecho. Olvidó que tenía campos y haciendas; olvidó hasta la mujercita tan entrañablemente adorada. Las heridas abiertas en su alma por las primeras humillaciones, habían cicatrizado. Ni recordaba la injuria ni pensaba en venganzas. Por el contrario, adulaba a los jefes, se había hecho servil como todos sus compañeros de infortunio.

De tiempo en tiempo, muy de tarde en tarde, solía recibir cartas de Rosa; cartas breves, frías, indiferentes; frases de condolencia y protestas de cariño que sentía falsas, que no llevaban el mínimo calor de las almas que quieren y padecen: Imperial sufrió; sufrió, pero disculpó, perdonó.

Andando el tiempo, Rosa dejó de escribir; Facundo mismo lo hacía muy de tarde en tarde, y sus cartas no tenían ya la vehemencia cariñosa de las anteriores. Su amor, como todos sus sentimientos, fue apagándose de una manera lenta y continua, en la disolución progresiva de su sentido moral. Si alguna vez recordaba sus campos, sus rodeos, sus caballos, el viejo edificio paterno, no lo hacía echando de menos los bienes perdidos, sino considerándolos como propiedad ajena, como algo que no había sido suyo y que le gustaría disfrutar... Solía ocurrirle en las noches, tendido boca arriba sobre la dura tarima de la cuadra, solía ocurrirle evocar el recuerdo de Rosa, solía imaginársela en brazos de otro hombre, sin experimentar torturas.

Había aprendido a emborracharse, estaba iniciado en todas las infamias y en todas las degradaciones cuarteleras. Su existencia anterior no existía en la memoria. El embrutecimiento iba invadiendo cada día una nueva zona del cerebro. Ya no sabía pensar.

Su cuerpo holgaba dentro del uniforme; su rostro, demacrado, color ocre, mostraba los pómulos salientes entre el hueco de las mejillas y el hueco orbitario; en el fondo de éstos, los ojos de córnea amarillenta parecían sin movimiento y sin luz, como si se hubiese roto la comunicación con el alma. El cabello comenzaba a ralear y a blanquear; surcos profundos marchitaban la frente y multitud de arrugas estriaban las sienes. Y, sin embargo, el cuerpo erguido, la cabeza alta, las piernas firmes, parecían no sentir extenuación ni dolor. Su cuerpo, al irse secando, había concluido por perder la sensibilidad física, del mismo modo que su alma, corrompiéndose, había perdido la sensibilidad moral.

Pero el mal iba haciendo estragos y un día lo abatió, en un instante, de un solo golpe. Hubo que conducirlo al hospital. Allí pasó muchos días, muchos días, humilde y resignado como una bestia enferma.

La monótona igualdad de sus horas fue turbada en la tarde de un jueves por un extraordinario acontecimiento, la inesperada visita de su mujer. Facundo la reconoció apenas. La encontró gruesa, vulgar, ajada y negra.

¿Por qué había venido?... Tomando quizá su enfermedad como pretexto para divertirse en la capital que no conocía. Esta suposición le hizo advertir que Rosa vestía un traje de seda y un elegante sombrero, no salidos, seguramente, de las torpes manos de las modistas del pueblo.

—¿Cuándo viniste? —preguntó el enfermo, sin entusiasmo, sin emoción, olvidado en absoluto su pasado.

—Hace cinco días —replicó Rosa; y luego comprendiendo su aturdimiento, agregó:

—No vine a verte antes porque llegué algo enferma. ¡Con el viaje tan largo! y ¡con los disgustos! ¡los disgustos, sobre todo!... Además no tenía nada que ponerme; vos sabés lo que son las modistas de allá: unas mamarracheras.

Facundo sonrió tristemente. En otro tiempo le habría desgarrado el alma la impiedad de las palabras que escuchaba; ahora en su miseria infinita, tenía el alivio de una insensibilidad completa.

—¿Viniste sola? —preguntó.

Rosa se turbó, se puso escarlata, tosió y dijo después:

—No; Espinel me acompañó... El pobre siente mucho lo que te pasa y se ha comprometido a trabajar para que te suelten.

En seguida, recobrando el aplomo, empezó a bordar su mentira, explicando con frases precipitadas, como el comisario se le había ofrecido, muy respetuosamente, ¡eso sí!, asegurándole que él no tenía ninguna culpa, que estimaba mucho a su amigo Imperial y que estaba dispuesto a sacrificarse por servirlo.

El enfermo oyó todo eso con profunda indiferencia, como quien oye la narración de sufrimientos tan ajenos y lejanos que ni conmueven ni interesan.

Al cabo de media hora de charla vacía y necia, Rosa se levantó, pretextando una visita al médico.

—¿No precisás nada?

—Nada, gracias.

Ella le tendió la mano, sin atreverse a darle un beso, y partió, haciendo crujir la falda de seda. Los demás enfermos sonrieron. Imperial cerró los ojos y quedó inmóvil en su deliciosa insensibilidad de bestia que, cansada de trabajar, se siente morir sin dolores.

Durante un mes Rosa visitó con frecuencia a su marido; las primeras veces sola, luego cínicamente acompañada por Espinel, cuya presencia no impresionó de ningún modo a Facundo. En una de esas visitas, que eran cada vez más breves, Rosa se despidió la primera y salió. El comisario entonces preguntó al enfermo:

—¿No precisa nada, amigo Imperial?... Ya sabe, si algo se le ofrece, ocupe al amigo, con confianza...

Facundo reflexionó. Su mujer no le había llevado en sus visitas el más insignificante obsequio; nunca fue capaz de dejarle una moneda, ni él de solicitarla, no por vergüenza, sino por timidez... Un momento permaneció indeciso; luego, con la impudicia de los seres miserables, hundidos en la crápula, saturados de ignominia, exclamó:

—Si tuviera unos realitos... pa tabaco...

# ROBERTO J. PAYRÓ

ARGENTINO
(1867-1928)

*La labor literaria de Roberto Payró incluye teatro, crónicas históricas, cuentos y novelas. Incursionó también en la poesía a muy temprana edad, pero no prosiguió en este género. Su contribución más perdurable se encuentra en su prosa narrativa en la que destacan las novelas* El casamiento de Laucha *(1906);* Divertidas aventuras del nieto de Juan Moreira *(1911) y el volumen de cuentos* Pago Chico *(1908).*

*Un aspecto esencial en la obra de Payró —y especialmente en los tres libros citados— es su preocupación por relacionar la actitud y perfil éticos de sus protagonistas con la sociedad en que se desenvuelven. A través de la sátira, de la ironía o del humor, Payró penetra críticamente en los fundamentos morales, jurídicos y políticos de lo social. Esta visión expone la corrupción generalizada de estamentos sociales, entre ellos, el de la justicia y el de los medios de comunicación. Critica, además, el poder político conseguido fraudulentamente y el círculo de grupos políticos criollos que rechazan el cambio.*

*Payró comienza a trabajar como periodista ya a los dieciocho años, a los veintidós funda en Bahía Blanca* La Tribuna, *diario que no habría de durar mucho debido a problemas económicos. En 1891 empieza a trabajar en* La Nación, *donde se desempeñaría toda su vida. En este diario escribió una gran cantidad de artículos y realizó viajes relacionados a su labor periodística. De su viaje a la Patagonia surge el libro* La Australia Argentina *(1898); luego se dirige hacia las provincias argentinas del noroeste, lo que origina su libro* En las tierras de Inti *(1909). Una herencia familiar le permite viajar a Europa con su familia en 1908. Vive primero en Barcelona, luego en Bélgica. Desde aquí envía sus colaboraciones a* La Nación, *artículos sobre los acontecimientos que presenciaba, la guerra, la ocupación alemana. Regresa definitivamente a Argentina junto con su familia en 1922. Otras obras de Payró son los relatos* Violines y toneles *(1908),* Nuevos cuentos de Pago Chico *(1928) y* Cuentos del otro barrio *(1931); las crónicas* El capitán Vergara *(1925) y* El mar dulce *(1927). Algunas de sus obras de teatro son* Sobre las ruinas *(1902),* El triunfo de los otros *(1907) y* Marco Severi *(1907). "Poncho de verano" es un relato de la colección de cuentos* Pago Chico.

*En "Poncho de verano" se distinguen claramente tres instan-*
*cias narrativas. La primera pormenoriza el ambiente sociopolí-*
*tico, en el cual se van a desencadenar los sucesos relativos a la*
*injusta tortura de un campesino. La tienda de Silvestre es el es-*
*pacio de esta secuencia inicial del relato en la cual la oratoria*
*de personajes como Viera, director del periódico* La Pampa, *don*
*Ignacio, líder de la oposición al gobierno, va presentando críti-*
*camente el estado de cosas al que ha conducido la corrupción de*
*las autoridades, acentuado por la inercia y silencio sociales.*

*El segundo momento del relato es la narración de la relación*
*entre víctima y victimario. Tanto el comisario Barraba como el*
*campesino Segundo son descritos como expresiones simbólicas*
*finales de una cadena que —de acuerdo con la práctica estética*
*de Payró— nos deben situar críticamente frente a la verdadera*
*fuente del problema. La escena de la tortura del campesino —una*
*interminable caminata del personaje con un poncho de cuero que*
*se encoge con el calor inmenso y estrangula— es de una lograda*
*narratividad tensiva. Escena de iniquidad expandida por su inten-*
*ción de señalar hacia un correlato social determinado y también*
*por el utilizamiento de un correlato bíblico. Este último se advierte*
*en el nombre del comisario Barraba cercano a Barrabás (quien*
*sería el verdadero criminal perdonado en lugar de la víctima) y*
*en el suplicio de Segundo similar al de Jesucristo, es decir la ca-*
*minata torturada, la resignación, el dolor, la humillación, la re-*
*dención, el sudor mezclado con la sangre, la sed, la persona que*
*se atreve a darle de beber.*

*Finalmente, la tercera parte del cuento corresponde a la infor-*
*mación oficial y justificatoria de los hechos entregada por el pe-*
*riódico gobiernista y a la implícita toma de posición del narrador*
*que condena tal tropelía, aclarando explícitamente, luego, el resul-*
*tado ventajoso para el comisario y la destrucción individual, fa-*
*miliar y social de que ha sido objeto la víctima. Esta última parte*
*establece nuevamente la importancia que Payró atribuye a la fun-*
*ción social de la literatura. Narrativamente se retoman además*
*los aspectos de crítica registrados en la primera parte como si*
*hubiera la necesidad de recalcar la intencionalidad del cuento.*

## PONCHO DE VERANO

Desde meses atrás no se hablaba en Pago Chico sino de los robos de
hacienda, las cuatrerías más o menos importantes, desde un animalito hasta un rodeo entero, de que eran víctimas todos los criadores

del partido,´ salvo, naturalmente, los que formaban parte del gobierno de la comuna, los bien colocados en la política oficial, y los secuaces más en evidencia de unos y otros.

La célebre botica de Silvestre era, como es lógico, centro obligado de todo el comentario, ardoroso e indignado si lo hay, pues ya no se trataba únicamente de principios patrióticos: entraba en juego y de mala manera el bolsillo de cada cual.

Por la tarde y por la noche toda la "oposición" desfilaba frente a los globos de colores del escaparate y de la reluciente balanza del mostrador, para ir a la trastienda para echar un cuarto a espadas con el fogoso farmacéutico, acerca de los sucesos del día.

—A don Melitón le robaron anoche, de junto a las mismas casas, un padrillo fino, cortando tres alambrados.

—A Méndez le llevaron una puntita de cincuenta ovejas Lincoln.

—Fernández se encontró esta mañana con quince novillos menos, en la tropa que estaba preparando.

—El comisario Barraba salió de madrugada con dos vigilantes y el cabo, a hacer una recorrida...

Aquí estallaban risas sofocadas, expresivos encogimientos de hombros, guiños maliciosos y acusadores.

—Él mismo ha'e ser el jefe de la cuadrilla —murmuraba Silvestre, afectando frialdad.

—¡Hum! —apoyaba Viera, el director de *La Pampa*, meneando la cabeza con desaliento—. Cosas peores se han visto, y él no es muy trigo limpio que digamos...

—¡Él! —gritaba don Ignacio, caudillo opositor... todavía—. Es un peine que ni caspa deja. ¡Y cómo está pelechando el hombre! No hace mucho se compró la casa en que vive; áura ha adquirido una quinta junto al arroyo... ¿De ánde saca p'a tanta misa? Negocios no se le conocen, la suvención de la municipalidá no es cosa y los cinco o seis vigilantes que se come y no aparecen más que en las planillas no dan p'a esos milagros... ¡Él ha de mojar no más en los a-bi-ge-a-tos!

Los otros grupos de independientes y opositores explanaban el mismo tema y compartían la misma opinión: el gran cuatrero, pudiera o no pudiera probársele, era indudablemente el comisario Barraba. quién sabe si con la complicidad de otros funcionarios, pero, en cualquier caso, con su tolerancia... "La corrupción del poder —como decía *La Pampa*— es tan contagiosa, que cuando invade a un cuerpo no deja un solo miembro libre, y luego sigue transmitiéndose alrededor, de tal manera, que todos vienen a quedar infestados, si se descuidan."

—Así te diera yo a vos alguna coima, y veríamos —refunfuñaba el señor comisario, para sus grandes bigotes.

Entretanto, el escándalo y la indignación pública iban subiendo de punto. Ya no era únicamente *La Pampa* la que revelaba y consideraba los robos de hacienda, pintando a Pago Chico como una cueva de ladrones; los periódicos de la capital, informados por parte interesada, comenzaron también a poner el grito en el cielo, espantados de que tales cosas ocurrieran en "la primera provincia argentina", mientras el gobierno, llamado a velar por los intereses generales, se hacía el sueco al clamor creciente de los despojados, convirtiéndose en encubridor y fomentador de bandoleros.

Aunque la superioridad continuara sin inmutarse, sorda como una tapia y muda como una piedra, Barraba comenzó a sentir sus recelos...

—¡Hay que hacer algo! —se decía, multiplicando sus inútiles salidas en persecución de cuatreros y vagabundos, incomodado por las irónicas sonrisas y los ademanes burlescos con que ya se le atrevían los vecinos al verlo pasar...

—Sí —peroraba don Ignacio una noche en la botica—, cuatrero es cualquiera, cuatreros somos todos; ¿cómo lo h'e negar? Los mismos piones que tengo, mañana s'irán y me robarán la hacienda; pero mientras estén en mi casa no, porque les parecería demasiada ruindá. El vecino roba al vecino en cuantito se mesturan los animales, o a gatas tienen ocasión. Roba el que pasa sin mal'intención por un campo, si tiene hambre y está solo y le da gana de comerse una lengua'e vaca o un lindo asau de cordero... Le roba el paisano haragán que vive "con permiso" en el ranchujo que alza en un rincón de su campo, y que con cuatro o cinco vacas tiene carne toda la vida, y con una majadita de cuarenta o cincuenta ovejas vende casi más lana y más cueros que usté... ¿Y sabe p'a qué tiene animales? ¡Bah! ¡si le dan trabajo!... ¡tiene p'al derecho a la marca y las señales con que se apropea de todo lo orejano que le cai cerca!... Le roba el alcalde, que ya comienza a ser autoridá, y no tiene miedo que lo castiguen... Y por lo consiguiente, las demás autoridades...

—¡Pero esto es Sierra Morena! —exclamó el doctor Pérez y Cueto, exagerando aún su acento español—. Y el gobierno de la provincia debería...

—Ya l'he dicho —interrumpió don Ignacio— que el gobierno no tiene coluna más fuerte que el cuatrero, ya sea de profesión, ya por pura bolada de aficionau. Los cuatreros son sus primeros partidarios; ésos son los que eligen los electores, los diputados, los municipales; ésos son los que sostienen, junto con los vigilantes, a la autoridá del pago, y de ahí el mismo gobierno. Y p'a pagarles, el gobierno los deja vivir, ¡es natural! En tiempo de elección les hace dar plata, pero como no puede estar dándoles el año entero, los contempla cuando comienzan a robar otra vez...

Todos apoyaron. El doctor Pérez y Cueto se había quedado meditabundo. De pronto alzó la cabeza y dijo con énfasis, recalcando mucho las palabras:

—Esa especie de connaturalización con el cuatrerismo, que lo convierte casi en una tendencia espontánea y general, debe tener y tiene sin duda su explicación sociológica. Pero ¿cuál? ¿Será el atavismo? ¿Se tratará en este caso de una reaparición, modificada ya, de los hábitos de los conquistadores y primeros pobladores, acostumbrados a considerar suyo cuanto les rodeaba, por el derecho de las armas y hasta por derecho divino?... La herencia moral de este país no es, indudablemente, ni el respeto a la propiedad ni el amor al trabajo...

Profundo silencio acogió estas palabras que nadie había comprendido bien, y el doctor Pérez y Cueto dio las buenas noches y salió, para correr a repetírselas a Viera, deseoso de que no se perdiesen...

Poco después entró en la trastienda Tortorano, el talabartero, restregándose las manos y riendo, como portador de una noticia chistosa.

—¿Qué hay? ¿Qué hay? —le preguntaron en coro.

—¡Barraba ha salido con una partida, a recorrer!... —exclamó Tortorano—. Y hace un rato gritaba en la confitería de Cármine que de esta hecha no vuelve sin un cuatrero, ¡muerto o vivo!...

Todos se echaron a reír a carcajadas, festejando con chistes, dicharachos y palabrotas la declaración del comisario...

Y, sin embargo, éste supo cumplir su palabra...

Cuando ya regresaba, al amanecer, con las manos vacías —¿y a quién tomar, en efecto, si no se tomaba a sí mismo?—, después de haber pernoctado en una estancia lejana, Barraba vio un hombre que se movía a pie, en el campo, cargado con un bulto voluminoso y lejos de toda habitación. El individuo iba hundiéndose en la niebla, todavía espesa, de una hondonada, junto al arroyo medio oculto por las grandes matas de cortadera. Barraba, entrando en sospechas, espoleó el caballo para reunírsele. ¡Su buena estrella!...

Cuando lo alcanzó no pudo ni quiso retener un sonoro terno, mitad de cólera, mitad de alegría:

—¡Ah, ca... nejo! ¡Al fin caíste!...

El hombre iba cargado con un hermoso costillar bien gordo y un cuero de vaca recién desollado: iba sin duda a esconderlo en alguna cueva de las barrancas del arroyo, pues, ya de día claro, no era prudente andar con aquella carga, a vista y paciencia de quien acertara a pasar por allí... Al oír el vozarrón del comisario que se echaba a rienda suelta, tiró cuero y costillar y trató de correr a ocultarse entre un alto fachinal que allí cerca entretejía su impenetrable espesura. Pero Barraba, más listo, le cortó el paso con una hábil evolución.

—¡Ah, eras vos! —exclamó al ver enfrente a Segundo, pobre paisano viejo, cargado de familia, que se ganaba miserablemente la vida haciendo pequeños trabajos sueltos—. ¿Conqu'eras vos, indino, canalla, hijuna!... ¡Tomá, sinvergüenza, ladrón, bandido!

Y haciendo girar el caballo en estrecho círculo alrededor de Segundo, descargóle una lluvia de rebencazos por la cabeza, por la espalda, por el pecho, por la cara... Bañado en sangre, tembloroso y humilde, el otro apenas atinaba a murmurar:

—¡Señor comisario..., señor comisario!...

Los vigilantes se reunieron al turbulento grupo y quisieron "mojar" también dando algunos lazazos al matrero, tomado in fraganti. Pero Barraba, celoso de sus funciones de verdugo, los hizo apartar y siguió azotando hasta que se le cansó, "más que la mano, el rebenque".

Segundo había quedado en tierra, y resollaba fuerte, angustiosamente, pero sin quejarse. Tenía el cuerpo cruzado de rayas rojas en todas direcciones, la mejilla derecha cortada por la lonja, y de las narices le brotaba un caño de sangre...

—¡A ver! ¡Llevenló en ancas! ¡Tenemos que llegar temprano p'a darles una buena lección! ¡Lleven el cuero también! —gritó el comisario.

Y apretando las piernas a su caballo enardecido por la brega, tomó a todo galope en dirección a Pago Chico, que no estaba lejos ya.

Segundo, bamboleándose en la grupa del caballo de un vigilante, con una nube en los ojos, la cabeza trastornada y los miembros molidos, balbucía:

—¡Por la virgen santa!... ¡Por la virgen santa!...

El agente, fastidiado por aquella dolorosa y continua letanía, volvióse por fin, colérico:

—¿De qué te quejás? ¡Tenés lo que merecés y nada más! ¿A qué andás robando animales?...

Segundo hizo un esfuerzo:

—¡Era la primera vez —murmuró—, la primera! Encontré esta vaquillona muerta... Mandinga me tentó..., la "cuerié"... Pero es la primera vez, por éstas... —y poniendo las manos en cruz, se las besaba...

—¡Ya t'entenderás con el juez!... ¡Lo qu'es a mí, maní!... ¡No me vengás con agachadas, ché!

El sol comenzaba materialmente a rajar la tierra cuando llegaron a la comisaría, bañados en sudor hombres y caballos. La naturaleza entera parecía jadear bajo los rayos de plomo y el viento del norte, cargado de arena, quemaba como el hálito de la boca de un horno. Las hojas de los árboles, achicharradas, crujían al agitarse, como pedazos de papel. Pago Chico entero estaba metido en su casa. El comisario, en la oficina, se refrescaba con una pantalla, en mangas de camisas, tomando mate amargo que asentaba con un traguito de ginebra, "p'al calor". Había llegado mucho antes que su escolta, montada en inservibles matungos patrias, más inservibles aún con aquella temperatura tórrida.

—¡Ahí está el preso! —le anunció el asistente, cuadrándosele.

—¡Bueno! ¡Que le pongan el cuero de poncho y lo hagan pasear por la plaza hasta nueva orden! —gritó Barraba.

La plaza era, como es sabido, un inmenso terreno de dos manzanas, sin un árbol, sin una planta, sin una matita de pasto, en que el sol derramaba torrentes de fuego, como si quisiera convertir en ladrillo aquella tierra plana e igual, desolada y estéritl.

El comisario salió en mangas de camisa, con el mate en la mano, a presenciar el cumplimiento de su orden.

El cuero, fresco y blando, fue desdoblado; con un cuchillo hízosele en el centro un tajo de unos treinta y cinco centímetros de largo... Segundo fue conducido al patio, donde se ejecutaba esta operación; casi no podía tenerse en pie... Lo obligaron a meter la cabeza por el boquete del cuero, y uno de los agentes alisó con cuidado los pliegues, ajustándolos al cuerpo.

—¡Lindo poncho fresco... de verano! —exclamó Barraba, chanceándose alegre y amablemente.

Los que estaban en el patio —y sobre todo el escribiente Benito, aquel que "era más bruto que un par de botas"— festejaron el chiste del superior, riendo con más o menos estrépito... según la jerarquía.

Segundo callaba, sin darse cuenta aún de lo que iba a suceder. Por delante y por detrás, el improvisado poncho llegábale a los pies; a ambos lados, partiendo de los hombros, se abría como una especie de esclavina.

—¡Bueno, marche! —mandó el comisario—. ¡Y con centinela a la vista! ¡Que no se pare; y si se para, déle lazazos no más!

El viejo salió tropezando, seguido por vigilantes. Cruzaron la calle, entraron en la plaza y comenzó el paseo... En los primeros momentos, las cosas no anduvieron demasiado mal. Uno que otro vecino, asomado por casualidad, y viendo el insólito aspecto del hombre vestido con tan extraño poncho, se apresuró a inquirir de qué se trataba. La noticia cundió. Entreabriéronse puertas y ventanas, dejáronse ver cabezas de hombres, mujeres y niños; un rato después comenzaron a formarse grupos en las aceras con sombra y a volar comentarios de unos a otros:

—Es Segundo.

—¡Pobre! ¿Y qué ha hecho?

—Parece que lo han pillau robando animales...

—¡Él! ¡Bah! ¡No es capaz!

—¡Un viejo infeliz!

—¡Qué quiere, amigo! ¡La soga se corta por lo más delgado!

Pago Chico entero no tardó en hallarse reunido alrededor de la plaza, y el gentío era aún más numeroso que el día de la fracasada ascensión del globo aerostático. No quedó un perro en su casa, y en el ámbito asoleado zurría un zumbido de colmena.

El paseo de Segundo continuaba hacía ya una hora. El desdichado intentó detenerse una o dos veces, pero el activo rebenque hizo desvanecer sus ilusiones de descanso... El sudor corría por su rostro, mezclado con la sangre coagulada que disolvía; flaqueábanle las piernas, y comenzaba a sentirse estrecho en el poncho de cuero, poco antes tan holgado. Éste, en efecto, secándose rápidamente con el sol —harto rápidamente, pues para ello se había cuidado de poner el pelo hacia adentro—, iba poco a poco oprimiéndolo por todas partes, como un ajustado "retobo", hasta obligarlo a acortar el paso. Y su interminable viaje seguía, en medio de aquella atmósfera de fuego, bajo las miradas de la multitud, que empezaba a indignarse y a dejar oír murmullos irritados... Ya se habían relevado tres agentes, muertos de calor, pero la marcha continuaba, implacable, y el poncho seguía estrechándose, estrechándose, impidiendo todo movimiento que no fuese el cada vez más corto de los pies del triste torturado, haciéndole crujir los huesos.

—¡Basta! ¡Basta! —gritaron algunas veces.

—¡Basta! ¡Basta! —repetían algunas otras de vez en cuando.

El gentío, sobrecogido, olvidaba el calor. Segundo había pedido agua muchas veces, con voz apagada y balbuciente de moribundo. Un vecino, más caritativo y menos temeroso que los demás, le dio de beber. Al relevarse el centinela, el comisario ordenó al que iba a hacer la nueva guardia:

—¡Que nadie se acerque al preso!

Al martirio del cuero que ya amenazaba descoyuntarlo, agregóse entonces la tortura de la sed...

Varias personas caracterizadas se presentaron a Barraba, pidiéndole que hiciera cesar el suplicio. Barraba se echó a reír.

—¿De qué se queja? ¡Tiene poncho fresco... de verano!... ¡Dejen, que así aprenderá a carnear ajeno!...

—Pero, señor comisario... —le suplicaron.

—¡Bueno! ¿Y áura salimos con ésas?... ¿Y no andan ustedes mismos diciendo que hay que darles un "castigo ejemplar" a los cuatreros?...

—Segundo es un infeliz, y...

—¡No hay infeliz que valga!

—¡Y creemos que el juez!...

—¡Basta! ¡Callensé la boca! ¡Aquí mando yo, caray! ¿Por quién me han tomau, y qué se piensan?...

Cuando los postulantes salieron, Segundo rodaba, desmayado entre el polvo, tieso como un tronco seco, rígido, aprensado en los tenaces y rudos pliegues rectos del cuero, que le penetraba en las carnes. Había soportado el atroz suplicio sin lanzar un ay, mientras tuvo fuerzas para mantenerse en pie...

Hubo que sacarle el poncho cortándolo con cuchillo. De la plaza se le llevó casi agonizante al hospital.

Barraba reía con los suyos en la oficina:

—¡Poncho de verano! ¡Qué gracioso!... Miren que poncho de verano . . . . . . . . . . . . . . . . . . . . . . . . . . . . . . . . . . . . . . . . . . . . . . . . . . . . . . . . . . . . . . . . . . . . . . . . . . . . . . . . . . . . . . . . . . . . . . . . . . . . . .

Párrafo del editorial aparecido al día siguiente en *El Justiciero*, periódico oficial de Pago Chico:

"El comisario Barraba ha satisfecho ampliamente la vindicta pública y merece el aplauso de todas las personas honradas, pues la terrible y merecida lección que acaba de dar a los cuatreros hará que cesen para siempre los robos de hacienda, aunque algunos la tachen de cruel y arbitraria, amigos como son de la impunidad. ¡Siempre que extirpe un vicio vergonzoso y perjudicial, una aparente arbitrariedad es evidente buena acción!"

Dos meses después Segundo estaba en Sierra Chica, su familia en la miseria y el señor comisario se compraba otra casa...

# TOMÁS CARRASQUILLA

COLOMBIANO
(1858-1940)

*Al seguirse los rumbos de la historiografía literaria tradicional, la obra de Tomás Carrasquilla queda enmarcada dentro del criollismo. Esta clasificación oculta la riqueza narrativa del escritor colombiano al desconectarla de su penetrante comunicación con las corrientes de la modernidad hispanoamericana. La primera valoración sobre el carácter moderno de la obra de Carrasquilla correspondió a Federico de Onís, apreciación registrada en el prólogo a* Obras completas *(Madrid: Epesa, 1952). Aun cuando hoy todavía surge alguna aproximación insistiendo en el lineamiento criollista del autor, hay enfoques cuidadosos que estudian su obra sin el prejuicio de un estrechamiento generacional. La prosa del escritor colombiano es de una gran riqueza sintáctica y léxica, de un estupendo registro artístico en la caracterización sicológica de los personajes, y de una visión de intensos tonos realistas puestos en el límite de lo irreal.*

*Tomás Carrasquilla nació en Santo Domingo, Colombia. El escritor colombiano no viajó fuera de su país, murió en Medellín en 1940. Su producción novelística comprende* Frutos de mi tierra *(1896);* Luterito *(1899);* Salve, Regina *(1903);* Entrañas de niño *(1906)* Grandeza *(1910);* Ligia Cruz (Acuarela H.) *(1920/1926);* El Zarco *(1922/1925). Luego viene su novela más conocida* La Marquesa de Yolombó *que empezó a aparecer como folletín del diario* Colombia, *de Medellín, en 1926, publicada como libro en 1928;* Hace tiempos *(1935-1936) publicada en tres tomos:* Por aguas y pedregones *(primer tomo, 1935);* Por cumbres y cañadas *(segundo tomo, 1935);* Del monte a la ciudad *(tercer tomo, 1936).*

*Los relatos de Tomás Carrasquilla se fueron publicando en un espacio que abarca más de tres décadas. La siguiente ordenación cronológica permite apreciar la continuidad de su producción cuentística:* "Simón el mago" *(1890);* "En la diestra, de Dios Padre" *(1897);* "Blanca" *(1897);* "Dimita Arias" *(1897);* "El ánima sola" *(1898);* "San Antoñito" *(1898);* "¡A la plata!" *(1901);* "Mirra" *(1907);* "El prefacio de Francisco Vera" *(1914);* "El gran premio" *(1914);* "La perla" *(1914);* "El rifle" *(1915);* "La mata" *(1915);* "Esta sí es bola" *(1921);* "Rogelio" *(1926).*

*Además de su inclusión en* Obras completas *(1952), los cuen-*

*tos del escritor colombiano se han recopilado en* Cuentos de Tomás Carrasquilla *(1956), volumen de veintiún cuentos, entre ellos
"Luterito" y "Salve, Regina" que también suelen considerarse
novelas cortas;* Tomas Carrasquilla. Cuentos *(1973) libro que
reúne cinco relatos.*
    *El cuento que incluyo en la antología se publicó en 1914.
Este relato es una pintura llena de rincones de abandono y desolación, de la destrucción que el tiempo deja en los objetos y en el
ser humano. Con un predominio fotográfico del blanco y negro
por sobre el color, la visión extrema del deterioro cubre con su
átmósfera pesadillesca la totalidad del espacio narrativo: "el aire
acre e infecto de la miseria"; "un pañoloncillo ralo, de algodón,
que fue negro en otro tiempo"; "tres platos de loza desportillados"; "su boca, desdentada, de labios descoloridos, se sume en
una mueca desolada, agoniosa, que infunde ideas fúnebres"; "nadie se le aproxima... es bruja y le hieden los untos". No hay
descanso en este abrumador marco deprimente. Una visión esper-
péntica de la realidad se incrusta en el eje narrativo con una sola
imagen persistente que parece redimir la totalización del desamparo y lo grotesco: el apoyo de dos seres desvalidos y la esperanza
de la visión del "ángel" (el loco Naos) que "baja" una vez, para
completar la percepción irreal que han alcanzado los personajes.*
    *El realismo extremo produce la distorsión de lo real, el ingreso
en una esfera que Carrasquilla sostiene con la misma elegancia
estilística de un Quevedo en la picaresca: el estrato de la ironía.
De allí los nombres de sus personajes Felícita, Fortunata, y el uso
de expresiones que indican lo opuesto. Un ejemplo de esta sutileza literaria es el tratamiento irónico de la pobreza y abandono
con una mención de "lujo" puramente semántica: "las arañas, la
polilla y el polvo han vestido todo aquello de tules orientales".*

# EL ÁNGEL

El resonar de la lluvia en los yarumos, el lamento del guacó, los quejidos de las gurrías y los ayes de otras aves nemorosas, anuncian las
tristezas de un nuevo día. Por las junturas, medio tapadas, de aquella
choza de vara en tierra, suspira el ábrego y despuntan los primeros
albores. Se sienten adentro las respiraciones fatigosas de un sueño in-
tranquilo y el aire acre e infecto de la miseria.
    Fortunata despierta sobresaltada y se despereza en su nido de ha-
rapos, como un gusano que rompiese su capullo. Se incorpora, fija
en el otro camastro, donde duerme la madre. ¡Gracias a Dios que

aún dormía la pobrecita! No habría pasado tan mala noche... Entre
preces y bostezos, se echa encima los míseros vestidos, y sale a la
cocina, tiritando de frío. Desentierra el tizón, que yace entre la ceniza, le junta otros carbones, y, a fuerza de soplos y pujidos, consigue que levanten llamarada. No bien arde la leña, pone al fuego un
cacharro con agua, hoja de cordoncillo y alumbre; bájale, después de
largo hervor, y, con un hisopillo que allí mismo farfulla con hilas y
un popo de carrizo, se hace un lavado dentro de las narices, entre
gestos y estornudos. Le duele, le duele mucho lastimar aquella infección crónica. Tanto, que los lagrimones le corren por las escuálidas
mejillas. Pasada la tortura, pone la magna olleta, mide tres raciones
con un cuenco de coco, echa un cuarto de panela y tres bolas de una
mezcla de maíz con algo de cacao. ¡La olleta que canta y ella que
acude con el molinillo de raíz! Arrima a las brasas las arepas de mote,
preparadas la víspera. Pone una en un plato de madera, escancia en
el coco el fementido brebaje y corre a llevárselo a la inválida.

—¡Buen día, m'hija! —clama ella en cuanto asoma.

—¡Sacramento'el altar, madre! Pasó muy tranquilita; ¿no, señora?

—¡Gracias a mi Amo y Señor y a la Virgen del Perpetuo!

—¡Qué tan bueno! Bébase su cacao, qu'está muy sabroso. ¡Tanté
que l'eché jamaica!

Torna a la cocina, y, después de tomar su totuma del consabido
bebedizo, arregla lo que ha de dejarle a la viejecita para el almuerzo.
Sin temor al frío ni a la lluvia, se fregotea brazos y cabeza y se sienta en el quicio a hacerse el gran peinado dominical. Una totuma con
agua limpia le sirve de espejo. Acicalada, pone junto a la cama de
la enferma un plato de palo, con cuchara de lo mismo, con esa a
manera de sopa de maíz cascado que los montañeros llaman "macho-
rrucio", una arepa, y otra toma ilusoria de chocolate.

—Ai le dejo su almuerzo. ¡Toíto se lo tiene que comer!

—Sí, m'hija.

—No ayune hoy de su cabito. Ai le dejo tres tabacos muy buenos
y los lucíferos.

—¿No está lloviendo muy duro, hijita?

—Ello no, señora: ¿casu es tanto? Y no se confunda: yo me tapo
con el costal y llevo el encerao por si me llueve a la güelta.

—No se vaya a lavar acalorada cuando llegue al sitio.

—Bueno, señora.

—Encomiéndeme mucho en la misa.

—Bueno, señora.

—Dígamele a mi amo el señor cura, que si puede, venga a confe-
sarme esta semana.

—Bueno, señora.

—Póngame al rincón a mi Señora del Perpetuo y écheme el rosario.

Hecho esto, descuelga de una cuerda unas sayas remendadas; se las viste, se las amarra con un chumbe, hasta dejar afuera la esqueletada pantorrilla.

Amántase, en seguida, con un pañoloncillo ralo, de algodón, que fue negro en otro tiempo; toma un costal viejo, una tela embreada y se arrodilla.

La madre la bendice y agrega:

—No se tarde mucho, hija.

—Apenas consiga el alguito, corro p'acá. Pero vusté bien sabe, madrecita, que'eso no pende de yo: en ocasiones no se les ablanda el corazón sino algo tarde. Quédese muy tranquila. ¿Quiere que le saque el huso, por si puede hilar?

—Domingo no, hijita. Destape el güeco, pa que entre la luz, y déjeme la puerta algo abierta, que yo no tengo frío.

Quita la hija un tarugo de trapos que cubre, al frente del camastro de la madre, una como lucerna, y sale. Puede entonces contemplarse el esplendor persiano de aquella miseria: los dos camastros de pingajos, resquicios de algo que fueron telas, fétidos, astrosos, arlequinescos; una como mesa, con tres platos de loza desportillados, un pocillo sin oreja y unos asientos de botella con flores de caunce y de lenguadebuey: es el altar de la Virgen. A un lado, un grabado del Nazareno; al otro, uno de San Antonio, a cuál más viejo y roído. Por asiento, dos gruesos troncos de roble, una banca de tablón y patas enterradas, al estilo de las camas; en un rincón, un tacizo y un regatoncillo. Pedazos de estera, de zamarros, de cuero, de todo, por donde más abriguen; algo de barro por fuera de las paredes; por dentro, los palos pelados, algunos cestos negros, horquetas para colgar los víveres y unos haces secos de cebada y de eneldo. Las arañas, la polilla y el polvo han vestido todo aquello de tules orientales.

Contigua, en un tingladillo, la cocina: unas piedras en el suelo, un trípode de troncos con la piedra de moler, una barbacoa con tres ollas, unas totumas, una batea y el indispensable calabazo, enorme y corvo. Atrás, la huerta: cuatro matas de col, zanconas y enfermizas; hasta ocho de cebolla, orégano, mejorana, el matorral de culantro y una vitoriera improductiva que se enreda por todo el cerco, con esa exuberancia de lo inútil. Ni una paloma por ese caballete, ni una gallina por ese predio. Demora el palacio entre un bosque socolado, de chachafrutos y de dragos, de yarumos y de caunces, al confín de un monte espeso, donde el chuscal se entrevera con los carrizales, donde las lianas demócratas enlazan el roble con la matandrea. Al frente, un rastrojo de mortiños y de salvias, de chilcos y de cargamantos, de esos helechos y esa vegetación efímera que viene tras la quema. Todo ello en una cañada lóbrega, profunda, por donde corre una quebrada muda, donde habitan la soledad, el olvido, los genios de la melancolía y la Madremonte con todos sus misterios. Sólo la tórtola y la mirla.

esas voceras del desengaño, interrumpen con sus quejumbres los rezos
funerales de los vientos, en aquella región de la tristeza. ¡Con decir
que se llama "Las Ánimas"!... Aunque por trocha agria, sólo dista
del Sambruno como cinco cuartos de legua.

Apenas sola, principia a llorar de dolor la pobre viejecita. Siete
años ha que una neuralgia, una dolencia irreductible, inexorable, la
postra en el lecho. En las noches de sábado, hace un esfuerzo supremo y finge que duerme, para que duerma Fortunata. La pobre hija,
tan enferma y todo, tiene que madrugar tanto los domingos; tiene que
sudar todo el día para conseguir el sustento. La infeliz madre, al sentirse en esa soledad, no sabe ni qué hacerse; llora y grita todo lo
que disimula ante su hija; canta a veces como una loca; a veces im-
preca en altas voces, saltando como una posesa entre sus trapos míseros. En sus instantes de tregua, alaba al Señor y apostrofa a la Virgen, con esa piedad extraña e infantil de los seres atormentados por
los dolores físicos.

Parece que aquel domingo la escuchan en el cielo más que siempre. De pronto los dolores se atenúan; se atenúan tanto, que casi no
los siente. Ve que ha cesado la lluvia y que el sol alumbra. ¡Hacía
tanto tiempo que no reparaba en nada! ¿Estaría alegre? ¿Ella alegre?
Sí lo estaba. Bendice, reza, conversa con su Virgen: "¡Tan buena,
tan querida esta Señora! ¡No nos deja morir de hambre nunca, nunca! ¿No es cierto, hermosa? ¿Vos tampoco, Niñito querido, aunque
tengás el zapatico suelto?". Medio se incorpora y estira la cabeza
hasta ver un pedazo de rastrojo. ¡Qué precioso era todo!

Tras el Te Deum de aquella alma, el pensamiento vuela a lo que
tiene de más santo, aquí en la tierra. ¿Ya habría llegado al camino
real? ¡Pobrecita! ¿Qué hiciera ella en la tierra sin esa hijita que Dios
le había dado? Sin el ejemplo que le daba esa criatura, no tendría ni
paciencia ni sabría pedir. Bien se lo decía su amo el señor cura:
Fortunata se iba al cielo con todo y trapos. Llora enternecida y toma
el rosario. En acabando la emprende con aquella sopa trasnochada,
con un gozo que semeja hacimiento de gracias.

Fortunata, entre tanto, ha llegado a Sambruno, a tiempo que dejan
para misa primera. Arrodíllase junto a la puerta del perdón, un poco
apartada de los fieles. Nadie se le aproxima, nadie la cerca, aunque
haya mucha gente; es bruja y le hieden los untos. No le han hecho
en el pueblo mayores daños materiales, porque el cura la defiende y
la ha declarado bajo su égida, ordenando, por precepto de santa obediencia, que se la respete como a la señora más virtuosa y principal.

La infeliz reza siempre en la misa para que no la insulten, para
que no le hiedan las narices, para que no le nieguen la limosna. No
bien sale, principia aquel calvario del pordiosero, tímido, mudo, azorado; aquel trasegar como una larva, de casa en casa y de puesto en
puesto. Unos le dan porque se vaya pronto, otros se tapan las narices

y le vuelven la espalda, los más la echan noramala; que la caridad
con el prójimo repugnante no anida en todos los corazones. Esta hiel
y este vinagre, con que suelen abrevarla, parecen acentuarle a la mí-
sera su fealdad, su amarillez y su giba. Sus ojos, negros y ribeteados,
con aquellas ojeras más negras todavía, adquieren, en esas horas de
amargura, una fijeza extática y sibilina, mientras su boca, desdentada,
de labios descoloridos, se sume en una mueca desolada, agoniosa, que
infunde ideas fúnebres. El temor, el anonadamiento, le embargan la
palabra. Su voz, de suyo tan nasal, sale apagada, tartajosa, trémula,
las raras veces que tiene que hablar con alguno del lugarón. Sólo la
fuerza del amor filial es poderosa a que este ser macabro dé ante las
gentes manifestaciones de vida. El cura, sólo el cura, conoce los tormentos de este corazón que la desgracia santifica.

¿Y qué recoge Fortunata? Muy poco en el mercado y algo en las
casas; mas la cofradía del Corazón de Jesús le tiene asignada, aunque
exigua, cierta limosna en especies sin contar los veinte pesos sema-
nales que le da el cura y algunos diez o quince que, peso a peso, le
arrojan los tenderos. Con ellos compra tabaco, huesos para caldos, y
completa el cacao. A la vuelta, en un ventorrillo de las afueras, le
esperan dos llagosos, tan fétidos como ella, con quienes hace trueques
de piltrafas y panela, por huevos y por grasa.

A eso de la una, cuando apenas han principiado los trasiegos angustiosos de la pordiosera, se ha quedado dormida la viejecita, allá
en las soledades de su cañada. Mas de pronto, la despiertan tres detonaciones. Presa del espanto emprende el Magníficat. No ha terminado,
cuando invaden la cabaña tres mozos con escopetas y machete al cinto.
Les ha atraído el aspecto de aquella vivienda desierta. Más que todo
los sorprende la anciana. Preguntan, indagan. Ella contesta, con esa
solicitud del infeliz a quien requiere el venturoso.

Son el nuevo abogado de Sambruno y dos estudiantes en vacaciones, forasteros en el lugar. Es el uno nada menos que "el loco Naos",
el gran tipo de la Escuela de Jurisprudencia. Bien puede tener de loco,
pero tiene más de rasgado y de original. A un corazón generoso, une
claro entendimiento y una fantasía arrebatada.

Mario Naos ha llevado sus estudios a paso de vencedores; está
para licenciarse, despunta por las letras, hace hermosos versos, y, a
tan buenas partes, agrega la de tener la administración de sus cuan-
tiosos bienes, por ser huérfano de padre y mayor de veintiún años.

Van de cacería a tierras de un magnate, casa de unos ganaderos,
donde pasarán la noche, y han tomado esos vericuetos por tener noticia de que abundan las tórtolas y otras aves. Les acompaña un mulato que les guía y les lleva las provisiones.

Dos siguen en la matanza de las tórtolas; pero Mario, que tiene
algunos tragos en la cabeza, pone la escopeta en un rincón y le hace

a la enferma el gran reportaje. A fuer de poeta, ha visto en ella un caso hermoso, un buen documento humano.

—Pero, ¿por qué vives en este desierto, tan inválida y tan sola?

—No, mi niño; yo vivo con una hijita, qu'está hoy en el sitio.

—¿Es bonita?

—¡Dito siá Dios, mi niño! Es un comeme. ¡Si es viejorra y enferma!...

—Tú lo que tienes, viejita, es hambre, miseria y desamparo. Voy a hacerte desde ahora, un remedio famoso.

Pone agua en el pocillo, le agrega un poquito de brandy y se la hace tomar a sorbitos. Él la acompaña y le enciende una conchita. Llama al mulato, le hace abrir el fiambre, saca panes, hojas de carne, de gallina; saca de todo; quiere que la vieja se atraque.

—¡Si yo no tengo dientes, mi niño!

—Come de esta carne pisada, y guarda lo otro para que tu hija te la machuque.

Ella prueba.

—Debes tener una historia muy curiosa. ¡Se te ve, viejita! Me la vas a contar, como si te estuvieras confesando conmigo. ¿No dices que hoy estás sin el dolor? Pues aprovéchate. (Saca cuatro monedas de a cincuenta pesos.) Toma, para que tomes harto cacao. Empúñalas bien para que no se te salgan.

¿Señoría?

—¡Mi Señora del Perpetuo se lo pague!

—¡Qué va a pagar, viejita! ¡Si fue la Virgen la que te mandó conmigo esa suma tan grande! Guárdala, pues, pero ligero.

—¿Y pa qué quiere saber cosas tan tristes?

—¡Pues para entristecerme! Pero, ¿cómo te llamas, que no me lo has dicho?

—Yo me llamo Felícita, y mi hija Fortunata.

—¿Felícita y Fortunata? Por eso están como están: asustando a los hombres. (Se sienta en un tronco.) ¿Quién era tu marido?

—¿Mi marido? Yo no he sido casada, mi niño, ¿pa qe'es si no la verdá? Yo soy hija del dijunto Juan de la Rosa Ballesteros, qu'era agregao del dijunto don Roque. Yo'staba tan mediana cuando se murió mi madrecita, que ni'an d'ella me acuerdo. Mi taita taba ya algo viejo, y no topó con quién golvese a casar. Vivía muy alentao, pero de presto se jue hinchando, hinchando, hasta que se golvió un botijambre, y, después de muchas penalidades, se murió el viejito, sin dejame ni un cuartillo partido por la mitá. Yo quedé con una tía, en la mesma casita de don Roque, onde los toleraban. Lavábamos ropa y con eso medio comíanos. Me salió, en ésas, un novio de agarre; pero jue con malas intenciones: él m'engatusó, a como quiso, y me dejó. Nació Fortunata y pasé muchos trabajos pa criala. Me golví, antonces, mujer mala, y... tuve a Marcos y a Eulogia. Mi tía se jue caliente

con yo; mas, sin embargo, siempre crié mis tres muchachos. Marcos
taba ya mocito y me ayudaba mucho; pero lo reclutaron cuando la
guerra del Palonegro y... ¡hasta el sol de hoy! Eulogia era una moza
muy bonita y muy alentada; pero cuando menos lo pensé, me la en-
gatusaron como a yo. Yo'staba inocente de todo, y un día se madrugó
por leña. Ya muy tarde, visto que no parecía, salí a buscala al monte,
con una amiga, y... ¿sabe cómo la incontramos? Pes junto a un
palo, que ni una res degollada. Ya los guales prencipiaban a picala y
los langarutos habían dao cuenta de todo. (Pausa.) No me quedó
más que la mera Fortunata, pero muy atembada y con un mal fatal
en las narices. El mesmo que padece. Hacíanos hojaldras, pero no
las vendíanos porque les dab'asco d'ella. Como era muy feíta de nación y creció gorobeta, parecía una vieja dende moza, y, entonces,
determinaron los del sitio qu'era bruja y dieron en aborrecelos. Naide
iba a casa. La gente los medía puño y los insultaba. Y los muchachos
los tiraban piedra, cuando pasábanos por el camino. Ya yo padecía
d'este dolor; mas, sin embargo, siempre me valía algo y no tenía que
coger la cama. Mi amo el señor cura, en vista de lo que los acosaban
en el sitio, determinó mandalos a este monte qu'es d'él. Esto era una
troja y la hizo arreglar pa yo y Fortunata. Aquí me acabé de tullir;
pero tan siquiera tenemos leña y naide los molesta. Esta Señora del
Perpetuo, tan querida, no los ha dejao perecer. Fortunata, aunque la
aborrecen, sale al sitio y consigue el bocao pa las dos.

—¿Y no le has pedido a la Virgen que las cure?

—¡No quiere, mi niño! ¡Asina los convendrá! Me han hecho remedios di'una y otra laya... y nada, Mi amo el señor cura me trujo
un dotor forástico, que vino a curar a un rico del sitio... y tampoco.
Él me chuzó con unas agujas; me hizo mil desámenes y sobas... ¡y
siempre este dolor! Tan presto es en las piernas, tan presto en los
brazos. Hay veces que me paña toda l'arca. Vea, mi niño; no me
deja día y noche. Tal cual vez tengo un ratico como agora, pero a
la noche me las cobra. Quizqu'es qu'estoy purgando dende en vida
toítos mis pecaos.

—¿Y por qué no te llevan al hospital?

—P'allá querían jalar con yo; pero sin Fortunata: quizque les jiede.
¡Yo no quije! ¿Qu'iba yo'hacer sin m'hija? ¿Y cómo la dejaba sola
en la vida?

—No te aflijas, viejita: allá verás que la Virgen, si no te cura del
tiro, te va a aliviar mucho, lo mismo que a Fortunata. Ella me mandó
que te lo dijera. Toma estos tres papeles más que ella te manda conmigo, para que te alimentes, menos mal. Con eso puedes comprar
gallinas y leche, y carne y quesito. Guárdalos donde no te los roben.
Esta semana vuelvo y te traigo una cobija y hago un convite para que
te remienden el techo y las paredes. Ya sabes: si no te destripa un
palo de este monte, te hago llevar, antes de tres meses, al asilo de

Medellín. Allí te reciben con Fortunata y todo. ¿No ves que soy mandado por la Virgen?

—¡Asina lo veo, mi niño! Que la Virgen se lo pague.

—¿Qué me va a pagar, si le estoy debiendo? Y hasta el jueves.
Toma su escopeta y se va.

¡Cuál se quedaría Fortunata con aquel tesoro, casi incalculable!
¿Cómo dudar de que el niño ése fuera un enviado de la Virgen del
Perpetuo?

—Sí es mandao, m'hija. Él mesmo me lo dijo. Y vea: manque tenía machete y unas botas muy feas y un sombrero de judío, se parece
mismamente a los ángeles de La Resurreición del sitio. Asin'es de
bonito y de zarco y asina sin bozo, como los ángeles. Tan solamente
no tiene el pelo largo.

"El loco Naos", rico y fantástico, cumplió su promesa, desde el
remiendo de la choza hasta la llevada al asilo. En él están Fortunata
y Felícita. No han vuelto a ver al ángel, porque los espíritus de Dios
sólo una vez bajan a la tierra

# HORACIO QUIROGA

URUGUAYO
(1878-1937)

*Quiroga es una figura fundamental en la constitución del cuento hispanoamericano moderno. Su cuentística encierra una tremenda dimensión existencial plasmada a través de poderosas imágenes sobre la muerte. El dominio técnico del cuento que poseía Quiroga es un factor clave en la perduración de su obra y en la dimensión universal que logran sus relatos. El decálogo del perfecto cuentista publicado en 1925 sintetiza su concepción teórica. A estas ideas se referiría posteriormente Julio Cortázar, otro maestro del cuento hispanoamericano, para quien también sería fundamental la idea de tensión que desarrollara Quiroga. En la cuentística del escritor uruguayo cada línea y pasaje del cuento debía ser esencial, un espacio tensivo y significante; lo indica en el decálogo: "no empieces a escribir sin saber desde la primera palabra adónde vas. En un cuento bien logrado, las tres primeras líneas tienen casi la misma importancia que las tres últimas". (Horacio Quiroga. Cuentos. Selección, estudio preliminar y notas críticas de Raimundo Lazo. 13ª ed. México: Editorial Porrúa, S. A., 1985, p. XXXIV). Lo reitera luego en su escrito "Ante el Tribunal" publicado en 1930.*

*La vida de Quiroga transcurre en Montevideo hasta 1902, año en que se va a Buenos Aires; desde la capital argentina se desplazará hacia la selva de Misiones donde reside por largas temporadas. Quiroga se suicida en Buenos Aires en 1937 luego de saber que padecía de una enfermedad incurable. La serie de acontecimientos trágicos que rodearon la vida de Quiroga (su padre muere al disparársele accidentalmente un arma, el suicidio de su padrastro, la muerte accidental que el mismo Quiroga ocasiona a Federico Ferrando —uno de sus mejores amigos— al disparársele una pistola, la muerte temprana de sus hermanos Prudencio y Pastora en 1901, el suicidio de su esposa Ana María Cirés en 1915 se ha usado para explicar la dimensión trágica que hay en su obra. Creo que estas relaciones entre obra y escritor son superficiales y no ayudan en la captación de la compleja plástica quiroguiana de la existencia. El proceso de la imaginación en Quiroga no se puede entender linealmente desde las instancias sombrías y trágicas en torno a su vida.*

*Entre sus libros de relatos se encuentran* El crimen del otro *(1904);* Los perseguidos *(1905);* Cuentos de amor, de locura y de muerte *(1917);* Cuentos de la selva para los niños *(1918);* El salvaje *(1920);* Anaconda *(1921);* El desierto *(1924);* La gallina degollada y otros cuentos *(1925);* Los desterrados *(1926);* Más allá *(1935). En 1901 se publica* Los arrecifes de coral, *obra que es, básicamente, un libro de poemas aunque incluye unas pocas selecciones de prosa. También incursionó en el teatro y la novela. "A la deriva" se publicó en 1912 y luego se recogió en la colección* Cuentos de amor, de locura y de muerte. *Otros cuentos clásicos de Quiroga son "El hombre muerto", "El hijo", "Los inmigrantes", "El almohadón de plumas", "La gallina degollada", "Los mensú".*

*El extensivo uso de imágenes que comporta una significación de celeridad es un aspecto distintivo de la cuentística quiroguiana, rasgo particularmente notable en el cuento "A la deriva". El carácter invasivo que ocupa la dimensión de la muerte en el relato es intensificado por una acumulación de términos guiada por la misma línea connotativa. El marcado énfasis en el uso de expresiones tales como "precipitaba", "en seguida", "río arremolinado", "incesantes borbollones", "derivaba velozmente", "continuos relampagueos" revela la elección de metáforas conformadas por esa dimensión de transitoriedad. Si bien es cierto que la visión del mundo en la cuentística de Quiroga está dominada por la presencia totalizadora de la muerte, la concepción trágica de la existencia en sus relatos no reside en el horror a la muerte como hecho; su visión en ese caso sería la simple expresión de un fatalismo.*

*En los cuentos de Quiroga hay una fascinación alucinante por el flujo de la temporalidad, el azar, el accidente imprevisto, ese detalle, a veces insignificante, que va a interrumpir la tranquila quietud de lo continuo. La cercanía de la muerte no paraliza totalmente, deja siempre el espacio de un viaje o de un movimiento: el hombre a punto de morir desplazándose en una canoa (aun cuando los movimientos de ésta son circulares) en "A la deriva"; el hombre con el machete en el vientre que físicamente impedido recurre al movimiento de la imaginación y del recuerdo en "El hombre muerto". Personajes todos, cercados por la inminencia de la muerte que llega sólo después que ha transcurrido un espacio de reflexiones, recuerdos y deseos.*

## A LA DERIVA

El hombre pisó algo blancuzco, y en seguida sintió la mordedura en el pie. Saltó adelante, y al volverse, con un juramento vio una yaracacusú que, arrollada sobre sí misma, esperaba otro ataque.

El hombre echó una veloz ojeada a su pie, donde dos gotitas de sangre engrosaban dificultosamente, y sacó el machete de la cintura. La víbora vio la amenaza y hundió más la cabeza en el centro mismo de su espiral; pero el machete cayó de lomo, dislocándole las vértebras.

El hombre se bajó hasta la mordedura, quitó las gotitas de sangre y durante un instante contempló. Un dolor agudo nacía de los dos puntitos violeta y comenzaba a invadir todo el pie. Apresuradamente se ligó el tobillo con su pañuelo y siguió por la picada hacia su rancho.

El dolor en el pie aumentaba, con sensación de tirante abultamiento, y de pronto el hombre sintió dos o tres fulgurantes puntadas que, como relámpagos, habían irradiado desde la herida hasta la mitad de la pantorrilla. Movía la pierna con dificultad; una metálica sequedad de garganta, seguida de sed quemante, le arrancó un nuevo juramento.

Llegó por fin al rancho y se echó de brazos sobre la rueda de un trapiche. Los dos puntitos violeta desaparecían ahora en la monstruosa hinchazón del pie entero. La piel parecía adelgazada y a punto de ceder, de tensa. Quiso llamar a su mujer, y la voz se quebró en un ronco arrastre de garganta reseca. La sed lo devoraba.

—¡Dorotea! —alcanzó a lanzar en un estertor—. ¡Dame caña!

Su mujer corrió con un vaso lleno, que el hombre sorbió en tres tragos. Pero no había sentido gusto alguno.

—¡Te pedí caña, no agua! —rugió de nuevo—. ¡Dame caña!

—¡Pero es caña, Paulino! —protestó la mujer, espantada.

—¡No, me diste agua! ¡Quiero caña, te digo!

La mujer corrió otra vez, volviendo con la damajuana. El hombre tragó uno tras otro dos vasos, pero no sintió nada en la garganta.

—Bueno; esto se pone feo... —murmuró entonces, mirando su pie, lívido y ya con lustre gangrenoso. Sobre la honda ligadura del pañuelo la carne desbordaba como una monstruosa morcilla.

Los dolores fulgurantes se sucedían en continuos relampagueos y llegaban ahora a la ingle. La atroz sequedad de garganta, que el aliento parecía caldear más, aumentaba a la par. Cuando pretendió incorporarse, un fulminante vómito lo mantuvo medio minuto con la frente apoyada en la rueda de palo.

Pero el hombre no quería morir, y descendiendo hasta la costa subió a su canoa. Sentóse en la popa y comenzó a palear hasta el centro del Paraná. Allí la corriente del río que en las inmediaciones del Iguazú corre seis millas, lo llevaría antes de cinco horas a Tacurú-Pucú.

El hombre, con sombría energía, pudo efectivamente llegar hasta el medio del río; pero allí sus manos dormidas dejaron caer la pala en la canoa, y tras un nuevo vómito —de sangre esta vez— dirigió una mirada al sol, que ya transponía el monte.

La pierna entera, hasta medio muslo, era ya un bloque deforme y durísimo que reventaba la ropa. El hombre cortó la ligadura y abrió el pantalón con su cuchillo: el bajo viente desbordó hinchado, con grandes manchas lívidas y terriblemente doloroso. El hombre pensó que no podría llegar jamás él solo a Tucurú-Pucú y se decidió a pedir ayuda a su compadre Alves, aunque hacía mucho tiempo que estaban disgustados.

La corriente del río se precipitaba ahora hacia la costa brasileña, y el hombre pudo fácilmente atracar. Se arrastró con la picada en cuesta arriba; pero a los veinte metros, exhausto, quedó tendido de pecho.

—¡Alves! —gritó con cuanta fuerza pudo; y prestó oído en vano—. ¡Compadre Alves! ¡No me niegues este favor! —clamó de nuevo, alzando la cabeza del suelo. En el silencio de la selva no se oyó rumor. El hombre tuvo aún valor para llegar hasta su canoa, y la corriente, cogiéndola de nuevo, la llevó velozmente a la deriva.

El Paraná corre allí en el fondo de una inmensa hoya, cuyas paredes, altas de cien metros, encajonan fúnebremente el río. Desde las orillas, bordeadas de negros bloques de basalto, asciende el bosque, negro también. Adelante, a los costados, atrás, siempre la eterna muralla lúgubre, en cuyo fondo el río arremolinado se precipita en incesantes borbollones de agua fangosa. El paisaje es agresivo y reina en él un silencio de muerte. Al atardecer, sin embargo, su belleza sombría y calma cobra una majestad única.

El sol había caído ya cuando el hombre, semitendido en el fondo de la canoa, tuvo un violento escalofrío. Y de pronto, con asombro, enderezó pesadamente la cabeza: se sentía mejor. La pierna le dolía apenas, la sed disminuía, y su pecho, libre ya, se abría en lenta inspiración.

El veneno comenzaba a irse, no había duda. Se hallaba casi bien, y aunque no tenía fuerzas para mover la mano, contaba con la caída del rocío para reponerse del todo. Calculó que antes de tres horas estaría en Tacurú-Pucú.

El bienestar avanzaba, y con él una somnolencia llena de recuerdos. No sentía ya nada ni en la pierna ni en el vientre. ¿Viviría aún su compadre Gaona, en Tacurú-Pucú? Acaso viera también a su ex-patrón mister Dougald y al recibidor del obraje.

¿Llegaría pronto? El cielo, al poniente, se abría ahora en pantalla de oro, y el río se había coloreado también. Desde la costa paraguaya, ya entenebrecida, el monte dejaba caer sobre el río su frescura crepuscular en penetrantes efluvios de azahar y miel silvestre. Una pareja de guacamayos cruzó muy alto y en silencio hacia el Paraguay.

Allá abajo, sobre el río de oro, la canoa derivaba velozmente, girando a ratos sobre sí misma ante el borbollón de un remolino. El hombre que iba en ella se sentía cada vez mejor, y pensaba entretanto en el tiempo justo que había pasado sin ver a su ex patrón Dougald. ¿Tres años? Tal vez no, no tanto. ¿Dos años y nueve meses? Acaso. ¿Ocho meses y medio? Eso sí seguramente.

De pronto sintió que estaba helado hasta el pecho. ¿Qué sería? Y la respiración...

Al recibidor de maderas de míster Dougald, Lorenzo Cubilla, lo había conocido en Puerto Esperanza un Viernes Santo... ¿Viernes? Sí, o jueves...

El hombre estiró lentamente los dedos de la mano.

—Un jueves...

Y cesó de respirar.

# LEOPOLDO LUGONES

ARGENTINO
(1874-1938)

*La presencia de la obra de Lugones en la literatura hispanoamericana abarca la fase modernista y también el espacio de transición hacia la vanguardia. El legado de su producción en nuestros días es visto, así, como parte de esa gran tradición moderna en Hispanoamérica. La creativa estética de Lugones no asumió el modernismo y el vanguardismo como movimientos literarios sino como realizaciones de una modernidad artística. El artista imaginativo y el intelectual riguroso son inseparables en la actividad creadora del escritor argentino. El poderío verbal que hay en su obra ha sido y continúa siendo una fuente de constante inspiración para los artistas de la América Hispana.*

*En relación al lugar de nacimiento de Lugones, su hijo ha indicado: "Insistiré acerca del nombre preciso del lugar, que es Villa de María del Río Seco" rechazando las omisiones posteriores del artículo y de la preposición con que se citaría este lugar ubicado en la provincia argentina de Córdoba. (Leopoldo Lugones. Obra en prosa. Madrid: Aguilar, 1962, p. 18.) De Córdoba pasa a Buenos Aires donde conoce a Rubén Darío. Se dedica al periodismo, escribiendo para el diario La Nación, lo cual le permite viajar a Europa como corresponsal. La estadía de Lugones en París en el año 1914 coincide nuevamente con la del gran autor nicaragüense. Lugones funda en esta ciudad La Revue Sudaméricaine. La amistad de Lugones con Rubén Darío refleja en parte la afinidad estética de dos grandes artistas. Lugones vuelve a Europa a comienzos de la década del veinte. Las fluctuantes y pasionales posiciones políticas del autor le ocasionaron fuertes polémicas y confrontaciones. Cuatro meses antes de cumplir 64 años, el autor argentino se suicida en un suburbio cercano a Buenos Aires.*

*De su producción poética destacan* Las montañas del oro *(1897);* Los crepúsculos del jardín *(1905);* Lunario sentimental *(1909);* El libro fiel *(1912);* Odas seculares *(1910);* Las horas doradas *(1922), libro compuesto por poemas que habían aparecido en* La Nación, Caras y Caretas, y Plus Ultra. *De 1928 es la colección* Poemas solariegos. *Entre sus ensayos hay que mencionar* La reforma educacional *(1903); luego el de carácter histórico* El imperio jesuítico *(1904), destinado como indica el autor a "describir la situación y condiciones de la conquista espiritual realizada por los jesuitas sobre las tribus guaraníes". También son importantes en su producción ensayística* Piedras liminares *(1910);* Historia de Sarmiento *(1911) y* El payador *(1916), dedicado a la épica y en especial a* Martín Fierro.

En cuanto a su narrativa publicó dos colecciones de cuentos: Las fuerzas extrañas *en 1906 y* Cuentos fatales *en 1924; una novela* El ángel de la sombra, *en 1926 y el libro* La guerra gaucha, *en 1905, del cual dice el autor en el prefacio: "no es una historia, aunque sean históricos su concepto y su fondo. Los episodios que la forman, intentan dar una idea, lo más clara posible de la lucha sostenida por montoneras y republiquetas contra los ejércitos españoles que operaron en el Alto Perú y en Salta desde 1814 a 1818".* (Leopoldo Lugones. Obras en prosa, *edición citada.)*

La obra de Lugones empieza a ser reunida por su hijo; en 1949 aparece Antología de la prosa *y en 1962 la edición anteriormente citada* Obras en prosa. *Luego en 1979 sale la edición de Biblioteca Ayacucho* El payador y antología de poesía y prosa. *Entre las publicaciones contemporáneas sobre la cuentística del escritor argentino es muy oportuna la del libro* Leopoldo Lugones: cuentos desconocidos *(Buenos Aires: Ediciones del 80, 1982), pues se recopilan treinta y nueve cuentos aparecidos entre 1887 y 1938 que no habían sido publicados en un volumen. Incluye excelentes cuentos tales como* "El descubrimiento de la circunferencia", "Hipalia", "El hombre muerto", "Luisa Frascati" *y* "El hombre del árbol". *También se incorporan los denominados cuentos serranos de Lugones. El mismo editor de* Cuentos desconocidos, *Pedro Luis Barcia, publica los relatos de Lugones* Cuentos fantásticos *en 1987.*

El cuento "La lluvia de fuego" se incluyó en Las fuerzas extrañas. *El estrato narracional de este relato participa de una base multifacética de referentes tales como lo bíblico, lo fantástico y lo anticipatorio. Rasgo narrativo esencial en la creación de una tempoespacialidad móvil colocada transitoriamente ya en el presente, ya en el pasado, ya en el futuro. El logro de esta portátil tridimensionalidad comporta una visión cíclica sobre el inevitable acontecer apocalíptico en el desenvolvimiento de culturas y civilizaciones.*

Junto al terror de la ciudad que se destruye aparece una conciencia hedonista que participa de la catástrofe en un afán último de disfrute estético. Observar, evocando el tránsito de la aniquilación a través del arte, parece ser la única respuesta ante la inminencia del fin. Alternativa forzada entre el individualismo que asume el principio del placer y el malestar colectivo pendiente de la amenaza destructiva fijada al rostro de la Historia.

## LA LLUVIA DE FUEGO

EVOCACIÓN DE UN DESENCARNADO DE GOMORRA

> *"Y tornaré el cielo de hierro y la tierra de cobre."* (Levítico, XXVI-19.)

Recuerdo que era un día de sol hermoso, lleno del hormigueo popular, en las calles atronadas de vehículos. Un día asaz cálido y de tersura perfecto.

Desde mi terraza dominaba una vasta confusión de techos, vergeles salteados, un trozo de bahía punzado de mástiles, la recta gris de una avenida...

A eso de las once cayeron las primeras chispas. Una aquí, otra allá —partículas de cobre semejantes a las morcellas de un pábilo; partículas de cobre incandescente que daban en el suelo con un ruidecito de arena. El cielo seguía de igual limpidez; el rumor urbano no decrecía. Únicamente los pájaros de mi pajarera, cesaron de cantar.

Casualmente lo había advertido, mirando hacia el horizonte en un momento de abstracción. Primero creí en una ilusión óptica formada por mi miopía. Tuve que esperar largo rato para ver caer otra chispa, pues la luz solar anegábalas bastante; pero el cobre ardía de tal modo, que se destacaban lo mismo. Una rapidísima vírgula de fuego, y el golpecito en la tierra. Así, a largos intervalos.

Debo confesar que al comprobarlo, experimenté un vago terror. Exploré el cielo en una ansiosa ojeada. Persistía la limpidez... ¿De dónde venía aquel extraño granizo? ¿Aquel cobre? ¿Era cobre?...

Acababa de caer una chispa en mi terraza, a pocos pasos. Extendí la mano; era, a no caber duda, un gránulo de cobre que tardó mucho en enfriarse. Por fortuna la brisa se levantaba, inclinando aquella lluvia singular hacia el lado opuesto de mi terraza. Las chispas eran harto ralas, además. Podía creerse por momentos que aquello había ya cesado. No cesaba. Uno que otro, eso sí, pero caían siempre los temibles gránulos.

En fin, aquello no había de impedirme almorzar, pues era el mediodía. Bajé al comedor atravesando el jardín, no sin cierto miedo de las chispas. Verdad es que el toldo, corrido para evitar el sol, me resguardaba...

¿Me resguardaba? Alcé los ojos; pero un toldo tiene tantos poros, que nada pude descubrir.

En el comedor me esperaba un almuerzo admirable; pues mi afortunado celibato sabía dos cosas sobre todo: leer y comer. Excepto la biblioteca, el comedor era mi orgullo. Ahíto de mujeres y un poco gotoso, en punto a vicios amables nada podía esperar ya sino de la gula. Comía solo, mientras un esclavo me leía narraciones geográficas. Nunca había podido comprender las comidas en compañía; y si las mujeres me hastiaban, como he dicho, ya comprenderéis que aborrecía a los hombres.

¡Diez años me separaban de mi última orgía! Desde entonces, entregado a mis jardines, a mis peces, a mis pájaros, faltábame tiempo para salir. Alguna vez, en las tardes muy calurosas, un paseo a la orilla del lago. Me gustaba verlo, escamado de luna al anochecer, pero esto era todo y pasaba meses sin frecuentarlo.

La vasta ciudad libertina, era para mí un desierto donde se refugiaban mis placeres. Escasos amigos, breves visitas; largas horas de mesa; lecturas; mis peces; mis pájaros; una que otra noche tal cual orquesta de flautistas, y dos o tres ataques de gota por año. . .

Tenía el honor de ser consultado para los banquetes, y por ahí figuraban, no sin elogio, dos o tres salsas de mi invención. Esto me daba derecho —lo digo sin orgullo— a un busto municipal, con tanta razón como a la compatriota que acababa de inventar un nuevo beso.

Entre tanto, mi esclavo leía. Leía narraciones de mar y de nieve, que comentaban admirablemente, en la ya entrada siesta, el generoso frescor de las ánforas. La lluvia de fuego había cesado quizá, pues la servidumbre no daba muestras de notarla.

De pronto, el esclavo que atravesaba el jardín con un nuevo plato, no pudo reprimir un grito. Llegó, no obstante, a la mesa; pero acusando con su lividez un dolor horrible. Tenía en su desnuda espalda un agujerillo, en cuyo fondo sentíase chirriar aún la chispa voraz que lo había abierto. Ahogámosla en aceite, y fue enviado al lecho sin que pudiera contener sus ayes.

Bruscamente acabó mi apetito; y aunque seguí probando los platos para no desmoralizar a la servidumbre, aquélla se apresuró a comprenderme. El incidente me había desconcertado.

Promediaba la siesta cuando subí nuevamente a la terraza. El suelo estaba ya sembrado · de gránulos de cobre; mas no parecía que la lluvia aumentara. Comenzaba a tranquilizarme, cuando una nueva inquietud me sobrecogió. El silencio era absoluto. El tráfico estaba paralizado a causa del fenómeno, sin duda. Ni un rumor en la ciudad. Sólo, de cuando en cuando, un vago murmullo de viento sobre los árboles. Era también alarmante la actitud de los pájaros. Habíanse apelotonado en un rincón, casi unos sobre otros. Me dieron compasión y decidí abrirles la puerta. No quisieron salir; antes se recogieron más acongojados aún. Entonces comenzó a intimidarme la idea de un cataclismo.

Sin ser grande mi erudición científica, sabía que nadie mencionó jamás esas lluvias de cobre incandescente. ¡Lluvias de cobre! En el aire no hay minas de cobre. Luego aquella limpidez del cielo, no dejaba conjeturar la procedencia. Y lo alarmante del fenómeno era esto. Las chispas venían de todas partes y de ninguna. Era la inmensidad desmenuzándose invisiblemente en fuego. Caía del firmamento el terrible cobre —pero el firmamento permanecía impasible en su azul. Ganábame poco a poco una extraña congoja; pero, cosa rara: hasta entonces no había pensado en huir. Esta idea se mezcló con desagradables interrogaciones. ¡Huir! ¿Y mi mesa, mis libros, mis pájaros, mis peces que acababan precisamente de estrenar un vivero, mis jardines ya ennoblecidos de antigüedad —mis cincuenta años de placidez, en la dicha del presente, en el descuido del mañana?

¿Huir?... Y pensé con horror en mis posesiones (que no conocía) del otro lado del desierto, con sus camelleros viviendo en tiendas de lana negra y tomando por todo alimento leche cuajada, trigo tostado, miel agria...

Quedaba una fuga por el lago, corta fuga después de todo, si en el lago como en el desierto, según era lógico, llovía cobre también; pues no viniendo aquello de ningún foco visible, debía ser general.

No obstante el vago terror que me alarmaba, decíame todo eso claramente, lo discutía conmigo mismo, un poco enervado a la verdad por el letargo digestivo de mi siesta consuetudinaria. Y después de todo, algo me decía que el fenómeno no iba a pasar de allí. Sin embargo, nada se perdía con hacer armar el carro.

En ese momento llenó el aire una vasta vibración de campanas. Y casi junto con ella, advertí una cosa: ya no llovía cobre. El repique era una acción de gracia, coreada casi acto continuo por el murmullo habitual de la ciudad. Ésta despertaba de su fugaz atonía, doblemente gárrula. En algunos barrios hasta quemaban petardos.

Acodado al parapeto de la terraza, miraba con un desconocido bienestar solidario, la animación vespertina que era todo amor y lujo. El cielo seguía purísimo. Muchachos afanosos, recogían en escudillas la granalla de cobre, que los caldereros habían empezado a comprar. Era todo cuanto quedaba de la grande amenaza celeste.

Más numerosa que nunca, la gente de placer coloría las calles; y aun recuerdo que sonreí vagamente a un equívoco mancebo, cuya túnica recogida hasta las caderas en un salto de bocacalle, dejó ver sus piernas glabras, jaqueladas de cinta. Las cortesanas, con el seno desnudo según la nueva moda, y apuntalado en deslumbrante coselete, pascaban su indolencia sudando perfumes. Un viejo lenón, erguido en su carro, manejaba como si fuese una vela una hoja de estaño, que con apropiadas pinturas anunciaba amores monstruosos de fieras: ayuntamientos de lagartos con cisnes; un mono y una foca; una doncella cubierta por la delirante pedrería de un pavo real. Bello cartel, a fe mía; y garantida la autenticidad de las piezas. Animales amaestrados por no sé qué hechicería bárbara, y desequilibrados con opio y con asafétida.

Seguido por tres jóvenes enmascarados pasó un negro amabilísimo, que dibujaba en los patios, con polvos de colores derramados al ritmo de una danza, escenas secretas. También depilaba al oropimente y sabía dorar las uñas.

Un personaje fofo, cuya condición de eunuco se adivinaba en su morbidez, pregonaba al son de crótalos de bronce, cobertores de un tejido singular que producía el insomnio y el deseo. Cobertores cuya abolición habían pedido los ciudadanos honrados. Pues mi ciudad sabía gozar, sabía vivir.

Al anochecer recibí dos visitas que cenaron conmigo. Un condiscípulo jovial, matemático cuya vida desarreglada era el escándalo de la ciencia, y un agricultor enriquecido. La gente sentía necesidad de visitarse después de aquellas chispas de cobre. De visitarse y de beber, pues ambos se retiraron completamente borrachos. Yo hice una rápida salida. La ciudad, caprichosamente iluminada, había aprovechado la coyuntura para decretarse una noche de fiesta. En algunas cornisas, alumbraban perfumando, lámparas de incienso. Desde sus balcones, las jóvenes burguesas, excesivamente ataviadas, se divertían en proyectar de un soplo a las narices de los transeúntes distraídos, tripas pintarrajeadas y crepitantes de cascabeles. En cada esquina se bailaba. De balcón a balcón cambiábanse flores y gatitos de dulce. El césped de los parques, palpitaba de parejas...

Regresé temprano y rendido. Nunca me acogí al lecho con más grata pesadez de sueño.

Desperté bañado en sudor, los ojos turbios, la garganta reseca. Había afuera un rumor de lluvia. Buscando algo, me apoyé en la pared, y por mi cuerpo corrió como un latigazo al escalofrío del miedo. La pared estaba caliente y conmovida por una sorda vibración. Casi no necesité abrir la ventana para darme cuenta de lo que ocurría.

La lluvia de cobre había vuelto, pero esta vez nutrida y compacta. Un caliginoso vaho sofocaba la ciudad; un olor entre fosfato y urinoso apestaba el aire. Por fortuna, mi casa estaba rodeada de galerías y aquella lluvia no alcanzaba las puertas.

Abrí la que daba al jardín. Los árboles estaban negros, ya sin follaje; el piso, cubierto de hojas carbonizadas. El aire, rayado de vírgulas de fuego, era de una paralización mortal; y por entre aquéllas, se divisaba el firmamento, siempre impasible, siempre celeste.

Llamé, llamé en vano. Penetré hasta los aposentos famularios. La servidumbre se había ido. Envueltas las piernas en un cobertor debiso, acorazándome espaldas y cabeza con una bañera de metal que me aplastaba horriblemente, pude llegar hasta las caballerizas. Los caballos habían desaparecido también. Y con una tranquilidad que hacía honor a mis nervios, me di cuenta que estaba perdido.

Afortunadamente, el comedor se encontraba lleno de provisiones; su sótano, atestado de vinos. Bajé a él. Conservaba todavía su frescura;

hasta su fondo no llegaba la vibración de la pesada lluvia, el eco de
su grave crepitación. Bebí una botella, y luego extraje de la alacena
secreta el pomo de vino envenenado. Todos los que teníamos bodega
poseíamos uno, aunque no lo usáramos ni tuviéramos convidados car-
gosos. Era un licor claro e insípido, de efectos instantáneos.

Reanimado por el vino, examiné mi situación. Era asaz sencilla.
No pudiendo huir, la muerte me esperaba; pero con el veneno aquel,
la muerte me pertenecía. Y decidí ver eso todo lo posible, pues era,
a no dudarlo, un espectáculo singular. ¡Una lluvia de cobre incandescente! ¡La ciudad en llamas! Valía la pena.

Subí a la terraza, pero no pude pasar de la puerta que daba acceso a ella. Veía desde allá lo bastante, sin embargo. Veía y escuchaba. La soledad era absoluta. La crepitación no se interrumpía sino
por uno que otro ululato de perro, o explosión anormal. El ambiente
estaba rojo; y a su través, troncos, chimeneas, casas, blanqueaban con
una lividez tristísima. Los pocos árboles que conservaban follaje re-
torcíanse, negros, de un negro de estaño. La luz había decrecido un
poco, no obstante, de persistir la limpidez celeste. El horizonte estaba,
esto sí, mucho más cerca, y como ahogado en ceniza. Sobre el lago
flotaba un denso vapor, que algo corregía la extraordinaria sequedad
del aire.

Percibíase claramente la combustible lluvia, en trazos de cobre
que vibraban como el cordaje innumerable de un arpa, y de cuando
en cuanto mezclábanse con ella ligeras flámulas. Humaredas negras
anunciaban incendios aquí y allá.

Mis pájaros comenzaban a morir de sed y hube de bajar hasta el
aljibe para llevarles agua. El sótano comunicaba con aquel depósito,
vasta cisterna que podía resistir mucho al fuego celeste; mas por los
conductos que del techo y de los patios desembocaban allá, habíase
deslizado algún cobre y el agua tenía un gusto particular, entre na-
trón y orina, con tendencia a salarse. Bastóme levantar las trampillas
de mosaico que cerraban aquellas vías, para cortar a mi agua toda
comunicación con el exterior.

Esa tarde y toda la noche fue horrendo el espectáculo de la ciudad. Quemada en sus domicilios, la gente huía despavorida, para ar-
derse en las calles, en la campiña desolada; y la población agonizó
bárbaramente, con ayes y clamores de una amplitud, de un horror,
de una variedad estupendos. Nada hay tan sublime como la voz humana. El derrumbe de los edificios, la combustión de tantas mercancías y efectos diversos, y más que todo la quemazón de tantos cuerpos, acabaron por agregar al cataclismo el tormento de su hedor infernal. Al declinar el sol, el aire estaba casi negro de humo y de pol-
varedas. Las flámulas que danzaban por la mañana entre el cobre
pluvial, eran ahora llamaradas siniestras. Empezó a soplar un viento
ardentísimo, denso, como alquitrán caliente. Parecía que se estuviese

en un inmenso horno sombrío. Cielo, tierra, aire, todo acababa. No había más que tinieblas y fuego. ¡Ah, el horror de aquellas tinieblas que todo el fuego, el enorme fuego de la ciudad ardida no alcanzaba a dominar; y aquella fetidez de pingajos, de azufre, de grasa cadavérica en el aire seco que hacía escupir sangre; y aquellos clamores que no sé cómo no acababan nunca, aquellos clamores que cubrían el rumor del incendio, más vasto que un huracán, aquellos clamores en que aullaban, gemían, bramaban todas las bestias con un inefable pavor de eternidad!...

Bajé a la cisterna, sin haber perdido hasta entonces mi presencia de ánimo, pero enteramente erizado con todo aquel horror; y al verme de pronto en esa obscuridad amiga, al amparo de la frescura, ante el silencio del agua subterránea, me acometió de pronto un miedo que no sentía —estoy seguro— desde cuarenta años atrás, el miedo infantil de una presencia enemiga y difusa; y me eché a llorar, a llorar como un loco, a llorar de miedo, allá en un rincón, sin rubor alguno.

No fue sino muy tarde, cuando al escuchar el derrumbe de un techo, se me ocurrió apuntalar la puerta del sótano. Hícelo así con su propia escalera y algunos barrotes de la estantería, devolviéndome aquella defensa alguna tranquilidad; no porque hubiera de salvarme, sino por la benéfica influencia de la acción. Cayendo a cada instante en modorras que entrecortaban funestas pesadillas, pasé las horas. Continuamente oía derrumbes allá cerca. Había encendido dos lámparas que traje conmigo, para darme valor, pues la cisterna era asaz lóbrega. Hasta llegué a comer, bien que sin apetito, los restos de un pastel. En cambio bebí mucha agua.

De repente mis lámparas empezaron a amortiguarse, y junto con eso el terror, el terror paralizante esta vez, me asaltó. Había gastado, sin prevenirlo, toda mi luz, pues no tenía sino aquellas lámparas. No advertí, al descender esa tarde, traerlas toda conmigo.

Las luces decrecieron y se apagaron. Entonces advertí que la cisterna empezaba a llenarse con el hedor del incendio. No quedaba otro remedio que salir; y luego, todo, todo era preferible a morir asfixiado como una alimaña en su cueva.

A duras penas conseguí alzar la tapa del sótano que los escombros del comedor cubrían...

...Por segunda vez había cesado la lluvia infernal. Pero la ciudad ya no existía. Techos, puertas, gran cantidad de muros, todas las torres yacían en ruinas. El silencio era colosal, un verdadero silencio de catástrofe. Cinco o seis grandes humaredas empinaban aún sus penachos; y bajo el cielo que no se había enturbiado ni un momento, un cielo cuya crudeza azul certificaba indiferencias enteras, la pobre ciudad, mi pobre ciudad, muerta, muerta para siempre, hedía como un verdadero cadáver.

La singularidad de la situación, lo enorme del fenómeno, y sin duda también el regocijo de haberme salvado, único entre todos, cohibían mi dolor reemplazándolo por una curiosidad sombría. El arco de mi zaguán había quedado en pie, y asiéndome de las adarajas pude llegar hasta su ápice.

No quedaba un solo resto combustible y aquello se parecía mucho a un escorial volcánico. A trechos, en los parajes que la ceniza no cubría, brillaba con un bermejor de fuego, el metal llovido. Hacia el lado del desierto, resplandecía hasta perderse de vista un arenal de cobre. En las montañas, a la otra margen del lago, las aguas evaporadas de éste condensábanse en una tormenta. Eran ellas las que habían mantenido respirable el aire durante el cataclismo. El sol brillaba inmenso, y aquella soledad empezaba a agobiarme con una honda desolación, cuando hacia el lado del puerto percibí un bulto que vagaba entre las ruinas. Era un hombre, y habíame percibido ciertamente, pues se dirigía a mí.

No hicimos ademán alguno de extrañeza cuando llegó, y trepando por el arco vino a sentarse conmigo. Tratábase de un piloto, salvado como yo en una bodega, pero apuñaleando a su propietario. Acababa de agotársele el agua y por ello salía.

Asegurado a este respecto, empecé a interrogarlo. Todos los barcos ardieron, los muelles, los depósitos; y el lago habíase vuelto amargo. Aunque advertí que hablábamos en voz baja, no me atreví —ignoro por qué— a levantar la mía.

Ofrecíle mi bodega, donde quedaban aún dos docenas de jamones, algunos quesos, todo el vino...

De repente notamos una polvareda hacia el lado del desierto. La polvareda de una carrera. Alguna partida que enviaban, quizá, en socorro, los compatriotas de Adama o de Seboim.

Pronto hubimos de sustituir esta esperanza por un espectáculo tan desolador como peligroso.

Era un tropel de leones, las fieras sobrevivientes del desierto, que acudían a la ciudad como a un oasis, furiosos de sed, enloquecidos de cataclismo.

La sed y no el hambre los enfurecía, pues pasaron junto a nosotros sin advertirnos. ¡Y en qué estado venían! Nada como ellos revelaba tan lúgubremente la catástrofe.

Pelados como gatos sarnosos, reducida a escasos chicharrones la crin, sccos los ijarcs, cn una desproporción dc cómicos a mcdio vestir con la fiera cabezota, el rabo agudo y crispado como el de una rata que huye, las garras pustulosas, chorreando sangre —todo aquello decía a las claras sus tres días de horror bajo el azote celeste, al azar de las inseguras cavernas que no habían conseguido ampararlos.

Rondaban los surtidores secos con un desvarío humano en sus ojos, y bruscamente reemprendían su carrera en busca de otro depósito, agotado también; hasta que sentándose por último en torno del potrero, con el calcinado hocico en alto, la mirada vagorosa de desolación y de eternidad, quejándose al cielo, estoy seguro, pusiéronse a rugir.

Ah... nada, ni el cataclismo con sus horrores, ni el clamor de la ciudad moribunda era tan horroroso como ese llanto de fiera sobre las ruinas. Aquellos rugidos tenían una evidencia de palabra. Lloraban quién sabe qué dolores de inconsciencia y de desierto a alguna divinidad obscura. El alma sucinta de la bestia agregaba a sus terrores de muerte, el pavor de lo incomprensible. Si todo estaba lo mismo, el sol cuotidiano, el cielo eterno, el desierto familiar —¿por qué se ardían y por qué no había agua?... Y careciendo de toda idea de relación con los fenómenos, su horror era ciego, es decir más espantoso. El transporte de su dolor elévalos a cierta vaga noción de provenencia, ante aquel cielo de donde había estado cayendo la lluvia infernal; y sus rugidos preguntaban ciertamente algo a la cosa tremenda que causaba su padecer. Ah... esos rugidos, lo único de grandioso que conservaban aún aquellas fieras disminuidas: cuál comentaban el horrendo secreto de la catástrofe; cómo interpretaban en su dolor irremediable la eterna soledad, el eterno silencio, la eterna sed...

Aquello no debía durar mucho. El metal candente empezó a llover de nuevo, más compacto, más pesado que nunca.

En nuestro súbito descenso, alcanzamos a ver que las fieras se desbandaban buscando abrigo bajo los escombros.

Llegamos a la bodega, no sin que nos alcanzaran algunas chispas; y comprendiendo que aquel nuevo chaparrón iba a consumar la ruina, me dispuse a concluir.

Mientras mi compañero abusaba de la bodega —por primera y última vez, a buen seguro— decidí aprovechar el agua de la cisterna en mi baño fúnebre; y después de buscar inútilmente un trozo de jabón, descendí a ella por la escalinata que servía para efectuar su limpieza.

Llevaba conmigo el pomo de veneno, que me causaba un gran bienestar, apenas turbado por la curiosidad de la muerte.

El agua fresca y la obscuridad, me devolvieron a las voluptuosidades de mi existencia de rico que acaba de concluir. Hundido hasta el cuello, el regocijo de la limpieza y una dulce impresión de domesticidad, acabaron de serenarme.

Oía afuera el huracán de fuego. Comenzaban otra vez a caer escombros. De la bodega no llegaba un solo rumor. Percibí en eso un reflejo de llamas que entraban por la puerta del sótano, el característico tufo urinoso... Llevé el pomo a mis labios, y...

# RAFAEL ARÉVALO MARTÍNEZ

GUATEMALTECO

( 1 8 8 4 - 1 9 7 5 )

*Los cuentos de Rafael Arévalo Martínez convocan el medio de la escritura como el elemento más dúctil para entrar en los procesos de lo subconsciente; pero no se trata de cuentos controlados por su referencialidad sicológica. Instancias de alucinación, visiones y perspectivas distorsionantes los arrancan de la exclusividad síquica, convirtiendo sus narraciones en una de las más sorprendentes del relato hispanoamericano.*

*La obra del escritor guatemalteco comprende poesía, cuento, novela, teatro y ensayo. Su primera creación literaria fue el relato* "Mujer y niños", *escrito en 1908. De su producción lírica destacan* Maya *(1911);* Los atormentados *(1914);* Las rosas de Engaddi *(1918/1921);* Por un caminito así *(1947). De 1915 es* El hombre que parecía un caballo *y de 1922* El señor Monitot. *En cuanto a sus novelas cabe mencionar* Una vida *(1914);* Manuel Aldano *(1914);* La oficina de paz de Orolandia: novela del imperialismo yanqui *(1925);* Las noches en el palacio de la Nunciatura *(1927);* El mundo de los maharachías *(1938);* Viaje a Ipanda *(1939);* Hondura *(1947).*

*Escribió, asimismo, los ensayos* Nietzsche el conquistador. (La doctrina que engendró la segunda guerra mundial) *(1943);* Influencia de España en la formación de la nacionalidad centroamericana *(1943);* Concepción del Cosmos *(1956);* ¡Ecce Pericles! *(1945),* biografía (también documento epocal) sobre el dictador Manuel Estrada Cabrera. Otras publicaciones del autor son El embajador de Torlania *(1960);* Narración sumaria de mi vida: o historia de una varita de virtudes *(1968);* Cratilo y otros cuentos *(1968);* 4 contactos con lo natural y otros relatos *(1971). Publicaciones póstumas son* Los duques de Endor: drama en tres actos en verso *(1976);* Memorias *(1977) y* Ubico *(1984) Selecciones de su obra lírica se encuentran en* Poesías escogidas *(1921) y* Selección poética de Rafael Arévalo Martínez *(1975). Compilaciones de la prosa y la poesía de Rafael Arévalo Martínez aportan los volúmenes* Obras escogidas: prosa y poesía. Cincuenta años de vida literaria *(1959) y* Cuentos y poesías *(1961).*

*Rafael Arévalo Martínez nació en Ciudad de Guatemala. En 1912 era jefe de redacción del diario* La República *y de* El Nuevo Tiempo. *Publicó la revista* Juan Chapún *y dirigió la revista* Centro América, *órgano de publicidad de la Oficina Internacional Centroamericana. Fue Director de la Biblioteca Nacional de Guatemala. Fue nombrado embajador ante la Unión Panamericana en Washington, cargo que desempeñó por varios años. Fue miembro de la Academia Guatemalteca de la lengua y correspondiente de la Real Academia Española. Para un detallado recuento biográfico del escritor (hasta 1926) puede verse la biografía preparada por su hija Teresa Arévalo,* Rafael Arévalo Martínez. Biografía de 1884 hasta 1926. Guatemala, 1971. *En 1984 se publica el volumen* Homenaje a Rafael Arévelo Martínes *en el centenario de su nacimiento.*

"El hombre que parecía un caballo" se publicó en 1915. Desde entonces se ha seguido reeditando hasta hoy. La última edición es de 1989. Otros cuentos célebres del autor son "Nuestra Señora de los locos" (1914); "Las fieras del trópico" (1915); "El trovador colombiano" (1915); "La signatura de la Esfinge" (1933); "El hechizado" (1933). Interesantes son también los cuentos "El hombre verde", "Duelo de águilas" y "El desconocido". En 1952 la Editorial Universitaria de Guatemala publica El hombre que parecía un caballo y otros cuentos, *edición dedicada solamente a sus relatos.*

*Aunque el cuento* El hombre que parecía un caballo *apareció diez años antes de las primeras manifestaciones narrativas plenamente vanguardistas, constituye, sin duda, un anuncio del potencial artístico que se desarrollaría en la vanguardia. Un viaje subterráneo se anuncia en el cuento:* "¡Oh las cosas que vi en aquel pozo! Ese pozo fue para mí el pozo mismo del misterio." *La problemática de esa propuesta introspectiva es contar para su ejecución con el instrumento del arte, otro conflictivo pozo de misterios. Con todo, la preferencia por lo artístico (la escritura) como medio de introspección se funda en que el verdadero "asomo al alma" que se examina no puede provenir de discursos objetivos puesto que éstos son contrarios a la naturaleza imaginativa del hombre, donde, precisamente, se tocan los planos del subconsciente y del arte. La polaridad inicial entre una constitución sicológica y otra zoológica (lo sicozoológico) deviene en el relato una red de complejos procesos de interiorización (siquis, delirio, irracionalismo) y de multiplicantes formas literarias (visión, imagen, metáfora).*

# EL HOMBRE QUE PARECÍA UN CABALLO

En el momento en que nos presentaron, estaba en un extremo de la habitación, con la cabeza ladeada, como acostumbran a estar los caballos, y con aire de no fijarse en lo que pasaba a su alrededor. Tenía los miembros duros, largos y enjutos, extrañamente recogidos, tal como los de uno de los protagonistas en una ilustración inglesa del libro de Gulliver. Pero mi impresión de que aquel hombre se asemejaba por misterioso modo a un caballo, no fue obtenida entonces sino de una manera subconsciente, que acaso nunca surgiese a la vida plena del conocimiento, si mi anormal contacto con el héroe de esta historia no se hubiese prolongado.

En esa misma prístina escena de nuestra presentación, empezó el señor de Aretal a desprenderse, para obsequiarnos, de los traslúcidos collares de ópalos, de amatistas, de esmeraldas y de carbunclos que constituían su último tesoro. En un principio de deslumbramiento, yo me tendí todo, yo me extendí todo, como una gran sábana blanca, para hacer mayor mi superficie de contacto con el generoso donante. Las antenas de mi alma se dilataban, lo palpaban, y volvían trémulas y conmovidas y regocijadas a darme la buena nueva: —"Este es el hombre que esperaban; este es el hombre por el que te asomabas a todas las almas desconocidas, porque ya tu intuición te había afirmado que un día serías enriquecido por el advenimiento de un ser único. La avidez con que tomaste, percibiste y arrojaste tantas almas que se hicieron desear y defraudaron tu esperanza, hoy será ampliamente satisfecha: inclínate y bebe de esta agua".

Y cuando se levantó para marcharse, lo seguí, aherrojado y preso como el cordero que la zagala ató con lazos de rosas. Ya en el cuarto de habitación de mi nuevo amigo, éste, apenas traspuestos los umbrales que le daban paso a un medio propicio y habitual, se encendió todo él. Se volvió deslumbrador y escénico como el caballo de un emperador en una parada militar. Los faldones de su levita tenían vaga semejanza con la túnica interior de un corcel de la edad media, enjaezado para un torneo. Le caían bajo las nalgas enjutas, acariciando los remos finos y elegantes. Y empezó su actuación teatral.

Después de un ritual de preparación cuidadosamente observado, caballero iniciado de un antiquísimo culto, y cuando ya nuestras almas se habían vuelto cóncavas, sacó el cartapacio de sus versos con la misma mesura unciosa con que se acerca el sacerdote al ara. Estaba tan grave que imponía respeto. Una risa hubiera sido acuchillada en el instante de nacer.

Sacó su primer collar de topacios, o mejor dicho, su primera serie de collares de topacios, traslúcidos y brillantes. Sus manos se alzaron con tanta cadencia que el ritmo se extendió a tres mundos. Por el poder del ritmo, nuestra estancia se conmovió toda en el segundo piso, como un globo prisionero, hasta desasirse de sus lazos terrenos y llevarnos en un silencioso viaje aéreo. Pero a mí no me conmovieron sus versos, porque eran versos inorgánicos. Eran el alma traslúcida y radiante, de los minerales; eran el alma simétrica y dura de los minerales.

Y entonces el oficiante de las cosas minerales sacó su segundo collar. ¡Oh, esmeraldas, divinas esmeraldas! Y sacó el tercero. ¡Oh, diamantes, claros diamantes! Y sacó el cuarto y el quinto, que fueron de nuevo topacios, con gotas de luz, con acumulamientos de sol, con partes opacamente radiosas. Y luego el séptimo: sus carbunclos. Sus carbunclos casi eran tibios; casi me conmovieron como granos de granada o como sangre de héroes; pero los toqué y los sentí duros. De todas maneras, el alma de los minerales me invadía; aquella aristocracia inorgánica me seducía raramente, sin comprenderla por completo. Tan fue esto así que no pude traducir las palabras de mi Señor interno, que estaba confuso y hacía un vano esfuerzo por volverse duro y simétrico y limitado y brillante, y permanecí mudo. Y entonces, en imprevista explosión de dignidad ofendida, creyéndose engañado, el Oficiante me quitó su collar de carbunclos, con movimiento tan lleno de violencia, pero tan justo, que me quedé más perplejo que dolorido. Si hubiera sido el Oficiante de las Rosas, no hubiera procedido así.

Y entonces, como a la rotura de un conjuro, por aquel acto de violencia, se deshizo el encanto del ritmo; y la blanca manecilla en que voláramos por el azul del cielo, se encontró sólidamente aferrada al primer piso de una casa.

Después, nuestro común presentante, el señor de Aretal y yo, almorzamos en los bajos del hotel.

Y yo, en aquellos instantes, me asomé al pozo del alma del Señor de los topacios. Vi reflejadas muchas cosas. Al asomarme, instintivamente, había formado mi cola de pavo real; pero la había formado sin ninguna sensualidad interior, simplemente solicitado por tanta belleza percibida y deseando mostrar mi mejor aspecto, para ponerme a tono con ella.

¡Oh, las cosas que vi en aquel pozo! Ese pozo fue para mí el pozo mismo del misterio. Asomarse a un alma humana, tan abierta como un pozo, que es un ojo de la tierra, es lo mismo que asomarse a Dios. Nunca podemos ver el fondo. Pero nos saturamos de la humedad del agua, el gran vehículo del amor; y nos deslumbramos de luz reflejada.

Este pozo reflejaba el múltiple aspecto exterior en la personal manera del señor de Aretal. Algunas figuras estaban más vivas en la superficie del agua: se reflejaban los clásicos, ese tesoro de ternura y de sabiduría de los clásicos; pero sobre todo se reflejaba la imagen de un amigo ausente, con tal pureza de líneas y tan exacto colorido, que no fue uno de los menos interesantes atractivos que tuvo para mí el alma del señor de Aretal, este paralelo darme el conocimiento del alma del señor de la Rosa, el ausente amigo tan admirado y tan amado. Por encima de todo se reflejaba Dios. Dios de quien nunca estuve menos lejos. La gran alma que a veces se enfoca temporalmente. Yo comprendí, asomándome al pozo del señor de Aretal, que éste era un mensajero divino. Traía un mensaje a la humanidad: el mensaje humano, que es el más valioso de todos. Pero era un mensajero inconsciente. Prodigaba el bien y no lo tenía consigo.

Pronto interesé sobre manera a mi noble huésped. Me asomaba con tanta avidez al agua clara de su espíritu, que pudo tener una imagen exacta de mí. Me había aproximado lo suficiente, y además yo también era una cosa clara que no interceptaba la luz. Acaso lo ofusqué tanto como él a mí. Es una cualidad de las cosas alucinadas el ser a su vez alucinadoras. Esta mutua atracción nos llevó al acercamiento y estrechez de relaciones. Frecuenté el divino templo de aquella alma hermosa. Y a su contacto empecé a encenderme. El señor de Aretal era una lámpara encendida y yo era una cosa combustible. Nuestras almas se comunicaban. Yo tenía las manos extendidas y el alma de cada uno de mis diez dedos era una antena por la que recibía el conocimiento del alma del señor de Aretal. Así supe de muchas cosas antes no conocidas. Por raíces aéreas, ¿qué otra cosa son los dedos?, u hojas aterciopeladas, ¿qué otra cosa que raíces aéreas son las hojas?, yo recibía de aquel hombre algo que me había faltado antes. Había sido un arbusto desmedrado que prolonga sus filamentos hasta encontrar el humus necesario en una tierra nueva. ¡Y cómo me nutría! Me nutría con la beatitud con que las hojas trémulas de clorofila se extienden al sol; con la beatitud con que una raíz encuentra un cadáver en descomposición; con la beatitud con que los convalescientes dan sus pasos vacilantes en las mañanas de primavera, bañadas de luz; con la beatitud con que el niño se pega al seno nutricio y después, ya lleno, sonríe en sueños a la visión de una ubre nívea. ¡Bah! Todas las cosas que se completan tienen beatitud así. Dios, un día, no será otra cosa que un alimento para nosotros: algo necesario para nuestra vida. Así sonríen los niños y los jóvenes, cuando se sienten beneficiados por la nutrición.

Además me encendí. La nutrición es una combustión. Quién sabe qué niño divino regó en mi espíritu un reguero de pólvora, de nafta, de algo fácilmente inflamable, y el señor de Aretal, que había sabido aproximarse hasta mí, le había dado fuego. Yo tuve el placer de arder: es decir, de llenar mi destino. Comprendí que era una cosa esencialmente inflamable. ¡Oh padre fuego, bendito seais! Mi destino es arder. El fuego es también un mensaje. ¿Qué otras almas arderían

por mí? ¿A quién comunicaría mi llama? ¡Bah! ¿Quién puede prede-
cir el porvenir de una chispa?

Yo ardí y el señor de Aretal me vio arder. En una maravillosa
armonía, nuestros dos átomos de hidrógeno y de oxígeno habían llegado tan cerca, que prolongándose, emanando porciones de sí, casi
llegaron a juntarse en alguna cosa viva. A veces revolaban como dos
mariposas que se buscan y tejen maravillosos lazos sobre el río y en
el aire. Otras se elevaban por la virtud de su propio ritmo y de su
armoniosa consonancia, como se elevan las dos alas de un dístico.
Una estaba fecundando a la otra. Hasta que...

¿Habéis oído de esos carámbanos de hielo que, arrastrados a aguas
tibias por una corriente submarina, se desintegran en su base, hasta
que perdido un maravilloso equilibrio, giran sobre sí mismos en una
apocalíptica vuelta, rápidos, inesperados, presentando a la faz del sol
lo que antes estaba oculto entre las aguas? Así, invertidos, parecen
inconscientes de los navíos que, al hundirse su parte superior, hicieron descender al abismo. Inconscientes de la pérdida de los nidos
que ya se habían formado en su parte vuelta hasta entonces a la luz,
en la relativa estabilidad de esas dos cosas frágiles: los huevos y los
hielos.

Así de pronto, en el ángel transparente del señor de Aretal, empezó a formarse una casi inconsistente nubecilla obscura. Era la sombra proyectada por el caballo que se acercaba.

¿Quién podría expresar mi dolor cuando en el ángel del señor de
Aretal apareció aquella cosa obscura, vaga e inconsistente? Había mi
noble amigo bajado a la cantina del hotel en que habitaba. ¿Quién
pasaba? ¡Bah! Un obscuro ser, poseedor de unas horribles narices
aplastadas y de unos labios delgados. ¿Comprendéis? Si la línea de
su nariz hubiese sido recta, también en su alma se hubiese enderezado
algo. Si sus labios hubiesen sido gruesos, también su sinceridad se
hubiese acrecentado. Pero no. El señor de Aretal le había hecho un
llamamiento. Ahí estaba... Y mi alma, que en aquel instante tenía
el poder de discernir, comprendió claramente que aquel hombrecillo,
a quien hasta entonces había creído un hombre, porque un día ví
arrebolarse sus mejillas de vergüenza, no era sino un homúnculo. Con
aquellas narices no se podía ser sincero.

Invitados por el señor de los topacios, nos sentamos a una mesa.
Nos sirvieron coñac y refrescos, a elección. Y aquí se rompió la armonía. La rompió el alcohol. Yo no tomé. Pero tomó él. Pero estuvo
el alcohol próximo a mí, sobre la mesa de mármol blanco. Y medió
entre nosotros y nos interceptó las almas. Además, el alma del señor
de Aretal ya no era azul como la mía. Era roja y chata como la del
compañero que nos separaba. Entonces comprendí que lo que yo había
amado más en el señor de Aretal era mi propio azul.

Pronto el alma chata del señor de Aretal empezó a hablar de cosas bajas. Todos sus pensamientos tuvieron la nariz torcida. Todos sus pensamientos bebían alcohol y se materializaban groseramente. Nos contó de una legión de negras de Jamaica, lúbricas y semidesnudas, corriendo tras él en la oferta de su odiosa mercancía por cinco centavos. Me hacía daño su palabra y pronto me hizo daño su voluntad. Me pidió insistentemente que bebiera alcohol. Cedí. Pero apenas consumado mi sacrificio sentí claramente que algo se rompía entre nosotros. Que nuestros señores internos se alejaban y que venía abajo, en silencio, un divino equilibrio de cristales. Y se lo dije: —Señor de Aretal, usted ha roto nuestras divinas relaciones en este mismo instante. Mañana usted verá en mí llegar a su aposento sólo un hombre y yo sólo encontraré un hombre en usted. En este mismo instante usted me ha teñido de rojo.

El día siguiente, en efecto, no sé que hicimos el señor de Aretal y yo. Creo que marchamos por la calle en vía de cierto negocio. Él iba de nuevo encendido. Yo marchaba a su vera apagado ¡y lejos de él! Iba pensando en que jamás el misterio me había abierto tan ancha rasgadura para asomarme, como en mis relaciones con mi extraño acompañante. Jamás había sentido tan bien las posibilidades del hombre; jamás había entendido tanto al dios íntimo como en mis relaciones con el señor de Aretal.

Llegamos a su cuarto. Nos esperaban sus formas de pensamiento. Y yo siempre me sentía lejos del señor de Aretal. Me sentí lejos muchos días, en muchas sucesivas visitas. Iba a él obedeciendo leyes inexorables. Porque era preciso aquel contacto para quemar una parte en mí, hasta entonces tan seca, como que se estaba preparando para arder mejor. Todo el dolor de mi sequedad hasta entonces, ahora se regocijaba de arder; todo el dolor de mi vacío hasta entonces, ahora se regocijaba de plenitud. Salí de la noche de mi alma en una aurora encendida. Bien está. Bien está. Seamos valientes. Cuanto más secos estemos arderemos mejor. Y así iba a aquel hombre y nuestros Señores se regocijaban. ¡Ah! ¡Pero el encanto de los primeros días! ¿En dónde estaba?

Cuando me resigné a encontrar un hombre en el señor de Aretal, volvió de nuevo el encanto de su maravillosa presencia. Amaba a mi amigo. Pero me era imposible desechar la melancolía del dios ido. ¡Traslúcidas, diamantinas alas perdidas! ¿Cómo encontraros los dos y volver a donde estuvimos?

Un día, el señor de Aretal encontró propicio el medio. Éramos varios sus oyentes; en el cuarto encantado por sus creaciones habituales, se recitaron versos. Y de pronto, ante unos más hermosos que los demás, como ante una clarinada, se levantó nuestro noble huésped, piafante y elástico. Y allí, y entonces, tuve la primera visión: *el señor de Aretal estiraba el cuello como un caballo.*

Le llamé la atención: —Excelso huésped, os suplico que adoptéis esta y esta actitud. Sí, era cierto: *estiraba el cuello como un caballo.* Después, la segunda visión; el mismo día. Salimos a andar. Y de pronto percibí, lo percibí: *el señor de Aretal caía como un caballo.* Le faltaba de pronto el pie izquierdo y entonces sus ancas casi tocaban tierra, como un caballo claudicante. Se erguía luego con rapidez; pero ya me había dejado la sensación. ¿Habéis visto caer a un caballo?

Luego la tercera visión, a los pocos días. Accionaba el señor de Aretal sentado frente a sus monedas de oro, y de pronto lo ví mover los brazos como mueven las manos los caballos de pura sangre, sacando las extremidades de sus miembros delanteros hacia los lados, en esa bella serie de movimientos que tantas veces habréis observado cuando un jinete hábil, en un paseo concurrido, reprime el paso de un corcel caracoleante y espléndido.

Después, otra visión: *el señor de Aretal veía como un caballo.* Cuando lo embriagaba su propia palabra, como embriagaba al corcel noble su propia sangre generosa, trémulo como una hoja, trémulo como un corcel montado y reprimido, trémulo como todas esas formas vivas de raigambres nerviosas y finas, inclinaba la cabeza, ladeaba la cabeza, y así veía, mientras sus brazos desataban·algo en el aire, como las manos de un caballo. —¡Qué cosa más hermosa es un caballo! ¡Casi se está sobre dos pies!— Y entonces yo sentía que lo cabalgaba el espíritu.

Y luego cien visiones más. El señor de Aretal se acercaba a las mujeres como un caballo. En las salas suntuosas no se podía estar quieto. Se acercaba a la hermosa señora recién presentada, con movimientos fáciles y elásticos, baja y ladeada la cabeza, y daba una vuelta en torno de ella y daba una vuelta en torno de la sala.

Veía así, de lado. Pude observar que sus ojos se mantenían inyectados de sangre. Un día se rompió uno de los vasillos que los coloreaban con trama sutil; se rompió el vasillo y una manchita roja había coloreado su córnea. Se lo hice observar.

—"Bah, me dijo, es cosa vieja. Hace tres días que sufro de ello. Pero no tengo tiempo para ver a un doctor."

Marchó al espejo y se quedó mirando fijamente. Cuando al día siguiente volví, encontré que una virtud más lo ennoblecía. Le pregunté: ¿Qué lo embellece en esta hora? Y él respondió: "un matiz". Y me contó que se había puesto una corbata roja para que armonizara con su ojo rojo. Y entonces yo comprendí que en su espíritu había una tercera coloración roja y que estas tres rojeces juntas eran las que me habían llamado la atención al saludarlo. Porque el espíritu de cristales del señor de Aretal se teñía de las cosas ambientes. Y eso eran sus versos: una maravillosa cristalería teñida de las cosas ambientes: esmeraldas, rubíes, ópalos...

Pero esto era triste a veces porque a veces las cosas ambientes eran obscuras o de colores mancillados: verdes de estercolero, palideces verdes de plantas enfermas. Llegué a deplorar el encontrarlo acompañado, y cuando ésto sucedía, me separaba con cualquier pretexto del señor de Aretal, si su acompañante no era una persona de colores claros.

Porque indefectiblemente el señor de Aretal reflejaba el espíritu de su acompañante. Un día lo encontré, ¡a él, el noble corcel!, enano y meloso. Y como en un espejo, vi en la estancia a una persona enana y melosa. En efecto, allí estaba; me la presentó. Era una mujer como de cuarenta años, chata, gorda y baja. Su espíritu también era una cosa baja. Algo rastreante y humilde; pero inofensivo y deseoso de agradar. Aquella persona era el espíritu de la adulación. Y Aretal también sentía en aquellos momentos una pequeña alma servil y obsequiosa. ¿Qué espejo cóncavo ha hecho esta horrorosa trasmutación? me pregunté yo, aterrorizado. Y de pronto todo el aire transparente de la estancia me pareció un transparente vidrio cóncavo que deformaba los objetos. ¡Qué chatas eran las sillas...! Todo invitaba a sentarse sobre ello. Aretal era un caballo de alquiler más.

Otra ocasión, y a la mesa de un bullanguero grupo que reía y bebía, Aretal fue un ser humano más, uno más del montón. Me acerqué a él y lo vi catalogado y con precio fijo. Hacía chistes y los blandía como armas defensivas. Era un caballo de circo. Todos en aquel grupo se exhibían. Otra vez fue un jayán. Se enredó en palabras ofensivas con un hombre brutal. Parecía una vendedora de verduras. Me hubiera dado asco; pero lo amaba tanto que me dio tristeza. Era un caballo que daba coces.

Y entonces, al fin, apareció en el plano físico una pregunta que hacía tiempo formulaba: ¿Cuál es el verdadero espíritu del señor de Aretal? Y la respondí pronto. El señor de Aretal, que tenía una elevada mentalidad, no tenía espíritu: era amoral. Era amoral como un caballo y se dejaba montar por cualquier espíritu. A veces, sus jinetes tenían miedo o eran mezquinos y entonces el señor de Aretal los arrojaba lejos de sí, con un soberbio bote. Aquel vacío moral de su ser se llenaba, como todos los vacíos, con facilidad. Tendía a llenarse.

Propuse el problema a la elevadísima mente de mi amigo y ésta lo aceptó en el acto. Me hizo una confesión: —Sí: es cierto. Yo, a usted que me ama, le muestro la mejor parte de mí mismo. Le muestro a mi dios interno. Pero, es doloroso decirlo entre dos seres humanos que me rodean, yo tiendo a colorearme del color del más bajo. Huya de mí cuando esté en una mala compañía.

Sobre la base de esta percepción, me interné más en su espíritu. Me confesó un día, dolorido, que ninguna mujer lo había amado. Y sangraba todo él al decir esto. Yo le expliqué que ninguna mujer lo podía amar, porque él no era un hombre, y la unión hubiera sido monstruosa. El señor de Aretal no conocía el pudor, y era indelicado en sus relaciones con las damas como un animal. Y él:

—Pero yo las colmo de dinero.

—También se lo da una valiosa finca en arrendamiento.

Y él:

—Pero yo las acaricio con pasión.

—También las lamen las manos sus perrillos de lanas.

Y él:

—Pero yo las soy fiel y generoso; yo las soy humilde; yo las soy abnegado.

—Bien; el hombre es más que eso. Pero ¿las ama usted?

—Sí, las amo.

—Pero ¿las ama usted como un hombre? No, amigo, no. Usted rompe en esos delicados y divinos seres mil hilos tenues que constituyen toda una vida. Esa última ramera que le ha negado su amor y ha desdeñado su dinero, defendió su única parte inviolada: su señor interno; lo que no se vende. Usted no tiene pudor. Y ahora oiga mi profecía: una mujer lo redimirá. Usted, obsequioso y humilde hasta la bajeza con las damas; usted, orgulloso de llevar sobre sus lomos una mujer bella, con el orgullo de la hacanea favorita, que se complace en su preciosa carga —cuando esta mujer bella lo ame, se redimirá: conquistará el pudor.

Y otra hora propicia a las confidencias:

—Yo no he tenido nunca un amigo. Y sangraba todo él al decir esto. Yo le expliqué que ningún hombre le podría dar su amistad, porque él no era un hombre, y la amistad hubiese sido monstruosa. El señor de Aretal no conocía la amistad y era indelicado en sus relaciones con los hombres, como un animal. Conocía sólo el camaraderismo. Galopaba alegre y generoso en los llanos, con sus compañeros; gustaba de ir en manadas con ellos; galopaba primitivo y matinal, sintiendo arder su sangre generosa que lo incitaba a la acción, embriagándose de aire y de verde y de sol; pero luego se separaba indiferente de su compañero de una hora lo mismo que de su compañero de un año. El caballo, su hermano, muerto a su lado, se descomponía bajo el dombo del cielo, sin hacer asomar una lágrima a sus ojos... Y el señor del Aretal, cuando concluí de expresar mi último concepto, radiante:

—Esta es la gloria de la naturaleza. La materia inmortal no muere. ¿Por qué llorar a un caballo cuando queda una rosa? ¿Por qué llorar a una rosa cuando queda un ave? ¿Por qué lamentar a un amigo cuando queda un prado? Yo siento la radiante luz del sol que nos posee a todos, que nos redime a todos. Llorar es pecar contra el sol. Los hombres, cobardes, miserables y bajos, pecan contra la Naturaleza, que es Dios.

Y yo, reverente, de rodillas ante aquella hermosa alma animal, que me llenaba de la unción de Dios:

—Sí, es cierto; pero el hombre es una parte de la naturaleza; es la naturaleza evolucionada. ¡Respeto a la evolución! Hay fuerza y hay materia: ¡respeto a las dos! Todo no es más que uno.

—Yo estoy más allá de la moral.

—Usted está más acá de la moral: usted está bajo la moral. Pero el caballo y el ángel se tocan, y por eso usted a veces me parece divino. San Francisco de Asís amaba a todos los seres y a todas las cosas, como usted; pero además, las amaba de un modo diferente; pero las amaba después del círculo, no antes del círculo como usted.

—Y él entonces:

—Soy generoso con mis amigos, los cubro de oro.

—También se los da una valiosa finca en arrendamiento, o un pozo de petróleo, o una mina en explotación.

Y él:

—Pero yo les presto mil pequeños cuidados. Yo he sido enfermero del amigo enfermo y buen compañero de orgía del amigo sano.

Y yo:

—El hombre es más que eso: el hombre es la solidaridad. Usted ama a sus amigos, pero ¿los ama con amor humano? No; usted ofende en nosotros mil cosas impalpables. Yo, que soy el primer hombre que ha amado a usted, he sembrado los gérmenes de su redención. Ese amigo egoísta que se separó, al separarse de usted, de un bienhechor, no se sintió unido a usted por ningún lazo humano. Usted no tiene solidaridad con los hombres.

— . . .

—Usted no tiene pudor con las mujeres, ni solidaridad con los hombres, ni respeto a la Ley. Usted miente, y encuentra en su elevada mentalidad, excusa para su mentira, aunque es por naturaleza verídica como un caballo. Usted adula y engaña y encuentra en su elevada mentalidad, excusa para su adulación y su engaño, aunque es por naturaleza noble como un caballo. Nunca he amado tanto a los caballos como al amarlos en usted. Comprendo la nobleza del caballo: es casi humano. Usted ha llevado siempre sobre el lomo una carga humana: una mujer, un amigo... ¡Qué hubiera sido de esa mujer y de ese amigo en los pasos difíciles sin usted, el noble, el fuerte, que los llevó sobre sí, con una generosidad que será su redención! El que lleva una carga, más pronto hace el camino. Pero usted las ha llevado como un caballo. Fiel a su naturaleza, empiece a llevarlas como un hombre.

Me separé del señor de los topacios, y a los pocos días fue el hecho final de nuestras relaciones. Sintió de pronto el señor de Aretal que mi mano era poco firme, que llegaba a él mezquino y cobarde, y su nobleza de bruto se sublevó. De un bote rápido me lanzó lejos de sí. Sentí sus cascos en mi frente. Luego un veloz galope rítmico y marcial, aventando las arenas del desierto. Volví los ojos hacia donde estaba la Esfinge en su eterno reposo de misterio, y ya no la vi. ¡La Esfinge era el señor de Aretal que me había revelado su secreto, que era el mismo del Centauro!

Era el señor de Aretal que se alejaba en su veloz galope, con rostro humano y cuerpo de bestia.

# RICARDO GÜIRALDES

ARGENTINO
(1886-1927)

*Los aspectos vanguardistas en la obra del escritor argentino están finamente vinculados con la configuración poética de su escritura y la visión metafísica proyectada por sus personajes y espacios narrativos. Atrás ha quedado la exclusiva identificación del autor con su novela* Don Segundo Sombra. *Los estudios sobre su producción han destacado la alta calidad y el gran aporte a la literatura hispanoamericana de la obra total de Güiraldes.*

*Ricardo Güiraldes nació en Buenos Aires. De familia rica; cuando tenía un año y medio sus padres viajan a Francia, regresan a Buenos Aires en 1887. Ricardo Güiraldes viajó constantemente: entre 1910 y 1912 recorre Europa; durante esos años va también a la India y al Japón; en 1914 va a Brasil; entre 1916 y 1917 viaja por la costa del Pacífico, conoce Cuba y Jamaica; en 1919 visita Francia, regresando en 1920 a Buenos Aires; vuelve a Europa en 1922. En su última travesía en 1927 —su salud ya delicada— lo sorprende la muerte en París. Durante sus estadías en el extranjero hace amistad con varios escritores, especialmente franceses. En 1924 al fundarse la revista de vanguardia* Proa, *Güiraldes figura como director junto con Jorge Luis Borges, Pablo Rojas Paz y Brandán Caraffa.*

*Los datos biográficos de Ricardo Güiraldes han sido trazados detalladamente en los ensayos de Giovanni Previtali.* Ricardo Güiraldes: biografía y crítica *(México: Ediciones de Andrea, 1965);* Juan Carlos Ghiano, Ricardo Güiraldes *(Buenos Aires: Editorial Pleamar, 1966); y por el mismo autor en su escrito "A modo de autobiografía: proyecto de carta para Guillermo de Torre" (1925). Este ensayo autobiográfico de Güiraldes apareció por primera vez en la revista* Proa, *año II, número 8, pp. 25-36, incluyéndose posteriormente en* Obras completas *(Buenos Aires: Emecé Editores, 1962, pp. 25-36). En esta autobiografía se puede apreciar la amplísima formación intelectual de Güiraldes, su inquietud por el conocimiento de otras culturas, su amalgama de lo cosmopolita y lo criollo.*

*Su obra novelística comprende* Raucho: momentos de una juventud contemporánea *(1917);* Rosaura *(1922), cuya primera edición apareció —por razones de mercado— con el título* Un idilio de estación; *luego siguen* Xaimaca *(1923)* y Don Segundo Sombra *(1926), novela que a partir del año siguiente de su publicación empezaba a ser conocida en el extranjero; se tradujo al holandés, francés, alemán, inglés, portugués, checo, sueco. Su obra lírica comprende* El cencerro de cristal *(1915) y las publicaciones póstumas* Poemas solitarios 1921-1927 *(1928);* Poemas místicos *(1928);* Pampa *(1954), poemas inéditos hasta entonces, cedidos por su esposa Adelina del Carril. Sus relatos se recogen en* Cuentos de muerte y de sangre: seguidos de aventuras grotescas y una trilogía cristiana *(1915) y* Seis relatos *(1929). En 1952 se publica* Rosaura y siete cuentos. *Las obras completas de Güiraldes se publican en 1962.*

*El cuento seleccionado pertenece a* Cuentos de muerte y de sangre. *La elaboración literaria que reconstruye la formación de una leyenda en torno a la cruz protectora del pozo desciende junto con la caída del peregrino en un espacio que rebasa el comentario narrativo de esa historia. Brevedad narracional y expansión connotativa. La inmensidad de las dimensiones metafísicas que levanta cada línea del cuento no ayuda en la comprensión lógica del mito ya formado en la conciencia colectiva; lo registra con imágenes que acentúan el terror existencial del vacío, del destino movilizado hacia la orilla donde espera el rostro de la muerte. Sincréticos y universales trazos artísticos que tocan lo irreal, lo religioso, lo existencialista y lo mítico.*

## EL POZO

Sobre el brocal desdentado del viejo pozo, una cruz de palo roída por la carcoma miraba en el fondo su imagen simple.

Todo una historia trágica.

Hacía mucho tiempo, cuando fue recién herida la tierra y pura el agua como sangre cristalina, un caminante sudoroso se sentó en el borde de piedra para descansar su cuerpo y refrescar la frente con el aliento que subía del tranquilo redondel.

Allí le sorprendieron el cansancio, la noche y el sueño; su espalda resbaló al apoyo y el hombre se hundió, golpeando blandamente en las paredes hasta romper la quietud del disco puro.

Ni tiempo para dar un grito o retenerse en las salientes, que le rechazaban brutalmente después del choque. Había rodado llevando consigo algunos pelmazos de tierra pegajosa.

Aturdido por el golpe, se debatió sin rumbo en el estrecho cilindro líquido hasta encontrar la superficie. Sus dedos espasmódicos, en el ansia agónica de sostenerse, horadaron el barro rojizo. Luego quedó exánime, sólo emergida la cabeza, todo el esfuerzo de su ser concentrado en recuperar el ritmo perdido de su respiración.

Con su mano libre tanteó el cuerpo en que el dolor nacía con la vida.

Miró hacia arriba: el mismo redondel de antes, más lejano, sin embargo, y en cuyo centro la noche hacía nacer una estrella tímidamente.

Los ojos se hipnotizaron en la contemplación del astro pequeño, que dejaba, hasta el fondo, caer su punto de luz.

Unas voces pasaron no lejos, desfiguradas, tenues; un frío le mordió del agua y gritó un grito que, a fuerza de terror, se le quedó en la boca.

Hizo un movimiento y el líquido onduló en torno, denso como mercurio. Un pavor místico contrajo sus músculos, e impelido por esa nueva y angustiosa fuerza, comenzó el ascenso, arrastrándose a lo largo del estrecho tubo húmedo; unos dolores punzantes abriéndole las carnes, mirando el fin siempre lejano como en las pesadillas.

Más de una vez, la tierra insegura cedió a su peso, crepitando abajo en lluvia fina; entonces suspendía su acción tendido de terror, vacío el pecho, y esperaba inmóvil la vuelta de sus fuerzas.

Sin embargo, un mundo insospechado de energías nacía a cada paso; y como por impulso adquirido maquinalmente, mientras se sucedían las impresiones de esperanza y desaliento, llegó al brocal, exhausto, incapaz de saborear el fin de sus martirios.

Allí quedaba, medio cuerpo de fuera, anulada la voluntad por el cansancio, viendo delante suyo la forma de un Aguaribay como cosa irreal...

Alguien pasó ante su vista, algún paisano del lugar seguramente, y el moribundo alcanzó a esbozar un llamado. Pero el movimiento de auxilio que esperaba fue hostil. El gaucho, luego de santiguarse, resbalaba del cinto su facón, cuya empuñadura, en cruz, tendió hacia el maldito.

El infeliz comprendió: hizo el último y sobrehumano esfuerzo para hablar; pero una enorme piedra vino a golpearle la frente y aquella visión de infierno desapareció como sorbida por la tierra.

Ahora todo el pago conoce el pozo maldito, y sobre su brocal, desdentado por los años de abandono, una cruz de madera semipodrida defiende a los cristianos contra las apariciones del malo.

# C A R M E N   L Y R A

COSTARRICENSE

( 1 8 8 8 - 1 9 4 9 )

*Además de su vocación literaria, la escritora costarricense desarrolló una profunda vocación pedagógica que llevó a la práctica especialmente con niños y mujeres que necesitaban de una instrucción especial. Carmen Lyra es el seudónimo de María Isabel Carvajal. Durante un tiempo la autora escribió su apellido con "i" (Lira); pero a partir de 1925 se decide por la ortografía con "y" (Lyra). La escritora nació en San José. Su formación pedagógica fue completada en el extranjero; estudió sicología infantil en la Sorbona y educación pre escolar en Bélgica. Tenía dominio del inglés y del francés además de un amplio conocimiento de la literatura universal.* En 1921 se hace cargo de la cátedra de literatura infantil en la escuela Normal de Costa Rica. El mismo año comienza a colaborar en Repertorio Americano. *Carmen Lyra se comprometió con toda la actividad política de su país; se opuso a la dictadura de los hermanos Tinoco. Sumamente preocupada por un desarrollo justo de todos los sectores sociales, decidió militar en el partido comunista de Costa Rica. Esto ocurre en 1931, el mismo año en que publica el relato de temática antiimperialista "Bananos y Hombres". En 1948, debido a su militancia es forzada al exilio; su corto, aunque emocionalmente largo exilio, transcurre en México; la autora se enferma gravemente. Hay peticiones para que pueda regresar a su país, pero sin éxito. Desde México —poco antes de su muerte— escribe Carmen Lyra: "Sé que voy a morir, pero quiero estar por última vez en mi tierra, no quiero morir lejos de ella. Cuando no estoy en mi país me siento como mata mal trasplantada, de esas matas que ya sus raíces no pueden adaptarse a nuevas tierras".*

*Escribió una novela. En una silla de ruedas, en 1918; autora de las obras de teatro* Ensueño de Noche Buena *(1919) y* Señorita Sol *(1919). Su obra cuentística es conocida fundamentalmente por la publicación en 1920 de su libro* Los cuentos de mi tía Panchita. *Publicó asimismo* Las fantasías de Juan Silvestre *(1918), obra sumamente creativa, de matizados ángulos narracionales (cuento, diario íntimo) conducidos por un original proceso imaginativo derivado del relato que hace Juan Silvestre. En 1929 publica el texto* Siluetas de la Materna, *ensayo sobre educación a través de un discurso sociológico. A lo largo de su trayectoria pedagógica dejó varios artículos publicados en este campo. Su obra "Bananos y Hombres" (cuentos estructurados en cinco secciones) es de 1931; se publicó en el tomo veintidós de* Repertorio Americano. *El cuento "De cómo hablar francés y viajar a Europa no enseña a ser humano" es de 1935.*

*Un sector de su obra literaria se nutrió de la tradición folklórica; material que Carmen Lyra supo elaborar finamente con la utilización del humor, una penetrante caracterización sicológica de los personajes y su propio uso de la imaginación o la fantasía. Este aspecto le dio originalidad a su obra y un notable rango de universalización de las fuentes populares o tradicionales que la autora utilizaba. El relato "Escomponte perinola" se encuentra en el volumen* Los cuentos de mi tía Panchita. *Hay un primer tomo de las obras completas de la autora publicado en 1972,* Obras completas de María Isabel Carvajal, "Carmen Lyra" *(San José, Costa Rica: Editorial Patria Libre). Este tomo incluye solamente "En una silla de ruedas", "Fantasía de Juan Sisvestre" (sic) e "Historia de Costa Rica".*

*En 1977 se publica* Relatos escogidos *(de Carmen Lyra), valiosa edición a cargo del escritor Alfonso Chase. En 1985 la Editorial Costa Rica publica el volumen* Los otros cuentos de Carmen Lyra. *Este libro —preparado también por Alfonso Chase— ordena cronológicamente cuentos que la autora escribió entre 1910 y 1936, es decir, desde el relato "Carucho" hasta "Palco de platea en el cielo"; también se incluyen relatos como "El barrio Cothnejo-Fishy" compuesto en 1923.*

## ESCOMPONTE PERINOLA

Había una vez un hombre muy torcido, muy torcido. Parecía que el tuerce lo hubiera cogido de mingo. Como era más torcido que un cacho de venado, le pusieron el apodo de Cacho de Venado y así todo el mundo le llamaba Juan, Cacho e'Venao; pero con el tiempo, por abreviar, sólo le decían Juan Cacho.

Creyendo hacer una gracia, se casó, pero la paloma le salió un sapo, porque la mujer tenía un humor que sólo el santo Job la podía aguantar. Parecía que el pobre Juan Cacho se hubiera puesto expresamente a buscar con candela la mujer más mal geniosa del mundo.

Para alivio de males era peor que una cuila para tener hijos. Y no echaba las criaturas al mundo como Dios manda, sino que cada rato salía mi señora con guápiles. En un momento se llenaron de chiquillos. ¡Y había que ver lo que era mantener aquella marimba!

Luego, con ese tuerce, era rara la semana que Juan podía salir adelante, porque nada más que pichuleos era lo que encontraba. Y no era que el hombre de Dios fuera un atenido de esos que les gusta pasarse la vida rascándose la panza. No. Si era amigo de gurruguecear el real por todo. Él lo mismo le hacía a una cosa que a otra, y todo lo sabía hacer; él encalaba, él cogía goteras, él desyerbaba; él metía y picaba leña; él remendaba ollas; él jalaba diarios; él, para hacer barbacoas a las matas de chayote; él para sacar raíces. ¿Que un remiendo de albañil? Allí estaba Juan Cacho. ¿Que componer una cumbrera? Allí estaba Juan Cacho. En fin, él hacía lo que podía, pero nunca quedaba bien con aquella fierísima de su mujer. Había que ver las samotanas que le armaba los sábados, cuando llegaba con la mantención escasa... ¡Válgame Dios! La mujer le tiraba encima las cuatro papas y los frijolillos, el maicillo y la tapilla de dulce.

Los chiquillos eran enfermizos, llenos de granos, sucios y con el ejemplo que les daba la Mamá, también malcriados con el Tata.

Por fin un día a Juan se le llenó la cachimba, como dicen, y no quiso aguantar más. Echó sus cuatro chécheres en un saco y se fue a rodar tierras.

De camino se ganó unos rialitos y compró, para matar el hambre, un diez de pan y quince de salchichón. Anda y anda, le agarró la noche en despoblado y de ribete comenzó a llover. Se metió en un rastrojo en donde quedaba en pie una media agua de cañas y hojas. Encendió un fogón para calentarse, se arrodajó en el suelo y sacó de su morral el pan y el salchichón, dispuesto a no dejar ni una borona.

Iba a echarse el primer bocado, cuando oyó que le dijeron:

—¡Ave María Purísima!

Levantó los ojos y va viendo un viejecito todo tulenquito hecho un pirrís, apoyado en un bordón. Tenía cuatro mechas canosas y una barbilla rala y todo él inspiraba lástima. Al viejito se le iban los ojos detrás del pan y del salchichón.

¡Sea por Dios! Y Juan Cacho tenía tanta hambre. Pero, ¡qué caray!, donde hay para uno hay para dos.

—Aquí hay pa juntos, amigó, dijo Juan Cacho al viejito.

El viejito no se hizo de rogar; se arrodajó también en el suelo y se puso a comer con una gana, que se veía que hacía su rato no probaba bocado. Y si Juan Cacho no se anda listo, me lo deja a oscuras.

Así que comieron y medio se calentaron, se echaron a dormir sobre la hojarasca.

Cuando comenzaron las claras del día, despertó Juan Cacho y vio al viejito dispuesto a darle agua a los caites. Hacía un frío que no se aguantaba. ¡Ah!, ¡un jarro de café bien caliente!, pensó Juan. El viejito, como si le estuviera leyendo el pensamiento, le dijo:

—Hombre, ¿te gustaría tomar una taza de café acabadito de chorrear? Por supuesto que con eso no hizo más que alborotarle las ganas.

El viejito se fue sacando de la bolsa una servilleta blanquitica que daba gusto. No parecía que entre el montón de chuicas que era el viejo, pudiera haber un trapo tan limpio.

—Tomá, le dijo, te voy a hacer este regalo.

—¿Y para qué quiero yo esto?, pensó Juan Cacho. Será para limpiarme el hambre de la boca. . .

Como si hubiera oído esta reflexión, el viejito le respondió:

—No creás, hijó. Esta es una servilleta de virtud. Te la doy para premiarte tu buen corazón. Me diste la mitad de lo que tenías. Yo sé que te quedaste con hambre por mí.

Juan se quedó viendo a su huésped y se puso en un temblor cuando se dio cuenta de que ya no era un viejecito tulenquito, con una barbilla rala y cuatro mechas canosas, cubierto de chuicas, sino *Tatica Dios* en persona, envuelto en resplandores. Juan se puso de rodillas y le rezó el Bendito Alabado. El señor le dijo:

—Extendé la servilleta en el suelo y decí: "Servilletica, por la virtud que Dios te dio, dame de comer."

Juan repitió: "Servilletica, por la virtud que Dios te dio, dame de comer."

Entonces la servilleta se hizo un gran mantel y sobre él apareció una gran cafetera llena de café caliente y aromático; un pichel lleno de postrera amarillita y acabada de ordeñar; un cerro de tortillas de queso, doradas, de esas que al partirlas echan un vaho caliente que huele a la pura gloria y que al partirlas hacen hebras; un tazón de natilla; bollos de pan dulce con su corteza morena, de los que se esponjan al partirlos y se ven amarillos de huevo y de aliño; tarritos de jalea de membrillo y de guayaba; pollos asados, frutas, en fin, tanta cosa que sería largo de enumerar.

Cuando Juan volvió a ver, ya Tatica Dios no estaba allí. Juan estaba muy asustado con la aparición, pero pudo más el hambre y se puso a comer todas aquellas ricuras con las que jamás había soñado su imaginación de pobrecito.

Cuando terminó, todavía quedaban viandas como para una semana. Recogió la vajilla que era de oro y plata y de la más fina porcelana y puso todo lo que pudo en su saco, porque no creía que la cosa se repitiera. Luego se guardó la servilleta.

Allá de camino, por tantear, la volvió a extender sobre el zacate y dijo: "Servilletica, por la virtú que Dios te dio, dame de comer." Y otra vez apareció un banquete que se lo hubieran deseado los obispos y los reyes. Lo que hizo fue que en el primer rancho que encontró, avisó para que fueran a recoger todo aquello.

Juan Cacho pensó en sus chiquillos hambrientos, y a pesar de lo mal criados que eran, y de su mujer, creyó que su deber era volver a donde ellos y darles de comer. Y se puso a imaginarlos sentados alrededor de un banquete como los que había tenido enfrente. Lo que voy a hacer, pensó, es no dejarlos comer mucho para que no se empachen.

Al anochecer llegó a un sesteo. Bajo un gran higuerón y sentados alrededor de una gran fogata, había muchos boyeros y hombres que venían arreando ganado. Estaban tomando café que le habían comprado al dueño del sesteo. La verdad es que lo que vendía este hombre, no era café, sino agua chacha. Entonces Juan Cacho les dijo:

—Boten esa cochinada y van a probar lo que es café. ¡Y no van a tomar café vacío!...

Diciendo y haciendo, extendió en el suelo su servilleta y dijo: "Servilletica, por la virtú que Dios te dio, danos de comer." Y aparecieron el café, y la postrera y la natilla y los pollos asados y vinos y las sabrosuras. Toda aquella gente acostumbrada a arroz, frijoles y bebida, no se atrevía a tocar los ricos manjares.

Juan les dijo: "¡Ideay, viejos, aturrúcenle, que ahora es tiempo!"

Los arrieros no se hicieron de rogar. A poquito rato se les habían subido los tragos y aquello era parranda y media.

El dueño del sesteo era lo que se llama un hombre angurriento, de los que no pueden ver bocado en boca ajena, y en cuanto se dio cuenta del tesoro que era aquella servilleta, le echó el ojo.

Apenas vio que Juan Cacho se había dormido, le sacó la servilleta y le puso otra en su lugar. Y Juan, que había caído como una piedra, tan rendido estaba, y que además andaba medio tuturuto con los tragos que se había tomado, no sintió nada.

Antes de amanecer se levantó Juan Cacho ya fresco, se cercioró de que tenía la servilleta entre la bolsa y cogió para su casa. De camino se iba haciendo ilusiones, de la sorpresa que les iba a dar a su mujer y a sus chiquillos; de lo mansita que se le iba a poner la alacrana de su esposa y se imaginaba a cada una de sus criaturas con un pollo asado en la mano.

Cuando llegó a su casucha, entró muy orondo, dándose aire de persona quitada de ruidos. En cuanto lo vio la chompipona de su mujer comenzó a insultarlo; pero él no le hizo caso y se fue derecho al fogón, y destapó la olla que tenían en el fuego. Al ver que lo que había en la olla eran cuatro guineos bailando en agua de sal; se echó a reír y los tiró a medio patio. La mujer y los chiquillos creían que el hombre se había chiflado.

—¡Van a ver lo que les traigo de comer!, les dijo. En cambio de esa cochinada que tenían en el fuego, les voy a dar pollos, chompipes. vino y dulces, de caer sentado comiendo.

Y ñor Aquel cogió los cuatro chunches que tenían sobre la mesa renca, los tiró por donde primero pudo; se sacó de la bolsa la servilleta; con mil piruetas la extendió sobre la mesa y, echándose para atrás. gritó: "Servilletica, por la virtú que Dios te dio, danos de comer."

¡Y nada!...

Juan Cacho se quedó más muerto que vivo. ¡María Santísima! ¿Qué era eso? ¿Sería que no le había oído la servilleta? Volvió a repetir. ¡Y nada! ¿Lo habría cogido de mona Tatica Dios? No podía ser. Él no es de esos que cogen de mona a nadie. ¿Pues, y esto qué era?

Entre tanto la mujer había vuelto a coger los estribos: agarró un palo de leña y se lo dejó ir con toda alma, que si no se agacha el hombre, le parte la jupa por la pura mitad. Y no fue cuento, Juan Cacho tuvo que salir por aquí es camino, mientras el culebrón y los chacalincillos le gritaban improperios.

Bueno, Juan Cacho quiso ir a darle las quejas a Tatica Dios, de lo que le había pasado y se puso al caite, camino del lugar en donde se lo había encontrado. Llegó al anochecer, sin haber probado bocado y con abejón en el buche. Encendió un fogón y se sentó a esperar. Allá, al mucho rato, de veras fue llegando Nuestro Señor con un borriquito de diestro.

—¿Ideay, hijó, qué estás haciendo aquí?; le preguntó.

A Juan se le pegó el nudo.

—¿Que qué estoy haciendo?... ¡Pero mi Señor Jesucristo, si vos debés saberlo!... Lo que es la tal servilleta, en mi casa no me sirvió sino para ponerme en vergüenza. Va de decile y decile y lo que hizo esta piedra, hizo ella. De allí salí que deseaba me tragara la tierra... Había que ver a mi mujer que es más brava que un solimán, después que le tiré los guineos al patio...

—¡Oh, Juan, le dijo Nuestro Señor, vos sí que sos sencillo! En fin, aquí te traigo este borriquito... A ver, extendé en el suelo ese saco que traes.

Juan lo extendió.

—¡Ppp, Ppp!, hizo el Señor, animando al borriquito para que se parara sobre el saco.

Cuando la bestia se colocó sobre el saco, Tatica Dios ordenó a Juan que fuera repitiendo con Él lo que decía:

—"Borriquito, por la virtud que Dios te dio, reparame plata".

No lo habían acabado de decir, cuando el animal se puso a echar monedas por el trasero; monedas en vez de estiércol.

¡Ay, Dios mío!, ¿qué era aquello?

Cuando Juan levantó los ojos para ver a Tatica Dios, ya éste había desaparecido.

Juan se puso a bailar en una pata de la contentera y no aguardó razones, sino que cogió el camino de vuelta.

Cuando pasó por el sesteo, se sintió muy rendido y entró a pedir posada.

Apenas lo vio el dueño, se quedó chiquitico, pensando que el otro venía a reclamarle.

—¡Hola, compadrito! ¡Dichosos ojos! ¿Y qué viento lo trae por aquí?

Y Juan, que no tenía pingue de malicia, le soltó:

—¡Viera, viejo, lo que traigo! ¡Esto sí que es cosa buena! Vamos y tráigame una cobija o un trapo y va a ver usté...

El hombre no se hizo de rogar y cogió un pedazo de mantalona que estaba a mano. Juan hizo que el burro se colocara encima de la mantalona y dijo: — Borriquito, por la virtú que Dios te dio, reparame plata.

Y al momento estaba el burro echando monedas de oro por el trasero, en vez de estiércol.

El hombre casi le da una descomposición del susto de ver aquel gran montón de monedas de oro. Y al momento se puso a pensar que este burro tenía que ser de él.

Lo primero que hizo fue darle guaro a Juan para que se almadeara; luego lo llevó a acostarse. Pero en medio de la soca que se tenía, el pobre Juan no perdía del todo el sentido y no soltaba el mecate con que llevaba amarrado el burro. Al fin del cuento se privó y entonces el otro aprovechó la oportunidad para quitarle el burro y cambiárselo por otro muy parecido.

Al día siguiente muy de mañana, se puso Juan camino de su casa. Como estaba de goma y él de por sí no era muy observador, no se fijó en que le habían cambiado el animal. Bueno, el caso es que llegó a la casa y se metió con todo y burro. Como se sentía muy seguro, no hizo caso de los denuestos con que lo recibió la gallota de su mujer. Juan se fue derechito a la cama, quitó la cobijilla colorada llena de churretes de candela con que todavía estaban cobijados los chacalincillos, la tendió en el suelo e hizo que el burro se encaramara sobre ella. Luego gritó entusiasmado:

—Burriquito, por la virtú que Dios te dio, reparanos plata.

¡Y nada!

Volvió a decirle y nada. ¡Ayayay! ¿Qué era esto, María Santísima? Otra vez le gritó:

—Burriquito, que por la virtú que Dios te dio, reparame plata.

Y lo que hizo el animal fue una buena gracia sobre la cobija.

Por supuesto que eso fue el colmo. La mujer le tiró encima los tizones y luego los chiquillos cogieron los cagajones del burro y lo agarraron a cagajonazos.

Al pobre Juan le faltaron pies para salir corriendo. Y, lejos, se sentó a recapacitar. ¿Pues y esto qué será? ¿Sería que Tatica Dios de veras se había querido burlar de él? No podía ser; Nuestro Señor no es de bromas, y menos con un triste como él. Entonces decidió volver allá arriba, al lugar en donde se le había aparecido. Quién quita que se le apareciera otra vez y le pusiera en claro aquello...

Juan volvió a tomar el camino, anda y anda. Por fin llegó, ya oscureciendo, cansado, con hambre y todo achucullado. ¡Qué hombre más torcido era él, que hasta con Tatica Dios le iba mal! Se sentó, y

no fue cuento, sino que largó el llanto, allí en la soledad, donde nadie
lo podía ver.

—Hombré, Juan, ¿qué es eso?

Levantó los ojos y allí estaba Tatica Dios en persona, con un saco
a la espalda, mirándolo, entre malicioso y compasivo.

¿Y eso qué es, Juan? ¿Mariqueando como las mujeres? Se veía
que le quería meter ánimo.

—¿Pues no ves, Señor mío Jesucristo, que con el burro también
me fue mal? Mientras la cosa era afuera, funcionaba muy bien, pero
en cuanto llegué a mi casa, y había que enfrentarse a mi mujer, ¡adiós
mis flores!... Lo que hizo fue una gracia en la cobija, y entre la mujer y los chiquillos me cogieron a cagajonazos. Y si no me las pinto,
me matan.

—Pues hijó, yo lo que encuentro es que vos no te das a respetar
de tu mujer ni de tus hijos, y eso va contra la Ley de Dios. Allí quien
debiera tener los pantalones es tu mujer. Bueno es culantro, pero no
tanto, hijo. Bueno es que seas paciente, pero no hasta el extremo. Vos
debés amarrarte esos calzones, Juan, si no querés que tus hijos acaben
por encaramársete encima y tu mujer te ponga grupera. Y mirá, muchacho, hay que tener su poquito de malicia en la vida, si no querés
salir siempre por dentro. Vos sos muy confiado con todo el mundo;
crees que todos son tan buenos como vos, ¡y qué va! Ese hombre del
sesteo te ha jugado sucio, hombre de Dios, y... no te digo más. Aquí
te traigo, para ver si sabés sacarle partido.

Tatica Dios abrió el saco y sacó tamaña perinola que más parecía
garrote que otra cosa.

—Poné atención, Juan, a lo que voy a decir:

—Escomponte, perinola.

Y la perinola salió del saco y comenzó a arriarle a Juan sin misericordia.

—¡Ay, ay, ayayay!, gritaba Juan. ¿Ideay, Señor, tras dao, meniao?
Me arrea mi mujer y vos también, Señor. Qué esperanza me queda.
¡Ayayay!

Nuestro Señor dijo:

—Componte, perinola.

Y la perinola se metió muy docilita entre el saco, como si tal cosa.

—Es para que aprendás, Juan, a no dejarte. Es la última vez que
te meto el hombro. Y si con esta no entendés, no tenés cuando y mejor es que me dejés quieto. Yo no te digo que no seas bueno con tu
prójimo, pero tampoco te dejés, porque eso es dejar lugar a que el
egoísmo se extienda como una mata de ayote. Y no volvás por aquí,
Juan y no te dejés.

Juan oyo el sermón muy humildito, con los ojos bajos. Se le había abierto como una hendija en los sesos y ahora iba comprendiendo... Tenía razón Tatica Dios. Estaba bueno lo que le había pa-

sado, por tonto. Sí quién veía al dueño del sesteo tan labioso. Claro, para mientras se lo tiraba. Pero ahora que se encomendara. Y que se alistara su mujer, y que los chiquillos se fueran ensebando las nalgas. Y Juan Cacho se echó el saco a la espalda y comenzó a bajar la cuesta muy decidido, a grandes pasos.

Llegó al sesteo y salió el hombre hecho una aguamiel, sin saber si el otro venía a reclamarle o a dejarle otra cosita.

—¡Hola, compadrito! ¡Dichosos ojos! Pase adelante, debe estar muy cansadito. Voy a llamar a mi mujer para que me le aliste aunque sea un plato de arroz y frijoles.

Juan Cacho no se hizo de rogar y se sentó a comer con el saco a un lado. El hombre estaba con una gran curiosidad de saber qué traía el otro en el saco.

—¿Ideay, compadrito, no trae por ahí alguna novedad de las que usté acostumbra?

Juan se le acercó y le dijo bajito:

—Sí, mi estimado, pero es un gran secreto. Vamos para allá adentro, a un cuarto donde nadie nos oiga. Y advierta a su mujer y a su familia que oigan lo que oigan, no se asomen, porque entonces todo se nos echa a perder. De veras, el otro se fue allá adentro y le advirtió a todo el mundo que nadie se acercara al cuarto, oyera lo que oyera. Y dijo a su mujer, guiñándole un ojo:

—Voy a ver si hago con ñor Aquel otro negocito como el de la servilleta y el del burro. Ya vos sabés. Ve que nadie se acerque, ya te lo advierto.

Si la cosa sale mal por tu culpa, por no cuidar bien para que no se acerquen, vos me la pagarás.

Se fueron para el cuarto y se encerraron con llave. Juan fue abriendo poquito a poco el saco, y el otro hombre con una curiosidad... Estiraba el pescuezo para ver qué tenía entre el saco y parecía que tenía baile de Sanvito y quería meter la mano.

—¡Ché!, no se asome, viejo, porque entonces no resulta, le advertía Juan, abriendo poquito a poco el saco.

—¿Y dígame, compadrito, preguntó Juan Cacho, cómo le ha salido el burriquito?

—¿Cuál burriquito?, preguntó el otro sobresaltado.

—Pues el burriquito... usté sabe. ¿Y la servilletica, le ha servido de algo?

—No sé de qué me está hablando.

—¿Con que no lo sabe? Pues le voy a enseñar.

Y Juan puso la bolsa del saco en dirección del hombre y gritó:

—Escomponte, perinola.

La perinola que parecía un garrote, salió del saco disparada y comenzó a arriarle al hombre sin misericordia y le dio tal garroteada que lo dejó negrito de cardenales. El hombre gritaba pidiendo socorro, pero como había advertido a la familia que oyeran lo que oyeran, no se asomaran, nadie acudió a su auxilio.

Juan Cacho le preguntó:

—¿Sabés ahora de cuál servilleta y de cuál burro te hablo?

—¡Sí sé! ¡Sí sé!, gritaba el hombre, y ahoritica mismo te los devuelvo, pero ve que ese garrote no me pegue más.

—Cuando me devolvás mis cosas, entonces...

La servilleta y el burro le fueron devueltos. Cuando Juan Cacho se convenció de que eran los legítimos, se montó en su burro y con la servilleta entre la bolsa y el saco de la perinola al hombro, cogió camino para su casa. El hombre del sesteo se quedó en un quejido y su cuerpo parecía el de un crucificado.

Juan llegó a casa. Apenas lo divisó su mujer, le gritó:

—¿Ya venís, poca pena? Vení acá y te contaré un cuento, gran atenido, que sólo servís para echar hijos al mundo y después no sabés mantenerlos. Y no te basta venir solo, sino que también traes el burro. De las costillas te voy a sacar mi cobija, gran tal por cual...

¡Ave María! La mujer parecía un toro guaco. Y los chiquillos malcriados, haciéndole segunda.

Juan Cacho no hizo caso y, tun tun, se metió en la casa, como si no fuera con él. La mujer y los chiquillos se metieron también insultándolo, Juan abrió el saco y cuando su mujer le iba a zampar ya la mano, gritó:

—Escomponte, perinola.

Y salió esa perinola a cumplir con su deber y a darle a aquella alacrana. Hasta que sonaban los golpes: pan, pan... Y la mujer gritaba y gritaba pidiendo auxilio.

De cuando en cuando la perinola les daba a probar también a los güilas que se habían metido debajo de la cama. Los vecinos acudieron, y como no les abrían, echaron la puerta abajo y también salieron rascando.

A la mujer, a punta de garrote, se le había bajado la cresta y muy humildita se puso a pedirle perdón a Juan y a decirle que no lo volvería a hacer, que en adelante iba a ser otra cosa. Juan se compadeció y gritó:

—Componte, perinola.

Y la perinola que parecía un garrote se metió muy docilita en el saco. Había que ver las chichotas y cardenales que tenían en el cuerpo la madre y los hijos. Juan se paseaba muy gallo por entre aquellas palomitas y corderitos, que le miraban con toda humildad.

—Ahora, a comer, ordenó Juan, y extendió sobre la mesa renca la servilletica.

—Servilletica, por la virtú que Dios te dio, danos de comer.

Y la servilletica se volvió mantel y se cubrió de viandas exquisitas.

Todos comieron y se chupaban los dedos. Juan mandó a repartir entre la vecindad y todavía quedó.

Enseguida cogió la cobija, la tendió en el suelo y dijo:

—Burriquito, por la virtú que Dios te dio, reparanos plata.

Y la bestia echó por el trasero, no cagajones, como la vez pasada, sino monedas de oro.

Después de eso la mujer tuvo que coger cama ocho días, tan mal parada había quedado con la garroteada; pero allí en la cama, mi señora parecía una madejita de seda.

Juan compró una casa grande, hermosísima, y los pobres se acabaron en ese pueblo, porque Juan no dejaba que hubiera gente con necesidad.

A los chiquillos les sacaron las lombrices; se pusieron gordos y colorados; además se volvieron muy educados, porque Juan puso colgando en el gran salón y medio a medio, el saco de la perinola, con una pizquita de fuera, para que todo el mundo viera que allí estaba quien todo lo arreglaba.

Pero de eso hace ya muchos años, y quién sabe qué se hicieron la servilletica, el burro y la perinola.

Y me meto por un huequito, y me salgo por otro, para que ustedes me cuenten otro.

# TERESA DE LA PARRA

VENEZOLANA
(1889-1936)

*Prosa fina, de acentuado y evocador lirismo la de Teresa de la Parra. Autora de las novelas* Ifigenia: diario de una señorita que escribió porque se fastidiaba *(1924) y* Las memorias de Mamá Blanca *(1929). Ambas traducidas al francés y publicadas en París. Teresa de la Parra también escribió ensayo y cuento. La producción de la escritora se ha recogido en* Obras completas de Teresa de la Parra *(Caracas: Editorial Arte, 1965) y en* Teresa de la Parra. Obra (Narrativa. Ensayos. Cartas) *(Caracas: Biblioteca Ayacucho, 1982). La escritora venezolana aporta a la cuentística hispanoamericana con los relatos "Flor de loto: una leyenda japonesa", "Un evangelio indio: Buda y la leprosa", "El genio del pesacartas", "Historia de la señorita grano de polvo, bailarina del sol" y el cuento incluido en esta antología. Narraciones de refinado estrato poético y de inventiva exploración en lo fantástico. La edición* Teresa de la Parra ante la crítica *(Caracas: Monte Ávila Editores, C. A., 1980) reúne una serie de útiles estudios sobre la autora.*

Teresa de la Parra nació en París cuando sus padres Miguel Parra Hernández e Isabel Sanojo visitaban esa ciudad. Su nombre completo era Ana Teresa Parra Sanojo. Cuando tenía ocho años muere su padre; su madre la envía a estudiar a España en el internado del colegio "Sagrado Corazón" en Godella (Valencia). Regresa a Caracas en 1909. En 1915 publica sus primeros cuentos en El Universal y también en revistas de París. En 1922 su relato Mamá X (que luego formará parte de su primera novela) resulta ganador de un concurso de cuento. Viaja a París en 1923, a la Habana en 1927 y en 1930 a Suiza, y a Munich en 1928; en 1929 visita Italia con la escritora cubana Lydia Cabrera; va a Panamá y a Bogotá en 1939, donde dicta sus tres conferencias "La importancia de la mujer americana durante la Colonia, la Conquista y la Independencia", publicadas póstumamente en 1961 con el título Tres conferencias inéditas. En 1932 le diagnostican tuberculosis; es tratada en varios sanatorios, pero no logra recuperarse; muere cuatro años más tarde en Madrid. El libro de Louis Antoine Lemaitre Mujer ingeniosa: vida de Teresa

de la Parra *(Madrid: Editorial La Muralla, 1987) provee un detallado recuento biográfico sobre la escritora.*

*"El ermitaño del reloj" fue escrito en 1915; permaneció sin
publicarse hasta la edición citada de Biblioteca Ayacucho en 1982.
Un pozo de sorpresas narrativas hay en este cuento; su descenso
nos pone frente a la alarmante revelación de que la medición
temporal es una cronología artificial, la excusa de una invención
destinada a darle sentido al hábito de lo cotidiano. Detrás de
esa regularidad de las campanadas del reloj aparece una dimensión más real: el terror de descubrir que todo mecanismo es des-
montable. Al desnudarse los conceptos que representan estabilidad, certeza, libertad y continuidad se va mostrando el esqueleto
ilusorio de todos ellos. El ingreso al mundo de los objetos y las
miniaturas es percibido con una significante dimensión existencial. Con un energético entrelazamiento de humor y angustia, la
ausencia de las mediciones trae la caída suicida, en el abismo
negro de lo intemporal.*

## EL ERMITAÑO DEL RELOJ

Éste era una vez un capuchino que encerrado en un reloj de mesa esculpido en madera, tenía como oficio tocar las horas. Doce veces en
el día y doce veces en la noche, un ingenioso mecanismo abría de
par en par la puerta de la capillita ojival que representaba el reloj,
y podía así mirarse desde fuera, como nuestro ermitaño tiraba de las
cuerdas tantas veces cuantas el timbre, invisible dentro de su campanario, dejaba oír su tin-tin de alerta. La puerta volvía enseguida
a cerrarse con un impulso brusco y seco como si quisiese escamotear
al personaje; tenía el capuchino magnífica salud a pesar de su edad
y de su vida retirada. Un hábito de lana siempre nuevo y bien cepi-
llado descendía sin una mancha hasta sus pies desnudos dentro de
sus sandalias. Su larga barba blanca al contrastar con sus mejillas
frescas y rosadas, inspiraba respeto. Tenía, en pocas palabras, todo
cuanto se requiere para ser feliz. Engañado, lejos de suponer que el
reloj obedecía a un mecanismo, estaba segurísimo de que era él quien
tocaba las campanadas, cosa que lo llenaba de un sentimiento muy
vivo de su poder e importancia.

Por nada en el mundo se le hubiera ocurrido ir a mezclarse con
la multitud. Bastaba con el servicio inmenso que les hacía a todos al
anunciarles las horas. Para lo demás, que se las arreglaran solos.
Cuando atraído por el prestigio del ermitaño alguien venía a con-
sultarle un caso difícil, enfermedad o lo que fuese, él no se dignaba

siquiera abrir la puerta. Daba la contestación por el ojo de la llave, cosa esta que no dejaba de prestar a sus oráculos cierto sello imponente de ocultismo y misterio.

Durante muchos, muchísimos años, Fray Barnabé (éste era su nombre) halló en su oficio de campanero tan gran atractivo que ello le bastó a satisfacer su vida; reflexionen ustedes un momento: el pueblo entero del comedor tenía fijos los ojos en la capillita y algunos de los ciudadanos de aquel pueblo no habían conocido nunca más distracción que la de ver aparecer al fraile con su cuerda. Entre éstos se contaba una compotera que había tenido la vida más gris y desgraciada del mundo. Rota en dos pedazos desde sus comienzos, gracias al aturdimiento de una criada, la habían empatado con ganchitos de hierro. Desde entonces, las frutas con que la cargaban antes de colocarla en la mesa, solían dirigirle las más humillantes burlas. La consideraban indigna de contener sus preciosas personas.

Pues bien, aquella compotera que conservaba en el flanco una herida avivada continuamente por la sal del amor propio, hallaba gran consuelo en ver funcionar al capuchino del reloj.

—Miren, les decía a las frutas burlonas— miren aquel hombre del hábito pardo. Dentro de algunos instantes va a avisar que ha llegado la hora en que se las van a comer a todas —y la compotera se regocijaba en su corazón, saboreando por adelantado su venganza. Pero las frutas sin creer ni una palabra le contestaban:

—Tú no eres más que una tullida envidiosa. No es posible que un canto tan cristalino, tan suave, pueda anunciarnos un suceso fatal.

Y también las frutas consideraban al capuchino con complacencia y también unos periódicos viejos que bajo una consola pasaban la vida repitiéndose unos a otros sucesos ocurridos desde hacía veinte años, y la tabaquera, y las pinzas del azúcar, y los cuadros que estaban colgando en la pared y los frascos de licor, todos, todos tenían la vista fija en el reloj y cuanta vez se abría de par en par la puerta de roble volvían a sentir aquella misma alegría ingenua y profunda.

Cuando se acercaban las doce y cincuenta minutos de la mañana llegaban entonces los niños, se sentaban en rueda frente a la chimenea y esperaban pacientemente a que tocaran las doce, momento solemne entre todos porque el capuchino en vez de esconderse con rapidez de ladrón una vez terminada su tarea como hacía por ejemplo a la una o a las dos (entonces se podía hasta dudar de haberlo visto), no, se quedaba al contrario un rato, largo, largo, bien presentado, o sea, el tiempo necesario para dar doce campanadas. ¡Ah!, ¡y es que no se daba prisa entonces el hermano Barnabé! ¡Demasiado sabía que lo estaban admirando! Como quien no quiere la cosa, haciéndose el muy atento a su trabajo, tiraba del cordel, mientras que de reojo espiaba el efecto que producía su presencia. Los niños se alborotaban gritando:

—Míralo como ha engordado.
—No, está siempre lo mismo.
—No señor, que está más joven.
—Que no es el mismo de antes, que es su hijo. Etc. etc.

El cubierto ya puesto se reía en la mesa con todos los dientes de sus tenedores, el sol iluminaba alegremente el oro de los marcos y los colores brillantes de las telas que éstos encerraban; los retratos de familia guiñaban un ojo como dicendo: ¡Qué! ¿aún está ahí el capuchino? Nosotros también fuimos niños hace ya muchos años y bastante que nos divertía.

Era un momento de triunfo.

Llegaban al punto las personas mayores, todo el mundo se sentaba en la mesa y Fray Barnabé, su tarea terminada, volvía a entrar en la capilla con esa satisfacción profunda que da el deber cumplido.

Pero ay, llegó el día en que tal sentimiento ya no le bastó. Acabó por cansarse de tocar siempre la hora, y se cansó sobre todo de no poder nunca salir. Tirar del cordel de la campana, es hasta cierto punto una especie de función pública que todo el mundo admira. ¿Pero cuánto tiempo dura? Apenas un minuto por sesenta y el resto del tiempo, ¿qué se hace? Pues, pasearse en rueda por la celda estrecha, rezar el rosario, meditar, dormir, mirar por debajo de la puerta o por entre los calados del campanario un rayo vaguísimo de sol o de luna. Son estas ocupaciones muy poco apasionantes. Fray Bernabé se aburrió.

Lo asaltó un día la idea de escaparse. Pero rechazó con horror semejante tentación releyendo el reglamento inscrito en el interior de la capilla. Era muy terminante. Decía:

*"Prohibición absoluta a Fray Barnabé de salir, bajo ningún pretexto de la capilla del reloj. Debe estar siempre listo para tocar las horas tanto del día como de la noche."*

Nada podía tergiversarse. El ermitaño se sometió. ¡Pero qué dura resultaba la sumisión! Y ocurrió que una noche, como abriera su puerta para tocar las tres de la madrugada, cuál no fue su estupefacción al hallarse frente a frente de un elefante que de pie, tranquilo, lo miraba con sus ojitos maliciosos, y claro, Fray Barnabé lo reconoció enseguida: era el elefante de ébano que vivía en la repisa más alta del aparador, allá, en el extremo opuesto del comedor. Pero como jamás lo había visto fuera de la susodicha repisa había deducido que el animal formaba parte de ella, es decir que lo habían esculpido en la propia madera del aparador. La sorpresa de verlo aquí, frente a él, lo dejó clavado en el suelo y se olvidó de cerrar las puertas, cuando acabó de tocar la hora.

—Bien, bien, dijo el elefante, veo que mi visita le produce a usted cierto efecto, ¿me tiene miedo?

—No, no es que tenga miedo, balbuceó el ermitaño, pero confieso que... ¡Una visita! ¿Viene usted para hacerme una visita?

—¡Pues es claro! Vengo a verlo. Ha hecho usted tanto bien aquí a todo el mundo que es muy justo el que alguien se le ofrezca para hacerle a su vez algún servicio. Sé además, lo desgraciado que vive. Vengo a consolarlo.

—¿Cómo sabe que... Cómo puede suponerlo?... Si nunca se lo he dicho a nadie... ¿Será usted el diablo?

—Tranquilícese —respondió sonriendo el animal de ébano, no tengo nada en común con ese gran personaje. No soy más que un elefante... pero eso sí, de primer orden. Soy el elefante de la reina de Saba. Cuando vivía esta gran soberana de África era yo quien la llevaba en sus viajes. He visto a Salomón: tenía vestidos mucho más ricos que los suyos, pero no tenía esa hermosa barba. En cuanto a saber que es usted desgraciado no es sino cuestión de adivinarlo. Debe uno aburrirse de muerte con semejante existencia.

—No tengo el derecho de salir de aquí, afirmó el capuchino con firmeza.

—Sí, pero no deja de aburrirse por eso.

Esta respuesta y la mirada inquisidora con que la acompañó el elefante azoraron mucho al ermitaño. No contestó nada, no se atrevía a contestar nada. ¡Era tal su verdad! Se fastidiaba a morir. ¡Pero así era! Tenía un deber evidente, una consigna formal indiscutible: permanecer siempre en la capilla para tocar las horas. El elefante lo consideró largo rato en silencio como quien no pierde el más mínimo pensamiento de su interlocutor. Al fin volvió a tomar la palabra:

—Pero, preguntó con aire inocente, ¿por qué razón no tiene usted el derecho de salir de aquí?

—Lo prometí a mi reverendo. Padre, mi maestro espiritual, cuando me envió a guardar este reloj-capilla.

—¡Ah!... ¿y hace mucho tiempo de eso?

—Cincuenta años más o menos, contestó Fray Barnabé, después de un rápido cálculo mental.

—Y después de cincuenta años; ¿no ha vuelto nunca más a tener noticias de ese reverendo Padre?

—No, nunca.

—¿Y qué edad tenía él en aquella época?

—Andaría supongo en los ochenta.

—De modo que hoy tendría ciento treinta si no me equivoco. Entonces, mi querido amigo (y aquí el elefante soltó una risa sardónica muy dolorosa al oído) entonces quiere decir que lo ha olvidado totalmente. —A menos que no haya querido burlarse de usted—. De todos modos ya está más que libre de su compromiso.

—Pero, objetó el monje, la disciplina...

—¡Qué disciplina!

—En fin... el reglamento. Y mostró el cartel del reglamento que colgaba dentro de la celda. El elefante lo leyó con atención, y:

—¿Quiere que le dé mi opinión sincera?

—La primera parte de este documento no tiene por objeto sino el de asustarlo. La leyenda esencial es: "Tocar las horas de día y de noche", éste es su estricto deber. Basta por lo tanto que se encuentre usted en su puesto en los momentos necesarios. Todos los demás le pertenecen.

—Pero, ¿qué haría en los momentos libres?

—Lo que harás, dijo el animal de ébano cambiando de pronto el tono y hablando en voz clara, autoritaria, avasalladora —te montarás en mi lomo y te llevaré al otro lado del mundo por países maravillosos que no conoces—. Sabes que hay en el armario secreto, al que no abren casi nunca, tesoros sin precio, de los que no puedes hacerte la menor idea: tabaqueras en las cuales Napoleón estornudó, medallas con los bustos de los césares romanos, pescados de jade que conocen todo lo que ocurre en el fondo del océano, un viejo pote de jenjibre vacío, pero tan perfumado todavía, que casi se embriaga uno al pasar por su lado (y se tienen entonces sueños sorprendentes).

Pero lo más bello de todo es la sopera, la famosa sopera de porcelana de China, la última pieza restante de un servicio estupendo, rarísimo. Está decorada con flores y en el fondo, ¿adivina lo que hay? La reina de Saba en persona, de pie, bajo un parasol flamígero y llevando en el puño su loro profeta.

Es linda, ¡si supieras!, es adorable, ¡cosa de caer de rodillas! y te espera. Soy su elefante fiel que la sigue desde hace tres mil años. Hoy me dijo: "Ve a buscarme el ermitaño del reloj, estoy segura que debe de estar loco por verme".

—La reina de Saba. ¡La reina de Saba!, murmuraba en su fuero interno fray Barnabé trémulo de emoción. —No puedo disculparme. Es preciso que vaya— y en voz alta:

—Sí quiero ir. Pero ¡la hora, la hora! Piense un poco, elefante, ya son las cuatro menos cuarto.

Nadie se fijará si toca de una vez las cuatro. Así le quedaría libre una hora y cuarto entre éste y el próximo toque. Es tiempo más que suficiente para ir a presentar sus respetos a la reina de Saba.

Entonces olvidándolo todo, rompiendo con un pasado de cincuenta años de exactitud y de fidelidad, Fray Barnabé tocó febrilmente las cuatro y saltó en el lomo del elefante, quien se lo llevó por el espacio. En algunos segundos se hallaron ante la puerta del armario. Tocó el elefantes tres golpes con sus colmillos y la puerta se abrió por obra de encantamiento. Se escurrió entonces con amabilidad maravillosa por entre el dédalo de tabaqueras, medallas, abanicos, pescados de jade y estatuillas y no tardó en desembocar frente a la célebre sopera. Volvió a tocar los tres golpes mágicos, la tapa se levantó y nuestro monje pudo entonces ver a la reina de Saba en persona, que de pie en un paisaje de flores ante un trono de oro y pedrería con expresión encantadora llevando en su puño el loro profeta.

—Por fin lo veo, mi bello ermitaño —dijo ella—. ¡Ah!, cuánto me alegra su visita; confieso que la deseaba con locura, cuanta vez oía tocar la campana, me decía: ¡qué sonido tan dulce y cristalino! Es una música celestial. Quisiera conocer al campanero, debe ser un hombre de gran habilidad. Acérquese, mi bello ermitaño.

Fray Barnabé obedeció. Estaba radiante en pleno mundo desconocido, milagroso... No sabía qué pensar. ¡Una reina estaba hablándole familiarmente, una reina había deseado verlo!

Y ella seguía:

—Tome, tome esta rosa como recuerdo mío. Si supiera cuánto me aburro aquí. He tratado de distraerme con esta gente que me rodea. Todos me han hecho la corte, quien más, quien menos, pero por fin me cansé. A la tabaquera no le falta gracia; narraba de un modo pasable relatos de guerra o intrigas picarescas, pero no puedo aguantar su mal olor. El pote de jenjibre tiene garbo y cierto encanto, pero me es imposible estar a su lado sin que me asalte un sueño irresistible. Los pescados conocen profundas ciencias, pero no hablan nunca. Sólo el César de oro de la medalla me ha divertido en realidad algunas veces, pero su orgullo acabó por parecerme insoportable. ¿No pretendía llevarme en cautiverio bajo el pretexto de que era yo una reina bárbara? Resolví plantarlo con toda su corona de laurel y su gran nariz de pretencioso, y así fue como quedé sola, sola pensando en usted el campanero lejano que me tocaba en las noches tan linda música. Entonces dije a mi elefante: "anda y tráemelo. Nos distraeremos mutuamente. Le contaré yo mis aventuras, él me contará las suyas". ¿Quiere usted, lindo ermitaño, que le cuente, mi vida?

—¡Oh! sí —suspiró extasiado Fray Barnabé—. ¡Debe ser tan hermosa!

Y la reina de Saba comenzó a recordar las aventuras magníficas que había corrido desde la noche aquella en qué se había despedido de Salomón hasta el día más cercano en que escoltada por sus esclavos, su parasol, su trono, y sus pájaros se había instalado dentro de la sopera. Había material para llenar varios libros y aún no lo refería todo; iba balanceándose al azar de los recuerdos. Había recorrido África, Asia y las islas de los dos océanos. Un príncipe de la China, caballero en un delfín de jade, había venido a pedir su mano, pero ella lo había rechazado porque proyectaba entonces un viaje al Perú, acompañada de un joven galante, pintado en un abanico, el cual en el instante de embarcarse hacia Citeres, como la viera pasar, cambió de rumbo.

En Arabia había vivido en una corte de magos. Estos, para distraerla, hacían volar ante sus ojos, pájaros encantados, desencadenaban tempestades terribles en medio de las cuales se alzaban sobre las alas de sus vestiduras, hacían cantar estatuas que yacían enterradas bajo la arena, extraviaban caravanas enteras, encendían espejismos con jardines, palacios y fuentes de agua viva. Pero entre todas, la aventura más extraordinaria era aquella, la ocurrida con el César de oro. Es cierto que repetía: "me ofendió por ser orgulloso". Pero se veía su satisfacción, pues el César aquel era un personaje de mucha consideración.

A veces en medio del relato el pobre monje se atrevía a hacer una tímida interrupción:

—Creo que ya es tiempo de ir a tocar la hora. Permítame que salga.

Pero al punto la reina de Saba, cariñosa, pasaba la mano por la hermosa barba del ermitaño y contestaba riendo: ¡qué malo eres, mi bello Barnabé. Estar pensando en la campana cuando una reina de África te hace sus confidencias! y además: es todavía de noche. Nadie va a darse cuenta de la falta.

Y volvía a tomar el hilo de su historia asombrosa.

Cuando la hubo terminado, se dirigió a su huésped y dijo con la más encantadora de sus expresiones:

—Y ahora, mi bello Barnabé, a usted le toca, me parece que nada de mi vida le he ocultado. Es ahora su turno.

Y habiendo hecho sentar a su lado, en su propio trono, al pobre monje deslumbrado, la reina echó hacia atrás la cabeza como quien se dispone a saborear algo exquisito.

Y aquí está el pobre Fray Barnabé que se pone a narrar los episodios de su vida. Contó cómo el padre Anselmo, su superior, lo había llevado un día al reloj-capilla; cómo le encomendó la guardia; cuáles fueron sus emociones de campanero principiante, describió su celda, recitó de cabo a rabo el reglamento que allí encontró escrito; dijo que el único banco en donde podía sentarse era un banco cojo; lo muy duro que resultaba no poder dormir arriba de tres cuartos de hora por la zozobra de no estar despierto para tirar de la cuerda en el momento dado. Es cierto que mientras enunciaba cosas tan miserables, allá en su fuero interno tenía la impresión de que no podían ellas interesar a nadie, pero ya se había lanzado y no podía detenerse. Adivinaba de sobra que lo que de él se esperaba no era el relato de su verdadera vida que carecía en el fondo de sentido, sino otro, el de una existencia hermosa cuyas peripecias variadas y patéticas hubiera improvisado con arte. Pero, ¡ay! carecía por completo de imaginación y quieras que no, había que limitarse a los hechos exactos, es decir, a casi nada.

En un momento dado del relato levantó los ojos que hasta entonces por modestia los había tenido bajos clavados en el suelo, y se dio cuenta de que los esclavos, el loro, todos, todos, hasta la reina, dormían profundamente. Sólo velaba el elefante.

—¡Bravo! —le gritó éste—. Podemos ahora decir que es usted un narrador de primer orden. El mismo pote de jenjibre es nada a su lado.

—¡Oh Dios mío! —imploró Fray Barnabé— ¿se habrá enojado la reina?

—Lo ignoro. Pero lo que sí sé es que debemos regresar. Ya es de día. Tengo justo el tiempo de cargarlo en el lomo y reintegrarlo a la capilla.

Y era cierto. Rápido como un relámpago atravesó nuestro elefante de ébano el comedor y se detuvo ante la capilla. El reloj de la catedral de la ciudad apuntaba justo las ocho. Anhelante, el capuchino, corrió a tocar las ocho campanadas y cayó rendido de sueño sin poder más... Nadie por fortuna se había dado cuenta de su ausencia.

Pasó el día entero en una ansiedad febril. Cumplía maquinalmente su deber de campanero: pero con el pensamiento no abandonaba un instante la sopera encantada en donde vivía la reina de Saba y se decía: ¿qué me importa aburrirme durante el día, si en las noches el elefante de ébano vendrá a buscarme y me llevará hasta ella? ¡Ah! ¡qué bella vida me espera!

Y desde el caer de la tarde comenzó a esperar impaciente a que llegara el elefante. ¡Pero nada! Las doce, la una, las dos de la madrugada pasaron sin que el real mensajero diera señales de vida. No pudiendo más y diciéndose que sólo se trataría de un olvido, Fray Barnabé se puso en camino. Fue un largo y duro viaje. Tuvo que bajar de la chimenea agarrándose de la tela que la cubría y como dicha tela no llegaba ni con mucho al suelo, fue a tener que saltar desde una altura igual a cinco o seis veces su estatura. Y cruzó a pie la gran pieza tropezándose en la oscuridad con la pata de una mesa, resbalándose por encima de una cucaracha y teniendo luego que luchar con un ratón salvaje que lo mordió cruelmente en una pierna; tardó en pocas palabras unas dos horas para llegar al armario. Imitó allí el procedimiento del elefante con tan gran exactitud que se le abrieron sin dificultad ninguna, primero la puerta, luego la tapa de la sopera. Trémulo de emoción y de alegría se encontró frente a la reina. Esta se sorprendió muchísimo:

—¿Qué ocurre? —preguntó— ¿qué quiere usted señor capuchino?

—¿Pero ya no me recuerda? —dijo Fray Barnabé cortadísimo—. Soy el ermitaño del reloj... el que vino ayer...

—¡Ah! ¿Conque es usted el mismo monje de ayer? Pues si quiere que le sea sincera, le daré este consejo: no vuelva más por aquí. Sus historias francamente, no son interesantes.

Y como el pobre Barnabé no atreviéndose a medir las dimensiones de su infortunio permaneciese inmóvil...

—¿Quiere usted acabarse de ir? —silbó el loro profeta precipi-
tándosele encima y cubriéndolo de picotazos. Acaban de decirle que
está aquí de más. Vamos, márchese y rápido.

Con la muerte en el alma Fray Barnabé volvió a tomar el camino
de la chimenea. Andando, andando se decía:

—¡Por haber faltado a mi deber! Debía de antemano haber comprendido que todo esto no era sino una tentación del diablo para hacerme perder los méritos de toda una vida de soledad y de penitencia.
¡Cómo era posible que un desgraciado monje, en sayal, pudiera luchar contra el recuerdo de un emperador romano en el corazón de
una reina!... Pero... ¡qué linda, que linda era!

Ahora es preciso que olvide. Es preciso que de hoy en adelante no
piense más que en mi deber: mi deber es el de tocar la hora. Lo cum-
pliré sin desfallecimiento, alegremente, hasta que la muerte me sorpren-
da en la extrema vejez.

¡Quiera Dios que nadie se haya dado cuenta de mi fuga! ¡Con tal
de que llegue a tiempo! ¡Son las siete y media! Si no llegó en punto
de las ocho ¡estoy perdido! Es el momento en que se despierta la casa y
todos comienzan a vivir.

Y el pobre se apresuraba, las piernas ya rendidas. Cuando tuvo
que subir agarrándose a las molduras de la chimenea, toda la sangre
de su cuerpo parecía zumbarle en los oídos. Llegó arriba medio muerto. ¡Inútil esfuerzo! no llegó a tiempo... Las ocho estaban tocando.

Digo bien: ¡las ocho estaban tocando! ¡Tocando *solas,* sin él! La
puerta del reloj se había abierto de par en par, la cuerda subía y
bajaba, lo mismo que si hubieran estado sus manos tirando de ellas;
y las ocho campanadas cristalinas sonaban...

Hundido en el estupor el pobre capuchino comprendió. Comprendió
que el campanario funcionaba sin él, es decir, que él no había contribuido nunca en nada al juego del mecanismo. Comprendió que su
trabajo y su sacrificio diario no eran sino de risa, casi, casi un escarnio público. Todo se derrumbaba a la vez: la felicidad que había
esperado recibir de la reina de Saba y ese deber futuro que había
resuelto cumplir en adelante obediente en su celda. Ese deber no tenía
ya objeto. La desesperación negra, inmensa, absoluta penetró en su
alma. Comprendió entonces que la vida sobrellevada en tales condiciones era imposible.

Entonces rompió en menudos pedazos la rosa que le regalara la
reina de Saba, desgarró el reglamento que colgaba en la pared de la
celda; y agarrando el extremo de la cuerda que asomaba como de costumbre bajo el techo, aquella misma que tantas, tantas veces habían
sus manos tirado tan alegremente, pasósela ahora alrededor del cuello
y dando un salto en el vacío, se ahorcó.

# JOSÉ RAFAEL POCATERRA

VENEZOLANO

(1888-1955)

La primera novela de José Rafael Pocaterra es de 1913 y sus colecciones de cuento se publican a comienzos de la década del veinte. La decisiva presencia de temáticas sociales en su obra fue vista inicialmente por la crítica como una reacción al modernismo; perspectiva bastante confusa hoy puesto que los estudios de las últimas décadas sobre el modernismo han establecido claramente que esta fase de la modernidad no significó una evasión "esteticista" respecto de lo social. Lo que hay de cierto sí en esa primera apreciación de la obra de Pocaterra es que la modalidad de su escritura representaba una búsqueda artística distinta. En el prólogo a Cuentos grotescos indica el autor: "En mis cuentos y en mis novelas yo he querido dar otra noción: la real." Frase también malentendida y que precipitó el juicio sobre el carácter "realista" de la creación del escritor venezolano. La obra de Pocaterra no es realista así como tampoco lo es la de Salvador Garmendia por el simple hecho de enfocarse hacia problemas sociales. En la obra de ambos autores hay un compromiso de su arte con la dinámica social de su tiempo realizada con distintas estéticas en cada caso. En verdad, el realismo como categoría pura es inexistente dado que el arte siempre implica una transformación de la realidad.

En Antología del cuento venezolano el escritor Guillermo Meneses ha dado un juicio más certero sobre el autor de Cuentos grotescos: "Los cuentos de Pocaterra dan un paso definitivo dentro de la historia del género en Venezuela. Los personajes se nos acercan en humana amistad que solicita atención: por primera vez en nuestros narradores el 'caso personal' es superior al paisaje, superior a lo que pueda representar como símbolo". En los relatos de Pocaterra el trazo de lu interioridad de los personajes es pasional y hondamente humano tanto cuando toca en aspectos de ternura y de tristeza como cuando se dirige a lo degradante, a esos caracteres desprovistos de todo, abandonados; a esas "vidas oscuras" en ambientes deprimentes. Aquí surge también la crítica —acompañada de todos sus elementos irónicos— a una sociedad no equitativa.

José Rafael Pocaterra nació en Valencia del Rey, Estado de Carabobo, Venezuela. Su padre murió cuando era niño; debió *trabajar desde joven en varios oficios para poder subsistir. Más tarde se dedica al periodismo, labor que ejerce entre 1908 y 1918; critica públicamente la dictadura de Juan Vicente Gómez, por lo cual es encarcelado en 1919; su condena en la prisión se extiende hasta 1921, año en que va al destierro; reside en Europa, Estados Unidos y en Canadá. Después de la caída de Gómez en 1935 puede regresar a su país; es elegido senador, ocupa cargos en el gobierno, y de embajador en Gran Bretaña, Unión Soviética, Brasil, Estados Unidos, y en Canadá, país donde fallece.*

*Su novela* Política feminista *de 1913 (escrita entre 1911 y 1912) es retitulada en 1918 como* El doctor Bebé. *Siguen* Vidas oscuras *(1916) y* Tierra del sol amada *(1917) y (1918).* La casa de los Ábila *se publica en 1946.*

*El cuento "Patria, la mestiza" publicado en 1918 en* Actualidades *obtiene el primer premio del concurso de cuentos de los juegos florales organizados por* Venezuela Contemporánea. *Su primera colección de relatos es* Cuentos grotescos *(1922). Algunos de los cuentos de este volumen fueron escritos cuando Pocaterra estaba en la cárcel; el primer tomo incluye treinta y tres cuentos; el segundo volumen publicado más tarde incluye once. En 1955 se reeditan ambos tomos. En el año veintidós termina también la narración* Pascua de Resurrección.

*En 1927 publica en Bogotá en dos tomos* Memorias de un venezolano de la decadencia, 1898-1908: Castro, *texto ensayístico —lleno de pasionales registros creativos— enfocado en las dictaduras de Cipriano Castro y Juan Vicente Gómez; acerca de esta obra Salvador Garmendia se ha pronunciado con gran entusiasmo: "Es uno de los libros más estupendos que se han escrito en Venezuela. A pesar de que es un libro carente de ideología, un libro rabiosamentee personalista.* En realidad es una obra de ficción, *aunque trata de mantenerse fiel a una realidad, ser real y denunciar una situación de violencia y tiranía en el país. Creo que es, tal vez, nuestro primer gran libro de ficción." (Amaya Llebot,* Conversación formal con un escritor informal. *Caracas: Ediciones de la Facultad de Humanidades y Educación, Universidad Central de Venezuela, 1978, p. 33). En el prefacio de* Memorias de un venezolano *dice Pocaterra: "He esperado largos años en el destierro para terminar las últimas páginas de este libro. Su publicación no es sólo indispensable: es urgente." Estas "últimas páginas" escritas en Montreal revientan con la misma fuerza de la violenta, "cíclica" historia latinoamericana: "Desde Rosas y Gaspar Francia hasta el tétrico licenciado guatemalteco, América no ha presenciado una cosa más abyecta, más tolerada, más infame y más hipócrita que este largo martirio de una tierra de Libertadores . . ."*

*El cuento "La I latina" fue publicado por primera vez en
1920 en la revista Cultura Venezolana (Caracas); luego se incluyó en el volumen Cuentos grotescos. Otros relatos de Pocaterra de lograda realización son "El chubasco", "Los come-
muertos" "Una mujer de mucho mérito", "La ciudad muerta"
"Las frutas muy altas" y "De cómo Panchito Mandefuá cenó con
el niño Jesús". La creación de Pocaterra se reúne en Obras selectas (1956); el mismo año se publica Sus mejores cuentos (de
José Rafael Pocaterra) que además de la selección de catorce relatos incluye la novela inconclusa "Gloria al bravo pueblo" escrita en 1946.*

## LA I LATINA *

### I

¡No, no era posible! andando ya en siete años y burrito, burrito, sin
conocer la o por lo redondo y dando más qué hacer que una ardilla.

—¡Nada! ¡nada! —dijo mi abuelita—. A ponerlo en la escuela...

Y desde ese día, con aquella eficacia activa en el milagro de sus
setenta años, se dio a buscarme una maestra. Mi madre no quería;
protestó que estaba todavía pequeño, pero ella insistió resueltamente.
Y una tarde, al entrar de la calle, deshizo unos envoltorios que le
trajeron y sacando un bulto, una pizarra con su esponja, un libro de
tipo gordo y muchas figuras y un atadito de lápices, me dijo, poniendo en mí aquella grave dulzura de sus ojos azules: —mañana, hijito,
casa de la Señorita, que es muy buena y te va a enseñar muchas cosas...!

Yo me abracé a su cuello, corrí por toda la casa, mostré a los sirvientes mi bulto nuevo, mi pizarra flamante, mi libro, todo marcado
con mi nombre en la magnífica letra de mi madre, un libro que se
me antojaba un cofrecillo sorprendente, lleno de maravillas. —Y la
tarde esa y la noche sin quererme dormir, pensé cuántas cosas podría
leer y saber en aquellos librotes forrados de piel que dejó mi tío el
que fue abogado y que yo hojeaba para admirar las viñetas y las rojas
mayúsculas y los montoncitos de caracteres manuscritos que llenaban
el margen amarillento.

Algo definitivo decíame por dentro que yo era ya una persona
capaz de ir a la escuela.

* Reproducido con permiso de Monte Ávila Editores, C. A., Caracas, Venezuela.

## II

¡Hace cuántos años, Dios mío! Y todavía la casita humilde, el largo corredor, el patiecillo con tiestos, al extremo una cancela de lona que hacía el comedor, la pequeña sala donde estaba una mesa negra con una lámpara de petróleo en cuyo tubo bailaba una horquilla. En la pared había un mapa desteñido y en el cielorraso otro formado por las goteras. Había también dos mecedoras desfondadas, sillas; un pequeño aparador con dos perros de yeso y la mantequillera de vidrio que fingía una clueca echada en su nido; pero todo tan limpio y tan viejo que dijérase surgido así mismo, en los mismos sitios desde el comienzo de los siglos.

Al otro extremo del corredor, cerca de donde me pusieron la silla enviada de casa desde el día antes, estaba un tinajero pintado de verde con una vasija rajada; allí un agua cristalina en gotas musicales, largas y pausadas, iba cantando la marcha de las horas. Y no sé por qué aquella piedra de filtrar llena de yerbajos, con su moho y su olor a tierras húmedas, me evocaba ribazos del río o rocas avanzadas sobre las olas del mar...

Pero esa mañana no estaba yo para imaginaciones, y cuando se marchó mi abuelita, sintiéndome solo e infeliz entre aquellos niños extraños que me observaban con el rabillo del ojo, señalándome; ante la fisonomía delgadísima de labios descoloridos y nariz cuyo lóbulo era casi transparente, de la Señorita, me eché a llorar. Vino a consolarme, y mi desesperación fue mayor al sentir en la mejilla un beso helado como una rana.

Aquella mañana de "niño nuevo" me mostró el reverso de cuanto había sido ilusorias visiones de sapiencia... Así que en la tarde, al volver para la escuela, a rastras casi de la criada, llevaba los párpados enrojecidos de llorar, dos soberbias nalgadas de mi tía y el bulto en bandolera con la pizarra y los lápices y el virginal Mandevil tamborileando dentro de un modo acompasado y burlón.

## III

Luego tomé amor a la escuela, a mis condiscípulos: tres chiquillas feúcas, de pelito azafranado y medias listadas, un gordinflón que se hurgaba en la nariz y nos punzaba con el agudo lápiz de pizarra; otro niño flaco, triste, orejudo, con un pañuelo y unas hojas siempre al cuello y oliendo a aceite; y Martica, la hija del herrero de enfrente, que era alemán. Siete u ocho a lo sumo: las tres hermanas se llamaban las Rizar, el gordinflón José Antonio, *Totón*, y el niño flaco que murió a poco, ya no recuerdo cómo se llamaba. Sé que murió porque una tarde dejó de ir, y dos semanas después no hubo escuela.

La señorita tenía un hermano hombre, un hermano con el cual nos amenazaba cuando dábamos mucho qué hacer o estallaba una de esas extrañas rebeldías infantiles que delatan a la eterna fiera.

—¡Sigue, sigue rompiendo la pizarra, malcriado, que ya viene por ahí Ramón María!

Nos quedábamos suspensos, acobardados, pensando en aquel terrible Ramón María que podía llegar de un momento a otro... Ese día, con más angustia que nunca, veíamosle entrar tambaleante como siempre, oloroso a reverbero, los ojos aguados, la nariz de tomate, un paletó dril verdegay.

Sentíamos miedo y admiración hacia aquel hombre cuya evocación sola calmaba las tormentas escolares y al que la Señorita, toda tímida y confusa, llevaba del brazo hasta su cuarto, tratando de acallar unas palabrotas que nosotros aprendíamos y nos las endosábamos unos a los otros por debajo del Mandevil.

—¡Los voy a acusar con la Señorita! —protestaba casi con un chillido Marta, la más resuelta de las hembras.

—La Señorita y tú... —y la interjección fea, inconsciente y graciosísima, saltaba de aquí para allá como una pelota, hasta dar en los propios oídos de la Señorita.

Ese era día de estar alguno en la sala, de rodillas sobre el enladrillado, el libro en las manos y las orejas como dos zanahorias.

—Niño, ¿por qué dice *eso* tan horrible? —me reprendía, afectando una severidad que desmentía la dulzura gris de su mirada.

—¡Porque yo soy hombre como el señor Ramón María!

Y contestaba, confusa, a mi atrevimiento:

—*Eso* lo dice él cuando está "enfermo".

## IV

A pesar de todo, llegué a ser el predilecto. Era en vano que a cada instante se alzase una vocecilla:

—¡Señorita, aquí "el niño nuevo" me echó tinta en un ojo!

—¡Señorita, "el niño nuevo" me está buscando pleito!

A veces era un chillido estridente seguido de tres o cuatro mojicones:

—¡Aquí!...

Venía la reprimenda, el castigo; y luego, más suave que nunca, aquella mano larga, pálida, casi transparente de la solterona me iba enseñando con una santa paciencia a conocer las letras que yo distinguía por un método especial: la A, el hombre con las piernas abiertas —y evocaba mentalmente al señor Ramón María cuando entraba "enfermo" de la calle—; la O, al señor gordo —pensaba en el papá de *Totón*—; la Y griega, una horqueta —como la de la

*china* * que tenía oculta; la I latina, la mujer flaca —y se me ocurría de un modo irremediable la figura alta y desmirriada de la Señorita...—. Así conocí la Ñ, un tren con su penacho de humo; la
P, el hombre con el fardo; y la S, el tullido que mendigaba los domingos a la puerta de la iglesia.

Comuniqué a los otros mis mejoras al método de saber las letras,
y Marta —¡como siempre!— me denunció:

—¡Señorita, "el niño nuevo" dice que usted es la I latina!

Me miró gravemente y dijo sin ira, sin reproche siquiera, con
una amargura temblorosa en la voz, queriendo hacer sonrisa la mueca
de sus labios descoloridos:

—Si la I latina es la más desgraciada de las letras..., puede ser.

Yo estaba avergonzado; tenía ganas de llorar. Desde ese día, cada
vez que pasaba el puntero sobre aquella letra, sin saber por qué, me
invadía un oscuro remordimiento.


# V

Una tarde, a las dos, el señor Ramón María entró más "enfermo"
que de costumbre, con el saco sucio de la cal de las paredes. Cuando
ella fue a tomarle del brazo, recibió un empellón yendo a golpear con
la frente un ángulo del tinajero. Echamos a reír; y ella, sin hacernos
caso, detrás con la mano en la cabeza... Todavía reíamos, cuando
una de las niñas, que se había inclinado a palpar una mancha obscura en los ladrillos, alzó el dedito teñido de rojo:

—¡Miren, miren: le sacó sangre!

Quedamos de pronto serios, muy pálidos, con los ojos muy abiertos.

Yo lo referí en casa y me prohibieron, severamente, que lo repitiese. Pero días después, visitando la escuela el señor inspector, un
viejecito pulcro, vestido de negro, le preguntó delante de nosotros al
verle la sien vendada:

—¿Como que sufrió algún golpe, hija?

—Vivamente, con un rubor débil como la llama de una vela, repuso azorada:

—No señor, que me tropecé...

—¡Mentira, señor Inspector, mentira! —protesté, rebelándome de
un modo brusco, instintivo, ante aquel angustioso disimulo— fue su
hermano, el señor Ramón María que la empujó, así... contra la pared... —y expresivamente le pegué un empujón formidable al anciano.

—Sí, niño, sí, ya sé... —masculló trastumbándose.

___

* Horqueta de madera que usan los chicos; se arma con dos tiros elásticos para disparar piedras a los pájaros y a... los faroles.

Dijo luego algo más entre dientes; estuvo unos instantes y se marchó.

Ella me llevó entonces consigo hasta su cuarto; creí que iba a castigarme, pero me sentó en sus piernas y me cubrió de besos; de besos fríos y tenaces, de caricias maternales que parecían haber dormido mucho tiempo en la red de sus nervios, mientras que yo, cohibido, sentía que al par de la frialdad de sus besos y del helado acariciar de sus manos, gotas de llanto, cálidas, pesadas, me caían sobre el cuello. Alcé el rostro y nunca podré olvidar aquella expresión dolorosa que alargaba los grises ojos llenos de lágrimas y formaba en la enflaquecida garganta un nudo angustioso.

## VI

Pasaron dos semanas, y el señor Ramón María no volvió a la casa. Otras veces estas ausencias eran breves, cuando él estaba "en chirona", según nos informaba Tomasa, única criada de la Señorita que cuando ésta salía a gestionar que le soltasen, quedábase dando la escuela y echándonos cuentos maravillosos del pájaro de los siete colores, de la princesa Blanca-flor o las tretas siempre renovadas y frescas que le jugaba tío conejo a tío tigre.

Pero esta vez la Señorita no salió; una grave preocupación distraíala en mitad de las lecciones. Luego estuvo fuera dos o tres veces; la criada nos dijo que había ido a casa de un abogado porque el señor Ramón María se había propuesto vender la casa.

Al regreso, pálida, fatigada, quejábase la Señorita de dolor de cabeza; suspendía las lecciones, permaneciendo absorta largos espacios, con la mirada perdida en una niebla de lágrimas... Después hacía un gesto brusco, abría el libro en sus rodillas y comenzaba a señalar la lectura con una voz donde parecían gemir todas las resignaciones de este mundo:

—Vamos, niño: "Jorge tenía una hacha...".

## VII

Hace quince días que no hay escuela. La Señorita está muy enferma. De casa han estado allá dos o tres veces. Ayer tarde oí decir a mi abuela que no le gustaba nada esa tos...

No sé de quién hablaban.

## VIII

La Señorita murió esta mañana a las seis...

## IX

Me han vestido de negro y mi abuelita me ha llevado a la casa mortuoria. Apenas la reconozco: en la repisa no están ni la gallina ni los perros de yeso; el mapa de la pared tiene atravesada una cinta negra; hay muchas sillas y mucha gente de duelo que rezonga y fuma. La sala llena de vecinas rezando. En un rincón estamos todos los discípulos sin cuchichear, muy serios, con esa inocente tristeza que tienen los niños enlutados. Desde allí vemos, en el centro de la salita. una urna estrecha, blanca y larguísima que es como la Señorita y donde está ella metida. Yo me la figuro con terror: el Mandevil abierto, enseñándome con el dedo amarillo la I, la I latina precisamente.

A ratos, el señor Ramón María, que recibe los pésames al extremo del corredor y que en vez del saco dril verdegay luce una chupa de un negro azufroso, va a su cuarto y vuelve. Se sienta suspirando, con el bigote lleno de gotitas. Sin duda ha llorado mucho porque tiene los ojos más lacrimosos que nunca y la nariz encendida, amoratada.

De tiempo en tiempo se suena y dice en alta voz:

—¡Está como dormida!

## X

Después del entierro, esa noche, he tenido miedo. No he querido irme a dormir. La abuelita ha tratado de distraerme contando lindas historias de su juventud. Pero la idea de la muerte está clavada, tenazmente, en mi cerebro. De pronto la interrumpo para preguntarle:

—¿Sufrirá también ahora?

—No —responde, comprendiendo de quién le hablo—, la Señorita no sufre ahora.

Y poniendo en mí aquellos ojos de paloma, aquel dulce mirar inolvidable, añade:

—¡Bienaventurados los mansos y humildes de corazón, porque ellos verán a Dios!...

# RÓMULO GALLEGOS

VENEZOLANO

(1884-1969)

*Nació en Caracas. De activa labor educacional y política. Entre
1912 y 1918 fue profesor y director de varios colegios y liceos.
Después de la muerte del dictador Juan Vicente Gómez puede
asumir importantes cargos públicos. En 1936 es designado Ministro de Educación; le eligen asimismo diputado, y en 1948 llega
a ser  presidente de Venezuela, cargo que dura menos de un año
por un golpe militar. Al comenzar la dictadura de Marcos Pérez
Jiménez, el escritor debe salir al exilio. Regresa a Caracas en 1958
siendo galardonado con varios premios en reconocimiento a la
importancia de su obra en las letras hispanoamericanas.*

*Su novela más famosa es* Doña Bárbara, *publicada en 1928.
Ya en 1931 era traducida al inglés y posteriormente a varios idiomas. Junto con la novela* La vorágine, *de José E. Rivera, es una
de las novelas hispanoamericanas más significativas de esa década, de gran complejidad sicológica en la dinámica de los caracteres. Esta obra todavía atrae análisis y relecturas que exploran los planos de su modernidad y su importancia en el desarrollo de la novela en Hispanoamérica. Con anterioridad a* Doña
Bárbara, Gallegos había publicado las novelas El último solar
*(1920), titulada* Reinaldo Solar *en su segunda edición, publicada
en Barcelona en 1930, y* La trepadora *en 1925. Prolífico novelista, después de* Doña Bárbara siguen seis novelas: Cantaclaro
*(1934);* Canaima *(1935);* Pobre negro *(1937);* El forastero *(1942);*
Sobre la misma tierra *(1943);* La brizna de paja en el viento
*(1952). En 1971 se realiza la publicación póstuma de su novela*
La tierra bajo los pies.

*Su primer libro de cuentos se titula* Los aventureros, *publicado en 1913. Sus primeros cuentos habían empezado a aparecer
en 1910 en la revista* Alborada. *Los otros tres libros de relatos
de Gallegos son* La rebelión y otros cuentos *(1946);* Cuentos venezolanos *(1949) y* La doncella y El último patriota, *en 1957.
En 1915 estrena su drama* El milagro del año. *En 1954 publica
su ensayo* Una posición en la vida. *En cuanto a la recopilación
de su obra,* Novelas escogidas *aparece en 1951. Hay una edición
de sus obras completas publicada en La Habana en 1949 y luego
los dos volúmenes publicados en Madrid en 1958.*

*La obra de Rómulo Gallegos se sigue leyendo. Su actualidad es el mejor indicador de que las primeras apreciaciones críticas simplificaban los motivos de su prosa; el esquema más abusado fue el de "civilización" frente a "barbarie". Hay aspectos más profundos, complejos y modernos en su escritura que la síntesis de precarios simbolismos con que se acostumbraba a ver su narrativa. El relato "El crepúsculo del diablo" fue escrito en 1919; se encuentra en el volumen* Cuentos venezolanos.

## EL CREPÚSCULO DEL DIABLO *

### I

En el borde de una pila que muestra su cuenca seca bajo el ramaje sin fronda de los árboles de la plaza, de la cual fuera ornato si el agua fresca y cantarina brotase de su caño, está sentado "el Diablo" presenciando el desfile carnavalesco.

La turba vocinglera invade sin cesar el recinto de la plaza, se apiña en las barandas que dan a la calle por donde pasa "la carrera", se agita en ebrios hormigueos alrededor de los tarantines donde se expenden amargos, frituras, refrescos y cucuruchos de papelillos y de arroz pintado, se arremolina en torno a los músicos, trazando rondas dionisíacas al son del joropo nativo, cuya bárbara melodía se deshace en la crudeza del ambiente deslucido por la estación seca, como un harapo que el viento deshilase.

Con ambas manos apoyadas en el araguaney primorosamente encabullado, el sombrero sobre la nuca y el tabaco en la boca, el Diablo oye aquella música que despierta en las profundidades de su ánimo, no sabe qué vagas nostalgias. A ratos melancólica, desgarradora, como un grito perdido en la soledad de las llanuras; a ratos erótica, excitante, aquella música era el canto de la raza oscura, llena de tristeza y de lascivia, cuya alegría es algo inquietante que tiene mucho de trágico.

El Diablo ve pasar ante su mente trazos fugaces de paisajes desolados y nunca vistos, sombras espesas de un dolor que no sintió su corazón, relámpagos de sangre que otra vez, no sabe cuándo, atravesaron su vida. Es el sortilegio de la música que escarba en el corazón del Diablo, como un nido de escorpiones. Bajo el influjo de estos

* Reproducido con permiso de Monte Ávila Editores, C. A., Caracas, Venezuela.

sentimientos se va poniendo sombrío; sus mejillas chupadas se estremecen levemente, su pupila quieta y dura taladra en el aire una visión de odio, pero de una manera siniestra. Probablemente la causa inconsciente de todo esto es la presencia de la multitud que le despierta diabólicos antojos de dominación; sobre el encabullado del araguaney, sus dedos ásperos, de uñas filosas, se encorvan en una crispatura de garras.

Al lado suyo, uno de los que junto con él están sentados en el borde de la pila, le dice:

—¡Ah, compadre Pedro Nolasco!, ¿no es verdad que ya no se ven aquellos disfraces de nuestro tiempo?

El Diablo responde malhumorado:

—Ya esto no es Carnaval ni es ná.

El otro continúa evocador:

—¡Aquellos volatines que ponían la cuerda de ventana a ventana! ¡Aquellas pandillas de negritos que se daban esas agarrás al garrote! ¡Y que se zumbaban de veras! ¡Aquellos diablos!

Por aquí andaban las nostalgias de Pedro Nolasco.

Era él uno de los diablos más populares y constituía la nota típica, dominante, de la fiesta plebeya. A punto de mediodía echábase a la calle con su disfraz infernal, todo rojo, y su enorme "mandador" y de allí en adelante, toda la tarde, era un infatigable ambular por los barrios de la ciudad, perseguido por la chusma ululante, tan numerosa que a veces llenaba cuadras enteras y contra la cual se revolvía de pronto blandiendo el látigo, que no siempre chasqueaba ocioso en el aire para vanas amenazas.

Buenos verdugones levantó más de una vez aquella fusta diabólica en las pantorrillas de chicos y grandullones. Y todos la sufrían como merecido castigo por sus aullidos ensordecedores, sin protesta ni rebeldía, tal que si fuera un flagelo de lo Alto. Era la tradición: contra los latigazos de los diablos nadie apelaba a otro recurso sino al de al fuga.

Posesionado de su carácter, dábalos Pedro Nolasco con verdadera indignación, que le parecía la más justa de las indignaciones, pues una vez que se vestía de diablo y se echaba a la calle, olvidábase de la farsa y juzgaba como falta de lesa majestad los irreverentes alaridos de la chiquillería.

Ésta, por su parte, procedía como si se hiciese estas reflexiones: un diablo es un ente superior; todo el que quiere no puede ser diablo, pues esto tiene sus peligros y al que sabe serlo como es debido hay que soportarle los latigazos.

Pedro Nolasco era el mejor de los diablos de Caracas. Su feudo era la parroquia de Candelaria y sus aledaños y allí no había muchacho que no corriese detrás de· él aullando hasta enronquecer y arriesgando el pellejo.

Respetábanlo como a un ídolo. Cuando se aproximaba el Carnaval empezaban a hablar de él y su misteriosa personalidad era objeto de entusiastas comentarios. La mayor parte no lo conocían sino de nombre y muchos se lo forjaban de la manera más fantástica. Para algunos, Pedro Nolasco no podía ser un hombre como los demás, que trabajaba y vivía la vida ordinaria, sino un ente misterioso, que no salía de su casa durante todo el año y sólo aparecía en público en el Carnaval, en su carácter absurdamente sagrado de diablo. Conocer a Pedro Nolasco, saber cuál era su casa y estar al corriente de sus intimidades, era motivo de orgullo para todos; haber hablado con él era algo como poseer la privanza de un príncipe. Se podía llenar la boca quien tal afirmaba, pues esto sólo adquiría gran ascendiente entre la chiquillería de la parroquia.

Aumentaba este prestigio una leyenda en la cual Pedro Nolasco aparecía como un héroe tutelar. Referíase que muchos años atrás, en la tarde de un martes de Carnaval, Pedro Nolasco había realizado una proeza de consagración a "su cuerda". Había para entonces en Caracas un diablo rival de Pedro Nolasco, el diablo de San Juan, que tenía tanto partido como el de Candelaria y que había dicho que ese día invadiría los dominios de éste para echarle cuero a él y a su turba. Súpolo Pedro Nolasco y fue en busca de él, seguido de su hueste ululante. Topáronse los dos bandos y el diablo de San Juan arremetió contra la turba del otro, con el látigo en alto acudió en su defensa el de Candelaria y antes de que el rival bajase el brazo para "cuerearlo", le asestó en la cara un formidable cabezazo que a él le estropeó los cuernos y al otro le destrozó la boca. Fue un combate que no se hubiera desdeñado de cantar el Dante.

Desde entonces fue Pedro Nolasco el diablo único contra quien nadie se atrevía, temido de sus rivales vergonzantes, que arrastraban por las calles apartadas irrisorias turbas, admirado y querido de los suyos, a pesar del escozor de las pantorrillas y quizás por esto mismo precisamente.

Pero corrió el tiempo y el imperio de Pedro Nolasco empezó a bambolear. Un fuetazo mal dado marcó las espaldas de un muchacho de influencia, y lo llevó a la policía; y como Pedro Nolasco se sintiese deprimido por aquel arresto que autorizaba el hecho insólito de una protesta contra su férula, hasta entonces inapelable, decidió no disfrazarse más, antes que aceptar el menoscabo de su majestad.

## II

Ahora está en la plaza viendo pasar la mascarada. Entre la muchedumbre de disfraces atraviesan diablos irrisorios, puramente decorativos, que andan en comparsas y llevan en las manos inofensivos tridentes de cartón plateado. En ninguna parte el diablo solitario, con el tradicional mandador que era terror y fascinación de la chusma. Indudablemente al Carnaval había degenerado.

Estando en estas reflexiones, Pedro Nolasco vio que un tropel de muchachos invadía la plaza. A la cabeza venía un absurdo payaso, portando en la mano una sombrilla diminuta y en la otra un abanico con el cual se daba aire en la cara pintarrajeada, con un ambiguo y repugnante ademán afeminado. Era esto toda la gracia del payaso, y en pos de la sombrilla corría la muchedumbre fascinada como tras un señuelo.

Pedro Nolasco sintió rabia y vergüenza. ¿Cómo era posible que un hombre se disfrazase de aquella manera? Y sobre todo, ¿cómo era posible que lo siguiera una multitud? Se necesita haber perdido todas las virtudes varoniles para formar en aquel séquito vergonzoso y estúpido. ¡Miren que andar detrás de un payaso que se abanica como una mujerzuela! ¡Es el colmo de la degeneración carnavalesca!

Pero Pedro Nolasco amaba su pueblo y quiso redimirlo de tamaña vergüenza. Por su pupila quieta y dura pasó el relámpago de una resolución.

Al día siguiente, martes de Carnaval, volvió a aparecer en las calles de Caracas el diablo de Candelaria.

Al principio pareció que su antiguo prestigio renacía íntegro, pues a poco ya tenía en su seguimiento una turba que alborotaba las calles con sus siniestros ¡aús! Pero de pronto apareció el payaso de la sombrillita y la mesnada de Pedro Nolasco fue tras el irrisorio señuelo, que era una promesa de sabrosa diversión sin los riesgos a que exponía el mandador del diablo.

Quedó solo éste y bajo su máscara de trapo coronada por dos auténticos cuernos de chivo resbalaron lágrimas de doloroso despecho.

Pero inmediatamente reaccionó y movido por un instinto al cual la experiencia había hecho sabio, arremetió contra la turba desertora, confiando en que el imperativo legendario de su látigo la volvería a su dominio, sumisa y fascinada.

Arremolinóse la chusma y hubo un momento de vacilación: el Diablo estaba a punto de imponerse, recobrando, por la virtud del mandador, los fueros que le arrebatase aquel ídolo grotesco. Era la voz de los siglos que resonaban en sus corazones.

Pero el payaso conocía las señales del tiempo y, tremolando su sombrilla como una bandera prestigiosa, azuzó a su mesnada contra el diablo.

Volvió a resonar como en los buenos tiempos el ululato ensordecedor que fingía una traílla de canes visionarios, pero esta vez no expresaba miedo, sino odio.

Pedro Nolasco se dio cuenta de la situación: ¡estaba irremisiblemente destronado! Y, sea porque un sentimiento de desprecio lo hiciese abdicar totalmente el cetro que había pretendido restablecer sobre aquella patulea degenerada, o porque su diabólico corazón se encogiese presa de auténtico miedo, lo cierto fue que volvió las espaldas al payaso y comenzó a alejarse para siempre a su retiro.

Pero el éxito enardeció al payaso. Arengando a la pandilla, gritó: ¡Muchachos! Piedras con el diablo.

Y esto fue suficiente para que todas las manos se armasen de guijarros y se levantasen vindicatorias contra el antiguo ídolo en desgracia.

Huyó Pedro Nolasco bajo la lluvia del pedrisco que caía sobre él, y en su carrera insensata atravesó el arrabal y se echó por los campos de los aledaños. En su persecución la mesnada redoblaba su ardor bélico, bajo la sombrilla tutelar del payaso. Y era en las manos de éste el abanico fementido, el sable victorioso de aquella jornada.

Caía la tarde. Un crepúsculo de púrpuras se desgranaba sobre los campos como un presagio. El diablo corría, corría, a través del paraje solitario por un sendero bordeado de montones de basura, sobre los cuales escarbaban agoreros zamuros, que, al verlo venir, alzaban el vuelo, torpe y ruidoso, lanzando fatídicos gruñidos, para ir a refugiarse en las ramas escuetas de un árbol que se levantaba espectral sobre el paisaje sequizo.

La pedrea continuaba cada vez más nutrida, cada vez más furiosa. Pedro Nolasco sentía que las fuerzas le abandonaban. Las piernas se le doblaban rendidas; dos veces cayó en su carrera; el corazón le producía ahogos angustiosos.

Y se le llenó de dolor, como a todos los redentores cuando se ven perseguidos por las criaturas amadas. ¡Porque él se sentía redentor, incomprendido y traicionado por todos! Él había querido libertar a "su pueblo" de la vergonzosa sugestión de aquel payaso grotesco, leventarlo hasta sí, insuflarle con su látigo el ánimo viril que antaño los arrastrara en pos de él, empujados por esa voluptuosidad que produce el jugar con el peligro.

Por fin una piedra, lanzada por un brazo más certero y poderoso, fue a darle en la cabeza. La vista se le nubló, sintió que en torno suyo las cosas se lanzaban en una ronda vertiginosa y que bajo sus pies la tierra se le escapaba. Dio un grito y cayó de bruces sobre el basurero. Detúvose la chusma, asustada de lo que había hecho y comenzó a desbandarse.

Sucedió un silencio trágico. El payaso permaneció un rato clavado en el sitio, agitando maquinalmente el abanico. Bajo la risa pintada de albayalde en su rostro, el asombro adquiría una intensidad macabra. Desde el árbol fatídico los zamuros alargaban los cuellos hacia la víctima que estaba tendida en el basurero.

Luego el payaso emprendió la fuga.

Al pasar sobre el lomo de un collado, su sombrilla se destacó funambulesca contra el resplandor del ocaso.

# S  A  L  A  R  R  U  É

## SALVADOREÑO
## (1899-1975)

*Salarrué es el nombre literario de Salvador Salazar Arrué. Su obra es fundamentalmente narrativa aun cuando publica un volumen de poesía el año de su muerte, Mundo nomasito, creaciones líricas que había venido acumulando durante su vida literaria. Es autor de cuatro novelas y varios libros de cuentos que es el género donde va a sobresalir dándose a conocer en toda Hispanoamérica.*

*Salvador Salazar Arrué nació en Sonsonate, El Salvador. Además de la literatura, el autor cultivó la pintura; de hecho, él mismo ilustraba los primeros cuentos que aparecían en revistas de la época. Este arte no fue una afición pasajera; sus primeros estudios al respecto los realiza en una academia en San Salvador en 1912; en 1917 obtiene una beca para estudiar pintura en Washington, D.C., más tarde vendrán sus exposiciones en El Salvador y en Estados Unidos. Al regresar a su país en 1919, abre un estudio de pintura. Su familia está comprometida a la misma expresión artística: su espoza Zelí Lardé es pintora y sus tres hijas prosiguen la dedicación. En 1932 es jefe de redacción del diario Patria. En 1962 es nombrado Director General de Bellas Artes. En 1946 vuelve a Estados Unidos como Agregado Cultural, reside en Nueva York donde su potencial artístico se abre al cosmopolitismo de la ciudad y lo moderno. Regresa a su país en 1951, año a partir del cual se establece en El Salvador.*

*Su primera obra es la novela* El Cristo negro, *publicada en 1926, reeditada en 1936 y 1955; las otras tres novelas de Salarrué son* El señor de la burbuja *(1927), con una edición subsiguiente en 1956;* La sed de Sling Bader *(1971) y* Catleya Luna *(1974), "novela de desván . . . el* blue print *de una gran novela" diría el autor refiriéndose a esta obra. De su interés por el teatro queda el testimonio de algunas piezas de teatro infantil escritas hacia fines de la década del treinta como por ejemplo "la resurrección del Mínimo". Salarrué no proseguiría en este género.*

*Su obra cuentística es la más amplia:* O'Yarkandal *(1929);* Remotando el Uluán *(1932) reeditada en 1969. La tentación de corregir* remotando *por "remontando" ha creado más de alguna confusión. La polivalente expresión usada por Salarrué es* remotando *(golpes de remo, remoto, etc.)*; *es una obra de realización vanguardista, extraordinariamente imaginativa. Siguen Cuentos de barro (1933) que se vuelve a editar en 1974, es el libro más citado del autor; Eso y más (1940); Cuentos de cipotes (1945), con una edición aumentada en 1961 ("cipote" significa niño, muchacho); Trasmallo (1954) y La espada y otras narraciones (1960) donde se incluye "Breves relatos" y "Nébula Nova." Sus Obras escogidas se publican en dos tomos en 1969 y 1970. Incluye las obras hasta entonces inéditas: Vilanos, El libro desnudo, escrito en 1957, Íngrimo, escrito en 1958 ("íngrimo" significa completamente solo), y La sombra y otros motivos literarios, escrito en 1959.*

*La fina sensibilidad de Salarrué manifestada a través de un encuentro natural con varias manifestaciones artísticas se reflejará en la riqueza expresiva de sus cuentos: la exquisitez en el uso de los elementos poéticos, el impresionismo pictórico de la imagen, el incipiente carácter cinematográfico del lenguaje. Aún en la fase de su prosa más telúrica, esa prosa de "barro", el trasfondo temático de la violencia, de la dominación, o del abuso nunca se traslada hacia el discurso sociológico. Sus cuentos son verdaderas pinturas y de las perdurables. El cuento "La petaca" se encuentra en el volumen Cuentos de barro. El relato fue además adaptado para su representación escénica en 1963 y también para la televisión en 1974.*

# LA PETACA

Era pálida como la hoja-mariposa; bonita y triste como la virgen de palo que hace con las manos el bendito; sus ojos eran como dos grandes lágrimas congeladas; su boca, como no se había hecho para el beso, no tenía labios, era una boca para llorar; sobre los hombros cargaba una joroba que terminaba en punta. La llamaban la peche María.

En el rancho eran cuatro: Tules, el tata; la Chón su mamá, y el robusto hermano Lencho. Siempre María estaba un grado abajo de los suyos. Cuando todos estaban serios, ella estaba llorando; cuando sonreían, ella estaba seria; cuando todos reían, ella sonreía; no rió nunca. Servía para buscar huevos, para lavar trastes, para hacer rír. . .

—¡Quitá may, si no querés que te raje la petaca!

—¡Peche, vos quizás sos l'hija el cerro!

Tules decía:

—Esta indizuela no es feya; en veces mentran ganas de volarle la petaca, diún corvazo.

Ella lo miraba y pasaba de uno a otro rincón, doblada de lado la cabecita, meciendo su cuerpecito endeble, como si se arrastrara. Se arrimaba al baúl, y con un dedito se estaba allí sobando manchitas, o sentada en la cuca, se estaba ispiando por un hoyo de la paré a los que pasaban por el camino.

Tenían en el rancho un espejito ñublado del tamaño de un colón y ella no se pudo ver nunca la joroba, pero sentía que algo le pesaba en las espaldas, un cuenterete que le hacía poner cabeza de tortuga y que le encaramaba los brazos: la petaca.

Tules la llevó un día onde el sobador.

—Léi traido para ver si usté le quita la puya. Pueda ser que una sobada...

—Hay que hacer perimentos defíciles, vos, pero si me la dejás unos ocho días, te la sano todo lo posible.

Tules le dijo que se quedara.

Ella se jaló de las mangas del tata; no se quería quedar en la casa del sobador y es que era la primera vez que salía lejos, y que estaba con un extraño.

—¡Papa, paíto, ayéveme, no me deje!

—Ai tate, te digo; vuá venir por vos el lunes.

El sobador la amarró con sus manos huesudas.

—¡Andáte lígero, te la vuá tener!

El tata se fue a la carrera.

El sobador se estuvo acorralándola por los rincones, para que no se saliera.

Llegaba la noche y cantaban gallos desconocidos. Moqueó toda la noche. El sobador vido quéra chula.

—Yo se la sobo; ¡ajú! —pensaba, y se reiba en silencio.

Serían las doce, cuando el sobador se le arrimó y le dijo que se desnudara, que iba a dar la primera sobada. Ella no quiso y lloró más duro. Entonces el indio la trincó a la juerza, tapándole la boca con la mano y la dobló sobre la cama.

—¡Papa, papita!...

Contestaban las ruedas de las carretas noctámbulas, en los baches del lejano camino.

El lunes llegó Tules. La María se le presentó, gimiendo... El sobador no estaba.

—¿Tizo la peración, vos?

—Sí, papa...

—¿Te dolió, vos?

—Sí, papa...

—Pero yo no veo que se te rebaje...

—Dice que se me vir bajando poco a poco...

Cuando el sobador llegó, Tules le preguntó cómo iba la cosa.

—Pues, va bien —le dijo—, sólo quiay que esperarse unos meses. Tiene quírsele bajando poco a poco.

El sobador, viendo que Tules se la llevaba, le dijo que por qué no la dejaba otro tiempito, para más seguridá; pero Tules no quiso, porque la peche le hacía falta en el rancho.

Mientras el papa esperaba en la tranquera del camino, el sobador le dio la última sobada a la niña.

Seis meses después, una cosa rara se fue manifestando en la peche María.

La joroba se le estaba bajando a la barriga. Le fue creciendo día a día de un modo escandaloso, pero parecía como si la de la espalda no bajara gran cosa.

—¡Hombre! —dijo un día Tules—, esta babosa tá embarazada!

—¡Gran poder de Dios! —dijo la nana.

—¿Cómo jué la peración que tizo el sobador, vos?

Ella explicó gráficamente.

—¡Aijuesesentamil! —rugió Tules—. ¡Mianimo ir a volarle la cabeza!

Pero pasaba el tiempo de ley, y la peche no se desocupaba.

La partera, que había llegado para el caso, userrvó que la niña se ponía más amarilla, tan amarilla, que se taba poniendo verde. Entonces diagnosticó de nuevo.

—Esta lo que tiene es fiebre pútrida, manchada con aigre de corredor.

—¿Eee?...

—Mesmamente; hay que darle una güena fregada, con tusas empapadas en aceiteloroco, y untadas con kakevaca.

Así lo hicieron. Todo un día pasó apagándose; gemía. Tenían que estarla voltiando de un lado a otro. No podía estar boca arriba, por la petaca; ni boca abajo, por la barriga.

En la noche se murió.

Amaneció tendida de lado, en la cama que habían jalado al centro del rancho. Estaba entre cuatro candelas. Las comadres decían:

—Pobre; tan güena quera; ¡ni se sentía la indizuela, de mansita!

—¡Una santa! Si hasta, mirá, es meramente una cruz!

Más que cruz, hacía una equis, con la línea de su cuerpo y la de las petacas.

Le pusieron una coronita de siemprevivas. Estaba como en un sueño profundo; y es que ella siempre estuvo un grado abajo de los suyos: cuando todos estaban riendo, ella sonreía; cuando todos sonreían, ella estaba seria; cuando todos estaban serios, ella lloraba; y ahora, que ellos estaban llorando, ella no tuvo más remedio que estar muerta.

# JULIO GARMENDIA
## VENEZOLANO
## (1898-1977)

*Tres años antes de que finalizara la década del veinte, Julio Garmendia publicaba en París un libro de cuentos verdaderamente revolucionario en la narrativa venezolana. El impacto de* La tienda de muñecos, *sin embargo, se daría varios decenios después. Con la obra de Garmendia ocurre algo similar a lo acontecido con la del ecuatoriano Pablo Palacio: la apreciación de su alta significación en las letras hispanoamericanas no es coeval. A diferencia de Palacio, Garmendia asiste al proceso de desarrollo de la nueva narrativa hispanoamericana aunque sin incluirse, sin admiración de estéticas, ajeno a la necesidad de promover su obra, silencioso, observador, pendiente solamente del refinamiento de su creación.*

*Julio Garmendia nació cerca de El Tocuyo, Venezuela. En la Hacienda El Molino, en Tocuyo transcurren los primeros años del autor como se da a conocer en los datos biográficos aportados por Domingo Miliani. Todavía en su infancia, muere su madre; es entonces cuando su padre lo lleva a la casa de la abuela materna en Barquisimeto; allí se educa, asistiendo al Colegio La Salle. Cuando Garmendia tenía dieciséis años muere la abuela que lo había criado y el padre lo traslada nuevamente, esta vez a Caracas. Comienza su labor periodística trabajando para el diario* El Universal, *actividad que se extiende entre 1915 y 1922; en estos años escribe poesía y logra publicar algunos de sus poemas. En 1923 se va a Europa, viaje que se transformaría en una temporada de diecisiete años. Vive seis años en París donde comienza su carrera diplomática, luego siete años en Génova como cónsul general de Venezuela, viaja a Alemania, Dinamarca, Austria, regresando a Caracas en 1940.*

*Su primera obra es la colección de cuentos mencionada anteriormente* La tienda de muñecos, *publicada en París por la Editorial Excelsior en 1927; se reedita en Caracas en 1952, en Mérida en 1970, y en la capital nuevamente en 1976 por Monte Ávila Editores. Más de dos décadas tarda la aparición de su segundo volumen de cuentos* La tuna de oro *publicado en Caracas en 1951, se reedita en la misma ciudad en 1973 y 1980. Las publicaciones que siguen a* La tuna de oro *son póstumas. En 1981/*

*82 se publica el libro* La hoja que no había caído en su otoño; *se trata de ocho relatos inéditos. En la presentación editorial del libro se aclara el modo como surgió: "A la muerte de don Julio, Óscar Sambrano Urdaneta pudo rescatar para la historia los materiales que se recogen en el presente libro. Los curiosos pero efectivos archivos del cuentista guardaban numerosas páginas mecanografiadas con abundantes correcciones gracias a las cuales ha sido posible transcribir los relatos." En 1984, el mismo crítico Óscar Sambrano Urdaneta compila las crónicas, poemas, crítica y relatos que Garmendia escribiera para periódicos y revistas entre 1917 y 1924; el volumen se titula* Opiniones para después de la muerte: (1917-1924). *De los siete relatos reunidos en este libro solamente "La joroba" y "El gusano" se habían publicado en la colección anterior de 1981. Importante publicación para quien busque comparar la obra de Garmendia pre y post estadía en Europa puesto que todo lo reunido aquí es anterior a la larga estancia del escritor en el extranjero. En 1986 Ediciones del Congreso de la República publica en Caracas otra recopilación titulada* La ventana encantada. *Este volumen reúne poemas, crónicas crítica literaria, y textos breves escritos entre 1917 y 1918. Incluye asimismo los relatos "El camino de gloria", "El gusano de luz", "Una visita al infierno", "La joroba", "Historia de mi conversión", "Opiniones para después de la muerte", "El conchabado" y "Cuando pasen 3 000 años más...", relato este último en la perspectiva de una arqueología futura que descubre los mitos de nuestra contemporaneidad.*

*Los primeros cuentos de Garmendia escritos en 1917 ya disponen de una composición narrativa vanguardista; su estética va intensificando las innovaciones que habían alcanzado los modernistas hasta lograr un modo original, semejante a lo que consiguiera Pablo Palacio con* Un hombre muerto a puntapiés, *publicado en el mismo año de* La tienda de muñecos. *El carácter de fantástico atribuido a la obra de Garmendia es tan sólo uno de los elementos de su narrativa cuya verdadera sustancia tiene que ver con las búsquedas propias de la vanguardia. En el cuento seleccionado, por ejemplo, hay toda una iluminación estética sobre la naturaleza de la nueva literatura que anuncia Garmendia: lo ficticio es una aventura de lo imaginario, de transformaciones en varios reinos (llámense cuentos) "Azul", "Inverosímil", "Irreal", "Ilusorio", "Improbable". Una defensa de la naturaleza libertaria, quizás inabordable conceptualmente de lo ficticio. El relato aquí incluido es uno de los ochos excepcionales cuentos de* La tienda de muñecos. *Otros cuentos sobresalientes de Garmendia son "El alma", "El cuarto de los duendes" "Narración de las nubes" y "El gusano de luz".*

## EL CUENTO FICTICIO *

Hubo un tiempo en que los héroes de historias éramos todos perfectos y felices al extremo de ser completamente inverosímiles. Un día vino en que quisimos correr tierras, buscar las aventuras y tentar la fortuna, y andando y desandando de entonces acá, así hemos venido a ser los descompuestos sujetos que ahora somos, que hemos dado en el absurdo de no ser absolutamente ficticios, y de extraordinarios y sobrenaturales que éramos nos hemos vuelto verosímiles, y aun verídicos, y hasta reales... ¡Extravagancia! ¡Aberración! ¡Como si así fuéramos otra cosa que ficticios que pretendemos dejar de serlo! ¡Como si fuera posible impedir que sigamos siendo ilusorios, fantásticos e irreales aquéllos a quienes se nos dio, en nuestro comienzo u origen, una invisible y tenaz torcedura en tal sentido!... Yo —¡palabra de honor!— conservo el antiguo temple ficticio en su pureza. Soy nada menos que el actual representante y legítimo descendiente y heredero en línea recta de los inverosímiles héroes de Cuentos Azules de que ya no se habla en las historias, y mi ideal es restaurar nuestras primeras perfecciones, bellezas e idealismos hoy perdidos: regresar todos —héroes y heroínas, protagonistas y personajes, figuras centrales y figurantes episódicos— regresar, digo, todos los ficticios que vivimos, a los Reinos y Reinados del país del Cuento Azul, clima feliz de lo irreal, benigna latitud de lo ilusorio. Aventura verdaderamente imaginaria, positivamente fantástica y materialmente ficticia de que somos dignos y capaces los que no nacimos sujetos de aventuras policiales de continuación o falsos héroes de folletines detectivescos. Marcha o viaje, expedición, conquista o descubrimiento, puestos bajo mi mando supremo y responsabilidad superior.

Mi primer paso es reunir los datos, memorias, testimonios y documentos que establecen claramente la existencia y situación del país del Cuento Inverosímil. ¿Necesito decirlo? Espíritus que se titulan fuertes y que no son más que mezquinos se empeñan en pretender que nunca ha existido ni puede existir, siendo por naturaleza inexistente, y a su vez dedícanse a recoger los documentos que tienden a probar lo contrario de lo que prueban los míos: como si hubiera algún mérito en no creer en los Cuentos Fabulosos, en tanto que lo hay muy cierto en saber que sí existieron. Como siempre sucede en los preámbulos de toda grande empresa, los mismos que han de beneficiarse de mis esfuerzos principian por negarse a secundarme. Como a todo gran

---

* Reproducido con permiso de Monte Ávila Editores, C. A., Caracas, Venezuela.

reformador, me llaman loco, inexperto y utopista... Esto sin hablar de las interesadas resistencias de los grandes personajes voluminosos, o sea los que en gruesos volúmenes se arrellanan cómodamente y a sus anchas respiran en un ambiente realista; ni de los fingidos menosprecios de los que por ser de novela o novelón, o porque figuran en novelín, lo cual nada prueba, se pretenden superiores en rango y calidad a quienes en los lindes del Cuento hemos nacido, tanto más si orígenes cuentísticos azules poseemos.

Pero no soy de aquéllos en quienes la fe en el mejoramiento de la especie ficticia se entibia con las dificultades, que antes exaltan mi ardor. Mi incurable idealismo me incita a laborar sin reposo en esta temeraria empresa; y a la larga acabaré por probar la existencia del país del Cuento Improbable a estos mismos ficticios que hoy la niegan, y hacen burla de mi fe, y se dicen sagaces sólo porque ellos no creen, en tanto que yo creo, y porque en el transcurso de nuestro exilio en lo Real se han vuelto escépticos, incrédulos y materialistas en estas y otras muchas materias; y no solamente he de probarles, sino que asimismo los arrastraré a emprender el viaje, largo y penoso, sin duda, pero que será recompensado por tanta ventura como ha de ser la llegada, entrada y recibimiento en el país del Cuento Ilusorio, cuyo solo anuncio ya entusiasma, de las turbas de ficticios de toda clase y condición, extenuados, miserables y envejecidos después de tanto correr la Realidad y para nunca más reincidir en tamaña y fatal desventura.

Algunos se habrán puesto a dudar del desenlace, desalentados durante la marcha por la espera y la fatiga. No dejarán de reprocharme el haberles inducido a la busca o rebusca del Reino Perdido, en lo cual, aun suponiendo, lo que es imposible, que nunca lo alcanzáramos, no habré hecho sino realizarlos y engrandecerlos mucho más de lo que ellos merecen; y como ya empezarán por encontrarlo inencontrable, procuraré alentarlos con buenas palabras, de las que no dejará de inspirarme la mayor proximidad del Cuento Irreal y la fe que tengo y me ilumina en su final descubrimiento y posesión. Ya para entonces he de ser el buen viejo de los cuentos o las fábulas, de luengas barbas blancas, apoyado en grueso bastón, encorvado bajo el peso de las alforjas sobre el hombro; y al pasar por un estrecho desfiladero entre rocas o por una angosta garganta entre peñas, y desembocar delante de llanuras, esto al caer de alguna tarde, extendiendo la mano al horizonte les mostraré a mis ficticios compañeros, cada vez más ralos y escasos junto a mí, cómo allá lejos, comienza a asomar la fantástica visión de las montañas de los Cuentos Azules...

Allí será el nuevo retoñar de las disputas, y el mirarse de soslayo para comunicarse nuevas dudas, y el inquirir si tales montañas no son más bien las muy reales, conocidas y exploradas montañas de tal o cual país naturalmente montañoso donde por casualidad nos hallaríamos, y el que si todas las montañas de cualquier cuento o país que fueren no son de lejos azules... Y yo volveré a hablar de la cercana dicha, de la vecina perfección, de la inminente certidumbre ya próxima a tocarse con la mano.

Así hasta que realmente pisemos la tierra de los Cuentos Irreales, adonde hemos de llegar un día u otro, hoy o mañana, dentro de unos instantes quizás, y donde todos los ficticios ahora relucientes y radiantes vienen a pedirme perdón de las ofensas que me hicieron, el cual les doy con toda el alma puesto que estamos ya de vuelta en el Cuento en que acaso si alguna vez, por único contratiempo o disgusto, aparece algún feo jorobado, panzudo gigante o contrahecho enano. Bustos pequeños y grandes estatuas, aun ecuestres, perpetúan la memoria de esta magna aventura y de la ciencia estudiada o el arte no aprendido con que desde los países terrestres y marítimos, o de tierra firme e insular, o de aguas dulces y salobres, supe venir hasta aquí, no solo, sino trayendo a cuantos quisieron venir conmigo y se arriesgaron a desandar la Realidad en donde habían penetrado. Mis propios detractores se acercan a alabar y celebrar mi nombre, cuando mi nombre se alaba ya por sí mismo y se celebra por sí sólo. Los gordos y folletinescos poderosos que ayer no se dignaban conocerme ni sabían en qué lengua hablarme, olvidan su desdén por los cuentísticos azules, y pretenden tener ellos mismos igual origen que yo, y además haberme siempre ayudado en mis comienzos oscuros, y hasta lo prueban, cosa nada extraña en el dominio de los Cuentos Imposibles, Inverosímiles y Extraordinarios, que lo son hoy más que nunca... *Mi hoja de servicios* ficticios es, en suma, de las más brillantes y admirables. Se me atribuyen todas dotes, virtudes y eminentes calidades, además de mi carácter ya probado en los ficticios contratiempos. Y, en fin, de mí se dice: *Merece bien de la Ficción,* lo que no es menos ilustre que otros méritos...

Por lo cual me regocijo en lo íntimo del alma, me inclino profundamente delante de Vosotros, os sonrío complacido y me retiro de espaldas haciéndoos grandes reverencias...

# EFRÉN HERNÁNDEZ

## MEXICANO
## (1904-1958)

*Dos de las obras importantes de Efrén Hernández* Tachas *y* El señor de palo, *se publican en los años más productivos de la vanguardia hispanoamericana. La lectura de ambos relatos revela no sólo la rica gama de direcciones que propulsó el vanguardismo en el continente americano sino que también el carácter único con que el escritor mexicano abordaba la urgencia de nuevos discursos artísticos. La pesquisa de renovaciones narrativas en el caso de Hernández adquiere visos muy distintos a las experimentaciones de la prosa que en Chile llevaban a cabo Juan Emar, Vicente Huidobro, Rosamel del Valle; Oliverio Girondo, en Argentina; Pablo Palacio, en Ecuador; Julio Garmendia, en Venezuela.*

*La producción de Efrén Hernández incluye cuento, novela, una pieza de teatro, varios prólogos —escritos entre 1929 y 1958— a libros de autores como Renato Leduc, Alberto Quiroz, Dolores Castro, Roberto Guzmán Araujo. También escribió versos y artículos de crítica literaria publicados en revistas y diarios mexicanos como* El Popular, El Nacional, Hoy, Taller, La República y América. *Por una "Ficha biográfica" que el autor escribiera para* El Popular *en 1955 se sabe que desempeñó varios oficios hasta 1925, año en que ingresa a la Facultad de Derecho; abandona esta carrera en 1928; un escéptico respecto de la enseñanza universitaria, nos dice: "Quise dejar esos estudios por haberme parecido vacío y sin meollo de sustancia verdadera lo que ahí se aprende. De aquella experiencia aún conservo la impresión de que los espaldarazos de los títulos universitarios no son más que un fraude." (Biografía incluida en Efrén Hernández, Obras. México: Fondo de Cultura Económica, 1965, pp. 3-4.)*

*El cuento* Tachas *es la primera obra del autor mexicano. Después de que Hernández diera a conocer este cuento, sus amigos usarían el título "Tachas" como el apodo del escritor. Se publica en 1928 en México con un epílogo del escritor Salvador Novo. El mismo año aparece en* Fhanal *el cuento "Unos cuantos tomates en una repisita". Luego sigue otro cuento importante* El señor de palo, *en 1932. Estos relatos (a los que se añaden otros tres) son recogidos en el libro* Cuentos, *publicado en 1941. Dos años después aparece su libro de versos* Entre apagados muros. *En 1946 publica el relato* Cerrazón sobre Nicomaco, *sobre cuyo género (novela/cuento) el mismo autor se interroga "¿cuento largo; novela corta?" Su novela* La paloma, el sótano y la torre *se publicó en 1949. En 1956 aparece una edición de los relatos de Efrén Hernández con el título* Sus mejores cuentos. *La producción lírica y narrativa del escritor ha sido recogida en el volumen* Obras. Poesía. Novela. Cuentos, *publicado en 1965; incluye una nota preliminar de Alí Chumacero y una bibliografía de Luis Mario Schneider. Las aportaciones de Efrén Hernández a la prosa en Hispanoamérica han sido estudiadas por John S. Brushwood en su artículo "Efrén Hernández y la innovación narrativa".* Nuevo Texto Crítico *1.1 (1988): 91.*

*La escritura de* Tachas *libera al texto de las estructuraciones tradicionales narrativas desde la noción de argumento hasta el control de ambientes y personajes. La absoluta autonomía de la escritura relativa en este caso al movimiento ilimitado de reflexiones, monólogos y asociaciones es la base constructiva del cuento, la irresistible aventura de su realización.*

## TACHAS *

Eran las 6 y 35 minutos de la tarde.

El maestro dijo: ¿Qué cosa son tachas? Pero yo estaba pensando en muchas cosas; además, no sabía la clase.

El salón de estos hechos tiene tres puertas, de madera pintada de rojo, con un vidrio en cada hoja, despulido en la mitad de abajo.

A través de la parte no despulida del vidrio de la puerta de la cabecera del salón, veíanse, desde el lugar en que yo estaba: un pedazo de pared, un pedazo de puerta y unos alambres de la instalación de luz eléctrica. A través de la puerta de en medio, se veía lo mismo, poco más o menos lo mismo, y, finalmente, a través de la tercera puerta, las molduras del remate de una columna y un lugarcito triangular de cielo.

Por este triangulito iban pasando nubes, nubes, lentamente. No vi pasar en todo el tiempo, sino nubes, y un veloz, ágil, fugitivo pájaro.

Es muy divertido contemplar las nubes, las nubes que pasan, las nubes que cambian de forma, que se van extendiendo, que se van alargando, que se tuercen, que se rompen, sobre el cielo azul, un poco después que terminó la lluvia.

---

* Reproducido con permiso de Editorial Fondo de Cultura Económica, S. A. de C. V., México. Se deja constancia asimismo de la gestión realizada por el Patrimonio Editorial de la Universidad Nacional Autónoma de México.

El maestro dijo:

—¿Qué cosa son tachas?

La palabrita extraña se metió en mis oídos como un ratón a su agujero, y se quedó en él, agazapada. Después entró un silencio caminando en las puntitas de los pies, un silencio que, como todos los silencios, no hacía ruido.

No sé por qué, pero yo pienso que lo que me hizo volver, aunque a medias, a la realidad, no fueron las palabras, sino el silencio que después se hizo; porque el maestro estaba hablando desde mucho antes, y, sin embargo, yo no había escuchado nada.

¿Tachas? ¿Pero, qué cosa son tachas? Pensé yo. ¿Quién va a saber lo que son tachas? Nadie sabe siquiera qué cosa son cosas, nadie sabe nada, nada.

Yo, por mi parte, como ejemplo, no puedo decir lo que soy, ni siquiera qué cosa estoy haciendo aquí, ni para qué lo estoy haciendo. No sé tampoco si estará bien o mal. Porque en definitiva, ¿quién es aquel que atinó con su verdadero camino? ¿Quién es aquel que está seguro de no haberse equivocado?

Siempre tendremos esta duda primordial.

En lo ancho de la vida van formando numerosos cruzamientos los senderos. ¿Por cuál dirigiremos nuestros pasos? ¿Entre estos veinte, entre estos treinta, entre estos mil caminos, cuál será aquél, que una vez seguido, no nos deje el temor de haber errado?

Ahora, el cielo, nuevamente se cubría de nubes, e iban haciéndose en cada momento más espesas; de azul, sólo quedaba sin cubrir un pedacito del tamaño de un quinto. Una llovizna lenta descendía, matemáticamente vertical, porque el aire estaba inmóvil, como una estatua.

Cervantes nos presenta en su libro: *Trabajos de Persiles y Segismunda,* una llanura inmóvil y en ella están los peregrinantes, bajo el cielo gris, y en la cabeza de ellos, hay esta misma pregunta. Y en todo el libro no llega a resolverla.

Este problema no inquieta a los animales, ni a las plantas, ni a las piedras. Ellos lo han resuelto fácilmente, plegándose a la voluntad de la Naturaleza. El agua hace bien, perfectamente, siguiendo la cuesta, sin intentar subir.

De esta misma manera, parece que lo resolvió Cervantes, no en Persiles que era un cuerdo, sino en Don Quijote, que es un loco.

Don Quijote soltaba las riendas al caballo e iba más tranquilo y seguro que nosotros.

El maestro dijo:

—¿Qué cosa son tachas?

Sobre el alambre, bajo el arco, se posó un pajarito diminuto, de color de tierra, sacudiendo las plumas para arrojar el agua.

Cantaba el pajarito, u fifí, fifí. De fijo el pajarito estaba muy contento. Dijo esto con la garganta al aire; pero en cuanto lo dijo se puso pensativo. No, pensó, con seguridad, esta canción no es elegante. Pero no era ésta la verdad, me di cuenta, o creí darme cuenta, de que el pajarito no pensaba con sinceridad. La verdad era otra, la verdad era que quien silbaba esta canción era la criada, y él sentía hacia ella cierta antipatía, porque cuando le arreglaba la jaula, lo hacía de prisa y con mal modo.

La criada de esa casa, ¿se llama Imelda? No. Imelda es la muchacha que vende cigarros "Elegantes', cigarros "Monarcas", chicles, chocolates y cerillas, en el estanquillo de la esquina. ¿Margarita? No, tampoco se llama Margarita. Margarita es nombre para una mujer bonita y joven, de manos largas y blancas, y de ojos dorados. ¿Petra? Sí, este sí es nombre de criada, o Tacha.

¿Pero en qué estaría pensando cuando dije que nadie sabe qué cosa es tacha?

Es una lástima que el pajarito se haya ido. ¿Para dónde se habrá ido ahora el pajarito? Ahora estará parado en otro alambre, cantando u fiiiii, pero yo ya no lo escucho. Es una lástima.

Ya el cielo estaba un poco descubierto, era un intermedio en la llovizna. Llegaba el anochecimiento lentamente. La llegada de la sombra daba un sentido más hondo al firmamento. Las estrellas de todas las noches, las estrellas de siempre, comenzaron a abrirse por orden de estaturas y distancias.

De abajo subía el ruido de toda la ciudad; de arriba caía el silencio de todo el infinito.

De cierto, no sé qué cosa tiene el cielo aquí, que transparenta el universo a través de un velo de tristeza.

Allá son muy raras las tardes como ésta, casi siempre se muestra el cielo transparente, teñido de un maravilloso azul, que no he encontrado nunca en otra parte alguna. Cuando empieza a anochecer, se ven en su fondo las estrellas, incontables, como arenitas de oro bajo ciertas aguas que tienen privilegios de diamante.

Allá se ven más claritas que en ninguna parte las facciones de la luna. Quien no ha estado allá, de verdad no sabe cómo será la luna. Tal vez, por esto, tienen aquí la idea de que la luna es melancólica. Ésta es una gran mentira de la literatura. ¡Qué ha de ser melancólica la luna!

La luna es sonriente y sonrosada, lo que pasa es que aquí no la conocen. Su sonrisa es suave, detrás de sus labios asoman unos dientes menuditos y finos, como perlas, y sus ojos son violáceos, de ese color ligeramente lila que vemos en la frente de las albas, y en torno a sus ojeras florecen manojitos de violetas, como suelen alrededor de las fuentes profundas.

Allá todo es inmaculado, allá todo es sin tachas... tachas, otra vez tachas. ¿En qué estaría yo pensando, cuando dije que nadie sabe qué cosa son tachas?

Había pensado esto con la propia velocidad del pensamiento, y Dios que diga lo que seguiría pensando, si no fuera porque el maestro repitió por cuarta o quinta vez, y ya con voz más fuerte:

—¿Qué cosa son tachas?

Y añadió:

—A usted es a quien se lo pregunto, a usted, señor Juárez.

—¿A mí, maestro?

—Sí, señor, a usted.

Entonces fue cuando me di cuenta de una multitud de cosas. En primer lugar, todos me veían fijamente. En segundo lugar, y sin ningún género de dudas, el maestro se dirigía a mí. En tercer lugar, las barbas y los bigotes del maestro parecían nubes en forma de bigotes y de barbas, y en cuarto lugar, algunas otras; pero la verdaderamente grave era la segunda.

Malos consejos, experimentos turbios de malos estudiantes, me asaltaron entonces y me aseguraron que era necesario decir algo.

—Lo peor de todo es callarse, me habían dicho. Y así, todavía no despertado por completo, hablé sin ton ni son, lo primero que me vino a la cabeza.

No podría yo atinar con el procedimiento que empleó mi cerebro lleno de tantos pájaros y de tantas nubes, para salir del paso, pero el caso es que escucharon todo esto que yo solté, muy seriamente:

—Maestro, esta palabra tiene muchas acepciones, y como aún es tiempo, pues casi nos sobra media hora, procuraré examinar cada una de ellas, comenzando por la menos importante, y siguiendo progresivamente, según el interés que cada una nos presente.

Yo estoy desengañado de que no estoy loco; si lo estuviera, ¿por qué lo había de negar?; lo que pasa es otra cosa, que no está bueno explicar, porque su explicación es larga. De modo que la vez a que me vengo refiriendo, yo hablaba como si estuviera solo, monologando. Y noto que usted guarda silencio...

Usted, en aquel rato, para mí, no significaba nadie; según la realidad, debía ser el maestro; según la gramática, aquel a quien dirigiera la palabra, mas para mí, usted no era nadie, absolutamente nadie. Era el personaje imaginario, con quien yo platico cuando estoy a solas. Buscando el lugar que le corresponda entre los casilleros de la analogía, corresponde a esta palabra el lugar de los pronombres; sin embargo, no es un pronombre personal, ni ningún pronombre de los ya clasificados. Es una suerte de pronombre personal que, poco más o menos, puede definirse así. Una palabra que yo uso algunas veces para fingir que hablo con alguien, estando en realidad a solas. Seguí:

—Noto que usted guarda silencio, y como el que calla otorga, daré principio, haciéndolo de la manera que ya dije. La primera acepción, pues, es la siguiente: tercera persona del presente de indicativo del verbo tachar, que significa: poner una línea sobre una palabra, un renglón o un número que haya sido mal escrito. La segunda es esta otra: si una persona tiene por nombre Anastasia, quien la quiera mucho, empleará, para designarla, esta palabra. Así, el novio, le dirá:

—Tú eres mi vida, Tacha.

La mamá:

—¿Ya barriste, Tacha, la habitación de tu papá?

El hermano:

—¡Anda, Tacha, cóseme este botón!

Y finalmente, para no alargarme mucho, el marido, si la ve descuidada (Tacha puede hacer funciones de Ramona), saldrá poquito a poco, sin decir ninguna cosa.

La tercera es aquella en que aparece formando parte de una locución adverbial. Y esta significación, tiene que ver únicamente con uno de tantos modos de preparar la calabaza. ¿Quién es aquel que no ha oído decir alguna vez, calabaza en tacha? Y, por último, la acepción en que la toma nuestro código de procedimientos.

Aquí entoné, de manera que se notara bien, un punto final.

Y Orteguita, el paciente maestro que dicta en la cátedra de procedimientos, con la magnanimidad de un santo, insinuó pacientemente:

—Y, díganos, señor, ¿en qué acepción la toma el código de procedimientos?

Ahora, ya un poquito cohibido, confesé:

—Ésa es la única acepción que no conozco. Usted me perdonará, maestro, pero...

Todo el mundo se rió: Aguilar, Jiménez Tavera, Poncianito, Elodia Cruz, Orteguita. Todos se rieron, menos el *Tlacuache* y yo que no somos de este mundo.

Yo no puedo hallar el chiste, pero teorizando, me parece que casi todo lo que es absurdo hace reír. Tal vez porque estamos en un mundo en que todo es absurdo, lo absurdo parece natural y lo natural parece absurdo. Y yo soy así, me parece natural ser como soy. Para los otros no, para los otros soy extravagante.

Lo natural sería, dice Gómez de la Serna, que los pajaritos dormidos se cayeran de los árboles. Y todos lo sabemos bien, aunque es absurdo, los pajaritos no se caen.

Ya estoy en la calle, la llovizna cae, y viendo yo la manera como llueve, estoy seguro de que a lo lejos, perdido entre las calles, alguien, detrás de unas vidrieras, está llorando porque llueve así.

# PABLO PALACIO

ECUATORIANO
(1906-1947)

*Pablo Palacio es una de las figuras más importantes de la narrativa vanguardista manifestada en Hispanoamérica en las décadas del veinte y del treinta. La inventiva, renovadora prosa de Palacio debe estudiarse junto con la de otros vanguardistas que escribían en los mismos años; por ejemplo* Tres inmensas novelas *(1935), de Vicente Huidobro;* Eva y la fuga *(escrita en 1930), de Rosamel del Valle;* Espantapájaros: al alcance de todos *(1932), de Oliverio Girondo;* Novela como nube *(1928), de Gilberto Owen;* El café de nadie *(1926), de Arqueles Vela; los cuentos* Tachas *(1928) o* El señor de palo *(1932), de Efrén Hernández, los primeros cuentos de Felisberto Hernández como* La envenenada *(1931). La lista es larga, pero valga la mención de estas obras como muestras de la amplia producción que acompañaba a la del escritor ecuatoriano. Los coetáneos de Palacio, sin embargo, no valoraron la dimensión e importancia de su obra; situación que se mantuvo hasta la década del sesenta. En 1964 Casa de la Cultura Ecuatoriana publica las obras completas del autor, y el escritor Jorge Enrique Adoum impulsa el conocimiento de la narrativa de Palacio. La crítica actual ha valorado el sustancial aporte del escritor ecuatoriano en la narrativa hispanoamericana.*

*Pablo Palacio nació en la ciudad de Loja, Ecuador. Fuee abogado y docente universitario. Desempeñó los cargos de decano de la Facultad de Filosofía y Letras de la Universidad Central, y subsecretario del Ministerio de Educación. Durante su juventud se entusiasmó con los ideales socialistas, pero tratando de librarse de las ortodoxias partidistas como aclara Ángel F. Rojas: "Había llegado a él [el socialismo] por eliminación, después de descartar, uno por uno, los restantes sistemas políticos. Fundó, con un grupo de amigos suyos, un semanario de teoría e interpretación doctrinaria:* Cartel, *que hizo mucho por librar al nuevo partido de seguir manteniendo las tesis de establecer en el Ecuador el soviet de obreros, soldados y campesinos, que por entonces parecían la única solución." (*La novela ecuatoriana. *México: Fondo de Cultura Económica, 1948, pp. 178-179.) Pocos años después de haber publicado su segunda novela se enferma: la*

292

*demencia se posa en el autor con la perturbadora similitud de la
desesperación neurótica a la que llegan algunos de sus personajes.
Eventualmente se le recluye en un manicomio donde muere.*

*La primera obra de Pablo Palacio es la colección de cuentos
Un hombre muerto a puntapiés, publicada en 1927; le siguen las
novelas Débora (1927) y Vida del ahorcado (1932). Palacio comienza su actividad literaria escribiendo cuentos, los cuales se
publicaron en revistas literarias entre 1922 y 1930. Su primer
cuento conocido es "El huerfanito", escrito en 1921. En 1926
recibe el primer premio en un concurso literario realizado en la
ciudad de Loja por su novela Ojeras de Virgen; aparentemente los
originales de esta obra se perdieron y nunca se publicó. Lo único
que queda de esta novela es un capítulo titulado "Un nuevo caso
de Mariage en Trois" ya que había aparecido como un anticipo
de la novela en la revista América de Quito en 1925. Palacio incursionó también en el género dramático; escribió la pieza "Comedia inmortal" publicada en la revista Esfinge en 1926.*

*La narrativa de Palacio es ingeniosa en lo técnico, su experi-
mentalismo es conscientemente elaborado sin dejar de ser creativo.
El fuerte acento metaliterario de su prosa la asemeja a la deno-
minada "nueva narrativa" que se dio en Hispanoamérica a partir
de la década del sesenta; por eso se ha indicado hoy el carácter
precursor de su obra aunque sería más apropiado estudiarla como
una expresión vanguardista adscrita al desarrollo de la modernidad. En esta última perspectiva la prosa de Palacio no constituiría una sorpresa ni una "rareza" sino que se integraría al proceso y existencia de toda una producción vanguardista dada en
Hispanoamérica. Otro aspecto interesante de su narrativa es el
hecho de que lo experimental se conjugó con lo metafísico; los
planos existencialistas que hay en su creación representan una
visión oscura y desesperanzada respecto de la interacción individuo y sociedad. Hay un "guiño de amargura" de derrota existencial, de extrañamiento, de ensimismamiento, pero ese fondo
amargo con el que se ve la condición humana no es un bloque
que impida dinamizar el ángulo de su creación y asestar un golpe
a la novela tradicional realista recurriendo a lo experimental en
lo que respecta a tecnificación narrativa. Se dice en Débora: "La
novela se derrite en la pereza y quisiera fustigarla para que salte,
grite, dé corcoveos." Sus personajes se pasean por un espacio
negro sin dejar de ser alucinados. Hay metafísica y hay humor;
hay existencialismo e ironía. El antropófago del cuento aquí incluido da un "imaginario mordisco". Se pierde el realismo, aven-
turándose la narración en las metáforas de la relación obra-
creador (lo literario, lo metafísico, etc.). "El antropófago" pertenece a la colección Un hombre muerto a puntapiés. Otros cuen-*

*tos del autor —llamativos y de gran originalidad— son "Brujerías", "Una mujer y luego pollo frito", "Luz lateral", "La doble y única mujer".*

## EL ANTROPÓFAGO *

Allí está, en la Penitenciaría, asomando por entre las rejas su cabeza grande y oscilante, el antropófago.

Todos lo conocen. Las gentes caen allí como llovidas por ver al antropófago. Dicen que en estos tiempos es un fenómeno. Le tienen recelo. Van de tres en tres, por lo menos, armados de cuchillas, y cuando divisan su cabeza grande se quedan temblando, estremeciéndose al sentir el imaginario mordisco que les hace poner carne de gallina. Después le van teniendo confianza; los más valientes han llegado hasta provocarle, introduciendo por un instante un dedo tembloroso por entre los hierros. Así repetidas veces como se hace con las aves enjauladas que dan picotazos.

Pero el antropófago se está quieto, mirando con sus ojos vacíos.

Algunos creen que se ha vuelto un perfecto idiota: que aquello fue sólo un momento de locura.

Pero no les oiga; tenga mucho cuidado frente al antropófago: estará esperando un momento oportuno para saltar contra un curioso y arrebatarle la nariz de una sola dentellada.

Medite Ud. en la figura que haría si el antropófago se almorzara su nariz.

¡Ya lo veo con su aspecto de calavera!

¡Ya lo veo con su miserable cara de lázaro, de sifilítico o de canceroso! ¡Con el ungüis asomando por entre la mucosa amoratada! ¡Con los pliegues de la boca hondos, cerrados como un ángulo!

Va Ud. a dar un magnífico espectáculo.

Vea que hasta los mismos carceleros, hombres siniestros, le tienen miedo.

La comida se la arrojan desde lejos.

El antropófago se inclina, husmea, escoge la carne —que se la dan cruda—, y la masca sabrosamente, lleno de placer, mientras la sanguaza le chorrea por los labios.

Al principio le prescribieron dieta: legumbres y nada más que legumbres; pero había sido de ver la gresca armada. Los vigilantes creyeron que iba a romper los hierros y comérselos a toditos. ¡Y se lo

---

* Reproducido con permiso de Casa de la Cultura Ecuatoriana Benjamín Carrión.

merecían los muy crueles! ¡Ponérseles en la cabeza el martirizar de tal manera a un hombre habituado a servirse de viandas sabrosas! No, esto no le cabe a nadie. Carne habían de darle, sin remedio, y cruda.

¿No ha comido usted alguna vez carne cruda?? ¿Por qué no ensaya?

Pero no, que pudiera habituarse, y esto no estaría bien. No estaría bien porque los periódicos, cuando usted menos lo piense, le van a llamar fiera, y no teniendo nada de fiera, molesta.

No comprenderían los pobres que el suyo sería un placer como cualquier otro; como comer la fruta en el mismo árbol, alargando los labios y mordiendo hasta que la miel corra por la barba.

Pero ¡qué cosas! No creáis en la sinceridad de mis disquisiciones. No quiero que nadie se forme de mí un mal concepto; de mí, una persona tan inofensiva.

Lo del antropófago sí es cierto, inevitablemente es cierto.

El lunes último estuvimos a verlo los estudiantes de Criminología. Lo tienen encerrado en una jaula como de guardar fieras.

¡Y qué cara de tipo! Bien me lo he dicho siempre: no hay como los pícaros para disfrazar lo que son.

Los estudiantes reíamos de buena gana y nos acercamos mucho para mirarlo. Creo que ni yo ni ellos lo olvidaremos. Estábamos admirados, y ¡cómo gozábamos al mismo tiempo de su aspecto casi infantil y del fracaso completo de las doctrinas de nuestro profesor!

—Véanlo, véanlo como parece un niño —dijo uno.

—Sí, un niño visto con una lente.

—Ha de tener las piernas llenas de roscas.

—Y deberán ponerle talco en las axilas para evitar las escaldaduras.

—Y lo bañarán con jabón de Reuter.

—Ha de vomitar blanco.

—Y ha de oler a senos.

Así se burlaban los infames de aquel pobre hombre que miraba vagamente y cuya gran cabeza oscilaba como una aguja imantada.

Yo le tenía compasión. A la verdad, la culpa no era de él. ¡Qué culpa va a tener un antropófago! Menos si es hijo de un carnicero y una comadrona, como quien dice del escultor Sofronisco y de la partera Fenarcta. Eso de ser antropófago es como ser fumador, o pederasta, o sabio.

Pero los jueces le van a condenar irremediablemente, sin hacerse estas consideraciones. Van a castigar una inclinación naturalísima: esto me rebela. Yo no quiero que se proceda de ninguna manera en mengua de la justicia. Por esto quiero dejar aquí constancia, en unas pocas líneas, de mi adhesión al antropófago. Y creo que sostengo una causa justa. Me refiero a la irresponsabilidad que existe de parte de un ciudadano cualquiera, al dar satisfacción a un deseo que desequilibra atormentadoramente su organismo.

Hay que olvidar por completo toda palabra hiriente que yo haya escrito en contra de ese pobre irresponsable. Yo, arrepentido, le pido perdón.

Sí, sí, creo sinceramente que el antropófago está en lo justo; que no hay razón para que los jueces, representantes de la vindicta pública...

Pero qué trance tan duro... Bueno... lo que voy a hacer es referir con sencillez lo ocurrido... No quiero que ningún malintencionado diga después que soy yo pariente de mi defendido, como ya me lo dijo un Comisario a propósito de aquel asunto de Octavio Ramírez.

Así sucedió la cosa, con antecedentes y todo:

En un pequeño pueblo del Sur, hace más o menos treinta años, contrajeron matrimonio dos conocidos habitantes de la localidad: Nicanor Tiberio, dado al oficio de matarife, y Dolores Arellana, comadrona y abacera.

A los once meses justos de casados les nació un muchacho. Nico, el pequeño Nico, que después se hizo grande y ha dado tanto que hacer.

La señora de Tiberio tenía razones indiscutibles para creer que el niño era oncemesino, cosa rara y de peligros. De peligros porque quien se nutre por tanto tiempo de sustancias humanas es lógico que sienta más tarde la necesidad de ellas.

Yo desearía que los lectores fijen bien su atención en este detalle, que es a mi ver justificativo para Nico Tiberio y para mí, que he tomado cartas en el asunto.

Bien. La primera lucha que suscitó el chico en el seno del matrimonio fue a los cinco años, cuando ya vagabundeaba y comenzó a tomársele en serio. Era a propósito de la profesión. Una divergencia tan vulgar y usual entre los padres, que casi, al parecer, no vale la pena darle ningún valor. Sin embargo, para mí lo tiene.

Nicanor quería que el muchacho fuera carnicero, como él. Dolores opinaba que debía seguir una carrera honrosa, la Medicina. Decía que Nico era inteligente y que no había que desperdiciarlo. Alegaba con lo de las aspiraciones —las mujeres son especialistas en lo de las aspiraciones.

Discutieron el asunto tan acremente y tan largo que a los diez años no lo resolvían todavía. El uno: que carnicero ha de ser; la otra: que ha de llegar a médico. A los diez años Nico tenía el mismo aspecto de un niño; aspecto que creo olvidé de describir. Tenía el pobre muchacho una carne tan suave que le daba ternura a su madre; carne de pan mojado en leche, como que había pasado tanto tiempo curtiéndose en las entrañas de Dolores.

Pero pasa que el infeliz había tomádole serias aficiones a la carne. Tan serias que ya no hubo qué discutir: era un excelente carnicero. Vendía y despostaba que era de admirarlo.

Dolores, despechada, murió el 15 de mayo del 906 (¿Será también éste un dato esencial?). Tiberio, Nicanor Tiberio, creyó conveniente emborracharse seis días seguidos y el séptimo, que en rigor era de descanso, descansó eternamente. (Uf, esta va resultando tragedia de cepa.)

Tenemos, pues, al pequeño Nico en absoluta libertad para vivir a su manera, sólo a la edad de diez años.

Aquí hay un lago en la vida de nuestro hombre. Por más que he hecho, no he podido recoger los datos suficientes para reconstruirla. Parece, sin embargo, que no sucedió en ella circunstancia alguna capaz de llamar la atención de sus compatriotas.

Una que otra aventurilla y nada más.

Lo que se sabe a punto fijo es que se casó, a los veinticinco, con una muchacha de regulares proporciones y medio simpática. Vivieron más o menos bien. A los dos años les nació un hijo. Nico, de nuevo Nico.

De este niño se dice que creció tanto en saber y en virtudes, que a los tres años, por esta época, leía, escribía, y era un tipo correcto: uno de esos niños seriotes y pálidos en cuyas caras aparece congelado el espanto.

La señora de Nico Tiberio (del padre, no vaya a creerse que del niño) le había echado ya el ojo a la abogacía, carrera magnífica para el chiquitín. Y algunas veces había intentado decírselo a su marido. Pero éste no daba oídos, refunfuñando. ¡Esas mujeres que andan siempre metidas en lo que no les importa!

Bueno, esto no le interesa a Ud.; sigamos con la historia:

La noche del 23 de marzo, Nico Tiberio, que vino a establecerse en la Capital tres años atrás con la mujer y el pequeño —dato que he olvidado de referir a su tiempo—, se quedó hasta bien tarde en un figón de San Roque, bebiendo y charlando.

Estaba con Daniel Cruz y Juan Albán, personas bastante conocidas que prestaron, con oportunidad, sus declaraciones ante el Juez competente. Según ellos, el tantas veces nombrado Nico Tiberio no dio manifestaciones extraordinarias que pudieran hacer luz en su decisión. Se habló de mujeres y de platos sabrosos. Se jugó un poco a los dados. Cerca de la una de la mañana, cada cual la tomó por su lado.

(Hasta aquí las declaraciones de los amigos del criminal. Después viene su confesión, hecha impúdicamente para el público).

Al encontrarse solo, sin saber cómo ni por qué, un penetrante olor a carne fresca empezó a obsesionarlo. El alcohol le calentaba el cuerpo y el recuerdo de la conversación le producía abundante saliveo. A pesar de lo primero, estaba en sus cabales.

Según él, no llegó a precisar sus sensaciones. Sin embargo, aparece bien claro lo siguiente:

Al principio le atacó un irresistible deseo de mujer. Después le dieron ganas de comer algo bien sazonado; pero duro, cosa de dar trabajo a las mandíbulas. Luego le agitaron temblores sádicos: pensaba en una rabiosa cópula, entre lamentos, sangre y heridas abiertas a cuchilladas.

Se me figura que andaría tambaleando, congestionado.

A un tipo que encontró en el camino casi le asalta a puñetazos, sin haber motivo.

A su casa llegó furioso. Abrió la puerta de una patada. Su pobre mujercita despertó con sobresalto y se sentó en la cama. Después de encender la luz se quedó mirándolo temblorosa, como presintiendo algo en sus ojos colorados y saltones.

Extrañada, le preguntó:

—¿Pero qué te pasa, hombre?

Y él, mucho más borracho de lo que debía estar, gritó:

—Nada, animal; ¿a ti qué te importa? ¡A echarse!

Mas, en vez de hacerlo, se levantó del lecho y fue a pararse en medio de la pieza. ¿Quién sabía qué le irían a mentir a ese bruto?

La señora de Nico Tiberio, Natalia, es morena y delgada.

Salido del amplio escote de la camisa de dormir le colgaba un seno duro y grande. Tiberio, abrazándola furiosamente, se lo mordió con fuerza. Natalia lanzó un grito.

Nico Tiberio, pasándose la lengua por los labios advirtió que nunca había probado manjar tan sabroso.

¡Pero no haber reparado nunca en eso! ¡Qué estúpido!

¡Tenía que dejar a sus amigotes con la boca abierta!

Estaba como loco, sin saber lo que le pasaba y con un justificable deseo de seguir mordiendo.

Por fortuna suya oyó los lamentos del chiquitín de su hijo, que se frotaba los ojos con las manos.

Se abalanzó gozoso sobre él; lo levantó en sus brazos, y, abriendo mucho la boca, empezó a morderle la cara, arrancándole regulares trozos a cada dentellada, riendo, bufando, entusiasmándose cada vez más.

El niño se esquivaba y él se lo comía por el lado más cercano, sin dignarse escoger.

Los cartílagos sonaban dulcemente entre los molares del padre. Se chupaba los dientes y lamía los labios.

¡El placer que debió sentir Nico Tiberio!

Y como no hay en la vida cosa cabal, vinieron los vecinos a arrancarle de su abstraído entretenimiento. Le dieron de garrotazos, con una crueldad sin límites; le ataron, cuando le vieron tendido y sin conocimiento; le entregaron a la Policía...

¡Ahora se vengarán de él!

Pero Tiberio (hijo), se quedó sin nariz, sin orejas, sin una ceja, sin una mejilla.

Así, con su sangriento y descabado aspecto, parecía llevar en la cara todas las ulceraciones de un Hospital.

Si yo creyera a los imbéciles tendría que decir: Tiberio (padre) es como Quien se come lo que crea.

# HÉCTOR BARRETO

CHILENO
(1916-1936)


A los veinte años de edad Héctor Barreto es asesinado en Santiago. En su breve existencia sobresalió como el alma de todo un grupo artístico y escribió cuentos de notable factura como "Rito a Narciso", "La ciudad enferma", "La forma", "El color", y el relato incluido en esta antología "El pasajero del sueño". De su actividad dentro de ese grupo de jóvenes poetas, narradores y pintores chilenos que surgían en el curso de la década del treinta, ha quedado el fascinante retrato del artista genial llamado por muchas voces. De la lectura de sus cuentos, el encuentro con una prosa asombrosa, tejida por los rincones y los movimientos más sorprendentes de la imaginación, nos deja la imagen de un Barreto escribiéndonos en el presente y en el futuro, un Barreto moderno, vanguardista, y posmoderno a la vez como si su escritura hubiera sido preparada en esos ángulos de intemporalidad que él mismo buscaba.

Héctor Barreto nació en Santiago. Estudió en el Instituto Nacional. Sobre la pasión por la lectura que se daba en Barreto y su familiarización con la literatura universal cuando tenía alrededor de quince años, el artista Fernando Marcos, amigo del autor e integrante del grupo literario en el que participaba Barreto nos relata: "Mis padres tenían un negocio de libros viejos en San Diego. Allí conocí a Barreto. Él iba al boliche constantemente; conversábamos de libros y llegamos, poco a poco a hacernos amigos... Llevaba continuamente libros sobre los más variados temas. Se iba con ellos en la tarde y al día siguiente ya los había leído... Leía de todo: Descartes, Panait Istrati, Romain Rolland... Óscar Wilde, George Bernard Shaw. Se sabía de memoria capítulos enteros del Quijote. Conocía los clásicos italianos, españoles, ingleses. Buceaba en la historia. Solía relatar anécdotas de Julio César." (La noche de Juan y otros cuentos. Santiago, Chile: Prensa Latinoamericana, S. A., 1958, pp. 8-9.) El amplio conocimiento literario, la habilidad verbal para relatar, el caudal creativo, la chispa en el diálogo fueron haciendo de Barreto el líder del grupo en el que se reunían figuras como René Ahumada, Miguel Serrano, Fernando Marcos, Santiago del Campo y Julio Molina. En los cafés de Santiago se daban cita para leerse cuen-

*tos y poemas, para dialogar sobre literatura, y para escuchar las anécdotas y fantasías que fluían de la narración encantadora de Barreto. Miguel Serrano ha descrito en su libro* Ni por mar, ni por tierra. (Historia de una generación) *(Santiago, Chile: Editorial Nascimiento, 1950, pp. 136-232) el contexto sociocultural de este grupo al que pertenecía Barreto y también ese afán de búsqueda, de fundamental intranquilidad que había en el escritor chileno. Barreto trabajó un tiempo como corrector de pruebas; esta circunstancia y la absorción del autor en la capacidad vidente de lo onírico es rememorada por Serrano en su libro, quien evoca así las palabras de Barreto: "Mira, he decidido cambiar, porque así ya no puedo seguir. Trabajo toda la noche corrigiendo pruebas en la Editorial Ercilla y duermo en el día... Veré modo de mudar de ocupación; pero, por sobre todo, de actitud mental. Desde mañana me facilitarás tus famosos libros de ciencia y psicología. Vamos a leer eso y a tirar todo lo otro por la borda. Mas, antes, te advierto una cosa, escucha bien, yo, tal como aquí me ves, lo he vivido todo, absolutamente todo en sueño y en la mente."* Ni por mar, ni por tierra. Historia de una generación, *ed. cit., p. 214). En lo político, Barreto simpatizó con la Federación Juvenil Socialista, organización a la cual se integró. La noche del 23 de agosto de 1936, después de una de las habituales reuniones de Barreto y sus amigos en el café "Volga", el joven escritor es baleado en una calle de Santiago por un grupo de simpatizantes nazis. Su asesinato despierta una enorme protesta de intelectuales y trabajadores chilenos. El asesino de Barreto no es identificado. Serrano transcribe las últimas palabras de Barreto cuando ya lo habían trasladado a la Asistencia Pública: "¿Quién ríe ahora, los de aquí, o los de allá?." Así concluía la existencia de ese "pasajero celeste y vertiginoso", una de las figuras de más potencial creativo en las letras chilenas.*

*En 1938 aparecen dos antologías que incluirán cuentos de Barreto. En la* Antología de cuentistas chilenos *de Mariano Latorre se selecciona el relato "El pasajero del sueño" y en la de Miguel Serrano* Antología del verdadero cuento en Chile *se reúnen los relatos "Rito a Narciso", "La ciudad enferma" y "El pasajero del sueño". Sólo en 1958 se recogen los cuentos del autor en la colección* La noche de Juan y otros cuentos. *Esta publicación póstuma es la única compilación existente hasta hoy, en la cual al prólogo de Fernando Marcos le siguen ocho cuentos de Barreto: "La velada", "Ranquil, lugar de muertos", "La ciudad enferma", "El paseo", "La noche de Juan", "La forma", "El color" y "El pasajero del sueño". Luis Muñoz G. le ha dedicado un análisis al cuento incluido en esta antología en su artículo "Héctor Barreto, el héroe olvidado" en* Primer seminario nacional en torno al cuento y a la narrativa breve en Chile. *Valparaíso, Chile: Ediciones Universitarias de Valparaíso, 1984, pp. 79-87.*

*La audacia de la renovación narrativa que hay en los cuentos de Barreto no podrá dejar de atraer a quien esté interesado en la prosa vanguardista surgida en las décadas del veinte y del treinta. Al estudiar el vanguardismo de la cuentística de Barreto se descubrirá en esa producción una ferviente adopción de lo moderno; de allí el carácter tan actual de su arte. En su escritura rotan la internación en zonas oníricas, el juego engañoso de las máscaras, la presencia de espacios urbanos degradantes, la inanidad de lo cotidiano. En "el pasajero del sueño" lo onírico es el universo deseado que se alcanza plenamente a través de una separación del cuerpo, pues éste se corresponde con la vigilia. Dado que esta última zona representa "la humillación", "la depresión moral", el viaje hacia la región del sueño deviene un movimiento sin regreso. El onirismo como absorción, como modo de ser, de verse, de entenderse y entender, de acceder inventivamente a los mitos de nuestra cultura, siendo posible así recrearlos en su verdadera dimensión y en su naturaleza poética. El onirismo se visualiza también como la alternativa más auténtica de actuar la lectura.*

## EL PASAJERO DEL SUEÑO

Es tan difícil decir qué es lo que hay de más valor en la vida... Los modos de ser son muchos...

Para Aliro no existía ninguno. Jamás logró interesarle una actitud real, y la verdad es que toda su vida fue un sueño ininterrumpido.

Quién sabe por qué eligió esta clase de vida. Es tan difícil decirlo. Pudo ser quizás cierta dejadez, cobardía, o un supremo modo de cansancio.

La vigilia producía en él una honda depresión moral. Sólo podía soportar este estado que, parcialmente, podríamos llamar lúcido, mientras leía. Porque en las páginas de los libros florecen a veces imágenes extrañas y encantadoras, muy dulces de navegar...

Pero, ¿es que puede desenvolverse así la vida de un hombre, entre el Sueño y el Ensueño?

Así vivió Aliro.

Aliro duerme. No lo turben. Está enfermo el pobre...

Y pregunta Sylvio, el más pequeñín de la familia:

—Dulce enfermedad ha de ser esa del sueño, ¿verdad, madre?

—No hay enfermedad dulce, hijo mío —contesta ella—, y un mal espíritu está en el cuerpo de tu hermano.

Será un sueño pesado —piensa el niño, entonces, como esos que sufre él cuando despierta sobresaltado llamando a su madre, con las mejillas húmedas de llanto.

Y compadece infinitamente a su hermano.

Pero, ¿qué pueden saber las gentes del sueño si no viven en él? Aliro sí lo conoce y lo ama por eso mismo.

Cuán mísero se siente al despertar. Cuánto odia la grosera y terca realidad.

En ella se siente débil y torpe.

Torpe él...

...El más audaz de los honderos... El más sabio de los cazadores.

Rey...

Emperador sobre setenta ciudades. Su sede en Nákar...

Señor en su palacio de Melimpa ...........................
.............................................................

Melimpa mira al mar, a veces.

Es un mar hermoso, consciente y amable, que sabe ofrecer un bello espectáculo; ejecuta elegantes ondulaciones, suspende albas cenizas con sus verdes apéndices en soberbias danzas...

Pero hay ocasiones en que Melimpa no mira al mar, sino a una infinita llanura en fantasía. Es un inmenso jardín. Vive el paisaje de una vegetación imposible; la luz de un astro alegre escribe su dulzura sobre el color de flores rituales. Pero el corazón de un hombre se enerva en la contemplación de un panorama así de bello... Y allí está Donia que espera entre sedas halagüeñas. Tendida en un diván muelle, entre colores insinuantes...

Donia la bella. La robó al soberano de un país lunar. Fue en un tiempo de numerosas aventuras... Ella sabe acariciar como las flores, y son tan suaves sus manos... Las flores. Hay flores que tienen presencia femenina...

Un ruido sordo comienza a llegar hasta él desde muy lejos...

Comprende: son guerreros. Es una invasión. Han bajado de sus nebulosas montañas los rangunes de las tribus negras y avanzan sobre Melimpa...

Se yergue y deja a la bella Donia para tomar sus armas. Va hacia un balcón y atisba. A sus pies está un ejército esperando. Melimpa ya no mira al mar. Ni a una llanura. Es un desierto. A lo lejos, entre una inmensa polvareda, divisa al enemigo que avanza ...........
.............................................................

Marcha a la cabeza de su gente. Pronto se encuentra con los horribles rangunes.

Los destruye en un furioso combate.

Hay millares de cadáveres sobre las candentes arenas. Su ejército continúa intacto y reluciente. Muchos de sus enemigos huyen en dirección al Sur; los persigue avanzando sobre las dunas...

Hacia la hora del crepúsculo va caminando lento a causa del color enfermizo de la luz que a ese tiempo crece. De pronto empiezan a aparecer volando pesadamente, inmensos pájaros blancos que al pasar casi rozan las cabezas de los soldados. Siente cierto cansancio. Una de las aves viene directamente hacia él, con vuelo lento. Ya cerca, ve en sus ojos una mirada conocida y que le parece haber visto en sueños... El pájaro le toca el rostro con una de las alas y siente un desvanecimiento ......................................
...................................................

El cuarto y los cansados objetos familiares; mucha penumbra. Hastío. Cómo soportar el humillante regreso.

En el velador la lámpara de acetileno ilumina una escena estúpida. El rostro de su madre que se inclina sobre él y lo observa —le parece muy vieja—; sus hermanos, pequeños, alrededor de la cama lo contemplan con curiosidad insufrible y ojos bobalicones.

Le habla la madre y las palabras caen casi extranjeras a sus oídos. Alguien penetra en la pieza con platos atestados de alimentos. Traen una jofaina con agua. El olor que despide la comida se le ha hecho insoportable. Si le acercan un plato cierra los ojos, para huir.

Se ha posado en su frente la mano de la madre. Comienza a vivir una espiral girante en el paisaje interior. Conoce que está justamente en el umbral. En ese punto se tiene dos imágenes; ambas igualmente fuertes y ciertas al tacto. Aquí, lo que ya abandona, lo que va a olvidar; allá lo que ha surgido, y con igual fuerza de vida y color. Se está entonces en el centro de esas dos verdades y ese centro es el más puro vacío: insituable. Y permanece perdido, incapaz de arriesgar un solo signo, como un fiel inmóvil en el punto extraordinario. Pero sería sólo de amar más una imagen. Y sigue el sendero reciente y novedoso...

El camino que conduce al bosque está tapizado de yerbas frescas, y lleva ropas livianas. El sol arde dulcemente. Así se puede ir feliz. Sólo el turbante, que cambió por un cuento al mercader, le molesta en la frente, oprimiéndolo a orillas del camino.

Comienza a soplar una brisa ligera y suave que al pasar lo besa en el rostro con languidez y juega con sus cabellos. Siente un placer dulce y voluptuoso...

Permanece tendido entre las flores. Hay en la atmósfera una frescura verde y agradable que lo llena.

De pronto se yergue. Hasta él llegan las risas y los gritos de alegría. Ese era el objeto de su viaje. Casi lo había olvidado. Comienza a caminar.

¡Ah, las bellas vendimiadoras!

Ellas son las que trajeron la alegría al bosque; vinieron con el sol. En un claro no lejano ríen y juegan danzando sobre las uvas apretadas. Es la estación de la embriaguez y preparan el sagrado néctar. Es el tiempo de sueño en el país. Continúa entre senderos de flores y las risas se oyen más cercanas y cristalinas.

Le darán una alegre bienvenida. Será un tiempo de placer y delicias entre las hermosas doncellas. Allí vivirá el estío...

Antes de acercarse las observa semioculto entre las hierbas. Advierte que en el camino se ha coloreado su túnica con el polen de las flores de todos matices. La tela aparece soberbia. Danzan alegres las muchachas sobre los exuberantes racimos. Ni siquiera sospechan su llegada. Por eso mismo su presencia será una maravillosa aparición. Los pies, las pantorrillas y hasta los muslos mórbidos de las vendimiadoras están empapados del jugo de las uvas. Constituye un espectáculo de superior belleza y placer el contemplarlas con sus cuerpos esbeltos y sus rostros angelicales, su cutis rosado y terso y sus pequeñas faldas cortas, bailar locamente sobre los lagares color de amatista...

Amatista, púrpura... El color sube a las narices; tiene un aroma especial. Olor de vinos espesos. El amatista embriaga como el vino... Embriagarse y bailar con ellas sobre las uvas...

Salta muy alto y está desnudo; tampoco las mujeres llevan ahora las faldas menguadas y blancas, ni él es ya como antes. Tiene unos pequeños cuernos disimulándose entre los cabellos espesos y encrespados, negrísimos. Sátiro. Sí. Cuando aplasta los racimos siente el líquido que se escurre entre los dedos de sus pies. Es molesto y agradable a la vez. Recuerda. Sátiro. Hierve la sangre. Abraza por el talle a la más bella y ruedan ambos sobre los racimos maduros. Las demás también se echan sobre él y lo acarician. Se confunde con ellas, rodando y amándolas. Exprime sus senos como si fueran racimos maduros, como si quisiera sacar de ellos un líquido embriagador y púrpura... Púrpura, amatista. Todo su cuerpo se ha teñido de amatista . . . . . . . . . . . . . . . . . . . . . . . . . . . . . . . . . . . . . . . . . . . . . . . . . . . . . . . . . . . . . . . . . . . . . . . . . . . . . . . . . . . . . . . .

Es la hora del ángelus. Permanece tendido en medio del lagar, solo. Han huído. Se embriagó con ellas. Y esa corriente de destrucción que habita ahora su cuerpo. Lo han abandonado. Pararse y caminar. Buscar un arroyo donde contemplarse. Narciso. Así se calma el dolor. El rostro sobre las aguas transparentes y quietas. No es un sátiro. Ha vuelto a él; pero, ¿cuál puede ser su cara? Verse, mirarse para extender las páginas de su tragedia...

Ha venido la noche. Su rostro y, al fondo, el cielo. Flotando, también una luna amarilla. El arroyo abre así un camino. Al embarcarse esas aguas no serán aguas. Sí. Y extiende los brazos hacia el paisaje. Experimenta una sensación de languidez suave y desciende. Pasajero celeste y vertiginoso.

Avanza, directo hacia una luna amarilla ....................
............................................ ..

Eran sórdidas y cáusticas las sensaciones sobre aquel planeta enfermo. El paisaje vivía a trechos de una luz rojiza anémica, y a trechos era un violeta de difuntos. Esa luz contaminaba el espíritu, enfermándolo. El suelo parecía calcinado. No podía distinguir horizonte alguno a causa de que surgían continuamente ante los ojos formas, sombras y aspectos que era incapaz de evitar. También era incapaz de huir de aquellos horrorosos territorios; antes le habría bastado sólo desearlo. Pensaba mientras iba caminando lerdo y destruido sobre las piedras calizas y tibias, si significaría aquello para él un destierro infernal o una oscura penitencia. Pero no hallaba la falta. Una desesperación agotadora lo acogió al comprender que estaba a merced de tan amarga aventura. Le era imposible volver; no era ya el piloto hábil de otros tiempos.

Tenía consciencia del sueño, pero comenzaba a dudar. Aquello se prolongaba demasiado. Recordaba un cuarto en penumbra y un nombre que era el suyo: Aliro. Tenía el nombre entre sus manos y lo hallaba extraño. Aliro, un cuarto en alguna parte, un cierto estado, y algo más. Todo aquello parecía entonces sueño. Y esto... las sensaciones que ahora vivía, el paisaje presente. Era tan fuerte a veces ese recuerdo, que casi abandonaba su actual escenario. ¿Por qué era tan fuerte ese recuerdo? O... ¿Qué era, recuerdo de qué? O, ¿era tan vital el recuerdo como el imaginarse una cosa, o tan débil como el vivirla? Así, aquello no era entonces recuerdo; podía "ser".

La verdad era que los pies le bailaban. Se le anudaba la garganta y una desesperación sin límites lo abordó. ¿Que era sueño, entonces?

Él mismo tenía quizás la culpa. Él, que hizo de su vida algo tan extraordinario; que quiso ir por caminos desconocidos e indeterminados; que deshumanizó sus ojos. Y allí, destruido, tuvo la sensación de haber violado algo sagrado, de haber descorrido un velo intocable, de haber pisado lugar prohibido...

Vivió de una última esperanza. Si el planeta tuviera un término bien conciso; si pudiera encontrarse al borde del astro, frente al caos, al espacio. Y sabía que ese hecho estaba en él, como el planeta. Pero le costaba. Y cerró los ojos para conseguirlo, cerró los ojos desesperadamente para luchar mejor... y consiguió la imagen...

Allí estaba, al borde del planeta. Era una arista. Estaba frente al caos gestado. Y entonces extendió los brazos para saltar. Se sentía alegre y feliz de poder abandonar el doloroso episodio. Debió sentir lo que un prisionero recién huido, al saltar ....................
............................................ ..

Iba encogido y se sentía bien de ir así.
Caía...
Lo llenaba una debilidad dulce, desvanecedora y enfermiza...

Caía. Caía en medio de una espiral violeta. Girando y descendiendo en medio de una espiral violeta azulada ..................
.................................................. ..

Se encontraba tendido en medio de penumbras. Tenía la vista nublada y apenas podía adivinar su lecho, el lecho que lo soportaba. Siempre la espiral. Subía y bajaba por ella. Eran dos espirales cónicas cuyas puntas se unían en su propio pecho, en lo interno de su pecho. Bajaba y subía; se sentía leve y etéreo, leve y etéreo, muy leve...

Cerca de él un cráneo desnudo que vio venir bamboleando entre la oscuridad, hasta detenerse a pocos centímetros de sus ojos...

Una cuerda se eleva partiendo del lado izquierdo de su pecho. Distingue las facciones del que lo observa... Una cuerda sube desde su corazón hasta perderse en medio de la penumbra. Y su pensamiento trepa por ella huyendo del lugar... Visita una región roma, sin imagen ninguna. Vuelve bruscamente y sin desearlo. Han retirado la cuerda de su pecho. Fue casi en el preciso instante en que volvía...

Distingue el cráneo a dos pasos de él, en la sombra. Presiente otras personas en la pieza, pero no las ve. El cráneo se mueve de izquierda a derecha como en gesto negativo o de duda. Se mueve lentamente, con movimiento isócrono. Pronto adquiere mayor velocidad, toma color rojizo fosforescente, anda, como péndulo...

Siente un deseo irresistible de cerrar los ojos.

Caen los párpados.

Un cosquilleo dulce lo recorre... Después, una pesadez que le va haciendo el cuerpo más y más insensible... Más y más insensible, a medida que el pensamiento y sus sesos —entre humos doloridos— parecen subir lentamente. Se siente ajeno y asciende. Sube, lentamente, muy lentamente, hasta llegar a contemplarse desde fuera de él mismo.

# J U A N   E M A R

CHILENO
(1893-1964)

*Narrador vanguardista cuya obra publicada en la década del trein-
ta fue prácticamente ignorada por la crítica. El autor nació en
Santiago. Juan Emar es el seudónimo de Alvaro Yáñez Bianchi.
En realidad el seudónimo original era Jean Emar, transcripción
fonética de la expresión francesa "j'en ai marre". La solvente situación de su padre Eliodoro Yáñez (senador y dueño del diario
La Nación) le permitió a Juan Emar viajar a Europa cuando era
joven y realizar estudios en Suiza y Francia. Su padre quería
que siguiera la carrera de leyes, pero el escritor desafiaba un
estilo de vida convencional (estudios, profesión), lo cual consideraba "rutinario" y "aburrido".*

*Vive en Europa, principalmente en París, por varios años.
Le atrae el movimiento surrealista, el surgimiento de un arte autónomo y sobre todo alejado de las reiteraciones lineales de la
realidad. Regresa a Chile hacia 1933, el autor tenía cuarenta años
y aún no publicaba. Juan Emar se casó tres veces, hizo gran
amistad con Vicente Huidobro (sus posiciones estéticas partici-
paban de búsquedas similares); la obra y genio de Emar despertaron la admiración y el respeto de Pablo Neruda. Enfermo de cáncer, pobre (la fortuna del padre ya agotada), Juan Emar muere en
Santiago a los setenta y un años.*

*De 1934 es su primera novela* Miltín. *Siguen las novelas* Ayer
y Un año, *ambas publicaciones en 1935;* Ayer *es reeditada por Editorial Zig-Zag en 1985. En 1937 aparece la colección de relatos*
Diez. Cuatro animales. Tres mujeres. Dos sitios, *reeditada en 1971
en Santiago por Editorial Universitaria. Cuando se publican en
la década del treinta, estas obras desembocan en el silencio o en
el olvido; no tienen repercusión, no se habla de ellas. La prosa
de Emar se revela sorpresiva, extraña a ciertos venerados cánones
de entonces; se trata de una estética adelantada a su tiempo, o
mejor, digamos, desfasada en un medio literario orientado hacia
lo representacional (recuérdese que la igualmente vanguardista
prosa de Huidobro, por ejemplo* Tres inmensas novelas, *publicada en 1935, tampoco es apreciada o comprendida entonces). Además, Emar no promueve su obra, tampoco busca la polémica,
rehúye el enfrentamiento; decide aislarse y desaparece de la es-*

cena literaria —al menos en el tiempo de su existencia— puesto
que desde su última publicación en 1937 hasta la fecha de su
muerte vive recluido, no publica. Esporádicamente le indica a sus
amigos los planes de una obra que escribe, pero sin detalles, ni
discusión, ni explicaciones.

En ese silencio social de veintisiete años Juan Emar dialoga
con su propia obra: escribe esa impensable obra total, esa inconcebible obra completa nacida de un arranque continuo, paciente
y prolongado de la escritura; en ese pozo se va reuniendo lo ya
escrito y lo por escribir, materia que no se extingue sino con la
muerte. Ese manuscrito total se publica póstumamente en 1977
en Buenos Aires por Ediciones Carlos Lohlé. Precedido de un
prólogo del escritor Braulio Arenas aparece Umbral. Primer pilar.
El globo de cristal. Explica Arenas: "Bajo un nuevo concepto, se
trata de fundir Ayer, Un año, Miltín y Diez en una obra común...
Asimismo, iría a sumergirse en este libro todo lo que, por su voluntad, le pareciera conveniente añadir —pero sin que ninguno de
los cuentos tuviera primacía sobre los otros —cuentos, piezas de
teatro, anécdotas, recuerdos, cartas, diarios de vida, documentos,
resúmenes de novelas propias (nunca escritas) testimonios, diálogos, retratos, etcétera... Por casi treinta años seguidos y sin
abandonar un solo día su tarea, este hombre estuvo sacrificán-
dolo todo a su obra, había perdido hasta el último centavo de su
fortuna" (pp. XI-XIII de la obra citada).

La crítica actual ha ido poco a poco valorando la obra de
Juan Emar; entre quienes han escrito sobre el autor se encuentran, entre otros, Braulio Arenas, Iván Carrasco, Cristián Huneeus,
José Miguel Ibáñez Langlois, Luis Íñigo Madrigal, Pedro Lastra,
Erik Martínez, Vicente Mengod, Jorge Teillier, Adriana Valdés,
Juan Pablo Yáñez y Alejandro Canseco-Jerez. Los análisis de los
escritos de Emar han establecido la profunda reorientación estética que significó la narrativa del escritor chileno en el proceso
literario hispanoamericano. Su vanguardismo tiene directrices similares con la producción vanguardista de las décadas del veinte
y del treinta en lo que respecta al asalto de estructuras artísticas
monocordes, pero al mismo tiempo es un vanguardismo distinto
al de la prosa narrativa de Oliverio Girondo, Pablo Palacio, Vicente Huidobro, Macedonio Fernández, Gilberto Owen, Martín
Adán. Hay un tono peculiar, un sabor "emariano" que el escritor
encontró en esa disputa diaria, frenética e interminable con su
propia creación.

En los aspectos de renovación narrativa se ha visto en Juan
Emar la cercanía con Julio Cortázar y otros escritores más actuales: la idea de desestructuración, de transgresividad, de fragmentación, de nuevas proposiciones de lectura, de disipación de gé-

*neros literarios. Señala Iván Carrasco: "Observada en su globalidad, Umbral aparece como una de las más notables transgresiones de la estructura novelesca que conocemos. Escritura insólita, sorprendente, antinovela, se aparta de todas las convenciones discursivas y semánticas... Umbral rompe todas las normas. Construida como una larga 'carta' de treinta apartados, destruye sistemáticamente la tradición realista de la novela chilena." ("La metalepsis narrativa en Umbral de Juan Emar." (Revista Chilena de Literatura 14 (1979): 85-101). El relato "El pájaro verde" se encuentra en la colección Diez; posteriormente se incluyó en la novela Umbral (pp. 182-193, edición citada). El excelente artículo de Pedro Lastra "Rescate de Juan Emar" incluido en Relecturas Hispanoamericanas (Santiago de Chile: Editorial Universitaria, 1986, pp. 63-74) ofrece una muy útil bibliografía para quien se interese en estudiar la obra del escritor chileno.*

## EL PÁJARO VERDE [*]

Allá por el año de 1847, un grupo de sabios franceses llegaba en la goleta *La Gosse* a la desembocadura del Amazonas. Iba con el propósito de estudiar la flora y fauna de aquellas regiones para, a su regreso, presentar una larga y acabada memoria al "Institut des Hautes Sciences Tropicales" de Montpellier.

A fines de dicho año, fondeaba *La Gosse* en Manaos, y los treinta y seis sabios —tal era su número—, en seis piraguas de seis sabios cada una, se internaban río adentro.

A mediados de 1848 se les señala en el pueblo de Teffe, y a principios de 1849, entrando en excursión al Juruá. Cinco meses más tarde han regresado a ese pueblo acarreando dos piraguas más, cargadas de curiosos ejemplares zoológicos y botánicos. Acto continuo siguen internándose por el Marañón, y el 1º de enero de 1850 se detienen y hacen carpas en la aldea de Tabatinga, a orillas del río mencionado.

De estos treinta y seis sabios, a mí, personalmente, sólo me interesa uno, lo que no quiere decir, ni por un instante, que desconozca los méritos y las sabidurías de los treinta y cinco restantes. Este uno es Monsieur le Docteur Guy de la Crotale, de 52 años de edad en aquel entonces, regordete, bajo, gran barba colorina, ojos bonachones y hablar cadencioso.

Del doctor de la Crotale ignoro totalmente sus méritos (lo que, por cierto, no es negarlos) y de su sabiduría no tengo ni la menor

---
[*] © Editorial Le Parole Gelate (Italia).

noción (lo cual tampoco es negarla). En cuanto a la participación que
le cupo en la famosa memoria presentada en 1857 al Institut de Montpellier, la desconozco en su integridad, y en lo que se refiere a sus
labores durante los largos años que los dichos sabios pasaron en las
selvas tropicales, no tengo de ellas ni la más remota idea. Todo lo
cual no quita que el doctor Guy de la Crotale me interese en alto
grado. He aquí las razones para ello:

Monsieur le Docteur Guy de la Crotale era un hombre extremadamente sentimental y sus sentimientos estaban ubicados, ante todo,
en los diversos pajaritos que pueblan los cielos. De entre todos estos
pajaritos, Monsieur le Docteur sentía una marcada preferencia por los
loros, de modo que ya instalados todos ellos en Tabatinga, obtuvo de
sus colegas el permiso de conseguirse un ejemplar, cuidarlo, alimen-
tarlo y aun llevarlo consigo a su país. Una noche, mientras todos los
loros de la región dormían acurrucados, como es su costumbre, en las
copas de frondosos sicomoros, el doctor dejó su tienda y, marchando
por entre los troncos de abedules, caobillas, dipterocárpeos y cinamo-
mos; pisando bajo sus botas de culantrilla, la damiana y el peyote;
enredándose a menudo en los tallos del cinclidoto y de la vincaper-
vinca; y heridas las narices por el olor del fruto del mangachapuy y los
oídos por el crujir de la madera del espino cerval; una noche de vaga
claridad, el doctor llegó a la base y trepó sigilosamente al más alto
de todos los sicomoros, alargó presto una mano y se amparó de un loro.

El pájaro así atrapado era totalmente verde salvo bajo el pico
donde se ornaba con dos rayas de plumillas negroazuladas. Su tamaño
era mediano, unos 18 centímetros de la cabeza al nacimiento de la
cola, y de ésta tendría unos 20 centímetros, no más. Como este loro
es el centro de cuanto voy a contar, daré sobre su vida y muerte algunos datos. Aquí van:

Nació el 5 de mayo de 1821, es decir, que en el momento preciso en que rompía su huevo y entraba a la vida, lejos, muy lejos,
allá en la abandonada isla de Santa Elena, fallecía el más grande de
todos los Emperadores, Napoleón I.

De la Crotale lo llevó a Francia y desde 1857 a 1872 vivió en
Montpellier cuidadosamente servido por su amo. Mas en este año el
buen doctor murió. Pasó entonces el loro a ser propiedad de una sobrina suya, Mademoiselle Marguerite de la Crotale, quien, dos años
más tarde, en 1874, contrajo matrimonio con el capitán Henri Silure-
Portune de Rascasse. Este matrimonio fue infecundo durante cuatro
años, pero al año quinto se vio bendecido con el nacimiento de Henri-
Guy-Hégésippe-Désiré-Gaston. Este muchacho, desde su más tierna
edad, mostró inclinaciones artísticas —acaso transmisión del fino sentimentalismo del viejo doctor—y de entre todas las artes prefirió, sin
disputa, la pintura. Así es como, una vez llegado a París a la edad
de 17 años —por haber sido su padre comandado a la guarnición de

la capital— Henri-Guy entró a la Ecole des Beaux-Arts. Después de recibido de pintor, se dedicó casi exclusivamente a los retratos, mas luego, sintiendo en forma aguda la influencia de Chardin, meditó grandes naturalezas muertas con algunos animales vivos. Pasó por sus pinceles el gato de casa entre diversos comestibles y útiles de cocina, pasó el perro, pasaron las gallinas y el canario, y el 1º de agosto de 1906 Henri-Guy se sentaba frente a una gran tela teniendo como modelo, sobre una mesa de caoba, dos maceteros con variadas flores, una cajuela de laca, un violín y nuestro loro. Mas las emanaciones de la pintura y la inmovilidad de la pose, empezaron pronto a debilitar la salud del pajarito, y así es como el 16 de ese mes lanzó un suspiro y falleció en el mismo instante en que el más espantoso de los terremotos azotaba a la ciudad de Valparaíso y castigaba duramente a la ciudad de Santiago de Chile donde hoy, 12 de junio de 1934, escribo yo en el silencio de mi biblioteca.

El noble loro de Tabatinga, cazado por el sabio profesor Monsieur le Docteur Guy de la Crotale y muerto en el altar de las artes frente al pintor Henri-Guy Silure-Portune de Rascasse, había vivido 85 años, 3 meses y 11 días.

Que en paz descanse.

Mas no descansó en paz. Henri-Guy, tiernamente, lo hizo embalsamar.

Siguió el loro embalsamado y montado sobre fino pedestal de ébano hasta fines de 1915, fecha en que se supo que en las trincheras moría heroicamente el pintor. Su madre, viuda desde hacía siete años, pensó en viajar hacia el Nuevo Mundo y, antes de embarcarse, envió a remate gran número de sus muebles y objetos. Entre éstos iba el loro de Tabatinga.

Fue adquirido por el viejo *père* Serpentaire que tenía en el número 3 de la rue Chaptal una tienda de baratijas, de antigüedades de poco valor y de bichos embalsamados. Allí pasó el loro hasta 1924 sin hallar ni un solo interesado por su persona. Pero dicho año la cosa hubo de cambiar y he aquí de qué modo y por qué circunstancias:

En abril de ese año llegaba yo a París y, con varios amigos compatriotas, nos dedicamos, noche a noche, a la más descomunal y alegre juerga. Nuestro barrio predilecto era el bajo Montmartre. No había dancing o cabaret de la rue Fontaine, de la rue Pigalle, del boulevard Clichy o de la place Blanche, que no nos tuviera como sus más fervorosos clientes, y el preferido por nosotros era, sin duda, el *Palermo* de la ya mencionada rue Fontaine, donde, entre dos músicas de negros, una orquesta argentina tocaba tangos arrastrados como turrones.

Al sonar los bandoneones perdíamos la cabeza, entraba el champaña por nuestros gaznates y ya cuando la primera voz —un barítono latiguido— rompía con el canto, nuestro entusiasmo rayaba en la locura.

De entre todos aquellos tangos, yo tenía uno de mi completa predilección. Acaso la primera vez que lo oí —mejor sería decir "lo
noté"; y aun me parece, *lo aislé*— pasaba por mí algún sentimiento
nuevo, nacía en mi interior un elemento psíquico más que, al romper
y explayarse dentro —como el loro rompiendo su huevo y explayán-
dose por entre los gigantes sicomoros— encontró como materia en
donde envolverse, fortificarse y durar, las notas largas de ese tango.
Una coincidencia, una simultaneidad, sin duda alguna. Y aunque el
tal elemento psíquico nuevo nunca abrió luz en mi conciencia, era
el caso que al prorrumpir aquellos acordes yo sabía con todo mi ser
entero, de los cabellos a los pies, que ellos —los acordes— estaban
llenos de significados vivos para mí. Entonces bailaba apretándola,
a la que fuese, con voluptuosidad y ternura y sentía una vaga compasión por todo lo que no fuese yo mismo envuelto, enredado con
una ella y con mi tango.

Cantaba el barítono latigudo del *Palermo:*

> Yo he visto un pájaro verde
> bañarse en agua de rosas
> y en un vaso cristalino
> un clavelcito que se deshoja

"Yo he visto un pájaro verde..." Esta fue la frase —en un comienzo tarareada, luego únicamente hablada— que expresó todo lo
sentido. La usaba yo para toda cosa y para toda cosa sentía que cal-
zaba con admirable justeza. Luego, por simpatía, los amigos la adap-
taron para vaciar dentro de ella cuanto les vagara alrededor sin franca nitidez. Y como además dicha frase encerraba una especie de santo
y seña en nuestras complicidades nocturnas, tendió sobre nosotros un
hilo flexible de entendimiento con cabida para cualquier posibilidad.

Así, si alguno tenía una gran noticia que dar, un éxito, una conquista, un triunfo, frotábase las manos y exclamaba con rostro radiante:

—¡Yo he visto un pájaro verde!

Y si luego una preocupación, un desagrado se cernía sobre él, con
voz baja, con ojos cavilosos, gachas las comisuras de sus labios, nos
decía:

—Yo he visto un pájaro verde...

Y así para todo. En realidad no había necesidad para entendernos,
para expresar cuanto quisiéramos, para hundirnos en nuestros más
sutiles pliegues del alma, no había necesidad, digo, de recurrir a ninguna otra frase. Y la vida, al ser expresada de este modo, con este
acortamiento y con tanta comprensión, tomaba para nosotros un cierto
cariz peculiar y nos formaba una segunda vida paralela a la otra, vida
que a ésta a veces la explicaba, a veces la embrollaba, a menudo la
caricaturizaba con tal especial agudeza que ni aun nosotros mismos

llegábamos a penetrar bien a fondo en dónde y por dónde aquello se producía.

Luego, con bastante frecuencia, sobre todo hallándome ya solo en casa de vuelta de nuestras farras, era súbitamente víctima de una carcajada incontenible con sólo decirme para mis adentros:

—Yo he visto un pájaro verde.

Y si entonces miraba, por ejemplo, mi cama, mi sombrero o por la ventana los techos de París para de ahí pasar a la punta de mis zapatos, esa carcajada, junto con aumentar su cosquilleo interno, volvía a echar sobre todos mis semejantes una nueva gota de compasión y hasta desprecio, al pensar cuán infelices son todos aquellos que no han podido, siquiera una vez, reducir sus existencias todas a una sola frase que todo lo aprieta, condensa y, además, fructifica.

En verdad, *yo he visto un pájaro verde.*

Y en verdad, ahora mismo me río un poco y recuerdo y comprendo por qué la humanidad puede ser compadecida.

Una tarde de octubre fui de excursión a Montparnasse. Visitando sus diferentes bares por la tarde y sus *boites* por la noche y después de suculenta comida, regresé a casa con la cabeza mareada, con el estómago repleto y con hígado y riñones trabajando enérgicamente.

Al día siguiente, cuando a las siete de la tarde, telefonearon los amigos para juntarnos e ir de farra, mi enfermera les respondió que me sería totalmente imposible hacerles compañía aquella noche.

Recorrieron ellos todos nuestros sitios favoritos, y entre champaña, bailes y cenas, les sorprendió el amanecer y luego una magnífica mañana otoñal.

Cogidos del brazo, entonando los aires oídos, sobre los ojos u orejas los sombreros, bajaban por la rue Blanche y torcían por la rue Chaptal en demanda de la rue Notre Dame de Lorete donde dos de ellos vivían. Al pasar frente al número 3 de la segunda de las calles citadas, el *père* Serpentaire abría su tiendecilla y aparecía en el escaparate, ante las miradas atónitas de mis amigos, tieso sobre su largo pedestal de ébano, el pájaro verde de Tabatinga.

Uno gritó:

—¡Hombres! ¡El pájaro verde!

Y los otros, más que extrañados, temerosos de que aquello fuese una visión alcohólica o una materialización de sus continuos pensamientos, repitieron en voz queda:

—Oh... El pájaro verde...

Un segundo después, recobrada la normalidad, se precipitaban cual un solo hombre a la tienda y pedían la inmediata entrega del ave. Pidió el *père* Serpentaire once francos por la pieza y los buenos amigos, emocionados hasta las lágrimas con el hallazgo, doblaron el precio y depositaron en manos del viejo abismado, la suma de veintidós francos.

Entonces les vino el recuerdo del compañero ausente y, con un mismo paso, se dirigieron a casa. Treparon las escaleras con escándalo de los conserjes, llamaron a mi puerta y me hicieron entrega de la reliquia. Todos a una voz cantamos entonces:

> Yo he visto un pájaro verde
> bañarse en agua de rosas
> y en un vaso cristalino
> un clavelcito que se deshoja

El loro de Tabatinga tomó sitio sobre mi mesa de trabajo y allí, su mirada de vidrio posada sobre el retrato de Baudelaire en el muro de enfrente, allí me acompañó los cuatro años más que permanecí en París.

A fines de 1928 regresé a Chile. Bien embalado en mi maleta, el pájaro verde volvió a cruzar el Atlántico, pasó por Buenos Aires y las pampas, trepó la cordillera, cayó conmigo al otro lado, llegó a la estación Mapocho y el 7 de enero de 1929 sus ojos de vidrio, acostumbrados a la imagen del poeta, contemplaron curiosos el patio bajo y polvoriento de mi casa y luego, en mi escritorio, un busto de nuestro héroe Arturo Prat.

Pasó todo aquel año en paz. Pasó el siguiente en igual forma y apareció, tras un cañonazo nocturno, el año de gracia de 1931.

Y aquí comienza una nueva historia.

El mismo 1º de enero de aquel año —es decir (acaso dato superfluo pero, en fin viene a mi pluma), 48 años después de la llegada del doctor Guy de la Crotale a Tabatinga— llegaba a Santiago, procedente de las salitreras de Antofagasta, mi tío José Pedro y me pedía, en vista de que había en casa una pieza para alojados, que en ella le diese hospitalidad.

Mi tío José Pedro era un hombre docto, bruñido por trabajos imaginarios y que consideraba como su más sagrado deber dar, en larguísimas pláticas, consejos a la juventud, sobre todo si en ella militaba alguno de sus sobrinos. La ocasión en mi casa le pareció preciosa, pues ya —ignoro por qué vías— mi existencia de continua juerga en París había llegado a sus oídos. Todos los días durante los almuerzos, todas las noches después de las comidas, mi tío me hablaba con voz lenta sobre los horrores del París nocturno y me sermoneaba por haber vivido yo tantos años en él y no en el París de la Sorbona y alrededores.

La noche del 9 de febrero, sorbiendo nuestras tazas de café en mi escritorio, mi tío me preguntó de pronto, alargando su índice tembloroso hacia el pájaro verde:

—¿Y ese loro?

En breves palabras le conté cómo había llegado a mis manos después de una noche de diversiones y bullicio de mis mejores amigos

y a la que no había podido asistir por haber ingerido el día antes
enormes cantidades de comida y de alcoholes varios. Mi tío José Pedro
clavóme entonces una mirada austera y luego, posándola sobre el
ave, exclamó:

—¡Infame bicho!

Esto fue todo.

Esto fue el desatar, el cataclismo, la catástrofe. Esto fue el fin de
su destino y el comienzo del total cambio del mío. Esto —alcancé a
observarlo con la velocidad del rayo en mi reloj mural— aconteció
a las 10 y 2 minutos y 48 segundos de aquel fatal 9 de febrero de
1931...

—¡Infame bicho!

Exactamente con perderse el último eco de la "o" final, el loro
abrió sus alas, las agitó con vertiginosa rapidez y, tomando los aires
con su pedestal de ébano siempre adherido a las patas, cruzó la habitación y, como un proyectil, cayó sobre el cráneo del pobre tío
José Pedro.

Al tocarlo —recuerdo perfectamente— el pedestal osciló como un
péndulo y vino a golpear con su base —que debe haber estado bastante sucia— la gran corbata blanca de mi tío, dejando en ella una
mancha terrosa. Junto con ello, el loro clavaba en su calva un violento
picotazo. Crujió el frontal, cedió, se abrió y de la abertura, tal cual
sale, crece, se infla y derrama la lava de un volcán, salió, creció, se
infló y derramó gruesa masa gris de su cerebro y varios hilillos de
sangre resbalaron por la frente y por la sien izquierda. Entonces, el
silencio que se había producido al empezar el ave el vuelo, fue llenado por el más horrible grito de espanto, dejándome paralizado, helado, petrificado, pues nunca habría podido imaginar que un hombre
lograse gritar en tal forma y menos el buen tío de hablar lento y cadencioso.

Mas un instante después recobraba de golpe, como una llamarada, mi calor y mi conciencia, cogía de un viejo mortero su mano
de cobre y me lanzaba hacia ellos dispuesto a deshacer de un mazazo
al vil pajarraco.

Tres saltos y alzo el arma para dejarla caer sobre el bicho en el
momento en que se disponía a clavar un segundo picotazo. Pero al
verme se detuvo, volvió los ojos hacia mí y con un ligero movimiento
de cabeza, me preguntó presuroso:

—¿El señor Juan Emar, si me hace el favor?

Y yo, naturalmente, respondí:

—Servidor de usted.

Entonces, ante esta repentina paralización mía, asestó su segundo
picotazo. Un nuevo agujero en el cráneo, nueva materia gris, nuevos
hilos de sangre y nuevo grito de horror, pero ya más ahogado, más
debilitado.

Vuelvo a recobrar mi sangre fría y, con ella, la clara noción de mi deber. Álzase mi brazo y el arma. Pero el loro vuelve a fijarme y vuelve a hablar:

—¿El señor Juan Em...?

Y yo, con tal de terminar pronto:

—Servidor de ust...

Tercer picotazo. Mi viejo perdió un ojo. Como quien usa una cucharilla especial, el loro con su pico se lo vació y luego lo escupió a mis pies.

El ojo de mi viejo era de una redondez perfecta salvo en el punto opuesto a la pupila donde crecía una como pequeña colita que me recordó inmediatamente los ágiles guarisapos que pueblan los pantanos. De esta colita salía un hilo escarlata delgadísimo que, desde el suelo, iba a internarse en la cavidad vacía del ojo y que, con los desesperados movimientos del anciano, se alargaba, se acortaba, temblaba, mas no se rompía ni tampoco movía al ojo quedado como adherido al suelo. Este ojo era, repito —hechas las salvedades que anoto—, perfectamente esférico. Era blanco, blanco cual una bolita de marfil. Yo siempre había imaginado que los ojos, atrás —y sobre todo de los ancianos— eran ligeramente tostados. Mas no: blanco, blanco cual una bolita de marfil.

Sobre este blanco, con gracia, con sutileza, corrían finísimas venas de laca que, entremezclándose con otras más finas aún de cobalto, formaban una maravillosa filigrana, tan maravillosa, que parecía moverse, resbalar sobre el húmedo blanco y, a veces, hasta desprenderse para ir luego por los aires como una telaraña iluminada que volase.

Pero no. Nada se movía. Era una ilusión nacida del deseo —harto legítimo por lo demás— de que tanta belleza y gracia aumentase, siguiese, llegase a la vida propia y se elevase para recrear la vista con sus formas multiplicadas, el alma con su realización asombrosa.

Un tercer grito me volvió al camino de mi deber. ¿Grito? No tanto. Un quejido ronco; eso es, un quejido ronco pero suficiente, como he dicho; para volverme al camino de mi deber.

Un salto y silba en mi mano la mano del mortero. El loro se vuelve, me mira:

—¿El señor Ju...?

Y yo presuroso:

—Servidor de u...

Un instante. Detención. Cuarto picotazo.

Este cayó en lo alto de la nariz y se terminó en su base. Es decir, la rebanó en su totalidad.

Mi tío, después de esto, quedó hecho un espectáculo pasmoso. Bullía en lo alto de su cabeza, en dos cráteres, la lava de sus pensamientos; vibraba el hilito escarlata desde la cuenca de su ojo; y en el triángulo dejado en medio de la cara por la desaparición de la nariz, aparecía y desaparecía, se inflaba y se chupaba, a impulsos de su respiración agitada, una masa de sangre espesa.

Aquí ya no hubo grito ni quejido. Únicamente su otro ojo, por entre los párpados caídos, pudo lanzarme una mirada de súplica. La sentí clavarse en mi corazón y afluir entonces a éste toda la ternura y todos los recuerdos perdidos hasta la infancia, que me ataban a mi tío. Ante tales sentimientos, no vacilé más y me lancé frenético y ciego. Mientras mi brazo caía, llegó a mis oídos un susurro:

—¿El señ...?

Y oí que mis labios respondían:

—Servid...

Quinto picotazo. Le arrancó el mentón. Rodó el mentón por su pecho y, al pasar por su gran corbata blanca, limpió de ella el polvo dejado por el pedestal y lo reemplazó un diente amarilloso que allí se desprendió y sujetó, y que brilló como un topacio. Acto continuo, allá arriba, cesó el bullir, por el triángulo de la nariz disminuyó el ir y venir de los borbotones espesos, el hilo del ojo se rompió, y el mentón, al dar contra el suelo, sonó como un tambor. Entonces, sus dos manos flacas cayeron lacias de ambos lados y de sus uñas agudas, dirigidas inertes hacia la tierra, se desprendieron diez lágrimas de sudor.

Sonó un silbido bajo. Un estertor. Silencio.

Mi tío José Pedro falleció.

El reloj mural marcaba las 10 y 3 y 56. La escena había durado 1 minuto y 8 segundos.

Después de esto, el pájaro verde permaneció un instante en suspenso, luego extendió sus alas, las agitó violentamente y se elevó. Como un cernícalo sobre su presa, se mantuvo suspendido e inmóvil en medio de la habitación produciendo con el temblor de las alas un chasquido semejante a las gotas de la lluvia sobre el hielo. Y el pedestal, entretanto, se balanceaba siguiendo el ritmo del péndulo de mi reloj mural.

Luego el bicho hizo un vuelo circular y por fin se posó, o mejor dicho, posó su pie de ébano sobre la mesa y, fijando nuevamente sus dos vidrios sobre el busto de Arturo Prat, los dejó allí quietos en una mirada sin fin.

Eran las 10 y 4 minutos y 19 segundos.

El 11 de febrero por la mañana se efectuaron los funerales de mi tío José Pedro.

Al llevar el féretro a la carroza, debíamos pasar frente a la ventana de mi escritorio. Aproveché la distracción de los acompañantes para echar un vistazo al interior. Allí estaba mi loro inmóvil, volviéndome la espalda.

La enorme cantidad de odio despedida por mis ojos debió pesarle sobre las plumas del dorso, más aún si a su peso se agregó —como lo creo— el de las palabras cuchicheadas por mis labios:

—¡Ya arreglaremos cuentas, pájaro inmundo!

Sin duda, pues rápido volvió la cabeza y me guiñó un ojo junto con empezar a entreabrir el pico para hablar. Y como yo sabía perfectamente cuál sería la pregunta que me iba a hacer, para evitarla por inútil, guiñé también un ojo y, levemente, con una mueca del rostro, le di a entender una afirmación que traducida a palabras sería algo como quien dice:

—Servidor de usted.

Regresé a casa a la hora del almuerzo. Sentado solo a mi mesa, eché de menos las lentas pláticas morales de mi tío tan querido, y siempre, día a día, las recuerdo y envío hacia su tumba un recuerdo cariñoso.

Hoy, 12 de junio de 1934, hace tres años, cuatro meses y tres días que falleció el noble anciano. Mi vida durante este tiempo ha sido, para cuantos me conocen, igual a la que siempre he llevado, mas, para mí mismo, ha sufrido un cambio radical.

He aumentado con mis semejantes en complacencia, pues, ante cualquier cosa que me requieran, me inclino y les digo:

—Servidor de ustedes.

Conmigo mismo he aumentado en afabilidad, pues ante cualquier empresa de cualquier índole que trate de intentar, me imagino a la tal empresa como una gran dama de pie frente a mí y entonces, haciendo una reverencia en el vacío, le digo:

—Señora, servidor de usted.

Y veo que la dama, sonriendo, se vuelve y se aleja lentamente. Por lo cual ninguna empresa se lleva a fin.

Mas en todo lo restante, como he dicho, sigo igual, duermo bien, como con apetito, voy por las calles alegremente, charlo con los amigos con bastante amenidad, salgo de juerga algunas noches y hay por ahí, según me dicen, una muchacha que me ama con ternura.

Cuanto al pájaro verde, aquí está, inmóvil y mudo. A veces, de tarde en tarde, le hago una seña amistosa y a media voz le canto:

> Yo he visto un pájaro verde
> bañarse en agua de rosas
> y en un vaso cristalino
> un clavelcito que se deshoja

Más él no se mueve ni pronuncia palabra alguna.

# J U A N   B O S C H

DOMINICANO
( 1 9 0 9 )

*Juan Bosch nació en La Vega, República Dominicana. Narrador y ensayista. De un intenso compromiso político con las causas de justicia social en su país. Su resistencia y ataque a la dictadura de Trujillo le significó un exilio que se extendió por más de dos décadas; residió en varios países y por un largo periodo en Cuba. Pudo regresar a su país solamente después de la muerte del dictador en 1961. Dos años más tarde es elegido presidente de la república, pero su gobierno no alcanza al año de existencia. Es depuesto por un golpe militar. Comienza su segundo exilio, esta vez se va a España y luego se traslada a Puerto Rico. Vuelve a su país en 1969 incorporándose nuevamente en la vida política y aceptando su nominación como candidato a presidente de la república, pero esta vez no triunfa.*

*Sus novelas son* La mañosa *(1936) y* El oro y la paz *(1975). De su vasta labor ensayística mencionamos,* Trujillo: causas de una tiranía sin ejemplo *(1961);* Crisis de la democracia de América en la República Dominicana *(1964);* El pentagonismo: sustituto del imperialismo *(1967);* De Cristóbal Colón a Fidel Castro. El Caribe, frontera imperial *(1970);* Composición social dominicana. Historia e interpretación *(1978). Escribió también un libro biográfico,* David, Biografía de un rey *(1963).*

*La cuentística de Juan Bosch es destacada y una de las grandes expresiones estilísticas en Hispanoamérica. Dentro de esta producción se encuentran los libros* Camino real: cuentos *(1933);* Indios *(1935);* Dos pesos de agua, *publicado en 1941 en La Habana. Este libro reúne diecisiete relatos. Siguen* Ocho cuentos *(1947);* La muchacha de la Guaira, *publicado en 1955 por Editorial Nascimento en Santiago de Chile, país en el que residió por un año;* Cuento de Navidad *(1956);* Cuentos escritos en el exilio *(1962). En este volumen de doce relatos se incluye también el texto "Apuntes sobre el arte de escribir cuentos" que discute aspectos de tecnificación del cuento; se elaboran algunas ideas quiroguianas y se desarrollan otras personales. La conclusión de Bosch expresa su conciencia respecto del refinamiento estilístico: "Comenzar bien un cuento y llevarlo hacia su final sin una digresión, sin una debilidad, sin un desvío: he ahí en pocas palabras el núcleo de la técnica del cuento" (p. 14, edición de 1974, Santo Domingo). Otros volúmenes son* Más Cuentos escritos en el exilio *(1964) y* Cuentos escritos antes del exilio *(1974).*

*Los cuentos del escritor dominicano se caracterizan por su acabada depuración, la elección de imágenes precisas, y la mesura de los elementos o motivos narrativos. Una elegancia lograda con el artificio de la escritura, pero de resultado y recepción naturales. Lo musical, lo fotográfico, lo pictórico reunidos con frescura y espontaneidad en la tela absorbente de la narración. El cuento* "La mujer" *se incluyó en el volumen* Camino real. *Una interesante aproximación crítica sobre este cuento la ofrece el artículo de Margarita de Olmos* " 'La mujer': un análisis estético-cultural" Ciencia y Sociedad *5.1 (1980): 149-162.*

## LA MUJER *

La carretera está muerta. Nadie ni nada la resucitará. Larga, infinitamente larga, ni en la piel gris se la ve vida. El sol la mató; el sol de acero, de tan candente rojo, un rojo que se hizo blanco. Tornóse luego transparente el acero blanco, y sigue ahí, sobre el lomo de la carretera.

Debe hacer muchos siglos de su muerte. La desenterraron hombres con picos y palas. Cantaban y picaban; algunos había, sin embargo, que ni cantaban ni picaban. Fue muy largo todo aquello. Se veía que venían de muy lejos; sudaban, hedían. De tarde el acero blanco se volvía rojo; entonces en los ojos de los hombres que desenterraban la carretera se agitaba una hoguera pequeñita, detrás de las pupilas.

La muerte atravesaba sabanas y lomas y los vientos traían polvo sobre ella. Después aquel polvo murió también y se posó en la piel gris.

A los lados hay arbustos espinosos. Muchas veces la vista se enferma de tanta amplitud. Pero las planicies están peladas. Pajonales, a distancia. Tal vez aves rapaces coronen cactos. Y los cactos están allá, más lejos, embutidos en el acero blanco.

También hay bohíos, casi todos bajos y hechos con barro. Algunos están pintados de blanco y no se ven bajo el sol. Sólo se destaca el techo grueso, seco, ansioso de quemarse día a día. Las canas dieron esas techumbres por las que nunca rueda agua.

La carretera muerta, totalmente muerta, está ahí, desenterrada, gris. La mujer se veía, primero como un punto negro, después como una piedra que hubieran dejado sobre la momia larga. Estaba allí tirada

---

* Reproducido con permiso de Monte Ávila Editores, C. A., Caracas, Venezuela.

sin que la brisa le moviera los harapos. No la quemaba el sol; tan sólo sentía dolor por los gritos del niño. El niño era de bronce, pequeñín, con los ojos llenos de luz, y se agarraba a la madre tratando de tirar de ella con sus manecitas. Pronto iba la carretera a quemar el cuerpecito, las rodillas por los menos, de aquella criaturita desnuda y gritona.

La casa estaba allí cerca, pero no podía verse.

A medida que avanzaba, crecía aquello que parecía una piedra tirada en medio de la gran carretera muerta. Crecía, y Quico se dijo: un becerro, sin duda, estropeado por auto.

Tendió la vista: la planicie, la sabana. Una colina lejana, con pajonales, como si fuera esa colina sólo un montoncito de arena apilada por los vientos. El cauce de un río; las fauces secas de la tierra que tuvo agua mil años antes de hoy. Se resquebrajaba la planicie dorada bajo el pesado acero transparente. Los cactos, los cactos coronados de aves rapaces.

Más cerca ya, Quico vio que era persona. Oyó distintamente los gritos del niño.

El marido le había pegado. Por la única habitación del bohío, caliente como horno, la persiguió, tirándola de los cabellos y machacando a puñetazos su cabeza.

—¡Hija de mala madre! ¡Hija de mala madre! ¡Te voy a matar como a una perra, desvergonsá!

—¡Pero si nadie pasó, Chepe; nadie pasó! —quería ella explicar.

—¿Que no? ¡Ahora verás!

Y volvía a golpearla.

El niño se agarraba a las piernas de su papá; no sabía hablar aún y pretendía evitarlo. Él veía la mujer sangrando por la nariz. La sangre no le daba miedo, no, solamente deseos de llorar, de gritar mucho. De seguro mamá moriría si seguía sangrando.

Todo fue porque la mujer no vendió la leche de cabra, como él se lo mandara; al volver de las lomas, cuatro días después, no halló el dinero. Ella contó que se había cortado la leche; la verdad es que la bebió. Prefirió no tener unas monedas más a que la criaturita sufriera hambre tanto tiempo.

La dijo después que se marchara con su hijo:

—¡Te mataré si vuelves a esta casa!

La mujer estaba tirada en el piso de tierra; sangraba mucho y nada oía. Chepe, frenético, la arrastró hasta la carretera. Y se quedó allí, como muerta, sobre el lomo de la gran momia.

Quico tenía agua para dos días más de camino, pero casi toda la gastó en rociar la frente de la mujer. La llevó hasta el bohío, dándola el brazo, y pensó en romper su camisa listada para limpiarla de sangre.

Chepe entró por el patio.

—¡Te dije que no quería verte más aquí, condená!

Parece que no había visto al extraño. Aquel acero blanco, transparente, le había vuelto fiera, de seguro. El pelo era estopa y las córneas estaban rojas.

Quico le llamó la atención; pero él, medio loco, amenazó de nuevo a su víctima. Iba a pegarla ya. Entonces fue cuando se entabló la lucha entre los dos hombres.

El niño pequeñín, comenzó a gritar otra vez; ahora se envolvía en la falda de su mamá.

La lucha era como una canción silenciosa. No decían palabra. Sólo se oían los gritos del muchacho y las pisadas violentas.

La mujer vio cómo Quico ahogaba a Chepe: tenía los dedos engarfiados en el pescuezo de su marido. Éste comenzó por cerrar los ojos; abría la boca y le subía la sangre al rostro. Ella no supo qué sucedió, pero cerca, junto a la puerta, estaba la piedra; una piedra como lava, rugosa, casi negra, pesada. Sintió que le nacía una fuerza brutal. La alzó. Sonó seco el golpe. Quico, primero soltó el pescuezo del otro, luego dobló las rodillas, después abrió los brazos con amplitud y cayó de espaldas, sin quejarse, sin hacer un esfuerzo.

La tierra del piso absorbía aquella sangre tan roja, tan abundante. Chepe veía la luz brillar en ella.

La mujer tenía las manos crispadas sobre la cara, todo el pelo suelto y los ojos pugnando por saltar. Corrió. Sentía flojedad en las coyunturas. Quería ver si alguien venía; pero sobre la gran carretera muerta, totalmente muerta, sólo estaba el sol que la mató. Allá, al final de la planicie, la colina de arenas que amontonaron los vientos. Y cactos, embutidos en el acero.

# JORGE LUIS BORGES

## ARGENTINO
### (1899-1986)

*La enorme significación de la obra de Jorge Luis Borges en la literatura de este siglo ha sido señalada por los mejores escritores hispanoamericanos, europeos, y norteamericanos. Carlos Fuentes afirmó con razón que: "Jorge Luis Borges era el padre de la narrativa moderna en lengua castellana. Todos le debemos un adjetivo, un espejo, una biblioteca, un sueño." Guillermo Cabrera Infante apuntó a la condición de clásico que Borges ya tenía en este siglo agregando "es el más importante escritor del idioma español desde la muerte de Quevedo". El reconocimiento de la importancia de la obra de Borges no ha sido solo literaria; pensadores e intelectuales de distintas latitudes comentan su creación y la extensión de su impacto cultural. El filósofo francés Michel Foucault inicia el prefacio de su ensayo* Las palabras y las cosas *refiriéndose a esa apertura a nuevos escenarios que implica leer al autor argentino: "Este libro nació de un texto de Borges. De la risa que sacude, al leerlo, todo lo familiar al pensamiento... trastornando todas las superficies ordenadas... provocando una larga vacilación e inquietud en nuestra práctica milenaria de lo Mismo y lo Otro."*

*Jorge Luis Borges nació en Buenos Aires. En 1914 la familia de Borges se dirige a Suiza donde residirá por cinco años. Borges realiza sus estudios de enseñanza secundaria en Ginebra, aprende francés, latín, también estudia alemán. El conocimiento de la lengua inglesa lo adquiere en casa donde se hablaba español e inglés. Recibe además una instrucción formal en inglés durante varios años, la mayoría de sus primeras lecturas literarias son en esa lengua. Este aspecto ha sido resaltado por la crítica borgiana puesto que su conocimiento del inglés y otras lenguas tendría repercusiones en el original lenguaje literario de Borges: un estilo conciso y depurado junto a la elegancia de la frase clara, la precisión de la palabra y la imagen. Antes de regresar a Argentina, Borges viaja a España. En Madrid toma contacto con integrantes del grupo ultraísta como Rafael Cansinos-Asséns. En 1921, ya de vuelta en Buenos Aires, promueve la estética del ultraísmo, especialmente a través de las publicaciones* Prisma y Proa *que él fundara con otros intelectuales.*

En 1955 Borges fue presidente de la Sociedad Argentina de Escritores. Entre 1955 y 1973 desempeñó el cargo de Director de la Biblioteca Nacional; fue también docente de la Universidad Nacional de Buenos Aires a cargo de la cátedra de literatura inglesa. Dictó cursos de literatura y conferencias en su país y en el extranjero. Su obra se ha traducido a numerosos idiomas. Borges fue galardonado con premios nacionales e internacionales; brillante poeta, narrador y ensayista, indudable merecedor del Premio Nóbel de literatura aunque éste nunca le fue concedido. Borges murió en Ginebra, Suiza.

Su primera obra es el libro de poesía Fervor de Buenos Aires, en 1923; en el mismo género siguen Luna de enfrente (1925); Cuaderno San Martín (1929); Para las seis cuerdas (1965); Obra poética 1923-1967 (1967); El otro, el mismo (1969); Elogio de la sombra (1969); El oro de los tigres (1972); La rosa profunda (1975); La moneda de hierro (1976); Historia de la noche (1977); La cifra (1981); Los conjurados (1985). En el ensayo destacan Inquisiciones (1925); El tamaño de mi esperanza (1926); El idioma de los argentinos (1928); Evaristo Carriego (1955); Historia de la eternidad (1936); Otras inquisiciones (1937-1952) (1952); Borges oral (1979); Siete noches (1980).

Su cuentística incluye Historia universal de la infamia (1935); El jardín de los senderos que se bifurcan (1942) Ficciones (1935-1944) (1944); El Aleph (1949); El hacedor (1960); El informe de Brodie (1970); El congreso (1971); El libro de arena (1975); Veinticinco agosto 1983 y otros cuentos (1983).

En 1961 el autor publica una selección de su obra Antología personal y en 1968 Nueva antología personal. Hay una edición de sus obras completas en 1974. Borges escribió también creación y ensayo en colaboración con Adolfo Bioy Casares, Luisa Mercedes Levinson, Delia Ingenieros, Margarita Guerrero, Betina Edelberg, María Esther Vásquez y Esther Zemborain de Torres. El cuento "La biblioteca de Babel" se publicó por primera vez en 1941, luego formó parte del volumen El jardín de senderos que se bifurcan, que se integrará posteriormente en Ficciones. Los laberintos del sueño, de la creación cósmica y artística, de las alegorías del conocimiento (la biblioteca), de teogonías y construcciones filosóficas, de las textualidades, son algunos de los infinitos caminos por los que nos introduce la narrativa de Borges. Sus cuentos son verdaderos universos culturales sin límites: allí se expanden o se duplican todos los referentes de percepción incluyendo la memoria y la imaginación. Asombrosa dimensión que provoca la inquietud, la negación, el deseo de afirmación, la pregunta, la incertidumbre, la sorpresa sobre nuestra comprensión de la realidad. ¿Quién y cómo descifrará la arquitectura en que *estamos? ¿Es el intento por revelarla una empresa condenada al absurdo? No hay respuestas definitivas puesto que su obra es exploración que rechaza la falsa seguridad de construcciones ideológicas y la certidumbre de retratos sociales establecidos.*

## LA BIBLIOTECA DE BABEL *

> *By this art you may contemplate the variation of the 23 letters...*
> The Anatomy of Melancholy, part. 2, sect. II, mem. IV.

El universo (que otros llaman la Biblioteca) se compone de un número indefinido, y tal vez infinito, de galerías hexagonales, con vastos pozos de ventilación en el medio, cercados por barandas bajísimas. Desde cualquier hexágono, se ven los pisos inferiores y superiores: interminablemente. La distribución de las galerías es invariable. Veinte anaqueles, a cinco largos anaqueles por lado, cubren todos los lados menos dos; su altura, que es la de los pisos, excede apenas la de un bibliotecario normal. Una de las caras libres da a un angosto zaguán, que desemboca en otra galería, idéntica a la primera y a todas. A izquierda y a derecha del zaguán hay dos gabinetes minúsculos. Uno permite dormir de pie; otro, satisfacer las necesidades finales. Por ahí pasa la escalera espiral, que se abisma y se eleva hacia lo remoto. En el zaguán hay un espejo, que fielmente duplica las apariencias. Los hombres suelen inferir de ese espejo que la Biblioteca no es infinita (si lo fuera realmente ¿a qué esa duplicación ilusoria?): yo prefiero soñar que las superficies bruñidas figuran y prometen el infinito... La luz procede de unas frutas esféricas que llevan el nombre de lámparas. Hay dos en cada hexágono: transversales. La luz que emiten es insuficiente, incesante.

Como todos los hombres de la Biblioteca, he viajado en mi juventud; he peregrinado en busca de un libro, acaso del catálogo de catálogos; ahora que mis ojos casi no pueden descifrar lo que escribo, me preparo a morir a unas pocas leguas del hexágono en que nací. Muerto, no faltarán manos piadosas que me tiren por la baranda; mi sepultura será el aire insondable; mi cuerpo se hundirá largamente y se corromperá y disolverá en el viento engendrado por la caída, que es infinita. Yo afirmó que la Biblioteca es interminable. Los idealistas arguyen que las salas hexagonales son una forma necesaria del espacio absoluto o, por lo menos, de nuestra intuición del espacio. Razonan que es inconcebible una sala triangular o pentagonal. (Los místicos pretenden que el éxtasis les revela una cámara circular con un gran libro circular de lomo continuo, que da toda la vuelta de las paredes; pero su testimonio es sospechoso; sus palabras, oscuras. Ese libro cíclico es Dios.) Básteme, por ahora, repetir el dictamen clásico: *La Biblioteca es una esfera cuyo centro cabal es cualquier hexágono, cuya circunferencia es inaccesible.*

A cada uno de los muros de cada hexágono corresponden cinco anaqueles; cada anaquel encierra treinta y dos libros de formato uniforme; cada libro es de cuatrocientas diez páginas; cada página, de cuarenta renglones; cada renglón, de unas ochenta letras de color negro. También hay letras en el dorso de cada libro; esas letras no indican o prefiguran lo que dirán las páginas. Sé que esa inconexión, alguna vez, pareció misteriosa. Antes de resumir la solución (cuyo descubrimiento, a pesar de sus trágicas proyecciones, es quizá el hecho capital de la historia) quiero rememorar algunos axiomas.

El primero: La Biblioteca existe *ab aeterno.* De esa verdad cuyo colorario inmediato es la eternidad futura del mundo, ninguna mente razonable puede dudar. El hombre, el imperfecto bibliotecario, puede ser obra del azar o de los demiurgos malévolos; el universo, con su elegante dotación de anaqueles, de tomos enigmáticos, de infatigables escaleras para el viajero y de letrinas para el bibliotecario sentado, sólo puede ser obra de un dios. Para percibir la distancia que hay entre lo divino y lo humano, basta comparar estos rudos símbolos trémulos que mi falible mano garabatea en la tapa de un libro, con las letras orgánicas del interior: puntuales, delicadas, negrísimas, inimitablemente simétricas.

El segundo: *El número de símbolos ortográficos es veinticinco.*[1] Esa comprobación permitió, hace trescientos años, formular una teoría general de la Biblioteca y resolver satisfactoriamente el problema que ninguna conjetura había descifrado: la naturaleza informe y caótica de casi todos los libros. Uno, que mi padre vio en un hexágono del circuito quince noventa y cuatro, constaba de las letras M C V perversamente repetidas desde el renglón primero hasta el último. Otro (muy consultado en esta zona) es un mero laberinto de letras, pero la página penúltima dice *Oh tiempo tus pirámides.* Ya se sabe: por una línea razonable o una recta noticia hay leguas de insensatas cacofonías, de fárragos verbales y de incoherencias. (Yo sé de una región

---

[1] El manuscrito original no contiene guarismos o mayúsculas. La puntuación ha sido limitada a la coma y al punto. Esos dos signos, el espacio y las veintidós letras del alfabeto son los veinticinco símbolos suficientes que enumera el desconocido. *(Nota del Editor.)*

cerril cuyos bibliotecarios repudian la supersticiosa y vana costumbre
de buscar sentido en los libros y la equiparan a la de buscarlo en los
sueños o en las líneas caóticas de la mano... Admiten que los inventores de la escritura imitaron los veinticinco símbolos naturales, pero
sostienen que esa aplicación es casual y que los libros nada significan
en sí. Ese dictamen, ya veremos, no es del todo falaz.)

Durante mucho tiempo se creyó que esos libros impenetrables correspondían a lenguas pretéritas o remotas. Es verdad que los hombres
más antiguos, los primeros bibliotecarios, usaban un lenguaje asaz
diferente del que hablamos ahora; es verdad que unas millas a la
derecha la lengua es dialectal y que noventa pisos más arriba, es incomprensible. Todo eso, lo repito, es verdad, pero cuatrocientas diez
páginas de inalterables M C V no pueden corresponder a ningún
idioma, por dialectal o rudimentario que sea. Algunos insinuaron que
cada letra podía influir en la subsiguiente y que el valor de M C V en
la tercera línea de la página 71 no era el que puede tener la misma
serie en otra posición de otra página, pero esa vaga tesis no prosperó.
Otros pensaron en criptografías; universalmente esa conjetura ha sido
aceptada, aunque no en el sentido en que la formularon sus inventores.

Hace quinientos años, el jefe de un hexágono superior [1] dio con
un libro tan confuso como los otros, pero que tenía casi dos hojas
de líneas homogéneas. Mostró su hallazgo a un descifrador ambulante, que le dijo que estaban redactadas en portugués; otros le dijeron que en yiddish. Antes de un siglo pudo establecerse el idioma:
un dialecto samoyedo-lituano del guaraní, con inflexiones de árabe
clásico. También se descifró el contenido: nociones de análisis com-
binatorio, ilustradas por ejemplos de variaciones con repetición ilimitada. Esos ejemplos permitieron que un bibliotecario de genio des-
cubriera la ley fundamental de la Biblioteca. Este pensador observó
que todos los libros, por diversos que sean, constan de elementos
iguales: el espacio, el punto, la coma, las veintidós letras del alfabeto. También alegó un hecho que todos los viajeros han confirmado:
*No hay, en la vasta Biblioteca, dos libros idénticos.* De esas premisas
incontrovertibles dedujo que la Biblioteca es total y que sus anaqueles
registran todas las posibles combinaciones de los veintitantos símbolos ortográficos (número, aunque vastísimo, no infinito) o sea todo
lo que es dable expresar: en todos los idiomas. Todo: la historia minuciosa del porvenir, las autobiografías de los arcángeles, el catálogo
fiel de la Biblioteca, miles y miles de catálogos falsos, la demostración de la falacia de esos catálogos, la demostración de la falacia del

---

[1] Antes, por cada tres hexágonos había un hombre. El suicidio y las enfermedades pulmonares han destruido esa proporción. Memoria de indecible
melancolía: a veces he viajado muchas noches por corredores y escaleras pu-
lidas sin hallar un solo bibliotecario.

catálogo verdadero, el evangelio gnóstico de Basílides, el comentario de ese evangelio, el comentario del comentario de ese evangelio, la relación verídica de tu muerte, la versión de cada libro a todas las lenguas, las interpolaciones de cada libro en todos los libros, el tratado que Beda pudo escribir (y no escribió) sobre la Mitología de los sajones, los libros perdidos de Tácito.

Cuando se proclamó que la Biblioteca abarcaba todos los libros, la primera impresión fue de extravagante felicidad. Todos los hombres se sintieron señores de un tesoro intacto y secreto. No había problema personal o mundial cuya elocuente solución no existiera: en algún hexágono. El universo estaba justificado, el universo bruscamente usurpó las dimensiones ilimitadas de la esperanza. En aquel tiempo se habló mucho de las Vindicaciones: libros de apología y de profecía, que para siempre vindicaban los actos de cada hombre del universo y guardaban arcanos prodigiosos para su porvenir. Miles de codiciosos abandonaron el dulce hexágono natal y se lanzaron escaleras arriba, urgidos por el vano propósito de encontrar su Vindicación. Esos peregrinos disputaban en los corredores estrechos, proferían oscuras maldiciones, se estrangulaban en las escaleras divinas, arrojaban los libros engañosos al fondo de los túneles, morían despeñados por los hombres de regiones remotas. Otros se enloquecieron... Las Vindicaciones existen (yo he visto dos que se refieren a personas del porvenir, a personas acaso no imaginarias) pero los buscadores no recordaban que la posibilidad de que un hombre encuentre la suya, o alguna pérfida variación de la suya, es computable en cero.

También se esperó entonces la aclaración de los misterios básicos de la humanidad: el origen de la Biblioteca y del tiempo. Es verosímil que esos graves misterios puedan explicarse en palabras: si no basta el lenguaje de los filósofos, la multiforme Biblioteca habrá producido el idioma inaudito que se requiere y los vocabularios y gramáticas de ese idioma. Hace ya cuatro siglos que los hombres fatigan los hexágonos... Hay buscadores oficiales, *inquisidores*. Yo los he visto en el desempeño de su función: llegan siempre rendidos; hablan de una escalera sin peldaños que casi los mató; hablan de galerías y de escaleras con el bibliotecario; alguna vez, toman el libro más cercano y lo hojean, en busca de palabras infames. Visiblemente, nadie espera descubrir nada.

A la desaforada esperanza, sucedió, como es natural, una depresión excesiva. La certidumbre de que algún anaquel en algún hexágono encerraba libros preciosos y de que esos libros preciosos eran inaccesibles, pareció casi intolerable. Una secta blasfema sugirió que cesaran las buscas y que todos los hombres barajaran letras y símbolos, hasta construir, mediante un improbable don del azar, esos libros canónicos. Las autoridades se vieron obligadas a promulgar órdenes severas. La secta desapareció, pero en mi niñez he visto hombres viejos que largamente se ocultaban en las letrinas, con unos discos de metal en un cubilete prohibido, y débilmente remedaban el divino desorden.

Otros, inversamente, creyeron que lo primordial era eliminar las obras inútiles. Invadían los hexágonos, exhibían credenciales no siempre falsas, hojeaban con fastidio un volumen y condenaban anaqueles enteros: a su furor higiénico, ascético, se debe la insensata perdición de millones de libros. Su nombre es execrado, pero quienes deploran los "tesoros" que su frenesí destruyó, negligen dos hechos notorios. Uno: la Biblioteca es tan enorme que toda reducción de origen humano resulta infinitesimal. Otro: cada ejemplar es único, irreemplazable, pero (como la Biblioteca es total) hay siempre varios centenares de miles de facsímiles imperfectos: de obras que no difieren sino por una letra o por una coma. Contra la opinión general, me atrevo a suponer que las consecuencias de las depredaciones cometidas por los Purificadores, han sido exageradas por el horror que esos fanáticos provocaron. Los urgía el delirio de conquistar los libros del Hexágono Carmesí: libros de formato menor que los naturales; omnipotentes, ilustrados y mágicos.

También sabemos de otra superstición de aquel tiempo: la del Hombre del Libro. En algún anaquel de algún hexágono (razonaron los hombres) debe existir un libro que sea la cifra y el compendio perfecto *de todos los demás:* algún bibliotecario lo ha recorrido y es análogo a un dios. En el lenguaje de esta zona persisten aún vestigios del culto de ese funcionario remoto. Muchos peregrinaron en busca de Él. Durante un siglo fatigaron en vano los más diversos rumbos. ¿Cómo localizar el venerado hexágono secreto que lo hospedaba? Alguien propuso un método regresivo: Para localizar el libro A, consultar previamente un libro B que indique el sitio de A; para localizar el libro B, consultar previamente un libro C, y así hasta lo infinito... En aventuras de esas, he prodigado y consumido mis años. No me parece inverosímil que en algún anaquel del universo haya un libro total; [1] ruego a los dioses ignorados que un hombre —¡uno solo, aunque sea, hace miles de años!— lo haya examinado y leído. Si el honor y la sabiduría y la felicidad no son para mí, que sean para otros. Que el cielo exista, aunque mi lugar sea el infierno. Que yo sea ultrajado y aniquilado, pero que en un instante, en un ser, Tu enorme Biblioteca se justifique.

Afirman los impíos que el disparate es normal en la Biblioteca y que lo razonable (y aun la humilde y pura coherencia) es una casi

---

[1] Lo repito: basta que un libro sea posible para que exista. Sólo está excluido lo imposible. Por ejemplo: ningún libro es también una escalera, aunque sin duda hay libros que discuten y niegan y demuestran esa posibilidad y otros cuya estructura corresponde a la de una escalera.

milagrosa excepción. Hablan (lo sé) de "la Biblioteca febril, cuyos azarosos volúmenes corren el incesante albur de cambiarse en otros y que todo lo afirman, lo niegan y lo confunden como una divinidad que delira". Esas palabras que no sólo denuncian el desorden sino que lo ejemplifican también, notoriamente prueban su gusto pésimo y su desesperada ignorancia. En efecto, la Biblioteca incluye todas las estructuras verbales, todas las variaciones que permiten los veinticinco símbolos ortográficos, pero no un solo disparate absoluto. Inútil observar que el mejor volumen de los muchos hexágonos que administro se titula *Trueno peinado*, y otro *El calambre de yeso* y otro *Axaxaxas mlö*. Esas proposiciones, a primera vista incoherentes, sin duda son capaces de una justificación criptográfica o alegórica; esa justificación es verbal, y *ex hypothesi*, ya figura en la Biblioteca. No puedo combinar unos caracteres.

*dhcmrlchtdj*

que la divina Biblioteca no haya previsto y que en alguna de sus lenguas secretas no encierren un terrible sentido. Nadie puede articular una sílaba que no esté llena de ternuras y de temores; que no sea en alguno de esos lenguajes el nombre poderoso de un dios. Hablar es incurrir en tautologías. Esta epístola inútil y palabrera ya existe en uno de los treinta volúmenes de los cinco anaqueles de uno de los incontables hexágonos —y también su refutación. (Un número *n* de lenguajes posibles usa el mismo vocabulario; en algunos, el símbolo *biblioteca* admite la correcta definición *ubicuo y perdurable sistema de galerías hexagonales*, pero *biblioteca* es *pan* o *pirámide* o cualquier otra cosa, y las siete palabras que la definen tienen otro valor. Tú, que me lees, ¿estás seguro de entender mi lenguaje?).

La escritura metódica me distrae de la presente condición de los hombres. La certidumbre de que todo está escrito nos anula o nos afantasma. Yo conozco distritos en que los jóvenes se prosternan ante los libros y besan con barbarie las páginas, pero no saben descifrar una sola letra. Las epidemias, las discordias heréticas, las peregrinaciones que inevitablemente degeneran en bandolerismo, han diezmado la población. Creo haber mencionado los suicidios, cada año más frecuentes. Quizá me engañen la vejez y el temor, pero sospecho que la especie humana —la única— está por extinguirse y que la Biblioteca perdurará: iluminada, solitaria, infinita, perfectamente inmóvil, armada de volúmenes preciosos, inútil, incorruptible, secreta.

Acabo de escribir *infinita*. No he interpolado ese adjetivo por una costumbre retórica; digo que no es ilógi  pensar que el mundo es infinito. Quienes lo juzgan limitado, postulan que en lugares remotos los corredores y escaleras y hexágonos pueden inconcebiblemente cesar —lo cual es absurdo. Quienes lo imaginan sin límites, olvidan que los tiene el número posible de libros. Yo me atrevo a insinuar esta solución del antiguo problema: *La biblioteca es ilimitada y periódica.* Si un eterno viajero la atravesara en cualquier dirección, comprobaría al cabo de los siglos que los mismos volúmenes se repiten en el mismo desorden (que, repetido, sería un orden: el Orden). Mi soledad se alegra con esa elegante esperanza.[1]

---

[1] Letizia Álvarez de Toledo ha observado que la vasta Biblioteca es inútil; en rigor, bastaría *un solo volumen*, de formato común, impreso en cuerpo nueve o en cuerpo diez, que constara de un número infinito de hojas infinitamente delgadas. (Cavalieri a principios del siglo XVII, dijo que todo cuerpo sólido es la superposición de un número infinito de planos.) El manejo de ese *vademecum* sedoso no sería cómodo: cada hoja aparente se desdoblaría en otras análogas; la inconcebible hoja central no tendría revés.

# MARÍA LUISA BOMBAL

CHILENA
(1910-1980)

*María Luisa Bombal nació en Viña del Mar. Realizó estudios en la Sorbona. Allí se graduó en el área de Filosofía y Letras. Residió en Buenos Aires y luego en Nueva York. Autora de dos novelas; La última niebla, de 1935 (obra que en realidad apareció en 1934 en una edición limitada) y La amortajada (1938). Su cuentística incluye los siguientes reelatos "Lo secreto", en 1934; "Las islas nuevas", en 1938 y "El árbol", en 1939 (ambos cuentos habían aparecido junto con su primera novela en la edición del 34 indicada); "Trenzas" (1940); "La historia de María Griselda" (1946) y "La maja y el ruiseñor" (1960). María Luisa Bombal reescribió en inglés su novela La última niebla. En 1947 se publica con el título House of Mist. Su segunda novela se traduce al inglés, publicándose en 1948 con el título The Shrouded Woman. Sus cuentos también fueron traducidos al inglés.*

*Obra breve y de excepcional calidad la de María Luisa Bombal; se insistió varias veces sobre la concesión del premio nacional de literatura, pero nunca fue galardonada. La significación de su obra es indudable en el desarrollo de la narrativa hispanoamericana; sus dos novelas constituyen referencias insoslayables por el completo dominio de las técnicas narrativas modernas. Su prosa es particularmente novedosa en la creación de una atmósfera irreal. Lo sugerente, lo impreciso, el cruce de elementos reales e imaginarios interna al lector en ambientes que el narrador quiere sean plenamente ocupados por la imaginación de la lectura.*

## EL ÁRBOL *

> A Nina Anguita, gran artista, mágica amiga
> que supo dar vida y realidad a mi árbol
> imaginado, dedico el cuento que, sin saber,
> escribí para ella mucho antes de conocerla.

El pianista se sienta, tose por prejuicio y se concentra un instante. Las luces en racimo que alumbran la sala declinan lentamente hasta detenerse en un resplandor mortecino de brasa, al tiempo que una frase musical comienza a subir en el silencio, a desenvolverse, clara, estrecha y juiciosamente caprichosa.

"Mozart, tal vez", piensa Brígida. Como de costumbre se ha olvidado de pedir el programa. "Mozart, tal vez, o Scarlatti..." ¡Sabía tan poca música! Y no era porque no tuviese oído ni afición. De niña fue ella quien reclamó lecciones de piano; nadie necesitó imponérselas, como a sus hermanas. Sus hermanas, sin embargo, tocaban ahora correctamente y descifraban a primera vista, en tanto que ella... Ella había abandonado los estudios al año de iniciarlos. La razón de su inconsecuencia era tan sencilla como vergonzosa: jamás había conseguido aprender la llave de Fa, jamás. "No comprendo, no me alcanza la memoria más que para la llave de Sol." ¡La indignación de su padre! "¡A cualquiera le doy esta carga de un infeliz viudo con varias hijas que educar! ¡Pobre Carmen! Seguramente habría sufrido por Brígida. Es retardada esta criatura."

Brígida era la menor de seis niñas todas diferentes de carácter. Cuando el padre llegaba por fin a su sexta hija, lo hacía tan perplejo y agotado por las cinco primeras que prefería simplificarse el día declarándola retardada. "No voy a luchar más, es inútil. Déjenla. Si no quiere estudiar, que no estudie. Si le gusta pasarse en la cocina, oyendo cuentos de ánimas, allá ella. Si le gustan las muñecas a los dieciséis años, que juegue." Y Brígida había conservado sus muñecas y permanecido totalmente ignorante.

¡Qué agradable es ser ignorante! ¡No saber exactamente quién fue Mozart, desconocer sus orígenes, sus influencias, las particularidades de su técnica! Dejarse solamente llevar por él de la mano, como ahora.

Y Mozart la lleva, en efecto. La lleva por un puente suspendido sobre un agua cristalina que corre en un lecho de arena rosada. Ella

---

está vestida de blanco, con un quitasol de encaje, complicado y fino como una telaraña, abierto sobre el hombro.

—Estás cada día más joven, Brígida. Ayer encontré a tu marido, a tu ex marido, quiero decir. Tiene todo el pelo blanco.

Pero ella no contesta, no se detiene, sigue cruzando el puente que Mozart le ha tendido hacia el jardín de sus años juveniles.

Altos surtidores en los que el agua canta. Sus dieciocho años, sus trenzas castañas que desatadas le llegaban hasta los tobillos, su tez dorada, sus ojos oscuros tan abiertos y como interrogantes. Una pequeña boca de labios carnosos, una sonrisa dulce y el cuerpo más liviano y gracioso del mundo. ¿En qué pensaba, sentada al borde de la fuente? En nada. "Es tan tonta como linda", decían. Pero a ella nunca le importó ser tonta ni "planchar" en los bailes. Una a una iban pidiendo en matrimonio a sus hermanas. A ella no la pedía nadie.

¡Mozart! Ahora le brinda una escalera de mármol azul por donde ella baja entre una doble fila de lirios de hielo. Y ahora le abre una verja de barrotes con puntas doradas para que ella pueda echarse al cuello de Luis, el amigo íntimo de su padre. Desde muy niña, cuando todos la abandonaban, corría hacia Luis. Él la alzaba y ella le rodeaba el cuello con los brazos, entre risas que eran como pequeños gorjeos y besos que le disparaba aturdidamente sobre los ojos, la frente y el pelo ya entonces canoso (¿es que nunca había sido joven?) como una lluvia desordenada. "Eres un collar —le decía Luis—. Eres como un collar de pájaros."

Por eso se había casado con él. Porque al lado de aquel hombre solemne y taciturno no se sentía culpable de ser tal cual era: tonta, juguetona y perezosa. Sí, ahora que han pasado tantos años comprende que no se había casado con Luis por amor; sin embargo, no atina a comprender por qué, por qué se marchó ella un día, de pronto...

Pero he aquí que Mozart la toma nerviosamente de la mano y, arrastrándola en un ritmo segundo a segundo más apremiante, la obliga a cruzar el jardín en sentido inverso, a retomar el puente en una carrera que es casi una huida. Y luego de haberla despojado del quitasol y de la falda transparente, le cierra la puerta de su pasado con un acorde dulce y firme a la vez, y la deja en una sala de conciertos, vestida de negro, aplaudiendo maquinalmente en tanto crece la llama de las luces artificiales.

De nuevo la penumbra y de nuevo el silencio precursor.

Y ahora Beethoven empieza a remover el oleaje tibio de sus notas bajo una luna de primavera. ¡Qué lejos se ha retirado el mar! Brígida se interna playa adentro hacia el mar contraído allá lejos, refulgente y manso, pero entonces el mar se levanta, crece tranquilo, viene a su encuentro, la envuelve, y con suaves olas la va empujando, empujando por la espalda hasta hacerle recostar la mejilla sobre el cuerpo de un hombre. Y se aleja, dejándola olvidada sobre el pecho de Luis.

—No tienes corazón, no tienes corazón —solía decirle a Luis. Latía tan adentro el corazón de su marido que no pudo oírlo sino rara vez y de modo inesperado—. Nunca estás conmigo cuando estás a mi lado —protestaba en la alcoba, cuando antes de dormirse él abría ritualmente los periódicos de la tarde—. ¿Por qué te has casado conmigo?

—Porque tienes ojos de venadito asustado —contestaba él y la besaba. Y ella, súbitamente alegre, recibía orgullosa sobre su hombro el peso de su cabeza cana. ¡Oh, ese pelo plateado y brillante de Luis!

—Luis, nunca me has contado de qué color era exactamente tu pelo cuando eras chico, y nunca me has contado tampoco lo que dijo tu madre cuando te empezaron a salir canas a los quince años. ¿Qué dijo? ¿Se rió? ¿Lloró? ¿Y tú estabas orgulloso o tenías vergüenza? Y en el colegio, tus compañeros, ¿qué decían? Cuéntame, Luis, cuéntame...

—Mañana te contaré. Tengo sueño, Brígida, estoy muy cansado. Apaga la luz.

Inconscientemente él se apartaba de ella para dormir, y ella inconscientemente, durante la noche entera, perseguía el hombro de su marido, buscaba su aliento, trataba de vivir bajo su aliento, como una planta encerrada y sedienta que alarga sus ramas en busca de un clima propicio.

Por las mañanas, cuando la mucama abría las persianas, Luis ya no estaba a su lado. Se había levantado sigiloso y sin darle los buenos días, por temor al collar de pájaros que se obstinaba en retenerlo fuertemente por los hombros. "Cinco minutos, cinco minutos nada más. Tu estudio no va a desaparecer porque te quedes cinco minutos más conmigo, Luis."

Sus despertares. ¡Ah, qué tristes sus despertares! Pero —era curioso— apenas pasaba a su cuarto de vestir, su tristeza se disipaba como por encanto.

Un oleaje bulle, bulle muy lejano, murmura como un mar de hojas. ¿Es Beethoven? No.

Es el árbol pegado a la ventana del cuarto de vestir. Le bastaba entrar para que sintiese circular en ella una gran sensación bienhechora. ¡Qué calor hacía siempre en el dormitorio por las mañanas! ¡Y qué luz cruda! Aquí, en cambio, en el cuarto de vestir, hasta la vista descansaba, se refrescaba. Las cretonas desvaídas, el árbol que desenvolvía sombras como de agua agitada y fría por las paredes, los espejos que doblaban el follaje y se ahuecaban en un bosque infinito y verde. ¡Qué agradable era ese cuarto! Parecía un mundo sumido en un acuario. ¡Cómo parloteaba ese inmenso gomero! Todos los pájaros del barrio venían a refugiarse en él. Era el único árbol de aquella estrecha calle en pendiente que, desde un costado de la ciudad, se despeñaba directamente al río.

—"Estoy ocupado. No puedo acompañarte... Tengo mucho que hacer, no alcanzo a llegar para el almuerzo... Hola, sí, estoy en el club. Un compromiso. Come y acuéstate... No. No sé. Más vale que no me esperes, Brígida."

—¡Si tuviera amigas! —suspiraba ella. Pero todo el mundo se aburría con ella. ¡Si tratara de ser un poco menos tonta! ¿Pero cómo ganar de un tirón tanto terreno perdido? Para ser inteligente hay que empezar desde chica, ¿no es verdad?

A sus hermanas, sin embargo, los maridos las llevaban a todas partes, pero Luis —¿por qué no había de confesárselo a sí misma?— se avergonzaba de ella, de su ignorancia, de su timidez y hasta de sus dieciocho años. ¿No le había pedido acaso que dijera que tenía por lo menos veintiuno, como si su extrema juventud fuera en ellos una tara secreta?

Y de noche, ¡qué cansado se acostaba siempre! Nunca la escuchaba del todo. Le sonreía, eso sí, le sonreía con una sonrisa que ella sabía maquinal. La colmaba de caricias de las que él estaba ausente. ¿Por qué se había casado con ella? Para continuar una costumbre, tal vez para estrechar la vieja relación de amistad con su padre.

Tal vez la vida consistía para los hombres en una serie de costumbres consentidas y continuas. Si alguna llegaba a quebrarse, probablemente se producía el desbarajuste, el fracaso. Y los hombres empezaban entonces a errar por las calles de la ciudad, a sentarse en los bancos de las plazas, cada día peor vestidos y con la barba más crecida. La vida de Luis, por lo tanto, consistía en llenar con una ocupación cada minuto del día. ¡Cómo no haberlo comprendido antes! Su padre tenía razón al declararla retardada.

—Me gustaría ver nevar alguna vez, Luis.

—Este verano te llevaré a Europa y como allá es invierno podrás ver nevar.

—Ya sé que es invierno en Europa cuando aquí es verano. ¡Tan ignorante no soy!

A veces, como para despertarlo al arrebato del verdadero amor, ella se echaba sobre su marido y lo cubría de besos, llorando, llamándolo:

—Luis, Luis, Luis...

—¿Qué? ¿Qué te pasa? ¿Qué quieres?

—Nada.

—¿Por qué me llamas de ese modo, entonces?

—Por nada, por llamarte. Me gusta llamarte.

Y él sonreía, acogiendo con benevolencia aquel nuevo juego.

Llegó el verano, su primer verano de casada. Nuevas ocupaciones impidieron a Luis ofrecerle el viaje prometido.

—Brígida, el calor va a ser tremendo este verano en Buenos Aires. ¿Por qué no te vas a la estancia con tu padre?

—¡Sola?

—Yo iría a verte todas las semanas, de sábado a lunes.

Ella se había sentado en la cama, dispuesta a insultar. Pero en vano buscó palabras hirientes que gritarle. No sabía nada, nada. Ni siquiera insultar.

—¿Qué te pasa? ¿En qué piensas, Brígida?

Por primera vez Luis había vuelto sobre sus pasos y se inclinaba sobre ella, inquieto, dejando pasar la hora de llegada a su despacho.

—Tengo sueño... —había replicado Brígida puerilmente, mientras escondía la cara en las almohadas.

Por primera vez él la había llamado desde el club a la hora del almuerzo. Pero ella había rehusado salir al teléfono, esgrimiendo rabiosamente el arma aquella que había encontrado sin pensarlo: el silencio.

Esa misma noche comía frente a su marido sin levantar la vista, contraídos todos sus nervios.

—¿Todavía estás enojada, Brígida?

Pero ella no quebró el silencio.

—Bien sabes que te quiero, collar de pájaros. Pero no puedo estar contigo a toda hora. Soy un hombre muy ocupado. Se llega a mi edad hecho un esclavo de mil compromisos.

. . .

—¿Quieres que salgamos esta noche?...

. . .

—¿No quieres? Paciencia. Dime, ¿llamó Roberto desde Montevideo?

. . .

—¡Qué lindo traje! ¿Es nuevo?

. . .

—¿Es nuevo, Brígida? Contesta, contéstame...

Pero ella tampoco esta vez quebró el silencio.

Y en seguida lo inesperado, lo asombroso, lo absurdo. Luis que se levanta de su asiento, tira violentamente la servilleta sobre la mesa y se va de la casa dando portazos.

Ella se había levantado a su vez, atónita, temblando de indignación por tanta injusticia. "Y yo, y yo —murmura desorientada—, yo que durante casi un año... cuando por primera vez me permito un reproche... ¡Ah, me voy, me voy esta misma noche! No volveré a pisar nunca más esta casa..." Y abría con furia los armarios de su cuarto de vestir, tiraba desatinadamente la ropa al suelo.

Fue entonces cuando alguien o algo golpeó en los cristales de la ventana.

Había corrido, no supo cómo ni con qué insólita valentía, hacia la ventana. La había abierto. Era el árbol, el gomero que un gran soplo de viento agitaba, el que golpeaba con sus ramas los vidrios, el que la requería desde afuera como para que lo viera retorcerse hecho una impetuosa llamarada negra bajo el cielo encendido de aquella noche de verano.

Un pesado aguacero no tardaría en rebotar contra sus frías hojas. ¡Qué delicia! Durante toda la noche, ella podría oír la lluvia azotar, escurrirse por las hojas del gomero como por los canales de mil goteras fantasiosas. Durante toda la noche oiría crujir y gemir el viejo tronco del gomero contándole de la intemperie, mientras ella se acurrucaría, voluntariamente friolenta, entre las sábanas del amplio lecho, muy cerca de Luis.

Puñados de perlas que llueven a chorros sobre un techo de plata. Chopin. *Estudios* de Federico Chopin.

¿Durante cuántas semanas se despertó de pronto, muy temprano, apenas sentía que su marido, ahora también él obstinadamente callado, se había escurrido del lecho?

El cuarto de vestir: la ventana abierta de par en par, un olor a río y a pasto flotando en aquel cuarto bienhechor, y los espejos velados por un halo de neblina.

Chopin y la lluvia que resbala por las hojas del gomero con ruido de cascada secreta, y parece empapar hasta las rosas de las cretonas, se entremezclan en su agitada nostalgia.

¿Qué hacer en verano cuando llueve tanto? ¿Quedarse el día entero en el cuarto fingiendo una convalecencia o una tristeza? Luis había entrado tímidamente una tarde. Se había sentado muy tieso. Hubo un silencio.

—Brígida, ¿entonces es cierto? ¿Ya no me quieres?

Ella se había alegrado de golpe, estúpidamente. Puede que hubiera gritado: "No, no; te quiero, Luis, te quiero", si él le hubiera dado tiempo, si no hubiese agregado, casi de inmediato, con su calma habitual:

—En todo caso, no creo que nos convenga separarnos, Brígida. Hay que pensarlo mucho.

En ella los impulsos se abatieron tan bruscamente como se habían precipitado. ¡A qué exaltarse inútilmente! Luis la quería con ternura y medida; si alguna vez llegara a odiarla la odiaría con justicia y prudencia. Y eso era la vida. Se acercó a la ventana, apoyó la frente contra el vidrio glacial. Allí estaba el gomero recibiendo serenamente la lluvia que lo golpeaba, tranquilo y regular. El cuarto se inmovilizaba en la penumbra, ordenado y silencioso. Todo parecía detenerse, eterno y muy noble. Eso era la vida. Y había cierta grandeza en aceptarla así, mediocre, como algo definitivo, irremediable. Mientras del fondo

de las cosas parecía brotar y subir una melodía de palabras graves y
lentas que ella se quedó escuchando: "Siempre." "Nunca"...

Y así pasan las horas, los días y los años. ¡Siempre! ¡Nunca! ¡La
vida, la vida!

Al recobrarse cayó en cuenta que su marido se había escurrido del
cuarto.

¡Siempre! ¡Nunca!... Y la lluvia, secreta e igual, aún continuaba
susurrando en Chopin.

El verano deshojaba su ardiente calendario. Caían páginas luminosas y enceguecedoras como espadas de oro, y páginas de una humedad malsana como el aliento de los pantanos; caían páginas de furiosa y breve tormenta, y páginas de viento caluroso, del viento que
trae el "clavel del aire" y lo cuelga del inmenso gomero.

Algunos niños solían jugar al escondite entre las enormes raíces
convulsas que levantaban las baldosas de la acera, y el árbol se llenaba de risas y de cuchicheos. Entonces ella se asomaba a la ventana
y golpeaba las manos; los niños se dispersaban asustados, sin reparar
en su sonrisa de niña que a su vez desea participar en el juego.

Solitaria, permanecía largo rato acodada en la ventana mirando el
oscilar del follaje —siempre corría alguna brisa en aquella calle que
se despeñaba directamente hasta el río— y era como hundir la mirada
en un agua movediza o en el fuego inquieto de una chimenea. Una podía pasarse así las horas muertas, vacía de todo pensamiento, atontada
de bienestar.

Apenas el cuarto empezaba a llenarse del humo del crepúsculo ella
encendía la primera lámpara, y la primera lámpara resplandecía en los
espejos, se multiplicaba como una luciérnaga deseosa de precipitar la
noche.

Y noche a noche dormitaba junto a su marido, sufriendo por rachas.
Pero cuando su dolor se condensaba hasta herirla como un puntazo,
cuando la asediaba un deseo demasiado imperioso de despertar a Luis
para pegarle o acariciarlo, se escurría de puntillas hacia el cuarto de
vestir y abría la ventana. El cuarto se llenaba instantáneamente de dis-
cretos ruidos y discretas presencias, de pisadas misteriosas, de aleteos,
de sutiles chasquidos vegetales, del dulce gemido de un grillo escondido bajo la corteza del gomero sumido en las estrellas de una calu-
rosa noche estival.

Su fiebre decaía a medida que sus pies desnudos se iban helando
poco a poco sobre la estera. No sabía por qué le era tan fácil sufrir
en aquel cuarto.

Melancolía de Chopin engranando un estudio tras otro, engranando
una melancolía tras otra, imperturbable.

Y vino el otoño. Las hojas secas revoloteaban un instante antes de rodar sobre el césped del estrecho jardín, sobre la acera de la calle en pendiente. Las hojas se desprendían y caían... La cima del gomero permanecía verde, pero por debajo el árbol enrojecía, se ensombrecía como el forro gastado de una suntuosa capa de baile. Y el cuarto parecía ahora sumido en una copa de oro triste.

Echada sobre el diván, ella esperaba pacientemente la hora de la cena, la llegada improbable de Luis. Había vuelto a hablarle, había vuelto a ser su mujer, sin entusiasmo y sin ira. Ya no lo quería. Pero ya no sufría. Por el contrario, se había apoderado de ella una inesperada sensación de plenitud, de placidez. Ya nadie ni nada podría herirla. Puede que la verdadera felicidad esté en la convicción de que se ha perdido irremediablemente la felicidad. Entonces empezamos a movernos por la vida sin esperanzas ni miedos, capaces de gozar por fin todos los pequeños goces, que son los más perdurables.

Un estruendo feroz, luego una llamarada blanca que la echa hacia atrás toda temblorosa.

¿Es el entreacto? No. Es el gomero, ella lo sabe.

Lo habían abatido de un solo hachazo. Ella no pudo oír los trabajos que empezaron muy de mañana. "Las raíces levantaban las baldosas de la acera y entonces, naturalmente, la comisión de vecinos..."

Encandilada se ha llevado las manos a los ojos. Cuando recobra la vista se incorpora y mira a su alrededor. ¿Qué mira?

¿La sala de concierto bruscamente iluminada, la gente que se dispersa?

No. Ha quedado aprisionada en las redes de su pasado, no puede salir del cuarto de vestir. De su cuarto de vestir invadido por una luz blanca aterradora. Era como si hubieran arrancado el techo de cuajo; una luz cruda entraba por todos lados, se le metía por los poros, la quemaba de frío. Y todo lo veía a la luz de esa fría luz. Luis, su cara arrugada, sus manos que surcan gruesas venas desteñidas, y las cretonas de colores chillones.

Despavorida ha corrido hacia la ventana. La ventana abre ahora directamente sobre una calle estrecha, tan estrecha que su cuarto se estrella casi contra la fachada de un rascacielos deslumbrante. En la planta baja, vidrieras y más vidrieras llenas de frascos. En la esquina de la calle, una hilera de automóviles alineados frente a una estación de servicio pintada de rojo. Algunos muchachos, en mangas de camisa, patean una pelota en medio de la calzada.

Y toda aquella fealdad había entrado en sus espejos. Dentro de sus espejos había ahora balcones de níquel y trapos colgados y jaulas con canarios.

Le habían quitado su intimidad, su secreto; se encontraba desnuda en medio de la calle, desnuda junto a un marido viejo que le volvía la espalda para dormir, que no le había dado hijos. No comprende cómo hasta entonces no había deseado tener hijos, cómo había llegado a conformarse a la idea de que iba a vivir sin hijos toda su vida. No comprende cómo pudo soportar durante un año esa risa de Luis, esa risa demasiado jovial, esa risa postiza de hombre que se ha adiestrado en la risa porque es necesario reír en determinadas ocasiones.

¡Mentira! Eran mentiras su resignación y su serenidad; quería amor, sí, amor, y viajes y locuras, y amor, amor...

—Pero, Brígida, ¿por qué te vas? ¿por qué te quedabas? —había preguntado Luis.

Ahora habría sabido contestarle:

—¡El árbol, Luis, el árbol! Han derribado el gomero.

# AUGUSTO CÉSPEDES

BOLIVIANO
( 1 9 0 4 )

*Narrador y ensayista de viva presencia en la literatura hispano-
americana. Su relato "El pozo" publicado en 1936 es un magnífico ejemplo de la manera como el tratamiento artístico de lo histórico puede alcanzar universalidad y una perdurable actualidad.
Augusto Céspedes nació en Cochabamba. Ha ejercido como abogado, periodista y diplomático. Fundó en 1936 el diario* La Calle,
*luego fue director del diario* La Nación, *de la Paz. Constantemente comprometido en el curso de la vida política boliviana:
militante del Movimiento Nacionalista Revolucionario; diputado;
representante de su país en la UNESCO.*

*Su obra narrativa más comentada es* Sangre de mestizos: relatos de la guerra del Chaco. *Se publica en 1936; incluye el
cuento "El pozo" seleccionado en esta antología, y los relatos
"Terciana muda", "La coronela", "Seis muertos en campaña", "el
milagro", "Humo de petróleo", "Las ratas", "La paraguaya",
"Opiniones de dos descabezados". Como lo indica el subtítulo
de la colección, son relatos sobre el conflicto entre Bolivia y Paraguay entre 1932 y 1935. Céspedes, testigo de la guerra, dedica
el libro a sus compañeros "de la Escuela de Oficiales del 'Con-
dado', muertos en la campaña". En cuanto a su novelística, publica en 1946* Metal del diablo *y* Trópico enamorado, *en 1968.*

*La producción ensayística del autor boliviano supone una com-
binatoria de géneros en la que entran lo histórico, lo novelesco,
lo testimonial; razón por la cual se suele citar esta obra como
crónica. De ella destacan* El dictador suicida *(1956),* El presidente
colgado *(1966),* Salamanca o el metafísico del fracaso *(1973),*
Crónicas heroicas de una guerra estúpida *(1975).*

*El más de medio siglo transcurrido desde la publicación de
"El pozo" no nos impone la explicación del contexto histórico
al que apunta el relato puesto que su realización artística está
propuesta en la consecución del significado de la Historia y del
hombre más que en el apunte temporal del suceso. De allí también la forma intimista y subjetiva del diario escogida para la
narración. La incierta, inútil y espejística tarea de la excavación
del pozo intersecta con el absurdo de la exterminación humana
en la guerra: "Ya no se cava para encontrar agua, sino por cum-*

plir un designio fatal, un propósito inescrutable... Aquí arriba
el pozo ha tomado la fisonomía de algo inevitable, eterno y poderoso como la guerra." La búsqueda del agua —materia inexistente— refracta el delirio de la defensa territorial; la muerte está
detrás de ambas empresas con el gesto de la indiferencia.

La presencia de fuertes planos sociales e históricos en los
cuentos de Céspedes no los limitó a un expresionismo realista;
muy por el contrario, el autor boliviano encontró un lenguaje
poético que se internó en espacios existenciales, subconscientes y
alucinatorios. Su cuento "El pozo" es una lúcida realización vanguardista proyectada sobre las confusiones, absurdos y alienaciones derivadas de las relaciones entre destino histórico e individual.

## EL POZO *

Soy el suboficial boliviano Miguel Navajas y me
encuentro en el hospital de Tarairí, recluido desde
hace 50 días con avitaminosis beribérica, motivo
insuficiente según los médicos para ser evacuado
hasta La Paz, mi ciudad natal y mi gran ideal.
Tengo ya dos años y medio de campaña y ni el
balazo con que me hirieron en las costillas el año
pasado, ni esta excelente avitaminosis me procuran la liberación.

Entretanto me aburro, vagando entre los numerosos fantasmas en calzoncillos que son los enfermos de este hospital, y como nada tengo para
leer durante las cálidas horas de este infierno, me
leo a mí mismo, releo mi diario. Pues bien, enhe-
brando páginas distantes, he exprimido de ese
Diario la historia de un pozo que está ahora en
poder de los paraguayos.

Para mí ese pozo es siempre nuestro, acaso por
lo mucho que nos hizo agonizar. En su contorno
y en su fondo se escenificó un drama terrible en
dos actos: el primero en la perforación y el segundo en la sima. Ved lo que dicen esas páginas:

## I

15 de enero de 1933.

Verano sin agua. En esta zona del Chaco, al norte de Platanillos
casi no llueve, y lo poco que llovió se ha evaporado. Al norte, al sur,
a la derecha o a la izquierda, por donde se mire o se ande en la trans-

* Reproducido con permiso de Monte Ávila Editores, C. A., Caracas, Venezuela.

parencia casi inmaterial del bosque de leños plomizos, esqueletos sin sepultura condenados a permanecer de pie en la arena exangüe, no hay una gota de agua, lo que no impide que vivan aquí los hombres en guerra. Vivimos, raquíticos, miserables, prematuramente envejecidos los árboles, con más ramas que hojas, y los hombres, con más sed que odio.

Tengo a mis órdenes unos 20 soldados, con los rostros entintados de pecas, en los pómulos costras como discos de cuero y los ojos siempre ardientes. Muchos de ellos han concurrido a las defensas de Aguarrica y del Siete,[1] de donde sus heridas o enfermedades los llevaron al hospital de Muñoz y luego al de Ballivián. Una vez curados, los han traído por el lado de Platanillos, al II Cuerpo de Ejército. Incorporados al regimiento de zapadores a donde fui también destinado permanecemos desde hace una semana aquí, en las próximidades del fortín Loa, ocupados en abrir una picada.[2] El monte es muy espinoso, laberíntico y pálido. No hay agua.

### 17 de enero.

Al atardecer, entre nubes de polvo que perforan los elásticos caminos aéreos que confluyen hasta la pulpa del sol naranja, sobredorando el contorno del ramaje anémico, llega el camión aguatero.

Un viejo camión, de guardafangos abollados, sin cristales y con un farol vendado, que parece librado de un terremoto, cargado de toneles negros, llega. Lo conduce un chofer cuya cabeza rapada me recuerda a una tutuma.[3] Siempre brillando de sudor, con el pecho húmedo, descubierto por la camisa abierta hasta el vientre.

—La cañada se va secando —anunció hoy—. La ración de agua es menos ahora para el regimiento.

—A mí no más, agua los soldados me van a volver —ha añadido el ecónomo que le acompaña.

Sucio como el chofer, si éste se distingue por la camisa en aquél son los pantalones aceitosos que le dan personalidad. Por lo demás, es avaro y me regatea la ración de coca para mis zapadores. Pero alguna vez me hace entrega de *una* cajetilla de cigarrillos.

El chofer me ha hecho saber que en Platanillos se piensa llevar nuestra División más adelante.

Esto ha motivado comentarios entre los soldados. Hay un potosino Chacón, chico, duro y obscuro como un martillo, que ha lanzado la pregunta fatídica:

---

[1] Siete. Kilómetro Siete del camino Saavedra-Alihuata, donde se libró la batalla del 10 de noviembre.

[2] Picada. Camino transitable por camión en el Chaco.

[3] Tutuma. Calabaza tropical de forma esférica que se utiliza como vaso.

—¿Y habrá agua?

—Menos que aquí —le han respondido.

—¿Menos que aquí? ¿Vamos a vivir del aire como las *carahuatas?* [1]

Traducen los soldados la inconsciencia de su angustia, provocada por el calor que aumenta, relacionando ese hecho con el alivio que nos niega el líquido obsesionante. Destornillando la tapa de un tonel se llena de agua dos latas de gasolina, una para cocinar. y otra para beberla y se va el camión. Siempre se derrama un poco de agua al suelo, humedeciéndolo, y las bandadas de mariposas blancas acuden sedientas a esa humedad.

A veces yo me decido a derrochar un puñado de agua, echándomelo sobre la nuca, y unas abejitas, que no sé con qué viven, vienen a enredarse entre mis cabellos.

### 21 de enero.

Llovió anoche. Durante el día el calor nos cerró como un traje de goma caliente. La refracción del sol en la arena nos perseguía con sus llamaradas blancas. Pero a las seis llovió. Nos desnudamos y nos bañamos, sintiendo en las plantas de los pies el lodo tibio que se metía entre los dedos.

### 25 de enero.

Otra vez el calor. Otra vez este flamear invisible, seco, que se pega a los cuerpos. Me parece que debería abrirse una ventana en alguna parte para que entrase el aire. El cielo es una enorme piedra debajo de la que está encerrado el sol.

Así vivimos, hacha y pala al brazo. Los fusiles quedan semienterrados bajo el polvo de las carpas y somos simplemente unos camineros que tajamos el monte en línea recta, abriendo una ruta, no sabemos para qué, entre la maleza inextricable que también se encoge de calor. Todo lo quema el sol. Un pajonal que ayer por la mañana estaba amarillo, ha encanecido hoy y está seco, aplastado, porque el sol ha andado encima de él.

Desde las 11 de la mañana hasta las 3 de la tarde es imposible el trabajo en la fragua del monte. Durante esas horas, después de buscar inútilmente una masa compacta de sombra, me echo debajo de cualquiera de los árboles, al ilusorio amparo de unas ramas que simulan una seca anatomía de nervios atormentados.

El suelo, sin la cohesión de la humedad, asciende como la muerte blanca envolviendo los troncos con su abrazo de polvo, empañando la red de sombra deshilachada por el ancho torrente del sol. La refrac-

---

[1] Carahuata. Planta de hojas espinosas, y de raíz húmeda que crece a ras del suelo.

ción solar hace vibrar en ondas el aire sobre el perfil del pajonal próximo, tieso y pálido como un cadáver.

Postrados, distensos, permanecemos invadidos por el sopor de la fiebre cotidiana, sumidos en el tibio desmayo que aserrucha el chirrido de las cigarras, interminable como el tiempo. El calor, fantasma transparente volcado de bruces sobre el monte, ronca en el clamor de las cigarras. Estos insectos pueblan todo el bosque donde extienden su taller invisible y misterioso con millones de ruedecillas, martinetes y sirenas cuyo funcionamiento aturde la atmósfera en leguas y leguas.

Nosotros, siempre al centro de esa polifonía irritante, vivimos una escasa vida de palabras sin pensamientos, horas tras horas, mirando en el cielo incoloro mecerse el vuelo de los buitres, que dan a mis ojos la impresión de figuras de pájaros decorativos sobre un empapelado infinito.

Lejanas, se escuchan, de cuando en cuando, detonaciones aisladas.

*1º de febrero.*

El calor se ha adueñado de nuestros cuerpos, identificándolos con la pereza inorgánica de la tierra, haciéndolos como de polvo, sin nexo de continuidad articulada, blandos, calenturientos, conscientes para nosotros sólo por el tormento que nos causan al transmitir desde la piel la presencia sudosa de su beso de horno. Logramos recobrarnos al anochecer. Abandónase el día a la gran llamarada con que se dilata el sol en un último lampo carmesí, y la noche viene obstinada en dormir, pero la acosan las picaduras de múltiples gritos de animales: silbidos, chirridos, graznidos, gama de voces exóticas para nosotros, para nuestros oídos pamperos y montañeses.

Noche y día. Callamos en el día, pero las palabras de mis soldados se despiertan en las noches. Hay algunos muy antiguos, como Nicolás Pedraza, vallegrandino que está en el Chaco desde 1930, que abrió el camino a Loa, Bolívar y Camacho. Es palúdico, amarillo y seco como una cañahueca.

—Los pilas [1] haigan venido por la picada de Camacho, dicen —manifestó el potosino Chacón.

—Ahí sí que no hay agua —informó Pedraza, con autoridad.

—Pero los pilas siempre encuentran. Conocen el monte más que nadie —objetó José Irusta, un paceño áspero, de pómulos afilados y ojillos oblicuos que estuvo en los combates de Yujra y Cabo Castillo.

Entonces un cochabambino a quien apodan el Cosñi, replicó:

—Dicen no más, dicen no más... ¿Y a ese pila que le encontramos en el Siete muerto de sed cuando la cañada estaba ahicito, mi Sof?...

_____

[1] Pila o patapila. Soldado paraguayo.

—Cierto —he afirmado—. También a otro, delante del Campo lo hallamos envenenado por comer tunas del monte.

—De hambre no se muere. De sed sí que se muere. Yo he visto en el pajonal del Siete a los nuestros chupando el barro la tarde del 10 de noviembre.

Hechos y palabras se amontonan sin huella. Pasan como una brisa sobre el pajonal sin siquiera estremecerlo.

Yo no tengo otras cosas que anotar.

## 6 de febrero.

Ha llovido. Los árboles parecen nuevos. Hemos tenido agua en las charcas, pero nos ha faltado pan y azúcar porque el camión de provisiones se ha enfangado.

## 10 de febrero.

Nos trasladan 20 kilómetros más adelante. La picada que trabajamos ya no será utilizada, pero abriremos otra.

## 18 de febrero.

El chofer descamisado ha traído la mala noticia:

—La cañada se acabó. Ahora traeremos agua desde "La China".

## 26 de febrero.

Ayer no hubo agua. Se dificulta el transporte por la distancia que tiene que recorrer el camión. Ayer, después de haber hacheado todo el día en el monte, esperamos en la picada la llegada del camión y el último lampo del sol —esta vez rosáceo— pintó los rostros terrosos de mis soldados sin que viniese por el polvo de la picada el rumor acostumbrado.

Llegó el aguatero esta mañana y alrededor del turril se formó un tumulto de manos, jarros y cantimploras, que chocaban violentos y airados. Hubo una pelea que reclamó mi intervención.

## 1º de marzo.

Ha llegado a este puesto un teniente rubio y pequeñito, con barba crecida. Le he dado el parte sobre el número de hombres a mis órdenes.

—En la línea no hay agua —ha dicho.— Hace dos días se han insolado tres soldados. Debemos buscar pozos.

—En "la China" dice que han abierto pozos.

—Y han sacado agua.

—Han sacado.

—Es cuestión de suerte.

—Por aquí también, cerca de "Loa" ensayaron abrir unos pozos. Entonces Pedraza que nos oía ha informado que efectivamente, a unos cinco kilómetros de aquí, hay un "buraco",[1] abierto desde época inmemorial, de pocos metros de profundidad y abandonado porque seguramente los que intentaron hallar agua desistieron de la empresa. Pedraza juzga que se podría cavar "un poco más".

*2 de marzo.*

Hemos explorado la zona a que se refiere Pedraza. Realmente hay un hoyo, casi cubierto por los matorrales, cerca de un gran palobobo.[2] El teniente rubio ha manifestado que informará a la Comandancia, y esta tarde hemos recibido orden de continuar la excavación del buraco, hasta encontrar agua. He destinado 8 zapadores para el trabajo. Pedraza, Irusta, Chacón, el Cosñi, y cuatro indios más.

## II

*2 de marzo.*

El buraco tiene unos 5 metros de diámetro y unos 5 de profundidad. Duro como el cemento es el suelo. Hemos abierto una senda hasta el hoyo mismo y se ha formado el campamento en las proximidades. Se trabajará todo el día, porque el calor ha descendido.

Los soldados, desnudos de medio cuerpo arriba, relucen como peces. Víboras de sudor con cabecitas de tierra les corren por los torsos. Arrojan el pico que se hunde en la arena aflojada y después se descuelgan mediante una correa de cuero. La tierra extraída es obscura, tierna. Su color optimista aparenta una fresca novedad en los bordes del buraco.

*10 de marzo.*

12 metros. Parece que encontramos agua. La tierra extraída es cada vez más húmeda. Se han colocado tramos de madera en un sector del pozo y he mandado construir una escalera y un caballete de palomataco para extraer la tierra mediante polea. Los soldados se turnan continuamente y Pedraza asegura que en una semana más tendrá el gusto de invitar al General X "a soparse las argentinas en l'aguita del buraco".

*22 de marzo.*

He bajado al pozo. Al ingresar, un contacto casi sólido va ascendiendo por el cuerpo. Concluida la cuerda del sol se palpa la sensación

---

[1] Buraco. (Portugués) agujero.
[2] Palobobo. Árbol del Chaco.

de un aire distinto, el aire de la tierra. Al sumergirse en la sombra y
tocar con los pies desnudos la tierra suave, me baña una gran frescura.
Estoy más o menos a los 18 metros de profundidad. Levanto la cabeza
y la perspectiva del tubo negro se eleva sobre mí hasta concluir en la
boca por donde chorrea el rebalse de luz de la superficie. Sobre el
piso del fondo hay barro y la pared se deshace fácilmente entre las
manos. He salido embarrado y han acudido sobre mí los mosquitos,
hinchándome los pies.

### 30 de marzo.

Es extraño lo que pasa. Hasta hace 10 días se extraía barro casi líquido del pozo y ahora nuevamente tierra seca. He descendido nuevamente al pozo. El aliento de la tierra aprieta los pulmones allá adentro.
Palpando la pared se siente la humedad, pero al llegar al fondo com-
pruebo que hemos atravesado una capa de arcilla húmeda. Ordeno
que se detenga la perforación para ver si en algunos días se deposita
el agua por filtración.

### 12 de abril.

Después de una semana el fondo del pozo seguía seco. Entonces
se ha continuado la excavación y hoy he bajado hasta los 24 metros.
Todo es obscuro allá y sólo se presiente con el tacto nictálope las formas del vientre subterráneo. Tierra, tierra, espesa tierra que aprieta
sus puños con la muda cohesión de la asfixia. La tierra extraída ha
dejado en el hueco el fantasma de su peso y al golpear el muro con el
pico me responde con un toc-toc sin eco que más bien me golpea
el pecho.

Sumido en la obscuridad he resucitado una pretérita sensación de
soledad que me poseía de niño, anegándome de miedosa fantasía cuando
atravesaba el túnel que perforaba un cerro próximo a las lomas de
Capinota donde vivía mi madre. Entraba cautelosamente, asombrado
ante la presencia casi sexual del secreto terrestre, mirando a contraluz
moverse sobre las grietas de la tierra los élitos de los insectos cristalinos. Me atemorizaba llegar a la mitad del túnel en que la gama de
sombra era más densa, pero cuando lo pasaba y me hallaba en rumbo
acelerado hacia la claridad abierta en el otro extremo, me invadía una
gran alegría. Esa alegría nunca llegaba a mis manos, cuya epidermis
padecía siempre la repugnancia de tocar las paredes del túnel.

Ahora, la claridad ya no la veo al frente, sino arriba, elevada e
imposible como una estrella. ¡Oh!... La carne de mis manos se ha
habituado a todo, es casi solidaria con la materia terráquea y no conoce de repugnancia...

*28 de abril.*

Pienso que hemos fracasado en la búsqueda del agua. Ayer llegamos a los 30 metros sin hallar otra cosa que polvo. Debemos detener este trabajo inútil, y con este objeto he elevado una "representación" ante el comandante de batallón quien me ha citado para mañana.

*29 de abril.*

—Mi Capitán —le he dicho al comandante— hemos llegado a los 30 metros y es imposible que salga el agua.

—Pero necesitamos agua de todos modos —me ha respondido.

—Que ensayen en otro sitio ya también ps, mi Capitán.

—No, no. Sigan no más abriendo el mismo. Dos pozos de 30 metros no darán agua. Uno de 40 puede darla.

—Sí, mi Capitán.

—Además, tal vez ya están cerca.

—Sí, mi Capitán.

—Entonces, un esfuerzo más. Nuestra gente se muere de sed.

No muere, pero agoniza diariamente. Es un suplicio sin merma, sostenido cotidianamente con un jarro por soldado. Mis soldados padecen, dentro del pozo, de mayor sed que afuera, con el polvo y el trabajo, pero debe continuar la excavación.

Así les notifiqué y expresaron su impotente protesta, que he procurado calmar ofreciéndoles a nombre del comandante mayor ración de coca y agua.

*9 de mayo.*

Sigue el trabajo. El pozo va adquiriendo entre nosotros una personalidad pavorosa, substancial y devoradora, constituyéndose en el amo, en el desconocido señor de los zapadores. Conforme pasa el tiempo, cada vez más les penetra la tierra mientras más la penetran, incorporándose como por el peso de la gravedad al pasivo elemento, denso e inacabable. Avanzan por aquel camino nocturno, por esa caverna vertical, obedeciendo a una lóbrega atracción, a un mandato inexorable que les condena a desligarse de la luz, invirtiendo el sentido de sus existencias de seres humanos. Cada vez que los veo me dan la sensación de no estar formados por células, sino por moléculas de polvo, con tierra en las orejas, en los párpados, en las cejas, en las aletas de la nariz, con los cabellos blancos, con tierra en los ojos, con el alma llena de tierra del Chaco.

*24 de mayo.*

Se ha avanzado algunos metros más. El trabajo es lentísimo: un soldado cava adentro, otro desde afuera maneja la polea, y la tierra sube en un balde improvisado en un turril de gasolina. Los soldados se quejan de asfixia. Cuando trabajan, la atmósfera les aprensa el cuerpo. Bajo sus plantas y alrededor suyo y encima de sí la tierra crece como la noche. Adusta, sombría, tenebrosa, impregnada de un silencio pesado, inmóvil y asfixiante, se apilona sobre el trabajador una masa semejante al vapor de plomo, enterrándole de tinieblas como a gusano escondido en una edad geológica, distante muchos siglos de la superficie terrestre.

Bebe el líquido tibio y denso de la caramañola que se consume muy pronto, porque la ración, a pesar de ser doble para "los del pozo" se evapora en sus fauces, dentro de aquella sed negra. Busca con los pies desnudos en el polvo muerto la vieja frescura de los surcos que él cavaba también en la tierra regada de sus lejanos valles agrícolas, cuya memoria se le presenta en la epidermis.

Luego golpea, golpea con el pico, mientras la tierra se desploma, cubriéndole los pies sin que aparezca jamás el agua. El agua, que todos ansiamos en una concentración mental de enajenados que se vierte por ese agujero sordo y mudo.

### 5 de junio.

Estamos cerca de los 40 metros. Para estimular a mis soldados he entrado al pozo a trabajar yo también. Me he sentido descendiendo en un sueño de caída infinita. Allá adentro estoy separado para siempre del resto de los hombres, lejos de la guerra, transportado por la soledad a un destino de aniquilación que me estrangula con las manos impalpables de la nada. No se ve la luz, y la densidad atmosférica presiona todos los planos del cuerpo. La columna de obscuridad cae verticalmente sobre mí y me entierra, lejos de los oídos de los hombres.

He procurado trabajar, dando furiosos golpes con el pico, en la esperanza de acelerar con la actividad veloz el transcurso del tiempo. Pero el tiempo es fijo e invariable en ese recinto. Al no revelarse el cambio de las horas con la luz, el tiempo se estanca en el subsuelo con la negra uniformidad de una cámara obscura. Esta es la muerte de la luz, la raíz de ese árbol enorme que crece en las noches y apaga el cielo enlutando la tierra.

### 16 de junio.

Suceden cosas raras. Esa cámara obscura aprisionada en el fondo del pozo va revelando imágenes del agua con el reactivo de los sueños. La obsesión del agua está creando un mundo particular y fantástico que se ha originado a los 41 metros, manifestándose en un curioso suceso acontecido en ese nivel.

El Cosñi Herbozo me lo ha contado. Ayer se había quedado adormecido en el fondo de la cisterna, cuando vio encender una serpiente de plata. La cogió y se deshizo en sus manos, pero aparecieron otras que comenzaron a bullir en el fondo del pozo hasta formar un manantial de borbollones blancos y sonoros que crecían, animando el cilindro tenebroso como a una serpiente encantada que perdió su rigidez para adquirir la flexibilidad de una columna de agua sobre la que el Cosñi se sintió elevado hasta salir al haz alucinante de la tierra.

Allá, ¡oh sorpresa! vio todo el campo transformado por la invasión del agua. Cada árbol se convertía en un surtidor. El pajonal desaparecía y era en cambio una verde laguna donde los soldados se bañaban a la sombra de los sauces. No le causó asombro que desde la orilla opuesta ametrallasen los enemigos y que nuestros soldados se zambullesen a sacar las balas entre gritos y carcajadas. Él solamente deseaba beber. Bebía en los surtidores, bebía en la laguna, sumergiéndose en incontables planos líquidos que chocaban contra su cuerpo, mientras la lluvia de los surtidores le mojaba la cabeza. Bebió, bebió, pero su sed no se calmaba con esa agua, liviana y abundantemente como un sueño.

Anoche el Cosñi tenía fiebre. He dispuesto que lo trasladen al puesto de sanidad del Regimiento.

*24 de junio.*

El Comandante de la División ha hecho detener su auto al pasar por aquí. Me ha hablado, resistiéndose a creer que hayamos alcanzado cerca de los 45 metros, sacando la tierra balde por balde con una correa.

—Hay que gritar, mi Coronel, para que el soldado salga cuando ha pasado su turno —le he dicho.

Más tarde, con algunos paquetes de coca y cigarrillos, el Coronel ha enviado un clarín.

Estamos, pues, atados al pozo. Seguimos adelante. Más bien, retrocedemos al fondo del planeta, a una época geológica donde anida la sombra. Es una persecución del agua a través de la masa impasible. Más solitarios cada vez, más sombríos, obscuros como sus pensamientos y su destino, cavan mis hombres, cavan, cavan atmósfera, tierra y vida con lento y átono cavar de gnomos.

*4 de julio.*

¿Es que en realidad hay agua?... ¡Desde el sueño del Cosñi todos la encuentran! Pedraza ha contado que se ahogaba en una erupción súbita del agua que creció más alta que su cabeza. Irusta dice que ha chocado su pica contra unos témpanos de hielo y Chacón, ayer, salió hablando de una gruta que se iluminaba con el frágil reflejo de las ondas de un lago subterráneo.

¿Tanto dolor, tanta búsqueda, tanto deseo, tanta alma sedienta acumulados en el profundo hueco originan esta floración de manantiales?. ..

### 16 de julio.

Los hombres se enferman. Se niegan a bajar al pozo. Tengo que obligarlos. Me han pedido incorporarse al Regimiento de primera línea. He descendido una vez más y he vuelto, aturdido y lleno de miedo. Estamos cerca de los 50 metros. La atmósfera cada vez más prieta cierra el cuerpo en un malestar angustioso que se adapta a todos sus planos, casi quebrando el hilo imperceptible como un recuerdo que ata el ser empequeñecido con la superficie terrestre, en la honda obscuridad descolgada con peso de plomo. La tétrica pesantez de ninguna torre de piedra se asemeja a la sombría gravitación de aquel cilindro de aire cálido y descompuesto que se viene lentamente hacia abajo. Los hombres son cimientos. El abrazo del subsuelo ahoga a los soldados que no pueden permanecer más de una hora en el abismo. Es una pesadilla. Esta tierra del Chaco tiene algo de raro, de maldito.

### 25 de julio.

Se tocaba el clarín —obsequiado por la División— en la boca de la cisterna para llamar al trabajador cada hora. Cuchillada de luz debió ser la clarinada allá en el fondo. Pero esta tarde, a pesar del clarín, no subió nadie.

—¿Quién está adentro? —pregunté.

Estaba Pedraza.

Le llamaron a gritos y clarinadas:

—¡Taıarííí!. . . ¡¡Pedrazaaaa!!!

—Se habrá dormido. . .

—O muerto —añadí yo, y ordené que bajasen a verlo.

Bajó un soldado y después de largo rato, en medio del círculo que hacíamos alrededor de la boca del pozo, amarrado de la correa, elevado por el cabrestante y empujado por el soldado, ascendió el cuerpo de Pedraza, semiasfixiado.

### 29 de julio.

Hoy se ha desmayado Chacón y ha salido, izado en una lúgubre ascensión de ahorcado.

### 4 de septiembre.

¿Acabará esto algún día?. . . Ya no se cava para encontrar agua sino por cumplir un designio fatal, un propósito inescrutable. Los días de mis soldados se insumen en la vorágine de la concavidad luctuosa

que les lleva ciegos, por delante de su esotérico crecimiento sordo,
atornillándoles a la tierra.

Aquí arriba el pozo ha tomado la fisonomía de algo inevitable,
eterno y poderoso como la guerra. La tierra extraída se ha endurecido
en grandes morros sobre los que acuden lagartos y cardenales. Al aparecer el zapador en el brocal, trasminado de sudor y de tierra, con
los párpados y los cabellos blancos, llega desde un remoto país pluto-
niano, semeja un monstruo prehistórico, surgido de un aluvión. Alguna vez, por decirle algo, le interrogo:

—¿Y...?

—Siempre nada, mi Sof.

Siempre nada, igual que la guerra... ¡Esta nada no se acabará
jamás!

. . . . . . . . . . . . . . . . . . . . . . . . . . . . . . . . . . . . . . . . . . . . . . . . . . . . . . . . . . .

*1º de octubre.*

Hay orden de suspender la excavación. En siete meses de trabajo
no se ha encontrado agua.

Entretanto el puesto ha cambiado mucho. Se han levantado pa-
huichis [1] y un puesto de Comando de batallón. Ahora abriremos un
camino hacia el Este, pero nuestro campamento seguirá ubicado aquí.

El pozo queda también aquí, abandonado, con su boca muda y
terrible y su profundidad sin consuelo. Ese agujero siniestro es en
medio de nosotros siempre un intruso, un enemigo estúpido y respetable, invulnerable a nuestro odio como una cicatriz. No sirve para
nada.

. . . . . . . . . . . . . . . . . . . . . . . . . . . . . . . . . . . . . . . . . . . . . . . . . . . . . . . . . . .

### III

*7 de diciembre (Hospital Platanillos).*

¡Sirvió para algo, el pozo maldito!...

Mis impresiones son frescas, porque el ataque se produjo el día 4
y el 5 me trajeron aquí con un acceso de paludismo.

Seguramente algún prisionero capturado en la línea, donde la existencia del pozo era legendario, informó a los pilas que detrás de las
posiciones bolivianas había un pozo. Acosados por la sed, los guaraníes decidieron un asalto.

A las 6 de la mañana se rasgó el monte, mordido por las ametralladoras. Nos dimos cuenta de que las trincheras avanzadas habían
sido tomadas, solamente cuando percibimos a 200 metros de nosotros

---

[1] Pahuichi. Cabaña de palos y ramas.

el tiroteo de los pilas. Dos granadas de stoke cayeron detrás de nuestras carpas.

Armé con los sucios fusiles a mis zapadores y los desplegué en línea de tiradores. En ese momento llegó a la carrera un oficial nuestro con una sección de soldados y una ametralladora y los posesionó en línea a la izquierda del pozo, mientras nosotros nos extendíamos a la derecha. Algunos se protegían en los montones de tierra extraída. Con un sonido igual al de los machetazos las balas cortaban las ramas. Dos ráfagas de ametralladoras abrieron grietas de hachazos en el palobobo. Creció el tiroteo de los pilas y se oía en medio de las detonaciones su alarido salvaje, concentrándose la furia del ataque sobre el pozo. Pero nosotros no cedíamos un metro, defendiéndolo *¡como si realmente tuviese agua!*

Los cañonazos partieron la tierra, las ráfagas de metralla hendieron cráneos y pechos, pero no abandonamos el pozo, en cinco horas de combate.

A las 12 se hizo un silencio vibrante. Los pilas se habían ido. Entonces recogimos los muertos. Los pilas habían dejado cinco y entre los ocho nuestros estaban el Cosñi, Pedraza, Irusta y Chacón, con los pechos desnudos, mostrando los dientes siempre cubiertos de tierra.

El calor, fantasma transparente echado de bruces sobre el monte, calcinaba troncos y meninges y hacía crepitar el suelo. Para evitar el trabajo de abrir sepulturas pensé en el pozo.

Arrastrados los trece cadáveres hasta el borde fueron pausadamente empujados al hueco, donde vencidos por la gravedad daban un lento volteo y desaparecían, engullidos por la sombra.

—¿Ya no hay más?. . .

Entonces echamos tierra, mucha tierra adentro. Pero, aún así, ese pozo seco es siempre el más hondo de todo el Chaco.

# L Y D I A   C A B R E R A

CUBANA
(1900)

La fuente creativa de Lydia Cabrera proviene de su total inmersión investigadora en los elementos culturales y lingüísticos que lo africano dejó en Cuba. Su labor como etnóloga ha constituido la dedicación de toda una vida. Sus estudios e investigaciones en este campo son una aportación inestimable en la comprensión del fenómeno de sincretismo cultural. Su obra revela en profundidad el trasfondo de los aspectos más significativos de la cultura negra en torno a creencias, formas mágicas de captación de la realidad, religiones, leyendas, formaciones míticas o poéticas del lenguaje.

Esta actividad no es solamente la del científico interesado en una recopilación de información que se interpretará con cierto grado de objetividad. Recreación más que transferencia de datos. Su investigación pasa a la escritura con un vuelo imaginativo y poético nutrido por el mismo material recopilado. Lo antropológico, lo folklórico se transmuta en su obra con el poder de lo imaginario. Hay una provocativa identificación de planos poéticos, metafóricos, rituales, y fabulosos. Admirable sensualidad creativa y evocadora.

Lydia Cabrera nació en La Habana donde completó su educación secundaria; se interesa en su juventud por la pintura. En 1925 va a España; de allí pasa a París, regresa a Cuba. En 1927 vuelve a París, ciudad en la que residirá hasta 1938; estudia en L'Ecole du Louvre. En estos años conoce el arte vanguardista europeo, lo cual será también aprovechado en su creación con gran originalidad. Al regresar a Cuba estudia con gran rigor y dedicación las creencias, mitos y otros aspectos de lo africano. Sale de Cuba en 1960, estableciéndose en Miami.

La obra de la autora cubana resiste las clasificaciones; es una operación escritural abierta, una práctica de la esfera de la imaginación: cuentos, refranes, relatos, leyendas, mitos. Su primera obra Cuentos negros de Cuba, aparece en francés (Contes nègres de Cuba), traducida por Francis de Miomandre y editada por Gallimard en 1936; la versión española se publica en 1940. Siguen los libros ¿Por qué? (1948) y El monte (1954), obra sobre la cual el escritor Guillermo Cabrera Infante ha dicho:

*"Lydia Cabrera ha reafirmado su cubanidad con esa obra maestra que se llama* El monte, *que es quizás, el mejor libro que se ha escrito en Cuba en todos los tiempos."* (Homenaje a Lydia Cabrera, p. 16). *En 1971 publica* Ayapá: cuentos de jicotea.

*La obra de Lydia Cabrera es extensa. Rosario Hiriart distingue la creación de "imaginación"* (Cuentos negros de Cuba, ¿Por qué?, Ayapá: cuentos de jicotea) *de aquélla dedicada más bien a la "investigación folklórica". Otros libros de la autora son:* Refranes de negros viejos *(1955);* Anagó, vocabulario lucumí (el yoruba que se habla en Cuba) *(1957);* La sociedad secreta Abakuá *(1958);* Otan Iyebiyé: las piedras preciosas *(1970);* La laguna sagrada de San Joaquín *(1973);* Yemayá y Ochún: las diosas del agua *(1974);* Francisco y Francisca: chascarrillos de negros viejos *(1976);* Itinerarios del insomnio: Trinidad de Cuba *(1977).*

*Los cuentos de Lydia Cabrera van más allá del registro de la leyenda, del folklore, o del mito: hay plena elaboración creativa, recursos literarios, resuelto uso de la imagen y una expansiva dimensión poética. El resultado es un aporte nuevo a la literatura hispanoamericana. El cuento "El sapo guardiero" pertenece a* Cuentos negros de Cuba. *Sobre la autora puede consultarse Hilda Perera,* Idapo. El sincretismo en los cuentos negros de Lydia Cabrera *(Miami: Ediciones Universal, 1971); Rosa Valdés-Cruz.* Lo ancestral africano en la narrativa de Lydia Cabrera *(Barcelona: Editorial Vosgos, 1974);* Homenaje a Lydia Cabrera. *R. Sánchez, J. A. Madrigal et al, eds. (Miami: Ediciones Universal, 1977); Rosario Hiriart,* Lydia Cabrera: vida hecha arte *(New York: Eliseo Torres & Sons, 1978).*

# EL SAPO GUARDIERO

Éstos eran los mellizos que andaban solos por el mundo: eran del tamaño de un grano de alpiste.

Éste era el bosque negro de la bruja mala, que hacía inerte el aire; y éste era el sapo que guardaba el bosque y su secreto.

Andando, por la vida inmensa, los mellizos, hijos de nadie.

Un día, un senderito avieso les salió al encuentro y, con engaños, los condujo al bosque. Cuando quisieron volver, el trillo había huido y ya estaban perdidos en una negrura interminable, sin brecha de luz.

Avanzaban a tientas —sin saber a dónde— palpando la oscuridad con manos ciegas, y el bosque cada vez más intrincado, más siniestro —terriblemente mudo— se sumía en la entraña de la noche sin estrellas.

Lloraron los mellizos y despertó el sapo que dormitaba en su charca de agua muerta, muerta de muchos siglos, sin sospechar la luz.

(Nunca había oído el sapo viejo llorar a un niño.) Hizo un largo recorrido por el bosque, que no tenía voz —ni música de pájaros ni dulzura de rama— y halló a los mellizos, que temblaban como el canto del grillo en la yerba. (Nunca, nunca había visto un niño el sapo frío.) Donde los mellizos se le abrazaron sin saber quién era —y él se quedó estático—. Un mellizo dormido en cada brazo. Su pecho tibio, fundido; el sueño de los niños fluyendo por sus venas.

"Tángala, tángala, mitángala, tú juran gánga."

"Kukuñongo, Diablo Malo, escoba nueva que barre suelo, barre luceros.

¡Cocuyero, dame la vista que yo no veo!

Espanta Sueño, tiembla que tiembla; yo tumbo la Seiba Angulo, los Siete Rayos, la Mama Luisa...

Sarabanda: brinca caballo de Palo; Centella, Rabo de Nube... Viento Malo, ¡llévalo, llévalo!

El bosque se apretaba en puntillas a su espalda, y le espiaba angustiosamente. De las ramas muertas colgaban orejas que oían latir su corazón; millones de ojos invisibles, miradas furtivas, agujereaban la oscuridad compacta. Abría, detrás, su garra el silencio.

Sorprendido, el sapo guardiero dejó a los mellizos tendidos en el suelo.

"Duela a quien duela, Sampunga quiere sangre.
Duela a quien duela, Sampunga quiere sangre."

Al otro extremo de la noche, la bruja alargó sus manos de raíces podridas.

Dio el sapo un hondo suspiro y se tragó a los mellizos.

Atravesó el bosque, huyendo como un ladrón; los mellizos, despertando de un rebote, se preguntaban:

—"Chamatú, chekundale.
Chamatú, chekundale, chapundale
Kuma, kuma tú
¡Tún, tún! ¡Túmbiyaya!
¿Dónde me llevan? ¡Túmbiyaya!
¿Dónde me llevan? ¡Túmbiyaya!"

En el vientre de barro.
Polvo de las encrucijadas.
La tierra del cementerio, a la media noche, removida.
Tierra prieta de hormiguero, trabajando afanosamente —sin dolor ni alegría— desde que el mundo es mundo, las Bibijaguas, las sabias trajineras...

Barriga de Mamá Téngue, Mamá Téngue que aprendió labor de misterio en la raíz de la Seiba Abuela; siete días en el seno de la tierra; siete días, Mamá Téngue, aprendiendo labor de silencio, en el fondo del río, rozada de peces. Se bebió la Luna.

Con Araña Peluda y Alacrán, Cabezas de Gallo Podre y Ojo de Lechuza, ojo de noche inmóvil, collar de sangre, la palabra de sombra resplandece.

Espíritu Malo. ¡Espíritu Malo! Boca de negrura, boca de gusanos, chupa vida. ¡Allá Kirigi, allai bosaikombo, allá kiriki!

La vieja de bruces escupía aguardiente, pólvora y pimienta china, en la cazuela bruja.

Trazaba en el suelo flechas de cenizas, serpientes de humo. Hablaban conchas de mar.

"Sampúnga, Sampúnga quiere sangre."

—"Ha pasado la hora" —dijo la bruja.

El sapo no contestó.

—"Dame lo que es mío" —volvió a decir la bruja.

El sapo abrió apenas la boca y manó un hilo verde, viscoso.

La bruja tuvo un acceso de risa, una tempestad de hojas secas.

Llenó un saco de piedras. Las piedras se trocaron peñascos; el saco se hizo grande como una montaña...

—"Llévame este fardo lejos, a ninguna parte."

El sapo, con sus brazos blandos, levantó la montaña y se la echó a cuestas sin esfuerzo.

El sapo avanzaba brincando por la oscuridad sin límites. (La bruja lo seguía por un espejo roto.)

"Chamatú, chekundale
Chamatú, chekundale
Kúma, kumatú

Tún, tún, tumbiyaya. ¿Dónde me llevan?

¡Tumbiyaya!
¿Dónde me llevan? ¡Tumbiyaya!"

Ahora el sapo, su pecho tibio, alegremente cantaba a cada tranco:

"San Juan de Paúl
De un solo tranco,
San Juan de Paúl
Así yo trago."

Allá lejos, ¿dónde? —pero ni cerca ni lejos— el sapo hizo salir a los mellizos de su vientre.

De nuevo encerrados en la noche desconocida —despiertos— volvieron a llorar amargamente.

La carota grotesca del sapo expresó una ternura inefable; dijo la palabra incorruptible, olvidada, perdida, más vieja que la tristeza del mundo, y la palabra se hizo luz de amanecer. A través de sus lágrimas, los mellizos vieron retroceder el bosque, deshacerse en lentos girones de vaguedad, borrarse en el horizonte pálido; y a poco fue el día nuevo, el olor claro de la mañana.

Estaban a las puertas de un pueblo, a pleno sol, y se fueron cantando y riendo por el camino blanco.

—"¡Traidor!" —gritó la bruja retorciéndose de odio; y el sapo, traspasado de suavidad, soñaba en su charca de fango con el agua más pura...

La bruja iba a matarlo; pero ya él estaba dormido, muerto dulcemente, en aquella agua clara, infinita. Quieta de eternidad...

# ARTURO USLAR PIETRI

VENEZOLANO

( 1 9 0 6 )

La producción de Arturo Uslar Pietri abarca la novela, el cuento, el teatro, y el ensayo. Su trayectoria como escritor comienza en 1928 con la publicación de su libro de cuentos Barrabás y otros relatos, continuándose activamente por varias décadas. Su labor como humanista preocupado por los problemas socioculturales del continente es una notable demostración de compromiso intelectual. Arturo Uslar Pietri nació en Caracas donde realiza sus estudios de la enseñanza primaria y secundaria. En 1928 se doctora en ciencias políticas en la Universidad Central de Venezuela; viaja por Europa donde escribirá su novela más famosa Las lanzas coloradas.

Comienza su carrera diplomática como Agregado a la Legación de Venezuela en París. En 1930 se le nombra secretario de la Delegación de Venezuela a la Sociedad de Naciones. Permanece cuatro años en Europa, regresando a su país en 1935. Entre 1939 y 1945 asume una serie de importantes cargos gubernamentales: Ministro de Educación, Ministro de Hacienda, Ministro de Relaciones Interiores. Debido a los acontecimientos políticos de 1945, Uslar Pietri es desterrado. Reside en Canadá y en Estados Unidos. En 1947 dicta cursos en la Universidad de Columbia en Nueva York como profesor invitado. Regresa a Venezuela en 1950. Comienza su carrera política, candidato a presidente en 1963 y senador al año siguiente, puesto que mantiene hasta 1969.

Las lanzas coloradas, su primera novela, se publica en 1931. Esta obra se traduce a varios idiomas (al año siguiente de su publicación ya aparece en francés Les lances rouges y en alemán Die roten lanzen) y su éxito no sólo refleja una popularidad del momento; la crítica sobre esta novela ha demostrado su gran significación en el desarrollo de la narrativa hispanoamericana. Siguen las novelas El camino de El Dorado (1947); Un retrato en la geografía (1962); Estación de máscaras (1964); Oficio de difuntos (1976), novela que en la opinión de Fernando Alegría: "parece ser de todas las novelas sobre dictadores una de las más significativas y al mismo tiempo, una de las menos consideradas

362

*por la crítica"* (Nueva historia de la novela hispanoamericana. *Hanover, N. H. Ediciones del Norte, 1986, p. 235).*

*Para el crítico Alexis Márquez Rodríguez, sin embargo,* Oficio de difuntos *tiene momentos excepcionales, pero no logra la calidad de otras novelas sobre la figura del dictador como* Yo el Supremo, *de Roa Bastos. Para el mismo crítico la mejor novela de Uslar Pietri es* La isla de Robinson, *publicada en 1981. Indica Márquez Rodríguez: "La isla de Robinson es la mejor lograda de las novelas de Uslar Pietri. La más acabada, la mejor concebida y realizada."* (Arturo Uslar Pietri y la nueva novela histórica hispanoamericana: a propósito de la "Isla de Robinson". *Caracas: Colección Medio Siglo de la Contraloría General de la República, 1986, p. 23). La plasmación de estratos históricos alcanza niveles de alta ejecución en el caso de la narrativa del autor venezolano, sobre todo en la novela.*

*El aporte de Uslar Pietri en la ensayística es considerable; algunos de sus ensayos son:* Letras y hombres de Venezuela *(1948);* Breve historia de la novela hispanoamericana *(1954);* Del hacer y deshacer de Venezuela *(1962);* En busca del Nuevo Mundo *(1969);* Fantasmas de dos mundos *(1979). En cuanto a su obra dramática, en 1958 se publica* Teatro *que incluye cinco piezas, y en 1960 aparece* Chúo Gil y las tejedoras.

*El primer cuento publicado del autor es* "Canícula" *que corresponde a 1925. Las colecciones de cuentos que siguen al volumen* Barrabás y otros relatos *—que mencionara con anterioridad— son* Red: cuentos *(1936), trece relatos entre los que se incluye su conocido cuento* "La lluvia", *ganador del premio de concurso de cuentos venezolanos auspiciado por la revista* Élite *en 1935;* Treinta hombres y sus sombras *(1949);* Pasos y pasajeros *(1966), y* Los ganadores *(1980). La cuentística de Uslar Pietri es siempre una magnífica tela de fuertes tonos. La pintura llevada a la palabra; el lenguaje cargado de un potente dinamismo visual. Al leer los cuentos de Uslar Pietri percibimos la gracia artística con que se trasciende el nivel de lo real y la delicadeza con que los planos de observación devienen una carga de motivadoras y fuertes expresividades.* "El gallo" *es uno de los dieciséis relatos incluidos en la colección* Treinta hombres y sus sombras. *Ediciones Edime publica en 1966 (Madrid y Caracas) las* Obras selectas *del autor. Se reedita con algunos cambios en 1967.*

## EL GALLO *

¡Gua! Ese como que es José Gabino —dijeron las gentes al mirarlo en el recodo.

—Sí, es. Mírenle el sombrero. Mírenle el modo de andar.

José Gabino, con su sombrero negro, polvoriento y deshecho, con su nariz roja, con el lío de trapos atado al palo sobre el hombro, oyó las voces que lo alcanzaban. No volvió la cabeza.

Estaba esperando el grito de algún muchacho. Algún muchacho vendría con ellos y gritaría:

—¡José Gabino, ladrón de camino!

Estaba como encogido, esperando. Pero no se oyó el grito. Las voces y las gentes le alcanzaron en el recodo.

—Buen día, José Gabino.

—Buen día.

—Buen día, José Gabino.

Era un viejo de bigotes con dos mozos. Llevaban alpargatas nuevas y mudas de ropa planchada que brillaban al sol. Ya lo pasaban. El viejo llevaba en el brazo un saco de tela abultado en el fondo. José Gabino lo vio y se le animaron los ojos.

—¿Para dónde llevan ese gallo?

Alejándose, le contestaron:

—Para la fiesta del Garabital. Tenemos una pelea casada con veinte pesos.

José Gabino sonrió con sus dientes desportillados y oscuros. Los tres hombres adelantaban por el camino. El camino faldeaba unos cerros de hierba sin árboles. Allá, detrás del cerro, junto a los cañaverales del río, estaba Garabital. No se veía. Se veían los cerros y el cañaveral del río, que ondulaba por en medio de los potreros y de los tablones de caña de azúcar.

—Algún "pataruco" llevan en la busaca. Gallo fino no será.

En su soliloquio avanzaba lentamente por el camino.

—Yo sí sé de gallos finos. Yo sí sé cómo se coge un pollo. Cómo se enraza. Cómo se cría. Cómo se tusa. Mi compadre Nicanor, con aquella mano que tenía para los gallos, me lo decía: "Compadre, mire, si usted se pusiera a criar gallos, le quitaba el copete a todo el mundo. Es que usted, compadre, sabe coger un pollo." Eso se conoce hasta en el modo de ver. En el modo de meter la mano para agarrar un gallo. Ellos mismos saben. Cuando la mano se le acomoda bien por delante,

---

* Reproducido con permiso de Monte Ávila Editores, C. A., Caracas, Venezuela.

entre el buche y las patas, se aflojan tranquilos en la palma. Así los agarraba yo.

Levantaba la mano vacía en el aire, como soportando el peso de un gallo, y miraba hacia ella con los ojos entornados. Por entre los dedos entreabiertos miraba el camino desnudo. Ya los hombres habían desaparecido tras el recodo.

Bajó la mano con desgana. Cerca del camino se alzaba una casa de teja y de corredor. José Gabino, que se había detenido a contemplarla, se fue acercando.

—Algo se puede conseguir aquí. Quién quita. Como que no hay nadie.

No se veía nadie. La puerta que daba al corredor estaba cerrada. Un perro, echado junto a uno de los horcones del corredor, alzó la cabeza soñolienta y gruñó. José Gabino se detuvo. Bajó con disimulo el palo que llevaba terciado a la espalda. Tomó el lío de trapos en la mano izquierda, y con la derecha empuñó el palo con fuerza. El perro lo miraba sin moverse.

—Buen día —dijo con voz ronca.

Esperó un rato, sin oír respuesta.

—Buen día —volvió a clamar, con voz más alta.

Ningún ruido, ninguna voz, ninguna señal de movimiento venía de la casa. Los ojos de José Gabino se iluminaron. Miró al perro con cautela. Permanecía tranquilo viéndolo. Pensó un momento, y luego, sin quitar la vista del perro, fue rodeando lentamente hacia la parte posterior de la casa. La lisa tapia desnuda terminaba atrás en una cerca de bambúes rota a trechos. Había árboles copudos, arbustos, hierbas, piedras. José Gabino miraba por sobre la cerca. Sobre unas piedras había ropa tendida. Cerca de las piedras había una estaca. Atado a la estaca por una cuerda estaba un gallo. Era negro, con brillos dorados y manchas blancas. La roja y descrestada cabeza picoteaba en el suelo. Desplumados tenía el lomo y los muslos. Dos largas, finas y curvas espuelas oscuras le sobresalían de las patas amarillas.

—Bonito el giro —dijo, tragó saliva y miró a todos lados recelosamente.

—Mírele el corte del pico y la manera de poner la cabeza. Seguro, por el pico, y ligero, por la espuela. Se parece a aquel pollo del general Portañuelo, que siempre ganaba con un golpe de zorro. A los primeros barajos se aseguraba y mandaba las espuelas para el gañote. Y ahí mismo estaba el otro gallo tendido en el suelo y con ese chillido.

Se había ido acercando. El gallo, erguido, lo miraba inquieto. Movía la cabeza roja con rápidos movimientos cortos. Se había ido agachando junto a él. Chasqueando la lengua, hacía un ruido monótono mientras extendía la mano. El gallo cloqueó asustado cuando lo alzó en la palma. Se incorporó con él y lo puso a la altura de su cabeza.

El sol le brillaba en las plumas metálicas. Con su grueso pulgar, sucio y cuarteado, le fue tanteando las espuelas y el pico.

—Así se coge un pollo. ¡Ah, buen gallero hubiera sido yo!

Detrás del sombrero negro y la nariz roja, los ojos turbios sonreían.

—Tú lo que quieres, José Gabino, es comerte el gallo. Irlo a desplumar a la orilla del río. Ponerlo a asar en un palo sobre unas rajas de leña. Para ponerte ese hocico lustroso de comer fino. Y después acostarte en la arena, debajo de las cañas bravas, boca arriba, a dormir. Eso es lo que tú quieres, José Gabino.

Sonreía y miraba al gallo alzado en su palma y deslumbrante de color y de sol. Se pasó la lengua por los labios resecos y por los pelos ralos de la barba. Escupió. Volvió a ver con recelo a su alrededor. Nadie había. Todo estaba quieto.

Metió el gallo con cuidado en el lío de trapos. Lo tomó con la mano izquierda. Salió cautelosamente por el boquete de la cerca. Con lentitud pasó junto al corredor. Llevaba el palo apretado en la mano. Allí estaba el perro, echado junto al horcón. Gruñó de nuevo al verlo, pero sin moverse.

Se apresuró a salir al camino. Dos hombres llegaban en ese momento.

—¡Ay, malhaya! Ya me vieron. A lo mejor son de la casa. Estás de malas, José Gabino; no te van a dejar comerte el gallo con tranquilidad.

Miró hacia los cercanos cañaverales del río con angustia. En la mano le pesaba sólidamente el lío.

Buen día.

Eran dos campesinos. Sombreros de cogollo, blusas de liencillo rayado; uno, con alpargatas, y otro, sin ellas.

Ninguno lo nombró. Era un alivio. Él les miró con disimulo las caras desconocidas. Cobrizas, lampiñas, chatas.

—Raro que no me conozcan. No son de aquí.

—Buen día —contestó entonces con desgana.

Uno de los hombres llevaba una abultada mochila de gallero. José Gabino la vio al momento.

El hombre, a su vez, le miraba el lío de trapos con insistencia.

—Vamos para la fiesta de Chiribital. Con este pollo, para jugarlo, que no es ni malo.

—¡Ajá! ¿Y no son de por aquí? —dijo José Gabino para salir del paso.

Lo que quería era que se acabaran de ir.

—Cuándo se acabarán de ir, ño entrépitos. Para yo bajarme a la costa del río a comerme mi almuerzo completo.

—No. Somos del otro lado. Hemos venido para la fiesta. ¿Y usted cómo que lleva también un gallo?

El hombre señalaba con la mano el lío colgante.

José Gabino tosió, escupió y tartamudeó un poco:

—Este. No. Pues sí. Es un pollito que está encañonado. No es como para pelarlo en la fiesta.

Los hombres se habían detenido.

—Ustedes sí deben tener un gallo fino.

Sin hacerse rogar, el que llevaba la mochila la abrió y asomó por la boca un pollo rechoncho, de mala figura, aunque tusado, como gallo de pelea.

—¡Ah, gente cuando era mundo! —pensaba José Gabino, mirándolo—. A cualquier cosa llaman un gallo. Eso lo que parece es un pato lagunero. Si yo les enseñara este gallo, ¡qué cara pondrían! ¡Cómo se les pondrían los ojos! Pero, si les enseño, se van a achatar a conversar y no me van a dejar irme para el río. Ya debería estar prendiendo la candela.

—Está bueno el pollo. Se ve que es nuevo. ¡Ojalá casen una buena pelea! Yo...

—Mejor es que no se los enseñes, José Gabino, porque te vas a enredar. Pero cómo pondrían la cara los pobrecitos si vieran ese gallo.

—Yo, lo que pasa es que... no voy hace tiempo a la gallera. Siempre crío mis pollos. Pero por no dejar. Este...

—Ya lo vas a enseñar, José Gabino; ya no aguantas las ganas.

—Este, por ejemplo.

Había sacado en la mano el gallo al sol. Se encendieron sus colores en la luz.

Los dos campesinos lo miraron arrobados.

—Cosa linda, sí, señor.

—¿Y usted, con ese gallo, no va a la fiesta? ¡Si nosotros, con este triste pollo, nos hemos echado esta caminata!

José Gabino empezó a sonreír, complacido. Con su rugosa mano peinaba las plumas del gallo. Se pavoneaba. Cogió tierra con los dedos y le limpió el pico con gestos precisos.

—¿Quién sabe? Ya no tengo gusto en las peleas. Ya no se ven buenos gallos. Las buenas cuerdas se han ido acabando. Los buenos galleros ya no se encuentran. Una pila de lambucios, mejorando lo presente, que no saben distinguir una gallineta de un pollo fino, es los que van ahora a esas fiestas del pueblo. No es como antes. ¡Qué va!

Se había ido animando y encendiendo. Los dos hombres le oían embobados.

—Este gallo no es nada. Vieran ustedes lo que yo llamo un gallo. Este pollón lo recogía esta mañana para llevárselo a una comadre para sus gallinas. Yo no me extraño de que sirva para pelearlo en el pueblo. ¡Con los patarucos que llevan ahora! Pero esto para mí no es gallo.

Había vuelto a meter el ave dentro del lío. Había empezado a caminar con los dos campesinos. Ya no pensaba en otra cosa, sino en lo que iba diciendo.

—Y eso se lo digo porque yo sí sé de gallos. ¿Ustedes saben quién soy yo?...

Los hombres le oían suspensos sin decir palabra.

—¿Quién soy yo?...

¿Quién iba a decir que era? José Gabino le daba vueltas en la cabeza a los nombres de galleros que había oído nombrar o que había conocido. Nombres. Rostros de hombres de blusa. Gallos atados a estacas. Gallos bajo jaulas de madera. Olor de gallinero.

—Yo soy..., yo fui... el gallero del general Portañuelo. ¿No lo ha oído mentar? Esa sí que era una cuerda de gallos. Los pollos más finos· se los traían de todas partes. Y el general no cogía sino los mejores. Me parece estarlo viendo. "José, esa es mi gracia, me decía; si a ti no te gusta este pollo, yo no lo cojo." Y yo lo miraba, le tanteaba las espuelas, le tanteaba el pico, le miraba la pluma, le echaba una careada. Y el general, parado allí, viendo lo que yo iba a decir, hasta que decía: "Para adentro o para afuera."

Seguían avanzando por el camino. José Gabino, cada vez más animado, gesticulaba y alzaba la voz. Los hombres lo miraban con extrañeza. Aquellas ropas tan sucias y tan rotas. Aquella cara de borracho o de enfermo. Y con aquel gallo tan fino.

—Imagínese usted si a mí me van a hablar de gallos. Imagínese usted si yo tendré ilusión de coger un pollo para ir al pueblo y jugárselo a unos desgraciados, mejorando lo presente, que cuando apuestan veinte pesos, se les sale el corazón por la boca. Yo por eso no he vuelto más. Siempre crío mis pollos, por no dejar. Se los regalo a los amigos. Esta mañana, como les digo, cogí éste para llevárselo a la comadre. Para que se lo eche a las gallinas.

.  —Eso es lástima —aventuraba el campesino del gallo—. Con un animal tan bueno se podría ganar plata.

Y cuando decía estas palabras, le miraba el traje a José Gabino. José Gabino se miró a su vez aquella raída ropa, que ya no tenía color.

—Yo no necesito plata, ¿sabe? Aquí donde me ve, no me ahorcan por mil pesos. Lo que pasa es que cada uno tiene su manera. A mí no me gustan las echonerías. Eso de andar estrujándole a los demás sus reales en la cara. Eso no es conmigo. Pero a la hora de afrontar la plata de verdad, ahí estoy yo.

Ya estaba llegando al recodo de la falda del cerro. Al doblar fue apareciendo el pueblo. Los techos amarillos de paja, los techos oscuros de teja, la blancuzca torre de la iglesia, chorreada de negro por los aguaceros. Cerca, delante del pueblo, a la orilla del camino, se veían muchas gentes agolpadas alrededor de un cobertizo de paja.

—Ahí está la gallera —dijo uno de los campesinos—. ¿Por qué no se llega hasta allá con nosotros un saltico y puede que se anime a jugar el gallo?

Fue entonces cuando José Gabino se dio cuenta de dónde estaba, y se acordó de lo que tenía pensado hacer. Iba para el río a comerse el gallo. Ya allí había mucha gente para poder hacerlo. Tendría que regresarse de nuevo para un lugar más solitario.

—¡Ah, caramba! Mire usted adonde he venido por la habladera. Si yo para donde iba era para casa de mi comadre. Pero es que en lo que me hablan de gallos ya estoy perdido. Empiezo a hablar y no sé cuándo acabo.

—No se vaya todavía. Acérquese con nosotros. Aunque no sea nada más que a ver...

—Vete, José Gabino; ¿qué haces tú aquí? ¿Con quién vas a jugar un gallo, si todo el mundo te conoce? En lo que te lo vean van a saber que te lo robaste. Ahorita sale por ahí un muchacho y pega el grito: José Gabino, ladrón de camino.

—Entre con nosotros insistía el hombre—. Se le puede presentar una buena proporción y juega su gallo. Y se vuelve a acordar de sus buenos tiempos.

—A eso es que le tengo miedo, no ve. Yo me conozco. Empiezo a jugar y me entusiasmo y entonces ya no sé lo que hago. No. Mejor es que me vaya.

Ya estaba envuelto en el vocerío de la gallera. Adentro la algazara de voces se agitaba y pasaba como humo por entre las cabezas apiñadas y los brazos alzados y gesticulantes. José Gabino se había ido acercando. Con su gallo dentro del lío, bajo el brazo. Junto a él había una boca abierta clamorosa:

—¡Pica mi gallo! ¡De al partir doy! ¡Pica mi gallo! ¡De al partir doy! ¡Pica mi gallo! ¡De al partir doy!

Otras bocas, otras voces, otros gritos, otros brazos flotaban en aquello espeso:

—¡Diez cuentas de a cinco

—¡Pago!

—¡Diez cuentas de a cinco!

—¡Pago!

Eran manos estiradas con dos dedos rígidos en el aire. Abajo, como entre sombras de ramas, dos gallos sangrientos crujían y palpitaban saltando en el aire.

—¡Gana el talisayo!

—Gana el talisayo —le dijo José Gabino también al hombre que estaba a su lado.

Relampagueaban las patas pálidas sobre las pechugas oscuras y sangrientas. José Gabino miraba detrás de dos o tres filas de hombros.

Gana el talisayo. Baraja muy bien el pollo. Cada vez que suelta las espuelas hiere. Se parece. Se parece a aquel gallo... ¿A qué gallo se va a parecer, José Gabino? A alguno que te comiste. A alguno que te comiste asado en la orilla del río.

Él también iba siguiendo con los hombros, con las manos, con la expresión del rostro cada instante de la pelea. A cada golpe hacía una contracción. Una contracción igual a la del hombre que estaba a su lado, y a la del hombre que estaba al otro lado, y a la del que estaba enfrente. Y un pugido que a veces se hacía grito. Y subía en el hervor de los otros gritos:

—¡Pica mi gallo! ¡Pica mi gallo! ¡De al partir doy!

—Va a ganar el talisayo... No puede perder. Está más entero que el otro Mire cómo lo sacude cuando lo asegura con el pico. ¡Va a ganar el talisayo! ¡Gana mi gallo!

José Gabino grita en un paroxismo. Su brazo rígido se sacude en el aire marcando los golpes. Ya aquél es su gallo. Ya no ve sino aquel gallo rojo de sangre, brillante de sangre entre el ruido de abanico cerrado de las alas. Aquél es su gallo.

—¡Diez cuentas de a cinco al talisayo! —grita.

Y repite el grito cada vez con más violencia.

—¡Diez cuentas de a cinco!

Su grito cae sobre los otros gritos y crece con ellos. Aquél es su gallo. Y a quien grita es a aquella cara roja y gritona que está enfrente.

—¡Diez cuentas de a cinco al talisayo!

Aquella cara que está enfrente y que lo mira sin oírlo.

—¡Diez cuentas de a cinco!

—¡Adiós corotos! José Gabino apostando a un gallo.

Fue como si se hubieran apagado todas las voces. Como si lo hubieran puesto sólo en el medio del redondel.

Ya no sabía lo que estaba haciendo allí, lo que estaba diciendo.

—José Gabino, ¿dónde te has metido? Estás perdiendo los papeles. ¿Quién no te va a conocer? ¿Quién no va a saber quién eres? ¿Quién va a creer que eres gallero, ni que sabes de gallos, ni que tienes un centavo para apostarle a un gallo? Te paran de cabeza y no te sale un centavo.

Empezó a mirar con recelo el gentío. Escondió los ojos debajo del sombrero y metió la cabeza en el pecho. Poco a poco se fue zafando de la masa y de la grita. Mirando hacia el suelo veía, por entre las piernas y las alpargatas, caminar a aquellos zapatos rotos por donde asomaban los dedos, que eran los suyos.

El gallo se le movió dentro del lío.

Se iban retirando las voces.

—Si me hubieran cogido la apuesta. Gana el talisayo. Te hubieras fondeado, José Gabino. Diez cuentas de a cinco.

Se iba acercando al río. Las altas espigas de las cañas amargas se agitaban en fila.

—Le hubiera puesto esa plata a este giro. Y hubiera casado una pelea de flor.

Había sacado el gallo del lío. Pero no parecía verlo. Se sentó cansadamente en una piedra junto a la orilla del agua.

—La cara que hubieran puesto viendo a ese giro. Afirmado en el pico y largando esas patas.

Distraídamente, con un gesto mecánico, tomó el gallo por la cabeza y lo hizo voltear rápidamente en el aire, quebrándole el pescuezo. Aleteó en una rápida convulsión.

—Veinte cuentas de a cinco al giro.

Y a cada una de aquellas palabras como adormecidas arrancaba un puñado de plumas al gallo muerto y las iba lanzando al aire.

—Se te va a poner el hocico lustroso, José Gabino —dijo sonriendo.

Algunas plumas negras volaban lentas en el aire hasta caer sin peso en el río.

# A U G U S T O   G U Z M Á N

BOLIVIANO
( 1 9 0 3 )

*La vasta labor intelectual del autor boliviano comprende la novela, el cuento, la biografía, la crítica e historiografía literarias, la historia social del arte y la historia geopolítica. Su producción sobrepasa las treinta y cinco obras. Augusto Guzmán nació en Cochabamba. Ha sido profesor de derecho, literatura, e historia del arte; miembro de la Academia Boliviana de la Lengua y de la Academia Boliviana de la Historia. Su obra literaria fue galardonada en 1961 con el Premio Nacional de Literatura.*

*En su novelística destacan* La sima fecunda *(1933);* Prisionero de guerra *(1973), una de sus novelas más conocidas y que refiere a la guerra del Chaco en la cual el autor participó;* Bellacos y paladines *(1964). Su cuentística incluye* Cuentos de Pueblo Chico: nueve relatos de la vida provinciana *(1954);* Pequeño mundo *(1960);* Cuentos *(1975) y* Remanso *(1986). En el género biográfico escribió las obras* Túpaj Katari *(1943);* Baptista. Biografía de un orador político *(1949);* El kolla mitrado. Biografía de un obispo colonial. Fray Bernardino de Cárdenas *(1952);* Adela Zamudio *(1955). Entre sus publicaciones dedicadas a estudios literarios se encuentran* Historia de la novela boliviana *(1938);* La novela en Bolivia: proceso 1947-1954 *(1955);* Panorama de la novela Boliviana *(1973);* Poetas y escritores de Bolivia *(1975).*

*Sobre el arte publicó en 1957* Historia social del arte, *y como historiador ha publicado* Gesta valluna: siete siglos de la historia de Cochabamba *(1953);* Breve historia de Bolivia *(1969);* Cochabamba *(1972). Otros libros del autor son* El Cristo viviente *(1946) y* En la ruta del indiano: relato de un viaje a Europa *(1957). La extensión e intensidad de esta producción revela no sólo una gran realización literaria para Bolivia y el continente hispanoamericano sino que también un estupendo aporte al conocimiento sociocultural en Hispanoamérica.*

*Su obra literaria no es de orientación naturalista como se ha querido ver. Se trata más bien de una honda penetración en la sicología de los caracteres, de una visión abarcante y aguda sobre los problemas sociopolíticos y económicos de sus ambientes. Un prosista cuyo excepcional conocimiento de lo telúrico se proyecta*

*en una artística exploración sobre las raíces culturales ameri-
canas. El relato "El Macho Pinto" pertenece al libro* Cuentos
de Pueblo Chico.

## EL MACHO PINTO

Los doctores Pereira y Pozo despertaron en su pieza del hotel Canata
de Cochabamba casi al mismo tiempo. Delgado y menudo, blanco y
afeitado, de cabello crespo y negro el abogado Pereira, encendió la
lámpara del velador y consultó su reloj:

—Son las seis y cuarto —dijo a tiempo de llevarse el cigarrillo a
la boca.

El otro abogado Pozo, alto, corpulento, rubio, de cabello corto y
tieso, con un bigote alargado sobre los labios a manera de dos esco-
lopendras paralizadas en diálogo bajo las fosas nasales, se desperezó
en el lecho ruidosamente y arrojando las frazadas se sentó al borde de
la cama.

—Hay que levantarse Pereirita. El camión va a estar listo para
las siete. Conviene que salgamos temprano.

El aludido dio todavía dos chupadas a su cigarrillo aspirando y
expulsando el humo con perezosa delectación. Lo estrujó en seguida
por la punta de fuego en el cenicero de cristal que tenía a la mano y
saltó como el otro en busca de los calcetines y zapatos. Por la calle
Bolívar y por la plaza circulaba ya el rumor de bocinas y de motores
de vehículos que rodaban veloces sobre el asfalto de la calzada.

—¿Tomamos el desayuno aquí o vamos al comedor? —consultó
Pereira mientras mantenía el huesudo índice extendido para tocar el
timbre.

—Es mejor aquí en el cuarto. Que nos hagan un revuelto de huevos con carne de vaca y encima café con leche. Hay que alimentarse
bien para viajar —contestó el otro apretándose el cinturón sobre el
voluminoso vientre.

A las llamadas eléctricas acudió y recibió el encargo un mocito de
aire despejado y oscuro semblante. Los huéspedes habían terminado de
asearse, vestirse y arreglar sus maletas cuando llegó el desayuno que
consumieron y pagaron por mitad. Pereira y Pozo aun siendo abogados
de provincia, encontrados en los pleitos, mantenían la amistad que
trabaron de niños en la escuela del pueblo y más tarde en el colegio y
en la facultad. Aunque atendían todo juicio ante los tribunales cada
quién tenía su especialidad con reconocido prestigio. Pereira era penalista y Pozo civilista, de tal modo que en Totora los litigantes se disputaban, según los casos, la prioridad para conseguir de uno u otro
el patrocinio de su causa. En el pueblo pleitista había también dos o

tres tinterillos, abogados de práctica sin título, que ejercían holgada-
mente como profesionales. Habían viajado a la ciudad con asuntos
judiciales y disfrutaron una semana de agradable expansión. No podían
demorar más su retorno.

El reloj de la Catedral tocó las siete y media y todavía esperaban
sin resultado al chofer Pinto, llamado el *Macho Pinto* desde la campaña del Chaco, donde habían tenido algunas hazañas que merecieron
citaciones honrosas del comando. Dos veces, una en Cañada El Carmen
y otra en Picuiba, había escapado de cuatrerajes salvando a los soldados que conducía. La primera vez salió ileso del cerco bajo una granizada de balas que mató e hirió a la mayoría de los ocupantes del
carro. La segunda, en Picuiba, salvó el camión y diez soldados, manejando por espacio de dos horas después de haber recibido tres im-
pactos en el cuerpo de los que sanó sin incapacidad alguna. *Macho
Pinto,* natural de Totora, era por entonces un hombre de más de 40
años. A su regreso de la campaña había sufrido pena de prisión en la
cárcel por haber herido con tres disparos de revólver a su querida
que le esperó con hijo a la vuelta de los tres años de ausencia. Moreno, grueso y alto, de pómulos salientes, boca carnosa, nariz ancha, frente estrecha y deprimida sobre las cuencas ligeramente hundidas, donde
brillaban con un color claro de miel de caña sus ojos de pestañas
breves, Pinto tenía una aire bondadoso que suavizaba la rudeza de su
estampa muscular. Era como el pan moreno y retostado pero con miga
blanda. Era... vaya Ud. a saber lo que era o es, exactamente, un
hombre cualquiera. En todo caso Pinto merecía la estimación de sus
paisanos. Su casa en el pueblo y el camión Chevrolet de dos toneladas
constituían toda su fortuna. A las ocho los abogados perdieron la paciencia.

—Este Macho Pinto no sé en que líos anda. Se está volviendo in-
cumplido —opinó Pereira, el penalista.

—Tú debes saber sus líos como su abogado. ¿No decían que estaba por divorciarse? Anda perdido tras la cholita esa de la calle Ko-
luyu. Su mujer vino a pedirme que la hiciera echar del pueblo judicialmente porque dice que no es totoreña sino de Arani o de Ayquile.
Yo no la conozco.

—La Manuelita es ayquileña —respondió Pereira con expresión
admirativa—. Una cholita estupenda. Pero tras esta chica, de 18 años,
andan muchos pretendientes. Al *Macho Pinto* se le ha metido el capricho de conquistarla y gasta que gasta en la chichería de las Chinchonas
donde ella hace el oficio de *rikuchiku.*

—¡Qué lindo! —comentó con cierto énfasis burlesco el doctor
Pozo— de *rikuchiku,* es decir solamente para verla y no tocarla. Y los
otros gastan su plata. Tú andarás también por ahí alguna vez puesto
que viven en ese barrio. Además eres abogado de las Chinchonas en
el pleito con las Pilipintas.

—La he visto algunas veces en uno que otro picante que me invitan. Es finita de cuerpo y sin embargo recia y atrayente. Hay que verla bailar la cueca y el zapateado con sus piernas ágiles, nerviosas y torneadas. Taconea como un redoblante sobre el piso de mosaico.

—¿Y la habrá logrado este hombrote del Pinto?

—Puede ser. Lo cierto es que gasta plata y la llena de regalos. La cholita es lujosa. Ya debe tener bastante dinero con los obsequios de sus admiradores. Y no hace dos años que se vino a Totora.

Nuevamente el reloj de la plaza tocó el cuarto de hora después de las ocho. El mozuelo del desayuno entraba para desahuciarles:

—Tenemos alojados señorcitos. Como la pieza está libre, tienen que desocupar.

Se alzaron contrariados y abandonaron el hotel dejando sus maletas en la portería. Echáronse a andar por las aceras soleadas hasta dar con el alojamiento de Pinto en un garage de la calle Colombia. A la puerta, en medio de una pintoresca diversidad de bártulos, había una decena de pasajeros, en su mayoría mujeres, cholas de Totora. Los del grupo saludaron respetuosamente a los abogados, lo que por cierto no impidió que algunas de las mujeres mostraran su contrariedad por la tardanza del chofer.

—¿Qué sucede con este hombre? —interrogó Pozo a la concurrencia.

—Ahorita ha ido al Tránsito, doctor —dijo una chola— a sacar orden para viajar por el camino de Pocona.

—¿Pero qué le pasa a Pinto para llevarnos por ahí, si el camino es por Tiraque? Ni siquiera debe estar bien la cuesta de Pocona.

—Está bien el camino doctor, están viniendo algunos carros desde Santa Cruz en estos días. La Prefectura lo ha hecho arreglar bien —informó uno de los viajeros.

—Pero el Macho está yendo por ahí para averiguar de la Manuelita en Arani porque cree que se ha ido allí, a lo de su hermana —dijo otra chola en quichua resuelta a dar una noticia completa de las andanzas del chofer—. Hace unos días la trajo aquí y se ha perdido desde antes de ayer. El adúltero este, que ha dejado a su familia muerta de hambre está loco de pena y de rabia buscándola por todas partes. Dicen que ella se ha ido a casar a Misque con el hijo de don Justo Frontanilla, el Rodolfito, que estaba también muy enamorado de esta *rikuchicu* de las Chinchonas. El Rodolfito es pues jovencito y el Macho tiene más de 40, casado y con hijos grandes, pero lo mismo anda tras de esta chiquilla, fascinado, gastando cuanto gana.

—Si la encuentra a la Manuelita capaz es de matarla —comentó otra mujer del grupo en castellano.

—Desde luego —contestó la quichuista— ¿Acaso no se acuerdan que a la Florita la baleó en la puerta del templo? Pero la Manuelita ya debe estar muy lejos.

Los abogados oían tranquilos engañando su impaciencia con el humo del tabaco. No tardó mucho en aparecer el camión rojo. Los viajeros asaltaron en busca de los mejores sitios, con su respectiva carga. Pereira y Pozo, en la cabina. Pinto tenía un aire impresionante de preocupación. En sus ojos y en su boca la huella del sufrimiento sin lágrimas. Y en su ceño aborrascado, la fiereza bravía del desengaño que parecía acechar desde sus negras cejas la ocasión de la revancha. Con todo, era imprescindible preguntarle:

—¿Qué te ha pasado pues Macho Pinto? —indagó Pozo.

—Me he tardado un poco en recoger la carga, doctor —contestó él fingiendo una tranquilidad que no tenía.

—¿No dicen que has estado buscando a esa cholita que se llama Manuelita?

La oscura tez de Pinto reflejó alternativamente las tensiones de su ánimo. Rubor de vergüenza y palidez de desaliento. Tardó un poco en contestar de nuevo.

—Es pasajera como cualquiera otra, pero tengo que recogerla en Arani y por eso nos vamos por Vacas. Yo les hago llegar lo mismo, porque el camino está bien, doctor. Me han dado la vía franca en Tránsito—. Y arrancó la máquina con el aviso del ayudante subido a la plataforma.

—Al hotel Canata para recoger nuestras maletas indicó oportuno el doctor Pereira.

Recogieron las maletas y prosiguieron por el camino pavimentado a Santa Cruz. El paisaje se abrió risueño de arboledas de molle, algarrobo y eucalipto, por ambos lados de la oscura cinta de asfalto interrumpiendo la ocre monotonía de los rastrojos abandonados. Pasaron las instalaciones de la Refinería y entraron en el cañadón de la Angostura para ingresar al dilatado valle de Clisa que comienza en la laguna formada por la represa del río Sulti. El camión de Pinto, suficientemente cargado, se deslizaba raudo a 60, 70 y 80 kilómetros hora, cortando el aire todavía frío de la mañana invernal. A eso de las nueve y media desvió hacia Puñata, cruzó la población y siguió directo por el ancho camino bordeado de sauces llorones que conduce a Arani. Los de la carrocería viajaban alegres y bulliciosos. Después de todo encontraron que la demora de Pinto no fue mucha y que el cambio de ruta les permitía volver por el viejo camino Arani-Vacas-Pocona-Totora que tenía encantos más familiares para ellos que el camino moderno por Tiraque. Los abogados por su parte hallaban también propicios el tiempo claro y la ruta pintoresca.

Todos sentían curiosidad por el desenlace en la búsqueda de la Manuelita de Pinto. Éste avanzaba sumido en silencio, presa de pensamientos sombríos, resuelto y cuidadoso por los baches, con la frente inclinada sobre el volante. Tras esa frente achatada, surcada de sinuosas arrugas horizontales, en su cerebro dolorosamente fascinado por el

recuerdo de las piernas, de los pechos, de la cintura y de la cara de
Manuelita, se insinuaba, vacilante, un propósito vago de venganza que
no alcanzaba a ser idea por falta de información concluyente sobre la
traición de la fugitiva y tampoco llegaba a ser voluntad realizable
porque sus impulsos, de castigo y de venganza, naufragaban en el mar
oscuro y tremulento de su fondo sentimental. Llegaron sin tropiezo
alguno y el camión paró en la plaza de Arani pocos minutos después
de las diez. Los pasajeros abandonaron el carro sin protestas a la noti-
ficación de Pinto.

—Es temprano. Pueden pasear un poco por el mercado y también
entrar al templo. El carro se queda aquí, con el ayudante. No voy a
tardar nada.

A pocos pasos dobló la esquina y siguió por una calle plana y regular que conducía a la estación del ferrocarril. A uno y otro lado se
veían los pendones de las chicherías. Entró resueltamente en una de
éstas, sin llamar. Virginia, la hermana mayor de Manuelita, en un rincón de la pieza trasegaba chicha de un cántaro grande a una jarra de
cristal. La chola, redonda como una naranja, se volvió a los pasos que
entraban de la calle y sonrió al recién llegado. Hablaron en quichua.

—Doña Virginia: Estoy de paso a Totora por el camino de Vacas.
He venido a visitarte un rato.

—Muy bien pues don Pinto —respondió ella señalándole la banca
por asiento—. Siéntate aquicito. ¿Tomarás una copita? —preguntó
apañando un vaso grande de cristal de los que había en una mesa baja
y pequeña.

El otro aceptó asiento y vaso pidiendo luego que ella lo acom-
pañara a beber. Para estos casos corrientes ella tenía un vaso pequeño.
Sirvió de la jarra que casualmente había llenado ese momento. Pinto
bebió de una sola vez y limpiándose la boca con un pañuelo rojo, de
motas blancas, preguntó con aparente tranquilidad, en castellano.

—¿Y Manuelita, doña Virginia? Había encargado en Cochabamba
que la recoja aquí para llevarla a Totora. Yo no tengo mucho tiempo
para esperar.

—¡Cómo encargaría pues ese disparate! Si esta mañana no más la
Manuelita se ha ido a Misque a casarse con el Rodolfito Frontanilla.
Sonsera estás hablando.

—¡Ah! entonces es cierto... —exclamó con melancólica sorpresa
que apenas enmascaraba la llaga viva de su dolor. —Me voy doña Virginia, muchas gracias.

Quiso pagar la chicha con un billete de 50. Virginia lo atajó.

—No faltaría más. Te he invitado pues don Pinto.

Apresuradamente tomó su camino de retorno. Al volver la esquina
tropezó con una recua de burros que llenaba la calle. Se abrió paso a
patadas y ganó el sitio del camión. Los pasajeros se demoraban todavía
por el mercado y el templo. Pinto se colocó en su puesto de comando

y bocineó largamente. Sus clientes volvieron contentos para reanudar la
marcha.

—¿A la Manuelita no la encontraste? —preguntó el doctor Pereira.
reticente.

—Sólo estuve con su hermana, doctor. Había viajado por el lado
de Misque —contestó Pinto con seriedad, cortando por lo sano la in-
sinuante burla.

El camión arrancó trepidante e inició a poco el ascenso de la montaña, ligeramente cubierta de vegetación herbácea, por el pedregoso camino de sinuosa trayectoria. Sobre la enverjada plataforma charlaban
animados los pasajeros. En la cabina, los abogados se pusieron a comentar los últimos autos de la gaceta judicial dictados en la sala civil
de la Corte Suprema, en tanto que Pinto se abismaba en el pozo de
amargura abierto por la desilusión. Manejaba con mecánica destreza.
imprimiendo al vehículo velocidades arregladas a las variaciones del
camino. Los llevaba con bastante rapidez, sin barquinazos ni brus-
quedades. Sus pardos ojos secos y brillantes, se inmovilizaban a momentos como si en vez de mirar por fuera, al través del parabrisas,
miraran por dentro perdidos en un vacío interior. Eso era en efecto.
Se sentía vacío con el alma flotante sobre su corazón y su cerebro
desajustados e incoherentes. No sabría precisar qué clase de dolor sentía.
como no sabría decir a dónde iba por ese camino de arcilla dura y
rojiza, sembrado de pedrezuelas. La imagen de Manuelita, en fuga,
flotaba también en su pensamiento sobre los arbolados paisajes de Misque causándole humilladora desolación. Ni por un instante se le ocurriera seguir los pasos de la bella infiel que, como toda mujer interesada y venal, nunca había sido, ni por un momento, enteramente suya.

Tampoco se le ocurría entonces ni por asomo volver al lado de
su esposa en el hogar flagelado por su adulterio sentimental. Encontraba que su vida carecía de sentido, de objeto; y solamente le sostenía
el deber profesional, que no era poca cosa, la responsabilidad de conductor. Manejaba mecánicamente; pero con segura precisión. Ahora
entraban en el altiplano de Vacas. El sol reía en el cabrilleo de las lagunas bordeadas de tuturas verdinegras. Pinto no quería pensar en
nada que no fuera la máquina que guiaba o el camino que parecía dejarse devorar en superficie plana. Trató de soterrar a Manuelita en lo
más oscuro y sordo de su ser pero la pérfida coqueta flotaba en el espacio por delante, esbozado en su rostro adorable un mueca pícara
con que parecía subrayar malignamente su repentina escapatoria. Con
su zapato de suela gruesa, Pinto hundía el acelerador con suave penetración y la velocidad creciente hacía volar el carro; 50, 60, 70 kilómetros. Las pedrezuelas del camino se disparaban a los costados escu-
pidas por las llantas de goma dura. De pronto la dirección se desvió
hacia la cuneta del camino y el camión se volcó bruscamente, de costado, vaciando su carga humana y los bultos del equipaje en medio

de un vocerío que hizo alzar el vuelo a las gaviotas de la orilla del lago, distante unos 200 metros del lugar.

Pinto salió de la cabina, ileso, como echado por un resorte. Presa de pánico, miró en torno y vio más de lo que había en realidad. El camión deshecho sobre varios cuerpos palpitantes, aplastados por el peso. Un olor caliente de sangre le entró hasta la garganta, por el olfato, en tanto llegaban a sus oídos ronquidos, estertores de agonía y ayes lastimeros. Como en trance hiptónico dio las anchas espaldas al paraje del desastre. Una indeliberada y fría resolución irrevocable guió sus pasos con seguro instinto aniquilatorio hacia la laguna de azuladas aguas, en cuya orilla vegetada mordisqueaban, su forraje, algunas vacas sumergidas hasta medio cuerpo. Al acercarse las espantó.

Entre tanto los accidentados no habían tardado nada en incorporarse con ligeras lastimaduras. Los doctores Pozo y Pereira eran en realidad los más graves y solamente tenían rasmilladuras sangrantes en la cara y en las manos. Nadic había quedado debajo del camión. Los hombres habían saltado y caído de cuatro pies. Y las mujeres habían rodado envueltas en el torbellino de sus polleras. Cuando se dieron cuenta de lo que hacía Pinto, ya era tarde y sólo alcanzaron a gritarle:

—¡Pinto, Pinto, no ha pasado nada!

—¡*Macho Pinto,* vuelve, todos estamos vivos!

En realidad la desgracia para ellos estaba en quedarse plantados, sin conductor alguno, en medio camino.

El ayudante, muchacho, que restañaba con el pañuelo la sangre de una despellejadura en su ceja derecha, corrió detrás del infortunado conductor, sin alcanzarle.

—¡Maestro, maestro, no ha pasado nada!

El empecinado chofer chapoteó algunos segundos en la cristalina superficie del lago, hasta alcanzar hondura. Y de pronto, con subitánea inmersión suicida, desapareció en el claro horizonte de las aguas espejeantes, bajo la lluvia de gritos que invocaban su nombre y hablaban de estar todos con vida, en el momento mismo en que él, cargando su desventura, encontraba la muerte en las destempladas ondas azules de la laguna de Vacas.

# LINO NOVÁS CALVO

CUBANO
(1905-1983)

*Lino Novás Calvo nació en España, en Granas del Sor, Galicia. A los siete años su madre lo envía a Cuba donde vive con un tío. Su situación en La Habana no fue diferente a la del inmigrante con escasos recursos económicos, por lo cual tuvo que desempeñar una variedad de oficios en su juventud. Tratando de buscar mejores condiciones económicas va a Nueva York en 1926 donde está varios meses; al regresar a Cuba trabaja de periodista, lo cual le permitirá viajar a España como corresponsal en 1931 donde reside hasta 1939. Visita otros países europeos. Sus artículos se van publicando en periódicos tales como* Diario de Madrid, Frente Rojo, Mundo Gráfico. *También colabora en la* Revista de Occidente, *donde publica tres de sus cuentos. Traduce a grandes autores como D. H. Lawrence* (Kangaroo), *William Faulkner* (Sanctuary) *y Aldous Huxley* (Point Counter Point). *Más tarde, en Cuba, Ernest Hemingway le encargaría la traducción de* The Old Man and the Sea. *Al regresar a Cuba se dedica a la docencia enseñando francés en la Escuela Normal de la Habana. Recibe el premio "Hernández Catá" en 1942 y el Premio Nacional de Cuentos del Ministerio de Educación en 1944. En 1960 sale de Cuba y se establece en Nueva York donde será profesor de literatura hispanoamericana en la Universidad de Syracuse hasta 1974, año en que se jubila. Muere en Nueva York.*

*La significación de la narrativa de Lino Novás Calvo en las letras hispanoamericanas no es un fenómeno de tardía revalorización. Hacia fines de la década del cuarenta cuando Novás Calvo ya contaba con seis obras publicadas, el crítico José Antonio Portuondo escribía el artículo "Lino Novás Calvo y el cuento hispanoamericano" resaltando la importancia del narrador cubano en el desarrollo del cuento en Hispanoamérica y los aportes de su innovación cuentística. Apunta Portuondo: "Novás, como todo verdadero creador... es conclusión y comienzo, etapa fundamental en el proceso de nuestras letras al presente, primero entre los cuentistas de lengua española." (En* Cuadernos Americanos *(1947): 245-263).*

*Sus primeros trabajos literarios son poemas publicados en la* Revista de Avance *entre 1928 y 1929. Su primera novela es El* negrero: vida novelada de Pedro Blanco Fernández de Trava, *terminada en Madrid en 1932 y publicada al año siguiente. En 1936 publica su segunda novela* Un experimento en el barrio chino, *y en 1954 la novela corta* No sé quien soy, *en la que se pueden apreciar los ángulos cinematográficos incorporados en su lenguaje narrativo. Al año siguiente aparece en La Habana en una edición de "Cuadernos Cubanos" su novela* En los traspatios. *Sobre la primera novela publicada de Novás Calvo conviene consultar el artículo de Myron Lichtblau "Técnica narrativa de* El negrero *de Lino Novás Calvo",* Homenaje a Lydia Cabrera. *Reinaldo Sánchez et al. eds. Miami: Ediciones Universal, 1978, pp. 221-227.*

*Su primer libro de cuentos es* La luna nona y otros cuentos *(1942), el cual incluye ocho relatos; entre ellos destacan "La noche de Ramón Yendía" y "La primera lección". En 1946 aparece el volumen de relatos* Cayo Canas: cuentos cubanos. *En 1959 se publica* El otro cayo, *colección de cinco cuentos provenientes de* La luna nona y otros cuentos *y* Cayo Canas: cuentos cubanos. *De 1970 es la colección* Maneras de contar *que reúne dieciocho relatos, algunos ya publicados en colecciones anteriores, otros escritos o reescritos en Nueva York a partir de 1961.*

*El cuento "¡Trínquenme ahí a ese hombre!" pertenece al libro* Cayo Canas: cuentos cubanos. *En la novela* Tres tristes tigres, *de Guillermo Cabrera Infante, hay un capítulo en el que se rehace lúdicamente la escritura de varios escritores cubanos: José Martí, Nicolás Guillén, José Lezama Lima, Lydia Cabrera, Virgilio Piñera, Alejo Carpentier y Lino Novás Calvo. La parodia es en el fondo una forma de admiración por la autenticidad de cada estilo. Hago esta observación porque de Novás Calvo se escoge el cuento que incluyo en esta antología con menciones también al relato " 'Aliados' y 'alemanes' ". La sección destinada a Novás Calvo se titula "¡Trínquenme ahí a Mornard!" (Barcelona: Seix Barral, 1975, pp. 238-240).*

*El venero existencialista de la cuentística de Novás Calvo es notable en el tratamiento de la muerte, la angustia del ser humano frente a la condición absurda de la vida, y la marginalidad de caracteres acosados por la pobreza o la formación de realidades pesadillescas y demenciales. Este trasfondo se fortalece con la dirección de una narrativa moderna que busca ángulos diversos. El perpectivismo narracional es uno de los grandes aportes de Novás Calvo al cuento hispanoamericano. En el cuento seleccionado este aspecto es elaborado con el propósito consciente de lo inquietante: los planos relativos a una personalidad escindida o esquizofrénica se ven reflejados en el acto narrativo.*

*En la década del ochenta aparecen dos sólidos libros sobre la obra de Novás Calvo: Raymond D. Souza* Lino Novás Calvo.

*Boston: Twayne Publishers, 1981; y Lorraine Elena Roses* Voices
of the Storyteller: Cuba's Lino Novás Calvo. *New York: Green-
wood Press, 1986.*

## ¡TRÍNQUENME AHÍ A ESE HOMBRE! *

¡Amarren bien a ese hombre! Está loco. Loco-loco. Flaco, y viejo,
como lo ven, y cubierto de flores-de-sepulcro, no se fíen. Ahora lo ven
ahí, mansito, como gallo pillo, tomando resuello. De pronto puede dar
un brinco. No lo dejen. ¡Trínquenme bien ahí a ese hombre!

Yo soy el Pelado. Sí. Me llaman el Ruso. Fui barbero, y dicen que
al hablar con alguien miro siempre al espejo. Pero ahora miro a ese
hombre. Ahora sé lo que pasó, y quiero contarle algo a él mismo,
corriendo, antes de que se lo lleven. Atando cabos, me sé las cosas.
De no haber estado loco... Yo no lo sabía. No se faja uno con un
loco; es fajarse con dos, el hombre y la locura. Yo andaba por aquí;
vivo aquí, allá arriba, en el bajareque aquel del jardinero. Ahí está
mi vieja. Tengo mi penco, mi arrenquín, voy con mis mandados, por
mi cuenta. Entonces vengo aquí, le fío a este viejo. Nadie lo sabía
—que era loco—. Sabía ocultarla —la locura—: Le fío y doy vales
a mi cuenta en la bodega, y no sé, ni yo ni nadie, que el viejo está
loco, ni que tiene guano en el güiro. Trae la muchacha del campo,
se echa el ayudante con los gallos, cura con hierbas y con Tulita a
la mujer vieja y enferma que tiene en cama, lleva gallos todas las
temporadas a la valla y pierde. Y con todo nadie sabe que tiene
guano escondido. Escondido, como la locura.

Esto fue hace un año. Trajo la muchacha. La vieja estaba ya en
cama, soldada a la cama. Fue por entonces. El ayudante estaba ya
aquí. Antes iba por ahí, por los repartos, buscando gallos, que afeitaba y llevaba a las vallas y nunca casaba. Luego iba a los galleros, se
los vendía por fonfones. Vino al viejo. Le trajo fonfones; y luego vino
la muchacha, y el ayudante dio en dar vueltas. Quizás como yo, según
dicen, y también él miraba al espejo, con su ojo haragán. Miraba a los
gallos, los rejones, los pollos nuevos. Se agachaba, les pesaba la mano,
los abosaba contra sus fonfones, en el traspatio. Luego iba la muchacha con comida, por entre los plátanos, las cajeles y las guayabas,
como bailando. Erguida, una caña brava, de nudos altos y redondos,
girando entre las matas. Se le veía desde fuera del camino, del otro
solar, del yerbazal, a través de la casa de ventanas abiertas, la casa
de puertas abiertas: la mujer tirada en la cama, callada, mirando al te-

---

* © Lino Novás Calvo y Herminia del Portal de Novás Calvo.

cho, las goteras, las lagartijas, los sapos, las arañas. Ahí sujeta, fija, los ojos abiertos, como una muerta. Pero viva, todavía, queriendo vivir, y pensando.

Primero, la vieja. La que primero lo vio todo, aun antes de que pasara. El viejo se fue al campo. Dijo que iba a comprar pollos finos. Tulita vino entonces con hierbas, se quedó en la casa, con la enferma, cuidándola. O quizás velándola. El ayudante se quedó con los pollos, sólo, durmiendo en el traspatio. La enferma no lo había visto. Ella no miraba a la gente ni a nada, salvo el techo. El ayudante no miraba tampoco a la gente. No iba a la calzada, a la bodega, a la esquina de noche con el grupo de nosotros. Luego la enferma quiso verlo. Preguntó su edad, lo llamó junto a la cama. El viejo estaba aún en el campo. Había estado lloviendo y las gotas caían, lentas, sobre el rostro enfermo y blanco y verde y descarnado de la vieja. El ayudante se echó para atrás: Tulita lo empujó para alante. La vieja miraba aún al techo y a las gotas que le caían en la cara. Y luego, de noche, con la luz encendida y la ventana abierta miraba a las ranas, retrepadas en palitos, el chinito encueros, pegadas unas a otras, como mangos verdes y amarillos, mirando a la vieja con sus ojos sin párpados. Cientos de ranas verdes, amarillas, de ojos fijos y saltones, mirando a la enferma desde el palitos. Ella miraba el techo, inmóvil, como las ranas.

—Quiero ver al muchacho —dijo la enferma.

Tulita lo trajo. La enferma tardó en mirarlo. Luego volvió, lentamente, la cabeza en la almohada. No el cuerpo, ni siquiera los ojos. La cabeza tan sólo. Entonces él vio que no estaba muerta. Pero ella no habló. Quiso sonreírle, fue recogiendo los labios de encima del boquete sin dientes; volvió a juntarlos. Pero sonrió con los ojos, sin moverlos. Nada más. Volvió la cabeza, miró de nuevo al techo. El muchacho se fue hacia atrás, trastabillando. Después la enferma despegó de nuevo los labios.

—Es joven —dijo la enferma—. Está sucio, pero es joven. Y buen mozo.

Nada más. Tulita no entendió por de pronto. El viejo estaba aún en el campo, y volvió solo, y no trajo pollos ni nada. Venía chévere. Había ido a la Habana y traía un flus nuevo, y pajilla y zapatos nuevos. Esos mismos que lleva, pero nuevos. Después fue al apeadero, una tarde, y salió a la calzada. Entonces traía la muchacha. La vimos salir a la calzada, zanqueando, subir al camino, la cabeza hacia atrás, la cintura allá arriba, los senos allá alante. El viejo iba delante. Una pariente, dijo luego. La traía —dijo— para cuidar a la enferma. Ésta no hablaba. Tulita siguió yendo, con preparos; callaba también. Sonreía. Miraba al ayudante, me miraba a mí, husmeando, sonreía. La enferma sabía mucho, dijo Tulita. No estaba viva ni muerta, por completo. Quizás haya un intermedio, un sitio desde donde la enferma veía, fríamente, las cosas. Por eso sonrió. Mandó llamar al muchacho, y vio que era joven, y ella sabía. Sólo ella. La joven no era pariente, y el viejo no había ido a comprar pollos finos. Pero la enferma no se iba. Acaso él pensara que al volver ya no estaría, pero ella no quiso irse. Se estaba yendo, pero de pronto se detuvo y se quedó en ese rellano esperando. Desde allí vio fríamente lo de acá; no sé si lo de allá. Vio al viejo yéndose al campo a buscar a la muchacha, y quiso ver al ayudante.

—Es buen mozo —dijo la enferma—. Todavía no me muero.

No se murió todavía. Ya se estaba yendo, pero fue como si hubiera pedido prestado algún tiempo para ver algo. Nada más que para eso. Verlo, oírlo, saberlo: eso era todo. Le bastaba. Podía irse en paz. Ayer se fue. Ya lo sabía, ya lo había visto.

La vieja no me llamó a mí, como al ayudante. Yo no importaba, para ella. Sólo el ayudante.

—Ése es el hombre —le dijo a Tulita—. El ayudante.

Yo, nada. Si ella viviera y pudiera decirlo lo diría. Ella sabía que yo, para la muchacha, nada. Yo venía aquí, le fiaba al viejo, miraba a la muchacha, pasaba al traspatio, miraba a los gallos, veía venir la muchacha, como bailando, entre las matas. Veía al viejo entre las matas acechando, cortando plátanos, recogiendo en pomos su zumo rojo, su sangre. Pensaba que era yo —el viejo lo pensaba. Me lo dijo: —Tú no te acerques a ella, me dijo. Me enseñó el machete. Luego entregó la sangre de plátano a Tulita y ésta la llevó a su casa. El ayudante cuidaba los gallos por sí solo, y vino la temporada, pero nada. Los gallos estaban cuidados, afeitados y todo, pero el viejo no los llevó a la valla. El ayudante llevó tres, apostó a los contrarios y cobró fuerte. Dijo que eran del viejo. La cátedra les apostó por ser del viejo, y el ayudante, del otro lado, cobró fuerte. Luego vino diciendo que les había apostado a ellos y perdido. Le pasó la cuenta al viejo, y éste, de noche, tuvo que ir a la botija y sacar plata, y dársela al ayudante, encima. El viejo creyó estar solo. El ayudante dijo que se iba a su casa, en Miraflores, a ver a la vieja, pero se quedó en el yerbazal y vio al viejo ir a la botija. La muchacha se hizo dormida, pero siguió también al viejo, por su lado, para ver lo que no viese el ayudante. Ya estaban de acuerdo. La enferma estaba en cama, con los ojos abiertos y todavía esperaba.

—Tú no te acerques —me dijo el viejo—. No te acerques a ella o te chapeo.

A mí, no al ayudante, me lo dijo.

—¡No mires al espejo!— me dijo el viejo.

—¡El criar fama! El ayudante era quien miraba al espejo, realmente. Allí estaba la muchacha. Los dos eran jóvenes, y el viejo era viejo, y flaco, y seco, y lleno de flores-de-sepulcro. Mírenle las manos. Mírenle la cara. ¡Agárrenlo! Trínquenlo bien. Miren cómo me ha puesto. Trínquenlo, que está loco, bien a la silla.

Eso era. La enferma lo sabía y por eso no se iba del todo. Sabía que el viejo había ido al campo por la muchacha, porque era joven, y tenía ese cuerpo, pero que también el ayudante era joven, y tenía su cuerpo. La enferma no pensó en mí, ni dijo no te acerques, y en la calzada los otros me pinchaban, y no pensaban en el otro. ¡El no criar fama! El ayudante no la miraba a la muchacha. No andaba tras ella, mirándola, a la vista de todos, bajeándola con los ojos. No hablaba de muchachas sino de gallos, y sus gallos siempre perdían; y el viejo ya no pensaba en los gallos sino en la muchacha. Por eso la trajo. Creyó que la vieja estaría ya muerta o que se moriría en seguida. Tulita se lo dijo. Pero aun no era tiempo. —Todavía me queda algo por ver— le dijo a Tulita; la vieja se lo dijo. Tú misma vas a ver algo. Luego me cuentas —dijo la vieja.

Pero nadie vio nada, realmente. Nadie los vio juntos, a la muchacha y al ayudante, desenterrando el guano, escapando, de noche, por el aromal, entre las cañas bravas, hacia el río. Pero eso era lo cierto. El viejo no quería creerlo. Yo no estaba ya aquí. Me había ido. Yo no sabía nada, pero tenía que irme. No había chance. Yo sabía ya que no había chance con la muchacha y creí que era porque yo soy el Pelado, y me llaman el Ruso, y esas cosas. Me lo dijeron los otros, en la calzada. Entonces me fui para otro barrio, el de Santa Amalia, para no verla. Fue cuando las lluvias. Se desbordó el arroyo y me arrastró durmiendo cinco cuadras. Pero eso es aparte. El viejo creyó que yo me había llevado la chiquita y matado, quizás, al ayudante. Me estuvo buscando, furioso, y yo sin saber nada. Entonces volví. No podía evitarlo, y volví. Ya habían pasado las lluvias. Pero entonces ya el viejo sabía que la muchacha se había ido con el ayudante y con su guano en el güiro y que yo no era nada. Se lo dijeron, pero nadie cogió aún al ayudante ni a la muchacha, y quizás no los cojan más nunca. Entonces la vieja había esperado bastante, y se fue también, para el otro lado, muy tranquila. Fue cuando yo vine. El viejo no estaba aquí, y cuando vino, ya ustedes saben. Está loco. Loco. Uno no se faja jamás con un loco, porque son dos a fajarse contra uno. ¡Aguántenlo! Trínquenlo bien en esa silla. Esa es la historia. A él mismo se la cuento!

3

# MARIO MONTEFORTE TOLEDO

## GUATEMALTECO
## ( 1 9 1 1 )

*La figura de Mario Monteforte Toledo escapa a fijaciones gene racionales. Por cuatro décadas su prosa ha enriquecido el en cuentro artístico con lo telúrico, lo sicológicc, lo social, lo exis tencial a través de un estilo personalísimo. Su obra, la de Migue Ángel Asturias y la de Augusto Monterroso son tres grandes ex presiones contemporáneas de la literatura guatemalteca e hispa noamericana.*

*Mario Monteforte Toledo nació en la Ciudad de Guatemala Después de estudiar ciencias políticas y sociales en la Universi dad de San Carlos en Guatemala realizó estudios de idiomas y ciencias sociales en la Sorbona. Residió en París entre 1931 y 1933; regresa a Guatemala para seguir la carrera de leyes. En 1937 hace un viaje a la jungla de Petén en Guatemala y entre 1937 y 1940 reside con los indios de la región de Sololá. Este interés por el conocimiento de lo indígena se expresaría posterior mente en, su narrativa. En 1941 sale a Estados Unidos debido a la dictadura de Jorge Ubico en su país. Reside tres años en Nuev York donde publica en inglés su novela* Biography of a Fis (1943). *Esta novela de dura crítica a los Estados Unidos es inen contrable hoy.*

*La segunda mitad de la década del cuarenta es de gran activi dad política para el escritor; asume varios cargos incluyendo e de vicepresidente de la república entre 1948 y 1949 y represen tante de Guatemala ante la Organización de las Naciones Unida entre 1946 y 1947. Fue también representante del Congreso entr 1947 y 1951. Durante su labor legislativa luchó por el mejora miento en las condiciones sociales de los indios y trabajadores e general. En 1956 es forzado al exilio debido al gobierno de Cas tillo Armas. Desde entonces se ha establecido en México dond ha dictado cursos en la Universidad Nacional Autónoma de Me xico y colaborado con periódicos y revistas mexicanas. Durant estos años viaja por varios países.*

*Mario Monteforte Toledo ha escrito poesía y teatro, pero s obra más extensa es la narrativa y el ensayo. En este último ge nero sobresalen sus libros* Guatemala, *monografía sociológic (1959);* Partidos políticos de Iberoamérica *(1961);* Izquierdas

derechas en Latinoamérica *(1968);* Mirada sobre Latinoamérica
*(1971);* Centroamérica, modelo de desarrollo deforme y depen-
dencia *(1973). Su primera novela es* Anaité, *compuesta entre
1937 y 1939 y publicada en 1948. Luego vienen —además de la
novela* Biography of a Fish *que indicara anteriormente—* Entre
la piedra y la cruz *(1948);* Donde acaban los caminos *(1953);*
Una manera de morir *(1957), novela reeditada en 1986 en Barcelona;* Llegaron del mar *(1966) y* Los desencontrados *(1976).
Se ha anunciado (1990) la publicación de su novela* Unas vísperas
muy largas.

Sus dos libros de cuentos son La cueva sin quietud *(1949) y*
Cuentos de derrota y esperanza *(1962). En 1974 se publica en
Barcelona una recopilación de sus cuentos con el título* Casi todos
los cuentos. *El relato "Un dictador" que se ha seleccionado, fue escrito en 1947 e incluido en el libro* La cueva sin quietud *y posteriormente en* Casi todos los cuentos. *Los críticos Seymour Menton* (Historia crítica de la novela guatemalteca. *Guatemala: Editorial Universitaria (1960) y Nicholas W. Rokas "El fracaso en
las novelas de Mario Monteforte Toledo: la obsesión de la libertad"* Cuadernos Americanos *213.4 (1977): 231-242) se han
referido a las distintas fases que atraviesa la narrativa del escritor. Esta versatilidad de la prosa de Mario Monteforte Toledo no
refleja un intento de adaptarse a modas literarias sino que la auténtica disposición del escritor que experimenta su creación en
movimiento. Una utilísima revisión crítica de la bibliografía sobre el autor se encuentra en el trabajo de Nicholas W. Rokas "Bibliografía crítica selecta de Mario Monteforte Toledo".* Revista
Interamericana de Bibliografía 36 (1986): 29-38.

## UN DICTADOR

En la ranura, la luz, con su metraje de rayitas, mundos reducidos a
puntos. Giran las yemas: Rusia, Alemania, Coventry, Madrid, otros
astros; eso es el chirrido de la estática: idiomas que no entendemos,
astros de nebulosas tan distantes como el polvo. Han inventado un
telescopio que verá el cielo por esferas, nueva dimensión del silencio,
universo redondo; quién sabe cómo. Las yemas conducen la aguja
de perfil, de un mundo a otro. Poder, hasta aquí soy yo. Me los regalan: radios, caballos, tinteros, vírgenes, tierras, anillos. Todos, de
levita o cimera o turbante o saarong o traje talar o cotón de indio.
Siempre tienen los ojos mojados de terror, sonríen con sonrisas ex-
crementicias. Poder, yo. Unos nacemos con capacidad para orinarnos

sobre el mundo desde arriba. Nueva York, las noticias. A ver: Copenhague; sí, hablan inglés como turcos. De mis dedos va saliendo
el mundo, circulando, dios trastornando las órbitas. Toda la técnica
está basada en eso, y en que los gringos son como niños y les gusta
encender lucecitas y apretar botones.

Yo, desde que era una criatura. "Quiero chocolate; no me gusta
esta porquería." "Hijo, no se habla así de la comida." "Me da la
gana. Que me traigan chocolate." Aquella criada andaba como pato,
corría mal. Luego: "No quiero eso; está helado. Que me traigan café
con leche." Agitación a mi alrededor. Los animales huían cuando yo
pasaba. Hacía bien sonreír; luz, gana de andar despacio, contoneán-
dose. Mi padre nada decía; me miraba sobre mí, como a otro. Necesité luchar, hacerme presente cuando di el empellón al pichel con
el agua caliente debo haberlo salpicado hasta los anteojos. "Lo has
hecho a propósito. Pobre infeliz la que se case contigo." A partir de
ese día dejó de mirarme del todo. Era peor; vergüenza y rabia; y
miedo. No, eso no. Yo... Luego los primos y las dos vecinas alucinadas, domesticadas por mi voz y por mi gesto. "Ahora te toca a ti."
Jugábamos saltaburro. Se puso de bruces y todos saltamos sobre ella.
Le incrusté los nudillos en la espalda; era suave y caliente, y gimió.
"Hijo, las mujercitas no deben hacer esas cosas. Eso es para los hombrecitos." Se levantó con una lágrima pequeña y dura en el rincón
del ojo; miedo y sumisión. "Mañana volverás y seguiremos jugando."
Lo dije en voz baja, para que mi madre no. "Sí." Habló como si se
tragara los sonidos. Y volvió, porque le dije que si no le retorcería
las muñecas. Si hubiera sido más grande la habría. Ahora, vieja gorda;
pechos de inacabable redondez detenida.

"Y ahora, queridos radio-escuchas, escucharán ustedes." El oído
se alarga, perro buzo embudo recibiendo. ". . .que esta noche tocará."
En realidad es mejor el otro. Sonidos graves y no vibra. Duelen las
rodillas al levantarse. Ya claro, toma demasiado tiempo para calentarse. Entra la onda soplando y empieza la voz, de alto a bajo, saliendo
de abismos. "Nadie sabe aún el paradero de la." Qué chistoso; perderse en el aire, como un eructo. El aire; pega de junto, mano abierta
palma helada, con granitos de tierra munición. Corríamos; polvo duro,
sin decir palabra. Salí por cualquier parte, con el fuete colgando de
ir detrás, cólera. Me daba miedo aflojar los músculos; iba prendido a
los ijares, sin respirar, cerrando los ojos, casi llorando. Sólo ese maldito iba al frente, dejándome, mirándome sobre el hombro a ratos.
El caballo caía sobre la pista como resorte amaestrado. Detrás; el
corazón espantosamente grande, la respiración reducida a hilo. Por fin
entré al rincón de la cancha; ya llegaba junto a él. Maldito. "Apártate,
déjame pasar." Rió; y estaba a punto de arrancar más a prisa cuando
le crucé la cara con. Sobre los ojos. Sangre rápida. Y entré llevando
muchos cuerpos a los otros. Aplausos redondos, formas festonadas ras-

pando la garganta. "Muy bien, admirable.". Y ese maldito mirándome sin decir palabra. Salí por cualquier parte, con el fuete colgando de la muñeca. Es hermoso eso; péndulo, lengua, espada. Y todos ven la punta y doblegan la nuca, cual si buscasen algo perdido en el suelo. Suena en la bota culebra dedo monstruoso. Mi primer competencia. No se debe perder nunca, cueste lo que cueste. Nadie cree en el que va detrás.

Sólo mi padre no mudó la cara. Era juez, o algo en la carrera. Recuerdo su mano enroscada en los catalejos; dedos amarillos y rojos, huesos casi rompiendo la piel; manos llenas de vergüenza por mí. Viejo de mierda. Claro que me vio; veía todo lo ruin que yo hacía. Pero yo necesitaba ese dinero para la lancha y cuando fuimos a casa le hice la escena. Lloré, pedí perdón, rompí la copa del premio. No me entregó el dinero a mí sino a mi madre; era igual. Di la patada al perro a media panza, lanzándolo; delante de él, para que lo viera. Me humillaba su cara de magistrado y ese silencio, siempre. Claro, si me hubiera dicho algo le suelto lo que ya sabía, aun en aquellos tiempos. "Bueno, ¿y usted qué habla? ¿Qué hubo de la estafita?" Algo así. No me hubiera pegado; me tenía miedo, como todos. Claro, unos nacemos.

Esa música tiene azúcar, bien. Ahora los violines. Ella tocaba eso al piano. Llegamos temprano a la fiesta, atrás de los viejos. "Pero, cuánto gusto." Esas babosadas. "Cómo han crecido los muchachos." Ya todo estaba arreglado, desde que éramos niños. "Vas a bailar conmigo." La mano entre el escote, fría la espalda de sudor, y la mirada anulada, apuntándome al mentón. "No vas a bailar con nadie, ¿entiendes?" Además le bajé la mano hasta las nalgas y la retuve ahí un rato, para que se enterasen. Ella, lívida. Cuando terminó la música se acercó ese maldito, el de la carrera de caballos. Hablaban sin verse, sintiéndose; estaban tan juntos que parecía que no tuviesen necesidad de hablar siquiera. El día de mi matrimonio creí verlo en la iglesia, escondido, lloroso. Lo primero que hice al subir hasta donde estoy, claro. "Me han dicho que usted anda contrabandeando por ahí." "No señor; no, señor. Yo soy un hombre de bien. Recuerde usted, cuando éramos muchachos." Le grité mucho, ya no recuerdo. Cuando lo fusilaron sentí un gran descanso. Es preciso salir de las espinas, de los malos tragos, de eso que nos conserva unidos a lo que nos duele. Fue un año antes de que muriera mi padre. "Tú lo mataste." Reí a carcajadas. Esa fue la única acusación que me hizo el viejo en su vida. Cuando se estaba muriendo no quise quedarme en su habitación porque lo último que hubiera dicho habría sido para mí, lo presiento. También sentí un gran descanso. Él sabía que yo.

Hacen música como pastillas, de venta. Inspiración, qué va. Manera de robar. Pero destapa los recuerdos. Valses, eso es.

En aquella gran parada en que me pusieron detrás. Ahí estaba el tipo aquél. Me fijé cómo hablaba el presidente. Cuando nadie lo observaba ponía su verdadera cara, un instante. Imbécil; eso se sabe o se ignora a fondo. Descubrieron el monumento, despacio. Se trabaron las cuerdas y la cortina quedó arrugada, descorrida a medias. "Honor al benemérito", se leía nada más. Pensé ahí mismo, aunque otras veces ya lo había pensado, que yo. ¿Por qué no? Tanto cretino; miedosos, con incontenibles deseos de que les pongan el pie encima. Iba repitiendo mentalmente las palabras del discurso, a buena voz. No era muy largo; pero ni tanto hablaría yo si llegara a. Y así ha sido; es mejor que se supongan lo que uno pudiera decir. Me sentí humillado, rata, alimaña, allá atrás de hombros, cabezas plumas nucas, y saber que otros debían estar frente a mí. Frente a mí. Nadie, me. "¿Qué te pareció?" "Idiota." Era dura la palabra. Aquello nos ligó. Si se hubiera sabido me. Pero él adivinó que algún día yo. Ahora me sirve. Por supuesto, roba y hago como que no. Es la manera de que se aguanten y se callen. Ellos saben que yo sé. Y cuando ya es mucho me regalan cosas. Las cosas cuentan, desesperadamente.

La uña cuadrada. Única en la mano, signo. Así me dijeron. Con estrías, clara de color, dura; así es la de los hombres como yo. La plana, brillante, gente torpe y aguantadora, valientes. La larga, óvalo; esos escriben y tienen esas mentes pantanosas de ideas; me odian. La corta. cónica de base, economizan y hacen dinero. Esta, mano que manda, qué carajo. En puño, apretada, parece un arma. Esta mano puede. Y todos fríos, esperando. "Esto es blanco", "Sí, señor"; "No, es negro", "Sí, señor". Dan ganas de. Y cuando lo contradicen a uno, quisiera romperles la. No tienen derecho. Yo. Una tarde hacía un sol bravo y rotundo; dije que iba a llover y cuando pasaron tres horas y no apuntaba el agua dispuse que todos, absolutamente todos, entrásemos a la casa; así no verían. Pues bien, ese tipo se escondió y regó cubetas de agua para que apareciera que yo tenía razón, y cuando salimos vi si reían y nadie. Es casi como fabricar el mundo puesto que todo aparece como quiero.

Ni la música llena esta sala. Silencio. Solo. ¿Habrá alguien allá debajo del sofá? Naturalmente que no; pero veré. No. Ya duelen las corvas cuando uno se agacha. Viejo. Todavía no. Y ese reloj. ¿Por qué le regalarán a uno cosas que no van con su naturaleza? Deberían estudiarlo a uno. Reloj para fulano, silla para zutano. Solo. Voy a mandar poner vidrios acerados en esa ventana; de repente alguno dispara de noche, escuchando la radio, despacio, mete la mano, apunta y. Y esas voces, voces. No, fuera esta radio. Iré a la otra. Lo mismo. Voces de mundos, de otros. No, vienen de lejos, en tropeles, de esos desgraciados, de tantos. Si rodaran sus ojos, sin calaveras ni cuerpos; sólo ojos, rodando, llenando el cuarto hasta aquí. Pizarro alzó la mano y señaló la altura hasta donde debía llegar el oro. Así, altura de ojos, anegándome. Y dientes, millares, millares, dando uno contra otro, rechinando; amarillos, verdosos, de campesino, de ladrón, de aquel maldito de la

carrera de caballos. Dientes y ojos. "Ojo por diente." Es lo mismo;
miembros y órganos de gente que yo he. No, la ley, qué diablo. Y gritos, desde el fondo de los pozos, entre ranas y culebras y lagartijas;
creptan por las paredes y vienen desde el fondo de los cementerios,
en la noche, oscuro, solo, solo siempre. Porque ninguno me llega a las
tabas. Si me tocaran el hombro: "¡Hey! Con que aquí están, ¿no?"
Mi padre viejo, ese lo sabía todo de mí. Horrible. Y aquí, nadie ahora.
Si gritara. No; detrás, el que pierde, nadie respetaría a. Pero soy miedoso, miedoso. Me da ira. ¿Qué hago, qué hago, Dios mío? Estos creen
que yo prendo pólvora con la mirada y deshago metales con el tacto.
Pero no; de noche, cuando apago la luz, la misma voz y la cara aquella, sin hablar, moviendo los labios, verde, rojo el pelo; hiede. Sudo;
pañuelo inglés, me seco. Solo. Si se abriera la pared y saliera un enano
con colmillos. . .

—Buenas noches, señor.

Se paraliza todo el cuerpo, pesa la lengua, blancos los labios se
sienten, hormigas en las palmas de las manos, en las palmas de los pies,
en la. Da sed. Este, este hijo de. Sólo este. Únicamente este. Valiente
tipo. ¿Yo, miedo? Puf. . . Me vio, claro que me. Debo tener la cara
hecha una lástima, la nariz afilada, cargados los párpados de.

—¿Se siente mal, señor?

Me vio. Ahora, más ligado aún a mí. Definitivamente ligado. A este
fue a quien dije que aquel presidente era idiota. Ahora sabrá, como mi
padre. A ver, aquella cara que pongo. Los ojos entrecerrados, el ceño
fruncido, mirada hacia un lado que de repente dejo caer sobre ellos;
la mano en la bolsa, fumo. Carajo, me tiembla el pulso. Sus gafas di-
simulando su miradita pegajosa. Un tipo despreciable. Los aros de las
gafas calavera. Y esa sonrisa, como si me deslizara un objeto de contrabando para hacerme su cómplice. Claro, sabe que siento miedo. Me
sacará partido. ¿Y si lo cuenta a los demás?

Mejor me inclino y manejo la radio. Berlín, ahora.

—Siéntate. Tiene un sonido perfecto.

—Maravilloso, señor.

Eso, infeliz. Si te digo que no sirve responderás que tengo razón.
No importa que yo no entienda lo que están ladrando ahí. Éste creerá
que sí, como cree que lo sé todo. Es cuestión de prestigio. Ahora ya
puedo alzarme. Lo observo. Ha comenzado a sudar como un cargador
de pianos. Siempre le pasa eso. La frente: dos burbujas, cuatro, ocho,
multiplicación, y unos hilillos viscosos que las van uniendo. Saca el
pañuelo bordeado de azul, con materia seca que cruje. Asquerosa piel
de bestia anfibia. Si en este momento rugiera colérico, se pondría de
rodillas. Ha comprendido que sé que me sorprendió. Claro que ha. Es
como si espiando detrás del biombo uno sorprende al mago escondién-
dose el conejo en la manga.

Tiene el don de aparecer cuando lo necesito. Menos ahora, rayos. Ahora vendrá a chismosear, a poner de oro y azul al otro, a quien abomina porque tiene el empleo que ambiciona y porque lo cree más cerca de mí. Así son todos; quisieran acurrucarse bajo mis alas. Para ganar gracias cogerían con perros o comerían caca. Esas voces que surgen de los rincones, insectos, culebras subiendo hasta donde estoy. No, se acabó. Con un solo movimiento de las yemas puedo volver el mundo al revés en este cuadrante. Yo.

Pero me vio, estoy seguro. Mañana, o esta misma noche cuando se vaya hablará en un pasadizo oscuro con cualquiera de esos que se orinan en los pantalones ante mí y dirá: "Vi al señor, pálido de miedo. Siente miedo cuando está solo." Y uno se lo dirá a otro y éste a otro. Y el lunes me sacarán de aquí a empellones. Maldita sea. ¡Ah, pero este desgraciado no! Se ha quedado paralizado; coge una arruguita de su pantalón con sus dedos gordezuelos y negros; la boca abierta. Infinitamente servil aun cuando se queda callado. Me quiere dar a entender que jamás revelará nada. Jamás. Es mejor...

—Ven, te mostraré la antena del observatorio.

Me sigue a distancia. Estoy seguro que reza.

—Si usted no quiere, señor, no se hace. Pero yo creo que...

Jamás revelará nada. Hoy mismo.

—Coronel, acompáñeme por el túnel.

Le guiño y comprende. Es tan infeliz, tan agudo, tan perverso, que mataría a su madre si se lo ordenara. No es que me quiera, no; pero hay tanta gente así, destinada a lo más sangriento y a lo más bajo. Y los tengo a todos, igual que si poseyera un imán que los sacara de todas las cuevas de la tierra. Anda detrás de él. Nuestros pasos se han puesto a ritmo. Uno, dos; uno, dos; un, do; un, do. Gran ejército y yo al frente, caballo negro, abanicos de avestruz, cámaras fotográficas. "Es él; ahí va él..."

Este túnel fue una gran idea. Puede dispararse un cañón y nadie oiría. Ahora ocurrirá de un momento a otro. No, prefiero ir delante, solo; me asustará el tiro. Además al coronel podría ocurrírsele que estamos demasiado solos, ya sin el otro.

—Me adelantaré. Muéstrele la instalación del agua caliente, coronel.

Dentro de un instante. Dará un alarido monstruoso, empezará a resoplar, a rogar, hincando y abrazándose a las botas del...

—Mi querido coronel, por favor; yo no he...

Eso: acaba, perro. Sólo tú lo sabes, sólo tú.

"Pum." Estalla y se prolonga como un retumbo, igual que si estuviera partiendo la ciudad entera. Un gemido largo, largo. Debe haber dado con la cabeza en el suelo y se le romperían los anteojos. Regresaré.

El coronel también se ha quedado mirándome. Pero es distinto, muy distinto. Éste y yo.

—¿No tiene algo más que ordenar, señor?

—¿Qué ha pasado aquí?

Eso. Ahora hay terror en sus pupilas. No sabe qué decir. Mira a sus pies la masa negra que parece besarle las botas. Valiente canalla. Pero es parte de la institución.

—Que dentro de un momento no se vea esto. ¿Me entiende?

No debí decírselo. Él sabe de memoria su negocio. Recuerdo cuando me contó cómo había liquidado a aquellos dos energúmenos en la carretera. "Como angelitos se quedaron, señor."

En el túnel, sólo mis pasos. ¿A dónde se lo llevará? Es cosa suya. Quizá al desagüe; debe tener una laja levantada para eso. Mañana aparecerá en algún barrio; por el Rastro, digamos, y los zopilotes le picarán los sesos entre la nariz. O quemarlo. Quién sabe.

Esta sala otra vez. La radio se ha quedado puesta. Berlín. Estoy cansado, horriblemente cansado. ¿Miedo, yo? ¡Bah! Con un solo apretón de las yemas produzco el mundo. Dormiré con mi mujer. Gorda, sebosa; pero.

Y sobre todo nadie lo sabe; nadie, nadie, nadie.

# HERNANDO TÉLLEZ

## COLOMBIANO
## (1908-1966)

*Fino narrador y ensayista, "posiblemente... el mejor artesano de las letras colombianas" como diría Alberto Lleras. La cuentística de Hernando Téllez se caracteriza por el dedicado trabajo en el estilo: un meditado balance entre los resortes llamativos de la historia y la conformación lingüística de la imagen. La creación de Téllez no será por tanto el producto de una labor artística atropellada. La consecuencia de tal laboriosidad es una producción narrativa breve, pero con una importancia, distinción e influencia similares a las que la brevedad tendrá en Rulfo (la configuración del universo narrativo es obviamente distinta en ambos escritores).*

*Quienes se han dirigido a su obra no han quedado indiferentes a la acendrada preocupación estilística del escritor colombiano. Al respecto indicaría Marta Traba: "El primer valor que los cuentos revisten, para mí, es la concisión de su estilo. Téllez era un escritor que cultivaba el estilo y que lo consideraba como una expresión particular regida por una gramática y sintaxis que debían ser y eran cuidadas hasta el último extremo. Estilo de releerse, de meditar, de corregir, preocupado, en un equilibrio realmente francés y pascaliano, tanto por el contenido expresado como por la forma de decirlo." (Prólogo a* Cenizas para el viento y otras historias. *Santiago de Chile: Editorial Universitarias, 1969, pp. 16-17). Alberto Lleras por su parte, refiriéndose al mismo aspecto de la obra de Téllez señala: "Nada de fárrago... El estilo corre fluido y elemental, primario y purísimo... Cuando va a escribir, todo lo concibe 'breve y sumario', y no resiste la tentación, después de corregirlo muchas veces, de verlo publicado, limpio, en dos columnas macizas". (Prólogo a* Confesión de parte. *Bogotá: Ediciones del Banco de la República, 1967, pp. 15-16).*

*En 1950 publica su colección de relatos* Ceniza para el viento y otras historias, *donde se incluye el cuento "Espuma y nada más". Esta primera edición consigna diecinueve cuentos. La reedición de esta obra —realizada por la Colección Letras de América, dirigida por Pedro Lastra en la Editorial Universitaria— es de 1969. Precedida de un prólogo de la escritora Marta Traba, incluye catorce cuentos, uno de ellos —titulado "Dos relatos de au-*

*sencia"— no forma parte de la primera edición. La segunda reedición de la Editorial Ancora es de 1984; incluye los diecinueve cuentos de la edición de 1950. En 1958 con el auspicio del Primer Festival del Libro Colombiano se publica* Sus mejores prosas, *reeditada diez años más tarde. En 1961 Hernando Téllez prologa y glosa la selección de discursos y escritos de Alberto Lleras Camargo:* Sus mejores páginas.

*Su labor ensayística comenzada en 1943 con* Inquietud del mundo *prosigue con otros seis libros:* Bagatelas *(1944);* Luces en el bosque *(1946);* Diario *(1946);* Literatura *(1951);* Literatura y sociedad: glosas precedidas de notas sobre la conciencia burguesa *(1956), reeditado en 1957;* Confesión de parte (Literatura, sociales, notas) *en 1967, obra que compila ensayos del escritor publicados a partir de 1960. Además de esta última obra se publican póstumamente dos libros a cargo del Instituto Colombiano de Cultura:* Selección de prosas, *en 1975 y* Textos no recogidos en libros, *en 1979. El volumen de 1975 compila los escritos de* Inquietud del mundo, Bagatelas. Diario, Literatura, *y* Literatura y sociedad. *El volumen de 1979 ordena cronológicamente los textos de Téllez desde 1936 a 1957; la edición y prólogo son de J. G. Cobo Borda. La prosa de sus ensayos es una muestra formidable de lograda simbiosis entre el pensador y el artista. Los temas de la muerte, el olvido, la soledad, el amor en su libro* Bagatelas *están tratados con una especial intensidad poética.*

*Hernando Téllez nació en Bogotá. Su labor como periodista iniciada en 1925 en el semanario* Mundo al Día *prosigue luego en los diarios* El Tiempo *y* El Liberal. *Participó en la revista de vanguardia* Universidad, *cuya figura visible era Germán Arciniegas. En 1937 es cónsul en Marsella, Francia, cargo que ocupa hasta 1939. En 1944 ingresa al Senado de la República, pero no continúa la carrera política. En 1959 es nombrado embajador de Colombia ante la UNESCO en París. Hernando Téllez murió a los cincuenta y ocho años en plena producción intelectual y cuando se esperaba que la riqueza de su narrativa culminaría con una obra de gran envergadura en la literatura hispanoamericana. El escritor colombiano fue un gran conocedor de la literatura, en especial de la española, francesa, y de la hispanoamericana. Lector infatigable, exigente, disciplinado. La seriedad de su enfrentamiento a las manifestaciones de la cultura fue perfilando un intelectual riguroso. Su conocimiento de Cervantes, Proust, Borges, Alfonso Reyes y otros escritores era detallado y profundo. En esta dedicación empieza a surgir el esteta, el pensador, el crítico literario. Dado el panorama cultural con el que contaba Téllez en su país en la década del cuarenta no era fácil empeñarse en el refinamiento de los procesos estilísticos y estéticos literarios, pero él lo logró.*

En sus ensayos se va tejiendo toda una serie de principios estéticos en la cual le preocupan al escritor: a) *el conocimiento de la lengua, de la gramática y la capacidad de elección del artista: "Pero si un joven escritor me lo preguntara, le diría: entre tres adjetivos que califican a un sustantivo o lo adornan, prefiera siempre el sustantivo"* (Confesión de parte, p. 47); b) *pulir, descartar, afinar: "lo verdaderamente problemático consiste en que el escritor no se cure del mal juvenil de las palabras, a su debido tiempo".* (Confesión de parte, p. 50). *Por otra parte, Téllez —como todo gran escritor— sabe que el dominio técnico no lo es todo, indaga en el otro lado del arte, el encanto, lo estético, la gracia: "Escribir correctamente es una técnica. Escribir bellamente es un milagro. Por lo menos es un misterio. La gramática, la filología, toda la ciencia del idioma acumulada en una cabeza humana, no consigue un resultado estéticamente válido si toda esa ciencia y toda esa técnica no están acompañadas del don de la gracia"* (Confesión de parte, p. 65). *Describe asimismo con genio singular la grandeza de Cervantes: "Teóricamente, en la prosa de Cervantes abundan las distorsiones gramaticales, los usos ambiguos en el régimen de la frase, las repeticiones, las licencias y los libertinajes en la construcción. Técnicamente sí, pero estéticamente, no. El gesto imperial de Cervantes ante su idioma está significado en el dominio completo de su instrumento verbal, del estilo que inventa, que va creando como expresión de sí mismo, como clamor y denuncia de su actitud ante el mundo, como forma de su vida y de su personalidad."* (Confesión de parte, p. 66).

*Citas que revelan lucidez crítica y un riguroso conocimiento sobre la literatura, la cual, el autor, leyó, estudió y analizó seriamente creando una fuente estética propia. La cuentística de Hernando Téllez, formidable expresión artística, se construye en ese diálogo que buscaba el escritor colombiano: el dominio técnico y el azar del "misterio" artístico.*

## ESPUMA Y NADA MÁS *

No saludó al entrar. Yo estaba repasando sobre una badana la mejor de mis navajas. Y cuando lo reconocí me puse a temblar. Pero él no se dio cuenta. Para disimular continué repasando la hoja. La probé luego

---

* Reproducido con permiso de Editorial Universitaria, S. A., Santiago, Chile.

contra la yema del dedo gordo y volví a mirarla, contra la luz. En ese instante se quitaba el cinturón ribeteado de balas de donde pendía la funda de la pistola. Lo colgó de uno de los clavos del ropero y encima colocó el kepis. Volvió completamente el cuerpo para hablarme y deshaciendo el nudo de la corbata, me dijo: "Hace un calor de todos los demonios. Aféiteme." Y se sentó en la silla. Le calculé cuatro días de barba. Los cuatro días de la última excursión en busca de los nuestros. El rostro aparecía quemado, curtido por el sol. Me puse a preparar minuciosamente el jabón. Corté unas rebanadas de la pasta, dejándolas caer en el recipiente, mezclé un poco de agua tibia y con la brocha empecé a revolver. Pronto subió la espuma. "Los muchachos de la tropa deben tener tanta barba como yo." Seguí batiendo la espuma. "Pero nos fue bien, ¿sabe? Pescamos a los principales. Unos vienen muertos y otros todavía viven. Pero pronto estarán todos muertos." "¿Cuántos cogieron?", pregunté. "Catorce. Tuvimos que internarnos bastante para dar con ellos. Pero ya la están pagando. Y no se salvará ni uno, ni uno." Se echó para atrás en la silla al verme con la brocha en la mano, rebosante de espuma. Faltaba ponerle la sábana. Ciertamente yo estaba aturdido. Extraje del cajón una sábana y la anudé al cuello de mi cliente. Él no cesaba de hablar. Suponía que yo era uno de los partidarios del orden. "El pueblo habrá escarmentado con lo del otro día", dijo. "Sí", repuse mientras concluía de hacer el nudo sobre la oscura nuca, olorosa a sudor. "¿Estuvo bueno, verdad?" "Muy bueno", contesté mientras regresaba a la brocha. El hombre cerró los ojos con un gesto de fatiga y esperó así la fresca caricia del jabón. Jamás lo había tenido tan cerca de mí. El día en que ordenó que el pueblo desfilara por el patio de la Escuela para ver a los cuatro rebeldes allí colgados, me crucé con él un instante. Pero el espectáculo de los cuerpos mutilados me impedía fijarme en el rostro del hombre que lo dirigía todo y que ahora iba a tomar en mis manos. No era un rostro desagradable, ciertamente. Y la barba, envejeciéndolo un poco, no le caía mal. Se llamaba Torres. El capitán Torres. Un hombre con imaginación, porque, ¿a quién se le había ocurrido antes colgar a los rebeldes desnudos y luego ensayar sobre determinados sitios del cuerpo una mutilación a bala? Empecé a extender la primera capa de jabón. Él seguía con los ojos cerrados. "De buena gana me iría a dormir un poco", dijo, "pero esta tarde hay mucho que hacer". Retiré la brocha y pregunté con aire falsamente desinteresado: "¿Fusilamiento?" "Algo por el estilo, pero más lento", respondió. "¿Todos?" "No. Unos cuantos apenas." Reanudé, de nuevo, la tarea de enjabonarle la barba. Otra vez me temblaban las manos. El hombre no podía darse cuenta de ello y esa era mi ventaja. Pero yo hubiera querido que él no viniera. Probablemente muchos de los nuestros lo habrían visto entrar. Y el enemigo en la casa impone condiciones. Yo tendría que afeitar esa barba como cualquiera otra, con cuidado, con esmero, como la de un buen parroquiano, cuidando de que ni por un solo poro fuese a brotar una gota de sangre. Cuidando de que en los pequeños remolinos no se desviara la hoja. Cuidando de que la piel quedara limpia, templada, pulida, y de que al pasar el dorso de mi mano por ella, sintiera la superficie sin un pelo. Sí. Yo era un revolucionario clandestino, pero era también un barbero de conciencia, orgulloso de la pulcritud en su oficio. Y esa barba de cuatro días se prestaba para una buena faena.

Tomé la navaja, levanté en ángulo oblicuo las dos cachas, dejé libre la hoja y empecé la tarea, de una de las patillas hacia abajo. La hoja respondía a la perfección. El pelo se presentaba indócil y duro, no muy crecido, pero compacto. La piel iba apareciendo poco a poco. Sonaba la hoja con su ruido característico, y sobre ella crecían los grumos de jabón mezclados con trocitos de pelo. Hice una pausa para limpiarla, tomé la badana de nuevo y me puse a asentar el acero, porque yo soy un barbero que hace bien sus cosas. El hombre que había mantenido los ojos cerrados, los abrió, sacó una de las manos por encima de la sábana, se palpó la zona del rostro que empezaba a quedar libre de jabón, y me dijo: "Venga usted a las seis, esta tarde, a la Escuela." "¿Lo mismo del otro día?", le pregunté horrorizado. "Puede que resulte mejor", respondió. "¿Qué piensa usted hacer?" No sé todavía. "Pero nos divertiremos". Otra vez se echó hacia atrás y cerró los ojos. Yo me acerqué con la navaja en alto. "¿Piensa castigarlos a todos?", aventuré tímidamente. "A todos." El jabón se secaba sobre la cara. Debía apresurarme. Por el espejo, miré hacia la calle. Lo mismo de siempre: la tienda de víveres y en ella dos o tres compradores. Luego miré el reloj: las dos y veinte de la tarde. La navaja seguía descendiendo. Ahora de la otra patilla hacia abajo. Una barba azul, cerrada. Debía dejársela crecer como algunos poetas o como algunos sacerdotes. Le quedaría bien. Muchos no lo reconocerían. Y mejor para él, pensé, mientras trataba de pulir suavemente todo el sector del cuello. Porque allí sí que debía manejar con habilidad la hoja, pues el pelo, aunque en agraz, se enredaba en pequeños remolinos. Una barba crespa. Los poros podían abrirse, diminutos, y soltar su perla de sangre. Un buen barbero como yo finca su orgullo en que eso no ocurra a ningún cliente. Y este era un cliente de calidad. ¿A cuántos de los nuestros había ordenado matar? ¿A cuántos de los nuestros había ordenado que los mutilaran?... Mejor no pensarlo. Torres no sabía que yo era su enemigo. No lo sabía él ni lo sabían los demás. Se trataba de un secreto entre muy pocos, precisamente para que yo pudiese informar a los revolucionarios de lo que Torres estaba haciendo en el pueblo y de lo que proyectaba hacer cada vez que emprendía una excursión para cazar revolucionarios. Iba a ser, pues, muy difícil explicar que yo lo tuve entre mis manos y lo dejé ir tranquilamente, vivo y afeitado.

La barba le había desaparecido casi completamente. Parecía más joven, con menos años de los que llevaba a cuestas cuando entró. Yo

ESPUMA Y NADA MÁS

supongo que eso ocurre siempre con los hombres que entran y salen de las peluquerías. Bajo el golpe de mi navaja. Torres rejuvenecía, sí, porque yo soy un buen barbero, el mejor de este pueblo, lo digo sin vanidad. Un poco más de jabón, aquí, bajo la barbilla, sobre la manzana. sobre esta gran vena. ¡Qué calor! Torres debe estar sudando como yo. Pero él no tiene miedo. Es un hombre sereno, que ni siquiera piensa en lo que ha de hacer esta tarde con los prisioneros. En cambio yo, con esta navaja entre las manos, puliendo y puliendo esta piel, evitando que brote sangre de estos poros, cuidando todo golpe, no puedo pensar serenamente. Maldita la hora en que vino, porque yo soy un revolucionario pero no soy un asesino. Y tan fácil como resultaría matarlo. Y lo merece. ¿Lo merece? No, ¡qué diablo! Nadie merece que los demás hagan el sacrificio de convertirse en asesinos. ¿Qué se gana con ello? Pues nada. Vienen otros y otros y los primeros matan a los segundos y éstos a los terceros y siguen y siguen hasta que todo es un mar de sangre. Yo podría cortar este cuello, así, ¡zas!, ¡zas! No le daría tiempo de quejarse y como tiene los ojos cerrados no vería ni el brillo de la navaja ni el brillo de mis ojos. Pero estoy temblando como un verdadero asesino. De ese cuello brotaría un chorro de sangre sobre la sábana, sobre la silla, sobre mis manos, sobre el suelo. Tendría que cerrar la puerta. Y la sangre seguiría corriendo por el piso, tibia, imborrable, incontenible, hasta la calle, como un pequeño arroyo escarlata. Estoy seguro de que un golpe fuerte, una honda incisión, le evitaría todo dolor. No sufriría. ¿Y qué hacer con el cuerpo? ¿Dónde ocultarlo? Yo tendría que huir, dejar estas cosas, refugiarme lejos, bien lejos. Pero me perseguirían hasta dar conmigo. "El asesino del Capitán Torres. Lo degolló mientras le afeitaba la barba. Una cobardía." Y por otro lado: "El vengador de los nuestros. Un hombre para recordar (aquí mi nombre). Era el barbero del pueblo. Nadie sabía que él defendía nuestra causa..." ¿Y qué? ¿Asesino o héroe? Del filo de esta navaja depende mi destino. Puedo inclinar un poco más la mano, apoyar un poco más la hoja, y hundirla. La piel cederá como la seda, como el caucho, como la badana. No hay nada más tierno que la piel del hombre y la sangre siempre está ahí, lista a brotar. Una navaja como esta no traiciona. Es la mejor de mis navajas. Pero yo no quiero ser un asesino, no señor. Usted vino para que yo lo afeitara. Y yo cumplo honradamente con mi trabajo... No quiero mancharme de sangre. De espuma y nada más. Usted es un verdugo y yo no soy más que un barbero. Y cada cual en su puesto. Eso es. Cada cual en su puesto.

La barba había quedado limpia, pulida y templada. El hombre se incorporó para mirarse en el espejo. Se pasó las manos por la piel y la sintió fresca y nuevecita.

"Gracias", dijo. Se dirigió al ropero en busca del cinturón, de la pistola y del kepis. Yo debía estar muy pálido y sentía la camisa empapada. Torres concluyó de ajustar la hebilla, rectificó la posición de la pistola en la funda y luego de alisarse maquinalmente los cabellos, se puso el kepis. Del bolsillo del pantalón extrajo unas monedas para pagarme el importe del servicio. Y empezó a caminar hacia la puerta. En el umbral se detuvo un segundo y volviéndose me dijo:

"Me habían dicho que usted me mataría. Vine para comprobarlo. Pero matar no es fácil. Yo sé por qué se lo digo." Y siguió calle abajo.

# GUILLERMO MENESES

VENEZOLANO
(1911-1978)

*La obra de Guillermo Meneses se extiende desde la fase vanguardista hispanoamericana hasta fines de la década del sesenta. En estos cuarenta años de producción literaria comenzados con la publicación de su cuento "Juan del cine (síntesis de una biografía)" en la revista Élite en 1930, hay en su creación la dirección de una estética moderna que entronca con la tradición renovadora de otro gran escritor venezolano: Julio Garmendia. Ciertamente, la narrativa de Meneses presentará distintas facetas en este amplio espacio; su novela* Campeones *(1939), por ejemplo, no representa desde un punto de vista técnico un cambio sustancial respecto de otras novelas convencionales que se publicaban hacia fines de la década del cuarenta, pero sus novelas* El falso cuaderno de Narciso *(1952) y* La misa de Arlequín *(1962) no sólo retoman los rasgos experimentales y el tono lírico de sus primeras creaciones escritas durante la vanguardia sino que la intensifican ofreciendo caminos insospechados para la narrativa hispanoamericana. Hay que tomar en cuenta que su novela* El falso cuaderno de Narciso *se publica once años antes que* Rayuela, *de Julio Cortázar y ya encontramos en la obra de Meneses planos rupturales, metafísicos, autocontemplaciones de la escritura y de su contexto experimental, desdoblamientos, multiplicidad de sujetos narracionales, desmontaje del arte narrativo. Por eso me refiero a la dirección, nunca abandonada, de un discurso moderno, audaz e inventivo con el que el escritor venezolano enriqueció a la literatura hispanoamericana.*

*Guillermo Meneses nació en Caracas. Su madre muere cuando el autor todavía no cumplía un año. Una tía lo cría a él y a sus hermanos. Estudia en el colegio jesuita de San Ignacio. A los diecisiete años participa en las manifestaciones contra la dictadura de Juan Vicente Gómez, que se extendió entre 1908 y 1935. A raíz de estas protestas es encarcelado y enviado al Castillo de Puerto Cabello, donde está durante todo el año de 1929. En 1936 se doctora en ciencias políticas en la Universidad Central de Venezuela; el mismo año es nombrado procurador del Estado de Miranda y al año siguiente juez de primera instancia. Hacia 1942 es redactor del periódico* Ahora *y al año siguiente jefe de redac-*

*ción de la revista Élite. En 1945 viaja a Bogotá donde será jefe de redacción de la revista* Sábado. *En 1948 asume funciones diplomáticas como segundo secretario de la embajada venezolana en París; ocupando este cargo permanece en Francia hasta 1953 año en que es designado secretario de la embajada venezolana en Bruselas. En 1965 asume la dirección de la revista* Crónica de Caracas. *En 1967 recibe el premio nacional de literatura; sufre este año una hemiplejía; muere en diciembre de 1978.*

*Guillermo Meneses escribió cinco novelas:* Canción de negros *(1934);* Campeones *(1939), que obtuvo el Premio de Novela "Élite" en 1938;* El mestizo José Vargas *(1942);* El falso cuaderno de Narciso Espejo *(1952), galardonada al año siguiente con el Premio de Novela "Arístides Rojas";* La misa de Arlequín *(1962), que recibió el Premio Municipal de Prosa. Incursionó en el teatro con la obra* El marido de Nieves Mármol *(Comedia en tres actos), publicada en 1944. En ensayo publica la importante obra* Espejos y disfraces: cuatro textos sobre arte y literatura, *en 1967.*

*Su producción cuentística comienza en 1930 con el cuento mencionado anteriormente "Juan del cine". Dice el autor: "Allá por los años de 1930 estábamos los jóvenes dentro de lo que considerábamos la 'vanguardia'. Nos empapábamos de todo lo que nos hacía pasar Madrid (sobre todo a través de la* Revista de Occidente). *Ese Madrid de entonces estaba en sana relación europea, de tal manera que nos era extraño lo francés, lo alemán, lo italiano, lo yanky, que recogía para su revista Ortega." Luego viene el relato* La balandra Isabel llegó esta tarde *(1934); texto que se llevaría al cine en 1949 y que en 1977 el escritor Salvador Garmendia adaptaría para Radio Caracas Televisión. Siguen* Tres cuentos venezolanos *(1938), que incluye los relatos "Adolescencia", "Borrachera" y "Luna"; la colección* La mujer, el as de oros y la luna *(6 cuentos y 2 sketchs) (1948). Este libro incluye —además del relato "La mujer, el as de oros y la luna"— los cuentos "El duque" (que había aparecido en 1946), "Tardío regreso a través de un espejo", "Un destino cumplido", "Alias el Rey" (estos tres últimos relatos publicados por primera vez en* El Nacional *en (1947), "Nicolás Parucho es un amargado"; se incluyen también las piezas cortas "La cita de la señora" y "La invitación". El cuento seleccionado en esta antología "La mano junto al muro" recibe en 1951 el premio del concurso de cuentos auspiciado por* El Nacional, *donde se publica el mismo año. Sobre este relato dice el autor en su* Antología del cuento venezolano: *" 'La mano contra el muro' ha querido decir a través de un cuento el escaso valor de la obra del hombre y de la vida humana misma; lo único que parece existir perdurablemente es el tiempo que destruye castillos, seres, sueños y los hace regresar hacia sus elementos primitivos, hacia la arena, la piedra, el agua, la sangre.' " De 1958 es su relato "El destino es un dios olvidado", que luego formará parte de la novela* La misa de Arlequín. *En 1961 se publica* Cable cifrado: ejercicio narrativo *y en 1968 la recopilación* Diez cuentos: antología. *En 1972 se recopila la producción novelística de Meneses en el volumen* Cinco novelas.

*El escritor venezolano también aportó con antologías, crónicas y textos varios:* Antología del cuento venezolano *(1955);* Venezuela álbum *(1956); el prólogo, selección y notas a* "Hoy, en casa, leyendo": revisión de lecturas de Francisco Miranda *(1960);* "Veinticinco años de novela venezolana" *publicado en la* Revista Nacional de Cultura *161 (1963): 207-224;* El cuento venezolano: 1900-1940 *(1966);* Caracas en la novela venezolana *(1966);* Muros de Venezuela *(1967);* Libro de Caracas *(1967). En 1981 Biblioteca Ayacucho publica* Espejos y disfraces, *recopilación de la obra del autor que incluye sus tres últimas novelas, cinco de sus cuentos y el ensayo* Espejos y disfraces. *En 1982 se publica una selección de la obra periodística de Meneses en el libro* El arte, la razón y otras menudencias.

## LA MANO JUNTO AL MURO *

La noche porteña se desgarró en relámpagos, en fogonazos. Voces de miedo y de pasión alzaron su llama hacia las estrellas. Un chillido ("¡naciste hoy!") tembló en el aire caliente mientras la mano de la mujer se sostuvo sobre el muro. Ascendía el escándalo sobre el cielo del trópico cuando el hombre dijo (o pensó): "Hay aquí un camino de historias enrollado sobre sí mismo como una serpiente que se muerde la cola". Falta saber si fueron tres los marineros. Tal vez soy yo el que parecía un verde lagarto; pero ¿cómo hay dos gorras en el espejo del cuarto de Bull Shit?... La vida de ella podría pescarse en ese espejo... O su muerte...

La mano de la mujer se apoyaba en la vieja pared; su mano de uñas pintadas descansaba sobre la piedra carcomida: una mano pequeña, ancha, vulgar, en contacto con el frío muro robusto, enorme, viejo de siglos, fabricado en épocas antiguas para que resistiese el roce del tiempo y, sin embargo, ya destrozado, roto en su vejez. Por mirar el muro, el hombre pensó (o dijo): "Hay en esta pared un camino de historias que se enrolla sobre sí mismo, como la serpiente que se muerde la cola."

---

* Reproducido con permiso de Monte Ávila Editores, C. A. Caracas, Venezuela.

El hombre hablaba muchas cosas. Antes —cuando entraron en el cuarto, cuando encontró en el espejo de los blancos redondeles que eran las gorras de los marineros— murmuró: "En ese espejo se podía pescar tu vida. O tu muerte." Hablaba mucho el hombre. Decía su palabra ante el espejo, ante la pared, ante el maduro cielo nocturno, como si alguien pudiese entenderlo. (Acaso el único que lo entendió en el momento oportuno fue el pequeño individuo del sombrerito ladeado, el que intervino en la historia de los marineros, el que podía ser considerado —a un tiempo mismo— como detective o como marinero.) Cuando miraba la pared, el hombre hizo serias explicaciones. Dijo: "Trajeron estas piedras hasta aquí desde el mar; las apretaron en argamasa duradera; ahora, los elementos minerales que forman el muro van regresando en lento desmoronamiento hacia sus formas primitivas: un camino de historias que se enrolla sobre sí mismo y hace círculo como una serpiente que se muerde la cola." Hablaba mucho el hombre. Dijo: "Hay en esa pared enfermedad de lo que pierde cohesión: lepra de los ladrillos, de la cal, de la arena. Reciedumbre corroída por la angustia de lo que va siendo."

La mano de la mujer se apoyaba sobre el muro. Sus dedos, extendidos sobre las rugosidades de la piedra, sintieron la fría dureza de la pared. Las uñas tamborilearon en movimiento que decía "aquí, aquí". O, tal vez, "adiós, adiós, adiós". El hombre respondió (con palabras o con pensamientos): "La piedra y tu mano forman el equilibrio entre lo deleznable y lo duradero, entre la apresurada fuga de los instantes y el lento desaparecer de lo que pretende resistir el paso del tiempo." El hombre dijo: "Una mano es, apenas, más firme que una flor; apenas menos efímera que los pétalos; semejante también a una mariposa. Si una mariposa detuviera su aletear en un segundo de descanso sobre la rugosa pared, sus patas podrían moverse en gesto semejante al de tu mano, diciendo "aquí, aquí" o, acaso, "adiós, adiós, adiós." El hombre dijo: "Lo que podría separar una cosa de otra en el mundo del tiempo sería, apenas una delgada lámina de humana intención, matiz que el hombre inventa; porque, al fin, lo que ha de morir es todo uno y sólo se diferencia de lo eterno." Eso dijo el hombre. Y añadió: "Entre tu mano y esa piedra está sujeta la historia del barrio: el camino de historias enrollado sobre sí mismo como una serpiente que se muerde la cola. Aquí está la lenta decadencia del muro y de la vida que el muro imitaba. Tu mano dice qué sucede cuando un castillo frente al mar cambia su destino y se hace casa de mercaderes; cuándo, entre las paredes de una fortaleza defensiva, se confunde el metal de las armas con el de las monedas."

Rió el hombre: "¿Sabes qué sucede?... Se cae, simplemente, en el comercio porteño por excelencia: se llega al tráfico de los coitos." Cerró su risa y concluyó severo: "Pero tú nada tienes que ver con esto; porque cuando tú llegaste, ya estaba hecha la serie de las trasmutaciones. El castillo defensivo ya había pasado por casa de mercaderes y era ya lupanar." Cierto. Cuando ella llegó, el comercio de los labios, de las sonrisas, de los vientres, de las caderas, de las vaginas, tenía ya sentido tradicional. Se nombraba el barrio como el centro comercial de los coitos en el puerto. Cuando ella llegó ya esto era —entre las gruesas paredes de lo que fue fortaleza— el inmenso panal formado por mínimas celdas fabricadas para la actividad sexual y el tiempo estaba también dividido en partículas de activos minutos. (—Tú ahora. Ya. Adiós. Tú ahora. Ya. Adiós. Tú ahora. Ya. Adiós). Y las monedas tenían sentido de reloj. Como las espaldas, cuyo sitio habían tomado dentro de los muros del antiguo castillo, podían cortar la vida, el deseo, el amor. (Se dice a eso amor, ¿no es cierto?).

Pero cuando ella llegó ya existía esto. No tenía por qué conocer el camino de historias que, al decir del hombre, se podía leer en la pared. No tenía por qué saber cómo se había formado el muro con orgullosa intención defensiva de castillo frente al mar, para terminar en centro comercial del coito luego de haber sido casa de mercaderes. Cuando ella llegó ya existían los calabozos del panal, limitados por tabiques de cartón.

Inició su lucha a rastras, decidida y aprovechadora, segura de ir recogiendo las migajas que abandona alguien, ansiosa de monedas. Con las uñas —esas mismas uñas gruesas y mordisqueadas que descansaban ahora sobre la rugosa pared— arrancaba monedas: monedas que valían un pedazo de tiempo y se guardaban como quien guarda la vida. Angustiosamente aprovechadora, ella. El gesto de morderse las uñas sólo angustia: nada más que la inquieta carcoma, la lluvia menuda de angustia, dentro de su vida.

Ahora, su mano se apoyaba sobre el muro. Una mano chata, gruesa, con los groseros pétalos roídos de las uñas sobre la piedra antigua, hecha de historias desmoronadas, piedra en regreso a su rota insignificancia, por haber perdido la intención de castillo en mediocre empresa de mercaderes.

Ella nada sabía. Durante muchos años vivió dentro de aquel monstruo que fue fortaleza, almacén, prostíbulo. Ella nada sabía. El barrio estaba clavado en su peso sobre las aristas del cerro, absurdamente amodorrado bajo el sol. Oscuro, pesado, herido por el tiempo. Bajo el sol, bajo el aliento brillante del mar, un monstruo el barrio. Un monstruo viejo y arrugado, con duras arrugas que eran costras, residuos, sucio, oscura miel producida por el agua y la luz, por las mil lenguas de fuego del aire en roce continuo sobre aquel camino de historias que se enrolla en sí mismo —igual que una serpiente— y dice cómo el castillo sobre el mar se convirtió en barrio de coitos y cómo la mano de una mujer angustiada puede caer sobre el muro (lo mismo que una flor o una mariposa) y decir en su movimiento "aquí, aquí", o "adiós, adiós, adiós".

Ella nada sabía. Cuando llegó ya existía el presente y lo anterior sólo podía estar en las palabras de un hombre que mirase la pared y decidiese hablar. Ya existía esto. Y ella estuvo en esto. Los hombres jadeaban un poco; echaban dentro de ella su inmundicia. (O su amor). Ella tomaba las monedas: la medida del tiempo. Encerraba en la gaveta de su mesa de noche un pedazo de vida. O de amor. (Porque a eso se llama amor). Dormía. Despertaba sucia de todos los sucios del mundo, impregnada de sucia miel como el barrio monstruo bajo el viento del mar. Su cabeza sonaba dolorosamente y ella podía escuchar dentro de sí misma el torpe deslizarse de una frase tenaz. "Te quiero más que a mi vida." (¿Cuándo? ¿quién?). Uno. Ella piensa que tenía bigotes, que hablaba español como extranjero, que era moreno. "Te quiero más que a mi vida." ¿Quién podría distinguir en los recuerdos? Un hombre era risa, deseo, gesto, brillo del viento y de la saliva, arabesco del pelo sobre la frente. Luego era una sombra entre muchas. Una sombra en el oscuro túnel cruzado por fogonazos que era su existencia. Una sombra en la negra trampa cruzada por fogonazos, por estallidos relampagueantes, por cohetes y estrellas de encendido color, por las luces del cabaret, por una frase encontrada de improviso: "Te quiero más que a mi vida."

Pero todo era brillo inútil, como la historia enrollada sobre sí misma y ella nada sabía de la piedra ni de las historias ni de las luces que rompían la sombra del túnel. Sólo cuando habló con aquel hombre, cuando lo escuchó hablar la noche del encuentro con los tres marineros (si es que fueron tres los marineros) supo algo de aquello. Ella estaba pegada a su túnel como los moluscos que viven pegados a las rocas de la costa. Ella estaba en el túnel, recibiendo lo que llegaba hasta su calabozo: un envión, una ola sucia de espuma, una palabra, un estallido fulgurante de luces o de estrellas.

Dentro del túnel, moviéndose entre las sombras de la existencia, fabricó muchas veces la pantomima sin palabras de la moza que invita al marinero: la sonrisa sobre el hombro, la falda alzada lentamente hasta el muslo y mirar cómo se forma el roce entre los dedos del marino.

Así llegó aquel a quien llamaban Dutch. El que ancló en el túnel para mucho tiempo. Dutch. Amarrado al túnel por las borracheras. La llamaba Bull Shit. Seguramente aquello era una grosería en el idioma de Dutch. (¿Qué importa?). Cuando él decía Bull Shit en un grupo de rubios marinos extranjeros, todos reían. (¿Qué importa?). Ella metía su risa en la risa de todos. (¿Qué importa, pues?, ¿qué importa?). Bien podía Dutch querer burlarse de ella. Nada importaba porque él también estaba hundido en el túnel, amarrado a las entrañas del monstruo que dormía junto al mar. Él cambiaba de oficio; fue marino, chofer, oficinista. (O era que todos —choferes, oficinistas o marinos— la llamaban Bull Shit y ella llamaba a todos Dutch.) Y si él cambiaba de oficio, ella cambiaba de casa dentro del barrio. Todo era igual. Alrededor de todos, junto a todos, sobre todos —llamáranse Dutch Bull Shit o Juan de Dios— estaba el barrio, el monstruo rezumante de zumo sombrío bajo la luz, bajo el viento, bajo el brillo del sol y del mar. Daba igual que Dutch fuera oficinista o chofer. Daba igual que Bull Shit viviese en uno u otro calabozo. Sólo que, desde algunos cuartos, podía mirarse el mundo azul —alto, lejano— del agua y del aire. En esos cuartos los hombres suspiraban; muchos querían quedarse como Dutch; decía: "¡qué bello es esto!"

La noche del encuentro con los tres marinos (si es que fueron tres los marineros) apareció el que decía discursos. Era un hombre raro. (Aunque en verdad, ella afirmaría que todos son raros). Le habló con cariño, como amigo. Como novio, podría decirse. Llegó a declarar, con mucha seriedad, que deseaba casarse con ella: "contraer nupcias, legalizar el amor, contratar matrimonio". Ella rió igual que cuando Dutch le decía Bull Shit. Él persistió; dijo: "te llevaría a mi casa; te presentaría mis amigos. Entrarías al salón, muy lujosa, muy digna; las señoras te saludarían alargando sus manos enjoyadas; algunos de los hombres insinuarían una reverencia; nadie sabría que tú estás borracha de ron barato y de miseria; pretenderían sorprender en ti cierta forma rara de elegancia; pretenderían que eres distinguida y extraña; tú te reirías de todos como ríes ahora; de repente, soltarías una redonda palabra obscena. ¿Sería maravilloso?"

La miró despacio, como si observase un cuadro antiguo. La mujer apoyaba sobre el muro su gruesa mano chata de mordisqueadas uñas. Él continuó: "Te llevaría a la casa de un amigo que colecciona vitrales, porcelanas, pinturas, estatuillas, lindos objetos antiguos, de la época en la que estas piedras fueron unidas con argamasa duradera para formar la pared del castillo frente al mar. Él te examinaría como si observase un cuadro antiguo; diría, probablemente, que pareces una virgen flamenca. Y es cierto, ¿sabes? son casi iguales la castidad y la prostitución. Tú eres, en cierto modo, una virgen: una virgen nacida entre las manos de un fraile atormentado por teóricas visiones de ascética lubricidad. ¡Una virgen flamenca! Si yo te llevara a la casa de ese amigo, él diría que eres igual a una virgen flamenca, pero... Pero nada de eso es posible, porque el amigo que colecciona antigüedades soy yo y hemos peleado hace unos días por una mujer que vive aquí contigo... y que eres tú."

Un hombre raro. Todos raros. Uno se sintió enamorado. ("Te quiero más que a mi vida"). Uno la odió: aquél a quien ella no recordaba la mañana siguiente. ("¿Tú?, ¿tú estuviste conmigo anoche? ¿No recuerdas?", dijo él). Había temblor de rabia en su pregunta; como si estuviese esperando un cambio de monedas y mirase sus manos vacías. Los hombres son raros. Una mujer no puede conocer a un hombre. Y menos, cuando el hombre se ha desnudado y se ha puesto a hacer coitos sobre ella: cuando se ha puesto a jadear, a chillar, a gritar sus pensamientos. Algunos gritan "¡Madre!". Otros recuerdan nombres de mujeres a las que —dicen ellos— quieren mucho. Como si desearan que la madre o las otras mujeres estuviesen presentes en su coito. Jadean, gritan, chillan, quieren que ella —la que soporta su peso— los acompañe en sus angustias y se desnude en su desnudez. Luego sonríen cariñosos: "¿No recuerdas?"

Todos raros. Ella nunca recuerda nada. Está metida en la sombra del túnel, en las entrañas del monstruo, como un molusco pegado a la roca donde, de vez en cuando, llega la resaca: la sucia resaca del mar, el fogonazo de una palabra, el centelleo de las luces del cabaret o de las estrellas. Ella está aquí, unida al monstruo sin recuerdos. Lejos, el mar. Puede mirarlo en el tembloroso espejo de su cuarto donde, ahora, están dos gorras de marineros. (Pero ¿es que no eran tres los marineros?).

Hasta parece hermoso el mar a veces. Cargado de sol y viento. Aunque aquí dentro poco se sepa de ello. Gotas de sucia miel lo han carcomido todo; han intervenido en la historia del muro sobre el cual tamborilean los dedos de la mujer ("aquí, aquí" o "adiós, adiós, adiós"); han hecho la historia de los elementos minerales que regresan hacia sus formas primitivas, después de haber perdido su destino de fortaleza frente al mar; han escrito la historia que se enrolla sobre sí misma y forma círculo como la serpiente que se muerde la cola.

Ella nunca recuerda nada. Nada sabe. Aquí llegó. Había un perro en sus juegos de niña. Juntos, el perro y ella ladraban su hambre por las noches, cuando llegaban en las bocanadas del aire caliente las músicas y las risas y las maldiciones. Ella, desde niña, en aquello oscuro, decidida a arrancar las monedas. Ella, en la entraña del monstruo: en la oscura entraña, oscura aunque afuera hubiese viento de sol y de sal. Ella, mojada por sucias resacas, junto al perro. Como, después, junto a los otros grandes perros que ladraban sobre ella su angustia y los nombres de sus sueños. De todos modos, podía asomarse alguna vez a la ventana o al espejo y mirar el mar o las gorras de los marineros. (Dos gorras; tal vez tres los marineros).

Porque casi es posible afirmar que fueron tres los marineros: el que parecía un verde lagarto, al del ladeado sombrerito, el del cigarrillo azulenco. Si es que un marinero puede dejar olvidada su gorra en el barco y comprarse un sombrero en los almacenes del puerto, fueron tres los marineros; si no, hay que pensar en otras teorías. Lo cierto es que fue el otro quien tenía entre los dedos el cigarrillo. (O el puñal.)

Ella miraba todo como desde el fondo del cielo. Acaso como desde el fondo del espejo de su cuarto, tembloroso como el aletear de una mariposa, como el golpear de sus dedos sobre la rugosa pared. Si le hubieran preguntado qué pasaba, hubiera callado o, en el mejor de los casos, hubiera respondido con cualquier frase escogida en el lenguaje de las borracheras y de los encuentros de burdel. Hubiera dicho: "¡madre!" o "te quiero más que a mi vida" o, simplemente, "me llamaba Bull Shit". Quien la escuchase reiría pero, si intentaba comprender, enseriaría el semblante, ya que aquellas expresiones podían significar algo muy grave en el odio de los hambrientos animales que viven en la entraña del monstruo, en el habla de las gentes que ponen su mano sobre el muro de lo que fue castillo y mueven sus dedos para tamborilear "aquí, aquí" o "adiós, adiós, adiós".

Lo que le sucedió la noche del encuentro con los tres marineros (digamos que fueron tres los marineros) la conmovió, la hundió en las luces de un espejo relumbrante. Verdad es que ella siempre tuvo un espejo en su cuarto: un espejo tembloroso de vida como una mariposa, movido por la vibración de las sirenas de los barcos o por los pasos de alguien que se acercaba a la cama. En aquel espejo se reflejaban, a veces, el mar o el cielo o la lámpara cubierta con papeles de colores —como un globo de carnaval— o los zapatos del que se había echado a dormir su cansancio en el camastro revuelto.

Se movía el espejo, tembloroso de vida como la angustiada mano de una mujer que tamborilea sobre el muro, porque colgaba de una larga cuerda enredada en un clavo que, a su vez, estaba hundido en la madera del pilar que sostenía el techo. Así, el espejo temblaba por los movimientos del cuarto, por el paso del aire, por todo.

Desde mucho tiempo antes, la mujer vivía allí, en aquel cuarto donde los hombres suspiraban al amanecer: "¡qué bello es esto!" y contaban cuentos de la madre y de otras mujeres a las que —decían ellos— habían querido mucho. Cuando el hombre que decía discursos estaba allí, también estaban los marineros; al menos, el espejo recogía la imagen de dos gorras de marineros, tiradas entre las sábanas, junto al pequeño fonógrafo. (Dos gorras de marineros).

La mujer que apoyaba la mano sobre el muro podía mirar los círculos blancos de las gorras en el espejo de su cuarto. Dos círculos: dos gorras. (Lo que podía hacer pensar que fueron dos los marineros, aunque también es posible que otro marino desembarcase sin gorra y se comprase un sombrero en los almacenes del puerto). En el espejo había dos gorras y por ello, acaso el que hablaba tantas cosas extraordinarias, dijo: "En ese espejo se podría pescar tu vida."

A través del espejo se podría llegar, al menos, hasta el encuentro con los dos marineros. (Digamos que fueron dos; que no había uno más del que se dijera que dejó su gorra en el barco y compró un sombrero en los almacenes del puerto). A través del espejo se puede hacer camino hasta el encuentro con los dos marineros, igual que en la piedra donde se apoya el tamborileo de los dedos de la mujer puede leerse la historia de lo que cambió su destino de castillo por empresas de comercio y de lupanar.

Ella estaba en el cabaret cuando los marineros se le acercaron. Uno era moreno, pálido el otro. Había en ellos (¿junto a ellos?) una sombra

verde y, a veces, uno de los dos (o, acaso, otra persona) parecía un
muñeco de fuego. Una mano de dulzura sombría —morena, con el dorso
azulenco— le ofreció el cigarrillo, el blanco cigarrillo encendido en su
brasa: "¿quieres?" Ella miró la candela cercana a sus labios, la sintió,
caliente, junto a su sonrisa. (La brasa del cigarrillo o la boca del marinero.)

Ya desde antes (una hora; tal vez la vida entera) había caído entre
neblinas. El humo del cigarrillo una nube más, una nube que atravesó
la mano entre cuyos dedos venía el tubito blanco. Ella lo tomó. Puede
recordar su propia mano, con la ancha sortija semejante a un aro de
novia. Junto a la sortija estaba la brasa del cigarrillo y la boca del hombre: la saliva en la sonrisa; al lado del que sonreía el otro —la silueta
rojiza— y, también, el que parecía un verde lagarto. No tenía gorra
sino sombrerito de fieltro ladeado. (Casi cierto que eran tres, aunque
luego se dijera que fueron dos los marineros y esa tercera persona un
detective, lo que resultaba posible, ya que los detectives, como lo sabe
todo el mundo, usan sombrero ladeado, con el ala sobre los ojos.)

La cosa comenzó en el cabaret. Ella —la mujer de la mano sobre el muro— vivía en el piso alto. Sobre el salón de baile estaba el
cuarto del tembloroso espejo donde se podía mirar el mar o las gorras
de los marineros o la vida de la mujer. Treinta mujeres arriba, en treinta
calabozos del gran panal; pero sólo desde el cuarto de ella podía mirarse el lejano azul, como también sólo ella tenía el lujo del fonógrafo,
a pesar de lo cual era nada más que una de las treinta mujeres que
vivían en los treinta cuartuchos del piso alto, lo mismo que, en el cabaret, era una más entre las muchas que bebían cerveza, anís o ron.
Una más, aunque sólo ella tenía su ancha sortija, semejante a un aro
de novia.

De pronto, las luces del cabaret comenzaron a moverse: caminos
azules, puntos amarillos, ruedas azules y la sonrisa de los marineros,
la saliva y el humo del cigarrillo entre los labios. Ella sorbió las azules
nubes también; pero ya antes había comenzado la danza de las luces
en el cabaret. Caminos rojos, verdes, ruedas amarillas, puntos de fuego
que repetían la brasa del cigarrillo. Ella reía. Podía oír su propia risa
caída de su boca.

Las luces daban vueltas, la risa también se desgranaba como las
cuentas de un collar encendido y junto con las luces y la risa, se movían las gentes muy despacio, entre círculos de sombra y de misterio.
Los hombres —cada uno— con la sonrisa clavada entre los labios:
la silueta rojiza igual que el que semejaba un verde lagarto y el del
sombrero ladeado. (El que produjo la duda sobre si fueron tres los
marineros.) Ella cabeceaba un ademán de danza y sentía cómo su cabeza rozaba luces y risas cuando se encontró frente a un espejo: el
tembloroso espejo de su cuarto en cuyo azogue nadaban las dos gorras
marineras. Todo ello sucedió como si hubiese ascendido hacia la muer-

te. Por eso, una vez chilló: "¡naciste hoy!" y el hombre dijo: "En ese espejo se podría pescar tu vida."

Pero, fue después. Ciertamente, los marineros se acercaron: una mano, una boca, la sombra verde y el rojizo resplandor. Aquel a quien llamaban Dutch había estado esa noche o, tal vez, otra noche parecida a ésta. (Una noche como tantas de las noches nacidas en el túnel, en la entraña del monstruo, en un instante de la gran oscuridad cruzada por fogonazos que era la vida allí.) Estaba Dutch. O, acaso, no. No; ciertamente, no.

Era el de los discursos, el paciente hablador, quien estaba presente. La mujer alzó la mano en un gesto de danza; sus uñas abrieron cinco pétalos rojos a la luz de las bombillas. Se levantó; sintió en su cuerpo cómo ella toda tendía a estirarse. Miró (en el espejo de sí misma o en el espejo tembloroso de su cuarto) su cabeza deslizada en ascensión entre las bombillas del cabaret y entre las luces del alto cielo sereno. Se movió —lenta y brillante— sobre bombillas, estrellas, espejos.

La voz, la sonrisa, el cigarrillo de los marineros eran palabras, gestos, señales que indicaban el pecho del hombre. (Su cartera o su corazón.) Como si atravesara rampas de misterio los pasos de ella la llevaban hacia el que descansaba sobre la mesa del cabaret. Apartó espejos, luces, estrellas; atravesó nubes de humo. Estaba acompañada por los tres marineros (eran tres, entonces): el que parecía un verde lagarto, el del rojizo resplandor y la sombra azulenca en las manos, el del pequeño sombrero ladeado sobre la sien izquierda. Cuando llegó a la mesa, rozó el pecho del hombre que dormía. "Bull Shit", dijo él. "¡Ah! Eres Dutch". "¿Dutch? ¿Dutch?" "Sacas de tu sombra una palabra y piensas que es un hombre. No, no soy Dutch; tampoco soy el que te dijo te quiero más que a mi vida ni el que te habló de otras mujeres a quienes quiere mucho. Soy otro corazón y otra moneda." Las voces de los dos (¿o tres?) marineros ordenaron: "Sube con él."

Ante el espejo se miraron. Ella diría que no pisó la escalera, que no caminó frente al bar, que caminaron —todos— las rampas del misterio y atravesaron las puertas que hay siempre entre los espejos. Por los caminos del misterio, por los caminos que unen un espejo a otro espejo, llegaron (o estaban allí antes) y se miraron desde la puerta del espejo. (Ellos y sus sombras: la mujer, los marineros y el que, antes, dormía sobre la mesa del cabaret mostrando a todos su corazón). El del pequeño sombrero ladeado no estaba en el espejo. El otro, el que dormía cuando estaban abajo, habló; al mirar las gorras de los marineros, dijo a la mujer: "En ese espejo se podría pescar tu vida." (Igual pudo decir: "tu muerte").

La mujer estaba fuera del cuarto, apoyada la gruesa mano de roídas uñas sobre la rugosa piedra del muro. A través de la puerta veía las gorras de los marineros en el cristal del espejo. El hombre había echado a andar el fonógrafo, del cual salía la dulce canción. Los marineros se

acercaban. Suspendida sobre el negro disco, la aguja brillante afilaba la
música: aquella melodía donde nadaban palabras, semejantes a las palabras de Dutch cuando Dutch decía algo más que Bull Shit, semejante
a gorras suspendidas en el reflejo de un vidrio azogado.

El hombre escuchaba tendido hacia el fonógrafo. Hacia él avanzaba
uno de los marineros: el que antes había ofrecido el cigarrillo de azu-
lados humos. La mujer miraba la mano del marinero, nerviosa, activa,
cargada de deseos. (Si una moneda es la medida del amor, puede alguien desear una moneda como se desea un corazón.) Ella lo entendía
así: "El gesto de quien toca una moneda puede ser semejante a la frase
te quiero más que a mi vida; acaso, ambos, espejos de una misma tontería o de una misma angustia. La mano —deseosa, inquieta, activa—
se dirigía al sitio de la cartera o del corazón. El hombre volvió la cabeza; miró cara a cara al marinero, El que tenía en sí un resplandor de
brasa rió con risa hueca como repiqueteo de tambor, como el movimiento de los dedos de la mujer sobre el antiguo muro.

El hombre volvió a inclinarse sobre la melodía del fonógrafo. La
risa del otro caía sobre el ritmo de la música y el hombre se bañaba
en la música y en la risa.

El gesto del marinero amenazó de nuevo cuando la mujer llamó la
atención del que escuchaba la música. Quieta —su mano sobre el
muro— lo siseó. Él fue hasta ella; se quedó mirándola, como un conocedor que mira un cuadro antiguo; fue entonces cuando habló: "Hay
en esta pared un camino de historias que se muerde la cola. Trajeron
esas piedras desde el mar, las apretaron en argamasa duradera para fabricar el muro de un castillo defensivo; ahora, los elementos que formaban la pared van regresando hacia sus formas primitivas: reciedumbre corroída por la angustia de un destino falseado."

La mujer lo miraba desde el espejo del cielo, alta entre las estrellas
su cabeza. Antes de que ello fuera cierto, la mujer miraba cómo entre
los dedos del marinero brillaba el cigarrillo: un cigarrillo de metal,
envenenado con venenos de luna, brillante de muerte. Los dedos de
ella (y sí que resultaba extraordinario que dos manos estuviesen unidas a elementos minerales y significaran a un tiempo mismo, aunque
de manera distinta, el lento desmoronamiento de lo que fue hecho para
que resistiese el paso del tiempo), los dedos de ella repiquetearon sobre el muro "no, no, no".

Fue entonces cuando él propuso matrimonio, cuando la comparó a
una virgen flamenca, cuando dijo: "Te llevaré a la casa de un amigo
que colecciona antigüedades; él diría que eres igual a una virgen flamenca; pero no es posible, porque ese amigo soy yo y hemos peleado
por una mujer que vive en esta casa y que... eres tú".

El gesto del marinero con el envenenado metal del cigarrillo —o del
puñal— era tan lento como si estuviese hecho de humo. Lento, alzaba
su llama, su cigarrillo, su puñal, el enlunado humo encendido de la

muerte. Ella movía los dedos sobre el muro; tamborileaba palabras:
"no, no, cuidado, aquí, aquí, adiós, adiós, adiós". El hombre dijo: "Te
quiero más que a mi vida. Pareces una virgen flamenca. Bull Shit."

Ya el marinero bajaba su llama. Ella lo vio. Gritó. La noche se cortó
de relámpagos, de fogonazos. (Tiros o estrellas.) El del sombrero ladeado lanzaba chispazos con su revólver. Alguien salió hacia la noche.
Hubo gritos. Una mujer corrió hasta la que se apoyaba en el muro;
chilló: "¡Naciste hoy!". El hombre repetía: "Bull Shit, virgen, te
quiero."

La mano de ella resbaló a lo largo del muro; su cuerpo se desprendió; sus dedos rozaron las antiguas piedras hasta caer en el pozo de
su sangre; allí, junto al muro, en la sangre que comenzaba a enfriarse,
dijeron una vez más sus dedos: "Aquí, aquí, cuidado, no, no, adiós,
adiós, adiós." Un inútil tamborileo que desfallecía sobre las palabras
del hombre: "Te quiero más que a mi vida, Bull Shit, virgen." El del
sombrero ladeado afirmó: "Está muerta."

Más tarde el de los discursos comentaba: "Esta es una historia que
se enrolla sobre sí misma como una serpiente que se muerde la cola.
Falta saber si fueron dos los marineros." El del sombrerito se opuso:
"Hay dos gorras en la cama de Bull Shit." "En el espejo", rectificó el
de los discursos; "la vida de ella puede pescarse en ese espejo. O su
muerte".

Voces de miedo y de pasión alzaban su llama hacia las estrellas.
La mano de la mujer estaba quieta junto al muro, sobre el pozo de su
sangre.

# JORGE FERRETIS

MEXICANO
(1902-1962)

*Ya en el prólogo a su primera novela* Tierra caliente: los que
sólo saben pensar *(1935), aparece el Jorge Ferretis consciente, fuertemente preocupado por la realidad del pasado, presente y futuro
de su país: "Cuando empecé a escribir este libro creí en una obra
optimista. Deseaba forjar un personaje recio, para arrollar con él
un ambiente. Habría tenido que plantarlo entre circunstancias
desmañadamente escogidas para realzar aquel espíritu, cuidarlo,
y defenderlo. Mas tuve por entonces un conocimiento crudo de
nuestros problemas: y tras una reflexión elemental, solté a mi
personaje. Y ya sólo quise un libro que muestre lo que no queremos ver." La obra de Ferretis se caracteriza por la profundidad de su expresión mexicana, libre de las falsas convicciones de
"patria" y "nacionalismo"; por ello, la firmeza en "mostrarnos
lo que no queremos ver". En el prólogo de su novela* Cuando
engorda el Quijote *dice con auténtica convicción: "este siglo ya
nos está enseñando a clavar los ojos aquí, muy cerca de nuestros
pies". (México: Editorial "México Nuevo", 1937, p. 10). La autenticidad de esta preocupación mexicana le ha dado universalidad a su obra y la hecho persistentemente atractiva para escritores y lectores hispanoamericanos.*

*En contra de las falsificaciones y de las retóricas idealistas,
la literatura de Ferretis "horada el suelo natío" como él mismo
dice refiriéndose a la necesidad de desenmascarar mitos y de lograr un sólido y expansivo radio artístico. La metáfora que irradia
el título de su obra* Cuando engorda el Quijote *es un recuerdo
constante sobre el modo como los idealismos pueden transformarse en materialismos grotescos, en regresiones o estancamientos
sociales. María del Carmen Millán revisa así el tono de la visión
de Ferretis: "Expone con irónico desencanto cuanto ocurre con
lo político, en lo social, en la educación, en el campo, con los teóricos y con los escritores. Exhibe la actitud de los que sueñan
que con discursos, proclamas y folletos se puede transformar a un
pueblo miserable al que no se le ha enseñado a leer. Y la forma
en la que el poder quebranta los ideales y falsea a los hombres.
Piensa que, desde la Independencia, sobre el país ha gravitado
siempre la desventura de lo prematuro." (Antología de cuentos*

mexicanos 1. *8ª ed. México: Editorial Nueva Imagen, S. A., 1989, p. 28). Los siete libros narrativos que escribió Ferretis encierran esa preocupación social con talento artístico, dimensión existencial, extrema sensibilidad por el ser marginal, y penetrante percepción sobre las redes y medios del poder político.*

La producción novelística de Jorge Ferretis comprende cuatro *obras:* Tierra caliente: los que sólo saben pensar, *novela sobre la Revolución mexicana, publicada en Madrid en 1935 y reeditada en 1982;* Cuando engorda el Quijote *(1937), reeditada en 1975;* El sur quema: tres novelas de México *(1937), libro que reúne tres narraciones cortas, reeditada en 1989;* San Automóvil: tres novelas *(1938), incluye "En la tierra de los pájaros que hablan", "Carne sin luz", y "San Automóvil", se reedita en 1989. Autor de tres colecciones de cuentos:* Hombres en tempestad: cuentos *(1941), volumen de catorce relatos, reeditado en 1987;* El coronel que asesinó un palomo, y otros cuentos *(1952), incluye doce relatos; la publicación póstuma* Libertad obligatoria *(1967), colección de diez relatos. De 1934 es su ensayo peridístico* ¿Necesitamos inmigración? Apuntes para un libro sobre el problema básico de México. Recopilación de once artículos publicados en "El Universal", *escritos de orientación sociológica que reflejan la preocupación de Ferretis por el problema de atraso en el desarrollo social de México.*

Jorge Ferretis nació en Río Verde, San Luis Potosí. Se desempeñó en el periodismo, labor en la que dirigió los periódicos El Potosí y La Voz. *Su activa participación en la vida política del país lo lleva al cargo de Oficial Mayor de la Cámara de Diputados de México entre 1937 y 1941. Once años más tarde es elegido Diputado por San Luis Potosí, representación que cumple hasta 1957. Es también designado Director General de Cinematografía, cargo dependiente de la Secretaría de Gobernación. Jorge Ferretis muere a los sesenta años en un accidente automovilístico.*

El cuento seleccionado "El coronel que asesinó un palomo" *pertenece al volumen del mismo título publicado en 1952. En la historia del protagonista de este relato, Gerardo Romero, se retrata todo un contexto de violencia, ausencia de destino social y corrupción política. La narración se inicia con el homicidio cometido por un joven de veinte años como respuesta al insulto de uno de sus compañeros. Rápidamente se identifica el contexto histórico de la Revolución como claro indicador de los sucesos que habrían de seguir al crimen: "Lo que en tiempo de paz hubiera sido problema gordo, en tiempo de revolución se redujo a conseguir caballo flaco." Es el comienzo de la violencia y de una existencia vivida al margen de la ley. Gerardo Romero se une a asaltantes quienes se otorgan grados militares por la temeridad*

*de sus acciones. No hay organización, no hay sistema jurídico, no
hay sentido social. La ironía narrativa no tarda: "Después de una
refriega con tropas desconocidas, fue Gerardo el primero que
llamó 'general' a su jefe. Y general se sintió aquél en lo sucesivo",
o "La sombra de un inmenso árbol constituía su cuartel". Las
"hazañas" de muertes, violaciones y robos se narran mostrando
la fascinación capaz de ejercer su impronta mítica y el atractivo
de su resonancia "heroica", "aventurera". La historia del protagonista conduce a la exposición del deterioro político, no muy
diferente del de la criminalidad de los grupos al margen de la
ley. En torno a la imagen civil del gobierno se teje con alarmante
similitud la violencia de lo institucional: "un candidato a la Presidencia de la República, proyectando levantarse en armas, los
invitaba. A su triunfo no sólo reconocería como coronel a Gerardo, sino que ascenderían ambos. El dinero que se consigue normalmente no emociona tanto como el que da el azar, y les ofrecían
muy pegajosa cantidad".*

*Con amplitud artística, sin estereotipos, Ferretis desmitifica,
dejando en libertad a sus personajes. Uno de ellos, el coronel Romero, se ha transformado; en el curso de su destino de atropellos
y vejámenes ha quedado una hija y un palomo asesinado. Su arrepentimiento conforma con el rechazo a la proposición de nuevas
violencias. El otro, Anacleto, compañero y "hombre de confianza"
del coronel, representa la permanencia de aquella fuerza inmovi-
ble. Ha escapado de una muerte segura, objetiva para que su imagen facial se grabe como cincelada; allí queda ese aire ciego de
lo impenetrable, sonriendo "milenariamente, como un ídolo".*

## EL CORONEL QUE ASESINÓ UN PALOMO *

Chaparro, cabezón, de cabello voluntarioso y anillero. Sus hombros
cuadrados y su cuello tan sólido no hacían pensar que sólo tuviera
veinte años.

Se llamaba Gerardo Romero; sabía leer y escribir, y manejaba
con destreza su cuchillo de zapatero. Era hosco, y desaprobaba las
bromas de tres compañeros suyos, que jugaban a manotazos e insultos. Precisamente por serio, lo querían "hormar", y uno de ellos lo
golpeó en la cabeza, al tiempo que le espetaba el insulto mayor: le
mentó la madre.

* Reproducido con permiso de la Editorial Fondo de Cultura Económica,
S. A. de C. V., México.

Fue increíble su rapidez. Cuando los otros recuperaron los movimientos que les quitó el asombro, allí estaba el insultor, caído, y con el cuello glugluteante de una cuchillada. Y Gerardo, sin correr, iba por la calle.

Lo que en tiempo de paz hubiera sido problema gordo, en tiempo de revolución se redujo a conseguir caballo flaco. Bastaría trotar algunas horas por el monte, pues por todos rumbos encontraría sublevados a quienes sumarse.

Como se trataba de su primer homicidio, un escrúpulo parecía trotar junto a él y objetarlo así: "Pero Gerardo, ¿tienes, acaso, madre que te mienten?"

Para que su conciencia no lo regañase, aporreaba con los talones los ijares de su caballejo. Así conseguía un tramo de galope, y conseguía también una réplica para su escrúpulo: "Hice bien. No porque mi madrecita muriera cuando yo nací, había que dejar que me la insultaran."

Para confirmarse absuelto, a todo pulmón cantaba un trozo de la canción más bullanguera de la época. Y ya no importaba reflexionar que el relampagueo de su cuchillo se produjera por el manotazo en la cabeza, y no precisamente por el insulto.

La sabiduría refranera dice que "Dios los cría y ellos se juntan". Fue a topar no con revolucionarios, sino con unos asaltantes que traían un jefe de los más matones. No lo parecía, pues en lo requemado del rostro blanqueaba, incesante, su risa. Pero después de verlo reír de todo y de nada, producía cierto incomodidad. Su gran dentadura seguía fulgiendo, como la de un jaguar equivocado en hombre.

Gerardo fue oyendo contar hazañas como ésta: Desde la taberna de un pueblo, vio por la calle a un joven cuya culpa consistió en usar sombrero de "carrete". Con una bala le despedazó sombrero y cabeza, porque, según explicó riendo, le producían retortijones "los *curros* tan refinaos". Y Gerardo se sintió libre de una conciencia regañona, que todavía, una que otra noche, lo "fregaba" por haber degollado al compañero. Y hasta oyó y aprobó un discurso en que un político decía que los hombres de la época necesitaban ser despiadados, porque de otra suerte no arrasarían todo lo caduco.

Pronto fue tan diestro como su jefe en el manejo de caballo y armas. Como si fuesen campeones de cualquier deporte, empezaron a llevar cuenta de sus "puntos buenos". Quebrar un prójimo era un punto, siempre que el otro lo presenciara.

Después de una refriega con tropas desconocidas, fue Gerardo el primero que llamó "general" a su jefe. Y general se sintió aquél en lo sucesivo.

En el siguiente asalto, el general reclamó a Gerardo unas monedas de oro que arrancó del seno a una señora. Y Gerardo se las negó riendo:

—No, general: algo tienes que dejar para tu coronel Romero.

El jefe toleró aquella indisciplina; rió condescendientemente; se remangó el bigote con el dorso de su mano, y desde aquel día, Gerardo fue coronel Romero.

A diferencia de otros criminales a los que acobarda el peligro, éstos eran temerarios. Los disparos con que se iniciaban las escaramuzas llegaron a producirles entusiasta frenesí. Aun los alardes de matancería se vuelven gloria humana, si hay quien los admire. Y esto no sólo entre ladrones mexicanos: los flamantes caballeros de don Rodrigo el Campeador se honraban con cada una de las cabezas que hacían rodar; y cuando no eran de moros, eran de cristianos.

Para Gerardo y su general, los tiroteos llegaron a ser como *introitos* a su buen humor. La chusma conocía sus iniciales alaridos de júbilo, su "arriscón" de sombrero y el apretón de espuelas en los ijares de sus magníficos caballos.

—¡¡Aaay... jay jay!! —atronaba el general—. ¡¡Qué lindas balas, muchachos!!

—¡Jijo el que se quede! —animaba el coronel.

Y absurdamente se lanzaban, sin volver el rostro para ver siquiera si su chusma los seguía. Como si entre los dos hubiera tácito campeonato de inconsciencia, gustaban de confundir el ruido de sus galopes en el pedregal con el tableteo de las ametralladoras enemigas.

¿Recompensa? Aparte del botín, tenían de sobra con saber que de campamento en campamento otros narraban sus proezas.

En una madrugada neblinosa, asaltaban el destacamento de una finca. Fue capturado un mayor que, defendiéndose hasta lo último, mató el caballo del general. Éste, enfurecido como nunca, entró a pie hasta un rincón de la finca. Sacó al mayor, naturalmente, para matarlo; pero tenía que ser junto a su bestia caída.

Una mujer despeinada y a medio vestir agarrábase al jefe como angustiada boa, y lo aturdía con lloros destemplados:

—¡Por su madrecita, señor! ¡¡No me lo mate!!

Él se la desprendió con un brazo:

—¡Usté no se meta en cosas de hombres, siñora!

Volvió a empujarla con fastidio, pues, a ojo de fauno, la tasaba como hembra poco apetecible.

Siguió adelante con el inerme y descolorido mayor; pero a unos pasos, éste se desplomó a sus pies. El general tardó un poco en deducir que no se había caído de miedo, pues había sonado un tiro. La mujer despeinada, con las manos en las sienes, tensa sobre los pies, se le paró un momento enfrente, desorbitada como remolino de cal. Y se oyó entonces una carcajada del coronel, todavía con su pistola en la mano, y bien plantado en el suelo:

—¡No te endiables conmigo general! ¡Tenía yo que "ayudarte"

con ése; porque a ti no más tu caballo te mató, y a mí me sacó sangre de un sobaco! ¡Mira!

El primer impulso del jefe fue el de disparar sobre el irrespetuoso, que así quitaba "bocado" a su pistola. Pero advirtió que Gerardo, al tiempo que le mostraba una axila sangrante, tenía su arma empuñada, y que probablemente "le madrugaría".

El jefe guardó la suya, y se conformó con amenazar:

—Güeno... no más no te güelvas a atravesar, porque a l'otra... ¡te quebro!

Gerardo nada respondió, y siguieron sus correrías. En otro pueblo, mientras amenazaban con fusilar a un usurero si no les daba un "préstamo" de diez mil pesos, el coronel encontró la alcoba de la hija. Soltera, blanca, con un vestido que sólo dejaba ver sus manos y su faz.

Como dama de novela religiosa, se irguió cuando aquel satán apareció en su puerta. En lugar de retroceder, avanzó hacia el intruso, intimándolo con un pequeño crucifijo.

Ante tal aparición, el coronel se detuvo un instante; pero se rehizo, y como no creía en fantasmas, sus manos exploraron a la mujer. El rostro peludo se ablandó con una sonrisa de satán afortunado, y como huracán condensado en salteador la arrebató en brazos.

Entre aquellos ropajes, se defendieron hasta lo último unas carnes tensas y virginales, que parecían enfermas de blancura y santidad; pero el musculoso lúbrico las ultrajó.

Después, sudoroso, la dejó desmayada. Jadeando todavía, él vio cómo se aflojaba una de aquellas manecitas como de pan suave. Hasta le sangraba de tanto haber apretado el pequeño crucifijo, que cayó al suelo.

—Puede que sea de oro —pensó el hombre al verlo brillar como nuevecita moneda.

Lo recogió, metiéndoselo en un bolsillo del pantalón; y limpiándose el rostro con su gran pañuelo sucio, salió de la alcoba.

Transcurrían los meses. La fama de Gerardo daba celos al general; y éste redobló sus intrepideces, hasta que cayó. Por las noches, cuando la sierra florecía en fogatas, los narradores exageraban las proezas:

—No volverán a mirarse otros tan machos como'l general, n'el combate de las "cóconas".

Así llamaban a las ametralladoras. Se reacomodaban los oyentes junto al narrador serrano, y éste continuaba:

—Pos verán ustedes. L'enemigo se arrimó con tantas "cóconas", que nosotros reculábamos; y jué antonce que'l General y el Coronel se arrancaron. Ya saben ustedes cómo se manda un caballo con las puras corvas; de suerte es que iban "jondeando sus riatas", y en la mano zurda, su pistola. No son pa'contar aquellos alaridos suyos, que llenaban el monte. Quén sabe cómo sucedería, pero aquel aguacero de balas los dejó arrimar, y lazaron una "cócona" cada quen; y se la trujieron en rastras. Y'onde pudieron desatalas, eran ya puros fierros despedazaos. Pero no piensen ustedes que se conformaron. Abrieron otra vez sus lazos ¡y se aventaron! No más mirábamos como que ni a ellos ni a sus caballos les entraban los balazos. Ellos disparaban con la zurda, y bien que sabían doblar a los enemigos que más feo les apuntaban. Y volvieron a lazar su "cócona" cada uno, y apretaron carrera. Y jué antonce cuando l'enemigo arreció, como si no tuviera balas más que pa'ellos dos.

En este punto, el narrador, intencionalmente, corta el relato un instante, para encender un cigarro. Él sabe que así aumenta el interés de sus oyentes, y algunos hasta se exasperan un poco por la interrupción.

Después de las primeras "chupadas" a su cigarro, y todavía en medio de la gran espera, el narrador prosigue:

—Entre las balaceras, hay un rato en que ya no se oye tronar, porque se hace un solo trueno grande, y hasta puede uno platicar debajo de aquel ruido. Nosotros, no más de mirar tamaños arriesgos, teníamos que aguantar peliando. El siñor general 'bia lazao, juntos, a una "cócona" y al que la manijaba. Los arrastró, brinca que brinca, por el pedregal, hasta que en la punta de su "riata" le quedaron unos fierros sonajudos y unas canillas pelonas. Rayó su caballo, que se paró derechito sobre sus patas traseras, echando un bufido por entre el freno. Pensábamos que se iban a cai pa'atrás, ¡pero nada! Pa'que viéramos que no lo'bían quebrao, echó un gritazo de gusto, de esos que no le salen a cualquiera... Si uno de nosotros brama tan juerte, de seguro echa pedazos de pulmón por l'hocico. Pos como les digo, era de gusto aquel gritazo que hasta nos arrugó'l pellejo. Y antonces jué cuando por andar moniando con el peligro, una bala l'entró por la nuca, y ni siquiera le salió...

Los oyentes producen algunas maldiciones de admiración. Algunos se levantan, y el narrador continúa:

—El caso jué que pasada la quebradera, los que sobrábamos vivos no llegábamos a dos docenas. El caballo del siñor general, que en paz descanse, llegó solo al campamento, con la montura relumbrosa 'e sangre. Y cuentan qu-z-que el monte aquel quedó salao. Hay tardes en que por el lao de los paredones oyen todavía el mismo grito, largo, algo ansí como carcajada 'e coyote.

Los que han oído varias veces la misma narración, saben que no es el final. El número de oyentes apriétase más en torno de la fogata que ya no crepita, y en tono de misterio escuchan:

—Quién sabe. Dispués vieron que'l muerto tenío otros nueve balazos d'esos que no matan. Pero hay quien diga que'l "de aplaque" se lo mandó el mesmo coronel Romero. Quién sabe. Lo que no hay quen dude, es que'l siñor general puso la muestra peliando. Eso sí lo sabe toa la serranía.

De tal hañaza, Gerardo sólo había sacado cinco balazos, casi todos leves. El más hondo se le descostró en tres semanas. Pero lo que no dejaba de arderle eran los relatos, que agrandaban tanto la figura del general sobre la suya. Sentía coraje, y hubo momentos en que hubiera querido obtener antes que el otro, la jerarquía de difunto. Porque los mortales no son justos, pues a los muertos conceden más exagerado respeto.

El coronel, por no acentuar sospechas sobre aquel comentadísimo balazo "de aplaque", no se ascendió a general.

La sombra de un inmenso árbol constituía su cuartel. Un día, llegó un centinela de los más avanzados. Arreaba a un muchacho de calzón y camisa, con un solo huarache. Llevaba cogido a dos manos, sobre el pecho, su sombrero de petate.

—¿Un espía?

—Pos quién sabe. Dice que no hablará más que con mi coronel Romero.

Lo palparon con fin de estar seguros de que no escondía ni un punzón, y cuando lo dejaron solo con el jefe, el muchacho dijo:

—Pos... yo soy criao de la casa del siñor don Remigio...

Se inclinó, santiguándose.

Don Remigio era el viejo a quien asustaron con fusilar si no les daba diez mil pesos. Los dio, y lo dejaron; pero una semana después del susto, falleció "por su voluntad". Pasó más de medio año, y ahora su hija, la señorita Braulia, quería que el coronel fuese otra vez a verla.

Las pupilas de él chispearon sol y recuerdo. Iba a envanecerse; pero pensando que aquel pueblecito estaba en poder del enemigo, cierta desconfianza le opacó el semblante. Quizás fuese una celada. Y dijo al emisario:

—Vete, y dile que cuando me dé la gana me le apareceré sin que me mande recados.

El muchacho se encogió de hombros; dio unos pasos hacia atrás en señal de respeto, y se perdió en el monte.

No obstante, Gerardo no rechazaba del todo la invitación, y durante algunas noches sus sueños lo retorcían, "Me puede convidar a la buena —pensaba—; me puede estar agradecida, ya que por mí supo lo que se llama ser mujer." Sin embargo, el capitán Anacleto, que era el hombre de sus confianzas, razonaba como buen bandolero:

—No te fíes, coronel. En esas casas de mucha honra, no se les entiende.

Transcurrió más de un mes. El enemigo los replegó a un campamento distante. Y también allá los husmeó y los encontró el mismo criado. Era sospechosa la pericia con que el mandadero veredeaba por la sierra.

El coronel pensó ahorcarlo. Ordenó a uno de sus hombres echar a un árbol la reata, y preguntó al muchacho:

—¿No tienes miedo?

El muchacho alzó los ojos, que parecían habérsele agrandado de humildad, y dijo:

—Las corvas me tiemblan, siñor.

—Entonces ¿por qué sirves de espía?

—Yo no más sirvo de criao, siñor. A la siñorita Braulia, tan güena, no hay modo pa'dicile que no.

—¡Cuélgalo, mi coronel! —apremió Anacleto.

Hubo un instante en que Gerardo sintió como si dentro de su boca pelearan un sí y un no. Por fin, ordenó al tembloroso muchacho:

—¡Lárgate!

Anacleto meneó la cabeza, y también se alejó refunfuñando.

En la sierra hubo noches empapadas en luna caliente. Al coronel pareció que, de cuando en cuando, la memoria le traía lejano aroma de aquella mujer. Lo embargaba su sensación de blancura vacente. Después, le pareció que algunos parajes olían a ella, y por último, a ella empezó a oler toda la serranía.

Gerardo conocía bien su instinto carnal, al que llamaba su "chivo". Sabía que el tal "chivo" era culpable de muchas de sus desazones; pero además, ahora también sentía como una gana de nombrar a alguien, sin el habla rasposa de siempre.

Iba cogiendo la maña de andar solo bajo los encinos, nombrándola. Lo disgustaban las bromas con que Anacleto referíase a "la santita", y ni con él quiso seguir hablando de aquello. "Ujule —pensó el capitán— ése anda lazao."

Contra preocupaciones de aquella índole, aumentaron otras más decisivas. Parecían multiplicarse los soldados que la revolución triunfante destacaba para perseguirlos. Muy peligrosos eran ya los contornos, y la partida de bandoleros ya no era tan temible; los montes ya no parecían suyos. ¿Su gente obedecería si él ordenaba atacar temerariamente aquel pueblo? O quizá mejor ejemplo podría dar a sus hombres, no necesitándolos. Resolvió ir solo, y el grupo lo vio empequeñecerse por el llano.

Al oscurecer, estaba en una de las márgenes del río. Se apeó, y fue a escoger unos matorrales encubridores donde amarrar la espléndida yegua que montaba.

Un día de caminata sobre un llano fundente es como para que algunos hombres olviden a dónde van y qué desean. Gerardo, ya en oscurana, aún sentía sol en torno de su cabeza. Era como si se le desenredara un leve turbante de gasas en todas las tonalidades, hasta el rojo. Y si apretaba los párpados terrosos, las órbitas se le llenaban de discos de luz, que parecían girar, agrandándose hasta esfumarse. Aquella sensación la daba cualquier cráneo repleto de la lumbre solar de aquella zona.

Se tumbó de espaldas junto a un árbol, sobre tierra más mullida que un lecho. En los ojos seguían girándole discos de colores más opacos. Un momento después, advirtió que, cuando se esfumaban, permitían reconocer, en todos los tamaños, a la señorita Braulia. Diminutas Braulias iban agrandándose hasta ser panorámicas, pero siempre imprecisas, tenues. Respiraba con fuerza, y se levantó, exclamando como si reprendiese a su sexo:

—¡Aplácate, chivo! Mejor será que te quites lo apestoso en el río.

Mientras lo decía, estaba ya zafándose las ropas, y un instante después se zambulló en las aguas.

Beneplácito de músculos. El río lo limpiaba de sol y de polvo, con lameduras frescas. Buscó en la orilla un yerbajo que suple jabones, pues hasta espuma produce. Con él se estregó los miembros requemados, y las axilas, y el ceño.

Una hora después, sin yegua, estaba en el quicio del portón trasero de aquella casa. Parecía un desconocido para sí mismo.

Llamó cautamente. Se le resecaban los labios, y cuando alguien inquirió por un postigo, contestó con dificultad, como si le faltara saliva. Oyo cuchicheos y carreras de mujeres en el interior y, por fin, entreabrieron una hoja de la puerta.

Arisco, se dejó conducir, y cerraron otra puerta tras él. Atravesó un portal, una sala, y reconoció la alcoba. Al volver el rostro a un lado, casi tembló: allí estaba ella, aguardándolo solita, de pie, pero igualmente fantasmal por fría.

Gerardo no quería demostrar encogimiento, y fue a darle una palmada en el hombro, como saludo:

—¿Qué le pasa, Braulita?

—Siéntese —contestó ella sin mover más que los labios.

Él, riendo con rebuscada naturalidad, agregó:

—¡Hasta parece pintura de iglesia!

Con su sola inmovilidad, Braulia le seguía ordenando sentarse, mientras él parecía escuchar a su "chivo", que le aconsejaba: "¡A lo que vienes, vienes! ¡Agárrala como aquel día! ¿O es que ya dejas que las mujeres te regañen?"

Sólo por no quedar en ridículo para sí, quiso alardear de soltura. Se acercó hasta tomarle con dos dedos la barbilla, mientras la galanteaba:

—Se puso usté más rechula, Braulita.

Ella no se defendió, pero sus ojos fríos acentuaron aquella sensación de aparecida. Él sintió leve calosfrío por la espalda, y pensó: "¡Demontre! Creo que son preferibles las que se engarruñan y muerden."

Fue a sentarse en el taburete que le había señalado.

Ella sentóse frente a él, y sin sonrojos ni dulzuras, empezó por proponerle que se casasen.

Él ya no veía discos ni sentía el turbante de gasas de colores; pero por un segundo se imaginó sultán. ¿Así lo desearían todas las mujeres que violaba?

En el mismo tono, Braulia siguió diciendo:

—Lo único que usted necesita, es abandonar esa vida de...

—¿De ladrones, quiere usté decir? —preguntó él animándola—. ¡Pos dígalo! Al fin que con usté no me enojo. Ya que le gusto, la mancuerna nos la echarán cuando usté diga; pero ya me anda por abrazarla.

Se iba a levantar, y ella lo contuvo con un solo ademán de su mano. Sonreía, tenue, con una de esas sonrisas que no se sabe si son dulces o amargas. Sin rubores, señaló su vientre.

Gerardo se sorprendió. No cabía duda: a la santita se le había hinchado el vientre, como a cualquier hembra. Naturalmente, lejos estaba de ser la única que él poseyera. Sin embargo, Braulita le inspiraba cada vez más misterioso respeto.

Cuando ella vio que había comprendido, continuó:

—Daré a luz, y no viviré para cuidar a mi hija.

Los vuelcos que aturdían al hombre sólo le permitieron entender las últimas palabras. Se levantó limpiándose el sudor con su gran pañuelo rojo, y preguntó:

—¿Cuidarla? ¿Y porqué no dice "hijo"?

—Desde adentro "me habla" como mujercita —contestó Braulia.

—¡Esas son figuraciones! —replicó él sofocadamente, dando grandes pasos por la habitación—. No sólo a usté "le habla". ¡A mí me grita como machito! Será machito; me lo llevaré al monte, ¡y será otro coronelazo!

Ella suspiró desencantada y hondamente; se levantó con tranquilidad, y dijo:

—Váyase, Gerardo. Creí que le interesaría tener una hija de matrimonio. Váyase, y ojalá sepa pensar que ella necesitará un padre bueno.

Él no había deseado marcharse tan pronto, aunque quizá le haría provecho salir. Solamente con su sombrero en la cabeza se le acomodaban las ideas. Antes de salir, deseó besar siquiera una mano de aquella mujer; pero sus propios ademanes le parecieron burdos.

—Es la primera vez que me da vergüenza, Braulita, y no hay por qué. No más que piense más claro, vuelvo por usté. Y a la mejor hasta mi grado de coronel olvido.

Tomó su sombrero, y salió a orearse el entendimiento.

En la calle tuvo miedo. Al sargento de un rondín de a pie le pareció sospechoso, y pidió una farola para revisarlo; pero Gerardo le metió su cuchillo de monte en el estómago, y disparando, se les escabulló por los quicios. Entre dotaciones más aisladas, corrieron otros rondines de caballería, cuando él ganaba las márgenes del río. Era la desesperación de un medio centauro, ansioso de integrarse a su lomo, a su anca y a sus amadísimos cuartos traseros. Lo perseguían de cerca, y escapó en una de esas carreras que requieren brío igual de bestia y de jinete, y en que se gastan ambos por igual.

El tropel se perdió bajo la luna, y por fin, Romero se sintió seguro después de media llanada. Hizo un alto para respirar anchura, y sintió que se llenaba su tórax con un vasto agradecimiento para su yegua.

La bestia resoplaba como fuelle de vieja herrería. A la luz del reflector lunar, la vio relumbrosa de sudor. Como queriendo aligerarle tamaña fatiga, le alisó los flancos; y ya que Braulita no se había dejado acariciar, se apeó, y a su yegua sí se le abrazó al cuello, alisándola mucho.

Después, trotó hasta la madrugada; y aunque se reunió con su grupo, la huida continuó. Los enemigos traían hombres y pertrechos de sobra, con órdenes de exterminar aquella banda.

Aniquilaron a más de la mitad, y tuvieron que refugiarse los otros entre repliegues de la serranía. Transcurrían semanas, meses muy duros, y los últimos adictos masculaban:

—Si nuestro general viviera, seguro que no andaríamos juyendo.

—¡Él sí sabía mandar gente!

En cualquier jornada tenía rezagados, que iban a rendirse o se dispersaban. Gerardo quedó con el capitán Anacleto y dos de sus hombres más ariscos. Anacleto los condujo por el lomo de la sierra, hasta una región muy distante, de donde era él oriundo. Pensaron que entre más lejos, más fácil sería obtener el indulto, pues había un reciente decreto de amnistía.

Se acercaron a un cuartel viejo y sólido. Aunque pasara tiempo, Gerardo pensaba más en Braulia, imaginando que al obtener documentos para vivir en paz, ella tendría que abrazarlo. Y en dos días los obtuvieron.

Anacleto, con su instinto de topo, se había metido hasta la pagaduría, y nadie notaba que debajo de su sarape se robaba quinientos pesos de plata.

Iban saliendo, pacíficos y libres ya, cuando su mala suerte lo hizo resbalar frente a un centinela.

Nada valió. El jefe de la zona dio una orden, y de la orden pareció brotar un pelotón.

Cuando se lo llevaban, Gerardo sintió que una mirada de Anacleto lo dejaba enano, ridículo de impotencia. Hubiera podido encararse al jefe, insultarlo y abrazar a su capitán, diciéndole: "Hermano: que me maten contigo." Pero ninguna bravata le subió a la boca, como si el miedo fuere del mismo jugo que la esperanza. Desde que le habían entregado su indulto, le había palpitado su pregunta interior: "¿Será muchachita, o muchachito?"

La señorita Braulia se tendría que alegrar, porque en su indulto "constaba" que no era él un bandolero.

Mientras, el pelotón se alejaba con Anacleto en medio. Gerardo estaba con otro amnistiado que gruñó, impotente y rencoroso:

—¡Parecen payasos! No sirven más que pa'mover las piernas iguales.

Aunque a distancia, su compañerismo los obligó a seguir al pelotón, y el otro amnistiado agregaba:

—¡En lo disparejo del monte los quisiera ver! Allá, si no van cien contra uno, no entran.

Oscurecía, cuando hicieron alto. Minutos después la figura de Anacleto, parado de espaldas a un paredón, quiso alzar la mano para despedirlos, cuando sonó la descarga. Unas mujeres llegaron corriendo, como confirmación de que Anacleto era oriundo de la localidad.

El oficial dio tan cerca el tiro de gracia, que se retiró limpiando de sangre su pistola. No se opuso a que los deudos recogieran el cadáver para velarlo y sepultarlo, pues ahorraban a los soldados la tarea de excavar.

Gerardo sólo quería que aquel drama terminase. Suspiró, y no fue ni al velorio.

De pueblo en pueblo, viajó solo, desacostumbrado a calles y más calles, tan parejas.

Estaba todo en paz cuando llegó al pueblecillo de sus sobresaltos.

Empezó a rondar la misma casa, antes de llamar, como si el cozón se le volviese badajo de campana mayor. Llamó, por fin, y a las primeras contestaciones, aquel hombre se sintió campanario vacío. Hasta dueños desconocidos tenía la casa.

Unas vecinas lo informaron cómo, entre chismes y compasiones, la señorita Braulia había soportado su preñez estoica, y su parto. Un poco deshumanizada, sin lloros y sin quejas, instintivamente repitió que no sobreviviría, y la única merced que había pedido, se le concedió: pudo conocer a su hija. Durante algunas horas la contempló en la misma cama de su alumbramiento; pero se desangraba tan lenta, tan irremediablemente, que no se levantó más.

La niña pasó por manos de dos o tres vecinas lactantes. Por último, la recogió un matrimonio con hijos mayores de doce años, y en memoria de la madre, la llamaron Braulita. En aquel hogar de regocijo, el zambo caminar de la chiquilla y cada gracejo suyo hacía relumbrar el semblante de la pareja benefactora.

Braulita no sólo alegraba a sus padres adoptivos, sino a una vasta parentela, cuando apareció el ex coronel. Fue como la sombra de un monstruo.

Los vecinos comentaron con énfasis las atrocidades del ex bandolero. Se habló de impedirle, judicialmente, recoger a su hija; pero el matrimonio, resignado y sombrío, se la entregó. Y el pueblo unánime comentaba: "¡Infeliz niña! Don Pablo y doña Lolita la educarían, y hasta la heredarían." ¡Y el miedo de Braulita para el monstruo! Se la tuvo que llevar entre pataleos, y gritando a su otra mamá Lolita.

Gerardo, en efecto, no se explicaba para qué habérsela quitado. Tuvo que alquilar una casa, y una mujer muy seria. Y se aplacó a vivir, entre malos ojos de quienes ya no lo temían.

Era fama que, en la sierra, el general y él habían enterrado, en parajes que nomás ellos conocían, sus "ahorros de la revolución". El caso fue que Gerardo pudo emprender la compraventa de ganado y café. Y contra lo que todos esperaban, se empezó a saber que no era tan mal padre, y que ya Braulita lo amaba.

Su aspiración era ver a su hija como una muchachota sonrosada, como las de los almanaques a colores; pero lo alarmaba un blancor como el de la madre.

Estudiaba con qué divertirla, en una inesperada necesidad de ser gracioso. Cuando el ingenio le faltó, se puso a cuatro pies, a manera de gran sapo, y jugó a corretearla por la habitación. Fue todo un éxito. La chiquilla se desternillaba, escapando de rincón a rincón, hasta que, fatigada de risas, se dejó atrapar. La sentó entre las piernas aquel gran sapo amoroso, que también chorreaba risas y sudor. Casi exhausto y feliz, se aquietó en un sillón con ella. Y la sirvienta lo espiaba, como si la cerradura la tuviese cogida por las pestañas.

Tres años más. El monstruo ya no espantaba ni a señoritas nerviosas. No se lo llegó a ver siquiera ebrio. Siempre había temido al alcohol, porque lo volvía un desconocido, y hasta un llorón.

A pesar de su buena conducta, como negociante no acertaba, y corría la versión de que mermaban mucho sus famosos "ahorros".

Cuando un médico le dijo que en aquel pueblo palúdico, Braulita nunca podría ganar colores, sin vacilar empezó a vender cuanto tenía vendible, y fue a establecerse en otra ciudad del altiplano.

"Gerardo, a tus zapatos", le había dicho su sentido común, e instaló un taller de zapatería.

Su vida era de lo más pacífica. Un domingo llamó a su puerta un hombre. Gerardo abrió, y cuando lo tuvo enfrente no supo si desvariaba. El visitante avanzó con una carcajada:

—¡¡Ja... ja... jaaa!!! ¡Qué cara de parturienta pones! ¿Qué pasó con aquel Gerardo bravucón, que no se asustaba con aparecidos?

Gerardo tardaba en salir de su atontamiento, y el recién llegado se burlaba más. No cabía duda: era igualito a un Anacleto uniformado. Se le aproximó más, y le metió los brazos por debajo de los suyos.

—¡Abráceme, doña Gerardita! ¡Pa'que vea que todavía soy de carne y güeso!

Vino la narración. Uno de los casos insólitos de fusilados a quienes los proyectiles dejaron sobrevivir. Se requerían excepcionales naturalezas físicas, pero... ¡Era el mismo! Durante su velorio, sus deudos habían advertido que no se quería enfriar, ni se ponía duro. Y se lo llevaron a esconder al monte.

Mostraba la cicatriz del tiro de gracia que no le había entrado en la sien, aunque ensangrentara la pistola del oficial.

Al ex capitán pidió siquiera una copita para celebrar el encuentro; fueron a sentarse ante una mesa, y tres horas después, allí estaban rememorando, bebiendo aguardiente y pellizcando un gran queso. Volvían a sentirse coronel y capitán, respectivamente. ¿Noticias nuevas? Pues el uniforme de Anacleto era auténtico. Con maña y buen ojo para escoger amigos, había logrado que hasta le reconocieran su grado militar. Nadie se lo discutía, y un candidato a la Presidencia de la República, proyectando levantarse en armas, los invitaba. A su triunfo no sólo reconocería como coronel a Gerardo, sino que ascenderían ambos. El dinero que se consigue normalmente no emociona tanto como el que da el azar, y les ofrecían muy pegajosa cantidad.

Entre aquellos dos hombres, el aguardiente hacía valer antiguas proezas y asegurar futuras glorias.

En un alarde, Gerardo, despatarrada y trabajosamente, pudo ir hasta su cama. Sacó de bajo la almohada una pistola y regresó diciendo:

—Mira: no me falla el pulso todavía. ¿A qué quieres que le pegue?

—Pos... A la pura cabeza del palomito aquél...

Haciendo equilibrios, apuntó bien hacia el patio y disparó.

Un palomo cayó sin cabeza, patitas arriba; y aun arañaba desfallecidamente el aire.

El tórax de Gerardo se infló, y con hablar muy torpe dijo:

—Díle a tu presidente ése... que ni borracho me falta puntería...

A pesar de su fanfarrona actitud, se consternó de pronto: Braulita, gimoteando, recogía en el patio el cuerpo del palomo; lo acariciaba y corría con él a su habitación.

El padre la siguió dando traspiés y la encontró sobre la cama. Para niña tan pequeña, los sollozos eran inmensos, y tenía manchadas en sangre la faz y las ropas.

Sentándose junto a ella, la empezó a consolar, entre hipos de borracho.

—No llores... hijita... Palomos... ¡hay muchos! Mañana te compraré... ¡hartos!...

—Sí —sollozaba ella—; pero éste era... el que yo... quería más.

Su llanto arreciaba, y a él empezó también a escurrirle aguardiente por los ojos. Formaban el más extraño dúo.

Junto a la cabecera, como una acusación de pie, estaba Leocadia, la sirviente, y dijo:

—Su palomo dorado le hacía más provecho que todas las medicinas. ¡Usté tendrá la culpa si a media noche delira!

El energúmeno que en su juicio sacrificara tantas vidas, ahora, ebrio, sintió el más punzador arrepentimiento por aquel palomo.

Se levantó. Un cavernario que se tragara un escorpión, o un satán que se tragara un remordimiento, tendrían los mismos estertores que aquel Gerardo.

Con los ojos inyectados, que parecían escaldar lo que veían, fue hasta donde Anacleto lo aguardaba y rugió imponente:

—¡Lárgate!! ¡No necesito dinero de tus matones!

El otro, desconcertado, se puso en pie, y se le acercó balbuciendo:

—¡Pero hombre, hermano...!

—¡Hermano de coyote prieto has de ser tú! ¡¡Mira!! ¡Con estas manos... me has hecho asesinar a un inocente!

Avanzó, todavía con la pistola en la mano, y ante su pesadísimo avance, Anacleto, de reojo, tomó de una silla su gorra. Salió, y hasta que estuvo en penumbras de la calle, comenzó a mascullar insolencias.

Echó a caminar. Sofocándose, oyó a sus espaldas un tiro. Quedó inmóvil como en fotografía. Se palpó el pecho, la espalda; respiró al no sentirse "clareado", y se alejó más aprisa.

Al siguiente día leyó en un periódico: a un ebrio se le había caído una pistola; se le había disparado un tiro rozándole la cabeza; pero la bala le había resbalado bajo el cuero cabelludo, sin astillarle siquiera el parietal.

No le extrañó la suerte de su amigo. Recordó con orgullo su propio fusilamiento; sonrió milenariamente, como un ídolo, y pensó: "No somos tan blandujos como la gente fina. Ella muere si la apedrean hasta con un terroncito de azúcar."

# LUISA MERCEDES LEVINSON

ARGENTINA
(1914-1987)

*Escribió principalmente cuento y novela, pero fue también autora de teatro. Luisa Mercedes Levinson nació en Buenos Aires; su formación intelectual fue diversa y amplia; aprendió francés e inglés, viajó a Europa en 1955 y en 1957. Entre los premios recibidos por su obra literaria, destaca el Premio Municipal de la Ciudad de Buenos Aires en 1960 por su libro* La pálida rosa de Soho. *Ocho años más tarde recibe la estatuilla dorada de "Mujer de las Letras 1968". En 1982 se le otorga en la embajada de Francia en Buenos Aires las Palmas Académicas de la República Francesa. Es invitada a dar conferencias en varios países europeos e hispanoamericanos, también en universidades americanas y canadienses. Su obra logró una dimensión internacional con la traducción de sus cuentos a varios idiomas (inglés, francés, italiano, alemán, griego) Asimismo, algunos de sus libros fueran publicados en francés y en sueco. Su cuentística se caracteriza por sus ángulos sorpresivos, la fuerte caracterización de los personajes y el sabio aprovechamiento de los elementos fantásticos.*

*Publicó las novelas* La casa de los Felipes *(1951), reescrita posteriormente, versión que se publica en 1969;* Concierto en mí *(1956),* La isla de los organilleros *(1964);* A la sombra del búho: una génesis en busca del héroe *(1972) y* El último zelofonte *(1984). Sus primeros relatos comienzan a publicarse hacia 1945 en las revistas* El Hogar *y* Atlántida. *Su cuentística incluye* La hermana de Eloísa *(1955); el relato que da el título a este libro fue escrito en colaboración con Jorge Luis Borges; el volumen incluye además los cuentos* "El doctor Sotiropoulos" *y* "El abra" *de la autora y* "La escritura del Dios" *y* "El fin" *de Borges. Otras dos colecciones de Levinson son* La pálida Rosa de Soho *(1959) y* Las tejedoras sin hombre *(1967). En 1977 se publica* El estigma del tiempo *y en 1980* El pesador del tiempo, *colecciones que recopilan cuentos de previos libros. En cuanto a su dramaturgia, publicó en un volumen las piezas* Tiempo de Federica. Julio Riestra ha muerto *(1963), la primera de ellas gana en 1962 el primer Premio del Teatro Municipal General San Martín. En el libro* Páginas de Luisa Mercedes Levinson *(1984), magnífica selección*

430

*de la autora, se incluyen las piezas inéditas hasta entonces "La
visita de pésame o el pilar de la familia: juguete cómico" y "Una
tal pálida Rosa: juguete trágico".*

En 1971 se publican las crónicas de viaje de la autora que
habían venido apareciendo en La Nación; el libro se titula Por
los caminos de la vieja joven Europa. Sus obras Mitos y realidades de Buenos Aires, Úrsula y el ahorcado y Sumergidos, son de
1981; en esta última se incluyen los relatos del título "Úrsula y
el ahorcado" y "Sumergidos" junto con la sección "Confesiones"
(trazos autobiográficos). En 1986, Ediciones Corregidor inicia la
publicación de sus obras completas con el tomo primero que incluye las novelas A la sombra del búho, La isla de los organilleros y La casa de los Felipes. El cuento "El abra" se incluyó primero en el volumen La hermana de Eloísa, luego aparece en la
colección La pálida rosa de Soho*

# EL ABRA

En medio del abra, ya semiinvadida de maleza, en el campo de los
Mendihondo, se puede ver una tapera de dos piezas corridas y galería
a los lados, con techo de zinc donde el sol se apoya con saña.

El abra, de una legua escasa, está rodeada por la selva de Misiones que, como un nudo corredizo, en cualquier momento podría es-
trangularla. Es una isla seca esa abra a la que solamente llegan, a
veces, ñanduces o monos, o, muy de cuando en cuando, un chasque
que, como yo, por alguna razón de pobreza, se aventura a cruzar la
selva y el páramo de tierra colorada.

En un tiempo la tapera del abra estuvo blanqueada y el campito
poblado por algunos vacunos. Un pozo exiguo, con una mula atada
a la noria, era la única provisión de agua. De las vigas del techo de
la galería colgaba la hamaca paraguaya, y, en ella, estirada, una mujer
morena de miembros cortos y redondeados que se abanicaba con una
pantalla de junco. A pesar del tinte mate de su piel, no parecía del
país; la sombra exagerada de sus ojeras acusaba el kohl. Se cubría
con un vestido claro que dejaba transparentar sus formas pronunciadas. La hamaca se ondulaba con el peso de esa figura pequeña y maciza. Alrededor de ella se formaba un vapor confuso, una especie de
orla o halo. Pero quizá era sólo la nube oscilante de moscas y mosquitos.

Don Alcibíades la había traído de Oberá, una noche, y ahí se
había quedado. No la llamaba por ningún nombre, solamente *eh, dec',
mirá.* Tenía un nombre difícil de pronunciar. Ella había creído que ese

hombre barbudo, con ojos muertos, movimientos rápidos y una rastra emparchada de plata, la hubiera llevado a ciudades con ferias y ruedas que vuelan por el aire, o a campamentos donde se escuchan las fanfarrias lejanas, y la caña, en cantimploras, rueda de boca en boca, suavemente hinchada por los votos secretos de muchos hombres, al anochecer.

Se quedaron ahí, sin una guitarra ni un perro. Después, él conchabó al Ciro, el peón. El peón, además de arrear los animales al bebedero, castrar y carnear de cuando en cuando, hacía la comida, cebaba el mate y a veces lavaba la ropa. También cargaba con la hamaca de una a otra galería, con o sin la mujer dentro, en busca de sombra. Hablaba poco; contra el último pilar de la galería, se quedaba por las noches apartado y oscuro. Como no pitaba, sólo se percibía, muy de cuando en cuando, el brillo de sus ojos encandilados. Las estrellas brillaban fuerte en la gran noche, pero más allá, al raso.

Don Alcibíades, ya en el oscuro, tiraba el pucho y se acercaba a la hamaca. Se quedaba ahí un buen rato, de pie. De pronto cargaba con la mujer hacia la pieza.

Muy de mañana cebaba el Ciro. La mujer ya estaba en la hamaca otra vez, como si no se hubiera movido, abanicándose eternamente, con los ojos sombreados de kohl. La expresión de esa cara era igual a la de muchas mujeres que se encuentran en el pueblo o las ciudades: una máscara de melancolía o de tedio y detrás de la máscara, nada.

El Ciro le pasaba el mate en cuclillas, la pava un poco más allá, en la tierra roja, y, prosternado, le ofrecía un cigarro de chala, una fruta o una perdiz traída de la laguna, a quince leguas. El patrón se prendía la rastra de plata y observaba desde adentro, afinados los labios resecos. El muchacho era duro para el trabajo y rendidor. Le iba cobrando ley.

Una madrugada en que la mujer estaba comiendo las frutas de las palmeras invisibles, por lejanas, vio una culebra y le tiró a la cabeza, como tantas veces lo hiciera con el revólver que estaba ahí nomás, en la hamaca. Don Alcibíades salió de la pieza.

—Buen tiro, ché. Te premiaré por la puntería. Me voy pa la feria arreando los novillitos; te traeré la blusa.

—¿Lo acompaño, patrón? —preguntó el Ciro.

—No.

Don Alcibíades añadió, dirigiéndose a la mujer:

—Te queda un tiro. Es bastante pa vos. —Y se fue. No cambió la máscara ambigua en el rostro de ella.

El Ciro montó la yegua y salió a recorrer el campito, como siempre, arreó de la selva a tres vacas alzadas, curó a un ternero abichado, libró a otros de uras y garrapatas y acomodó las ramazones que servían de alambrado. Cuando volvió a las casas empezó con la fajina doméstica: prendió fuego para el asado, entre la polvareda y el viento; en cuclillas, como siempre, miraba de reojo a la mujer. Ella se desperezó, después se desprendió la blusa, como si la botonadura le lastimara el pecho. Estirada en la hamaca, abanicándose, su rostro permanecía impasible; sólo el cuerpo, en ondulaciones sobre la red, cambiaba, se multiplicaba en su aleteo, como si muchos peces submarinos y brillantes se debatieran en una atmósfera antinatural, en intentos inútiles, un poco monstruosos. Y en todo había una belleza remota y agresiva. El Ciro fue acercándose despacio, silencioso, de rodillas, y empezó a acariciar la mano que colgaba fuera de la red. La mano se alzó hasta el pecho y con ella arrastró a la otra mano. El Ciro saltó sobre la red, alucinado, desesperado, como una tormenta que se desencadena. Y su sudor caliente se mezcló a las sales profundas y por fin el secreto del mundo fue revelado. La mujer entreabrió los labios. Una paz corpórea, blanca, se elevó sobre la tierra rojiza, sin pájaros. Un grito de la mujer la ahuyentó de pronto. Sonó un tiro y el Ciro, en un estertor rígido, cayó hacia afuera, sobre la tierra apisonada, bajo la hamaca.

—No me esperaba tan pronto, ¿eh? —Y después: —No lo hice caer encima tuyo, no te podés quejar.

Alcibíades se acercó y metiendo el revólver en el cinto tomó los bordes de la hamaca, empezando por arriba, y fue cerrándola sobre ella, trenzándola con el lazo. La mujer estaba quieta, callada, abiertos los ojos sin mirar, bajo la soga que iba cerrándose, primero sobre su cara, todo a lo largo de su cuerpo, después. Él trabajaba concienzudamente, práctico en la tarea con el lazo. Terminó en lo alto, en el lado de los pies, con un gran nudo doble.

Ella no sabía aún qué había pasado. El lazo le daba sobre la cara, sobre los pechos. Algo pegajoso le había salpicado los muslos y un brazo. Y el olor subía desde la tierra apisonada, una mezcla de pólvora y de amor, y de cosas muy lejanas y profundas; mares, tal vez. En una contorsión que hizo oscilar la hamaca, se volvió boca abajo; vio a un hombre muerto que fue el Ciro: a la frente destrozada seguía la nariz indecisa y los labios, herida irremediable, dulce y agradecida; eran los labios recién besados de un niño.

La mujer estaba todavía aletargada por esa paz ya huida. No entendía mucho de miedos. Sabía que era difícil que algo fuera peor. Ya hacía tiempo que había tocado fondo; la felicidad podía ser sólo una memoria confusa y fugaz o un momento sin futuro. Recién había bebido de la felicidad hasta lo hondo, por primera vez, y a pesar de todo, un bienestar la invadía; un baño de bienestar que pesaba más que los acontecimientos, que trastocaba el tiempo y la mantenía en un presente que ya había pasado. En casa de Doña Jacinta había conocido el apremio de muchos hombres, pero nunca había conseguido ese bienestar que le hacía recuperar las cosas remotas; la infancia y un barco y una imprecisa canción. Sintió que los pechos y el vientre le pesaban como si fueran el centro del universo. De pronto abrió los ojos. El Ciro estaba quieto, allí abajo, en el suelo, largo. Ella se retorció, adentro de la red, y empezó a crecer en ella, como si fuera desde la entraña misma de la tierra roja, un odio pétreo, gris; un odio de greda que la traspasaba, la superaba. Raspándose los flancos logró darse vuelta de costado. Su odio nada tenía que ver con la angustia o la debilidad o el estar allí, vejada, entre cuerdas, prisionera. Era un odio duro hacia un hombre que tenía poder, el patrón, Alcibíades, que estaba ahí junto al pilar; en ese sitio que había sido el apoyo de la espera, de la paciencia, de la pobreza, del amor; del Ciro.

La máscara en el rostro de la mujer no expresaba nada más allá de la ambigüedad, como siempre. Pero ahora revivía esa escena pasada, cuando el hombre de la barba entró en el patio de doña Jacinta, en un atardecer, chirriando las botas, como si fuera matando la luz con sus pisadas y vio el desfilar de las muchachas —la Zoila, tan delgadita que parecía que iba a quebrarse, la Wilda, con su pelo motoso, sus labios abultados y sus ojos verdes, y las otras, y cómo la eligió a ella y la hizo tenderse y subir los brazos detrás de la nuca y cómo una arcada de asco le subió a la garganta, algo que no le había sucedido antes. Él prometió mostrarle ciudades y le ofreció cigarros de chala y ella olvidó ese asco inicial y se fue, dejando el atado de ropa para las otras, total, a ella ya le comprarían vestidos nuevos en la ciudad, y una combinación de seda celeste. Y llegaron allí, al abra, y lo mismo que en el patio, en el pueblo, los días fueron iguales, más iguales todavía, pasando de amaneceres a ocasos, de noches a días, de calor a calor.

El rencor la ahogaba, le subía en bocanadas desde el vientre. Se parecía a aquella primera arcada insólita que le acometió cuando Alcibíades la besó por primera vez. Algo que había estado quieto en sus adentros, como una laguna estancada, se echó a correr, a desbordarse por su cuerpo y por su mente, arrastrando los espejos rotos impregnados con sus imágenes recientes, estúpidas y asombradas. Y al lavarla de lo anterior, la volvía clara, lúcida para intentar una venganza. Se oían las idas y venidas del hombre, en la pieza, cómo contaba las monedas de plata, cómo abría la valija y metía, adentro, la ropa y el poncho de la cama. Eso quería decir que se iba, que la dejaba, para que ella se consumiera hasta el fin, bajo el sol que ya daba vuelta hacia esa galería, entre la nube de moscas verdosas, pastosas, que subían desde la cabeza destrozada del muerto, hasta ella. Lejos, esperaban los caranchos y los cuervos.

La lengua, seca, se le pegaba al paladar; el estómago se le endurecía y la apretaba con cien uñas nuevas, adentro, pero no se le ocurrió pensar que tenía hambre y, sobre todo, sed. Su odio podía más que los apremios. Un olor blando se alzaba desde el piso. Un olor dulce que se parecía a ese sudor reciente de ellos dos, mezclados. Y a los yatais que él le traía desde lejos. Y también al bebedero de la mula.

Alcibíades, con la valija en la mano, se detuvo ahí cerca, los labios estirados en una especie de sonrisa. Tal vez su reciente acción le quedaba grande; lo sobrepasaba. Se admiró de sí mismo, de su decisión; había matado a un hombre, al muchacho. Limpiamente se había librado de algo que lo incomodada. Ahora había que huir. También era molesto, no sabía qué hacer. Hacía calor, era la hora de la siesta.

La mujer parecía un puma, con sus miembros cortos y su vientre y busto abultados, la piel con algunos manchones rojos bajo la red emparchada de sol. Ella empezó a retorcerse. El sol le daba en el hombro derecho y en la cadera; después, en todo lo largo de ese costado. Se acomodó boca arriba, de espaldas al muerto, el sol sobre el seno pesado, justo bajo la soga, sobresaliendo el pezón morado por un cuadradito de la red. La cabellera negra se desparramaba y le escondía la cara; toda esa masa de pelo apenas entreabierta para dejar que ardiera la mirada. Un quejido monótono, un poco ronco, acompañaba el contoneo, algo así como un arrullo, si las fieras pudiesen arrullar, mientras a la frente angosta, deprimida bajo ese pelo que caía, llegó desde sus entrañas una sabiduría antigua: si ella sabía llamarlo, ese hombre se acercaría, se abalanzaría sobre ella y desataría el nudo y destrenzaría el lazo y se aflojarían los bordes de la hamaca y eso significaría el reinado de la hembra, la vida, el poder y, después, la venganza.

Alcibíades estaba inquieto junto a ese pilar. Dejó la valija en el piso y dio un paso adelante. Se detuvo de nuevo.

—Te estás asando al sol, che —dijo con una voz extraña, pastosa.

Ella se retorcía, rugía un poco. El hombre añadió, con voz honda, como si le costara hablar.

—Aura naides nos molestará, aunque sea al sol.

Se iba acercando, deteniéndose y dando un paso adelante otra vez. Ella lo veía crecer, agigantarse. En cualquier momento se abalanzaría, por sorpresa. Tal vez su impaciencia le haría cortar el lazo o la red con el facón.

En los sacudimientos de la mujer hubo un cambio de ritmo, un estremecimiento que el hombre no notó. El odio, por arcadas, por oleadas, iba adueñándose de sus pequeñas astucias, de su pereza, de su deseo, de todo aquello que había sido ella, hasta entonces, y la invadía en flujos y reflujos. Toda ella era una marejada de odio caliente que la endurecía. Su odio era más impaciente que el deseo de él, más apremiante. Ya nada significaba el plan de venganza, ni siquiera la vida. Era un odio exigente, tiránico, de una majestad feroz. Y se agrandaba adentro de ella, la estiraba, ya no lo podía contener... Estalló un tiro.

—*Perra* —murmuró el hombre, entre dientes; dio una voltereta y cayó de espaldas al piso. Tenía una mano sobre el pecho y escupía aún confusas maldiciones.

Adentro de la hamaca quedó el revólver inútil, vaciado. Ella también quedó así. Era la última bala, el último ruido para quebrar el rumor, la pesadez, y la sed. Era el último ruido del mundo para ella. El hombre, Alcibíades, tendido, contorsionándose, oscuro, era una sombra empecinada contra la luz; juramento y estertor. Y, por fin, nada, apenas la muerte bajo el pilar, un poco más allá de la valija vieja e hinchada. Y un hilo de sangre dibujando la camisa no muy blanca bajo la barba renegrida.

La mujer se rindió al sol que la poseía prolijamente. Su odio, satisfecho, la abandonó como un hombre, nomás, y ella se sumergió en una especie de paz opaca, sólida, que poco tenía que ver con aquella que había atrapado luego del amor. Pero esta era, por lo menos, duradera.

Todo el sol destinado al abra de tierra roja, estaba concentrado, enseñado en ese cuerpo desnudo bajo la red, húmedo, que se iba secando poco a poco. Y la lujosa corte de moscas, tornasolándose, al pasar de la sombra al sol, estiraba las alas y las patitas, iba y venía desde los cuerpos de los hombres muertos hasta el de ella, sin hacer distinción entre la cabeza destrozada, el pecho donde la sangre parecía correr aún, y su sed. Ella alimentó el odio a costa de esa sed; algo estaba cumplido, saciado. Se estuvo un rato quieta, soñolienta. De pronto empezó a roer la red, desesperadamente. Un cuadrito se cortó, después otro. Ardía la piel, los labios, los ojos. Todo se incendiaba en ella aunque la noche ya caía lentamente y pesaba como cien hombres y la selva comenzó a desperezarse a lo lejos, arrastrándose primero, galopando con furia, después, estrechando el círculo del abra, estrangulándolo. Cegaba el resplandor de las lagunas y de los ríos mentirosos que avanzaban y huían. Noche, sol, noche otra vez. Y morder los hilos del frío, del miedo, de la soledad. Sus propios gritos engendraban otros que tomaban formas, que la rodeaban y la aturdían y atronaban la noche. Luego el silencio la envolvía y el nudo del lazo, allí arriba, sobre sus pies, se agrandaba en el aire, inalcanzable, todopoderoso.

Redobla el galope de la selva. Sombras, graznidos, alas pegajosas le abofetean la cara, le picotean los muslos y las caderas, la salpican de negrura y de muerte: "La Wilda y la Zoila duermen bajo el mosquitero. ¡Llegan los hombres! Doña Jacinta se va a enojar. Se me enredan las guías en las piernas y las manos de los hombres aprietan los pechos de las muchachas donde rebosa la leche amarilla y amarga para engañar la sed de los hombres. ¡La comadrona! No, que quema las entrañas, se incendian con las palmeras y las culebras. En lo hondo, más abajo de la tierra apisonada, arden las monedas de plata, la barba negra; ya son un líquido negruzco...

Rueda la rueda redonda por las ciudades. ¡Ciro, Ciro, desátame de la rueda! Abajo, en el patio de jazmines, están los soldados con sus fanfarrias y su bonito uniforme azul. Y los ángeles vuelan por el aire y cantan. Traé las blusas de seda para las muchachas. Vamos a rezar todas juntas a la Virgen para que se cumpla el milagro; una combinación con randa y un hombre que se quede. La selva me cubre, me esconde entre sus hojas, entre su lujo, entre la selva... Virgencita, nudo del aire, no me ciegues con tu luz..."

La hamaca, en el vacío, como un puente o un sueño murmurante aún, se mecía sobre la muerte, cuando yo, el chasque pobre, llegué.

# ALEJO CARPENTIER

CUBANO
(1904-1980)

*Leer a Carpentier es una experiencia de reencuentro con las po-
tencialidades expresivas del lenguaje: lo musical, lo arquitectónico, lo barroco, lo maravilloso, lo real, son algunas de las fuentes
nutrientes de una escritura representativa de una de las captacio-
nes más profundas e imaginativas sobre lo americano en la historia literaria hispanoamericana. La importancia de la obra de
Carpentier se hace aún más significativa si se piensa que su extensión y continuidad abarca desde el periodo de la vanguardia (su
novela Ecué-Yamba-O es de 1933) hasta las formas maduras de
la "nueva narrativa" (sus últimas novelas se publican a finales de
la década del setenta).*

*Estudiar, por tanto, la obra de Carpentier es asistir al proceso
de la literatura moderna en Hispanoamérica en sus fases vanguardista y neovanguardista; dedicarse a su obra es internarse en el
desarrollo de un viaje artístico que va estableciendo poco a poco
la dirección de su estética. El escritor cubano no fue sólo el li-
terato; su inquieta, fina sensibilidad, amplitud y diversidad cultural, hicieron de él un intelectual motivado por el conocimiento
de varias artes que se vertían integralmente en su creación. Su
gran conocimiento de la cultura europea no se impuso como modelo de captación de lo americano, más bien se incorporó dando
como resultado una percepción sincrética que por lo demás coincidía con la simbiosis de esa diversidad propia de Hispanoamérica.*

*Alejo Carpentier nació en La Habana. Sus padres habían lle-
gado a Cuba en 1902. Su padre, un arquitecto francés, tenía un
excelente dominio del español; su madre, nacida en Rusia, había
estudiado medicina en Suiza y luego se había dedicado a impartir
clases de francés y español. Después de completar su educación
primaria en La Habana, la familia del escritor va a París; allí
realiza Carpentier su educación secundaria; hablaba francés desde
niño. Vuelve en 1921 a Cuba e ingresa a la Universidad de la Habana para seguir la carrera de arquitectura que no la completa;
estudia periodismo y comienza a practicarlo, colabora en el diario*
La Discusión. *Hacia 1923 participa activamente en el Grupo Minorista. En 1924 es jefe de redacción de la revista* Carteles.

*Viaja a México en 1926 donde conoce a Diego Rivera. En 1927 el Grupo Minorista se empeña en denunciar al represivo gobierno de Gerardo Machado. Carpentier y otros miembros de este grupo son encarcelados; está siete meses en la cárcel, allí comienza a redactar Ecué-Yamba-O. Participa luego en la fundación de la Revista de Avance, en la que se difundía el movimiento vanguardista que se daba en Cuba. Se va a París en 1928 y permanece allí hasta 1939 contactando con el movimiento surrealista francés; conoce a Breton, Tzara, Aragon, Eluard. Es director de los Estudios Oniric (grabación de discos y programas radiales) y jefe de redacción de la revista Imán. Hace un breve viaje a Cuba en 1936, y en 1937 va a España, pero su residencia sigue todavía en Francia. Regresa a su país en 1939, realiza un viaje a Haití en 1943, experiencia fundamental para su novela El reino de este mundo, como también para su percepción de lo real maravilloso como dimensión artística. Al año siguiente va a México. En 1945 viaja a Caracas; hace un viaje al Alto Orinoco; allí comienzan las imágenes de su novela Los pasos perdidos. Permanece en Venezuela hasta el año de la revolución cubana en 1959; al regresar a su país desarrolla una gran labor cultural. En 1967 viaja a Francia para representar a su país como consejero de asuntos culturales. Ejerciendo esta función diplomática muere en París.*

Su producción novelística comienza con la publicación de Ecué-Yamba-O: historia afrocubana *en 1933; la expresión lucumí "Ecué-Yamba-O" significa —según aclara el propio Carpentier— "Dios, loado seas". Le siguen las novelas* El reino de este mundo *(1949);* Los pasos perdidos *(1953);* El acoso *(1956);* El siglo de las luces *(1962);* Concierto barroco *(1974);* El recurso del método *(1974);* La consagración de la primavera *(1978);* El arpa y la sombra *(1979). Los primeros cuentos de Carpentier se escriben a principios de la década del cuarenta. En 1958 se publica el volumen* Guerra del tiempo: tres relatos y una novela, *reúne los cuentos "El camino de Santiago", "Viaje a la semilla" y "Semejante a la noche"; la novela incluida en esta publicación es* El acoso, *que había aparecido dos años antes en Buenos Aires. Otros relatos de Carpentier son "Oficio de tinieblas", "Los fugitivos", "Los advertidos", "El derecho de asilo"; este último relato se publica también como libro independiente.* El derecho de asilo *(Barcelona, 1972). Los siete relatos de Carpentier se publican en el volumen* Cuentos completos *(Barcelona, 1979). La obra ensayística de Carpentier incluye* Tientos y diferencias *(1964);* Literatura y conciencia política en América Latina *(1969);* La novela latinoamericana en vísperas de un nuevo siglo y otros ensayos, *publicado póstumamente en 1981. En 1984 se publica en La Habana una edición que recopila la mayoría de sus ensayos* Alejo

Carpentier: ensayos. *El volumen* Letra y solfa *(Buenos Aires,
1976; selección y prólogo de Alexis Márquez Rodríguez) es una
recopilación de la labor periodística de Carpentier en Venezuela.
Durante su estadía en este país el autor cubano escribía temas
de literatura, cine, música, arqueología para el diario* El Nacional
*en una columna titulada "Letra y Solfa". En cuanto a su libro*
La ciudad de las columnas *(Barcelona, 1970), es una maravillosa
descripción del barroquismo arquitectónico de La Habana; el texto
se acompaña con las fotos de Paolo Gasparini. Es en esta obra
donde Carpentier establece la relación entre sincretismo cultural
y lo barroco: "Pero Cuba, por suerte, fue mestiza como México
o el Alto Perú. Y como todo mestizaje, por proceso de simbiosis,
de adición, de mezcla, engendra un barroquismo, el barroquismo
cubano consistió en acumular, coleccionar, multiplicar, columnas
y columnatas en tal demasía de dóricos y de corintios, de jónicos
y compuestos, que acabó el transeúnte por olvidar que vivía entre columnas."*

En su labor de musicólogo publica los estudios *La música en
Cuba, en 1946 y* Tristán e Isolda en tierra firme: reflexiones al
margen de una representación wagneriana, *en 1949. Carpentier
también escribió libretos de ballet como "Un ballet afrocubano:
el milagro de Anaquillé", publicado een* Revista cubana *en 1937, y
poemas como "Liturgia" y "Canción", el primero publicado en*
Antología de poesía negra hispanoamericana *(1935) y el segundo
en* Órbita de la poesía afrocubana 1928-1937 *(1938). Su poesía
con acompañamiento musical queda registrada en* Dos poemas
afrocubanos *(música de Alejandro García), en 1930;* Poèmes des
Antilles: neuf chants sur des textes d'Alejo Carpentier *(música
de Marius François Gillard) en 1931. Las obras completas del
autor (ocho volúmenes) comienza a publicarse en México en 1983.
El cuento seleccionado se publicó por primera vez en 1944 en la
Habana en una edición de tan solo cien ejemplares; posteriormente se incluye en el volumen* Guerra del tiempo. *Con la exquisita combinación de técnicas cinematográficas, pictóricas, y fotográficas, el tiempo —en este relato— se desmonta; inversión
cronológica que avanza hacia el conocimiento del origen, el centro reunitivo de pasados, presentes y futuros.*

*La obra de Carpentier se ha traducido a varios idiomas; justa
dimensión internacional para uno de los grandes narradores hispanoamericanos. Su legado artístico es amplísimo: su teoría de
lo real-maravilloso, su preocupación por el tiempo plasmada de
modo único, la ejecución de un rítmico, logrado sincretismo artístico, y el original encuentro de un barroco americano.*

## VIAJE A LA SEMILLA *

### I

—¿Qué quieres viejo...?

Varias veces cayó la pregunta de lo alto de los andamios. Pero el viejo no respondía. Andaba de un lugar a otro, fisgoneando, sacándose de la garganta un largo monólogo de frases incomprensibles. Ya habían descendido las tejas, cubriendo los canteros muertos con su mosaico de barro cocido. Arriba, los picos desprendían piedras de mampostería, haciéndolas rodar por canales de madera, con gran revuelo de cales y de yesos. Y por las almenas sucesivas que iban desdentando las murallas aparecían —despojados de su secreto— cielos rasos ovales o cuadrados, cornisas, guirnaldas, dentículos, astrágalos, y papeles encolados que colgaban de los testeros como viejas pieles de serpiente en muda. Presenciando la demolición, una Ceres con la nariz rota y el peplo desvaído, veteado de negro el tocado de mieses, se erguía en el traspatio, sobre su fuente de mascarones borrosos. Visitados por el sol en horas de sombra, los peces grises del estanque bostezaban en agua musgosa y tibia, mirando con el ojo redondo aquellos obreros, negros sobre claro de cielo, que iban rebajando la altura secular de la casa. El viejo se había sentado, con el cayado apuntalándole la barba, al pie de la estatua. Miraba el subir y bajar de cubos en que viajaban restos apreciables. Oíanse, en sordina, los rumores de la calle mientras, arriba, las poleas concertaban, sobre ritmos de hierro con piedra, sus gorjeos de aves desagradables y pechugonas.

Dieron las cinco. Las cornisas y entablamentos se despoblaron. Sólo quedaron escaleras de mano, preparando el salto del día siguiente. El aire se hizo más fresco, aligerado de sudores, blasfemias, chirridos de cuerdas, ejes que pedían alcuzas y palmadas en torsos pringosos. Para la casa mondada el crepúsculo llegaba más pronto. Se vestía de sombras en horas en que su ya caída balaustrada superior solía regalar a las fachadas algún relumbre de sol. La Ceres apretaba los labios. Por primera vez las habitaciones dormirían sin persianas, abiertas sobre un paisaje de escombros.

Contrariando sus apetencias, varios capiteles yacían entre las hierbas. Las hojas de acanto descubrían su condición vegetal. Una enredadera aventuró sus tentáculos hacia la voluta jónica, atraída por un

---

* © Alejo Carpentier y Lilia Carpentier.

aire de familia. Cuando cayó la noche, la casa estaba más cerca de la tierra. Un marco de puerta se erguía aún, en lo alto, con tablas de sombra suspendidas de sus bisagras desorientadas.

## II

Entonces el negro viejo, que no se había movido, hizo gestos extraños, volteando su cayado sobre un cementerio de baldosas.

Los cuadrados de mármol, blanco y negro, volaron a los pisos, vistiendo la tierra. Las piedras, con saltos certeros, fueron a cerrar los boquetes de las murallas. Hojas de nogal claveteadas se encajaron en sus marcos, mientras los tornillos de las charnelas volvían a hundirse en sus hoyos, con rápida rotación. En los canteros muertos, levantadas por el esfuerzo de las flores, las tejas juntaron sus fragmentos, alzando, un sonoro torbellino de barro, para caer en lluvia sobre la armadura del techo. La casa creció, traída nuevamente a sus proporciones habituales, pudorosa y vestida. La Ceres fue menos gris. Hubo más peces en la fuente. Y el murmullo del agua llamó begonias olvidadas.

El viejo introdujo una llave en la cerradura de la puerta principal, y comenzó a abrir ventanas. Sus tacones sonaban a hueco. Cuando encendió los velones, un estremecimiento amarillo corrió por el óleo de los retratos de familia, y gentes vestidas de negro murmuraron en todas las galerías, al compás de cucharas movidas en jícaras de chocolate.

Don Marcial, Marqués de Capellanías, yacía en su lecho de muerte, el pecho acorazado de medallas, escoltado por cuatro cirios con largas barbas de cera derretida.

## III

Los cirios crecieron lentamente, perdiendo sudores. Cuando recobraron su tamaño, los apagó la monja apartando una lumbre. Las mechas blanquearon, arrojando el pabilo. La casa se vació de visitantes y los carruajes partieron en la noche. Don Marcial pulsó un teclado invisible y abrió los ojos.

Confusas y revueltas, las vigas del techo se iban colocando en su lugar. Los pomos de medicina, las borlas de damasco, el escapulario de la cabecera, los daguerrotipos, las palmas de la reja, salieron de sus nieblas. Cuando el médico movió la cabeza con desconsuelo profesional, el enfermo se sintió mejor. Durmió algunas horas y despertó bajo la mirada negra y cejuda del Padre Anastasio. De franca, detallada, poblada de pecados, la confesión se hizo reticente, penosa, llena de escondrijos. ¿Y qué derecho tenía, en el fondo, aquel carmelita, a entrometerse en su vida? Don Marcial se encontró, de pronto, tirado en medio del aposento. Aligerado de un peso en las sienes, se levantó con sorprendente celeridad. La mujer desnuda que se desperezaba sobre el brocado del lecho buscó enaguas y corpiños, llevándose, poco después, sus rumores de seda estrujada y su perfume. Abajo, en el coche cerrado, cubriendo tachuelas del asiento, había un sobre con monedas de oro.

Don Marcial no se sentía bien. Al arreglarse la corbata frente a la luna de la consola se vio congestionado. Bajó al despacho donde lo esperaban hombres de justicia, abogados y escribientes, para disponer la venta pública de la casa. Todo había sido inútil. Sus pertenencias se irían a manos del mejor postor, al compás de martillo golpeando una tabla. Saludó y le dejaron solo. Pensaba en los misterios de la letra escrita, en esas hebras negras que se enlazan y desenlazan sobre anchas hojas afiligranadas de balanzas, enlazando y desenlazando compromisos, juramentos, alianzas, testimonios, declaraciones, apellidos, títulos, fechas, tierras, árboles y piedras; maraña de hilos, sacada del tintero, en que se enredaban las piernas del hombre, vedándole caminos desestimados por la ley; cordón al cuello, que apretaba su sordina al percibir el sonido temible de las palabras en libertad. Su firma lo había traicionado, yendo a complicarse en nudo y enredos de legajos. Atado por ella, el hombre de carne se hacía hombre de papel.

Era el amanecer. El reloj del comedor acababa de dar las seis de la tarde.

## IV

Transcurrieron meses de luto, ensombrecidos por un remordimiento cada vez mayor. Al principio, la idea de traer una mujer a aquel aposento se le hacía casi razonable. Pero, poco a poco, las apetencias de un cuerpo nuevo fueron desplazadas por escrúpulos crecientes, que llegaron al flagelo. Cierta noche, don Marcial se ensangrentó las carnes con una correa, sintiendo luego un deseo mayor, pero de corta duración. Fue entonces cuando la Marquesa volvió, una tarde, de su paseo a las orillas del Almendares. Los caballos de la calesa no traían en las crines más humedad que la del propio sudor. Pero, durante todo el resto del día, dispararon coces a las tablas de la cuadra, irritados, al parecer, por la inmovilidad de nubes bajas.

Al crepúsculo, una tinaja llena de agua se rompió en el baño de la Marquesa. Luego, las lluvias de mayo rebosaron el estanque. Y aquella negra vieja, con tacha de cimarrona y palomas debajo de la cama, que andaba por el patio murmurando: "¡Desconfía de los ríos, niña; desconfía de lo verde que corre!" No había día en que el agua no revelara su presencia. Pero esa presencia acabó por no ser más que una jícara derramada sobre vestido traído de París, al regreso del baile aniversario dado por el Capitán General de la Colonia.

Reaparecieron muchos parientes. Volvieron muchos amigos. Ya brillaban, muy claras, las arañas del gran salón. Las grietas de la fachada se iban cerrando. El piano regresó al clavicordio. Las palmas perdían anillos. Las enredaderas soltaban la primera cornisa. Blanquearon las ojeras de la Ceres y los capiteles parecieron recién tallados. Más fogoso, Marcial solía pasarse tardes enteras abrazando a la Marquesa. Borrábanse patas de gallina, ceños y papadas, y las carnes tornaban a su dureza. Un día, un olor de pintura fresca llenó la casa.

## V

Los rubores eran sinceros. Cada noche se abrían un poco más las hojas de los biombos, las faldas caían en rincones menos alumbrados y eran nuevas barreras de encajes. Al fin la Marquesa sopló las lámparas. Sólo él habló en la oscuridad.

Partieron para el ingenio, en gran tren de calesas —relumbrante de grupas alazanas, bocados de plata y charoles al sol. Pero, a la sombra de las flores de Pascuas que enrojecían el soportal interior de la vivienda, advirtieron que se conocían apenas. Marcial autorizó danzas y tambores de Nación, para distraerse un poco en aquellos días olientes a perfumes de Colonia, baños de benjuí, cabelleras esparcidas, y sábanas sacadas de armarios que, al abrirse, dejaban caer sobre las losas un mazo de vetiver. El vaho del guarapo giraba en la brisa con el toque de oración. Volando bajo, las auras anunciaban lluvias reticentes, cuyas primeras gotas, anchas y sonoras, eran sorbidas por tejas tan secas que tenían diapasón de cobre. Después de un amanecer alargado por un abrazo deslucido, aliviados de desconciertos y cerrada la herida, ambos regresaron a la ciudad. La Marquesa trocó su vestido de viaje por un traje de novia, y, como era costumbre, los esposos fueron a la iglesia para recobrar su libertad. Se devolvieron presentes a parientes y amigos, y, con revuelo de bronces y alardes de jaeces, cada cual tomó la calle de su morada. Marcial siguió visitando a María de las Mercedes por algún tiempo, hasta el día en que los anillos fueron llevados al taller del orfebre para ser desgrabados. Comenzaba, para Marcial, una vida nueva. En la casa de altas rejas, la Ceres fue sustituida por una Venus italiana, y los mascarones de la fuente adelantaron casi imperceptiblemente el relieve al ver todavía encendidas, pintada ya el alba, las luces de los velones.

## VI

Una noche, después de mucho beber y marearse con tufos de tabaco frío, dejados por sus amigos, Marcial tuvo la sensación extraña de que los relojes de la casa daban las cinco, luego las cuatro y media, luego las cuatro, luego las tres y media... Era como la percepción remota de otras posibilidades. Como cuando se piensa, en enervamiento de vigilia, que puede andarse sobre el cielo raso con el piso por cielo raso, entre muebles firmemente asentados entre las vigas del techo. Fue una impresión fugaz, que no dejó la menor huella en su espíritu, poco llevado, ahora, a la meditación.

Y hubo un gran sarao, en el salón de música, el día en que alcanzó la minoría de edad. Estaba alegre, al pensar que su firma había dejado de tener un valor legal, y que los registros y escribanías, con sus polillas, se borraban de su mundo. Llegaba al punto en que los tribunales dejan de ser temibles para quienes tienen una carne desestimada por los códigos. Luego de achisparse con vinos generosos, los jóvenes descolgaron de la pared una guitarra incrustada de nácar, un salterio y un serpentón. Alguien dio cuerda al reloj que tocaba la Tirolesa de las Vacas y la Balada de los Lagos de Escocia. Otro embocó un cuerno de caza que dormía, enroscado en su cobre, sobre los fieltros encarnados de la vitrina, al lado de la flauta travesera traída de Aranjuez. Marcial, que estaba requebrando atrevidamente a la de Campoflorido, se sumó al guirigay, buscando en el teclado, sobre bajos falsos, la melodía del Trípili-Trápala. Y subieron todos al desván, de pronto, recordando que allá, bajo vigas que iban recobrando el repello, se guardaban los trajes y libreas de la Casa de Capellanías. En entrepaños escarchados de alcanfor descansaban los vestidos de corte, un espadín de Embajador, varias guerreras emplastronadas, el manto de un Príncipe de la Iglesia, y largas casacas, con botones de damasco y difuminos de humedad en los pliegues. Matizáronse las penumbras con cintas de amaranto, miriñaques amarillos, túnicas marchitas y flores de terciopelo. Un traje de chispero con redecilla de borlas, nacido en una mascarada de carnaval, levantó aplausos. La de Campoflorido redondeó los hombros empolvados bajo un rebozo de color de carne criolla, que sirviera a cierta abuela, en noche de grandes decisiones familiares, para avivar los amansados fuegos de un rico Síndico de Clarisas.

Disfrazados regresaron los jóvenes al salón de música. Tocado con un tricornio de regidor, Marcial pegó tres bastonazos en el piso, y se dio comienzo a la danza de la valse, que las madres hallaban terriblemente impropio de señoritas, con eso de dejarse enlazar por la cintura, recibiendo manos de hombre sobre las ballenas del corset que todas se habían hecho según el reciente patrón de "El Jardín de las Modas". Las puertas se oscurecieron de fámulas, cuadrerizos, sirvientes, que venían de sus lejanas dependencias y de los entresuelos sofocantes, para admirarse ante fiesta de tanto alboroto. Luego, se jugó a la gallina ciega y al escondite. Marcial, oculto con la de Campoflorido detrás de un biombo chino, le estampó un beso en la nuca, recibiendo en respuesta un pañuelo perfumado, cuyos encajes de Bruselas guardaban suaves tibiezas de escote. Y cuando las muchachas se alejaron en las luces del crepúsculo, hacia las atalayas y torreones que se pintaban en grisnegro sobre el mar, los mozos fueron a la Casa de Baile, donde tan sabrosamente se contoneaban las mulatas de grandes ajorcas, sin perder nunca —así fuera de movida una guaracha— sus zapatillas de alto tacón. Y como se estaba en carnavales, los del Cabildo Arará Tres Ojos levantaban un trueno de tambores tras de la pared medianera, en un patio sembrado de granados. Subidos en mesas y taburetes, Marcial y sus amigos alabaron el garbo de una negra de pasas entre canas, que volvía a ser hermosa, casi deseable, cuando miraba por sobre el hombro, bailando con altivo mohín de reto.

VII

Las visitas de don Abundio, notario y albacea de la familia, eran más frecuentes. Se sentaba gravemente a la cabecera de la cama de Marcial, dejando caer al suelo su bastón de ácana para despertarlo antes de tiempo. Al abrirse, los ojos tropezaban con una levita de alpaca, cubierta de caspa, cuyas mangas lustrosas recogían títulos y rentas. Al fin sólo quedó una pensión razonable, calculada para poner coto a toda locura. Fue entonces cuando Marcial quiso ingresar en el Real Seminario de San Carlos.

Después de mediocres exámenes, frecuentó los claustros, comprendiendo cada vez menos las explicaciones de los dómines. El mundo de las ideas se iba despoblando. Lo que había sido, al principio, una ecuménica asamblea de peplos, jubones, golas y pelucas, controversistas y ergotantes, cobraba la inmovilidad de un museo de figuras de cera. Marcial se contentaba ahora con una exposición escolástica de los sistemas, aceptando por bueno lo que se dijera en cualquier texto: "León", "Avestruz", "Ballena", "Jaguar", leíase sobre los grabados en cobre de la Historia Natural. Del mismo modo, "Aristóteles", "Santo Tomás", "Bacon", "Descartes", encabezaban páginas negras, en que se catalogaban aburridamente las interpretaciones del universo, al margen de una capitular espesa. Poco a poco, Marcial dejó de estudiarlas, encontrándose librado de un gran peso. Su mente se hizo alegre y ligera, admitiendo tan sólo un concepto instintivo de las cosas. ¿Para qué pensar en el prisma, cuando la luz clara de invierno daba mayores detalles a las fortalezas del puerto? Una manzana que cae del árbol sólo es incitación para los dientes. Un pie en una bañadera no pasa de ser un pie en una bañadera. El día que abandonó el Seminario, olvidó los libros. El gnomon recobró su categoría de duende; el espectro fue sinónimo de fantasma; el octaedro era bicho acorazado, con púas en el lomo.

Varias veces, andando pronto, inquieto el corazón, había ido a visitar a las mujeres que cuchicheaban, detrás de puertas azules, al pie de las murallas. El recuerdo de la que llevaba zapatillas bordadas y hojas de albahaca en la oreja lo perseguía, en tardes de calor, como un dolor de muelas. Pero, un día, la cólera y las amenazas de un confesor le hicieron llorar de espanto. Cayó por última vez en las sábanas del infierno, renunciando para siempre a sus rodeos por calles poco concurridas, a sus cobardías de última hora que le hacían regresar con rabia a su casa, luego de dejar a sus espaldas cierta acera rajada —señal, cuando andaba con la vista baja, de la media vuelta que debía darse para hollar el umbral de los perfumes.

Ahora vivía su crisis mística, poblada de detentes, corderos pascuales, palomas de porcelana, Vírgenes de manto azul celeste, estrellas de papel dorado, Reyes Magos, ángeles con alas de cisne, el Asno, el Buey, y un terrible San Dionisio que se le aparecía en sueños, con un gran vacío entre los hombros y el andar vacilante de quien busca un objeto perdido. Tropezaba con la cama y Marcial despertaba sobresaltado, echando mano al rosario de cuentas sordas. Las mechas, en sus pocillos de aceite, daban luz triste a imágenes que recordaban su color primero.

## VIII

Los muebles crecían. Se hacía más difícil sostener los antebrazos sobre el borde de la mesa del comedor. Los armarios de cornisas labradas ensanchaban el frontis. Alargando el torso, los moros de la escalera acercaban sus antorchas a los balaustres del rellano. Las butacas eran más hondas y los sillones de mecedora tenían tendencia a irse para atrás. No había ya que doblar las piernas al recostarse en el fondo de la bañadera con anillas de mármol.

Una mañana en que leía un libro licencioso, Marcial tuvo ganas, súbitamente, de jugar con los soldados de plomo que dormían en sus cajas de madera. Volvió a ocultar el tomo bajo la jofaina del lavabo, y abrió una gaveta sellada por las telarañas. La mesa de estudio era demasiado exigua para dar cabida a tanta gente. Por ello Marcial se sentó en el piso. Dispuso los granaderos por filas de ocho. Luego, los oficiales a caballo, rodeando al abanderado. Detrás, los artilleros, con sus cañones, escobillones y botafuegos. Cerrando la marcha, pífanos y timbales, con escolta de redoblantes. Los morteros estaban dotados de un resorte que permitía lanzar bolas de vidrio a más de un metro de distancia.

—¡Pum...! ¡Pum...! ¡Pum...!

Caían caballos, caían abanderados, caían tambores. Hubo de ser llamado tres veces por el negro Eligio, para decidirse a lavarse las manos y bajar al comedor.

Desde ese día, Marcial conservó el hábito de sentarse en el enlosado. Cuando percibó las ventajas de esa costumbre, se sorprendió por no haberlo pensado antes. Afectas al terciopelo de los cojines, las personas mayores sudan demasiado. Algunas huelen a notario —como don Abundio— por no conocer, con el cuerpo echado, la frialdad del mármol en todo tiempo. Sólo desde el suelo pueden abarcarse totalmente los ángulos y perspectivas de una habitación. Hay bellezas de la madera, misteriosos caminos de insectos, rincones de sombra, que se ignoran a altura de hombres. Cuando llovía, Marcial se ocultaba debajo del clavicornio. Cada trueno hacía temblar la caja de resonancia, poniendo todas las notas a cantar. Del cielo caían los rayos para construir aquella bóveda de calderones —órgano, pinar al viento, mandolina de grillos.

## IX

Aquella mañana lo encerraron en su cuarto. Oyó murmullos en toda la casa y el almuerzo que le sirvieron fue demasiado suculento para un día de semana. Había seis pasteles de la confitería de la Alameda —cuando sólo dos podían comerse, los domingos, después de misa. Se entretuvo mirando estampas de viaje, hasta que el abejeo creciente, entrando por debajo de las puertas, le hizo mirar entre persianas. Llegaban hombres vestidos de negro, portando una caja con agarraderas de bronce. Tuvo ganas de llorar, pero en ese momento apareció el calesero Melchor, luciendo sonrisa de dientes en lo alto de sus botas sonoras. Comenzaron a jugar al ajedrez. Melchor era caballo. Él era Rey. Tomando las losas del piso por tablero, podía avanzar de una en una, mientras Melchor debía saltar una de frente y dos de lado, o viceversa. El juego se prolongó hasta más allá del crepúsculo, cuando pasaron los Bomberos del Comercio.

Al levantarse, fue a besar la mano de su padre que yacía en su cama de enfermo. El Marqués se sentía mejor, y habló a su hijo con el empaque y los ejemplos usuales. Los "Sí, padre", y los "No, padre", se encajaban entre cuenta y cuenta del rosario de preguntas, como las respuestas del ayudante en una misa. Marcial respetaba al Marqués, pero era por razones que nadie hubiera acertado a suponer. Lo respetaba porque era de elevada estatura y salía, en noches de baile, con el pecho rutilante de condecoraciones; porque le envidiaba el sable y los entorchados de oficial de milicias; porque, en Pascuas, había comido un pavo entero, relleno de almendras y pasas, ganando una apuesta; porque, cierta vez, sin duda con el ánimo de azotarla, agarró a una de las mulatas que barrían la rotonda, llevándola en brazos a su habitación. Marcial, oculto detrás de una cortina, la vio salir poco después, llorosa y desabrochada, alegrándose del castigo, pues

era la que siempre vaciaba las fuentes de compota devueltas a la alacena.

El padre era un ser terrible y magnánimo al que debía amarse
después de Dios. Para Marcial era más Dios que Dios, porque sus
dones eran cotidianos y tangibles. Pero prefería el Dios del cielo, porque fastidiaba menos.

## X

Cuando los muebles crecieron un poco más y Marcial supo como
nadie lo que había debajo de las camas, armarios y bargueños, ocultó
a todos un gran secreto: la vida no tenía encanto fuera de la presencia del calesero Melchor. Ni Dios, ni su padre, ni el obispo dorado
de las procesiones del Corpus, eran tan importantes como Melchor.
Melchor venía de muy lejos. Era nieto de príncipes vencidos. En
su reino había elefantes, hipopótamos, tigres y jirafas. Ahí los hombres no trabajaban, como don Abundio, en habitaciones oscuras, llenas de legajos. Vivían de ser más astutos que los animales. Uno de
ellos sacó el gran cocodrilo del lago azul, ensartándolo con una pica
oculta en los cuerpos apretados de doce ocas asadas. Melchor sabía
canciones fáciles de aprender, porque las palabras no tenían significado y se repetían mucho. Robaba dulces en las cocinas; se escapaba,
de noche, por la puerta de los cuadrerizos, y, cierta vez, había ape-
dreado a los de la guardia civil, desapareciendo luego en las sombras
de la calle de la Amargura.

En días de lluvia, sus botas se ponían a secar junto al fogón de
la cocina. Marcial hubiese querido tener pies que llenaran tales botas.
La derecha se llamaba *Calambín*. La izquierda, *Calambán*. Aquel hombre que dominaba los caballos cerreros con sólo encajarles dos dedos
en los belfos; aquel señor de terciopelo y espuelas, que lucía chiste-
ras tan altas, sabía también lo fresco que era un suelo de mármol en
verano, y ocultaba debajo de los muebles una fruta o un pastel arre-
batados a las bandejas destinadas al Gran Salón. Marcial y Melchor
tenían en común un depósito secreto de grageas y almendras, que llamaban el "Urí, uré, urá", con entendidas carcajadas. Ambos habían
explorado la casa de arriba abajo, siendo los únicos en saber que existía un pequeño sótano lleno de frascos holandeses, debajo de las cuadras, y que en desván inútil, encima de los cuartos de criadas, doce
mariposas polvorientas acababan de perder las alas en cajas de cristales rotos.

## XI

Cuando Marcial adquirió el hábito de romper cosas, olvidó a Melchor para acercarse a los perros. Había varios en la casa. El atigrado
grande; el podenco que arrastraba las tetas; el galgo, demasiado viejo

15

para jugar; el lanudo que los demás perseguían en épocas determinadas, y que las camareras tenían que encerrar.

Marcial prefería a "Canelo" porque sacaba zapatos de las habitaciones y desenterraba los rosales del patio. Siempre negro de carbón o cubierto de tierra roja, devoraba la comida de los demás, chillaba sin motivo, y ocultaba huesos robados al pie de la fuente. De vez en cuando, también, vaciaba un huevo acabado de poner, arrojando la gallina al aire con brusco palancazo del hocico. Todos daban de patadas al "Canelo". Pero Marcial se enfermaba cuando se lo llevaban. Y el perro volvía triunfante, moviendo la cola, después de haber sido abandonado más allá de la Casa de Beneficencia, recobrando un puesto que los demás, con sus habilidades en la caza o desvelos en la guardia, nunca ocuparían.

"Canelo" y Marcial orinaban juntos. A veces escogían la alfombra persa del salón, para dibujar en su lana formas de nubes pardas que se ensanchaban lentamente. Eso costaba castigo de cintarazos. Pero los cintarazos no dolían tanto como creían las personas mayores. Resultaban, en cambio, pretexto admirable para armar concertantes de aullidos, y provocar la compasión de los vecinos. Cuando la bizca del tejadillo calificaba a su padre de "bárbaro", Marcial miraba a "Canelo", riendo con los ojos. Lloraban un poco más, para ganarse un bizcocho, y todo quedaba olvidado. Ambos comían tierra, se revolcaban al sol, bebían en la fuente de los peces, buscaban sombra y perfume al pie de las albahacas. En horas de calor, los canteros húmedos se llenaban de gente. Ahí estaba la gansa gris, con bolsa colgante entre las patas zambas; el gallo viejo del culo pelado; la lagartija que decía "urí, urá", sacándose del cuello una corbata rosada; el triste jubo, nacido en ciudad sin hembras; el ratón que tapiaba su agujero con una semilla de carey. Un día, señalaron el perro a Marcial.

—¡Guau, guau! —dijo.

Hablaba su propio idioma. Había logrado la suprema libertad. Ya quería alcanzar, con sus manos, objetos que estaban fuera del alcance de sus manos.

## XII

Hambre, sed, calor, dolor, frío. Apenas Marcial redujo su percepción a la de estas realidades esenciales, renunció a la luz que ya le era accesoria. Ignoraba su nombre. Retirado el bautismo, con su sal desagradable, no quiso ya el olfato, ni el oído ni siquiera la vista. Sus manos rozaban formas placenteras. Era un ser totalmente sensible y táctil. El universo le entraba por todos los poros. Entonces cerró los ojos que sólo divisaban gigantes nebulosos y penetró en un cuerpo caliente, húmedo, lleno de tinieblas, que moría. El cuerpo, al sentirlos arrebozado en su propia sustancia, resbaló hacia la vida.

Pero ahora el tiempo, corrió más pronto, adelgazando sus últimas horas. Los minutos sonaban a *glissando* de naipes bajo el pulgar de un jugador.

Las aves volvieron al huevo en torbellino de plumas. Los peces cuajaron la hueva, dejando una nevada de escamas en el fondo del estanque. Las palmas doblaron las pencas, desapareciendo en la tierra como abanicos cerrados. Los tallos sorbían sus hojas y el suelo tiraba de todo lo que le perteneciera. El trueno retumbaba en los corredores. Crecían pelos en la gamuza de los guantes. Las mantas de lana se destejían, redondeando el vellón de carneros distantes. Los armarios, los bargueños, las camas, los crucifijos, las mesas, las persianas, salieron volando en la noche, buscando sus antiguas raíces al pie de las selvas. Todo lo que tuviera clavos se desmoronaba. Un bergantín, anclado no se sabía dónde, llevó presurosamente a Italia los mármoles del piso y de la fuente. Las panoplias, los herrajes, las llaves, las cazuelas de cobre, los bocados de las cuadras, se derretían, engrosando un río de metal que galerías sin techo, canalizaban hacia la tierra. Todo se metamorfoseaba, regresando a la condición primera. El barro volvió al barro, dejando un yermo en lugar de la casa.

## XIII

Cuando los obreros vinieron con el día para proseguir la demolición, encontraron el trabajo acabado. Alguien se había llevado la estatua de Ceres, vendida la víspera a un anticuario. Después de quejarse al Sindicato, los hombres fueron a sentarse en los bancos de un parque municipal. Uno recordó entonces la historia, muy difuminada, de una Marquesa de Capellanías, ahogada, en tarde de mayo, entre las malangas del Almendares. Pero nadie prestaba atención al relato, porque el sol viajaba de oriente a occidente, y las horas que crecen a la derecha de los relojes deben alargarse por la pereza, ya que son las que más seguramente llevan a la muerte.

# JULIO RAMÓN RIBEYRO

PERUANO
(1929)

La fina producción narrativa de Julio Ramón Ribeyro se ha extendido alrededor de cuatro décadas. La lectura de cualquier página de su obra revela de inmediato la fuerza y elegancia de su escritura. En el contexto del desarrollo literario hispanoamericano iniciado en la década del cincuenta con nuevos rumbos, la prosa de Ribeyro representa una aportación sin precedentes en lo que respecta al tratamiento de sectores marginales y de las repercusiones sicosociales de tal desplazamiento, en medio de un trasfondo urbano. De otra parte, si se observa retrospectivamente los nombres de los escritores hispanoamericanos que en esa época comenzaban a difundirse internacionalmente, se notará la ausencia de Julio Ramón Ribeyro. Esa omisión es, hoy día, parte del pasado. El reconocimiento de su obra, y en particular de su cuentística, es internacional. Su producción ha recibido varias ediciones y algunas de sus obras han sido traducidas al inglés, francés y alemán. Su creación además ha crecido a través de diversas etapas y direcciones. La obra de Ribeyro abarca la novela, el cuento, el teatro y el ensayo.

Julio Ramón Ribeyro nació en Lima donde estudió Derecho (1946-1952); ganó luego una beca para viajar a España donde estudió periodismo; después de un tiempo allí se trasladó a Francia. Viaja posteriormente a Alemania y a Bélgica, países en los que también residió por una temporada. Se estableció en París a partir de 1960, ciudad en la que reside en la actualidad. Trabajó en la agencia France-Presse hasta 1972 como traductor y redactor; luego se incorporó a la Delegación del Perú en la UNESCO con el cargo de consejero cultural.

Ha publicado las novelas Crónica de San Gabriel (1960); Los geniecillos dominicales (1965); y Cambio de guardia, novela escrita entre 1964 y 1966, publicada en 1976. Su obra teatral incluye Vida y pasión de Santiago el Pajarero (1964), premiada en el Concurso Nacional de Teatro de 1959; El último cliente (1966); Teatro (1975), que reúne siete piezas; Atusparia, finalizada en 1979 y publicada en 1981. Dentro de su prosa no adscrita ni al cuento ni a la novela se encuentra su libro Prosas apátridas (1975), ampliada en 1978 y publicada como Prosas apátridas (completas) en 1986. Indica el autor en el prólogo a la última edición:

*"Se trata... de textos que no han encontrado sitio en mis libros
ya publicados... textos que no se ajustan cabalmente a ningún
género." (p. 9). En 1975 se publica* La caza sutil *(ensayos y artículos de crítica literaria); es una recopilación de los artículos
escritos por Ribeyro entre 1953 y 1975.*

*Su primer libro de cuentos es* Los gallinazos sin plumas
*(1955); luego vienen* Cuentos de circunstancias *(1958);* Las botellas y los hombres *(1964);* Tres historias sublevantes *(1964);* Los
cautivos *(1972);* El próximo mes me nivelo *(1972). De 1987 es el
volumen* Sólo para fumadores, *que incluye siete relatos. El éxito de
su cuentística ha conocido varias antologías:* Antología *(Promoción
Editorial Inca, 1973);* Antología *(Lima: Ediciones Peisa, 1973);*
Cuentos *(Casa de las Américas, 1975);* La juventud en la otra ribera
*(1973), antología del autor que recopila veintidós relatos;* La palabra del mudo: cuentos 52/72 *(1973), dos volúmenes que consignan la producción de seis colecciones, la reedición de 1980 agrega
los cuentos escritos entre 1975 y 1977;* Silvio en el rosedal *(Barcelona, 1989) con un prólogo del escritor peruano Alfredo Bryce
Echenique. Se traduce al inglés (*Silvio in the Rose Garden and
Other Stories*) en 1989;* Cuentos populares *(Lima, 1986).*

*La presencia de la cuentística de Ribeyro en la literatura his-
panoamericaan es indiscutible. El hecho de que algunas antologías del cuento hispanoamericano no hayan incluido al escritor
peruano reviste razones que van desde aspectos promocionales
hasta las limitaciones impuestas al publicar en editoriales de escasa difusión. El cuento seleccionado fue escrito en París en 1954;
se incluyó en la colección de 1955:* Los gallinazos sin plumas. *La
versión que registra esta antología sigue la del libro* La palabra
del mudo: cuentos 52/72 *(1973), puesto que hay cambios respecto de la edición de 1955; por ejemplo, la perspectiva verbal del imperfecto se ha cambiado por la del presente. Mi elección de este
cuento ha sido llevada por la intención de demostrar la calidad
narrativa de Ribeyro desde sus comienzos literarios. Podría haber
seleccionado un relato más reciente (y de ellos hay muchos de
gran excelencia), pero "Los gallinazos sin plumas" me parece un
clásico del cuento en Hispanoamérica siempre necesario de releerse.*

## LOS GALLINAZOS SIN PLUMAS

A las seis de la mañana la ciudad se levanta de puntillas y comienza
a dar sus primeros pasos. Una fina niebla disuelve el perfil de los objetos y crea como una atmósfera encantada. Las personas que recorren

la ciudad a esta hora parece que están hechas de otra sustancia, que pertenecen a un orden de vida fantasmal. Las beatas se arrastran penosamente hasta desaparecer en los pórticos de las iglesias. Los noctámbulos, macerados por la noche, regresan a sus casas envueltos en sus bufandas y en su melancolía. Los basureros inician por la avenida Pardo su paseo siniestro, armados de escobas y de carretas. A esta hora se ve también obreros caminando hacia el tranvía, policías bostezando contra los árboles, canillitas morados de frío, sirvientas sacando los cubos de basura. A esta hora, por último, como a una especie de misteriosa consigna, aparecen los gallinazos sin plumas.

A esta hora el viejo don Santos se pone la pierna de palo y sentándose en el colchón comienza a berrear:

—¡A levantarse! ¡Efraín, Enrique! ¡Ya es hora!

Los dos muchachos corren a la acequia del corralón frotándose los ojos legañosos. Con la tranquilidad de la noche el agua se ha remansado y en su fondo transparente se ven crecer yerbas y deslizarse ágiles infusorios. Luego de enjuagarse la cara, coge cada cual su lata y se lanzan a la calle. Don Santos, mientras tanto, se aproxima al chiquero y con su larga vara golpea el lomo de su cerdo que se revuelca entre los desperdicios.

¡Todavía te falta un poco, marrano! Pero aguarda no más, que ya llegará tu turno.

Efraín y Enrique se demoran en el camino, trepándose a los árboles para arrancar moras o recogiendo piedras, de aquellas filudas que cortan el aire y hieren por la espalda. Siendo aún la hora celeste llegan a su dominio, una larga calle ornada de casas elegantes que desemboca en el malecón.

Ellos no son los únicos. En otros corralones, en otros suburbios alguien ha dado la voz de alarma y muchos se han levantado. Unos portan latas, otros cajas de cartón, a veces sólo basta un periódico viejo. Sin conocerse forman una especie de organización clandestina que tiene repartida toda la ciudad. Los hay que merodean por los edificios públicos, otros han elegido los parques o los muladares. Hasta los perros han adquirido sus hábitos, sus itinerarios, sabiamente aleccionados por la miseria.

Efraín y Enrique, después de un breve descanso, empiezan su trabajo. Cada uno escoge una acera de la calle. Los cubos de basura están alineados delante de las puertas. Hay que vaciarlos íntegramente y luego comenzar la exploración. Un cubo de basura es siempre una caja de sorpresas. Se encuentran latas de sardinas, zapatos viejos, pedazos de pan, pericotes muertos, algodones inmundos. A ellos sólo les interesa los restos de comida. En el fondo del chiquero, Pascual recibe cualquier cosa y tiene predilección por las verduras ligeramente descompuestas. La pequeña lata de cada uno se va llenando de tomates podridos, pedazos de sebo, extrañas salsas que no figuran en ningún manual de cocina. No es raro, sin embargo, hacer un hallazgo valioso. Un día Efraín encontró unos tirantes con los que fabricó una honda. Otra vez una pera casi buena que devoró en el acto. Enrique, en cambio, tiene suerte para las cajitas de remedios, los pomos brillantes, las escobillas de dientes usadas y otras cosas semejantes que colecciona con avidez.

Después de una rigurosa selección regresan la basura al cubo y se lanzan sobre el próximo. No conviene demorarse mucho porque el enemigo siempre está al acecho. A veces son sorprendidos por las sirvientas y tienen que huir dejando regado su botín. Pero, con más frecuencia, es el carro de la Baja Policía el que aparece y entonces la jornada está perdida.

Cuando el sol asoma sobre las lomas, la hora celeste llega a su fin. La niebla se ha disuelto, las beatas están sumidas en éxtasis, los noctámbulos duermen, los canillitas han repartido los diarios, los obreros trepan a los andamios. La luz desvanece el mundo mágico del alba. Los gallinazos sin plumas han regresado a su nido.

Don Santos los esperaba con el café preparado.
—A ver, ¿qué cosa me han traído?
Husmeaba entre las latas y si la provisión estaba buena hacía siempre el mismo comentario:
—Pascual tendrá banquete hoy día.
Pero la mayoría de las veces estallaba:
—¡Idiotas! ¿Qué han hecho hoy día? ¡Se han puesto a jugar seguramente! ¡Pascual se morirá de hambre!
Ellos huían hacia el emparrado, con las orejas ardientes de los pescozones, mientras el viejo se arrastraba hasta el chiquero. Desde el fondo de su reducto el cerdo empezaba a gruñir. Don Santos le aventaba la comida.
—¡Mi pobre Pascual! Hoy día te quedarás con hambre por culpa de estos zamarros. Ellos no te engríen como yo. ¡Habrá que zurrarlos para que aprendan!

Al comenzar el invierno el cerdo estaba convertido en una especie de monstruo insaciable. Todo le parecía poco y don Santos se vengaba en sus nietos del hambre del animal. Los obligaba a levantarse más temprano, a invadir los terrenos ajenos en busca de más desperdicios. Por último los forzó a que se dirigieran hasta el muladar que estaba al borde del mar.
—Allí encontrarán más cosas. Será más fácil además porque todo está junto.
Un domingo, Efraín y Enrique llegaron al barranco. Los carros de la Baja Policía, siguiendo una huella de tierra, descargaban la basura sobre una pendiente de piedras. Visto desde el malecón, el muladar

formaba una especie de acantilado oscuro y humeante, donde los gallinazos y los perros se desplazaban como hormigas. Desde lejos los muchachos arrojaron piedras para espantar a sus enemigos. Un perro se retiró aullando. Cuando estuvieron cerca sintieron un olor nauseabundo que penetró hasta sus pulmones. Los pies se les hundían en un alto de plumas, de excrementos, de materias descompuestas o quemadas. Enterrando las manos comenzaron la exploración. A veces, bajo un periódico amarillento, descubrían una carroña devorada a medias. En los acantilados próximos los gallinazos espiaban impacientes y algunos se acercaban saltando de piedra en piedra, como si quisieran acorralarlos. Efraín gritaba para intimidarlos y sus gritos resonaban en el desfiladero y hacían desprenderse guijarros que rodaban hasta el mar. Después de una hora de trabajo regresaron al corralón con los cubos llenos.

—¡Bravo! —exclamó don Santos—. Habrá que repetir esto dos o tres veces por semana.

Desde entonces, los miércoles y los domingos, Efraín y Enrique hacían el trote hasta el muladar. Pronto formaron parte de la extraña fauna de esos lugares y los gallinazos, acostumbrados a su presencia, laboraban a su lado, graznando, aleteando, escarbando con sus picos amarillos, como ayudándoles a descubrir la pista de la preciosa suciedad.

Fue al regresar de una de esas excursiones que Efraín sintió un dolor en la planta del pie. Un vidrio le había causado una pequeña herida. Al día siguiente tenía el pie hinchado, no obstante lo cual prosiguió su trabajo. Cuando regresaron no podía casi caminar, pero don Santos no se percató de ello, pues tenía visita. Acompañado de un hombre gordo que tenía las manos manchadas de sangre, observaba el chiquero.

—Dentro de veinte o treinta días vendré por acá —decía el hombre—. Para esa fecha creo que podrá estar a punto.

Cuando partió, don Santos echaba fuego por los ojos.

—¡A trabajar! ¡A trabajar! ¡De ahora en adelante habrá que aumentar la ración de Pascual! El negocio anda sobre rieles.

A la mañana siguiente, sin embargo, cuando don Santos despertó a sus nietos, Efraín no se pudo levantar.

—Tiene una herida en el pie —explicó Enrique—. Ayer se cortó con un vidrio.

Don Santos examinó el pie de su nieto. La infección había comenzado.

—¡Esas son patrañas! Que se lave el pie en la acequia y que se envuelva con un trapo.

—¡Pero si le duele! —intervino Enrique—. No puede caminar bien.

Don Santos meditó un momento. Desde el chiquero llegaban los gruñidos de Pascual.

—¿Y a mí? —preguntó dándose un palmazo en la pierna de palo—. ¿Acaso no me duele la pierna? Y yo tengo setenta años y yo trabajo... ¡Hay que dejarse de mañas!

Efraín salió a la calle con su lata, apoyado en el hombro de su hermano. Media hora después regresaron con los cubos casi vacíos.

—¡No podía más! —dijo Enrique al abuelo—. Efraín está medio cojo.

Don Santos observó a sus dos nietos como si meditara una sentencia.

—Bien, bien —dijo rascándose la barba rala y cogiendo a Efraín del pescuezo lo arreó hacia el cuarto—. ¡Los enfermos a la cama! ¡A podrirse sobre el colchón! Y tú harás la tarea de tu hermano. ¡Vete ahora mismo al muladar!

Cerca de mediodía Enrique regresó con los cubos repletos. Lo seguía un extraño visitante: un perro escuálido y medio sarnoso.

—Lo encontré en el muladar —explicó Enrique— y me ha venido siguiendo.

Don Santos cogió la vara.

—¡Una boca más en el corralón!

Enrique levantó al perro contra su pecho y huyó hacia la puerta.

—¡No le hagas nada, abuelito! Le daré yo de mi comida.

Don Santos se acercó, hundiendo su pierna de palo en el lodo.

—¡Nada de perros aquí! ¡Ya tengo bastante con ustedes!

Enrique abrió la puerta de la calle.

—Si se va él, me voy yo también.

El abuelo se detuvo. Enrique aprovechó para insistir:

—No come casi nada..., mira lo flaco que está. Además, desde que Efraín está enfermo, me ayudará. Conoce bien el muladar y tiene buena nariz para la basura.

Don Santos reflexionó, mirando el cielo donde se condensaba la garúa. Sin decir nada, soltó la vara, cogió los cubos y se fue rengueando hasta el chiquero.

Enrique sonrió de alegría y con su amigo aferrado al corazón corrió donde su hermano.

—¡Pascual, Pascual... Pascualito! —cantaba el abuelo.

—Tú te llamarás Pedro —dijo Enrique acariciando la cabeza de su perro e ingresó donde Efraín.

Su alegría se esfumó: Efraín inundado de sudor se revolcaba de dolor sobre el colchón. Tenía el pie hinchado, como si fuera de jebe y estuviera lleno de aire. Los dedos habían perdido casi su forma.

—Te he traído este regalo, mira —dijo mostrando al perro—. Se llama Pedro, es para ti, para que te acompañe... Cuando yo me vaya al muladar te lo dejaré y los dos jugarán todo el día. Le enseñarás a que te traiga piedras en la boca.

—¿Y el abuelo? —preguntó Efraín extendiendo su mano hacia el animal.

—El abuelo no dice nada —suspiró Enrique.

Ambos miraron hacia la puerta. La garúa había empezado a caer. La voz del abuelo llegaba:

—¡Pascual, Pascual... Pascualito!

Esa misma noche salió luna llena. Ambos nietos se inquietaron, porque en esta época el abuelo se ponía intratable. Desde el atardecer lo vieron rondando por el corralón, hablando solo, dando de varillazos al emparrado. Por momentos se aproximaba al cuarto, echaba una mirada a su interior y al ver a sus nietos silenciosos, lanzaba un salivazo cargado de rencor. Pedro le tenía miedo y cada vez que lo veía se acurrucaba y quedaba inmóvil como una piedra.

—¡Mugre, nada más que mugre! —repitió toda la noche el abuelo, mirando la luna.

A la mañana siguiente Enrique amaneció resfriado. El viejo, que lo sintió estornudar en la madrugada, no dijo nada. En el fondo, sin embargo, presentía una catástrofe. Si Enrique enfermaba, ¿quién se ocuparía de Pascual? La voracidad del cerdo crecía con su gordura. Gruñía por las tardes con el hocico enterrado en el fango. Del corralón de Nemesio, que vivía a una cuadra, se habían venido a quejar.

Al segundo día sucedió lo inevitable: Enrique no se pudo levantar. Había tosido toda la noche y la mañana lo sorprendió temblando, quemado por la fiebre.

—¿Tú también? —preguntó el abuelo.

Enrique señaló su pecho, que roncaba. El abuelo salió furioso del cuarto. Cinco minutos después regresó.

—¡Está muy mal engañarme de esta manera! —plañía—. Abusan de mí porque no puedo caminar. Saben bien que soy viejo, que soy cojo. ¡De otra manera los mandaría al diablo y me ocuparía yo solo de Pascual!

Efraín se despertó quejándose y Enrique comenzó a toser.

—¡Pero no importa! Yo me encargaré de él. ¡Ustedes son basura, nada más que basura! ¡Unos pobres gallinazos sin plumas! Ya verán cómo les saco ventaja. El abuelo está fuerte todavía. ¡Pero eso sí, hoy día no habrá comida para ustedes! ¡No habrá comida hasta que no puedan levantarse y trabajar!

A través del umbral lo vieron levantar las latas en vilo y volcarse en la calle. Media hora después regresó aplastado. Sin la ligereza de sus nietos el carro de la Baja Policía lo había ganado. Los perros, además, habían querido morderlo.

—¡Pedazos de mugre! ¡Ya saben, se quedarán sin comida hasta que no trabajen!

Al día siguiente trató de repetir la operación pero tuvo que renunciar. Su pierna de palo había perdido la costumbre de las pistas de asfalto, de las duras aceras y cada paso que daba era como un lanzazo en la ingle. A la hora celeste del tercer día quedó desplomado en su colchón, sin otro ánimo que para el insulto.

—¡Si se muere de hambre —gritaba— será por culpa de ustedes!

Desde entonces empezaron unos días angustiosos, interminables. Los tres pasaban el día encerrados en el cuarto, sin hablar, sufriendo una especie de reclusión forzosa. Efraín se revolcaba sin tregua, Enrique tosía. Pedro se levantaba y después de hacer un recorrido por el corralón, regresaba con una piedra en la boca, que depositaba en las manos de sus amos. Don Santos, a medio acostar, jugaba con su pierna de palo y les lanzaba miradas feroces. A mediodía se arrastraba hasta la esquina del terreno donde crecían verduras y preparaba su almuerzo, que devoraba en secreto. A veces aventaba a la cama de sus nietos alguna lechuga o una zanahoria cruda, con el propósito de excitar su apetito creyendo así hacer más refinado su castigo.

Efraín ya no tenía fuerzas para quejarse. Solamente Enrique sentía crecer en su corazón un miedo extraño y al mirar a los ojos del abuelo creía desconocerlo, como si ellos hubieran perdido su expresión humana. Por las noches, cuando la luna se levantaba, cogía a Pedro entre sus brazos y lo aplastaba tiernamente hasta hacerlo gemir. A esa hora el cerdo comenzaba a gruñir y el abuelo se quejaba como si lo estuvieran ahorcando. A veces se ceñía la pierna de palo y salía al corralón. A la luz de la luna Enrique lo veía ir diez veces del chiquero a la huerta, levantando los puños, atropellando lo que encontraba en su camino. Por último reingresaba en su cuarto y quedaba mirándolos fijamente, como si quisiera hacerlos responsables del hambre de Pascual.

La última noche de luna llena nadie pudo dormir. Pascual lanzaba verdaderos rugidos. Enrique había oído decir que los cerdos, cuando tenían hambre, se volvían locos como los hombres. El abuelo permaneció en vela, sin apagar siquiera el farol. Esta vez no salió al corralón ni maldijo entre dientes. Hundido en su colchón miraba fijamente la puerta. Parecía amasar dentro de sí una cólera muy vieja, jugar con ella, aprestarse a dispararla. Cuando el cielo comenzó a desteñirse sobre las lomas, abrió la boca, mantuvo su oscura oquedad vuelta hacia sus nietos y lanzó un rugido:

—¡Arriba, arriba, arriba! —los golpes comenzaron a llover—. ¡A levantarse haraganes! ¿Hasta cuándo vamos a estar así? ¡Esto se acabó! ¡De pie!...

Efraín se echó a llorar. Enrique se levantó, aplastándose contra la pared. Los ojos del abuelo parecían fascinarlo hasta volverlo insensible a los golpes. Veía la vara alzarse y abatirse sobre su cabeza como si fuera una vara de cartón. Al fin pudo reaccionar.

—¡A Efraín no! ¡El no tiene la culpa! ¡Déjame a mí solo, yo saldré, yo iré al muladar!

El abuelo se contuvo jadeante. Tardó mucho en recuperar el aliento.

—Ahora mismo... al muladar... lleva los dos cubos, cuatro cubos...

Enrique se apartó, cogió los cubos y se alejó a la carrera. La fatiga del hambre y de la convalecencia lo hacían trastabillar. Cuando abrió la puerta del corralón. Pedro quiso seguirlo.

—Tú no. Quédate aquí cuidando a Efraín.

Y se lanzó a la calle respirando a pleno pulmón el aire de la mañana. En el camino comió yerbas, estuvo a punto de mascar la tierra. Todo lo veía a través de una niebla mágica. La debilidad lo hacía ligero, etéreo: volaba casi como un pájaro. En el muladar se sintió un gallinazo más entre los gallinazos. Cuando los cubos estuvieron rebosantes emprendió el regreso. Las beatas, los noctámbulos, los canillitas descalzos, todas las secreciones del alba comenzaban a dispersarse por la ciudad. Enrique, devuelto a su mundo, caminaba feliz entre ellos, en su mundo de perros y fantasmas, tocado por la hora celeste.

Al entrar al corralón sintió un aire opresor, resistente, que lo obligó a detenerse. Era como si allí, en el dintel, terminara un mundo y comenzara otro fabricado de barro, de rugidos, de absurdas penitencias. Lo sorprendente era, sin embargo, que esta vez reinaba en el corralón una calma cargada de malos presagios, como si toda la violencia estuviera en equilibrio, a punto de desplomarse. El abuelo, parado al borde del chiquero, miraba hacia el fondo. Parecía un árbol creciendo desde su pierna de palo. Enrique hizo ruido pero el abuelo no se movió.

—¡Aquí están los cubos!

Don Santos le volvió la espalda y quedó inmóvil. Enrique soltó los cubos y corrió intrigado hasta el cuarto. Efraín apenas lo vio, comenzó a gemir:

—Pedro... Pedro...

—¿Que pasa?

—Pedro ha mordido al abuelo... el abuelo cogió la vara... después lo sentí aullar.

Enrique salió del cuarto.

—¡Pedro, ven aquí! ¿Dónde estás, Pedro?

Nadie le respondió. El abuelo seguía inmóvil, con la mirada en la pared. Enrique tuvo un mal presentimiento. De un salto se acercó al viejo.

—¿Dónde está Pedro?

Su mirada descendió al chiquero. Pascual devoraba algo en medio del lodo. Aún quedaban las piernas y el rabo del perro.

—¡No! —gritó Enrique tapándose los ojos—. ¡No, no! —y a través de las lágrimas buscó la mirada del abuelo. Este la rehuyó, girando torpemente sobre su pierna de palo. Enrique comenzó a danzar en torno suyo, prendiéndose de su camisa, gritando, pataleando, tratando de mirar sus ojos, de encontrar una respuesta.

—¿Por qué has hecho eso? ¿Por qué?

El abuelo no respondía. Por último, impaciente, dio un manotón a su nieto que lo hizo rodar por tierra. Desde allí Enrique observó al viejo que, erguido como un gigante, miraba obstinadamente el festín de Pascual. Estirando la mano encontró la vara que tenía el extremo manchado de sangre. Con ella se levantó de puntillas y se acercó al viejo.

—¡Voltea! —gritó— ¡Voltea!

Cuando don Santos se volvió, divisó la vara que cortaba el aire y se estrellaba contra su pómulo.

—¡Toma! —chilló Enrique y levantó nuevamente la mano. Pero súbitamente se detuvo, temeroso de lo que estaba haciendo y, lanzando la vara a su alrededor, miró al abuelo casi arrepentido. El viejo, cogiéndose el rostro, retrocedió un paso, su pierna de palo tocó tierra húmeda, resbaló, y dando un alarido se precipitó de espaldas al chiquero.

Enrique retrocedió unos pasos. Primero aguzó el oído pero no se escuchaba ningún ruido. Poco a poco se fue aproximando. El abuelo, con la pata de palo quebrada, estaba de espaldas en el fango. Tenía la boca abierta y sus ojos buscaban a Pascual, que se había refugiado en un ángulo y husmeaba sospechosamente el lodo.

Enrique se fue retirando, con el mismo sigilo con que se había aproximado. Probablemente el abuelo alcanzó a divisarlo pues mientras corría hacia el cuarto le pareció que lo llamaba por su nombre, con un tono de ternura que él nunca había escuchado.

—¡A mí, Enrique, a mí!...

—¡Pronto! —exclamó Enrique, precipitándose sobre su hermano— ¡Pronto, Efraín! ¡El viejo se ha caído al chiquero! ¡Debemos irnos de acá!

—¿Adónde? —preguntó Efraín.

—¡Adonde sea, al muladar, donde podamos comer algo, donde los gallinazos!

—¡No me puedo parar!

Enrique cogió a su hermano con ambas manos y lo estrechó contra su pecho. Abrazados hasta formar una sola persona cruzaron lentamente el corralón. Cuando abrieron el portón de la calle se dieron cuenta que la hora celeste había terminado y que la ciudad, despierta y viva, abría ante ellos su gigantesca mandíbula.

Desde el chiquero llegaba el rumor de una batalla.

# ROGELIO SINÁN

PANAMEÑO
( 1 9 0 2 )

*La primera obra de Rogelio Sinán es poética, dedicándose con posterioridad a la narrativa; publica dos novelas y varios libros de cuentos, género este último en el que alcanzará un gran reconocimiento. Rogelio Sinán es el seudónimo de Bernardo Domínguez Alba; nació en la isla de Taboga, Panamá. Luego de que el autor terminara su educación secundaria en Panamá va a Chile en 1924 para estudiar en el Instituto Pedagógico. A fines de 1925 se dirige a Italia donde es fuertemente atraído por el teatro de Pirandello; las novedosas técnicas del escritor italiano y el consciente uso de la ambigüedad serán aspectos que Sinán sabrá aprovechar sabia y originalmente en su obra. Regresa a Panamá en 1930. Vuelve a salir de su país en 1932, esta vez hacia París. En 1938 es nombrado cónsul de Panamá en la India. Viaja por China y Japón. En 1953 va a México y permanece allí por seis años. Al regresar a Panamá dicta cursos de literatura en la Universidad de Panamá.*

*En 1929, en Roma, aparece su volumen de poesías* Onda. *Publica en el mismo género* Incendio *(1944);* Semana Santa en la niebla *(1949) y* Saloma sin salomar *(1969). Autor de dos novelas:* Plenilunio *(1947) y* La isla mágica *(1979), ambas obras recibieron el premio Ricardo Miró en 1943 y 1977 respectivamente. Buen conocedor del género dramático (profesor y director), incursionó en él escribiendo farsas para teatro infantil entre las que destacan* La cucarachita mandinga *(1937) y* Chiquilinga *(1961). Su labor como ensayista fue dedicada principalmente al estudio de obras literarias.*

*La producción cuentística de Rogelio Sinán se da a comienzos de la década del treinta. Existen sí, relatos anteriores; el más temprano de ellos "Viela di San Giovanni", se publica en la revista de la Federación de Estudiantes de Panamá,* Juventud, *en el año 1924. Su cuentística incluye* A las orillas de las estatuas maduras *(1946);* Todo un conflicto de sangre *(1946), narración que por su extensión es presentada como novela corta el año en que aparece;* Dos aventuras en el Lejano Oriente *(1947), que incluye los relatos "Hechizo" y "Sin novedad en Shangai";* Los pájaros del sueño *(1954);* La boina roja y cinco cuentos *(1954);* Cuna

462

común *(1963); la recopilación* Cuentos de Rogelio Sinán *(1971);*
El candelabro de los malos ofidios y otros cuentos *(Panamá 1982);*
Homenaje a Rogelio Sinán: poesía y cuentos *(México, 1982).*
*Estos dos últimos libros publicados por la Editorial Signos fueron*
*editados por el escritor panameño Enrique Jaramillo Levi.*

*En la obra poética y narrativa de Rogelio Sinán el lector se*
*va a encontrar con referentes de orden vanguardista, mágicos,*
*bíblicos, literarios, pictóricos, sicoanalíticos, funcionando como*
*parámetros de significaciones universales del arte; por otro lado,*
*la búsqueda de todos esos componentes se fusiona graciosa y na-*
*turalmente a la realidad ambiental del autor: lo americano, el*
*trópico. El vanguardismo en la narrativa de Sinán no es tanto*
*sinónimo de experimentaciones de lenguaje; es más bien una ur-*
*gencia renovadora atenta a la diversidad y sincretismo de pers-*
*pectivismos narracionales tales como el cubismo o el irrealismo.*
*Hay una absorción, además, en los planos de la modernidad rela-*
*tivos a la dimensión autoirónica de lo literario. El cuento "Mos-*
*quita muerta" fue escrito en México en 1959. La versión en esta*
*antología proviene del volumen publicado en 1971:* Cuentos de
Rogelio Sinán. *El relato "Mosquita muerta" es una buena mues-*
*tra sobre el manejo de nuevos recursos en el cuento; la tensión,*
*por ejemplo, admite los cruces de humor, frustración, neurosis*
*y ternura en medio de la ironía del quehacer literario. Los cuen-*
*tos más usualmente antologados del autor son "La boina roja",*
*"Hechizo" y "A la orilla de las estatuas maduras".*

# MOSQUITA MUERTA

¡Maldita mosca! El manotazo se lo infirió a sí mismo en pleno rostro,
sin lograr atraparla, ya que la mosca sabía sortear los más violentos
sopapos con increíble agilidad. El escozor que le quedó en la mejilla
lo hizo sentirse deprimido como si alguien le hubiese propinado una
bofetada.

Llegó a pensar que todo se aliaba en contra suya como para impedirle concentrarse. Por un lado, la mosca, por el otro, el calor; y,
para colmo de males, su depresión nerviosa, su abulia, su apatía.

En mala hora se había comprometido a escribir ese cuento a corto
plazo para la nueva revista literaria. No tenía más remedio que ponerse a trabajar enseguida; de lo contrario no lo podría entregar a
tiempo. Claro que hacer un cuento no era cosa tan fácil como soplar
y hacer botellas, pero él tenía su duende y, además, por fortuna no le
faltaba fantasía, ¡conque manos a la obra!

Puso el papel en la Underwood y empezó a barajar diversas tramas.

Ya estaba casi a punto de estructurar en mientes un buen conflicto de tipo psicológico, cuando, de pronto, ¡zas!, el condenado zumbido lo distrajo. Era la mosca. Dio varias vueltas alocadas y fue a posarse sobre la nítida cuartilla.

"De haber tenido a mano el matamoscas, no te salvaba ni el diluvio", pensó él, pues en efecto la tenía a su alcance. La mosca estaba allí, quietecita, frotando una contra otra sus dos patitas delanteras, feliz e inocente, lejos de imaginar que ya la muerte rondaba junto a ella.

En ese instante, por rara asociación, él recordó a su niñita.

Se enjugó con el pañuelo la frente como para borrar ciertos recuerdos que sólo conseguían entristecerlo.

Sacó de su petaca un cigarrillo. Le dio lumbre.

La mosca echó a volar con la primera bocanada de humo, giró alocadamente, y se esfumó como por arte de magia.

Menos mal. Sin embargo, seguía sintiendo en los oídos y aun en la mente su fastidioso ronroneo. Puso en el cenicero el cigarrillo. Procuró concentrarse. Hizo un esfuerzo por reanudar el hilo de la trama iniciada. Inútil. Sentíase nuevamente tan abúlico como antes de empezar y desechaba como cosas insulsas e inadecuadas los diversos asuntos que su imaginación le brindaba. Permaneció un instante como embebido contemplando la espiral de humo blanco que se iba desprendiendo del cigarrillo.

Volvió a fumar.

Se echó hacia atrás e intentó hacer un aro con el humo. No resultó. Se quedó contemplando cierta manchita negra en el cielo raso. Era la mosca. Casi le disgustó verla tan quietecita allí arriba. Por lo menos podía bajar a distraerlo.

Cogió un pedazo de papel, hizo una bola, y la tiró fuertemente contra la mosca. La vio girar por un momento y nuevamente la perdió de vista.

Antes hallaba siempre algún pretexto para ocultar su abulia mental ya que invariablemente la culpa recaía sobre la esposa o la niña. Cuando no era por un motivo era por otro.

—Papá, ¿qué escribes?

—Un cuento.

—Entonces, cuéntamelo.

—No es de los que se cuentan.

—Si no es para contarlos, ¿para qué escribes cuentos?

—Para comer.

—¿Quieres que coma cuentos?

Se dejaban oír, casi al unísono, un bofetón y un alarido. La chiquilla se abrazaba a él llorando.

—Ya te he dicho que no le pegues a la niña.

—Que te deje tranquilo. Si no escribes, nos moriremos de hambre.

Otras veces lo ponía en ascuas el insólito silencio de la casa. Cavilaba. ¿Qué habría podido sucederles? No tardaba en conocer el misterio. Con un dedo en la boca, la esposa se le acercaba de puntillas.

—Déjate de teclear. Con ese ruido me vas a despertar a la niña.

No había nada qué hacerle. Se iba al billar.

Ahora, la ausencia de ambas lo hacía sentirse descentrado e incómodo, pues aunque procurara justificarse, no las tenía todas consigo ya que bastante de la culpa la había tenido su impaciencia.

Lo que más lamentaba eran las veces que, sin motivo aparente (según decía la esposa), había estallado en un acceso de rabia dizque porque la niña lo distraía, pero él había tenido sus razones para estallar.

—No voy a molestarte, papá, me quedaré a tu lado quietecita mirando esta revista.

Al poco rato se levantaba a preguntarle esta o aquella cosa de la revista. Como él, con la mejor voluntad, la complacía, ella cogía confianza, lo abrazaba, e insistía en molestarlo, hasta que, ya cansado, él le decía: "¡Vete con tu mamá!"

La esposa, entretenida con algún libro interesante, no se ocupaba de la niña, que volvía a molestarlo. Él se indignaba y ardía Troya.

Ahora de nada le servían la soledad y el silencio que había creído conquistar ya que más bien era la atmósfera propicia para que lo invadiesen los tenaces fantasmas del recuerdo. Sumido en esa atmósfera irreal, como de sueño, le parecía aun sentir el lloriqueo de la niña y el fastidioso ronroneo de la esposa.

¡Maldita mosca! Volvió a zumbarle en el oído.

No comprendía por cuál oculta rendija habría podido colarse. Con la idea de evitarlas, se había encerrado allí en la recámara y por la misma causa no había querido abrir los cristales que daban a ese infecto jardín lleno de estiércol. Era de allí de donde procedía toda esa fauna de dípteros, coleópteros y demás destructores de la paciencia humana. Prefería soportar el asfixiante calor de su forzosa clausura, con tal de verse libre de la nauseante tabanera.

Sentía el zumbido, pero no la veía.

Nada le producía tanto asco como las moscas, sobre todo cuando eran (¡como esa!) de las que se empecinan en besuquear los labios del *homo sapiens*, dejándole ese horrendo prurito que es como un anticipo de la futura gusanera.

Lo más raro era que ésta parecía haber surgido de la nada. Cayó como del cielo.

Ahora volvía a rondar en torno suyo.

¿Por qué no limitaba sus giros al ámbito, más adecuado para ella, de la sombría cocina o del repleto y oliente basurero? Pero, no. Necia, intrépita, tenaz, impertinente, prefería impacientarlo, como si su consigna fuese la de empujarlo a la locura o al crimen. Era como si, obedeciendo a algún destino fatal, ella buscase la muerte que solamente él podía darle.

Ahí estaba de nuevo queriéndolo besar. Desesperado, trataba de quitársela de encima dándose manotazos por aquí y por allá.

Pensaba: "¿En dónde diablos habré metido el matamoscas?"

Recordaba casi con precisión haberlo visto la última vez sobre *la cama de la ausente.*

Su esposa había implantado la costumbre de las camas gemelas "para evitar disgustos".

Ahora que ella no estaba, *la cama de la ausente* le servía a él para echar libros, revistas, ropa sucia, paquetes y hasta desechos de papeles. Bajo aquel maremágnum estaría el matamoscas. Lo malo era el esfuerzo que requería su búsqueda.

Después de *lo ocurrido* había vivido como en un mundo absurdo, entregado a la más insípida bohemia, sin rasurarse, sin arreglar la casa, sin querer ver a nadie ni a la Nana —que hacía también de criada— a quien dio un nuevo mes de vacaciones, para no verla todo el día lloriqueando y, sobre todo, porque ella lo seguía con la vista como testigo acusador, silencioso.

La espiral de humo blanco le recordó a la niña.

Todo había sucedido por culpa de la esposa. Se empecinó en llevársela consigo, por no dejarla con la abuela.

¡Maldita mosca! Le rozó la mejilla, produciéndole un desagrado de cosa muerta.

Tenía que hallar el matamoscas, de lo contrario no iba a escribir el cuento en toda la tarde. La mosca o él.

Ahí estaba la muy taimada, quietecita en el cristal del espejo. La veía allí, tan inmediata, tan cerca de su mano, que parecía estar retándolo, como cuando la esposa lo provocaba llamándolo cobarde para incitarlo a la violencia.

Bastaría el matamoscas y el asunto quedaría concluido.

Al levantarse, con la mayor cautela, se vio a sí mismo en el espejo. Le pareció que ese otro del espejo no era él. El rostro que veía no era su rostro de antes, sereno, bondadoso. Barbudo, despeinado, con los ojos rojizos y esas ojeras, hondas, violáceas, más parecía un recluso, un forajido.

No, no era el mismo de antes. Sentía remordimientos y se acusaba del percance ocurrido. ¿Para qué disculparse atribuyéndole la causa a la esposa? Al fin y al cabo lo que ella procuró fue alejarse, llevándose a la niña, para que él se enfrentara a su creación literaria sin cortapisas ni pretextos.

La mosca lo estaba enloqueciendo con sus revuelos.

Se aproximó a *la cama de la ausente* y echó a un lado revistas, libros, ropas. Tenía que dar cuanto antes con el bendito matamoscas.

Al sentir el contacto de las sábanas se acordó de la esposa.

La colcha estaba helada, casi húmeda, con ese frío absoluto del abandono y de las camas donde duermen las sombras.

Sintió el escalofrío que le causaba la voz chillona de la esposa.

Le parecía escucharla:

—¡Ya no podrás quejarte! ¡Te hemos dejado solo! ¿Por qué no escribes?

La mosca le hizo cosquillas en la oreja. ¡Mal haya! No hallaba el matamoscas, y la idea de matarla ya lo tenía desazonado. También deseó la muerte de la esposa. Y habría sido capaz de. . .

Aquella vez estuvo a un tris de matarla. Como la niña le era leal sólo a él, le contaba todas las fechorías de la mala hembra, que queriendo vengarse, la emprendió a taconazos con la criatura, gritándole:

—¡Mosquita muerta! ¡Ya verás! ¡Soplona!

De un tremendo empellón él la arrojó sobre el lecho e iba a asestarle un bastonazo, ciego de furia, cuando los gritos de la niña lo frenaron.

—¡Mosquita muerta serás tú! ¡Simuladora! —le dijo—. Fingiste serlo para atraparme; pero eres una araña asquerosa.

La mosca revoloteó en sus labios y tuvo que frotárselos rápidamente para quitarse la sensación nauseante.

Tiró al suelo las revistas, los libros.

¡Por fin el matamoscas!

Lo blandió con el gesto del militar que se prepara a entrar en combate.

Buscó con la mirada a la mosca.

La vio. Se había posado sobre una de las piezas de la Underwood. Al verla, todos sus nervios quedaron en tensión.

Se le fue aproximando con paso de felino. Levantó el matamoscas.

Gracias a la chiquilla no asesinó a la esposa aquella vez que por poquito le da con el bastón. Desde ese día ya él no volvió a vivir en la casa sino cuando ella resolvió irse a pasar algunos meses en casa de los padres. No hubo maneras de disuadirla para que le dejase a la niña. ¡Pobre criatura! Lloraba a gritos cuando subió al avión, llamándolo, como si presintiera la desgracia.

Difícilmente pudo identificarlas después del accidente.

Sólo vio sangre y humo.

Todo por culpa de la esposa.

—¡Maldita!. . .

La mosca estaba allí nuevamente sobre la nítida cuartilla.

Puso en proyecto el golpe.

La espiral de humo blanco sufrió una distorsión como de pánico.

Ya iba a lanzar el golpe cuesta abajo, cuando se vio a sí mismo en el espejo.

Parecía un criminal.

En ese instante tuvo la idea del cuento.

*Voz infantil:* ¡Yo quiero ver a mi papá!

*Voz maternal:* ¡Te he dicho que no puedes!

*Voz infantil:* ¿Por qué?

*Voz maternal:* Porque los muertos no vuelven a la tierra.

*Voz infantil:* ¡Yo no quiero estar muerta!

*Voz cósmica:* ¿Por qué alborota tanto esa niña?

*Voz etérea:* Dice que quiere ver a su papá.

*Voz cósmica:* Bueno, que no fastidie. (Un trueno.) ¡Déjenla ir! (Otro trueno). Visitará a su padre, pero en forma de mosca. (Una centella.) Será una de esas moscas que andan en busca de la muerte.

—Papá, ¿no me recuerdas? No vayas a creer que soy una mosca. Todo eso es puro cuento. Soy tu niñita linda. ¿Por qué das manotazos? No me gusta ese juego. Papacito, no me mires así. Me das miedo. Pero, ¿qué te sucede? Tienes la cara horrenda. Déjame estar contigo como antes. ¿Por qué me apartas siempre dando papirotazos? No voy a distraerte. ¿Te acuerdas cuando escribías tus cuentos, que yo me echaba encima de ti, dándote besos y haciéndote diabluras, y tú seguías tecleando como si nada? ¿Lo recuerdas, papito?

Lo vio aferrar el matamoscas, y se quedó observándolo mientras él se acercaba.

—Papá, ¿qué juego es ése? ¡No me gusta! Tienes la cara fea como la vez que ibas a darle a mamá con el bastón. Te pareces al gigante del cuento que se comía a los niños. ¡¡No me mates, papá!!

Fue un golpe seco.

Sintió cómo la sangre le corría por el labio.

—¿Por qué tenías que hacerlo, papá?

Aun pudo oírlo cuando decía:

—¡Maldita!...

¿Dónde caería la mosca? Tal vez entre los tipos de la Underwood. Sobre la nítida cuartilla había quedado una manchita de sangre. La espiral de humo blanco se había desvanecido.

Recordó que a su niña, después de aquella escena del bastonazo, él la llamaba *mosquita muerta*. La niña ya se había acostumbrado al sobrenombre.

Lo invadió la tristeza. Sintió dentro de sí como una ola que subía por sus venas inundándolo de un dolor infinito.

Se echó sobre la máquina de escribir, deshecho en llanto, y estalló en un sollozo:

—¡Mosquita muerta!

# JUAN JOSÉ ARREOLA

MEXICANO
( 1 9 1 8 )

El extraordinario dominio del cuento que ha demostrado el escritor mexicano lo ha hecho sobresalir como una de las figuras cumbres de este género en Hispanoamérica. La obra gruesa de Juan José Arreola es la cuentística aunque también publicó la novela La feria en 1963, distinguida con el Premio Xavier Villaurrutia, y dos piezas teatrales breves "La hora de todos" (1954), incluida en la cuarta edición de Varia invención y "Tercera llamada. ¡Tercera! o empezamos sin usted" (farsa de circo, en un acto), incluida en Palindroma (1971).

Juan José Arreola nació en Ciudad Guzmán (antiguamente Zapotlán) en el estado de Jalisco. Su infancia fue difícil, ya que debido a la situación económica de sus padres tuvo que dejar la escuela a los ocho años y comenzar a trabajar desde pequeño en varios oficios. Estudió teatro en 1939 y ganó una beca para proseguir sus estudios en Francia en 1945. Regresa al año siguiente a la ciudad de México. Aparte de este aprendizaje en el arte dramático, la formación intelectual de Arreola ha sido la de un autodidacta. Su conocimiento literario y cultural es vastísimo. Declara el mismo autor: "Soy autodidacto, es cierto. Pero a los doce años leí a Baudelaire, a Walt Whitman y a los principales fundadores de mi estilo, Papini y Marcel Schowb, junto con medio centenar de otros nombres más y menos ilustres." La cita proviene del prólogo que Arreola escribiera para Confabulario (México: Fondo de Cultura Económica, 1961, p. 11). Allí consigna también otros datos biográficos.

Su primer libro de cuentos Varia invención se publica en 1949. La segunda colección de relatos —y el más conocido del autor— Confabulario se publica en 1952. En 1955 se integran estos dos volúmenes en una sola publicación, Confabulario y varia invención. Luego viene Bestiario, en 1959. En 1962 se publica Confabulario total, que agrupa los cuentos de Arreola escritos entre 1941 y 1961. El volumen Palindroma es de 1971. Hay también recopilaciones de sus cuentos tales como Antología de Juan José Arreola (1969), selección y estudio a cargo de Jorge Arturo Ojeda, y Estas páginas mías (1985), antología que reúne relatos provenientes de Confabulario y Varia invención. Confabulario total fue traducido al inglés en 1964 (Confabulario and

Other Inventions) *y también su* novela La feria (The Fair). *en* 1977.

*La recepción de los libros de Arreola ha sido sumamente exitosa. Sus colecciones de relatos han tenido varias ediciones, y sus primeros cuentos que llevan ya cuatro décadas de existencia continúan siendo antologados e interpretados. Los cuentos de Arreola son perceptivas visiones del desarrollo social moderno y posmoderno. Esta aprehensión de nuestro desenvolvimiento cultural está guiada por un fino y eficaz uso de la ironía. En este respecto Arreola es un maestro incomparable sobre todo si se tiene en cuenta que su manejo de lo irónico responde a un desencadenamiento radical que conlleva cuestionamientos de orden existencial. Su mordacidad es envolvente, desde lo metafísico a lo tecnológico. Sus relatos son, sin duda, piezas construidas con un admirable rango universal. El cuento seleccionado —escrito en 1951— corresponde al libro* Confabulario. *Otros cuentos de Arreola de excepcional realización son "El prodigioso miligramo" (1951), "Baby H. P." (1952), "El rinoceronte" (1959), "Anuncio" (1961) y "el silencio de Dios" (1943).*

*"El guardagujas" es un clásico de la literatura universal. Relato admirablemente construido cuya precisión narrativa está trabajada desde la elección cuidadosa de cada palabra, decidida por su particularidad connotativa, hasta la producción de un diálogo de ritmo concordante con la visión de mundo que porta el cuento. Maestría técnica sin la cual no sería posible la enormidad de la dimensión existencial proyectada en la narración. Con una sutileza apenas perceptible de lo simbólico, las palabras empiezan a rotar en una esfera de expansivas significaciones: forastero, estación desierta, rieles, tren, guardagujas, viajeros.*

*El diálogo del forastero y el guardagujas (iniciación, inexperiencia versus dominio, información) nos introduce en ese mundo imprevisible en el que la lógica es derrotada por los espejismos. La vasta metáfora de la existencia se fragmenta en múltiples direcciones; una de las más esenciales es la imagen del arrojamiento del hombre a un espacio que debe recorrer fundando su propio ser a pesar del prevalente carácter absurdo de tal trayectoria.*

## EL GUARDAGUJAS *

El forastero llegó sin aliento a la estación desierta. Su gran valija, que nadie quiso cargar, le había fatigado en extremo. Se enjugó el rostro

---

* © Juan José Arreola.

con un pañuelo, y con la mano en visera miró los rieles que se perdían én en el horizonte. Desalentado y pensativo consultó su reloj: la hora justa en que el tren debía partir.

Alguien, salido de quién sabe dónde, le dio una palmada muy suave. Al volverse, el forastero se halló ante un viejecillo de vago aspecto ferrocarrilero. Llevaba en la mano una linterna roja, pero tan pequeña, que parecía de juguete. Miró sonriendo al viajero, y éste le dijo ansioso su pregunta:

—Usted perdone, ¿ha salido ya el tren?

—¿Lleva usted poco tiempo en este país?

—Necesito salir inmediatamente. Debo hallarme en T. mañana mismo.

—Se ve que usted ignora por completo lo que ocurre. Lo que debe hacer ahora mismo es buscar alojamiento en la fonda para viajeros —y señaló un extraño edificio ceniciento que más bien parecía un presidio.

—Pero yo no quiero alojarme, sino salir en el tren.

—Alquile usted un cuarto inmediatamente, si es que lo hay. En caso de que pueda conseguirlo, contrátelo por mes, le resultará más· barato y recibirá mejor atención.

—¿Está usted loco? Yo debo llegar a T. mañana mismo.

—Francamente, debería abandonarlo a su suerte. Sin embargo, le daré unos informes.

—Por favor...

—Este país es famoso por sus ferrocarriles, como usted sabe. Hasta ahora no ha sido posible organizarlos debidamente, pero se han hecho ya grandes cosas en lo que se refiere a la publicación de itinerarios y a la expedición de boletos. Las guías ferroviarias comprenden y enla-zan todas las poblaciones de la nación; se expenden boletos hasta para las aldeas más pequeñas y remotas. Falta solamente que los convoyes cumplan las indicaciones contenidas en las guías y que pasen efectiva-mente por las estaciones. Los habitantes del país así lo esperan; mien-tras tanto, aceptan las irregularidades del servicio y su patriotismo les impide cualquier manifestación de desagrado.

—Pero ¿hay un tren que pase por esta ciudad?

—Afirmarlo equivaldría a cometer una inexactitud. Como usted puede darse cuenta, los rieles existen, aunque un tanto averiados. En algunas poblaciones están sencillamente indicados en el suelo, mediante dos rayas de gis. Dadas las condiciones actuales, ningún tren tiene la obligación de pasar por aquí, pero nada impide que eso pueda suceder. Yo he visto pasar muchos trenes en mi vida y conocí algunos viajeros que pudieron abordarlos. Si usted espera convenientemente, tal vez yo mismo tenga el honor de ayudarle a subir a un hermoso y confor-table vagón.

—¿Me llevará ese tren a T.?

—¿Y por qué se empeña usted en que ha de ser precisamente a

T.? Debería darse por satisfecho si pudiera abordarlo. Una vez en el tren, su vida tomará efectivamente algún rumbo. ¿Qué importa si ese rumbo no es el de T.?

—Es que yo tengo un boleto en regla para ir a T. Lógicamente, debo ser conducido a ese lugar, ¿no es así?

—Cualquiera diría que usted tiene razón. En la fonda para viajeros podrá usted hablar con personas que han tomado sus precauciones, adquiriendo grandes cantidades de boletos. Por regla general, las gentes previsoras compran pasajes para todos los puntos del país. Hay quien ha gastado en boletos una verdadera fortuna...

—Yo creí que para ir a T. me bastaba un boleto. Mírelo usted...

—El próximo tramo de los ferrocarriles nacionales va a ser construido con el dinero de una sola persona que acaba de gastar su inmenso capital en pasajes de ida y vuelta para un trayecto ferroviario cuyos planos, que incluyen extensos túneles y puentes, ni siquiera han sido aprobados por los ingenieros de la empresa.

—Pero el tren que pasa por T. ¿ya se encuentra en servicio?

—Y no sólo ése. En realidad, hay muchísimos trenes en la nación, y los viajeros pueden utilizarlos con relativa frecuencia, pero tomando en cuenta que no se trata de un servicio formal y definitivo. En otras palabras, al subir a un tren, nadie espera ser conducido al sitio que desea.

—¿Cómo es eso?

—En su afán de servir a los ciudadanos, la empresa debe recurrir a ciertas medidas desesperadas. Hace circular trenes por lugares intransitables. Esos convoyes expedicionarios emplean a veces varios años en su trayecto, y la vida de los viajeros sufre algunas transformaciones importantes. Los fallecimientos no son raros en tales casos, pero la empresa, que todo lo ha previsto, añade a esos trenes un vagón capilla ardiente y un vagón cementerio. Es motivo de orgullo para los conductores depositar el cadáver de un viajero —lujosamente embalsamado— en los andenes de la estación que prescribe su boleto. En ocasiones, estos trenes forzados recorren trayectos en que falta uno de los rieles. Todo un lado de los vagones se estremece lamentablemente con los golpes que dan las ruedas sobre los durmientes. Los viajeros de primera —es otra de las previsiones de la empresa— se colocan del lado en que hay riel. Los de segunda padecen los golpes con resignación. Pero hay otros tramos en que faltan ambos rieles; allí los viajeros sufren por igual, hasta que el tren queda totalmente destruido.

—¡Santo Dios!

—Mire usted: la aldea de F. surgió a causa de uno de esos accidentes. El tren fue a dar en un terreno impracticable. Lijadas por la arena, las ruedas se gastaron hasta los ejes. Los viajeros pasaron tanto tiempo juntos, que de las obligadas conversaciones triviales surgieron amistades estrechas. Algunas de esas amistades se transformaron pronto en idilios, y el resultado ha sido F., una aldea progresista llena de niños traviesos que juegan con los vestigios enmohecidos del tren.

—¡Dios mío, yo no estoy hecho para tales aventuras!

—Necesita usted ir templando su ánimo; tal vez llegue usted a convertirse en héroe. No crea que faltan ocasiones para que los viajeros demuestren su valor y sus capacidades de sacrificio. Recientemente, doscientos pasajeros anónimos escribieron una de las páginas más gloriosas en nuestros anales ferroviarios. Sucede que en un viaje de prueba, el maquinista advirtió a tiempo una grave omisión de los constructores de la línea. En la ruta faltaba un puente que debía salvar un abismo. Pues bien, el maquinista, en vez de poner marcha hacia atrás, arengó a los pasajeros y obtuvo de ellos el esfuerzo necesario para seguir adelante. Bajo su enérgica dirección, el tren fue desarmado pieza por pieza y conducido en hombros al otro lado del abismo, que todavía reservaba la sorpresa de contener en su fondo un río caudaloso. El resultado de la hazaña fue tan satisfactorio que la empresa renunció definitivamente a la construcción del puente, conformándose con hacer un atractivo descuento en las tarifas de los pasajeros que se atreven a afrontar esa molestia suplementaria.

—¡Pero yo debo llegar a T. mañana mismo!

—¡Muy bien! Me gusta que no abandone usted su proyecto. Se ve que es usted un hombre de convicciones. Alójese por lo pronto en la fonda y tome el primer tren que pase. Trate de hacerlo cuando menos; mil personas estarán para impedírselo. Al llegar un convoy, los viajeros, irritados por una espera demasiado larga, salen de la fonda en tumulto para invadir ruidosamente la estación. Muchas veces provocan accidentes con su increíble falta de cortesía y de prudencia. En vez de subir ordenadamente se dedican a aplastarse unos a otros, y el tren se va dejándolos amotinados en los andenes de la estación. Los viajeros, agotados y furiosos, maldicen su falta de educación, y pasan mucho tiempo insultándose y dándose de golpes.

—¿Y la policía no interviene?

—Se ha intentado organizar un cuerpo de policía en cada estación, pero la imprevisible llegada de los trenes hacía tal servicio inútil y sumamente costoso. Además, los miembros de ese cuerpo demostraron muy pronto su venalidad, dedicándose a proteger la salida exclusiva de pasajeros adinerados que les daban a cambio de ese servicio todo lo que llevaban encima. Se resolvió entonces el establecimiento de un tipo especial de escuelas, donde los futuros viajeros reciben lecciones de urbanidad y un entrenamiento adecuado. Allí se les enseña la manera correcta de abordar un convoy, aunque esté en movimiento y a gran velocidad. También se les proporciona una especie de armadura para evitar que los demás pasajeros les rompan las costillas.

—Pero una vez en el tren, ¿está uno a cubierto de nuevas dificultades?

—Relativamente. Sólo le recomiendo que se fije muy bien en las estaciones. Podría darse el caso de que usted creyera haber llegado a T., y sólo fuese una ilusión. Para regular la vida a bordo de los vagones demasiado repletos, la empresa se ve obligada a echar mano de ciertos expedientes. Hay estaciones que son pura apariencia: han sido construidas en plena selva y llevan el nombre de alguna ciudad importante. Pero basta poner un poco de atención para descubrir el engaño. Son como las decoraciones del teatro, y las personas que figuran en ellas están llenas de aserrín. Esos muñecos revelan fácilmente los estragos de la intemperie, pero son a veces una perfecta imagen de la realidad: llevan en el rostro las señales de un cansancio infinito.

—Por fortuna, T. no se halla muy lejos de aquí.

—Pero carecemos por el momento de trenes directos. Sin embargo, no debe excluirse la posibilidad de que usted llegue mañana mismo, tal como desea. La organización de los ferrocarriles, aunque deficiente, no excluye la posibilidad de un viaje sin escalas. Vea usted, hay personas que ni siquiera se han dado cuenta de lo que pasa. Compran un boleto para ir a T. Llega un tren, suben, y al día siguiente oyen que el conductor anuncia: "Hemos llegado a T." Sin tomar precaución alguna, los viajeros descienden y se hallan efectivamente en T.

—¿Podría yo hacer alguna cosa para facilitar ese resultado?

—Claro que puede usted. Lo que no se sabe es si le servirá de algo. Inténtelo de todas maneras. Suba usted al tren con la idea fija de que va a llegar a T. No trate a ninguno de los pasajeros. Podrían desilusionarlo con sus historias de viaje, y hasta denunciarlo a las autoridades.

—¿Qué está usted diciendo?

—En virtud del estado actual de las cosas los trenes viajan llenos de espías. Estos espías, voluntarios en su mayor parte, dedican su vida a fomentar el espíritu constructivo de la empresa. A veces uno no sabe lo que dice y habla sólo por hablar. Pero ellos se dan cuenta en seguida de todos los sentidos que puede tener una frase, por sencilla que sea. Del comentario más inocente saben sacar una opinión culpable. Si usted llegara a cometer la menor imprudencia, sería aprehendido sin más; pasaría el resto de su vida en un vagón cárcel o le obligarían a descender en una falsa estación, perdida en la selva. Viaje usted lleno de fe, consuma la menor cantidad posible de alimentos y no ponga los pies en el andén antes de que vea en T. alguna cara conocida.

—Pero yo no conozco en T. a ninguna persona.

—En ese caso redoble usted sus precauciones. Tendrá, se lo aseguro, muchas tentaciones en el camino. Si mira usted por las ventanillas, está expuesto a caer en la trampa de un espejismo. Las ventanillas están provistas de ingeniosos dispositivos que crean toda clase de ilusiones en el ánimo de los pasajeros. No hace falta ser débil para caer en ellas. Ciertos aparatos, operados desde la locomotora, hacen creer, por el ruido y los movimientos, que el tren está en marcha. Sin embargo, el tren permanece detenido semanas enteras, mientras los viajeros ven pasar cautivadores paisajes a través de los cristales.

—¿Y eso qué objeto tiene?

—Todo esto lo hace la empresa con el sano propósito de disminuir la ansiedad de los viajeros y de anular en todo lo posible las sensaciones de traslado. Se aspira a que un día se entreguen plenamente al azar, en manos de una empresa omnipotente, y que ya no les importe saber a dónde van ni de dónde vienen.

—Y usted, ¿ha viajado mucho en los trenes?

—Yo, señor, sólo soy guardagujas. A decir verdad, soy un guardagujas jubilado, y sólo aparezco aquí de vez en cuando para recordar los buenos tiempos. No he viajado nunca, ni tengo ganas de hacerlo. Pero los viajeros me cuentan historias. Sé que los trenes han creado muchas poblaciones además de la aldea de F., cuyo origen le he referido. Ocurre a veces que los tripulantes de un tren reciben órdenes misteriosas. Invitan a los pasajeros a que desciendan de los vagones, generalmente con el pretexto de que admiren las bellezas de un determinado lugar. Se les habla de grutas, de cataratas o de ruinas célebres: "Quince minutos para que admiren ustedes la gruta tal o cual", dice amablemente el conductor. Una vez que los viajeros se hallan a cierta distancia, el tren escapa a todo vapor.

—¿Y los viajeros?

—Vagan desconcertados de un sitio a otro durante algún tiempo, pero acaban por congregarse y se establecen en colonia. Estas paradas intempestivas se hacen en lugares adecuados, muy lejos de toda civilización y con riquezas naturales suficientes. Allí se abandonan lotes selectos, de gente joven, y sobre todo con mujeres abundantes. ¿No le gustaría a usted pasar sus días en un pintoresco lugar desconocido, en compañía de una muchachita?

El viejecillo hizo un guiño, y se quedó mirando al viajero con picardía, sonriente y lleno de bondad. En ese momento se oyó un silbido lejano. El guardagujas dio un brinco, lleno de inquietud, y se puso a hacer señales ridículas y desordenadas con su linterna.

—¿Es el tren? —preguntó el forastero.

El anciano echó a correr por la vía, desaforadamente. Cuando estuvo a cierta distancia, se volvió para gritar:

—¡Tiene usted suerte! Mañana llegará a su famosa estación. ¿Cómo dice usted que se llama?

—¡X! —contestó el viajero.

En ese momento el viejecillo se disolvió en la clara mañana. Pero el punto rojo de la linterna siguió corriendo y saltando entre los rieles, imprudentemente, al encuentro del tren.

Al fondo del paisaje, la locomotora se acercaba como un ruidoso advenimiento.

# J U A N   R U L F O

MEXICANO
(1918-1986)

La producción literaria de Juan Rulfo es breve, pero el impacto
e influencia ejercidos en la narrativa hispanoamericana ha sido
notable. Su prosa es un ejercicio en intensidad y precisión; tres o
cuatro palabras del autor y la imagen está ganada. Dos frases de
Rulfo tienen el poder de crear toda una atmósfera. Con el arte
de este lenguaje medular que arrastra la fuerza de la tierra, la
muerte, la inminencia de un ambiente irreal, la obra de Juan
Rulfo continúa su influencia y atractivo en las nuevas generaciones de escritores.

Juan Rulfo nació en Apulco, cerca de Sayula, Jalisco. La
infancia del escritor fue difícil: su padre fue asesinado cuando el
autor tenía siete años, dos años después muere su madre; vive
por un tiempo con su abuela, pero luego le llevan a un orfanato
en Guadalajara donde pasa cuatro años. Sus estudios en la Universidad de Guadalajara y en la Universidad Nacional de México
son prontamente interrumpidos. A los diecisiete años ya comienza
a trabajar, primero en la Oficina de Migración (1935-1945), luego
en el departamento de publicidad de la compañía Goodrich-Euz-
kadi (1945-1954). En 1952 el Centro Mexicano de Escritores le
otorga una beca y en 1953 recibe la beca de la Fundación Rocke-
feller que le permite trabajar en su novela. Entre 1956 y 1959
realiza guiones cinematográficos y trabaja para la televisión de
Guadalajara. A partir de 1962 comienza a trabajar en el Instituto Nacional Indigenista en la ciudad de México. Los aspectos
biográficos del autor se han reunido en la edición de Reina Roffé
Juan Rulfo: autobiografía armada, publicada en Buenos Aires en
1973.

Los primeros cuentos de Rulfo se publican en las revistas
Pan (fundada por Antonio Alatorre y Juan José Arreola) y América. El escritor Efrén Hernández es el amigo que incentiva el
desarrollo literario de Rulfo. El autor desecha la publicación de
su primera obra extensa (la novela "El hijo del desaliento"); el
manuscrito es destruido. En 1953 se publica la colección de cuentos El llano en llamas y dos años más tarde su novela Pedro Páramo. En la década del sesenta se anuncia la preparación de la
novela "La cordillera"; aparecen algunos adelantos en periódi-

*cos, pero la obra nunca se publica. En 1980 se publica El gallo de oro y otros textos para cine; este libro incluye el argumento escrito por Rulfo para la realización cinematográfica "El gallo de oro" junto con el texto de Rulfo —diez breves secuencias— del cortometraje "El despojo", y dos comentarios del autor (uno creativo y otro explicativo) para la película "La fórmula secreta". En el mismo año aparece Inframundo: El México de Juan Rulfo; se reúne aquí la creación fotográfica de Rulfo y material sobre el escritor (ensayos, conversaciones, poemas) de Fernando Benítez, Carlos Fuentes, Gabriel García Márquez, Carlos Monsivais, José Emilio Pacheco y Elena Poniatowska. El volumen Juan Rulfo. Homenaje Nacional (México: Instituto Nacional de Bellas Artes, 1980) consigna los mismos ensayos y cien fotografías de Rulfo. En 1983 Ediciones del Norte publica la segunda edición con el título Inframundo: El México de Juan Rulfo; la versión al inglés Inframundo: The Mexico of Juan Rulfo, es publicada también en 1983 por la misma editorial.*

*La obra de Rulfo es famosa internacionalmente, se ha traducido a numerosos idiomas, sus cuentos y su novela han sido la fuente de guiones cinematográficos. En 1970 Rulfo recibe el Premio Nacional de Letras en la ciudad de México y en 1983 se le otorga en Madrid el Premio Príncipe de Asturias. El llano en llamas y Pedro Páramo se han reeditado varias veces separadamente o en un solo volumen. En 1978 se publica Antología personal y en 1977 Obras completas, a cargo de Jorge Ruffinelli.*

*El cuento "Macario" se publica primero en las revistas mencionadas anteriormente y luego se integra a la colección Ei llano en llamas. Este relato es una joya narrativa, un verdadero modelo estético del potencial expresivo que se puede lograr en el cuento. La realidad está entregada poéticamente a través de la percepción de un narrador ajeno al discurso metafórico; su apropiación del mundo se corresponde con el uso de un lenguaje comparativo: "La leche de Felipa es dulce como las flores del obelisco". Se omite conscientemente el uso de narrador que explique o racionalice el fluir de esa conciencia ingenua, no metafórica. Rulfo nos hace apreciar como un detalle de técnica narrativa puede transformar un cuento. Surge lo poético con un encanto de lo primigenio, de lo cándido para revelarnos la cercanía de densos ambientes religiosos y marcadas represiones sexuales.*

## MACARIO *

Estoy sentado junto a la alcantarilla aguardando a que salgan las ranas. Anoche, mientras estábamos cenando, comenzaron a armar el gran alboroto y no pararon de cantar hasta que amaneció. Mi madrina también dice eso: que la gritería de las ranas le espantó el sueño. Y ahora ella bien quisiera dormir. Por eso me mandó a que me sentara aquí, junto a la alcantarilla, y me pusiera con una tabla en la mano para que cuanta rana saliera a pegar de brincos afuera, la apalcuachara a tablazos... Las ranas son verdes de todo a todo menos en la panza. Los sapos son negros. También los ojos de mi madrina son negros. Las ranas son buenas para hacer de comer con ellas. Los sapos no se comen; pero yo me los he comido también, aunque no se coman, y saben igual que las ranas. Felipa es la que dice que es malo comer sapos. Felipa tiene los ojos verdes como los ojos de los gatos. Ella es la que me da de comer en la cocina cada vez que me toca comer. Ella no quiere que yo perjudique a las ranas. Pero, a todo esto, es mi madrina la que me manda hacer las cosas... Yo quiero más a Felipa que a mi madrina. Pero es mi madrina la que saca el dinero de su bolsa para que Felipa compre todo lo de la comedera, Felipa sólo se está en la cocina arreglando la comida de los tres. No hace otra cosa desde que yo la conozco. Lo de lavar los trastes a mí me toca. Lo de acarrear leña para prender el fogón también a mí me toca. Luego es mi madrina la que nos reparte la comida. Después de comer ella, hace con sus manos dos montoncitos, uno para Felipa y otro para mí. Pero a veces Felipa no tiene ganas de comer y entonces son para mí los dos montoncitos. Por eso quiero yo a Felipa, porque yo siempre tengo hambre y no me lleno nunca, ni aun comiéndome la comida de ella. Aunque digan que uno se llena comiendo, yo sé bien que no me lleno por más que coma todo lo que me den. Y Felipa también sabe eso... Dicen en la calle que yo estoy loco porque jamás se me acaba el hambre. Mi madrina ha oído que eso dicen. Yo no lo he oído. Mi madrina no me deja salir solo a la calle. Cuando me saca a dar la vuelta es para llevarme a la iglesia a oír misa. Allí me acomoda cerquita de ella y me amarra las manos con las barbas de su rebozo. Yo no sé por qué me amarrará mis manos; pero dice que porque dizque luego hago locuras. Un día inventaron que yo andaba ahorcando a alguien; que le apreté el pescuezo a una señora nada más por no más. Yo no me acuerdo. Pero, a todo esto, es mi madrina la

* Reproducido con permiso de la Editorial Fondo de Cultura Económica, S. A. de C. V., México.

que dice lo que yo hago y ella nunca anda con mentiras. Cuando me
llama a comer, es para darme mi parte de comida, y no como otra
gente que me invitaba a comer con ellos y luego que me les acercaba,
me apedreaban hasta hacerme correr sin comida ni nada. No, mi madrina me trata bien. Por eso estoy contento en su casa. Además, aquí
vive Felipa, Felipa es muy buena conmigo. Por eso la quiero... La
leche de Felipa es dulce como las flores del obelisco. Yo he bebido leche de chiva y también de puerca recién parida; pero no, no es igual
de buena que la leche de Felipa... Ahora ya hace mucho tiempo
que no me da a chupar de los bultos esos que ella tiene donde tenemos solamente las costillas, y de donde le sale, sabiendo sacarla, una
leche mejor que la que nos da mi madrina en el almuerzo de los domingos... Felipa antes iba todas las noches al cuarto donde yo duermo, y se arrimaba conmigo, acostándose encima de mí o echándose a
un ladito. Luego se las ajuareaba para que yo pudiera chupar de aquella leche dulce y caliente que se dejaba venir en chorros por la laguna... Muchas veces he comido flores de obelisco para entretener el
hambre. Y la leche de Felipa era de ese sabor, sólo que a mí me gustaba más porque, al mismo tiempo que me pasaba los tragos, Felipa
me hacía cosquillas por todas partes. Luego sucedía que casi siempre
se quedaba dormida junto a mí, hasta la madrugada. Y eso me servía
de mucho; porque yo no me apuraba del frío ni de ningún miedo a
condenarme en el infierno si me moría yo solo allí, en alguna noche...
A veces no le tengo tanto miedo al infierno. Pero a veces sí. Luego
me gusta darme mis buenos sustos con eso de que me voy a ir al
infierno cualquier día de éstos, por tener la cabeza tan dura y por
gustarme dar de cabezazos contra lo primero que encuentro. Pero
viene Felipa y me espanta mis miedos. Me hace cosquillas con sus
manos como ella sabe hacerlo y me ataja el miedo ese que tengo de
morirme. Y por un ratito hasta se me olvida... Felipa dice, cuando
tiene ganas de estar conmigo, que ella le contará al Señor todos mis
pecados. Que irá al cielo muy pronto y platicará con Él pidiéndole que
me perdone toda la mucha maldad que me llena el cuerpo de arriba
abajo. Ella le dirá que me perdone, para que yo no me preocupe más.
Por eso se confiesa todos los días. No porque ella sea mala, sino porque yo estoy repleto por dentro de demonios, y tiene que sacarme esos
chamucos del cuerpo confesándose por mí. Todos los días. Todas las
tardes de todos los días. Por toda la vida ella me hará ese favor.
Eso dice Felipa. Por eso yo la quiero tanto... Sin embargo, lo de
tener la cabeza así de dura es la gran cosa. Uno da de topes contra
los pilares del corredor horas enteras y la cabeza no se hace nada,
aguanta sin quebrarse. Y uno da de topes contra el suelo; primero
despacito, después más recio y aquello suena como un tambor. Igual
que el tambor que anda con la chirimía, cuando viene la chirimía a
la función del Señor. Y entonces uno está en la iglesia, amarrado a la

madrina, oyendo afuera el tum tum del tambor... Y mi madrina dice
que si en mi cuarto hay chinches y cucarachas y alacranes es porque
me voy a ir a arder en el infierno si sigo con mis mañas de pegarle
al suelo con mi cabeza. Pero lo que yo quiero es oír el tambor. Eso
es lo que ella debería saber. Oírlo, como cuando uno está en la iglesia, esperando salir pronto a la calle para ver cómo es que aquel tambor se oye de tan lejos, hasta lo hondo de la iglesia y por encima de
las condenaciones del señor cura...: "El camino de las cosas buenas
está lleno de luz. El camino de las cosas malas es oscuro." Eso dice
el señor cura... Yo me levanto y salgo de mi cuarto cuando todavía
está a oscuras. Barro la calle y me meto otra vez en mi cuarto antes
que me agarre la luz del día. En la calle suceden cosas. Sobra quién
lo descalabre a pedradas apenas lo ven a uno. Llueven piedras grandes y filosas por todas partes. Y luego hay que remendar la camisa
y esperar muchos días a que se remienden las rajaduras de la cara o
de las rodillas. Y aguantar otra vez que le amarren a uno las manos,
porque si no ellas corren a arrancar la costra del remiendo y vuelve
a salir el chorro de sangre. Ora que la sangre también tiene buen sabor, aunque, eso sí, no se parece al sabor de la leche de Felipa...
Yo por eso, para que no me apedreen, me vivo siempre metido en
mi casa. En seguida que me dan de comer me encierro en mi cuarto
y atranco bien la puerta para que no den conmigo los pecados mirando que aquello está a oscuras. Y ni siquiera prendo el ocote para
ver por dónde se me andan subiendo las cucarachas. Ahora me estoy
quietecito. Me acuesto sobre mis costales, y en cuanto siento alguna
cucaracha caminar con sus patas rasposas por mi pescuezo le doy un
manotazo y la aplasto. Pero no prendo el ocote. No vaya a suceder
que me encuentren desprevenido los pecados por andar con el ocote
prendido buscando todas las cucarachas que se meten por debajo de
mi cobija... Las cucarachas truenan como saltapericos cuando unos
las destripa. Los grillos no sé si truenen. A los grillos nunca los mato.
Felipa dice que los grillos hacen ruido siempre, sin pararse ni a respirar, para que no se oigan los gritos de las ánimas que están penando
en el purgatorio. El día en que se acaben los grillos, el mundo se llenará de los gritos de las ánimas santas y todos echaremos a correr
espantados por el susto. Además, a mí me gusta mucho estarme con
la oreja parada oyendo el ruido de los grillos. En mi cuarto hay muchos. Tal vez haya más grillos que cucarachas aquí entre las arrugas
de los costales donde yo me acuesto. También hay alacranes. Cada
rato se dejan caer del techo y uno tiene que esperar sin resollar a
que ellos hagan su recorrido por encima de uno hasta llegar al suelo.
Porque si algún brazo se mueve o empiezan a temblarle a uno los
huesos, se siente en seguida el ardor del piquete. Eso duele. A Felipa
le picó una vez uno en una nalga. Se puso a llorar y a gritarle con gritos queditos a la Virgen Santísima para que no se le echara a perder

su nalga. Yo le unté saliva. Toda la noche me la pasé untándole saliva y rezando con ella, y hubo un rato, cuando vi que no se aliviaba con mi remedio, en que yo también le ayudé a llorar con mis ojos todo lo que puede... De cualquier modo, yo estoy más a gusto en mi cuarto que si anduviera en la calle, llamando la atención de los amantes de aporrear gente. Aquí nadie me hace nada. Mi madrina no me regaña porque me vea comiéndome las flores de su obelisco, o sus arrayanes, o sus granadas. Ella sabe lo entrado en ganas de comer que estoy siempre. Ella sabe que no se me acaba el hambre. Que no me ajusta ninguna comida para llenar mis tripas aunque ande a cada rato pellizcando aquí y allá cosas de comer. Ella sabe que me como el garbanzo remojado que le doy a los puercos gordos y el maíz seco que le doy a los puercos flacos. Así que ella ya sabe con cuánta hambre ando desde que me amanece hasta que me anochece. Y mientras encuentre de comer aquí en esta casa, aquí me estaré. Porque yo creo que el día en que deje de comer me voy a morir, y entonces me iré con toda seguridad derechito al infierno. Y de allí ya no me sacará nadie, ni Felipa, aunque sea tan buena conmigo, ni el escapulario que me regaló mi madrina y que traigo enredado en el pescuezo. Ahora estoy junto a la alcantarilla esperando a que salgan las ranas. Y no ha salido ninguna en todo este rato que llevo platicando. Si tardan más en salir, puede suceder que me duerma, y luego ya no habrá modo de matarlas, y a mi madrina no le llegará por ningún lado el sueño si las oye cantar, y se llenará de coraje. Y entonces le pedirá, a alguno de toda la hilera de santos que tiene en su cuarto, que mande a los diablos por mí, para que me lleven a rastras a la condenación eterna, derechito, sin pasar ni siquiera por el purgatorio, y yo no podré ver entonces ni a mi papá ni a mi mamá, que es allí donde están... Mejor seguiré platicando... De lo que más ganas tengo es de volver a probar algunos tragos de la leche de Felipa, aquella leche buena y dulce como la miel que le sale por debajo a las flores del obelisco...

# AUGUSTO MONTERROSO

## GUATEMALTECO
### ( 1 9 2 1 )

*Augusto Monterroso ha cultivado principalmente el "cuento".
Comienza a escribir a principios de la década del cuarenta, pero
sus primeras publicaciones corresponden al año 1952. Publica su
primer libro de relatos en 1959:* Obras completas, y otros cuentos), *título —uno de los cuentos se llama "Obras completas"—
que ya revela el carácter irónico de su prosa. Augusto Monterroso nació en la ciudad de Guatemala. Autodidacto; testimonia el
autor: "Yo prácticamente no fui a la escuela, por lo menos no
terminé la primaria. Cuando me di cuenta de esa carencia a los
dieciséis o diecisiete años, me asuste y traté de superarla yendo
a leer a la Biblioteca Nacional de Guatemala, sin lograrlo." (Jorge
Ruffinelli et al,* Augusto Monterroso: viaje al centro de la fábula.
México: UNAM, 1981, pp. 12-13). *Se exilia en México en 1944;
posteriormente —por las nuevas condiciones políticas en su país—
acepta cargos diplomáticos, pero nuevas inestabilidades en Guatemala le obligan a renunciar, se exilia en Chile en 1954 y está
allí hasta 1956; vuelve este año a México donde reside desde entonces. Además de diplomático ha sido traductor, catedrático e
investigador en la Universidad Autónoma de México. Su obra recibió el premio Magda Donato en 1970 y el Villaurrutia en 1975.*

*A* Obras completas (y otros cuentos) *le siguen las fábulas*
La oveja negra y demás fábulas *en 1969; el libro de cuentos* Movimiento perpetuo *(1972); la "biografía ficticia"* Lo demás es silencio (La vida y la obra de Eduardo Torres) *(1978); los textos* La palabra mágica *(1983) y* La letra e. [Fragmentos de un
diario] *(1987). En cuanto a las recopilaciones de su obra, en
1975 se publica* Antología personal *(México: Fondo de Cultura
Económica) y en 1986* Augusto Monterroso: Cuentos *(Madrid:
Alianza Editorial). Dos de los libros críticos más útiles para un
acercamiento a la obra de Monterroso son los de Jorge Ruffinelli,
editor del ensayo* Monterroso *(Xalapa: CILL, Universidad Veracruzana, 1976) y Wilfrido H. Corral* Lector, sociedad y género en
Monterroso *(Xalapa: CILL, Universidad Veracruzana, 1985). Este
último ensayo es uno de los más inteligentes y completos sobre el
autor; esclarece la conjugación de elementos modernos y el problema de desplazamientos de géneros en la obra de Monterroso.*
*Los libros de Augusto Monterroso, especialmente a partir de*

*sus publicaciones en 1969, no se identifican con un sólo género
literario o por lo menos cuestionan la fijación impuesta por la
idea de género. La fábula, el cuento, el ensayo, la biografía, la
crítica se alternan, se modifican, se integran, se complementan,
se mezclan. Una narratividad diferente; original porque se dirige
al cuento, ese espacio breve, tenso, y difícil de controlar con
maestría. "Mr. Taylor" fue escrito en Bolivia en 1954 y es el
primer cuento de Obras completas (y otros cuentos). Sus referencias sociales pueden ser fácilmente advertibles, pero como bien
indica Wilfrido Corral en su libro citado: "No se trata de cuentos de 'tesis'" (p. 199). Hay que ir más allá de comprobacio-
nes que transpasan superficialmente reverentes culturales a discursos artísticos. Es necesario situarse en la riqueza significacional
del cuento mismo. Antes de la cáscara del mensaje, la importancia de la palabra, los microtextos individuales y culturales. Esa
explosión de significantes que levanta la escritura de Monterroso
puede también apreciarse en el cuento "El eclipse" o en "El dinosaurio", relato de una línea que no queremos abandonar:
"Cuando despertó, el disonaurio todavía estaba allí."*

## MISTER TAYLOR

—Menos rara, aunque sin duda más ejemplar —dijo entonces el otro—,
es la historia de Mr. Percy Taylor, cazador de cabezas en la selva
amazónica.

Se sabe que en 1937 salió de Boston, Massachusetts, en donde había pulido su espíritu hasta el extremo de no tener un centavo. En
1944 aparece por primera vez en América del Sur, en la región del
Amazonas, conviviendo con los indígenas de una tribu cuyo nombre
no hace falta recordar.

Por sus ojeras y su aspecto famélico pronto llegó a ser conocido
allí como "el gringo pobre", y los niños de la escuela hasta lo seña-
laban con el dedo y le tiraban piedras cuando pasaba con su barba
brillante bajo el dorado sol tropical. Pero esto no afligía la humilde
condición de Mr. Taylor porque había leído en el primer tomo de las
*Obras Completas* de William G. Knight que si no se siente envidia
de los ricos la pobreza no deshonra.

En pocas semanas los naturales se acostumbraron a él y a su ropa
extravagante. Además, como tenía los ojos azules y un vago acento
extranjero, el Presidente y el Ministro de Relaciones Exteriores lo trataban con singular respeto, temerosos de provocar incidentes internacionales.

Tan pobre y mísero estaba, que cierto día se internó en la selva en busca de hierbas para alimentarse. Había caminado cosa de varios metros sin atreverse a volver el rostro, cuando por pura casualidad vio a través de la maleza dos ojos indígenas que lo observaban decididamente. Un largo estremecimiento recorrió la sensitiva espalda de Mr. Taylor, Pero Mr. Taylor, intrépido, arrostró el peligro y siguió su camino silbando como si nada hubiera visto.

De un salto (que no hay para qué llamar felino) el nativo se le puso enfrente y exclamó:

—Buy head? Money, money.

A pesar de que el inglés no podía ser peor, Mr. Taylor, algo indispuesto, sacó en claro que el indígena le ofrecía en venta una cabeza de hombre, curiosamente reducida, que traía en la mano.

Es innecesario decir que Mr. Taylor no estaba en capacidad de comprarla; pero como aparentó no comprender, el indio se sintió terriblemente disminuido por no hablar bien el inglés, y se la regaló, pidiéndole disculpas.

Grande fue el regocijo con que Mr. Taylor regresó a su choza. Esa noche, acostado boca arriba sobre la precaria estera de palma que le servía de lecho, interrumpido tan sólo por el zumbar de las moscas acaloradas que revoloteaban en torno haciéndose obscenamente el amor, Mr. Taylor contempló con deleite durante un buen rato su curiosa adquisición. El mayor goce estético lo extraía de contar, uno por uno, los pelos de la barba y el bigote, y de ver de frente el par de ojillos entre irónicos que parecían sonreírle agradecidos por aquella deferencia.

Hombre de vasta cultura, Mr. Taylor solía entregarse a la contemplación; pero esta vez en seguida se aburrió de sus reflexiones filosóficas y dispuso obsequiar la cabeza a un tío suyo, Mr. Rolston, residente en Nueva York, quien desde la más tierna infancia había revelado una fuerte inclinación por las manifestaciones culturales de los pueblos hispanoamericanos.

Pocos días después el tío de Mr. Taylor le pidió —previa indagación sobre el estado de su importante salud— que por favor lo complaciera con cinco más. Mr. Taylor accedió gustoso al capricho de Mr. Rolston y —no se sabe de qué modo— a vuelta de correo "tenía mucho agrado en satisfacer sus deseos". Muy reconocido, Mr. Rolston le solicitó otras diez. Mr. Taylor se sintió "halagadísimo de poder servirlo". Pero cuando pasado un mes aquél le rogó el envío de veinte, Mr. Taylor, hombre rudo y barbado pero de refinada sensibilidad artística, tuvo el presentimiento de que el hermano de su madre estaba haciendo negocio con ellas.

Bueno, si lo quieren saber, así era. Con toda franqueza, Mr. Rolston se lo dio a entender en una inspirada carta cuyos términos resueltamente comerciales hicieron vibrar como nunca las cuerdas del sensible espíritu de Mr. Taylor.

De inmediato concertaron una sociedad en la que Mr. Taylor se comprometía a obtener y remitir cabezas humanas reducidas en escala industrial, en tanto que Mr. Rolston las vendería lo mejor que pudiera en su país.

Los primeros días hubo algunas molestas dificultades con ciertos tipos del lugar. Pero Mr. Taylor, que en Boston había logrado las mejores notas con un ensayo sobre Joseph Henry Silliman, se reveló como político y obtuvo de las autoridades no sólo el permiso necesario para exportar, sino, además, una concesión exclusiva por noventa y nueve años. Escaso trabajo le costó convencer al guerrero Ejecutivo y a los brujos Legislativos de que aquel paso patriótico enriquecería en corto tiempo a la comunidad, y de que luego luego estarían todos los sedientos aborígenes en posibilidad de beber (cada vez que hicieran una pausa en la recolección de cabezas) un refresco bien frío, cuya fórmula mágica él mismo proporcionaría.

Cuando los miembros de la Cámara, después de un breve pero luminoso esfuerzo intelectual, se dieron cuenta de tales ventajas, sintieron hervir su amor a la patria y en tres días promulgaron un decreto exigiendo al pueblo que acelerara la producción de cabezas reducidas.

Contados meses más tarde, en el país de Mr. Taylor las cabezas alcanzaron aquella popularidad que todos recordamos. Al principio eran privilegio de las familias más pudientes; pero la democracia es la democracia y, nadie lo va a negar, en cuestión de semanas pudieron adquirirlas hasta los mismos maestros de escuela.

Un hogar sin su correspondiente cabeza teníase por un hogar fracasado. Pronto vinieron los coleccionistas y, con ellos, las contradicciones: poseer diecisiete cabezas llegó a ser considerado de mal gusto; pero era distinguido tener once. Se vulgarizaron tanto que los verdaderos elegantes fueron perdiendo interés y ya sólo por excepción adquirían alguna, si presentaba cualquier particularidad que la salvara de lo vulgar. Una, muy rara, con bigotes prusianos, que perteneciera en vida a un general bastante condecorado, fue obsequiada al Instituto Danfeller, el que a su vez donó, como de rayo, tres y medio millones de dólares para impulsar el desenvolvimiento de aquella manifestación cultural, tan excitante, de los pueblos hispanoamericanos.

Mientras tanto, la tribu había progresado en tal forma que ya contaba con una veredita alrededor del Palacio Legislativo. Por esa alegre veredita paseaban los domingos y el Día de la Independencia los miembros del Congreso, carraspeando, luciendo sus plumas, muy serios riéndose, en las bicicletas que les había obsequiado la Compañía.

Pero ¿qué quieren? No todos los tiempos son buenos. Cuando menos lo esperaban se presentó la primera escasez de cabezas. Entonces comenzó lo más alegre de la fiesta.

Las meras defunciones resultaron ya insuficientes. El Ministro de Salud Pública se sintió sincero, y una noche caliginosa, con la luz apagada, después de acariciarle un ratito el pecho como por no dejar, le confesó a su mujer que se consideraba incapaz de elevar la mortalidad a un nivel grato a los intereses de la Compañía, a lo que ella le contestó que no se preocupara, que ya vería cómo todo iba a salir bien, y que mejor se durmieran.

Para compensar esa deficiencia administrativa fue indispensable tomar medidas heroicas y se estableció la pena de muerte en forma rigurosa.

Los juristas se consultaron unos a otros y elevaron a la categoría de delito, penado con la horca o el fusilamiento, según su gravedad, hasta la falta más nimia.

Incluso las simples equivocaciones pasaron a ser hechos delictuosos. Ejemplo: si en una conversación banal, alguien, por puro descuido, decía: "Hace mucho calor", y posteriormente podía comprobársele, termómetro en mano, que en realidad el calor no era para tanto, se le cobraba un pequeño impuesto y era pasado ahí mismo por las armas, correspondiendo la cabeza a la Compañía y, justo es decirlo, el tronco y las extremidades a los dolientes.

La legislación sobre las enfermedades ganó inmediata resonancia y fue muy comentada por el Cuerpo Diplomático y por las Cancillerías de potencias amigas.

De acuerdo con esa memorable legislación, a los enfermos graves se les concedían veinticuatro horas para poner en orden sus papeles y morirse; pero si en este tiempo tenían suerte y lograban contagiar a la familia, obtenían tantos plazos de un mes como parientes fueran contaminados. Las víctimas de enfermedades leves y los simplemente indispuestos merecían el desprecio de la patria y, en la calle, cualquiera podía escupirles el rostro. Por primera vez en la historia fue reconocida la importancia de los médicos (hubo varios candidatos al premio Nóbel) que no curaban a nadie. Fallecer se convirtió en ejemplo del más exaltado patriotismo, no sólo en el orden nacional, sino en el más glorioso, en el continental.

Con el empuje que alcanzaron otras industrias subsidiarias (la de ataúdes, en primer término, que floreció con la asistencia técnica de la Compañía) el país entró, como se dice, en un periodo de gran auge económico. Este impulso fue particularmente comprobable en una nueva veredita florida, por la que paseaban, envueltas en la melancolía de las doradas tardes de otoño, las señoras de los diputados, cuyas lindas cabecitas decían que sí, que sí, que todo estaba bien, cuando algún periodista solícito, desde el otro lado, las saludaba sonriente sacándose el sombrero.

Al margen recordaré que uno de estos periodistas, quien en cierta ocasión emitió un lluvioso estornudo que no pudo justificar, fue acusado de extremista y llevado al paredón de fusilamiento. Sólo después de su abnegado fin los académicos de la lengua reconocieron que ese periodista era una de las más grandes cabezas del país; pero una vez reducida quedó tan bien que ni siquiera se notaba la diferencia.

¿Y Mr. Taylor? Para ese tiempo ya había sido designado consejero particular del Presidente Constitucional. Ahora, y como ejemplo de lo que puede el esfuerzo individual, contaba los miles por miles; mas esto no le quitaba el sueño porque había leído en el último tomo de las *Obras Completas* de William G. Knight que ser millonario no deshonra si no se desprecia a los pobres.

Creo que con ésta será la segunda vez que diga que no todos los tiempos son buenos.

Dada la prosperidad del negocio llegó un momento en que del vecindario sólo iban quedando ya las autoridades y sus señoras y los periodistas y sus señoras. Sin mucho esfuerzo, el cerebro de Mr. Taylor discurrió que el único remedio posible era fomentar la guerra con las tribus vecinas. ¿Por qué no? El progreso.

Con la ayuda de unos cañoncitos, la primera tribu fue limpiamente descabezada en escasos tres meses. Mr. Taylor saboreó la gloria de extender sus dominios. Luego vino la segunda; después la tercera y la cuarta y la quinta. El progreso se extendió con tanta rapidez que llegó la hora en que, por más esfuerzos que realizaron los técnicos, no fue posible encontrar tribus vecinas a quienes hacer la guerra.

Fue el principio del fin.

Las vereditas empezaron a languidecer. Sólo de vez en cuando se veía transitar por ellas a alguna señora, a algún poeta laureado con su libro bajo el brazo. La maleza, de nuevo, se apoderó de las dos, haciendo difícil y espinoso el delicado paso de las damas. Con las cabezas, escasearon las bicicletas y casi desaparecieron del todo los alegres saludos optimistas.

El fabricante de ataúdes estaba más triste y fúnebre que nunca. Y todos sentían como si acabaran de despertar de un grato sueño, de ese sueño formidable en que tú te encuentras una bolsa repleta de monedas de oro y la pones debajo de la almohada y sigues durmiendo y al día siguiente muy temprano, al despertar, la buscas y te hallas con el vacío.

Sin embargo, penosamente, el negocio seguía sosteniéndose. Pero ya se dormía con dificultad, por el temor a amanecer exportado.

En la patria de Mr. Taylor, por supuesto, la demanda era cada vez mayor. Diariamente aparecían nuevos inventos, pero en el fondo nadie creía en ellos y todos exigían las cabecitas hispanoamericanas.

Fue para la última crisis. Mr. Rolston, desesperado, pedía y pedía más cabezas. A pesar de que las acciones de la Compañía sufrieron un brusco descenso, Mr. Rolston estaba convencido de que su sobrino haría algo que lo sacara de aquella situación.

Los embarques, antes diarios, disminuyeron a uno por mes, ya con cualquier cosa, con cabezas de niño, de señoras de diputados.

De repente cesaron del todo.

Un viernes áspero y gris, de vuelta de la Bolsa, aturdido aún por la gritería y por el lamentable espectáculo de pánico que daban sus amigos, Mr. Rolston se decidió a saltar por la ventana (en vez de usar el revólver, cuyo ruido lo hubiera llenado de terror) cuando al abrir un paquete del correo se encontró con la cabecita de Mr. Taylor que le sonreía desde lejos, desde el fiero Amazonas, con una sonrisa falsa de niño que parecía decir: "Perdón, perdón, no lo vuelvo a hacer."

# JOSÉ MARÍA ARGUEDAS

PERUANO
(1911-1969)

*El aprendizaje del quechua para José María Arguedas fue el de la lengua materna, lo cual —junto a su convivencia en comunidades indias— sería fundamental en la comprensión del mundo indígena en lo que respecta a una captación integral de sus componentes culturales. Esta apropiación auténtica y vivencial se expresa en su obra literaria, distinguiéndola de otros autores que sólo logran una visión tangencial o externa sobre el indio La obra de Arguedas representa una internación profunda en la cultura indígena.*

*José María Arguedas nació en Andahuaylas, provincia de Apurímac. Llega a Lima hacia fines de la década del veinte ingresando a la Universidad de San Marcos en 1931. Hacia 1936 participa con otros intelectuales en la creación de la revista* Palabra; *al año siguiente es encarcelado durante ocho meses por protestar en contra del fascismo internacional. La experiencia del encarcelamiento constituirá la base de su novela* El sexto. *Viaja a México en 1940 donde permanece dos años; al regresar a Lima se dedica a la pedagogía. En 1944 termina sus estudios de etnología en la Universidad de San Marcos. Viaja a Chile y a Bolivia. A partir de 1953 desempeña importantes cargos culturales entre los cuales destaca su nombramiento como director del Instituto de Estudios Etnológicos del Museo de Cultura peruana. Posteriormente es catedrático en la Universidad de San Marcos y luego en la Universidad Agraria. José María Arguedas se suicida poco antes de terminar su novela* El zorro de arriba y el zorro de abajo.

*La primera novela del escritor peruano es* Yawar fiesta, *publicada en 1951; le sigue la novela* (Los ríos profundos, *una de sus obras más conocidas. Luego publica las novelas* El sexto (1961) y Todas las sangres (1964). El zorro de arriba y el zorro de abajo *aparece en Buenos Aires en 1971, dos años después de la muerte del autor. Su labor como etnólogo queda registrada en sus libros* Canto quechua (1938), Mitos, leyendas y cuentos peruanos (1947) y Canciones y cuentos del pueblo quechua (1949).

*El primer cuento de Arguedas corresponde al año 1933, fecha en que se publica el relato "Warma Kuyay" en la revista* Signo.

*Su primer libro de cuentos es* Agua, *publicado en 1935, que agrupa tres relatos incluyendo "Warma Kuyay". En 1954 se publica el libro* Diamantes y pedernales *que además de la novela corta del mismo nombre incluye los relatos "Orovilca", "Agua", "Los escoleros" y "Warma Kuyay". En 1967 aparece la colección* Amor mundo y otros relatos. *Las recopilaciones de sus cuentos se encuentran en los volúmenes* Relatos completos *(1974) y* Amor mundo y todos los cuentos *(1967). La actual valoración crítica realizada sobre la obra del escritor peruano ha permitido una apreciación más profunda sobre su legado artístico. Entre estos estudios destacan los ensayos de Sara Castro Klaren, Antonio Cornejo Polar, Alberto Escobar, Gladys Marín, Julio Ortega y José Miguel Oviedo.*

*La enorme aportación de Arguedas a la literatura hispanoamericana moderna reside en su apasionada e incesante búsqueda por encontrar un lenguaje que se identifique con el mundo indígena que él conocía tan bien. Un lenguaje sin falsificaciones y sin distanciamientos que provocaran una fisura con la cultura hispánica. La tensión se deriva del hecho que la lengua que tiene que usar no es el quechua sino el español. La musicalidad, los estratos míticos, la sensualidad del canto, la imagen y el ritmo poéticos se incorporan a la sintaxis española transformándola. El resultado es una obra literaria original que expande las pautas, modos, y mentalidades de la visión artística occidental. El relato "La muerte de los Arango" se publicó en 1955 en* El Nacional, *de México, dado que obtuvo el primer premio en el concurso latinoamericano de cuentos auspiciado por este diario; el mismo año se publica en el diario limeño* El Comercio. *Se incluye posteriormente en el volumen* Amor mundo y todos los cuentos. *Las obras completas de José María Arguedas se publican en cuatro tomos en 1983 por la Editorial Horizonte en Lima.*

## LA MUERTE DE LOS ARANGO *

Contaron que habían visto al tifus, vadeando el río, sobre un caballo negro, desde la otra banda donde aniquiló al pueblo de Sayla, a esta banda en que vivíamos nosotros.

A los pocos días empezó a morir la gente. Tras del caballo negro del tifus pasaron a esta banda manadas de cabras por los pequeños

* © José María Arguedas y Sybila de Arguedas.

puentes. Soldados enviados por la Subprefectura incendiaron el pueblo de Sayla, vacío ya, y con algunos cadáveres descomponiéndose en las casas abandonadas. Sayla fue un pueblo de cabreros y sus tierras secas sólo producían calabazas y arbustos de flores y hojas amargas.

Entonces yo era un párvulo y aprendía a leer en la escuela. Los pequeños deletreábamos a gritos en el corredor soleado y alegre que daba a la plaza.

Cuando los cortejos fúnebres que pasaban cerca del corredor se hicieron muy frecuentes, la maestra nos obligó a permanecer todo el día en el salón oscuro y frío de la escuela.

Los indios cargaban a los muertos en unos féretros toscos; y muchas veces los brazos del cadáver sobresalían por los bordes. Nosotros los contemplábamos hasta que el cortejo se perdía en la esquina. Las mujeres iban llorando a gritos; cantaban en falsete el ayataki, el canto de los muertos; sus voces agudas repercutían en las paredes de la escuela, cubrían el cielo, parecían apretarnos sobre el pecho.

La plaza era inmensa, crecía sobre ella una yerba muy verde y pequeña, la romaza. En el centro del campo se elevaba un gran eucalipto solitario. A diferencia de los otros eucaliptos del pueblo, de ramas escalonadas y largas, éste tenía un tronco ancho, poderoso, lleno de ojos y altísimo; pero la cima del árbol terminaba en una especie de cabellera redonda, ramosa y tupida. "Es hembra", decía la maestra. La copa de ese árbol se confundía con el cielo. Cuando lo mirábamos desde la escuela, sus altas ramas se mecían sobre el fondo nublado o sobre las abras de las montañas. En los días de la peste, los indios que cargaban los féretros, los que venían de la parte alta del pueblo y tenían que cruzar la plaza, se detenían unos instantes bajo el eucalipto. Las indias lloraban a torrentes, los hombres se paraban casi en círculo con los sombreros en la mano; y el eucalipto recibía a lo largo de todo su tronco, en sus ramas elevadas, el canto funerario. Después, cuando el cortejo se alejaba y desaparecía tras la esquina, nos parecía que de la cima del árbol caían lágrimas y brotaba un viento triste que ascendía al centro del cielo. Por eso la presencia del eucalipto nos cautivaba; su sombra, que al atardecer tocaba al corredor de la escuela, tenía algo de la imagen, del helado viento que envolvía a esos grupos desesperados de indios que bajaban hasta el panteón. La maestra presintió el nuevo significado que el árbol tenía para nosotros en esos días y nos obligó a salir de la escuela por un portillo del corral, al lado opuesto de la plaza.

El pueblo fue aniquilado. Llegaron a cargar hasta tres cadáveres en un féretro. Adornaban a los muertos con flores de retama; pero en los días postreros las propias mujeres ya no podían llorar ni cantar bien; estaban roncas e inermes. Tenían que lavar las ropas de los muertos para lograr la salvación, la limpieza final de todos los pecados.

Sólo una acequia había en el pueblo; era el más seco, el más miserable de la región, por la escasez de agua; y en esa acequia, de tan poco caudal, las mujeres lavaban en fila, los ponchos, los pantalones haraposos, las faldas y las camisas mugrientas de los difuntos. Al principio lavaban con cuidado y observando el ritual estricto del pichk'ay; pero cuando la peste cundió y empezaron a morir diariamente en el pueblo, las mujeres que quedaban, aún las viejas y las niñas, iban a la acequia y apenas tenían tiempo y fuerzas para remojar un poco las ropas, estrujarlas en la orilla y llevárselas, rezumando todavía agua por los extremos.

El panteón era un cerco cuadrado y amplio. Antes de la peste estaba cubierto de bosque de retama. Cantaban jilgueros en ese bosque; y al mediodía, cuando el cielo despejaba quemando el sol, las flores de retama exhalaban perfume. Pero en aquellos días del tifus, desarraigaron los arbustos y los quemaron para sahumar el cementerio. El panteón quedó rojo, horadado; poblado de montículos alargados con dos o tres cruces encima. La tierra era ligosa, de arcilla roja oscura.

En el camino al cementerio había cuatro catafalcos pequeños de barro con techo de paja. Sobre esos catafalcos se hacía descansar a los cadáveres, para que el cura dijera los responsos. En los días de la peste los cargadores seguían de frente; el cura despedía a los muertos a la salida del camino.

Muchos vecinos principales del pueblo murieron. Los hermanos Arango eran ganaderos y dueños de los mejores campos de trigo. El año anterior, don Juan, el menor, había pasado la mayordomía del santo patrón del pueblo. Fue un año deslumbrante. Don Juan gastó en las fiestas sus ganancias de tres años. Durante dos horas se quemaron castillos de fuego en la plaza. La guía de pólvora caminaba de un extremo a otro de la inmensa plaza, e iba incendiando los castillos. Volaban coronas fulgurantes, cohetes azules y verdes, palomas rojas desde la cima y de las aristas de los castillos; luego las armazones de madera y carrizo permanecieron durante largo rato cruzadas de fuegos de colores. En la sombra bajo el cielo estrellado de agosto, esos altos surtidores de luces, nos parecieron un trozo de firmamento caído a la plaza de nuestro pueblo y unido a él por las coronas de fuego que se perdían más lejos y más alto que la cima de las montañas. Muchas noches los niños del pueblo vimos en sueños el gran eucalipto de la plaza flotando entre llamaradas.

Después de los fuegos, la gente se trasladó a la casa del mayordomo. Don Juan mandó poner enormes vasijas de chicha en la calle y en el patio de la casa, para que tomaran los indios; y sirvieron aguardiente fino de una docena de odres, para los caballeros. Los mejores danzantes de la provincia amanecieron bailando en competencia, por las calles y plazas. Los niños que vieron a aquellos danzantes, el Pachakchaki, el Rumisonk'o, los imitaron. Recordando las pruebas que hicieron, el paso de sus danzas, sus trajes de espejos ornados de plumas; y los tomaron de modelos, "Yo soy Pachakchaki". "¡Yo soy Rumisonk'o!", exclamaban; y bailaron en las escuelas, en sus casas, y en las eras de trigo y maíz, los días de la cosecha.

Desde aquella gran fiesta, don Juan Arango se hizo más famoso y respetado.

Don Juan hacía siempre de Rey Negro, en el drama de la Degollación que se representaba el 6 de enero. Es que era moreno, alto y fornido; sus ojos brillaban en su oscuro rostro. Y cuando bajaba a caballo desde el cerro, vestido de rey, y tronaban los cohetones, los niños lo admirábamos. Su capa roja de seda era levantada por el viento; empuñaba en alto su cetro reluciente de papel dorado y se apeaba de un salto frente al "palacio" de Herodes: "¡Orreboar!", saludaba con su voz de trueno al rey judío. Y las barbas de Herodes temblaban.

El hermano mayor, don Eloy, era blanco y delgado. Se había educado en Lima; tenía modales caballerescos; leía revistas y estaba suscrito a los diarios de la capital. Hacía de Rey Blanco; su hermano le prestaba un caballo tordillo para que montara el 6 de enero. Era un caballo hermoso, de crin suelta; los otros galopaban y él trotaba con pasos largos, braceando.

Don Juan murió primero. Tenía treintidós años y era la esperanza del pueblo. Había prometido comprar un motor para instalar un molino eléctrico y dar luz al pueblo, hacer de la capital del distrito una villa moderna, mejor que la capital de la provincia. Resistió doce días de fiebre. A su entierro asistieron indios y principales. Lloraron las indias en la puerta del panteón. Eran centenares y cantaron en coro. Pero esa voz no arrebataba, no hacía entremecerse, como cuando cantaban solas, tres o cuatro, en los entierros de sus muertos. Hasta lloraron y gimieron junto a las paredes, pero pude resistir y miré el entierro. Cuando iban a bajar el cajón de la sepultura, don Eloy hizo una promesa: "¡Hermano —dijo mirando el cajón, ya depositado en la fosa— un mes nada más, y estaremos juntos en la otra vida!" Entonces la mujer de don Eloy y sus hijos lloraron a gritos. Los acompañantes no pudieron contenerse. Los hombres gimieron; las mujeres se desahogaron cantando como las indias. Los caballeros se abrazaban, tropezaban con la tierra de las sepulturas. Comenzó el crepúsculo; las nubes se incendiaban y lanzaban al campo su luz amarilla. Regresamos tanteando el camino; el cielo pesaba. Las indias se fueron primero, corriendo. Los amigos de don Eloy demoraron toda la tarde en subir al pueblo; llegaron ya de noche.

Antes de los quince días murió don Eloy. Pero en ese tiempo habían caído ya muchos niños de la escuela, decenas de indios, señoras y otros principales. Sólo algunas beatas viejas acompañadas de sus

sirvientes iban a implorar en el atrio de la iglesia. Sobre las baldosas
blancas se arrodillaban y lloraban, cada una por su cuenta, llamando
al santo que preferían, en quechua y en castellano. Y por eso nadie
se acordó después cómo fue el entierro de don Eloy.

Las campanas de la aldea, pequeñas pero con alta ley de oro, doblaban día y noche en aquellos días de mortandad. Cuando doblaban
las campanas y al mismo tiempo se oía el canto agudo de las mujeres
que iban siguiendo a los féretros, me parecía que estábamos sumergidos en un mar cristalino en cuya hondura repercutía el canto mortal
y la vibración de las campanas; y los vivos estábamos sumergidos allí,
separados por distancias que no podían cubrirse, tan solitarios y aislados como los que morían cada día.

Hasta que una mañana, don Jáuregui, el sacristán y cantor, entró
a la plaza tirando de la brida al caballo tordillo del finado don Juan.
La crin era blanca y negra, los colores mezclados anillos de plata re-
lucían en el trenzado; el pellón azul de hilos también reflejaba la luz;
la montura de cajón, vacía, mostraba los refuerzos de plata. Los estribos cuadrados, de madera negra, danzaban.

Repicaron las campanas, por primera vez en todo ese tiempo. Repicaron vivamente sobre el pueblo diezmado. Corrían los chanchitos
mostrencos en los campos baldíos y en la plaza. Las pequeñas flores
blancas de la salvia y las otras flores aún más pequeñas y olorosas
que crecían en el cerro de Santa Brígida se iluminaron.

Don Jáuregui hizo dar vueltas al tordillo en el centro de la plaza,
junto a la sombra del eucalipto; hasta le dio de latigazos y le hizo
pararse en las patas traseras, manoteando en el aire. Luego gritó, con
su voz delgada, tan conocida en el pueblo:

—¡Aquí está el tifus, montado en caballo blanco de don Eloy!
¡Canten la despedida! ¡Ya se va, ya se va! ¡Aúúúú! ¡A ú ú ú ú!

Habló en quechua, y concluyó el pregón con el aullido final de
los jarahuis; tan largo, eterno siempre:

—¡Ah...í í í! ¡Yaúúú... yaúúú! ¡El tifus se está yendo; ya se está
yendo!

Y pudo correr. Detrás de él, espantaban al tordillo, algunas mujeres y hombres emponchados, enclenques. Miraban la montura vacía,
detenidamente. Y espantaban al caballo.

Llegaron al borde del precipicio de Santa Brígida, junto al trono
de la Virgen. El trono era una especie de nido formado en las ramas
de un arbusto ancho y espinoso, de flores moradas. El sacristán conservaba el nido por algún secreto procedimiento; en las ramas retorcidas que formaban el asiento del trono no crecían nunca hojas, ni
flores ni espinos. Los niños adorábamos y temíamos ese nido y lo per-
fumábamos con flores silvestres. Llevaban a la Virgen hasta el preci-

picio, el día de su fiesta. La sentaban en el nido como sobre un casco, con el rostro hacia el río, un río poderoso y hondo, de gran correntada, cuyo sonido lejano repercutía dentro del pecho de quienes lo miraban desde la altura.

Don Jáuregui cantó en latín una especie de responso junto al "trono" de la Virgen, luego se empinó y bajó el tapaojos, de la frente del tordillo, para cegarlo.

—¡Fuera! —gritó— ¡Adiós calavera! ¡Peste!

Le dio un latigazo, y el tordillo saltó al precipicio. Su cuerpo chocó y rebotó muchas veces en las rocas, donde goteaba agua y brotaban líquenes amarillos. Llegó al río; no lo detuvieron los andenes filudos del abismo.

Vimos la sangre del caballo, cerca del trono de la Virgen, en el sitio en que se dio el primer golpe.

—¡Don Eloy, don Eloy! ¡Ahí está tu caballo! ¡Ha matado a la peste! En su propia calavera. ¡Santos, santos, santos! ¡El alma del tordillo recibid! ¡Nuestra alma es salvada! Adiós millahuay, despidillahuay...! (¡Decidme adiós! ¡Despedidme...!).

Con las manos juntas estuvo orando un rato, el cantor, el latín, en quechua y en castellano.

# LIZANDRO CHÁVEZ ALFARO

## NICARAGÜENSE
( 1 9 2 9 )

*Uno de los aspectos significativos que el autor nicaragüense reconoce en el hecho de la experiencia literaria es la destreza del escritor/lector para conectarse con la conductividad del lenguaje y de la imaginación, ese reino donde opera como él mismo indica "el proceso hacia la invención". La obra narrativa de Chávez Alfaro nos ha puesto sin duda en la ruta de ese proceso: dos "pasionales" novelas y dos absorbentes colecciones de cuentos que buscan integrar y comprometer al lector en la misma aventura. Cuatro lecturas fundamentales declara el autor:* "Luz de agosto, *de William Faulkner,* Bajo el volcán *de Malcolm Lowry,* Gran serton: veredas *de Joao Guimaraes Rosa y* La vida breve, *de Juan Carlos Onetti." ("Abreviaciones de la experiencia literaria",* La experiencia literaria. *México: Universidad Veracruzana, 1976, p. 45). Esta afirmación no tiene por finalidad mencionar influencias sino que hablar de fuentes de poderoso atractivo; una reafirmación dice Chávez Alfaro de que "la clase de invención que más me interesa, es aquella que cimentada en las pasiones, brega por elevarse contra el muro que la propia obra va construyendo con sus palabras, vivas, concebidas en la interioridad de las acciones". ("Abreviaciones...", p. 46). El encuentro con el lenguaje, con la invención, con lo social, con la profundidad del mensaje y de los significados, con el compromiso de la escritura y de la lectura es un proceso sin apartamientos en la obra de Chávez Alfaro.*

*Las dos primeras obras del autor son libros de poesía:* Hay una selva en mi voz *(1950) y* Arquitectura inútil *(1954). En 1963 publica la colección de cuentos* Los monos de San Telmo, *libro de gran éxito, traducido al rumano, italiano y alemán. Con este volumen de relatos, el escritor nicaragüense, gana el Premio de Cuentos Casa de las Américas 1963. Su segunda colección de relatos* Trece veces nunca, *es de 1977. Su primera novela* Trágame tierra *(1969), es finalista del Premio Seix Barral. Sigue la novela* Balsa de serpientes, *en 1976. El mismo año aparece su ensayo "Abreviaciones de la experiencia literaria" incluido en* La experiencia literaria *(México: Universidad Veracruzana, pp. 41-50). El otro ensayo que forma parte de este libro es "El arte del cuento", de José Luis González.*

*Lizandro Chávez Alfaro nació en Bluefields, Nicaragua. Estudió tecnología agrícola en la Escuela Nacional de Agricultura. En 1948 se va con una beca a México; su estadía aquí será prolongada. Realiza estudios de artes plásticas. Se dedica al periodismo, la publicidad; es también guionista, corrector de estilo, traductor del inglés. Al regresar a Nicaragua es nombrado Director de la Biblioteca Nacional Rubén Darío. Se desempeña asimismo como miembro del Consejo Editorial de la revista* Nicarauac *y de* Nuevo Amanecer, *suplemento literario de* El Nuevo Diario.

*"El zoológico de papá" proviene de su primera colección de cuentos* Los monos de San Telmo. *Este relato está tejido por una fuerte carga de referencias sociales dirigida a observar el ejercicio del dominio llevado sin contenciones de ningún tipo. El poder como centro conductor es omnipresente, también asfixiante. Un imperio que instala al dictador, una figura que controla la república, un padre que domina al hijo, el mandato que éste transfiere a los subalternos y éstos a las fieras. El eslabón final de la cadena es el hombre arrinconado, enjaulado; elemento (en lugar de individuo) sobre el cual se desencadena la violencia del poder. En la metáfora están todos los componentes de una Historia existente, con ese fondo de pesadillas reiterantes, moviéndose en ese círculo que una vez dibujado ahoga.*

## EL ZOOLÓGICO DE PAPÁ

Desde que nací, o desde que tengo uso de razón, me está diciendo que yo nací para mandar; que el país me necesita como yo lo necesito a él. Yo era muy niño (ahora tengo trece años y hace mucho tiempo dejé de ser niño); me puso un juguete en las piernas y dijo que yo había nacido para mandar. Lo recuerdo como si hubiera sucedido hoy: él andaba con uniforme de gala, blanco; un grueso cordón de seda amarilla le colgaba del hombro izquierdo y medallas de todos colores en el pecho. El juguete era de lata y echaba chispas: un tanque tipo M-103. Pero esta mañana se puso serio conmigo porque le ordené al soldado que estaba de guardia en el jardín que metiera la bayoneta entre los barrotes de la jaula. Al principio el raso no quería obedecer; tal vez no recordaba que soy coronel. Después lo hizo. Cuando le dijeron lo que había sucedido, vino, y me miró como nunca me había mirado. No sé por qué. Me quiere mucho y siempre me deja hacer lo que quiero. Creo que ya se le pasó. Tiene tanto que hacer que de seguro ya se le olvidó. Desde aquí lo veo parado junto a una de las jaulas; ah, están

metiendo a otro. Antes yo no sabía lo que era un enemigo, hasta que
me lo explicó y me hizo sentir lo mismo que él siente con ellos. A veces me cuesta dormirme por pensar en esas cosas. Eso me sucedió anoche, aunque también es cierto que el león (el puma, quiero decir) estuvo rugiendo mucho. Creí que era porque está recién llegado. Lo agarraron en una de las haciendas que tenemos allá por el norte de la
república; no me acuerdo cómo se llama la hacienda; nunca puedo
recordar los nombres de todas. Él me ha dicho cuántas son —creo
que cuarenta y tres— pero no puedo retener los nombres. Con este
puma ya son siete las fieras que tenemos en el jardín. A mi papá le
gustan mucho, y yo creo que hasta las quiere; cuando menos le divierte darles de comer. A mí también me divierte verlo, siempre que estoy
aquí. A cada una le ha puesto nombre. El puma se llama Nerón.
Al principio no quería que se supiera que tiene su colección de fieras,
pero de todos modos se corrió la noticia por todo el país. Hace poco
permitió que en uno de sus periódicos —creo que fue en "La Estrella" que es el más importante— publicaran un reportaje. Tenía
muchas fotografías; se llamaba *Admirable zoológico en casa Presidencial*. Decían que este zoológico es una obra que beneficia al país. De
esto hace tres semanas y todavía no estaba el puma. Lo recuerdo muy
bien porque recibí el recorte de periódico en la última carta que me
escribió al colegio —me escribe en inglés—, poco antes que princi-
piara el verano y yo saliera de vacaciones. Ojalá que aquí tuviéramos
tan buen clima como en Schenectady, pero hace tanto calor. Una de
las cosas que voy a ordenar cuando sea presidente es que construyan
un gran tubo de aquí a los Estados Unidos para que por allí nos man-
den aire. Así ya no haría tanto calor, y a lo mejor, respirando ese aire,
la gente de acá llega a parecerse a la de allá. Seguramente mi papá
pensó también en el clima antes de escoger el colegio al que me mandaría, y escogió el Union College de Schenectady. Mi mamá quería
que yo hiciera el bachillerato aquí mismo porque todavía estaba muy
pequeño; entonces mi papá dijo que si mi abuelo no lo hubiera mandado desde niño a educarse en los Estados Unidos, no sería el hombre que es. Ahora terminé mi primer grado de High School. Después
de estar fuera un año tenía muchas ganas de volver, y de seguro que
mis papás también tenían muchas ganas de verme. Mi mamá fue a
traerme en un avión de la Compañía Aérea que tenemos. Hicimos el
viaje en un Boeing 707. Yo quería venirme en barco, en uno de los
barcos de la Compañía Naviera que tenemos y que hacen escala en
New York, New Orleans, y muchos otros puertos, pero mi papá no quiso porque son barcos de carga, muy incómodos, dice. Lástima, porque el
mar es muy... *exciting* (no recuerdo cómo se dice en español) y
uno se siente de veras pirata. Una vez, en un periodicucho, le dijeron
pirata a mi papá y hubo muchos muertos. Entonces no teníamos
zoológico todavía, ni yo sabía lo que es enemigo, y no lo supe muy

bien hasta esta mañana, y lo sé mejor ahora que veo las jaulas. Desde
esta ventana se ve todo el jardín de mi casa —se oye mejor: Casa
Presidencial—. Mi papá, el coronel Gómez, el capitán Bush, y Mayorga, que es jefe de la policía, y varios guardias, siguen parados alrededor de una jaula. Creo que están confesando a alguien. Parece
que ayer quisieron matarlo cuando estaba en el palco presidencial del
estadio, viendo un juego de *base-ball*. Mayorga me cae bien. Siempre
que nos encontramos se cuadra y me hace el saludo militar, porque
él es capitán y yo coronel: fue el regalo que me hizo mi papá el día
que cumplí doce años. Tengo mi uniforme con todas las insignias,
pero casi siempre ando vestido de civil, como esta mañana que el
guardia no quería obedecer. Y el maldito puma rugiendo toda la
noche. Se me fue el sueño y me levanté muy temprano, cuando ama-
necía. Me vestí y salí al jardín para ver qué había de nuevo. Las
fieras siempre amanecen muy bravas y es cuando hay que verlas.
Gruñen, enseñan los dientes y tiran grandes manotazos por entre los
barrotes que dividen la jaula, y entonces los hombres se hacen chiquitos en un rincón, tiemblan, sin quitarle los ojos al animal. Algunos
hasta se orinan de miedo, dicen. Pero por más que se encojan siempre
sacan arañazos en alguna parte del cuerpo. Tiene que ser así: la jaula
está dividida en dos por una reja; en un lado está la fiera y en el
otro un enemigo acurrucado: la jaula está hecha para el tamaño del
animal. Claro que no a todos los traen al zoológico, sólo a los más
culpables, o a los que no quieren confesar, porque la reja que divide
la jaula puede levantarse poco a poco para hacerle ver al preso que
si no habla se lo puede comer la fiera. Cuando hay que hacer esto
dejan al animal sin comer todo un día. ¡Qué hambre! Algunos de los
presos dan asco, otros dan risa, y otros dan cólera, porque a pesar
de estar como están no se les bajan los humos y siguen diciendo sus...
sus cosas. *Nonsense,* se dice en inglés. Así era el nuevo que encontré
esta mañana, en la jaula del puma. A todos los demás ya los conocía
porque los trajeron hace varios días, pero a éste acababan de enjau-
larlo la noche anterior; un hombre con cara de indio, y por los arañazos que tenía en un cachete se veía más feo. Estaba descalzo y con
la ropa hecha tiras, como si toda la noche hubiera peleado con la fiera. Me le acerqué y olía a algo rancio, o no sé cómo llamarlo, porque
nunca había sentido ese olor que me dio miedo y cólera. Lo más extraño es que el olor parecía salirle de los ojos con que miraba al animal y me miraba, como si yo hubiera sido la cola del puma. El guardia también se acercó y allí estuvimos platicando mientras el puma
daba manotazos y el hombre sumía el pecho, tratando de capearlos.
Le preguntó al raso si sabía qué había hecho el hombre ese y no lo
sabía muy bien, sólo de oídas. Pero platicando nos dimos cuenta
de que era un periodista, y que estaba ahí por escribir una sarta de
mentiras y ofensas. Escribió algo así como que nuestro país parecía

una propiedad, una hacienda de los Estados Unidos, y que mi papá era solamente el mandador, el que administraba la hacienda... y que el ejército del que mi papá es jefe sólo sirve para que no haya elecciones libres. ¡Mentira! Esta última vez mi papá fue elegido por el Congreso Nacional, y el Congreso Nacional representa al pueblo. Esto me lo enseñaron muy bien en el Unión College. Así que por qué hablan. Entonces sentí más fuerte el olor, pero ya no tenía miedo. Me acordé que soy coronel y le ordené al raso que calara bayoneta y la hundiera entre los barrotes. Quería ver al hombre meterse en las garras del puma, a ver si así seguía pensando lo mismo. El guardia sonrió y se hizo el desentendido, creyendo que yo bromeaba, pero lo decía de veras. Le recordé que soy coronel. El soldado se puso serio y sin dejar de verme caló bayoneta. Cuando el enjaulado sintió el primer pinchazo en la espalda, gritó diciéndome algo de mi mamá. ¡Jodido indio! Esto me hizo ver chispas, y puse la mano en la culata para empujar el rifle. Mientras el preso se hacía el fuerte, Nerón se había alborotado y metía las garras, y los zarpazos eran más rápidos. En una de esas la punta de la bayoneta le cayó en el espinazo (bueno, lo que en inglés se llama *spinal column*) Lo vi arquearse y un momento después oímos que algo se debarataba entre las zarpas. Tratamos de detener al puma con la misma bayoneta, pero de seguro tenía mucha hambre y con todo y pinchazos siguió manoteando. Yo sólo quería que el hombre dejara de pensar lo que pensaba; nada más. Entonces llegó mi papá; me mandó que volviera a mi cama, pero antes me miró como nunca me había mirado. Yo creo que él tenía pensada otra cosa para el periodista, y yo se la eché a perder. Ahora está ahí junto a otra de las jaulas. Si levanto un poco más la vista puedo ver casi toda la ciudad. A esta hora de la tarde es bonita y me gusta más que Schenectady, tal vez porque sé que aquí mando yo.

# J O S É   R E V U E L T A S

## MEXICANO
## (1914-1976)

En la narrativa de José Revueltas armonizan la dimensión social y existencial; excepcional logro artístico que requiere ser
puntualizado en el caso del escritor mexicano. La militancia política de Revueltas y su pronunciado compromiso con los diversos problemas sociales de su época pueden inducir a una equivocada percepción de su escritura, es decir, la de ser concebida como
una expresión realista, limitada por la contingencia histórica de
su visión. La lectura del cuento que incluyo en esta antología
como también la del resto de su obra permitirán apreciar la rica
conjugación de planos existenciales que se da en su narrativa y
el error, por tanto, de juzgar la obra del autor en una dirección
estrictamente realista.

Refiriéndose a su novela publicada en 1941 sostenía Revueltas en 1961: "Los muros de agua no son un reflejo directo, inmediato de la realidad. Son una realidad literaria, una realidad
imaginada. Pero esto lo digo en un sentido muy preciso: la realidad siempre resulta un poco más fantástica que la literatura,
como lo afirmaba Dostoievski. Este será siempre un problema
para el escritor: la realidad tomada no siempre es verosímil, o
peor, casi nunca es verosímil. Nos burla, nos 'hace desatinar'
(como tan maravillosamente lo dice el pueblo en este vocablo de
precisión prodigiosa), hace que perdamos el tino, porque no se
ajusta a las reglas; el escritor es quien debe ponerlas." (Prólogo
a la tercera edición de Los muros de agua. México: Ediciones Era,
1981, p. 10). En su ensayo José Revueltas: una literatura del lado
moridor (México: Ediciones Era, 1979), Evodio Escalante llama
la atención sobre la reacción negativa de los camaradas comunistas de José Revueltas cuando se publicaron las novelas El luto
humano (1943) y Los días terrenales (1949), puesto que se esperaba una creación más acorde con los cánones del realismo socialista. La imagen del escritor "comprometido" que proyectó la actividad política de Revueltas no tuvo que ver con una postura estética dogmática. La fuerte dimensión social que penetra la obra
del escritor mexicano fue un punto de apoyo y de enriquecimiento
en el tratamiento universal de personajes y situaciones.

*Además de su espléndida producción novelística y cuentística, Revueltas escribió obras dramáticas, ensayos y guiones de cine. La primera obra de José Revueltas es una novela escrita a fines de la década del treinta que no llegó a publicarse íntegra. El mismo autor aclara las circunstancias: "Escribí antes de* Los muros de agua *(y esto debe ser por los años 37 y 38) una novela corta,* El quebranto, *de la cual sólo llegó a publicarse el primer capítulo en forma de cuento, dentro del volumen que forma* Dios en la tierra. *Los originales de* El quebranto *desaparecieron en la estación de Guadalajara, donde un buen ladrón se apoderó de mi maleta." (Prólogo a* Los muros del agua, *ed. cit., p. 9). Teniendo en cuenta esta aclaración, la primera novela de Revueltas, publicada en su totalidad, es* Los muros de agua, *en 1941. Siguen las novelas* El luto humano *(1943), obra a la que se le concede el Premio Nacional de Literatura;* Los días terrenales *(1949);* En algún valle de lágrimas *(1956);* Los motivos de Caín *(1957);* Los errores *(1964);* El apando *(1969).*

*Autor de tres colecciones de cuentos:* Dios en la tierra *(1944):* Dormir en tierra *(1960) y* Material de los sueños *(1974). En el género dramático son conocidas sus obras* El cuadrante de la soledad, *estrenada en 1953 y publicada en 1971, e* Israel: drama en tres actos *de 1949. De su obra ensayística cabe mencionar sus libros* México: una democracia bárbara. Posibilidades y limitaciones del mexicano *(1958) y* Ensayo sobre un proletariado sin cabeza *(1962). Las* Obras completas *del autor son publicadas en 1989 por Ediciones Era.*

*José Revueltas nació en Durango, México. Además de su constante actividad literaria desarrollada en varios géneros, colaboró en revistas y diarios mexicanos tales como* El Popular. *Los ideales de justicia social se canalizaron en el autor a través de una militancia política en partidos de izquierda; por mantener esta posición se le acusó de subversivo y fue encarcelado dos veces: se le envía al penal de las Islas Marías en 1932 y 1934 y luego se le confina nuevamente en la cárcel en la ciudad de México en 1968. Sus novelas* Los muros de agua *(1941) y* El apando *(1969) recogerán esta experiencia. Cuando tenía quince años ya se le había recluido en un reformatorio, aduciéndose la causal de rebeldía.*

*El cuento "Cama 11. Relato autobiográfico" proviene del volumen* Material de los sueños, *libro que reúne siete elaborados relatos, escritos entre 1962 y 1971 y publicados previamente en revistas y diarios mexicanos. El cuento aquí seleccionado —de acuerdo a la información consignada en la colección* Material de los sueños— *apareció primero en la* Revista de Bellas Artes *en 1965.*

# CAMA 11

RELATO AUTOBIOGRÁFICO *

*Al poeta Manuel Calvillo y al doctor Manuel Quijano*

Me pregunto por Lote; en qué punto del mundo estará, su oscura negativa a volverme a querer, la última vez —hace año y medio calculo—, y que volvía más densas e inabordables las sombras con que rodeaba una parte de su vida desde cierto tiempo hasta entonces (en el periodo anterior de nuestras relaciones me confió que se había iniciado en el homosexualismo con una de las muchachas peinadoras de un salón de belleza que tuvo) y luego la forma triste y deshabitada en que acepté esa negativa, como un viajero que se queda solo en una estación de ferrocarril vacía por completo. Han dejado descansar mi cuerpo dos días, sin dolor, sin exploraciones. Lo último ha sido algo que se llama peritoneomía; una ventanita que el cirujano abre arriba del ombligo y por donde introduce algo como resplandeciente y sinuosa anguila de niquel con la que averigua cómo van las cosas ahí dentro. Uno siente el tacto ciego de esa inteligencia metálica que invade la noche subcutánea, su ensangrentador ir y venir en derredor de las masas anatómicas, olfateándolas, mirándolas en las tinieblas con su sistema Braille, hasta tocar el hígado como a un planeta oscuro que el astrónomo ya tendría previsto dentro de su ineluctable campo visual. La serpiente de níquel repta en mi interior, reflexiona, mide, se desliza, ronda cautelosa en torno a su anhelada manzana del Paraíso, con la tensa precisión de un agente secreto, mas de pronto arranca en vivo el pequeño pedazo, una muestra que se necesita para los análisis de laboratorio. Lanzo un alarido que parece de júbilo, con la misma pureza inocente y zoológica del doble alarido que habrán lanzado Adán y Eva al morder el fruto del árbol de la Ciencia. Me doy cuenta que es un perro dentro de mis entrañas, la mordida de un perro abstracto e inopinadamente colérico. —Ya vamos a terminar, ya vamos a terminar —trata de calmarme el cirujano. —No importa; pero haga cualquier cosa contra el dolor —le pido. Lote puede estar en Nueva York, en Tokio o simplemente en Fayetteville, North Carolina, la base militar a la que aún es posible que se encuentre adscrito Esaú, su marido, que era sargento cuando Lote y yo nos conocimos, pero que hace año y medio ya había llegado a teniente, según los informes que

---

* Reproducido con autorización de Ediciones ERA, S. A. de C. V., México.

a la sazón Lote me proporcionara la última vez que nos vimos. En México no está, imposible. Me buscaría y me encontraría aunque fuese en el fondo del infierno, como siempre lo ha hecho, pese a que nunca tiene mi dirección, ni número de teléfono al cual llamarme, ni amigos comunes, pues no tenemos ninguno por cuyo intermedio pudiese obtener el menor dato de dónde encontrarme. No; en México no está, pues de lo contrario daría conmigo, sabe Dios cómo, pero daría conmigo.

Por esos meses yo ocupaba un pequeño cuarto que unos amigos me cedieran en su casa, sin costo alguno —y con alimentos—, nada más por pura camaradería. Trabajaban bien, del mismo en que me emborrachaba bien. Inopinadamente se abre la puerta y ahí está Lote. Temblé un poco. Ya sabía yo lo que significaba este reencuentro, el desalmado abismo que éramos el uno para el otro y donde nos hundíamos sin misericordia hasta los cabellos, nutriéndonos, como a dentelladas, de nuestro propio vértigo sin tregua, patológico, cuyas fauces nos trituraban centímetro a centímetro hasta la más agobiadora desesperanza, sin dejarnos salir. Bajamos a la calle. No entiendo de automóviles, pero Lote traía uno de Nueva York del que dijo era un *Galaxie*. —No, ya no puedo volver a quererte —balbuceó con una voz sorda—. Soy por completo otra mujer. Aquello de nosotros ya no me pertenece y, conmigo, tampoco puede ya pertenecerte a ti.

Marta España, la delicada enfermerita cuyo rostro tiene rasgos tan finos, ha dado vuelta a la manivela de la cama y ahora me encuentro erguido hacia adelante, en una inclinación como de cuarenta y cinco grados, junto a la espléndida ventana de nuestro sexto piso, desde la cual se dominan todos los rascacielos del Centro Médico, y en derredor, hasta el horizonte, una gran área de la ciudad. Los tranvías y los autobubes circulan encima de las azoteas, a lo lejos, arriba y abajo, en los más diversos e inverosímiles planos, o brotan del cuerpo de los edificios para en seguida introducirse en otros y resurgir más adelante en un vuelo absolutamente irreal. Al principio un tanto nebuloso, como en una doble exposición cinematográfica, el rostro de Lote se insinúa sobre este telón de fondo de la geometría urbana. Veo sus ojos oblicuos y crueles, tan a menudo sobrenaturalmente inmóviles, homicidas, en particular cuando siente más amor, destello maligno de la sangre asiática y latinoamericana que la estremece por dentro. (La imagino con toda exactitud cuando quiso matar al padrote-pintor del que en algún tiempo creyó estar enamorada.) Nació en Okinawa, de madre chilena y un dentista japonés que después fue asesinado en un pueblo de Colombia para robarle el oro conque montaba sus piezas odontológicas.

Veo la nariz ancha y ligeramente respingada de Lote, su mentón, su cabellera extravagante. Detuvo el coche frente a Ciudad Universitaria: tenía una enorme necesidad de mirarme y de contar cosas.

Esas cosas, más o menos extraordinarias, tan en absoluto peculiares
a su ser, que no son sino específicamente las cosas que sólo pueden
ocurrirle a ella. Me contó que había trabajado de mesera en una especie de turbio bar de Fayeteville, llamado *Rendez-vous*. No quiso —tan
sólo porque no quería, claro está— darle la menor oportunidad al
tipo que la molestaba queriendo acostarse con ella, un gigantesco y
vigoroso verdolagón de veinticuatro años, hermoso y engreído. —Siéntate a beber conmigo —le pedía el tipo cada vez, todos los días, terco
e inexorable igual que una maldición bíblica. La llevaba metida entre
ceja y ceja, goteante e incurable como las antiguas gonorreas anteriores a la penicilina, una verdadera enfermedad obsesiva. Por supuesto
Lote se sentaba junto a él porque, aparte mesera, en el bar era también algo así como *taxi girl*, lo que significaba ingresos adicionales
en muchas ocasiones superiores a su sueldo. Aquí era entonces el me-
terle mano del tipo por debajo de la mesa o tratar de abrirle las piernas con la rodilla, hasta que Lote terminó una noche por arrojarle
un tarro de cerveza a la cara. Siempre se le ofrecían caballerosos protectores, pero también iban tras de lo mismo, con otros métodos, por lo
que Lote prefirió, igual que lo había hecho hasta entonces, regresar
sola cada noche a su casa —a siete millas de Fayetteville— en el auto
que le dejara Esaú antes de partir para el Líbano, a donde Lote no
quiso acompañarlo.

En esta ocasión concreta hacía un calor espantoso, ese calor norteamericano que se antoja más grosero y estúpido que cualquier otro
calor del mundo. Tendida sobre la cama y cubierta apenas con una
ligera ropa interior, Lote miraba desoladamente al techo de su cuarto.
La noche parecía crepitar con pequeños chasquidos, como si los pastos, las plantas y los mugrosos arbustos del campo estuvieran a punto
de incendiarse por sí mismos, de modo espontáneo. En medio de esto
a Lote le pareció escuchar en el porche un rumor diferente, sutil y
distinto, más singular que el venido del campo, aunque todavía le
era imposible darse cuenta de si era un rumor humano. Pensó que
ningún coche la había seguido a su salida del *Rendez-vous*, y, ya con
un poco de miedo, quiso creer que aquello eran las pisadas descalzas
de algún animal, una especie de gato mítico, sin duda. Miró por encima del hombro, de soslayo, sin mover la cabeza, nada más con los
ojos, como la flecha de señales que indica paso a izquierda o derecha
en las carreteras desde lo alto de un poste quieto y eterno, intemporal, que no se compromete con el destino de los automovilistas. Ahí
en el porche, al otro lado de la contrapuerta de transparente tela metálica, estaba el tipo del *Rendez-vous*, completamente desnudo. —¿Qué
carajos haces aquí, hijo de perra? —gritó Lote inmóvil, sin cambiar
de postura, con voz iracunda pero con un esfuerzo enorme, casi indecible, para no replegarse sobre su propio cuerpo y saltar de la cama
en actitud defensiva. Si el tipo la advertía asustada las cosas iban a

resultar peor. —¿Que qué hago? —repuso el tipo con una especie de indolencia—: Tú misma me trajiste en tu propio carro —sus labios se entreabrieron condescendientes en una sonrisa bonachona y cínica—. Me escondí en la cajuela desde antes, desde poco antes que tú salieras del bar. En la cajuela de tu mismísima carcacha —con lenta seguridad, sin prisas, hizo girar la contrapuerta de tela metálica y traspuso el umbral del cuarto. Ahí estaba desnudo, plantado junto a la cama de Lote como un Coloso de Rodas, contenido, casi se diría que cortés, intencionadamente sin querer avanzar un paso más, como un amigo que estuviese de visita, sin que ningún gesto ni ademán traicionaran la menor bestialidad, el menor impulso bárbaro de echarse sobre Lote y poseerla de cualquier modo y sin tardanza en ese mismo instante, y como si nada estuviese más lejano de lo que constituían sus verdaderas intenciones, que la injusticia de que aquella mujer pudiera suponerlo igual a todos esos delincuentes sexuales, destrozadores de vaginas, que pululan en las carreteras y las alquerías, y para quienes, por la forma violenta y precipitada en que lo hacen, entrar en el otro sexo viene a ser lo mismo que masturbarse a media calle. Con una especie de asombrada y aterrorizada fascinación, Lote miraba en rápidas ojeadas, sin detenerse, el enorme tótem iroqués que desde un principio, cuando el tipo estaba todavía en el porche, y pese a la atenuación de los contornos (a estilo de la escuela impresionista de pintura) que le daba la tela metálica de la contrapuerta, ella advirtiera, ya tenso y brutalmente erguido, entre las peludas piernas del hombre y que ahora, tan cerca y tan real, veíase en toda la táctil desnudez de su alarmante erección apoplética. Dentro de su atroz comedimiento cínico el infeliz tipo debía sufrir en la forma más absurda (¡Dios santo! ¡En la misma forma horrible de los místicos españoles del siglo xv, rezando inmaculadamente estremecidos de secreto pavor, ante la presencia que se esforzaban por ignorar de su propio tótem iroqués, el que, sin embargo, era el que los hacía crear sus poemas y lanzaba hacia las alturas sus oraciones al Señor!).

—Mira, mujer —dijo el tipo en un soñoliento arrastrar de las palabras con el que trataba de dar a su voz el tono más desinteresadamente persuasivo posible—; si me lo propongo, me bastará taparte la nariz y la boca con una sola de mis manos para que prefieras abrir las piernas antes que morir asfixiada. Pero eso no va conmigo, no forma parte de mis recursos; nunca he tenido necesidad de hacerlo. Es suficiente con que *ellas* miren esto —señaló con el índice hacia su entrepierna— y en seguida se chiflan, así —tronó los dedos—, al segundo, y entonces no hay semental que las aguante y yo termino por fastidiarme de veras. Ellas son las que me pagan por bombeármelas. Todas. Con decirte que tengo una millonaria en Nueva Orleáns; la visito unas pocas veces al año porque ella no se cansa nunca y a los dos o tres días ya no puedo con el asco. Yo soy una ganga para ti, mujer, no seas pendeja. Te volveré loca. No te miento: soy un verdadero ejemplar de concurso, puedo hacerlo seis, siete veces, en cada ocasión en que nos acostemos juntos. Y gratis, contigo gratis por supuesto. De ti no tengo el menor propósito de sacar ninguna clase de dinero —parecía un orador sagrado en el púlpito, un ardiente pastor de almas, y *eso*, el brazo de cactus iroqués, se antojaba ajeno a su ser más íntimo, una cosa semejante a un artefacto postizo o algo con vida propia y autónoma, que no sería capaz nunca de inferir en el campo de esa voluntad sin instintos, superior, religiosa y soberana, de su dueño. Pero este contrapunto semiexcluyente entre una cosa y la otra, pensó Lote era demasiado un milagro inaudito como para poderse prolongar razonablemente más allá de ciertos límites y estaba además la alusión a la grosera mano del maravilloso sujeto tapándole nariz y boca, aunque esos no fuesen sus procedimientos habituales, hasta que ella no terminara por entregársele. Reparó, ahí cerca, en el *bat* de beisbol con que Esaú jugaba en el equipo de su regimiento. — ¡Pobrecito! —exclamó Lote con acento indudablemente sincero, junto a mí, dentro del magnífico *Galaxie*. Así es Lote, una madeja de compasiones, de bondad, de ternura, de pasión y de insensatas crueldades. —¡Pobrecito! Le descargué con todas las fuerzas de mi alma un terrible mandarriazo a un lado del cuello, debajo de la oreja, y el tipo cayó redondo ahí mismo, como un buey en el matadero. Sentí un miedo horroroso, creí haberlo matado. Lo arrastré de los pies al garaje y ahí lo dejé. No estaba muerto. Como se había desnudado dentro de la cajuela del coche, ahí estaba su ropa. La puse a su lado. Ahora comenzaba a sentir una especie de cariño por él. Entrada la noche volví al garaje. Ya estaba despierto, pero un poco aturdido todavía. No me guardaba rencor. Entonces (para usar una frase que a él le gusta) me le abrí de piernas con todo mi consentimiento. Muy cierto que casi me vuelve loca. Me dijo que se llamaba Willie.

En medio de la fantástica doble luz del crepúsculo, las líneas de Ciudad Universitaria se desdibujan contra el cosmos de nubes negras que se destroza en el cielo. Un segundo antes de que se encienda el alumbrado, la Torre de la Rectoría, las paredes tatuadas de la Biblioteca, el ala de Humanidades, las explanadas y los prados, se ensombrecen y marchitan en una agonía provisional. A esta hora las formas pasan y levitan en el aire.

Lote me repite amorosamente, apenas con distintas palabras, la oscura sentencia con que inició su charla, después de tantos meses, en este nuevamente encontrarnos de hoy por la tarde. "Ya es imposible volvernos a meter uno dentro del otro, como antes, Joshué' (así pronuncia mi nombre, y de vez en cuando, sin darse cuenta, habla ese lenguaje de sus antiguos poetas del Lejano Oriente: "volvernos a meter uno dentro del otro"). En la pantalla de mi ventanal del sexto piso, el rostro de Lote se diluye poco a poco sobre el Valle de México. Suspendida todavía por un instante más entre los volcanes, permanece la última larga y quieta mirada de sus ojos ajenos, una mirada oceánica, continental, asiática, que aún ignoro si se habrá perdido para siempre, ni en qué remoto sitio de la tierra. Lote, la mujer de Lot.

En la sala del hospital —una entre otras muchas— "somos" cuatro camas. Moctezuma II ocupa la cama doce; el señor V., Contador Público Titulado, la trece; Toño, joven obrero de una fábrica de refrigeradores, la catorce. Yo soy la cama once. En los primeros días se gimió mucho en nuestra sala; es decir, gemimos terca y desconsoladoramente tres de las cuatro camas que éramos de reciente ingreso —pues traíamos nuestro dolor desde la calle—, ya que aún no entrábamos en ese lapso de calma transitoria en que, diferidos para más adelante los sufrimientos primigenios y originales con que uno viene, el enfermo aguarda, durante dos o tres días casi alegres, el momento en que será conducido a los quirófanos para que se le practique la intervención quirúrgica que su caso requiera. La cama restante, la cuarta, no tenía por qué gemir, visto que el señor V., el Contador Público, que es quien la ocupa, operado con anterioridad en tres frentes —extracción de la vesícula, úlcera duodenal y una hernia en la parte superior del abdomen—, después de trasponer la etapa dolorosa de sus padecimientos ya nada más se encontraba en ese dulce periodo hospitalario, tan parecido al limbo, que es el "estado de observación". El señor V. es un hombre bondadoso de cincuenta años, comunicativo, lleno de ánimo, optimista, con un cuerpo macizo y una cabeza pelirroja arreglada *à la brosse*. He advertido que hay momentos en que no puede oponer resistencia a la evasión de su espíritu y la mirada se le osifica, amargamente inmóvil sobre un solo punto, hundido todo su ser en quién sabe qué abismo de profundas desdichas. Vuelto de espaldas a la puerta de la sala vacía, creyéndose solo, la otra mañana en que regresaba yo de Rayos X sorprendí sus sollozos inmensamente tristes. Algo muy íntimo debe ocurrirle de lo que no quiere hablar con nadie. Era tan temprano, con el jardín, allá abajo, lleno de las blancas parvadas de las jovencitas estudiantes de enfermería, que el sollozar del señor V. resultaba entonces de una extraña incongruencia, *contra natura,* como si uno se viera forzado por razones todopoderosas, a ser el cómplice de un ominoso crimen contra la humanidad entera.

Nuestros gemidos una vez se alternan y otras se emparejan, a dúo o a trío, durante esta segunda larga noche de hospital. A Moctezuma II, con el colon perforado, y a Toño, a quien ayer mismo, casi al llegar, le operaron de urgencia una oclusión en el intestino, los calmantes apenas les sirven de leve amortiguamiento y el dolor no los abandona ni abandonará por muchas horas. Amo hasta la abdicación de mi ser a la maravillosa enfermera que viene a inyectarme para que cesen mis dolores, y aguardo unciosa y pacientemente a que se produzcan los efectos sedativos, en tanto no dejo de escuchar el rítmico y monótono quejarse, ya casi profesional, de mis compañeros. Sin embargo me voy sintiendo cada vez más y más culpable a medida que dejo de sufrir. No sé si tengo fiebre. Entro en un duermevela fantasmagórico, entre raros espacios que se invaden y se combaten con saña, mientras yo estoy suspendido como un ahorcado que pendiera de otra dimensión. En mi mente confusa, con incomprensibles movimientos en zigzag, que me bailan dentro de la cabeza igual que gruesas municiones, de uno y otro hemisferio del cerebro, se abre paso la idea onírica de un cuento abrupto que estoy en la obligación de escribir, en virtud de imperativas aunque imprecisas consideraciones morales que no puedo soslayar sin que traicione con ello del modo más vergonzoso a mi causa. *La matanza de los locos*, dice la voz de mi fiebre: así debe llamarse a fin de denunciar ese infame, ese abominable exterminio de locos que hubo. Ignoro de qué matanza se trate, dónde y cuándo fue. Tengo el deber de escribir el cuento, eso es lo único para mí.

Se me ocurre que la acción podría situarse en Soloma, aquel siniestro pueblo del Ande guatemalteco donde estuve hace muchos años. Viene a mi memoria el recuerdo de los indios humilladísimos, tristes y aterrados, que corrían como animales ciegos en todas las direcciones, ante la embestida rabiosa de la soldadesca, sin poder escapar de la plaza de Soloma, en cada una de cuyas salidas los esperaban más soldados, que los recibían a bestiales golpes de culata en la cara, en los lomos, en el vientre. Iban de un lado para otro, llenos de pánico, como olas desamparadas, pero lo más sobrecogedor, sin lanzar un grito, sin proferir una queja, con el silencio insuperable de los sordomudos o apenas con el chillido inarticulado de los monos. Terminaron por abandonarse a su impotencia y, precisamente como esas enloquecidas familias de monos a las que rodea una inundación, se abrazaron y enlazaron unos a otros, formando un racimo de cuerpos en el centro de la plaza, dispuestos a morir. De ahí los arrancaban los verdugos, a tajos de machete sobre las manos y los brazos, para después llevarlos a rastras sobre las piedras de la calle, hasta las puertas de la cárcel.

Sí, debo tener fiebre. Prefiguro la matanza de los locos con los mismos rasgos esenciales de lo ocurrido en Soloma hace tantos años, cuando los indios osaron reclamar de sus usurpadores las tierras comunales que pertenecían al pueblo desde los tiempos del emperador Carlos V.

Los locos han escapado del manicomio, un edificio que es lo mismo de la cárcel de Soloma, con su portón de hierro herrumbroso y sus muros, contrafuertes y garitones cubiertos por una pátina de lepra. Son también los mismos indios, los mismos monos que han perdido el habla. Los soldados disparan sobre ellos sin conmiseración y sin remordimiento, pues en fin de cuentas los indios están locos y matar a un loco es como no matar a nadie, menos que matar a un perro. Esto les permite considerar la matanza a la par de un simple divertimiento; cierta sucesión inmaterial y apenas desordenada, como en medio de los lentísimos círculos de la *Cannabis Indica,* de una suerte de distantes actos sonámbulos que parecen no suceder, de tal modo que deciden exterminar de una vez a todos, a fin de no dejar un solo loco vivo sobre la tierra. Practican diferentes formas de darles muerte: de lejos, con un tiro, y de cerca destrozándoles el cráneo a culatazos. Echarles una soga al cuello resulta bastante más complicado y difícil, por la desesperada y furiosa resistencia que ofrecen la mayor parte de ellos; aunque los locos pacíficos, dóciles y cándidos como niños, se dejan ahorcar sin dificultad alguna.

Ahora bien: si todo el problema moral es lógico y claro para los verdugos, no ocurre del mismo modo con sus víctimas. Carentes de alcances racionales, los locos no logran comprender nada del sentido y de la causa de esta locura. No obstante, si se les castiga de manera tan cruel, acaso sea cierto y verdadero que habrán cometido en realidad algún espantoso crimen sin nombre, del cual les resulta imposible acordarse, pero de cuya comisión tienen que asumir en toda su integridad las terribles consecuencias. Los locos que quedan, ocultos en las cavernas de las montañas, adivinan con un delirante sexto sentido cuya asistencia de pronto los auxilia, que sobre todos ellos y sobre todos sus congéneres demenciales pesa una oscura culpa atávica, un misterioso pecado original que únicamente puede expiarse y redimirse con la muerte. Reflexionan —en rigor, tan sólo porque están enajenados— en la necesidad de un Cristo de los locos. Mas su culpa es tan grande y universal, que no es bastante con que haya nada más un solo Cristo. Ellos —los locos de las cavernas, la tribu perdida de Israel—, sin excluir ni al más insignificante de sus miembros, deberán ser todos Cristo, su propio Cristo colectivo, sin que ninguno falte a la cita en el Calvario.

Los locos bajan de la montaña y comparecen en la plaza, semidesnudos y miserables. Han perdido ya el más leve rastro de conciencia humana; ahora son santos y ofrecen el nefando espectáculo de su santidad con la más escandalosa y bestial de las impudicias. Bailan horripilantes danzas estrafalarias con ademanes lúbricos, a los que acompañan de los más groseros y extraños visajes; se lamen las llagas del cuerpo unos a otros, se derriban en el suelo, se azotan, comen sus propios excrementos y poseen a sus mujeres a la vista de toda la gente.

El castigo será ejemplar e inmisericorde. Resulta ya tan evidente de qué lado está la causa de la justicia, que hasta los mismos sacerdotes, magistrados, jueces, y los jerarcas todos de la más diversa condición, acuden también a las armas para no perderse nadie la honra de haber participado en el sacrosanto aniquilamiento de los réprobos.

Es así como se consuma, sin que ni uno solo de ellos quede vivo, la matanza de los locos. La matanza de los inocentes.

El doctor Tanimoto, clínico en jefe de nuestro sexto piso, me anuncia, con su alegre sonrisa japonesa, que mañana, a las primeras horas hábiles, seré sometido a un estudio de hemodinámica. —Que lo *preparen* —indica a la enfermera—. Suspensión de cualquier clase de alimentos a partir de hoy al mediodía y que tampoco tome nada de agua —se vuelve hacia mí—. No es una operación propiamente dicha. Le haremos cuatro punciones en diferentes partes del cuerpo. Más que nada es un estudio largo y cansado, pero no doloroso —me palmea en el hombro y se retira.

Miro largamente a través de la ventana. Mi puesto de vigía comprende en un arco de círculo desde las montañas del noreste y los volcanes, hasta el Ajusco en el sur, y así, he venido registrando cada uno de los cambios de luces que se producen durante el día en toda por las nubes en tropel que estacionan en el horizonte los carros, las ruedas, las lanzas, los escudos y los corceles de su trepidante ejército de inesperada inspiración manejara desde la altura de una tramoya celeste los más diversos, complicados y caprichosos reflectores, para iluminar aquí una parte o ensombrecer allá otra del mágico escenario. Cuando se despeja un trozo de cielo hacia el este los volcanes aparecen, descomunales y probos, cual viejos jueces de la antigüedad que presidieran la asamblea de un senado de turbulentas montañas, a fin de apaciguar sus cóleras e impartir entre ellas la belleza de la más pura justicia geológica. Pero en el mayor número de las veces los volcanes pronto se esfuman hacia atrás, se retiran sin dar las espaldas hasta las puertas de sus habitaciones y su antiguo sitio es ocupado la amplitud del Valle de México. Es como si un distante hechicero victorioso. Es aquí cuando el hechicero celeste interpone ante sus reflectores una gasa sombría.

Me aparto del paisaje y reflexiono sobre cuál podrá ser la materia de que se ocupa la hemodinámica. *Hemodinámica.* De la composición de la palabra trato de deducir su significado, a tientas. Debe de ser algo que se refiere a cosas tales como la fluencia de la sangre, las aventuras que tiene este fluir a través de las arterias, qué cambios, qué reacciones o qué descubrimientos patológicos se producen con una alteración provocada del ritmo sanguíneo. En fin, quién sabe, y los médicos son muy poco explícitos para con nosotros los profanos.

Hoy le han dicho al señor V. que será sometido a una nueva intervención quirúrgica. Estamos solos y el señor V. se vuelve sobre su cama, vecina de la mía, con ánimo de conversar. Como desde hace unos momentos me daba la espalda, yo lo creía dormido, pero por la expresión anhelante y resuelta con que se ha vuelto hacia mí comprendo

que tan sólo luchaba contra la necesidad de confiarme algo que sin
duda debe considerar grave y trascendente. —Pues ya ve usted lo que
son las cosas —comienza con una melancólica sonrisa de disculpa—.
A mí ya me habían dado de alta y estaba de regreso en mi casa, tranquilo y buenisano, pero recaí a causa de una gran desgracia familiar.
¡Ay, señor mío!, una terrible desgracia y acabadita de suceder, como
quien dice. No se cumplen ni siquiera los quince días de que pasó
—está sentado sobre la cama al modo yoga y baja los ojos como para
mirarse las rodillas. Sin levantar la mirada dispara las palabras de un
tirón—: No tenía yo una semana de haber salido del hospital, cuando
vino mi nuera a la casa para avisarnos que mi hijo Jorge, el mayor,
se había suicidado con una toma de arsénico —hace una pausa. Las
lágrimas ruedan por sus mejillas y al plegar hacia abajo la comisura
de sus labios el dolor le da una curiosa expresión de enojo—. ¡Un
hijo de veintiocho años! ¡Cuántas ilusiones, cuántos proyectos, cuántas esperanzas que se pierden de repente! ¡Ay, señor, no sabe lo que
duele la muerte de un hijo que ya es hombre formado, que ya se logró
en la vida y más cuando no muere de enfermedad, sino por obra de
su propia mano! ¡Cuánto debió sufrir mi pobre Jorge para decidirse
a cometer un crimen tan grande!

Nos interrumpe la presencia de Moctezuma II, que en estos momentos entra en la sala. Camina encorvado, como si un tenso alambre
tirara de su tronco hacia adelante —la enfermedad del colon—, con
menudos pasitos tristes, el cuerpo hecho por completo de madera dentro de la pijama limpia y arrugada que cada día se nos proporciona
a los pacientes, con su habitual aire indígena digno y abatido, de emperador derrotado y prisionero. Sabemos que viene de los sanitarios.
El señor V. en seguida se reconecta al mundo de la vida exterior, con
la misma chispa de siempre en sus ojos ágiles y afectuosos. —¿Ya
pudo obrar bien, señor don Angelito? —le pregunta con gran deferencia y sincero interés. Aquí todos conocemos, recíprocamente, al
detalle, una a una de las fases del proceso hospitalario de cada quien,
lo que le pasa, lo que hace, el estado de su organismo, cosa que constituye el tema central de las conversaciones y es el vínculo más sólido que nos enlaza a unos con otros, sin pudor alguno, en la cálida
confianza y el honrado aprecio mutuo que nos tenemos. Habíamos
llevado la cuenta, día por día, del estreñimiento de don Angelito. (El
señor V. y yo convinimos desde el primer día en darle el inocente
sobrenombre de Moctezuma II, porque don Ángel no podría ser, de
ningún modo ni circunstancia, sino una copia rigurosamente fiel de
lo que imaginábamos el hombre que habría sido el emperador de los
aztecas después de su caída.) —Sí, gracias a Dios —responde Moctezuma II satisfecho—, acabo de obrar muy bien y sin hacer hartas
fuerzas, con todo y los días que llevaba yo de no ir al excusado —pero
su informe aún es incompleto: el señor V. desea más precisiones. —¿Y

cómo hizo usted, señor don Angelito, duro o blando? —Moctezuma II
sacude la cabeza y mira reflexivamente hacia el suelo. —Pos ora hice
blandito; yo crioque por ser la primera vez.

Cuando Toño sea devuelto del quirófano y regrese a la sala (lo
han tenido que operar una segunda vez), alguno de nosotros dos lo
recibirá con la buena nueva. —El señor don Ángel ya fue al excusado. Obró blandito.

En el décimo piso del hospital, la camilla de ruedas me introduce
en una sala que me da la idea de algo semejante a un taller de cirugía
radiográfica. Los extraños aparatos, las máquinas desconocidas que
parecen cámaras de cine del futuro, los numerosos *spotslights,* los tableros de innumerables *switches,* la pantalla de televisión, los cables,
los distintos aparatos de rayos X, me hacen sentir que estoy en un *set*
cinematográfico de algún nuevo planeta habitado que hubiera sido
descubierto en la segunda mitad del siglo XXI. Unos seis médicos, a
lo que alcanzo a contar, se ocupan del manejo de mi cuerpo, me in-
yectan, me punzan, me sacan venas y arterias a la superficie de la piel,
en los antebrazos y en la región inguinal, y las conectan luego a unos
delgados conductos tubulares unidos a su vez a todo el grupo de máquinas y aparatos, de las más diversas formas, que han aproximado a
la mesa de operaciones. En torno de las extremidades —como si se
dispusieran a sentarme en la silla eléctrica— me atan unas correas de
cuero con las que se sujetan contra mi piel las planchuelas metálicas
de los cátodos, que conectan mi cuerpo a un sistema combinado de
rayos X, electrogramas y televisión. Los brazos abiertos en cruz, un
San Sebastián atravesado por las flechas del martirio, estoy tendido
en la plancha de operaciones. Se trata de mi crucifixión hemodinámica, a la que ni siquiera falta la lanza en el costado, cuando el doctor Tanimoto me introduce en el brazo una larga aguja de más de
veinte centímetros a la altura del noveno espacio intercostal. Veo de
pronto en el visor de los electrogramas una brillante estrellita azul,
que sale de cuadro por la derecha y reaparece al instante por la izquierda, seguida por una línea luminosa, para trazar el desigual perfil de una gráfica de galopantes ángulos abruptos y desordenados.
—¿Le gusta? —me pregunta la linda doctora que atiende los catéteres,
es decir, los tubos que brotan de mi brazo derecho—: Es la gráfica
de su presión arterial —añade. Sin que acierte a explicarme el absurdo, irrumpe en mi memoria auditiva el recuerdo de una frase musical
del *Don Juan,* de Richard Strauss, y me entran unas ganas terribles de
silbar la melodía. Pero no aparto la mirada de mi presión arterial,
transcrita por el electrograma a los más antiguos caracteres de la escritura cuneiforme, y poco a poco empiezo a maravillarme, aunque,
quién sabe por qué, no sin tristeza.

Algún lejano poeta asirio, de los tiempos del rey Asurbanípal, tendido en la terraza de su palacio, a las orillas del Éufrates, habrá escuchado ya, como yo hoy lo escucho, el mismo poema universal que es el transcurrir de la sangre por las venas del hombre. Yo soy los hombres en esta escritura que desde Nínive proyecta el electrograma y canto y río y me amo. Mas, ¿cómo no ensombrecerse al pensar en el porvenir de nuestra gran y dolorida casa terrenal, si cualquier clase de guerra atómica o nuclear o termonuclear puede romper para siempre la atadura que nos une al lenguaje de la sangre humana? Siento el vago impulso de lanzar un escupitajo sobre el visor y luego largarme muy lejos. Pero, ¿podría hacerlo de veras? No; alguno de mis personajas literarios, sí. Yo soy demasiado razonable como para poder permitirme esas cosas. Comprendo que nada más estoy jugando conmigo mismo. ¡Ah, pero sería tan maravilloso!

En la pantalla de televisión aparecen mis entrañas, el milagro de mi fisiología viviente, el mapa en relieve de mi estructura orgánica interna. Hígado, riñones, intestinos, pulmones, corazón, la vista aérea de un continente de montañas palpitantes, todo ello es un hecho sagrado y jubiloso. Sobrevuelo encima del nudo del Cepoaltépetl y de las cordilleras andinas, a los que, igual que un dios omnipotente, soy yo el que insufla el aliento con el que respiran. Pero en este punto la voz del doctor Tanimoto me saca del interior de la infinita catedral de mi cuerpo. —No vaya a alarmarse. Dentro de un momento experimentará sensaciones muy raras. Vamos a introducirle una carga de nitrito de etilo. Esté preparado.

Entro en agonía. Mi corazón enloquece y se desboca, palpita con el tabletear alucinante de una ametralladora que reventará en pedazos si sigue disparando un segundo más. Mi respiración adquiere el ritmo velozmente entrecortado de las transmisiones de signos telegráficos y hace que mi pecho salte con la precipitada rapidez de una película que se proyectara a menos de doce cuadros por segundo. Por dentro de mi cuerpo, de un extremo al otro, se desata un huracán de violencia inaudita, con granizos y alfileres que hieren de un modo lacerante, en un impulso insoportable de desintegración cálida y fría, cada una de mis células. Llego a la angustia límite en la que unos milímetros delante ya no hay nada sino la muerte.

Aquí se interrumpen los efectos del nitrito de etilo y la espantosa ansiedad se repliega poco a poco en una pleamar de calma. Termina el estudio de hemodinámica.

Alguien me desciende de la cruz.

# ANTONIO DI BENEDETTO

## ARGENTINO
## (1922-1986)

*La narrativa de Antonio Di Benedetto se proyecta hoy en Hispanoamérica con todo su asombroso potencial creativo logrado por el escritor argentino en la audacia y originalidad de su escritura: radar de lo existencial, de lo expresionista, de lo onírico, de lo poético, de lo cinematográfico. Y ninguno de estos aspectos que se advierten en su obra corresponden a fases de influencias europeas. Se ha hecho notar al respecto su anticipación a escuelas extranjeras como en el caso de la corriente objetivista practicada más tarde por Robbe-Grillet: "En 'El abandono y la pasividad', Di Benedetto ensaya, por primera vez en lengua española, como experimentación de una nueva forma narrativa, lo que años más tarde sería llamado 'objetivismo' " (Introducción, "El primer cuento 'objetivista' de lengua española" en* Two Stories *(Mendoza: Voces Edition, 1965, p. 38).*

*La obra del escritor argentino es vanguardista en el sentido de su insistente renovación; una verdadera estética de la* infracción *para usar el término con el que el autor describe la dirección de su novela* El pentágono. *Su vanguardismo también tiene que ver con la capacidad devorante y asimilativa de su escritura; una modernidad lograda por la incorporación de múltiples vertientes artísticas. En cuanto a las persistentes búsquedas de ángulos narracionales, afirmaría el autor refiriéndose a su novela* El pentágono, *llamada posteriormente* Annabella: *"Transcurría la década del 40 y, saturado de novela tradicional... cometí el atrevimiento, en grado de tentativa, de 'contar de otra manera'. Por lo cual provoqué esta 'novela en forma de cuentos'... asumíamos ciertas libertades formales, procurábamos experimentar e inventar o, al menos, hacer nuestro camino". (Annabella.* Buenos Aires: Ediciones de Orión, 1974, p. 12). *Antonio Di Benedetto es autor de cinco novelas, ocho colecciones de cuentos y libretos de cine. El exitoso reconocimiento internacional del escritor se puede apreciar en la traducción de su obra a numerosos idiomas, entre ellos, inglés, alemán, francés, italiano, portugués, rumano, polaco, búlgaro y griego.*

*Los primeros cuentos de Antonio Di Benedetto fueron escritos a comienzos de la década del treinta. Su producción cuentís-*

*tica incluye las colecciones* Mundo animal *(1953);* Grot *(1957);*
Declinación y ángel *(1958), libro que reúne los textos "Declinación y ángel" (considerado novela corta) y el relato de línea objetivista "El abandono y la pasividad";* El cariño de los tontos
*(1961), volumen formado por tres cuentos: "Caballo en el sali-
tral", "El cariño de los tontos" y "El puma blanco";* Two Stories
*(1965), edición bilingüe español/inglés de los cuentos "El aban-
dono y la pasividad" y "Caballo en el salitral";* Cuentos claros
*(1969), este volumen publicado por Ediciones Galerna en Buenos
Aires es la edición corregida de la colección* Grot *de 1957;* El
juicio de Dios: antología de cuentos *(1975), se compilan aquí relatos provenientes de los siguientes volúmenes:* Mundo animal,
Declinación y ángel, El cariño de los tontos, Cuentos claros. *El
cuento "El juicio de Dios" que da el título a esta antología y que
se había incluido en* Grot, *fue llevado al cine, con un guión del
propio autor, bajo el título "Los inocentes".*

Siguen los libros de relatos Absurdos *(1978);* Caballo en el
salitral *(1981), el cuento que le da el título a esta colección es
uno de los más famosos del autor; escrito en 1958, ganó el primer
premio en el concurso nacional de cuentos del diario* La Razón
*de Buenos Aires. El relato se incluyó luego en el volumen* El cariño de los tontos. *De 1983 es* Cuentos del exilio; *luego de su encarcelamiento en 1976 en Buenos Aires, el autor sale al exilio
y reside en Europa donde se originan estos cuentos. Comenta Di
Benedetto sobre esta penosa experiencia que lo desarraiga de su
país: "los textos fueron escritos durante los años del exilio. Que,
bien considerado, vino a ser doble: cuando fui arrancado de mi
hogar, mi familia, mi trabajo, los amigos y, luego, al pasar a tierras lejanas y ajenas". (Cuentos del exilio. Buenos Aires: Editorial Bruguera, 1983, p. 11). Por otra parte, la honestidad de su
compromiso artístico es transparente y decidida cuando previene
en el mismo libro sobre el aprovechamiento de su obra con fines
políticos: "No se crea que, por más que haya sufrido, estas páginas tienen que constituir necesariamente una crónica, ni contener una denuncia, ni presentar rasgos políticos. Como me lo ha
enseñado Lou, el silencio, a veces equivale a una protesta muy
aguda." (Cuentos del exilio, ed. cit. p. 11).*

*Sus novelas son* El pentágono: novela en forma de cuentos
*(1955);* Zama *(1956);* El silenciero *(1964);* Los suicidas *(1969);*
Annabella: novela en forma de cuentos *(1974), reedición de* El
pentágono *de 1955;* El hacedor de silencio *(1982), reedición de*
El silenciero *de 1964;* Sombras, nada más *(1985). En 1987 se
publica* Páginas de Antonio Di Benedetto: seleccionadas por el
autor; *este libro incluye catorce cuentos y fragmentos de tres novelas. El estudio preliminar de Graciela Maturo "La aventura*

*vital en la creación de Antonio Di Benedetto" es un excelente e
iluminador examen de la obra del escritor argentino.*

*Antonio Di Benedetto nació en Mendoza. Estudió leyes en
la Universidad Nacional de Córdoba y luego en la Universidad
Nacional de Tucumán. No se gradúa, se dedica al periodismo;
comienza escribiendo para el diario* La Nación *y revistas como*
Mundo argentino; *luego trabaja en el diario* Los Andes *y posteriormente se desempeña como corresponsal extranjero del diario*
La Prensa *de Buenos Aires, Junto con su actividad periodística
y literaria se interesa por el teatro y el cine, obteniendo el cargo
de director en ambos en la Universidad Nacional de Cuyo en
1956. En 1960 obtiene una beca del gobierno francés que le permite viajar a París.*

*Su trabajo como corresponsal extranjero le permitió cierta-
mente conocer varios países, pero también recibía invitaciones del
extranjero debido a su creciente prestigio como artista e intelectual. Viaja a Alemania, Suiza, Grecia, Israel, España, África del
Sur, Colombia, Venezuela, Ecuador, Perú, Brasil, Paraguay y varios países centroamericanos. En 1974 recibe la beca Guggenheim
y en 1981 la beca MacDowell. En 1975 es designado miembro
correspondiente de la Academia Argentina de Letras y miembro
de número en 1984. En 1976 es encarcelado, una de las tantas in-
justicias y atropellos de la dictadura. Forzado al exilio al año siguiente, reside en Barcelona, Madrid y Estados Unidos. Regresa a
Argentina en 1984. La obra literaria de Antonio Di Benedetto recibió numerosos premios, destacan el Premio Juan Carlos D'Accur-
zio en Mendoza en 1957 por su libro* Grot; *el Gran Premio de
Novela de la Subsecretaría de Cultura en 1964 por su novela* El
silenciero; *el Primer Premio del Concurso Nacional Fiesta de las
Letras de Necochea en 1965, también por* El silenciero; *la Primera
Mención en el Concurso de Novela Primera Plana, Editorial Sudamericana 1967 por* Los suicidas. *También recibió premios por
su labor periodística y por sus guiones cinematográficos. En 1985
es galardonado con el Premio Esteban Echeverría y el año de su
muerte con el Gran Premio de Honor de la Sociedad Argentina
de Escritores.*

*El cuento "Mariposas de Koch" proviene del primer libro de
Di Benedetto* Mundo animal, *colección que incluye quince relatos. En la sección "Borrador de un reportaje" de este volumen se
indica que estos "cuentos son ordenamientos del sueño, de sueños
que de noche soñaba y pasaba en limpio en las horas puras, las
del amanecer". (Mundo animal. Buenos Aires: Compañía General Fabril Editora, S. A., 1971, p. 10). Significativo aspecto, puesto
que constituye un elemento constante en la obra del autor. Una
treintena de años más tarde en su novela* Sombras, nada más, *el*

*escritor argentino también comentaría sobre el onirismo subya-*
*cente en esta obra: "Los delirios oníricos en estas páginas regis-*
*trados se produjeron en tres épocas y en sitios bien diferentes:*
*Hacia 1981 en New Hampshire... en la América Central. Final-*
*mente, de modo más atenuado en Europa." Sombras, nada más.*
*Madrid: Alianza Editorial, S. A., 1985, p. 9). La gran concentra-*
*ción poética que hay en "Mariposas de Koch" parece destinada*
*a evitar el ingreso de la muerte anunciada al comienzo: "Dicen*
*que escupo sangre y que pronto moriré". La belleza fugaz de la*
*mariposa y la inminencia de la muerte constituyen el principio*
*aleatorio de este cuento. La mariposa es poesía, vuelo, altura,*
*color. Su hermosura es la condena: frágil, efímera como la vida,*
*contaminada por el bacilo de la enfermedad. La muerte instalada*
*en el corazón, en los pulmones de un hablante que quiere alterar*
*el rumbo destructivo al que está condenado a través del ejercicio*
*poético de su visión.*

*Además del estudio citado de Graciela Maturo, sobre la obra*
*del autor han escrito Noé Jitrik,* La nueva promoción *(1959); Car-*
*los Mastrángelo,* El cuento argentino *(1963); Noemí Ulla, un ar-*
*tículo sobre la novela* Zama, *incluido en* Nueva novela latinoamericana *(1972); Graciela Ricci,* Los circuitos interiores. "Zama" *en*
la obra de Di Benedetto *(1974); Malva Filer,* La novela y el diálogo de los textos *(1982). También el volumen colectivo* Aproximación a la obra de Antonio Di Benedetto *(1970) con ensayos*
*de María E. de Miguel y otros autores.*

## MARIPOSAS DE KOCH *

Dicen que escupo sangre, y que pronto moriré. ¡No! ¡No! Son mariposas, mariposas rojas. Veréis.

Yo veía a mi burro mascar margaritas y se me antojaba que esa
placidez de vida, esa serenidad de espíritu que le rebasaba los ojos
era obra de las cándidas flores. Un día quise comer, como él, una
margarita. Tendí la mano y en ese momento se posó en la flor una
mariposa tan blanca como ella. Me dije: ¿Por qué no también?, y
la llevé a los labios. Es preferible, puedo decirlo, verlas en el aire.
Tienen un sabor que es tanto de aceite como de yerbas rumiadas.
Tal, por lo menos, era el gusto de esa mariposa.

La segunda me dejó sólo un cosquilleo insípido en la garganta,
pues se introdujo ella misma, en un vuelo, presumí yo, suicida, en pos

---

* © Antonio Di Benedetto y Luz Bono Di Benedetto.

de los restos de la amada, la deglutida por mí. La tercera, como la segunda (el segundo, debiera decir, creo yo), aprovechó mi boca abierta, no ya por el sueño de la siesta sobre el pasto, sino por mi modo un tanto estúpido de contemplar el trabajo de las hormigas, las cuales, por fortuna, no vuelan, y las que lo hacen no vuelan alto.

La tercera, estoy persuadido, ha de haber llevado también propósitos suicidas, como es propio del carácter romántico suponible en una mariposa. Puede calcularse su amor por el segundo y asimismo pueden imaginarse sus poderes de seducción, capaces, como lo fueron, de poner olvido respecto de la primera, la única, debo aclarar, sumergida —muerta, además— por mi culpa directa. Puede aceptarse, igualmente, que la intimidad forzosa en mi interior ha de haber facilitado los propósitos de la segunda de mis habitantes.

No puedo comprender, en cambio, por qué la pareja, tan nueva y tan dispuesta a las locas acciones, como bien lo había probado, decidió permanecer adentro, sin que yo le estorbase la salida, con mi boca abierta, a veces involuntariamente, otras en forma deliberada. Pero, en desmedro del estómago pobre y desabrido que me dio la naturaleza, he de declarar que no quisieron vivir en él mucho tiempo. Se trasladaron al corazón, más reducido, quizás, pero con las comodidades de un hogar moderno, por lo que está dividido en cuatro departamentos o habitaciones, si así se prefiere nombrarlos. Esto, desde luego, allanó inconvenientes cuando el matrimonio comenzó a rodearse de párvulos. Allí han vivido, sin que en su condición de inquilinos gratuitos puedan quejarse del dueño de casa, pues de hacerlo pecarían malamente de ingratitud.

Allí estuvieron ellas hasta que las hijas crecieron y, como vosotros comprenderéis, desearon, con su inexperiencia, que hasta a las mariposas pone alas, volar más allá. Más allá era fuera de mi corazón y de mi cuerpo.

Así es como han empezado a aparecer estas mariposas teñidas en lo hondo de mi corazón, que vosotros, equivocadamente, llamáis escupitajos de sangre. Como veis, no lo son, siendo, puramente, mariposas rojas de mi roja sangre. Si, en vez de volar, como debieran hacerlo por ser mariposas, caen pesadamente al suelo, como los cuajarones que decís que son, es sólo porque nacieron y se desarrollaron en la obscuridad y, por consiguiente, son ciegas, las pobrecitas.

# A M P A R O   D Á V I L A

MEXICANA
( 1 9 2 8 )

*Aun cuando el conocimiento de la escritora mexicana se debe a
la publicación de su cuentística, Amparo Dávila se inició literariamente con tres libros de poesía escritos en la primera mitad
de la década del cincuenta. Su producción poética no prosigue,
pero el dominio de esa escritura se incorpora con naturalidad y
eficacia en su producción narrativa. En los cuentos de Amparo
Dávila la ubicuidad de la imagen poética crea un espacio narrativo de gran movilidad asociativa. El tiempo inasible, la fácil destructividad del vínculo humano, las ominosas formas de la soledad, la recurrencia del recuerdo junto con la imperfección reconstructiva de la memoria son algunas de las regiones hacia las cuales se desplaza ansiosamente ese poético fluir narracional.*

*La obra poética de Amparo Dávila comprende los volúmenes
Salmos bajo la luna (1950); Perfil de soledades (1954) y Meditaciones a la orilla del sueño (1954). Luego de este tercer libro de
poesía la escritora mexicana comienza a desarrollar un interés por
la narrativa que absorbería su dedicación literaria. En 1959 publica la colección de cuentos Tiempo destrozado, a la cual siguen
los libros de relatos Música concreta, en 1964 y Árboles petrificados, en 1977. En 1978 se publican reunidas las dos primeras
colecciones Tiempo destrozado y música concreta, y en 1985 aparece Muerte en el bosque, colección que reúne básicamente cuentos de Tiempo destrozado más el cuento "El entierro" de Música
concreta.*

*Amparo Dávila nació en Pinos, Zacatecas, lugar en el que
transcurre su infancia. En 1935 es llevada a San Luis Potosí;
allí ingresa a un colegio de monjas, recibiendo su educación formal. A partir de 1954 se traslada a la ciudad de México, donde reside actualmente. Además de su actividad literaria, Amparo Dávila ha colaborado por años en importantes revistas y diarios
mexicanos.*

*El cuento seleccionado con el que se titula la primera colec-
ción de cuentos de Amparo Dávila plasma la angustiante, desesperada visión de la existencia humana como el fugaz torbellino
de una temporalidad que deja sólo impresiones y recuerdos veloces de difícil articulación. Las diversas escenas del cuento son*

*fragmentos de la misma temporalidad que se trata inútilmente de
asir. El recuerdo es todo lo que queda, pero al mismo tiempo hay
la imposibilidad de su estructuración, de su recuento narrativo
organizado. La existencia se vislumbra como la forma de una
conciencia sin centro. Todo está desgajado, repartido en símbolos
amenazantes: la infancia es un espacio trizado donde los padres
desaparecen, las telas no procuran la belleza del vestido sino que
el ahogo, los libros y la cultura son también opresivos y finalmente el viaje tampoco es conductivo de una realización porque
allí vuelve la presencia del "yo" intensificado por una temporalidad intimidante que acerca la vejez y el nacimiento.*

*El tratamiento de la mujer y del atrapamiento en la locura en
los cuentos de la escritora mexicana ha sido enfocado por Erica
Frouman-Smith en su artículo "Descent into Madness: Women
in the Short Stories of Amparo Dávila".* Discurso Literario 7.1
(1989): 2101-211.


## TIEMPO DESTROZADO *

Primero fue un inmenso dolor. Un irse desgajandc en el silencio.
Desarticulándose en el viento oscuro. Sacar de pronto las raíces y
quedarse sin apoyo, sordamente cayendo. Despeñándose de una cima
muy alta. Un recuerdo, una visión, un rostro, el rostro del silencio,
del agua... Las palabras finalmente como algo que se toca y se palpa,
las palabras como materia ineludible. Y todo acompañado de una
música oscura y pegajosa. Una música que no se sabe de dónde sale,
pero que se escucha. Vino después el azoro de la rama aérea sobre
la tierra. El estupor del ave en el primer día de vuelo. Todo fue ligero entonces y gaseoso. La sustancia fue el humo, o el sueño, la niebla que se vuelve irrealidad. Todo era instante, El solo querer unía
distancias. Se podía tocar el techo con las manos, o traspasarlo, o
quedarse flotando a medio cuarto. Subir y bajar como movido por un
resorte invisible. Y todo más allá del sonido; donde los pasos no escuchan sus huellas. Se podía llegar a través de los muros. Se podía
reír o llorar, gritar desesperadamente y ni siquiera uno mismo se oía,
Nada tenía valor sino el recuerdo. El instante sin fin estaba desierto,
sin espectadores que aplaudieran, sin gritos. Nada ni nadie para responder. Los espejos permanecían mudos. No reflejaban luz, sombra
ni fuego...

---

* Reproducido con permiso de Editorial Fondo de Cultura Económica, S. A
de C. V., México.

Entramos en la Huerta Vieja, mi padre, mi madre y yo. La puerta estaba abierta cuando llegamos y no había ni perros ni hortelano. Íbamos muy contentos cogidos de las manos, yo en medio de los dos. Mi padre silbaba alegremente. Mamá llevaba una cesta para comprar fruta. Había muchas flores y olor a fruta madura. Llegamos hasta el centro de la huerta, allí donde estaba el estanque con pececitos de colores. Me solté de las manos de mis padres y corrí hasta la orilla del estanque. En el fondo había manzanas rojas y redondas y los peces pasaban nadando sobre ellas, sin tocarlas... quería verlas bien... me acerqué más al borde... más...

—No, hija, que te puedes caer —gritó mi padre. Me volví a mirarlos. Mamá había tirado la cesta y se llevaba las manos a la cara, gritando.

—Yo quiero una manzana, papá.

—Las manzanas son un enigma, niña.

—Yo quiero una manzana, una manzana grande y roja, como ésas...

—No, niña, espera... yo te buscaré otra manzana. Brinqué adentro del estanque. Cuando llegué al fondo sólo había manzanas y peces tirados en el piso; el agua había saltado fuera del estanque y, llevada por el viento, en remolino furioso, envolvió a papá y a mamá. Yo no podía verlos, giraban rodeados de agua, de agua que los arrastraba y los ocultaba a mi vista, alejándolos cada vez más... sentí un terrible ardor en la garganta... papá, mamá... papá, mamá... yo tenía la culpa... mi papá, mi mamá... Salí fuera del estanque. Ya no estaban allí. Habían desaparecido con el viento y con el agua... comencé a llorar desesperada... se habían ido... tenía miedo y frío... los había perdido, los había perdido y yo tenía la culpa... estaba oscureciendo... tenía miedo y frío... mi papá, mi mamá... miré hacia abajo; el fondo del estanque era un gran charco de sangre...

Un árabe vendía telas finas en un cuarto grande lleno de casilleros.

—Quiero una tela muy linda para hacerme un traje, necesito estar elegante y bien vestida esa noche —le dije.

—Yo tengo las telas más hermosas del mundo, señora... mire este soberbio brocado de Damasco, ¿no le gusta?

—Sí, pero yo quiero una cosa más ligera, los brocados no son propios para esta estación.

—Entonces tengo ésta. Fíjese qué dibujos... caballos, flores, mariposas... y se salen de la tela... mírelos cómo se van... se van... se van... después regresan... los caballos vuelven sólo en recuerdo, las mariposas muertas, las flores disecadas... todo se acaba y descompone, querida señora...

—¡No siga, por Dios! Yo no quiero cosas muertas, quiero lo que perdura, no lo efímero ni lo transitorio, esa tela es horrible, me hace daño, llévesela, llévesela...

—¿Y qué me dice de esta otra?

—Bella... muy bella en verdad... es como un oleaje suave y...

—No señora, está usted completamente equivocada, no es un oleaje suave, esta tela representa el caos, el desconcierto total, lo informe, lo inenarrable... pero le quedará sin duda un bello traje...

—Aparte de mí esa tela desquiciante, no quiero verla más... yo quiero una tela linda, ya se lo dije. El árabe me miraba con sus negros ojos, hundidos y brillantes. Entonces descubrí una tela sobre una mesa.

—Déjeme ver ésta, creo que me gusta...

—Muy bonita, ¿verdad?

—Sí, me gusta bastante.

—Pero no puedo vendérsela.

—¿Por qué no?

—Hace años la dejó apartada una señora y no sé cuándo vendrá por ella.

—Tal vez ya se olvidó de la tela. ¿Por qué no me la vende?

—Si se olvidó no tiene importancia, !a tela se quedará aquí siempre, siempre; pero por ventura, querida señora, ¿sabe usted lo que esta palabra significa... Bueno, ¿qué le parece ésta que tengo aquí?

—Muy linda, la quiero.

—Debo advertirle que con esta tela no le saldrá nada, si acaso un adorno para otro vestido... ¡Ah! pero tengo ésta que es un primor, mire qué seda más fina y qué color tan tierno y delicado, es como un pétalo...

—Tiene razón, es perfecta para el traje que quiero, exactamente como yo la había pensado.

—Se verá usted con ella como una rosa animada. Es mi mejor tela, ¿se la llevará sin duda?

—Por supuesto, córteme tres metros.

—Pero... ¿qué es lo que estoy oyendo? ¿cortar esta tela? ¿hacerla pedazos? ¡qué crimen más horrendo! No puede ser, no... su sangre corriendo a ríos, llenando mi tienda, manchándolo todo, todo, subiendo hasta mi garganta, ahogándome, no, no, ¡qué crimen asesinar esta tela! asesinarla fríamente, sólo porque es bella, porque es tierna e indefensa, ¡qué infamia, qué maldad, qué ser más despreciable es usted, deleznable y vil, y todo por un capricho! ¡Ah qué crueldad, qué crueldad...! pero le costará bien cara su maldad, la pagará con creces, y no podrá ni arrepentirse porque no le darán tiempo; mire, mire hacia todos lados, en los casilleros, en las mesas, sólo hay telas vacías, huecas, abandonadas; todos se han salido, todos vienen hacia acá, hacia usted, y se van acercando, cada vez más, más estrecho, más cerca, hasta que usted ya no pueda moverse ni respirar, así, así, así...

Sangre, ¡qué feo el olor de la sangre! tibia, pegajosa, la cogí y me horroricé, me dio mucho asco y me limpié las manos en el vestido. Lloraba sin consuelo y los mocos me escurrían; quería esconderme debajo de la cama, a oscuras, donde nadie me encontrara... "Lucinda, niña, déjame quitarte ese vestido y lavarte las manos y la cara; estás llena de sangre, criatura." Mi mamá me limpiaba la nariz con su pañuelo... mamá, mamá ¿por qué mataron al borrego? le salía mucha sangre caliente, yo la cogí mamá, allí en el patio... Me lavaron y pusieron otro vestido y Quintila me llevó a la feria; mi papá me dio muchos veintes, subí a los caballitos, en el blanco, fueron muchas vueltas, muchas, y me dio basca... Quintila me compró algodón rosa y nieve de vainilla, el algodón se me hizo una bola en la garganta y vomité otra vez, y otra, y otra, tenía la boca llena de pelos, de pelos tiesos de sangre, nieve con pelos, algodón con sangre... Quintila me metía el algodón en la boca... "abre la boca hija, da unos traguitos, anda, sé buena, bebe, te hará bien." Yo no quiero ese caldo espeso, voy a vomitar, no me den ese horrible caldo, es la sangre del borrego, está tibia, espesa; mi brazo, papá, me duele mucho, un negro muy grande y gordo se ha sentado sobre mi brazo y no me deja moverlo, mi brazo, papá, dile que se vaya, me duele mucho, voy a vomitar otra vez el caldo, qué espeso y qué amargo...

Entré en una librería moderna, llena de cristales y de plantas. Los estantes llenos de libros llegaban hasta el techo. La gente salía cargada de libros y se iban muy contentos, sin pagar. El hombre que estaba en la caja suspiraba tristemente, cada vez que alguien salía, y escribía algo en un gran libro, abierto sobre el mostrador. Empecé entonces a escoger libros rápidamente, antes de que se acabaran. Me llevaría muchos, igual que los demás. Ya había logrado reunir un gran altero, pero cuando quise cargar con ellos, me di cuenta que no podía con tantos. Los brazos me dolían terriblemente con tanto peso y los libros se me caían sin remedio; parecía que se iban escurriendo de entre mis brazos. Decidí descartar unos, pero tampoco podía con los restantes; los brazos seguían doliendo de manera insoportable y los libros pesaban cada vez más; dejé otros, otro, otro más, hasta quedar con un libro, pero ni con uno solo podía... entonces me di cuenta de que ya no había gente allí, ni siquiera el hombre de la caja. Toda la gente se había ido y ya no quedaban libros, se los habían llevado todos. Sentí mucho miedo y fui hacia la puerta de salida. Ya no estaba. Comencé a correr de un lado a otro buscando una puerta. No había puertas. Ni una sola. Sólo muros con libreros vacíos, como ataúdes verticales. Comencé a gritar y a golpear con los puños a fin de que me oyeran y me sacaran de allí, de aquel salón sin puertas, de aquella tumba; yo gritaba, gritaba desesperada... sentí entonces una presencia, oscura, informe; yo no la veía pero la sentía totalmente, es-

taba atrapada, sin salida, empecé a retroceder paso a paso, lentamente
para no caerme, también avanzaba, lo sabían, lo sentía con todo mi ser,
y no pude dar un paso más, había topado con un librero, sudaba
copiosamente, los gritos subían hasta mi garganta y allí se ahogaban
en un ronquido inarticulado; ya estaba muy cerca, cada vez más cerca,
y yo allí, sin poder hacer nada, ni moverme, ni gritar, de pronto...

Estaba en los andenes de una estación del ferrocarril, esperando
un tren. No tenía equipaje. Llevaba en las manos una pecera con un
diminuto pececito azul. El tren llegó y yo lo abordé rápidamente, temía que se fuera sin mí. Estaba lleno de gente. Recorrí varios carros
tratando de encontrar un asiento. Tenía miedo de romper la pecera.
Encontré lugar al lado de un hombre gordo que fumaba un puro y
echaba grandes bocanadas de humo por boca, nariz y ojos. Comencé
a marearme y a no ver y oler más que humo, humo espeso, que se me
filtraba por todos lados con un olor insoportable. Empezó a contraér-
seme el estómago y corrí hasta el tocador. Estaba cerrado con candado.
Desesperada quise abrir una ventanilla. Las habían remachado. No
pude soportar más tiempo. Vomité dentro de la pecera una basca negra y espesa. Ya no podía verse el pececito azul; presentí que había
muerto. Cubrí entonces la pecera con mi pañuelo floreado. Y comencé
a buscar otro sitio. En el último carro encontré uno frente a una mujer que vestía elegantemente. La mujer miraba por la ventanilla; de
pronto se dio cuenta de mi presencia y se me quedó mirando fijamente.
Era yo misma, elegante y vieja. Saqué un espejo de mi bolsa para
comprobar mejor mi rostro. No pude verme. El espejo no reflejó mi
imagen. Sentí frío y terror de no tener ya rostro. De no ser más yo,
sino aquella marchita mujer llena de joyas y de pieles. Y yo no quería
ser ella. Ella era ya vieja y se iba a morir mañana, tal vez hoy mismo.
Quise levantarme y huir, bajarme de aquel tren, librarme de ella.
La mujer vieja me miraba fijamente y yo supe que no me dejaría huir.
Entonces una mujer gorda, cargando a un niño pequeño, vino a sentarse al lado mío. La miré buscando ayuda. También era yo aquella
otra. Ya no podría salir, ni escapar, me habían cercado. El niño comenzó a llorar con gran desconsuelo, como si algo le doliera. La madre, yo misma, le tapaba la boca con un pañuelo morado y casi lo
ahogaba. Sentí profundo dolor por el niño, ¡mi pobre niño!, y di un
grito, uno solo. El pañuelo con que me tapaban la boca era enorme
y me lo metían hasta la garganta, más adentro, más...

# MARCO DENEVI

ARGENTINO
( 1 9 2 2 )

*La producción literaria de Marco Denevi es extensa y atravie-
sa varias fases de desarrollo que muestran el genuino talento
artístico y la brillante capacidad innovativa del autor. El grueso
de la obra del escritor argentino es la narrativa aunque también
ha escrito dos obras de teatro* Los expedientes *(1957), ganadora
del premio nacional de literatura en este género y* El emperador
de la China *(1960). Denevi es miembro de número de la Academia Argentina de Letras y presidente honorario y fundador del
Consejo de Ciudadanos de la República Argentina, entidad privada, dedicada a la defensa de los principios republicanos y de-
mocráticos. Marco Denevi nació en Sáenz Peña, un suburbio de
Buenos Aires.*

*Ha publicado las siguientes novelas (algunas de ellas novelas
cortas),* Rosaura a las diez *(1955), primera creación literaria del
autor, ganadora del premio auspiciado por la editorial Guillermo
Kraft. Esta novela ha sido una de las más populares obras de
ficción en Argentina; además de su realización cinematográfica,
fue adaptada para la televisión. Luego se publican* Ceremonia
secreta *(1961), ganadora de un concurso literario auspiciado por
la revista* Life *en español;* Un pequeño café *(1966);* Los asesinos
de los días de fiesta *(1972) y* Manuel de historia *(1985), una novela con elementos futurísticos que apelan a la conciencia histórica del pasado y presente argentino. En 1990 publica la novela*
Música de amor perdido. *Denevi ha escrito también para la televisión y para el diario* La Nación. *De 1989 es su obra de ensayos y notas sobre la Argentina,* La república de Trapalanda.
*Sus obras completas se publican en varios volúmenes a partir
de 1980.*

*La obra cuentística de Denevi es abundante y variada. Su lec-
tura refleja claramente la excelencia del escritor argentino en el
género. Denevi ha declarado su preferencia por el cuento: "dentro de los géneros literarios el que más me interesa y el que también más quiero es el cuento". (Obras completas. Tomo I. Buenos
Aires: Ediciones Corregidor, 1980, pp. 31-32). Sus colecciones de
cuentos incluyen* Falsificaciones *(1966), que son textos breves, a
veces estampas o idearios;* El emperador de la China y otros cuen-*

tos *(1970);* Parque de diversiones *(1970);* Hierba del cielo *(1973);* Salón de lectura *(1974);* Los locos y los cuerdos *(1975);* Reunión de desaparecidos *(1977);* Robotobor *(1980);* Araminta o El poder *(1982).*

La crítica ha resaltado la rica y renovada expresividad del lenguaje en la obra de Denevi. También se ha estudiado el sustrato mítico presente en sus cuentos. La realidad cotidiana es el elemento visible de sus creaciones, pero poco a poco se va internando en estructuras más profundas que pueden tocar lo fantástico o lo mítico. Fernando Alegría se refiere al especial carácter de la magia en la obra de Denevi: "Hay algo, o mucho, de magia en su producción literaria: magia para ver el mundo y las gentes no en las dimensiones que todos conocemos" (Nueva historia de la novela hispanoamericana, Hanover, N. H.: Ediciones del Norte, 1986, p. 292).

La prosa narrativa de Denevi tiene vertientes satíricas y humorísticas acompañada de fugaces tonos moralistas. En el ingenio para penetrar en el mundo de las objetividades trascendiendo todo realismo, en el eficaz uso de un perpectivismo cinematográfico, en los juegos de ambientes, identidades y caracteres se revela el poder narrativo de un gran autor. El cuento "La cola del perro" fue escrito en 1960; se incluyó en la sección "Cuentos con hombres y animales" del volumen quinto de Obras completas. Cartas peligrosas y otros cuentos *(1987).*

## LA COLA DEL PERRO *

Un día el Hombre llamó al Perro.

—Perro —le dijo, y función las cejas—. Te prohíbo que muevas la cola.

El Perro se quedó mudo de estupor.

—Pero Amo —articuló, al fin, sospechando que todo fuese una broma— ¿por qué no quieres que la mueva?

—Porque he decidido eliminar de mi casa todo lo que sea gratuito.

— ¿Y qué es *gratuito?*

—Sinónimo de inútil. Hace un momento maté al Pavo Real pues, fuera de distraerme de mis ocupaciones con su gran cola petulante,

* Reproducido con permiso del autor y de Ediciones Corregidor, S.A.I.C.I. y E. (Argentina). El cuento "La cola del perro" forma parte del tomo V de la *Obra completa* de Marco Denevi, págs. 205/215) publicada por Ediciones Corregidor (ISBN: 950-05-0467-6).

no servía para nada, ni para comerlo al horno. Al Gato le ordené que cace por lo menos dos ratones diarios, porque no he de tolerarle que se pase el día durmiendo y la noche de juerga. En cuanto al Caballo, basta de trotes, golpes, saltos y ambladuras. Uncido al arado, me ayudará a roturar la tierra. Tampoco a los Pájaros les permitiré que vivan en mi casa si no es a condición de que libren de insectos el jardín. Doble ventaja: limpian el jardín y no aturden con sus parloteos. Si no están conformes, que vuelen a otra parte. Se los dije con la escopeta en la mano. Finalmente tú. No eres un animal gratuito, lo reconozco, pues me cuidas la casa. Pero hay en ti, lo mismo que en el Gato y en el Caballo, ciertos elementos gratuitos que es preciso extirpar. Por ejemplo esas frivolidades de tu cola. No me gustan nada. Las prohíbo.

—Amo, toda mi vida tuve una cola y toda mi vida la he movido, y me parecía que no te disgustaba, cuando me llamabas y yo corría hacia ti, verme menear el rabo. Y ahora, de pronto...

No pudo continuar porque se le hizo un nudo en la garganta.

—Oigan un poco a este imbécil —dijo el Hombre, rudamente—. Respóndeme: ¿cuándo mueves la cola?

"Pobre Amo", pensó el Perro, "no está en su sano juicio", y contestó:

—Cuando me siento alegre, es natural.

—Sí, Perro. Pero hay alegrías y alegrías. Te repito: ¿cuándo, concretamente, la mueves? Dame algunos ejemplos.

—Cuando juego, cuando me acaricias, cuando me reúno con mis amigos...

—Basta, ¿Lo ves? Has confesado.

—¿He confesado qué?

—Que mueves la cola cuando te entregas al ocio y al juego. Porque no la mueves cuando gruñes a algún desconocido que intenta introducirse en mi casa, ni cuando roes un hueso y otro perro quiere quitártelo. En resumen: la mueves como cuando yo, antaño, me reía. Pero te notifico que se terminó la risa. La risa vuelve estúpidos a los hombres lo mismo que a los perros. Es lo más gratuito que existe. Basta de meneos de rabo. No voy a consentir que te pasees entre el Gato, el Caballo y los Pájaros y les des el mal ejemplo de tu risa, silenciosa pero visible. Debes asumir tus propios compromisos. No te escaparás.

—¿Escaparme yo, Amo? Jamás. Estoy muy a gusto aquí.

—Idiota, me refiero a tus deberes de perro. Si te dejase, terminarías por menearle la cola al ladrón que de noche entra a robarme. Sintetizando: a partir de hoy, prohibición absoluta de mover la cola, en público o en privado.

Mientras fingía que se miraba las uñas el perro murmuró:

—Imposible. Totalmente imposible. Apenas te vea, apenas me silbes, no podré impedirlo, la cola se moverá. Es más fuerte que yo.

—¡Perro! —gritó el hombre, encolerizado— ¡No me contradigas!
Entonces el Perro, comprendiendo que no se trataba de una broma, se sintió invadido por la desesperación.

—No depende de mí, Amo, te lo juro —balbuceó—. Es un estremecimiento que se desliza por la espina dorsal, de la cabeza a la cola. Cuando llega a la cola, la cola, sin que yo intervenga para nada, se mueve.

—¿Sabes una cosa, Perro? —dijo el Hombre, y un fulgor malvado le azuló los ojos—. Me va pareciendo que todo tú eres un animal gratuito como el Pavo Real.

—Por Dios, amo, ¿en qué estás pensando?

—En nada, en nada. En que, si no quieres ir a hacerle compañía al Pavo Real, te convendrá obedecerme.

—Está bien, obedeceré —dijo el Perro, y en un hilo de voz añadió—. Pero no me va a resultar nada fácil.

—Fácil o difícil, poco importa.

—Sobre todo en los primeros tiempos.

—Cuestión de voluntad.

—Vas a tener que perdonarme algunas excepciones.

—Ninguna excepción. Te vigilaré. Y ahora vete.

Una vez solo, el Hombre reflexionaba: "Es curioso. Los más inteligentes son los más inclinados a la gratuidad. El Caballo corcoveó al uncirlo al arado como si lo llevase al matadero. El Gato no ha dicho nada, pero es un hipócrita. Sospecho que, mientras aparenta acechar a los ratones, duerme con los ojos abiertos. El Perro, por no renunciar a su lujo de mover la cola, véanlo, se defiende haciéndose el sentimental. En cambio el Cerdo que no incluye una sola partícula inútil, es el más estúpido de todos, hay que admitirlo. Sí, es curioso."

Entretanto el Perro se alejaba arrastrando los pies, los párpados caídos y la cola entre las piernas. Cuando llegó a su casilla se desplomó como si alguien, brutalmente, le hubiera segado las cuatro patas. Apoyó el mentón en una mano, miró el vacío y se puso, él también, a meditar, sólo que amargamente.

"No tiene derecho —pensaba—. Es un abuso. Y esto después de tantos años de llevarnos a las mil maravillas. ¿A qué viene ahora con sus prohibiciones y sus ideas raras? ¿Habrá enloquecido? Porque si cree que me convenció con ese discurso sobre la gratuidad, está equivocado. Me gustaría que me explicase, concretamente, como él dice, de Hombre a Perro, por qué no me deja mover la cola. ¿En qué lo perjudica? Que le haya ajustado las cuentas al Gato me parece razonable. ¡Pero hacerme esto a mí! ¡Y cuando pienso que mató al Pavo Real! Al Pavo Real que no molestaba a nadie, al contrario, que no hablaba con nadie, que lo único que hacía era abrir de tanto en tanto su abanico. Pero no por vanidad, como todo el mundo cree. Un día me lo confió. El único animal con quien conversaba era yo y eso muy raramente. Era una criatura en extremo tímida. Pues bien: una vez me confesó que abría la cola cuando temía ser atacado. Entonces desplegaba todo ese batifondo de plumas para fascinar al enemigo, y paralizándolo de admiración, evitar que le hiciese daño. Pobre, con el Amo no le sirvió de mucho el recurso de la belleza. Lejos de hipnotizarlo, lo ha fastidiado hasta el punto de arrastrarlo al crimen. Y conmigo hará otro tanto si no me someto. Lo peor de todo es que no le guardo rencor. Lo quiero como antes. Eso complica las cosas. Porque no mover la cola cuando me encuentro con algún amigo, sí, tal vez lo logre. Al fin y al cabo, si lo pienso bien, los demás animales me resultan indiferentes. Pero cuando él me pase su gran mano cálida por el lomo, Dios mío, ¿qué hacer, qué hacer para que mi cola se mantenga quieta?"

Estaba tan ensimismado, estaba tan triste, que no se sentía con ánimo ni para espantarse una mosca de la oreja.

Al mediodía la Mujer del Hombre le trajo un plato de sopa. Al verla acercarse con aquella escudilla humeante y perfumada el Perro se olvidó de todo, se olvidó de la orden del amo, se olvidó de la cola, y la cola se movió.

Instantáneamente se oyo un vozarrón terrible:

—¡Perro! ¡La cola!

Y allá a lo lejos se vio el rostro del hombre que fruncía sinestramente las cejas y torcía los labios.

El Perro apretó las mandíbulas, cerró los ojos, encogió todos los músculos y consiguió que la cola se mantuviese rígida. Pero, sin duda a causa del esfuerzo, se le saltaron las lágrimas. Cuando probó la sopa le encontró gusto a vinagre.

"¿Cómo se puede comer en estas condiciones?", pensó con amarga congoja. Y se echó a dormir sin probar más bocado.

A partir de ese día la vida del Perro no fue nada agradable. Se pasaba las horas disputando mentalmente con el Hombre. Todo lo irritaba, todo le caía mal. Andaba siempre de mal talante. Si roía un hueso, lo hacía con tal furor que se hubiera dicho que, en lugar de saborearlo, lo despedazaba. Si el Gato se acercaba a conversar con él, le gritaba:

—¡Déjame en paz!

Y le volvía la espalda.

—¡Qué carácter tiene este Perro! —se escandalizaba el Gato, quien terminó por no dirigirle más la palabra.

Cuando el Hombre o la Mujer le traían la comida, el Perro se quedaba tendido en el suelo y miraba para otro lado o pretextaba dormir.

"Puesto que me está prohibido ser cortés...", se decía.

Comía cuando nadie lo observaba, masticaba con la cabeza llena de reproches, se atragantaba, no le sacaba ningún provecho a la comida, tenía digestiones laboriosas.

Una tarde le gritó a la Mujer.

—¿Otra vez sopa? Estoy hasta la coronilla de sopa. Me gustaría un trozo de carne.

Después oyó que la Mujer le decía al Hombre:

—Me parece que el Perro se está poniendo un poco insolente.

—Déjalo. Es preferible que sea insolente pero bravo, y no un perro cobarde.

"Perfectamente, perfectamente", masculló el Perro para sí, haciendo un ademán de cólera. "Yo quisiera conversar con el gato y agradecerles a esos dos la comida que me sirven. Pero si eso es ser cobarde, está bien, no seré cobarde."

Una noche un vagabundo se introdujo dentro de la granja a robar unos duraznos. ¿Para qué lo hizo? El Perro se arrojó sobre el ladrón y le clavó los dientes. Si el Amo no acude a tiempo, lo habría matado.

Después el Hombre felicitó al Perro.

—¡Bravo, Perro, bravo! —le dijo.

Y para probar si todavía tenía aquellas veleidades de mover la cola le acarició el lomo.

El Perro cerró los ojos, la piel se le erizó, gruñó sordamente, lúgubremente, como si soñase, y la cola se mantuvo inmóvil.

El hombre satisfecho, lo premió con un trozo de carne asada.

—La próxima vez que sea cruda —dijo el Perro.

Otro día el Perro fue al jardín. Los Pájaros, que siempre habían vivido enjaulados, incapaces de remontar vuelo, picoteaban a toda prisa como si el jardín estuviese plagado de bichos. En realidad ya no había más insectos, pero los Pájaros simulaban lo contrario para que el Hombre no los matase. El Perro los contempló con ira y desdén. Y de pronto abrió una tremenda bocaza, repartió a diestra y siniestra, ciegamente, salvajes dentelladas, y el Ruiseñor cayó envuelto en sangre. Decapitado, hay que decirlo. Los otros Pájaros chillaron tanto que el Hombre los oyó desde el otro extremo de la finca y vino a ver qué ocurría. En seguida lo adivinó todo. No dijo una palabra. Tomó un palo y silenciosamente, minuciosamente, le propinó al Perro una feroz paliza.

El Perro se alejó, él también mudo. No experimentaba ningún dolor. No sentía nada. Lo único que sentía era el sabor de la sangre del Ruiseñor en la boca. No podía pensar. Tenía la cabeza como envuelta en un humo espeso. Veía todo rojo, todo turbio. Las pupilas le refulgían. Y una lengua de dos metros de largo le colgaba de entre los dientes.

Lo asaltaban extrañas alucinaciones. Se imaginaba estar en un bosque profundo y helado por el que trotaba en compañía de otros perros, altos, flacos, de roído perfil y una cola larga y plumosa como un penacho.

"¿Estaré volviéndome loco?", pensó.

# MARCO DENEVI

Una mañana el Hombre descubrió el cadáver de una oveja horriblemente mutilada. Otra mañana contó los corderos y faltaba uno.

—Decididamente —le dijo a su mujer— algún Lobo ronda la granja.

—¿Y qué hace el Perro que no ha ladrado? —preguntó la Mujer con una sonrisa irónica, porque desde que el Perro se había vuelto bravo no le tenía ninguna simpatía.

—Tampoco la Vaca ha mugido —contestó el hombre, enigmáticamente, y no agregó más.

Pero aquella noche fue a ocultarse entre unos matorrales y, con la escopeta lista, esperó.

No debió esperar mucho tiempo. Cuando la luna alcanzaba la cumbre del cielo, una sombra sigilosa se deslizó en dirección del establo. Era la silueta inconfundible del Lobo.

El Hombre apuntó con su arma, disparó y la sombra cayó al suelo. El Hombre se acercó a la carrera, pero cuando llegó junto al caído se detuvo tan bruscamente que la escopeta se le escapó de las manos.

—¡Tú! —exclamó en voz muy baja. Y parecía que no pudiese creer lo que estaba viendo.

El Perro entreabrió los ojos, miró al hombre, movió dulcemente la cola, y después expiró.

# ROSARIO CASTELLANOS

MEXICANA
(1925-1974)

*La producción de Rosario Castellanos abarca la poesía, el cuento, la novela, el teatro y el ensayo. Nació en la ciudad de México. Estudió en la Universidad Nacional Autónoma de México donde obtuvo su licenciatura en 1950 con la tesis "Sobre la cultura femenina", temática que reflejaba su temprana preocupación intelectual por la condición de la mujer en la sociedad y que se desarrollaría cabalmente en su ensayística, especialmente en su obra* Mujer que sabe latín, *publicada en 1973.*

*Realizó estudios de posgrado en la Universidad de Madrid, regresando a México hacia fines de 1951. Durante seis años (1960-1966) fue directora de Prensa e Información en la Universidad Nacional de México. En la misma universidad fue catedrática de literatura comparada desde 1966 a 1971. Entre 1966 y 1967 es invitada a dictar cursos con el cargo de profesora visitante en varias universidades norteamericanas. En 1971 acepta el cargo de embajadora de México en Israel donde además dicta cursos de literatura hispanoamericana en la Universidad Hebrea. Tres años más tarde Rosario Castellanos muere trágicamente (se electrocuta al conectar una lámpara luego de bañarse) en su residencia ubicada en el suburbio Herzelia Pitua, cerca de Tel Aviv, Israel.*

*Sus dos novelas son* Balún-Canán *(1957) y* Oficio de tinieblas *(1962). Su producción poética comenzada en 1948 ha sido recopilada en las obras* Poesía no eres tú. Obra poética: 1948-1971 *(1972) y* Medicación en el umbral: antología poética *(1985). En cuanto al teatro su obra más conocida es* El eterno femenino *publicada póstumamente en 1975, pero también es autora de "Tablero de damas: pieza en un acto", publicada en* América: revista antológica *(1952) y "Petul en la escuela abierta" publicada en* Teatro Petul *(1962). Su ensayística incluye* Juicios sumarios: ensayos *(1966); la segunda edición de esta obra se publica en 1985 en dos volúmenes. En 1966 publica para el Instituto Nacional de la Juventud en México una breve presentación sobre la novela de su país titulada* La novela mexicana contemporánea y su valor testimonial *editada por Cuadernos de la Juventud. Luego siguen* El mar y sus pescaditos, *ensayos literarios publicados póstumamente en 1975; su obra ya citada* Mujer que sabe latín *en*

*1973 con una segunda edición en 1978; El uso de la palabra,*
*publicación póstuma en 1974.*

*Publica tres libros de cuentos:* Ciudad Real: cuentos *(1960),*
*que recibe el Premio Xavier Villaurrutia en 1961;* Los convidados de agosto, *en 1964 (incluye tres relatos más la novela corta*
*"El viudo Román"), y* Álbum de familia *(1971). La obra de Ro-*
*sario Castellanos es particularmente intensa en el tratmiento del*
*mundo indígena y en el de la mujer. Un recorrido en la marginali-*
*zación social de ambos. La expresiva voz de Castellanos desmiti-*
*fica, levanta una penetrante conciencia crítica sobre un denso e*
*invasivo sistema de alienaciones; no obstante la fuerza de ese ni-*
*vel ideológico, su prosa narrativa no pierde la transparencia de lo*
*poético. El relato "La tregua" pertenece a la colección de cuentos*
Ciudad Real.

## LA TREGUA

Rominka Pérez Taquibequet, del paraje de Mukenjá, iba con su cántaro retumbante de agua recién cogida. Mujer como las otras de su tribu, piedra sin edad; silenciosa, rígida para mantener en equilibrio el
peso de la carga. A cada oscilación de su cuerpo —que ascendía la
empinada vereda del arroyo al jacal— el golpeteo de la sangre marti-
lleaba sus sienes, la punta de sus dedos. Fatiga. Y un vaho de enfermedad, de delirio, ensombreciendo sus ojos. Eran las dos de la tarde.

En un recodo, sin ruidos que anunciaran su presencia apareció un
hombre. Sus botas estaban salpicadas de barro, su camisa sucia, hecha
jirones; su barba crecida de semanas.

Rominka se detuvo ante él, paralizada de sorpresa. Por la blancura (¿o era una extrema palidez?) de su rostro, bien se conocía que
el extraño era un *caxlán.* ¿Pero por cuáles caminos llegó? ¿Qué buscaba en sitio tan remoto? Ahora, con sus manos largas y finas, en
las que se había ensañado la intemperie, hacía ademanes que Rominka
no lograba interpretar. Y a las tímidas, pero insistentes preguntas
de ella, el intruso respondía no con palabras, sino con un doloroso
estertor.

El viento de las alturas huía graznando lúgubremente. Un sol desteñido, frío, asaeteaba aquella colina estéril. Ni una nube. Abajo, el
gorgoriteo pueril del agua. Y allí los dos, inmóviles, con esa gravedad
angustiosa de los malos sueños.

Rominka estaba educada para saberlo. El que camina sobre una
tierra prestada, ajena; el que respira está robando el aire. Porque las
cosas (todas las cosas; las que vemos y también aquellas de que nos
servimos), no nos pertenecen. Tienen otro dueño. Y el dueño casti-

ga cuando alguno se apropia de un lugar, de un árbol, hasta de un hombre.

El dueño —nadie sabría cómo invocarlo si los brujos no hubiesen compartido sus revelaciones—, el *pukuj,* es un espíritu. Invisible, va y viene, escuchando los deseos en el corazón del hombre. Y cuando quiere hacer daño vuelve el corazón de unos contra otros, tuerce las amistades, enciende la guerra. O seca las entrañas de las paridoras, de las que crían. O dice hambre y no hay bocado que no se vuelva ceniza en la boca del hambriento.

Antes, cuentan los ancianos memoriosos, unos hombres malcontentos con la sujeción a que el *pukuj* los sometía, idearon el modo de arrebatarle su fuerza. En una red juntaron los tributos: posol, semillas, huevos. Los depositaron a la entrada de la cueva donde el *pukuj* duerme. Y cerca de los bastimentos quedó un garrafón de *posh,* de aguardiente.

Cuando el *pukuj* cayó dormido, con los miembros flojos por la borrachera, los hombres se abalanzaron sobre él y lo ataron de pies y manos con gruesas sogas. Los alaridos del prisionero hacían temblar la raíz de los montes. Amenazas, promesas, nada le consiguió la libertad. Hasta que uno de los guardianes (por temor, por respeto ¿quién sabe?) cortó las ligaduras. Desde entonces el *pukuj* anda suelto y, va en figura de animal, ya en vestido de ladino, se aparece. Ay de quien lo encuentra. Queda marcado ante la faz de la tribu y para siempre. En las manos temblorosas, incapaces de asir los objetos; en las mejillas exangües; en el extravío perpetuamente sobresaltado de los ojos conocen los demás su tremenda aventura. Se unen en torno suyo para defenderlo, sus familiares, sus amigos. Es inútil. A la vista de todos el señalado vuelve la espalda a la cordura, a la vida. Despojos del *pukuj* son los cadáveres de niños y jóvenes. Son los locos.

Pero Rominka no quería morir, no quería enloquecer. Los hijos, aún balbucientes, la reclamaban. El marido la quería. Y su propia carne, no importaba si marchita, si enferma, pero viva, se estremecía de terror ante la amenaza.

De nada sirve, Rominka lo sabía demasiado bien, de nada sirve huir. El *pukuj* está aquí y allá y ninguna sombra nos oculta de su persecución. ¿Pero si nos acogiésemos a su clemencia?

La mujer cayó de rodillas. Después de colocar el cántaro en el suelo, suplicaba:

—¡Dueño del monte, apiádate de mí!

No se atrevía a escrutar la expresión del aparecido. Pero suponiéndola hostil insistía febrilmente en sus ruegos. Y poco a poco, sin que ella misma acertara a comprender por qué, de los ruegos fue resbalando a las confesiones. Lo que no había dicho a nadie, ni así misma, brotaba ahora como el chorro de pus de un tumor exprimido. Odios que devastaban su alma, consentimientos cobardes, lujurias secretas, hurtos tenazmente negados. Y entonces Rominka supo el motivo por el que ella, entre todos, había sido elegida para aplacar con su humillación el hambre de verdad de los dioses. El idioma salía de sus labios, como debe salir de todo labio humano, enrojecido de vergüenza. Y Rominka, al arrancarse la costra de sus pecados, lloraba. Porque duele quedar desnudo. Pero al precio de este dolor estaba comprando la voluntad del aparecido, del dueño de los montes del *pukuj*, para que volviera a habitar en las cuevas, para que no viniera a perturbar la vida de la gente.

Sin embargo, alguna cosa faltó. Porque el *pukuj*, no conforme con lo que se le había dado, empujó brutalmente a Rominka. Ella, con un chillido de angustia y escudándose en el cántaro, corrió hacia el caserío suscitando un revoloteo de gallinas, una algarabía de perros, la alarma de los niños.

A corta distancia la seguía el hombre, jadeante, casi a punto de sucumbir por el esfuerzo. Agitaba en el aire sus manos, decía algo. Un grito más. Y Rominka se desplomó a las puertas de su casa. El agua escurría del cántaro volcado. Y antes de que la lamieran los perros y antes de que la embebiera la tierra, el hombre se dejó caer de bruces sobre el charco. Porque tenía sed.

Las mujeres se habían retirado al fondo del jacal, apretando contra su pecho a las criaturas. Un chiquillo corrió a la milpa para llamar a los varones.

No todos estaban allí. El surco sobre el que se inclinaban era pobre. Agotado de dar todo lo que su pobre entraña tenía, ahora entregaba sólo mazorcas despreciables, granos sin sustancia. Por eso muchos indios empezaron a buscar por otro lado su sustento. Contraviniendo las costumbres propias y las leyes de los ladinos, los varones del paraje de Mukenjá destilaban clandestinamente alcohol.

Pasó tiempo antes de que las autoridades lo advirtieran. Nadie les daba cuenta de los accidentes que sufrían los destiladores al estallar el alambique dentro del jacal. Un silencio cómplice amortiguaba las catástrofes. Y los heridos se perdían, aullando de dolor, en el monte.

Pero los comerciantes, los custitaleros establecidos en la cabecera del municipio de Chamula, notaron pronto que algo anormal sucedía. Sus existencias de aguardiente no se agotaban con la misma rapidez que antes y se daba ya el caso de que los garrafones se almacenasen durante meses y meses en las bodegas. ¿Es que los indios se habían vuelto repentinamente abstemios? La idea era absurda. ¿Cómo iban a celebrar sus fiestas religiosas, sus ceremonias civiles, los acontecimientos de su vida familiar? El alcohol es imprescindible en los ritos. Y los ritos continuaban siendo observados con exacta minuciosidad. Las mujeres aún continuaban destetando a sus hijos dándoles a chupar un trapo empapado de *posh*.

Con su doble celo de autoridad que no tolera burlas y de expendedor de aguardiente que no admite perjuicios, el Secretario Municipal de Chamula, Rodolfo López, ordenó que se iniciaran las pesquisas. Las encabezaba él mismo. Imponer multas, como la ley prescribía, le pareció una medida ineficaz. Se estaba tratando con indios, no con gente de razón, y el escarmiento debía ser riguroso. Para que aprendan, dijo.

Recorrieron infructuosamente gran parte de la zona. A cada resbalón de su mula en aquellos pedregales, el Secretario Municipal iba acumulando más cólera dentro de sí. Y a cada aguacero que le calaba los huesos. Y a cada lodazal en el que se enfangaba.

Cuando al fin dio con los culpables, en Mukenjá, Rodolfo López temblaba de tal manera que no podía articular claramente la condena. Los subordinados creyeron haber entendido mal. Pero el Secretario hablaba no pensando en sus responsabilidades ni en el juicio de sus superiores; estaban demasiado lejos, no iban a fijarse en asuntos de tan poca importancia. La certeza de su impunidad había cebado a su venganza. Y ahora la venganza lo devoraba a él también. Su carne, su sangre, su ánimo, no eran suficientes ya para soportar el ansia de destrucción, de castigo. A señas repetía sus instrucciones a los subordinados. Tal vez lo que mandó no fue incendiar los jacales. Pero cuando la paja comenzó a arder y las paredes crujieron y quienes estaban adentro quisieron huir, Rodolfo López los obligó a regresar a culatazos. Y respiró, con el ansia del que ha estado a punto de asfixiarse, el humo de la carne achicharrada.

El suceso tuvo lugar a la vista de todos. Todos oyeron los alaridos, el crepitar de la materia al ceder a un elemento más ávido, más poderoso. El Secretario Municipal se retiró de aquel paraje seguro de que el ejemplo trabajaría las conciencias. Y de que cada vez que la necesidad les presentara una tentación de clandestinaje, la rechazarían con horror.

El Secretario Municipal se equivocó. Apenas unos meses después la demanda de alcohol en su tienda había vuelto a disminuir. Con un gesto de resignación envió agentes fiscales a practicar las averiguaciones.

Los enviados no se entretuvieron en tanteos. Fueron directamente a Mukenjá. Encontraron pequeñas fábricas y las decomisaron. Esta vez no hubo muertes. Les bastó robar. Aquí y en otros parajes. Porque la crueldad parecía multiplicar a los culpables, cuyo ánimo envilecido por la desgracia se entregaba al castigo con una especie de fascinación.

Cuando el niño terminó de hablar (estaba sin aliento por la carrera y por la importancia de la noticia que iba a transmitir), los varones de Mukenjá se miraron entre sí desconcertados. A cerros tan inaccesibles como éste, sólo podía llegar un ser dotado de los poderes sobrenaturales del *pukuj* o de la saña, de la precisión para caer sobre su presa de un fiscal.

Cualquiera de las dos posibilidades era ineluctable y tratar de evadirla o de aplazarla con un intento de fuga era un esfuerzo malgastado. Los varones de Mukenjá afrontaron la situación sin pensar siquiera en sus instrumentos de labranza como en armas defensivas. Inermes, fueron de regreso al caserío.

El *caxlán* estaba allí, de bruces aún, con la cara mojada. No dormía. Pero un ronquido de agonizante estrangulaba su respiración. Quiso ponerse de pie al advertir la proximidad de los indios, pero no pudo incorporarse más que a medias, ni pudo mantenerse en esta postura. Su mejilla chocó sordamente contra el lodo.

El espectáculo de la debilidad ajena puso fuera de sí a los indios. Venían preparados para sufrir la violencia y el alivio de no encontrar una amenaza fue pronto sustituido por la cólera, una cólera irracional, que quería encontrar en los actos su cauce y su justificación.

Barajustados, los varones se movían de un sitio a otro inquiriendo detalles sobre la llegada del desconocido. Rominka relató su encuentro con él. Era un relato incoherente en que la repetición de la palabra *pukuj* y las lágrimas y la suma angustia, de la narradora, dieron a aquel frenesí, todavía amorfo, un molde en el cual vaciarse.

*Pukuj*. Por la mala influencia de éste que yacía aquí, a sus pies, las cosechas no eran nunca suficientes, los brujos comían a los rebaños, las enfermedades no los perdonaban. En vano los indios habían intentado congraciarse con su potencia oscura por medio de ofrendas y sacrificios. El *pukuj* continuaba escogiendo sus víctimas. Y ahora, empujado por quién sabe qué necesidad, por quién sabe qué codicia, había abandonado su madriguera y, disfrazado de ladino, andaba las serranías, atajaba a los caminantes.

Uno de los ancianos se aproximó a él. Preguntaba al caído cuál era la causa de su sufrimiento y qué vino a exigirles. El caído no contestó.

Los varones requirieron lo que hallaron más a mano para el ataque: garrotes, piedras, machetes. Una mujer, con un incensario humeante, dio varias vueltas alrededor del caído, trazando un círculo mágico que ya no podría trasponer.

Entonces la furia se desencadenó. Garrote que golpea, piedra que machaca el cráneo, machete que cercena los miembros. Las mujeres gritaban, detrás de la pared de los jacales, enardeciendo a los varones para que consumaran su obra criminal.

Cuando todo hubo concluido los perros se acercaron a lamer la sangre derramada. Más tarde bajaron los zopilotes.

El frenesí se prolongó artificialmente en la embriaguez. Alta la noche, aún resonaba por los cerros un griterío lúgubre.

Al día siguiente todos retornaron a sus faenas de costumbre. Un poco de resequedad en la boca, de languidez en los músculos, de torpeza en la lengua, fue el único recuerdo de los acontecimiento del día anterior. Y la sensación de haberse liberado de un maleficio, de haberse descargado de un peso insoportable.

Pero la tregua no fue duradera. Nuevos espíritus malignos infestaron el aire. Y las cosechas de Mukenjá fueron ese año tan escasas como antes. Los brujos, comedores de bestias, comedores de hombres, exigían su alimento. Las enfermedades también los diezmaban. Era preciso volver a matar.

# MARIO BENEDETTI

URUGUAYO

( 1 9 2 0 )

Mario Benedetti nació en el pueblo de Paso de los Toros, en el departamento de Tacuarembó, Uruguay. Su obra comprende todos los géneros: poesía, novela, cuento, drama y ensayo. Su primer libro La víspera indeleble *(1945), es poesía. Entre los libros de pcesía se encuentran* Sólo mientras tanto *(1950);* Poemas de la oficina *(1956);* Poemas de hoyporhoy *(1961);* Contra los puentes levadizos *(1966);* Antología natural *(1967);* A ras de sueño *(1967);* Letras de emergencia *(1973);* Poemas de otros *(1974);* La casa y el ladrillo *(1977);* Cotidianas *(1979);* Viento del exilio *(1981);* Preguntas al azar *(1986). Siete de estas colecciones se incluirán en su libro* Inventario, *a cuya primera edición en 1963, le siguen otras quince. Entre sus numerosos ensayos destacan* Peripecia y novela *(1948);* Marcel Proust y otros ensayos *(1951);* El país de la cola de paja *(1960);* Mejor es meneallo *(1961);* Genio y figura de José Enrique Rodó *(1966);* Letras del continente mestizo *(1967);* Sobre arte y oficios: ensayo *(1968);* El escritor latinoamericano y la revolución posible *(1974);* El desexilio y otras conjeturas *(1984);* La cultura, ese blanco móvil *(1985).*

Ha escrito las novelas Quién de nosotros *(1953);* La tregua *(1960);* Gracias por el fuego *(1965);* El cumpleaños de Juan Ángel *(1971);* Primavera con una esquina rota *(1982). Sus colecciones de cuentos incluyen* Esta mañana *(1949), que se ampliara en la edición de 1967 titulada* Esta mañana y otros cuentos; Montevideanos *(1959);* La muerte y otras sorpresas *(1968);* Con y sin nostalgia *(1977);* Geografías *(1984). Otros libros como* El último viaje y otros cuentos *(1951), y* Datos para el viudo *(1967), serán incluidos en colecciones posteriores. En 1970 aparece en Santiago de Chile una edición de los cuentos completos de Benedetti que incluye relatos de* Esta mañana y otros cuentos, Montevideanos y La muerte y otras sorpresas. *En 1980 se publica en La Habana un volumen más amplio bajo el título* Todos los cuentos de Mario Benedetti *y en 1986 se publica en Madrid* Cuentos completos. *En cuanto a su obra dramática escribió* Ustedes, por ejemplo. *(1953);* El reportaje *(1958);* Ida y vuelta *(1963);* Pedro y el capitán *(1979). En 1973 Benedetti es forzado al exilio; reside pri-*

*mero en países hispanoamericanos, viajando finalmente a España
donde se radica. Allí colabora en el diario* El País.

*La vasta producción del autor uruguayo —que se ha extendido
ya casi cincuenta años partiendo en la década del cuarenta— es de
una tremenda presencia en el desarrollo literario y cultural en
Hispanoamérica. Por otra parte la escritura de Benedetti nunca
se fijó en un estadio determinado, ha sabido renovarse. Su obra
ha sido traducida al inglés y su cuentística se considera entre las
mejores expresiones artísticas en Hispanoamérica. En sus cuentos
es magistral el retrato del personaje de clase media en el escenario urbano de las alienaciones, de las cotidianidades tiernas o
deprimentes, de las burocracias devorantes. Hábil arte narrativo
que desde rincones triviales o insignificantes nos lleva al vór-
tice de enfrentamientos existenciales: la muerte, la soledad, el
desamparo. El relato "La muerte" pertenece al volumen* La muerte y otras sorpresas.

## LA MUERTE

Conviene que te prepares para lo peor.

Así, en la entonación preocupada y amiga de Octavio, no sólo médico sino sobre todo ex compañero de liceo, la frase socorrida, casi
sin detenerse en el oído de Mariano, había repercutido en su vientre,
allí donde el dolor insistía desde hacía cuatro semanas. En aquel instante había disimulado, había sonreído amargamente, y hasta había
dicho: "no te preocupes, hace mucho que estoy preparado". Mentira,
no lo estaba, no lo había estado nunca. Cuando le había pedido en-
carecidamente a Octavio que, en mérito a su antigua amistad ("te
juro que yo sería capaz de hacer lo mismo contigo"), le dijera el diagnóstico verdadero, lo había hecho con la secreta esperanza de que el
viejo camarada le dijera la verdad, sí, pero que esa verdad fuera su
salvación y no su condena. Pero Octavio había tomado al pie de la
letra su apelación al antiguo afecto que los unía, le había consagrado
una hora y media de su acosado tiempo para examinarlo y reexami-
narlo, y luego, con los ojos inevitablemente húmedos tras los gruesos
cristales, había empezado a dorarle la píldora: "Es imposible decirte
desde ya de qué se trata. Habrá que hacer análisis, radiografías, una
completa historia clínica. Y eso va a demorar un poco. Lo único que
podría decirte es que de este primer examen no saco una buena impresión. Te descuidaste mucho. Debías haberme visto no bien sentiste
la primera molestia." Y luego el anuncio del primer golpe directo:
"Ya que me pedís, en nombre de nuestra amistad, que sea estrictamente sincero contigo, te diría que, por las dudas..." Y se había de-

tenido, se había quitado los anteojos, y los había limpiado con el borde de la túnica. Un gesto escasamente profiláctico, había alcanzado a pensar Mariano en medio de su desgarradora expectativa. "Por las dudas ¿qué?", preguntó, tratando de que el tono fuera sobrio, casi indiferente. Y ahí se desplomó el cielo: "Conviene que te prepares para lo peor."

De eso hacía nueve días. Después vino la serie de análisis, radiografías, etc. Había aguantado los pinchazos y las propias desnudeces con una entereza de la que no se creía capaz. En una sola ocasión, cuando volvió a casa y se encontró solo. (Águeda había salido con los chicos, su padre estaba en el Interior), había perdido todo dominio de sí mismo, y allí, de pie, frente a la ventana abierta de par en par, en su estudio inundado por el más espléndido sol de otoño. había llorado como una criatura, sin molestarse siquiera por enjugar sus lágrimas. Esperanza, esperanzas, hay esperanza, hay esperanzas, unas veces en singular y otras en plural; Octavio se lo había repetido de cien modos distintos, con sonrisas, con bromas, con piedad, con palmadas amistosas, con semiabrazos, con recuerdos del liceo, con saludos a Águeda, con ceño escéptico, con ojos entornados, con tics nerviosos, con preguntas sobre los chicos. Seguramente estaba arrepentido de haber sido brutalmente sincero y quería de algún modo amortiguar los efectos del golpe. Seguramente. Pero ¿y si hubiera esperanzas? O una sola. Alcanzaba con una escueta esperanza, una diminuta esperancita en mínimo singular. ¿Y si los análisis, las placas, y otros fastidios, decían al fin en su lenguaje esotérico, en su profecía en clave, que la vida tenía permiso para unos años más? No pedía mucho: cinco años, mejor diez. Ahora que atravesaba la Plaza Independencia para encontrarse con Octavio y su dictamen final (condena o aplazamiento o absolución), sentía que esos singulares y plurales de la esperanza habían, pese a todo, germinado en él. Quizá ello se debía a que el dolor había disminuido considerablemente, aunque no se le ocultaba que acaso tuvieran algo que ver con ese alivio las pastillas recetadas por Octavio e ingeridas puntualmente por él. Pero, mientras tanto, al acercarse a la meta, su expectativa se volvía casi insoportable. En determinado momento, se le aflojaron las piernas, se dijo que no podía llegar al consultorio en ese estado, y decidió sentarse en un banco de la plaza. Rechazó con la cabeza la oferta del lustrabotas (no se sentía con fuerzas como para entablar el consabido diálogo sobre el tiempo y la inflación), y esperó a tranquilizarse. Águeda y Susana. Susana y Águeda. ¿Cuál sería el orden preferencial? ¿Ni siquiera en este instante era capaz de decidirlo? Águeda era la comprensión y la incomprensión ya estratificadas; la frontera ya sin litigios; el presente repetido (pero también había una calidez insustituible en la repetición); los años y años de pronosticarse mutuamente, de saberse de memoria; los dos hijos, los dos hijos. Susana era la clandestinidad, la sorpresa (pero también la sorpresa iba evolucionando hacia el hábito), las zonas de vida desconocida, no compartidas, en sombra; la reyerta y la reconciliación conmovedoras; los celos conservadores y los celos revolucionarios; la frontera indecisa, la caricia nueva (que insensiblemente se iba pareciendo al gesto repetido), el no pronosticarse sino adivinarse, el no saberse de memoria sino de intuición. Águeda y Susana. Susana y Águeda. No podía decirlo. Y no podía (acababa de advertirlo en el preciso instante en que debió saludar con la mano a un antiguo compañero de trabajo), sencillamente porque pensaba en ellas como cosas suyas, como sectores de Mariano Ojeda, y no como vidas independientes, como seres que vivían por cuenta y riesgo propios. Águeda y Susana, Susana y Águeda, eran en este instante partes de su organismo, tan suyas como esa abyecta, fatigada entraña que lo amenazaba. Además estaban Coco y sobre todo Selvita, claro, pero él no quería, no, no quería, no, no quería ahora pensar en los chicos, aunque se daba cuenta de que en algún momento tendría que afrontarlo, no quería pensar porque entonces sí se derrumbaría y ni siquiera tendría fuerzas para llegar al consultorio. Había que ser honesto, sin embargo, y reconocer de antemano que allí iba a ser menos egoísta, más increíblemente generoso, porque si se destrozaba en ese pensamiento (y seguramente se iba a destrozar) no sería pensando en sí mismo sino en ellos, o por lo menos más en ellos que en sí mismo, más en la novata tristeza que los acechaba que en la propia y veterana noción de quedarse sin ellos. Sin ellos, bah, sin nadie, sin nada. Sin los hijos, sin la mujer, sin la amante. Pero también sin el sol, este sol; sin esas nubes flacas, esmirriadas, a tono con el país: sin esos pobres, avergonzados, legítimos restos de la Pasiva; sin la rutina (bendita, querida, dulce, afrodisíaca, abrigada, perfecta rutina) de la Caja No. 3 y sus arqueos y sus largamente buscadas pero siempre halladas diferencias; sin su minuciosa lectura del diario en el café, junto al gran ventanal de Andes; sin su cruce de bromas con el mozo; sin los vértigos dulzones que sobrevienen al mirar el mar y sobre todo al mirar el cielo; sin esta gente apurada, feliz porque no sabe nada de sí misma, que corre a mentirse, a asegurar su butaca en la eternidad o a comentar el encantador heroísmo de los *otros;* sin el descanso como bálsamo; sin los libros como borrachera; sin el alcohol como resorte; sin el sueño como muerte; sin la vida como vigilia; sin la vida, simplemente.

Ahí tocó fondo su desesperación, y, paradójicamente, eso mismo le permitió rehacerse. Se puso de pie, comprobó que las piernas le respondían, y acabó de cruzar la plaza. Entró en el café, pidió un cortado, lo tomó lentamente, sin agitación exterior ni interior, con la mente poco menos que en blanco. Vio cómo el sol se debilitaba, cómo iban desapareciendo sus últimas estrías. Antes de que se encendieran los focos del alumbrado, pagó su consumición, dejó la propina de siempre, y caminó cuatro cuadras, dobló por Río Negro a la derecha y a mitad de cuadra se detuvo, subió hasta un quinto piso, y oprimió el botón del timbre junto a la chapita de bronce "Dr. Octavio Massa, médico."

—Lo que me temía.

*Lo que me temía* era, en estas circunstancias, sinónimo de lo peor. Octavio había hablado larga, calmosamente, había recurrido sin duda a su mejor repertorio en materia de consuelo y confortación, pero Mariano lo había oído en silencio, incluso con una sonrisa estable que no tenía por objeto desorientar a su amigo, pero que con seguridad lo había desorientado. "Pero si estoy bien", dijo tan sólo, cuando Octavio lo interrogó, preocupado. "Además", dijo el médico, con el tono de quien extrae de la manga un naipe oculto, "además vamos a hacer todo lo que sea necesario, y estoy seguro, entendés, seguro, que una operación sería un éxito. Por otra parte, no hay demasiada urgencia. Tenemos por lo menos un par de semanas para fortalecerte con calma, con paciencia, con regularidad. No te digo que debas alegrarte, Mariano, ni despreocuparte, pero tampoco es para tomarlo a la tremenda. Hoy en día estamos mucho mejor armados para luchar contra..." Y así sucesivamente. Mariano sintió de pronto una implacable urgencia en abandonar el consultorio, no precisamente para volver a la desesperación. La seguridad del diagnóstico le había provocado, era increíble, una sensación de alivio, pero también la necesidad de estar solo, algo así como una ansiosa curiosidad por disfrutar la nueva certeza. Así, mientras Octavio seguía diciendo: "...y además da la casualidad que soy bastante amigo del médico de tu Banco, así que no habrá ningún inconveniente para que te tomes todo el tiempo necesario y...", Mariano sonreía, y no era la suya una sonrisa amarga, resentida, sino (por primera vez en muchos días) de algún modo satisfecha, conforme.

Desde que salió del ascensor y vio nuevamente la calle, se enfrentó a un estado de ánimo que le pareció una revelación. Era de noche, claro, pero ¿por qué las luces quedaban tan lejos? ¿Por qué no entendía, ni quería entender, la leyenda móvil del letrero luminoso que estaba frente a él? La calle era un gran canal, sí, pero ¿por qué esas figuras, que pasaban a medio metro de su mano, eran sin embargo imágenes desprendidas, como percibidas en un film que tuviera color pero que en cambio se beneficiara (porque en realidad era una mejora) con una banda sonora sin ajuste, en la que cada ruido llegaba a él como a través de infinitos intermediarios, hasta dejar en sus oídos sólo un amortiguado eco de otros ecos amortiguados? La calle era un canal cada vez más ancho, de acuerdo, pero ¿por qué las casas de enfrente se empequeñecían hasta abandonarlo, hasta dejarlo enclaustrado en su estupefacción? Un canal, nada menos que un canal, pero

¿por qué los focos de los autos que se acercaban velozmente, se iban reduciendo, reduciendo, hasta parecer linternas de bolsillo? Tuvo la sensación de que la baldosa que pisaba se convertía de pronto en una isla, una baldosa leprosa que era higiénicamente discriminada por las baldosas saludables. Tuvo la sensación de que los objetos se iban, se apartaban locamente de él pero sin admitir que se apartaban. Una fuga hipócrita, eso mismo. ¿Cómo no se había dado cuenta antes? De todos modos, aquella vertiginosa huida de las cosas y de los seres, del suelo y del cielo, le daba una suerte de poder. ¿Y esto podía ser la muerte, nada más que esto?, pensó con inesperada avidez. Sin embargo estaba vivo. Ni Águeda, ni Susana, ni Coco, ni Selvita, ni Octavio, ni su padre en el Interior, ni la Caja No. 3. Sólo ese foco de luz, enorme; es decir enorme al principio, que venía quién sabe de dónde, no tan enorme después, valía la pena dejar la isla baldosa, más chico luego, valía la pena afrontarlo todo en medio de la calle, pequeño, más pequeño, sí, insignificante, aquí mismo, no importa que los demás huyan, si el foco, el foquito, se acerca alejándose, aquí mismo, aquí mismo, la linternita, la luciérnaga, cada vez más lejos y más cerca, a diez kilómetros y también a diez centímetros de unos ojos que nunca más habrán de encandilarse.

# JULIO CORTÁZAR

ARGENTINO
(1914-1984)

*La obra de Julio Cortázar se sitúa en la tradición innovadora de escritores argentinos como Roberto Arlt o Macedonio Fernández. La producción literaria de Julio Cortázar es la más renovadora en Hispanoamérica después de la vanguardia de las décadas del veinte y del treinta. Trátese de poemas, ensayos, novelas, cuentos, o prosa miscelánea, la escritura de Cortázar respira una libertad que parece cumplir las búsquedas de una literatura moderna iniciada con los modernistas. Su escritura es seducción, ludismo y sensualidad de la palabra. La multiplicidad de dimensiones que salta de los mundos de su prosa nos hace ver con nuevas perspectivas nuestro entorno cotidiano, repensar nuestra relación con el arte e integrarnos al proceso de la creación.*

*Julio Cortázar nació en Bruselas, ciudad donde se encontraban sus padres, ambos de nacionalidad argentina. Allí reside el autor hasta los cinco años. En 1919, la familia regresa a Buenos Aires. Cortázar recibe su título de profesor secundario en 1935, profesión que ejerce por siete años; en 1944 dicta cursos de literatura francesa en la Universidad de Cuyo, Mendoza, y en 1946 comienza su labor de traductor. En 1951 va a Francia donde trabaja como traductor en la UNESCO. A partir de este año se establece en París; visita Argentina esporádicamente. En 1981 se hace ciudadano francés manteniendo la ciudadanía argentina. Muere en París. Al comienzo de su carrera literaria incursiona en la poesía, publica el libro de sonetos* Presencia *en 1938 con el seudónimo de Julio Denís. En 1949 publica el poema dramático* Los reyes.

*Julio Cortázar es uno de los grandes maestros del cuento hispanoamericano. Atendiendo al desarrollo y constitución del cuento en Hispanoamérica, la importancia de la cuentística de Cortázar se puede comparar a la de Horacio Quiroga en el sentido de que ambos escritores acompañaron a la excelencia de sus creaciones el aporte de una estética sobre el cuento. Los aspectos teóricos del relato los discute Cortázar en sus escritos "Algunos aspectos del cuento" (1962) y "Del cuento breve y sus alrededores" (1969). Su producción cuentística comprende las colecciones* Bestiario *(1951);* Final de juego *(1956);* Las armas secretas *(1959);* Cuentos *(1964), volumen que recopila relatos de los tres previos volú·*

LA AUTOPISTA DEL SUR 547

*menes y de* Historia de cronopios y de famas; Todos los fuegos el
fuego *(1966);* El perseguidor y otros cuentos *(1967);* Relatos
*(1970), recopilación proveniente de cuatro libros;* La isla a mediodía y otros relatos *(1971), libro que incluye doce cuentos ya publicados;* Octaedro *(1974);* Alguien que anda por ahí y otros relatos *(1977);* Ceremonias *(1977), colección que reúne relatos de*
Final del juego *y de* Las armas secretas; Queremos tanto a Glenda
*(1980);* Deshoras *(1983, edición de México y Argentina).*

*La obra de Cortázar no sólo significó una ruptura con las representaciones lógicas e "inalterables" sobre la realidad sino que
también con la propia idea de género literario. Dice el autor en*
Salvo el crepúsculo: *"Armar este libro, como ya algunos otros,
sigue siendo para mí esa operación aleatoria que me mueve la
mano como la vara de avellano la del rabdomante" (México: Editorial Nueva Imagen, 1984, pp. 57-58). Dentro de ese espíritu
"aleatorio" hay varios libros del escritor de conformación híbrida —o transicional— en lo que respecta a género. Son textos que
quieren escaparse de clasificaciones y penetrar con humor en los
desplazamientos libres de la escritura. Así nace el texto collage,
donde puede entrar la poesía y la prosa, la reflexión, la anécdota, el intertexto, la adición fotográfica o la caracterización visual del libro, la adaptación a la tira cómica, etc. Dentro de esta
prosa resuelta por el funcionamiento de nuevos discursos se encuentran* Historia de cronopios y de famas *(1962);* La vuelta al
día en ochenta mundos *(1967);* Último Round *(1969);* Prosa del
observatorio *(1972);* Fantomas contra los vampiros multinacionales: una utopía realizable *(1975);* Un tal Lucas *(1979);* Los autonautas de la cosmopista. Un viaje atemporal París-Marsella
*(1983), escrito en colaboración con Carol Dunlop;* Pameos, meopas y prosemas *(1984);* Salvo el crepúsculo *(1984).*

*Su primera novela,* Los premios, *se publica en 1960. En 1963
aparece* Rayuela, *la obra más conocida de Cortázar. La novedosa
concepción de esta novela y la radicalidad de su escritura desatarían una viva discusión sobre los referentes estéticos del quehacer creativo. La enorme repercusión de* Rayuela *en la narrativa hispanoamericana que le sigue y la revisión que supone de
los vanguardismos que la anteceden la sitúan como una obra de
referencia epocal en el acontecer de la modernidad en Hispanoamérica. Otras novelas de Cortázar son* 62: modelo para armar
*(1968);* Libro de Manuel *(1973);* El examen, *publicada en 1986,
pero escrita "a mediados de 1950" como indica el autor. Los
planteamientos de Cortázar sobre el compromiso del intelectual,
tema candente en la década del sesenta, quedan registrados en* Viaje alrededor de una mesa *(1970), breve texto proveniente de un
foro con otros escritores e intelectuales realizado en París el mismo*

*año. En 1983 se publica su libro* Nicaragua tan violentamente dulce *y en 1984 se agrupa la creación y textos ensayísticos del autor con contenido social en* Textos políticos.

*La obra de Cortázar se ha traducido a numerosos idiomas. El reconocimiento internacional de su producción lo ha ido estableciendo como uno de los grandes "clásicos" de la literatura del siglo veinte. "La autopista del sur" se incluyó en la colección* El perseguidor y otros cuentos. *Otros relatos destacados de Cortázar —verdaderos paradigmas en el género— son "La noche boca arriba", "Carta a una señorita en París", "Ómnibus", "La isla a mediodía", "Circe", "Manuscrito hallado en un bolsillo", "El perseguidor". La crítica sobre la obra de Cortázar es voluminosa. Entre los críticos que le han dedicado amplia atención al autor argentino, se encuentran Jaime Alazraki, Lida Aronne Amestoy, Ángela Dellepiane, Malva Filer, David Lagmanovich, Carmen de Mora Valcárcel, Evelyn Picón Garfield, Saúl Yurkievich.*

## LA AUTOPISTA DEL SUR *

> Gli automobilisti accaldati sembrano nom avere storia... Come realtà, un ingorgo automobilistico impressiona ma nom ci dice gran che.
>
> ARRIGO BENEDETTI, "L'Espresso", Roma, 21/6/1964.

Al principio la muchacha del Dauphine había insistido en llevar la cuenta del tiempo, aunque al ingeniero del Peugeot 404 le daba ya lo mismo. Cualquiera podía mirar su reloj pero era como si ese tiempo atado a la muñeca derecha o el *bip bip* de la radio midieran otra cosa, fuera el tiempo de los que no han hecho la estupidez de querer regresar a París por la autopista del sur un domingo de tarde y, apenas salidos de Fontainebleau, han tenido que ponerse al paso, detenerse, seis filas a cada lado (ya se sabe que los domingos la autopista está íntegramente reservada a los que regresan a la capital), poner en marcha el motor, avanzar tres metros, detenerse, charlar con las dos monjas del 2HP a la derecha, con la muchacha del Dauphine a la izquierda, mirar por el retrovisor al hombre pálido que conduce un Caravelle, envidiar irónicamente la felicidad avícola del matrimonio del Peugeot 203 (detrás del Dauphine de la muchacha) que juega

---

\* © Julio Cortázar, 1966 y herederos de Julio Cortázar.

con su niñita y hace bromas y come queso, o sufrir de a ratos los desbordes exasperados de los dos jovencitos del Simca que precede al Peugeot 404, y hasta bajarse en los altos y explorar sin alejarse mucho (porque nunca se sabe en qué momento los autos de más adelante reanudarán la marcha y habrá que correr para que los de atrás no inicien la guerra de las bocinas y los insultos), y así llegar a la altura de un Taunus delante del Dauphine de la muchacha que mira a cada momento la hora, y cambiar unas frases descorazonadas o burlonas con los dos hombres que viajan con el niño rubio cuya inmensa diversión en esas precisas circunstancias consiste en hacer correr libremente su autito de juguete sobre los asientos y el reborde posterior del Taunus, o atreverse y avanzar todavía un poco más, puesto que no parece que los autos de adelante vayan a reanudar la marcha, y contemplar con alguna lástima al matrimonio de ancianos en el ID Citroën que parece una gigantesca bañadera violeta donde sobrenadan los dos viejitos, él descansando los antebrazos en el volante con un aire de paciente fatiga, ella mordisqueando una manzana con más aplicación que ganas.

A la cuarta vez de encontrarse con todo eso, de hacer todo eso, el ingeniero había decidido no salir más de su coche, a la espera de que la policía disolviese de alguna manera el embotellamiento. El calor de agosto se sumaba a ese tiempo a ras de neumáticos para que la inmovilidad fuese cada vez más enervante. Todo era olor a gasolina, gritos destemplados de los jovencitos del Simca, brillo del sol rebotando en los cristales y en los bordes cromados, y para colmo la sensación contradictoria del encierro en plena selva de máquinas pensadas para correr. El 404 del ingeniero ocupaba el segundo lugar de la pista de la derecha contando desde la franja divisoria de las dos pistas, con lo cual tenía otros cuatro autos a su derecha y siete a su izquierda, aunque de hecho sólo pudiera ver distintamente los ocho coches que lo rodeaban y sus ocupantes que ya había detallado hasta cansarse. Había charlado con todos, salvo con los muchachos del Simca que le caían antipáticos; entre trecho y trecho se había discutido la situación en sus menores detalles, y la impresión general era que hasta Corbeil-Essonnes se avanzaría al paso o poco menos, pero que entre Corbeil y Juvisy el ritmo iría acelerándose una vez que los helicópteros y los motociclistas lograran quebrar lo peor del embotellamiento. A nadie le cabía duda de que algún accidente muy grave debía haberse producido en la zona, única explicación de una lentitud tan increíble. Y con eso el gobierno, el calor, los impuestos, la vialidad, un tópico tras otro, tres metros, otro lugar común, cinco metros, una frase sentenciosa o una maldición contenida.

A las dos monjitas del 2HP les hubiera convenido tanto llegar a Milly-la-Fôret antes de las ocho, pues llevaban una cesta de hortalizas para la cocinera. Al matrimonio del Peugeot 203 le importaba sobre todo no perder los juegos televisados de las nueve y media; la muchacha del Dauphine le había dicho al ingeniero que le daba lo mismo llegar más tarde a París pero que se quejaba por principio, porque le parecía un atropello someter a millares de personas a un régimen de caravana de camellos. En esas últimas horas (debían ser casi las cinco pero el calor los hostigaba insoportablemente) habían avanzado unos cincuenta metros a juicio del ingeniero, aunque uno de los hombres del Taunus que se había acercado a charlar llevando de la mano al niño con su autito, mostró irónicamente la copa de un plátano solitario y la muchacha del Dauphine recordó que ese plátano (si no era un castaño) había estado en la misma línea que su auto durante tanto tiempo que ya ni valía la pena mirar el reloj pulsera para perderse en cálculos inútiles.

No atardecía nunca, la vibración del sol sobre la pista y las carrocerías dilataba el vértigo hasta la náusea. Los anteojos negros, los pañuelos con agua de colonia en la cabeza, los recursos improvisados para protegerse, para evitar un reflejo chirriante o las bocanadas de los caños de escape a cada avance, se organizaban y perfeccionaban, eran objeto de comunicación y comentario. El ingeniero bajó otra vez para estirar las piernas, cambió unas palabras con la pareja de aire campesino del Ariane que precedía al 2HP de las monjas. Detrás del 2HP había un Volkswagen con un soldado y una muchacha que parecían recién casados. La tercera fila hacia el exterior dejaba de interesarle porque hubiera tenido que alejarse peligrosamente del 404; veía colores, formas, Mercedes Benz, ID, 4R, Lancia, Skoda, Morris Minor, el catálogo completo. A la izquierda, sobre la pista opuesta, se tendía otra maleza inalcanzable de Renault, Anglia, Peugeot, Porsche, Volvo; era tan monótono que al final, después de charlas con los dos hombres del Taunus y de intentar sin éxito un cambio de impresiones con el solitario conductor del Caravelle, no quedaba nada mejor que volver al 404 y reanudar la misma conversación sobre la hora, las distancias y el cine con la muchacha del Dauphine.

A veces llegaba un extranjero, alguien que se deslizaba entre los autos viniendo desde el otro lado de la pista o desde las filas exteriores de la derecha, y que traía alguna noticia probablemente falsa repetida de auto en auto a lo largo de calientes kilómetros. El extranjero saboreaba el éxito de sus novedades, los golpes de las portezuelas cuando los pasajeros se precipitaban para comentar lo sucedido, pero al cabo de un rato se oía alguna bocina o el arranque de un motor, y el extranjero salía corriendo, se lo veía zigzaguear entre los autos para reintegrarse al suyo y no quedar expuesto a la justa cólera de los demás. A lo largo de la tarde se había sabido así del choque de un Floride contra un 2HP cerca de Corbeil, tres muertos y un niño herido, el doble choque de un Fiat 1500 contra un furgón Renault que había aplastado un Austin lleno de turista ingleses, el vuelco de

un autocar de Orly colmado de pasajeros procedentes del avión de
Copenhague. El ingeniero estaba seguro de que todo o casi todo era
falso, aunque algo grave debía haber ocurrido cerca de Corbeil e
incluso en las proximidades de París para que la circulación se hubiera paralizado hasta ese punto. Los campesinos del Ariane, que tenían
una granja del lado de Montereau y conocían bien la región, contaban de otro domingo en que el tránsito había estado detenido durante
cinco horas, pero ese tiempo empezaba a parecer casi nimio ahora
que el sol, acostándose hacia la izquierda de la ruta, volcaba en cada
auto una última avalancha de jalea anaranjada que hacía hervir los
metales y ofuscaba la vista, sin que jamás un copa de árbol desapa-
reciera del todo a la espalda, sin que otra sombra apenas entrevista
a la distancia se acercara como para poder sentir de verdad que la
columna se estaba moviendo aunque fuera apenas, aunque hubiera
que detenerse y arrancar y bruscamente clavar el freno y no salir
nunca de la primera velocidad, del desencanto insultante de pasar una
vez más de la primera al punto muerto, freno de pie, freno de mano,
stop, y así otra vez y otra vez y otra.

En algún momento, harto de inacción, el ingeniero se había decidido a aprovechar un alto especialmente interminable para recorrer
las filas de la izquierda, y dejando a su espalda el Dauphine había
encontrado un DKW, otro 2HP, un Fiat 600, y se había detenido
junto a un De Soto para cambiar impresiones con el azorado turista
de Washington que no entendía casi el francés pero que tenía que estar a las ocho en la Place de l'Opéra sin falta you understand, my
wife will be awfully anxious, damn it, y se hablaba un poco de todo
cuando un hombre con aire de viajante de comercio salió del DKW
para contarles que alguien había llegado un rato antes con la noticia
de que un Piper Cub se había estrellado en plena autopista, varios
muertos. Al americano el Piper Cub lo tenía profundamente sin cuidado, y también al ingeniero que oyó un coro de bocinas y se apresuró
a regresar al 404, transmitiendo de paso las novedades a los dos hombres del Taunus y al matrimonio del 203. Reservó una explicación
más detallada para la muchacha del Dauphine mientras los coches
avanzaban lentamente unos pocos metros (ahora el Dauphine estaba
ligeramente retrasado con relación al 404, y más tarde sería al revés,
pero de hecho las doce filas se movían prácticamente en bloque, como
si un gendarme invisible en el fondo de la autopista ordenara el avance simultáneo sin que nadie pudiese obtener ventajas). Piper Cub,
señorita, es un pequeño avión de paseo. Ah. Y la mala idea de estrellarse en plena autopista un domingo de tarde. Esas cosas. Si por
lo menos hiciera menos calor en los condenados autos, si esos árboles de la derecha quedaran por fin a la espalda, si la última cifra del
cuentakilómetros acabara de caer en su agujerito negro en vez de seguir suspendida por la cola, interminablemente.

En algún momento (suavemente empezaba a anochecer, el horizonte de techos de automóviles se teñía de lila) una gran mariposa blanca se posó en el parabrisas del Dauphine, y la muchacha y el ingeniero admiraron sus alas en la breve y perfecta suspensión de su reposo; la vieron alejarse con una exasperada nostalgia, sobrevolar el Taunus, el ID violeta de los ancianos, ir hacia el Fiat 600 ya invisible desde el 404, regresar hacia el Simca donde una mano cazadora trató inútilmente de atraparla, aletear amablemente sobre el Ariane de los campesinos que parecían estar comiendo alguna cosa, y perderse después hacia la derecha. Al anochecer la columna hizo un primer avance importante, de casi cuarenta metros; cuando el ingeniero miró distraídamente el cuentakilómetros, la mitad del 6 había desaparecido y un asomo de 7 empezaba a descolgarse de lo alto. Casi todo el mundo escuchaba sus radios, los del Simca la habían puesto a todo trapo y coreaban un twist con sacudidas que hacían vibrar la carrocería; las monjas pasaban las cuentas de sus rosarios, el niño del Taunus se había dormido con la cara pegada a un cristal, sin soltar el auto de juguete. En algún momento (ya era noche cerrada) llegaron extranjeros con más noticias, tan contradictorias como las otras ya olvidadas. No había sido un Piper Cub sino un planeador piloteado por la hija de un general. Era exacto que un furgón Renault había aplastado un Austin, pero no en Juvisy sino casi en las puertas de París; uno de los extranjeros explicó al matrimonio del 203 que el macadam de la autopista había cedido a la altura de Igny y que cinco autos habían volcado al meter las ruedas delanteras en la grieta. La idea de una catástrofe natural se propagó hasta el ingeniero, que se encogió de hombros sin hacer comentarios. Más tarde, pensando en esas primeras horas de oscuridad en que habían respirado un poco más libremente, recordó que en algún momento había sacado el brazo por la ventanilla para tamborilear en la carrocería del Dauphine y despertar a la muchacha que se había dormido reclinada sobre el volante, sin preocuparse de un nuevo avance. Quizá ya era medianoche cuando una de las monjas le ofreció tímidamente un sándwich de jamón, suponiendo que tendría hambre. El ingeniero lo aceptó por cortesía (en realidad sentía náuseas) y pidió permiso para dividirlo con la muchacha del Dauphine, que aceptó y comió golosamente el sándwich y la tableta de chocolate que le había pasado el viajante del DKW, su vecino de la izquierda. Mucha gente había salido de los autos recalentados, porque otra vez llevaban horas sin avanzar; se empezaba a sentir sed, ya agotadas las botellas de limonada, la coca-cola y hasta los vinos de a bordo. La primera en quejarse fue la niña del 203, y el soldado y el ingeniero abandonaron los autos junto con el padre de la niña para buscar agua. Delante del Simca, donde la radio parecía suficiente alimento, el ingeniero encontró un Beaulieu ocupado por una mujer madura de ojos inquietos. No, no tenía agua pero podía darle unos caramelos para la niña. El matrimonio del ID se consultó un momento antes de que la anciana metiera la mano en un bolso y sacara una pequeña lata de jugo de frutas. El ingeniero agradeció y quiso saber si tenían hambre y si podía serles útil; el viejo movió negativamente la cabeza, pero la mujer pareció asentir sin palabras. Más tarde la muchacha del Dauphine y el ingeniero exploraron juntos las filas de la izquierda, sin alejarse demasiado; volvieron con algunos bizcochos y los llevaron a la anciana del ID, con el tiempo justo para regresar corriendo a sus autos bajo una lluvia de bocinas.

Aparte de esas mínimas salidas, era tan poco lo que podía hacerse que las horas acaban por superponerse, por ser siempre la misma en el recuerdo; en algún momento el ingeniero pensó en tachar ese día en su agenda y contuvo una risotada, pero más adelante, cuando empezaron los cálculos contradictorios de las monjas, los hombres del Taunus y la muchacha del Dauphine, se vio que hubiera convenido llevar mejor la cuenta. Las radios locales habían suspendido las emisiones, y sólo el viajante del DKW tenía un aparato de ondas cortas que se empeñaba en transmitir noticias bursátiles. Hacia las tres de la madrugada pareció llegarse a un acuerdo tácito para descansar, y hasta el amanecer la columna no se movió. Los muchachos del Simca sacaron unas camas neumáticas y se tendieron al lado del auto; el ingeniero bajó el respaldo de los asientos delanteros del 404 y ofreció las cuchetas a las monjas, que rehusaron; antes de acostarse un rato, el ingeniero pensó en la muchacha del Dauphine, muy quieta contra el volante, y como sin darle importancia le propuso que cambiaran de autos hasta el amanecer; ella se negó, alegando que podía dormir muy bien de cualquier manera. Durante un rato se oyó llorar al niño del Taunus, acostado en el asiento trasero donde debía tener demasiado calor. Las monjas rezaban todavía cuando el ingeniero se dejó caer en la cucheta y se fue quedando dormido, pero su sueño seguía demasiado cerca de la vigilia y acabó por despertarse sudoroso e inquieto, sin comprender en un primer momento dónde estaba; enderezándose, empezó a percibir los confusos movimientos del exterior, un deslizarse de sombras entre los autos, y vio un bulto que se alejaba hacia el borde de la autopista; adivinó las razones, y más tarde también él salió del auto sin hacer ruido y fue a aliviarse al borde de la ruta; no había setos ni árboles, solamente el campo negro y sin estrellas, algo que parecía un muro abstracto limitando la cinta blanca del macadam con su río inmóvil de vehículos. Casi tropezó con el campesino del Ariane, que balbuceó una frase ininteligible; al olor de la gasolina, persistente en la autopista recalentada, se sumaba ahora la presencia más ácida del hombre, y el ingeniero volvió lo antes posible a su auto. La chica del Dauphine dormía apoyada sobre el volante, un mechón de pelo contra los ojos; antes de subir al 404, el ingeniero se divirtió explorando en la sombra su perfil, adivinando la curva de los labios que soplaban suavemente. Del otro lado, el hombre del DKW miraba también dormir a la muchacha, fumando en silencio.

Por la mañana se avanzó muy poco, pero lo bastante como para darles la esperanza de que esa tarde se abriría la ruta hacia París. A las nueve llegó un extranjero con buenas noticias: habían rellenado las grietas y pronto se podría circular normalmente. Los muchachos del Simca encendieron la radio y uno de ellos trepó al techo del auto y gritó y cantó. El ingeniero se dijo que la noticia era tan dudosa como las de la víspera, y que el extranjero había aprovechado la alegría del grupo para pedir y obtener una naranja que le dio el matrimonio del Ariane. Más tarde llegó otro extranjero con la misma treta, pero nadie quiso darle nada. El calor empezaba a subir y la gente prefería quedarse en los autos a la espera de que se concretaran las buenas noticias. A mediodía la niña del 203 empezó a llorar otra vez, y la muchacha del Dauphine fue a jugar con ella y se hizo amiga del matrimonio. Los del 203 no tenían suerte: a su derecha estaba el hombre silencioso del Caravelle, ajeno a todo lo que ocurría en torno, y a su izquierda tenían que aguantar la verbosa indignación del conductor de un Floride, para quien el embotellamiento era una afrenta exclusivamente personal. Cuando la niña volvió a quejarse de sed, al ingeniero se le ocurrió ir a hablar con los campesinos del Ariane, seguro de que en ese auto había cantidad de provisiones. Para su sorpresa los campesinos se mostraron muy amables; comprendían que en una situación semejante era necesario ayudarse, y pensaban que si alguien se encargaba de dirigir el grupo (la mujer hacía un gesto circular con la mano, abarcando la docena de autos que los rodeaba) no se pasarían apreturas hasta llegar a París. Al ingeniero lo molestaba la idea de erigirse en organizador, y prefirió llamar a los hombres del Taunus para conferenciar con ellos y con el matrimonio del Ariane. Un rato después consultaron sucesivamente a todos los del grupo. El joven soldado del Volkswagen estuvo inmediatamente de acuerdo, y el matrimonio del 203 ofreció las pocas provisiones que les quedaban (la muchacha del Dauphine había conseguido un vaso de granadina con agua para la niña, que reía y jugaba). Uno de los hombres del Taunus, que había ido a consultar a los muchachos del Simca, obtuvo un asentimiento burlón; el hombre pálido del Caravelle se encogió de hombros y dijo que le daba lo mismo, que hicieran lo que les pareciese mejor. Los ancianos del ID y la señora del Meaulieu se mostraron visiblemente contentos, como si se sintieran más protegidos. Los pilotos del Floride y del DKW no hicieron observaciones, y el americano del De Soto los miró asombrado y dijo algo sobre la voluntad de Dios. Al ingeniero le resultó fácil proponer que uno de los ocupantes del Taunus, en el que tenía una confianza instintiva, se encargara de coordinar las actividades. A nadie le faltaría de comer por el momento, pero era necesario conseguir agua; el jefe, al que los muchachos del Simca llamaban Taunus a secas para divertirse, pidió al ingeniero, al soldado y a uno de los muchachos que exploraran la zona circundante de la autopista y ofrecieran alimentos a cambio de bebidas. Taunus, que evidentemente sabía mandar, había calculado que deberían cubrirse las necesidades de un día y medio como máximo, poniéndose en la posición menos optimista. En el 2HP de las monjas y en el Ariane de los campesinos había provisiones suficientes para ese tiempo, y si los exploradores volvían con agua el problema quedaría resuelto. Pero solamente el soldado regresó con una cantimplora llena, cuyo dueño exigía en cambio comida para dos personas. El ingeniero no encontró a nadie que pudiera ofrecer agua, pero el viaje le sirvió para advertir que más allá de su grupo se estaban constituyendo otras células con problemas semejantes; en un momento dado el ocupante de un Alfa Romeo se negó a hablar con él del asunto, y le dijo que se dirigiera al representante de su grupo, cinco autos atrás en la misma fila. Más tarde vieron volver al muchacho del Simca que no había podido conseguir agua, pero Taunus calculó que ya tenían bastante para los dos niños, la anciana del ID y el resto de las mujeres. El ingeniero le estaba contando a la muchacha del Dauphine su circuito por la periferia (era la una de la tarde, y el sol los acorralaba en los autos) cuando ella lo interrumpió con un gesto y le señaló el Simca. En dos saltos el ingeniero llegó hasta el auto y sujetó por el codo a uno de los muchachos, que se repantigaba en su asiento para beber a grandes tragos de la cantimplora que había traído escondida en la chaqueta. A su gesto iracundo, el ingeniero respondió aumentando la presión en el brazo; el otro muchacho bajó del auto y se tiró sobre el ingeniero, que dio dos pasos atrás y lo esperó casi con lástima. El soldado ya venía corriendo, y los gritos de las monjas alertaron a Taunus y a su compañero; Taunus escuchó lo sucedido, se acercó al muchacho de la botella y le dio un par de bofetadas. El muchacho gritó y protestó, lloriqueando, mientras el otro rezongaba sin atreverse a intervenir. El ingeniero le quitó la botella y se la alcanzó a Taunus. Empezaban a sonar bocinas y cada cual regresó a su auto, por lo demás inútilmente puesto que la columna avanzó apenas cinco metros.

A la hora de la siesta, bajo un sol todavía más duro que la víspera, una de las monjas se quitó la toca y su compañera le mojó las sienes con agua de colonia. Las mujeres improvisaban de a poco sus actividades samaritanas, yendo de un auto a otro, ocupándose de los niños para que los hombres estuvieran más libres; nadie se quejaba, pero el buen humor era forzado, se basaba siempre en los mismos juegos de palabras, en un escepticismo de buen tono. Para el ingeniero y la muchacha del Dauphine, sentirse sudorosos y sucios era la vejación más grande; los enternecía casi la rotunda indiferencia del matrimonio de campesinos al olor que les brotaba de las axilas cada

vez que venían a charlar con ellos o a repetir alguna noticia de último
momento. Hacia el atardecer el ingeniero miró casualmente por el retrovisor y encontró como siempre la cara pálida y de rasgos tensos
del hombre del Caravelle, que al igual que el gordo piloto del Floride
se había mantenido ajeno a todas las actividades. Le pareció que sus
facciones se habían afilado todavía más, y se preguntó si no estaría
enfermo. Pero después, cuando al ir a charlar con el soldado y su
mujer tuvo ocasión de mirarlo desde más cerca, se dijo que ese hombre no estaba enfermo; era otra cosa, una separación, por darle algún
nombre. El soldado del Volkswagen le contó más tarde que a su mujer le daba miedo ese hombre silencioso que no se apartaba jamás del
volante y que parecía dormir despierto. Nacían hipótesis, se creaba un
folklore para luchar contra la inacción. Los niños del Taunus y el
203 se habían hecho amigos y se habían peleado y luego se habían
reconciliado; sus padres se visitaban, y la muchacha del Dauphine
iba a cada tanto a ver cómo se sentían la anciana del ID y la señora
del Beaulieu. Cuando al atardecer soplaron bruscamente unas ráfagas
tormentosas y el sol se perdió entre las nubes que se alzaban al oeste,
la gente se alegró pensando que iba a refrescar. Cayeron algunas gotas, coincidiendo con un avance extraordinario de casi cien metros;
a lo lejos brilló un relámpago y el calor subió todavía más. Había
tanta electricidad en la atmósfera que Taunus, con un instinto que el
ingeniero admiró sin comentarios, dejó al grupo en paz hasta la noche,
como si temiera los efectos del cansancio y el calor. A las ocho las mujeres se encargaron de distribuir las provisiones; se había decidido
que el Ariane de los campesinos sería el almacén general, y que el
2HP de las monjas serviría de depósito suplementario. Taunus había
ido en persona a hablar con los jefes de los cuatro o cinco grupos
vecinos; después, con ayuda del soldado y el hombre del 203, llevó
una cantidad de alimentos a los otros grupos, regresando con más
agua y un poco de vino. Se decidió que los muchachos del Simca ce-
derían sus colchones neumáticos a la anciana del ID y a la señora
del Beaulieu; la muchacha del Dauphine les llevó dos mantas esco-
cesas y el ingeniero ofreció su coche, que llamaba burlonamente el
wagon-lit, a quienes lo necesitaran. Para su sorpresa, la muchacha del
Dauphine aceptó el ofrecimiento y esa noche compartió las cuchetas
del 404 con una de las monjas; la otra fue a dormir al 203 junto a la
niña y su madre, mientras el marido pasaba la noche sobre el macadam, envuelto en una frazada. El ingeniero no tenía sueño y jugó a
los dados con Taunus y su amigo; en algún momento se les agregó el
campesino del Ariane y hablaron de política bebiendo unos tragos del
aguardiente que el campesino había entregado a Taunus esa mañana.
La noche no fue mala; había refrescado y brillaban algunas estrellas
entre las nubes.

Hacia el amanecer los ganó el sueño, esa necesidad de estar a cubierto que nacía con la grisalla del alba. Mientras Taunus dormía junto al niño en el asiento trasero, su amigo y el ingeniero descansaron un rato en la delantera. Entre dos imágenes de sueño, el ingeniero creyó oír gritos a la distancia y vio un resplandor indistinto; el jefe de otro grupo vino a decirles que treinta autos más adelante había habido un principio de incendio en un Estafette, provocado por alguien que había querido hervir clandestinamente unas legumbres. Taunus bromeó sobre lo sucedido mientras iba de auto en auto para ver cómo habían pasado todos la noche, pero a nadie se le escapó lo que quería decir. Esa mañana la columna empezó a moverse muy temprano y hubo que correr y agitarse para recuperar los colchones y las mantas, pero como en todas partes debía estar sucediendo lo mismo casi nadie se impacientaba ni hacía sonar las bocinas. A mediodía habían avanzado más de cincuenta metros, y empezaba a divisarse la sombra de un bosque a la derecha de la ruta. Se envidiaba la suerte de los que en ese momento podían ir hasta la banquina y aprovechar la frescura de la sombra; quizá había un arroyo, o un grifo de agua potable. La muchacha del Dauphine cerró los ojos y pensó en una ducha cayéndole por el cuello y la espalda, corriéndole por las piernas; el ingeniero, que la miraba de reojo, vio dos lágrimas que le resbalaban por las mejillas.

Taunus, que acababa de adelantarse hasta el ID, vino a buscar a las mujeres más jóvenes para que atendieran a la anciana que no se sentía bien. El jefe del tercer grupo a retaguardia contaba con un médico entre sus hombres, y el soldado corrió a buscarlo. Al ingeniero, que había seguido con irónica benevolencia los esfuerzos de los muchachitos del Simca para hacerse perdonar su travesura, entendió que era el momento de darles su oportunidad. Con los elementos de una tienda de campaña los muchachos cubrieron las ventanillas del 404, y el wagon-lit se transformó en ambulancia para que la anciana descansara en una oscuridad relativa. Su marido se tendió a su lado, teniéndole la mano, y los dejaron solos con el médico. Después las monjas se ocuparon de la anciana, que se sentía mejor, y el ingeniero pasó la tarde como pudo, visitando otros autos y descansando en el de Taunus cuando el sol castigaba demasiado; sólo tres veces le tocó correr hasta su auto, donde los viejitos parecían dormir, para hacerlo avanzar junto con la columna hasta el alto siguiente. Los ganó la noche sin que hubiesen llegado a la altura del bosque.

Hacia las dos de la madrugada bajó la temperatura, y los que tenían mantas se alegraron de poder envolverse en ellas. Como la columna no se movería hasta el alba (era algo que se sentía en el aire, que venía desde el horizonte de autos inmóviles en la noche) el ingeniero y Taunus se sentaron a fumar y a charlar con el campesino del Ariane y el soldado. Los cálculos de Taunus no correspondían ya a

la realidad, y lo dijo francamente; por la mañana habría que hacer
algo para conseguir más provisiones y bebidas. El soldado fue a buscar a los jefes de los grupos vecinos, que tampoco dormían, y se dis-
cutió el problema en voz baja para no despertar a las mujeres. Los jefes habían hablado con los responsables de los grupos más alejados,
en un radio de ochenta o cien automóviles, y tenían la seguridad de
que la situación era análoga en todas partes. El campesino conocía
bien la región y propuso que dos o tres hombres de cada grupo salieran al alba para comprar provisiones en las granjas cercanas, mientras Taunus se ocupaba de designar pilotos para los autos que quedarían sin dueño durante la expedición. La idea era buena y no resultó difícil reunir dinero entre los asistentes; se decidió que el campesino, el soldado y el amigo de Taunus irían juntos y llevarían todas las bolsas, redes y cantimploras disponibles. Los jefes de los otros
grupos volvieron a sus unidades para organizar expediciones similares, y al amanecer se explicó la situación a las mujeres y se hizo lo
necesario para que la columna pudiera seguir avanzando. La muchacha del Dauphine le dijo al ingeniero que la anciana ya estaba mejor
y que insistía en volver a su ID; a las ocho llegó el médico, que no
vio inconveniente en que el matrimonio regresara a su auto. De todos
modos, Taunus decidió que el 404 quedaría habilitado permanentemente como ambulancia; los muchachos, para divertirse, fabricaron
un banderín con una cruz roja y lo fijaron en la antena del auto. Hacía
ya rato que la gente prefería salir lo menos posible de sus coches; la
temperatura seguía bajando y a mediodía empezaron los chaparrones
y se vieron relámpagos a la distancia. La mujer del campesino se apresuró a recoger agua con un embudo y una jarra de plástico, para especial regocijo de los muchachos del Simca. Mirando todo eso, inclinado sobre el volante donde había un libro abierto que no le interesaba demasiado, el ingeniero se preguntó por qué los expedicionarios
tardaban tanto en regresar; más tarde Taunus lo llamó discretamente
a su auto y cuando estuvieron dentro le dijo que habían fracasado.
El amigo de Taunus dio detalles: las granjas estaban abandonadas o
la gente se negaba a venderles nada, aduciendo las reglamentaciones
sobre ventas a particulares y sospechando que podían ser inspectores
que se valían de las circunstancias para ponerlos a prueba. A pesar
de todo habían podido traer una pequeña cantidad de agua y algunas
provisiones, quizá robadas por el soldado que sonreía sin entrar en
detalles. Desde luego ya no podía pasar mucho tiempo sin que cesara
el embotellamiento, pero los alimentos de que se disponía no eran
los más adecuados para los dos niños y la anciana. El médico, que
vino hacia las cuatro y media para ver a la enferma, hizo un gesto de
exasperación y cansancio y dijo a Taunus que en su grupo y en todos
los grupos vecinos pasaba lo mismo. Por la radio se había hablado
de una operación de emergencia para despejar la autopista, pero apar-

te de un helicóptero que apareció brevemente al anochecer no se vieron otros aprestos. De todas maneras hacía cada vez menos calor, y
la gente parecía esperar la llegada de la noche para taparse con las
mantas y abolir en el sueño algunas horas más de espera. Desde su
auto el ingeniero escuchaba la charla de la muchacha del Dauphine
con el viajante del DKW, que le contaba cuentos y la hacía reír sin
ganas. Lo sorprendió ver a la señora del Beaulieu que casi nunca
abandonaba su auto, y bajó para saber si necesitaba alguna cosa, pero
la señora buscaba solamente las últimas noticias y se puso a hablar
con las monjas. Un hastío sin nombre pesaba sobre ellos al anochecer;
se esperaba más del sueño que de las noticias siempre contradictorias
o desmentidas. El amigo de Taunus llegó discretamente a buscar al
ingeniero, al soldado y al hombre del 203. Taunus les anunció que
el tripulante del Floride acababa de desertar; uno de los muchachos
del Simca había visto el coche vacío, y después de un rato se habían
puesto a buscar a su dueño para matar el tedio. Nadie conocía mucho
al hombre gordo del Floride, que tanto había protestado el primer
día aunque después acabara por quedarse tan callado como el piloto
del Caravelle. Cuando a las cinco de la mañana no quedó la menor
duda de que Floride, como se divertían en llamarlo los chicos del
Simca, había desertado llevándose una valija de mano y abandonando
otra llena de camisas y ropa interior. Taunus decidió que uno de los
muchachos se haría cargo del auto abandonado para no inmovilizar
la columna. A todos los había fastidiado vagamente esa deserción
en la oscuridad, y se preguntaban hasta dónde había podido llegar
Floride en su fuga a través de los campos. Por lo demás parecía ser
la noche de las grandes decisiones: tendido en su cucheta del 404, al
ingeniero le pareció oír un quejido, pero pensó que el soldado y su
mujer serían responsables de algo que, después de todo, resultaba comprensible en plena noche y en esas circunstancias. Después lo pensó
mejor y levantó la lona que cubría la ventanilla trasera; a la luz de
unas pocas estrellas vio a un metro y medio el eterno parabrisas del
Caravelle y detrás, como pegada al vidrio y un poco ladeada, la cara
convulsa del hombre. Sin hacer ruido salió por el lado izquierdo para
no despertar a las monjas, y se acercó al Caravelle. Después buscó a
Taunus, y el soldado corrió a prevenir al médico. Desde luego el hombre se había suicidado tomando algún veneno; las líneas a lápiz en
la agenda bastaban, y la carta dirigida a una tal Yvette, alguien que lo
había abandonado en Vierzon. Por suerte la costumbre de dormir en
los autos estaba bien establecida (las noches eran ya tan frías que a
nadie se le hubiera ocurrido quedarse fuera) y a pocos les preocupaba que otros anduvieran entre los coches y se deslizaran hacia los
bordes de la autopista para aliviarse. Taunus llamó a un consejo de
guerra, y el médico estuvo de acuerdo con su propuesta. Dejar el
cadáver al borde de la autopista significaba someter a los que venían

más atrás a una sorpresa por lo menos penosa; llevarlo más lejos, en pleno campo, podía provocar la violenta repulsa de los lugareños, que la noche anterior habían amenazado y golpeado a un muchacho de otro grupo que buscaba de comer. El campesino del Ariane y el viajante del DKW tenían lo necesario para cerrar herméticamente el portaequipajes del Caravelle. Cuando empezaban su trabajo se les agregó la muchacha del Dauphine, que se colgó temblando del brazo del ingeniero. Él le explicó en voz baja lo que acababa de ocurrir y la devolvió a su auto, ya más tranquila. Taunus y sus hombres habían metido el cuerpo en el portaequipajes, y el viajante trabajó con scotch tape y tubos de cola líquida a la luz de la linterna del soldado. Como la mujer del 203 sabía conducir, Taunus resolvió que su marido se haría cargo del Caravelle que quedaba a la derecha del 203; así, por la mañana, la niña del 203 descubrió que su papá tenía otro auto, y jugó horas y horas a pasar de uno a otro y a instalar parte de sus juguetes en el Caravelle.

Por primera vez el frío se hacía sentir en pleno día, y nadie pensaba en quitarse las chaquetas. La muchacha del Dauphine y las monjas hicieron el inventario de los abrigos disponibles en el grupo. Había unos pocos pulóveres que aparecían por casualidad en los autos o en alguna valija, mantas, alguna gabardina o abrigo ligero. Se estableció una lista de prioridades, se distribuyeron los abrigos. Otra vez volvía a faltar el agua, y Taunus envió a tres de sus hombres, entre ellos el ingeniero, para que trataran de establecer contacto con los lugareños. Sin que pudiera saberse por qué, la resistencia exterior era total; bastaba salir del límite de la autopista para que desde cualquier sitio llovieran piedras. En plena noche alguien tiró una guadaña que golpeó sobre el techo del DKW y cayó al lado del Dauphine. El viajante se puso muy pálido y no se movió de su auto, pero el americano del De Soto (que no formaba parte del grupo de Taunus, pero que todos apreciaban por su buen humor y sus risotadas) vino a la carrera y después de revolear la guadaña la devolvió campo afuera con todas sus fuerzas, maldiciendo a gritos. Sin embargo, Taunus no creía que conviniera ahondar la hostilidad; quizá fuese todavía posible hacer una salida en busca de agua.

Ya nadie llevaba la cuenta de lo que se había avanzado ese día o esos días; la muchacha del Dauphine creía que entre ochenta y doscientos metros; el ingeniero era menos optimista pero se divertía en prolongar y complicar los cálculos con su vecina, interesado de a ratos en quitarle la compañía del viajante del DKW que le hacía la corte a su manera profesional. Esa misma tarde el muchacho encargado del Floride corrió a avisar a Taunus que un Ford Mercury ofrecía agua a buen precio. Taunus se negó, pero al anochecer una de las monjas le pidió al ingeniero un sorbo de agua para la anciana del ID que sufría sin quejarse, siempre tomada de la mano de su marido y atendida alternativamente por las monjas y la muchacha del Dauphine. Quedaba medio litro de agua, y las mujeres lo destinaron a la anciana y a la señora del Beaulieu. Esa misma noche Taunus pagó de su bolsillo dos litros de agua; el Ford Mercury prometió conseguir más para el día siguiente, al doble del precio.

Era difícil reunirse para discutir, porque hacía tanto frío que nadie abandonaba los autos como no fuera por un motivo imperioso. Las baterías empezaban a descargarse y no se podía hacer funcionar todo el tiempo la calefacción; Taunus decidió que los dos coches mejor equipados se reservarían llegado el caso para los enfermos. Envueltos en mantas (los muchachos del Simca habían arrancado el tapizado de su auto para fabricarse chalecos y gorros, y otros empezaban a imitarlos), cada uno trataba de abrir lo menos posible las portezuelas para conservar el calor. En alguna de esas noches heladas el ingeniero oyó llorar ahogadamente a la muchacha del Dauphine. Sin hacer ruido, abrió poco a poco la portezuela y tanteó en la sombra hasta rozar una mejilla mojada. Casi sin resistencia la chica se dejó atraer al 404; el ingeniero la ayudó a tenderse en la cucheta, la abrigó con la única manta y le echó encima su gabardina. La oscuridad era más densa en el coche ambulancia, con sus ventanillas tapadas por las lonas de la tienda. En algún momento el ingeniero bajó los dos parasoles y colgó de ellos su camisa y un pulóver para aislar completamente el auto. Hacia el amanecer ella le dijo al oído que antes de empezar a llorar había creído ver a lo lejos, sobre la derecha, las luces de una ciudad.

Quizá fuera una ciudad, pero las nieblas de la mañana no dejaban ver ni a veinte metros. Curiosamente ese día la columna avanzó bastante más, quizá doscientos o trescientos metros. Coincidió con nuevos anuncios de la radio (que casi nadie escuchaba, salvo Taunus que se sentía obligado a mantenerse al corriente); los locutores hablaban enfáticamente de medidas de excepción que liberarían la autopista, y se hacían referencias al agotador trabajo de las cuadrillas camineras y de las fuerzas policiales. Bruscamente, una de las monjas deliró. Mientras su compañera la contemplaba aterrada y la muchacha del Dauphine le humedecía las sienes con un resto de perfume, la monja habló de Armagedón, del noveno día, de la cadena de cinabrio. El médico vino mucho después, abriéndose paso entre la nieve que caía desde el mediodía y amurallaba poco a poco los autos. Deploró la carencia de una inyección calmante y aconsejó que llevaran a la monja a un auto con buena calefacción. Taunus la instaló en su coche, y el niño pasó al Caravelle donde también estaba su amiguita del 203; jugaban con sus autos y se divertían mucho porque eran los únicos que no pasaban hambre. Todo ese día y los siguientes nevó casi de continuo, y cuando la columna avanzaba unos metros había que despejar con medios improvisados las masas de nieve amontonadas entre los autos.

A nadie se le hubiera ocurrido asombrarse por la forma en que se obtenían las provisiones y el agua. Lo único que podía hacer Taunus era administrar los fondos comunes y tratar de sacar el mejor partido posible de algunos trueques. El Ford Mercury y un Porsche venían cada noche a traficar con las vituallas; Taunus y el ingeniero se encargaban de distribuirlas de acuerdo con el estado físico de cada uno. Increíblemente la anciana del ID sobrevivía, perdida en un sopor que las mujeres se cuidaban de disipar. La señora del Beaulieu que unos días antes había sufrido de náuseas y vahídos, se había repuesto con el frío y era de las que más ayudaban a la monja a cuidar a su compañera, siempre débil y un poco extraviada. La mujer del soldado y la del 203 se encargaban de los dos niños; el viajante del DKW, quizá para consolarse de que la ocupante del Dauphine hubiera preferido al ingeniero, pasaba horas contándoles cuentos a los niños. En la noche los grupos ingresaban en otra vida sigilosa y privada; las portezuelas se abrían silenciosamente para dejar entrar o salir alguna silueta aterida; nadie miraba a los demás, los ojos estaban tan ciegos como la sombra misma. Bajo mantas sucias, con manos de uñas crecidas, oliendo a encierro y a ropa sin cambiar, algo de felicidad duraba aquí y allá. La muchacha del Dauphine no se había equivocado: a los lejos brillaba una ciudad, y poco a poco se irían acercando. Por las tardes el chico del Simca se trepaba al techo de su coche, vigía incorregible envuelto en pedazos de tapizado y estopa verde. Cansado de explorar el horizonte inútil, miraba por milésima vez los autos que lo rodeaban; con alguna envidia descubría a Dauphine en el auto del 404, una mano acariciando un cuello, el final de un beso. Por pura broma, ahora que había reconquistado la amistad del 404, les gritaba que la columna iba a moverse; entonces Dauphine tenía que abandonar al 404 y entrar en su auto, pero al rato volvía a pasarse en busca de calor, y al muchacho del Simca le hubiera gustado tanto poder traer a su coche a alguna chica de otro grupo, pero no era ni para pensarlo con ese frío y esa hambre, sin contar que el grupo de más adelante estaba en franco tren de hostilidad con el de Taunus por una historia de un tubo de leche condensada, y salvo las transacciones oficiales con Ford Mercury y con Porsche no había relación posible con los otros grupos. Entonces el muchacho del Simca suspiraba descontento y volvía a hacer de vigía hasta que la nieve y el frío lo obligaban a meterse tiritando en su auto.

Pero el frío empezó a ceder, y después de un periodo de lluvias y vientos que enervaron los ánimos y aumentaron las dificultades de aprovisionamiento, siguieron días frescos y soleados en que ya era posible salir de los autos, visitarse, reanudar relaciones con los grupos vecinos. Los jefes habían discutido la situación, y finalmente se logró hacer la paz con el grupo de más adelante. De la brusca desaparición de Ford Mercury se habló mucho tiempo sin que nadie supiera lo que había podido ocurrirle, pero Porsche siguió viniendo y controlando el mercado negro. Nunca faltaban del todo el agua o las conservas, aunque los fondos del grupo disminuían y Taunus y el ingeniero se preguntaban qué ocurriría el día en que no hubiera más dinero para Porsche. Se habló de un golpe de mano, de hacerlo prisionero y exigirle que revelara la fuente de los suministros, pero en esos días la columna había avanzado un buen trecho y los jefes prefirieron seguir esperando y evitar el riesgo de echarlo todo a perder por una decisión violenta. Al ingeniero, que había acabado por ceder a una indiferencia casi agradable, lo sobresaltó por un momento el tímido anuncio de la muchacha del Dauphine, pero después comprendió que no se podía hacer nada para evitarlo y la idea de tener un hijo de ella acabó por parecerle tan natural como el reparto nocturno de las provisiones o los viajes furtivos hasta el borde de la autopista. Tampoco la muerte de la anciana del ID podía sorprender a nadie. Hubo que trabajar otra vez en plena noche, acompañar y consolar al marido que no se resignaba a entender. Entre dos de los grupos de vanguardia estalló una pelea y Taunus tuvo que oficiar de árbitro y resolver precariamente la diferencia. Todo sucedía en cualquier momento, sin horarios previsibles; lo más importante empezó cuando ya nadie lo esperaba, y al menos responsable le tocó darse cuenta el primero. Trepado en el techo del Simca, el alegre vigía tuvo la impresión de que el horizonte había cambiado (era al atardecer, un sol amarillento deslizaba su luz rasante y mezquina) y que algo inconcebible estaba ocurriendo a quinientos metros, a trescientos, a doscientos cincuenta. Se lo gritó al 404 y el 404 le dijo algo a Dauphine que se pasó rápidamente a su auto cuando ya Taunus, el soldado y el campesino venían corriendo y desde el techo del Simca el muchacho señalaba hacia adelante y repetía interminablemente el anuncio como si quisiera convencerse de que lo que estaba viendo era verdad; entonces oyeron la conmoción, algo como un pesado pero incontenible movimiento migratorio que despertaba de un interminable sopor y ensayaba sus fuerzas. Taunus les ordenó a gritos que volvieran a sus coches; el Beaulieu, el ID, el Fiat 600 y el De Soto arrancaron con un mismo impulso. Ahora el 2HP, el Taunus, el Simca y el Ariane empezaban a moverse, y el muchacho del Simca, orgulloso de algo que era como su triunfo, se volvía hacia el 404 y agitaba el brazo mientras el 404, el Dauphine, el 2HP de las monjas y el DKW se ponían a su vez en marcha. Pero todo estaba en saber cuánto iba a durar eso; el 404 se lo preguntó casi por rutina mientras se mantenía a la par de Dauphine y le sonreía para darle ánimo. Detrás, el Volkswagen, el Caravelle, el 203 y el Floride arrancaban a su vez lentamente, un trecho en primera velocidad, después la segunda, interminablemente la segunda pero ya sin desembragar como tantas veces, con el pie firme en el acelerador, esperando poder pasar a tercera. Estirando el brazo izquierdo el 404

buscó la mano de Dauphine, rozó apenas la punta de sus dedos, vio
en su cara una sonrisa de incrédula esperanza y pensó que iban a llegar a París y que se bañarían, que irían juntos a cualquier lado, a su
casa o a la de ella a bañarse, a comer, a bañarse interminablemente y
a comer y beber, y que después habría muebles, habría un dormitorio con muebles y un cuarto de bajo con espuma de jabón para afei-
tarse de verdad, y retretes, comida y retretes y sábanas. París era un
retrete y dos sábanas y el agua caliente por el pecho y las piernas, y
una tijera de uñas, y vino blanco, beberían vino blanco antes de be-
sarse y sentirse oler a lavanda y a colonia, antes de conocerse de verdad a plena luz, entre sábanas limpias, y volver a bañarse por juego,
amarse y bañarse y beber y entrar en la peluquería, entrar en el baño,
acariciar las sábanas y acariciarse entre las sábanas y amarse entre
la espuma y la lavanda y los cepillos antes de empezar a pensar en lo
que iban a hacer, en el hijo y los problemas y el futuro, y todo eso
siempre que no se detuvieran, que la columna continuara aunque todavía no se pudiese subir a la tercera velocidad, seguir así en segunda,
pero seguir. Con los paragolpes rozando el Simca, el 404 se echó
atrás en el asiento, sintió aumentar la velocidad, sintió que podía acelerar sin peligro de irse contra el Simca, y que el Simca aceleraba
sin peligro de chocar contra el Beaulieu, y que detrás venía el Caravelle y que todos aceleraban más y más, y que ya se podía pasar a
tercera sin que el motor penara, y la palanca calzó increíblemente en
la tercera y la marcha se hizo suave y se aceleró todavía más, y el
404 miró enternecido y deslumbrado a su izquierda buscando los ojos
de Dauphine. Era natural que con tanta aceleración las filas ya no
se mantuvieran paralelas. Dauphine se había adelantado casi un metro y el 404 le veía la nuca y apenas el perfil, justamente cuando ella
se volvía para mirarlo y hacía un gesto de sorpresa al ver que el 404
se retrasaba todavía más. Tranquilizándola con una sonrisa el 404
aceleró bruscamente, pero casi en seguida tuvo que frenar porque
estaba a punto de rozar el Simca; le tocó secamente la bocina y el
muchacho del Simca lo miró por el retrovisor y le hizo un gesto de
impotencia, mostrándole con la mano izquierda el Beaulieu pegado a
su auto. El Dauphine iba tres metros más adelante, a la altura del
Simca, y la niña del 203, al nivel del 404, agitaba los brazos y le
mostraba su muñeca. Una mancha roja a la derecha desconcertó al
404; en vez del 2HP de las monjas o del Volkswagen del soldado vio
un Chevrolet desconocido, y casi en seguida el Chevrolet se adelantó
seguido por un Lancia y por un Renault 8. A su izquierda se le apa-
reaba un ID que empezaba a sacarle ventaja metro a metro, pero antes de que fuera sustituido por un 403, el 404 alcanzó a distinguir todavía en la delantera el 203 que ocultaba ya a Dauphine. El grupo
se dislocaba, ya no existía. Taunus debía de estar a más de veinte metros adelante, seguido de Dauphine; al mismo tiempo la tercera fila

de la izquierda se atrasaba porque en vez del DKW del viajante, el 404 alcanzaba a ver la parte trasera de un viejo furgón negro, quizá un Citroën o un Peugeot. Los autos corrían en tercera, adelantándose o perdiendo terreno según el ritmo de su fila, y a los lados de la autopista se veían huir los árboles, algunas casas entre las masas de niebla y el anochecer. Después fueron las luces rojas que todos encendían siguiendo el ejemplo de los que iban adelante, la noche que se cerraba bruscamente. De cuando en cuando sonaban bocinas, las agujas de los velocímetros subían cada vez más, algunas filas corrían a setenta kilómetros, otras a sesenta y cinco, algunas a sesenta. El 404 había esperado todavía que el avance y el retroceso de las filas le permitiera alcanzar otra vez a Dauphine, pero cada minuto lo iba convenciendo de que era inútil, que el grupo se había disuelto irrevocablemente, que ya no volverían a repetirse los encuentros rutinarios, los mínimos rituales, los consejos de guerra en el auto de Taunus, las caricias de Dauphine en la paz de la madrugada, las risas de los niños jugando con sus autos, la imagen de la monja pasando las cuentas del rosario. Cuando se encendieron las luces de los frenos del Simca, el 404 redujo la marcha con un absurdo sentimiento de esperanza, y apenas puesto el freno de mano saltó del auto y corrió hacia adelante. Fuera del Simca y el Beaulieu (más atrás estaría el Caravelle, pero poco le importaba) no reconoció ningún auto; a través de cristales diferentes lo miraban con sorpresa y quizá escándalo otros rostros que no había visto nunca. Sonaban las bocinas, y el 404 tuvo que volver a su auto; el chico del Simca le hizo un gesto amistoso, como si comprendiera, y señaló alentadoramente en dirección de París. La columna volvía a ponerse en marcha, lentamente durante unos minutos y luego como si la autopista estuviera definitivamente libre. A la izquierda del 404 corría un Taunus, y por un segundo al 404 le pareció que el grupo se recomponía, que todo entraba en el orden, que se podría seguir adelante sin destruir nada. Pero era un Taunus verde, y en el volante había una mujer con anteojos ahumados que miraba fijamente hacia adelante. No se podía hacer otra cosa que abandonarse a la marcha, adaptarse mecánicamente a la velocidad de los autos que lo rodeaban, no pensar. En el Volkswagen del soldado debía de estar su chaqueta de cuero. Taunus tenía la novela que él había leído en los primeros días. Un frasco de lavanda casi vacío en el 2HP de las monjas. Y él tenía ahí, tocándolo a veces con la mano derecha, el osito de felpa que Dauphine le había regalado como mascota. Absurdamente se aferró a la idea de que a las nueve y media se distribuirían los alimentos, habría que visitar a los enfermos, examinar la situación con Taunus y el campesino del Ariane; después sería la noche, sería Dauphine subiendo sigilosamente a su auto, las estrellas o las nubes, la vida. Sí, tenía que ser así, no era posible que eso hubiera terminado para siempre. Tal vez el soldado consiguiera una ración de

agua, que había escaseado en las últimas horas; de todos modos se
podía contar con Porsche, siempre que se le pagara el precio que pedía. Y en la antena de la radio flotaba locamente la bandera con la
cruz roja, y se corría a ochenta kilómetros por hora hacia las luces
que crecían poco a poco, sin que ya se supiera bién por qué tanto
apuro, por qué esa carrera en la noche entre autos desconocidos donde nadie sabía nada de los otros, donde todo el mundo miraba fijamente hacia adelante, exclusivamente hacia adelante.

# GABRIEL GARCÍA MÁRQUEZ

COLOMBIANO
( 1 9 2 8 )

*El éxito de la narrativa de Gabriel García Márquez ha sido uno de los fenómenos más notables de este siglo en lo que concierne a la recepción de una obra de arte. Su prosa ha sido disfrutada por millones de lectores, la crítica le ha dedicado cientos de estudios, las ediciones de sus libros se han agotado rápidamente, las traduciones de su obra más famosa* Cien años de soledad *han alcanzado a unos treinta y dos idiomas, el anuncio de una nueva obra del célebre autor colombiano ha creado (y sigue creando) la urgencia de conocerla. El fenómeno de un clásico ya logrado, del que no necesitamos distanciarnos en el tiempo para apreciarlo. La extraordinaria difusión internacional de la creación de García Márquez es un éxito no sólo del autor o de la prosa hispanoamericana sino que también de la literatura universal.* Cien años de soledad *es una obra de referencia de un siglo y de toda una sensibilidad. Espacios como Macondo y personajes como la saga de los Buendía han salido de la esfera de la novela para entrar en el vocablo de las menciones diarias que es lo que ocurre con las grandes obras, la misma galería en la que se han familiarizado Don Quijote, Sancho, Dulcinea.*

*Gabriel García Márquez nació en Aracataca, Colombia. Estudió Derecho en la Universidad Nacional de Bogotá y luego en la Universidad de Cartagena. Entre 1955 y 1960 trabajó como periodista en Bogotá, Caracas, La Habana, Nueva York. En 1961 se dirige a México y en 1967 viaja a España donde residirá hasta 1982. A partir de este año ha vivido en Colombia y México. Su obra recibe el Premio Nóbel de literatura en 1982; con anterioridad al Premio Nóbel, el autor colombiano, había recibido merecidamente varios premios nacionales e internacionales.*

*La producción novelística de García Márquez comprende* La hojarasca *(1955);* El coronel no tiene quien le escriba *(1961);* La mala hora *(1962);* Cien años de soledad *(1967);* El otoño del patriarca *(1975);* Crónica de una muerte anunciada *(1981);* El amor en los tiempos del cólera *(1985);* El general en su laberinto *(1989). De referentes periodísticos, documentales y creativos son* Relato de una náufrago *(1970), escrito en 1955 para el diario de Bogotá*

El Espectador; Cuando era feliz e indocumentado *(1973);* La
aventura de Miguel Littín clandestino en Chile *(1986). La recopilación de la obra periodística de García Márquez se ha pro-
yectado en tres volúmenes. Los dos primeros publicados son* Textos costeños. Obra periodística. Vol. I *(1981) y* Entre cachacos
*(1988-89); en ambos la recopilación y prólogo es de Jacques Gi-
lard.*

  *Los primeros cuentos del autor son anteriores a 1950, pero
el primer libro de relatos,* Los funerales de la Mamá Grande, *aparece en 1962, incluye cuentos escritos entre 1954 y 1961. Siguen
el cuento* Isabel viendo llover en Macondo *(1967);* La increíble
y triste historia de la cándida Eréndira y de su abuela desalmada
*(1972), incluye relatos fechados desde 1961 a 1972;* El negro que
hizo esperar a los ángeles *(1972);* Ojos de perro azul *(1972).
En 1975 se publica una recopilación de su cuentística* Todos los
cuentos de Gabriel García Márquez (1947-1972). *El cuento seleccionado escrito en 1968 se incluye en la colección* La increíble
y triste historia de la cándida Eréndira y de su abuela desalmada.
*Los relatos de este volumen son otra poética muestra de una na-
rrativa imaginante y en viaje hacia el centro de la imaginación.*

## EL AHOGADO MÁS HERMOSO DEL MUNDO *

### (1968)

Los primeros niños que vieron el promontorio oscuro y sigiloso que
se acercaba por el mar, se hicieron la ilusión de que era un barco
enemigo. Después vieron que no llevaba banderas ni arboladura, y
pensaron que fuera una ballena. Pero cuando quedó varado en la playa le quitaron los matorrales de sargazos, los filamentos de medusas
y los restos de cardúmenes y naufragios que llevaba encima, y sólo
entonces descubrieron que era un ahogado.

  Habían jugado con él toda la tarde, enterrándolo y desenterrán-
dolo en la arena, cuando alguien los vio por casualidad y dio la voz
de alarma en el pueblo. Los hombres que lo cargaron hasta la casa
más próxima notaron que pesaba más que todos los muertos conocidos, casi tanto como un caballo, y se dijeron que tal vez había estado
demasiado tiempo a la deriva y el agua se le había metido dentro de
los huesos. Cuando lo tendieron en el suelo vieron que había sido
mucho más grande que todos los hombres, pues apenas si cabía en
la casa, pero pensaron que tal vez la facultad de seguir creciendo

* © Gabriel García Márquez, 1968.

después de la muerte estaba en la naturaleza de ciertos ahogados. Tenía el olor del mar, y sólo la forma permitía suponer que era el cadáver de un ser humano, porque su piel estaba revestida de una coraza de rémora y de lodo.

No tuvieron que limpiarle la cara para saber que era un muerto ajeno. El pueblo tenía apenas unas veinte casas de tablas, con patios de piedras sin flores, desperdigadas en el extremo de un cabo desértico. La tierra era tan escasa, que las madres andaban siempre con el temor de que el viento se llevara a los niños, y a los pocos muertos que les iban causando los años tenían que tirarlos en los acantilados. Pero el mar era manso y pródigo, y todos los hombres cabían en siete botes. Así que cuando encontraron el ahogado les bastó con mirarse los unos a los otros para darse cuenta de que estaban completos.

Aquella noche no salieron a trabajar en el mar. Mientras los hombres averiguaban si no faltaba alguien en los pueblos vecinos, las mujeres se quedaron cuidando al ahogado. Le quitaron el lodo con tapones de esparto, le desenredaron del cabello los abrojos submarinos y le rasparon la rémora con fierros de desescamar pescados. A medida que lo hacían, notaron que su vegetación era de océanos remotos y de aguas profundas, y que sus ropas estaban en piltrafas, como si hubiera navegado por entre laberintos de corales. Notaron también que sobrellevaba la muerte con altivez, pues no tenía el semblante solitario de los otros ahogados del mar, ni tampoco la catadura sórdida y menesterosa de los ahogados fluviales. Pero solamente cuando acabaron de limpiarlo tuvieron conciencia de la clase de hombre que era, y entonces se quedaron sin aliento. No sólo era el más alto, el más fuerte, el más viril y el mejor armado que habían visto jamás, sino que todavía cuando lo estaban viendo no les cabía en la imaginación.

No encontraron en el pueblo una cama bastante grande para tenderlo ni una mesa bastante sólida para velarlo. No le vinieron los pantalones de fiesta de los hombres más altos, ni las camisas dominicales de los más corpulentos, ni los zapatos del mejor plantado. Fascinadas por su desproporción y su hermosura, las mujeres decidieron entonces hacerle unos pantalones con un buen pedazo de vela cangreja, y una camisa de bramante de novia, para que pudiera continuar su muerte con dignidad. Mientras cosían sentadas en círculo, contemplando el cadáver entre puntada y puntada, les parecía que el viento no había sido nunca tan tenaz ni el Caribe había estado nunca tan ansioso como aquella noche, y suponían que esos cambios tenían algo que ver con el muerto. Pensaban que si aquel hombre magnífico hubiera vivido en el pueblo, su casa habría tenido las puertas más anchas, el techo más alto y el piso más firme, y el bastidor de su cama habría sido de cuadernas maestras con pernos de hierro, y su mujer habría sido la más feliz. Pensaban que habría tenido tanta autoridad

570     GABRIEL GARCÍA MÁRQUEZ

que hubiera sacado los peces del mar con sólo llamarlos por sus nombres, y habría puesto tanto empeño en el trabajo que hubiera hecho
brotar manantiales de entre las piedras más áridas y hubiera podido
sembrar flores en los acantilados. Lo compararon en secreto con sus
propios hombres, pensando que no serían capaces de hacer en toda
una vida lo que aquél era capaz de hacer en una noche, y terminaron
por repudiarlos en el fondo de sus corazones como los seres más escuálidos y mezquinos de la tierra. Andaban extraviadas por esos dé-
dalos de fantasía, cuando la más vieja de las mujeres, que por ser la
más vieja había contemplado al ahogado con menos pasión que compasión, suspiró:
—Tiene cara de llamarse Esteban.
Era verdad. A la mayoría le bastó con mirarlo otra vez para comprender que no podía tener otro nombre. Las más porfiadas, que eran
las más jóvenes, se mantuvieron con la ilusión de que al ponerle la
ropa, tendido entre flores y con unos zapatos de charol, pudiera llamarse Lautaro. Pero fue una ilusión vana. El lienzo resultó escaso,
los pantalones mal cortados y peor cosidos le quedaron estrechos, y las
fuerzas ocultas de su corazón hacían saltar los botones de la camisa.
Después de la media noche se adelgazaron los silbidos del viento y
el mar cayó en el sopor del miércoles. El silencio acabó con las últimas dudas: era Esteban. Las mujeres que lo habían vestido, las que
lo habían peinado, las que le habían cortado las uñas y raspado la
barba, no pudieron reprimir un estremecimiento de compasión cuando
tuvieron que resignarse a dejarlo tirado por los suelos. Fue entonces
cuando comprendieron cuánto debió haber sido de infeliz con aquel
cuerpo descomunal, si hasta después de muerto le estorbaba. Lo vieron condenado en vida a pasar de medio lado por las puertas, a des-
calabrarse con los travesaños, a permanecer de pie en las visitas sin
saber qué hacer con sus tiernas y rosadas manos de buey de mar,
mientras la dueña de casa buscaba la silla más resistente y le suplicaba muerta de miedo siéntese aquí Esteban, hágame el favor, y él
recostado contra las paredes, sonriendo, no se preocupe señora, así
estoy bien, con los talones en carne viva y las espaldas escaldadas de
tanto repetir lo mismo en todas las visitas, no se preocupe señora,
así estoy bien, sólo para no pasar por la vergüenza de desbaratar la
silla, y acaso sin haber sabido nunca que quienes le decían no te vayas Esteban, espérate siquiera hasta que hierva el café, eran los mismos que después susurraban ya se fue el bobo grande, qué bueno, ya
se fue el tonto hermoso. Esto pensaban las mujeres frente al cadáver
un poco antes del amanecer. Más tarde, cuando le taparon la cara con
un pañuelo para que no le molestara la luz, lo vieron tan muerto para
siempre, tan indefenso, tan parecido a sus hombres, que se les abrieron las primeras grietas de lágrimas en el corazón. Fue una de las
más jóvenes la que empezó a sollozar. Las otras, alentándose entre sí,

pasaron de los suspiros a los lamentos, y mientras más sollozaban más deseos sentían de llorar, porque el ahogado se les iba volviendo cada vez más Esteban, hasta que lo lloraron tanto que fue el hombre más desvalido de la tierra, el más manso y el más servicial, el pobre Esteban. Así que cuando los hombres volvieron con la noticia de que el ahogado no era tampoco de los pueblos vecinos, ellas sintieron un vacío de júbilo entre las lágrimas.

—¡Bendito sea Dios —suspiraron—: es nuestro!

Los hombres creyeron que aquellos aspavientos no eran más que frivolidades de mujer. Cansados de las tortuosas averiguaciones de la noche, lo único que querían era quitarse de una vez el estorbo del intruso antes de que prendiera el sol bravo de aquel día árido y sin viento. Improvisaron unas angarillas con restos de trinquetes y botavaras, y las amarraron con carlingas de altura, para que resistieran el peso del cuerpo hasta los acantilados. Quisieron encadenarle a los tobillos un ancla de buque mercante para que fondeara sin tropiezos en los mares más profundos donde los peces son ciegos y los buzos se mueren de nostalgia, de manera que las malas corrientes no fueran a devolverlo a la orilla, como había sucedido con otros cuerpos. Pero mientras más se apresuraban, más cosas se les ocurrían a las mujeres para perder el tiempo. Andaban como gallinas asustadas picoteando amuletos de mar en los arcones, unas estorbando aquí porque querían ponerle al ahogado los escapularios del buen viento, otras estorbando allá para abrocharle una pulsera de orientación, y al cabo de tanto quítate de ahí mujer, ponte donde no estorbes, mira que casi me haces caer sobre el difunto, a los hombres se les subieron al hígado las suspicacias y empezaron a rezongar que con qué objeto tanta ferretería de altar mayor para un forastero, si por muchos estoperoles y calderetas que llevara encima se lo iban a masticar los tiburones, pero ellas seguían tripotando sus reliquias de pacotilla, llevando y trayendo, tropezando, mientras se les iba en suspiros lo que no se les iba en lágrimas, así que los hombres terminaron por despotricar que de cuándo acá semejante alboroto por un muerto al garete, un ahogado de nadie, un fiambre de mierda. Una de las mujeres, mortificada por tanta indolencia, le quitó entonces al cadáver el pañuelo de la cara, y también los hombres se quedaron sin aliento.

Era Esteban. No hubo que repetirlo para que lo reconocieran. Si les hubieran dicho Sir Walter Raleigh, quizás, hasta ellos se habrían impresionado con su acento de gringo, con su guacamaya en el hombro, con su arcabuz de matar caníbales, pero Esteban solamente podía ser uno en el mundo, y allí estaba tirado como un sábalo, sin botines, con unos pantalones de sietemesino y esas uñas rocallosas que sólo podían cortarse a cuchillo. Bastó con que le quitaran el pañuelo de la cara para darse cuenta de que estaba avergonzado, de que no tenía la culpa de ser tan grande, ni tan pesado ni tan hermoso, y si hubiera sabido que aquello iba a suceder habría buscado un lugar más discreto para ahogarse, en serio, me hubiera amarrado yo mismo un áncora de galeón en el cuello y hubiera trastabillado como quien no quiera la cosa en los acantilados, para no andar ahora estorbando con este muerto de miércoles, como ustedes dicen, para no molestar a nadie con esta porquería de fiambre que no tiene nada que ver conmigo. Había tanta verdad en su modo de estar, que hasta los hombres más suspicaces, los que sentían amargas las minuciosas noches del mar temiendo que sus mujeres se cansaran de soñar con ellos para soñar con los ahogados, hasta ésos, y otros más duros, se estremecieron en los tuétanos con la sinceridad de Esteban.

Fue así como le hicieron los funerales más espléndidos que podían concebirse para un ahogado expósito. Algunas mujeres que habían ido a buscar flores en los pueblos vecinos regresaron con otras que no creían lo que les contaban, y éstas se fueron por más flores cuando vieron al muerto, y llevaron más y más, hasta que hubo tantas flores y tanta gente que apenas si se podía caminar. A última hora les dolió devolverlo huérfano a las aguas, y le eligieron un padre y una madre entre los mejores, y otros se le hicieron hermanos, tíos y primos, así que a través de él todos los habitantes del pueblo terminaron por ser parientes entre sí. Algunos marineros que oyeron el llanto a la distancia perdieron la certeza del rumbo, y se supo de uno que se hizo amarrar al palo mayor, recordando antiguas fábulas de sirenas. Mientras se disputaban el privilegio de llevarlo en hombros por la pendiente escarpada de los acantilados, hombres y mujeres tuvieron conciencia por primera vez de la desolación de sus calles, la aridez de sus patios, la estrechez de sus sueños, frente al esplendor y la hermosura de su ahogado. Lo soltaron sin ancla, para que volviera si quería, y cuando lo quisiera, y todos retuvieron el aliento durante la fracción de siglos que demoró la caída del cuerpo hasta el abismo. No tuvieron necesidad de mirarse los unos a los otros para darse cuenta de que ya no estaban completos, ni volverían a estarlo jamás. Pero también sabían que todo sería diferente desde entonces, que sus casas iban a tener las puertas más anchas, los techos más altos, los pisos más firmes, para que el recuerdo de Esteban pudiera andar por todas partes sin tropezar con los travesaños, y que nadie se atreviera a susurrar en el futuro ya murió el bobo grande, qué lástima, ya murió el tonto hermoso, porque ellos iban a pintar las fachadas de colores alegres para eternizar la memoria de Esteban, y se iban a romper el espinazo excavando manantiales en las piedras y sembrando flores en los acantilados, para que en los amaneceres de los años venturos los pasajeros de los grandes barcos despertaran sofocados por un olor de jardines en altamar, y el capitán tuviera que bajar de su alcázar con su uniforme de gala, con su astrolabio, su estrella polar y su ristra de medallas de guerra, y señalando el promontorio de rosas en el horizonte del Caribe dijera en catorce idiomas, miren allá, donde el viento es ahora tan manso que se queda a dormir debajo de las camas, allá, donde el sol brilla tanto que no saben hacia dónde girar los girasoles, sí, allá, es el pueblo de Esteban.

# AUGUSTO ROA BASTOS

PARAGUAYO
( 1 9 1 7 )

*Nació en Iturbe, en la región Guayrá del Paraguay. Comienza su
vida literaria con la poesía; publica en 1952 el poemario* El ruiseñor de la aurora. *Luego vienen sonetos que refieren al destierro
del autor; corresponden a los años 1947-1949, pero se publican
en 1960 con el título* El naranjal ardiente: nocturno paraguayo
(1947-1949). *En 1945 viaja a Inglaterra con una beca para estudiar periodismo. En 1947 debe exiliarse debido a la guerra civil
en Paraguay; se establece en Buenos Aires. Escribe guiones de
obras literarias conocidas; dicta cursos, y en 1971 recibe un nombramiento académico en la Universidad de Toulouse en Francia.
Regresa a Paraguay en la década del setenta, pero es nuevamente
expulsado en 1982. Puede volver a su país nuevamente después
de la caída del régimen militar.*

*Augusto Roa Bastos es considerado hoy uno de los grandes escritores hispanoamericanos. Su éxito, sin embargo, no corresponde
al género lírico con el cual se inició sino a su narrativa. Sus novelas* Hijo de hombre *(1960) y* Yo el Supremo *(1974) han pasado
a constituir obras principales de la literatura en Hispanoamérica.
Las complejas relaciones entre la escritura, la historia, lo social
y lo individual que se dan en* Yo el Supremo *la sitúan como uno
de los modelos claves de la modernidad.* Hijo de hombre *ganó el
primer premio del Concurso Internacional de Novela de la Editorial Losada en 1959. En 1989 la obra de Roa Bastos es premiada
en España con el importante Premio Miguel de Cervantes.*

*El éxito de sus dos novelas colocó —inicialmente— en un
segundo plano la producción cuentística de Roa Bastos. La crítica
más reciente, sin embargo, ha destacado su importancia en el desarrollo del cuento hispanoamericano. Es importante también puntualizar que hay elementos de sus cuentos integrados o desarrollados en su novelística. El núcleo de la cuentística de Roa Bastos
se encuentra en sus libros* El trueno entre las hojas *(1953) y* El
baldío *(1966). Luego vienen varias colecciones que integran los
relatos de estos dos primeros libros:* Los pies sobre el agua *(1967);*
Madera quemada *(1967);* Moriencia *(1969);* Cuerpo presente y
otros textos *(1971);* Antología personal *(1980). Hay ciertamente,
la inclusión de algunos relatos nuevos como "Moriencia", "Lucha*

*hasta el alba", "Niño-Azoté", "Ajuste de Cuentas". El compromiso político del autor en su lucha contra los regímenes dictatoriales puede verse en el texto publicado en 1986 por el Frente Paraguayo en Argentina titulado* El tiranosaurio del Paraguay da sus últimas boqueadas. *Son treinta y tres páginas de contextos sociopolíticos que denuncian "la monstruosidad del poder totalitario".*

*La cuentística de Roa Bastos se distingue por los constituyentes modernos de tecnificación narrativa, especialmente a partir del volumen* El baldío. *En los cuentos de esta colección hay un consciente proceso de elaboración escritural que da vigor y nuevas perspectivas a la visión de una Historia violenta y los resultantes conflictos existenciales. El cuento "Borrador de un informe" se escribió en 1958, pertenece al volumen* El baldío.

## BORRADOR DE UN INFORME *

Las caravanas de peregrinos empezaron a llegar varios días antes de la festividad. Y los más indigentes han sido los primeros en venir y son los últimos en irse. Es la costumbre, me han dicho. Y ha de ser verdad porque a estos haraganes cualquier pretexto les cuadra para estarse mano sobre mano papando moscas y pensando en cualquier cosa menos en trabajar. Se dejarían matar con tal de no hacer nada. Después se quejan de su suerte.

Y así es como también toda esta sangre estancada en la desidia y que va fermentando como las aguas de un pantano, les cría bajo el pellejo malos humores que luego revientan en hechos que ya no se pueden remediar.

Todavía se están ahí, después de la octava, tumbados en la borrachera del solazo, esperando a saber qué, como no sea a que el novenario de la Virgen acabe con ellos derritiéndolos en un guarapo oscuro, los confunda con la tierra y los desaparezca por fin en la humazón opaca que suelta el valle entre las reverberaciones. Si son no más como granos que ya están sembrados en el buche de los pájaros.

Desde la ventana del Juzgado los he visto bajar el cerro por la ruta que están construyendo los norteamericanos. Filas interminables, cabalmente de hormigas, con sus bártulos a cuestas que a lo lejos se me antojaron los bultos visibles de su fe, las jorobas de sus necesidades. No es que les neguemos sus derechos, como éste de esperar en la gracia de Dios.

---

* © Augusto Roa Bastos.

Las ráfagas traían a remezones el coro del Himno:

> ...*Es tu pueeeblooo*... *Virgen púuu*... *raaa*...
> *y te daaa*... *su amooor y feee*...
> *dales túuu*... *paz y ventúuu*... *raaa*...
> *en tu Edén deee*... *Kaacupéee*...

Lo malo es que cuando desembocaban en la plazoleta ya se podía ver alguna que otra guitarra terciada a las espaldas de los hombres; las ollas, los atados, las bolsas de bastimento hamacándose sobre las cabezas de las mujeres, y bajo sus brazos los melones y sandías robados en las chacras al pasar.

Polvo, calor, hambre, sed; nada los acobarda. Si hasta pareciera que eso es lo que les da más coraje y contento: sacrificarse un poco para congraciarse a la Patroncita que ahí, en la chata iglesia, sigue hecha una pura brillazón sobre el mar de velas en que flota su plinto, tendiendo hacia los peregrinos sus manos de madera pintada, sus ojos de rocío y su manto azul recamado de oro.

Ninguno de ellos, al verla tan rica y bien mandada, a pesar de que ya ha pasado su día, y de todo lo que ha pasado, se resigna a que no le conceda algo, aunque sea a última hora. Esperan de seguro que los actos de desagravio, en que todavía continúan empeñados por su cuenta, acaben por apaciguarla y ablandarla hasta que de la punta del manto les caiga el milagrito kaacupeño sobre las jorobas de sus deseos de pobres, desinflándolas por lo menos hasta el año que viene.

En el Juzgado lo que nos ha caído ha sido trabajo. Infracciones, raterías, estupros; los mil y un matices de la picardía natural y profesional, porque las devociones han andado muy enredadas con las fechorías, al punto que sería difícil decir dónde acababan las unas y comenzaban las otras.

Con la romería de los peregrinos llegó la caterva de vendedores ambulantes, loteros, galleros, calesiteros, prueberos, contrabandistas, toda la infaltable corte de los milagros de la Virgen. Diseminados entre el gentío o acantonados en sus toldos de lona, continúan tirando el anzuelo a los promeseros a grito pelado, pelándolos de lo que ya no tienen. Uno se pregunta cómo les permiten la entrada al pueblo de la Milagrosa. Y debe ser porque en la vida todo anda mezclado: lo bueno y lo que es un poco sucio; lo santo y lo que es un poco del diablo.

Menos mal que no llegaron esos agitadores y bandidos políticos que han formado montoneras y andan escondidos por los montes, nada más que para hacer la contra al gobierno y perturbar el país ahora que por fin ha alcanzado una época de bonanza, de paz y de progreso. Este es otro de los terrenos en que he venido manteniendo una constante vigilancia. (Y la verdad que me tiene todavía bastante preocupado, porque ellos caen sin decir agua va, ponen sus huevos a tiros, y como llegaron se hacen humo. A pesar de lo que digan los comunicados.) Por eso he mandado poner un cordón de seguridad alrededor de la iglesia y he dado orden de que nada más dejen pasar a los donantes en hileras fácilmente controlables hasta el atrio donde están las urnas y los expendios de velas y reliquias.

Lo de las raterías y delitos menores no sería nada. Lo grave está en las tres muertes acaecidas en los hechos que son del dominio público. Estoy tratando de ajustarme estrictamente a sus instrucciones, Señor Coronel.

("Vaya usted y ponga orden donde esos pelotas fríos no supieron cumplir con su deber", me espetó no más al entrar yo en su despacho cuando me hizo llamar para comunicarme el nombramiento. "Como al cura párroco lo han mandado presentarse al Arzobispado y en Kaacupé sólo ha quedado el teniente cura, esa función patronal va a acabar en un verdadero..." Me resisto a poner aquí por respeto a la Virgen la palabra que empleó. El coronel estaba nervioso y colérico; su cara de pájaro seco y ganchudo se clavó en mí, respirando con dificultad por la disnea. "Lo he designado interventor con plenos poderes. Vaya y tome de inmediato cartas en el asunto", insistió hincándome la punta de la fusta en el pecho. "Como primera providencia, me encierra bajo llave y con precinto sellado las urnas con las donaciones. Debe haber millones y millones en efectivo y en especie. Me las pone a disposición de la Delegación, bajo su responsabilidad." Trató de suavizar el tono autoritario con un guiño, pelando los dientes en una falsa sonrisa. "Cuando termine la recepción de los donativos, me manda toditas esas urnas aquí. Oportunamente yo mismo daré cuenta a la justicia. No voy a estar tolerando más crímenes, rapiñas ni delitos de ninguna especie en mi jurisdicción", dijo excitándose de nuevo. Yo debí murmurar algo, alguna rastrera objeción respecto al procedimiento procesal. "Usted va representándome a mí", dijo apuntándome otra vez con la fusta. "Va como delegado del delegado del gobierno". Y después para alentarme: "Vaya y no se preocupe. Le voy a dar la tropa que necesite para que me restablezca el orden".)

Y así estoy aquí, embrollado en los sumarios, guerreando con la gente, lidiando con vivos y muertos que no quieren soltar sus secretos, que se refugian en una burlona inocencia, impenetrables a toda intimidación. Sólo deseo terminar de una vez y dejarlo todo en limpio y en regla; pero esto se va complicando y no sé cuándo acabará. No necesito encarecerle, Señor Coronel, que a pesar de las dificultades este su viejo amigo y servidor procurará cumplir sus órdenes hasta donde le sea humanamente posible, tan siquiera para no defraudar su confianza y pagarle de algún modo sus muchas atenciones y finezas. Pero no sería del todo sincero si no le expresara también que esta misión me está resultando bastante ardua; no es agradable sudar sobre la malicia humana, créame. Sobre todo cuando en los hechos que investigamos están envueltos intereses y personalidades que merecen toda nuestra consideración.

Ya a mi entrada al pueblo no más tuve el pálpito de que no todo iba a resultar fácil. Por la cuesta del cerro bajaba la mujer cargando una cruz tan grande como la del Calvario. Avanzaba despacio como una sonámbula en pleno día, despegando con esfuerzo los pies del bleque que el sol derretía sobre el balasto de la ruta en construcción. La negra cabellera, encanecida de polvo se le derramaba por la espalda hasta las caderas. Vista de atrás y encorvada bajo el peso de la cruz en el opaco resplandor, su silueta golpeaba a primera impresión con una inquietante semejanza al Crucificado. La desgarrada túnica se le pegaba al cuerpo en un barro rojizo, especialmente del lado que cargaba la cruz, dejando ver las magulladuras y escoriaciones del hombro y del cuello, los senos grandes y desnudos zangoloteando bajo los andrajos. De trecho en trecho se detenía un breve instante, los ojos siempre fijos delante de sí, para tomar aliento y borronearse con el antebrazo el sudor sanguinolento de la cara, pero también como si esas detenciones formaran parte de su espasmódica marcha, las estaciones en el extraño viacrucis de ese Cristo hembra.

Era algo cercano a un sacrilegio, sin duda, pero la gente igual se paraba a mirarla; sobre todo, los hombres que pasaban en los coches de lujo y aminoraban la marcha para observar en detalle a la penitente que descendía el camino como dormida, abrazada a la cruz, dejando tras ella esa estría brillante y sinuosa en el alquitrán recalentado.

Ante el embotellamiento, los diez carros de asalto que venían siguiendo al auto de la Delegación empezaron a atronar con sus bocinas. El terraplén no tardó en despejarse y hasta las caravanas de gente a pie nos cedieron el paso desplazándose a los costados, entre los montículos de tierra y pedregullo. La única que siguió impávida en la calzada fue ella, como si no oyera nada, como si nada le importara, los ojos mortecinos, volcados para adentro, absortos en la pesadilla o visión de su fe, que tenía el poder de galvanizarla por entero en esa especie de trance de loca o de iluminada. Sólo esto podía explicar que por momentos su marcha se desviara hacia la banquina o, en las curvas, avanzara en línea recta como si en realidad *no viese* la ruta, o tal vez porque en la exaltación que la poseía sintiera que iba caminando a un palmo del suelo, en esa especie de levitación cataléptica de los hipnotizados.

Las bocinas volvieron a atropellar el aire caldeado, pero ella no pareció darse por enterada; simplemente siguió avanzando, encorvada, rígida, bajo la cruz, perseguida por los trazos fulgurantes de los tábanos y moscones que revolaban a su alrededor. Cada tantos pasos, la paradita consabida, alguien que se acercaba a darle de beber de una cantimplora, a hacerle rectificar la desviación de su marcha, y otra vez el extremo de la cruz continuaba rayando la estela zigzagueante entre los dos plastos de las sandalias sobre el asfalto.

El barullo de las bocinas arreció. Doscientos hombres, con su bagaje de guerra completo, se sancochaban en las ollas metálicas de los Willys, pero no podían pasar porque esa mujer les cerraba el paso como una absurda aparición. Subiéndose a los montículos, la gente se apiñó para ver. El pleito entre la penitente y el escuadrón motorizado, debía ser un espectáculo atractivo para ellos.

(Yo no me sentía nada divertido; no sólo por las molestias de la detención, el calor, la impaciencia y todo lo demás, sino también, y principalmente, por esa sanción de socarrona repulsa que sentía caer desde la pasividad del gentío, en oleadas aún más sensibles que las del aire de horno que nos asfixiaba: desde esa pasividad que no hacía sin embargo más que mirar y rumorear, esperar algo, y que les pintaba en las caras una expresión de irremediable idiotez.)

Mandé al conductor que callara la bocina y saqué el brazo repitiendo al resto de la fila la orden, que pareció alcanzar también a la multitud. En el silencio que siguió, no se oyo más que el plaf... plaf... de las sandalias despegándose una tras otra, sin apuro; y no diré el zumbido de los moscones, pero sí ese otro bordoneo constante, un tono más bajo, que después comprendí era producido por el arrastrarse del palo.

(Fue entonces, al ver moverse las corvas gruesas, las ancas ampulosas bajo el hábito rotoso y empapado que las dibujaba como a pincel, cuando comencé a sentir en la boca del estómago algo como un golpe de sed que todavía me vuelve por momentos, me seca y me llena la boca de saliva caliente. Era la primera vez que sentía una cosa así, y ya estaba temiendo que me viniera el ataque, que habitualmente me avisa con otra clase de síntomas. No quería hacer el ridículo delante de toda esa gente. Cuando me di cuenta tenía las uñas clavadas en el tapizado y las rodillas completamente mojadas.)

Con una seña indiqué al conductor que avanzara por el costado aún no pavimentado del terraplén. Y así pasamos casi rozándola y saltando mucho sobre los badenes todavía sin rellenar. En los barquinazos, era la mujer la que parecía ahora encabritarse y avanzar a los brincos con la cruz; unos brincos que aumentaban aún más el obsceno zangoloteo de sus senos, de sus nalgas, y le desparramaban la cabellera larguísima hasta taparle toda la cara con un manchón oscuro.

Una vez más hube de verla antes de su muerte. (En realidad, volví a verla varias veces; pero estas son cosas mías y a nadie le importan. Todavía, por momentos, su recuerdo me provoca esta rápida arcada que, desde el bajo vientre al paladar, siento relampaguear con el hormigueo de un picor parecido al del éter si fuera caliente, y me hace escupir una saliva espesa que está formando charquitos alrededor de mi mesa.) Por unos días incluso me había olvidado de esa mujer cuando los otros no se han acabado de secar porque al llegar me esperaba la fatigosa indagatoria relacionada con los hechos del alcalde y del juez.

Entretanto, y como si los hechos mismos hubieran querido poner a prueba mi paciencia y mi sentido de la medida, hube de ocuparme de otros delitos menores, casi irrisorios de tan insignificantes, y que sin embargo acabaron por provocar la tercera muerte en esta función patronal, bastante pródiga en escándalos y disturbios.

La misma tarde de mi llegada pidió verme un mercachifle ambulante, un turco vendedor de jabones, baratijas y esos adminículos de nylon que usan hoy las mujeres. Tanto importunó en hablar personalmente conmigo, que al fin lo hice pasar, sospechando alguna artería. No era más que para denunciar el robo de la víbora que usaba como cebo para su clientela. "Búsquese otra", le dije con fastidio. "Es que esa víbora estaba amaestrada y no puedo preparar otra de la noche a la mañana", adujo el sirio con cierta lógica. "Hace una punta de años que vengo con mi víbora para las funciones, y nunca nadie me ha robado nada, ni siquiera una funda vacía de cigarrillos. Y este año, Señor Interventor, agarran y me roban nada menos que la víbora, que es como robarme un brazo, el zurdo si usted quiere, pero un brazo al fin, un instrumento de trabajo. Y ya la gente no se emboba conmigo y no puedo vender ni un alfiler..." Estaba aplanado; parecía que iba a echarse a llorar con sus grandes bigotes, su cara estriada de arrugas como una telaraña, los párpados sembrados de puntitos negros como granos de pimienta. Reclamaba el castigo del ladrón, al que según él había logrado localizar ya, la recuperación de su víbora y hasta una indemnización por daños y perjuicios por los días que había estado sin trabajar. De pronto empujó como al descuido un billete plegado en finos dobleces bajo la carpeta. Yo me hice el desentendido; quería ver hasta dónde era capaz de llegar este individuo astuto, vital, que tenía todas las características del informante nato. Le devolví el billete con la punta de los dedos y señalándole la puerta le dije: "Búsquese otra víbora."

Y al parecer, eso fue lo que hizo. Después declaró que se había metido en los montes aledaños para conseguirse una yarará viva, del tamaño de la suya, y que al final encontró y capturó la que necesitaba. En el sumario consta que lo hizo para reemplazar la que le habían robado.

(Todavía tuvo la desfachatez de responderme, cuando le pregunté dónde la tenía guardada: "En una urna como esa, Señor Interventor", espiándome el humor con sus ojos que se parecen realmente a los de un reptil, bajo los párpados semicaídos y regados de costritas oscuras.

Pero así y todo resulta bastante simpático por su desbordante vitalidad. "Ya sabía que nos íbamos a entender", me dijo frotándose las manos cuando le pedí que se quedara en el Juzgado para ayudarme en ciertos menesteres, seguro de que podía contar si no con su lealtad, por lo menos con su reserva, luego de someterlo a esas discretas pruebas que nunca me fallan con los hombres que han nacido para servir.)

¿Para qué, se preguntará usted, Señor Coronel, quería el turco otra víbora si había encontrado la suya, o por lo menos a quién se la robó? La respuesta a esta pregunta es la que explica precisamente la muerte número tres: la de la penitente que llegara con la cruz. Porque de ella se trata.

Pero antes de seguir el orden natural de los sucesos, debo retomar aquí los relacionados con el juez y el alcalde, acaecidos en la medianoche del 8, es decir, justo al cerrarse el Día de la Inmaculada, para mayor escarnio de todos, puesto que una afrenta a la dignidad de la Virgen de Kaacupé, Patrona de todo el país, es sin duda una afrenta al honor nacional. (Creo que esta tirada debe quedar por si los diarios oficiales publican mi informe; no quisiera que se echara la sombra de la más mínima duda sobre mis convicciones.)

Claro que todo hubiera andado más rápido sin las numerosas ceremonias de desagravio, desde luego muy oportunas y necesarias, pero que en lo que respecta a mis tareas, las han demorado más de lo previsto. Desde la mañana a la noche, casi ininterrumpidamente, la iglesia ha resonado con los cánticos litúrgicos de los doscientos prelados, canónigos y seminaristas que llegaron presididos por el propio Señor Arzobispo, y todo el pueblo ha retumbado con el clamor de cincuenta mil almas empinadas en su justa indignación y vociferando, más que cantando, las estrofas del Himno a la Virgen. Evidentemente, la fe es el sentimiento nacional por excelencia. Aun ahora, como dije, se escuchan a los grupos apelotonados en los chaflanes y corredores, o bajo los cocoteros, que gritan y se lamentan como borrachos:

> ...Todo el pueee...blo... paraguaaayooo...
> que juróoo... su... libertáaa...
> a la luz del Sol de Maaayooo...
> hoy aclaaamaaan... tu beldáaaa...

> ...Es el pueeeblooo... que en la gueeerraaa...
> y en la paz... sieeempreee... te amóooo... etc.

La reconstrucción del hecho sólo ha podido cumplirse ayer, con la llegada del titular de la Parroquia. He tenido que emplear toda la dotación para impedir que la Casa Parroquial fuera invadida por la multitud. Los motivos eran obvios: nadie quería perderse esa representación que era el último acto de un drama, diría mejor de una tra-

gedia, que la maquinación infernal del demonio incrustó en la santa
fiesta de la Virgen, intentando inútilmente deslucirla.

El Párroco, corpulento y rechoncho, está leyendo el Breviario en la
soledad de su despacho; ha quedado casi en cueros, sin más que los
calzoncillos, porque ni siquiera la alta noche ha aliviado el calor y la
presión del aire que le hacen manar raudales de los sobacos, de las tetillas, del peludo y abultado abdomen. Se levanta de tanto en tanto
y se enjuga con la toalla todo el cuerpo hecho una sola burbuja de
sudor, que el aire caliente del ventilador no hace sino inflar más y
más; repasa la cuerina del Breviario y el espaldar del sillón frailero
hechos ya también una sopa, y vuelve a sentarse para tratar de seguir
leyendo el oficio, entre bostezo y bostezo, algo molesto por el rumor
del gentío en la plaza y la música de los altavoces, que no cesarán en
toda la noche.

De todos modos, el Día de la Virgen ha sido espléndido, pero bra-
vísimo, magnífico pero agotador; desde la madrugada, misas, comu-
niones generales, millares de confesiones y la inundación de exvotos
y donativos que hacían crujir en pocos instantes las cien y pico de
urnas emplazadas estratégicamente y reemplazadas sin cesar. A todo
esto ha tenido que atender el Padre Cura, ayudado por el teniente, los
cinco sacerdotes invitados, y la cincuentena de Hijas de María, las
más de ellas torpes por demasiado viejas o por demasiado jóvenes, atro-
pellándose inútilmente en el desordenado y casi extático trajín.

Es natural que el Padre, si bien satisfecho y orgulloso por el éxito
de la jornada, se sienta demolido. Ha mirado el reloj: unos minutos antes de las doce tomará su último vaso de limonada y luego se echará en
cama a roncar con la paz de los justos. En eso oye un ruidito en la
puerta lateral del despacho que da hacia una callejuela de zanjones.
Parpadea incrédulo y escucha atentamente. El ruidito continúa insidio-
so y metódico, camuflado por el runrún de afuera y el zumbido del
ventilador; es evidente que están tratando de forzar la cerradura. El
Padre, consternado, se incorpora en un respingo. En un rincón del
despacho, junto a la caja fuerte, están amontonadas las urnas repletas
de dinero; sobre mesas puestas ex profeso, la montaña de los donativos
y exvotos. El Padre se persigna; con la alarma del primer instante ha
temido que sean los montoneros. En un impulso instintivo descuelga
un rifle y se lo echa a la cara, pero a partir de allí no sabe cómo ha
de seguir. Jamás ha disparado un arma de fuego; jamás ha habido la
menor tentativa de robo en la Casa Parroquial, que es como la pro-
longación de la misma iglesia. Y justo ahora le parece casi una profanación defender a tiros los dineros de la Virgen. Entretanto, el pestillo ha cedido, la puerta se abre rechinando levemente sobre sus he-
rumbradas bisagras, y en el cielo oscuro del vano se recortan las siluetas de dos enmascarados. Dos fogonazos como dos rayos revientan en

ese momento, y voltean al Padre con las sentaderas sobre el piso del despacho. Las siluetas enmascaradas han desaparecido. El Padre Cura ha declarado que no recuerda haber apretado en ningún momento el gatillo del winchester. Pero el hecho es que esos dos estampidos han puesto en conmoción toda la casa.

Con el sueño roto sobre las caras, desmelenados y en paños menores acuden los demás sacerdotes; tras ellos, cubriéndose púdicamente con sábanas, repasadores y hasta sobrepellices, las mujeres del servicio. Entre todos levantan los cien kilos del Padre, desparramados en el suelo; pero él sólo sabe murmurar entre dientes, sin soltar el rifle: "¡Los enmascarados! ¡Los enmascarados!..."

Al principio, los otros creen que el Padre ha tenido una pesadilla, y que ha disparado sobre esa pesadilla. Porque esto aparte, todo está aparentemente en orden, salvo tal vez esa puerta; pero acaso la ha entreabierto el mismo Padre para aventar el aire viciado del despacho.

Un alarido los hace volverse; una de las mujeres ha visto del lado exterior de la puerta la punta de un pie. Alguien enciende una linterna. En el haz de luz, la punta de la bota continúa apuntando al cielo sin moverse. Los más cercanos salen a ver: a un lado del cancel, sobre la acera, está caído uno de los enmascarados; al otro, el otro de bruces, como si estuviera mordiendo el cordón de la veredita sobre el pañuelo del antifaz como para no romperse los dientes. Los sacerdotes y las mujeres se quedan petrificados. En la calle están comenzando a reunirse curiosos, intrigados por esta escena inusitada de clérigos y mujeres semidesnudos, apiñados en la puerta trasera de la Casa Cural.

El Párroco pide a gritos su sotana y reclama la inmediata presencia de la fuerza pública. El teniente cura sale —y aquí sí sería adecuada y gráfica la expresión— como alma que se lleva el diablo, en busca del alcalde.

Lo que ocurre en las horas subsiguientes —le ahorro los detalles, Señor Coronel—, se reduce al colapso del Párroco a quien han tenido que meter en cama, víctima de una fuerte crisis de nervios, por otra parte muy natural si se atiende a las circunstancias —los periódicos informaron erróneamente que había huido—, y a la espera del teniente cura que regresa a las cansadas, cuando está rayando el alba, con el sargento de policía quien trata de excusar a su superior informando que ha tenido que ausentarse brevemente por una comisión. El sargento no puede tocar los cadáveres sin autorización del juez. El teniente cura sale nuevamente de estampía, ahora montado en su moto, y regresa con la noticia de que también el juez se ha ausentado para una diligencia. Debe ser la misma, piensan todos. Pero ya para esa hora hay más de mil personas entre los zanjones observando los cuerpos tendidos en la acera con los rojos pañuelos tapándoles las caras,

y discutiendo a voz en cuello sobre si son asaltantes de verdad o montoneros. Como si hubiera diferencia, ¿no?

A todo esto, urgido por los Padres, que quieren acabar cuanto antes con el escándalo de la situación, el sargento se resuelve por fin a
intervenir. Hace girar con el pie el cadáver que está de bruces sobre
las lajas, y con un tirón en el que descarga su furia, les arranca a los
dos los pañuelos manchados de sangre. Y ahí estaban el alcalde y el
juez, supinos, los ojos muy abiertos, las caras crispadas en una mueca,
como sorprendidos y fastidiados por haber sido despertados muy
temprano.

Diga usted si no parece un lance tramado por el mismísimo Satanás. La inocencia del Párroco, no obstante resulta incuestionable, y
así lo demuestran las actuaciones. Caso clavado de legítima defensa,
con todas las atenuantes morales y legales. Y hasta diría más: lo que
hizo el Padre Cura ha sido un acto de estricta justicia, convirtiéndose
sin proponérselo en el instrumento de un castigo verdaderamente pro-
videncial para esos funcionarios que no trepidaron en manchar el honor de sus cargos con un infame delito.

Por prudencia, sin embargo, a fin de evitar las tumultuosas manifestaciones que se preparaban, tanto de protesta contra el juez y el
alcalde, como de homenaje al Párroco —y que hubieran podido de-
generar en disturbios—, he resuelto, con la venia de Su Eminencia,
que aquél volviera nuevamente a la capital donde de seguro se le dará
nuevo destino.

Ha estado a despedirse. Al ver el amontonamiento de las urnas
que están bajo custodia en el despacho, ha murmurado con tristeza:
"¡Toda una cosecha perdida!" Pienso que se refería al desgraciado
final de una de las más brillantes funciones que se recuerdan en muchos años y a sus consecuencias morales. En este entender, le contesté
con el dicho: "El buen grano fructifica después de la tormenta y a
los más necesitados alimenta." (La intención de lo que dijo con respecto al "grano" encerrado en las urnas, aunque sibilina, fue muy
clara. Pero, ¿qué habrá querido insinuar cuando, al inclinar la cabeza
y ver los charquitos de saliva junto a mi mesa, agregó: "No lo riegue
demasiado, que se puede malograr." ¿Me habrá visto algo en las miradas con respecto al "grano" que se pudre dentro de mí? ¿Pero
acaso no sabe el cura, por los Evangelios, que el grano que muere es
el único que fructifica? Sólo que hay distintas maneras de morir; y
la de acabar en el buche de los pájaros, o sobre la piedra y entre espinas, o a hierro y fuego, no es de las peores.)

Esa misma tarde, en mi recorrido habitual por la romería, hice
otro descubrimiento desmoralizador.

A la misma entrada del pueblo, en los terrenos que la caminera
está desmontando, y casi frente a los hoteles de más categoría, el turco

que iba a mi lado en el coche, señaló una especie de toldo hecho con ramas secas y chapas herrumbradas de zinc. Una nutrida concurrencia, exclusivamente de hombres, se agolpaba alrededor, tomando tereré, jugando al truco sobre el mero pasto y hasta guitarreando polcas y guaranias. Bien se veía que el concurso machuno se hallaba concentrado no tanto en lo que hacía como a la espera de algo. "La carpa de María Dominga", dijo el libanés abarquillando pícaramente los gruesos labios. Nadie como él conoce la romería; la conoce palmo a palmo. Sólo por eso condescendí a llevarlo como baqueano en esas exploraciones. "¿La carpa de quién?", pregunté, contrariado porque, a pesar del edicto, todavía funcionaran esos garitos en plena zona céntrica. "María Dominga Otazú, una famosa rea del Guairá", dijo el turco. "Parece que la promesa resultó no más. Está haciendo plata a montones."

Fui a decir algo, pero se me atragantó la voz porque en ese momento, en el hueco del toldo, asomó *ella*: ¡la penitente que había llegado con la cruz a cuestas y con la aureola mística de una iluminada! Semidesnuda, abanicándose con una hoja de palma y echando al aire, como con un cedazo, las crenchas de su larga cabellera, se puso a vocear a los hombres cambiando con ellos palabras y gestos groseros, y aun sobrepasándolos en indecencia y procacidad. En un momento dado, echó en mi dirección los ojos mortecinos que aparentaban no ver. Alguien le debió soplar que enfrente estaba el auto de la Delegación, en el que yo no podía salir de mi estupor. Pero a ella tampoco pareció importarle mucho eso; se limitó a esbozar una mueca de burla y volvió a entrar lentamente sin dejar de abanicarse. ¡Imagínese mi indignación, Señor Coronel!

Ordené a las autoridades del Municipio que la hicieran desalojar de inmediato y que clausuraran todos estos antros de corrupción, dondequiera estuviesen funcionando.

Si no hubieran demorado el cumplimiento de la orden con dilaciones que hasta ahora me resultan inexplicables —la incuria, el estado de aplazamiento que lo echa todo a la bartola, parecen estar aquí a la orden del día—; si se me hubiera hecho caso, digo, posiblemente no habrían ocurrido más hechos lamentables.

Por la noche, sin haber sido citada, compareció la mujer que dijo querer hablar conmigo. Mi ayudante abogó por ella, diciéndome que venía muy arrepentida, que había que dar una oportunidad a los descarriados para recuperarse; en fin, usted sabe cómo son estas cosas de los subordinados. La observé por una rendija; efectivamente, parecía otra: una mujer compungida, humilde, resignada a la pesadumbre de una reciente viudez. Envuelta en un manto negro, hubiera podido pasar por una de las más recatadas Hijas de María. Pese a todo, me negué a recibirla y le mandé decir que se fuera; más aún, que abandonara el pueblo sin pérdida de tiempo.

(Entró tantaleando a su alrededor, y apenas cerré la puerta, se me acercó guiada por mi voz y se hincó a mis pies buscándome la mano y estremeciéndose en lo que yo creí un sofocado sollozo que le removía la cabeza bajo el manto. La ayudé a ponerse de pie, y entonces vi que en lugar de sollozar, se estaba riendo con el descaro de los ciegos que no se ven vistos y cuentan con la impunidad de su tiniebla. Su increíble duplicidad era inagotable; iba a encontrar siempre nuevas formas, golpes nuevos de efecto para asombrar, para deprimir, para desesperar. Aun ahora no hay momento en que no sienta que está a punto de aparecer: los ojos enormes y oscuros que me anulan con sus miradas muertas; el hueso exhumado de su frente, de sus pómulos, en cualquier dura superficie que mis manos tocan al descuido. En aquel momento, el asombro primero, la ofuscación después, me sacaron las fuerzas para increparla como se merecía y echarla en el acto del despacho. Ante mi vacilación, entreabrió el manto y con un hábil meneo dejó caer a sus pies el liviano vestido y apareció ante mí completamente desnuda, inundando el despacho con su olor a mujer pública, a hediondez de pecado, a esos pantanos que en ciertas noches nos atraen con su sombría pero irresistible pestilencia.

El mareo del ataque de seguro ya me estaba viniendo porque del resto sólo me acuerdo borrosamente. En medio del retumbo que me ponía hueco por dentro y de las primeras pataletas, lo último que sentí es que caía a mi vez, que ahora caigo, que seguiré cayendo ante ella, que mi cara golpea contra su vientre, contra sus muslos, como contra una pared, pero infinitamente suave y cálida, que la atravieso de cabeza con un sabor ácido en la boca, que caigo como sobre una blanda telaraña, que me deslizo por un conducto cada vez más estrecho hasta perder la respiración y el sentido...

Lástima que sobre esto no pueda decirle una sola palabra a *Taguató;* no lo comprendería tampoco, aunque le aclararía muchas cosas y de paso le divertiría mucho. Lo haría reir a carcajadas con esa manera que tiene de reírse de los demás, metiendo la mano entre las piernas y expectorando sus graznidos.)

Abreviando, señor Coronel, y para finalizar de una vez esta relación que ya le debe estar resultando harto aburrida, le diré que la mujer amaneció muerta en su toldo, dos días después, mordida por la yarará que el siriolibanés había cazado en los montes para reemplazar a la que le robaron.

El ladrón y el turco se echan mutuamente la culpa: el uno alega que, cuando visitó a la mujerzuela, llevaba sí la bolsa con la víbora robada, es decir, la amaestrada y sin ponzoña, y que al salir de allí, tras una acalorada discusión con la prostituta —parece que el hombre no sólo se negó a pagarde lo convenido sino que además le intentó hurtar el reloj de pulsera, una chafalonía por otra parte sin ningún valor—, dejó olvidada la bolsa con la víbora en un rincón. El turco alega que era la yarará, puesto que se la había cambiado un rato antes, en un descuido del ladrón, cuando éste entrara en un boliche a tomar una copa. Y yo no puedo incriminar ni al turco ni al ladrón a quienes, por el Código, sólo se puede aplicar penas leves por delitos menores. La yarará criminal —que podríamos considerar como el cuerpo del delito— desapareció después de clavar su ponzoñoso colmillo en el vientre de la meretriz. Y la paciente indagatoria de los testigos, que ha hecho desfilar una interminable cantidad de hombres de toda calaña y condición por el Juzgado, agregando folios al ya voluminoso expediente, no ha modificado una situación ya de por sí positivamente definida. De igual modo que las anteriores, no habrá más remedio que dejar también esta muerte librada a los inescrutables designios de la Providencia.

(Cada noche doy cuerda a este miserable reloj de baratillo, que late débilmente bajo el enchapado corroído por la sal de su muñeca, que latía ensordecedoramente junto a mi oído cuando, hincado ante ella, me apretaba la cabeza con sus manos, riéndose, burlándose de mí, de mi secreto. Pero, a pesar de su desprecio, que era tal vez su forma de amar y comprender, nadie llegó tan al fondo de ese secreto como ella. Tampoco yo lo conocía hasta que me lo reveló sin palabras, solamente con su risa, con sus manos, con esa piel que forraba de seda sus huesos, pero detrás de la cual no había para mí más que el vacío, la noche, el silencio, y ese olor, ese olor... Por eso está muerta.

Después que ella pasó a la habitación contigua a esperarme como las noches anteriores, yo me quedé trabajando en los sumarios a esperar su grito. La oí tropezar con los muebles colocados esta vez ex profeso, en el itinerario previsto casi al detalle: primero una silla, luego otra, de la que cayó con gran ruido la palangana de hierro; por fin, ya cerca de la cama, la urna cuyo contenido se llevó el turco poniendo en su lugar la víbora.

Los sordas interjecciones reventaron por fin en un grito, en el estrépito de su caída; escuché su despavorido arrastrarse a tientas rebotando de una pared a otra, los golpes de sus puños en la puerta a la que yo había echado llave, mientras la oía gritar, tal vez más aterrado que ella, pero por primera vez lleno también de una extraña felicidad; sentí que a través de esa pared, de esa puerta, de esos gritos, la poseía ahora de verdad y me reencontraba a mí mismo... Pero cómo se puede recordar lo que nunca se tuvo, lo que ha estado muerto en uno desde antes de nacer... Mientras sus quejidos van decreciendo, la veo otra vez avanzando, encorvada, rígida, bajo la cruz, con el manchón de su cabellera tapándole la cara, siento de nuevo llenárseme la boca de este regusto agri y caliente a cosa quemada, el relámpago de un ansia que vuelve a crecer, que escupo a mi alrededor como la materia de mi propia ponzoña...)

Le envío las urnas, señor Coronel. Son 132, en total, selladas y lacradas, más 7 cajones grandes conteniendo los efectos de las donaciones, también lacrados y sellados, según me lo ordenó.

Espero que este deshilvanado informe le dé una idea más o menos aproximada de los hechos que han sucedido, y aprovecho para repetirme su seguro servidor y amigo.

# ARMONÍA SOMERS

URUGUAYA
( 1 9 2 0 )

En los cuentos de Armonía Somers se reúnen el estilo cuidadoso, el extraordinario dominio de la prosa y la originalidad de
complejos universos creativos en los que se asalta provocativa-
mente más de un elemento cultural. La dirección de esas aperturas conducida hacia dimensiones metafísicas, sicológicas, antro-
pológicas y sociales mantendrá la constante de todo verdadero
desafío artístico: abordar sin protecciones de focos estéticos y
sin dependencias de representaciones culturales institucionaliza-
das. Su obra comenzada en la década del cincuenta comprende
la novela y el cuento. La narrativa de Armonía Somers no se difundió como la obra de los escritores que se conocieron en el llamado fenómeno del "boom" literario hispanoamericano y en este
sentido, creo que tanto su producción novelística como cuentística debe ser "descubierta". No me refiero, ciertamente, a la ausencia de estudios sobre la obra de la escritora uruguaya, puesto
que al respecto hay comentarios y/o ensayos como los de Ángel
Rama, Jorge Ruffinelli, Mario Benedetti, Evelyn Picon Garfield,
Margo Glantz, Helena Araujo y otros. Decimos que su obra debe
todavía "descubrirse" en el sentido de una revisión exhaustiva
de su narrativa que dé cuenta de la trascendencia de esa producción en el desarrollo del acontecer literario hispanoamericano a
partir de la segunda mitad del siglo veinte.

Los cuentos de Armonía Somers han sido incluidos tanto en
antologías del relato uruguayo —por ejemplo la de Arturo. S. Visca Antología del cuento uruguayo (1968)— y la de Rubén Cotelo
Narradores uruguayos (1969) como en colecciones de narradoras donde se registra comprensivamente el cuento latino americano: Puerta abierta: la nueva escritora latinoamericana (1986)
y Detrás de la reja: antología crítica de narradores latinoamericanos del siglo xx (1980). En 1953 el volumen de cuentos
El derrumbamiento fue premiado por el Ministerio de Educación
y Cultura de su país; en 1969 el mismo organismo premia su novela Un retrato para Dickens. En 1986 su novela Viaja al corazón
del día recibió en Montevideo el Primer Premio del Concurso Literario Municipal y en el mismo año su novela Sólo los elefantes
encuentran mandrágora fue ganadora del Primer Premio Anual de

*Literatura del Ministerio de Educación y Cultura. La obra de Armonía Somers ha sido traducida al inglés, francés,· alemán y holandés.*

*La primera novela de Armonía Somers es* La mujer desnuda, *publicada en 1950; se reedita en 1951 y en 1967. Sus otras tres novelas son* Un retrato para Dickens *(1969);* Viaje al corazón del día: elegía por un secreto amor *(1986) y* Sólo los elefantes encuentran mandrágora *(1986), reeditada en 1988.*

*Su obra cuentística comienza con la publicación de la colección* El derrumbamiento *en 1953, volumen que incluye —además ·del cuento que da el título al libro— los relatos "Réquiem por Goyo Ribera", "El despojo", "La puerta violentada" y "Saliva del paraíso". Sigue en 1963 la colección* La calle del viento norte y otros cuentos *que incluye "El ángel planeador", "Muerte por alacrán", "La subasta", "El hombre del túnel" y el relato con el cual se titula la colección. En 1965 publica* De miedo en miedo. Los manuscritos del río, *libro que además de cuentos incluye la novela corta "De miedo en miedo". De 1979 es* Muerte por alacrán *y de 1982* Tríptico darwiniano, *libro que incluye "Mi hombre peludo", "El eslabón perdido" y "El pensador Rodin". Se han publicado asimismo dos volúmenes antológicos de su obra:* Todos los cuentos 1953-1967 *(1967), libro que reúne los cuentos "El derrumbamiento", "Réquiem por Goyo Ribera", "El despojo", "La puerta violentada", "Saliva del paraíso", "Salomón" y "La inmigrante". La segunda obra antológica,* La rebelión de la flor: antología personal *(1988), reúne los cuentos "El derrumbamiento", "Réquiem por Goyo Ribera", "Saliva del paraíso", "El entierro", "La calle del viento norte" "El desvío", "Muerte por alacrán", "El hombre del túnel". También incluye el relato inédito "Jezabel" y tres cuentos que aun cuando habían aparecido en revistas o periódicos, no se habían difundido bien: "Carta a Juan de los espacios"; "El hombre de la plaza" y "El ojo del ciprés".*

*Armonía Somers nació en Montevideo. Su nombre verdadero es Armonía Etchepare de Henestrosa. Su labor de escritora coexistió por muchos años con una gran actividad en el campo educacional. Además de haberse dedicado a la enseñanza en Montevideo, asumió varios cargos en el área pedagógica; por ejemplo fue delegada de los seminarios sobre educación de la OEA y UNESCO en 1950, Directora de la Biblioteca Nacional y del Museo de Educación, Directora del Centro de Documentación y Divulgación del Consejo de Enseñanza Primaria y del Museo de Pedagogía. Recibió becas de la UNESCO y del gobierno de Inglaterra que la permitieron continuar desarrollando su interés pedagógico; en el desempeño de su labor educacional viaja a Londres, París, Génova, Madrid, Argentina, Chile. En 1957 publica*

Educación de la adolescencia, *y por varios años es editora de las publicaciones* Boletín Informativo de la Biblioteca y Museo Pedagógico; Documentum; Anales y Enciclopedia de Educación.

*El cuento "Muerte por alacrán" se publicó por primera vez en la colección* La calle del viento norte y otros cuentos. *Luego formó parte del volumen* Muerte por alacrán *y finalmente se compiló en* La rebelión de la flor: antología personal. *En este cuento —iniciado con la llegada de un camión que trae leña para una mansión en la villa Therese Bastardilla— se explora en la utilización del miedo como forma introspectiva de la existencia. En la leña que depositan los camioneros en esa lujosa residencia se esconde un alacrán. Es "el comienzo de la descarga del terror". A la voz de un elemento perturbador de la asepsia creada por los temores de una burguesía aislada de la realidad, se desata el pánico por encontrar al invasor. La casa se examina palmo a palmo, pero lo que en verdad levanta tal revisión es un conocimiento de los personajes que residen allí: soledad, represiones sexuales, la sórdida vía del enriquecimiento. El temor a la invasión impone un encuentro de autorreflexividad, de conciencia, de despertar, de enfoque sobre la imposibilidad del aislamiento. El uso del terror en este cuento adquiere la forma del elemento sorpresivo que se inmiscuye allí donde no se le espera. En el fondo, es una expresión del poder enorme desatado por la actividad de la imaginación. Narrativamente, al lector le depara otra sorpresa: la ambigüedad. ¿Dónde está verdaderamente el alacrán? ¿En la leña? ¿En la mansión? ¿En el respaldo del asiento del camión? ¿En la imaginación de los camioneros? Su ubicuidad es una voz de alerta, de intranquilidad, de perturbación a través de la cual empieza a conocerse lo humano.*

## MUERTE POR ALACRÁN

Tan pronto como surgieron a lo lejos los techos de pizarra de la mansión de veraneo, dispuestos en distintos planos inclinados, los camioneros lograron comprender lo que se estaban preguntando desde el momento de iniciar la carga de la leña. ¿A qué tanto combustible bajo un sol que ablanda los sesos?

—Los ricos son así, no te calientes por tan poco, que ya tenemos de sobra con los cuarenta y nueve del termómetro —dijo el más receptivo al verano de los dos individuos, mirando de reojo el cuello color uva del otro, peligrosamente hipertenso.

Y ya no hablaron más, al menos utilizando el lenguaje organizado de las circunstancias normales. Tanto viaje compartido había acaba-

do por quitarles el tema, aunque no las sensaciones comunes que los
hacían de cuando en cuando vomitar alguna palabrota en código de
tipo al volante, y recibir la que se venía de la otra dirección como un
lenguaje de banderas. Y cuidarse mutuamente con respecto al sueño
que produce entre los ojos la raya blanca. Y sacar por turno la botella, mirando sin importársele nada la cortina de vidrio movedizo
que se va hendiendo contra el sol para meterse en otra nueva. Y desviar un poco las ruedas hasta aplastar la víbora atravesada en el camino, alegrándose luego de ese mismo modo con cualquier contra-
vención a los ingenuos carteles ruteros, como si hubiese que dictar
al revés todas aquellas advertencias a fin de que, por el placer de con-
tradecirlas, ellos se condujeran alguna vez rectamente. Hasta que las
chimeneas que emergían como tiesos soldados de guardia en las alturas de un fuerte, les vinieron a dar las explicaciones del caso.

—Ya te lo decía, son ricos, no se les escapa nada. Vendrán también en el invierno, y desde ya se están atiborrando de leña seca para
las estufas, no sea cosa de dejarse adelantar por nadie, ni siquiera por
las primeras lluvias.

Pero tenían la boca demasiado pastosa a causa de la sed para
andar malgastando la escasa saliva que les quedaba en patentar el descubrimiento. Más bien sería cuestión de hacer alguna referencia a lo
otro que venía a sus espaldas, algo de la dimensión de un dedo pulgar, pero tan poderoso como una carga de dinamita o la bomba
atómica.

—No ha dejado de punzarme el hijo de perra durante todo el viaje. Con cada sacudida en los malditos baches, me ha dado la mala
espina de que el alacrán me elegía como candidato —dijo el apolé-
tico no pudiendo aguantar más su angustia contenida, y arrojando
por sustitución el sudor del cuello que se sacaba entre los dedos.

—¿Acabarás con el asunto? —gritó el que iba en el volante.
Para tanto como eso hubiera sido mejor renunciar al viaje cuando lo
vimos esconderse entre la leña... Como un trencito de juguete —agregó con sadismo señalando en el aire la marcha sinuosa de un convoy—
y capaz de meterse en el túnel del espinazo. (El otro se restregó con
terror contra el respaldo.) Pero agarramos el trabajo ¿no es cierto?
Entonces, con alacrán y todo, tendremos que descargar. Y si el bicho
nos encaja su podrido veneno, paciencia. Se revienta de eso y no de
otra peste cualquiera. Costumbre zonza la de andar eligiendo la forma de estirar la pata.

Aminoró la marcha al llegar al cartel indicador: Villa Therese
Bastardilla. Entrada. Puso el motor en segunda y empezó a subir la
rampa de acceso al chalet, metiéndose como una oruga entre dos extensiones de césped tan rapado, tan sin sexo que parecía más bien el
fondo de un afiche de turismo. Dos enormes perros daneses que salieron rompiendo el aire les adelantaron a ladridos la nueva flecha

indicadora: Servicios. Más césped sofisticado de tapicería, más ladridos. Hasta que surgió el sirviente, seco, elegante y duro, con expresión hermética de candado, pero de los hechos a cincel para un arcón de estilo.

—Por aquí —dijo señalando como lo haría un director de orquesta hacia los violines.

Los camioneros se miraron con toda la inteligencia de sus kilómetros de vida. Uno de los daneses descubrió la rueda trasera del camión recién estacionado, la olió minuciosamente, orinó como correspondía. Justo cuando el segundo perro dejaba también su pequeño arroyo paralelo, que el sol y la tierra se disputaron como estados limítrofes, los hombres saltaron cada cual por su puerta, encaminándose a la parte posterior del vehículo. Volvieron a entenderse con una nueva mirada. Aquello podía ser también una despedida de tipo emocional por lo que pudiera ocurrirles separadamente, al igual que dos soldados con misión peligrosa. Pero esos derroches de ternura humana duran poco, por suerte. Cuando volvió el mucamo con dos grandes cestos, los hombres que se habían llorado el uno al otro ya no estaban a la vista. El par de camioneros vulgares le arrebató los canastos de las manos, siempre mandándole aquellas miradas irónicas que iban desde sus zapatos lustrados a su pechera blanca. Luego uno de ellos maniobró con la volcadora y el río de troncos empezó a deslizarse. Fue el comienzo de la descarga del terror. Del clima solar del jardín al ambiente de cofre de ébano de adentro y viceversa. Y siempre con el posible alacrán en las espaldas. Varias idas y venidas a la leñera de la cocina, donde una mujer gorda y mansa como una vaca les dio a beber agua helada con limón y les permitió lavarse la cara. Luego, a cada uno de los depósitos pertenecientes a los hogares de las habitaciones. No había nadie a la vista. (Nunca parece haber nadie en estas mansiones ¿te has dado cuenta?). Hasta que después de alojar la última astilla, salieron definitivamente de aquel palacio de las mil y una noches sin haberlo gozado como era debido, pero festejando algo más grande, una especie de resurrección que siempre provocará ese nuevo, insensato amor a la vida.

Era linda, a pesar de todo. Qué muebles bárbaros, qué alfombras. Si hasta me parecía estar soñando entre todo aquello. Cómo viven éstos, cómo se lo disfrutan todo a puerta cerrada los hijos de puta.

El mucamo volvió sin los canastos, pero con una billetera en la mano. Le manotearon el dinero que les alargaba y treparon como delincuentes a la cabina. Ya se alejaban maniobrando a todo ruido, siempre asaltados por los perros en pleito por sus meaderos, cuando uno de los tipos, envanecido por la victoria íntima que sólo su compañero hubiera podido compartir, empezó a hacer sonar la bocina al tiempo que gritaba:

—¡Eh, don, convendría decirle a los señores cuando vuelvan que pongan con cuidado el traste en los sillones! Hay algo de contrabando en la casa, un alacrán así de grande que se vino entre las astillas.

—Eso es un cocodrilo, viejo —agregó el del volante largándose a reír y echando mano a la botella.

Fue cuando el camión terminó de circunvalar la finca, que el hombre que había quedado en tierra pudo captar el contenido del mensaje. Aquello, que desde que se pronuncia el nombre es un conjunto de pinzas, patas, cola, estilete ponzoñoso, era lo que le habían arrojado cobardemente las malas bestias como el vaticinio distraído de una bruja, sin contar con los temblores del pobre diablo que lo está recibiendo en pleno estómago. Entró a la mansión por la misma puerta posterior que había franqueado para la descarga, miró en redondo. Siempre aquel interior había sido para él la jungla de los objetos, un mundo completamente estático pero que, aun sin moverse, está de continuo exigiendo, devorándose al que no lo asiste. Es un monstruo lleno de bocas, erizado de patas, hinchado de aserrín y crines, con esqueleto elástico y ondulado por jibas de molduras. Así, ni más ni menos, lo vio el mismo día del nacimiento de la pequeña Therese, también el de su llegada a la casa y su toma de posesión con un poco de asco a causa de ciertos insoportables berridos. De pronto, y luego de catorce años de relativa confianza entre él y las cosas, viene a agregarse una pequeña unidad, mucho más reducida en tamaño que las miniaturas que se guardan en la vitrina de marfiles, pero con movimiento propio, con designios tan elementales como maléficos. Y ahí, sin saber él expresarlo, y como quien come la fruta existencial y mete diente al hueso, toda una filosofía, peor cuando no se la puede digerir ni expulsar por más que se forcejee. El alacrán que habían traído con los leños estaba allí de visita, en una palabra. Un embajador de alta potencia sin haber presentado sus credenciales. Sólo el nombre y la hora. Y el desafío de todos lados, y de ninguno.

El hombre corrió primeramente hacia el subsuelo en uno de cuyos extremos estaba ubicada la leñera recién embutida. La mujer subterránea, a pesar de constituir el único elemento humano de aquella soledad, tenía una cara apacible, tan sin alcance comunicativo, que con sólo mirársela bastaba para renunciar a pedirle auxilio por nada.

—¿Qué ha ocurrido, Felipe, por qué baja a esta hora? ¿Los señores ya de vuelta? —dijo con un acento provinciano refregándose en el delantal las manos enharinadas.

—No, Marta, regresarán a las cinco, para el té. Sólo quería un poco de jugo de frutas —contestó él desvaídamente, echando una mirada al suelo donde habían quedado desparramadas algunas cortezas.

La mujer de la cara vacuna, que interpretó el gesto como una inspección ocular, fue en busca de una escoba, amontonó los restos con humildad de inferior jerárquico. Mientras se agachaba para recogerlos, él la miró a través del líquido del vaso. Buena, pensó, parecida a ese tipo de pan caliente con que uno quisiera mejorar la dieta en el invierno. Aunque le falte un poco de sal y al que lo hizo se le haya ido la mano en la levadura... Ya iba a imaginar todo lo demás, algo que vislumbrado a través de un vaso de jugo de frutas toma una coloración especial, cuando el pensamiento que lo había arrojado escaleras abajo empezó a pincharle todo el cuerpo, igual que si pelo a pelo se le transformase en alfileres. Largó de pronto el vaso, tomó una zarpa de rastrear el jardín que había colgada junto a la puerta de la leñera y empezó a sacar las astillas hacia el centro de la cocina como un perro que hace un pozo en busca del hueso enterrado. A cada montón que se le venía de golpe, evidentemente mal estibado por la impaciencia de los camioneros, daba un salto hacia atrás separando las piernas, escrudiñaba el suelo. Así fue cómo empezó a perder su dignidad de tipo vestido de negro. El polvo de la madera mezclado con el sudor que iba ensuciando el pañuelo, lo transformaron de pronto en algo sin importancia, un maniquí de esos que se olvidaron de subastar en la tienda venida a menos. Pero qué otro remedio, debía llegar hasta el fin. Pasó por último la zarpa en el piso del depósito. Luego miró la cara de asombro de la cocinera. A través del aire lleno de partículas, ya no era la misma que en la transparencia del jugo de frutas. Pero eso, la suciedad de la propia visión, es algo con lo que nunca se cuenta, pensó, en el momento en que las cosas dejan de gustarnos. Escupió con asco a causa de todo y de nada. Se sacudió con las manos el polvo del traje y empezó a ascender la escalera de caracol que iba al hall de distribución de la planta principal. Volvió a mirar con desesperanza el mundo de los objetos. Desde los zócalos de madera a las vigas del techo, casualmente lustradas color alacrán, desde las molduras de los cofres a las bandejas entreabiertas de algunos muebles, el campo de maniobras de un huésped como aquel era inmenso. Quedaba aún la posibilidad de mimetismo en los dibujos de los tapices, en los flecos de las cortinas, en los relieves de las lámparas. Cierto que podía dilatarse la búsqueda hasta el regreso de la gente. ¿Pero a título de qué? Si ha estallado una epidemia no se espera al Ministro de Salud que anda de viaje para pelear contra el virus, aunque sea a garrotazos, y sin que se sepa dónde está escondida la famosa hucha pública. Así, pues, para no morir con tal lentitud, decidió empezar a poner del revés toda la casa. Había oído decir que el veneno del escorpión, con efectos parecidos al del curare, actuaba con mayor eficacia según el menor volumen de la víctima. Animales inferiores, niños, adultos débiles. Vio mentalmente a la joven Therese debatiéndose en la noche luego de la punzada en el tobillo, en el hombro. Primeramente, al igual que bajo el veneno indígena, una breve excitación, un delirio semejante al que producen las bebidas fermentadas. Luego la postración, acto seguido la parálisis. Fue precisamente

la imagen de aquel contraste brutal, la exasperante movilidad de la
criatura en su espantosa sumisión a la etapa final del veneno, lo que
rompió sus últimas reservas lanzándolo escaleras arriba hacia el pasillo en que se alienaban las puertas abiertas de los dormitorios.

Aun sabiéndolo vacío, entró en el de la niña con timidez. Siempre
había pisado allí con cierto estado de desasosiego, primeramente a
causa de que las pequeñas recién nacidas suelen estar muchas veces
desnudas. Después, a medida que las pantorrillas de la rubia criatura
fuesen cambiando de piel, de calibre, de temperamento, en razón de
que no estuviera ya tan a menudo desvestida. Así, mientras se trazaba
y ejecutaba el plan de la búsqueda (en primer término alfombra vuelta y revisada prolijamente), empezó a recrear la misteriosa línea de
aquel cambio. Desde muy tierna edad acostumbraba ella a echársele
al cuello con cada comienzo de la temporada (luego cortinas vistas
del revés, por si acaso), pero alterándose cada año desde el color y la
consistencia del pelo (colcha vuelta, almohadas), a la chifladura de
los peinados. Finalmente, este último verano y apenas unos días antes,
había percibido junto con el frenético abrazo de siempre al mucamo
soltero las redondas perillas de unos senos de pequeña hembra sobre su pechera almidonada. Desde luego, pues, que le estaría ya permitido a él estremecerse secretamente (sábanas arrancadas de dos tirones violentos). Aquella oportunidad de conmoverse sin que nadie
lo supiera era una licencia que la misma naturaleza le había estado re-
servando por pura vocación de alcahueta centenaria que prepara chiquillas inocentes y nos las arroja en los brazos. Bueno, tampoco en la
cama revisada hasta debajo del colchón que ha volado por los aires,
ni entre los resortes del elástico. De pronto, desde la gaveta entreabierta de la cómoda, una prenda rosada más parecida a una nube
que a lo que sugiere su uso. Era la punta del hilo de su nuevo campo. Y fue allí, debajo de otras nubes, de otras medusas, de otras tantas especies infernales de lo femenino, que el color infamante del animal se le apareció concretamente. Con el asco que produce la profanación, se abalanzó sobre el intruso. Pero la cosa no era del estilo
vital de un alacrán que mueve la cola, sino el ángulo de una pequeña
agenda de tapas de cuero de cocodrilo, que ostentaba el sello dorado
de la casa del progenitor (Günter, Negocios Bursátiles), de las que
se obsequian cortésmente a fin de año. Retuvo un momento con emoción aquella especie de amuleto infantil, al igual que si hubiera encontrado allí una pata de conejo, cualquier cosa de esas que se guardan en la edad de los fetiches. Tonterías de chiquilla, una agenda entre las trusas y los pequeños sostenes. De pronto, los efluvios de tanta
prenda que va pegada al cuerpo, un cuerpo que ya tiene tetillas que
le perforan a uno sus pecheras, lo inducen a entreabrir en cualquier
página, justamente donde había algo más garrapateado a lápiz y con
la fecha del día de llegada. "Hoy, maldito sea, de nuevo en la finca,

qué aburrimiento. Dejar a los muchachos, interrumpir las sesiones de baile, el copetín de los nueve ingredientes inventado por "Los 9". Pero no niegues, Therese, que te anduvo una cosa brutal por todo el cuerpo al abrazar este año a Felipe. Y pensar que durante tanto tiempo lo apretaste como a una tabla. Recordar el asunto esta noche en la cama. En todo caso, las píldoras sedantes recetadas por el Doctor O. mejor no tomarlas y ver hasta dónde crece la marea. Y no olvidarse de poner el disco mientras dure..."

Un concierto de varios relojes empezó a hacer sonar las cuatro de la tarde. El hombre dejó caer la pequeña agenda color alacrán sobre el suelo. Justamente volvió a quedar abierta en la página de la letra menuda. La miró desde arriba como a un sexo, con esa perspectiva, pensó, con que habrían de tenerlos ante sí los médicos tocólogos, tan distinta a la de los demás mortales. No había astillas en la habitación. La niña, que odiaba las estufas de leña porque eran cosas de viejo, según sus expresiones, guardaba un pequeño radiador eléctrico en el ropero. Cuando, rígido y desprendido de las cosas como sonámbulo, llegó al sitio del pasillo donde el señor Günter tenía ubicado su dormitorio, aún seguían las vibraciones de las horas en el aire. Se apoyó contra el marco de la puerta antes de entrar de lleno a la nueva atmósfera. ¿Cómo sería, cómo será en una niña? —masculló sordamente—. Agendas abiertas, una marea de pelo rubio sobre la almohada, el disco insoportable que había oído sonar a media noche en la habitación cerrada. Empezó, por fin, a repetir el proceso de la búsqueda. Un millar de escorpiones con formas de diarios íntimos iban saltando de cada leño de la chimenea, ésta sí repleta, como con miedo de un frío mortal de huesos precarios. Hasta tener la sensación de que alguno le ha punzado realmente, no sabría decir ni dónde ni en qué momento, pero como una efectividad de aguja maligna. Deshizo rabiosamente la cama, levantó las alfombras, arrojó lejos el frasco de píldoras somníferas que había sobre la mesa de noche, cuando el cofre secreto embutido tras un cuadro y cuya combinación le había sido enseñada por el amo en un gesto de alta confianza, le sugirió desviar la búsqueda. Nunca hasta entonces los atados de papeles alineados allí dentro le hubieran producido ningún efecto. Pero ya no era el mismo hombre de siempre, sino un moribundo arrojado a aquel delirio infernal por dos tipos huyendo en un camión después de echarle la mala peste. Quitó el cuadro, puso en funcionamiento la puerta de la caja de seguridad, introdujo la mano hasta alcanzar los documentos cuidadosamente etiquetados. Quizás, masculló, si es que el maldito alacrán me ha elegido ya para inocularme su porquería, encuentre aquí el contraveneno de un legado a plazo fijo, no sea cosa de largarse antes sin saberlo.

Y del agujero de la pared comenzó a fluir la historia negra de los millones de Günter Negocios de Bolsa, novelescamente ordenada por capítulos. El capítulo del robo disfrazado de valores ficticios, la mentira de los pizarrones hinchados de posibilidades, el globo que estalla por la inflación provocada artificiosamente, los balances apócrifos, la ocultación de bienes, la utilización en beneficio propio de fondos que le fueran confiados con determinado destino, los supuestos gastos o pérdidas en perjuicio de sus clientes, las maniobras dolosas para crear subas o bajas en los valores, el agio en sus más canallescas formas. Y todo ello reconocido y aceptado cínicamente en acotaciones al margen, como si el verdadero placer final fuera el delito, una especie de apuesta sucia jugada ante sí mismo.

El hombre leyó nítidamente en uno de los últimos rótulos: "Proceso, bancarrota y suicidio de M. H." Antes de internarse en la revelación, rememoró al personaje escondido tras las iniciales. Fue en el momento en que le veía durante una de las famosas cenas de la finca tratando de pinchar la cebollita que escapara por varias veces a su tenedor, lo que todo el mundo festejó con explosiones de risa, cuando la historia del desgraciado M. H. contada por Günter Negocios empezó a surgir de aquellos pagarés, de aquellos vales renovados, de aquellos conformes vencidos, de aquellas cartas pidiendo clemencia, hasta llegar al vértice de la usura, para terminar en la ejecución sin lástima. Luego, modelo de contabilidad, el anfitrión de Villa Therese registrando el valor de las flores finales, esas que un hombre muerto ya no mira ni huele. Pero quedaría siempre sin relatar lo de la cebollita en vinagre, pensó como un testigo que ha vivido una historia que otro cuenta de oído. Entonces se evocó a sí mismo dejando la botella añeja que traía envuelta en una servilleta y, como buen conservador de alfombras, agachándose a buscar bajo la mesa lo que había caído. Allí, entre una maraña de bajos de pantalones, pies de todos los tipos, encontró la pierna de la esplendente señora de Günter Negocios enlazada con la del amigo M. H., o mejor la pierna del hombre entre las de ella, que se movía en una frotación lenta y persistente como de rodillos pulidores. Cuando él volvió a la superficie con la inocua esferita embebida en ácido, le pareció ver salir del cráneo pelado del señor de las grandes operaciones bursátiles algo parecido al adorno de un tapiz de la sala, el de la cacería de los ciervos. Aunque ahora, atando todos los cabos sueltos, el hombre de la cabeza con pelo negro ya insinuándose al gris que gusta a las mujeres, estuviera también en aquellos bosques de la ruina perseguida por los perros Günter, arrinconado, con su propia pistola apuntándose a las bellas sienes encanecidas. Formas de muerte, dijo, mientras seguía buscando el alacrán entre los historiales y sintiendo multiplicar sus agujas por todo el cuerpo. Dejó ya con cierta dificultad la habitación alfombrada de papeles. La cosa, si es que lo era verdaderamente, parecía andarle por las extremidades inferiores, pues cada paso era como poner el pie en un cepo que se reproduce. Pero con la ventaja de estar libre aún de la mitad

del cuerpo hacia arriba, contando con los brazos para manejarse y el
cerebro para dirigirlos.

Finalmente, el cuarto de la mujer, la gran Teresa, como él la
había llamado mentalmente para diferénciarla de la otra. Al penetrar
en su ambiente enrarecido de sensualidad, se le dibujó tal cual era,
pelirroja, exuberante y con aquel despliegue de perfumes infernales
que le salían del escote, de los pañuelos perdidos. Casi sin más fuerza
que para sostenerse en pie, empezó a cumplir su exploración para la
que había adquirido ya cierto ejercicio. En realidad, eso de deshacer
y no volver nada a su antiguo orden era mantener las cosas en su verdadero estado, murmuró olfateando como un perro de caza el dulce
ambiente de cama revuelta que había siempre diluido en aquella habitación, aunque todo estuviera en su sitio. La mujer lo llevaba encima, era una portadora de alcoba deshecha como otros son de la
tifoidea. Pero había que intervenir también allí, a pesar de todo. Con
sus últimas reservas de voluntad, abrió cajón por cajón, maleta por
maleta, y especialmente un bolso dejado sobre la silla. La agenda de
cocodrilo de Günter Negocios, pero sin nada especial, a no ser ciertas fechas en un anotador, calendario erótico con el que alguien más
entendido que él trazaría una gráfica del celo femenino. Luego, otro
capítulo, pero simplemente de horas. Nada para el remate final de
M. H. Aquellas horas habrían sido detenidas por la barrera negra.
Después, a pesar de utilizarse los mismos símbolos, tomarían éstos
otra dirección, como aves migratorias hacia un nuevo verano. Y paz
sobre el destino de los seres mortales. Apeló nuevamente a sus restos
de energía para volver con el historial del hombre de la caepulla,
desparramar los documentos sobre la cama de la mujer como un puñado de alfileres o la carga microbiana de un estornudo. Y todo listo,
al menos antes de su inminente muerte propia.

No estaba en realidad seguro de nada. Si picadura de alacrán, si
las uñas de la pequeña Therese en sus escalas solitarias, si apéndices
córneos del gran burgués que repartía agendas finas a su clientela, o
si sencillamente el efluvio como último extremo reptar hasta el subsuelo donde vivía la mujer vacuna, el único baluarte de humanidad
que quedaba en la casa. No, no es imposible, debe llegar de pie. Un
inmundo alacrán, o todos los alacranes de la mansión señorial, constituyen algo demasiado ínfimo en su materialidad para voltear a un
hombre como él, que ha domado las fieras de los objetos de la sala,
o que ha descubierto el universo autónomo y al revés de las piernas
bajo las mesas con la misma veracidad de un espejo en el suelo. Justamente cuando empezó a desnudarse en medio de la cocina para que
ella lo revisase desde el pelo a las uñas de los pies (Marta, han traído
un alacrán entre la leña, no me preguntes nada más), fue que ocurrió
en el mundo la serie de cosas matemáticas, esta vez con cargo al espejo del cielo, el único que podría inventariarlas en forma simultá-

nea, dada su postura estratégica. Uno: el ladrido doble de los daneses anunciando la llegada del coche. Dos: las cinco de la tarde en todos los relojes. Tres: el chófer uniformado, gorra en mano, que abrió la portezuela para que ellos bajasen. En esa misma instancia se oían los gritos de la niña Therese anulando los ladridos, trenzándose con la vibración que las horas habían dejado por el aire tenso: "Felipe, amor mío, aquí estamos de nuevo. ¿Qué hiciste preparar para el té? Traigo un hambre atroz de la playa." Cuatro: Él entrevió unos senos en forma de perilla girando en los remolinos de la próxima marea, entre la epilepsia musical del disco a prueba de gritito de derrumbes íntimos, y cayó desvanecido de terror en los brazos de la fogonera. En ese preciso minuto, formando parte de la próxima imagen número cinco, la que el propio hacedor de los alacranes se había reservado allá arriba para el goce personal, un bicho de cola puntiaguda iba trepando lentamente por el respaldo del asiento de un camión fletero, a varios kilómetros de Villa Therese y sus habitantes. Cierto que el viaje de ida y vuelta por el interior del vehículo había sido bastante incómodo. Luego, al llegar al tapiz de cuero, la misma historia. Dos o tres tajos bien ubicados lo habían tenido a salvo entre los resortes. Pero después estaba lo otro, su último designio alucinante. Quizás a causa del maldito hilo como de marioneta que lo maneja no sabe desde dónde, empezara a titubear a la vista de los dos cuellos de distinto temperamento que emergían por encima del respaldo. Nunca se sabe qué puede pensar un pequeño monstruo de esos antes de virar en redondo y poner en función su batería de popa. Seis: Sin duda fue en lo que duró esta fatídica opción, que la voz de dos hombres resonó en el aire quieto y abrasado de la tarde:

—Lo largamos en escombros al tipo de la pechera almidonada, ¿qué te parece, compañero?

—Puercos, la casa que se tenían para de vez en cuando. Merecen que un alacrán les meta la púa, que revienten de una buena vez, hijos de perra...

# ELENA GARRO

MEXICANA
( 1 9 2 0 )

*Destacada dramaturga y narradora. Su novela* Los recuerdos del porvenir *publicada en 1963 se cuenta entre las mejores escritas en las últimas décadas de este siglo. Esta obra fue galardonada con el Premio Xavier Villaurrutia 1963; su segunda edición es de 1979.* Los recuerdos del porvenir *ha sido traducida al francés y al inglés (*Recollections of Things to Come, Austin, University of Texas Press, 1969*). Sus páginas se abren con una fusión del tiempo, la memoria, lo real y lo irreal: "Aquí estoy sentado sobre esta piedra aparente. Sólo mi memoria sabe lo que encierra. La veo y me recuerdo"; y así se mantiene a través de una excelente y novedosa técnica narracional. El destino de la desolación y la tragedia de la muerte son el correlato de un desesperanzado desenlace histórico y mítico que devora al individuo y al pueblo. La aparición de* Los recuerdos del porvenir *no desencadenó el fenómeno publicitario que conocieron otras novelas escritas en la misma década tales como* Cien años de soledad *o* Rayuela. *La crítica en torno a la obra de Elena Garro —especialmente en las décadas del setenta y del ochenta— ha ido destacando paulatinamente las sobresalientes dimensiones de la escritura de la autora mexicana.*

*Elena Garro nació en Puebla; recibió su formación en la Universidad Nacional Autónoma de México. Fue coreógrafa, luego periodista, labor esta última realizada en México y los Estados Unidos; se ha destacado asimismo en el cine como guionista. Su obra dramática incluye* Andarse por las ramas *(1957);* Los pilares de doña Blanca *(1957);* Un hogar sólido: y otras piezas en un acto *(1958); las cinco otras piezas además de "Un hogar sólido", son "Los pilares de doña Blanca", "El Rey Mago", "Andarse por las ramas", "Ventura Allende", "El encanto, tendajón mixto". En 1959 publica* La mudanza *y* La señora en su balcón. *Siguen* La dama boba: pieza en tres actos *(1963);* El árbol *(1967), y la obra en tres actos* Felipe Ángeles *(1979).*

*El cuento seleccionado proviene del volumen de relatos* La semana de colores *publicado en 1964. Su segundo libro de cuentos* Andamos huyendo Lola *es de 1980. Además de estas colecciones de relatos y de su primera novela* Los recuerdos del porvenir *la obra narrativa de Elena Garro incluye las novelas* Testimonios sobre Mariana *(1981), obra que obtuvo el Premio Novela Juan Grijalbo 1980;* Reencuentro con personajes *(1982)* y La casa junto al río *(1983).*

## ANTES DE LA GUERRA DE TROYA

Antes de la Guerra de Troya los días se tocaban con la punta de los dedos y yo los caminaba con facilidad. El cielo era tangible. Nada escapaba de mi mano y yo formaba parte de este mundo. Eva y yo éramos una.

—Tengo hambre, decía Eva.

Y las dos comíamos el mismo puré, dormíamos a la misma hora y teníamos un sueño, idéntico. Por las noches oía bajar al viento del Cañón de la Mano. Se abría paso por las crestas de piedra de la Sierra, soplaba caliente sobre las crestas de las iguanas, bajaba al pueblo, asustaba a los coyotes, entraba en los corrales, quemaba las flores rojas de las jacarandas y quebraba los papayos del jardín.

—Anda en los tejados.

La voz de Eva era la mía. Lo oíamos mover las tejas. De las vigas caían los alacranes y las cuijas cristalinas se rompían las patitas rosadas al golpearse sobre las losas del suelo de mi cuarto. Protegida por el mosquitero, tocaba el corazón de Eva que corría en el mío por los llanos, huyendo del vaho que soplaba del Cañón de la Mano. El viento no nos quemaba.

—¿Tuvieron miedo anoche?

—No. Nos gusta el viento.

Después, la casa estaba en desorden. Con las trenzas deshechas, Candelaria nos servía la avena.

—¡Viento perverso, hay que amarrarle los pelos a una roca para que nos deje silencios!

—Es la cólera caliente de las locas —agregaba Rutilio.

—Por eso digo que hay que clavarle las greñas a las rocas y ahí que aúlle.

Era mucha la cólera de Candelaria. Nosotros nos movíamos intactas en su voz y en el jardín, donde mirábamos las flores derribadas. "Fue antes de que Leli naciera"... decía a veces mi madre.

Esas palabras era lo único terrible que me sucedía antes de la Guerra de Troya. Cada vez que "antes de que Leli naciera" se pronunciaba, el viento, los heliotropos y las palabras se apartaban de mí. Entraba en un mundo sin formas, en donde sólo había vapores y en donde yo misma era un vapor informe. El gesto más mínimo de Eva me devolvía al centro de las cosas, ordenaba la casa deshecha y las figuras borradas de mis padres recuperaban su enigma impenetrable.

—Vamos a ver qué hace la señora...

La señora se llamaba Elisa y era mi madre. Por las tardes Elisa se escondía en su cuarto, se acercaba al tocador y cerraba las puertas de su espejo. No volvía a abrirlas hasta la noche, a la hora en que se ponía polvos en la cara. Echada en la cama, su trenza rubia le dividía la espalda.

—¿Quién anda ahí?

—Nadie.

—¿Cómo que nadie?

—Es Leli, contestaba Eva.

Elisa escondía algo y luego se incorporaba. A través del mosquitero su cara y su cuerpo parecían una fotografía.

—¡Sálganse de mi cuarto!

Volvíamos al corredor, a caminarlo de arriba a abajo, de abajo a arriba, de loseta en loseta, sin pisar las rayas y repitiendo: fuente, fuente, o cualquier otra palabra, hasta que a fuerza de repetirla sólo se convertía en un ruido que no significaba fuente. En ese momento cambiábamos de palabra, asombradas, buscando otra palabra que no se deshiciera. Cuando Elisa nos echaba de su cuarto, repetíamos su nombre sobre cada loseta y preguntábamos "¿por qué se llama Elisa?" y la razón secreta de los nombres nos dejaba atónitas. ¿Y Antonio? Era muy misterioso que su marido se llamara Antonio. Elisa-Antonio, Antonio-Elisa, Elisa-Antonio, Antonio, Elisa y los dos nombres repetidos se volvían uno solo y luego, nada. Perplejas, nos sentábamos en medio de la tarde. El cielo naranja corría sobre las copas de los árboles, las nubes bajaban al agua de la fuente y a la pileta en donde, Estefanía lavaba las sábanas y las camisas del señor. Antonio tenía chispitas verdes y amarillas en los ojos. Si los mirábamos de cerca, era como si estuviéramos adentro de la arboleda del jardín.

—¡Mira Antonio, estoy dentro de tus ojos!

—Sí, por eso te dibujé a mi gusto, contestaba los domingos, cuando nos recortaba el fleco.

Antonio era mi padre y no nos mandaba a la peluquería porque "la nuca de las niñas debe ser suave y el peluquero es capaz de afeitarlas con navaja". Era una lástima no ir a la peluquería. Adrián giraba entre sus frascos de colores, afilando navajas y batiendo tijeras en el aire. Platicaba como si recortara las palabras y un perfume violento lo seguía.

—¡Aja!, buenas ganas me tienen las rubitas, pero su papá no paga peluquero.

Sentadas en la tarde redonda, recordábamos las visitas a Adrián y las visitas a Mendiola, el que vendía "besos" envueltos en papelitos amarillos.

—¡Aquí está ya la parejita de canarios!

Y Mendiola nos ponía un "beso" en cada mano. Las dos éramos

visitadoras. Cuando íbamos al cine veíamos a los dos amigos desde lejos. No podíamos platicar con ellos ni con Don Amparo, el que vendía los cirios, porque estábamos en medio de Elisa y Antonio que sólo saludaban con inclinaciones de cabeza. Les gustaba el silencio y cuando hablábamos decían:

—¡Lean, tengan virtud!

Asomadas a los dioses dibujados en los libros, hallábamos la virtud. Los dioses griegos eran los más guapos. Apolo era de oro y Afrodita de plata. En la India los dioses tenían muchos brazos y manos.

—Deben de ser muy buenos ladrones.

"Que tu mano derecha ignore lo que hace tu izquierda". Nosotras robábamos la fruta con la mano izquierda. ¿Y los dioses de la India? Ellos tenían mano izquierda, mano derecha, mano arriba, mano abajo, mano simpática, mano antipática, y mano de en medio. Imposible determinar cuál mano era la que ignoraba lo que hacían las otras manos.

—¡Ah, si fuéramos como ellos robaríamos todo: tornillos, dulces, banderitas, y al mismo tiempo!

Los demás dioses eran como nosotras. Hasta Nuestro Señor Jesucristo tenía sólo dos manos clavadas en la cruz. Huitzilopochtli era un bultito oscuro, con manos y sin brazos, pero él nos daba mucho miedo y preferíamos no mirarlo, inmóvil sobre uno de los estantes de los libros.

—¿Cómo sería una cruz para clavar a Kali?

—Como un molino.

—Te digo una cruz, no un molino.

—¿Una cruz?... Igual a una cruz.

Habría que clavarle una mano encima de la otra y de la otra con un clavo tan largo como una espada.

—¿Y la mano de en medio?

—Se la dejamos suelta como un rabo, para espantarse las moscas.

—No se puede. Hay que clavársela también.

—¿Del lado izquierdo o del derecho?

—Vamos a preguntárselo a Elisa.

—¿Qué quieren? —Preguntó Elisa con su voz de fotografía.

—Nada.

—¡Pues sálganse de mi cuarto! —Y escondió algo otra vez.

Salimos al corredor con la vergüenza de saber que Elisa ocultaba algo en su cama. Recorrimos las losetas repitiendo su nombre y cuando sólo nos quedó el ruido volvimos a su cuarto.

—¿Qué quieren?

—Te llama tu marido... está en el gallinero.

El gallinero no era un lugar para Antonio y Elisa nos miró curiosa. Pero el gallinero estaba en el fondo de los corrales y Elisa tomaría un buen rato en ir y volver a su cama. Se fue. Su cama estaba caliente y de las almohadas se levantaba un vapor de agua de Colonia. Buscamos lo que escondía.

—¡Mira!

Eva me mostró una bolsita de "besos" y frutas cristalizadas. Sacamos dos "besos" y los comimos.

—¡Mira!

Una hoja seca marcaba las páginas del libro que Elisa guardaba debajo de su almohada.

—¡Vámonos!

Nos fuimos de prisa, sin los dulces y con el libro. Buscamos un lugar seguro donde hojearlo. Todos los lugares eran peligrosos. Miramos a las copas de los árboles y escogimos la más verde, la más alta. Sentadas en una horqueta leímos: "La Ilíada." Así empezó la desdichada Guerra de Troya.

"¡Canta oh Musa la cólera del Pélida Aquiles!"

La cólera de Elisa duró muchas semanas. Nosotras ensordecidas por el fragor de las batallas, apenas tuvimos tiempo de escucharla.

—¿En dónde se esconden todo el día?

—¡Hum!... Quién sabe...

Arriba, entre las hojas, nos esperaban Néstor, Ulises, Aquiles, Agamenón, Héctor, Andrómaco, Paris y Helena. Sin darnos cuenta, los días empezaron a separarse los unos de los otros. Después, los días se separaron de las noches; luego el viento se apartó del Cañón de la Mano, y sopló extranjero sobre los árboles, el cielo se alejó del jardín y nos encontramos en un mundo dividido y peligroso.

"No permitas que los perros devoren mi cadáver", decía Héctor por tierra, alzando el brazo para apoyar su súplica. Aquiles, de pie, con la lanza apoyada en la garganta del caído, lo miraba desdeñoso.

—¡Pobre Héctor!

—Yo estoy con Aquiles —contestó Eva súbitamente desconocida. Y me miró. Antes, nunca me había mirado. Yo la miré. Estaba a horcajadas sobre la rama del árbol, como otra persona que no fuera yo misma. Me sorprendieron sus cabellos, su voz y sus ojos. Era otra. Sentí vértigo. El árbol se alejó de mí y el suelo se fue muy abajo. También ella desconoció mi voz, mis cabellos y mis ojos. Y también tuvo vértigo. Descendimos afianzándonos al tronco, con miedo de que se desvaneciera.

—Yo estoy con Héctor —repetí en el suelo y sintiendo que ya no pisaba tierra. Miré la casa y sus tejados torcidos me desconocieron. Me fui a la cocina segura de encontrarla igual que antes, igual a mí misma, pero la puerta entablerada me dejó pasar con hostilidad. Las criadas habían cambiado. Sus ojos brillaban separados de sus cabellos. Picaban las cebollas con gestos que me parecieron feroces. El ruido del cuchillo estaba separado del olor de la cebolla.

—Yo estoy con Aquiles —repitió Eva abrazándose a las faldas rosas de Estefanía.

—Yo estoy con Héctor —dije con firmeza, abrazada a las faldas lilas de Candelaria.

Y con Héctor empecé a conocer el mundo a solas. El Mundo a solas, únicamente era sensaciones. Me separé de mis pasos y los oí retumbar solitarios en el corredor. Me dolía el pecho. El olor de la vainilla ya no era la vainilla, sino vibraciones. El viento del Cañón de la Mano se apartó de la voz de Candelaria. Yo no tocaba nada, estaba fuera del mundo. Busqué a mi padre y a mi madre porque me aterró la idea de quedarme sola. La casa también estaba sola y retumbaba como retumban las piedras que aventamos en un llano solitario. Mis padres no lo sabían y las palabras fueron inútiles, porque también ellas se habían vaciado de su contenido. Al atardecer, separada de la tarde, entré a la cocina.

—Candelaria ¿tú me quieres mucho?

—¡Quién va a querer a una "güera" mala!

Candelaria se puso a reír. Su risa sonó en otro instante. La noche bajó como una campana negra. Más arriba de ella, estaba la Gloria y yo no la veía. Héctor y Aquiles se paseaban en el Reino de las Sombras y Eva y yo los seguíamos, pisando agujeros negros.

—Leli ¿me quieres?

—Sí, te quiero mucho.

Ahora nos queríamos. Era muy raro querer a Alguien, querer a todo el mundo: a Elisa, a Antonio, a Candelaria, a Rutilio. Los queríamos porque no podíamos tocarlos.

Eva y yo nos mirábamos las manos, los pies, los cabellos, tan encerrados en ellos mismos, tan lejos de nosotros. Era increíble que mi mano fuera yo, se movía como si fuera ella misma. Y también queríamos a nuestras manos como a otras personas, tan extrañas como nosotras o tan irreales como los árboles, los patios, la cocina. Perdíamos cuerpo y el mundo había perdido cuerpo. Por eso nos amábamos, con el amor desesperado de los fantasmas. Y no había solución. Antes de la Guerra de Troya fuimos dos en una, no amábamos, sólo estábamos, sin saber bien a bien en dónde. Héctor y Aquiles no nos guardaron compañía. Sólo nos dejaron solas, rondando, rondándonos, sin tocarnos, ni tocar nada nunca más. También ellos giraban solos en el Reino de las Sombras, sin poder acostumbrarse a su condición de almas en pena. Por las noches yo oía a Héctor arrastrando sus armas. Eva escuchaba los pasos de Aquiles y el rumor metálico de su escudo.

—Yo estoy con Héctor —afirmaba en la mañana en medio de los muros evanescentes de mi cuarto.

—Yo, con Aquiles —decía la voz de Eva muy lejos de su lengua. Las dos voces, estaban muy lejos de los cuerpos, sentados en la misma cama.

# R E I N A L D O   A R E N A S
## CUBANO
(1943-1990)

La escritura de Reinaldo Arenas es una de las más imaginativas en Hispanoamérica. Su prosa es una poderosa vertiente poética alimentada por lo barroco y por una diversidad de discursos. De otra parte esa misma escritura es un encuentro con los modos culturales e históricos marcados por la marginalidad. Su obra lucha en contra de las determinaciones de la Historia y en ese proceso descubre su carácter alucinante.

Reinaldo Arenas nació cerca de Holguín en la provincia de Oriente, Cuba. En 1962 estudia en la Universidad de la Habana y durante un tiempo trabaja en la Biblioteca Nacional José Martí. Su primera obra es la poética novela Celestino antes del alba, galardonada con el Premio Cirilo Villaverde; esta obra es publicada en 1967 y después en 1982 con el título Cantando en el pozo. Luego viene otra estupenda novela El mundo alucinante (1969), publicada primero en francés Le monde hallucinant (1968); la fuente narrativa son las memorias del mexicano Fray Servando Teresa de Mier, quien sufriera persecución por sus ideas políticas y religiosas. La novela es una proyección metafórica sobre el carácter totalizador de lo histórico y la escasa libertad del individuo; se plantea artísticamente cómo el excesivo énfasis en la marcha de la Historia provoca un espectro alucinante que ahoga el destino personal. En su obra El central leemos: "Hablar de la historia, es entrar en un espacio cerrado." La novela no se pudo publicar en Cuba; aparece en Francia y luego en México, país al cual Arenas había logrado enviar el manuscrito. El escritor es penalizado y enviado a las plantaciones de caña, experiencia de la cual proviene su libro poético El central, publicado en 1981, unos once años después de los hechos; texto de gran libertad: verso y prosa poemática. Luego del trabajo forzado en las plantaciones cañeras es encarcelado. Sale de la cárcel en 1976, pero se le prohíbe escribir, no obstante. Reinaldo Arenas producirá una obra clandestina que se publica al llegar al extranjero. Logra salir de Cuba en 1980, estableciéndose en Estados Unidos. Su obra ha ganado numerosos premios y ha sido traducida a varios idiomas.

Las novelas que siguen a Celestino antes del alba y El mundo alucinante son El palacio de las blanquísimas mofetas (1980) que

*también apareció primero en francés* Le Palais de très Blanches
Mouffettes *(1975);* Otra vez el mar *(1982);* Arturo, la estrella más
brillante *(1984);* La loma del Ángel *(1987). Autor también de
la obra dramática* Persecución: cinco piezas de teatro experimental *(1986) y del ensayo* Necesidad de libertad. Mariel: testimonios de un intelectual disidente *(1986). De 1989 es su novela*
El portero.

*Sus cuentos se encuentran en la colección* Con los ojos cerrados, *volumen que incluye el relato seleccionado "El reino de Alipio". Esta obra se publicó en Montevideo en 1972 y luego en Barcelona como* Termina el desfile *puesto que se agrega el cuento
del título que tiene como trasfondo la última experiencia del escritor en Cuba, en la embajada peruana de La Habana poco antes
de salir hacia Estados Unidos. El título del cuento funciona a su
vez como contrapunto del relato "Comienza el desfile". Otros
dos cuentos de gran perfección son "Bestial entre las flores" y
"Con los ojos cerrados".*

# EL REINO DE ALIPIO

En medio de la tarde, que ya es de un insospechable violeta, Alipio,
de pie junto a la baranda del balcón, casi se confunde con las últimas hojas del almendro.

Alipio está inmóvil y mira el sol que desciende con el acostumbrado paso del que no espera llegar a parte alguna.

Los altísimos gajos del almendro se encienden brevemente. De
pronto, todo es silencio.

Oscurece.

Alipio, que desde hace rato espera la llegada del crepúsculo, se
lleva las manos a los ojos como si pasara un paño engrasado por un
cristal opaco. Las manos de Alipio son finas y blancas, un poco torpes. Los últimos resplandores de la tarde acaban de iluminar su
rostro.

Alipio sonríe y ya es de noche. En el instante en que terminan
las transfiguraciones del día, levanta lentamente la cabeza y mira al
cielo.

Las primeras estrellas acaban de aparecer. Venus, dice Alipio, y
sonríe. Sus dientes, muy cortos, tienen cierta semejanza con los de un
conejo.

Poco a poco el cielo se va llenando de resplandores; de estrellas
que de pronto surgen como breves estallidos fosforescentes. Alfa, dice

Alipio, y mira hacia occidente. Zeta, dice, y ahora su cabeza se empina hacia lo más alto del cielo. La Osa Mayor, dice, y sus manos se elevan hasta la altura de los hombros. Por un momento queda en éxtasis; luego se vuelve lentamente hacia el Norte y contempla una constelación casi imperceptible. Son las Pléyades, dice Alipio. Pero ya el cielo es un chisporroteo luminoso y él no sabe dónde fijar los ojos. A un costado del horizonte, la Constelación de Andrómeda lanza destellos que los ojos de Alipio no quisieran abandonar; al otro extremo, la blancura deslumbrante de Cástor y Pólux, intercambiándose pequeños guiños como dos amigos inseparables. Y casi coronando el cielo, la gran Constelación de Orión como un árbol incendiado, que sólo Sirio, la estrella más brillante, puede por momentos opacar. La cabeza de Alipio gira vertiginosamente: El Cúmulo Global de Omega y el Centauro, dice, levantando las manos como queriendo que sus dedos se mezclen en la constelación. La Cruz del Sur, Arturo, la nebulosa más amarilla y misteriosa. Y sigue nombrando, una por una, las constelaciones, las más insignificantes estrellas que posiblemente hace millones de años que desaparecieron. Por último comienza a saltar sobre el balcón, como si quisiera escaparse hacia lo alto, levanta las manos, corre de un lado a otro, suelta chillidos de júbilo, ríe a carcajadas... En lo alto, las estrellas están ahora en su máxima opulencia; las constelaciones giran vertiginosas, se apagan, surgen de nuevo; se extinguen para siempre. Nuevas estrellas se instalan en los pocos lugares deshabitados, cometas radiantes cruzan veloces o se deshacen en una lluvia luminosa sobre el mar. Alipio ha dejado de danzar. Permanece rígido en medio de la noche transparente. Luego sale de su cuerpo un pequeño ruido. Alipio parece esta noche más feliz que nunca: es noviembre, transparente y sonoro. Noviembre, sonando todas las fanfarrias de la oscuridad; haciendo perceptible hasta el cometa más lejano, aún en gestación. Todo el día lo ha pasado Alipio haciendo mandados. Pero al llegar la tarde, corre hasta su cuarto, y se encierra. No haría entonces un encargo ni aunque le ofreciesen un tesoro. Y así espera la noche, de pie, casi confundiéndose con las últimas hojas del almendro. Y en la madrugada cuando la última constelación desaparece entre la blancura desgarradora del día, Alipio salta a la cama y duerme dos o tres horas. Así lo ha hecho durante años, y así piensa seguirlo haciendo. Y en el mes de noviembre, las lágrimas de Alipio, ante la contemplación del cielo, adquieren dimensiones insólitas. Salta de un lado a otro del balcón, aprisiona con sus blancos dedos la baranda, toca suavemente las hojas del almendro... Sus seres más queridos son la Constelación Luminosa del Dragón —formada por diecisiete astros centelleantes— y Coppellia, la Cabra de la Constelación del Cochero. No pudo estudiar Alipio (la única carrera que le hubiese interesado era la Uronografía, pero entonces habría tenido que abandonar las estrellas verdaderas para mirar sus fotografías en

los libros). No tiene casa Alipio, sólo un balcón donde puede mirar el
cielo a su antojo, y eso le basta. Se siente completamente feliz; levanta
aún más la cabeza, y su cuello de lagarto se pone rojizo. El reino de
Alipio se abre ante sus ojos. Hasta la lejana Constelación de Hércules
es visible esta noche; hasta la variable Agol, que cambia de color a
cada instante. Alipio siente que un goce renovado le estremece la
garganta, le llega al pecho y estalla en el estómago en innumerables
cosquilleos... En lo más alto del cielo el gravitar de todas las criaturas luminosas es avasallador. Pero de pronto, Alipio se queda muy
quieto, mirando hacia lo alto; un punto luminoso gira alrededor de
las estrellas, se desprende de las constelaciones, rueda sobre los astros
y enciende la luna. La gran luminaria continúa descendiendo. Alipio
permanece estático. El enorme resplandor baja vertiginoso, por momentos se detiene como si tomara impulso, o buscase orientación;
luego avanza rápidamente hacia la tierra. Todas las constelaciones
han desaparecido. De la luna sólo se distingue un breve filo que luego
se deshace en la claridad. Sólo el gran resplandor es visible. Alipio se
lleva las manos a la cabeza, se aferra a la baranda del balcón; se lanza. Y cae sobre el asfalto, echando a correr despavorido. La luminaria
parece una araña gigantesca y candente que hierve enfurecida; lanza
chispazos que fulminan a los pájaros de la noche y precipitan las nubes, provocando torrentes de granizo y truenos insospechables. Se detiene de nuevo como buscando orientación. Alipio sigue corriendo.
La luminaria ya lo persigue de cerca. Los penachos de las palmas
quedan achicharrados; los postes de teléfono y las antenas de televisión se convierten en largas columnas de ceniza y se dispersan. Alipio
corre hacia el mar —piensa zambullirse entre las olas—; sus manos
ya tocan el agua. Da un maullido: el agua está hirviendo; los peces,
saltando inútilmente, caen de nuevo sobre el mar. La luz sigue descendiendo. Alipio, tembloroso, suelta chillidos incontrolables; se aleja
de la playa y se refugia bajo un puente, escarba en el suelo tratando
de desaparecer. La luz lo descubre y continúa bajando. La ciudad está
desierta, parece como si nadie presenciara la catástrofe. A los oídos
de Alipio llega como un zumbido, como millones de zumbidos, como
un grito terrible que no es un grito porque no sale de garganta conocida. Por un momento Alipio mira al enorme fuego que se le acerca:
es como el infierno, como algo lujurioso que nunca pudo imaginar con
tales dimensiones y formas. No es sólo una estrella, son millones de
estrellas devorándose unas a otras, reduciéndose a partículas mínimas,
poseyéndose. Alipio, soltando enormes alaridos, toma la dirección del
campo. La luz continúa persiguiéndolo; los árboles desaparecen con-
vertidos en brillantes llamaradas. Un grupo de vacas corre despavorido hacia los cerros lejanos. Alipio va tras ellas. Los animales, enfu-
recidos, le dan de cornadas, lo patean, cruzan por encima. La luz sigue descendiendo y el calor se hace intolerable; las yerbas, soltando

breves chillidos, saltan enloquecidas de la tierra, vuelan, y estallan sobre la cabeza de Alipio. Como atraídos por hilos invisibles, los pájaros van a dar contra el borde de la luz y quedan carbonizados. Alipio echa a correr por entre los altos matorrales que ya se desprenden; se aferra a los troncos más gruesos que se balancean, ceden, y luego entre cortos vaivenes se alzan al viento y desaparecen calcinados. Alipio se tira sobre la tierra despoblada y se aferra al suelo. La gran luminaria lo descubre, indefenso. Ahora su escándalo es como la respiración de un toro en celo, o la de una fiera hambrienta que de pronto descubre un almacen lleno de alimentos frescos. Alipio comienza a desprenderse de la tierra. Flota. Todo el estruendo de la luz parece llegar a su culminación. Alipio se ha desmayado... Los primeros resplandores del día van instalándose en los árboles. Las altas hojas del almendro brillan como planchas metálicas. Poco a poco, Alipio va despertándose, se agita aún inconsciente. Abre los ojos. Se encuentra en medio del campo, acostado en un charco viscoso que le baña los brazos, las piernas y le salpica los ojos. Trata de incorporarse. Un extraño dolor le invade todo el cuerpo. Mira a su alrededor, y es ahora cuando descubre el lodazal pegajoso en el que se encuentra. Pasa los dedos por el líquido espeso y se los lleva a la nariz. Al momento se sacude las manos, se pone de pie, y echa a andar. Es semen, dice. Enfurecido y triste continúa avanzando por el campo despoblado. A su paso va quedando un reguero húmedo.

En medio de la tarde, que ya es de un intolerable violeta, Alipio, de pie junto a la baranda del balcón, casi se confunde con las últimas hojas del almendro. Hace rato que permanece inmóvil, mirando sin ver la gente que trajina por la acera. En el preciso instante en que el sol desaparece, Alipio, de un salto, entra en el cuarto y se acuesta, cubriéndose todo el cuerpo. Son las siete, Alipio con los ojos muy abiertos mira el techo. Son las ocho, Alipio, que suda a chorros, no se decide a abrir la ventana. Son las nueve, Alipio piensa que debe ser de madrugada. Son las doce de la noche. El cielo luce todos sus estandartes característicos. Las estrellas de primera magnitud giran raudas como las ascuas de un molino gigantesco. La Osa Mayor avanza sobre el cielo boreal y toca el Carro de David; se junta la Cola del Centauro con la Cruz del Sur; las tímidas Pléyades avanzan, temblorosas, hacia la Constelación de Hércules. En estos momentos, Coppellia entra en conjunción con La Cabra de la Constelación del Cochero, y las Siete Cabrillas titilan junto a Orión que se expande. La Constelación del Zodíaco invade el cielo y se confunde con el Cúmulo de las Pléyades. Las estrellas variables; los cometas insignificantes y el destello de galaxias que ya no existen deslumbran la tierra. La suave Constelación del Unicornio aparece por un momento, sus estrellas blanquísimas apenas se distinguen entre la lejanía. Cástor y Pólux, los astros inseparables, están muy juntos. Alfa entra en relación con La Constelación del Can Menor. La Gran Nebulosa de Andrómeda reluce en esta hermosa noche de noviembre, transparente y sonora. Las lágrimas de Alipio brotan muy tibias, ruedan por los costados de la nariz, mojan la almohada.

Millones de soles trajinan solitarios por el espacio sin límites.

# MARCIO VELOZ MAGGIOLO
DOMINICANO
( 1 9 3 6 )


*A la vigorosa producción literaria del autor dominicano se suma
una importante obra arqueológica sobre la cultura y civilización
dominicanas. La imaginación del artista y la laboriosa capacidad
reconstructiva del arqueólogo son motivaciones complementarias
en la visión de Marcio Veloz Maggiolo. En ambas actividades
—como lo demuestra su obra— hay la audacia de la re-creación,
modo indispensable del ensamblaje artístico y arqueológico. En la
introducción a su novela* Judas, *el autor, juega con el principio
interactivo de ambas actividades. Primero, el diseño reconstruc-
tivo de dos cartas de registro histórico: "Dos años antes de la
aparición de los rollos del Mar Muerto, un amigo mío, pintor,
compró en Tel Aviv unos papiros viejísimos... Uno de estos papiros, luego de traducido, resultó ser la primera carta escrita por
Judas a su padre donde relata gran parte antes de su encuentro
con Cristo. La otra carta... Un antepasado mío, llegado de Italia
en el siglo XIX la trajo entre sus pertenencias, y así pasó luego
al archivo de mi familia donde estuvo escondida durante largo
tiempo." Segundo, la libertad del creador, las inventivas, necesarias direcciones de lo imaginario: "En cuanto a la especie de introducción anterior a las dos cartas, y donde aparece Judas hablando desde un mundo tenebroso y oculto, extra terreno, ello es
el producto de mi sola imaginación. Me sentí avergonzado de dar
a luz unos documentos sin siquiera inventar algo en torno a los
mismos. Una noche quise imaginar como podía ser la visión del
mundo de un hombre que está radicado fuera del mismo, siendo
este hombre Judas Iscariote, y luego de haber yo leído la historia
que van ustedes a leer." (Ambas citas provienen de* Judas. El buen
ladrón. *Santo Domingo, R. D., Librería Dominicana Editora,
1962, pp. 9-10, 12).*

*De significativa y continuada producción novelística, cuentís-
tica y lírica, la obra literaria de Veloz Maggiolo se ha extendido
por más de tres décadas. Comienza con la publicación de su libro
de poemas* El sol y las cosas, *en 1957. Otros libros de poesía son*
Intus *(1962);* La palabra reunida *(1982);* Apearse de la máscara
*(1986);* Poemas en ciernes *y* Retorno a la palabra *(1986). Su
obra novelística incluye* El buen ladrón *(1960), obra premiada*

613

por la William Faulkner Foundation de la Universidad de Virginia; Judas (1962, edición que incluye El buen ladrón); La vida no tiene nombre. Nosotros los suicidas (1965), el primer título "La vida no tiene nombre" está en los lindes de la novela corta y el relato largo. El segundo título "Nosotros los suicidas" es una novela de carácter experimental. En 1967 publica Los ángeles de hueso. Siguèn De abril en adelante: [protonovela] (1975); La biografía difusa de Sombra Castañeda (1980); Novelas cortas (1980); Florbella: arqueonovela (1986); Materia prima: protonovela (1988). Sus cuentos se encuentran en Seis relatos (1963, edición que además de los seis cuentos incluye el drama Creonte); De dónde vino la gente (1978), libro de cuentos para niños basado en leyendas indígenas; La fértil agonía del amor (1982); Cuentos recuentos y casicuentos (1986). Ha incursionado también en el teatro con la publicación del drama en un acto Creonte, publicado en 1963. De sus numerosas publicaciones arqueológicas dedicadas a la cultura y civilización dominicanas y otras áreas del Caribe destacan Pipas indígenas de Santo Domingo y Puerto Rico (1971); El precerámico de Santo Domingo, nuevos lugares y su posible relación con otros puntos del área antillana (1973, en colaboración con Elpidio Ortega); Medioambiente y adaptación humana en la prehistoria de Santo Domingo (1976); Sobre cultura dominicana y otras culturas: ensayos (1977), importante libro donde traza, en uno de sus capítulos, las relaciones entre literatura y capitalismo; Indigenous Art and Economy of Santo Domingo/Arte indígena y economía de Santo Domingo (1977); Investigaciones arqueológicas en la provincia de Pedernales, Rep. Dominicana (1979); Vida y cultura en la prehistoria de Santo Domingo (1980); Las sociedades arcaicas de Santo Domingo (1980); Sobre cultura y política cultural en la República Dominicana (1980); Los inicios de la colonización en América: (la arqueología como historia) (1988), escrito en colaboración con José G. Guerrero.

Marcio Veloz Maggiolo nació en Santo Domingo. Realiza sus estudios universitarios en el área de Humanidades. A partir de 1962 comienza a desempeñarse como docente de la Universidad Autónoma de Santo Domingo, haciéndose cargo de los cursos de Historia de la Cultura e Historia de la Civilización. Luego viaja a España donde prosigue estudios de prehistoria americana en la Universidad de Madrid, doctorándose en el campo de arqueología en 1970. Su activa labor de investigación arqueológica le ha llevado a varias regiones del Caribe. Ha sido Director del Departamento de Historia y Antropología de la Universidad Autónoma de Santo Domingo. Recibe en 1962 el Premio Nacional de Poesía y el de Literatura. En 1981 es galardonado con el Premio Nacio-

nal de *Novela* y el de *Cuentos. Ha viajado por varios países eu-*
*ropeos y ha sido representante diplomático en Italia y México.*
El cuento *"El coronel Buenrostro" ha sido incluido en la co-*
*lección* La fértil agonía del amor. *Extraordinaria demostración*
*de técnica narrativa hay en este relato: los monólogos se desplie-*
*gan con acendrado estilo; el transcurso de las formas de corriente*
*de la conciencia se lleva con una rítmica resolución sintáctica;*
*los desplazamientos temporales y espaciales son plasmados con*
*eficaz fluidez. El barroquismo en los cruces de este especial es-*
*trato narracional expone un trasfondo social opresivo marcado*
*por la institucionalización de lo irracional y la violencia. Las pa-*
*labras de esta narración buscan el dibujo, la articulación de los*
*"rostros" responsables de la esfera del terror que ha generado la*
*instalación del poder totalitario. En este contexto, la conciencia*
*individual y sus actos aparecen subordinados a un eje absolutista*
*de poder que controla voces, gestos, familias y el total de las re-*
*laciones humanas incluyendo las afectivas. No queda nada privado*
*ni ajeno a este centro represivo. El funcionamiento social respon-*
*de a un escalamiento progresivo de inversiones éticas como en el*
*caso del "héroe", de las "condecoraciones" o del "campo de ba-*
*talla"; el resultado es una total ausencia de escrúpulos como pa-*
*radigma de "conducta" social. Una voz que justifica el crimen se*
*da el lujo de afirmar: "Ha sido brutal pero necesario. Nos con-*
*decorarán." Dado que la defensa y avidez del poder se ha cons-*
*tituido en el fin prevaleciente, el caudillismo y la acción crimi-*
*nal devienen el valor positivo realzado. En esta atmósfera en la*
*que lo más visible y repetitivo es "el terror en los ojos" se agi-*
*ganta la figura de la violencia hasta impregnar todos los registros*
*sociales e individuales. La inseguridad, la incertidumbre, la de-*
*lación, la actitud pusilánime progresan invasivamente haciendo*
*sofocante el espacio global en el que se mueven los personajes.*
*El rostro responsable del terror no aparece con una forma espe-*
*cífica, su indefinición indica su omnipresencia, su pavorosa tota-*
*lización en la que no sorprende la victimización del victimario.*
Este cuento de Veloz Maggiolo *se liga al tema del dictador y*
*la dictadura explorado en la literatura hispanoamericana. Un in-*
*teligente estudio de Sharon Keefe Ugalde describe la aportación*
*del escritor dominicano a la temática indicada. Ugalde analiza las*
*novelas* El prófugo, Los ángeles de hueso, De abril en adelante
*y* La biografía difusa de Sombra Castañeda; *dos de ellas, indica*
*la autora del artículo: "Los ángeles y* La biografía, *representan*
*importantes innovaciones en la narrativa de dictador/dictadura."*
*(p. 133). Véase "Veloz Maggiolo y la narrativa de dictador/dic-*
*tadura: perspectivas dominicanas e innovaciones"* Revista Iberoamericana *54 (1988): 129-150.*

## EL CORONEL BUENROSTRO *

¿Sí?, naturalmente. Debe llevarlo a un lugar donde no pueda ser lo-
calizado...No, no, cabo Ramírez, usted debe cumplir mis órdenes y
nada más... He dicho que debe cumplirlas, no importa que sea un
nombre conocido dentro de las filas. Nadie sabe que ha sido apresado... ¿Aló?, ¿aló?... Tengo mis motivos. Reténgalo y no diga
nada a nadie; hace tiempo que espero esta oportunidad... Cumpla
con lo que le digo. Usted será el responsable de que esto llegue a
oídos de las autoridades o de que se quede...

Tiene los ojos llenos de terror y las manos sudadas. Han tocado
alerta. Al través de cualquier rendija del tiempo veo tus charreteras
doradas y tus labios carnosos. Nunca me dijiste qué sucedió. Para qué
te llamaron al campo de batalla. "Campo de batalla", puf, asesinato
de imberbes. Sabías que no te dejaría marchar. Una mujer decente
no se acuesta con un hombre sucio de sangre. Tienes los ojos llenos
de sudor y las manos sudadas. "Papá, ¿dónde vas?... Me voy a la
porra hijita". Aquella respuesta había ordenado nuevamente el crimen y la matanza. Sabía que no podrías oponerte. Sabía que luego
vendrían las condecoraciones... Luego supimos lo que pasó con aquellos jóvenes... Solamente.

¿Aló?... No, no, llévelo a un lugar seguro. Espera. Te diré...
Vete a la prisión 8 y di que el Coronel Buenrostro necesita la celda
subterránea... No, de ninguna manera. Nadie se atreverá a oponerse.
Todos son de mi confianza.

El yip viene. Se ha detenido en la puerta de casa y me llaman.
Me reclama el deber. "Coronel Buenrostro, partimos ahora mismo, el
Generalísimo quiere que usted se ponga al frente de las acciones an-
tiguerrilleras"... He comenzado a pensar en cómo habrá de ser todo
aquello. Nunca me he enfrentado a nadie. Esta paz de Trujillo, magnífica, no nos ha permitido comprobar lo que es una batalla. Todo se
acaba en segundos... "Coronel Buenrostro, le esperamos"... "Manuela, mi casco, la metralleta, por favor"... Comienzo a sentir cierto malestar. Los rumores, pero alguien ha dicho que deberemos pelear
duro... Morir así, de un balazo, sin saber de dónde sopla el viento,
es algo que no me convence. Una verdadera vaina. Quién sabe por
qué el jefe me escogió... ¿Sería porque quiere eliminarme? Él se cansa pronto de los hombres. Él se olvida pronto de los amigos, según
dicen; él, él... "Coronel Buenrostro", "Coronel Buenrostro". "Coro-

---

* Reproducido con permiso de Monte Ávila Editores, C. A., Caracas, Venezuela.

nel Buenrostro, te dijo el jefe una vez, eres hombre de mi confianza. Carajo, no te me voltees porque te parto, te parto, Coronel Buenrostro"... El jefe estaba bien borracho y llevaba esa noche sus insignias de Generalísimo... El pueblo, aterrorizado y avizor, curioso y pleno de miedo, miraba aquellas charreteras y la gorra tipo "De Gaulle". El jefe era bien ridículo, piensan muchos. Sin embargo lo seguían, lo aplaudían, lo amaban, lo decoraban, lo estrechaban, lo entrevistaban, lo pelaban; caramba, lo agradaban. "Coronel Buenrostro, o Buen-rostro, o Buenrostró, no importa tu nombre, eras una fucha y crees lo contrario". Como siempre, error de militares.

Sí, mira cabo Ramírez, mejor déjalo allí. Regresaré al cuartel en unos momentos. Yo mismo me encargaré de él. Gentes como el capitán Monsanto hay que tratarlas personalmente.

Subí en el yip y mis compañeros miraron mis galones. Hicieron el saludo con el terror en los ojos. Manuela me despidió con el pañuelo blanco. Había un silencio expectante cuando el motor del yip rompió de un solo golpe la medianoche.

La pendejada es que no sabemos cuántos son ni por dónde les vamos a entrar.

Vamos a darles fuego por los cuatro costados. Los aviones harán una operación inolvidable, me dijo Monsanto.

Siempre sentí cierto recelo con este hombre enjuto y mal vestido, este militarcito marrano, que daba opiniones sin que nadie se lo ordenara.

Aquí ninguno sabe lo que va a pasar, respondí. Yo soy el que encabeza esto, y nadie me ha hablado de aviones. Posiblemente tendremos que fajarnos como animales.

Los demás oficiales se quedaron en silencio... El yip había entrado en la carretera y veíamos, en medio de la noche, los postes de teléfonos y de la luz correr hacia nosotros y hacernos muecas largas y oscuras... Pensé que Monsanto me traería problemas.

No me imagino el motivo por el que me han traído aquí. Haberme hecho cargo de las operaciones no constituye delito alguno, no sé. Órdenes del jefe, tal vez. Órdenes del Generalísimo. Algún chisme. Alguna denuncia hija de puta...

—Se calla o lo jodo, Monsanto.

—Usted me debe respeto.

—Sólo debo respeto al Coronel. Déjese de cosas, capitán. Ustedes los oficiales creen que son dioses.

—Alguien me explicará esto.

Desde luego, alguien te explicará lo que está pasando. Alguien debe saberlo, pero ni el cabo ni el capitán Monsanto, que eres tú mismo, pueden imaginarse nada... Miras por las rendijas de la puerta y sólo ves oscuridad plena. Ni siquiera estás cerca de la naturaleza. El viento de la cordillera no llena tus pulmones y tu valor, y tu hombría, y tus abusos y tus crímenes no son capaces de convencer a nadie. Porque está preso y estás preso y sigue estando preso, capitán Monsanto.

—¡Se acabó la cosa, Manuela!, sólo quedan presos y muertos. Ha sido brutal, pero necesario. Nos condecorarán. Viniste, la niña estaba dormida y nosotros, tus familiares (padre, hermanos, hija, esposa) habíamos escuchado por la radio las incidencias. Ramón Buenrostro había estado al frente y lograba sofocar a los insurgentes. "Tu Coronel Buen Rostro o Buenrostro, o Buenrostró", lo mismo da. Yo había decidido abandonarte. Me contaron de atrocidades increíbles. Me narraron las inhumanidades que cometieron tus hombres. Te dije entonces:

—Coronel Buenrostro, me voy con la niña. No me acuesto con hombres sanguinolentos y podridos. Me dijiste entonces que así era la milicia. Me dijiste que si hacía tal cosa, perderías tu rango y tu posición y que yo sería acusada de antigobiernista. Me hablaste de ascensos y del mal que sobrevendría a mis familiares ante la posibilidad de una separación. Me dijiste que recordara que el Generalísimo controlaba la vida íntima de cada militar y aquello era peligroso. Eres héroe. Habías triunfado.

Reuní esa mañana a los sargentos y oficiales de mi compañía. Les dije lo de Monsanto. Les expliqué que aquél había tratado de suplantarme en el mando y que había muerto en combate sin que se pudiera recoger su cadáver. No sé hasta qué punto se convencieron de ello. Lo cierto es que están persuadidos de que las órdenes de Monsanto eran órdenes mías... Es io vital, lo necesario, lo que me salva de esta encrucijada. No puedo permitir otra cosa.

—No le vimos mucho, coronel, pero sabemos que usted ordenó a Monsanto hacerse cargo del frente.

—Así es, órdenes de arriba. Órdenes de arriba. Esa frase era suficiente para dejar cerradas las justificaciones. Nadie dudaba que "arriba" quería decir "el jefe", o algo parecido a todo lo que se movía en torno al Generalísimo.

Subí a mi automóvil, y mientras recorría las calles hacia el cuartel, pensaba en Monsanto. Oía el ruido de las ametralladoras enemigas y cada vehículo me parecía un gran tanque de guerra; confundía los carros de concho con carros de asalto; dudaba si el palo de bandera de la escuela pública era tal palo y no un cañón de 105 milímetros apuntando hacia el infinito... "Adiós, Coronel". "¡Ahí va el Coronel". "¡Es el Coronel!" Avenidas, gentes, sospechosos, automóviles, estatuas del Generalísimo, más estatuas, obeliscos, palmeras, frenos y bajadas.

He venido por ti.
—No sé a qué se refiere ni por qué estoy preso, Coronel.

—Te voy a ser sincero. Monsanto. Soy hombre de confianza del Generalísimo y no puedo perder esa confianza... Cabo, salga y déjenos solos.

—Sí, mi Coronel.

—Mira Monsanto, tú sabes bien lo que pasó.

—Sé lo que pasó y no tengo por qué decirlo.

—No puedo confiar en eso, Monsanto. Cualquier día te zafas, hablas y jodes mi vida, mi reputación.

—No diré nada, Coronel, se lo juro.

—En las mismas tropas hay ciertas dudas. Ya te anuncié como hombre muerto.

—No tuve la culpa, Coronel, le vi quedarse atrás, por eso le sustituí.

—Y me salvaste.

—Sí, Coronel... También lo hice por el Generalísimo... Usted sabe.

—La tropa sabe que has muerto; sería faltar a mis palabras. "¡Cabo, cabo!..." El Coronel me ha llamado. Soy hombre de confianza. No me ha costado mucho. He cargado y enterrado hombres más pesados que el capitán Monsanto.

# JOSÉ MARÍA MÉNDEZ

SALVADOREÑO
( 1 9 1 6 )

*Una cuentística de sorpresivos ángulos, narrada con desenvuelto humor y original estilo es la que ha venido aportando el escritor salvadoreño a la producción literaria hispanoamericana. Sus cuentos "Las mormonas", "La cojera de Lord Byron" y "El domador", incluidos en el libro* Tres mujeres al cuadrado *son buenas pautas para que el lector observe la función desacralizadora y catártica que reúne la exquisita prosa de José María Méndez. La ironía usada para desestabilizar mitos y convenciones sociales se extiende otras veces al lenguaje como en el cuento "Putosis" de* Espejo en el tiempo; *expresión usada para referirse a los síntomas "de las tentaciones de la carne". Cuando la cuentística del autor entra en la zona de la ciencia ficción como en "Espejo del tiempo" o "La rebelión de los perros", con sorpresa se interna en breves y caústicas líneas, en una visión sobre la violencia destructiva encarnada en la naturaleza humana y el vislumbre de su tranjormación. La conquista espacial del hombre, por ejemplo, es objeto de una imagen negativa en el relato "La rebelión de los perros". En lugar de júbilo por la idea de progreso y avance científico se manifiesta preocupación por la transferencia de violencias que la sociedad humana llevaría hacia otros planetas: "Cuando se tuvieron señales inequívocas de que habían llegado a la luna y podían conquistar el espacio celeste, hubo una conmoción en la liga de las galaxias. No se podía tolerar que llevaran sus costumbres guerreras y estúpidas a otros planetas." En "Espejo del tiempo" el punto de referencia del pasado es la destrucción que provoca la tercera guerra atómica: "Él, para halagarla, había construido con sus proyectos irónicos... una media luna que semejaba estar en el cielo y era exacto recuerdo de la real destruida desde la tierra en la tercera y última guerra atómica." También existe la dimensión escéptica sobre el hombre y el medio social opresivo en que vive, tal como aparece en los cuentos de su libro* Tiempo irredimible.

*El escritor salvadoreño comienza escribiendo poesía como miembro del grupo literario "El convólvulo", pero su producción literaria madura se concreta en la narrativa. Su primera obra es* Disparatario, *publicada en 1957. En 1963 publica la colección de cuentos* Tres mujeres al cuadrado, *libro que recibió el Segundo Premio en la Rama Cuento del Octavo Certamen Nacional de Cultura de El Salvador en 1962 (compartido con Álvaro Menéndez Leal). En 1974 publica el volumen de relatos* Espejo del tiempo, *donde se incluye el cuento del mismo título seleccionado en esta antología; esta colección obtuvo el primer premio en los Juegos Florales 1973 celebrados en Quezaltenango. Sigue la colección de relatos* Tiempo irredimible (1977), *libro que también obtuvo el primer premio en los Juegos Florales en 1970; los cuentos reunidos en este volumen son de tono existencialista y desesperanzado. Algunos cuentos de José María Méndez han sido traducidos al inglés y al alemán. De 1983 es el libro* Sueños y fabulaciones, *publicado en Guatemala y ganador del Tercer Premio Certamen Permanente Centroamericano "15 de Septiembre" 1982. Esta breve colección reúne diez cuentos, algunos de los cuales figuran en* Espejo del tiempo.

*Entre 1953 y 1954 el autor escribe para el periódico* Patria Nueva *la columna humorística "Fliteando" sobre temas sociopolíticos y de crítica literaria. Una selección de estos escritos se recoge en el libro* Fliteando: notas periodísticas publicadas bajo el seudónimo de Flit en el Diario Patria Nueva (1953-1954) *publicado en 1970; en la tercera edición de este libro en 1988, explica Méndez que el título de la columna "provenía de un famoso insecticida de aquellos tiempos llamado Flit, que era número uno para exterminar cucarachas, mosquitos y otros animalejos". Sus trabajos de carácter jurídico incluyen las obras* El cuerpo del delito (1940); La confesión en materia penal (1941); Nuestro régimen jurídico constitucional (1944); La pena de muerte (1963) y Breve resumen histórico del movimiento constitucional salvadoreño (1964). *Actualmente está escribiendo* Historia Constitucional de El Salvador.

*José María Méndez nació en Santa Ana, El Salvador. Siguió la carrera de leyes en la Facultad de Jurisprudencia y Ciencias Sociales de la Universidad de El Salvador. Se doctoró en Derecho Penal en 1941. Su erudición y conocimiento lo llevaron a la docencia universitaria. Fue Vice-Rector y Rector de la Universidad de El Salvador. Ha viajado por Estados Unidos y por casi todos los países hispanoamericanos. Ha visitado Alemania, Italia, España y Japón.*

*El predominante espacio futurístico de "El espejo del tiempo" se asocia con una dimensión real que el lector percibe a través de una nota periodística, lo cual crea ambigüedad: locura, sueño, imaginación, o simplemente regreso hacia el pasado. Esta técnica narrativa de original ensamblaje crea un perspectivismo de temporalidades interpuestas: el futuro, el presente y el pasado son juegos, cruces reveladoras de que la alteración tecnológica de la sociedad no cambia la naturaleza humana.*

## ESPEJO DEL TIEMPO

Era posiblemente el hombre más feliz de la tierra. El Gobierno Local le había concedido dos acres de terreno en usufructo vitalicio y una pensión progresiva. Tenía ahorrados diez mil bonos del Firts Vía Láctea Bank. La Liga Interespacial lo había condecorado. Era miembro propietario del Consejo de los Quinientos y amigo íntimo del Jefe de la Galaxia.

Su casa estaba cubierta por una campana atmosférica de nítida transparencia que impedía el paso de cuerpos y ruidos extraños; en las paredes de la fachada se había usado el pórfido y en las interiores piedra mármol tipo serpentino, traída de Marte; las escaleras de aire congelado, eran invisibles a simple vista y sólo aparecían tenues, verdes, amarillas o azuladas, cuando él encendía las luces. Tres robots, incluyendo un astronauta, estaban a su servicio.

Era dueño de un computador bibliográfico que él había contribuido a perfeccionar y que todavía no se construía en serie, una especie de teletipo con cinta magnetofónica y condensador de energía mental, que transmitía al cerebro el texto de sus registros (setecientos cincuenta mil volúmenes) por medio de ondas telepáticas. Poseía un Modigliani, escaso ejemplar de la era preatómica. Cuando inventó las pistas de succión continua, le permitieron conservar un ejemplar de cada una de las piedras preciosas que descubrió en los siete planetas principales durante sus atrevidos viajes de exploración. Su mujer, Elena, se mantenía ardiente y sumisa, como en los primeros días nupciales.

Aunque tenía obligación legal de declarar sus inventos, guardaba, pese a los graves riesgos, tres en secreto: el espejo del tiempo, negro, cóncavo, imperfecto todavía porque reflejaba el pasado en imágenes fieles y sucesivas, pero aún no revelaba el futuro; el pulverizador protónico, capaz de desintegrar la materia por medio de la condensación de energía estelar en un cono de luz y de reducir un cuerpo humano, en segundos, a pequeñas partículas de arena que se disolvían en el aire; y el detector de pensamientos —disimulado en un anillo de amatista— que usaba únicamente en la cátedra, para determinar el grado de percepción de sus alumnos, y en la ciudad, mientras la cruzaba en las naves electrónicas, para conocer las ideas contradictorias de las multitudes. Jamás lo había utilizado deliberadamente contra persona determinada para conocer sus íntimos pensamientos.

Estaban en la terraza. Era el cumpleaños de Elena. Él, para halagarla, había construido con sus proyectores iónicos, en el lado izquierdo de la caja de vidrio que guardaba la terraza, una media luna que semejaba estar en el cielo y era exacto recuerdo de la real destruida desde la tierra en la tercera y última guerra atómica. El jardín daba luz suficiente al escenario con un fulgor nacarado que era el aroma mismo de las rosas.

Elena estaba recostada en un diván. Un vestido negro, con lentejuelas de azabache, acrecentaba su belleza. Sintió deseos de besarla. Cuando caminaba hacia ella se vio reflejado en los ventanales. Coronaban su cabeza los cuernos de la luna. No percibió el simbolismo sino al advertir que Elena miraba también su imagen de cuernos amarillos y se sonreía imperceptiblemente como si quisiera ocultar un sarcasmo ofensivo. Se detuvo. Volvió a verse de nuevo. Los paréntesis luminosos le salían de las sienes. Elena no lograba extinguir la mirada burlesca. Pasó revista a la historia de su matrimonio. Recordó las frecuentes ausencias de ella, sus inmotivadas vacilaciones, sus injustos olvidos, aquellos gestos contradictorios que la revelaban acosada por recuerdos que desechaba de modo súbito y forzoso. Estaba siendo víctima de la pasión de los celos que los sociólogos habían declarado ya extinguida en el género humano. Debería sobreponerse. Abandonar la idea de iniciar un diálogo sutil de preguntas capciosas. Elena podía entender el juego y denunciarlo. Más peligroso aún sería formular acusaciones directas. En el siglo veintidós los celos revelaban un proceso atávico, degenerativo, constituían un índice sólido para internar al enfermo en las clínicas de aislamiento, y, cuando el caso era grave, en las de eliminación. Para no correr riesgos decidió usar el detector de pensamientos. Sin que su mujer se diera cuenta averiguaría la verdad. Dio una vuelta completa a la amatista del anillo. La mente de Elena quedó al descubierto. "Pobre diablo, ignora que le he puesto los cuernos." La verdad le produjo escalofríos. Aparecieron los síntomas precisos: personalidad disminuida, evidencia de fracaso, ansias vengativas, deseos de conocer el incidente en su totalidad, con los menores detalles. Dio vuelta de nuevo a la amatista del anillo. Leer los pensamientos actuales de ella no era suficiente. Quería saber con quién, desde cuándo, dónde, por qué. Utilizaría el espejo del tiempo. Después cumpliría sus posteriores designios.

Sobreponiéndose a la tartamudez que lo dominaba propuso a Elena conociera sus últimos inventos. Cuando ella entró al laboratorio la sujetó de los brazos y la colocó violentamente frente al espejo del tiempo. Apareció Elena, después de diez imágenes sucesivas, totalmente desnuda en los brazos de su amante. Era el vecino, el mismo que reparaba los cinturones voladores. Entonces sin poderse contener, enloquecido, disparó el pulverizador protónico contra ella. Después apuntó hacia las paredes, hacia el techo, en un intento de total destrucción que ya no pudo consumar porque perdió el sentido.

El diario de mayor circulación en la ciudad donde acaeció el suceso, lo relató en su real y exacta medida:

"Pedro Benavides", de cincuenta años de edad, doctor en Ciencias Físicas, profesor jubilado en la Universidad Central, se encerró en su casa de habitación el lunes recién pasado, echó llave por dentro, y en un acceso de furia destruyó muebles, floreros, lámparas. Después se escuchó un inquietante silencio que duró tres días. Al cabo de ese tiempo la policía, a pedimento de los vecinos, allanó el domicilio. Benavides se encontraba sobre el piso del dormitorio, desnudo, inconsciente, empuñando un soplete con la mano derecha. Cuando volvió en sí pronunciaba palabras incoherentes. En las diligencias instruidas por el juez encargado del sumario, consta que el profesor Benavides perdió la razón el lunes trece, día del encierro, al advertir que su mujer de nombre Elena, se había fugado del hogar con Oliverio Ramos, obrero de veinte años que trabajaba como aprendiz en un cercano taller de reparación de bicicletas."

# POLI  DÉLANO
CHILENO
(1936)

La vasta producción literaria de Poli Délano se extiende ya por
más de treinta años; su primera obra difundida, la colección de
cuentos Gente solitaria, se publicó en 1960. Aparición por lo demás exitosa en las letras chilenas puesto que el volumen es galardonado con el Premio Municipal de Santiago. Su trayectoria del
ejercicio de la escritura es más extensa aún, comienza cuando el
escritor tenía alrededor de diecisiete años y prosigue con una pasión absorbente, semejante sólo a la que Délano tendrá por la
vida, entendida como encuentros, diálogos, miradas, buses, viajes,
exilio, erotismo, marginalidad, edificios, obreros, barcos, prostitutas, extranjeros, sexualidad, estudiantes, amigos, analfabetos, escritores, movimientos sociales, el café, los regresos, el periódico,
el consultorio. "Escribir es prácticamente una forma de vida" ha
indicado el escritor chileno. Relación en la que hace explícita su
visión de la existencia y de la escritura como formas entrelazadas
y complementarias. Unidad visible en cada una de sus obras y
ciertamente en la propia experiencia del autor. Mientras en los
escenarios de Santiago de Chile aparece el movimiento de la calle
Alameda, y la familiaridad de las expresiones "pacos', "por la
chuata", en la ciudad de México es "el aventón".

Caracterizar la literatura de Poli Délano de "realista" me parece desorientador respecto de la verdadera penetración de su arte,
además del hecho de insistir en el uso de una categoría prácticamente inservible, puesto que decir que un arte es "realista" es tan
generalizador como afirmar que un arte es "imaginario". Imaginación y realidad son componentes interactivos de la creación,
indisolubles a menos que se entre en un terreno diferente del artístico. La escritura de Poli Délano reviste la captación de una
diversidad de lenguajes sociales; su obra es también un adentramiento versátil en una gama enorme de sicologías. Atractivo, auténtico, vital el arte de Délano es un adentramiento sorprendente
en la calle que tenemos enfrente y que no vemos, en el hombre
que está a nuestro lado y no le hablamos. Su obra además ha
ido creciendo con exploraciones más complejas de lenguajes y caracteres sin abandonar ese vaso comunicante que tan bien sabe

625

*transmitir el escritor chileno entre la palabra artística y la palabra de la vida.*

Poli Délano nació en Madrid; sus padres, chilenos, también artistas y constantes viajeros: Luis Enrique Délano, escritor y Lola Falcon, fotógrafa. Poli Délano fue profesor de literatura norteamericana en la Universidad de Chile hasta 1973; al año siguiente debido al gobierno militar debe salir al exilio. Vive en México por diez años; se desempeña como traductor y periodista. Regresa a Chile en 1984. Es Presidente de la Sociedad de Escritores de Chile.

La totalidad de su obra literaria es narrativa. Su producción novelística comienza con Cero a la izquierda en 1966. Siguen Cambalache (1968); En este lugar sagrado (1977) con otras dos ediciones en 1983 y 1986; Piano-bar de solitarios (1983) reeditada en 1985; El hombre de la máscara de cuero (1984); Como si no muriera nadie (1987). Su obra cuentística incluye la colección Gente solitaria, anteriormente citada; el relato Cuadrilátero (1962), texto anunciado como novela breve, pero que en realidad tiene la estructura del cuento; los volúmenes Amaneció nublado: cuentos (1962); Vivario: cuentos (1971); Como buen chileno (1973); Cambio de máscara (1973), colección ganadora del Premio Casa de las Américas; Sin morir del todo (1975), reeditada en 1988; Dos lagartos en una botella (1976), obra ganadora del Premio Nacional de Cuento en México; La misma esquina del mundo (1918), volumen de diez cuentos, ganador del concurso del sesquincentenario de la ciudad de Toluca en 1980; Como una terraza en la quebrada (1987). Las recopilaciones antológicas de sus relatos se encuentran en los volúmenes Los mejores cuentos de Poli Délano (1969); El dedo en la llaga (1974); 25 años y algo más: cuentos (1985), con un prólogo de Alfonso Calderón. La destacada labor cuentística del escritor chileno ha sido premiada varias veces; además de los premios ya mencionados, recibirá en 1980 durante su estadía en México, el Premio Latinoamericano de Cuento y el Premio Internacional de Cuento auspiciado por la Revista Plural.

Otros libros de Poli Délano son la crónica de viaje Lo primero es un morral: notas de un viaje a África (1972); la biografía novelada de la actriz mexicana Jacqueline Luis ¿Pequeña yo? (1978); la novela breve El verano del murciélago: nouvelle (1984), reeditada en 1986. El cuento seleccionado proviene de su libro Cambio de máscara.

## EL APOCALIPSIS DE DANIEL ZAÑARTU

Hada Zañartu dijo hágase un automóvil y se hizo un Volvo sport perfecto, de color café con leche y doble carburador, de buen pique para esquinas, pases y cuestas. Algo más tarde y después de haber corrido en él su buen poco, dijo hágase un marido y tuvo un marido como escasas mujeres podrían darse el lujo, un tipo de buena facha, su propio primo, generoso y por suerte también tontón, porque ese sí era gato, el que tuvo que disfrazar de liebre la primera noche de luna de miel en Tahití, después de haber dicho hágase un viaje. Por eso cuando las cosas empezaron a cambiar y al agitar la varilla y decir hágase ya no siempre se hacían, este gobierno maldito, este infierno sobre la tierra, los comunistas de mierda, comenzó para Hada Zañartu de Zañartu un periodo en que la vida resultaba algo así como un cóctel batido con desconcierto, sufrimiento y rabia, sin siquiera una pizquita de azúcar. Sobre todo rabia. Porque entonces qué. Si después de todo Dios era Dios, cómo podía ocurrir que ahora pues, ahora fíjese, esos pobres indios ignorantes —no que no los quisiera: de quererlos los quería— que apenas podían pasarse la vida iguales que animalitos, comiendo, durmiendo y criando, hasta morir, porque pensar sí que no (no estarían ahí, verdad), resultaren, fíjese, con ley y todo, los dueños de la tierra, de esas pasturas que desde siempre pertenecieron a los Zañartu, desde los lejanos tiempos de don Pascual, el pionero, hasta ahora en que su propio primo y esposo Daniel y ella misma debían perderlo todo sin alternativas, esas lomas, los trigales dorados, todo, esas cavernas de coligües en los bosques donde cada verano primos y primas hacían sus planes, las vertientes diáfanas donde al bajarse del caballo se sumergían las caras para beber como si nunca, esas casas blancas de arcadas y verandas con enredaderas florecidas, de rincones oscuros y de sótanos, esas noches de murciélago y luciérnagas, todo, de viento norte trayendo la lluvia dulce y fecunda, esas mañanas soleadas de río y truchas, todo, Señor, todo, cómo todo, cómo todo, ahora, para que los incapaces, los incultos, los indescifrables de mirada, los de pocas palabras y frase corta, los de monosílabos, Señor, los de mente chiquitita, los indios, tomaran para siempre las riendas del dorado carruaje que sólo los mejores de la familia habían llegado a conducir, dejándolos a ellos atrás, caminando a pie descalzo, sin echarles una mano, ni siquiera una manita, drástico, crueles, Señor, implacables, porque ahora no se hacía la luz.

Daniel Zañartu se agitaba por las noches, empapando las sábanas de ácida transpiración y a veces hasta lanzando dormido sus grititos de angustia. Solía tener malos sueños.

"Me van a matar", pensó Daniel Zañartu, "lo demás es faramalla, para qué las ilusiones, ¡miren, mierda, miren!, para qué el teatro, mejor saberlo, tener la certeza, que disparen los indios maricones, que me maten de una vez".

El cielo caía diáfano, apenas visitado por una que otra nube suelta que pronto salía de escena, y los campesinos se congregaban frente a una especie de tribuna improvisada sobre cuatro troncos de los que no cupieron en el camión. Sobre la plataforma, sentados a una mesa café de patas gruesas, quizás la del despacho de la pulpería, estaban muy serios los dos representantes del gobierno. Aparte un par de metros, desde una silla, el acusado miraba desafiante a ese grupo de hombres —quizás treinta— que parecían querer evitar sus ojos. Ahí estaban si no todas, la mayoría de las bestias, hasta el propio Celestino con su cabellera de gitano vagabundo, igual que al decirle, aquella vez de los cuatro días perdido, ausente del trabajo, que no, patrón, él no le daba cuentas a nadie y dónde se había andado eso eran cosas suyas y ahí nadie se metía, porque de seguro, decía Daniel Zañartu, se estuvo todo el tiempo, los cuatro días, encatrado, entre polvos y tinto, donde la Rosa Poblete, sin llegar a cumplir con lo que le había ordenado cuando pasó por la pulpería, imbécil, no patrón, conmigo no, ya sabe. Hasta el Celestino con su par de ojazos como carbones encendidos, animal chúcaro al que siempre quería ayudar y ayudaba, ¿o no le dejó vender su cosecha y criar otro par de animales? ¿O no le llevó él mismo al crío a la ciudad cuando le vino la convulsiva y acaso él tenía la culpa, Celestino, de que se muriera el niño? ¿O no lo salvó a tiros cuando los de la barraca abajo quisieron amarrarlo para otorgarle castigo por dárselas de potro con las niñas Duarte, te iban a capar, Celestino, te iban a arrancar las bolas para que te dejaras, igual que al toro pinto, sí, qué delicia las criadillas molidas al desayuno siguiente, no es cierto, Hada, a ti también te gustaba el Celestino, le hacías tus coqueteos, te acuerdas, el verano que te caíste del caballo, te gustaban las güiñas, cierto. Y ahora, date cuenta, mírenlo ahí convertido en el gran dirigente, en el cortacabezas. ¿De qué me vas a acusar, Celestino, de haberme tirado a tu mujer? ¿De mandarte a la ciudad para ir a tirarme a tu negra libremente, por eso me la tienes jurada? ¿O lo iba a acusar de explotación, cuando injustamente a él le daba mejor trato que a nadie? El tuerto sí, que diga lo que diga, pero tú no, Celestino, tú mejor quédate callado.

—¿Alguien tiene cargos contra este hombre? —preguntó el delegado del gobierno levantándose.

Habían llegado hasta el patio algunas mujeres, con séquitos de mocosos huesudos y cochinos, y con guaguas en los brazos. La Cecilia, todavía joven y ya tan desdentada que da miedo y asco su risa, pero ahora no ríe, ahora mira para abajo, qué redondas y duras eran tus tetitas sin corpiño cuando andabas por los quince esa vez que te las

tomé entre mis manos por detrás en la cocina de tu rancho. Tu papá
y el Celestino andaban pastoreando las lecheras y tú picabas cebolla y los dos lloramos mientras te las apretaba y tú dejabas de pelar y
apretaba mi cuerpo al tuyo inmóvil refregándome contra tus nalgas y
tú ni agua, va, sin decir esta boca es mía ni alegar. Mañana quiero
verte, te dije, ¿recuerdas?, y contestaste que tenías compañía, que no
viniera, dejando siempre que mis manos culebrearan tus pechos que
ahora —¿cuantos críos?— veo caídos y flácidos, de modo que no
fui, pero a los dos días te mandé llamar para hacer labores en las casas y tú llegaste *sabiendo*, con la boca negra de mascar maqui, mu-
grecilla, acaso para dejar sucias mis sábanas o las fundas de mis almohadones, mi rostro blanco de joven patrón, sí, desdentada y con
las tetas sueltas de tanto niño. Por qué todos miran hacia abajo, ¡maricones!, den la cara, ¡acusen, mierdas, lancen su veneno! ¡Digan qué
cargos tienen, hagan su mugre de justicia y luego disparen! Contesten,
que no ven que les está preguntando el delegado, a ver.

A la segunda insistencia del delegado de gobierno, los campesinos
siguen mirando al suelo. Daniel Zañartu dibuja una sonrisita sin que
desaparezca de sus ojos la soberbia.

La niña Hada galopaba libre por prados, montes y caminos. No existía durante los veranos quien pudiera competir con ella en la cabalgata ni en la prolijidad de los cuidados con que mimaba a su yegua
Muñeca, siempre cepillada, siempre lustrosa, siempre blancos sus dientes cuando sonreía recogiendo los belfos. Eran las dos como una cen-
taura de largos cabellos volando al viento, Hada erguida y orgullosa
sobre la suave montura, que el papá le había traído de Londres esa
primavera en que ella dijo hágase una montura inglesa a la medida
de Muñeca, que ciñera el suave pelaje de la yegua. Pero no siempre
cuando los jinetes diestros cometen la osadía de saltar a todo galope
y cerro abajo un grueso tronco atravesado en la huella, se encuentran
con la suerte que esa mañana de enero había deparado a la niña Hada
cuando con Muñeca iban bajando el monte para zambullirse en el
Güeiquecura, tan felices, casi con la felicidad de quien asciende, ignorante ella de que el destino de la cabalgata habría de ser ese vuelo
por los aires entre matas y arbustos de maqui, zarzamoras y coligües,
entre tiernas notas chincoles, loicas, jilgueros, atropellando ese otro
vuelo zumbante de los tábanos mientras Muñeca relincha y después
del estrellón permanece caída para ir a dar ¿cómo? a los brazos negros y fuertes que parecen esperar su aterrizaje en la orilla terrosa
del río.

—¿Celestino? —dice al abrir los ojos, recuperando quizás a medias el sentido del mundo, porque la otra mitad ¿no es acaso como
seguir al ladito de afuera de la realidad, casi lo mismo que ese vuelo
sin drogas y sin alas y violento en que la disparó Muñeca? O si no,

qué tiene que estar haciendo ahí entre los brazos de Celestino, ji, si supieras papá, entonces, si supieras Daniel, ahora, y con los sentidos cada vez otro poquito más despierto, qué tanto, si viene como recién naciendo y es cálido, rico, estar ahí, así, Negro, y las nubes han oscurecido un poco el día cuando viene a notar que arden un tantito los brazos y el cuello y que un brazo, ay Diosito, qué pasó, casi no puede moverlo.

—Sí, señorita Hada. Cómo se fue a caer, *¿y se había venido galopando? ¿porque debía de sobra saber que cerro abajo se debe cabalgar con mucho cuidado, porque* voló varios metros, señorita Hada, menos mal que no se lastimó más, podría haberse quién sabe qué.

La acomoda sobre las hojas que tapizan la tierra de la orilla y dice que aguante ahí un poquito, que va a ver la yegua y después viene a limpiarle los rasguños también, con agüita fresca del río, no sea que se le infecten, dice, y al rato vuelve y dice que la Muñeca no se quebró ni un tobillo, que está tranquilita y que ahora lo que quiere es una tela limpia, que la camisa la tiene cochina, para las heridas y rasmillones, patroncita, y entonces ella misma, Daniel, papá, trata de quitarse la blusa y debido a que un brazo apenas lo mueve, él la ayuda, sin miedo, Celestino, y siente también cómo le clava los ojazos en los pechos que un poquito desbordan por arriba del sostén, Daniel, y luego se inclina hacia el agua a mojar la blusa, qué sed, Celestino, me muero de sed, y él la ayuda hasta la orillita, y ahí le da vuelta boca abajo y la estira otro poco, sujetándola de cada uno de esos pechos que un poquito desbordan con cada una de esas manos toscas, cuidado, Celestino, me duele, mientras la boquita sorbe con deleite el agua fresca y el ardor de la cara amaina. Luego, ella está tendida de espaldas con la cabeza apoyada sobre los muslos del negro y él, confianzudo (denles una mano y se tomarán las tetas), hasta que no, Celestino, juegos así, no, aunque (¿serán reales esas ramas que se entrecruzan formando una bóveda sobre el río?) el tono se parece más a sí, Celestino, qué ricos esos juegos, qué grandes tus manazas, que recias tus piernas y eso duro debajo de mi nuca, como un palo, ¿será lo que usted nos decía, Hermana Inés, lo que nunca hay que tocar? Y como que le vuelve el cansancio y como que huye el cansancio, y como que amaina el dolor y como que crece, pero el ardor de las manos que le cubren los pechos sin moverse permanece y total por qué no preguntarle, si total es uno de los peones y quién los va a escuchar, ¿las torcazas, la Muñeca, el río?, y a fin de cuentas quién va a saber: por ella, ni el santo padre, por el Negro allá él: si algo dice, despedido, de patitas en los caminos con el atado al hombro, como llegó, entonces.

—Oye, Celestino, ¿no te enojas si te pregunto algo?
—Diga, señorita Hada.

—La guagüita que tuvo la Carmen, ella dice que fue el trauco, y otros dicen que fuiste tú...

—El trauco es de más al sur, señorita, por aquí no se le ve al trauco *y ese enano deforme sí él había oído, pero por los archipié-lagos, decían, donde en los campos preñaba a solteras y viudas y hasta a casadas cuando los maridos andaban trabajando en Argentina, el maldito jorobado de mechas tiesas, formas nervudas y con el ese muy enorme que hacía de las suyas por las noches, pero aquí no, así le habían dicho que era,* eso sí que tampoco fui yo, que quede bien en claro, *él jamás se había metido con la Carmen, señorita, eran puros cuentos, puras malas lenguas, él no tenía corazón ni sueños más que para una...*

—No me aprietes tanto, Celestino, me duele.

—Para una no más, señorita.

Y quién más podía ser esa una, por eso él venía a veces al río, no por nada, solamente para estar, o aguaitar desde algún escondrijo cuando ella se bañaba, blanquita, siempre, desde que ella era chica, trece tendría, y una vez ¿se acordaba? tuvo él que ensillarle el caballo Acero, porque la yegua Muñeca estaba recién parida (¿te acuerdas también Daniel de aquel verano?) y luego ver que se las manejara bien con el potro porque todavía no era como ahora, tan buena para el galope, y ella, sin hablar, de repente lo había mirado, desde entonces.

Y Hada, que siempre pedía o decía hágase, aquella vez no había dicho nada, porque bueno, el Negro tenía, igual que ahora mientras sus manos siguen ahí y le cuenta andanzas del trauco y en su nuca siente como un pedazo de fierro al rojo, igual, esa mezcla de olor a carbón y gallina y sudor de bestia, y entonces no había dicho, pero sí Daniel y tú te dabas cuenta, me gustaban esas mechas ondeadas y tan negras y el pecho desnudo mientras doblaba una pierna para apretar la cincha de mi montura.

—Menos mal que no le pasó nada, señorita. Si a usted le pasa algo, el patrón se vuelve loco.

—Oye, Negro, por qué no te bañas —hágase un negro bañándose—, ¿no te importa que te diga Negro?

¿Cómo podía estar portándome así, Hermana Inesita, qué me pasaba, esto era malo, pero qué deseos de verle otra vez ese torso desnudo y de verle más abajo también, madrecita, para saber cómo era, se me ha metido el diablo, qué hago?

—¿Bañarme? ¿Y para qué bañarme, señorita?

¿Decirle porque quiero que me des un beso pero hueles mal? ¿O te quiero ver desnudo, tonto? ¿O es una orden que te estoy dando, decirle? Ríe.

—No sé, me gustaría verte en el agua. Apuesto a que ni sabes nadar.

—Nadar sí, señorita. Yo soy de la costa. Le voy a dar en el gusto.

Y de pronto aquel adormecimiento, el dolor otra vez en el brazo y un negro, Daniel, un Celestino, al que besa mojado y aprieta con su brazo sano diciéndole que no, gritándole que lo va a matar, bestia, que se lo contará todo al papá cuando él, como si nada, como si qué papá ni qué papá, aplastándola con su cuerpo fuerte y elástico, Daniel, va, Dios santo, Madrecita Inés, penetrándola con eso tan duro, rajándola en dos y no vaya a pasar algo y después resulte que por estos campos no habite el trauco.

Y durante esos malos sueños despertaba siempre cuando todo lo demás dormía y empapaba mucho las sábanas rosadas de transpiración corrosiva y ácida de olor.

Una mujer gorda como una montaña, sucia, cínica, levanta la mano.

—Yo, patrón. A ese hombre, don Daniel Zañartu, lo acuso *de que había abusado de su nieta Carmen a la fuerza y le había hecho un crío y después que no lo negaba el muy y ni un diez le había dado para la crianza.*

El secretario del delegado toma nota.

—Yo, patrón.

—Aquí no hay patrones, compañero.

—Lo acuso de robo y *si no que preguntaran a cómo les daba los víveres y que si no basta con eso hacía negocio para descontarles más los sábados cuando pagaba, que a veces ni chaucha les salía por el abuso y qué se podía alegar cuando para conseguir mercaderías en otra parte hasta dónde había que ir.*

—Yo, patrón. Una vez que se salieron las vacas del potrero porque con el temporal cayeron los cierres y se perdió la lecheada, me pegó, patrón, aquí, porque soy viejo. Tres dientes me botó.

—Yo, patrón.

—Nada de patrón aquí.

—Cuando éramos tiernitas nos iba llevando a todas a su casa para hacer trabajos.

—Yo, patrón.

—Pa las elecciones nos daba medio billete y la otra mitad si acaso ganaba su candidato.

—Y a veces un zapato, patrón. Uno solo.

—Yo, patrón. Lo acuso de crimen.

El delegado levanta la cara.

*Lo acusaba de crimen, patrón, porque habían venido unos estudiantes, uno como conjunto, y traían papeles.* Querían reunirse con nosotros. A tiros los anduvo correteando, patrón, *aquí no había patrones y le había dado a uno en la espalda y cinco días lo guardaron escondido hasta que vinieron a buscarlo.*

—Yo, patrón. Quiere perjudicar al gobierno popular, patrón. Dice que le va a prender fuego a las bodegas para quemar el trigo.

*Y antes quería, patrón, decía que los iba a recibir a balazo limpio si venían a quitarle sus tierras.*

—Yo, patrón. Corrió a la profesora y la jodió hasta que tuvo que irse.

—Aquí no hay patrones, compañera.

—Y dejó a los niños sin escuela.

—Yo, patrón.

—Yo, patrón.

—Yo, compañero.

Algo ardía en la sangre de Daniel Zañartu cuando, rodando de un extremo a otro de la cama, a estas alturas del proceso elevó su vista al cielo, a esa zona donde moran perdones, ángeles y querubines, quizás en busca de la misericordia del misericordioso, para advertir que la diafanidad de la mañana era rápidamente desplazada por nubarrones turbulentos y que con el canto tiple del queltehue caían las primeras gotas mientras al paso de una bandada de choroyes, como un verde huracán despotricante, comenzaba la tronadera, espantando al follaje de los árboles y a las bestias simples de la tierra. Fue entonces, al tupirse el agua desde goterones gruesos a una sola catarata, cuando Daniel Zañartu advirtió que el delegado no era ¿o era? el mismo delegado y miró a los indios mugrientos y ellos sí eran los mismos indios, todos los mismos, pero al delegado la metamorfosis de agua y los relámpagos le había enrulado el cabello que ahora caía manso hasta los hombros y le había hecho crecer una barba fina, es decir, su mirada era implacable aunque, sí, cierta dulzura muy tierna emanaba de sus ojos potentes y quemantes como brasas. Una pierna desnuda cruzaba sobre la otra y descalzo, accionaba este brazo o aquel, acaso determinando quién era quién, acaso dividiendo a esa humanidad empapada e inmóvil entre cabros y corderos, omnipotente dictando los rumbos, otorgándole severo a cada cual su propia sala, porque hasta los mismos niños, oh, desdichado, los inocentes que no tienen otra culpa que haber llegado al mundo trayendo sobre sus delicadas espaldas la carga original del bisabuelo Adán, tendrían sin misericordia su sala en el infierno, sin misericordia, sin apelación porque ya sólo de nacer fueron culpables, pecadores de tanta y tanta culpa, Hada, a tolerar, no: a sufrir la laceración de los aceites hirvientes, no más cielo, no más dulces imperios del edén del cual estos campos de flores bordados son copia feliz, Hada, a cada cual su cuarto en el infierno, salvo los corderos.

—Yo, señor.

El justiciero de los justicieros estiró calmadamente un brazo hacia Celestino.

—Habla, hijo. Di tu verbo.

Y Celestino estaba hablando cuando Daniel Zañartu se hincó y abrió muy anchos sus brazos gritando a toda garganta clemencia, señor. Entonces la tierra comenzó a moverse y su movimiento fue haciéndose más intenso y duró cuatro minutos en los que se mezclaron el estrépito de la roca quebrada y la queja de los leones y de tanto otro animal de la montaña y el concierto siniestro de los árboles caídos, hasta que de pronto reinó la calma, jirones de cielo azul asomaron agrietando las pesadas nubes y la lluvia cesó y el mundo pareció normal y entonces, en ese instante, Daniel Zañartu tuvo la revelación y supo que no lo matarían, que aquí no se mataba, que no habría de pasar la soga por su cuello, Hada, por lo menos, Hada.

Y esos grititos de angustia de los sueños crueles no siempre cesaban con la noche, porque el desayuno, Hada, bueno, el día, las cosas, esta ira en los ojos, este nudo en la garganta, este miedo de pensar que sí, Hada, que iban a tener su salón en el infierno, que les habían robado el paraíso.

# ANTONIO BENÍTEZ ROJO

CUBANO
(1931)

*Sólido y destacado narrador. La producción literaria de Antonio Benítez Rojo comprende hasta ahora cuatro libros de cuento, tres novelas y un ensayo. La publicación de sus dos primeras colecciones de cuento en 1967 y 1969 despierta la atención de conocidos críticos literarios. Julio Ortega le dedica un ensayo a ambos volúmenes, "Los cuentos de Antonio Benítez",* El cuento hispanoamericano ante la crítica, *editado por Enrique Pupo-Walker, Madrid: Editorial Castalia, 1973, pp. 264-278. Seymour Menton por su parte, se refiere a la simultaneidad de los aspectos realistas y fantásticos en la cuentística del autor cubano, "Antonio Benítez y el realismo mágico en la narrativa de la revolución cubana",* Otros mundos. Otros fuegos. Fantasía y realismo mágico en Iberoamérica *(1975),* Memoria del XVI Congreso Internacional de Literatura Iberoamericana, *pp. 233-237. El mismo crítico escribe sobre el autor cubano en su obra* Prose Fiction of the Cuban Revolution. Austin and London: University of Texas Press, *1975; el apartado dedicado a la obra de Benítez Rojo se titula "Epos, Experimentation, and Escapism: Antonio Benítez Rojo", pp. 180-195.*

*El decenio del setenta es de gran productividad para Benítez Rojo, publica otras dos colecciones y dos novelas. En la década siguiente —iniciada con el exilio del escritor en 1980— se publica una selección de sus cuentos con un estudio introductorio de Roberto González Echeverría, comienza la traducción de su obra al inglés, se reedita en España su novela* El mar de las lentejas, *acrecentando la exposición internacional del autor, se difunde más su obra, se lee y se escribe más sobre ella, se discute con asiduidad sobre su producción en congresos de literatura.*

*La mirada retrospectiva que hace la crítica literaria sobre su obra se encuentra con una calidad narrativa inalterada e invariablemente se admite la complejidad creativa de Benítez Rojo. Indica González Echeverría: "lo más representativo y valioso de la producción de Benítez Rojo es de muy alto nivel, de tanto o más valor en lo que al cuento respecta que lo producido por algunos de los escritores mayores en Hispanoamérica... algunos de sus cuentos... merecen figurar en las mejores antologías de*

636 ANTONIO BENÍTEZ ROJO

*la literatura hispanoamericana... Los cuentos de Benítez Rojo son tan complejos, torturados y llenos de ambigüedad como su propia vida".* (Estatuas sepultadas y otros relatos. Hanover. N. H.: Ediciones del Norte, 1984, p. XVI). *Esta complejidad narrativa que signa la escritura de Benítez Rojo no toma el camino de la oscuridad ni la dirección de lo inefable. Es más bien una lucha constante con los límites de lo narracional y sus posibilidades modificatorias; una entrega nueva al proceso creativo marcada con tensiones, geometrías de pasados y voliciones posmodernas, levantamiento de incertidumbres y afirmación en propensiones hacia lo transformacional.*

*Respecto de las temáticas que ha cubierto la cuentística del escritor cubano, se han indicado dos claras líneas "Su producción puede dividirse en dos áreas. La primera... presenta las aberraciones de la burguesía cubana, en particular aquel segmento que se quedó en la isla después del triunfo de la Revolución, aunque hay muchos cuentos de este tipo ubicados en la Cuba pre-revolucionaria. El segundo grupo de cuentos... tiene como tema la historia socio-cultural del Caribe, con particular énfasis en el mundo de los negros". (González Echeverría, obra citada, pp. XVI-XVII).*

*Antonio Benítez Rojo ha publicado los siguientes libros de cuentos:* Tute de reyes *(1967), colección de siete relatos que recibiera el Premio Cuento Casa de las Américas en 1967;* El escudo de hojas secas *(1969), volumen de cinco cuentos que obtuvo en 1968 el primer Premio Cuento en el concurso auspiciado por la Unión de Escritores y Artistas de Cuba (UNEAC);* Heroica *(1976);* La tierra y el cielo *(1978), colección que reúne los cuentos de* Tute de reyes, El escudo de hojas secas *y* Fruta verde *(1979). En 1984 se publica el volumen de cuentos* Estatuas sepultadas y otros relatos, *excelente selección de Roberto González Echeverría que reúne un total de diez cuentos provenientes de los libros* Tute de reyes, El escudo de hojas secas *y* Heroica. *Su novelística incluye la novela corta* Los inquilinos, *publicada en 1976,* El mar de las lentejas *en 1979 y la novela de aventuras* El enigma de los esterlines *en 1980. Ha publicado el ensayo* La isla que se repite: el Caribe y la perspectiva posmoderna *(1989). Conocida es también su aportación a la literatura y cultura hispanoamericanas a través de artículos, reseñas, ediciones, antologías. Por ejemplo, los libros* Recopilación de textos sobre Juan Rulfo *(1969);* Quince relatos de la América Latina *(1970);* 10 noveletas famosas *(1971);* Tres noveletas mexicanas: Azuela, Romero, Yáñez *(1975);* Un siglo del relato latinoamericano *(1976). Hacia 1982 los cuentos de Benítez Rojo comienzan a traducirse al inglés y aparecen en revistas como* New England Review, Breadloaf Quarterly *y* Massachusetts Review. *Luego se publica la representativa relación de* *Frank Janney titulada* The Magic Dog and Other Stories *(1990).* *En el mismo año aparece su novela* Sea of Lentils, *traducida por* *James Maraniss, y publicada por University of Massachusetts Press* *en conmemoración del aniversario del encuentro de Europa y* *América, la cual ha sido aclamada por la crítica norteamericana.* *Su cuento "La tierra y el cielo" fue llevado al cine en Cuba y su* *versión al inglés mereció en 1985 el Pushcart Prize. Su relato "Es-* *tatuas sepultadas." es la base del guión preparado por el mismo au-* *tor para la película* Los sobrevivientes, *de Tomás Gutiérrez Alea.*

*Antonio Benítez Rojo nació en La Habana. Cuando niño vi-* *vió varios años en Panamá. Su educación universitaria la realizó* *en la Universidad de la Habana y luego en la American Univer-* *sity de Washington. El campo de especialización de los estudios* *del autor sería bastante alejado del de la literatura: comercio y* *estadística. Al terminar su carrera en la universidad americana* *regresa a Cuba donde comienza a trabajar en la Compañía de Te-* *léfonos. Después de la revolución se desempeña en el Ministerio* *del Trabajo. Entre 1965 y 1980 asume varios cargos directivos* *culturales: en la Dirección Nacional de Teatro y Danza del Con-* *sejo Nacional de Cultura, en el Centro de Investigaciones litera-* *rias de Casa de las Américas, en el Centro para Estudios del Ca-* *ribe. En 1980, mientras se encontraba con una delegación cubana* *en París, se exilia. Desde Francia viaja a Alemania y de allí a Esta-* *dos Unidos donde se dedica a la docencia. Ha sido profesor visi-* *tante en las Universidades de Pittsburgh, de California en Irvine,* *de Yale y de Emory. Actualmente reside en Massachussets donde* *es profesor titular del Amherst College.*

*El relato "El hombre de la poltrona" pertenece a la colección* Heroica *de 1976. Posteriormente se incluye en la edición de Ro-* *berto González Echeverría* Estatuas sepultadas y otros relatos, *pu-* *blicada en 1984. El enorme potencial narrativo de este cuento lo* *sitúa como uno de los textos más exquisitos de la cuentística his-* *panoamericana: allí se integran exigencia técnica, autorreflexión* *escritural, sentido experimental de la base narracional, límites y* *posibilidades de traspasamiento del género. Su construcción exce-* *siva reúne discursos cuentísticos, novelísticos y teatrales al tiempo* *que intenta sobrepasar todos ellos en una fusión que escapa a es-* *pacios, temporalidades e identificaciones con un género determi-* *nado. Barroquismo que nos hace pensar en el agotamiento de for-* *mas y en la creativa búsqueda de nuevas perspectivas. El relato* *se afirma por lo demás en su carácter condicional, incluyendo la* *proposición de futuros. El "tal vez" inicial del relato es un medio* *guía cuyo desplazamiento iterativo se acerca al de los modelos* *computacionales; se retoma, además, hacia el final del cuento para cursar la invitación de la reescritura. Las incertidumbres de la narración objetivan la idea de la escritura como proceso de invenciones que no se pueden estabilizar. "El hombre de la poltrona" es una imagen de inmovilidad asaltada por el espacio móvil de la memoria, por la instancia presente desacralizadora de la escritura, por las reflexiones narrativas, por los dibujos anticipativos o regresivos, por los estímulos inciertos de los recuerdos, por las máscaras que bloquean la imagen. Los lectores, los escritores ("tambores y poetas") pueden inventarle otra historia al hombre de la poltrona, armar de nuevo su pasado, pues, después de todo, qué importa, ¿quién podría reconstruir con objetividad? En el presente y en el futuro distante, el hombre de la poltrona continuará siendo la energía de una materia narrativa vencida (tal vez no) por una Historia ya hecha.*

## EL HOMBRE DE LA POLTRONA

Tal vez en piyama, descalzo, encogido en una poltrona parda y carnosa, el hombre que lee empezará a recordar.

Tal vez el húmedo cloc cloc de Mirna batiendo claras en el cuenco de madera, con la cuchara de madera, porque así es como las tortillas salen bien, escurrirá desde la cocina por la hendija de la puerta, inundará la planta baja, el corto vuelo de los peldaños de granito, e irrumpirá como una ola de lúcida espuma en la pieza donde está el hombre sin memoria.

Sí, por qué no, tal vez el cloc cloc cloc llegue hasta el hombre y lo haga recordar, lo saque fuera de ese mundo plano y anónimo donde pasa las horas buscando reconocerse en alguna novela, lo salve o lo encadene a un pasado que en lo adelante orientará su vida, ahora desfondada, escrita en presente. Repito: tal vez el cloc cloc cloc lo haga recordar. No es nada nuevo que un hecho trivial detone un destino imprevisto, una naciente opción del drama o de la aventura, y después de todo, recordar, además de configurar un rumbo, es una acción mental que casi siempre trae en el anzuelo un drama pasable o una dorada aventura. Pero eso suena a frase pulida de antemano. Mejor es hablar del escenario, imaginar la atmósfera de muebles y objetos por la que discurrirán las máscaras de Mirna y el Hombre de la Poltrona.

El apartamento podrá ser un dúplex de dos dormitorios.

En ese caso la poltrona estará en el más fresco de ellos, arreglado de tal modo que Mirna lo llamará el cuarto de los libros. Y no será propiamente un dormitorio. Aunque si hay niños, o un niño, rectifico, una niña afilada y ojerosa, la habitación mostrará paredes malvas, efigies Walt Disney y una repisa holandesa con tulipanes plásticos y un perro de loza que ladra a la mitad de la noche. Naturalmente, entonces no será el mejor lugar para una poltrona, habrá que alzarla a cuatro manos y hacerla pasar de costado por los vanos de las puertas y dejarla junto a la mesita laqueada de negro del otro dormitorio, el de la cama tamaño imperial, el biombo chino y los espejos. Claro, no hay que hacerse ilusiones, a esta altura nada es seguro, ya se verá. ni siquiera el dúplex, ni siquiera la poltrona, ni siquiera Mirna, la hacendosa. Ciertamente hay un hombre, un hombre que espera recobrar la memoria... y algo más, que todavía no se conoce; pero también esa doble esperanza es una variante del drama (o de la aventura). De cualquier manera es inútil suponer que el cloc cloc cloc le llegará al hombre por arriba del libro como una ola, lo hará flotar en la poltrona y luego lo lanzará a navegar hacia atrás, haciendo equilibrios sobre el líquido espeso, amarillento —Mirna ya habrá mezclado las yemas—, sobrenadado por burbujas cuyos reflejos lo devolverán, digamos, a una oscura mañana de bronquitis y persianas cerradas donde un párvulo embarrado de Antiflogitina sopla pompas de jabón que rebotan en el techo; otra burbuja lo llevará ante una corbata, blanca, doce niños vestidos de blanco, más bien ceñudos, repelados, empuñando velas adornadas con cintas frente a una cámara de trípode y capota negra, bajo la cual se ven salir unos pantalones larguísimos, de dril crudo, lustrosos y remendados, y enseguida otra burbuja, y otra, y otra hasta ventear definitivamente el rastro.

Recordará.

Podrán ser malos recuerdos, en cuyo caso esta historia será un sueño con escollos turbios y líquidos babosos donde la poltrona naufrague y el hombre gire en los remolinos que inventa Mirna con la cuchara, y se debata resoplando entre bloques de sal y monstruosas medusas de cebolla, de pimiento, de tomate, antes de precipitarse escalera abajo sofocado por los hervores de la pasta amarilla, cada vez más ardiente y endurecida. Será un mal viaje. También es posible que la embestida de los recuerdos no vuelque la poltrona, que ésta se deslice felizmente por entre las cálidas burbujas hasta quedar asentada, como una nave espacial, en la superficie soleada y crepitante del paisaje. Sin duda una buena jornada. Se comerán la tortilla. Mirna habrá de remontar los escalones sentada en la cresta de la ola, los senos desnudos sobre la bandeja, los cubiertos, el plato y la servilleta rosa, la hogaza de pan, el vino que le ofrecerá al hombre una vez instalada a estribor de la poltrona.

He ahí las alternativas.

De todas formas ya se puede decir que las primicias de la historia van madurando: el hombre en piyama, que lee encogido en la poltrona del cuarto del biombo y los espejos, escucha el cloc cloc cloc y empieza a recordar; en la habitación contigua duerme la niña afilada y ojerosa que, aterrada bajo las sábanas, oye hacia la medianoche cercanos ladridos de perro; Mirna, en la cocina, bate huevos en el cuenco de madera sin sospechar que pone en marcha el mecanismo del drama.

Pero —ya se dijo— además de la memoria hay algo que el hombre quiere recobrar. ¿Se lo concederemos? La vida no es pródiga. Exagerar sería largar la prudencia por la borda, Bien, ese *algo* irrecuperable podrá ser un atributo moral o una carencia que se ordene en el espacio de los físicos. Ante una encrucijada frívola tirar al aire la moneda... Cruz. Entonces, adicionalmente, el hombre ha perdido algo tangible, digamos una sortija, la virilidad, dinero, un ser querido, una oreja. Así las cosas, es lícito sacar de la manga una escopeta y matar dos pájaros de un tiro: afirmaremos que el hombre ha padecido un accidente. ¿De tránsito? Muy manoseado. Mejor fisiológico. Por ejemplo un derrame cerebral que le ha petrificado la memoria y el lado derecho del cuerpo. Eso entona con el aire burgués y un tanto intelectualizado que flota en el dúplex: la poltrona, los espejos, el biombo chino, los libros, la perfección de la tortilla a partir del cuenco y la cuchara de madera.

Es fácil concluir que el hombre sufre. Pongámonos en su lugar. Mirna es bella, aún joven, armoniosa, más ahora que él se mueve sin el menor equilibrio plástico: la mano una pezuña rosada, la pierna una especie de mancarrón. Por otra parte se trata de un individuo separado cruelmente de su historia, amputado de esa minúscula épica que nos vamos labrando año a año, que nos vamos creyendo año a año para afincarnos en ella y esperar con dignidad la hora de la catapulta. Es cierto que Mirna le ha suministrado algo así como una ficha, una selección de datos que le ha permitido esbozar su identidad, ir tirando entre tropezones y cabezazos a lo largo de una interminable gallina ciega donde perseguidor y perseguido son una misma persona. Sí, Mirna le ha facilitado *alguna información.* Ojo: pude haber dicho toda la información a su alcance, sin embargo dije y subrayé *alguna información* porque es incuestionable que Mirna ha callado cosas. Cosas que el hombre sabía. Cosas de ella, cosas de él, cosas. Ha barrido bajo la cama esos incómodos restos de pasado, esos hollejos y cáscaras —un flirt descubierto, una bofetada, un signo de desprecio, en general una pequeña traición— que la ponían en desventaja frente al hombre, que le estorbaban el paso para ganar lo que ella llama *la felicidad común.* No es posible culpar a Mirna. Sólo ha intentado agarrar la sartén por el mango, gesto a todas luces humano. Pero tenemos arriba tanta mugre, ¿por qué no pensar que Mirna oculta algo verdaderamente horrible, algo blando y ominoso que anida bajo las uñas y desorganiza poco a poco la savia del alma, algo que sólo el perdón sincero de los hombres puede cancelar? En todo caso si le echamos una ojeada a sus manos mientras voltea la tortilla notaremos en ellas una blancura siniestra, particularmente en la derecha, la que ahora saja con absoluta habilidad la hogaza de pan. Sin duda esas manos se han prestado a una locura helada y odiosa. A la legua se ve. Conocen el Mal. No el mal del pobre carnicero celoso que destroza a hachazos la cara de su mujer. No, no se trata de ese mal cotidiano y comprensible que amenaza las tardes de las modistas. Hablo del Mal, reitero la mayúscula, como categoría indefinible, como síntesis suprema de las fuerzas que se oponen a las leyes de la naturaleza y de la historia. Pero casi entramos de cabeza en algún serio manual. Por el momento basta con saber que Mirna está marcada, que bajo su máscara de risueño durazno lleva en la frente una cruz de hielo, gamada, levógira. Por supuesto antes de perder la memoria el hombre *supo*. Mirna, rastreando el perdón, le gotearía en el oído su secreto, su inmensa tacha, alentada por la corrección de algunos diálogos y algunas camas recientes. Podemos encontrar esa fecha. Un almanaque de bolsillo y un lápiz rojo; cerrar los ojos: 17 de enero. ¿Año? Automáticamente: 1971. Esa fue la fecha. Esa fue la noche. Reconstruyámosla. La pieza del biombo y los espejos, el hombre en la poltrona, descalzo, en piyama pero no encogido ni leyendo; Mirna, ceremoniosa, abre despacio la puerta que da al balcón, sale desnuda a un cielo de halos y relámpagos, alza los brazos, silba una nota desolada, yerta, pagana, en sus muslos hay culebras, un toro rojo claudica en su vientre, ahora se vuelve hacia la mirada del hombre, sus ojos casi blancos escrutan un centelleo, se acerca a la poltrona, una papisa de tarot que va a su trono, se inclina, cuelgan sus cabellos, cuelgan sus senos, humean como carámbanos, se quita la máscara, vierte el secreto, la gran culpa, pero el hombre no apaga con sus labios la cruz de hielo, telón. ¿Nos habremos excedido? Muy tarde para ir atrás. Nos espera otra noche, una noche todavía más significativa, advierto y repito, una noche todavía más significativa: ésta, la noche de las burbujas, la noche del hombre que recuerda mientras Mirna, en la cocina, termina de cortar el pan y coloca el pedazo en la bandeja.

¿Están casados? No conviene. Hay que ir pensando en el final y, de todas formas, ellos no creen en el matrimonio. La niña afilada y ojerosa que duerme en la habitación contigua no pertenece a la sangre del hombre. Lo único que sabemos de ella es que tiene cinco años y se llama Delfina: Mirna le escogió ese nombre porque lo presentía afortunado. No es importante saber la identidad del padre, fue una presencia fugaz y circunstancial, uno de los tantos que huyó ante la violencia del secreto, sin dar la cara a la batalla. Sí es importante saber que, antes de los ladridos del perro de loza, la niña poseía carnes rollizas y una tez sana. Por esa época Mirna y el Hombre de la Poltrona no se conocían, andaban, como se dice, cada uno por su lado: el hombre en el extranjero, manejando asuntos relacionados con...

21

la cibernética: viene bien con el derrame cerebral y establece una irónica paradoja con el extravío de su memoria; Mirna, por su parte,
patéticamente arrepentida, consiguiendo amantes tranquilos y amis-
tosos, tipos de apariencia confiable que se ponía encima sin mucha
esperanza, sospechando que los perdería igual, que se traicionaría de
nuevo al no poder soportar más esa máscara de alegría desesperada,
que se revelaría de nuevo para arrancarle a alguien la remisión de su
yerro, para medir el amor del otro contra su atroz infracción. Mirna
trasciende, su falda se hincha, podría muy bien ceñir en su campana
a todos aquellos que han querido demasiado de la vida y han resbalado, aquellos que andan a la vez a un lado y a otro de la medalla,
en una tierra de nadie donde el soborno del pasado cuenta más que
nunca, exige a toda costa la redención. Mirna, a horcajadas sobre el
canto de la medalla, suda sangre por recoger el talón que ha quedado
en el gélido reverso, ese sistema antónimo, incompatible, adversario.
al cual fue disparada por su ambición, por su temeraria soberbia. Ha
salido por un instante del mundo de las reglas, ha desafiado su orden, su necesidad —no importa cómo— y sufre el espantoso riesgo
de no poder regresar a él. Sólo una formidable generosidad del prójimo le abrirá la puerta, la ayudará a pasar al lado nuestro (¿nuestro?), mientras tanto... no, no es posible seguir estampando frases
de predicador, hay que volver al Hombre de la Poltrona, él inicia el
elenco, se podría decir que es un héroe potencial, mejor un antihéroe,
y en este mismo minuto, allá arriba, deja el libro abierto sobre la mesita laqueada y con lentitud y esfuerzo se pone de pie.

Vacila. Camina. Cojea. Gira irreflexivamente por la habitación,
tropieza con esquinas de mármol, de cedro, con una pantalla de pergamino. No navega en la poltrona, como se dijo al principio. Se mueve por sí
mismo, flota, chapalea, manotea multiplicado por los espejos, nada y se
zambulle en una dimensión que lo descompone, que copia al mismo tiempo su cara y su cogote, su lado sano y su perfil dañado. Ya no hay cloc
cloc cloc, pero la cremallera se ha soltado y el hombre, burbuja a burbuja, reconquista su patria vieja, la pólvora de sus disparon. Lleva un piya-
mal azul que compró en Londres hace un par de años; la muchacha que
le alargó el paquete sonrió unos senos radiantes que luego, en el hotelito
del portero con acento galés, resultaron ser desplomadamente falsos. Meses antes, o quizás meses más tarde, hubo otra muchacha con pelo Luis
XV y abrigo de cuero negro con botonadura militar; la veía bajo la luz
del farol, parada sobre los antiguos adoquines, junto a un charco de agua
carbonosa; la veía con una rara timidez, recortada de los plumones
de niebla por la ducha sorda y amarilla, era muy bella y le decía algo
desde la esquina de una media sonrisa un tanto rígida, le decía adiós.
Entonces Mirna, Mirna y él caminando una noche distinta por entre
álamos y lejanos ruidos de automóviles, deslizándose como barcos de
ruedas por una calzada de luces errantes, olor a limo, a trópicos, a

rastros de caracoles, o en todo caso a huellas tristes que dejaban atrás para acercarse a un elevador muy alto cuya puerta se abría con un beso frente a un número metálico de tres o cuatro cifras imposible de retener, la última de ellas podría ser un dos, o un tres; y más allá de la cerradura Schlage habría un televisor lanzando la señal de algún canal recién dormido, y un viejo calvo y encarnado restregándose los ojos y asegurando entre bostezos que Delfina se tomó toda la leche y ahora descansa tranquilita, y el viejo se despediría afablemente dejando el paso libre a los peldaños de granito, el breve corredor, la otra puerta, la cama ancha y de almohadas verde nilo, la poltrona parda, su poltrona, porque desde ese momento supo que era suya, que no importaba quién se hubiera sentado o se sentaría en ella, que antes de él o después de él siempre le había pertenecido y siempre le pertenecería.

No, fuera de toda duda, esos no son *realmente* los recuerdos del hombre. A lo más serían los míos, en esta mañana de domingo, llena de pájaros y barboteos de calzoncillos puestos a hervir, de *Valencia* y *Anniversary Song* y cosas así que intentan los músicos del circo, que se arma en la calle del fondo una vez por semana. Digo a lo más porque, en rigor, la encarnadura de los hechos narrados en el párrafo anterior dista de ser exacta. Para poner un ejemplo: la muchacha rubia no fue en Londres, fue en Rotterdam y no llevaba pelo Luis XV sino una peluca larga y lacia, un tanto verdosa por la luz del farol, un tanto acuática por el olor a niebla y los gritos de las gaviotas invisibles del Zuyder Zee, y que, en resumen, hacía —y aún hace— pensar en un húmedo manojo de hebras de lino, sobre todo después de la ginebra rosa y el viejo encarnado y somnoliento que en el bar tocaba sumergidamente, holandesamente a Debussy, *La catedral sumergida. La muchacha de los cabellos de lino*... Sí, Debussy pero también Camus, luego, unas líneas atrás, no era posible hablar de la Rotterdam según *La caída* ni tampoco de una muchacha de cabellos de lino. Entonces Londres y Luis XV y otros artificios.

Pregunto: ¿No sería más decoroso contar la historia sin inflar al Hombre de la Poltrona con esas bocanadas de aire nostálgico y subversivamente ajeno; no aprovecharse de ese pobre globo fláccido y concederle un pasado sin interferencias, tan sólo un puñado de frases no previstas en *saudades* recurrentes o, incluso, por el mecanismo oculto de la invención, la imaginación, en fin, como se llame? Ciertamente el hombre no puede respirar por sí mismo, necesita un soplo que lo estremezca, alguien que esté dispuesto a hacer la buena acción del día y le insufle el ritmo de sus pulmones por el método boca-a-boca. Pero —pregunto de nuevo— por qué ese alguien ha de ser uno, por qué no acudir al azar y ser el primero en descubrir un pasado o un destino más allá de uno, incluso de las referencias de uno. Bien, bastaría partir del principio de la selección aleatoria sobre un conjunto finito de items. En primer término, de acuerdo con lo anunciado, habría que sortear los conflictos, elegir a la suerte entre las posibilidades de anudar dramas. Contamos con Polti, sus célebres 36 situaciones y, por favor, una damita del público que tenga la gentileza de sacar y leer una de las tarjetas que hay en el sombrero... Muy bien, situación dramática número 33, escuetamente titulada *Juicio erróneo*, pero sin duda un conflicto en regla donde intervienen El Equivocado. La Víctima del Error. La Causa y El Culpable. No se marche, todavía queda por determinar la variante, aproxímese, eso es, *El error provocado por un enemigo*, magnífico, una verdadera joya, escuchemos a Polti en persona: "Este matiz me parece singularmente delicado; es, por ejemplo, el de la *carta anónima* y se admitirá que no puede imaginarse gárgola más admirablemente repugnante que la criatura que, agazapada con la pluma en la garra y una sonrisa maligna, da comienzo al trabajo." Bravo por Polti, y usted puede sentarse, lo hizo muy bien. Sólo queda unir con los trazos de un lápiz los puntos numerados para obtener la figura del drama, lo que se llama un pasatiempo de niños. Pero antes habría que vestir a Mirna y al Hombre de la Poltrona con sus nuevas máscaras, distribuir los papeles a suerte y verdad para encontrarnos con que el hombre desempeñará a El Equivocado; Mirna a La Víctima del Error; El Culpable lo hará Max, una especie de Yago, el encargado del edificio, que envenenará al hombre con un anónimo bilioso y grosero cuyo tema central será el cuestionamiento de la fidelidad de Mirna en las tardes que va de compras.

De nuevo el sórdido pugilato entre Otelo, Yago y Desdémona caerá sobre el escenario como un telón pringoso y gastado. En realidad nos apresuramos en aplaudir a Polti. Su entusiasmo es inexplicable, una situación tan vista, tan repasada. ¿Para qué continuar la representación? Lo más prudente sería deshacer el garabato de los celos y, como Penélope, ponerse uno a hacer otro canevá, aunque no estaría más resumir el experimento cerrándole la puerta al azar, la fuerza que nos ha llevado de un empellón a reditar una tragedia cursi, retórica y particularmente aborrecida. Volvemos a la libertad.

Tal como vamos todo podría pasar en cualquier capital de Europa. Es cierto que las grandes novelas y también que las grandes películas, pero habría que representar algo que tuviera que ver con la gente de uno, con los líos de uno. Hay que admitir que la pértiga ha caído en un descuido y ahora no queda otro remedio que recorrer la cuerda floja hacia atrás. Media vuelta, reflectores, rataplán, adelante, no hay pértiga, no hay malla, hay público y la función debe seguir. ¿Dejamos el dúplex? Sí, en el Vedado, frente al Malecón, aunque con un decorado más propio. Afuera el biombo y los espejos; afuera los tulipanes plásticos, los muñecos Walt Disney, y la pintura malva

está un tanto despellejada. Meter a la carrera una consola colonial de
vasta luna, un bargueño renacimiento español y unos muebles de mim-
bres nobles y vencidos. Delfina se podría llamar muy bien Rosita,
está en la escuela secundaria —tiene doce años— y llora mordiendo
las sábanas desde la noche en que oyó a Mirna y al hombre hacerse
añicos en la habitación contigua. Sigue afilada y ojerosa. Bien, todo
en orden, nada en la manga, si acaso rasgar hasta la guata el cojín
de la poltrona y pegar con engrudo un afiche rojo y negro. ¿El televisor? Es un fósil viviente, hosco, caprichoso. Noches atrás el hombre
que sufre estuvo a un paso de tirarlo cuando veía un programa, una
película, *Casablanca,* el negro del piano diciéndole a Bogart: *Boss,
that woman is killing you;* el letrero blanco interpretando la voz rajada y bronca: "Jefe, esa mujer lo está matando"; un intolerable ta-
tuaje en los ojos del hombre, en los tímpanos del hombre, porque
aunque nunca estuvo en Inglaterra aprendió bastante inglés en la
Progresiva de Cárdenas.

Dibujemos una cuerda asegurada a dos mástiles de circo, un payaso volatinero y luego, exagerando las proporciones, los nudos peligrosos y retorcidos del drama. Primer nudo: a trece años de distancia,
el matarife Leónidas María Fowler —Coronel L. M. Fowler en los
periódicos— persigue el taconeo de Mirna desde uno de sus carros
patrulleros; hace cuatro minutos que sus vidas se han engrampado pero
ella todavía no lo sabe, camina demasiado apurada hacia el edificio
donde ésta el dúplex, quizás tiene una cita de amor con el Hombre
de la Poltrona y supone que éste la espera ansioso; pero no, para la
historia es mucho mejor que Mirna y él estén casados, recién casados,
una pareja funciona como el dúplex, como el televisor, como el raso
de la poltrona hacia mediados de 1958. Sin embargo, es cierto que
Mirna camina apurada, al menos pensativa, lo suficiente para no percibir la afelpada marcha del Oldsmobile que hace dos cuadras la viene
rastreando. Tal vez piensa en el hombre, su marido; después de todo
en la cartera le lleva un regalo, un estuche envuelto en papel de seda
con el sello azul plata de El Encanto. Puede ser una Parker 51, aunque también una Ronson, modelo Adonis; en cualquier caso el hombre habría perdido el objeto a causa de su naturaleza entusiasta y
distraída. Compongamos la escena: Leónidas María Fowler, en viaje
hacia la casa de su amante, una inevitable corista de Tropicana que
a pesar de todo se resiste a abandonar el oficio, otea en condiciones
difíciles —va en el asiento trasero entre Mandrake y Lotario, guardias
de corps— las nalgas que la casualidad o el destino le disponen al
paso. Leónidas María Fowler es un homicida, incluso un manipulador
de la picana, pero disfruta una lascivia abundante, rapaz, metódica y
de repente Mirna, taconeando apresurada o pensativa por la acera de
la izquierda. "Despacio", murmura el coronel severamente, y el sar-

gento sudoroso que maneja con el codo fuera de la ventanilla, la camisa azul arremangada, asentirá y pondrá el motor en segunda.

Sí, puede ser que en los párrafos siguientes veamos cómo Leónidas María Fowler se gana a Mirna sin merecerla; cómo se abalanza
contra ella decidido y veloz cual bola de billar; cómo encuentra con
un chasquido su pulpa de marfil para seguir una estampida que la
muerte no invalidará: como trece años más tarde, doce después de
haber sido arrestado, juzgado y pasado por las armas, su sombra
errante alcanzará al Hombre de la Poltrona para cumplir una caram-
bola de ponzoñosa fantasía, un lance fotogénico del destino, tal vez
de la casualidad, pero que en todo caso golpeará al hombre en su punto negro, echándolo a rodar hacia un recodo lejano, dejándolo separado de Mirna para siempre. Estamos anticipando demasiado, apenas
andamos por el primer nudo. Aunque no sería mala idea ponerse uno
a saltar etapas; no todas, porque el extremo de la cuerda queda lejos,
pero tomar impulso y pegar un brinco y dejar que los que vengan
atrás descifren los nudos a su gusto y manera, reservarnos sólo un
par de ellos —cuestión de celo profesional—, por ejemplo el último,
el penúltimo, donde Mirna, incapaz de prolongar su silencio por más
de trece años, de padecer por más tiempo un litigio moral que se cierra y se abre con el fiel timbrazo del despertador, descarga contra el
hombre las palabras aplazadas, volviendo hacia afuera los zarpazos
que han ido desangrándola bajo la piel. Quizás por esos días el hombre
lastimó a Mirna, punzó su dignidad con algún acto mezquino, no es
seguro, pero es probable que haya sido así. De cualquier manera Mirna
encontró un asidero, una cabeza de playa que la animó a desenvai-
narse, a esgrimirse voluntaria o involuntariamente contra su marido.
Es preciso situar una mañana donde el hombre concluye un presuroso
café, y al momento de encender un cigarro escucha la voz desgajada
de Mirna diciéndole que Delfina, perdón, Rosita no es hija suya. Ese
sería el penúltimo nudo. ¿El último?

Correspondería a esta noche de julio, una noche significativa, ya
se dijo y se verá, una noche de carnaval, de carrozas, de máscaras y
rondas estrepitosas, pero eso sería en la calle, en el Malecón, porque
en el dúplex es la noche de las burbujas, la noche donde el hombre
que sufre rescata su pasado, sintiendo repuntar en algún sitio de su
estructura el dolor de aquella mañana donde Mirna escamoteó su pa-
ternidad apenas con cuatro palabras, el dolor aspado que ella, estoica-
mente perdonada, resolvió no abrir de nuevo después de la amnesia
y la parálisis, cosa muy natural. Bien, ya sabemos lo que Mirna le ha
estado ocultando al hombre. ¿Es culpable? Habría que detenerse en
nudos intermedios, y ésos ya los pasamos por alto. Podríamos, sin
embargo, imaginar sus rasgos, el modo en que se entrelazan los cabos.
Imaginemos.

Tenderse en la cama y apagar la lámpara de la mesita y, después de haber relajado los músculos, aspirar con profundidad reteniendo el aire el tiempo necesario para suponerlo una mariposa gorda y nocturna que, al salir suavemente de entre los labios, revoloteara desorientada, rozará las paredes buscando un indicio, una pista hasta dar tal vez con un breve círculo de luz, sorda, azuleante, misteriosa, en realidad una moneda de cielo que alarga la hendija de una persiana, y mientras más se mire en derredor de esta moneda, que tendrá el tamaño de un centavo, aparecerá un cerco de ciertas sombras, sin duda densas, parecidas a bancos de nubarrones violáceos en cuyos bordes laten grávidos enjambres de anémonas a punto de ser devorados por picos de pulpos, o de cenicientos pajarracos, y estas confusas formas, que también podrán ser marrones, incluso ocres, todas inscritas en una gama musgosa, girarán aceleradamente a medida que uno entrecierre los párpados, alejándose hacia una distancia infinita, arrebatando en su vuelo a la mariposa y al centavo, al círculo y al triángulo, disolviéndolos en nebulosas, no de las que asemejan espirales o anillos o recortan la negra cabeza de un caballo, sino de las del tipo que no representan nada, al menos algún diseño comprensible, pero están ahí, masas amenazadoras de materia, feroces pecios de un buque enorme y maldito, quizás jamás naufragado, que se revuelven en los piélagos del espacio y uno aquí abajo, un puñadito de células codificadas, un modesto latido de energía y voluntad empeñado en la guerra contra esos mundos demenciales, arquero de un ejército que lleva en el carcaj haces de leyes, de principios, de teoremas organizadores, entrópicos que han de hundirse parsecs de veces en la carne espumosa y helada del caos, al menos hasta meterlo bajo la cintura de los cánones, de los contornos lícitos, final del periodo imaginativo...

¿Sirvió para algo?

Absolutamente para nada.

Entonces inventar el segundo nudo:

*El dúplex trece años atrás. De mañana. El Hombre y su esposa Mirna conversan en un sofá de mimbre. El Hombre, vestido de calle; Mirna, en bata de casa.*

EL HOMBRE

No le encuentro a esto pies ni cabeza.

MIRNA *(Evasiva)*

Todo es tan raro. Cosas así sólo pasan en las películas.

EL HOMBRE

¿Crees que me hayan confundido con otro? Eso a veces pasa.

MIRNA

¿Te dijeron... algo? ¿Te dieron alguna explicación?

EL HOMBRE *(Parándose y gesticulando)*

Nada. No me dijeron nada. Sólo que lo sentían mucho.

MIRNA

¿Nada más? ¿Estás seguro que nada más? ¿Por qué no acabas de una vez y me lo dices todo?

EL HOMBRE

Pero, ¿qué te pasa? Tranquilízate. No te oculto nada. Las cosas fueron como fueron.

MIRNA

¿No me engañas? ¿Es cierto que no te dijo nada?

EL HOMBRE *(Encendiendo un cigarro)*

Nada. Bueno... cosas sin importancia. No sé, no me acuerdo. Insultos y cosas así... Eso fue todo. *(Pausa.)*

MIRNA

¿Piensas hacer algo?

EL HOMBRE

¿Hacer? No veo qué cosa podría hacer. Sería peor. Tú sabes que esa gente no anda con cuentos; son unos bestias.

MIRNA

Sí, unos bestias.

EL HOMBRE

No pude pegar un ojo en toda la noche con tanto grito. Menos mal que no me pegaron. Tuve suerte. Parece que no estaban seguros. Fíjate si es bueno no meterse en nada.

MIRNA

No sé. No sé. Quizás podríamos hacer algo. Me da miedo pensar que las cosas sigan así.

EL HOMBRE

Ojalá que los alzados acaben con ellos. Pero, ¿qué va a hacer uno? Ya te dije, son unos bestias. Si hubieran tenido algo contra mí me hubieran pasado por agua. Al tipo que estaba conmigo lo amarraron a una silla con un hueco en el asiento, luego pusieron un caldero lleno de agua y trajeron un reverbero. El tipo me contó. Le dicen la sillita de hacer caca. Si vieras...

> MIRNA *(Parándose violentamente)*

¡Cállate!

### EL HOMBRE

Estoy vivo porque a Dios gracias tengo cuatro dedos de frente. Se deben haber confundido... O tal vez una denuncia de alguien que lo quiere mal a uno. Quién sabe. En estos días nadie es amigo de nadie. Bueno *(suspirando)*, supongo que tú tampoco dormirías. Tienes unas ojeras hasta el piso. ¿Desayunaste? Yo me tomé un café en la esquina. Tenía hambre, pero quise venir rápido. Todo el tiempo me lo pasé pensando que estarías preocupada. Menos mal que no sabías que estaba en uno de los calabozos de Fowler. A lo mejor sospechabas que yo... ¿Pero qué te pasa? ¿A qué vienen esas lágrimas? Vamos, ven, siéntate. Estoy vivo. Vamos... todo salió bien. No pasó nada, nada. Se dieron cuenta de que yo no estoy metido en nada y me trajeron en máquina hasta la esquina. El mismo Fowler me dio la cartera y la llave...

### MIRNA

¡Oh, cállate! ¡Por favor, cállate, cállate ya!

*Se apagan las luces. Música de entreacto. Se encienden las luces.*

Al otro extremo de la cuerda el payaso se apresta a salvar el último nudo. Continúa el drama.

El Hombre de la Poltrona se pasea cojeando por el cuarto. Su brazo enfermo, plegado en ángulo recto, tiembla autónomamente. Es un movimiento feo que a veces acomete al brazo. Dos noches atrás, cuando *Casablanca* y el negro del piano y Bogart, el pedazo de carne también empezó a temblar porque *Boss, that woman is killing you;* y ciertamente Mirna es todavía tan bella tan deseable, y él. Pero eso fue hace una semana; ahora, en la noche de las burbujas, el hombre se mueve por la habitación como un cangrejo herido. Claro, él no piensa eso: se figura que navega como un buque torpedeado, el Bismarck, para ser exacto, el Bismarck aún haciendo fuego mientras aletea una agonía de TNT y SOS en medio de la niebla. Y al abrir la puerta del balcón, dará un bandazo y estará a punto de caer; con gestos ridículos recuperará el equilibrio y avanzará hacia la baranda para asomarse angustiosamente al carnaval, quizás con ganas de acabar para siempre y derrumbarse sobre los lomos del gentío y los cubos de cerveza y los ovillos de serpentinas que arrastran las carrozas. Pero el hombre no se tira. Decididamente no es el tipo y, por otra

parte, el final sería demasiado fácil, precipitado, inmaduro. Un acto
así requiere una escena preparatoria. Además, está la pistola. En todo
caso la pistola sería la solución más civilizada, más confiable y propia. Un diálogo desesperado con Mirna y luego la pistola, primero
ella y enseguida él. ¿La niña? Sobreviviría: neurótica, retorcida. Pro-
longaría sobre el paño verde el siniestro recorrido de la bola de billar, la tacada del destino, tal vez de la ocasión. Así las cosas, aspirando siempre a lo mejor, el hombre habría escuchado el cloc cloc cloc
a la hora del almuerzo. Le quedaría toda la tarde para recordar y
pensar y sufrir. La noche de carnaval que fluye allá abajo, hundida,
resultaría un símbolo de ruptura con la vida como corriente o río.
La tortilla hace horas que fue comida, probablemente sólo mordisquea-
da, pero Mirna igual puede estar ahora en la cocina, sí, por qué no,
prepara una limonada y acaba de cortar el último limón. Rosita, en su
cuarto, se hace la dormida; escucha los pasos del hombre cuando deja
la baranda y va hasta la mesita; no escucha cuando éste abre la gaveta y, aunque presiente el disparo y el gemido que ha soñado tantas
veces, no ve cuando aparece la pistola, un vampiro dormido, el hocico
de la tragedia, irremisible se acerca el final.

¿Por qué Shakespeare? Otro espíritu se cierne sobre la época y
ya dijimos que el Hombre de la Poltrona era, es y será un antihéroe
moderno. Habría que apretar otro desenlace, coronar los cabos con
otro nudo, partir quizás de lo que ha pensado el hombre desde el
cloc cloc cloc, revelar su conflagración secreta, ese toro perdido de
dolor y de pánico que destripa caballos contra el cerco de huesos. Sí,
eso es... Pero: ¿Vale la pena resolver esas miserias, esos posos de-
plorables? En todo caso el hombre no combatirá a la bestia que arre-
mete. Apestado de la ironía de los protagonistas contemporáneos, del
cinismo estoico y paralizador que proclama la absurdidad del mundo
como credo, desechará estratagemas y planes de ataque. Dejará una y
otra vez que la cornada se enrede entre sus fibras y arterias, desfonde
sus vísceras mientras sofoca su agonía con una frase astuta o con un
golpe de crótalos sicodélicos. Mirna no tuvo la culpa, Rosita no tuvo
la culpa, él no tuvo la culpa. Leónidas María Fowler no tuvo la culpa
—al menos nunca antes de haber inspeccionado sus neuronas, las
combinaciones de sus moléculas NA y DNA, sus adrenalinas y testos-
teronas—. No queda nada por hacer. El crujido penoso de sus cuadernas no debe ser tomado en serio, las cosas de la vida, las cosas del
amor, las cosas tienen la culpa. Por supuesto tendríamos que recom-
poner la historia para conseguir el efecto del falso héroe, después de
hacer notables ajustes en el diálogo transcripto se podría deslizar un
nudo en que el hombre, una semana antes de su arresto de una noche,
traiciona a sus camaradas de armas al negarse a ajusticiar a Leónidas
María Fowler. "En frío no puedo matar", manifestaría atormentada-
mente. Pospuesto el atentado por su deserción, Leónidas María Fow-

ler vivirá lo suficiente para encontrar a Mirna en un coito que ella nunca imaginó fecundo. Pero Rosita nacerá pelirroja y la pobre Mirna, por arriba de los pañales y las cintas rosadas, reconocerá su bastardía con un alarido verdaderamente radial.

Bien, a esta altura sólo resta vencer el último nudo para apagar las luces, el nudo donde Mirna, al entrar en la habitación llevando el vaso de limonada, es clavada en el vano de la puerta por el gesto armado del hombre. No preocuparse, éste no hará fuego, puro teatro, pura pantomima al final de la cuerda. Sólo busca una pirueta para de ahí abordar de lleno la autoconmiseración. Todo terminará con una ristra de palabras hueras, un duelo de huevos podridos donde nadie dirá lo que siente y lo que sabe; apenas una retórica de fintas resabidas, de disimulos. Las luces descenderán sobre la pareja machacada, sin salida de emergencia, unida rígidamente en su desgracia. El público abandonará la sala con una textura de ceniza en la lengua, y algo así como un oscuro resquemor.

Si el hombre hubiera liquidado a Leónidas María Fowler, si Leónidas María Fowler no hubiera visto a Mirna, si Mirna no hubiera accedido, si Rosita no hubiera sido engendrada, si Mirna hubiera callado, si el hombre no hubiera recordado, si el cloc cloc cloc no hubiera, si, condición indispensable del nuevo melodrama, artefacto que le dispara al más pinto una foto en plena cara, siempre opaca, deslucida como un miembro postizo. ¿Pero por qué si? ¿Por qué ese color vacío, ese triste remiendo de actos fallidos? ¿Por qué no retomar la encrucijada donde era posible elegir el fragor de la epopeya, esa gran aventura? ¿Por qué no desgranar hazañas junto a la hoguera del mito? ¿Por qué sepultar tanto fantasma ejemplar, por qué no soñarlos y desbordarlos y delirarlos entre cueros y guitarras hasta sentir el calor que despioja el alma, que la cepilla y la lustra después de izarla de la cloaca, que la enrola bajo la pólvora y el panfleto de la cruzada que le ha tocado vivir a uno?

Concedido.

Volvemos atrás.

Se empieza de nuevo y lo más oportuno es agarrarse con habilidad del tal vez que introduce el primer párrafo. Habría que aprovechar que el Hombre de la Poltrona todavía no escucha el cloc cloc cloc para alargarle un pasado que valga la pena, algo más que una muleta o un bastón para cuando las cosas vayan mal; no hay limitaciones de época, lo digo y lo aseguro, los recuerdos pueden estallar un siglo o unos días atrás, lo aseguro y lo repito, un siglo o unos días atrás, entonces luces, el escenario queda abierto, la platea está llena y el héroe espera su turno sentado en la poltrona. Adelante, tambores y poetas.

# J U A N   A B U R T O

NICARAGÜENSE
(1918-1989)

*Virtuoso narrador. De poderosa fuerza verbal son los cuentos de Juan Aburto. El lenguaje en sus relatos adviene la zona misteriosa a la cual se penetra; de ese dominio surgen con vital fuerza y colorido la existencia, las pasiones y los objetos, tocados por su visión. Habilidad narrativa especialmente notable cuando su prosa aborda lo colectivo o la expansión desbordada de los elementos. Por ejemplo, la invasión de la letra en "La cultura mortal o infinitud de los libros", o la invasión de la naturaleza en "La noche de los saltones", o la invasión de lo material en "De la inesperada riqueza".*

*Los primeros cuentos de Juan Aburto aparecen en volúmenes que incluyen a otros escritores nicaragüenses, por ejemplo, el libro* 5 cuentos *publicado en 1964 por Ediciones Ventana. Además del cuento "Patio muerto" de Aburto, este volumen reúne relatos de Mario Cajina Vega, Fernando Gordillo, Sergio Ramírez, y Fernando Silva. Los libros de cuentos de Juan Aburto son* Narraciones *(1969);* El convivio *(1972);* Se alquilan cuartos *(1975);* Los desaparecidos y otros cuentos *(1981). En 1985 se publica* Prosa narrativa, *libro que recopila los cuentos de las cuatro colecciones de Aburto, agregando también la prosa varia del autor. De 1971 es la publicación* Mi novia de las Naciones Unidas, *cuento que había sido incluido en* Narraciones. *En 1980 publica* 7 temas de la Revolución, *brevísima crónica sobre la experiencia de la Revolución en Nicaragua. De 1989 es su libro* Managua en la memoria.

*Juan Aburto nació en Managua. Trabajó en el Banco Nacional de Nicaragua. Colaboró con artículos literarios para el diario* La Prensa *y las publicaciones* Ventana *y* Cuadernos Universitarios. *El cuento "La noche de los saltones" pertenece a su primer libro de cuentos* Narraciones. *El control de una plaga de saltones que ha infestado el campo es el argumento de este relato. Este marco básico que orienta la narración es paulatinamente convertido en una experiencia poética y mística del narrador con la naturaleza. El primer elemento de ese encuentro es el desconocimiento de lo que se enfrenta; dimensión intensificada con el efecto de continua sorpresa, expectativa y tensión creado en el transcurso narrativo:*

*"Yo no sabía propiamente mi misión", "A mí no me habían dicho nada", "Yo no sabía bien de qué se trataba" reitera la voz que se adentra en la llanura. Dos viajes inciertos, dos aventuras desconocidas: la del narrador que abandona la ciudad para internarse en el dominio de la naturaleza, y la de los saltones: innumerables oleadas de seres que crepitan, que avanzan, devorándolo e invadiéndolo todo. Ambos convergen hacia ese "campo de vida y desolación, de gozo y muerte", pero mientras la columna de los saltones se precipita hacia el territorio de la noche y de la vegetación sin otro fin que el de su propio desplazamiento, la de los humanos prepara con diversión y azoramiento la zona del sepultamiento, la zanja donde caerán los millones de insectos, esos "caballos sin jinetes... ojillos penetrantes... derrumbándose hacia la muerte sin importarles la vida vivida hace un rato". En ese proceso hacia la inmolación final se expresan los sentimientos encontrados del narrador: participación del espectáculo y compasión o "padecimiento" por la aventura ciega de esos seres finalmente aniquilados. El rumor de mar provocado por los saltones, la "sangre vegetal" que queda tras la muerte, traerá el recuerdo de otros rumores presentes y futuros: el hacendado rico, o la legión invasiva de aceros, de metrallas, también destructivos, sólo que esta vez de hombres contra hombres.*

## LA NOCHE DE LOS SALTONES *

Perdonen que no les había contado; yo también anduve en esas cosas. No me acuerdo bien cómo llegué a aquel campo, que estaba detrás de la ciudad incipiente, donde hoy es el cementerio. Tal vez llegué a caballo o en automóvil, quizá, aquella tarde, corriendo veloz.

El caso es que había un gran ruido en el campo cuando llegamos. Aquello era inusitado, como que llegábamos casi todos los de la casa.

Había un rumor bajo los árboles, como oleada acercándose, como viento formando pequeñas tempestades remotas. Llegamos y nos metimos en la espesura. Yo no sabía propiamente mi misión. Contemplé tal vez el ocaso, la tierra negra, los hombres moviéndose entre la arboleda, señales de grito a grito, a lo lejos, tal si fuéramos al asalto.

A mí no me habían dicho nada. Falla de las estrategias del campo o del mar; de todos los campos donde se fraguan batallas inminentes, no informarle nada al concierto, al grumete, al recluta, a la clavija de la carreta nagua, supongamos.

---

* © Juan Aburto y Gracia de Aburto.

Me bajé, nos bajamos y aquel rumor en medio de la llanura, entre calpules verdes a la altura de las rodillas, a las seis de la tarde, viniendo de todas partes, debajo de las hierbas el rumor, bajo las raíces, sin embargo lejano todavía, amenazador y abierto.

Creo que nos formaron en cuadrillas. Don Eduardo, yo, su hijo menor, José; su otro hijo a lo lejos, que se llamaba Eduardito, y era fino, administrador, cómodo, no le gustaba fregarse al sol, pero sí bajo techo; y hacia el atardecer tomaba su bicicleta y se marchaba lentamente, cualquier cosa que sucediese.

Por eso me extrañaba que del otro lado del monte anduviese Eduardito, gritando, moviéndose, ensuciándose, animando a los pelotones de muchachos oscuros, ignorados, alegres, que con la invasión de saltones vivían un día de su vida, reclutados o atraídos por la aventura.

Así que aparecían oleadas de ellos también, jubilosos, queriendo ayudar contra la plaga, y su fiebre de vivir y darse en el monte, entre gritos, entre la noche iniciándose, llena de luz naranja que comenzaba con el derrumbamiento de aquel sol detrás de las serranías que culminan por allí, viniendo en tropel desde el volcán Masaya, desde el Santiago; y corren empujándose unas contra otras hacia Occidente, buscando la dirección de los Marrabios, y como cresta de iguana interminable se pierden esas serranías trotando pesadamente hacia el Momotombo y el Momotombito, que se apartan a esperar el desfile junto al lago, viendo pasar la tumultuosa carrera andina.

Desmonté. No recuerdo de qué amable vehículo. Ignoro de cuál sector de la ciudad se me trajo, de cual sector del ser que era yo entonces. ¿Qué habría estado pensando en una esquina, yo, solo, en algún salón, pensando qué cosas, cuando me dijeron, quizá: "Vamos contra los saltones, montate, aligerate, montate"?

El vehículo comenzó a moverse hacia Occidente, rápido. ¿Y qué fui viendo aquella tarde, con el aire enredándoseme en la cara, viendo la ciudad alejándose detrás de nosotros? La ciudad se alejaba y se agrandaba también, y el chunche dando tumbos entre polvazales con piedras, entre descensos bruscos y trepadas. Yo viendo, la ciudad diluyéndose, rodeada de árboles, entonces; limitada con árboles, todavía, señalada de árboles.

Sólo sé que traspusimos las últimas casas, irrumpimos el campo, entre las voces de don Eduardo y sus criados; sus capataces y las familias de todos ellos. Por allá andaba Eduardito, por ejemplo, un hombre fino y duro, metódico, a quien le gustaba fregarse, pero en la oficina. Atesoraba capacidad para extraerle al negocio del viejo en el futuro, y bien que lo hizo: dinero. Montaba en bicicleta, con casco, camisa vasta por fuera, todos los días a las cinco de la tarde; y pantalón kaki o dril verde oscuro, hacia su casa pedaleando sin desviarse. Sólo era otro cuando uno o dos días al mes, Eduardito invitaba al maestro sastre, que gobernaba la moda de los comerciantes de entonces; no sé qué otro amigo y algunas putas para todos ellos. Eduardito pagaba religiosamente y se iba de juerga. Convocaba a sus dos o tres íntimos, puntualmente con rito —al fin, al cabo, él fue dueño de su vida— y se iba a beber, a gozar con mujeres preconcebidas. Pero sólo una vez al mes, a los dos meses.

Por eso me extrañó en la noche, cuando nos bajamos y comenzamos a pisar la tierra fofa, yo atrás, yo viendo a lo lejos el volcán, la luz fugándose, la vegetación desapareciendo entre unos destellos que apenas había percibido al descender, y miraba para todas partes, llenas de luz muriente, y era amable la tierra esa, negra, aromada y acogedora, como si quisiera recibirnos para nuestra última actuación.

Entonces sentí algo como el mar, el mar debajo de mis pies, susurrante primero, a lo lejos; después definido, avanzando natural y seguro por entre la fronda, con un murmullo sordo y brutal, sin término, sobre todo lo que existía allí: verdor, gentes, cielo, tierra húmeda, aroma y frescor del entero ámbito cercano.

En contraste a ese trance de verdad invisible, de muerte rumorosa y de posesión de todo lo que nos rodeaba, vi surgir de pronto junto a mí, a nuestro rededor, gentecillas, muchachos, hombres viejos, mujeres desgreñadas, que pasaban veloces, todos sucios, sobre nosotros, hacia no sé qué sector del campo, portando latas, cajones, tarros, tururos, y todos los hacían sonar, con voces y gritos, alaridos, golpeteos y repiqueteos y furibundos rugidos falsos para formar estruendo, como había ordenado Diriangén contra huestes armadas, aceradas, a caballo; y los caballos con gualdrapas y orejeras rojas y amarillas, con viseras duras y ajustadas, como era ahora la forma pugnaz de los saltones.

No sé quién dijo que nos repartiéramos por los campos. Ya la luz se había derrumbado toda y nunca supe si había allá frijolares, arroz en cierne, algodón, aunque sospecho esto último por lo que viví más tarde en ese campo de vida y desolación, de gozo y muerte. A mí me tocó, por suerte, la zona ruda, la maleza, la tierra por conquistar. ¿Por dónde quedará eso ahora? Era hacia el sur-oeste de la ciudad, por donde se posaban entonces familias de pintarrajeadas lapas y yo aprendía a verlas, porque la ciudad fatal ya había acabado de principiar con el final del limpio lago y venía desoladora sobre la tierra primitiva de follaje, de animales libres y de quietud y sosiego.

Ignoro qué sector tuve que atender con don Eduardo y su hijo, el menor. Me extrañaba don Eduardo, alto y sonrosado, lleno de negocios, que no invirtiera en cosas menos vulnerables que no requiriesen muchas gentes. Don Eduardo me movía a zancadas, reclamando, azuzando a su hijo que corría detrás, y el padre se paraba en alguna colina, dirigía la mirada y la voz, el empeño, hacia lo lejos, para que

las otras cuadrillas que ya estaban preparadas del lado de Los Bra-
siles, desde el cementerio, de por Acahualinca, del flanco del lago,
vinieran con hachones encendidos, con latas, con cajones y botes, sonando, dando voces, brincando con ruido, como cuando Diriangén
iba contra las gentes de Gil González.

Yo no sabía bien de qué se trataba. Hasta que escuché el rumor
sordo sobre la inmensa sabana verde. Afanoso y brutal, lento, con un
crepitar blando, y si había algunas resistencias vegetales, endurecidas
por ser casi árboles los arbustos, venía sobre ellas la formación creciente, casi dulcemente reptaba y se iba desgajando el ramaje hasta
el suelo con el peso, seguía desbordando enseguida la corriente con
sonido como de espuma que muere junto a la orilla en la mañana plá-
cida; pero seguía el ondular lento y oscuro en medio de la noche,
temblante y extendida, cubriéndolo todo, y eran oleadas y otras y otras
estremeciendo la fronda, porque ya de los árboles, en la oscuridad,
comenzaban a caernos unos pequeños seres como ramitas quebradas,
como semillas secas y abiertas, estiradas por el sol, pero vivientes
ahora, y entonces nos daban risa, nos sacudíamos gritando ¡cho, jodido!, pero la oleada era ya mayor en la oscuridad, subiéndosenos a
los pies, sobre los pantalones, sentíamos un crepitar y un crepitar como
si de repente nosotros nos hubiéramos convertido en árboles y nos
salieran raíces crujientes, raíces adventicias quebrándose, raíces mata-
palos, pero leves, como un manto vivo deshaciéndose y volviéndose
a formar sobre nuestros cuerpos; y entonces don Eduardo dándonos
órdenes más crecientes hacia lo lejos, y su hijo menor aplastando aquellos seres, corriendo, saltando, machacando, les lanzaba hijueputazos
delante de su padre, y el padre no oía, los saltones saltando, reptando
hacia arriba imperturbables, pobrecitos, ni ellos mismos sabían de
dónde vinieron ni por qué, surgieron de entre la tierra, de entre la
noche y a otro lado del campo la otra oleada, la de los muchachos
contratados o agregados por la bulla y la salvaje diversión.

Todos brincábamos, dábamos de palos contra los árboles, sentíamos masas de vivientes formas, de algo viscoso agitándose sobre
los troncos, saltandito, saltandito encima de nosotros, encima de la
noche, encima de lo verde, cosas innumerables que iban propagán-
dose y poseyendo, dominando, lo devoraban todo en el ámbito noc-
turnal, todo el vegetal elemento, y lo expelían casi enseguida, y nosotros exasperados los destripábamos con las manos, con los dedos,
aporreando los troncos, destajando los arbustos de me caso no me
caso, de zacate limón, de ruda, de salvia, de jalacate, de maravilla, de
saúco, de pica pica, de caña brava, de purga del fraile, de verdolaga,
de pico de pájaro, de dormilona, de diente de león; y un olor salvaje
de sangre vegetal y sudor agrio, de florecillas destrozadas, de ramas
rotas y removida tierra nos envolvía atosigándonos.

Golpeábamos en lo oscuro las ramas, los bejucos, los troncos; nos golpeábamos los .pechos, los cuellos, las cabezas, y estábamos desconcertados porque los saltones en realidad no nos hacían daño; saltaban, saltaban, saltaban sencillamente, a pequeños impulsos, y venían otros y otros y otros, trepando, trepando, desgajándose y volviéndose a trepar y las otras oleadas de bestiecillas sordas, oscuras, sin hacer nada más que un blando ruido, don Eduardo casi enronquecido gritándoles a los peones a lo lejos que vengan, que hagan ruido, ¿qué están haciendo allí que no. los oigo?, aquí está lo peor del animalero. José, dónde estás, gritales, que venga fulano, el mandador. Entonces pensaba yo: ¿qué defienden? ¿qué es esto? Me daba pesar sintiendo crujir los animalitos bajo mis zapatos, aplastarlos contra las piedras, boté una lata que alguien me dio porque no podía moverme en la oscuridad, todo rodeado de aquella masa casi acariciante sobre mi cuerpo, como infinitas puntadas de dedos de niños pulsándome suavemente aquí, aquí y aquí, y al fin creo, ¿qué me importaba a mí que se lo comieran todo?; pero los saltones ya me llegaban al cuello, sobre todo en los pasos de hierbas altas, y yo pensaba entonces, corriendo detrás de don Eduardo, derrumbándome más bien tras él y de su hijo José, mi amigo, el joven; yo pensaba viéndome rodeado por la noche, por los saltones y los reflejos negros de unos candiles a lo lejos, que otros muchachos alzaban y bajaban gritando como los hombres de Diriangén; yo pensaba; qué hará allá del otro lado Eduardito, que no le gustaba mucho joderse y siempre fue pulcro si bien mal vestido y exacto, usó una bicicleta para irse a su casa a las cinco de la tarde, con un casco de explorador, y un día, años después, consolidado su capital, ya muerto el viejo, agarró para Europa porque desengañado de la mujer quiso hacer de un tirón lo que hizo con el sastre y otro comerciante amigo cada tres semanas: beber whisky en tumulto, tomar una mujer en tumulto, y pagarlo él todo. Lo mataron a la salida de Monte Carlo, cuando, solitario, había pegado una jugada gorda.

Pues bueno, yo en la noche de los saltones de repente me acordaba de él, qué hará Eduardito, que no lo oigo; cómo se las maneja él, tan pulcro que no le gusta molestarse, y el José,. su hermano menor, apurándome a matar y a matar saltones y gritar entre la oleada fresca, entre las ramas tupidas, entre los pedruscos, excitándome a gritar y aplastar, a correr para salirles hacia no sé qué punto de la noche a los saltones.

`Había sido una estrategia que yo no preví. De repente se hizo día en los hachones flameando en alto, de los muchachos viniendo de todas partes en carrera, convergiendo hacia un punto muerto que don Eduardo señalara. Aparecieron gritando, sonando las latas, agitando palos y ramas, candiles, cajones, las camisas empapadas de un sudor negro y pesado, las grandes voces. Y nosotros que veníamos de lejos, impregnados de un olor vegetal, de un musgo húmedo, chorreante, verde, que nos cubría, de las deyecciones constantes de los saltones subidos hasta el pelo, encima de los ojos, las espaldas, las cejas, la boca, las orejas.

Mejor había visto la invasión de chapulines, yo de niño, y la gran bandada pasando y pasando como años después los Stukas, los Messermichdt, los Ceros, los Migs y los Mustangs, regando metralla sobre los pueblos supercargados de gentes y de creencias. Bajaban los chapulines, corroían todo lo verde y se iban volando.

Pero esto era diferente. Los saltones brotaban del suelo, se multiplicaban delante de nuestros ojos, las miríadas sustituían a las miríadas, lo cubrían todo, y tan dulcemente lo hacían, como acariciando. Aparecían, reptaban un poco, imperceptiblemente, saltaban luego, miraban con sus ojos fijos de metal impasible, saltaban otro poco, y otras legiones saltaban encima de ellos, y otras saltaban encima de éstos, tan lentamente, tan seguramente, que tenían que darse prisa entonces unos a otros, a saltos que creían matemáticos, pero que se enredaban con los de atrás, con los de enmedio, con los de adelante, con los que acababan de llegar, con los que estaban devorando, con los que no habían acabado de digerir, con los que estaban digiriendo, con los que se movían hacia otras avanzadas, hacia otras formaciones de arbustos que de inmediato cubrían los saltones que venían detrás, y los que subían sobre los troncos, paso a paso, resbalando, escurriéndose, porque en las ramas altas son prudentes, mas enseguida eran alcanzados por la otra legión y tenían que seguir y seguir...

Don Eduardo dio la voz. Encendieron nuevos hachones, apresuraron el golpetear de las latas, varejones apalearon el suelo, las ramas peladas, las ramas con alguna hojita olvidada por la masa voraz, y de repente se abrió ante mis ojos una zanja larga y profunda, bordeada de tierra negra y amarilla, de humus y talpetate y hojas caídas, destrozadas.

El don Eduardo dio las voces necesarias y entonces vi escuadrones diminutos de caballos sin jinetes, plateados de frente, dorados a los lados, como en zancos y dos ojillos penetrantes viéndome recto, pero mirándome de todas partes, acerados, impertérritos, derrumbándose hacia la muerte sin importarles la vida vivida hace un rato. Caían unos sobre otros, intentaban escalar las paredes de tierra de la zona, se derrumbaban, parecían jugar entre ellos mismos y los que lograban salirse eran machacados o devueltos a patadas.

Comenzó a hervir el fondo de la zanja con élitros y alitas y muletas, saltos, aleteos temblantes, sin ningún ruido, sin ninguna protesta, iluminados por la llamarada roja y negra y amarilla de los hachones, mientras oleadas y oleadas de saltones venían a sepultarse, si bien otros muchos huían erráticos entre la noche, perseguidos por el vocerío, el repiquetear y el estruendo de cacharros de los campesinos.

Los muchachos apresurados comenzaban a volcar la tierra, a precipitarla, y el hervidero de insectos emergía sobre el impacto de la tierra húmeda, el talpetate, el humus, las hojas desgarradas; pero ya era muy poderosa la catarata negra sobre la masa viviente, y yo comencé a sentir que padecía por todos aquellos pequeños seres ahogados al final de una aventura que tal vez creyeron que estaban viviendo para siempre.

# ÁLVARO MENÉNDEZ LEAL

SALVADOREÑO
( 1 9 3 1 )

*La inventiva cuentística de Álvaro Menéndez Leal ha incursionado con gran originalidad en lo fantástico y en las temáticas de ciencia ficción. Jorge Luis Borges valoró con justicia la alta significación de la obra del escritor salvadoreño en la literatura hispanoamericana: "Pienso que, además de los mencionados [se refiere a los relatos "Aquiles y la tortuga", "Misión cumplida", y "La edad de un chino"], cuentos como "El cocodrilo", "El viaje inútil", "La hora de nacer", "Los cerdos", "El suicida" y "El último sueño" son tan redondos y tan bien logrados,* que han de quedar dentro de la mejor literatura que se escriba en América en este siglo." *(Carta de Jorge Luis Borges incluida en* Cuentos breves y maravillosos. *San Salvador, El Salvador: Ministerio de Educación, Dirección General de Publicaciones, 1963, p. 17).*

*En la cuentística de Menéndez Leal los motivos de ciencia ficción están invadidos por tonos metafísicos y apocalípticos que no abandonan lo social. En el relato "Una cuerda de nylon y oro" un astronauta ha cortado el cordón que lo une a su nave espacial. Este acto de "suicidio" o de "liberación" permite observar críticamente la ocupación norteamericana en la República Dominicana y la guerra de Vietnam. También aparece en esa visión el corolario de la carrera armamentista: un desastre nuclear final que destruye el planeta. En el cuento "Hacer el amor en el refugio atómico", la destructividad humana pretende anularse a través del aniquilamiento individual; evitando el nacimiento se busca alejarse del espectro repetitivo de la Historia, huir de la imagen espejística proyectada por los sucesos de la Alemania de la segunda guerra mundial. De otra parte, las direcciones oníricas, fantásticas, orientales o de ciencia ficción que conforman la escritura de Menéndez Leal están entrelazadas por el denominador común del paréntesis humorístico, la risa de entrelíneas y la polaridad irónica. Cito líneas verdaderamente paradigmáticas de ese trasfondo distensivo: "estoy francamente harto de cometas extraviados, de seres gelatinosos, de constelaciones... (sin mencionar ese polvillo cósmico de todos los diablos, al que soy alérgico)"; ("Único héroe eterno", La ilustre familia androide. Buenos Aires: Ediciones Orión, 1972, p. 126) La obra de Menéndez Leal ha tenido gran recepción internacional; se ha traducido a varios idiomas, entre ellos, inglés, francés, alemán y ruso.*

, *Álvaro Menéndez Leal nació en Santa Ana, El Salvador. Su nombre literario es Álvaro Menén Desleal. Estudió leyes y periodismo. Residió en México por un tiempo. Fue profesor de sociología en la Universidad de El Salvador. Dictó cursos de literatura en Alemania, Francia y Estados Unidos. Su participación en la vida cultural de su país ha sido intensa. Sus dos primeras colecciones de cuentos son* La llave *(1962) y* Cuentos breves y maravillosos *(1963), libro galardonado con el segundo premio en el género cuento en el Octavo Certamen Nacional de Cultura de El Salvador en 1962. El índice temático propuesto en este libro agrupa los relatos en las secciones "Cuentos del Sueño", "Cuentos de la Muerte", "Cuentos de Ciencia", "Cuentos de Ficción", "Cuentos de Ciencia-Ficción", y "Cuentos Orientales". Una carta de Jorge Luis Borges al autor salvadoreño sirve de prefacio a este volumen; en ella, Borges comenta su favorable impresión de la lectura del manuscrito de Menéndez Leal, refiriéndose también a las fuentes orientales del libro. En 1969 publica* Una cuerda de nylon y oro y otros cuentos maravillosos. *Esta colección obtuvo el primer premio en el género cuento en el Certamen Nacional de Cultura de El Salvador en 1968. Sigue en 1971 el volumen de cuentos* Revolución en el país que edificó un castillo de hadas y otros cuentos maravillosos. *Esta colección, que incluye trece relatos, fue premiada en el Tercer Certamen Cultural Centroamericano. En 1972 publica* Hacer el amor en el refugio atómico. *Este volumen está formado por tres relatos: "Tribulaciones de un americano que estudió demografía", "El día en que quebró el café" incluido en* Cuentos breves y maravillosos *y "Hacer el amor en el refugio atómico", incluido en* Una cuerda de nylon y oro y otros cuentos maravillosos. *También de 1972 es el libro* La ilustre familia androide. *En 1979 publica* Los vicios de papá: el animal más raro de la tierra. *Su libro de poesía,* El extraño habitante, *es de 1964. De sus obras dramáticas destaca* Luz negra, *famosa pieza teatral, ganadora del Primer Premio Hispanoamericano de Teatro 1965, traducida al inglés, francés, alemán, danés, noruego. Se publica en 1967; le siguen seis reediciones hasta 1987. En 1968 publica un ensayo de carácter sociológico (ciudad, urbanización, arquitectura, ecología),* Ciudad, casa de todos... Contribución al estudio del fenómeno urbano. Plan general (proyecto) para las ciudades capitales de América Central. *Esta aportación obtuvo el Segundo Premio, República de El Salvador en el Certamen Nacional de Cultura 1966.*

*El cuento "Revolución en el país que edificó un castillo de hadas" proviene del volumen del mismo título publicado en 1971.*

*La percepción ordinaria de los términos "revolución y castillo de hadas" sitúa al primero en el orden de los cambios sociales y al segundo en la creación fantástica del cuento infantil. En el relato, sin embargo, estas expresiones se amalgaman para revelar con mordaz ironía el sentido utópico puesto en la idea de una Historia progresiva. La llamativa simbiosis terminológica desenvuelta en el cuento revelará asimismo que las construcciones de transformación social convocadas por utopías no son distintas de las imaginarias que erigen un castillo de hadas. La narración se mueve por los sentidos de incertidumbre que va sembrando. Primero, ¿hacia adónde avanza verdaderamente la Historia? Segúndo, ¿no es acaso engañosa la esperanza de una revolución como progreso? Las respuestas se conjugan con un relativismo de perspectivas y de distanciamiento de los sucesos. En esa nueva consideración de la Historia, el convencionalismo del progreso se invierte demostrando que el hecho de una revolución también puede trazar una línea de retroceso. En el cuento, la Historia se desenvuelve retrospectivamente; tiene que ser contada por los cronistas puesto que los acontecimientos han marchado hacia el renacimiento y de allí al medioevo y así sucesivamente hasta llegar a formas rudimentarias de organización social. El lenguaje cambia para hacerse cargo de nuevas formas de recreación social; la diversión proporcionada por el* cine y la televisión *se reemplaza por la de las* justas y torneos, la información del *periódico por la de* pregoneros que van a las plazas; la representación lingüística de *avión se cambia por la de* Pájaro de Acero; la invención tecnológica pasa a ser la invención del mito. Al iniciarse el cuento, el personaje ha abierto un libro de cuentos de hadas para encontrar un modelo organizacional; clave de ingreso al reino de la llamada "realidad" para observar los modos como el idealismo de construcciones sociales descansa en el desiderátum de sueños, de castillos, de "perfecciones" sostenidas sólo por su verbalización utópica.*

## REVOLUCIÓN EN EL PAÍS QUE EDIFICÓ UN CASTILLO DE HADAS

Según ciertos cronistas, doña Beatriz *la Sin Ventura* abrió el libro de cuentos de hadas por el medio, desplegó un cromo y, picoteando sobre el papel al ritmo de las sílabas con el pico de gallina del índice apergaminado, le ordenó al arquitecto de la Alta Sociedad, graduado en Taliesin o en Suiza, no sé:

—"*¡Este es el castillo que quiero!*"

Y entonces el arquitecto recibió como adelanto un cheque por un millón de dólares, y lo construyó, claro, primero en maqueta, sus hijitas creían que jugaba con ellas a la casita de muñecas, porque aquel edificio no era funcional, pero el arquitecto no solía jugar así con sus hijitas, y luego de verdad, construyó el castillo de verdad, un castillo feudal, en la Avenida Roosevelt y la Calle Cuarenticinco, la arteria más transitada, un castillo de hadas real, un alcázar auténtico, de carne y hueso, con torre del homenaje, con atalaya, con mazmorra, con barbacana, con matacán para arrojar piedras, pez, aceite y agua hirviendo sobre los asaltantes, con puente levadizo y foso y capilla y muros almenados.

Doña Beatriz *la Sin Ventura* había heredado un millón de dólares de su primer esposo, dos millones del segundo, cuatro del tercero, ocho del cuarto, dieciséis del quinto, treintidós del sexto. La progresión geométrica se ha parado en el séptimo consorte, un noble longevo e italiano cuyo don más brillante, fuera de los sesenticuatro millones, es el ajedrez. Doña Beatriz no tuvo, cuando niña, un céntimo, por eso quizás se hizo el castillo, pero no, no ha de ser por eso, si no todos o casi todos tendríamos uno. Sólo que con tanta plata y tanto marido feudal doña Beatriz *la Sin Ventura* se fue adueñando del país, sin pausa y con prisa. Primero de una casona en la barriada del sur, después una fabriquita de embutidos, de una fabricota de muebles metálicos, de fábricas de cemento, cerveza, cigarrillos, vidrio, medicamentos, textiles, papel, petróleo, qué sé yo. Lo cierto es que ahora es suyo el país entero. Suyos los cerros, los bosques, los ríos, los lagos, los valles, suyos los poblados y los hospitales y las escuelas y los mercados. Desde su castillo de hadas de la Avenida Roosevelt y la Calle Cuarenticinco lo rige todo, bodas, entierros, tratados de paz y de comercio, torneos, ferias, exposiciones.

Cuando doña Beatriz *la Sin Ventura* dijo aquello al arquitecto, decretaba con sus palabras la transformación total de la vida nacional. Una revolución. Una revolución que comenzó con las fiestas que daba doña Beatriz en su castillo de hadas, a las que asistía la mejor sociedad, y sólo la mejor sociedad, ataviada con disfraces de época, los hombres de borgoñones del siglo XV, de lansquenetes, qué sé yo; las damas a la griega o a la romana, a la Nuremberg, a la Basilea, a la Versalles, a la patricio de Augsburgo. Doña Beatriz presidía trajeada a la emperatriz bizantina, con diadema de perlas, pinjantes de pedrería y manto púrpura.

Las páginas sociales de los diarios se hacían lenguas de los saraos, pero doña Beatriz no estaba conforme y compró los periódicos, digo las empresas con periodistas y rotativas y fotógrafos y directores, y a partir de entonces cada agasajo suyo era la noticia más importante, si no la única noticia de la semana, se callaba la guerra en el oriente medio, el rapto de embajadores, el terremoto en Perú, la llegada a la luna. El ministro de educación declaró que qué gran ejemplo de buen gusto, de exquisitez señor mío, y le dio por llegar a su despacho del ministerio vestido de mancebo renacentista, empolvado y oloroso, rizado y maquillado, y ciertos días del mes no se asomaba a palacio. Recibía en audiencia sólo a los que se vestían de caballeros, y los maestros fueron urgidos a presentarse en las escuelas con peluca de lazo y moño, las secretarias de las oficinas públicas disfrazadas de damas de la corte, los vendedores de seguros al estilo Biedermeier, cuello alto y chaleco floreado y levita y sombrero de copa, y protestaron por el calor y terminó la venta de seguros, las compañías eran de doña Beatriz. El ministro posó entonces para el pintor de moda, posó con los brazos cruzados, mantilla negra, sonrisa difuminada de antemano y colorete en los labios, y el pintor dijo que era la Gioconda rediviva y el ministro fue enteramente feliz y lo hizo al pintor director de Bellas Artes.

Por atreverse a revelar su desaprobación a los excesos de su ministro fue derrocado el presidente, y las cosas fueron así más fáciles, la república dejó de ser república, aunque tampoco es un reino porque no hay soberano propiamente dicho, pero como si lo fuera y hubiera, los Estados vecinos nos observan con asombro, creo que hasta con envidia, algunos profetas de mal agüero han dicho que podrían intervenir, especialmente porque ya nuestras fuerzas armadas no sirven para nada.

O sí sirven. Nunca antes como ahora fue tan decorativo el ejército. Los hombres de armas han adoptado los uniformes más bizarros de la historia: los coroneles portan el de príncipe visigodo, los mayores el de caballero cruzado, los capitanes prefieren usualmente el de mosquetero, los tenientes el de húsar, los sargentos el de arcabuceros del siglo XVI, los cabos el de dragón. Los soldados rasos pueden elegir, para evitar la monotonía en los cuarteles, entre el almogávar, el de caballería de línea del siglo XVII, el lancero español de 1850 y el coracero de esa misma época. Los generales se han reservado para sí la indumentaria de las órdenes castrenses, según sea el arma de sus simpatías: la Templaria para Tierra, la de Calatrava para Mar, la de Alcántara para Aire. Lo de arma es un decir, pues los militares pasan de una a otra según el uniforme que se han hecho confeccionar. Oficiales no hay en rigor, de hecho lo son todos aquellos que posean el dinero suficiente para vestir con lujo aunque no necesariamente con dignidad. Con el armamento ocurre algo parecido: se lleva ahora el más decorativo o el más liviano, de acuerdo al gusto personal y al esfuerzo que quiera aplicarse en portarlo, al fin y al cabo no es para ofender o defenderse: arco y flecha, honda, alabarda, ballesta, mangual, alfanje, espada, hacha. De fuego, únicamente se permite el arcabuz. Sin mecha ni balines ni pólvora, por supuesto. En realidad, los arcabuces llevan cegada el ánima, no vaya a ser que algún desaprensivo... En fin.

Periódicos ya no hay más, ni radio, televisión y cine. El burgrave y la burgrave o como se llamen mantienen informados a los siervos por medio de pregoneros, que van a los cruces de las calles principales, las plazas y los mercados, a leer vitelas en un lenguaje que cada día se parece más al latín, de modo que el anuncio de una fiesta, la proclama para un aumento en los diezmos o la sentencia de un ahorcamiento público suenan igual, suenan a misa, y hasta nos persignamos después de escuchar al pregonero y a coro decimos *Amén*. De nada valdría fijar carteles con las noticias porque cada día son menos los que saben leer. Además el rumor (el rumor bajo control) ha vuelto por sus fueros.

Las diversiones principales son las justas y los torneos de caballeros, las ceremonias en que se arma a estos, la danza, las festividades de los Santos Patronos (los que están en el Cielo), los fuegos pirotécnicos, el lanzamiento periódico de aceite hirviendo por el matacán del castillo (aunque asaltantes no hay, qué va a haber), y los juegos de ajedrez en que el longevo e italiano mueve en escaques monumentales sus caballos de verdad, sus peones de verdad, sus torres de verdad, sus obispos de verdad, sus damas y reyes de verdad. Entonces nos congregamos con el espíritu animoso y antes hay *Te Deum* y luego comemos bocadillos criollos y bebemos vino del país. Los juegos florales tuvieron su cuarto de hora de esplendor, pero ahora están desacreditados, algunos contendientes enviaban plagios, tan ansiosos estaban de figurar en la Rotonda de los Poetas Laureados, y ni poetas eran. Pero la confusión era total: cuando un poeta auténtico enviaba una obra magnífica, los alcaldes mayores decían de todas maneras que era plagio, pues según los críticos oficiales el país no podía contar con buenos poetas, además un juicio así evitaba complicaciones, los críticos, para eludir contaminaciones, jamás leían. Total que se suprimieron (los juegos florales) y los que superviven son mantenidos en provincia, en ciudades oscuras donde el premio es una flor natural genuina, cortada en cualquier monte o en cualquier jardín, como si de eso vivieran los poetas. Esto lo comprenden todos, así como los poetas, a medida que se dan a conocer en los certámenes, son puestos a copiar a mano libros de caballería para la Alta Sociedad, ya que imprentas no hay más, ahora se leen únicamente manuscritos, manuscritos con mayúsculas miniadas, copiados en letras góticas dibujadas una a una con pluma de ganso. Los poetas obtienen así algún dinerillo, y hacen méritos entre tanto para entrar de monjes o de áulicos, al par que acrecientan su cultura y mejoran la letra, cosa que no le hace daño a nadie. El *best-seller* es hoy *Amadís de Gaula*: ciento cuarenta copias.

Otros profesionales se han sabido adaptar en mejor forma a los cambios revolucionarios. Los antiguos médicos son ahora herbarios

ÁLVARO MENÉNDEZ LEAL

o hechiceros, los odontólogos son barberos y sangradores, los economistas son cambiarios ambulantes de moneda, los arquitectos se enriquecen en la construcción de castillos de hadas, los abogados operan salas de tortura, los filósofos son adivinos y agoreros, los físicos y los matemáticos son astrólogos, y así los demás. Descontentos no hay, qué va a haber: cuando alguno, tentado por el Diablo, manifiesta su disconformidad, lo quemamos en la Plaza de la Libertad, y la ceremonia es presenciada por todos sin excepción. ¡Ay del que falte! Porque eso sí: el Santo Oficio nos controla vida y milagros con grandes cerebros electrónicos. Si el protestario tuviera descendientes, estos quedan incapacitados civilmente hasta la cuarta generación.

No hemos perdido las referencias de los pasos con que marchan (hacia el vacío, qué duda cabe) los reinos vecinos, las llamadas repúblicas de infieles y bárbaros, y algunos de nuestros sacerdotes predicen que llegará la hora de organizar las Santas Cruzadas, de invadir y libertar las tierras que, rebosantes de leche y miel, el Evangelio anuncia para nosotros. Nuestros cielos son frecuentemente violados por los grandes *jets* de las compañías aéreas internacionales. Según la doctrina extranjera, la soberanía no llega más allá de lo que alcanzan los proyectiles de las mejores armas, y así será pues los aviones pasan y ni permiso piden. Cada vez que vemos uno de esos ruidosos aparatos, nosotros lo amenazamos con los puños, le lanzamos flechas, piedras y dardos envenenados, prorrumpimos en imprecaciones y pronunciamos conjuros mágicos y hacemos signos obscenos, en tanto retumban los *tam tam* de guerra, los largos tambores ceremoniales, y niños y mujeres ocupan las pistas del viejo aeropuerto para impedir el aterrizaje de los Pájaros de Acero. Cuando el viento borra los últimos vestigios de la estela dejada por el *jet*, doña Beatriz *la Sin Ventura* se marcha a su castillo de hadas, y el puente levadizo, entre fanfarrias triunfales, se yergue tras la cola del único *Cadillac* del país. Los prohombres y los monseñores previenen entonces al pueblo de los peligros que corre quien fía en los sentidos, lo ilusorio de todas las cosas, y hacen demostraciones convincentes en los atrios de las iglesias, los patios de las antiguas universidades y los campos deportivos, de la imposibilidad de que un objeto más pesado que el aire vuele.

Procuramos ignorar las provocaciones de los *jets*, el país no está para guerras por el momento, la industria entera fue desmantelada, no exportamos ni importamos nada, lo que hacemos en cuanto a economía se limita a la agricultura de cereales básicos, la ganadería, la pesca, la alfarería, la artesanía en general, en encajes por ejemplo somos verdaderamente maestros. Pero ya seremos un día ricos, los alquimistas están a un tris de descubrir la piedra filosofal, transmutaremos plata en oro, rocas en diamantes. Ya ricos otra vez, por la gracia de Dios el país será imperio. Un imperio, no sé qué imperio, cualquier imperio, El Imperio.

# SALVADOR ELIZONDO

MEXICANO
( 1 9 3 2 )

*La prosa de Salvador Elizondo es una penetrante, lúcida confrontación con los procedimientos de la escritura; por ello, el acceso a su obra plantea una desafiante capacidad imaginativa de la lectura, una comprensión de ésta como proceso de reflexiones, como actividad relacionante, como ejercicio dinámico y perceptivo de las formas sugeridas por el acto de escribir. La narrativa hispanoamericana de la década del sesenta conoció, como es sabido, un extraordinario desarrollo, la explosión de una productividad artística nutrida por la audacia del cambio y la novedad de sus modalidades. En este contexto de nuevos frentes literarios aparecieron cinco de las obras de Elizondo, dos novelas, dos colecciones de cuento, y un texto de "escritura" sin marcas de género literario. Estas obras del escritor mexicano publicadas en el decenio de sesenta y a las cuales habría que agregar también* El grafógrafo *de 1972, se cuentan entre las de más rango exploratorio en la literatura hispanoamericana en lo tocante a vías de experimentación narracional, acercamiento a medios artísticos diversos, tratamiento de motivaciones artísticas inusuales, conexiones entre lenguajes filosóficos y literarios, e invasiva penetración de discontinuidades y rupturas a nivel de representación artística.*

*Si en la prosa de Elizondo aparece lo insólito es para demostrar que en el arte la totalidad de la realidad humana (incluyendo los sueños, las alucinaciones, la expresión del dolor, la experiencia del miedo, lo erótico, etc.) es explorable. Sobre este aspecto indica: "Lo que me asombra es el escaso interés que la literatura ha mostrado por concretar las sensaciones dolorosas, tarea que no ha convocado la atención más que de los clínicos y de los patólogos ajenos por entero a cualquier intención literaria. La de los escritores parece concentrarse en particular, aunque no con frecuencia, en los aspectos y efectos psicológicos o morales de la enfermedad física, pero se desentiende de los caracteres sensibles del dolor... excepciones... la del pintor Francisco Bacon... la de Paul Valéry"* (Camera lucida. *México: Joaquín Mortiz, 1983, pp. 80-81). Esta carencia provoca la escritura de su novela* Farabeuf *o la crónica de un instante.*

*El arte para Elizondo debe, por tanto, asumir la totalidad de la experiencia humana, debe indagar en todos los rincones, describir todas las expresiones y gestos, sin limitarse solamente a aquello que se perciba como artístico o cuya aceptación sea ya parte de la convención artística, el uso de "lo grotesco" por ejemplo. Otro aspecto esencial en la prosa de Elizondo es el carácter autocontemplativo con que aparece la escritura en su obra. La imagen que el escritor traza del "grafógrafo" ilustra bien este rasgo: "Escribo. Escribo que escribo. Mentalmente me veo escribir que escribo y también puedo verme ver que escribo. Me recuerdo escribiendo ya y también viéndome que escribía. Y me veo recordando que me veo escribir y me recuerdo viéndome recordar que escribía y... (El grafógrafo. México: Joaquín Mortiz, 1972, p. 9). Escribir es un proceso que contemplado en su actividad se inserta en funciones o prolongaciones infinitas.*

*Salvador Elizondo nació en la ciudad de México donde completó su educación primaria y secundaria. Luego viaja a Francia, Inglaterra, Canadá y Estados Unidos, países en los cuales realiza estudios de diverso orden; establece contacto allí con escritores, se familiariza con movimientos artísticos, se interesa por el conocimiento de corrientes filosóficas, indaga en el arte cinematográfico, pictórico y fotográfico. La amplitud de esta formación intelectual junto con su innato genio artístico hará de Elizondo uno de los escritores de más diversidad creativa y más originales en cuanto al tratamiento de lo narrativo en las letras hispanoamericanas. La obra de Salvador Elizondo ha sido reconocida internacionalmente y se ha traducido al francés, italiano, alemán y otros idiomas.*

*La obra de Salvador Elizondo se inicia en 1960 con la publicación de* Poemas; *la producción que sigue será narrativa. Su primera novela es* Farabeuf o la crónica de un instante, *publicada en 1965 y ganadora del premio Xavier Villaurrutia. A esta novela le sigue la colección de cuentos* Narda o el verano, *en 1966. Su segunda novela* El hipogeo secreto *es de 1968, y su segundo volumen de relatos* El retrato de Zoe y otras mentiras, *de 1969. Luego vienen textos de prosa varia, sin especificidad por el género; se trata de reflexiones sobre la escritura o el arte en general o sobre las relaciones entre la palabra y la cultura:* Cuadernos de escritura *(1969);* El grafógrafo *(1972);* Contextos *(1973); y* Camera lucida *(1983). Elizondo también ha desarrollado un activísima labor de aporte cultural escribiendo ensayos e introducciones sobre artistas y también como editor y antólogo; sus publicaciones al respecto son* Luchino Visconti *(1963);* Museo poético: antología didáctica de la poesía mexicana moderna para uso de los estudiantes extranjeros de la Escuela de Cursos Temporales *(1974);* Vlady, dibujos eróticos *[texto de Salvador Elizondo]*

*(1977);* S. M. Eisenstein: dibujos mexicanos inéditos *(1978);* Stéphane Mallarmé *[nota introductoria y selección] (1978);* Paisaje y naturaleza en la obra de Nicolás Moreno *(1980);* Paulina Lavista, sujeto, verbo y complemento: 150 fotografías *(1981);* Obras escogidas. Paul Valery *(1982).*

En 1966, Elizondo publica su autobiografía. En 1974 aparece una selección de la obra de Elizondo. Antología personal, *la cual incluye cuentos, pasajes de novelas, prosa, los textos inéditos "Anapoyesis" y "El escriba". Otra selección de su obra, publicada en 1985 es* La luz que regresa: antología 1985; *este volumen reúne "El escriba" proveniente de* Antología personal, *tres cuentos de* Narda o el verano, *cinco relatos de* El retrato de Zoe y otras mentiras, *diez textos de* El grafógrafo *y ocho de* Camera lucida.

*El cuento "En la playa" pertenece a la colección* Narda o el verano. *Dos cámaras cinematográficas alternan los ángulos de una escena de persecución en este cuento. Una de estas cámaras se enfoca en la seguridad, experiencia, dominio, autocontrol y determinación de Van Guld, el cazador. La otra, se dirige al terror, impotencia y humillación del perseguido, el personaje obeso. Esta escritura cinematográfica, con distanciamientos focales y aproximaciones de primer plano no acepta en la conformación de su lenguaje la racionalización, la explicación lógica, o la digresión moral sobre el hecho de la cacería humana.*

*Son escenas en las que se retrata el placer de la caza (el cazador sabe que su pieza de cacería no tiene escapatoria y se toma todo el tiempo que quiere para observar la desesperación de su víctima), los movimientos grotescos, torpes y ridículos del personaje gordo que va a ser cazado. El conocimiento de que el perseguidor va a matar y de que el perseguido va a ser matado está sobreentendido en el espacio total de esta escena. Es probable que el lector espere una resolución distinta, o la pausa de un comentario que explique las motivaciones de ambos personajes y el origen de la persecución. La posición de las cámaras narracionales, sin embargo, está programada para cumplir el juego de la función propuesta. Una de esas funciones es, por ejemplo, el retrato detallado de los gestos sadomasoquistas comprometidos en la imagen de la persecución.*

# EN LA PLAYA

Cuando ya estaba cerca de donde se rompían las olas cesó de remar y dejó que la lancha bogara hacia la orilla con el impulso de la marejada. Estaba empapado de sudor y el sucio traje de lino blanco se le adhería a la gordura del cuerpo impidiendo o dificultando sus movimientos. Había remado durante varias horas tratando de escapar de sus perseguidores. Su impericia lo había llevado costeando hasta esa extensa playa que con sus dunas se metía en el mar hasta donde la lancha estaba ahora. Se limpió con la mano el sudor que le corría por la frente y miró hacia tierra. Luego se volvió y vio a lo lejos, como un punto diminuto sobre las aguas, la lancha de Van Guld que lo venía siguiendo. "Si logro pasar al otro lado de la duna estoy a salvo", pensó acariciando la Luger que había sacado del bolsillo de la chaqueta para cerciorarse de que no la había perdido. Volvió a guardar la pistola, esta vez en el bolsillo trasero del pantalón y trató de dar otro golpe de remo para dirigir la lancha hacia la playa, pero la gordura dificultaba sus movimientos y no consiguió cambiar el rumbo del bote. Encolerizado, arrojó el remo hacia la costa. Estaba tan cerca que pudo oír el golpe seco que produjo sobre la arena húmeda, pero la lancha se deslizaba de largo sin encallar. Había pozas y no sabía nadar. Por eso no se tiró al agua para llegar a la orilla por su propio pie. Una vez más se volvió hacia sus perseguidores. El punto había crecido. Si la lancha no encallaba en la arena de la playa, le darían alcance. Tomó el otro remo y decidió utilizarlo como timón apoyándolo sobre la borda y haciendo contrapeso con toda la fuerza de su gordura. Pero se había equivocado y la lancha viró mar adentro. Entonces sacó rápidmente el remo del agua y repitió la misma operación en el lado opuesto. La lancha recibía allí el embate de la corriente y viró con tanta velocidad que el gordo perdió el equilibrio y por no caer sobre la borda soltó el remo que se alejó flotando suavemente en la estela. La lancha bogaba paralela a la costa y daba tumbos sobre las olas que reventaban contra su casco. Iba asido a la borda. De vez en cuando miraba hacia atrás. La lancha de su perseguidor seguía creciendo ante su mirada llena de angustia. Cerró los ojos y dio de puñetazos sobre el asiento, pero esto le produjo un vivo dolor, un dolor físico que se agregaba al miedo como un acento maléfico. Abrió las manos regordetas, manicuradas y las miró durante un segundo. Sangraban de remar. Las metió en el agua y las volvió a mirar. Su aspecto era más siniestro ahora. La piel, desprendida de sus raíces de sangre, tenía una apariencia cadavérica. Volvió a cerrar los puños esperando que sangraran nuevamente y luego apoyó las palmas contra los muslos hinchados que distendían la tela del pantalón. Vio las manchas que habían dejado sobre el lino sucio y miró hacia atrás, pero no pudo estimar el crecimiento del bote perseguidor porque en ese momento un golpe de agua ladeó la lancha y haciéndola virar la impulsó de costado, a toda velocidad, hacia la playa. La quilla rasgó la superficie tersa y nítida de la arena con un zumbido agudo y seco. El gordo apoyó fuertemente las manos contra la borda, inclinando el cuerpo hacia atrás, pero al primer tumbo se fue de bruces contra el fondo de la lancha. Sintió que la sangre le corría por la cara y apretó la Luger contra sus caderas obesas.

Van Guld iba apoyado en la popa, detrás de los cuatro mulatos que remaban rítmicamente. Gobernaba el vástago del timón con las piernas y había podido ver todas las peripecias del gordo a través de la mira telescópica del Purdey. Cuando el gordo dio los puñetazos de desesperación sobre el asiento, Van Guld sonrió e hizo que la cruz de la mira quedara centrada sobre su enorme trasero, pero no hubiera disparado porque todavía estaba fuera del alcance del Purdey, una arma para matar elefantes a menos de cincuenta metros.

—¡Más aprisa, remen! —gritó Van Guld y luego pensó para sí—: Tenemos que llegar antes de que cruce la duna.

Los negros alzaron más que antes los remos fuera del agua y, jadeando, emitiendo un gemido entrecortado a cada golpe, comenzaron a remar a doble cuenta. El bote se deslizaba ágil sobre el agua casi quieta, bajo el sol violento que caía a plomo del cielo límpido, azul. De la selva, más allá de la duna que estaba más lejana de lo que se la imaginaba viéndola desde el mar, el chillido de los monos y de los loros llegaba a veces como un murmullo hasta la lancha, mezclado con el tumbo de las olas sobre la arena, con el fragor de la espuma que se rompía en esquirlas luminosas, blanquísimas, a un costado de la barca.

Con un movimiento horizontal de la carabina, Van Guld siguió el trayecto de la barca del gordo cuando ésta encallaba sobre la arena. Apuntó durante algunos instantes la cruz de la mira sobre la calva perlada de sudor de su presa que yacía boca abajo junto a la lancha volcada. Las enormes caderas del gordo, entalladas en el lino mugriento de su traje, eran como un montículo de espuma sobre la arena. Apuntó luego el Purdey hacia la selva que asomaba por encima del punto más alto de la duna. Las copas de las palmeras y de las ceibas se agitaban silenciosos en su retina, pero Van Guld adivinaba el chillido de los monos, los gritos de los loros, mezclándose a la jadeante respiración del gordo, tendido con el rostro y las manos sangrantes sobre la arena ardiente.

—¡Vamos, vamos! ¡Más aprisa! —le dijo a los mulatos. Estos sudaban copiosamente y sus torsos desnudos se arqueaban, tirantes como la cuerda de un arco, a cada golpe de remo. Su impulso movía la barca a espasmos, marcados por el jadeo de su respiración y no se atrevían a mirar hacia la costa donde estaba el gordo, sino que se tenían con la mirada al frente, como autómatas.

—¡Más aprisa!, ¡más aprisa! —volvió a gritar Van Guld.

Su voz era diáfana como el grito de un ave marina y se destacaba de las olas, de la brisa, como algo de metal, sin resonancia y sin eco.

El gordo se palpaba el bolsillo del pantalón nerviosamente, dejándose unas difusas manotadas de sangre en el trasero. Allí estaba la Luger. Si le daban alcance en el interior de la selva tendría que servirse de ella aunque era un tirador inexperto. Trató de incorporarse, pero no lo consiguió al primer intento. La quilla del bote había caído sobre su pie, aprisionándolo contra la arena. Pataleó violentamente hasta que logró zafarlo para ponerse en cuatro patas y así poder incorporarse con mayor facilidad. Pero luego pensó que puesto de pie, ofrecía un blanco mucho más seguro a la carabina de Van Guld. Si se arrastraba por la playa hasta ascender la duna, su cuerpo se confundiría, tal vez, con la arena para esquivar las balas que le dispararía su perseguidor.

Parapetado en la borda de la lancha miró en dirección de Van Guld. La lancha había crecido en sus ojos considerablemente. Casi podía distinguir la silueta de Van Guld erguida en la popa, escudriñando la blanca extensión de la playa, tratando de apuntar con toda precisión el rifle sobre su cuerpo. Esto era una figuración pues Van Guld estaba en realidad demasiado lejos. El bote seguía siendo un punto informe en el horizonte. Se incorporó pensando que tendría tiempo de llegar hasta la duna. Echó a correr, pero no bien había dado unos pasos, sus pies se hundieron y dio un traspié; cayó de cara sobre la arena que le escocía la herida que se había hecho en la frente.

A Van Guld le pareció enormemente cómico el gesto del gordo, visto a través del anteojo, sobándose el trasero con la mano ensangrentada. Los pantalones blancos le habían quedado manchados de rojo. "Como las nalgas de un mandril", pensó Van Guld bajando sonriente el rifle y apoyando pacientemente la barbilla sobre sus manos cruzadas que descansaban en la boca del grueso cañón del Purdey. Estuvo así un momento y luego volvió a empuñar el rifle para seguir los movimientos del gordo. Cuando lo vio caer de boca en la arena lanzó una carcajada.

Después, el gordo se incorporó con dificultad y se sentó respirando fatigosamente. Su cara estaba cubierta de sudor. Con las mangas se enjugó la boca y la frente. Miró un instante la chaqueta manchada de sudor y de sangre y luego notó que uno de sus zapatos se había desatado. Alargó el brazo tratando de alcanzar las agujetas pero no logró asirlas por más que dobló el tronco. Tomó entonces la pierna entre sus manos y empezó a jalarla hacia sí. Una vez que había conseguido poner el zapato al alcance de sus manos las agujetas quedaban debajo del pie y por más esfuerzo que hacía por atarlas, no podía, pues sus dedos además de estar heridos, eran demasiado cortos y demasiado torpes para retener fijamente las cintas y anudarlas. Trató entonces de quitarse el zapato, pero tampoco lo consiguió ya que sus

brazos arqueados sobre el vientre voluminoso no eran lo suficientemente largos para ejercer una presión efectiva sobre el zapato. Se echó
boca arriba y, ayudándose con el otro pie, trató de sacar el zapato
haciendo presión sobre él con el tacón. Al fin logró sacar el talón.
Levantó la pierna en el aire y agitando el pie violentamente al cabo
de un momento hizo caer el zapato en la arena.

Ese pie, enfundado en un diminuto zapato puntiagudo de cuero
blanco y negro primero y en un grueso calcetín de lana blanca después, con la punta y el talón luídos y manchados por el sudor y el
contacto amarillento del cuero, agitándose temblorosamente, doblando
y distendiendo coquetamente los dedos regordetes dentro del calcetín, producía una sensación grotesca, ridícula, cómica, cruzada como
estaba por los dos hilos de araña milimétricamente graduados de la
mira del Purdey.

Apoyándose con las manos, el gordo levantó el trasero y luego, doblando las piernas hasta poner los pies debajo del cuerpo, se puso
de pie. Introdujo la mano en el bolsillo para sacar la pistola. Esto le
produjo fuertes dolores en los dedos descarnados, pero una vez que
tenía asida la Luger por la cacha los dolores se calmaron al contacto
liso, acerado, frío, del arma. La sacó y después de frotarla contra el
pecho de la chaqueta para secarla, la amartilló volviéndose en dirección de la costa, hacia la lancha de Van Guld. Pudo distinguir a los
cuatro negros que se inclinaban simultáneamente al remar. La cabeza
rubia e inmóvil de Van Guld se destacaba claramente por encima de
las cabezas oscilantes y negras de los remeros.

El gordo estaba de espaldas a él. Van Guld vio cómo sacaba la
pistola del bolsillo del pantalón y cómo agitaba el brazo mientras
la secaba contra la chaqueta, pero no vio cómo la amartillaba. "No
sabe usar la pistola", pensó Van Guld cuando vio que el gordo se dirigía cojeando hacia la duna con la pistola, tenida en alto, con el cañón apuntado hacia arriba, casi tocándole el hombro y con la línea
de fuego rozándole la cara.

Le faltaban unos cuarenta metros para llegar a la falda de la duna.
Si se arrastraba hasta allí no podría desplazarse con suficiente rapidez y daría tiempo a sus perseguidores de llegar por la costa hasta
situarse frente a él. Consciente de su obesidad, pensó que si corría su
cuerpo ofrecería durante el tiempo necesario un blanco móvil, lo suficientemente lento para ser alcanzado con facilidad. Se volvió hacia la
barca de Van Guld. Calculó mentalmente todas sus posibilidades. La
velocidad con que se acercaba le permitiría quizá llegar a tiempo a la
cuesta de la duna arrastrándose. Se echó a tierra, pero no bien lo
había hecho se le ocurrió que al llegar a la duna y para ascender la

cuesta que lo pondría a salvo, tendría que ofrecerse, de todos modos, erguido al fuego de Van Guld.

—¡Paren! —dijo Van Guld a los remeros bajando el rifle. Los negros se arquearon sobre los remos conteniendo la fuerza de la corriente que ellos mismos habían provocado con el último golpe de remo. Los músculos de sus brazos y de sus hombros se hinchaban con el esfuerzo de parar el bote. Van Guld escupió sobre la borda para cerciorarse de que el bote se había detenido. Un pájaro salvaje aleteó rompiendo el silencio. Van Guld clavó la vista delante de sí, en dirección del gordo, luego, humedeciéndose los labios con la lengua volvió la cara mar adentro. Con la vista fija en el horizonte volvió a humedecerse los labios y se quedó así unos instantes hasta que la brisa secó su saliva. Tomó luego el Purdey y lo apuntó hacia el gordo —una mancha diminuta, blanca, informe—, mirando a través del anteojo. "Hasta la brisa nos ayuda —pensó—; bastará con ponerle la cruz en el pecho, y si va corriendo la brisa se encargará de llevar el plomo hasta donde él esté". La vertical no importaba; a la orilla del mar el aire corre en capas extendidas. "A veces tiende a subir en la playa; medio grado hacia abajo, por si acaso. Si está quieto, un grado a la izquierda para aprovechar la brisa", reflexionó y bajando el rifle nuevamente se dirigió a los remeros:

—¡Vamos, a toda prisa! —les dijo mirando fijamente el punto de la playa en donde se encontraba el gordo.

"Se han detenido", pensó el gordo mientras estaba calculando su salvación. Echó a correr. No había dado tres pasos cuando volvió a caer, pues como le faltaba un zapato se le había torcido un tobillo y el pie descalzo se le había hundido en la arena. Su situación era ahora más expuesta ya que no podía parapetarse en la lancha y todavía estaba demasiado lejos de la duna. Boqueó tratando de recobrar el aliento. El corazón le golpeaba las costillas y a través de todas las capas de su grasa escuchaba el rumor agitado del pulso. Se puso la mano en el pecho tratando de contener esos latidos, pero como sólo estaba apoyado, con todo su peso, sobre un codo, los brazos le empezaron a temblar. Apoyó entonces las dos manos sobre la arena y trató de incorporarse. Haciendo presión con los pies sobre el suelo, consiguió, al cabo de un gran esfuerzo, ponerse en pie y se volvió hacia la lancha de sus perseguidores.

Sin servirse de la mira telescópica, Van Guld pudo darse cuenta de que el gordo se había vuelto hacia ellos. Los mulatos remaban rítmicamente y la lancha se acercaba inexorablemente.

—¡Más aprisa! —volvió a decir Van Guld.

Su voz llegó difusa hasta los oídos del gordo que tuvo un sobresalto en cuanto la oyó y echó a correr hacia la duna. A cada paso se hundía en la arena por su propio peso y le costaba un gran esfuerzo avanzar.

Van Guld vio con toda claridad como el gordo corría dando traspiés en la arena. Había cubierto la mitad del trayecto hacia la duna. Un mono lanzó un chillido agudísimo y corto, como un disparo. El gordo se detuvo volviéndose angustiado hacia la lancha de Van Guld. Con los brazos extendidos y las manos colgándole de las muñecas como dos hilachos se quedó quieto en mitad de la playa. Se percató de que en su mano derecha llevaba la Luger. La acercó para verla mejor y se volvió nuevamente hacia la lancha de Van Guld, luego extendió el brazo con la pistola en dirección de sus perseguidores. Oprimió el gatillo. Nada. Volvió a apoyar el dedo regordete con todas sus fuerzas pero el gatillo no cedía. Cortó otro cartucho apresuradamente y la bala saltó de la recámara rozándole la cara. Extendió entonces el brazo y oprimió el gatillo con todas sus fuerzas.

"Tiene el seguro puesto", pensó Van Guld para sí.
—¡Imbécil! —dijo después en voz alta.
Los negros siguieron remando impasibles.

El gordo examinó cuidadosamente la pistola. Con las manos temblantes comenzó a manipularle todos los mecanismos. Volvió a cortar cartucho y otra bala le saltó a la cara. Oprimió un botón y el cargador salió de la cacha. Apresuradamente volvió a ponerlo en su lugar; luego oprimió otro botón que estaba en la guarda del gatillo. Era el seguro de la aguja. Como al mismo tiempo estaba oprimiendo el gatillo, la pistola se disparó en dirección de la duna produciendo una nubecilla de pólvora quemada y un pequeño remolino de arena en la duna. A lo lejos entre las copas de los árboles, se produjo un murmullo nervioso. El gordo se asustó al oír la detonación, pero no se había dado cuenta cabal de que el tiro había partido de su propia arma. Se volvió hacia Van Guld. Podía distinguir todos los rasgos de su rostro impasible, mirándole fijamente desde la popa de la lancha. Echó a correr. De pronto se detuvo y empuñando la Luger la apuntó nuevamente hacia Van Guld. Tiró del gatillo, pero el arma no disparó. Se acordó entonces del botoncito que estaba en la guarda del gatillo y lo apretó. Oprimió el gatillo varias veces.

Las balas pasaron lejos de Van Guld y de su lancha. La brisa que les iba en contra las había desviado y las detonaciones no llegaron a sus oídos sino después de unos instantes. El gordo se había quedado inmóvil. Tres volutas de humo blanco lo rodeaban, deshaciéndose lentamente en el viento. La lancha siguió avanzando hasta quedar colocada directamente frente al gordo.

Volvió a oprimir el gatillo. La Luger hizo un clic diminuto. Se había agotado el cargador. Arrojó la pistola y echó a correr, pero no en dirección de la duna, sino en dirección contraria a la de la lancha de Van Guld. Cuando se dio cuenta de que su huida era errada se detuvo. Vaciló. Luego corrió en dirección de la duna. Cuando llegó a la cuesta se fue de bruces y cayó rodando en la arena. Se incorporó rápidamente e intentó nuevamente ascender la duna.

Van Guld empuñó el Purdey y encañonó al gordo, pero no tenía intención de disparar todavía. Miraba a través del telescopio cómo trataba de subir por la duna, resbalando entre la arena, rascando para asirse a ese muro que siempre se desvanecía entre sus dedos sangrantes.

El gordo cayó sentado al pie de la duna. Primero corrió a cuatro patas a lo largo del montículo, alejándose de Van Guld, pero a cada momento volvía a caer de cara. Finalmente logró avanzar corriendo con los brazos extendidos para guardar el equilibrio.

Van Guld ordenó a los mulatos que lo siguieran desde el mar. Se pusieron a remar y la lancha avanzaba suavemente sobre las olas, paralela al gordo que corría dando tumbos. La cruz del Purdey se encontraba un grado a la izquierda y medio grado abajo del pecho del gordo.

Se había adelantado a la lancha que ahora bogaba más lentamente pues había entrado en esa faja de mar donde las olas se rompen y donde la fuerza de los remos se dispersa en la marejada. El gordo se detuvo, apoyado contra el túmulo de arena que se alzaba tras él. Respiraba con dificultad y no podía seguir corriendo.

La lancha de Van Guld pasó lentamente ante él. Por primera vez se encontraron sus miradas. Al pasar frente al gordo Van Guld levantó la vista del telescopio y se quedó mirando fijamente al gordo que, también, lo miraba pasar ante él, resollando pesadamente, indefenso.

Una vez que Van Guld había pasado de largo, el gordo se volvió y empezó a escalar la duna, pero avanzaba muy lentamente porque todos los apoyos se desmoronaban bajo su peso. Sus manos cavaban en la arena tratando de encontrar un punto fijo al cual asirse.

Van Guld hizo virar la lancha en redondo.

Mientras la lancha volvía sobre su estela y los perseguidores le daban la espalda, el gordo ascendió considerablemente y su mano casi logró asirse al borde de la duna. Trataba de empujarse con los pies, pero se le deslizaban hacia abajo.

Van Guld quedó colocado frente a él. Sonriente, lo miraba patalear y levantar nubecillas de arena con los pies. Volvió a encañonarlo y a través de la mira pudo adivinar con toda certeza el rostro sudoroso, sangrante del gordo que jadeaba congestionado.

Hubo un momento en que sus pies, a fuerza de cavar furiosamente, encontraron un punto de apoyo. Su cuerpo se irguió tratando de alcanzar con las manos la cresta de la duna y por fin lo consiguió. Entonces pataleó más fuerte, tratando de elevar las rodillas a la altura de sus brazos, pero la arena se desvanecía siempre bajo su cuerpo. Logró sin embargo retener la altura que había alcanzado sobre la duna. Deseaba entonces que más allá de esta prominencia hubiera otra hondonada para poderse ocultar y ganar tiempo.

Van Guld había centrado la mira sobre la espalda del gordo. Acerrojó el Purdey haciendo entrar un casquillo en la recámara, amartillando la aguja al mismo tiempo.

Cuando llegó a la cima vio que la arena se extendía en una planicie nivelada hasta donde comenzaba la selva. Estaba perdido. Se quedó unos instantes tendido sobre el borde de arena y miró sobre sus hombros en dirección de Van Guld que lo tenía encañonado. Estaba liquidado, pero no sabía si dejarse deslizar nuevamente hacia la playa o seguir avanzando sobre la duna hacia la selva. Eran unos cien metros hasta los primeros árboles. Para llegar a ellos daría a Van Guld el tiempo suficiente de apuntarle con toda certeza, igual que si se quedaba ahí mismo.

Van Guld bajó el rifle medio grado de la cruz. Pensó que sobre todo en la cresta de la duna la capa de aire extendido tendería a subir. La corrección horizontal era ahora deleznable ya que se encontraba directamente enfrente del gordo, con la brisa a su espalda.

Resignado, el gordo subió al borde y se puso de pie sobre la duna volviéndose hacia Van Guld.

La lancha producía un chapoteo lento sobre las olas débiles del mar apacible. A lo lejos se oían los gritos de los loros que se ajetreaban en el follaje de las ceibas. Le tenía la cruz puesta en el cuello para darle enmedio de los ojos, pero luego bajó el rifle un poco más, hasta el sexo, para darle en el vientre, porque pensó que si le daba en la cabeza al gordo no sentiría su propia muerte y que si le daba en el pecho lo mataría demasiado rápidamente.

El gordo lo miraba con las manos colgantes, sangrantes, separadas del cuerpo, en una actitud afeminada y desvalida.

Cuando partió el disparo, la lancha dio un tumbo escueto, levísimo.

Sintió que las entrañas se le enfriaban y oyo un murmullo violento que venía de la selva. Se desplomó pesadamente y rodó por la duna hasta quedar despatarrado sobre la playa como un bañista tomando el sol. Boca arriba como estaba notó, por primera vez desde que había comenzado su huida, la limpidez magnífica del cielo.

Van Guld bajó el rifle. La brisa agitaba sus cabellos rubios. Todavía estuvo mirando unos instantes el cuerpo reventado al pie de la duna. Luego ordenó a los remeros partir. La barca se puso en marcha. Los mulatos jadeaban agobiados de sol, impulsando los remos fatigosamente. Van Guld apoyó el Purdey contra la borda y encendió un cigarrillo. Las bocanadas de humo se quedaban suspensas en la quietud del viento, como abandonadas de la lancha que se iba convirtiendo poco a poco en un punto lejano, imperceptible.

# J U L I O   E S C O T O

HONDUREÑO
( 1 9 4 4 )

*La obra de Julio Escoto es una vital expresión de la narrativa hondureña. Cuentista, novelista y ensayista; su producción comienza a fines de la década del sesenta y ha sobresalido en los decenios siguientes. Otros nombres se han unido a este inspirado y renovador momento de la narrativa en Honduras: Eduardo Bahr, Marcos Carías Zapata (hijo de Marcos Carías Reyes) Roberto Castillo, Edilberto Borjas, Horacio Castellanos Moya y Jorge Luis Oviedo; escritores de gran talento y de destacada aportación en los últimos veinte años de desarrollo literario en Honduras. Puede verse al respecto el volumen* El nuevo cuento hondureño, *editado por el escritor Jorge Luis Oviedo (Tegucigalpa: Dardo Editores, 1985).*

*Julio Escoto nació en San Pedro Sula, Honduras. Recibió su título de Profesor de Educación Media por la Escuela Superior del Profesorado en Tegucigalpa en 1964. Viaja a Estados Unidos para proseguir sus estudios universitarios en la Universidad de Florida en Gainesville. Se gradúa en 1970 con especialización en educación y literatura hispanoamericana. Entre 1974 y 1975 es escritor invitado al International Writing Program de la Universidad de Iowa. Luego se dirige a Costa Rica. Sigue estudios graduados en la Universidad de Costa Rica donde obtiene su Maestría en 1984 con especialización en literatura hispanoamericana. Durante su estadía en Costa Rica desempeñó varios cargos directivos editoriales incluyendo la dirección de la Editorial Universitaria Centroamericana (EDUCA); fue también Director del Programa de Asuntos Culturales de la Confederación Universitaria Centroamericana en San José. En su país ha sido Director del Departamento de Letras y Lenguas de la Universidad Nacional Autónoma de Honduras, Profesor de Literatura Española y Latinoamericana en la misma Universidad como también en la Escuela Superior del Profesorado. Su continua labor editorial lo ha puesto en contacto con diversas organizaciones internacionales importantes tales como la UNESCO y la OEA. Ha realizado asimismo varios seminarios sobre formación editorial destinados a directores de editoriales universitarias. Activo conferencista en el campo de la literatura hispanoamericana; estimulante creador y participante de talleres li-*

*terarios. Ha estado en Inglaterra, Estados Unidos, España, Francia, Italia, Brasil y la mayoría de los países hispanoamericanos. El autor reside actualmente en San Pedro Sula, donde se desempeña desde 1986 como Director del Centro Editorial. A partir de 1989 es director de* Imaginación. Revista de Narrativa Hondureña, *publicación con la que realiza una importante labor de divulgación de escritores hondureños.*

*Su obra ha sido finalista en varios certámenes literarios importantes. Recibe el Premio "Froylán Turcios" en narrativa, distinción otorgada en Tegucigalpa en 1967 y auspiciada por la Escuela Superior del Profesorado de esa ciudad. En 1974 obtiene el Premio Nacional de Literatura "Ramón Rosa" del Estado de Honduras. En 1983 es distinguido con el Premio "Gabriel Miró" en Alicante, España. En 1990 es galardonado con el Premio "José Cecilio del Valle", del Ministerio de Relaciones Exteriores y Fundación del Hombre Hondureño. Los cuentos de Julio Escoto han sido traducidos al inglés, alemán y polaco. Su novela* El árbol de los pañuelos *ha sido traducida parcialmente al inglés. Sus cuentos han sido incluidos en antologías publicadas en Costa Rica (1976), Ecuador (1980), Uruguay (1980), México (1983), Polonia (1938), Estados Unidos (1984) y Alemania Oriental (1988).*

*La primera publicación de Julio Escoto es el libro de relatos* Los guerreros de Hibueras: 3 cuentos *(1967). De 1969 es* La balada del herido pájaro y otros cuentos. [Sólo para noctámbulos], *colección de ocho originales relatos. En 1983 publica el cuento* Abril antes del mediodía. *Ha publicado las novelas* El árbol de los pañuelos *(1972), obra finalista en el Primer Certamen Cultural Centroamericano de Narrativa Miguel Ángel Asturias en 1968;* Días de ventisca, noches de huracán *(1980);* Bajo el almendro. . . junto al volcán *(1988). En 1974 publica un libro ensayístico* Casa del agua: artículos, ensayos. *De 1990 es su segundo ensayo* El ojo santo: la ideología en las religiones y la televisión, *obra que aporta a la semiótica y sociología cultural. En 1975 edita el libro* Antología de la poesía amorosa en Honduras *y en 1977* Tierras, mares y cielos, *una antología sobre el poeta modernista Juan Ramón Molina; Julio Escoto se encarga de la selección, introducción y notas. Su contribución a la literatura infantil se encuentra en sus libros* Los mayas *(1979) y* Descubrimiento y conquista para niños *(1979) ambas obras en coautoría con Gypsy Silverthorne. Tiene inéditos una colección de cuentos "Historia de los operantes" y el ensayo "José Cecilio del Valle: una ética contemporánea".*

*El cuento seleccionado se encuentra en el segundo libro de relatos de Julio Escoto.* La balada del herido pájaro y otros cuentos. *De primoroso refinamiento narrativo, este relato está construido con un vertiginoso concierto de imágenes tensado por la*

*presencia inminente de la muerte. Atmósfera cargada, alucinante
como la de los cuentos de Horacio Quiroga, pero en el relato del
narrador hondureño no es la naturaleza, ni la serpiente enrollada, ni el machete que se desplaza accidentalmente. En lugar de la
naturaleza y del azar está el hombre que miente, que atrapa, que
castiga, que ejecuta. El hombre es el actor de una Historia violenta; víctima y victimario en un escenario poseído por el absurdo de la aniquilación.*

*La realidad de la tragedia parece haberlo marcado todo en el
cuento: el espacio del personaje, señalado desde la barraca hasta
el muro donde será ejecutado; el desplazamiento del tiempo, significado por la precisión de los nueve minutos antes de morir; la
exactitud de la distancia, ocho pasos entre la víctima y el pelotón
de fusilamiento. Y, sin embargo, entremedio, fluye la conciencia
e inundan los recuerdos. Un minuto se transforma en mil, o en un
siglo, o en nada. En verdad, no importa. En el límite de esa experiencia y de la violencia que se va a cometer está el amor, la
ternura, el cielo, "la balada del herido pájaro", suficiente para
mirar, en cámara lenta, los preparativos de su propia muerte, absurda como toda violencia, expansiva como toda muerte porque
detrás de su corazón, al que apuntan los fusiles, hay la ironía, la
venganza de una carga explosiva. La cruz que dibujan los brazos
de la víctima no va a redimir; esta vez va a estallar; va a irradiar
con luz, con ceguera, con la ira determinada que traen los ojos
desesperanzados de la muerte.*

## LA BALADA DEL HERIDO PÁJARO

Salió de la barraca y sintió la bofetada del aire frío. La barba sucia
y enredada se le encrespó y la piel sufrió un estremecimiento leve,
como cuando el Agua de Colonia le bañaba el cutis. En el marco de
la puerta quedó un momento indeciso, sin saber qué rumbo tomar,
aunque bien conocía su destino. También estaba centralizada en su
mente la idea de los nueve minutos. Se estremeció. Aunque le habían
colocado una manta sobre el saco militar, se estremeció. El frío de la
madrugada arreciaba. Caracolas de viento sobre el polvo, con el polvo.

Detrás lo animaron a pasar el umbral. No oyó la frase obscena
que esperaba. Temía que antes de todo, de lo que iba a pasar en
nueve minutos, durante esos nueve minutos, lo insultaran y quizás lo
flagelaran. Pero nada de aquello había. Los guardias lo empujaron
suavemente por la espalda con un toque de la punta de los dedos, no
con la culata del fusil. Se decidió. En realidad ya todo estaba deci-

dido. Por él y por los demás. No había nada que hacer. Sólo esperaba
el tiempo, el tiempo centelleante y lerdo, rápido y tenso de los minutos. Al final no tendría el gusto de su obra. Ni lo mirarían a él.

La luz de un reflector barrió el patio y fue lamiendo los barracones, las casamatas, hasta perderse en las últimas y laberínticas alam-
bradas retorcidas, allá tras los cipreses.

· El cascajo se hundió bajo el peso de sus botas. Cada paso iniciaba
un ruido de quebranto y una sensación de hundimiento y solidez, al
mismo tiempo. Avanzó unos pocos pasos y se detuvo. Miró sobre su
hombro sin volverse. Movió los dedos. Los sintió fríos, duros. Le dolían las muñecas. Habían apretado fuerte el nudo para no permitirle
escapar. No era necesario pero ellos no lo sabían. Él estaba decidido,
y aunque solamente le quedaban nueve minutos (ahora ocho y algunos segundos) deseaba que transcurrieran pronto, que no se fijaran
mucho en él y que todo, el fusilamiento, su propio fusilamiento, saliera bien.

Un guardia le indicó el camino. Le tomó suavemente, delicadamente, el codo y le indicó la dirección. Hacia el muro. Un muro gra-
nítico y pesado, plantado en medio del campo, recuerdo de una forti-
ficación vieja, que se había resistido a la caída, al golpe del mazo.
Pocos meses antes le habían encontrado uso, funesta utilidad. La pared apenas mostraba leves rasguños, como de un gato gigantesco y
femenino que se hubiera frustrado en el intento. Ahora servía para
un fin funesto. Al pie del muro crecía lentamente la grama. Una grama
oscura, verduzca y oscura, que no crecía nunca pero que se mantenía
pegada al suelo de cascajo, asomando sus cejas vegetales entre los trozos de mineral.

Sintió dolor en los hombros por la posición incómoda de los brazos echados hacia atrás. El uniforme, apretado, daba acomodo a la
sofocación. La manta comenzó a deslizarse. Intentó agarrarla con la
barbilla y sostenerla. Luego la mordió y haló hacia arriba para cubrir
el cuello. Un tendón adolorido le evitó el movimiento y la manta se
fue deslizando hacia abajo con lentitud satírica. Detrás la detuvieron
y se la colocaron de nuevo sobre los hombros. Pensó dar las gracias,
por reflejo. Se contuvo. Un hombre que va a morir, decidido, siente
deseos de dar gracias por todo, por el mínimo gesto, por el detalle sutil.
Se contuvo. Por orgullo se contuvo. Un brazo oscuro se le anudó al
cuello y lo apretó con cariño. Lo vio. Vio la mano blanca y limpia.

—Hijo, estoy para ayudarte...—

Hijo le sonó extraño. Era una palabra extraña en aquel momento
en que no había hijos ni padres, niños ni viejos. Sólo hombres. Hombres dispuestos a matar y hombres dispuestos a morir, como él.

—Umjú...

—Ven..., acércate por acá. Déjennos solos por favor. ¿Pueden
desatarlo?... Pero si es imposible que se vaya... Gracias... Aho-

ra, hijo, quiero ayudarte. Dime, tú que debes estar feliz porque vas a reunirte con Dios..., ¿hay algo que quieras decirme, desahogarte, confesar...?—

Otra palabra del idioma de los muertos... Confesar... De los que ya van a estar muertos. En la jefatura, su jefatura, de Santiago, también había que confesar. También allá había hijos... Llegaban por docenas, principalmente en los últimos días de gobierno, cuando todo había tomado carácter de una fiesta mortal.

Mira Galvaez... tú estás en el grupo de los archivos grises. ¿Eh? Sabemos que has trabajado todos estos meses con el nombre de Abelardo en la resistencia. Sabemos que te has trasladado varias veces fuera de la frontera en busca de equipo... Lo sabemos todo excepto unos cuantos nombres. ¿Quieres cooperar? Es una cooperación que no te afecta. Mira, estos labios... de roca. No se abren. ¡Sargento Malón! salga un momento, déjame sólo con Abelardo. Conecte la grabadora y espérenme afuera... Ajá, lo que te decía, todo. Allí en los archivos. Pero hay un par de nombres, Roger y Sadi, que no los identificamos... ¿Qué dices? ¿Lo sueltas?... No te afecta. Mira, te libro, te doy un pase y cuarenta y ocho horas, cincuenta, sin vigilancia para que te alejes... pero antes hay que soltar el bulto. No me mires así... No serás un delator... no. Serás un hombre práctico. Los delatores son hombres vulgares que yo paso directamente al sargento Malón. Él los trata con mano dura. Tiene un equipo excelente.... Tú no eres carne para él... Nosotros nos entendemos bien... ambos somos jefes...

Hijo, mi misión es ayudarte con tu conciencia, espiritualmente. Te pregunto si tienes algo que declararme. Algo importante. Desahógate. ¿Quieres que ayude a tus compañeros que están escondidos? Sólo tienes que decirme dónde están y yo los saco del país o los asilo...

Un cura con barbas. Un cura con fuerte acento local. Un cura con las encías manchadas de tabaco. Sospechoso. Sus años de experiencia en investigaciones le hacen dudar. Con tal de que pasen pronto los nueve minutos puede darle cualquier detalle falso, cualquier pista errada.

Galvaez, no trates de darme pistas erradas. Llevamos una hora y no me has dicho nada. Bien. Lástima. Tengo un compromiso. ¡Sargento Malón!... Trátelo con fineza, ¿eh?... Experiméntelo bien antes de llevárselo al campo... ¿eh?... Que se diviertan...

Siente placer en estirar los dedos, en frotarse las manos. La piel se le calienta y surge un ardor confortable en el organismo. Cruza los brazos sobre el pecho y exhala el aire presuroso de un suspiro. Un cura con barba. Sospechoso. Pero los minutos van corriendo. Siente deseos de correr al campo, al escape, y deseos de correr a plantarse frente al muro, a apresurar la cosa. Quiere que todo (y todos) terminen luego.

Oye quejidos en los barracones cercanos. En la ventana de uno de ellos hay una luz que transparenta la cortina. De vez en cuando una sombra obstaculiza la luz que se desdibuja. Recuerda que al día siguiente volvió a la jefatura y encontró el carrete de la grabadora dando vueltas incansables. Corrió la cinta. Palabras, palabras de ácido muriático. Sonidos secos. Quejidos. Resoplidos de bestia. Silencio de satisfacción. Pausa. Rechinar de la silla metálica. Sonido seco. Mención de la madre convertida en prostituta. Juego de sonidos desarmonizados. Tacón por el aire. Claveteo. Pausa. Lamento. Escupitajo. Dos nombres... dos nombres familiares... Preguntas de respuesta cortada por el sonido de un líquido... golpe de una puerta y arrastre. La cinta corre, corre... El carrete, inagotables vueltas...

Esta mañana o realmente la mañana de ayer, logró lo que quería. Sebastián, el fiel Sebastián le llevó el paquete oscuro y manoseado. Entre la tarima y el colchón quedó el paquete. A media noche, una noche en vela, con virus de insomnio flotando en el aire frío, lo colocó en la bolsa interior del saco militar. Se abotonó la guerrera. Esperó. Puntuales. Como siempre, cada noche, puntuales. El reloj de la madrugada última para algunos. Esta vez la última para él, sin el calor de María. la esposa violenta y amorosa, que se pegaba a su cuerpo, que se aplastaba contra su pecho cada noche. Sin esa compañía desde hace cuatro meses. Recordando su olor especial de animal joven y ardoroso. Buscando inconscientemente su pelo lacio para alborotarlo y meter los dedos entre las hebras oscuras y perfumadas, en la camisa rosada de aurora hecha carne. Aurora de calor, pero también levemente fría, como hoy, aquí, en el campo del centro político. La cabellera larga flotando sobre el pecho de pelo hirsuto. El bigote junto a la nariz de ella. La boca que despierta. El ojo que se cierra ya sin sueño pero con sopor. Sin la compañía de María, la esposa joven y violenta, amorosa, que cada día visita la barraca, visitaba la barraca, hasta hace tres que no la dejaron pasar. Las pláticas incesantes de los ojos, el silencio significativo de los ojos. Los dedos en los dedos. Enredada la mirada que se graba en la memoria.

—Te vengaré— había dicho.

—¿Con quién? —contestó él mientras sonreía maliciosamente— ¿Con quién me vas a vengar después? ¿No ves que los que disparan se van conmigo? Me acompañan. Así de sencillo. Simplemente se van conmigo al otro lado. Serán buenos compañeros. Allá olvidarán su fanatismo y nos haremos buenos amigos. No. No. Lamentos no. Lloros ¿para qué? Prométeme no decir nada a nadie. Oye. Sebastián, ¿recuerdas al viejo Sebastián de la peluquería? Si, ése. . .pues bien... cierra un poco esos ojos. No te asombres... El viejo Sebastián va a cumplir una promesa conmigo, dentro de algunos días, al estar próxima la fecha de... de mi... Sí, me hará el favor... No te comprometerás. Oye. Sebastián... Cumplió su promesa. Llegó en el momento de la siesta y le entregó el paquete oscuro, pequeño (¡qué poder, Dios!) arrugado su papel. Llegó con el sigilo de un pájaro cansado y experiente. Él lo guardó bajo el colchón. Ahora, inconscientemente, cruza los brazos sobre el pecho y siente el objeto duro, disimuladamente, sobre el pecho. Exactamente sobre el corazón. Corazón y paquete. Bomba que expele y succiona sangre que le da calor. Lo necesita. El aire frío de la madrugada continúa besando piedras infecundas. El cura habla, gesticula, interroga. Sobre todo interroga. No es el momento para rebelarse. Su muerte es su rebelión. Tiene que adoptar la postura de un arrepentido. Pero, ¿cómo puede arrepentirse si va a matar muriendo? ¿Si va a morir matando?... Galimatías. Gali, gali, ma, tí, a, as. Oye. Piensa. Trata de agachar la cabeza y mover los labios con susurros de arrepentimiento. Su pensamiento juega. Juega al inocente. Acentúa y cambia. Gálimatias... Galí, galímatias. Galimátias suena más extraño. Ese es el término. Extraño... ¿Quién sabe lo que hay más allá? Galimatías no. Vulgar. Todo el mundo lo dice así.

Un grupo de soldados se acerca por la línea de cemento. Traen una mano de luz, una lámpara que oscila. Luz que se tambalea por el suelo. Lo alumbran y esperan. Platican. Susurran y lo señalan. Ríen desacompasadamente. Sus miradas maliciosas se pierden en la oscuridad de la noche que empieza a alejarse, cansada de haberse estacionado tanto tiempo en un mismo lugar. Ríen y lo señalan. El cura se va a la chingada. Así lo piensa. No consiguió nada. Se quita la sotana y la tira. Se abotona el uniforme y pide su gorra. Le relumbran los ojos en la oscuridad. Gato con botas. Se la coloca. La quita. Alisa el pelo turbio y vuelve la gorra a su posición. Mira a su prisionero. (¡God!)

Él sigue con los brazos en cruz, observando al grupo de soldados. Intenta descubrir sus edades. Joven uno, quizás adolescente, con el uniforme demasiado amplio y los botines con la punta curva, apuntando hacia arriba.

Rechinan las botas. Las carabinas les golpean las espaldas cuando se dirigen hacia el muro. Se colocan a ocho pasos que el oficial cuenta alargando las piernas. A él le parecen ocho. Al otro le parecen cortos. El oficial los cree suficientes. Son ocho pasos medidos con la vara larga de unos pies agrandados. Pierna por medida. Imprecisión matemática... Piensa en María y la despide de la memoria. Siente que el momento va llegando. Se acerca velozmente. Quizás un minuto antes de la puerta final. Avanza hasta el muro. Desearía quitarse las botas y sentir lo húmedo del suelo perforándole los calcetines. Quiere gritar. Soltar eso que en el pecho se le está desarrollando con velocidad ascendente. Frío y calor. Se le humedecen los ojos y las piernas flaquean. Cruza los brazos de nuevo sobre el pecho y el corazón galopa sobre llanos de soledad, miles de terrenos inhóspitos de soledad. El paquete bajo el saco le da fuerzas. Sonríe quién sabe Dios por qué razón. Las articulaciones le crujen. Se siente congelado, frío, excepto en el estómago donde unos retortijones raros lo acosan. Los esfínteres que intentan abandonarse. Fuerza del músculo contraído y voluntad. Anhelo de terminar todo pronto. Pero continúa preocupándole la distancia.

Los soldados se entretienen manoseando sus fusiles. A él no le preocupa el funcionamiento, el mecanismo. Le preocupa, le asalta el temor de los ocho pasos. Piensa ir él mismo y contarlos, pero sería demasiada evidencia, mucho anhelo declarado por morir. Se coloca de espaldas al muro. Intenta una posición. Recuerda las películas sobre Alemania. No le satisface. Recuerda el himno nacional y adopta la postura del himno nacional. Lo rememoriza e incluso trata de tararearlo. Los guardias lo oyen y se desconciertan. Se enojan y vuelven la vista hacia el oficial. Éste dirige un reflector hacia el grupo. Dibuja en sombra un tablero humano de ajedrez. Trágico. Las seis sombras alargadas que culminan en los pies del que está de espaldas al muro. Una sombra de marimba carnal, levemente separada cada nota, cada nota idéntica de disparo de fusil.

—¿Algún deseo final?

Sí, tiene que haber un deseo. Tiene uno pero es mejor postergarlo. Sin embargo, tampoco puede hacerlo. No tiene tiempo de vida. La muerte lo ronda y lo señala. Ya lo tiene señalado. Ha escrito su sombra corpulenta sobre el muro limado y la muerte nunca borra sus dibujos...

—Un cigarro...

—¡Cabo! Un cigarro para el convicto y tiempo para tres chupetes...

Sonido de uña raspando la caja. Llama. Leve ardor en la garganta. Contacto del tabaco en los labios. La lengua que pide su última sensación gustativa. Aire que desciende a los pulmones. Función filtradora. Dos. Aire frío y humo caliente. Los dedos que tiemblan y no localizan. La comisura agrietada. Las uñas junto al bigote.

—¿Podrían dispararme desde menor distancia?

Aquello le ha sonado natural, diario, hasta la palabra "disparar". Entonces comprende lo que ha dicho. Siente que todo es todo ahora. Indecisión. Momento de juego cerebral. Mirada inquisitiva del oficial. Sospecha fugaz que cruza por la mente como un cuervo que se adentra en el bosque y se pierde.

—¡Avancen cuatro pasos exactos!

Tercera bocanada. Humo grisáceo que se escapa y se confunde. Cercanía de los cuerpos. Conteo. Dos. Tres, cuatro. Pocos pasos. Ya está. Todo está ya. El cigarro en el suelo. La brasa aplastada con cuidado, hasta enterrarse en el cascajo. El olor a tabaco fino entre los dedos, posesionándose de la piel que comienza a marchitarse.

—¡Aquí, directo aquí, al corazón!— (¡A la bolsa, Dios mío, que tiren al paquete!)

Habrá una explosión. ¿Cuál oirá? Ninguna. Probablemente ninguna. No oirá la explosión. Remedo gutural interno. Sólo sabe que ha elaborado un juego recíproco, diabólico, un dame y toma de la parca satisfecha. Al desprenderse una voz, como si no fuera con él, como en el café oía el pregón de los vendedores callejeros, escucha unas órdenes precisas, pero que no le importan en realidad. Mira al cielo. Arriba, el horizonte comienza a teñirse encarnadamente. Líneas rosadas se van alargando como dedos majestuosos. Quizás en la montaña una mano descomunal esté dándole un hachazo al aire para hacer brotar el agua. Qué le importa. Aquí, directo al corazón. Ve los cañones extendidos. La línea que parte desde una boca oscura y se aleja hasta concluir en un ojo desvelado, anochecido, que lo está mirando, que dirige la pupila hacia el centro de su pecho, un poco a la izquierda, apoyo de María en otro tiempo, que permitirá la entrada hurgadora de unos dedos plúmbeos.

Habrá una llamita, una lucecita, que se encenderá momentáneamente, fugazmente, y volverá a apagarse. Casi la ve. Casi la toca. Siente deseos incontenibles de tocar la punta de los fusiles que se le graban irremediablemente en la memoria con sus bocas oscuras y su aún no oído golpe. El rugido de la boca obscura que quizás no oirá. ¿Cómo será, desde aquí? ¿Se oirá? Una sensación nueva, aún no experimentada pero que atrae los sentidos con una fuerza telúrica sólo satisfecha cuando ya se ha corrido. Un albur. Una especie de albur inexplicable y majestuoso por lo trágico.

Sentirá que algo viene avanzando directamente con la velocidad del segundo y sin embargo eternamente detenido. Imagina la bala, imagina las balas, en el aire, en el espacio frío, entre él y el cañón, en camino, detenidas en el aire, tomando calor, poniéndose rojizas por la fricción del aire, calientes. Detenidas como por una mano de gesto hipnótico. Piensa en Mandrake. Le viene a la mente sencilla y tontamente. Ellas saliendo del cañón, empujadas, repudiadas, como esposas infecundas hacia afuera, ¡hacia afuera, perras!... En el aire frío de la madrugada que comienza a llenarse de cantos y jolgorios que casi se tocan, se huelen. Es una lástima. El ruido callará los pájaros. Los detendrá y quedarán con el pico abierto y los ojos sorprendidos, extendida, repentinamente el ala en un acto reflejo. La patita aferrada al ramo, a la corteza, enterrando los garfios menudos en la corteza hasta hacer salir la savia. Los pájaros que encantan, que subyugan a María, que la enervan y la excitan cada madrugada... Se lo dijo a María. No lo hubiera hecho... Todavía es tiempo de detener la ejecución —su ejecución—. Si alguien lo sabe todavía es tiempo. Que nadie lo sepa... Gracias a Dios que Sebastián le entregó el paquete arrugado, la gelatina, la dinamita gelatinizada, amarillenta...

o quizás blanca, blancuzca, que guarda sobre su pecho exactamente sobre el corazón, bajo su saco militar que no registraron. Gracias a Dios que aún tenía a su amigo fiel, gracias, gracias a Dios que se la trajo y la tiene ahora... ¿Habrá tiempo? Cuando disparen... Tal vez no... Va a pensar en ello, va a averiguarlo, discutirlo consigo mismo..., gracias a Dios, a Dios, a-diós.

# ALFREDO BRYCE ECHENIQUE

PERUANO
( 1 9 3 9 )

*Brillante novelista y cuentista. La considerable producción narrativa de Alfredo Bryce Echenique iniciada en 1968 ha enriquecido y diversificado las direcciones de la prosa hispanoamericana. Leer a Bryce Echenique es encontrarse con un estilo nuevo, original. Dice, Fernando Alegría: "Bryce despierta ecos curiosos. La recreación del mundo aristocrático limeño despierta en sus novelas una nostalgia agridulce, casi ebria, con ese aire disperso que, a veces, mueve Scott Fitzgerald para descolocar a sus personajes."* (Nueva historia de la novela hispanoamericana. Hanover, N. H.: Ediciones del Norte, 1986, p. 368). *Apreciable es el éxito de su obra que se reedita seguidamente; su novela* Un mundo para Julius, *por ejemplo, tiene hasta ahora nueve ediciones. La obra de Bryce Echenique ha sido traducida a unos quince idiomas.*

*El primer libro del autor peruano es la colección de cuentos* Huerto cerrado, *publicado en 1968; ganador, ese año, del Premio Casa de las Américas. Esta obra se traduce al francés en 1980* (Je suis le roi). *Los otros volúmenes de relatos publicados son* La felicidad ja ja *(1974) y* Magdalena peruana y otros cuentos *(1986). Hay también recopilaciones de los relatos del autor:* Todos los cuentos *(1979) y* Cuentos completos *(1981). En 1897 publica en colaboración con Ana María Dueñas el relato infantil* Goig. *Su primera novela es* Un mundo para Julius *(1970). Esta obra obtuvo el Premio Nacional de Literatura de Perú en 1972 y recibió en Francia el Premio a la Mejor Novela Extranjera en 1974. Sigue* La pasión según San Pedro Balbuena que fue tantas veces Pedro, y que nunca pudo negar a nadie *(1977) traducida al francés* (La passion selon San Pedro Balbuena). *Esta novela se sigue publicando con el título abreviado de* Tantas veces Pedro. *Las otras novelas del autor son* La vida exagerada de Martín Romaña *(1981);* El hombre que hablaba de Octavia de Cádiz *(1985);* La última mudanza de Felipe Carrillo *(1988). Otras obras de Bryce Echenique son* Muerte de Sevilla en Madrid. Antes de la cita con los Linares *(1972);* A vuelo de buen cubero y otras crónicas *(1977), libro que se ampliará en 1988 con otros trece textos, publicándose con el título* Crónicas personales.

690     ALFREDO BRYCE ECHENIQUE

*Alfredo Bryce Echenique nació en Lima. Realizó sus estudios universitarios en la Universidad Nacional Mayor de San Marcos donde se doctora en Letras y se licencia en Derecho. Su pasión de escribir es más fuerte que la de llegar a "instalarse" como un profesional más en un medio poco estimulante para el escritor. Sale hacia Europa en 1964, recorre varios países y finalmente en 1968 se establece por varios años en Francia. Dicta cursos en las universidades de Nanterre, la Sorbona, Vincennes y la Universidad Paul Valery. Sale de Francia en 1984. Vive por un tiempo en Estados Unidos y de allí se marcha a España donde residirá en Barcelona y Madrid.*

*El cuento "Jimmy, en Paracas" proviene de la colección Huerto cerrado. La evocación del viaje hecho a la playa por el adolescente y su padre es en el presente narrativo la instalación de una memoria madura, crítica, sobre todo perceptiva de un mundo entrevisto en el pasado. La irónica disolución de la imagen paterna es el forzoso camino del viaje del recuerdo; en esa región de la memoria se va registrando la falsedad de un entorno familiar sostenido en una aspiración arribista de clase social. Hay la necesidad catártica de desocultar las apariencias, de describir la actitud servil del padre hacia sus jefes, de resaltar el desinhibido comportamiento de los personajes de la clase adinerada, de comprobar, con perturbación, que las relaciones humanas están siempre mediadas. De relieves múltiples es la prosa de Bryce Echenique; de profunda sensibilidad en la captación de las contradicciones entre individuo y formación social. Con un uso radical o tierno de la ironía, la escritura de Bryce Echenique desciende, explorando una y otra vez, en mitos sociales y en los efectos desoladores de éstos en la condición humana.*

## CON JIMMY, EN PARACAS

Lo estoy viendo realmente; es como si lo estuviera viendo; allí está sentado, en el amplio comedor veraniego, de espaldas a ese mar donde había rayas, tal vez tiburones. Yo estaba sentado al frente suyo, en la misma mesa, y, sin embargo, me parece que lo estuviera observando desde la puerta de ese comedor, de donde ya todos se habían marchalo, ya sólo quedábamos él y yo, habíamos llegado los últimos, habíamos alcanzado con las justas el almuerzo.

Esta vez me había traído; lo habían mandado sólo por el fin de semana. Paracas no estaba tan lejos: estaría de regreso a tiempo para el colegio, el lunes. Mi madre no había podido venir; por eso me ha-

bía traído. Me llevaba siempre a sus viajes cuando ella no podía acompañarlo, y cuando podía volver a tiempo para el colegio. Yo escuchaba cuando le decía a mamá que era una pena que no pudiera venir,
la compañía le pagaba la estadía, le pagaba hotel de lujo para dos personas. "Lo llevaré", decía, refiriéndose a mí. Creo que yo le gustaba
para esos viajes.

Y a mí, ¡cómo me gustaban esos viajes! Esta vez era a Paracas.
Yo no conocía Paracas, y cuando mi padre empezó a arreglar la maleta, el viernes por la noche, ya sabía que no dormiría muy bien esa
noche, y que me despertaría antes de sonar el despertador.

Partimos ese sábado muy temprano, pero tuvimos que perder mucho tiempo en la oficina, antes de entrar en la carretera al sur. Parece
que mi padre tenía todavía cosas que ver allí, tal vez recibir las últimas instrucciones de su jefe. No sé; yo me quedé esperándolo afuera,
en el auto, y empecé a temer que llegaríamos mucho más tarde de lo
que habíamos calculado.

Una vez en la carretera, eran otras mis preocupaciones. Mi padre
manejaba, como siempre, despacísimo; mas despacio de lo que mamá
le había pedido que manejara. Uno tras otro, los automóviles nos iban
dejando atrás, y yo no miraba a mi padre para que no se fuera a dar
cuenta de que eso me fastidiaba un poco, en realidad me avergonzaba bastante. Pero nada había que hacer, y el viejo Pontiac, ya muy
viejo el pobre, avanzaba lentísimo, anchísimo, negro e inmenso, balanceándose como una lancha sobre la carretera recién asfaltada.

A eso de la mitad del camino, mi padre decidió encender la radio.
Yo no sé qué le pasó; bueno, siempre sucedía lo mismo, pero sólo
probó una estación, estaban tocando una guaracha, y apagó inmediatamente sin hacer ningún comentario. Me hubiera gustado escuchar
un poco de música, pero no le dije nada. Creo que por eso le gustaba
llevarme en sus viajes; yo no era un muchachillo preguntón; me gustaba ser dócil; estaba consciente de mi docilidad. Pero eso sí, era muy
observador.

Y por eso lo miraba de reojo, y ahora lo estoy viendo manejar.
Lo veo jalarse un poquito el pantalón desde las rodillas, dejando aparecer las medias blancas, impecables, mejores que las mías, porque
yo todavía soy un niño; blancas e impecables porque estamos yendo
a Paracas, hotel de lujo, lugar de veraneo, mucha plata y todas esas
cosas. Su saco es el mismo de todos los viajes fuera de Lima, gris,
muy claro, sport; es norteamericano y le va a durar toda la vida.
El pantalón es gris, un poco más oscuro que el saco, y la camisa es
la camisa vieja más nueva del mundo; a mí nunca me va a durar una
camisa como le duran a mi padre.

Y la boina; la boina es vasca; él dice que es vasca de pura cepa.
Es para los viajes; para el aire, para la calvicie. Porque mi padre es
calvo, calvísimo, y ahora que lo estoy viendo ya no es un hombre alto.

Ya aprendí que mi padre no es un hombre alto, sino más bien bajo. Es bajo y muy flaco. Bajo, calvo y flaco, pero yo entonces tal vez no lo veía aún así, ahora ya sé que sólo es el hombre más bueno de la tierra, dócil como yo, en realidad se muere de miedo de sus jefes; esos jefes que lo quieren tanto porque hace siete millones de años que no llega tarde ni se enferma ni falta a la oficina; esos jefes que yo he visto cómo le dan palmazos en la espalda y se pasan la vida felicitándolo en la puerta de la iglesia los domingos; pero a mí hasta ahora no me saludan, y mi padre se pasa la vida diciéndole a mi madre, en la puerta de las iglesia los domingos, que las mujeres de sus jefes son distraídas o no la han visto, porque a mi madre tampoco la saludan, aunque a él, a mi padre, no se olvidaron de mandarle sus saludos y felicitaciones cuando cumplió un millón de años más sin enfermarse ni llegar tarde a la oficina, la vez aquella en que trajo esas fotos en que estoy seguro, un jefe acababa de palmearle la espalda, y otro estaba a punto de palmeársela; y esa otra foto en que ya los jefes se habían marchado del cocktail, pero habían asistido, te decía mi padre, y volvía a mostrarte la primera fotografía.

Pero todo esto es ahora en que lo estoy viendo, no entonces en que lo estaba mirando mientras llegábamos a Paracas en el Pontiac. Yo me había olvidado un poco del Pontiac, pero las paredes blancas del hotel me hicieron verlo negro, ya muy viejo el pobre, y tan ancho. "Adónde va a acabar esta mole", me preguntaba, y estoy seguro de que mi padre se moría de miedo al ver esos carrazos, no lo digo por grandes, sino por la pinta. Si les daba un topetón, entonces habría que ver de quién era ese carrazo, porque mi padre era muy señor, y entonces aparecería el dueño, veraneando en Paracas con sus amigos, y tal vez conocía a los jefes de mi padre, había oído hablar de él, "no ha pasado nada, Juanito" (así se llamaba, se llama mi padre), y lo iban a llenar de palmazos en la espalda, luego vendrían los aperitivos, y a mí no me iban a saludar, pero yo actuaría de acuerdo a las circunstancias y de tal manera que mi padre no se diera cuenta de que no me habían saludado. Era mejor que mi madre no hubiera venido.

Pero no pasó nada. Encontramos un sitio anchísimo para el Pontiac negro, y al bajar, así sí que lo vi viejísimo. Ya estábamos en el hotel de Paracas, hotel de lujo y todo lo demás. Un muchacho vino hasta el carro por la maleta. Fue la primera persona que saludamos. Nos llevó a la recepción y allí mi padre firmó los papeles de reglamento, y luego preguntó si todavía podíamos "almorzar algo" (recuerdo que así dijo). El hombre de la recepción, muy distinguido, mucho más alto que mi padre, le respondió afirmativamente: "Claro que sí, señor. El muchacho lo va a acompañar hasta su 'bungalow' para que usted pueda lavarse las manos, si lo desea. Tiene usted tiempo, señor; el comedor cierra dentro de unos minutos, y su 'bungalow' no está muy alejado." No sé si mi papá, pero yo todo eso de "bungalow" lo entendí muy bien, porque estudio en colegio inglés y eso no lo debo olvidar en mi vida y cada vez que mi papá estalla, cada mil años, luego nos invita al cine, grita que hace siete millones de años que trabaja enfermo y sin llegar tarde para darle a sus hijos lo mejor, lo mismo que a los hijos de sus jefes.

El muchacho que nos llevó hasta el "bungalow" no se sonrió mucho cuando mi padre le dio la propina, pero ya yo sabía que cuando se viaja con dinero de la compañía no se puede andar derrochando, si no, pobres jefes, nunca ganarían un céntimo y la compañía quebraría en la mente respetuosa de mi padre, que se estaba lavando las manos mientras yo abría la maleta y sacaba alborotado mi ropa de baño. Fue entonces que me enteré, él me lo dijo, que nada de acercarme al mar, que estaba plagado de rayas, hasta había tiburones. Corrí a lavarme las manos, por eso de que dentro de unos minutos cierran el comedor, y dejé mi ropa de baño tirada sobre la cama. Cerramos la puerta del "bungalow" y fuimos avanzando hacia el comedor. Mi padre también, aunque menos, creo que era observador; me señaló la piscina, tal vez por eso de la ropa de baño. Era hermoso Paracas; tenía de desierto, de oasis, de balneario; arena, palmeras, flores, veredas y caminos por donde chicas que yo no me atrevía a mirar, pocas ya, las últimas, las más atrasadas, se iban perezosas a dormir esa siesta de quien ya se acostumbró al hotel de lujo. Tímidos y curiosos, mi padre y yo entramos al comedor.

Y es allí, sentado de espaldas al mar, a las rayas y a los tiburones, es allí donde lo estoy viendo, como si yo estuviera en la puerta del comedor, y es que en realidad yo también me estoy viendo sentado allí, en la misma mesa, cara a cara a mi padre y esperando al mozo ese, que a duras penas contestó a nuestro saludo, que había ido a traer el menú (mi padre pidió la carta y él dijo que iba por el menú) y que según papá debería habernos cambiado de mantel, pero era mejor no decir nada porque, a pesar de que ése era un hotel de lujo, habíamos llegado con las justas para almorzar. Yo casi vuelvo a saludar al mozo cuando regresó y le entregó el menú a mi padre que entró en dificultades y pidió, finalmente, corvina a la no sé cuántos, porque el mozo ya llevaba horas esperando. Se largó con el pedido y mi padre, sonriéndome, puso la carta sobre la mesa, de tal manera que yo podía leer los nombres de algunos platos, un montón de nombres franceses en realidad, y entonces pensé, aliviándome, que algo terrible hubiera podido pasar, como aquella vez en ese restaurante de tipo moderno, con un menú que parecía para norteamericanos, cuando mi padre me pasó la carta para que yo pidiera, y empezó a contarle al mozo que él no sabía inglés, pero que a su hijo lo estaba educando en colegio inglés, a sus otros hijos también, costara lo que costara, y el mozo no le prestaba ninguna atención, y movía la pierna porque ya se quería largar.

Fue entonces que mi padre estuvo realmente triunfal. Mientras el mozo venía con las corvinas a la no sé cuántos, mi padre empezó a hablar de darnos un lujo, de que el ambiente lo pedía, y de que la compañía no iba a quebrar si él pedía una botellita de vino blanco para acompañar esas corvinas. Decía que esa noche a las siete era la reunión con esos agricultores, y que le comprarían los tractores que le habían encargado vender; él nunca le había fallado a la compañía. En esas estaba cuando el mozo apareció complicándose la vida en cargar los platos de la manera más difícil, eso parecía un circo, y mi padre lo miraba como si fuera a aplaudir, pero gracias a Dios reaccionó y tomó una actitud bastante forzada, aunque digna, cuando el mozo jugaba a casi tirarnos los platos por la cara, en realidad era que los estaba poniendo elegantemente sobre la mesa y que nosotros no estábamos acostumbrados a tanta cosa. "Un blanco no sé cuántos", dijo mi padre. Yo casi lo abrazo por esa palabra en francés que acababa de pronunciar, esa marca de vino, ni siquiera había pedido la carta para consultar, no, nada de eso; lo había pedido así no más, triunfal, conocedor, y el mozo no tuvo más remedio que tomar nota y largarse a buscar.

Todo marchaba perfecto. Nos habían traído el vino y ahora recuerdo ese momento de feliz equilibrio: mi padre sentado de espaldas al mar, no era que el comedor estuviera al borde del mar, pero el muro que sostenía esos ventanales me impedía ver la piscina y la playa, y ahora lo que estoy viendo es la cabeza, la cara de mi padre, sus hombros, el mar allá atrás, azul en ese día de sol, las palmeras por aquí y por allá, la mano delgada y fina de mi padre sobre la botella fresca de vino, sirviéndome media copa, llenando su copa, "bebe despacio, hijo", ya algo quemado por el sol, listo a acceder, extrañando a mi madre, buenísima, y yo ahí, casi chorreándome con el jugo ese que bañaba la corvina, hasta que vi a Jimmy. Me chorreé cuando lo vi. Nunca sabré por qué me dio miedo verlo. Pronto lo supe.

Me sonreía desde la puerta del comedor, y yo lo saludé, mirando luego a mi padre para explicarle quién era, que estaba en mi clase, etc.; pero mi padre, al escuchar su apellido, volteó a mirarlo sonriente, me dijo que lo llamara, y mientras cruzaba el comedor, que conocía a su padre, amigo de sus jefes, uno de los directores de la compañía, muchas tierras en esa región...

—Jimmy, papá —Y se dieron la mano...

—Siéntate, muchacho —dijo mi padre, y ahora recién me saludó a mí.

Era muy bello; Jimmy era de una belleza extraordinaria: rubio, el pelo en anillos de oro, los ojos azules achinados, y esa piel bronceada, bronceada todo el año, invierno y verano, tal vez porque venía siempre a Paracas. No bien se había sentado, noté algo que me pareció extraño: el mismo mozo que nos odiaba a mi padre y a mí, se acercaba ahora sonriente, servicial, humilde, y saludaba a Jimmy con todo respeto; pero éste, a duras penas le contestó con una mueca. Y el mozo no se iba, seguía ahí, parado, esperando órdenes, buscándolas, yo casi le pido a Jimmy que lo mandara matarse. De los cuatro que estábamos ahí, Jimmy era el único sereno.

Y ahí empezó la cosa. Estoy viendo a mi padre ofrecerle a Jimmy un poquito de vino en una copa. Ahí empezó mi terror.

—No, gracias —dijo Jimmy—. Tomé vino con el almuerzo. —Y sin mirar al mozo, le pidió un whisky.

Miré a mi padre: los ojos fijos en el plato, sonreía y se atragantaba un bocado de corvina que podía tener millones de espinas. Mi padre no impidió que Jimmy pidiera ese whisky, y ahí venía el mozo casi bailando con el vaso en una bandeja de plata, había que verle sonreírse al hijo de puta. Y luego Jimmy sacó un paquete de Chesterfield, lo puso sobre la mesa, encendió uno, y sopló todo el humo sobre la calva de mi padre, claro que no lo hizo por mal, lo hizo simplemente, y luego continuó bellísimo, sonriente, mirando hacia el mar, pero mi padre ni yo queríamos ya postres.

—¿Desde cuándo fumas? —le preguntó mi padre, con voz temblorosa.

—No sé; no me acuerdo —dijo Jimmy, ofreciéndome un cigarrillo.

—No, no, Jimmy; no...

—Fuma no más, hijito; no desprecies a tu amigo.

Estoy viendo a mi padre decir esas palabras, y luego recoger una servilleta que no se le había caído, casi recoge el pie del mozo que seguía ahí parado. Jimmy y yo fumábamos, mientras mi padre nos contaba que a él nunca le había atraído eso de fumar, y luego de una afección a los bronquios que tuvo no sé cuándo, pero Jimmy empezó a hablar de automóviles, mientras yo observaba la ropa que llevaba puesta, parecía todo de seda, y la camisa de mi padre empezó a envejecer lastimosamente, ni su saco norteamericano le iba a durar toda la vida.

—¿Tú manejas, Jimmy? —preguntó mi padre.

—Hace tiempo. Ahora estoy en el carro de mi hermana; el otro día estrellé mi carro, pero ya le va a llegar otro a mi papá. En la hacienda tenemos varios carros.

Y yo muerto de miedo, pensando en el Pontiac; tal vez Jimmy se iba a enterar que ése era el de mi padre, se iba a burlar tal vez, lo iba a ver más viejo, más ancho, más feo que yo. "¿Para qué vinimos aquí?" Estaba recordando la compra del Pontiac, a mi padre convenciendo a mamá, "un pequeño sacrificio", y luego también los sábados por la tarde, cuando lo lavábamos, asunto de familia, todos los hermanos con latas de agua, mi padre con la manguera, mi madre en el balcón, nosotros locos por subir, por coger el timón, y mi padre autoritario: "Cuando sean grandes, cuando tengan brevete", y luego, sentimental: "Me ha costado años de esfuerzo."

—¿Tienes brevete, Jimmy?

—No; no importa; aquí todos me conocen.

Y entonces fue que mi padre le preguntó que cuántos años tenía y fingió creerle cuando dijo que dieciséis, y yo también, casi le digo que era un mentiroso, pero para qué, todo el mundo sabía que Jimmy estaba en mi clase y que yo no había cumplido aún los catorce años.

—Manolo se va conmigo —dijo Jimmy—; vamos a pasear en el carro de mi hermana.

Y mi padre cedió una vez más, nuevamente sonrió, y le encargó a Jimmy saludar a su padre.

—Son casi las cuatro —dijo—, voy a descansar un poco, porque a las siete tengo una reunión de negocios. —Se despidió de Jimmy, y se marchó sin decirme a qué hora debía regresar, y yo casi le digo que no se preocupara, que no nos íbamos a estrellar.

Jimmy no me preguntó cuál era mi carro. No tuve por qué decirle que el Pontiac ese negro, el único que había ahí, era el carro de mi padre. Ahora sí se lo diría y luego, cuando se riera sarcásticamente le escupiría en la cara, aunque todos esos mozos que lo habían saludado mientras salíamos, todos esos que a mí no me hacían caso, se me vinieran encima a matarme por haber ensuciado esa maravillosa cara de monedita de oro, esas manos de primer enamorado que estaban abriendo la puerta de un carro del jefe de mi padre.

A un millón de kilómetros por hora, estuvimos en Pisco, y allí Jimmy casi atropella a una mujer en la Plaza de Armas; a no sé cuantos millones de kilómetros por hora, con una cuarta velocidad especial estuvimos en una de sus haciendas, y allí Jimmy tomó una Coca-Cola, le pellizcó la nalga a una prima y no me presentó a sus hermanas; a no sé cuantos miles de millones de kilómetros por hora, estuvimos camino de Ica, y por allí Jimmy, me mostró el lugar en que había estrellado su carro, carro de mierda ese, dijo, no servía para nada.

Eran las nueve de la noche cuando regresamos a Paracas. No sé cómo, pero Jimmy me llevó hasta una salita en que estaba mi padre bebiendo con un montón de hombres. Ahí estaba sentado, la cara satisfecha, ya yo sabía que haría muy bien su trabajo. Todos esos hombres conocían a Jimmy; eran agricultores de por ahí, y acababan de comprar los tractores de la compañía. Algunos le tocaban el pelo a Jimmy y otros se dedicaban al whisky que mi padre estaba invitando en nombre de la compañía. En ese momento mi padre empezó a contar un chiste, pero Jimmy lo interrumpió para decirle que me invitaba a comer. "Bien, bien; dijo mi padre. Vayan nomás."

Y esa noche bebí los primeros whiskies de mi vida, la primera copa llena de vino de mi vida, en una mesa impecable, con un mozo que bailaba sonriente y constante alrededor de nosotros. Todo el mundo andaba elegantísimo en ese comedor lleno de luces y de carcajadas de mujeres muy bonitas, hombres grandes y colorados que deslizaban sus manos sobre los anillos de oro de Jimmy cuando pasaban hacia sus mesas. Fue entonces que me pareció escuchar el final del chiste que había estado contando mi padre, le puse cara de malo, y como que lo encerré en su salita con esos burdos agricultores que venían a comprar su primer tractor. Luego, esto sí que es extraño, me deslicé hasta muy adentro en el mar, y desde allí empecé a verme navegando en un comedor en fiesta, mientras un mozo me servía arrodillado una copa de champagne, bajo la mirada achinada y azul de Jimmy.

Yo no le entendía muy bien al principio; en realidad no sabía de qué estaba hablando, ni qué quería decir con todo eso de la ropa interior. Todavía lo estaba viendo firmar la cuenta; garabatear su nombre sobre una cifra monstruosa y luego invitarme a pasear por la playa. "Vamos", me había dicho, y yo lo estaba siguiendo a lo largo del malecón oscuro, sin entender muy bien todo eso de la ropa interior. Pero Jimmy insistía, volvía a preguntarme qué calzoncillos usaba yo, y añadía que los suyos eran así y asá, hasta que nos sentamos en esas escaleras que daban a la arena y al mar. Las olas reventaban muy cerca y Jimmy estaba ahora hablando de órganos genitales, órganos genitales masculinos solamente, y yo, sentado a su lado, escuchándolo sin saber qué responder, tratando de ver las rayas y los tiburones de que hablaba mi padre, y de pronto corriendo hacia ellos porque Jimmy acababa de ponerme una mano sobre la pierna, "¿cómo la tienes, Manolo?", dijo, y salí disparado.

Estoy viendo a Jimmy alejarse tranquilamente; regresar hacia la luz del comedor y desaparecer al cabo de unos instantes. Desde el borde del mar, con los pies húmedos, miraba hacia el hotel lleno de luces y hacia la hilera de "bungalows", entre los cuales estaba el mío. Pensé en regresar corriendo, pero luego me convencí de que era una tontería, de que ya nada pasaría esa noche. Lo terrible sería que Jimmy continuara por allí, al día siguiente, pero por el momento, nada; sólo volver y acostarme.

Me acercaba al "bungalow" y escuché una carcajada extraña. Mi padre estaba con alguien. Un hombre inmenso y rubio zamaqueaba el brazo de mi padre, lo felicitaba, le decía algo de eficiencia, y ¡zas! le dio el palmazo en el hombro, "Buenas noches, Juanito", le dijo. "Buenas noches, don Jaime", y en ese instante me vio.

—Mírelo; ahí está. ¿Dónde está Jimmy, Manolo?

—Se fue hace un rato, papá.

—Saluda al padre de Jimmy.

—¿Cómo estás muchacho? O sea que Jimmy se fue hace rato; bueno, ya aparecerá. Estaba felicitando a tu padre; ojalá tú salgas a él. Le he acompañado hasta su "bungalow".

—Don Jaime es muy amable.

—Bueno, Juanito, buenas noches. —Y se marchó, inmenso.

Cerramos la puerta del "bungalow" detrás nuestro. Los dos habíamos bebido, él más que yo, y estábamos listos para la cama. Ahí estaba todavía mi ropa de baño, y mi padre me dijo que mañana por la mañana podría bañarme. Luego me preguntó que si había pasado un buen día, que si Jimmy era mi amigo en el colegio, y que si mañana lo iba a ver; y yo a todo: "Sí, papá, sí, papá", hasta que apagó la luz y se metió en la cama, mientras yo, ya acostado, buscaba un dolor de estómago para quedarme en cama mañana, y pensé que ya se había dormido. Pero no. Mi padre me dijo, en la oscuridad, que el nombre de la compañía había quedado muy bien, que él había hecho un buen trabajo, estaba contento mi padre. Más tarde volvió a hablarme; me dijo que don Jaime había estado muy amable en acompañarlo hasta la puerta del "bungalow" y que era todo un señor. Y como dos horas más tarde, me preguntó: "Manolo, ¿qué quiere decir 'bungalow' en castellano?".

# ANTONIO SKÁRMETA

CHILENO
( 1 9 4 0 )

*La publicación de* Desnudo en el tejado *de Antonio Skármeta en 1969 —colección de cuentos de excepcional calidad literaria, ganadora del primer premio Casa de las Américas en 1968— creó un enorme interés por este nuevo escritor; con anterioridad había publicado otra colección de cuentos* El entusiasmo *(1967). Luego de* Desnudo en el tejado *publica el volumen de cuentos* Tiro libre *en 1973; el mismo año aparece la recopilación* El ciclista de San Cristóbal *publicado por Editorial Quimantú. La colección* Novios solitarios *(1975) reúne cuentos de los dos primeros libros de Skármeta y añade cuatro relatos escritos entre 1973 y 1975. La producción novelística de Skármeta es igualmente destacada:* Soñé que la nieve ardía *(1975);* No pasó nada *(1980);* La insurrección *(1982);* Ardiente paciencia *(1985);* Match Ball *(1989). A su obra narrativa se agrega su exitosa actividad como escritor de guiones de cine y piezas radiofónicas. Ha dirigido asimismo cortometrajes.*

*Antonio Skármeta nació en Antofagasta. Su labor académica e intelectual ha sido activísima y polifacética, profesor de filosofía y de literatura hispanoamericana en la Universidad de Chile, profesor de técnica narrativa en la Escuela de Periodismo de la Universidad Católica, director de talleres de creación literaria, conferencista, ha escrito numerosos artículos literarios, ha traducido al español autores como Norman Mailer y Jack Kerouac. En 1973 debido a la situación política chilena derivada por el golpe militar, Skármeta sale de Chile; vive un año en Argentina dirigiéndose luego a Berlín Occidental donde permanece hasta 1989, año en que regresa a Santiago.*

*La obra de Antonio Skármeta es ampliamente conocida en el extranjero y sus publicaciones alcanzan rápida difusión internacional, lo cual lo ha colocado como una de las figuras sobresalientes de la narrativa hispanoamericana. Su obra ha sido traducida a unos trece idiomas (inglés, francés, italiano, portugués, alemán, ruso, holandés, etc.). Un aspecto esencial en su cuentística es el magnífico dominio del lenguaje narrativo, especie de celebración, o de explosivo vitalismo con el que tanto personajes como situaciones adquieren relieves poco usuales en el cuento hispanoamericano. El relato "Final del tango" es de la colección Desnudo en el tejado.*

*Numerosas imágenes concurren en este cuento, celebración del poder sensual del arte. Describo brevemente tan sólo una de ellas, la metáfora de una composición corpoescritural posible por la trayectoria fusiva del movimiento dibujado: dos cuerpos comunicados por el compás del baile se aproximan a la articulación de dos veces convocadas por el ritmo de sus evocaciones. El movimiento de la escritura sorprendido en su agitación de giros y ondulaciones es confrontado con el transcurso de monólogos, oscilante entre la plenitud hedonista de los sentidos y la oscuridad de las ausencias.*

*Sostenidos por el brote enérgico de sus evoluciones, escritura y cuerpos se apropian de las voluptuosidades convocando el erotismo del baile por el poder de cadencias físicas y verbales. De otra parte la nueva unidad creada (cuerpo-arte) debe enfrentarse a la exposición impetuosa de modos naturales. El desenfreno de esa fuerza espontánea conduce a lo abismal.*

## FINAL DEL TANGO

Infierno infierno la turbia imagen de lo que soy entre los copetines los bocadillos de langostines y el petit-bouche de queso, infierno mi inflamación entre las piernas mi lomo arqueado mordiendo aun otra maleza, otro infierno, ese que tienes tú, perra, ahí bajo, donde se combustiona la membrana más fina de mi piel, infierno este impúdico derrame de carne mientras hago el tango contigo (la del país lejano) y la piel de zorro de tu madre te cuelga sobre los pliegues de tu terciopelo, y tú levitas por la alta tierra de marfil desde donde asistes a mis contorsiones reventando un gesto, echando redondito el humo del cigarro por la boca, eso, ah já, y pensar aun en un día en que habría sido inteligente, perra, y que eran mis manos las que sabían morderte la cintura, la más hábil la derecha, y la mala era la izquierda, buscándote entre las costillas, y era un tiempo mejor, de vez en cuando llovía en el invierno, no como estos días agónicos, los parques incinerados, la triste tutula del Darío echando un chorrito en el parque, y la lluvia, en cambio, está sólo en los periódicos, llueve en un país lejano y no tan vacío como lo que eres, perrita, dulzura, amor, un país como Vietnam al que debieras conocer para que mudaras de planeta, para que no estuvieses todo el tiempo ahuyentándote los pájaros, para que no mancharas con tanto rouge la boca del cigarrillo, para que no combaras así tu vientre retirándote de mi sexo mientras bailas el tango, para que existieras, perra, fuera de esa zona, de esa nación tan frágil, de esa nariz tan respingada donde pareces fornicar con ángeles, y tus pupilas se dan vuelta llevando tus propios dedos del pelo descascarado de mi gamuza a la pelusilla un poco ácida de tus muslos, ah infierno, y conduces el animal de tu arcángel con tus propias yemas (¿quién eres, quién eres?: tu voz caliente), y se va rajando lentamente la marea en tu carne, y yo estoy lejos de tu incendio, yo contigo bailo tango, ni siquiera D'Arienzo o Canaro sino el francés, el de Brel, el más fúnebre, tal vez el más bueno para abandonar la música, cremarte mis sinfonías (la que me premiaron en Filadelfia, esa), y verte entonces apenas preocupada, la mirada violeta dulce corriendo abstraída el hilillo rojo de celofán de una nueva cajetilla de *luckis*, mientras yo repito un pasaje de violín, como si estuviera dialogando contigo, pero tal vez ni eso, quizás lo que suena no es mío sino Tartini, o Mozart, otra mierda y mañana, mañana, sacudir en la casona del Arrayán la funda de los muebles (son los pájaros que se meten por los ventanales y los cagan enteros) y uno cree que va a llover, pero no es cierto, es sólo que todo se empantana tan fácil, los insectos en el aire, la radio en el mismo *jingle*, y yo una y otra vez, tan ineludible, tan encima, tan caliente y cercano, me viera mi madre muerta, ah-já-já-já-já, me vieran mis alumnos del Conservatorio con esta erección matutina, con esta aniquilación casi saludable, casi moribunda, casi lo único que me queda, perra, que me lo vas llevando en el tango, y mi lengua se corre más abajo de tu pelo, las papilas taladran tu selva, siempre te he visto como país, como un atlas ingenuo, un país lejano para el que no se otorgan pasaportes, mi lengua abriéndose en la maraña, buscando seca un trago, y luego y luego, el perfil brillante de tu oreja, y ahora encontrarlo, vivir ahí, lamiéndote, oh cielos cielos, toda concavidad tuya es imagen de mi muerte, es succión, es precipicio, caída libre, y quién nos viera qué supiera, apenas mi lengua que ronda la dureza de tus cartílagos, ardes, pero casi nada, yo soy un incendio en este salón pero no importa, porque yo no existo, alguien podría describirnos, fotografiarnos, y no habría nada, apenas la imagen de un galán insistente, la palidez de una mina que sabe calentarse mirando a los hombres que fuman bajo los cortinajes del salón, al que ríe con los dientes en la mitad de la pista, al que mira sombrío el pliegue de tu terciopelo en la esfera de tu culo, y me mira, y vuelve a tus muslos, a la línea de tu pierna, y está bailando contigo el tango —ah, infierno—, su rodilla va exploradora bajo el buen corte de su pantalón a abrirte un poco los muslos, a acercarte la mejilla desierta, y tú me resistes, eres una nación remota, una especie de Holanda ambulante, de Indostán, y yo, mierda de mí, estoy firme con la huelga de la Sinfónica, te veo fornicar desde el palco, y yo soy el hombre que tú amas, y yo soy el hombre que te amo, y te curvas tan fácilmente ante esa mirada extranjera, es tan dulce tu rendición, tan flexible y maternal la línea de tu estómago, como si un hijo lejano se te viniese replegando por tus huesos, los dedos blandamente hundidos en tu carne caliente, y casi flotas en la alfombra, elevada como una virgen ascendiendo, y yo debiera orarte, y otro te posee, y yo apenas existo, soy el hombre que tú amas, pero tu vientre se ha combado para mí, mi sexo naufraga en este salón, se muere en este tango, a ti te posee ahora un fantasma, y los trinos de la madrugada se despedazan afuera, o es mi sangre que estrangula los pájaros, esas aves que conozco bien, todos los pájaros que cubren la distancia desde la curva de tu hombro desnudo hasta los árboles desertados, esa madrugada que conozco bien donde el cigarrillo no te detiene, donde las sábanas casi grises son hostiles, casi se tragan tus piernas, pero tú cantas algo, algún tema miserable, y yo estoy tan mal con mis calzoncillos mirando el parque, y tú quién eres, y quién es Brel, y ahora perra qué has hecho con mis manos, por qué se me aprietan así contra tu carne liberándote donde quiero el asesinato, y este vino que viene dando vuelta por todas partes, y ahora el estómago que se me desplaza y se me viene haciendo un incendio como quien dice, qué país es este, qué lobos lo habitan, qué lengua se habla tan corta de respiración, tan inútil este jadeo turbio que me aprieta en la carne, qué me haces, qué tango es este que me está matando sin ninguna muerte, qué Santiago, perra, esta fuerza mía que se me dilata, es un cuarteto de Brahms el que estoy bailando y no te doy este triunfo: ten mi amor pero no mi rabia, y ahora que me acuerdo de ese tipo, que si, textualmente, se muere de amor en *La princesa de Clèves* y la música tal vez fuera de Lully, pero esto es peor, pantalones de mierda son cada vez más frágiles, mis piernas se van desnudando, tengo un asco aquí cerca, qué especie de maricón estoy siendo por amarte, así sin hablar, como la derrota del trompo cuando cucarrea y se desvanece en la baldosa del barrio, quién canta, cuál es el mejor pasaje que he escrito, y ahora el roce con tu pelo, y mi barba cada vez más pálida, mi bozo lampiño, y hasta el tórax Cristo que se me aprieta y me estoy pegando a tu camisa, y el pecho se me descoyunta, me están saliendo tus tetas adelante, como si estuviera gestando una granada en los flancos, mis piernas cada vez más lacias, el terciopelo moribundo y quién me aprieta, la madera del suelo se baja, mis pies tan pequeños en la alfombra, y yo dónde estoy, cuál es este silencio, y tú que me estás llevando con tanta rabia, y qué me importas, y tu sexo duro entre mis piernas como si te perteneciera, tú con tu trono a cuestas, tu mierda de sinfonía y cuartetos, tu boca mordiéndome el cuello, ahora sí que te picaste, sabes que se me levantó la falda, es donde me aprietas así, se me sube la falda y los hombres ven mis ligas, contemplan cómo me corre el sudor por el muslo, y tú me estás matando, y ya sé lo que va a pasarte, acabarás en ti, o en mí, cuando amanezca definitivamente, y tendrás tu propia repugnancia, tu conciencia latinoamericana, tu traje barato, pero yo estaré ahí donde tú dices, en una nación remota, ahí donde tu dices en otra galaxia, ahí lo tienes compañero: ese es el final del tango.

# M A R I O   L E V R E R O

URUGUAYO

( 1 9 4 0 )

La narrativa de Mario Levrero trae nuevos signos y nuevos rumbos en la literatura hispanoamericana. Sus cuentos y novelas han
abierto sorprendentes vertientes artísticas con el vigor de un vanguardismo que otorga a los mecanismos de la imaginación el dominio de lo experimental. La imaginación formula en la obra de
Levrero los alcances del lenguaje; por ello el vanguardismo del
escritor uruguayo no pertenece a la fractura de la sintaxis. Se deja
seduce, en cambio, por las improvisaciones y llamados transfor-
mativos con que se manifiesta lo imaginante. Atiende a los procesos de formaciones, a los estados más recientes de la percepción
artística. Los textos narrativos de Levrero convocan ambientes
extraños, pero con naturalidad; se mueven en el revés de la lógica, pero sin hacer visible un confrontamiento; asocian el erotismo con lo lúdico, pero sin previsiones sobre su desenlace. Sus
cuentos nos introducen en el universo de lo onírico, en estados mu-
tacionales, en obsesiones y extrañamientos de efecto fascinante, en
microcosmos (fauna, flora, por ejemplo) portadores de sensaciones de lo inconsciente, en la intensidad de formas sensuales que
impelen al cambio, al ingreso en la zona desconcertante. Con un
arte magistral se congloba en unas pocas líneas el escenario de
la alteración, de la disimilitud aceptada sin intervenciones: "Fuimos a cazar conejos. Era una expedición bien organizada que
capitaneaba el idiota. Teníamos sombreros rojos. Y escopetas, puñales, ametralladoras, cañones y tanques. Otros llevaban las manos vacías. Laura iba desnuda." (Caza de conejos. Ediciones de
la Plaza, 1986, p. 6). La obra de Mario Levrero se destaca como
una de las realizaciones de más fascinante ritmo imaginativo y
de más poder metafórico en la narrativa de fines del siglo veinte.

La ciudad es la primera novela de Mario Levrero. Fue escrita
hacia fines de la década del sesenta y publicada en 1970; se reedita en 1977 y en 1983. Luego siguen las novelas París en 1979
(incorpora una nota post-liminar de Elvio E. Gandolfo) y El lugar
en 1982. En 1987 publica otras dos novelas, reunidas en el libro
Fauna. Desplazamientos; la primera de ellas Fauna fue escrita
en 1979 y Desplazamientos se compuso entre 1982 y 1984.

Los primeros cuentos del escritor uruguayo aparecen en la

*segunda mitad de la década del sesenta en diarios, revistas y se-
manarios argentinos y uruguayos tales como Señal, Los Huevos
del Plata, El lagrimal trifurca, Marcha, Minotauro, Maldoror, Ja-
que, Don, Privada, Prometeo, Unidos, El Correo de los Viernes.
En 1968 se publica en Montevideo su primer libro Gelatina, un
relato de cierta extensión que luego será incluido en otras colecciones. En 1970 se publica el volumen de cuentos La máquina de
pensar en Gladys, libro de once relatos entre los cuales se incluyen excepcionales cuentos como "Los reflejos dorados", "El
sótano", "La casa abandonada". En esta colección se incorpora
el relato "Gelatina". Los cuentos de esta colección se escribieron
entre 1966 y 1967 y aparecieron primero en las revistas mencionadas anteriormente. El mismo año en que se publica La máquina
de pensar en Gladys, el escritor Marcial Souto publica el volumen
Llegan los dragones, donde junto a relatos de tres escritores norteamericanos se incorpora el cuento "El crucificado" de Mario
Levrero. En 1982 se publica Todo el tiempo: relatos, volumen
que contiene los cuentos "Todo el tiempo", "Alice Springs (El
Circo, el Demonio, las Mujeres y Yo)" y "La cinta de Moebius"
escritos entre 1974 y 1975. En 1983 aparece Aguas salobres, colección de cuatro relatos: "La cinta de Moebius", "La casa abandonada", "Las sombrillas" y "Aguas salobres". Este libro es seguido del volumen Los muertos; se publica en 1986 y es también
integrado por cuatro cuentos: "Noveno piso", "Los muertos", "Espacios libres" y "Algo pegajoso". Del mismo año es el novedoso
texto narrativo, acompañado de ilustraciones de Pilar González, Caza de conejos. Texto revolucionario en cuanto al efecto po-
tencializador de lo literario. La escritura funciona aquí en toda
su amplitud receptiva de lo imaginante. Lo erótico, lo lúdico, lo
perverso se conjugan sin separaciones: "Laura gateaba en el pasto. La cosquilla de los yuyos la excitaba y entonces aparecía un
conejo. Ella lo atrapaba entre sus piernas.... Y si ella apretaba
un poco demasiado con sus muslos, al conejo se le nublaban los
ojos y moría dulcemente." (Caza de conejos, ed. cit. p. 8). Lo
inesperado pasa a ser el centro de la escritura: "Nos gusta el conejo a las brasas, pero nuestra presa favorita es el guardabosques.
Los conejos se cazan con paciencia y astucia, con trampas más o
menos complejas de rumas y zanahorias; los guardabosques, en
cambio, necesitan todo nuestro arsenal." (Caza de conejos, ed.
cit., p. 10). En 1987 se publica el volumen Espacios libres, colección de dieciocho cuentos que constituye hasta la fecha el libro
más comprensivo de relatos de Levrero. Se incluye el estudio de
Pablo Fuentes "Levrero: el relato asimétrico" (Espacios libres,
Buenos Aires: Puntosur, S.R.L., 1987, pp. 305-318), artículo aparecido previamente en la revista Sinergia de Buenos Aires (N°*

*11, 1986, pp. 49-55). Se reúnen cuentos sobresalientes como "Ejercicios de natación en primera persona del singular", "Capítulo XXX", "El crucificado", "Las orejas ocultas (una falla mecánica)", "Apuntes de un 'voyeur' melancólico", "Los ratones felices", "Algo pegajoso", "Espacios libres". También se incorporan relatos que no habían sido publicados todavía como "Nuestro iglú en el Ártico", "El factor identidad", "Irrupciones", "La nutria es un animal del crepúsculo".*

*Mario Levrero nació en Montevideo. Su nombre completo es Jorge Mario Varlotta Levrero. Fue librero y fotógrafo. Junto con su labor literaria ha escrito colaboraciones humorísticas para revistas argentinas y uruguayas. Algunos de sus cuentos han sido traducidos al alemán, sueco y francés. De 1980 es su libro* Manual de parapsicología. *Otras publicaciones de Mario Levrero (firmadas como Jorge Varlotta) incluyen historietas, textos paródicos o humorísticos:* Nick Carter se divierte mientras el lector es asesinado y yo agonizo *(1795);* Santo varón *(1985).*

*El cuento "Capítulo XXX" se publicó primero en las revistas* Maldoror *y* Minotauro *hacia 1972; luego se integró a la colección* Espacios libres.

## CAPÍTULO XXX

Llegó nadando desde la isla, sólo, dio unos pasos sobre la arena y cayó. No había en él nada que pudiera inspirarme temor; por el contrario, en esa hazaña que yo creía imposible, una forma de llegar que no coincidía en absoluto con las leyendas que se contaban de invasiones terribles en naves impresionantes, había algo heroico y al mismo tiempo triste, algo que me hizo sentir una instantánea simpatía por el extranjero rubio.

Yo estaba sentado en las rocas, esperando la puesta del sol. Sabía lo que habría de suceder luego; por eso corrí hasta el cuerpo tendido y traté de apresurarme. Tenía los ojos abiertos, la mejilla derecha pegada a la arena, y jadeaba en el límite del cansancio; estaba desnudo, sólo tenía un cinturón de cuero, y advertí de inmediato la bolsita prendida al cinturón. El ojo, azul, lejano, que me miraba, no mostraba temor.

Traté de levantarlo, pero nunca tuve mucha fuerza y él no parecía poder hacer nada por ayudarme. Era como un cuerpo muerto. Luego lo tomé de los brazos y comencé a arrastrarlo por la arena. Cabía una posibilidad de que no hubiera sido visto; pero pronto se oyeron los gritos en el bosque, y supe que todo era inútil.

Tuve un impulso raro: saqué mi navaja del bolsillo y corté los hilos que ataban la bolsita opaca al cinturón negro; la guardé en el bolsillo, junto con la navaja, y me despedí mentalmente del extranjero.

Regresé a las rocas. No era una forma de esconderme, pues me podían ver; sabía, de todos modos, que a mí no habrían de hacerme daño. Simplemente no quería ser cómplice de lo que iba a suceder, aunque ya no sentía por anticipado los remordimientos inevitables.

La luz extraña que sobreviene a la puesta del sol me mostró un cuerpo mutilado, trozado en siete pedazos, y una sangre entre violeta y negra que la arena absorbía rápidamente. Los adultos cavaron en la arena siete pozos distantes entre sí, y el cuerpo del extranjero fue enterrado, los miembros por aquí, la cabeza por allá, las partes del tronco, los pies, las manos. No quería mirar pero no pude evitarlo. La náusea jugó un rato en el estómago y luego vomité entre las rocas. Después, los adultos se retiraron, a través del bosque, y yo quedé solo en la playa, lleno de asco y de odio, y la playa no era ya la misma, era fría y hostil, y cuando aparecieron las estrellas también me parecían amenazadoras y frías.

Llegué a la cabaña muy entrada la noche, y a la luz del farol enterré la bolsita de nailon opaco en el suelo de tierra cerca de un rincón. Pensé que Luisa dormía, pero su voz un poco quebrada y ronca por el sueño me llegó desde la cama grande. Me sobresalté.

—¿Qué estás enterrando? —preguntó.

—Huevos —respondí—. Tres huevos rojos.

Mi forma de contestar eliminaba la posibilidad de nuevas preguntas, especialmente por el tono en que lo dije. De inmediato lamenté mi sinceridad, pero luego comprendí que daba lo mismo; tarde o temprano habría de averiguarlo; el error fue no haber tomado mayores precauciones.

Me acosté, y Luisa dejó a un lado su muñeca favorita y se enroscó en torno de mi cuerpo.

## I

Durante algunas semanas las cosas siguieron su curso aparentemente normal. Yo sabía que ya no era lo mismo, pero no imaginaba qué sucedería ni cuándo. En lo que me es particular, estuve evadiendo tanto los hechos como mis propios pensamientos. Me habría gustado poder olvidar lo visto en la playa, pero la escena volvía una y otra vez a mi memoria. Sentía recruceder el odio contra los adultos, e incluso llegué a interrumpir deliberadamente mis charlas con uno de ellos, el más aceptable, a quien llamábamos el viejo F. También hacía lo posible por mantenerme apartado de mis compañeros, pero no siempre lo conseguía y muchas veces los necesitaba.

Después de un tiempo no pude menos que advertir algunas cosas y comenzar a relacionarlas entre sí, aunque no quise hallar la clave de inmediato. Hubo dos hechos evidentes y un tercero más subjetivo pero no menos real. El primero fue la desaparición de Inés, que se comentó brevemente entre los muchachos; no es que todos no quisiéramos a Inés y de alguna manera nos preocupara el asunto a todos por igual; pero a ellos ningún problema les duraba, y cuando no encontraban una solución inmediata lo dejaban a un lado; al cabo de unos cuantos días, para ellos era como si Inés jamás hubiera existido. Luisa, en cambio, se notaba preocupada y como temerosa; y comencé a notar que se ausentaba y volvía sin dar explicaciones.

El segundo hecho fue el nacimiento de una plantita en la cabaña. Descubrí un tímido brote, exactamente sobre el lugar donde había enterrado la bolsita opaca. Se adivinaban un par de hojitas de un verde muy oscuro. El corazón me latió con fuerza y, sin saber por qué, me sentí invadido por una extraña y desconocida alegría.

El tercer hecho, que he llamado subjetivo, se fue manifestando con mucha lentitud pero, una vez constatada, se hizo firme e irreversible: descubrí que recordaba, o sabía, o creía recordar o saber una cantidad de cosas que nunca antes había sabido y que nadie me había enseñado. Lo sentía como una forma de comprensión que no puedo explicar: una relación distinta con el mundo de las hormigas y de los árboles, incluso una comprensión —que no excluía por ello el odio— del mundo de los adultos.

Algunas preguntas que vivían en mí informuladas surgieron naturalmente, y también sus respuestas; otras no quise indagarlas, prefería dejarlas imprecisas, sin que afloraran; pero de todos modos, sabía que habrían de surgir en su momento, que dentro de mí estaba creciendo algo fuera de mi voluntad y que no podría detenerlo; sólo podía, tal vez, demorar la conciencia de este crecimiento, y hasta cierto punto. Por eso necesitaba alcohol, o volver a la promiscuidad del caserón, o jugar a las barajas con los muchachos.

El fin de esta etapa estuvo marcado por mi visita al viejo F. Fue cuando las dos hojitas de la planta se habían unido en el extremo superior, formando como una esfera un tanto achatada, sobre la cual podía verse una circunferencia de pequeños puntos que brotaban, parecidos a verrugas. Quería ver al viejo F para hacerle algunas preguntas, no sólo acerca de estas cosas sino también de mí mismo. El viejo había vivido lo suficiente como para por lo menos haber observado una serie de hechos; pero me constaba que, además, también sabía pensar. O tal vez quería verlo para que simplemente me confirmara en mi actitud. Pero no pude decirle nada.

Se mostró sorprendido al verme llegar, como quejándose de mi prolongada ausencia. Tenía un cigarrillo apagado en los labios, a un costado de la boca, y después de haberlo visto tantas veces lo noté, recién ahora, extraordinariamente parecido a mí: la cabeza calva, las arrugas, los ojos, pero no tanto los rasgos particulares sino el aspecto viejo, esa manera especial de ser viejo; él no se parecía a los otros adultos y viejos que yo conocía, ni yo me parecía a los jóvenes de mi edad (yo tenía, por esa época, unos quince años).

Fue una conversación muda, un dejarse estar, fumando y tomando mate, a veces con miradas fugaces, de reojo, de uno y de otro. Finalmente, cuando ya el mate hacía rato que había dejado de circular, y ya era noche cerrada, dijo "bueno", como habiendo cumplido sobradamente una parte prologal, casi cumplimentaria, y ahora fuese necesario tocar el tema.

—Bueno —repitió— ¿Qué pasa?

Me miró con gran ternura. Se me llenaron los ojos de lágrimas.

—No sé —respondí, mordiéndome los labios—. No sé.

Sentía una resistencia íntima, una íntima prohibición de hablar de todo aquello, del extranjero, de la bolsita, de Inés, de la planta, de Luisa y de mi proceso; y sentía agolparse las preguntas sobre mi origen incierto, sobre la isla y sus mujeres, sobre el mal que nos aquejaba a todos, y al fin rompí a llorar, como un niño, lleno de rabia y de vergüenza. Apreté los puños, pero seguí llorando.

El viejo dejó transcurrir la escena en silencio. Se levantó de su banco y desganada e innecesariamente se puso a encender el calentador a Kerosén, y luego me habló, de espaldas a mí, como tratando un tema general sin importancia.

—Ya nada será igual, muchacho —y después de una pausa importante, agregó—: al menos para ti.

Eso bastaba. Le estreché la mano en silencio. El camino bajo las estrellas lo hice lento y pensativo.

## II

Las puntitas como verrugas crecieron y se transformaron en una docena de tentáculos o cabellos gruesos. La planta alcanzó unos treinta centímetros de altura, y el tallo tenía un color violáceo y la esfera y sus tentáculos un violeta más rojizo. Estos apéndices, doblados por su propio peso, describían una suave curva y caían hasta la mitad de la altura del tallo. Después, comenzó la extraña relación con las mosquitas.

Siempre había visto con cierta simpatía un tipo de mosquita que era distinto de otras variedades; a éstas jamás se las veía revoloteando o posándose sobre la gente o la comida; simplemente se quedaban quietas, sobre una pared o un trapo colgado, preferentemente en zonas húmedas. Las alas redondeadas, más anchas y muy separadas en el extremo posterior, y casi unidas, más rectas, en el nacimiento junto a la cabecita. Parecían mustias mariposas diminutas, de alas grises permanentemente desplegadas.

Estas mosquitas comenzaron a multiplicarse en la cabaña, y se concentraban en el rincón donde estaba la planta; luego noté que entraban y salían de pequeños orificios en los apéndices. Si no hubiese existido en mí ese respeto por su relación evidente con los huevos rojos enterrados, habría cedido a la tentación de seccionar la planta para saber qué buscaban allí las mosquitas y hasta dónde llegaban en esos conductos.

Paralelamente a estos procesos, Luisa había desaparecido un tiempo largo; parte de este tiempo, lo supe, lo empleó ella también en la promiscuidad del caserón. No me molestó que lo hiciera. Cuando volvió no le hice preguntas ni reproches, y la acepté con naturalidad; en cambio, llegué a enfurecerme cuando la vi una tarde, ocupada en espantar o tratar de matar mosquitas con un trapo. Ella se ofendió y, en venganza, volvió al caserón; pero un par de días más tarde estaba de vuelta en la cabaña.

Cuando los apéndices, que seguían creciendo, llegaron a tocar el suelo, aparecieron las hormigas. Eran un poquito más grandes que las que habitualmente me dedicaba a observar, pero parecían pertenecer a la misma especie; tienen la cabeza pequeña con dos antenas y mandíbulas apreciables a simple vista; el cuerpo se compone de dos segmentos, unidos por una estrecha cintura. Me gustaba verlas caminar por su movimiento cimbreante, de gran elegancia. Estas hormigas habían abierto una boca de hormiguero dentro de la cabaña, en el rincón, y se plegaron a las mosquitas en esa curiosa actividad de entrar y salir por los apéndices. Del hormiguero partía una hilera ordenada que entraba, luego salía por un apéndice distinto y regresaba también en forma ordenada.

En principio temía que destruyeran la planta, y estuve inquieto, observando, hasta descubrir que regresaban invariablemente sin nada, a diferencia de las otras hormigas que acostumbran trozar hojas y flores y las cargan hacia el hormiguero. También noté con alivio que la planta no se resentía en absoluto con esta actividad, y que seguía creciendo. Las hormigas y las mosquitas no se interferían; las primeras se contentaban con un apéndice de entrada y otro de salida, y no imagino qué sucedía cuando se encontraban dentro con las mosquitas que utilizaban los demás conductos. Nunca advertí señales de enfrentamiento.

Una tarde aparecieron algunos de los muchachos —Alberto, Eduardo, Mabel, Esther y no sé si algún otro— con botellas de alcohol, que habían conseguido donde los adultos. También traían trozos de carne asada. Estuvimos comiendo y bebiendo, y luego nos entró una cierta modorra. Yo me recosté en el suelo, la cabeza apoyada contra uno de los troncos horizontales de la pared de la cabaña, cerca de la planta; temía que los chicos, consciente o inconscientemente, le hicieran daño.

Luisa, que continuaba sus relaciones un poco difíciles conmigo, se acostó con uno de ellos, no sé si Alberto o Eduardo, y Esther y el otro también se enlazaron, en el suelo, a un costado de la cama. Mabel comenzó a mirarme intensamente, sentada frente a mí contra la pared opuesta, pero yo estaba en una elaboración mental muy interesante acerca de la planta, de las hormigas, de las mosquitas y del extranjero, y en ese momento había logrado unir todo y sacar una conclusión inobjetable. Sentí necesidad de hablar inmediatamente con Luisa, pero ella seguía ocupada.

Dejé que mi mente siguiera trabajando en sus combinaciones, y entré en una somnolencia que, curiosamente, no interrumpía ni entorpecía mis penasmientos: simplemente me separaba de ellos, casi diría que podía observarlos, y perdían su formulación en palabras o en imágenes, y eran ahora un hermoso transcurrir, un dibujo de múltiples líneas fluyentes que se entrelazaban y entrecruzaban. Mabel, tal vez aguijoneada por mi apatía o simplemente por su propio deseo, comenzó a arrastrarse en mi dirección. Luego me estuvo acariciando el cuerpo, y por fin me desprendió el pantalón y comenzó a jugar con mi sexo. Yo noté, excitado, que se abría un nuevo conducto en mi mente. Era algo que nunca me había sucedido. Podía sentir y aún participar sensitivamente en las maniobras de la muchacha, y mi juego de pensamientos no se interrumpía, y al mismo tiempo podía observar las dos cosas desde un tercer punto mental. A Mabel probablemente le enfureciera mi actitud pasiva, y la furia la sobreexcitaba y la llevaba a multiplicar sus manifestaciones eróticas. Por mi parte, cada vez que advenía el orgasmo me inundaba una felicidad desconocida, algo que tenía más que ver con los procesos mentales que con lo estrictamente sexual: una liberación, un perfeccionamiento o una purificación de esas ideas no expresadas.

Después me entró el pánico. Me asuste de mí mismo, sentí que estaba loco o a punto de enloquecer en un estado donde no había pautas ni referencias habituales; entonces me vi obligado a actuar, a deshacer de alguna manera aquel estado de felicidad que me producía miedo. Salí de mi cómoda posición, me levanté, tomé a Mabel de los hombros y la sacudí con odio; luego la forcé a ponerse de rodillas y le introduje el sexo en la boca. Luisa se había sentado en la cama, los demás dormían, y ella me contó más tarde, muy asustada, que me vio aferrado a los cabellos de Mabel, quien lloraba de dolor y de rabia, y que en el momento del orgasmo mi cara y todo mi cuerpo se habían vuelto, por unos instantes, color ceniza; que yo parecía tan viejo que ya no había edad que se me pudiera adjudicar, viejo como un cadáver embalsamado, las arrugas del rostro pronunciadas hasta tal punto que parecía una pieza de cerámica agrietada. Yo no conservo memoria de esos instantes; sólo recuerdo que salí de allí de inmediato y me fui a dormir al bosque.

## III

Había perdido la playa y las puestas de sol. El cadáver trozado del extranjero rubio había envenenado para siempre mi único momento feliz, pleno, esos atardeceres silenciosos y rojos. Las veces que había regresado a las rocas me había sentido nervioso y desajustado del paisaje, mi relación con las cosas que veía y sentía era angustiada o distraída: como si me imitara a mí mismo, un hombrecito sentado en las rocas gozando de la puesta de sol. Y por eso dejé de ir, aunque algo que había en la playa me llamaba, sin que yo supiera qué. Al mismo tiempo, cada vez me costaba más salir de la cabaña: me había obsesionado con la idea de que alguien pudiera dañar la planta o los insectos, y había asumido un papel de guardián que, en verdad, sólo me quitaba independencia o me llenaba de fastidio. Más de una vez pensé en mí mismo como en un triste adulto, de ésos que pasan la vida acumulando cosas en previsión de un invierno que raras veces llega. Por algún motivo, Luisa seguía a mi lado; continuaba sus metódicas excursiones y su ensimismamiento, llegaba a exasperarme con su prolijidad y complejidad en el juego de muñecas, las que vestía y desvestía, peinaba y despeinaba, y hasta hablaba con ellas y simulaba invitarlas a tomar el té.

El pequeño mundo que se movía en torno a la planta crecía visiblemente; la planta, más vigorosa y maciza que nunca, me llegaba ya a la altura del ombligo, y los apéndices, ahora más gruesos y parecidos a trompas de elefante, habían crecido proporcionalmente y siempre sus bocas reposaban sobre la tierra. El tono violáceo había adquirido matices verdosos y rojos. La actividad de las hormigas era febril: conté hasta ocho columnas muy nutridas de obreras que iban y venían. Habían abierto nuevas bocas de hormiguero cerca de la planta. Las mosquitas formaban pequeñas colonias, como racimos; al parecer habían abandonado esa soledad que las distinguía y las hacía tan simpáticas, y se integraban a oscuros manchones que decoraban las paredes y el techo alrededor de la planta; y entraban y salían de los apéndices no ya de a una sino en grupos.

Sintiendo que las cosas habían llegado a algún punto de maduración que sólo podía intuir, y como si recibiera una orden de mí mismo que debía aceptar sin discusión, me resolví a poner en claro algunas cosas, comenzando por ajustarle las tuercas a Luisa. Cuando volvió de una de sus misteriosas excursiones la tomé de las manos y la miré a los ojos.

—¿Dónde está Inés? —pregunté con firmeza.

Ella intentó hacerse la desentendida, pero había desviado la vista y supe que no me equivocaba. Intenté varias veces hacerla hablar por las buenas, pero luego perdí la paciencia y le retorcí un brazo. Ella tuvo que girar el cuerpo y fue cayendo de rodillas, de espaldas a mí, gritando y quejándose de que le dolía y le estaba quebrando el brazo. Yo me mantuve firme. Y cuando había logrado arrancarle la promesa de revelarme todo y estaba a punto de soltarla, llegaron los demás y se quedaron mudos ante la escena.

Luisa aprovechó mi confusión para liberarse y colocarse de un salto fuera de mi alcance. Los ojos le brillaban, por las lágrimas y la furia, y señalándome con un índice les gritó a los demás: —¡Jorg está loco! —y desviando el índice hacia el rincón—: ¡Por culpa de esa planta!

Los otros nunca habían reparado en la planta, o si lo habían hecho no le habían dado importancia. Ahora la miraron con curiosidad. Recuerdo las caras de Esteban y Lucía, de Alberto y de Silvia, que mostraban asombro y repugnancia. Nunca habíamos visto una planta parecida, y la verdad es que su aspecto no era agradable, lo mismo que el misterioso e intenso movimiento vital a su alrededor.

—No digas más nada —advertí a Luisa, mirándola duramente. Comprendí que era imposible hacerla callar, y apenas abrió la boca le tiré un golpe de puño que alcanzó a tapar las primeras palabras; le partió un labio y empezó a sangrar en forma abundante. Los demás se dividieron en dos grupos: uno, formado por muchachas, corrió a auxiliar a Luisa que lloraba y gritaba; el otro, casi todos varones, se acercó a mí y a la planta; yo me interpuse entre la planta y ellos.

—Jorg —dijo Alberto—. Jorg.

—Al diablo —les dije—. Váyanse de aquí.

—Jorg, no hables como un adulto. ¿Qué pasa?

—Nada que les interese. Váyanse. La cabaña es mía. Luisa es mía. La planta es mía. No tienen nada que hacer acá. Fuera.

Dudaron unos instantes y me pareció que se ponían tácitamente de acuerdo para la violencia; pero yo estaba preparado. Cuando Eduardo se aproximó a la planta, yo ya tenía interpuesta una silla, agarrada por el respaldo con la mano izquierda, y en la derecha una de las botellas vacías que habían quedado. Rompí la botella contra la pared de troncos y exhibí los filos de vidrio en forma amenazante. Eduardo retrocedió.

—Se van a ir —les dije, y comencé a hacer girar el fragmento de botella muy cerca de sus ojos. Todos retrocedieron hacia la puerta. Las muchachas también. Y comenzaron a irse; todos menos Mabel, quien no había participado en nada y estaba sentada en el suelo, en un rincón, un poco oculta por la cama—. Luisa se queda —agregué, tomándola de un brazo. Esther y Alberto intentaban llevársela, todavía sangrando del labio y llorando, pero la amenaza de la botella hizo que la soltaran. Al fin se fueron todos y cerré la puerta, trancando por dentro con un oxidado pasador que nunca habíamos usado y que me costó mover.

## IV

Mi transformación física coincidió con la nueva relación, entre las muchachas y yo; por algún motivo difícil de imaginar, Mabel se había quedado en la cabaña y trabajó en Luisa para hacerle olvidar la mala impresión de mis golpes y lograr que se integrase a ese raro mundo formado por ella y por mí, por la planta y los insectos. Mabel se volvió una aliada imprescindible; actuaba de espía en el caserón, tranquilizándome de tanto en tanto con noticias; también hizo unos cuantos viajes·hasta el lugar de los adultos, y trajo algunos elementos que había decidido acumular: un pico, una pala, un par de carretillas, comida envasada, algunos encendedores de fuego y varias cosas más. Luisa insistía en sus excursiones: el primer día lo pasé muy nervioso pensando que quizás no volvería; pero volvió, y la dejé en paz mientras continuaba con mi plan de defensa y acumulación. Pero la mayor parte del tiempo la pasábamos en juegos eróticos alcanzando, en las variantes entre los tres, extremos nunca imaginados por mí anteriormente; y yo me sentía cada vez más ajeno y dividido. Curiosamente, era Mabel quien impulsaba estos juegos.

La planta perdía sus apéndices, y las hormigas y mosquitas cesaban su actividad y entraban en un periodo de aparente reposo. Las mosquitas formaban ya unos racimos abultadísimos, como núcleos enormes, de los cuales se desprendían varias ramas, también integradas por mosquitas, que se unían a otros núcleos, y prácticamente ocupaban así todas las paredes y el techo de la cabaña. Las hormigas se habían sumido en el hormiguero, aunque de vez en cuando se veía alguna dando vueltas en torno a las bocas, o aisladamente, explorando distintos lugares.

Al cabo de unas semanas de este tipo de vida mi cuerpo había adquirido en forma permanente aquel aspecto agrietado y grisáceo que Luisa había sorprendido en mí durante el instante fugaz de un orgasmo. Podía escarbar con los dedos en los profundos surcos de mi cara, que tenía una consistencia de cartón y que parecía tender a hacerse aún más dura, como piedra. El cuerpo se me había vuelto gris, y toda mi vellosidad de brazos y piernas y pecho se estaba volviendo blanca; también noté que nacía un vello nuevo, blancuzco, en todas las partes que antes carecían de él, como la cabeza, la espalda y el revés de brazos y piernas. Fui adquiriendo el aspecto de esos penachos que veía crecer en el campo, al borde de los caminos.

Mi actividad mental también era distinta; había vuelto en cierto modo a la inconsciencia primitiva, como antes de la llegada del extranjero; pero ya no me sentía en ningún momento integrado a las cosas, no gozaba de las frutas ni de la puesta de sol, la que, por otra parte, ya no trataba de mirar; y aunque no pensaba mayormente, tenía, en fugaces visiones, una clara noción de lo que debía hacer; y lo hacía, sin preguntarme nada.

Una tarde anduve por el bosque, cuando ya había adquirido la suficiente confianza en las chicas como para dejarlas cuidando la cabaña, y al regresar, ya anochecido, encontré una escena terrorífica. Mabel yacía inerte en el suelo, y Luisa se debatía, no supe si gozosa o desesperada, en los brazos de un ser monstruoso que la cubría sobre la cama. La luz del farol me mostró un cuerpo con reminiscencias humanas. Enormes manos negras atenazaban las muñecas de Luisa, y similares manos sujetaban su tobillos, sosteniéndole las piernas separadas. Los brazos y piernas del monstruo no estaban en relación a esas manos; eran más delgados, y los brazos se espesaban a la altura de lo que podrían ser los hombros o la cabeza, no bien delimitados por un cuello. Luego los hombros se estrechaban y en lugar de espalda había como un brazo más, aunque bastante grueso, que luego se ramificaba en las dos piernas. A la altura del vientre de Luisa, y coincidiendo con el punto de ramificación, había un enorme absultamiento esférico. Sobre las blancas sábanas podían verse muchas mosquitas muertas. Luisa revolvía la cabeza y me miraba con unos ojos que no sé si lograban verme, unos ojos espantados, muy abiertos, y al mismo tiempo mostraba en su boca la curva de placer que me era tan conocida. Me dediqué a atender a Mabel; comprobé que respiraba, y traté de hacerla reaccionar con agua y dándole golpecitos en las mejillas; no lo conseguí, y la dejé en su sitio.

El ser, y creo que esto era lo más impresionante, no guardaba una forma permanente, sino que parecía bullir, engrosar unas partes y adelgazar otras, y por momentos llegaba a faltarle un trozo de un brazo o de una pierna, sin que por ello la mano correspondiente dejara de atenazar, y luego volvía a recomponerse. Por fin, unas sacudidas de los cuerpos, y Luisa cerró los ojos y suspiró. Luego, el monstruo se fue desintegrando: sus manos superiores e inferiores se deshicieron en miles de mosquitas que volvían desordenadamente a las paredes y el techo; luego los brazos y piernas, y lo que podría ser el tronco, y finalmente el abultamiento central, que sin desintegrarse se desprendió de Luisa, y se elevó en el aire. Pude observar algo como un enorme sexo masculino que pendía de este abultamiento, mucho más complejo que un miembro humano. Había en el extremo unos tentáculos, parecidos a los que había perdido la planta, y a la débil luz del farol creí advertir pequeñísimas y perfectas manos en la punta de algunos de ellos, y otras raras formaciones. El conjunto adquirió una esfericidad casi perfecta, flotó largamente cerca del techo, y se fue desintegrando con cierto orden; las mosquitas retornaron a sus impasibles racimos en las paredes.

Mabel se reanimó, pero tanto ella como Luisa tardaron mucho en recuperar el habla. Aunque yo estaba ansioso por conocer la historia, debí esperar más de una hora y, de todos modos, no me aclararon mucho. Sin que ninguna lo advirtiera, se había formado ese abultamiento con miembro, y de pronto Mabel sintió que algo le rozaba el vientre y bajó la vista y vio aquello y dio un grito; luego lo rechazó con las manos tocando algo que la asqueó, una suma de pequeños objetos blandos y movientes, y se quitó el cinturón de su vestido y empezó a azotar a la cosa. Luisa no pudo advertirle a tiempo que algo similar se aproximaba por detrás, y una masa de mosquitas, la golpeó con la cabeza haciéndole perder el sentido. Entonces se fue integrando el ser tal como yo había logrado verlo, y se dirigió a Luisa, y la violó comportándose como lo habría hecho un humano. Luisa debió confesar, no sin vergüenza, que nunca antes había sentido tanto placer como en el momento del orgasmo del monstruo.

El proceso se fue acelerando. Yo sentía la cabeza cada vez más pesada y el cuerpo más débil. La vellosidad era ahora pareja y presentaba un aspecto curioso. Varios vellos se unían en un punto, como un manojo, y se habían hecho totalmente blancos y muy delgados. Me costaba moverme y hasta hablar; sentía especialmente endurecidas las articulaciones de la mandíbula.

Mis sueños se poblaron de imágenes eróticas muy intensas; eran en colores y todos transcurrían en la isla. Las temidas mujeres de la isla, cuya sola mención causaba pavor a cualquier habitante de la costa, y a quienes se debía esa constante vigilancia de pequeños contingentes como el que había dado muerte al extranjero rubio (y a ellas se debían, según la leyenda, la enfermedad que hacía infecundas a nuestras mujeres y la escasez de varones, que raptaban recién nacidos en aquellas invasiones periódicas), estas mujeres, en mis sueños, eran buenas y hermosas, estaban desnudas y eran maduras y excitantes.

Al despertar bruscamente una madrugada, tal vez por un ruido que no llegué a oír en forma consciente, y aún dominado por la tensión erótica de uno de estos sueños y con los ojos llenos de estas imágenes coloridas que se desintegraban lentamente, como humo, logré percibir una escena grotesca: Mabel se había levantado y, en una posición ridícula, hacía el amor con la planta; para ser más exacto, se masturbaba con la planta, de aspecto y consistencia decididamente fálicos al perder sus apéndices. El efecto que debió ser, tal vez, cómico, o, en todo caso, muy incómodo para mí, se transformó en otro más terrible, porque los ojos y la expresión de la cara mostraban que la muchacha estaba viviendo una experiencia extraordinaria, más allá de todo goce o sufrimiento; la expresión era mística y preferí no seguir mirando y traté de dormir.

Mabel vino jadeante y traía noticias graves: las mosquitas habían atacado a las chicas del caserón, y ahora vendrían todos a destruir la cabaña, la planta y las mosquitas, y tal vez también a nosotros si oponíamos resistencia: hablaban de kerosén y de teas.

Luisa tenía el vientre abultado y se quejaba de náuseas; de todos modos, mi debilidad era extrema, y le di la pala y la obligué a cavar alrededor de la planta. Instruí a Mabel para que reuniera ciertas cosas elementales y las acomodara en el carrito. Pusimos la planta en una lata grande, y ésta encima de la carretilla. Yo, armado con el pico, abrí la marcha. Detrás venían Luisa y Mabel, empujando respectivamente la carretilla y el carrito.

—Vamos con Inés —le dije a Luisa. Ella se sorprendió. En todo ese tiempo no habíamos hablado de Inés y pensaba que yo la había olvidado. Pero ése era el momento que yo estaba esperando, y Luisa supo, por mi voz y por la gravedad de las circunstancias, que no había nada que hacer. Indicó que era preciso cruzar el bosque y trasponer un alambrado, del otro lado del camino; allá donde terminaba la franja de campo y comenzaban las grutas próximas al mar, estaba Inés, en una de las grutas.

En el camino la planta separó, a la luz del sol, aquellas dos hojas iniciales que se habían cerrado para formar la esfera, y formaron ahora una flor enorme, de pétalos gruesos y carnosos, cuya parte interior tenía un colorido indescriptible, y exhalaba un perfume intenso y turbador. Estas emanaciones me embriagaban, traté de mantenerme alejado de la carretilla que llevaba Luisa; pero de tanto en tanto no podía evitar detenerme a contemplar la belleza del colorido y respirar un instante la fragancia. Curiosamente, este mismo perfume despertaba en Luisa un asco profundo, y más de una vez se detuvo a vomitar. Luego optó por taparse la nariz con una especie de venda, pero decía que de todos modos el perfume le penetraba por la garganta y volvía a vomitar. Luego Mabel también se descompuso, y notamos que su vientre comenzaba a abultar como el de Luisa.

A mi alrededor flotaban graciosas plumillas que miré con simpatía, algo como las semillas de cardo que conocíamos por el nombre familiar de "panaderos". De a ratos soplaba una brisa que las dispersaba, pero luego volvían a rodearme otras. Las muchachas descubrieron que se trataba de mi propio cuerpo. Tironeé de un manojito de vello del pecho y noté que se desprendía sin ningún dolor, y quedaba entre mis dedos; los vellos se unían en un núcleo, que no era otra cosa que un pedacito de mí mismo. Y al soltarlo se abrían los vellos en abanico esférico y la semilla flotaba en el aire. En el lugar correspondiente del pecho quedó un pequeño hueco, y vi que había varios, algunos unidos entre sí formando lamparones grises. Y al tocar con los dedos uno de estos lamparones en la pierna, noté que también estaba formado por vello que se desprendía fácilmente. Mi cuerpo todo se desintegraba.

Inés se había hecho un nido con plumas, pajas, trozos de género
y otras cosas blandas, y estaba reclinada, sonriente, esperando con
ansia el término de sus meses de encierro. Extrajo por unos instantes
el huevo rojo que guardaba en su cuerpo y lo exhibió con orgullo,
pero no nos permitió acercarnos.

—Está vivo —dijo, con felicidad entusiasta y contagiosa—. Se
mueve, golpea las paredes.

Desempacamos nuestras cosas. Mi principal preocupación era la
planta. En aquel paraje no había tierra, sino roca; y fuera de las grutas, cerca del mar, arena. Temía que la arena no sirviera, y al mismo
tiempo comprendía la necesidad de sol que tenía la flor recién abierta.
Le dije a Luisa que me siguiera con la carretilla, y estuvimos dando
vueltas largamente por la zona antes de decidirme. Por fin encontré
un lugar que me pareció adecuado, oculto entre varias rocas, arenoso
y muy iluminado por el sol. Luisa tuvo que aceptar la idea de cavar
otra vez y encontró ahora la tarea más fácil porque la arena era blanda.

Una vez en su sitio definitivo, me quedé fascinado en su contemplación. Las tonalidades rojas y violetas del interior, con vetas negras
y blancas, y un zigzaguear verde, y vetas amarillas, azules, y todo eso
mezclado con el perfume, hacía que las sienes me latieran locamente,
y por fin no pude resistir; le dije a Luisa que se fuera, y cuando la vi
lejos con la carretilla me aproximé a la flor, la respiré hasta llenar
los pulmones, y me dejé acudir a su llamado. No necesité quitarme
las ropas porque hacía tiempo que no usaba: mi cuerpo insensible
a la temperatura y nuestra forma de convivencia la habían hecho inne-
cesaria. La flor pareció inclinarse, volverse hacia mí cuando mi sexo
buscaba introducirse en su profunda garganta, y los pétalos se cerraron dulcemente y allá adentro había un centenar de pequeñas lenguas
que me acariciaban hasta volverme loco. Me tendí en la arena y la
planta se dobló amablemente. Cerré los ojos y entré en una especie
de sopor delirante, y las lenguas se llevaban continuamente mi vida
hacia sus entrañas.

A la gruta regresó un ser que poco se me parecía, no sé cuánto
tiempo después. Asusté a las chicas. Me sostenía la cabeza con las
manos, porque ya el peso de la piedra era intolerable; y del cuerpo
quedaba muy poco. Apenas si podía hablar, los dientes apretados.
Luisa y Mabel yacían boca arriba, con el vientre y los pechos inflados
de manera increíble. Sólo Inés se mantenía igual a sí misma. Yo había
regresado con una sola idea, fija, obsesiva. Me dirigí a Luisa:

—El ter-cer hue-vo ro-jo —articulé, y la voz me brotaba desde
adentro, ronca y apenas audible.

—Quedó allá, en el caserón —dijo, y sentí que la rabia me bullía.

—¿Dón-de? —pregunté, y me dijo que lo había escondido en una lata, en la parte más alta del armario de la cocina, fuera del alcance de todo el mundo. Comencé a tambalearme, a salir de la gruta.

—¡Jorg! —gritó Mabel—. ¡No seas loco, no vayas allá!

Las tres se unieron en un grito lastimero; yo continué mi camino, sin poder explicar nada, ni siquiera que no podía morir, que nada podía hacerme daño, que jamás podría tener descanso mientras no completara mi obra.

Al pasar por donde había estado la cabaña, la encontré en ruinas, aún humeantes. Llegué al caserón. Sólo estaba Virginia, la menor de nosotros. Tenía diez años. Al verme dio un grito de terror; no me había reconocido. Me fue muy difícil tratar de ser dulce, pero al fin logré convencerla de que era yo, y más aún, de que debía ayudarme.

Se trepó a una silla y rescató la cajita de lata; la destapó y me mostró que efectivamente, el huevo rojo se encontraba allí. Yo no podía usar las manos: si dejaba de sostenerme la cabeza, ésta caería sobre el pecho o, incluso, se despegaría del cuerpo. Le expliqué trabajosamente cómo llegar a la gruta, y le pedí que ocultara el huevo entre sus ropas, que lo cuidara mucho y que no hablara con nadie del asunto.

—Ahí vienen —dijo Virginia.

—Pron-to —dije— por la puer-ta del fon-do a la gru-ta ya.

—¿Y tú?

—No hay tiem-po, va-mos.

Me contempló un instante más, con lágrimas en los ojos, y venciendo toda su repugnancia acercó los pequeños labios a los míos y depositó un tierno y húmedo beso en la piedra reseca. Luego salió corriendo a cumplir su misión; era una niña pequeña, había comprendido todo.

Yo me tambaleé hasta la puerta de entrada, y allí esperé a mis compañeros.

No me reconocieron, ni intenté hacer nada en ese sentido. Se aterraron ante mi presencia y huyeron en todas direcciones; luego regresaron, lentamente, trayendo picos y palos. Alberto me pegó en el hombro con un palo, y un montón de semillas se elevó a la brisa las esparció alegremente. Me pegaron en la cabeza y el palo se rompió. No pude reírme, pero algo escapó de mi garganta. Luego se me tiraron todos encima, golpeando incluso con las partes metálicas de sus implementos, y pronto quedó un esqueleto con algunos órganos más o menos petrificados y una nube de panaderos que se elevaba y se dispersaba en el aire. La cabeza había rodado varios metros.

Los muchachos se fueron a vivir con los adultos y no regresaron al caserón. Pasaron muchos días antes de que alguien se acercara a mi cabeza. Yo mantenía los ojos abiertos y no pensaba en nada; de vez en cuando se agitaba alguna idea, como una chispita que recorriera un cable en el cerebro, pero pronto moría. Tampoco sentía aburrimiento.

Se aproximó una figura extraña, parecía una enorme mujer recién nacida. Caminaba con dificultad, y era esbelta como yo había soñado a las mujeres de la isla. Pero su cuerpo era negro, de un negro reluciente, casi metálico, formado por infinidad de globitos. Se detuvo a pocos pasos de mi cabeza y la contempló.

—Jorg —dijo—. Yo no podía hablar. Se acercó a mi cabeza e intentó agacharse; alcancé a ver una mano de seis dedos. Cayó al suelo, y le dio gran trabajo coordinar los movimientos para enderezarse otra vez. Luego, con mayor soltura, consiguió ponerse en cuclillas y acariciar mi cabeza. Noté que había corregido la mano: ahora tenía cinco dedos.

—Jorg, Jorg —volvió a decir— y su voz era cálida y no provenía de cuerdas vocales. Entonces, si hubiese tenido aún el corazón, me habría dado un salto; pero el efecto fue el mismo. Reconocí a la mujer. Eran las hormigas, que de algún modo habían logrado una gran perfección en su nueva colonia de forma humana. Y esta mujer tenía también un vientre abultado. De mis ojos, que aún no eran de piedra, brotaron algunas lágrimas difíciles.

## VII

Mucho después vino el viejo F. Traía una carretilla, y allí juntó mis huesos y mi cabeza, y los llevó a la playa. Cavó un pozo, próximo a los lugares donde yacían los trozos del extranjero rubio, y allí enterró el esqueleto. Luego se puso en cuclillas y me miró a los ojos, como interrogándome.

—Estoy vivo, viejo —quise decirle—. No me entierres la cabeza, estoy vivo —pero no podía mover los ojos, y tampoco podía hacerme entender por medio de lágrimas ni de ninguna otra manera. El viejo, en cambio, dejó caer gruesos lagrimones, mientras meneaba la cabeza con amargura.

—¡Viejo, hijo de puta, estoy vivo, no vayas a enterrarme! —quería gritar, pero el viejo terminó de cavar el otro pozo y depositó allí la cabeza de piedra con mucho cuidado, y tapó todo con arena.

Dejé caer los párpados, que ya no podría volver a levantar. De todos modos, no era necesario.

Con el correr del tiempo fue naciendo en mí la conciencia de la luz del sol y del aire y de los colores y de todas las cosas que siempre

amé. Muchas semillas habían encontrado terreno fértil, nuevas formas de mí estaban naciendo en todas partes. En el campo, en el bosque, en la isla; en la arena y en la tierra, y más allá del río y más
lejos y más ancho, más ancho y más dimensionado, más profundo.
Olvidaré esta cabeza de piedra enterrada en la arena porque empiezo
a nacer, dulce y alegremente, a la verdadera vida.

# LUISA VALENZUELA

ARGENTINA

( 1 9 3 8 )

*La innovadora, rebelde y cambiante prosa de Luisa Valenzuela
ha constituido todo un desafío en la tradición de la literatura hispanoamericana. La lectura de sus novelas y libros de cuentos constituye un enfrentamiento a lo inesperado, una constante sorpresa
de lenguajes, gestos, y posturas narracionales. La enorme vitalidad de su prosa la convierte en una de las narradoras más importantes en estas últimas décadas. Las traducciones de sus cuentos al inglés se han publicado en diversas revistas importantes. La
traducción de sus libros ha sido asimismo exitosa. De gran circulación son las traducciones* Clara: Thirteen Short Stories and a
Novel *(1976);* Strange Things Happen Here *(1979);* The Lizard's
Tail *(1983) traducido por Gregory Rabassa;* Open Door *(1988)
que recopila cuentos de las obras* Donde viven las águilas, Aquí
pasan cosas raras *y* Los heréticos. *Otra obra difundida es* Other
Weapons, *traducción de* Cambio de armas.

*Luisa Valenzuela nació en Buenos Aires; es hija de otra exce-
lente escritora, Luisa Mercedes Levinson, también incluida
en esta antología. La primera labor intelectual de Luisa Valenzuela comprende sus contribuciones a revistas argentinas y su desempeño como periodista en los diarios argentinos* La Nación *y*
El Mundo. *Recorre luego varias partes del mundo; vive en México, París, Nueva York. En 1969 gana una beca de residencia en
el famoso Programa Internacional de Escritores de la Universidad de Iowa. A partir de 1978 se radica en Nueva York donde
dirige talleres de creación literaria asociados a las universidades de
Columbia y de Nueva York. Ha dado numerosas conferencias sobre literatura latinoamericana y sobre su propia obra en varias
universidades. En 1982 gana la beca Guggenheim. En 1988 regresa a Buenos Aires, pero no desconecta sus vínculos con la
ciudad de Nueva York.*

*Ha escrito las novelas* Hay que sonreír *(1966);* El gato eficaz
*(1972);* Como en la guerra *(1977);* Cola de lagartija *(1983);* Novela negra con argentinos *(1990);* Realidad nacional desde la cama
*(1990). En cuanto a sus libros de cuentos ha publicado* Los heréticos *(1967);* Aquí pasan cosas raras *(1975);* Libro que no

muerde *(1980);* Cambio de armas *(1982)* y Donde viven las
águilas *(1983).*

*Uno de los aspectos más resaltantes de la obra de Luisa Va-
lenzuela es la diversidad de modos con que la marca de lo trans-
formativo se inmiscuye en los personajes, situaciones, contextos
históricos y en el lenguaje mismo. Su propia escritura es una "cola
de lagartija" como la autora titula a uno de sus libros; es decir,
una búsqueda en el centro de la creatividad que se desprende rápidamente de las direcciones unívocas, que busca lo aleatorio, el
espacio donde entran las máscaras, los mitos, el humor, el erotismo. Señala la escritora: "Transformarse también es liberarse.
Estamos signados desde un principio... Por eso creo que es tan
importante estar abierto a las transformaciones, para salirse de
la marca del pasado ...La transformación te libera de marcas.
Cuando me refiero a la liberación del pasado se comprende el
futuro puesto que el único futuro del que te podés liberar es
aquél del que estás condicionado hacia; si te liberás del pasado,
el futuro ya no será obsesión, será aceptación de transformaciones impredecibles. ("En Memphis con Luisa Valenzuela: voces y
viajes" Entrevista de Fernando Burgos y M. J. Fenwick.* Inti. Revista de Literatura Hispánica *28 (1988): 109-126).*

*Su arte parte de las transgresiones y en su desenlace revela el
fondo pesadillesco y amargo de los modelos sociales autoritarios:
"Aquí pasan cosas funcionó porque yo simplemente actué de an-
tena, yendo a escribir a los cafés, captando toda la violencia y la
paranoia que circulaban por el Buenos Aires del 75/76". ("En
Memphis con Luisa Valenzuela: voces y viajes", ed. cit., p. 116).
El cuento "El lugar de la quietud" se encuentra en la colección
Aquí pasan cosas raras.*

## EL LUGAR DE SU QUIETUD

> "Toda luna, todo año,
> todo día, todo viento
> camina y pasa también.
> También toda sangre llega
> al lugar de su quietud."
>
> *(Libros del Chilam-Balam)*

Los altares han sido erigidos en el interior del país pero hasta nosotros (los de la ciudad, la periferia, los que creemos poder salvarnos)
llegan los efluvios. Los del interior se han resignado y rezan. Sin embargo no hay motivo aparente de pánico, sólo los consabidos tiroteos,
alguna que otra razzia policial, los patrullajes de siempre. Pero oscu-

ramente ellos deben saber que el fin está próximo. Es que tantas cosas
empiezan a confundirse que ahora lo anormal imita a lo natural y
viceversa. Las sirenas y el viento, por ejemplo: ya las sirenas de los
coches policiales parecen el ulular del viento, con idéntico sonido e
idéntico poder de destrucción.

Para vigilar mejor desde los helicópteros a los habitantes de las
casas se está utilizando un tipo de sirena de nota tan aguda y estridente que hace volar los techos. Por suerte el Gobierno no ha encontrado todavía la fórmula para mantener bajo control a quienes no
viven en casas bajas o en los últimos pisos de propiedad horizontal.
Pero éstos son contadísimos: desde que se ha cortado el suministro
de energía ya nadie se aventura más allá de un tercer piso por el
peligro que significa transitar las escaleras a oscuras, reducto de ma-
leantes.

Como consuelo anotaremos que muchos destechados han adoptado el techo de plexiglass, obsequio del Gobierno. Sobre todo en zonas
rurales, donde los techos de paja no sólo se vuelan a menudo por la
acción de las sirenas sino también por causa de algún simple venda-
val. Los del interior son así: se conforman con cualquier cosa, hasta
con quedarse en su lugar armando altares y organizando rogativas
cuando el tiempo —tanto meteoro como cronológico— se lo permite.
Tienen poco tiempo para rezar, y mal tiempo. La sudestada les apaga las llamas votivas y las inundaciones les exigen una atención constante para evitar que se ahogue el ganado (caprino, ovino, porcino,
un poquito vacuno y bastante gallináceo). Por fortuna no han tenido
la osadía de venirse a la ciudad como aquella vez siete años atrás,
durante la histórica sequía, cuando los hombres sedientos avanzaron
en tropel en busca de la ciudad y del agua pisoteando los cadáveres
apergaminados de los que morían en la marcha. Pero la ciudad tampoco fue una solución porque la gente de allí no los quería y los
atacó a palos como a perros aullantes y tuvieron que refugiarse en
el mar con el agua hasta la cintura, donde no los alcanzaban las piedras arrojadas por los que desde la orilla defendían su pan, su agua
potable y su enferma dignidad.

Es decir que ellos no van a cometer el mismo error aunque esto
no ocurrió aquí, ocurrió en otro país cercano y es lo mismo porque
la memoria individual de ellos es muy frágil, pero la memoria de la
raza es envidiable y suele aflorar para sacarlos de apuros. Sin embargo no creemos que el renacido sentimiento religioso los salve ahora de la que se nos viene; a ellos no, pero quizá sí a nosotros, nosotros
los citadinos que sabemos husmear el aire en procura de algún efluvio
de incienso de copal que llega de tierra adentro. Ellos pasan grandes
penurias para importar el incienso de copal y según parece somos nosotros quienes recibiremos los beneficios. Al menos —cuando los ga-
ses de escape nos lo permiten— cazamos a pleno pulmón bocanadas

de incienso que sabemos inútil, por si acaso. Todo es así, ahora: no tenemos nada que temer pero tememos; éste es el mejor de los mundos posibles como suelen decirnos por la radio y cómo serán los otros; el país camina hacia el futuro y personeros embozados de ideologías aberrantes nada podrán hacer para detener su marcha, dice el Gobierno, y nosotros para sobrevivir hacemos como si creyéramos. Dejando de lado a los que trabajan en la clandestinidad —y son pocos— nuestro único atisbo de rebeldía es este husmear subrepticiamente el aire en procura de algo que nos llega desde el interior del país y que denuncia nuestra falta de fe. Creo —no puedo estar seguro, de eso se habla en voz muy baja— que en ciertas zonas periféricas de la ciudad se van armando grupos de peregrinación al interior para tratar de comprender —y de justificar— esta nueva tendencia mística. Nunca fuimos un pueblo demasiado creyente y ahora nos surge la necesidad de armar altares, algo debe de haber detrás de todo esto. Hoy en el café con los amigos (porque no vayan a creer que las cosas están tan mal, todavía puede reunirse uno en el café con los amigos) tocamos con suma prudencia el tema (siempre hay que estar muy atento a las muchas orejas erizadas): ¿qué estará pasando en el interior? ¿será el exceso de miedo que los devuelve a una búsqueda primitiva de esperanza o será que están planeando algo? Jorge sospecha que el copal debe de tener poderes alucinógenos y por eso se privan de tantas cosas para conseguirlo. Parece que el copal no puede ser transportado por ningún medio mecánico y es así como debe venir de América Central a lomo de mula o a lomo de hombre; ya se han organizado postas para su traslado y podríamos sospechar que dentro de las bolsas de corteza de copal llegan armas o por lo menos drogas o algunas instrucciones si no fuera porque nuestras aduanas son tan severas y tan lúcidas. Las aduanas internas, eso sí, no permiten el acceso del copal a las ciudades. Tampoco lo queremos; aunque ciertos intelectuales disconformes hayan declarado a nuestra ciudad área de catástrofe psicológica. Pero tenemos problemas mucho más candentes y no podemos perder el tiempo en oraciones o en disquisiciones de las llamadas metafísicas. Jorge dice que no se trata de eso sino de algo más profundo. Jorge dice, Jorge dice... ahora en los cafés no se hace más que decir porque en muchos ya se prohíbe escribir aunque se consuma bastante. Alegan que así las mesas se desocupan más rápido, pero sospecho que estos dueños de cafés donde se reprime la palabra escrita son en realidad agentes de provocación. La idea nació, creo, en el de la esquina de Paraguay y Pueyrredón, y corrió como reguero de pólvora por toda la ciudad. Ahora tampoco dejan escribir en los cafés aledaños al Palacio de la Moneda ni en algunos de la Avenida do Río Branco. En Pocitos sí, todos los cafés son de escritura permitida y los intelectuales se reúnen allí a las seis de la tarde. Con tal de que no sea una encerrona, como dice Jorge, provocada por los extremistas,

claro, porque el Gobierno está por encima de estas maquinaciones,
por encima de todos, volando en helicópteros y velando por la paz
de la Nación.

Nada hay que temer. La escalada de violencia sólo alcanza a los
que la buscan, no a nosotros humildes ciudadanos que no nos permitimos
ni una mueca de disgusto ni la menor señal de descontento (desconcierto sí, no es para menos cuando nos vuelan el techo de la casa y
a veces la tapa de los sesos, cuando nos palpan de armas por la calle
o cuando el olor a copal se hace demasiado intenso y nos da ganas
de correr a ver de qué se trata. De correr y correr; disparar no siempre es cobardía).

Acabamos por acostumbrarnos al incienso que más de una vez
compite con el olor a pólvora, y ahora nos llega lo otro: una distante
nota de flauta que perfora los ruidos ciudadanos. Al principio pensamos en la onda ultrasónica para dispersar manifestaciones, pero no.
La nota de flauta es sostenida y los distraídos pueden pensar que se
trata de un lamento; es en realidad un cántico que persiste y a veces
se interrumpe y retoma para obligarnos a levantar la cabeza como
en las viejas épocas cuando el rugido de los helicópteros nos llamaba
la atención. Ya hemos perdido nuestra capacidad de asombro pero el
sonido de la flauta nos conmueve más que ciertas manifestaciones relámpago los sábados por la noche a la salida de los cines cuando despiertan viejos motivos de queja adormecidos. No estamos para esos trotes, tampoco estamos como para salir corriendo cuando llegan los patrulleros desde los cuatro puntos de la ciudad y convergen encima de
nosotros.

Sirenas como el viento, flautas como notas ultrasónicas para dispersar motines. Parecería que los del interior han decidido retrucar
ciertas iniciativas del poder central. Al menos así se dice en la calle
pero no se especifica quiénes son los del interior: gente del montón,
provincianos cualquiera, agentes a sueldo de potencias extranjeras, grupos de guerrilla armada, anarquistas, sabios. Después del olor a incienso que llegue este sonido de flauta ya es demasiado. Podríamos hablar de penetración sensorial e ideológica si en algún remoto rincón
de nuestro ser nacional no sintiéramos que es para nuestro bien, que
alguna forma de redención nos ha de llegar de ellos. Y esta vaguí-
sima esperanza nos devuelve el lujo de tener miedo. Bueno, no miedo
comentado en voz alta como en otros tiempos. Este de ahora es un
miedo a puertas cerradas, silencioso, estéril, de vibración muy baja
que se traduce en iras callejeras o en arranques de violencia conyugal.
Tenemos nuestras pesadillas y son siempre de torturas aunque los
tiempos no estén para estas sutilezas. Antes sí podían demorarse en
aplicar los más refinados métodos para obtener confesiones, ahora las
confesiones ya han sido relegadas al olvido: todos son culpables y a
otra cosa. Con sueños anacrónicos seguimos aferrados a las torturas

pero los del interior del país no sueñan ni tienen pesadillas: se dice que han logrado eliminar esas horas de entrega absoluta cuando el hombre dormido está a total merced de su adversario. Ellos caen en meditación profunda durante breves periodos de tiempo y mantienen las pesadillas a distancia; y las pesadillas, que no son sonsas, se limitan al ejido urbano donde encuentran un terreno más propicio. Pero no, no se debe hablar de esto ni siquiera hablar del miedo. Tan poco se sabe —se sabe la ventaja del silencio— y hay tanto que se ignora. ¿Qué hacen, por ejemplo, los del interior frente a sus altares? No creemos que eleven preces al dios tantas veces invocado por el Gobierno ni que hayan descubierto nuevos dioses o sacado a relucir dioses arcaicos. Debe tratarse de algo menos obvio. Bah. Esas cosas no tienen por qué preocuparnos a nosotros, hombres de cuatro paredes (muchas veces sin techo o con techo transparente), hombres adictos al asfalto. Si ellos quieren quemarse con incienso, que se quemen; si ellos quieren perder el aliento soplando en la quena, que lo pierdan. Nada de todo esto nos interesa: nada de todo esto podrá salvarnos. Quizá tan sólo el miedo, un poco de miedo que nos haga ver claro a nosotros los hombres de la ciudad pero qué, si no nos lo permitimos porque con un soplo de miedo llegan tantas otras cosas: el cuestionamiento, el horror, la duda, el disconformismo, el disgusto. Que ellos allá lejos en el campo o en la montaña se desvivan con las prácticas inútiles. Nosotros podemos tomar un barco e irnos, ellos están anclados y por eso entonan salmos.

Nuestra vida es tranquila. De vez en cuanto desaparece un amigo, sí, o matan a los vecinos o un compañero de colegio de nuestros hijos o hasta nuestros propios hijos caen en una ratonera, pero la cosa no es tan apocalíptica como parece, es más bien rítmica y orgánica. La escalada de violencia: un muerto cada 24 horas, cada 21, cada 18, cada 15, cada 12 no debe inquietar a nadie. Más mueren en otras partes del mundo, como bien señaló aquel diputado minutos antes de que le descerrajaran el balazo. Más, quizá, pero en ninguna parte tan cercanos.

Cuando la radio habla de la paz reinante (la televisión ha sido suprimida, nadie quiere dar la cara) sabemos que se trata de una expresión de deseo o de un pedido de auxilio, porque los mismos locutores no ignoran que en cada rincón los espera una bomba; y llegan embozados a las emisoras para que nadie pueda reconocerlos después cuando andan sueltos por las calles como respetables ciudadanos. No se sabe quiénes atentan contra los locutores, al fin y al cabo ellos sólo leen lo que otros escriben y la segunda incógnita es ¿dónde lo escriben? Debe ser en los ministerios bajo vigilancia policial y también bajo custodia porque ya no está permitido escribir en ninguna otra parte. Es lógico, los escritores de ciencia ficción habían previsto hace años el actual estado de cosas y ahora se trata de evitar que las nuevas profecías proliferen (aunque ciertos miembros del Gobierno —los menos imaginativos— han propuesto dejarles libertad de acción a los escritores para apoderarse luego de ciertas ideas interesantes, del tipo nuevos métodos de coacción que siempre pueden deducirse de cualquier literatura). Yo no me presto a tales manejos, y por eso he desarrollado y puesto en práctica un ingenioso sistema para escribir a oscuras. Después guardo los manuscritos en un lugar·que sólo yo me sé y veremos qué pasa. Mientras tanto el Gobierno nos bombardea con slogans optimistas que no repito por demasiado archisabidos y ésta es nuestra única fuente de cultura. A pesar de lo cual sigo escribiendo y trato de ser respetuoso y de no.

La noche anterior escuché un ruido extraño y de inmediato escondí el manuscrito. No me acuerdo qué iba a anotar; sospecho que ya no tiene importancia. Me alegro eso sí de mis rápidos reflejos porque de golpe se encendieron las luces accionadas por la llave maestra y entró una patrulla a registrar la casa. La pobre Betsy tiene ahora para una semana de trabajo si quiere volver a poner todo en orden, sin contar lo que rompieron y lo que se deben de haber llevado. Gaspar no logra consolarla pero al menos no ocurrió nada más grave que el allanamiento en sí. Insistieron en averiguar por qué me tenían de pensionista, pero ellos dieron las explicaciones adecuadas y por suerte, por milagro casi, no encontraron mi tablita con pintura fosforescente y demás parafernalia para escribir en la oscuridad. No sé qué habría sido de mí, de Betsy y de Gaspar si la hubieran encontrado, pero. mi escondite es ingeniosísimo y ahora pienso si no sería preferible ocultar allí algo más útil. Bueno, ya es tarde para cambiar; debo seguir avanzando por este camino de tinta, y creo que hasta sería necesario contar la historia del portero. Yo estuve en la reunión de consorcio y vi cómo se relamían interiormente las mujeres solas cuando se habló del nuevo encargado: 34 años, soltero. Yo lo ví los días siguientes esmerándose por demás con los bronces de la entrada y también leyendo algún libro en sus horas de guardia. Pero no estuve presente cuando se lo llevó la policía. Se murmura que era un infiltrado del interior. Ahora sé que debí haber hablado un poco más con él, quizá ahora deshilachando sus palabras podría por fin entender algo, entrever un trozo de la trama. ¿Qué hacen en el interior, qué buscan? Ahora apenas puedo tratar de descubrir cuál de las mujeres solas del edificio fue la que hizo la denuncia. Despechadas parecen todas y no es para menos ¿pero son todas capaces de correr al teléfono y condenar a alguien por despecho? Puede que sí, tantas veces la radio invita gentilmente a la delación que quizá hasta se sintieron buenas ciudadanas. Ahora no sólo me da asco saludarlas, puedo también anotarlo con cierta impunidad, sé que mi escondite es seguro. Por eso me voy a dar el lujo de escribir unos cuentitos. Ya tengo las ideas y hasta los títulos: *Los mejor calzados, Aquí pasan cosas raras, Amor por los animales, El don de la palabra.* Total, son sólo para mí y, si alguna vez tenemos la suerte de salir de ésta, quizá hasta puedan servir de testimonio. O no, pero a mí me consuelan y con mi sistema no temo estar haciéndoles el juego ni dándoles ideas. Hasta puedo dejar de lado el subterfugio de hablar de mí en plural o en masculino. Puedo ser yo. Sólo quisiera que se sepa que no por ser un poco cándida y proclive al engaño todo lo que he anotado es falso. Ciertos son el sonido de la flauta, el olor a incienso, las sirenas. Cierto que algo está pasando en el interior del país y quisiera unirme a ellos. Cierto que tenemos —tengo— miedo.

Escribo a escondidas, y con alivio acabo de enterarme que los del interior también están escribiendo. Aprovechan la claridad de las llamas votivas para escribir sin descanso lo que suponemos es el libro de la raza. Esto es para nosotros una forma de ilusión y también una condena: cuando la raza se escribe a sí misma, la raza se acaba y no hay nada que hacerle.

Hay quienes menosprecian esta información: dicen que los de la ciudad no tenemos relación alguna con la raza ésa, qué relación podemos tener nosotros, todos hijos de inmigrantes. Por mi parte no veo de dónde el desplazamiento geográfico puede ser motivo de orgullo cuando el aire que respiramos, el cielo y el paisaje cuando queda una gota de cielo o de paisaje, están impregnados de ellos, los que vivieron aquí desde siempre y nutrieron la tierra con sus cuerpos por escasos que fueran. Y ahora se dice que están escribiendo el libro y existe la esperanza de que esta tarea lleve largos años. Su memoria es inmemorial y van a tener que remontarse tan profundamente en el tiempo para llegar hasta la base del mito y quitarle las telarañas y demitificarlo (para devolverle a esa verdad su esencia, quitarle su disfraz) que nos quedará aún tiempo para seguir viviendo, es decir para crearles nuevos mitos. Porque en la ciudad están los pragmáticos, allá lejos los idealistas y el encuentro ¿dónde?

Mientras tanto las persecuciones se vuelven cada vez más insidiosas. No se puede estar en la calle sin ver a los uniformados cometiendo todo tipo de infracciones por el solo placer de reírse de quienes deben acatar las leyes. Y pobre del que se ofenda o se retobe o simplemente critique: se trata de una trampa y por eso hay muchos que en la desesperación prefieren enrolarse en las filas con la excusa de buscar la tranquilidad espiritual, pero poco a poco van entrando en el juego porque grande es la tentación de embromar a los otros.

Yo, cada vez más calladita, sigo anotando todo esto aún a grandes rasgos (¡grandes riesgos!) porque es la única forma de libertad que nos queda. Los otros todavía hacen ingentes esfuerzos por creer mientras la radio (que se ha vuelto obligatoria) transmite una información opuesta a los acontecimientos que son del dominio público.

Este hábil sistema de mensajes contradictorios ha sido montado para enloquecer a la población a corto plazo y por eso, en resguardo de mi salud mental, escribo y escribo siempre a oscuras y sin poder releer lo que he escrito. Al menos me siento apoyada por los del interior. Yo no estoy como ellos entregada a la confección del libro pero algo es algo. El mío es un aporte muy modesto y además espero que nunca llegue a manos de lector alguno: significaría que he sido descubierta. A veces vuelvo a casa tan impresionada por los golpeados, mutilados, ensangrentados y tullidos que deambulan ciegos por las calles que ni escribir puedo y eso no importa. Si dejo de escribir, no pasa nada. En cambio si detuvieran a los del interior sería el gran cataclismo (se detendría la historia). Deben de haber empezado a narrar desde las épocas más remotas y hay que tener paciencia. Escribiendo sin descanso puede que algún día alcancen el presente y lo superen, en todos los sentidos del verbo superar: que lo dejen atrás, lo modifiquen y hasta con un poco de suerte lo mejoren. Es cuestión de lenguaje.

# SALVADOR GARMENDIA

## VENEZOLANO
## ( 1 9 2 8 )

*La narrativa de Salvador Garmendia, iniciada a fines de la década
del cincuenta, ha significado una vertiente de renovaciones en el
panorama literario venezolano. Asimismo, por la continuidad de
su exigencia autoinnovadora ha ido creciendo como una de las
expresiones importantes de la modernidad artística en Hispanoamérica.*

*Salvador Garmendia nació en Barquisimeto, Venezuela. La in-
fancia y adolescencia del escritor transcurren en el barrio de Altagracia en Barquisimeto. Espacio que luego se evocaría en su gran
novela* Memorias de Altagracia. *A los doce años una enfermedad
pulmonar lo mantiene en cama por tres años. La lectura será en
este tiempo absorbente: Cervantes, Chejov, Flaubert, Dostoievski,
Balzac, etc. La biblioteca de su hermano Hermann Garmendia
hacía posible esta inmersión en los libros y permitía a su vez la
formación que el escritor no podía obtener en la escuela dada
su postración. Una vez que se ha recuperado totalmente de la enfermedad trata de integrarse al colegio, pero la ostensible diferencia de edad con los niños que serían sus compañeros de clase,
le hacen desistir Se va a Caracas a los dieciocho años y comienza
a trabajar primero como locutor en una emisora de escasos recursos "Radio Tropical" y luego escribiendo adaptaciones de novela
para la misma radio. Esta última actividad la continuará más
tarde con adaptaciones para la televisión y guiones cinematográficos. En 1948 ingresa al partido comunista, militancia que abandona posteriormente.*

*En Caracas se integra al grupo Sardio formado por jóvenes
universitarios, participa en la revista del mismo nombre; se va
así ampliando su formación intelectual, lee a Joyce, se interesa en
el conocimiento de la literatura norteamericana y francesa. Luego
se traslada a Mérida donde se hace cargo de la sección de publicaciones de la Universidad de los Andes; publica la revista* Actual.
*En 1971 gana una beca que le permite viajar a España y dedicarse
a escribir. Reside en Barcelona durante este año. Su obra se empieza a dar a conocer internacionalmente; en 1974 aparece la
edición polaca de* Los habitantes *y en 1988 la edición francesa
de* Día de ceniza.

*La primera novela de Salvador Garmendia* Los pequeños seres *se publica en 1959 por Ediciones Sardio; esta obra es ganadora del Premio Municipal de Prosa de ese año. En verdad, hay una novela corta anterior aun cuando hoy no se encuentran ejemplares; se titula* El parque *y es publicada cuando el autor tenía diecisiete años. Las novelas que siguen a* Los pequeños seres *son:* Los habitantes *(1961);* Día de ceniza *(1963);* La mala vida *(1968);* Los pies de barro *(1973);* Memorias de Altagracia *(1974), escrita durante su estadía en Barcelona;* El capitán Kid *(1988), que continúa el espacio y memorias plasmados en* Memorias de Altagracia. *La producción cuentística de Garmendia es tan constante como la novelística. Sus libros de cuentos publicados son* Doble fondo *(1965);* El inquieto Anacobero y otros cuentos *(1976);* Difuntos, extraños y volátiles *(1970);* Los escondites: cuentos *(1972); la recopilación* Enmiendas y atropellos: cuentos *(1978). En 1981 publica el texto* El único lugar posible *(Barcelona: Editorial Seix Barral); son varios relatos (y fragmentos de invención) que tratan de articularse como un todo narrativo; en el trasfondo se cuestiona la idea de un género único, limitado a ciertos movimientos: "Me confieso incapaz de escribir una novela o al menos esto que se conoce como tal... cada vez que creemos concebir un todo, es decir una masa de tiempo labrada, condenada a un espacio lo que elaboramos al final no pasa de ser una ilusión pedante" (pp. 311-312 edición citada). De 1986 es su colección de relatos* Hace mal tiempo afuera. *Hacia 1966 escribe el libro de crítica e historiografía literaria* La novela en Venezuela. *El cuento "Ensayo de vuelo" escrito en 1969 se incluyó en la colección* Difuntos, extraños y volátiles.

*La novelística de Garmendia ha explorado temas como el de la marginación social, el sentido de alienación en la urbe moderna, el sórdido mundo de la burocracia, la memoria de vivencias de la infancia, sus marcas, felicidades, terrores, y espectativas. Todos estos motivos son tratados con agresivos ángulos modernos en lo que respecta a lo narracional. Sobre este aspecto indica Alexis Márquez Rodríguez: "Memorias de Altagracia es una novela sin argumento. Sin orden ni concierto, pero dentro de una estructura eminentemente armónica, el autor va engarzando episodios un tanto aluvionamente... dentro de la perspectiva crítica contemporánea, nada autoriza a negarle su caracterización como novela."* (Acción y pasión en los personajes de Miguel Otero Silva y otros ensayos. *Caracas: Academia Nacional de la Historia, 1985, pp. 190, 194). Esto nos da una idea de la subversiva escritura de Garmendia, de su impulsiva modernidad; por eso también, no es suficiente referirse a las temáticas de su obra sino se conecta a los movimientos con los que su prosa los envuelve o desplaza.*

*Sus cuentos son de gran variedad, usualmente miran hacia el emplazamiento cotidiano del hombre, pero nunca linealmente. Hay ese cristal de "doble fondo" que puede ser lo surreal, lo maravilloso, lo fantástico; a veces, el enfoque que distorsiona, o la desarticulación del tiempo. En fin, un detalle que siempre tuerce el orden aniquilando las representaciones esperadas: "No soy un hombre, casi, soy un dedo meñique"; primera frase del cuento "Ensayo de vuelo". La extrañeza del personaje en este relato nos dirige a la extrañeza del hombre y del universo. Nada de lo que pasa en la narración parece racional, ¿pero lo es acaso el mundo? Cae la fría afirmación del narrador: "Claro está que un mundo irracional como el nuestro." Luego están los paréntesis del relato, esos apartes que abren otras comprensiones; las paradojas: "En cuanto a mi mujer... tiene una fuerza hercúlea"; las preguntas que no se van a responder: ¿es el vuelo (o su preparación) escape, disipación, suicidio, un acento de ternura, una llamada a la conmiseración que provoca la desolada condición humana?*

## ENSAYO DE VUELO *

No soy un hombre, casi, soy un dedo meñique. Mi flacura ha llegado a ser tan esquemática, tan universal (yo la proyecto con satisfacción íntima en el ámbito ascético de los principios y las fórmulas puras), que mi cuerpo desnudo es un cálido compendio de anatomía. Sin embargo, por el solo hecho de confrontar tal déficit de animalidad, no me siento un personaje feo ni mucho menos monstruoso; por el contrario, cada vez voy entendiendo menos un ideal de belleza tan estropeado como el que ha sido impuesto a la humanidad, de unos siglos a esta parte, por toda una especie decadente de marmoleros y conservadores de museos. Mis ideas en este punto puedo resumirlas sin dificultad: la carne es fétida, viciosa y corruptible en exceso. Pertenece por herencia al dominio de las especies zoológicas más burdas y desprestigiadas de la creación, como los paquidermos, que son animales de pantano, comedores de harapos vegetales, estúpidos y domesticables hasta el asco. A juzgar por las viñetas de los manuales de historia natural, hubo una edad postdiluviana en que estos mastodontes se paseaban a sus anchas por un planeta enfangado y oscuro, llenando el aire de mugidos y pestilencias. Es posible que la idea de sus enormes deyecciones provoque en las mentes glotonas la envidia por los fa-

---

* Reproducido con permiso de Monte Ávila Editores, C. A., Caracas, Venezuela.

bulosos hartazgos que seguramente cometerían aquellos que posteriormente ocuparon una tierra prodigiosamente fecundada por tales inmundicias; sin embargo, no hubo siglos más infecundos, bochornosos
y ausentes de espiritualidad y de grandeza.

Por otra parte, su fortaleza aparente se alimenta de una resignación servil, tanto que el hombre, aun el más obeso de los imbéciles,
sería incapaz de ofrecer una imagen más sólida de la estupidez terrenal como la del elefante que saluda al público infantil parado sobre
sus patas traseras, sacudiendo la trompa y enseñando, sin sombra de
pudor, un triste simulacro de pene.

Recuerdo, por cierto, a un general dictador de esta república, que
llevado por su manía de creerse toro (y convencido por sus doctores,
carceleros e hijos naturales de que sus bramidos de anciano resonaban como el único vocabulario comprensible en el enorme silencio sin
historia del país), cultivaba una amorosa inclinación por la fauna
cautiva: a su hipopótamo particular lo llamaba, con razonable familiaridad, el *hijoepútamo*.

Mi sistema circulatorio, visto en totalidad, es un cordaje tenso y
comprimido que envuelve con perfecta sabiduría la osamenta y la
fibra. Centenares de mis músculos, pequeños y vibrantes, trabajan en
su abrigo de piel; una piel ociosa, herencia de mis pobres años de demencia carnal, que cuelga y se arruga en los lugares más inverosímiles;
iba a decir *como un escroto,* y esto me recuerda que cuando me con-
templo desnudo ante el espejo —lo hago con frecuencia y muy a gusto—, suelo verme de veras como un miembro a punto de inflamarse
de deliciosa virilidad. Siento en ese momento que la figura del espejo
se independiza y que algo radiante y poderoso va a irradiar de ella.

Si a todo esto se agrega que mi estatura es algo más reducida que
lo usual en un hombre chiquito, se comprenderá cómo, en varias oportunidades, mi mujer ha estado a punto de echarme al suelo al ir a
retirar las sábanas.

Claro está que en un mundo irracional como el nuestro, debo so-
brellevar el peso, a veces irritante, de ciertos inconvenientes imprevi-
sibles: un domingo en un parque, una de esas piezas de escaso mérito, identificables por su redondez y su color de almagre (se distraía
comiendo una bolsita de cotufas), vino tranquilamente y se me sentó
encima. No lo advirtió al principio ni yo fui capaz de protestar, en-
mudecido como había quedado por semejante carga letal; además, que
en el instante mismo, alguna regresión de la memoria me lanzó a una
edad miserable: un traje de marinero, una boca abierta y las manos
pegajosas de caramelo, presenciando una escena de circo: en medio
de la pista, un pichón de elefante se posaba de nalgas sobre el estómago y las partes del domador y así se estuvo un momento de frente
a nosotros, agitando sus cascos delanteros como si se gozara de su

falta de vergüenza. La ensordecedora gritería del público me arrulló por algunos momentos, en tanto que la pieza terminaba de incomodarse con mis huesos, y después de revolverse varias veces en busca de acomodo, optó por prescindir del estorbo y alzándome por las ropas fue a echarme en el depósito de basura más cercano. Al oírme patalear y chillar dentro del pote, mostróse realmente turbado y desde ese momento usó de toda clase de miramientos para reparar los daños ocasionados en mi ropa como resultado de aquella violenta inmersión en un pozo crujiente y pegajoso de celofán, latas de jugo y papel estrujado. (Una lluvia de palmadas, golpecitos de uña y tirones para disipar las arrugas me envolvió por una eternidad.) Al final, sopló vigorosamente en mi pelo, donde habían quedado envoltorios de chocolates y salvavidas. Compungido, pidió que lo perdonara; no había tenido culpa de nada; al verme, me dijo, pensó que algún gracioso me había dejado ahí por molestar. (Y lo justifiqué, en el fondo: mi perfil es punzante y vigoroso, difícil de olvidar; pero quien me mira de  •
frente y a los ojos como él lo hizo, difícilmente encuentra un punto donde los elementos desenfocados se establecen; mis rasgos se confunden en la mirada del contrario y llegan a desaparecer volatilizados en una dispersión estrábica. El tipo, que además era algo cegato, sólo tuvo al alcance de sus narices una mancha difusa.)

En cuanto a mi mujer, Dios la guarde, es un ser bondadoso. Tiene una fuerza hercúlea y cuando ha tomado más de tres rápidas cervezas (nuestras tenidas suelen ser memorables), suelta unas carcajadas gloriosas que parecen multiplicarse y esparcirse por toda la sala. En ese momento una imagen excitante emerge de aquella precipitación de vocales: se trata de una estampida de enanos frenéticos que salen en tropel de las paredes y corren volteando y arrastrando todo el mobiliario hasta sacarlo fuera y echarlo escaleras abajo. Es como un juego delicioso de nuestro exclusivo dominio: me basta decir "los enanos", ya aflautada la voz por la risa, apuntando un dedo a medio metro del piso, mientras con los nudillos me piso los labios, para que las carcajadas nos envuelvan y los enanos aparezcan de veras.

Es lindo.

Cuando empecé a abandonar las comidas, ella me secundó demostrando un acatamiento apacible, aunque sí revestido de cierta hondadosa picardía. Pronto, en el área de mantel comprendida entre mis brazos en reposo, no hubo más que el periódico doblado y mis cápsulas para el riñón. Hoy, comedor y cocina han sido eliminados de la casa, librándonos, entre otras cosas, de olores y muebles inútiles. La mujer, para no herir mis escrúpulos, se alimentaba en secreto, no sé si frugalmente como asegura; sospecho que no.

Ya se habrán dado cuenta de que mi existencia es por demás tranquila; sin embargo, en la oficina tuve que soportar, al comienzo, el recelo y la curiosidad malsana de los compañeros. En mi presencia se cambiaban miradas de una vulgaridad irritante, como si me vieran acostado en el fondo de una letrina. Por suerte, algo acabó por nivelarnos y hacer que cada cual se guardara con agria resignación en sí mismo: para el jefe, hombre gordo y de pocas palabras, todos allí éramos "un caso". Cada día paseaba delante de nosotros un gesto de impotente inconformidad dando a entender que la fatalidad había colocado bajo su dominio a las más estrafalarias e incomprensibles especies racionales. Así fue como una vez pasó frente a mi escritorio, frenó tres pasos más allá por haber creído ver lo que no era y sí era y regresó para cerciorarse. Ladeó en varios sentidos la cabeza, buscando sin duda el centro inexistente del foco (no me sorprendió lo más mínimo; eso mismo ha hecho y hará mucha gente conmigo), y, al no encontrarlo, dibujó una mueca que era de reprobación y "otro más, qué le vamos a hacer". Desde entonces quedé inserto en la colección, metido en mi nicho, esterilizado e inmune a la curiosidad de mis congéneres. Pues bien, a esto quería llegar: hoy ha quedado establecido mi primer programa de vuelo; por ahora lo vemos como un intento, un ensayo poco ambicioso antes de emprender itinerarios más completos y emocionantes. Nuestro balcón domina la avenida, que es ancha y hermosa; dos cuadras adelante está el parque al que daré una vuelta completa antes de emprender el regreso a la base. La operación de despegue la hemos practicado bajo techo sin dificultad: ella me alzará en sus dos manos, sujetándome por las cavidades del estómago, y dará el impulso inicial. Libre de sus manos entraré suavemente en el aire.

"¿Mañana?", le suplico al cabo de varias prácticas, tantos ensayos que sólo pueden conducir al fin previsto, el único posible y ella me dice "sí" con una sonrisa inalcanzable que me enternece hasta las lágrimas.

# CRISTINA PERI ROSSI

URUGUAYA
( 1 9 4 1 )

Obra de indicios la de Cristina Peri Rossi. Es decir, obra de
atractivas galerías, llena de elementos eróticos, fantásticos, aluci-
nantes, mitológicos que leen (con la humildad de saberse una de
las tantas lecturas) los caminos, modos y experiencias de nuestros
mitos, alienaciones, vivencias y posibilidades culturales. Los indicios son para la autora las "acciones o señales que dan a conocer lo oculto" (Indicios pánicos. Barcelona: Editorial Bruguera,
1981, p. 9). Su escritura propone por tanto una indagación exal-
tada, pasional, penetrante, sobre todo seductora en la plural y
fragmentaria realidad de la experiencia moderna.

  Escritura guiada por una necesidad imperiosa de conocimiento
de la realidad humana. El recorrido de su arte no hace visible,
sin embargo, el descubrimiento al modo de la ciencia, no trae las
respuestas definitivas, ni siquiera las soluciones esperadas; por el
contrario desarma convicciones, convoca la polémica y la disidencia, anima el enfrentamiento, bucea en lo disímil, minimiza la
diferenciación de sexos para explorar sin limitaciones en la sexualidad, desenmascara y combate los rostros de las sociedades y
actitudes fascistas, localiza el arte de la ironía y lo arroja con precisión. En la búsqueda de ese conocimiento hay ciertamente conciencia de que el medio es la literatura poseída por la palabra
imaginante, esa arma de símbolos, de invenciones, de sueños, de
confusiones y juegos. La propia escritora se ha referido al rol de
la "visión" y de lo "visionario" en su obra, indicando, asimismo,
el arraigo de tal concepto en la tradición literaria: "No narro
para entretener, para ordenar una trama, sino para descubrir, para
conocer, para elaborar una hipótesis del mundo, de modo que lo
narrado se supedita a la intención, a la "visión del mundo". Es
que, parodiando a Rimbaud, el escritor es un visionario, o no es".
("Cristina Peri Rossi: contar para descubrir." Entrevista de Teresa Méndez-Faith. Puro cuento 4 (1987): 1-6). Hay, pues, la
urgencia de una exploración cultural en la obra de Peri Rossi.
Esa aventura es conducida por el riesgo de las anticipaciones,
por el juego de las profecías, por la construcción de visiones ex-
traídas de la diversidad.

24

*Excelente poeta y narradora; la importancia de su cuentística
ha sido reconocida internacionalmente y su obra se ha traducido
a varios idiomas. La producción literaria de Peri Rossi es bastante
extensa considerando que su primera publicación es de 1963.
Hasta ahora ha publicado ocho volúmenes de cuentos, tres novelas, y cinco libros de poesías. Su primer libro es* Viviendo *(1963),
publicación de dos relatos largos. Las otras colecciones de cuentos son* Los museos abandonados *(1968), volumen de cuatro relatos.* Indicios pánicos *(1970), libro escrito durante el estado de sitio
impuesto por la dictadura en Uruguay;* La tarde del dinosaurio
*(1976), son ocho relatos con un prólogo de Julio Cortázar, su
traducción al alemán* (Der Abend des Dinosauriers) *es de 1982;*
La rebelión de los niños *(1976);* El museo *de los esfuerzos inútiles (1983);* Una pasión prohibida *(1986) volumen de veinte
relatos;* Cosmoagonías *(1988), colección de diecisiete relatos. La
autora ha señalado que el último cuento que escribió antes de su
exilio en 1972 es "La rebelión de los niños" incluido en el volumen del mismo título.*

*Su primera novela es* El libro de mis primos *(1969); en el
prólogo a la edición de 1989 (Barcelona, Ediciones Grijalbo)
dice la autora: "yo escribí esta novela al borde mismo de los
géneros, mezclando deliberadamente prosa y poesía. No era un
invento personal: los escritores románticos lo habían practicado mucho antes, proponiendo una literatura de fragmentos y
fronteriza, donde la poesía y la prosa se confundían para ampliar cada registro". (p. 12). Luego viene* La nave de los locos
*(1984), obra que ha suscitado una gran atención crítica; se tra-
duce al inglés en 1989 con el título* The Ship of Fools: A Novel.
*De 1988 es la novela* Solitario de amor. *Sus libros de poesía son*
Evohé: poemas eróticos *(1971);* Descripción de un naufragio
*(1975);* Diáspora *(1976);* Lingüística general: poemas *(1979);* Europa después de la lluvia *(1987), libro finalista del Premio Extraordinario de Poesía Iberoamericana Fundación Banco Exterior.*

*Cristina Peri Rossi nació en Montevideo. Estudió en el Insti-
tuto de Profesores Artigas donde se recibió con una Licenciatura
en Literatura. Luego de graduarse en 1961 se dedica a la docencia
por un espacio de diez años, dictando cursos de literatura en diversos institutos educacionales en Uruguay. Colabora con el semanario* Marcha *de Montevideo e integra además su consejo editorial. La constante actitud crítica de la autora a los regímenes
militares, fascistas, autoritarios, la denuncia de los problemas sociales de su país convocan la típica respuesta represiva de go-
biernos para los que el término "democrático" es sinónimo de
"enemigo". Cristina Peri Rossi es forzada a salir de Uruguay en
1972. Se exilia en España, país en el que ha vivido desde enton-*

*ces y donde adopta la ciudadanía española, luego de que el go-
bierno de su país le quitara la uruguaya. Actualmente reside en
Barcelona. Además de su continua producción literaria contribuye
con publicaciones para periódicos y revistas de varios países. En
España escribe para el diario madrileño El País. La escritora uruguaya ha recibido varios premios distinguidos por su obra literaria tales como el Premio de Narrativa de la Editorial Arca en
1968 por su obra Los museos abandonados, el premio de poesía
"Palma de Mallorca" y el premio "Benito Pérez Galdós" de cuento.*

*La calidad de la narrativa de Peri Rossi le ha significado una
buena legión de lectores que siguen su obra, continuas reediciones, traducciones, conocimiento internacional, atención crítica. Su
obra poética es también excelente, y en verdad, no está distanciada
en cuanto sistema estético del resto de su obra. En su narrativa
está la poesía y en su poesía está la creación del lenguaje que nutre lo narrativo. Refiriéndose a su irreverencia por la separación
de géneros literarios y atendiendo al discurso estético que supone
lo moderno; indica la autora: "Algunos de esos textos [los de
Indicios pánicos] están en el límite de lo que la preceptiva literaria considera como cuento. Suelo ser muy poco respetuosa de
las formulas, y el carácter fragmentario de la literatura contemporánea (igual que la de los romanticos alemanes: Jean-Paul, Bren-
tano, Richter) me parece que corresponde a la pérdida de la unidad, de la integración que caracteriza a la modernidad. Todo está
fracturado: el "yo" no es más que un mosaico. ¡Enhorabuena!
La ilusión del tiempo y del espacio cada vez es más relativa, y
este contexto de desintegración debe corresponderse en las "formas artísticas". (Cristina Peri Rossi: "contar para descubrir", obra
citada, p. 2). La poesía de la escritora uruguaya ha sido estudiada
en los siguientes tres excelentes ensayos: Hugo Verani "Muestras
de la poesía uruguaya actual", Hispamérica 16 (1977): 61-95, y
"La rebelión del cuerpo y el lenguaje (A propósito de Cristina
Peri Rossi)", Revista de la Universidad de México 37.11 (1982):
19-22; Carlos Raúl Narváez "La poética del texto sin fronteras:
Descripción de un naufragio, Diáspora, Lingüística general, de
Cristina Peri Rossi". Inti. Revista de Literatura Hispánica 28
(1988): 75-78. A la obra narrativa de Cristina Peri Rossi le han
dedicado estudios Mario Benedetti, Amaryll B. Chanady, Lucía
Guerra Cunningham, Gabriel Mora, Carlos Raúl Narváez, Angel
Rama, y Hugo Verani.*

*El cuento "El ángel caído" se encuentra en el volumen Una
pasión prohibida. Este relato ganó en España el Premio "Puerta
de Oro" en 1983. Difícil tarea la de seleccionar una narración de
la producción cuentística de Peri Rossi. Todos sus cuentos son
de lograda técnica y de sugerentes visiones; allí están por ejemplo*

*los relatos "Simulacro II", "Un cuento para Eurídice", "Los extraños objetos voladores", "El juicio final", "El constructor de espejos", "El patriotismo", "El arte de la pérdida", "El museo de los esfuerzos inútiles", "La estampida" y otros. Como indica Julio Cortázar en el prólogo "Invitación a entrar en una casa" incluido en* La tarde del dinosaurio, *los cuentos de Cristina Peri Rossi son "un avance por habitaciones, galerías, patios y escaleras que absorben al lector y lo separan de su mundo previo... puertas para aquellos que prefieren el horror y la muerte a la renuncia de no abrirlas"* (La tarde del dinosaurio. *Barcelona: Editorial Planeta, 1976, pp. 7-8). El título del relato de Cristina Peri Rossi "El ángel caído" coincide con el de Amado Nervo incluido en esta antología. Obviamente no se trata de influencias, el tema pertenece a la tradición literaria. También incluyo en esta antología el cuento "El ángel" de Tomás Carrasquilla. Por otra parte, Gabriel García Márquez escribiría su cuento "Un señor muy viejo con unas alas enormes" en 1968, y se pueden agregar aún otras narraciones con la temática indicada. Lo importante de estas relaciones es indicar tanto el sistema horizontal de la sensibilidad moderna que las integra como los movimientos verticales que las separan, es decir, el modo, la intensidad, el tono, y el contexto de esa escritura. Mientras que el ángel del cuento de Amado Nervo se integra a la calma de un pueblo, en el relato de Peri Rossi, el ángel asexuado, de cuerpo azul, silencioso, de ojos de todos los colores (la ambigüedad preferible a la exactitud), descompuesto por la caída, presencia la ominosa realidad de la ciudad posmoderna recorrida por satélites espías, la destrucción ecológica, el ambiente contaminado y la violencia de una sociedad militarizada.*

## EL ÁNGEL CAÍDO

El ángel se precipitó a tierra, exactamente igual que el satélite ruso que espiaba los movimientos en el mar de la X flota norteamericana y perdió altura cuando debía ser impulsado a una órbita firme de 950 kilómetros. Exactamente igual, por lo demás, que el satélite norteamericano que espiaba los movimientos de la flota rusa, en el mar del Norte y luego de una falsa maniobra cayó a tierra. Pero mientras la caída de ambos ocasionó incontables catástrofes: la desertización de parte del Canadá, la extinción de varias clases de peces, la rotura de los dientes de los habitantes de la región y la contaminación de los suelos vecinos, la caída del ángel no causó ningún trastorno ecológico. Por ser ingrávido (misterio teológico acerca del cual las dudas son heréticas) no destruyó, a su paso, ni los árboles del camino, ni los hilos del alumbrado, ni provocó interferencias en los programas de televisión, ni en la cadena de radio; no abrió un cráter en la faz de la tierra ni envenenó las aguas. Más bien, se depositó en la vereda, y allí, confuso, permaneció sin moverse, víctima de un terrible mareo.

Al principio, no llamó la atención de nadie, pues los habitantes del lugar, hartos de catástrofes nucleares, habían perdido la capacidad de asombro y estaban ocupados en reconstruir la ciudad, despejar los escombros, analizar los alimentos y el agua, volver a levantar las casas y recuperar los muebles, igual que hacen las hormigas con el hormiguero destruido, aunque con más melancolía.

—Creo que es un ángel —dijo el primer observador, contemplando la pequeña figura caída al borde de una estatua descabezada en la última deflagración. En efecto: era un ángel más bien pequeño, con las alas mutiladas (no se sabe si a causa de la caída) y un aspecto poco feliz.

Pasó una mujer a su lado, pero estaba muy atareada arrastrando un cochecito y no lo le prestó atención. Un perro vagabundo y famélico, en cambio, se acercó a sólo unos pasos de distancia, pero se detuvo bruscamente: aquello, fuera lo que fuera, no olía, y algo que no huele puede decirse que no existe, por tanto no iba a perder el tiempo. Lentamente (estaba rengo) se dio media vuelta.

Otro hombre que pasaba se detuvo, interesado, y lo miró cautamente, pero sin tocarlo: temía que transmitiera radiaciones.

—Creo que es un ángel —repitió el primer observador, que se sentía dueño de la primicia.

—Está bastante desvencijado —opinó el último—. No creo que sirva para nada.

Al cabo de una hora, se había reunido un pequeño grupo de personas. Ninguno lo tocaba, pero comentaban entre sí y emitían diversas opiniones aunque nadie dudaba de que fuera un ángel. La mayoría, en efecto, pensaba que se trataba de un ángel caído, aunque no podían ponerse de acuerdo en cuanto a las causas de su descenso. Se barajaron diversas hipótesis.

—Posiblemente ha pecado —manifestó un hombre joven, al cual la contaminación había dejado calvo.

Era posible. Ahora bien, ¿qué clase de pecado podía cometer un ángel? Estaba muy flaco como para pensar en la gula; era demasiado feo como para pecar de orgullo; según afirmó uno de los presentes, los ángeles carecían de progenitores, por lo cual era imposible que los hubiera deshonrado; a toda luz, carecía de órganos sexuales, por lo cual la lujuria estaba descartada. En cuanto a la curiosidad, no daba el menor síntoma de tenerla.

—Hagámosle la pregunta por escrito —sugirió un señor mayor que tenía un bastón bajo el brazo.

ruptura

La propuesta fue aceptada y se nombró un actuario, pero cuando éste, muy formalmente, estaba dispuesto a comenzar su tarea, surgió una pregunta desalentadora: ¿qué idioma hablaban los ángeles? Nadie sabía la respuesta, aunque les parecía que por un deber de cortesía, el ángel visitante debía conocer la lengua que se hablaba en esa región del país (que era, por lo demás, un restringido dialecto, del cual, empero, se sentían inexplicablemente orgullosos).

Entre tanto, el ángel daba pocas señales de vida, aunque nadie podía decir, en verdad, cuáles son las señales de vida de un ángel. Permanecía en la posición inicial, no se sabía si por comodidad o por imposibilidad de moverse, y el tono azul de su piel ni aclaraba ni ensombrecía.

—¿De qué raza es? —preguntó un joven que había llegado tarde y se inclinaba sobre los hombros de los demás para contemplarlo mejor.

Nadie sabía qué contestarle. No era ario puro, lo cual provocó la desilusión de varias personas; no era negro, lo que causó ciertas simpatías en algunos corazones; no era indio (¿alguien puede imaginar un ángel indio?), ni amarillo: eran más bien azul, y sobre este color no existían prejuicios, todavía, aunque comenzaban a formarse con extraordinaria rapidez.

La edad de los ángeles constituía otro dilema. Si bien un grupo afirmaba que los ángeles siempre son niños, el aspecto del ángel ni confirmaba ni refutaba esta teoría.

Pero lo más asombroso era el color de los ojos del ángel. Nadie lo advirtió, hasta que uno de ellos dijo:

—Lo más bonito son los ojos azules.

Entonces una mujer que estaba muy cerca del ángel, le contestó:

—Pero, ¿qué dice? ¿No ve que son rosados?

Un profesor de ciencias exactas que se encontraba de paso, inclinó la cabeza para observar mejor los ojos del ángel y exclamó:

—Todos se equivocan. Son verdes.

Cada uno de los presentes veía un color distinto, por lo cual, dedujeron que en realidad no eran de ningún color especial, sino de todos.

—Esto le causará problemas cuando deba identificarse —reflexionó un viejo funcionario administrativo que tenía la dentadura postiza y un gran anillo de oro en la mano derecha.

En cuanto al sexo, no había dudas: el ángel era asexuado, ni hembra ni varón, salvo (hipótesis que pronto fue desechada) que el sexo estuviera escondido en otra parte. Esto inquietó mucho a algunos de los presentes. Luego de una época de real confusión de sexos y desenfrenada promiscuidad, el movimiento pendular de la historia (sencillo como un compás) nos había devuelto a la feliz era de los sexos diferenciados, perfectamente reconocibles. Pero el ángel parecía ignorar esta evolución.

—Pobre —comentó una gentil señora que salía de su casa a hacer las compras, cuando se encontró con el ángel caído—. Me lo llevaría a casa, hasta que se compusiera, pero tengo dos hijas adolescentes y si nadie puede decirme si se trata de un hombre o de una mujer, no lo haré, pues sería imprudente que conviviera con mis hijas.

—Yo tengo un perro y un gato —murmuró un caballero bien vestido, de agradable voz de barítono—. Se pondrían muy celosos si me lo llevo.

—Además habría que conocer sus antecedentes —argumentó un hombre de dientes de conejo, frente estrecha y anteojos de carey, vestido de marrón—. Quizá se necesite una autorización. —Tenía aspecto de confidente de la policía, y esto desagradó a los presentes, por lo cual no le respondieron.

—Y nadie sabe de qué se alimenta —murmuró un hombre simpático, de aspecto muy limpio, que sonreía luciendo una hilera de dientes blancos.

—Comen arenques —afirmó un mendigo que siempre estaba borracho y al que todo el mundo despreciaba por su mal olor. Nadie le hizo caso.

—Me gustaría saber qué piensa —dijo un hombre que tenía la mirada brillante de los espíritus curiosos.

Pero la mayoría de los presentes opinaba que los ángeles no pensaban.

A alguien le pareció que el ángel había hecho un pequeño movimiento con las piernas, lo cual provocó gran expectación.

—Seguramente quiere andar —comentó una anciana.

—Nunca oí decir que los ángeles andaran —dijo una mujer de anchos hombros y caderas, vestida de color fucsia y comisuras estrechas, algo escépticas—. Debería volar.

—Éste está descompuesto —le informó el hombre que se había acercado primero.

El ángel volvió a moverse casi imperceptiblemente.

—Quizá necesite ayuda —murmuró un joven estudiante, de aire melancólico.

—Yo aconsejo que no lo toquen. Ha atravesado el espacio y puede estar cargado de radiación —observó un hombre vivaz, que se sentía orgulloso de su sentido común.

De pronto, sonó una alarma. Era la hora del simulacro de bombardeo y todo el mundo debía correr a los refugios, en la parte baja de los edificios. La operación debía realizarse con toda celeridad y no podía perderse un solo instante. El grupo se disolvió rápidamente, abandonando al ángel, que continuaba en el mismo lugar.

En breves segundos la ciudad quedó vacía, pero aún se escuchaba la alarma. Los automóviles habían sido abandonados en las aceras, las tiendas estaban cerradas, las plazas vacías, los cines apagados, los televisores mudos. El ángel realizó otro pequeño movimiento.

Una mujer de mediana edad, hombros caídos, y un viejo abrigo rojo que alguna vez había sido extravagante se acercaba por la calle, caminando con tranquilidad, como si ignorara deliberadamente el ruido de las sirenas. Le temblaba algo el pulso, tenía una aureola azul alrededor de los ojos y el cutis era muy blanco, bastante fresco, todavía. Había salido con el pretexto de buscar cigarrillos, pero una vez en la calle, consideró que no valía la pena hacer caso de la alarma, y la idea de dar un paseo por una ciudad abandonada, vacía, le pareció muy seductora.

Cuando llegó cerca de la estatua descabezada, creyó ver un bulto en el suelo, a la altura del pedestal.

—¡Caramba! Un ángel —murmuró.

Un avión pasó por encima de su cabeza y lanzó una especie de polvo de tiza. Alzó los ojos, en un gesto instintivo, y luego dirigió la mirada hacia abajo, al mudo bulto que apenas se movía.

—No te asustes —le dijo la mujer al ángel—. Están desinfectando la ciudad. El polvo le cubrió los hombros del abrigo rojo, los cabellos castaños que estaban un poco descuidados, el cuero sin brillo de los zapatos algo gastados.

—Si no te importa, te haré un rato de compañía —dijo la mujer, y se sentó a su lado. En realidad, era una mujer bastante inteligente, que procuraba no molestar a nadie, tenía un gran sentido de su independencia pero sabía apreciar una buena amistad, un buen paseo solitario, un buen tabaco, un buen libro y una buena ocasión.

—Es la primera vez que me encuentro con un ángel —comentó la mujer, encendiendo un cigarrillo—. Supongo que no ocurre muy a menudo.

Como imaginó, el ángel no hablaba.

—Supongo también —continuó— que no has tenido ninguna intención de hacernos una visita. Te has caído, simplemente, por algún desperfecto de la máquina. Lo que no ocurre en millones de años ocurre en un día, decía mi madre. Y fue a ocurrirte precisamente a ti. Pero te darás cuenta de que fuera el que fuera el ángel caído, habría pensado lo mismo. No pudiste, con seguridad, elegir el lugar.

La alarma había cesado y un silencio augusto cubría la ciudad. Ella odiaba ese silencio y procuraba no oírlo. Dio una nueva pitada al cigarrillo.

—Se vive como se puede. Yo tampoco estoy a gusto en este lugar, pero podría decir lo mismo de muchos otros que conozco. No es cuestión de elegir, sino de soportar. Y yo no tengo demasiada paciencia, ni los cabellos rojos. Me gustaría saber si alguien va a echarte de menos. Seguramente alguien habrá advertido tu caída. Un accidente no previsto en la organización del universo, una alteración de los planes fijados, igual que la deflagración de una bomba o el escape de una espita. Una posibilidad en billones, pero de todos modos, sucede, ¿no es cierto?

No esperaba una respuesta y no se preocupaba por el silencio del ángel. El edificio del universo montado sobre la invención de la palabra, a veces, le parecía superfluo. En cambio, el silencio que ahora sobrecogía la ciudad lo sentía como la invasión de un ejército enemigo que ocupa el territorio como una estrella de innumerables brazos que lentamente se desmembra.

—Notarás en seguida —le informó al ángel— que nos regimos por medidas de tiempo y de espacio, lo cual no disminuye, sin embargo, nuestra incertidumbre. Creo que ése será un golpe más duro para ti que la precipitación en tierra. Si eres capaz de distinguir los cuerpos, verás que nos dividimos en hombres y mujeres, aunque esa distinción no revista ninguna importancia, porque tanto unos como otros morimos, sin excepción, y ese es el acontecimiento más importante de nuestras vidas.

Apagó su cigarrillo. Había sido una imprudencia tenerlo encendido, durante la alarma, pero su filosofía incluía algunos desacatos a las normas, como forma de la rebeldía. El ángel esbozó un pequeño movimiento, pero pareció interrumpirlo antes de acabarlo. Ella lo miró con piedad.

—¡Pobrecito! —exclamó—. Comprendo que no te sientas demasiado estimulado a moverte. Pero el simulacro dura una hora, aproximadamente. Será mejor que para entonces hayas aprendido a moverte, de lo contrario, podrás ser atropellado por un auto, asfixiado por un escape de gas, arrestado por provocar desórdenes públicos e interrogado por la policía secreta. Y no te aconsejo que te subas al pedestal (le había parecido que el ángel miraba la parte superior de la columna como si se tratara de una confortable cuna), porque la política es muy variable en nuestra ciudad, y el héroe de hoy es el traidor de mañana. Además, esta ciudad no eleva monumentos a los extranjeros.

De pronto, por una calle lateral, un compacto grupo de soldados, como escarabajos, comenzó a desplazarse, ocupando las veredas, la calzada y reptando por los árboles. Se movían en un orden que, con toda seguridad, había sido estudiado antes y llevaban unos cascos que irradiaban fuertes haces de luz.

—Ya están éstos —murmuró la mujer, con resignación—. Seguramente me detendrán otra vez. No sé de qué clase de cielo habrás caído tú —le dijo al ángel—, pero éstos, ciertamente, parecen salidos del fondo infernal de la tierra.

En efecto, los escarabajos avanzaban con lentitud y seguridad.

Ella se puso de pie, porque no le gustaba que la tomaran por sorpresa ni que la tocaran demasiado. Extrajo de su bolso el carnet de identificación, la cédula administrativa, el registro de vivienda, los bonos de consumo y dio unos pasos hacia adelante, con resignación. Entonces el ángel se puso de pie. Sacudió levemente el polvo de tiza que le cubría las piernas, los brazos, e intentó alguna flexiones. Después se preguntó si alguien echaría de menos a la mujer que había caído, antes de ser introducida con violencia en el coche blindado.

# JOSÉ EMILIO PACHECO

MEXICANO
( 1 9 3 9 )

*Cinco obras narrativas y más de quince libros de poesía componen la obra literaria publicada hasta la fecha por José Emilio Pacheco. El predominio cuantitativo de su obra poética no ha dejado al margen al 'narrador. Sus cuentos y novelas son de una calidad tan alta como la de su poesía. Por lo demás en la concepción estética del escritor mexicano no se separan de modo tajante el discurso narrativo del poético. La producción de José Emilio Pacheco (incluyendo la no literaria, es decir, traducciones y comentarios) constituye una verdadera red escritural; un sistema poético nutrido por la confluencia de lo cultural. La estética de Pacheco abraza la diversidad como celebración de lo creativo, lo cual supone a su vez una visión integral de los géneros literarios y una lucha en contra del establecimiento definitivo del arte compuesto. La visión artística de Pacheco busca un acceso al espectro total del libro a través de la conjunción arte y cultura. Su obra se va articulando en un recorrido móvil de la escritura construida desde las modificaciones. Sostiene al respecto José Miguel Oviedo: "su obra es, en cierta manera, una antología formada por la reescritura de sus lecturas, un nuevo texto que se sobreimprime en otros textos pre-existentes. (En este sentido, cabría considerar que la 'obra poética' de Pacheco no sólo comprende los títulos que recogen sus poemas, versiones y traducciones, sino los libros específicos de crítica y traducción poéticas que el autor ha publicado aparte)". (Ayer es nunca jamás. Caracas: Monte Ávila Editores. 1978, pp. 30-13). Irresistible apertura hacia el encuentro de lo plural que convierte a Pacheco en uno de los escritores actuales más polifacéticos de la literatura hispanoamericana. Su poliédrica obra ha conocido el éxito de la difusión internacoinal y de la traducción. Sus cuentos y poemas son frecuentemente antologados y sus novelas, libros de cuentos y poesías se reeditan continuamente.*

*La obra narrativa de José Emilio Pacheco comprende tres colecciones de cuentos y dos novelas. El primer libro de relatos, también su primera publicación, es* La sangre de Medusa *(1958), reeditada y ampliada en 1990 con el título* La sangre de Medusa y otros cuentos marginales. *Sigue* El viento distante *en 1963, esta primera edición consta de seis cuentos; la segunda edición revisada*

747

*y ampliada de 1969* (El viento distante y otros relatos) *agrupa un total de catorce cuentos; se reedita seis veces entre 1969 y 1987. La tercera colección de cuentos es* El principio del placer, *publicada en 1972 y que ya cuenta con doce reimpresiones. Sus novelas son* Morirás lejos *(1967) y* Las batallas en el desierto *(1981), esta última con nueve reediciones.*

*La obra poética de Pacheco incluye* Los elementos de la noche *(1963);* El reposo del fuego *(1966);* No me preguntes como pasa el tiempo. *(Poemas, 1964-1968) de 1969;* Irás y no volverás *(1973);* Islas a la deriva *(1976);* Al margen *(1976);* Desde entonces: poemas, 1975-1978 *de 1980;* Los trabajos del mar *(1982 y 1983);* Miro la tierra: poemas 1983-1986 *(1986);* Ciudad de la memoria: poemas 1986-1989 *de 1989. A esta producción se agregan otros volúmenes que reúnen poemas de varios libros:* Ayer es nunca jamás *(1978), selección de los cinco primeros libros de poesía del autor;* Tarde o temprano, *publicado en 1980, integra poemas de veinte años de labor poética desde 1958 a 1978;* Fin de siglo y otros poemas *(1984) reúne una selección de poemas proveniente de siete colecciones;* Alta traición: antología poética *(1985). Como traductor ha aportado con creativas versiones de la obra de Óscar Wilde, Harold Pinter, Samuel Beckett, Jules Renard, Walter Benjamin, Luigi Pirandello. Su labor crítica ha sido constante. Ha colaborado con artículos, notas, introducciones, antologías. Destacan* La poesía mexicana del siglo XIX: antología *(1965);* Antología del modernismo 1884-1921 *(1970); la edición de la obra poética de Rodolfo Usigli* Tiempo y memoria en conversación desesperada: poesía 1923-1974 *(1981); la edición (en colaboración con Gabriel Zaid) de la poesía de José Carlos Becerra* El otoño recorre las islas: obra poética, 1961/1970 *(1981).*

*Sobre la obra del autor conviene examinar la oportuna edición de Hugo J. Verani* José Emilio Pacheco ante la crítica *(1987); este libro aporta con sólidos ensayos críticos sobre la obra de Pacheco y con una excelente bibliografía de la obra del autor (preparada por Verani) que incluye la obra poética, narrativa, traducciones y guiones cinematográficos, labor editorial, antologías, periodismo literario, etc. También, los ensayos* Ficción e historia: la narrativa de José Emilio Pacheco *(El Colegio de México, 1980);* La literatura puesta en juego *de Raúl Dorra (UNAM, 1973);* José Emilio Pacheco *de Luis Antonio Villela en la serie* Los Poetas de la Editorial Júcar *(Madrid, 1986);* José Emilio Pacheco: poesía y poética del prosaísmo *de Daniel Torres (1990).*

*José Emilio Pacheco nació en la ciudad de México. Sus estudios de literatura, el constante diálogo con intelectuales y escritores hispanoamericanos y extranjeros, la motivación por un conocimiento* *amplio de la literatura universal, la pasión de la lectura fueron formando al crítico riguroso, al lector exigente, al escritor inquieto, renovador que hay en este lúcido autor de las letras hispanoamericanas.* Fue colaborador de la revista Proceso *e investigador del Instituto Nacional de Antropología e Historia. Ha dictado cursos en varias universidades de Estados Unidos, Canadá e Inglaterra. También ha sido docente del Departamento de Español y Portugués de la Universidad de Maryland. En 1969 obtuvo el Premio Nacional de Poesía por su libro* No me preguntes como pasa el tiempo *(poemas, 1964-1968). Recibió la beca Guggenheim en 1970. La obra narrativa y poética de Pacheco ha sido ampliamente traducida al inglés:* Don't Ask Me How the Time Goes By *(1978), traducción hecha por el poeta Alastair Raid de* No me preguntes como pasa el tiempo; Signals from the Flames *1980), traducción de su poesía seleccionada;* Battles in the Dessert *(1987), traducción de selecciones provenientes de las obras* El principio del placer, El viento distante *y* Las batallas en el desierto; Yow Will Die in a Distant Land *(1987), traducción de* Morirás lejos; Selected Poems *(1978), traducción seleccionada de* Tarde o temprano *y* Los trabajos del mar. Ha publicado desde hace muchos años la crónica literaria "Inventario". Recibió el Premio Nacional de periodismo literario en 1980 y el de versión teatral en 1983 por* Un tranvía llamado deseo. Desde 1985 es miembro de El Colegio Nacional.

*El cuento "La zarpa" fue publicado en 1972 en la colección de relatos* El principio del placer. *En esta antología se publica una versión levemente corregida por el autor en octubre de 1990. La reescritura es una práctica defendida por Pacheco como uno de los mayores compromisos del escritor con su obra y los lectores. Dice en su prólogo a* Tarde o temprano: *"Si uno tiene la mínima responsabilidad ante su trabajo y el posible lector de su trabajo, considerará sus textos publicados o no còmo borradores en marcha hacia un paradigma inalcanzable. Reescribir es negarse ante la avasalladora imperfección" (México: Fondo de Cultura Económica, 1980, pp. 9-10).*

*En la poesía del autor se expresa con persistencia el dolor de una temporalidad que fluye, anulando o destruyendo aquello que un día fue vital. "Nada se restituye, nada otorga/el verdor a los campos calcinados" nos dice la voz lírica de* Los elementos de la noche. *La idea de transitoriedad es enfática en este libro: "¿Cómo atajar la sombra que nos hiere y nos cava/si nada permanece, si todo nos fue dado/como tributo o dualidad del polvo?". En* El reposo del fuego *la imagen del tiempo adquiere un poder envolvente sobre la Historia y su desarrollo: "Todo lo empaña el tiempo y da al olvido." En* No me preguntes como pasa el tiempo *se compara el ritual de cumplimientos cíclicos de la naturaleza con la fugacidad de la actividad humana, siempre devorada por lo temporal: "A nuestra antigua casa llega el invierno/y pasan por el aire las bandadas que emigran./Luego renacerá la primavera,/ revivirán las flores que sembraste./Pero nosotros/ya nunca más veremos/ese dulce paraje que fue nuestro."*

*En el relato antologado la garra del tiempo iguala. Con la misma obsesión que la presencia de la muerte perseguía a la conciencia medieval, en "La zarpa" se representa la imagen omnipresente y perturbadora de lo temporal en la conciencia moderna. El monólogo del personaje que se confiesa deja el amargo sabor de que su conformación y reencuentro de la amistad están dados por la destructividad de la juventud que ha operado el transcurso del tiempo. La tecnificación narrativa crea la espectativa de una respuesta del confesor; ésta nunca llega puesto que el ensimismado fluir de la conciencia es tan devastador como el temporal.*

## LA ZARPA

Padre, las cosas que habrá oído en el confesionario y aquí en la sacristía... Usted es joven, es hombre, y le será difícil entenderme. No sabe cuánto me apena quitarle el tiempo con mis problemas, pero ¿a quién si no a usted puedo confiarme?... De verdad no sé cómo empezar. Es pecado alegrarse del mal ajeno. Pero todos lo cometemos ¿no es cierto? Fíjese usted en la alegría que al ver un accidente, un crimen, un incendio, sienten los demás porque no fue para ellos al menos una entre tantas desgracias de este mundo.

Usted no es de aquí, Padre. No conoció a México cuando era una ciudad agradable, preciosa, muy cómoda, no la monstruosidad tan terrible de ahora. Una nacía y moría en la misma colonia sin cambiarse nunca de barrio. Éramos de San Rafael, de Santa María, de la Roma... Nada volverá a ser igual... Le estoy quitando el tiempo, perdóneme. No tengo con quién hablar y cuando hablo... Ay padre, qué vergüenza, si usted supiera, jamás me había atrevido a contarle esto a nadie... Bueno, ya estoy aquí. Después me sentiré más tranquila.

Mire, Rosalba y yo nacimos en edificios de la misma calle y con apenas tres meses de diferencia. Nuestras madres eran muy amigas. Nos llevaban juntas a la Alameda y a Chapultepec. Juntas nos enseñaron a caminar, a hablar y a leer... Mi primer recuerdo de ella es de cuando entramos en la escuela de parvulitos. Desde entonces Rosalba fue la más linda, la más graciosa, la más inteligente. Le caía bien a todos, era buena con todos. En primaria y secundaria lo mismo: la mejor alumna, la que llevaba la bandera en las ceremonias, la que bailaba, actuaba o recitaba en los festivales de la escuela. "No me cuesta trabajo estudiar" decía, "me basta oír una sola vez algo para aprendérmelo de memoria".

Ay, padre, ¿por qué las cosas están mal repartidas, por qué a Rosalba le tocó todo lo bueno y a mí todo lo malo? Fea, bruta, gorda, pesada, antipática, grosera, díscola, malgeniosa, en fin... Ya se imaginará lo que nos pasó al entrar en la Preparatoria cuando casi ninguna llegaba hasta esos estudios. Todos querían ser novios de Rosalba. A mí ni quién me echara un lazo, nadie se iba a fijar en la amiga fea de la muchacha guapa.

En un periodiquito estudiantil publicaron una nota. Aquí tiene el recorte: "Dicen las malas lenguas de la Prepa que Rosalba anda por todas partes con Zenobia para que el inmenso contraste haga resplandecer aún más su belleza única, extraordinaria, incomparable." Es anónima pero sé quién la escribió. No se lo voy a perdonar nunca aunque ahora sea muy famoso y muy importante.

Qué injusticia ¿no cree? Nadie escoge su cara. Si una nace fea por fuera la gente se las arregla para que también se vaya haciendo fea por dentro. A los quince años, Padre, ya estaba amargada, odiaba a mi mejor amiga y no podía demostrarlo porque ella era siempre buena, amable, cariñosa conmigo. Cuando me quejaba de mi fealdad me decía: "Qué estupidez Zenobia, cómo puedes creerte fea con esos ojos tan grandes y esa sonrisa tan bonita que tienes." Era sólo la juventud. A esa edad no hay quien no tenga una gracia. Desde un principio mi madre se había dado cuenta del gran problema que significaba para mí Rosalba. Trataba de consolarme diciendo cuánto sufren las mujeres hermosas y qué fácilmente se pierden...

Yo quería estudiar derecho, ser abogada, aunque entonces daba risa que una mujer anduviera metida en trabajos de hombre. Pero no me animé a entrar en la facultad de Leyes sin Rosalba. No en balde habíamos pasado juntas toda la vida. En cuanto salimos de la Preparatoria se casó con un muchacho bien de la colonia Juárez que se enamoró de ella en una kermés. Contra la oposición de sus padres, que eran dizque aristócratas porfirianos, se la llevó a vivir nada menos que al Paseo de la Reforma en una casa elegantísima que demolieron hace mucho tiempo.

Yo me quedé arrumbada en el mismo departamento donde nací, en las calles de Pino, mientras Santa María comenzaba a venirse abajo, a perder la elegancia que tuvo a principios de siglo. Para entonces mi madre ya había muerto en medio de sufrimientos terribles, mi padre estaba ciego por sus vicios de juventud, mi hermano era un borracho que tocaba más o menos bien la guitarra, hacía canciones sobre artistas y prostitutas y ambicionaba ser tan rico y famoso como Agustín Lara. Pobre de mi hermano: acabaron matándolo en un tugurio de Nonoalco.

Tanta ilusión que tuve y me vi obligada a trabajar desde los diecisiete años en El Palacio de Hierro. Desde luego Rosalba me invitó a su boda pero le dije que no tenía nada que ponerme y no fui. Pasamos mucho tiempo sin vernos. Un día llegó a la sección de ropa íntima, me saludó como si nada y me presentó a su nuevo esposo, un extranjero que apenas entendía el español.

Estaba, Padre, más linda y elegante que nunca, en plenitud como suele decirse. Me sentí tan mal, Padre, que me hubiera gustado verla caer muerta a mis pies. Y lo peor, lo más doloroso, era que Rosalba, con todo su dinero y los años vividos en Europa y en no sé cuántas partes, seguía tan amable, tan sencilla de trato como siempre.

Le prometí visitarla en su nueva casa de Las Lomas. No lo hice nunca. Por las noches rogaba a Dios no volver a encontrármela. Me decía a mí misma: Rosalba nunca viene a El Palacio de Hierro, ella compra su ropa en los Estados Unidos, yo no tengo teléfono, no hay ninguna posibilidad de que nos veamos de nuevo. Para entonces casi todas nuestras amigas se habían alejado de Santa María. Las que se quedaron estaban gordas, llenas de hijos, con maridos que les gritaban y les pegaban y se iban de juerga con mujeres de ésas. Para vivir así mejor no casarse. Y no me casé aunque oportunidades no me faltaron. Hay gustos para todo y por más amolados que estemos siempre viene alguien a nuestra espalda recogiendo lo que tiramos a la basura.

Se fueron los años. Una noche yo esperaba mi tranvía bajo la lluvia cuando la vi en su gran Cadillac, con chofer de uniforme y toda la cosa. El automóvil se detuvo ante un semáforo. Rosalba me descubrió entre la gente y se ofreció a llevarme. Se había casado por cuarta o quinta vez, aunque parezca increíble. A pesar de tanto tiempo, gracias a sus esmeros, seguía siendo la misma de la Preparatoria: su cara fresca de muchacha, su cuerpo esbelto, sus ojos verdes, su cabello precioso, sus hoyuelos, sus dientes perfectos...

Me reclamó que no la buscara, aunque ella siempre me mandaba postales europeas y tarjetas de Navidad. Me dijo que el próximo domingo el chofer iría a recogerme para que almorzáramos en su casa. Cuando llegamos, por cortesía la invité a pasar. Y aceptó, Padre, imagínese, aceptó. Ya se figurará la humillación que fue mostrarle mi departamento a ella que vivía entre tantos lujos y comodidades. Por limpio y arreglado que lo tuviera aquello era el mismo cuchitril que conoció Rosalba cuando andaba también de pobretona. Todo tan viejo y miserable que por poco me suelto a llorar de rabia.

También Rosalba se entristeció. Nunca antes había regresado a los lugares de su niñez. Hicimos recuerdos de entonces y de repente se puso a contarme qué infeliz se sentía. Por eso, Padre, y fíjese quién se lo dice, no debemos envidiar a nadie: nadie se escapa, la vida es igual de terrible para todos. La tragedia de Rosalba era no tener hijos. Los hombres la ilusionaban un ratito y en seguida, decepcionada, aceptaba a algún otro entre los muchos que la pretendían. Pobre, nunca la dejaron en paz, lo mismo en Santa María que en esos lugares tan ricos y elegantes que conoció más tarde.

No se quedó mucho tiempo. Iba a una fiesta en la embajada francesa y tenía que ir a vestirse. El domingo se presentó el chofer. Estuvo toca y toca el timbre de mi departamento. Lo espié por la ventana y no le abrí. Qué iba a hacer yo, la fea, la gorda, la quedada, la solterona, la empleadilla, en ese ambiente de lujo y de riqueza. Para qué exponerme a ser comparada de nuevo con Rosalba. No seré nadie pero tengo mi orgullo, Padre.

Ese encuentro se me grabó en el alma. No podía ir yo al cine, ver la televisión, hojear revistas, porque siempre encontraba mujeres hermosas que se me parecían a Rosalba. Cuando en mi trabajo me tocaba atender a alguna muchacha que tuviera algún rasgo de ella la trataba mal, le inventaba dificultades, buscaba formas de humillarla delante de otros empleados para sentir que me vengaba de Rosalba.

Usted me preguntará, Padre, qué me había hecho Rosalba. Nada, lo que se llama nada. Eso era lo peor y lo que más furia me daba. Siempre fue buena y cariñosa conmigo, pero me hundió, me arruinó la vida, sólo por ser, por existir, tan hermosa, tan rica, tan todo...

Yo sé lo que es estar en el infierno, Padre. Sin embargo no hay plazo que no se cumpla ni deuda que no se pague. Después de aquella reunión en Santa María esperé más de veinte años. Y al fin hoy, Padre, esta mañana, la vi en la esquina de Madero y Palma. Primero de lejos, después de muy cerca. No puede imaginarse, Padre: ese cuerpo maravilloso, esa cara, esas piernas, esos ojos, ese pelo color caoba, se perdieron para siempre en un tonel de manteca, bolsas, manchas, arrugas, papadas, várices, canas, maquillaje, colorete, rimel, dientes falsos, pestañas postizas...

Me apresuré a besarla y abrazarla. Había acabado lo que nos separó. No importaba lo de antes. Ya nunca más seríamos una la fea y otra la bonita. Ahora Rosalba y yo somos iguales. Ahora la vejez nos ha hecho iguales.

# CARMEN NARANJO

COSTARRICENSE

( 1 9 3 1 )

*La dedicada labor literaria y cultural de Carmen Naranjo la co-
loca como una de las intelectuales contemporáneas más distingui-
das en Costa Rica. Narradora, poetisa y ensayista. Su obra narrativa ha ganado cuatro premios importantes en su país, ha conocido
el éxito de continuas reediciones y su libro de cuentos* Nunca
hubo alguna vez *ha sido traducido al inglés. La producción literaria de la escritora costarricense es leída en Hispanoamérica y
comienza a difundirse bien en el extranjero. Su cuentística es frecuentemente antologada y ha despertado una buena atención crítica.*

*Carmen Naranjo nació en Cartago, Costa Rica. Realizó estu-
dios de filología en la Universidad de Costa Rica, continuando los
de posgrado en la Universidad Autónoma de México y la Universidad de Iowa City. Ha sido Secretaria General y Subgerente Administrativa de la Caja Costarricense de Seguro Social; profesora
de la Universidad de Costa Rica; embajadora de Costa Rica en
Israel entre 1972 y 1974. Al regresar a su país es nombrada Mi-
nistra de Cultura, Juventud y Deportes, cargo que desempeña
entre 1974 y 1976. Ha sido asimismo coordinadora técnica-admi-
nistrativa del Instituto Centroamericano de Administración Pública (1976-1978); representante de UNICEF en México (1978-
1982); directora del Museo de Arte Costarricense (1982-1984).
Actualmente es directora de la Editorial Universitaria Centroamericana (EDUCA).*

*Su obra poética incluye* América *(1961);* Canción de la ternura *(1964);* Hacia tu isla *(1966);* Misa a oscuras *(1967);* Idioma
del invierno *(1967);* Homenaje a don Nadie *(1981);* Mi guerrilla
*(1977), reeditado en 1984. En ensayo ha publicado* Por Israel y
por las páginas de la Biblia *(1972);* Cinco temas en busca de un
pensador *(1977) y* Mujer y cultura *(1989). La autora ha incursionado también en el teatro con las obras "La voz" incluida en*
Obras breves del teatro costarricense *(1977) y "Manuela siempre"
publicada en la revista* Escena *(1984).*

*La producción narrativa de Carmen Naranjo incluye varias
novelas y colecciones de cuentos. Sus novelas publicadas son* Los
perros no ladraron *(1966) ganadora del Premio Aquileo Eche-*

754

*verría, reeditada en 1974, 1975, 1978 y 1984;* Camino al mediodía *(1968) con reediciones en 1977 y 1983;* Memorias de un hombre palabra *(1968) con reediciones en 1976, 1978 y 1988;* Responso por el niño Juan Manuel *(1971);* Diario de una multitud
*(1974) reeditada en 1978, 1982, 1984 y 1986;* Sobrepunto *(1985);*
El caso 117. 720 *(1987).*

La *primera colección de cuentos* Hoy es un largo día *se publica en 1974; aquí se incluye uno de los cuentos más antologados de la autora "El truco florido". Este libro obtuvo el Premio
Editorial Costa Rica 1973. Siguen los volúmenes* Ondina *(1983),
premiado en el Certamen de Narrativa Latinoamericana auspiciado por EDUCA en 1982, reeditado en 1985 y 1988;* Nunca hubo
alguna vez *(1984), traducido al inglés en 1989,* There Never Was
a Once Upon a Time. *En 1984 aparece la colección* Otro rumbo
para la rumba.

El *relato "Ondina" pertenece al volumen del mismo título. Los
cuentos de Carmen Naranjo se dejan leer con esa continuidad no
afectada por bruscos quiebres narrativos o experimentaciones de
lenguaje. La sorpresa de sus relatos no reside en la novedad de
formas narracionales sino en el carácter del mundo creado para
interrogarnos. Situaciones, personajes y circunstancias de raro
atractivo entran en la atmósfera sui géneris de sus relatos. Rincones de sensualidad y misterio, visiones de un tiempo infantil alegre, rotas por el materialismo y contaminación de una sociedad
adulta son algunos de los tantos aspectos que se encuentran en la
obra de una narradora con "inventiva inagotable" como se caracteriza al personaje de su cuento "Dieciocho formas de hacer un
cuadrado", incluido en* Nunca hubo alguna vez. *Hay varios artículos sobre la obra de la autora costarricense. Un ensayo que entrega una visión de toda la producción de Carmen Naranjo es el
de Luz Ivette Martínez S.,* Carmen Naranjo y la narrativa femenina en Costa Rica *(Costa Rica: Editorial Universitaria Centroamericana, 1987).*

# ONDINA

Cuando me invitaron para aquel lunes a las cinco de la tarde, a tomar
un café informal, que no sabía lo que era, si café negro con pastel de
limón o con pan casero o café con sorbos de coñac espeso, todo lo
pensé, todo, menos la sorpresa de alguien que se me fue presentando
en retazos: Ondina.

Ondina siempre me llegó con intuiciones de rompecabezas de cien
mil piezas. Aun en época de inflación, realmente agotan las cifras tan

altas. No sabía su nombre ni su estilo, pero la presentía en cada actitud, en cada frase.

Mi relación con los Brenes fue siempre de tipo lineal. Ese tipo se define por la cortesía, las buenas maneras, el formalismo significado y significante en los cumpleaños, la nochebuena y el feliz año nuevo. Nunca olvidé una tarjeta oportuna en cada ocasión y hasta envié flores el día del santo de la abuela. Los Brenes me mantuvieron cortésmente en el corredor, después de vencer el portón de la entrada, los pinos del camino hacia la casa y el olor de las reinas de la noche que daban un preámbulo de sacristía a la casa de cal y de verdes, que se adivinaba llena de recovecos y de antesalas después del jardín de margaritas y de crisantemos con agobios de abejas y de colibríes.

Suponía y supongo que ellos también supusieron que cortejaba a la Merceditas, sensual y bonita, con su aire de coneja a punto de cría. Pero ella se me iba de las manos inmediatas, quizás porque la vi demasiado tocar las teclas de una máquina IBM eléctrica, en que se despersonalizaba en letras y parecía deleitarse en el querido señor dos puntos gracias por su carta del 4 del presente mes en que me plantea inteligentemente ideas tan positivas y concretas coma pero...

Ella quizás demasiado hervida para mi paladar que se deleitaba en las deformidades de Picasso, sólo me permitió gozar de sus silencios cuando se iba la corriente eléctrica de sus tecleos mecanográficos o cuando sus ojos remotos de sensaciones inesperadas me comentaban que odio estos días de neblinas y garúas porque me hacen devota a la cama, a la sensualidad de las sábanas y eso me da asco.

Tal vez en un momento de aburrimiento pensé en acostarme con ella y le besé la nuca, también cerca de la oreja, mientras oía un sesudo consejo de qué se cree el señor jefe, déjese de malos pensamientos, recuerde el reglamento y pórtese como el señor que es, no faltaba más. Siempre respondí con un aumento de salario y con la devota pregunta de cómo están sus abuelitos y sus padrecitos. ¡Qué longevidad más desplomante en este subdesarrollo! Muy bien y su familia. La mía, llena de melancólicos cánceres, me había dejado solo en este mundo: qué alegría, qué tranquilidad... qué tristeza.

En las jornadas largas de trabajo, cuando el presupuesto, cuando el programa anual, cuando la respuesta a las críticas del trabajo institucional, acompañaba a Merceditas hasta el portón de su casa. Buenas noches, gracias por todo, no merezco tanta bondad y lealtad. Un beso de vals en la mano y que Dios la bendiga. Señor, usted es un buen hombre y merece un hogar feliz.

Eso me dejaba pensando las seis cuadras de distancia entre el hogar de Merceditas con sus abuelos y padres, vivos y coleantes, y los míos de lápidas y fechas en el cementerio de ricos, bien asegurados en la danza de la muerte.

Conocí su portón, su entrada de pinos y su corredor de jazmines.

Vi sus abuelos sonrientes, sus padres tan contentos como si en el último sorteo de lotería hubieran obtenido el premio gordo. Me extrañó tanta felicidad y me pareció el plato preparado para que el solterón y la solterona hilaran su nido de te quiero y me querés y de ahí en adelante sálvese quien pueda.

Sin embargo, presentía más allá de las puertas una orgía de hornos calientes en que se fermenta el bronce y reluce la plata.

No sé qué era en realidad. Por ejemplo, vi ante las camelias un banco tan chiquito que no era necesario para cortar las más altas ni las más bajas.

Las intrigas políticas me destituyeron en un instante, pasé a ser don nadie mediante una firma de otro sin saber lo que hacía. Me despedí de Merceditas en una forma de ancla, le dije que no la olvidaría, mi vida era ella, pero no me escuchó porque estaba escribiendo en ese momento mi carta circular de despedida a los leales colaboradores.

Después supe poco de los Brenes, salvo las esquelas que me enteraron de la muerte de los abuelos, ya cerca de la hora de los entierros. Me vestí rápido de duelo y apenas llegué a tiempo, ya camino al cementerio. Por cada abuelo la abracé con ardor de consuelo y sentí sus grandes pechos enterrados en los botones de mi saco negro. No me excitaron, más bien me espantaron. Demasiado grandes para mis pequeñas manos.

La invitación de ese lunes a las cinco de la tarde, al tal café informal, que fue simplemente café negro con pastelitos de confitería, me permitió conocer la sala de aquella casa ni pobre ni rica, ni de buen o mal gusto, más bien el albergue que se hereda y se deja igual con cierta inercia de conservar el orden y de agregar algunos regalos accidentales, junto a los aparatos modernos que se incorporan porque la vida avanza: negarlo resulta estúpido. Casa impuesta por los bisabuelos, por la que pasaron los abuelos sonrientes arreglando goteras y ahora están los padres luchando con la humedad y el comején. Merceditas en el sillón de felpa, cubierto por una densa capa de croché, luchó toda la tarde por acomodar su trasero sin mortificar un almohadón seguramente tejido por la bisabuela, quien sonreía desde una foto carnavalesca en marco de plata ya casi ennegrecido. Yo, entre los padres, en el sofá verde lustroso, tomé mi respectivo cojín entre las piernas, aun cuando quedaron abiertas al borde de la mala educación. Me asombró una silla bajita con almohadón diminuto y pensé que era un recuerdo de infancia.

Una joven bellísima, de ojos claros y fuertes, pintada en rasgos modernos, era el cuadro central de la sala y apagaba con su fuerza el florero, la porcelana, la escultura del ángel, la columna de mármol, las fotografías de bisabuelos y abuelos, el retablo de los milagros de la Virgen, el tapiz de enredadera y aun el cuadro de Merceditas que parecía arrullar a sus conejos ya nacidos.

Y cuando la conversación me descifró el por qué de la invitación al café, pues oyeron rumores de que me volverían a nombrar, en el alto cargo de consejero y querían saber si era cierto, me animé a preguntar quién era. Seca y escuetamente respondieron: Ondina. En ese momento sus ojos, los ojos de Ondina, me seguían, me respondían, me acariciaban. La supe atrevida, audaz, abiertamente alborotada.

Casi no pude seguir el hilo de la conversación. ¿A mí nombrarme? Pero, si mi vida se ha vuelto simple, ya casi no leo los periódicos, me preocupo por mis pequeñas cosas, cobrar las rentas, caminar cada día hasta el higuerón y completar los cinco kilómetros, mentirme un poco con eso de que la vida tiene sentido y es trascendente.

Ondina sostenía mi mirada fija y hasta creí que me guiñó el ojo izquierdo. Nadie puede ser tan bello, es un truco, me dije sin convencerme. ¿Quién es Ondina? Pues Ondina contestaron casi en coro. La hermana menor de Merceditas, agregó el padre, el bueno y sonriente don Jacinto. Hice cálculos. Para mí Merceditas, a pesar de sus pechos firmes y erectos, su pelo coaba tinte, sus ojos sin anteojos y su caminar ondulante, ya trepaba los cuarenta y tantos. Ondina, por mucho espaciamiento, estaría en los treinta y resto, porque la madre, doña Vicenta, cercana a los setenta, no pudo germinar después de los cuarenta con su asma, reumatismo y diabetes de por vida.

Y no quería irme, más bien no podía, fijo en el cuadro y en los ojos, por lo que no noté los silencios y las repeticiones que me hacían de las preguntas. Fue doña Vicenta quien me obligó a terminar aquella contemplación tan descarada. Me tocó el hombro y me dijo que eran las siete, debían recordarme que iban a la cama temprano, después de rezar el rosario. Me marché de inmediato, después de disculpar mi abuso, pero con ellos el tiempo corría sin percibirse. Merceditas retuvo mi mano en la despedida y me aseguró que significaba para ella más de lo que yo podía presentir.

Soñé con Ondina semana tras semana. Recuerdo sus múltiples entradas a mi cuarto. Alta y esbelta, con su pelo hasta la cintura, desnuda o con bata transparente, abría la puerta y saltaba a mi cama. Ella siempre me desnudó y después jugó con mi sexo hasta enloquecerme. Al desayunar mi espíritu caballeresco me obligaba a avergonzarme de mis sueños, pero empecé a soñar despierto, consciente de mis actos y las orgías eran más fecundas y gratas. Ella me jineteaba, me lamía y con sus piernas abiertas me dejó una y otra vez, insaciablemente, llegar hasta lo más profundo.

Envié flores a la madre, chocolates a Merceditas, un libro de historia a don Jacinto. No me llegó ni siquiera el aviso de recibo, menos las gracias. Llamé por teléfono y pregunté por Ondina. La voz de doña Vicenta indagó de parte de quién, del primo Manuel, entonces cortó la comunicación.

Pregunté a amigos y vecinos por Ondina Brenes y ninguno sabía de ella. Me hablaron de don Jacinto, de doña Vicenta y de la buena y demasiado casta de Merceditas, a quien trataban en vano de casarla desde los quince, se quedó la pobre, se les quedó, demasiado lavada y pulcra, no se le conoce un solo traspié.

Pregunté en el almacén lo que compraban, en la farmacia, en la pescadería... y nada. Alguien me informó que estaban muy endeudados y apenas si subsistían.

Empecé a leer los periódicos, hasta la última línea. Ondina con su belleza no podía ser ignorada. Oí la radio, vi la televisión, me fui al Registro Civil: Ondina Brenes Cedeño. Con propinas apareció: el 18 de junio de 1935. Estudié su horóscopo. Carácter complicado, doble personalidad.

Toqué la puerta. Acudió don Jacinto. Le confesé lo confesable: enamorado de Ondina, deseoso de conocerla y de tener oportunidad de tratarla con buenas intenciones, las de casarse si fuera necesario y ella me aceptara. Me oyó sonriente y me contestó que lo olvidara, era imposible, Ondina no me aceptaría, había rechazado a muchos, mejores que yo. Al preguntarle por qué, por qué, cerró la puerta sin violencia, suavemente y desapareció entre los pinos.

Le escribí una carta apasionada y certificada, que no obtuvo respuesta. En el correo me dijeron que la retiró Merceditas.

No tuve conciencia de la burla que estaba disfrutando la familia entera, pero Ondina me lo contó una noche que entró en mi cuarto sin ganas de correr por mi cuerpo con sus temblores y jadeos.

A la mañana siguiente me enteré de la tragedia: los Brenes, los viejecitos Brenes, fueron atropellados por un vehículo que conducía un borracho, cuando salían de misa, a las 6 y 30 de la mañana. Muertos de inmediato, prácticamente destrozados. Merceditas estaba enloquecida. Y de todo el relato conmovido, sólo vi la puerta abierta hacia Ondina.

Me presenté de inmediato a la casa, así como estaba, con pantalones y camisa de intimidad.

Ya habían llegado familiares, amigos y compañeros de trabajo. Pregunté por Ondina y nadie la conocía, sólo me dijeron que Merceditas estaba histérica en su cuarto, completamente encerrada.

Instalado en un rincón, vi como una tía autoritaria, con pericia en tragedias, organizó el duelo. En la sala instaló los dos cadáveres en ataúdes cerrados, puso velas y flores, enfiló coronas, repartió café y empanadas, fue cerrando el paso a los intrusos, desanimó a los busca espectáculos y ya pasadas las cuatro dejó a los más íntimos listos para la vela. A mí me admitió porque al contestar quién era, le dije con seriedad mortal que el novio oficial de Merceditas, el señor Vega. Felizmente no queda sola, bienvenido señor, vamos a ser parientes.

Entonces me colé entre los rezadores para ver a Ondina de cerca. Ella me estaba esperando. Me pareció que había cambiado de vestido, pues no recordaba esa gasa violenta que movía el viento. La vi de frente, con ansias de memorizar cada detalle: sus manos, el cuello, la vibración de los labios, el entorno de los ojos y ese mirar frente y agudo.

La tía me interrumpió para decirme: vaya donde la Merceditas, a usted es a quien necesita. Y casi empujado me llevó frente a una puerta en un corredor con muchas otras puertas iguales. Gracias, señora, y me dejó solo en la intimidad de la casa. Oí sollozos y gritos. Quizás ahí estaba también Ondina, pero no me atreví a entrar.

Abrí otra puerta. Era un antecomedor diminuto y ahí en el centro de la mesa, casi rozando el suelo, una enana con la boca abierta, los ojos casi desorbitados, se debaja lamer el sexo muy grotescamente por un gato sarnoso, metido entre sus dos piernas. Sentí horror por la escena, aunque me atrajo por largos segundos y vi las gotas de sudor placer que recorrían la cara de aquella casi mujer, rostro de vieja, cuerpo de niña, y el gato insaciable que chupaba y chupaba mamando, succionando, gruñiendo. Ni siquiera se dieron cuenta de mi presencia, o quizás no los perturbó.

Volví a mi sitio en la sala, frente al cuadro de Ondina. Casi se me fue la escena de ese antecomedor extraño, porque la fuerza sensual de Ondina me llenó de caricias raras. Empezó a jugar con mis orejas, me hacía ruidos de caracol, me dejaba su lengua reposar en la apertura del oído izquierdo y con sensaciones de mar me agotó en excitaciones que sorteaban fortalezas y debilidades. Luego me besó los ojos, muy suavemente, después de manera fuerte y al tratar de succionarlos tuve que librarme de sus labios que me hicieron daño, me dolían con dolor de ceguera. Alguien dijo que necesitaba un calmante y la tía respondió que eran casi mis padres mientras me dio unas pastillas que me durmieron seguramente en mala posición en una silla incómoda, con más incómodos y dominantes almohadones.

Cuando desperté, noche ya, estaba organizado el rosario. El padre Jovel en escena, cuentas en mano, con laterales de incienso entre los dos ataúdes. Esperaba impaciente a los principales personajes, que en estos casos no son los difuntos, sino los parientes más cercanos. Apareció entonces Merceditas, pálida y desfallecida, vestida de negro absoluto, con sus pechos erectos, abundantes, bien sostenidos, y de la mano, también en negro absoluto, salvo un cuello blanco de crochet engomado, la enanita más diminuta y bella que había visto en mi vida, con los ojos de Ondina, con el pelo rebelde de Ondina, con los labios carnosos y trémulos de Ondina. Empezó el rosario. Yo no pude seguirlo, porque la cintura, las caderas, la espalda eran de Ondina, mi Ondina.

Después de medianoche sólo quedamos seis personas en la sala: la enanita, Merceditas, la tía, el tío, el primo y yo. Los sollozos de Merceditas eran tan profundos y rítmicos, que sus desmayos tomaron velocidad de oleajes. La tía trajo dos pastillas y al poco rato Merceditas dormía pasiones de infancia, a veces roncaba. La enanita en su silla de raso, lloraba tranquilamente sin sollozos. Se vino hacia mí y me pidió que la sentara en mi regazo. Casi todos cabeceaban. Se me ocurrió cantarle una canción de cuna, como a un bebé. Duerme, duerme, mi niña. Entonces se acunó cerca de mi sexo. Realmente me incomodó, pero la circunstancia es la circunstancia. La fui meciendo como podía y ella, activa y generosa, me abrió la bragueta y empezó a mecer lo que estaba adentro. Después de aguantar lo que aguantar se puede, la alcé en los brazos y la llevé al antecomedor. Suave, dulce, una niña apenas. Entonces ella me dijo: deja que Ondina te enseñe todo lo que ha aprendido en sus soledades. Me abrió la camisa y empezó a arrancar con sus besos de embudo y vacío mis pelos de hombría. Yo busqué su sexo y lo abrí como si fuera un gajo de naranja. El gato saltó en ese momento y arañó mi pene, que sangró dolor y miedo. Ondina me esperó y no pude responder, hasta que encontré la clave de la convivencia.

Caminé el sepelio, cansado y desvelado, pensé en Ondina, en el gato y en Merceditas. Pensé en cada paso. Y me decidí de manera profunda y clara.

Los esponsales se fijaron al mes del duelo. A la boda asistió Ondina, el gato se quedó en la casa.

# S E R G I O   R A M Í R E Z

NICARAGÜENSE

( 1 9 4 2 )

*Prolífico ensayista y narrador. La activísima labor intelectual de
Sergio Ramírez se ha dirigido a la creación de una conciencia
sobre la responsabilidad del artista en la conexión de su arte
con la historia, política, social y cultural que él y su pueblo atraviesan. Esta reunión la postula el escritor nicaragüense como un
hecho inescapable puesto que como indica en su ensayo* Balcanes y volcanes: *"Hoy en día ya nadie le reclama a la literatura
una posición purista, nadie le pide ya más invernar en la asepsia, porque ha caído por su peso la verdad de que no hay literatura sin conexiones reales con el mundo" (p. 135). De otra
parte muy alejado de simplificaciones realistas, de reflejos políticos, de didácticas moralizantes, de retóricas oficiales, Ramírez
busca la fusión del arte y lo histórico en la autenticidad de la
captación estética, en el acercamiento a la raíz de lo americano,
en el desvestimiento del mito.* Hombres de maíz, *la novela de Miguel Ángel Asturias es un ejemplo para el escritor de esas direcciones: "Hombres de maíz, quizás la mejor de las novelas cen-
troamericanas, en donde por el cauce de un lenguaje mágico y
pleno de ecos y de símbolos corre la oscura historia de una opresión secular, revelada sin ningún ánimo contaminante de furias
retóricas; ésta sería la literatura de denuncia, la verdadera literatura comprometida, la que como una chispa encantada salta
de la carne lacerada de la realidad centroamericana, de la implacable noche cerrada de su historia". (Balcanes y volcanes, p. 136).
Como se puede apreciar en la cita, la idea de compromiso literario postulada por Ramírez rechaza la transformación del arte
en retórica política o panfleto ideológico. Se trata de una instalación audaz, visionaria y responsable en el proceso histórico americano. No hay modelos, el artista debe encontrarlo en la vivencia diaria con los problemas de su propia realidad. La participación del escritor nicaragüense en la lucha contra la dictadura de
Somoza y el posterior proyecto de reconstrucción de la economía,
la cultura y la educación de su país dio lugar a una experiencia
particular sobre las relaciones entre arte y artista, ligada indudablemente a la polémica cuestión de la función social del arte y
la responsabilidad de artistas e intelectuales en los aspectos fun-*

*dacionales de una sociedad. El cuento aquí transcrito trabaja con
la materia de los mitos culturales rápidamente exportados hacia
medios que los absorben a través de artificios y peripecias creados
por subculturas sin capacidad crítica. Ramírez viaja hacia la formación del mito; con un magnífico ejercicio de la ironía levanta
capa tras capa los espejos de los engaños, las actitudes narcisistas,
las ilusiones individualistas del super-yo*

Sergio Ramírez nació en Masatepe. Se graduó de abogado en
1964 en la Universidad de León. Fue uno de los propulsores del
movimiento literario Ventana. Vivió en Costa Rica, y luego en
Alemania desde 1973 a 1975. Ha sido miembro de la Junta de
Gobierno de Reconstrucción Nacional de Nicaragua y vicepresidente de su país. Algunas de sus obras han sido traducidas al
inglés, alemán e italiano.

Su primera novela Tiempo de fulgor *es escrita entre 1967-
1968 y publicada en 1970. De 1977 es la novela* ¿Te dio miedo
la sangre?, *traducida al inglés con el título* To Bury Our Fathers.
*En 1988 publica* Castigo divino, *también traducida al inglés (Di-
vine Punishment). Su novela* La marca del zorro *es de 1990. Su
primer libro de relatos es* Cuentos *en 1963; luego publica* Nuevos
cuentos *(1969);* De Tropeles y tropelías *(1972), colección de
cuentos breves sobre la violencia del poder dictatorial, ganadora
del Premio Latinoamericano de Cuento 1971;* Charles Atlas tam-
bien muere, *volumen publicado en México en 1976 de donde proviene el cuento seleccionado en esta antología. Esta obra se reedita
en Nicaragua en 1982 y se traduce al inglés con el título* Stories
*en 1986; de los ocho relatos incluidos, dos son inéditos: "Saint
Nikolaus" y "The Perfect Game". En 1985 publica el texto* Estás
en Nicaragua. *Es un recuento testimonial de veinticinco años (a
partir de 1960) de acontecimientos históricos en Nicaragua con
el tono unificador del conocimiento de Julio Cortázar y de su estadía en Nicaragua. El título proviene de un verso del poema de
Cortázar titulado "Noticia para viajero" cuya última estrofa dice:
"Ya ves, viajero, está su puerta abierta,/ todo el país es una inmensa casa./ No, no te equivocaste de aeropuerto:/ entrá nomás,*
estás en Nicaragua."

*En el ensayo ha publicado* Mis días con el Rector *(1965),
escritos sobre el Rector de la Universidad de Nicaragua, Dr. Mariano Fiallos Gil; luego, un volumen más extenso sobre Fiallos
titulado* Mariano Fiallos: biografía *(1971); y la introducción y selección (esta última en colaboración con el poeta Carlos Martínez
Rivas) a la poesía de Ernesto Gutiérrez; este libro se titula* Antología *y se publica en 1976; la presentación y edición de las memorias
de Abelardo Cuadra,* Hombre del Caribe *(1977). Luego viene
uno de sus ensayos más importantes* Balcanes y volcanes: *y otros*

ensayos y trabajos *(1983). Su conocimiento del pensamiento de Augusto César Sandino (1895-1934) se ha destacado en su colaboración —en varias obras —a través de selecciones, introducciones, notas, biografías:* El pensamiento vivo de Sandino *(1974), obra reeditada sucesivamente;* Augusto César Sandino *(1978);* Biografía de Sandino *(1979);* Sandino siempre *(1980); la conferencia "Sandino a cincuenta años" en* Hablan los comandantes sandinistas *(Buenos Aires: Editorial Anteo, 1984, pp. 26-30). Sobre el tema de Sandino se han traducido al inglés,* Sandino without Frontiers: Selected Writings of Augusto César Sandino on Internationalism, Pan-Americanism, and Social Questions *(1988) y* Sandino, the Testimony of a Nicaraguan Patriot: 1921-1934 *(Princeton University Press, 1990). En 1983 publica sus escritos sobre la experiencia de la revolución nicaragüense* El alba de oro: la historia viva de Nicaragua. *Escribe también la introducción al libro de fotografías de los rayados revolucionarios en la lucha nicaragüense contra el régimen de Somoza,* La insurrección de las paredes: pintas y graffiti de Nicaragua *(1984). En 1985 publica* Seguimos de frente. Escritos sobre la revolución; *este texto recoge discursos, conversaciones, entrevistas, charlas del autor correspondientes a los años 1983-1984. El libro* Las armas del futuro *(1987) recoge ensayos publicados del autor, seleccionados por Reynaldo González. La obra del escritor salvadoreño Salarrué despierta gran interés en Sergio Ramírez; la conoce bien, la analiza, la difunde; en 1977 colabora con la cronología, selección y prólogo a la obra sobre Salarrué preparada por Biblioteca Ayacucho* El ángel del espejo y otros relatos.

*La labor de Sergio Ramírez como crítico, historiógrafo literario y antólogo es notable. Sus obras publicadas en esta área son* La narrativa centroamericana *(1969); su conocida* Antología del cuento centroamericano *(1970) y* Cuento nicaragüense *(1976).*

## CHARLES ATLAS TAMBIÉN MUERE *

> *Charles Atlas swears that sand story is true.*
> EDWIN POPE, Sports Editor, *The Miami Herald.*

Bien recuerdo al Capitán Hatfield USMC el día que llegó al muelle de Bluefields para despedirme, cuando tomé el vapor a New York;

---

* Reproducido con permiso de Editorial Joaquín Mortiz, México.

m~ ofreció consejos y me prestó su abrigo de casimir inglés porque estaría haciendo frío allá, me dijo. Fue conmigo hasta la pasarela y ya en el lanchón yo, me dio un largo apretón de manos. Cuando navegábamos al encuentro del barco que estaba casi en alta mar, lo vi por última vez despidiéndome con su gorra de lona, su figura flaca y arqueada, sus botas de campaña y su traje de fatiga. Digo efectivamente que lo vi por última vez, pues a los tres días lo mataron en un asalto de los sandinistas a Puerto Cabezas, donde estaba como jefe de la guarnición.

El Capitán Hatfields USMC fue un gran amigo: me enseñó a hablar inglés con sus discos *Cortina* que ponía todas las noches allá en el cuartel de San Fernando, utilizando una vitrola de manubrio; por él conocí también los cigarrillos americanos; pero le recuerdo sobre todo por una cosa: porque me inscribió en los cursos por correspondencia de Charles Atlas y porque me envió luego a New York para verlo en persona.

Al Capitán Hatfield USMC lo conocí precisamente en San Fernando, un pueblo en las montañas de las Segovias, donde yo era telegrafista, allá por el año de 1926; él llegó al mando de la primera patrulla de marinos, con el encargo de hacer que Sandino bajara del cerro del Chipote, donde estaba enmontañado con su gente; yo transmití sus mensajes a Sandino y también recibí las respuestas. Creo que nuestra íntima amistad comenzó el día que me presentó una lista de los vecinos de San Fernando, en la que marqué a todos los que me parecían sospechosos de colaborar con los alzados, o que tuvieran parientes en la montaña; al día siguiente los llevaron presos amarrados de dos en dos y a pie hasta Ocotal, donde los americanos tenían su cuartel de zona. Por la noche, para mostrarme su agracedimiento, me obsequió un paquete de cigarrillos *Camel* que no se conocían en Nicaragua y una revista con fotos de muchachas semidesnudas. En una de esas revistas fue que vi el anuncio que cambió mi vida, convirtiéndome en un hombre nuevo, pues yo era un alfeñique:

EL ALFEÑIQUE DE 44 KILOS QUE SE CONVIRTIÓ EN EL HOMBRE MÁS PERFECTAMENTE DESARROLLADO DEL MUNDO

Desde muy niño había sufrido por el hecho de ser un pobre enclenque. Recuerdo que una vez paseando por la plaza de San Fernando con mi novia después de misa —tenía yo 15 años— dos tipos grandes y fuertes pasaron junto a nosotros y me miraron con burla; uno de ellos se regresó y con el pie me lanzó arena a los ojos. Ethel, mi novia, me preguntó: ¿Por qué dejaste que hicieran eso? Yo sólo pude responderle: en primer lugar, es un jodido muy grande. En segundo lugar ¿no ves que me dejó ciego con la arena? Le pedí al Capitán Tatfield USMC ayuda para tomar cursos que

anunciaba la revista y él escribió por mí a la dirección de Charles
Atlas en New York: *115 East, 23rd Street,* pidiendo el prospecto ilustrado. Casi un año después —San Fernando está en media montaña y
allí se libraba la parte más dura de la guerra— recibí un sobre de
papel amarillo con varios folletos y una carta firmada por el mismo
Charles Atlas: el curso completo de tensión dinámica, la maravilla
en ejercicios físicos; sólo dígame en qué parte del cuerpo quiere Ud.
músculos de acero. ¿Es Ud. grueso y flojo? ¿Delgado y débil? ¿Se
fatiga Ud. pronto y no tiene energías? ¿Se queda Ud. rezagado y permite que otros se lleven a las muchachas más bonitas, los mejores em-
pleos, etc.? ¡Sólo deme 7 días! Y le probaré que puedo hacer de Ud.
un verdadero hombre, saludable, lleno de confianza en sí mismo y
en su fuerza.

Mr. Atlas también anunciaba en su carta que el curso costaba
$ 30.00 en total, cantidad de la que no disponía, ni podría disponer
en mucho tiempo; así que recurrí al Capitán Hatfield USMC quien
me presentó otra lista de vecinos, en la que yo marqué casi todos los
nombres. De esta manera el dinero se fue a su destino y otro año más
tarde, el curso completo venía de vuelta, 14 lecciones con 42 ejercicios. El Capitán Hatfield USMC comenzó asesorándome. Los ejercicios
tomaban sólo 15 minutos al día: la tensión dinámica es un sistema
completamente natural. No requiere aparatos mecánicos que puedan
lesionar su corazón u otros órganos vitales. No necesita píldoras, alimentación especial u otros artefactos. ¡Sólo unos minutos al día de
sus ratos de ocio son suficientes, en realidad, una diversión!

Pero como mis ratos de ocio eran bastante amplios, dediqué con
empeño y entusiasmo a los ejercicios, no quince minutos, sino tres
horas diarias durante el día; por la noche estudiaba inglés con el Capitán Hatfield USMC. Al cabo de un mes el progreso era asombroso;
mis espaldas se ensancharon, mi cintura se redujo, se afianzaron mis
piernas. Hacía apenas cuatro años que el grandulón había lanzado
arena a mis ojos y yo ya me sentía otro. Un día Ethel me señaló en
una revista la foto de una estatua del dios mitológico Atlas; mirá, me
dijo, si es igualito a vos. Entonces supe que iba por el camino correcto
y que alcanzaría mis ambiciones. Cuatro meses después ya había avanzado lo suficiente en inglés para escribirle una carta a Mr. Atlas y
decirle gracias, todo es O.K. Ya era un hombre nuevo, con bíceps
de acero y capaz de una hazaña como la que realicé en Managua, la
capital, el día que el Capitán Hatfield USMC me llevó allá para que
diera una demostración de mi fuerza: jalé por un trecho de doscientos
metros un vagón del ferrocarril del pacífico cargado de coristas, vestido solamente con una calzoneta de piel de tigre. Allí estaban presenciando el acto el propio Presidente Moncada, el ministro americano
Mr. Hanna y el comandante de los marinos en Nicaragua, Coronel
Friedmann USMC.

Esta proeza que fue comentada en los periódicos, me valió seguramente que el Capitán Hatfield USMC pudiera gestionar con mayor libertad la petición que yo le había hecho cuando salimos de San Fernando: un viaje a los Estados Unidos para conocer en persona a Charles Atlas. Sus superiores en Managua hicieron la solicitud formal a Washington, que tardó poco más de un año en ser aprobada. En los diarios de la época, más precisamente en "La Noticia" del 18 de septiembre de 1931, aparecí retratado junto con el agregado cultural de la embajada americana, un tal Mister Fox; creo que fue el primer viaje de intercambio cultural que se hizo, de los muchos que han seguido después. "Para una gira por centros de cultura física en los Estados Unidos y para entrevistarse con renombrados personajes del atletismo", decía la nota al pie de la foto.

Así que tras una tranquila travesía y una escala en el puerto de Veracruz, seguimos a New York adonde llegamos el 23 de noviembre de 1931. Cuando el barco atracó en el muelle, debo confesar que me sentí desolado, a pesar de las prevenciones que me había hecho el Capitán Hatfield USMC. A través de lecturas, fotografías, mapas, yo llevaba una imagen perfecta de New York, perfecta pero estática; fue la sensación de movimiento, de cosas vivas y de cosas muertas lo que me sacó de la realidad, empujándome hacia una fantasía sin fin, de mundo imposible y lacerante, trenes invisibles, un cielo ensombrecido por infinidad de chimeneas, un olor a alquitrán, a aguas negras, sirenas distantes y dolorosas, la niebla espesa y un rumor desde el fondo de la tierra.

Me recibió un oficial del Departamento de Estado que amablemente se hizo cargo de los trámites de migración y me condujo al hotel, un enorme edificio de ladrillo en la calle 43 —Hotel Lexington, para más señas—. El oficial me dijo que mi visita a Mr. Atlas sería al día siguiente por la mañana, todo estaba ya arreglado; me recogerían en el hotel para llevarme a las oficinas de Charles Atlas Inc. donde me darían las explicaciones necesarias. Nos despedimos allí mismo, pues él debía regresar a Washington esa noche.

Hacía frío en New York y me retiré temprano, lleno de una gran emoción, como podrá comprenderse: había llegado al fin de mi viaje y pronto mis anhelos se verían satisfechos. Miré afuera y entre la niebla brillaban infinidad de luces, ventanas encendidas en los rascacielos. En alguna parte me dije, en alguna de esas ventanas, está Charles Atlas; lee o cena, o duerme, o habla con alguien. Practica tal vez sus ejercicios nocturnos, los 23 y 24 del manual (tensión de cuello y tensión de muñecas). Sonríe quizá, sus sienes canosas, su rostro fresco y alegre, o estará ocupado en responder a las miles de cartas que recibe a diario, en despachar las bolsas con las lecciones, en fin. Pero reparé sí en una cosa: no podía imaginar a Charles Atlas vestido. Venía siempre a mi imaginación en calzoneta, sus músculos en tensión, pero me era imposible verle en traje de calle, o de sombrero. Fui a la valija y extraje la fotografía que me había enviado dedicada al final del curso: las manos detrás de la cabeza, el cuerpo ligeramente arqueado, los músculos pectorales elevados sin esfuerzo, las piernas juntas, un hombre más alto que el otro. Vestir ese cuerpo en la imaginación era difícil; y me dormí con la idea vagando en la cabeza.

A las cinco de la mañana estaba ya despierto. Realicé los ejercicios 1 y 2 (era emocionante practicarlos por primera vez en New York) e imaginé que a la misma hora Charles Atlas estaría haciendo los suyos. Luego tomé mi ducha y me vestí despacio tratando de consumir tiempo, y a las siete bajé al lobby del hotel, a esperar que pasaran por mí tal como se me había indicado. Aunque Charles Atlas no lo recomendaba exactamente, yo no acostumbraba desayunar.

A las nueve se presentó el empleado de Charles Atlas Inc. Afuera esperaba una limusina negra, con molduras doradas en los marcos de las ventanas, los vidrios cubiertos por cortinas grises de terciopelo. Ni el empleado habló conmigo una sola palabra durante el trayecto, ni el chofer volvió el rostro una sola vez hacia atrás. Durante media hora anduvimos por calles con los mismos edificios de ladrillo, sucesiones de ventanas y el ambiente siempre opaco, como de lluvia, entre las hileras de rascacielos. Al fin, el automóvil negro estacionó frente al ansiado número 115 de la calle 23 en el east side. Era una calle triste, de bodegas y almacenes de mayoreo; al otro lado de Charles Atlas Inc. recuerdo que había una fábrica de paraguas y una alameda de árboles polvosos y casi secos atravesaba la calle. Las ventanas de los edificios tenían en lugar de vidrios, tableros de madera claveteados en los marcos.

Para llegar a la puerta principal de Charles Atlas Inc. subimos unos escalones de piedra, que remataban en una pequeña terraza; allí estaba, de tamaño natural, una estatua del dios mitológico Atlas, cargando el globo terráqueo. *"Mens sana in corpore sano"* decía la inscripción al pie. Pasamos por la puerta giratoria con sus batientes de vidrio esmerilado montadas en unos marcos barnizados de negro, que chirriaban al moverse. En las paredes del vestíbulo estaban colgadas reproducciones gigantescas de todas las fotos de Charles Atlas que yo había visto y que reconocí con agrado, una por una; allí, en medio, la que más me gustaba; con un arnés al cuello tirando de diez automóviles mientras caía una lluvia de confetti. Maravilloso.

Entonces me hicieron pasar a la oficina de Mr. William Rideout Jr., Gerente General de Charles Atlas Inc.

En pocos momentos tuve junto a mí a un hombre de mediana edad y de facciones huesudas, con los ojos profundamente hundidos en las cuencas terrosas. Me extendió su mano pálida y cubierta por un enjambre de venas azulosas y tomó asiento tras el pequeño escritorio cuadrado, sin un solo adorno, encendiendo después una lámpara de sombra que tenía tras de sí, aunque a decir verdad tal cosa no era necesaria, pues por la ventana entraba suficiente luz.

Las oficinas eran más bien pobres. En el escritorio estaban apilados muchísimos sobres iguales a los que yo había recibido la primera vez. Una gran foto de Charles Atlas, mostrando los músculos pectorales con orgullo (confieso que esa no la conocía) dominaba la pared frente a mí. Mr. Rideout me pidió que me sentara y comenzó a hablar sin mirarme, con la vista fija en un pisapapeles y las manos entrelazadas frente a él, en su rostro la clara evidencia de que hacía un gran esfuerzo al hablar. Yo escuchaba sus palabras dichas en un mismo tono y no fue sino hasta que hizo una pausa y sacó su pañuelo para limpiar la saliva de las comisuras de sus labios, que reparé en algo que mi nerviosismo me había impedido: su esfuerzo con las manos y la posición de su cabeza, no era otra cosa que el ejercicio número 18 de tensión dinámica. Confieso que la emoción casi me llevó hasta las lágrimas.

—Le saludo muy cordialmente —había dicho Mr. Rideout Jr.— y le deseo muy feliz estadía en la ciudad de New York; lamento no poder expresarme en correcto español como hubiera sido mi deseo, pero sólo hablo un poquito (esta palabra la dijo en español, midiéndola con un gesto mínimo de los dedos pulgar e índice de su mano derecha, riendo por esa única vez estrepitosamente, como si hubiera dicho una cosa muy graciosa).

Mr. Rideout Jr. me miró luego con una beatífica sonrisa de condescendencia, mientras enderezaba el nudo de lazo de su cuello.

—Soy el gerente general de Charles Atlas Inc. y es un gran gusto para mi firma recibirle en su calidad de invitado oficial del Departamento de Estado de los Estados Unidos. Haremos lo posible porque su estadía entre nosotros sea grata.

Mr. Rideout Jr. aplicó de nuevo el pañuelo a sus labios y continuó el discurso, esta vez con una tirada más larga que me dio la oportunidad de apreciar cómo la vieja señorita que me había introducido, manipulaba las persianas de la ventana que daba a la calle, cambiando así el tono claro de la luz en uno ocre que me hizo trastornar por instantes la visión de la habitación, ofreciéndome la apariencia de nuevos objetos, o como si en las fotografías desplegadas en las paredes, Charles Atlas hubiese cambiado de poses.

—Aprecio mucho que Ud. haya viajado desde tan lejos para conocer a Charles Atlas y debo confesarle que es el primer caso que se nos presenta en toda la historia de la firma —siguió Mr. Rideout Jr.—. Como toda corporación comercial, nosotros conservamos en la privacidad asuntos que de trascender públicamente, dañarían nuestros intereses. De modo que debo pedirle absoluta reserva bajo su juramento, de lo que voy a decirle.

Mr. Rideout Jr., ya sin tensión alguna y hablando plácidamente,

25

me repitió varias veces la misma advertencia; yo sólo tragaba saliva y asentía con la cabeza.

—Jure en alta voz —me dijo.

—Sí juro —le contesté al fin.

Aunque estábamos solos en la habitación y sólo se oía el ruido sostenido del aparato de calefacción, Mr. Rideout Jr. miró a todos lados antes de hablar.

—Charles Atlas no existe —me susurró adelantando hacia mí el cuerpo por sobre el escritorio. Después se acomodó de nuevo en su silla y me miró fijamente, con expresión sumamente solemne—. Sé que es un golpe duro para Ud., pero es la verdad. Inventamos este producto en el siglo pasado y Charles Atlas es una marca de fábrica como cualquier otra, como el hombre del bacalao en la caja de emulsión de Scott; como el rostro afeitado de las cuchillas Gillette. Es lo que vendemos, eso es todo.

En las largas sesiones sostenidas allá en San Fernando, después de la lección de inglés, el Capitán Hatfield USMC me había prevenido repetidas veces contra este tipo de situaciones: nunca dejes la guardia abierta, sé como los boxeadores no te dejes sorprender. Exige. No te dejes engañar.

—Bueno —le dije poniéndome de pie—, desearía informar esta circunstancia a Washigton D. C.

—¿Cómo? —exclamó Mr. Rideout Jr. incorporándose también.

—Sí, informar a Washington D. C. de este contratiempo (Washington es una palabra mágica, me aleccionaba el Capitán Hatfield USMC; úsala en un apuro, y si acaso no te sirve, echa mano de la obra que sí es infalible. Departamento de Estado).

—Le ruego creer que estoy diciéndole la verdad —me dijo Mr. Rideout Jr., pero ya sin convicción.

—Deseo telegrafiar al Departamento de Estado.

—No estoy mintiéndole... —me dijo mientras se retiraba sin darme la espalda y abría una puerta muy estrecha que cerró tras él. Yo me quedé completamente solo en la habitación ahora en penumbra; de acuerdo con el Capitán Hatfield USMC, la trepidación que sentía bajo mis pies era ocasionada por el tren subterráneo.

Mr. Rideout Jr. volvió a entrar, ya al atardecer. Martilla, sigue martillando, oía yo en mis adentros al Capitán Hatfield USMC.

—Nunca podré creer que Charles Atlas no exista —le dije sin darle tiempo de nada. Él se sentó abatido en su escritorio.

—Está bien, está bien —repitió, haciendo una señal despectiva con la mano—. La compañía ha accedido a que Ud. se entreviste con Mr. Atlas.

Yo sonreí y le di las gracias con una deferente inclinación de cabeza: sé amable, cortés, cuando sepas que ya has vencido, me decía el Capitán Hatfield USMC.

—Eso sí: deberá atenerse estrictamente a las condiciones que voy a comunicarle; el Departamento de Estado fue consultado y ha dado su visto bueno al documento que Ud. firmará. Después de ver a Mr. Atlas Ud. se compromete a abandonar el país, para lo cual se le ha reservado pasaje en el vapor *Vermont* que parte a medianoche; deberá además abstenerse de comentar en público o privado su visita, o de referir a nadie cualquiera de las circunstancias de la misma, o sus impresiones personales. Sólo bajo estos requisitos es que el consejo directivo de la firma ha dado su autorización.

La vieja señorita entró de nuevo y entregó a Mr. Rideout Jr. un papel. Él lo puso frente a mí.

—Bien, firme —me dijo con voz autoritaria.

Yo firmé sin replicar, en el lugar que su dedo me señalaba. Cuando tengas lo que quieras, firma cualquier cosa menos tu sentencia de muerte: Capitán Hatfield USMC.

Mr. Rideout Jr. tomó el documento, lo dobló con cuidado y lo puso en la gaveta central del escritorio. Antes de que él concluyera esta operación, sentí que me tomaban por debajo de los brazos y al alzar la vista me encontré con dos tipos vestidos de negro, altos y musculosos, exactos en sus cabezas rapadas y en sus ceños. No había duda que sus cuerpos habían sido formados también en las disciplinas de la tensión dinámica.

—Ellos le acompañarán. Siga al pie de la letra sus instrucciones.
—Y Mr. Rideout Jr. volvió a desaparecer por la estrecha puerta, sin extenderme la mano para despedirse de mí.

Los dos hombres, sin soltarme una sola vez, me condujeron por un pasillo, a través del cual caminamos muy largo rato, hasta llegar a unos escalones de madera; me ordenaron bajar el primero y al alcanzar el último escalón la oscuridad era total; sentí el roce del cuerpo de uno de ellos, que se adelantaba para tocar a una puerta que estaba frente a nosotros. Otro hombre igual a los anteriores, abrió desde el otro lado y nos encontramos en una especie de pequeño muelle de cemento, pero envueltos como estábamos en la neblina no podría precisar el sitio pero sí que era la ribera de un río, pues pronto me condujeron hasta un remolcador, en el que navegamos con una lentitud pasmosa. El remolcador llevaba basura y hasta nosotros, que íbamos acomodados en la proa, llegaba el fétido olor.

Era de noche cuando bajamos del remolcador y por un callejón donde se apilaban altos rimeros de cajas conteniendo botellas vacías, seguimos caminando; atravesamos por entre círculos de niños negros que jugaban canicas a la luz de faroles de gas adosados en lo alto de las puertas y por fin desembocamos en una plaza de hierba seca, entre la que alguna nevada había dejado duras costras de hielo sucio; frente a nosotros se levantaba un bloque de cuatro o cinco edificios oscuros, que se nos aparecían por detrás, pues entre la sombra podía percibirse la maraña de escaleras de incendio, bajando por sus paredes. Un tráfago de vehículos lejanos y aullidos de trenes corriendo a muchas millas de distancia, venía a ratos entre el humo espeso que envolvía la noche.

Una nueva presión bajo mis brazos me indicó que debía caminar hacia un costado y así llegamos al atrio de lo que más tarde descubrí era una iglesia, un edificio negro y de una humedad salitrosa que se desprendía de los muros cargados de relieves de ángeles, flores y santos. Uno de mis acompañantes encendió un cerillo para encontrar el aldabón que debía usar para llamar y pude entonces leer en una placa de bronce el nombre de la iglesia: *Abyssinian Baptist Church*, decía: y pronto, tras los golpes que resonaron profundos en la noche helada, la puerta fue abierta por otro guardián de la misma familia, alto, fornido y rapado.

Atravesamos la nave principal y llegamos hasta el altar mayor, siendo empujado hacia una puerta que apareció a la izquierda; me sentía triste y rendido, casi con arrepentimiento de haber provocado la situación que me había llevado hasta allí, inseguro de mi suerte, de lo que podría esperarme. Pero de nuevo la voz del Capitán Hatfield USMC me animaba: una vez en el camino, querido muchacho, uno nunca debe volverse atrás.

Una anciana vestida con un blanco uniforme almidonado me recibió en la puerta y los dos hombres me soltaron al fin, para colocarse en guardia, uno a cada lado de la entrada. —Tiene exactamente media hora —me dijo uno de ellos. La anciana caminó delante de mí por un pasillo pintado absolutamente de blanco; el cielo raso, las paredes, las puertas frente a las cuales pasábamos, incluso las baldosas del piso eran blancas, y las luces fluorescentes devolvían interminablemente esa luz vacía y pura.

Lenta y dificultosamente la anciana se acercó a una de las puertas al final del corredor, precisamente la que lo cerraba. La puerta de dobles batientes tenía abierta una de las hojas, pero estaba defendida por una mampara de armazón metálica forrada con un lienzo. La anciana había desaparecido después de indicarme con un ademán tembloroso, que debía entrar. Toqué tímidamente por tres veces pero nadie parecía escuchar esos golpes asustados, dados contra la madera que parecía haber resistido infinidad de capas de pintura, pues la superficie ampollada dejaba a la vista las viejas pasadas de esmalte.

Toqué por una vez más, con la angustia golpeándome el estómago y ya decidido a volverme si nadie respondía, cuando tras la mampara apareció una enfermera, alta y descomunal, toda ella de un blanco albino y en cuya cabeza el pelo desteñido empezaba a ralear. Me sonrió ampliamente, sin embarazo, enseñándome sus perfectos dientes de caballo.

—Pase —me dijo—. Mr. Atlas está esperando por Ud.

Dentro era la misma blancura artificial, la misma luz vacía en la que se movían infinidad de finas partículas de polvo; los objetos eran también todos blancos; había asientos, un carrito con algodones, gasas, frascos y aparatos quirúrgicos, sondas, instrumentos niquelados; las paredes estaban desprovistas de todo adorno, a excepción de un cuadro que representaba a una bella joven, blanca y desnuda sobre una mesa de operaciones, y a un anciano médico que sostenía el corazón de la doncella, acabado de extraer; escupideras en el piso y lienzos cubriendo las ventanas, que en el día filtrarían la luz como coladores.

Y al fondo de la habitación, una cama altísima, desgonzada por efecto de complicados mecanismos de manivelas y resortes, erigida sobre una especie de promontorio. Me acerqué muy respetuosamente, caminando con lentitud y a medio camino, casi desvanecido por un profundo olor a desinfectante, me detuve para retroceder y buscar una de las sillas blancas; pero con un gesto, la enfermera que había llegado ya junto a la cama, me invitó a seguir, sonriendo de nuevo.

Sobre la cama reposaba la visión estática de un cuerpo gigantesco y musculoso, la cabeza invisible entre las almohadas; cuando la mujer se inclinó para decir algo, el cuerpo hizo un movimiento penoso y se incorpó; dos de las almohadas cayeron al piso y yo hice el intento de recogerlas, pero ella me detuvo de nuevo con un gesto.

—Bienvenido —dijo una voz que resonaba extrañamente, como si hablara a través de una bocina muy vieja.

A mí se me hizo un nudo en la garganta y en ese momento deseé con toda mi alma no haber insistido.

—Gracias, muchas gracias por su visita —habló de nuevo—. La aprecio mucho, créame —y resonaba ahora gorgoteando, como ahogándose en un mar de espesa saliva. Y calló, recostándose de nuevo el gran cuerpo sobre las almohadas.

Mi pena era indescriptible. Preferí mil veces haber creído la historia de que Charles Atlas era una fantasía, que jamás había existido, a tener que enfrentar la realidad de que eso era Charles Atlas. Me hablaba detrás de una máscara de gasa y en el lugar de la mandíbula pude ver que tenía atornillado un aparato metálico.

—Cáncer en la mandíbula —dijo otra vez—, ya extendido a los órganos vitales. Mi salud fue de hierro hasta los 95 años. Ahora después de los cien, esto es lo menos malo: cáncer. Nunca fumé, y de beber, tal vez un sorbo de champaña para navidad o año nuevo. Mis enfermedades no pasaron de resfríos comunes; el doctor me decía hasta hace poco que podía tener hijos, si quería. Cuando en 1843 gané el título del hombre más perfectamente formado del mundo... en Chicago... recuerdo... —dijo, pero la voz se transformó en una sucesión de lastimeros silbidos y por un largo rato calló.

—En 1843 descubrí la tensión dinámica e inicié los cursos por correspondencia, gracias a la sugestión de una escultora que me utilizaba como modelo, Miss Ethel Whitney.

Charles Atlas levanta entonces sus enormes brazos que emergen de entre las sábanas, pone en tensión sus bíceps y lleva las manos tras la cabeza; las mantas resbalan y tengo la oportunidad de ver su torso, aún igual que en las fotos, a excepción de un poco de vello blanco. Este esfuerzo debe haberle costado mucho, porque se queja largamente por lo bajo y la enfermera lo asiste, cubriéndolo de nuevo y apretando los tornillos al aparato en su rostro.

—Cuando salí de Italia con mi madre tenía sólo 14 años —continúa—; entonces jamás imaginé que llegaría a hacer una fortuna con mis cursos; nací en Calabria en 1827 y mi nombre era Angelo Siciliano; mi padre se había venido a New York un año antes y nosotros le seguimos. Un día un grandulón lanzó arena con el pie a mi rostro en presencia de mi novia, mientras paseábamos por Coney Island y yo...

—A mí me pasó igual, fue por eso que... —intento yo decir, pero creo que no me oye, sigue hablando sin reparar en mi presencia.

—...comencé a hacer ejercicios; mi cuerpo se desarrollaba maravillosamente; un día mi novia me señaló una estatua del dios mitológico Atlas en lo alto de un hotel y me dijo; mira, eres igual a esa estatua.

—Óigame —le digo—, esa estatua... —Pero es inútil. Su voz es como un río lodoso que aparta a su paso los obstáculos, penosamente.

—Estudié la estatua y pensé: bueno, un nombre como el mío no es muy popular aquí, hay mucho prejuicio. ¿Por qué no habré de llamarme Atlas? Y también cambié el Angelino por Charles. Después vino la gloria. Recuerdo el día que arrastré un vagón lleno de coristas, por un espacio de doscientos metros...

—Caramba —exclamo yo—, tal como... —Pero la voz, meticulosa y eterna, sigue su curso.

—¿Ha visto Ud. la estatua de Alejandro Hamilton frente al edificio del tesoro en Washington? Pues ése soy yo. —Y levanta de nuevo los brazos y hace el ademán de jalar algo pesado, un vagón lleno de coristas. Pero ahora su dolor debe ser mucho más profundo, pues se queja por largo rato y queda tendido en la cama, sin moverse. Después, sigue, pero yo ya quiero irme.

—Recuerdo Calabria —dice, y se agita en la cama. La enfermera trata de calmarlo y va a la mesa de los instrumentos y las medicinas para preparar unas gotas—. Calabria y a mi madre con el rostro enrojecido por las llamas del horno, cantando. —Repite después algo que no entiendo y su voz parece multiplicarse en el recinto, en una serie de ecos agónicos—. Una canción...

Yo había perdido ya la noción de todas las cosas, cuando de pronto un timbre resonando incesantemente me devolvió a mi sitio junto a la cama, el timbrazo repitiéndose por los corredores de todo el edificio, para regresar a su punto de partida en la habitación, pues veo a la enfermera accionando un cordón arriba de la cama y a Charles Atlas de espaldas en el suelo, completamente desnudo y cubierto de sangre, el aparato desprendido de su mandíbula.

Pronto la habitación se llenó de pasos y de voces, de sombras. Siento que me arrancan del sitio donde he permanecido, los mismos brazos fuertes que me habían conducido a la cita y al salir, en una confusión de imágenes y de sonidos, veo a la enfermera gritando: fue demasiado el esfuerzo, por Dios, no resistió una pose más, y muchos hombres que levantan el cuerpo para depositarlo en una camilla, sacada rápidamente de la habitación.

Ahora en mi ancianidad, al escribir estas líneas, me cuesta trabajo creer que Charles Atlas no vive y no sería capaz de desilusionar a los muchachos que todos los días le escriben, solicitando informes sobre sus lecciones, atraídos por su figura colosal, su rostro sonriente y lleno de confianza, sosteniendo en sus manos un trofeo o jalando un vagón cargado de coristas, cien muchachas alegres y apiñadas saludando desde las ventanillas, con sus sombreros llenos de flores y el gentío en las aceras presenciando la escena, rostros incrédulos y una mano que levanta su sombrero hacia lo alto entre la multitud.

Dejé New York aquella noche, lleno de tristeza y de remordimientos, sabiéndome culpable de algo, por lo menos de haber llegado a saber aquella tragedia. De regreso en Nicaragua, ya terminada la guerra, muerto el Capitán Hatfield USMC, me dediqué a diversos oficios: fui cirquero, levantador de pesas y guardaespaldas. Mi cuerpo ya no es el mismo. Pero gracias a la tensión dinámica, aún podría tener hijos. Si quisiera.

# ROSARIO FERRÉ

PUERTORRIQUEÑA
( 1 9 4 2 )

Las rutas, los abismos, las sorpresas del proceso de la imaginación guían la visión artística de Rosario Ferré. La propia escritora ha indicado su afinidad e interés por el vanguardismo renovador del escritor uruguayo Felisberto Hernández, quien se enfocara en tal aspecto. Dice Ferré: "Me interesa cómo entra en el proceso de la imaginación; él brega con la locura y sus imágenes llegan muy cerca. Está muy cerca de los surrealistas, que también me interesan. Sí leo mucho a Felisberto." (Magdalena García Pinto, Historias íntimas: conversaciones con diez escritoras latinoamericanas. Hanover, NH: Ediciones del Norte, 1988, p. 94). Esta relación no debe confundirse con influencias; se trata de pasiones con ciertas zonas estéticas abordadas de distintas maneras. La naturaleza misma del trabajo creativo es peculiarísima en la escritora puertorriqueña: "Yo parto de una imagen visual o de una metáfora que tengo que desarrollar hacia todas las direcciones, trabajando una imagen principal, una semilla, de la cual voy sacando un hilito que tengo que ir tejiendo alrededor. Eso me hace que me constriña a textos cortos porque es más fácil terminar un tejido que hacer una novela." (Historias íntimas, ed. cit., p. 95). Dos aspectos resaltan de esta afirmación. Primero, la dirección plural de su escritura demostrada por convergencias hacia lo social, lo fantástico, la región de lo infantil, los problemas culturales más actuales y urgentes, aspectos todos integrados en ese juego de la escritora con una imaginación resbaladiza, inaprehensible. Segundo, su preferencia por el relato, ese texto en que Ferré extiende con habilidad el arco de la tensión. Cuentista, pero también poeta, ensayista y crítica literaria. Su creación literaria comprende varias colecciones de relatos, una novela corta, y un libro de poesía. Ferré comienza publicando sus relatos en la revista Zona de carga y descarga que ella dirigió. A mediados de la década del setenta comienzan a aparecer sus libros, y sus cuentos se dan a conocer en varias revistas importantes como Sin Nombre, La mesa llena, Hispamérica. Sus relatos se incluyen también en antologías como Apalabramiento: diez cuentistas puertorriqueños de hoy editada por Efraín Barradas en 1983 y Puerta abierta: la nueva escritora latinoamericana editada por Caridad L. Silva-Velázquez y Nora

*Erro-Ortham en 1986. La obra de Ferré se empieza a difundir y a reeditar rápidamente en la década del ochenta, decenio en el que se comienza también a traducir su obra al inglés:* Sweet Diamond Dust *(1989), traducción de* Maldito amor; The Youngest Doll *(1991), prologada por Jean Franco, traducción de* Papeles de Pandora. *Ediciones Huracán publica también la edición bilingüe* La muñeca menor/The Youngest doll. *Entre las aproximaciones críticas a la obra de Ferré destacan las de Lisa E. Davis, Margarita Fernández-Olmos, Lucía Guerra Cunningham, María Inés Lagos-Pope, Ivette López, Luz María Umpierre, las entrevistas de María Elena Heinrich en* Prismal/Cabral *7-8 (1982): 98-103 y la de Magdalena García Pinto indicada anteriormente.*

*El primer libro de Rosario Ferré es* Papeles de Pandora *publicado en 1976; este volumen incluye catorce cuentos y seis poemas narrativos. Siguen la colección* El medio pollito: *siete cuentos infantiles, publicada por Ediciones Huracán en Puerto Rico; el libro de ensayos* Sitio a Eros; *trece ensayos literarios (1980), con una reedición aumentada en 1986 (*Sitio a Eros: *quince ensayos literarios); la colección de cuento infantil* La mona que le pisaron la cola *(1981); la colección* Los cuentos de Juan Bobo *(1981); el libro de poesía* Fábulas de la garza desangrada *(1982); la novela corta* Maldito amor *(1986); este libro incluye los cuentos "El regalo", "Isolda en el espejo", y "La extraña muerte del capitancito Candelario". De 1989 es la colección* Sonatinas, *selección de relatos infantiles agrupados bajo las secciones "Cuentos Maravillosos", "Cuentos picarescos" y "Fábulas"; en el prólogo del volumen, la autora comenta sobre la naturaleza de estos cuentos. Ferré ha publicado también los ensayos de crítica literaria: "El acomodador": una lectura fantástica de Felisberto Hernández (1986) y* El árbol y sus sombras *(1989). De 1987 es su tesis doctoral* La filiación romántica en los cuentos de Julio Cortázar.

*Rosario Ferré nació en Ponce, Puerto Rico, donde vivió hasta los veinte años. Sus estudios universitarios los hace en Estados Unidos en Wellesley College en Boston, Massachusetts; prosigue sus estudios en otra universidad americana en Nueva York donde se especializa en literatura inglesa y francesa. Regresa a su país y termina una maestría en literatura española e hispanoamericana en la Universidad de Puerto Rico. Hace su tesis sobre Felisberto Hernández, la cual se publica en 1986. Luego de los exámenes de maestría en 1972 publica la revista* Zona de carga y descarga, *actividad que desempeña hasta 1976. Este año aparece su primer libro* Papeles de Pandora *y se va a vivir a México por un año. Regresa a Puerto Rico y permanece allí hasta que se completa la educación secundaria de sus hijos. Se traslada luego a Washington, D.C., ciudad en la que vive actualmente; se doctora en literatura hispanoamericana en la Universidad de Maryland en 1986.*

*El relato "La muñeca menor" se encuentra en el libro* Papeles de Pandora. *Los elementos fantásticos de esta narración se proyectan con transparencia hacia la dimensión sociocultural explorada en este cuento; pero hay también el camino inverso: los modos socioculturales iluminados por la región de lo fantástico. Esa lograda e inventiva interacción es una brillante muestra de dominio cuentístico de la escritora puertorriqueña. La tensión narrativa se registra con destreza y balance, produciéndose así una medida precisa de elementos contrapuestos. De una parte, la descomposición de un estrato social; de otra, la sorpresiva alegoría del misterioso mundo de las chágaras y las muñecas. Esta separación es naturalmente analítica puesto que en el acontecer del discurso creativo los elementos del relato actúan como un conjunto integral y participativo de la cohesividad metafórica que genera la narratividad. La tía que ha sido mordida por una chágara se repliega en un mundo que representa todo el estaticismo y decadencia de una clase social: "Por aquella época la familia* vivía *rodeada de un pasado que dejaba desintegrar a su alrededor con la misma impasible musicalidad con que la lámpara de cristal se desgranaba a pedazos sobre el mantel raído de la mesa del comedor." Claras imágenes de descomposición aunadas al depósito que inmoviliza la pierna: "substancia pétrea y limosa que era imposible tratar de remover sin que peligrara toda la pierna".*

*La inercia de ese cuerpo (tanto individual como social en su dimensión alegórica) no cambia en el cuidado que la tía prodiga a sus sobrinas y en las muñecas que va construyendo, por el contrario, parecen ser extensiones de ella misma. Los dos personajes masculinos tampoco son diferentes de esa corrosión; el doctor que atiende a la tía se ha aprovechado de su enfermedad: "sólo quería que vinieras a ver la chágara que te había pagado los estudios durante veinte años". En cuanto al hijo del doctor, éste se casa con la menor de las sobrinas por arribismo social: "La obligaba todos los días a sentarse en el balcón, para que los que pasaban por la calle* supiesen que él se había casado en sociedad." Por lo *demás su esposa ha descubierto su total insustancialidad: "la menor comenzó a sospechar que su marido no sólo tenía el perfil de silueta de papel sino también el alma". "La última" de las sobrinas, la extensión final de la tía también es prisionera de la anquilosis: "Inmóvil dentro de su cubo de calor." Más que delineamiento de víctimas y victimarios hay la plasmación de un universo en estagnación, quietud de una época y de un estrato perturbado sólo por la "mordida terrible" y "las antenas furibundas" de las chágaras. Importante es la aclaración de Malva E. Filer y*

*Raquel Chang-Rodríguez en torno al significado denotativo del término chágara y de su resonancia connotativa sugerida por Ferré: "Aunque esta palabra es una voz taína que significa 'caramón de río', el animal del cuento es, según la autora, producto de su imaginación y de la de cada lector, quien puede visualizar esa chágara como se la imagine". (Voces de Hispanoamérica: antología literaria. Boston, Massachusetts: Heinle & Heinle Publishers, Inc. 1988, p. 520). Esto, reafirma el acentuado carácter tensivo del relato; frente a la caracterización de estratos y principios de inmovilidad, la mordida terrible de la chágara abre puertas de actividad, de rebeldía y dinamismo. Sus antenas furibundas despiertan la capacidad de búsqueda y crítica; son antenas desesperadas, arrancando por las cuencas vacías de los ojos, allí donde un día estuvo la visión del pasado con su pretensión de permanencia.*

## LA MUÑECA MENOR

La tía vieja había sacado desde muy temprano el sillón al balcón que daba al cañaveral como hacía siempre que se despertaba con ganas de hacer una muñeca. De joven se bañaba a menudo en el río, pero un día en que la lluvia había recrecido la corriente en cola de dragón había sentido en el tuétano de los huesos una mullida sensación de nieve. La cabeza metida en el reverbero negro de las rocas, había creído escuchar, revolcados con el sonido del agua, los estallidos del salitre sobre la playa y pensó que sus cabellos habían llegado por fin a desembocar en el mar. En ese preciso momento sintió una mordida terrible en la pantorrilla. La sacaron del agua gritando y se la llevaron a la casa en parihuelas retorciéndose de dolor.

El médico que la examinó aseguró que no era nada, probablemente había sido mordida por una chágara viciosa. Sin embargo pasaron los días y la llaga no cerraba. Al cabo de un mes el médico había llegado a la conclusión de que la chágara se había introducido dentro de la carne blanda de la pantorrilla, donde había evidentemente comenzado a engordar. Indicó que le aplicaran un sinapismo para que el calor la obligara a salir. La tía estuvo una semana con la pierna rígida, cubierta de mostaza desde el tobillo hasta el muslo, pero al finalizar el tratamiento se descubrió que la llaga se había abultado aún más, recubriéndose de una substancia pétrea y limosa que era imposible tratar de remover sin que peligrara toda la pierna. Entonces se resignó a vivir para siempre con la chágara enroscada dentro de la gruta de su pantorrilla.

Había sido muy hermosa, pero la chágara que escondía bajo los largos pliegues de gasa de sus faldas la había despojado de toda vanidad. Se había encerrado en la casa rehusando a todos sus pretendientes. Al principio se había dedicado a la crianza de las hijas de su hermana, arrastrando por toda la casa la pierna monstruosa con bastante agilidad. Por aquella época la familia vivía rodeada de un pasado que dejaba desintegrar a su alrededor con la misma impasible musicalidad con que la lámpara de cristal se desgranaba a pedazos sobre el mantel raído de la mesa del comedor. Las niñas adoraban a la tía. Ella las peinaba, las bañaba y les daba de comer. Cuando les leía cuentos se sentaban a su alrededor y levantaban con disimulo el volante almidonado de su falda para oler el perfume de guanábana madura que supuraba la pierna en estado de quietud.

Cuando las niñas fueron creciendo la tía se dedicó a hacerles muñecas para jugar. Al principio eran sólo muñecas comunes, con carne de guata de higüera y ojos de botones perdidos. Pero con el pasar del tiempo fue refinando su arte hasta ganarse el respeto y la reverencia de toda la familia. El nacimiento de una muñeca era siempre motivo de regocijo sagrado, lo cual explicaba el que jamás se les hubiese ocurrido vender una de ellas, ni siquiera cuando las niñas eran ya grandes y la familia comenzaba a pasar necesidad. La tía había ido agrandando el tamaño de las muñecas de manera que correspondieran a la estatura y a las medidas de cada una de las niñas. Como eran nueve y la tía hacía una muñeca de cada niña por año, hubo que separar una pieza de la casa para que la habitasen exclusivamente las muñecas. Cuando la mayor cumplió diez y ocho años había ciento veintiséis muñecas de todas las edades en la habitación. Al abrir la puerta, daba la sensación de entrar en un palomar, o en el cuarto de muñecas del palacio de las tzarinas, o en un almacén donde alguien había puesto a madurar una larga hilera de hojas de tabaco. Sin embargo, la tía no entraba en la habitación por ninguno de estos placeres, sino que echaba el pestillo a la puerta e iba levantando amorosamente cada una de las muñecas canturreándoles mientras las mecía: así eras cuando tenías un año, así cuando tenían dos, así cuando tenías tres, reviviendo la vida de cada una de ellas por la dimensión del hueco que le dejaban entre los brazos.

El día que la mayor de las niñas cumplió diez años, la tía se sentó en el sillón frente al cañaveral y no se volvió a levantar jamás. Se balconeaba días enteros observando los cambios de agua de las cañas y sólo salía de su sopor cuando la venía a visitar el doctor o cuando se despertaba con ganas de hacer una muñeca. Comenzaba entonces a clamar para que todos los habitantes de la casa viniesen a ayudarla. Podía verse ese día a los peones de la hacienda haciendo constantes relevos al pueblo como alegres mensajeros incas, a comprar cera, o comprar barro de porcelana, encajes, agujas, carretes de hilo de todos los colores. Mientras se llevaban a cabo estas diligencias, la tía llamaba a su habitación a la niña con la que había soñado esa noche y le tomaba las medidas. Luego le hacía una mascarilla de cera que cubría de yeso por ambos lados como una cara viva dentro de dos caras muertas; luego hacía salir un hilillo rubio interminable por un hoyito en la barbilla. La porcelana de las manos era siempre translúcida; tenía un ligero tinte marfileño que contrastaba con la blancura granulada de las caras de biscuit. Para hacer el cuerpo, la tía enviaba al jardín por veinte higüeras relucientes. Las cogía con una mano y con un movimiento experto de la cuchilla las iba rebanando una a una en cráneos relucientes de cuero verde. Luego las inclinaba en una hilera contra la pared del balcón para que el sol y el aire secaran los cerebros algodonosos de guano gris. Al cabo de algunos días raspaba el contenido con una cuchara y lo iba introduciendo con infinita paciencia por la boca de la muñeca.

Lo único que la tía transigía en utilizar en la creación de las muñecas sin que estuviese hecho por ella, eran las bolas de los ojos. Se los enviaban por correo desde Europa en todos los colores, pero la tía los consideraba inservibles hasta no haberlos dejado sumergidos durante un número de días en el fondo de la quebrada para que aprendiesen a reconocer el más leve movimiento de las antenas de las chágaras. Sólo entonces los lavaba con agua de amoniaco y los guardaba, relucientes como gemas, colocados sobre camas de algodón, en el fondo de una lata de galletas holandesas. El vestido de las muñecas no variaba nunca, a pesar de que las niñas iban creciendo. Vestía siempre a las más pequeñas de tira bordada y a las mayores de broderí, colocando en la cabeza de cada una el mismo lazo abullonado y trémulo de pecho de paloma.

Las niñas se empezaron a casar y a abandonar la casa. El día de la boda la tía les regalaba a cada una la última muñeca dándoles un beso en la frente y diciéndoles con una sonrisa: aquí tienes tu Pascua de Resurrección. A los novios los tranquilizaba asegurándoles que la muñeca era sólo una decoración sentimental que solía colocarse sentada, en las casas de antes, sobre la cola del piano. Desde lo alto del balcón la tía observaba a las niñas bajar por última vez las escaleras de la casa sosteniendo en una mano la modesta maleta a cuadros de cartón y pasando el otro brazo alrededor de la cintura de aquella exuberante muñeca hecha a su imagen y semejanza, calzada con zapatillas de ante, faldas de bordados nevados y pantaletas de valenciennes. Las manos y la cara de estas muñecas, sin embargo, se notaban menos transparentes, tenían la consistencia de la leche cortada. Esta diferencia encubría otra más sutil: la muñeca de boda no estaba jamás rellena de guata, sino de miel.

Ya se habían casado todas las niñas y en la casa quedaba sólo la más joven cuando el doctor hizo a la tía la visita mensual acompañado de su hijo que acababa de regresar de sus estudios de medicina en el norte. El joven levantó el volante de la falda almidonada y se quedó mirando aquella inmensa vejiga abotagada que manaba una esperma perfumada por la punta de sus escamas verdes. Sacó su este-toscopio y la auscultó cuidadosamente. La tía pensó que auscultaba la respiración de la chágara para verificar si todavía estaba viva, y co-giéndole la mano con cariño se la puso sobre un lugar determinado para que palpara el movimiento constante de las antenas. El joven dejó caer la falda y miró fijamente al padre. Usted hubiese podido ha-ber curado esto en sus comienzos, le dijo. Es cierto, contestó el padre, pero yo sólo quería que vinieras a ver la chágara que te había pagado los estudios durante veinte años.

En adelante fue el joven médico quien visitó mensualmente a la tía vieja. Era evidente su interés por la menor y la tía pudo comenzar su última muñeca con amplia anticipación. Se presentaba siempre con el cuello almidonado, los zapatos brillantes y el ostentoso alfiler de corbata oriental del que no tiene donde caerse muerto. Luego de exa-minar a la tía se sentaba en la sala recostando su silueta de papel den-tro de un marco ovalado, a la vez que le entregaba a la menor el mis-mo ramo de siemprevivas moradas. Ella le ofrecía galletitas de jen-gibre y cogía el ramo quisquillosamente con la punta de los dedos como quien coge el estómago de un erizo vuelto al revés. Decidió casarse con él porque le intrigaba su perfil dormido, y porque ya tenía ganas de saber cómo era por dentro la carne del delfín.

El día de la boda la menor se sorprendió al coger la muñeca por la cintura y encontrarla tibia, pero lo olvidó en seguida, asombrada ante su excelencia artística. Las manos y la cara estaban confecciona-das con delicadísima porcelana de Mikado. Reconoció en la sonrisa entreabierta y un poco triste la colección completa de sus dientes de leche. Había, además, otro detalle particular: la tía había incrustado en el fondo de las pupilas de los ojos sus dormilonas de brillantes.

El joven médico se la llevó a vivir al pueblo, a una casa encua-drada dentro de un bloque de cemento. La obligaba todos los días a sentarse en el balcón, para que los que pasaban por la calle supiesen que él se había casado en sociedad. Inmóvil dentro de su cubo de calor, la menor comenzó a sospechar que su marido no sólo tenía el perfil de silueta de papel sino también el alma. Confirmó sus sospe-chas al poco tiempo. Un día él le sacó los ojos a la muñeca con la punta del bisturí y los empeñó por un lujoso reloj de cebolla con una larga leontina. Desde entonces la muñeca siguió sentada sobre la cola del piano, pero con los ojos bajos.

A los pocos meses el joven médico notó la ausencia de la muñeca y le preguntó a la menor qué había hecho con ella. Una cofradía de señoras piadosas le había ofrecido una buena suma por la cara y las manos de porcelana para hacerle un retablo a la Verónica en la pró-xima procesión de Cuaresma. La menor le contestó que las hormigas

habían descubierto por fin que la muñeca estaba rellena de miel y en
una sola noche se la habían devorado. Como las manos y la cara eran
de porcelana de Mikado, dijo, seguramente las hormigas las creyeron
hechas de azúcar, y en este preciso momento deben de estar quebrándose los dientes, royendo con furia dedos y párpados en alguna cueva
subterránea. Esa noche el médico cavó toda la tierra alrededor de la
casa sin encontrar nada.

Pasaron los años y el médico se hizo millonario. Se había quedado con toda la clientela del pueblo, a quienes no les importaba pagar honorarios exorbitantes para poder ver de cerca a un miembro
legítimo de la extinta aristocracia cañera. La menor seguía sentada en
el balcón, inmóvil dentro de sus gasas y encajes, siempre con los ojos
bajos. Cuando los pacientes de su marido, colgados de collares, plu-
machos y bastones, se acomodaban cerca de ella removiendo los rollos de sus carnes satisfechas con un alboroto de monedas, percibían
a su alrededor un perfume particular que les hacía recordar involuntariamente la lenta supuración de una guanábana. Entonces les entraban a todos unas ganas irresistibles de restregarse las manos como si
fueran patas.

Una sola cosa perturbaba la felicidad del médico. Notaba que mientras él se iba poniendo viejo, la menor guardaba la misma piel apor-
celanada y dura que tenía cuando la iba a visitar a la casa del cañaveral. Una noche decidió entrar en su habitación para observarla durmiendo. Notó que su pecho no se movía. Colocó delicadamente el es-
tetoscopio sobre su corazón y oyó un lejano rumor de agua. Entonces
la muñeca levantó los párpados y por las cuencas vacías de los ojos
comenzaron a salir las antenas furibundas de las chágaras.

# ENRIQUE JARAMILLO LEVI

PANAMEÑO
( 1 9 4 4 )

*Una voz nueva, diversificada, de complejas anticipaciones pos-*
*modernas representa para la narrativa hispanoamericana la obra*
*de Enrique Jaramillo Levi. Sus cinco volúmenes de cuentos pu-*
*blicados hasta ahora lo colocan como uno de los narradores jó-*
*venes más importantes e influyentes en el panorama literario pa-*
*nameño y centroamericano. El conocimiento de su obra narrativa*
*despierta gran interés en el mundo hispánico. Su producción poé-*
*tica es también significativa; ha publicado cuatro libros de poesía.*
*Su inicio en las letras comienza con la publicación de dos obras*
*dramáticas en la década del sesenta, género que no prosigue y*
*que substituye por la notable obra cuentística y lírica indicadas.*
*El primer libro de cuentos del narrador panameño es* Cata-
lepsia, *publicado en 1965. Luego viene su obra más conocida, el*
*volumen de cuentos* Duplicaciones *(1973) con una reedición en*
*México en 1982 y otra en España en 1991. Siguen las colecciones*
*de cuentos* El búho que dejó de latir *(1974);* Renuncia al tiempo
*(1975); y* Ahora que soy él *(1985). Recopilaciones de sus relatos*
*se encuentran en las auto antologías* Caja de resonancias: veintiún
cuentos fantásticos *(1983) y* La voz despalabrada *(1986). Su obra*
*poética comprende los libros* Los atardeceres de la memoria *(1978);*
Cuerpos amándose en el espejo *(1982);* Fugas y engranajes *(1982);*
Extravíos *(1989).*
*Ha publicado también las obras dramáticas* La cápsula de
cianuro *(1966), libro que también contiene la obra* Gigoló; *y* ¡Si
la humanidad no pintara colores! *(1967), que también incluye*
*"Alucinación". Ha compilado y editado las obras* Antología crítica
de joven narrativa panameña *(1971);* Poesía panameña contemporánea *(antología, 1980 y 1982);* El cuento erótico en México *(an-*
*tología, 1975 y 1978);* Poesía erótica mexicana *(antología, dos*
*tomos, 1982);* Poesía erótica de Panamá *(antología, 1982) y* Homenaje a Rogelio Sinán: poesía y cuento *(1982). Ha publicado asi-*
*mismo tres compilaciones de ensayos de autores panameños sobre*
*el problema del Canal de Panamá. Tiene inéditos un libro de ar-*
*tículos y ensayos, una antología de cuentistas panameños del si-*
*glo diecinueve, una antología de cuentistas de Centro América,*
*una novela, un libro de poemas y una antología de mujeres na-*

*rradoras de Costa Rica y Panamá. La obra de Jaramillo Levi ha sido abordada en el volumen Puertas y ventanas: acercamientos a la obra literaria de Enrique Jaramillo Levi (Costa Rica, 1990). Algunos cuentos del autor han sido traducidos al inglés, alemán, portugués, polaco y húngaro.*

*Enrique Jaramillo Levi nació en Colón, Panamá. Realizó sus estudios en la Universidad de Panamá donde obtuvo su Licenciatura en Inglés y el título de Profesor de Enseñanza Secundaria. Posteriormente recibe una beca para estudiar en la Universidad de Iowa; aquí termina una Maestría en Creación Literaria y otra en Literatura Hispanoamericana. Al egresar de la Universidad de Iowa en 1970 gana la Beca Centroamericana de Literatura auspiciada por el Centro Mexicano de Escritores, la cual le permite dedicarse enteramente a su creación literaria; viaja a México donde publica entre 1973 y 1983 tres libros de cuentos, tres de poesía y varias antologías. Prosigue estudios de doctorado en Letras Iberoamericanas en la Universidad Nacional Autónoma de México. Obtiene becas de la Fundación Ford, LASPAU y Fulbright. Ha sido profesor en la Universidad Autónoma Metropolitana de México entre 1975 y 1983, en la Universidad de Panamá entre 1983 y 1987, en la California State University en San Bernardino, California en 1989, y en la Oregon State University en Corvallis, Oregon entre 1989 y 1990. Fundador y director de la Editorial Signos en México desde 1982 a 1983 y en Panamá desde 1983 a 1987. Fundador y director de la revista cultural Maga en Panamá entre 1984 y 1987, y nuevamente a fines de 1990.*

*"Germinación" pertenece a la colección de Cuentos Duplicaciones. Este volumen es una obra clave de la narrativa de Jaramillo Levi. En ella se exploran los ambientes, cambios, enfrentamientos y terrores generados por la entrada en el logos posmoderno. Los cuentos de Duplicaciones están armados en un espacio móvil y relacionante al modo de un logogrifo artístico cuyo enigma no reside en la combinatoria de las letras de una palabra sino en la de los componentes culturales más significativos abiertos por los procesos transicionales entre lo moderno y lo posmoderno. La lectura de Duplicaciones nos sorprende al tiempo que nos ausculta. Los rincones oscuros, inesperados, alienantes que hay en sus cuentos nos hacen repensar las construcciones sociales y mirar críticamente la carrera ciega de lo individual. La escritura de esta bella colección trae un haz de lúcidas perspectivas sobre las enajenaciones del presente y de provocativo discernimiento sobre las incertidumbres de un nuevo fenómeno cultural. En el relato aquí incluido la naturaleza es una intensidad verde que escapa del cientificismo invadiendo otra naturaleza. Perturba, ciertamente, descubrir que esa naturaleza invadida sea la humana. Hu-*

*mor negro sobre la autodefensa ecológica de una sociedad pos-
moderna. En otro nivel del cuento germina también la actividad
erótica de una naturaleza exuberante, devoradora del principio
masculino, penetrante seductora del principio femenino, de con-
notaciones incestuosas.*

*Los componentes fantásticos de la narrativa de Jaramillo Levi
son muy distintos a los de escritores que exploraron en el mismo
registro, tales como Leopoldo Lugones, Julio Garmendia, Pablo
Palacio, Felisberto Hernández, Jorge Luis Borges, Juan José Arreola y Julio Cortázar. El tratamiento de lo fantástico en la obra de
Jaramillo Levi es original, se adentra en la experiencia alienante
de la sociedad moderna, articulándose como una especie de radar
artístico de los conflictos generados por nuevos módulos culturales.*

*El mundo narrativo que indaga y construye el escritor pana-
meño es extraño y denso. Las motivaciones de su escritura se
explicitan, se anuncian directamente: lo duplicativo, lo metamórfi-
co, la disolución del tiempo, la obsesión de reflejos acechantes,
la acción aglutinante de lo simultáneo. La configuración de esos
motivos, sin embargo, es una elaborada constelación de metáforas y asociaciones intervenidas ya por lo onírico, ya por la dimensión del horror, ya por la radical experiencia límite de sus personajes. Es esta zona enigmática que explora su escritura, la que le
da ese carácter sorprendente tan propio en sus colecciones de
cuentos.*

# GERMINACIÓN

*Para Ana María Acuña*

**Abrió** los ojos lentamente, con temor. Pudo ver entonces, en medio
de los conocidos muebles viejos, flanqueado por ventanas rústicamen-
te encortinadas, lo que causaba aquel extraño olor que venía presintiendo desde el sueño. Y a pesar del intenso calor del encerramiento
en aquel mediodía, tembló sacudido por un frío mortal.

Frente a él la planta trepaba el lomo de aquel vacío y se esparcía
como si hubiera allí una pared invisible o un arbusto de firme raigam-
bre. A medida que avanzaba hacia la cama aquella enrevesada coraza
de lianas, comiéndose el espacio, ocupándolo en mayores dimensiones,
la vista se le fue llenando del aspecto pegajoso de aquel verde avasallador. Sabiendo como sabía que no soñaba, percibió el acecho por
todos sus sentidos aunque no por el entendimiento, y volvió a temblar. No había escapatoria posible. Al comprender al fin cuál habría
de ser el resultado de su gran dedicación a la botánica, cerró los ojos
al absurdo.

Las hojas sarmentosas estampaban ya su frialdad de invernadero sobre la piel. Contrajo los músculos. Simultáneamente lo fueron aplastando los susurros que salían de aquel verdor y la introducción pastosa a través de la piel. Deseó poder perderse nuevamente en el seguro mundo del sueño, donde lo inverosímil nada tenía que ver con la realidad. Pero no pasó de ser más que un vago deseo.

Una leñosa rigidez se le ha ido extendiendo por todo el cuerpo. Siente la savia hacérsele pesada en la sangre y cómo ésta comienza a endurecerse milimétricamente. Sin querer se maravilla del grado de hipersensibilidad que lo llena. Sabe que la lengua ha dejado de ser el único vehículo de gustación. Lo que parece toneladas de álgido verdor amargo y susurrante ya le tapa ojos, orejas, nariz, boca y zonas erógenas. Le es imposible abrir los ojos, adheridas como están las hojas a sus párpados. Quisiera ver una vez más la forma, observar la textura, el tamaño. Pero adivina que la armazón cartilaginosa ya no existe, que los límites de su piel han perdido su autonomía, que el proceso osmótico está ya bien avanzado. Trata de aquilatar el valor científico que hubiera tenido su descubrimiento, se lamenta de que no se esté filmando el fenómeno. Quién hubiera pensado que podían coexistir en aquellas semillas, características carnívoras y procesos osmóticos.

Cuando su hermana entró al cuarto, se quedó lívida. Un informe matorral había germinado sobre la cama antigua, esa enorme cama de respaldo amplio y barroco, que había sido de su madre. La cubría por entero, desparramándose a los lados. En seguida le llamó la atención el olor intenso, como a eucalipto, que flotaba en el lugar. Una nueva locura, pensó, otro experimento. ¡Hasta cuándo, Señor! Habría que hablarle fuerte esta vez. Está bien que le apasione la botánica y esas cosas raras. Que entierre sus semillas en montoncitos de tierra húmeda que echa cerca de las ventanas, sobre el piso que ella tanto cuida, cuando no alcanzan las macetas. Todo eso podía tolerársele al muchacho. Después de todo, ni siquiera tenían patio. ¡Pero sobre la cama de mamá! ¡Ya es el colmo!

Corrió a abrir las ventanas pensando en lo insensato que era su hermano. Tanto saber de plantas, y exponerse a una asfixia durmiendo encerrado con ellas. ¿Pero dónde estaría? No lo había visto salir. Anoche lo sintió llegar dando tumbos, cosa rara en él, y ya después debió haberse quedado dormido. Sí, había que reconocerle eso: no tenía vicios. Por lo menos ella no se los conocía. Sólo le importa leer y experimentar con cosas, pensó. Algún día será un gran científico. Sonrió. El próximo paso sería la Universidad. Ella lo ayudaría a costearla. Allá tendría un laboratorio moderno, aunque tuviera que compartirlo con otros estudiantes. Sí, la parranda de fin de curso se justificaba. Es un buen muchacho. Pero, ¿qué se habrá hecho, Dios mío?

El olor persistía. Un leve mareo la hizo agarrarse de una silla. ¡Qué planta más rara! ¿Cómo es posible que cubra así toda la cama, en tan poco tiempo? Se acercó curiosa. Le pareció percibir de pronto un ligero tremor de hojas. Luego, absoluta quietud. El olor se desvaneció como por encanto. Debía ser por el aire fresco que... Pero no entraba aire. La mañana estaba opresivamente reseca.

Observó con más detenimiento la insólita parcela rectangular. El verde pareció intensificarse e hirió sus ojos. Ella no sabía de plantas, todas eran iguales a su ignorancia, pero le impresionó la forma curiosa de estas hojas, su multitud. Que no se creyera ese muchacho que ella iba a limpiarle la cama. Sus disculpas de siempre no bastarían. Apenas lo vea le diré que... Nuevamente cerró los ojos ante la intensificación del verdor. No entiendo lo que pasa. Ese brillo... Y qué malagradecido era. Cuando murió mamá ella debió haberse cogido la cama en vez de dársela a él como si no le importaran ya los dolores de espalda que siempre le había ocasionado su duro catre. Pero la difunta quería tanto al muchacho, más que a su hija que nunca había demostrado gran cultura. Y además, el breve testamento decía bien claro que la cama debía dársele a él.

Un grito desgarrado. Atravesó las ondas de calor que se metían al cuarto y se prolongó en la distancia como un eco. Sin darse cuenta había pisado unas hojas que caían sobre el piso aplastándose contra la madera. Unas hojas que no estaban allí segundos antes. Vio ahora, sin poder articular su terror, cómo de los fragmentos que aún estaban bajo su pie manaba pastosamente un rojo verdoso que fue trepándosele por los pies, enroscándosele a las rodillas, cercándole la cintura, besándole los senos, acechándole la boca abierta por donde no escaparía ya el segundo grito.

# TERESA PORZECANSKI

URUGUAYA
( 1 9 4 5 )

*En veinticinco años de actividad literaria, desde la publicación
de su primer volumen de relatos* El acertijo y otros cuentos *en
1967, la voz de Teresa Porzecanski ha presentado novedosas direcciones en el cuento hispanoamericano. La rica tradición cuentística del Uruguay —en cuyo desarrollo contemporáneo Juan
Carlos Onetti, Mario Benedetti y Armonía Somers son tres grandes pilares— ha señalado el cultivo creativo y exigente del género.
Porzecanski, fundamentalmente cuentista, ha sabido aprovechar
esa tradición sin ser absorbida por ella. De allí que se haya comentado sobre el carácter irreverente de su obra, aspecto, por lo
demás, esencial a ese legado artístico, puesto que Benedetti, Somers
y Onetti representan también ese espíritu iconoclasta y ruptural
que supone el auténtico cambio literario.*

*La escritora uruguaya no prosigue modelos ni escuelas; el uni-
verso de sus cuentos puede a veces resonar onettiano en esa terrible falta de alternativa de los personajes, pero es sólo similitud
de superficie, puesto que su escritura es un fondo de diversidades
y por tanto un arma de exploración en rostros desconocidos y
ambientes ignorados ya de lo fantástico, ya de lo cotidiano, ya
de lo bíblico, ya de lo futurístico. Cito a continuación algunos
ejemplos de los signos especiales de su cuentística. En el relato
"Siglo XX, orden del día" se traza una visión crítica de la cultura posmoderna, la cual cifra su esperanza en la postulación de
un mesías que viaja desde el futuro:* "Atómico. Era una creación
perfecta de esta era: postguerra, incomunicación y decadencia,
fichero de datos estadísticos, sensibilidad aguda y egoísmo. Y más
aún, vivía en una órbita común, puesto por algún sputnik de
ocasión en el espacio. Estaba solo, inmenso y congelado, oscuro,
casi muerto y retorcido. Y me llamaron, entonces del futuro, para
impedirle la aniquilación completa. Y yo vine desde el porvenir
para quererlo y lo quise: el hombre atómico y la humanidad entera." *(El acertijo y otros cuentos. Montevideo: Arca Editorial
1967, p. 50.)*

*Lo religioso puede aparecer como el formato de un cuestio-
namiento existencial, por ejemplo, en el relato "Oración":* "('Padre nuestro: estamos muertos con la misma muerte que las cosas.

*Hay no se qué en el aire que nos mata y tal vez no solamente en el aire. Hay un misterio en esta realidad, una incoherencia que regula las luces y las sombras: el sol se pone siempre en el ocaso y llega, indefectible, la noche, pero nosotros estamos muertos y con la misma muerte que las cosas.')"* (El acertijo y otros cuentos ed. cit., p. 87). *El consumismo insconciente de lo cotidiano, el paso del tiempo sin que se examine la comunicación humana es una lograda imagen sobre la acción destructiva de la indiferencia más que del transcurso de la temporalidad cuando Porzecanski aborda el tema de la decrepitud en el relato "Vejez y otros detalles": "Casi siempre, él se sienta a mirar intermitentemente por la ventana y ella teje sin desesperación. El tiempo es una cosa delicada que debe ser vivida. El tiempo no vivido semeja una sombra enorme que ahoga a los que meramente existen."* (El acertijo y otros cuentos, ed. cit. p. 53).

*El ámbito de la ciencia ficción puede ser el espacio perfecto para el abandono de lo humano como medio de salvación y apertura de un planteo metafísico abismal en el cuento "Centurión III": " 'La inmensidad está ahora físicamente asumida. Aquí no tienen sentido la vida y la muerte, no tienen angustia... Aquí me desprendo definitivamente de mi humanidad, y al hacerlo, también estoy libre de culpas. Ya lo ves: libres; sin ninguna condena ni ninguna representatividad. No asumo. Y al no pertenecerme, me estoy salvando' "* (El acertijo y otros cuentos, ed. cit., p. 101). *El futuro con su dimensión de ausencia y muerte puede reemplazarse por la inmediatez de lo presente, realidad rodeada de miseria, pero después de todo, la única, como se visualiza en el relato "De los goces": "Montevideo, aquí, Montevideo en mi zaguán quebrado de baldosas, sobre mi calle gris... Voy asumiendo aquí mi goce terrenal paradisíaco, entre el olor a basura y miseria... asumo al fin este modesto día, pues el futuro no ha sido nunca otra cosa que la muerte y lo que hay entre ésta y hoy es sólo el hoy interminable."* (Esta manzana roja. Montevideo: Editorial Letras, 1972, p. 91).

*El contexto bíblico se puede transformar para mirar la devastación de la realidad humana como en los relatos de "Crónicas de la segunda historia": "La Segunda Primera Mujer se llamó Realidad y no pudo comer del fruto que le ofreció la serpiente: no tenía dientes ni mandíbulas, y no podía erguirse; era una masa pequeña y deforme como la de un protozoario".* (Historias para mi abuela. Montevideo: Editorial Letras, 1970, p. 13). *Cuentos de referentes múltiples, volcados sobre el peso de las limitaciones humanas; radares inmensamente perceptivos de lo existencial en un mundo vacío o densamente alienado, en el que la comunicación verbal de los personajes llega a desaparecer para ver su persistencia errática en el destino no elegido de una "Historia laberíntica".*

Al primer. *libro de relatos en 1967 de Teresa Porzecanski mencionado previamente, le siguen las colecciones* Historias para mi abuela *(1970);* Esta manzana roja *(1972);* Construcciones: relatos *(1979);* La invención de los soles *(1981);* Ciudad impune *(1986), volumen sobre el cual comenta la autora:* "Ciudad impune *habla sobre un tipo especial de represiones, aquellas internalizadas en la propia indiferencia de la gente, en el mantenerse al margen de los acontecimientos, en la discriminación de aquellos que transgreden las categorías y al ser perseguidos, nadie se moviliza. Un sistema represivo provoca la destrucción de los valores íntimos de generosidad e identificación del hombre, la dislocación de los códigos de respeto, y desata la indiferencia que es una forma de salvajismo." (Gwen Kirpatrick, "Entrevista con Teresa Porzecanski".* Discurso Literario. Revista de Temas Hispánicos 5.2 (1988): 305-310).

De 1976 es Intacto el corazón, *libro de poesía, de prosa poética, de ejercicios y diversiones de la escritura como en "Palabras cruzadas": "Vertical Dios egipcio de la cuarta dinastía del bajo imperio cinco letras horizontales terminación de verbo en infinitivo perteneciente a la tercera conjugación verticales pasado pluscuamperfecto del verbo roer"* (Intacto el corazón. Montevideo: *Ediciones de la Banda Oriental, 1976, p. 77). De 1986 es su libro de cuentos* Ciudad impune *y de 1989* La respiración es una fragua. *Autora de las novelas* Una novela erótica *(1986) y* Mesías en Montevideo.*(1989).*

Teresa Porzecanski *nació en Montevideo. Es Asistente Social y licenciada en Antropología, campo al que se dedica actualmente como docente universitaria. Su atención en las áreas de antropología y sociología ha significado una producción ensayística considerable. Las contribuciones de Porzecanski en ambos campos ha quedado registrada en sus publicaciones* Lógica y relato en trabajo social *(1974);* Mito y realidad en las ciencias sociales *(1982);* Apuntes al proceso inmigratorio judío al Uruguay *(1984);* Desarrollo de comunidad y subculturas *(1972 y 1983);* Historias de vida de inmigrantes judíos al Uruguay *(1986);* La investigación social cualitativa: bases teóricas y metodológicas *(1988). Los cuentos de Porzecanski se han incluido en antologías como* Los más jóvenes cuentan *(1976);* La nueva narrativa *(1978);* Diez relatos y un epílogo *(1979);* Detrás de la reja; Quince cuentos para una antología *(1982);* Cuentistas hispanoamericanos en la Sorbona *(1982) y otras antologías publicadas en Estados Unidos y en Holanda. El Ministerio de Educación y Cultura le ha otorgado el Premio a la Mejor Obra de Prosa Poética en 1967 y en*

*1976. En 1986 recibe una Mención de Honor en Narrativa de parte de la Intendencia Municipal de Montevideo y en 1989 es galardonada con el Segundo Premio Bienio 88-89 en Narrativa por su novela Mesías en Montevideo. Los cuentos de la narradora uruguaya han sido traducidos al inglés, francés y holandés.*

*El cuento "Tercera apología" proviene de la colección Esta manzana roja, volumen de dieciséis relatos, entre los cuales también se incluyen los antecedentes de la narración seleccionada, es decir, los cuentos "Primera apología" y "Segunda apología". Un tono desesperanzado junto a una atmósfera de vacíos y terrores metafísicos globaliza el universo de los tres relatos motivando la integración de su lectura sin que esto signifique obviamente una alteración de la autonomía narrativa que logra mantener cada texto. En "Tercera apología" se unen la visión penetrante de lo poético: "luz que estalla en luz dentro de mis ojos" y un intenso decurso existencial para completar la imagen circular del nacimiento, del hombre que posado en la tierra cumple el ciclo de la existencia sin solemnidades culturales, al margen de la Historia que debe escribir esa apología, "defensa", también "relato detallado" y "fábula de los mitos enaltecedores inventados como "justificación" por el mismo hombre. Llega el tiempo de demitificar el ritual de las construcciones socioculturales.*

## TERCERA APOLOGÍA

Para ser franco, mi obscenidad me enaltece: es corrupción libre y universal del cuerpo y del cerebro todo, es la honesta monstruosa identidad que me salva. Puedo hamacar mi destrucción consciente de que la construida verdad me harta, puedo agraviar los símbolos del decoro y profesar mis vicios y mejorarlos. Soy la inquisición de mi lujuria, de mi gula, de mi condición inmunda y estoy inoculado de inocente crueldad. Tal vez me aman por esa cuota de inocuidad malsana y por mi insaciable calidad de irreverencia. Y sin embargo, ¡qué lejos me siento de las verdaderas intenciones malditas! Sigo en una arbitraria labor sin lacras. No he planeado aún la muerte de millones. ¡No he visto posibilidades de hacer estallar la bomba pronto. No me regocijo, carajo, con mi trascendencia a otros mundos y que en mi lápida escriban un nutrido epitafio!

Dormir, dormir todo lo que se pueda y más. Dejar que se inunde el baño y esperar que el agua, al borde de la cama me despierte y entonces decir "oh, frescura" y flotar entre los muebles. Quitarle el tapón a la bañera y abrir todas las ventanas. Ir a secarme al sol, desnudo, tiritando, mientras la gente se amontona debajo del balcón y me saluda. Comer enseguida un kilo de aceitunas y tomar cualquier ómnibus hacia cualquier destino. No telefonear, no escribir cartas, no abrir la puerta. Defecar en paz y largamente hasta deshacerse de las propias entrañas, no consumir y sobre todo, no déjar que el consumo nos consuma. Defecar solemnemente hasta las maldiciones. No trabajar a sueldo, no intercambiar servicios, no contemporizar, no comprender dulcemente, ni comprender simplemente, ni comprender.

No sentarse ni estar de pie siempre, ni memorizar la gracia de la altura a niveles insospechados de horizonte; sin ambición, oscurecerse a tiempo para no permitir a la luz dilucidarnos; hacer un amor feroz y delicado de tanto hacerlo y recrearlo, no memorizar, no repetir, no usar significados que han permanecido fieles a cualquier diccionario, no amar apasionadamente ni amar desesperadamente, ni consolarse. Dejar, improvisar, roncar, agonizar, explorar, enmudecer, reproducirse, acompañar, quejarse, enflaquecer, lamer, envilecer, excretar, engordar. Únicamente.

Regreso reiterado al mismo laberinto que una y otra vez nos ha perdido y encontrado, la obscenidad consciente del volver al pecado. Intrincado camino, sobrecogedor, amargo, hacia la alegría del vicio indiscriminado. Mi vicio lírico —ni siquiera maldito— mi vicio cuya ausencia mi perdición ha engendrado, mi vicio somnoliento, olvidado, te necesito.

Un domingo a la tarde, deseé que reventara como un gran globo la ciudad, que estallara el asfalto y, por entre los boquetes, asomara algún charco de barro, agua y basura. Cuando empecé a caminar entre las calles, las puertas y ventanas abiertas dejaban ver las casas y los edificios completamente vacíos; había un olor pesado a pudriciones que salía por entre los agujeros. A veces se movía alguna piedra solitaria, o un orinal esmaltado sobresalía, aún blanco, por entre un basural. Montañas de deshechos sobre los que reptaban sedosos, largos gusanos, decoraban simétricos las esquinas de asfalto.

Traer la tierra, traerla nuevamente, buscarla y encontrarla debajo del asfalto, intacta, hospitalaria de lombrices y aguas, traer la tierra de nuevo para poder pisarla. Hay que buscar la tierra, las raíces más negras, cavar hasta encontrar tierra, hasta donde están los restos de plantas y de hombres.

Un domingo a la tarde quise que reventara como un gran globo la ciudad. Veía derrumbarse la ciudad y me adormecía. Como un torrente me subía la sangre hasta los ojos para volverme transparente. Sentía que me estaban dando a luz otra vez sobre la tierra, entre delirios y entrañas. Subir a los bordes de las casas, traspasarlos, con los ojos propios, ver la sangre bombeada por el aún rítmico corazón, con las manos poder acariciar tan fatigado mi cerebro, dejar que se pierdan los pies eternamente.

Estábamos juntos por sobre esos delirios. Y no era un don natural utilizar las lógicas hormonas para un ciclo vital que no sentíamos. Siempre éramos espectros insuflados de ausencia, de falta, indefinidos. En la precaria búsqueda de alguna vida global nos destruíamos, amándonos ficticios para la imaginación. Nos separamos esa tarde por sobre los restos de ciudad, testigos de algo remoto que existía más allá de la droga goteante, del vaso y de la silla. Alguien nacía para mí en ese momento: alguien capaz de crear veinte mil hijos de un vientre enorme como para dejarme morir en él un día, pequeño yo, también, como sus hijos, hacia la nada anterior a mi infancia. Mi mujer deforme, sobre la tierra que afloraba entre las grietas en el asfalto, interminablemente dando a luz mis propios hijos, me llevaría, ella sola, nuevamente al principio.

Y ahora estalla la luz en las paredes del cielo y el sol es todo mío y por la mañana, sobre mi droga bendita fulguran los ruinosos vestigios. Hay chorros de agua sucia saliendo de los caños, y los canteros invadieron los tristes basurales, y hay prados sobre los monumentos y lagos cristalinos ahogaron los museos y hay luz que estalla en luces dentro de mis ojos. Mi pan, mi pan caliente, mi leche tibia, azúcar de mi tierra, la siesta postergada y mi hoyo final son míos. Mi tierra mía, envejecida, mi única paz, señores.

Orinarme encima a los cuarenta y tantos años de respetabilidad, cagar solemnemente mientras engullo una manzana, los piojos que mato sobre mi piel aún podrían vivir bastantes horas, pero el problema radica en que tengo demasiados y los mato para poder medir el tiempo: si mato veinte ha pasado un minuto.

Porque se cobra, eso sí, un precio razonable, a quienes quieran introducirse en el cuerpo real o la figura que sugiere la apariencia: seis posibilidades en un día, el chorro tibio blanquecino en las entrañas esperando al hijo no nacido, seis hijos que no vendrán, que aguardan a la sombra como fantasmas rezagados. Sobre la tierra negra me desangro y el vientre se me hincha y me agacho para dar a luz, señores, un cuerpo me asoma, cuatro miembros y expulso, entre delirios, mis cosas más queridas. El niño llora sobre la tierra su primer llanto y respira suavemente su primer aire.

# MEMPO GIARDINELLI

ARGENTINO
( 1 9 4 7 )

*Narrador y ensayista de nuevas posiciones y búsquedas literarias.
Mempo Giardinelli conoce a fondo la tradición literaria hispanoamericana moderna, la de escritores como Borges, Denevi, Cortázar, Roa Bastos, Fuentes, Arreola, Rulfo, García Márquez. Conocimiento íntimo, dedicado, y sobre todo maduro, lo que le ha
permitido gran apertura a su estética. La obra literaria de Giardinelli no se ha estacionado en los elementos logrados de esa literatura anterior; se ha librado de las fijaciones. Su escritura se va
conformando con exploraciones que se manifestan siempre rebeldes, que escapan a la espectativa de ciertas temáticas y a los estereotipos formados sobre la literatura hispanoamericana.*

*Tanto su experiencia personal del exilio como el estímulo bien
asimilado de esa tradición literaria mencionada lo han llevado a
recorrer otras zonas artísticas. Esta es la inspiración estimulante
que el autor pone en su obra y que también ha dejado en cursos,
talleres literarios, conferencias y artículos. Dice el escritor argentino: "tenemos que acabar con cierta literatura que muchos de
ustedes esperan de nosotros... Me refiero a esa literatura que
mete cuatro indios, una bruja, alguien que vuela, culebras mágicas, dictadores de operetas y lluvias que duran cincuenta años
junto a dioses aztecas, mayas o incaicos. Quiero decir que eso sí
es América Latina, pero que no es eso solamente". (Dictaduras
y el artista en el exilio. Working Paper presentado al Instituto
Kellog, Marzo de 1986, p. 8). Giardinelli no combate la tradición
sino que busca otras avenidas: "¿Y qué es lo nuevo en nuestra
literatura, hoy? Yo creo que no es posible señalar una sola línea,
sino varias. Entre ellas, la importancia del exilio sobre nosotros;
también el clima cada vez más brutal, violento, que hemos vivido; el hecho de que mi generación —yo mismo, por ejemplo—
hemos vivido el 70 o el 80 por ciento de nuestras vidas bajo estado de sitio, en medio de la tortura, y familiarizados con la
muerte y con ese eufemismo que se llama 'desapariciones' y con
exilios interiores". (Obra citada, pp. 9-10). Otras reflexiones del
autor sobre la literatura y sobre su propia obra se encuentran en
"Entrevista con Mempo Giardinelli" realizada por Teresa Méndez-*

796     MEMPO GIARDINELLI

*Faith,* Discurso Literario. Revista de Temas Hispánicos *5.2 (1988):*
*313-321.*

El arte de Giardinelli se instala con espontaneidad en lo cotidiano, logrando una narración fresca a la vez que profunda. La
lectura de su obra nos recuerda que el abuso de "realismos mágicos" y "onirismos" puede devenir poco convincente, una suerte
de retórica o de reflejos si ello no responde a todo un sistema de
escritura. Al referirse al problema de la posmodernidad, Giardinelli sostiene que ésta supone a fin de cuentas el mismo espíritu
de aventuras y agresividad renovadora de la modernidad: "cuando busco e interrogo, cuando hago literatura para saber por qué
la hago... estoy entrando en esta modernidad de la modernidad.
Y entrando a chaleco, a la fuerza, con todo, porque para mí escribir es transgredir, es cuestionar, es protestar y es denunciar;
del mismo modo que es proponer y conmover, porque uno escribe
desde su propia desesperación... Posmodernidad, posboom o
como quiera que se llame, para mí es eso: en literatura una escritura del dolor y la rebeldía pero sin poses demagógicas, sin
volvernos profesionales del desdén, de la suficiencia, del exilio
ni de nada. Quiero decir: ser posmoderno es ser moderno siempre, joven siempre, rebelde siempre, transgresor siempre, y dis-
conforme y batallador como constante actitud ética y estética"
("Variaciones sobre la posmodernidad [o: ¿que es eso del posboom latinoamericano?]". Puro cuento 23 (1990): 31).

Proposiciones que han desembocado en la conformación de
una literatura distinta, audaz, sin anclas. En la década del ochenta, Giardinelli ha publicado diez obras narrativas con varias reediciones. Sus libros han aparecido en el mercado español, argentino,
mexicano y norteamericano. Su interés internacional ha sido enorme; su obra se ha traducido al alemán, italiano, búlgaro, francés,
griego, inglés y holandés.

Ha publicado las novelas La revolución en bicicleta *(1980);*
El cielo con las manos *(1981);* ¿Por qué prohibieron el circo?
*(1983);* Luna caliente *(1983);* Qué solos se quedan los muertos
*(1985). Se ha anunciado la publicación de su próxima novela
"Santo oficio de la memoria". Sus libros de cuento son* Vidas
ejemplares *(1982);* La entrevista *(1986);* Cuatro cuentos *(1986),*
*relatos leídos y grabados en cassette por el autor, realización a
cargo de la Biblioteca Oral, Ediciones del Castillo en Argentina.
En 1987 aparece* Cuentos. Antología personal, *selección de quince
cuentos proveniente de* Vidas ejemplares, La entrevista *y de publicaciones en revistas; se incluye también el cuento inédito hasta
entonces "Los perros no tienen la culpa". De 1988 son los relatos para niños* Luli la viajera. *En el ensayo ha publicado* El género negro, *editado en México en 1984; se trata de reflexiones so-*

bre la novela negra, es decir, todo lo relativo al género policíaco. El otro texto es Dictaduras y el artista en el exilio *(1986)*, conferencia presentada en el Instituto Kellog el primero de marzo de 1985. También es editor del libro de ensayos Mujeres y escritura *(1989)* compilado por Silvia Itkin.

Mempo Giardinelli nació en Resistencia, Chaco, Argentina. Allí completó sus estudios de enseñanza primaria y secundaria. Luego ingresó al Colegio Nacional José María Paz, de donde egresó con el título de Bachiller en 1963. Sigue la carrera de abogacía en la Facultad de Derecho y Ciencias Sociales de la Universidad Nacional del Nordeste, en Corrientes, Argentina. No se gradúa y comienza a estudiar literatura. En 1977 gana una beca para estudiar en el Instituto Nacional de Bellas Artes en México. En 1976 su primera novela Toño tuerto rey de ciegos *(reeditada en 1983 con el título ¿Por qué prohibieron el circo?)* es requisada antes de su distribución. Esta incalificable acción —ominosa represión del arte y del intelectual— provenía de una dictadura que sería responsable del exilio de muchos intelectuales argentinos, entre ellos el de Mempo Giardinelli. Sale a México donde residió hasta 1985. Aquí se dedica al periodismo; colabora en publicaciones tales como Unomásuno, Plural, La Palabra y el Hombre. Desarrolla asimismo una activa producción literaria y ensayística; artículos, cuentos y ensayos se publican en diarios y revistas de Argentina, México, Cuba, Estados Unidos, España, Alemania, Francia, Brasil, Italia y Grecia. En 1983 su novela Luna caliente obtiene el Premio Nacional de Novela en México. Al año siguiente, la misma obra fue la novela de más venta en Argentina. Fue, además, llevada al cine en 1985. Sus cuentos han sido finalistas en varios concursos nacionales e internacionales importantes. Desde 1978 hasta el presente, Giardinelli ha sido docente en varios centros académicos: en la Universidad Iberoamericana en México, en el Centro de Arte Mexicano, en Wellesley College, Massachussets, en la Universidad de Virginia y en la Universidad de Louisville. Ha sido invitado a dictar conferencias en varias universidades norteamericanas, en la Universidad Nacional Autónoma de México, en la Universidad de Freiburg, en la de Heidelberg y en la de Hamburgo, Alemania, en la Universidad de Nantes, Francia, en el Instituto Latinoamericano, Roma. Actualmente reside en Buenos Aires donde dirige la revista Puro cuento que el mismo escritor fundara en 1986.

"Sentimental Journey" es uno de los tres cuentos antologados en La entrevista *(1986)*. Se incluyó luego en Cuentos. Antología personal *(1987)*.

## SENTIMENTAL JOURNEY

Mientras esperaba el bus, en el paradero de la Greyhound, en Binghamton, no se dio cuenta de su presencia. Pero en cuanto ascendió al coche y se sentó, en el primer asiento de la sección de fumar, le llamó la atención la belleza de esa mujer. Era una negra alta, altísima, como de un metro ochenta, que arriba terminaba en un escandalizado pelo afro, sobre un rostro entre agresivo y dulce, no demasiado anguloso y de un cutis terso y brillante en el que se destacaban los labios carnosos, rosados de un rosado natural, sin pintura. Pero lo grande de esa mujer, en todo sentido, era su cuerpo, sencillamente magnífico. Era un ejemplar de unos pechos tan amplios, tan generosos, como nunca había visto. Y sin embargo, no necesitaban sostenes y acaso se hubieran reído de ellos, si los había para su medida; se expandían dentro de un brevísimo vestido blanco, de escote profundo como un precipicio tentador en el que cualquier tipo querría suicidarse. Cuando se hubo quitado el abrigo, él pudo ver también que su cintura era estrecha y apenas sobresalía una pequeña, sensual pancita, como la de una mujer que ha sido madre unos meses antes y su figura está reacomodándose, mientras seguramente le explota adentro una renovada sexualidad.

Se quedó mirándola fijamente, sin poder respirar, atónito, admirado de la gracia gatuna de esa mujer espléndida, que acomodó el abrigo en el portaequipajes, ocasión que él aprovechó para recorrer la línea perfecta de sus piernas, enfundadas en unas medias negras que parecían emerger de entre la ligerísima tela blanca del vestido de satén. Rápidamente se le secó la boca, y el libro que tenía en la mano no fue abierto. Meneó la cabeza, sonriente, y se dijo que jamás había visto una mujer igual, que además de la belleza irradiaba una firme dignidad, una elegancia natural en el porte, en el modo de sentarse en el asiento de junto, y una calidad espontánea, de esas que no se aprenden ni se imitan. Y aun su manera de encender ese cigarrillo larguísimo, finito, de papel negro, cuyo humo aspiró sin ruido, para luego soltarlo despacito, sensualmente, todo le hizo sentir, de súbito, que su sangre hervía, y supo que ése no sería un viaje tranquilo.

Claro que el problema, reconoció enseguida, era su inglés más que pobre. Mentalmente, se hizo chistes un tanto procaces, como decirse que con semejante hembra ni falta que hacía hablar unas palabras. Se prometió todo lo que le haría si tuviera oportunidad. Sabía perfectamente que no era la clase de tipo que pasaba inadvertido para las mujeres de buen ojo. Y esa negra tenía aspecto de saber mirar a los hombres. Pero de todos modos no pudo evitar sentirse un tanto frustrado: miró hacia afuera del coche mientras se ponía en marcha, y a su vez encendió un cigarrillo como planeando alguna forma de abordaje, o acaso, disponiéndose a una ligera resignación.

Cuando llegó a la estación, apenas un par de minutos antes de que partiera el expreso para New York, y vio a ese tipo que ascendía al bus, advirtió una súbita inquietud, y casi involuntariamente se detuvo unos segundos para arreglarse el pelo y se abrió el abrigo que había cerrado al bajar del taxi. Sabía qué impresión podía causar con el solo hecho de abrirse el tapado de piel de camello. E instantáneamente caminó hacia el coche, detrás de ese hombre.

Era un fulano que no podía dejar de ser mirado. Mediría unos seis pies y algunas pulgadas y su cuerpo era del tipo sólido (no gordo ni mucho menos, pero sí sólido, grandote sin apariencia de pesado. Vestía con cuidada elegancia y esos jeans desteñidos le calzaban a las maravillas y dibujaban piernas gruesas, que imaginó muy velludas. Se notaba la fuerza de esas piernas, y le encantó ese trasero alto, duro y todo lo otro, demonios, era un bulto magnífico.

Se quedó mirándolo fijamente, desde atrás, mientras él se instalaba en el primer asiento de la sección de fumar. Obvio, se sentaría junto a él. El bus no iba del todo lleno; había otros lugares vacíos pero ella tenía todo el derecho de elegir su sitio. Y tampoco le importaba demasiado lo que pensara el tipo. Esas preocupaciones son de ellos, se dijo, sonriendo para sí, mientras al quitarse el abrigo hundía su abdomen y su respiración alzaba sus pechos, como globos aerostáticos de indagación meteorológica. Sabía las catástrofes que podían provocar. Aprovechó, fugazmente, el pasmo del hombre para mirar su mirada. Él no le quitaba los ojos de encima. Pues bien, que se diera el gusto; hizo todo muy despacio: colocó el abrigo en el portaequipajes, giró lentamente como para ofrecerle nuevos ángulos de observación y se sentó cruzando las piernas. El vestido se le trepó varias pulgadas sobre las rodillas.

El tipo era hermoso, de veras. Tenía una nariz pequeña, griega, y una mirada entre verde y gris, que denotaba algo de miedo, pero a la vez era una mirada de descaro; ese tipo no decía que no a una buena oferta, y ella era una oferta sensacional. Sonrió para sí, pensando en la cara que pondría el tipo si supiera que ella, bajo el vestido, estaba desnuda; y largó el humo, suave, sensualmente. Se sentía excitada, aunque a la vez le pareció que algo fallaba. El tipo tenía un libro en la mano; ella lo vio de reojo que se trataba de una obra de Thomas De Quincey. Pero estaba en español, y eso podía ser un problema. No sabía una sola palabra de español, más que "gracias' y "porfabor". Se le ocurrió que sería divertido escuchar todo lo que el tipo podría decir en ese idioma extraño. Bueno, con semejante macho al lado, quién querría ponerse a charlar. Por un momento cerró los ojos y se dijo que, si la dejaran, le enseñaría mucho más que a hablar

inglés. Luego se quedó fumando, mientras el bus arrancaba y sintió
un ligero temor, una cierta resignación impaciente.

La noche se hizo en pocos minutos, cuando Binghamton quedó
atrás y él observó el pueblo desde la ventanilla. Que paisaje tan distinto a los de su infancia. Qué pulcritud, qué limpieza, pero a la vez
qué falta de misterio. Miró a su vecina de reojo. ¿La negra, cómo se
llamaría? ¿Lenda, como suelen decir los gringos a las que se llaman
Linda? ¿Algo tan vulgar como Mary? ¿Algo fascinante como Billy
May, como aquel personaje de Tobacco Road, de Caldwell? ¿O Nancy,
ese nombre tan corriente en los Estados Unidos? Qué curioso ese asunto de los nombres. Una designación es algo tan caprichoso. ¿Por qué
una mesa, a la que ya sabemos representar mentalmente, se llama mesa
y no caballo, o libro, o bugambilia, o matsikechulico? Pero qué importancia tiene una designación, después de todo, si lo que importa es
la materialización. Esta mujer es hermosa, es negra, una negra bellísima, y no sé su nombre. Qué importa; sé que es negra y que es bella
y que es mujer. Quizá se llamaría Bella. O simplemente Ella; ese
nombre también debía gustarle a los gringos negros. Ella Fitzgerald.
O quizá su nombre fuera un pronombre español; también eso les gustaba a los gringos: hay mujeres que se llaman Mía, y hay muchas Jo,
y qué estupidez, se dijo, esta divagación absurda para no reconocer
que no me atrevo a hablarle.
    Porque bien podía suceder que ella fuera dominicana, o jamaiqui-
na (no, carajo, en Jamaica se habla inglés). Podía ser cubana, aunque
no, estaba muy joven para ser gusana.
    ¿Brasileña? Hummm, difícil, y el portugués también le sonaba a
sánscrito. Era gringa, evidentemente, se notaba en su manera de sentarse, en esa especie de arrogancia de su porte, en ese aire imperialista
—aunque fuera negra— que parecía estar diciendo hey, mira, aquí
estoy yo. Y cómo no, si se notaba su turbación, la de él, que ahora
miraba de reojo, aunque no quisiera, el meneo formidable de esos pechos que parecían budines de gelatina. Pero no gelatinas blanditas,
aguadas, sino duras, capaces de hamacarse todo lo necesario pero conservando su firmeza esencial, su consistencia cárnea totalmente apetecible.

Ella reclinó su asiento y extendió las piernas, dejando que el vestido, una minifalda, se trepara aún más sobre sus muslos. Era una
invitación, carajo, qué descaro, qué hembra, debe saber que la estoy
mirando, cómo no va a saberlo, si lo hace a propósito, hija de puta,
me calienta impunemente. Y no podía dejar de mirar, siempre de reojo,
las piernas enfundadas y la mini que parecía querer seguir subiéndose
y dios mío cómo será esa vaginita, toda mojada, me tienta, me tienta,
y ahora se me para, hay carajo, es incómodo viajar así, tengo que hacer

algo. Pero en realidad no dejaba de pensar que lo que tenía que hacer era metérsela, negra linda vas a ver lo que te doy. Y ella, como respondiendo a sus pensamientos, con los ojos cerrados inclinó la cabeza hacia él y pareció que sonreía de pura placidez, como disponiéndose a dormitar recordando la última vez que le habían hecho el amor, acaso una hora antes, o como una niña que se duerme sabiendo que al día siguiente su tío más querido la llevará al zoológico. Y miró su boca semiabierta, de labios perfectamente delineados, de una carnosidad que invitaba a beber en ellos, húmedos como una pera jugosa pero del color de una cereza pálida.

Y la miró con descaro, jurándose que si ella abría los ojos no desviaría la mirada; le sonreiría y diría algo en su chapucero inglés a ver qué pasaba. La observó respirar por la boca, que se empeñaba en resecársele, y metió su vista en el valle de esos pechos soberbios, increíblemente grandes y firmes, y se imaginó acariciándolos. No cabrían en sus manos, sobraría tersura por los cuatro costados. Y los pezones, ay, se notaban bajo el sostén y parecían champiñones colocados al revés, así de carnosos, así de morenos. Y cuando ella pestañeó sin abrir los ojos todavía, pero anunciando que los abriría, él desvió los suyos rápida, vergonzosamente, hasta clavarlos en el respaldo del asiento de adelante, sintiéndose ruborizado, cobarde como el Henry de Crane antes de Chancellorsville.

El tipo miraba hacia afuera, interesado en ver cómo se oscurecía Binghamton. Sin duda, era un extranjero; ningún americano se quedaría viendo con tal curiosidad la campiña. ¿De dónde sería? No parecía hispano; seguramente era un europeo. Quizá español, por el libro que tenía. Mexicano no podía ser; ni dominicano ni puertorriqueño. Era demasiado lindo tipo. Aunque los españoles tampoco eran gran cosa. No conocía muchos, pero... Una vez había visto en el Carnegie Hall a un cantante petiso, de nombre ridículo y medio amanerado. Cantaba bien, pero nada del otro mundo. ¿Raphael? Sí, y Candy lo adoraba, pero ella jamás entendió por qué Candy adoraba ciertas cosas. La entrada le había costado doce dólares; nunca se lo perdonaría. Miró al hombre de soslayo. ¿Qué edad tendría? No menos de treinta pero no llegaba a los cuarenta. La mejor edad, sonrió, cerrando los ojos y enderezando las piernas, felina, sensualmente. Juntó los omóplatos hacia atrás, como desperezándose, conocedora del efecto que ello provocaría en el fulano, porque sus pechos se ensanchaban y el satén hasta parecía más brilloso en esa penumbra, al estirarse por la presión de las ubres. Mantuvo una semisonrisa mientras pensaba que ésa era una edad simpática en los hombres, pero a la vez aborrecible. Muchos descubren formas de impotencia, se desesperan, empiezan a descubrir que ya no son los potrillos de una década antes, sospechan que pasados los cuarenta ya no servirán más que para hacer pipí, les resurgen en tropel los

802                         MEMPO GIARDINELLI

más insólitos temores infantiles. Curiosos, los tipos. Tuvo ganas de reírse. Si el tipo supiera lo que ella pensaba.

Se sentía excitada, pero con miedo. Siempre, las mujeres pensamos
que nosotras somos las únicas que tenemos miedo, se dijo. Los hombres son la seguridad, el sexo fuerte; nosotras somos lo incierto, el
sexo débil. ¿Será verdad? Respóndeme papacito, háblame, y ay, qué
tipo más sabroso. ¿Me dirá algo? ¿Le voy a responder? Tiene linda
boca. Y entreabrió los ojos, justo cuando empezaba a imaginar la
pinga del fulano. Era alto, grande, fuerte. Bien podía ser un meque-
trefe, pero no lo parecía. Había algo en él que la atemorizaba. ¿Cómo
sería— se preguntaba con insistencia— puesto a trabajar en una cama?
¿Y su pinga? Muchas veces los hombres son completamente decepcio-
nantes: cuando no se disculpan porque la tienen chica, hacen advertencias por si acaso no se les para; o bien la tienen como de madera
pero no la saben usar. O si no, son faltos de imaginación, tanto como
la mayoría de las mujeres. Eso, se dijo, eso es lo grave: la falta de imaginación que todos tenemos. Se pasó la lengua por la boca. ¿Por qué
lo provocaba? ¿Por qué se excitaba al coquetearlo, si también ella
sentía miedo? Si cada vez que un hombre la abordaba sentía esa cosa
hermosa, gratificante, de comprobar su poder, pero a la vez temía, no
sabía bien qué, pero temía como una niñita perdida de sus papás. ¡Ah,
si el tipo la mirara en ese preciso instante, en que con los ojos cerrados se pasaba la lengua por los labios, já, se volvería loco! Seguramente, estaba pensando en cómo iniciar la charla, y ¿qué le diría?
Ellos siempre creen que son originales, pero siempre dicen lo mismo.
Todos, lo mismo. Y una siguiéndoles la corriente sólo si el chico
nos interesa, pero también diciendo lo mismo. Los hombres —amplió
la sonrisa, escondió la lengua— son como animalitos: torpes, previsibles, encantadores. Pero también terríficos, peligrosos cuando adquieren fuerza o cuando se ponen tontos. Que es lo que casi siempre les
ocurre.

Entonces pensó en mirarlo a los ojos. No le diría nada, no necesitaba hablar. Sencillamente le regalaría una mirada, una media sonrisa
y bajaría los ojos. Eso sería suficiente para que él supiera que podía
empezar su jueguito. Y vaya que se lo seguiría. Pero decidió pestañear
primero, por si él la miraba en ese instante; sería como un aviso, y
a la vez una incitación. Si mantenía su mirada al ser mirado y luego
le hablaba, cielos, ese tipo valía la pena.

Entonces abrió los ojos y buscó la mirada del hombre, pero él
contemplaba, en extraña concentración, el respaldo del asiento delan-
tero. No pudo evitar sentirse un tanto frustrada.

Durante un rato, se reprochó crudamente su miedo, su cobardía.
Decidió que no haría nada tan estúpido como encender la lucecita de
lectura y abrir el libro. De Quincey le parecía, de repente, el autor me-

nos interesante de la historia de la literatura universal. Prendió otro cigarrillo y, otra vez fugazmente, observó de reojo a su compañera. ¿Estaba ella esperando que él iniciara una conversación? ¿Y qué carajos podría decirle si apenas hablaba inglés como para no morirse de hambre en los restaurantes? ¿Por qué mierda no había estudiado ese idioma, o acaso no sabía que en el mundo desarrollado el que no habla inglés está jodido porque así son las cosas en esta época? Pero debía reconocer que no sólo era el idioma la barrera, sino su miedo. Era un gallina infame, un aborrecible sujeto que se atrevía con las mujeres que intuía más débiles; pero con ésta que estaba junto, y que parecía un acorazado de la segunda guerra, toda artillada y más grandota que Raquel Welch, no se atrevía. Era un pusilánime.

Hasta se sintió vulgar, despreciable, porque apenas la espiaba de reojo, como un voyeurista adolescente que miraba calzones en los tendederos y se masturbaba imaginándose los contenidos. Cerró los ojos con fuerza, y terminó el cigarrillo fastidiado consigo mismo, nervioso y ya casi convencido de que la batalla estaba perdida. Pero ¿por qué? Si él tenía el sexo hecho un monumento al acero de doble aleación, y sabía muy bien cómo manejar a semejante muchacha, y la colocaría así, y le besaría aquí, y la acariciaría allá, y otro poquito así, y ay, a medida que se imaginaba todo, y la veía desnuda, encandilado por el brillo incomparable (seguro, debía ser así) de su sexo profundo, negro, vertical y jugoso como durazno de estación, a medida que fantaseaba se turbaba más pero también se dolía porque empezaba a pensar, a darse cuenta de que esos pechos magníficos, esa piel oscura y brillosa, como bañada en aceite de coco, esas piernas monumentales como obeliscos paralelos, no serían para él. Le empezó a doler la cabeza. Cerró los ojos y se dijo que lo mejor era dormirse. Llegarían a New York al amanecer.

Durante un rato, esperó que el hombre le hablara, pero al cabo se dio cuenta de que no lo haría. ¿Era que no le gustaba? No, no podía ser. La forma como la había mirado. Demonios, era obvio que él la espiaba; pero se lo notaba turbado. ¿Por qué no le decía algo, por qué no le ofrecía fuego cuando ella, ahora encendía también otro cigarrillo? ¿Sería un gay, acaso? Caramba, no lo parecía. De ninguna manera, ella había visto la codicia en sus ojos, varias veces. Si hasta le costaba tragar saliva cuando por cualquier movimiento parecían elevársele los pechos.

Estaba caliente. A pesar del frío de la noche, de esos campos nevados que atravesaban, estaba excitada. Tenía muchas, muchísimas ganas de que semejante padrillo la montara. Porque debía ser un padrillo, caray, cómo se le abultaba la mercadería debajo del pantalón; le recordaba a esos sementales de las granjas de Oklahoma, que pacían tranquilos, indiferentes, con esas mangueras negras que les colgaban

como flecos. Mejor cambiaba de tema. Aunque no podía. Quizá el
tipo estaba cobrando coraje, adquiriendo fuerza. ¿Qué le pasaba?
¿Acaso ella lo había amilanado?

¿Acaso resultaba tan impresionante que el otro se retraía? A veces sucede eso con nosotras las mujeres, se dijo, asustamos a los hombres. O si no, ¿podía ser que fuera un asqueroso racista, un cerdo
wasp que se vomitaba ante una negra, a pesar de que muy bien que
estas tetas y toda mi carrocería lo tienen con el pene endurecido?
¿Sería un cerdo, inmundo marica racista?

No, leía en español; debía ser un latino, un hispano, y esos son
racistas con sus indios. Casi no tienen negros, dice Candy, y al contrario, parece que se vuelven locos pensando en que algún día puedan
hacerlo con una negra, Já, Candy dice cada cosa. Poco, como fuere,
el fulano sigue en lo suyo. Incluso, me doy cuenta que me espía y
luego cierra los ojos, como ahora. No entiendo, es un idiota; no sabe
lo que se pierde. Pero ella tampoco, se dijo, también se lo estaba perdiendo al semental, dios, y entonces, ¿por qué no le digo algo, yo, y
empiezo la charla? No, mejor no, a ver si es, nomás, un asqueroso
marica racista. Que hable él o calle para siempre. Mierda, si fuera un
negro ya estaríamos saltando uno arriba del otro. Y se rió, nerviosa,
excitada, pero a la vez con la decepción de pensar que la noche era
todavía larga, y no era lindo dormir en el bus al lado de semejante
especimen, sin hacer nada. Y llegarían a New York a las seis y media
de la mañana. Qué desperdicio.

No podía saber la hora, pero el traqueteo del camión era acompasado y supuso que ya debían estar en el estado de New York. No
hacía falta mirar el reloj: con la calefacción del autobús al máximo,
ahora que estaba abrazado a esa hembra, se sentía sensacional. La casualidad era sabia: se habían encontrado en el último asiento del
carro, que providencialmente estaba vacío, junto al pequeño baño, y
allí coincidieron y cambiaron unas sonrisas. Él, en una curva, medio
se cayó sobre ella, quien no se resistió, y así se quedaron, abrazados,
y empezaron a hacerlo, y ahora ella le lamía la oreja derecha y decía
daddy, daddy, y él tocaba sus pechos, dios mío, decía, nunca he tocado algo igual, y era asombroso porque ella estaba semidesnuda, con
las tetas fuera del vestido, y la mini levantada completamente, y con
las piernas abiertas, sobre él, a horcajadas.

A ella algo le decía que era la una de la mañana. La una, número
uno, número fálico, como eso que sentía metido adentro. Oh, dios,
cómo le gustaba. Lo tenía descamisado al padrillo; y su pecho era tan
peludo como lo había imaginado, y recorría con los dedos esa maraña
y le acariciaba con violencia las tetillas, y él respondía, se excitaba
y decía cosas en español, por-fabor, por-fabor, y se hundían en el otro

con desesperación y alcanzaban un orgasmo atómico, universal; ese hispano era un macho soñado, maravilloso, tierno y bruto, como le gustan los hombres a las mujeres, y dios mío, se decía, qué miembro, qué pene, qué palo, qué lingote de acero, y le daba y le daba, y ella pedía y él daba, y él pedía y ella daba, claro que le daba, le daría todo lo que quisiera esa noche inolvidable.

Los dos despertaron cuando el Greyhound entró en el Lincoln Tunel, y el ritmo acompasado se mutó por un sonido como hueco, cuando cambió la presión en el momento en que el bus fue cubierto por el río Hudson y las luces del túnel dieron la sensación ineludible de que estaban en un tiempo que era imposible de precisar, que podía ser ayer o nunca, o mañana o siempre, y la mañana o la tarde o la noche. Despertaron casi a la vez y se dieron cuenta, sorprendidos y amodorrados, de que tenían las manos entrelazadas: la derecha de él con la izquierda de ella. Se miraron las manos que formaban una extraña figura asimétrica pero hermosa, como una bola amorfa de chocolate blanco y chocolate, y de inmediato desanudaron, a causa del azoro, esa figura que él pensó irónicamente hermosa y fugaz, y ella pensó fugazmente hermosa e irónica.

Y aunque no se miraron a los ojos, ni les importó ver la hora, los dos supieron que los dos sonreían. A él se le habían pasado la turbación y el miedo a un supuesto enojo por su atrevimiento; y a ella se le habían pasado la excitación y la decepción de la noche porque él no hacía nada. Y cuando llegaron a la estación de la calle 42, en silencio, sin mirarse, cada uno decía para sí mismo, sin que el otro lo supiera, que había sido un sueño hermoso, mamacita, y que what a dream guy. Hasta que abandonaron los asientos y bajaron del camión, y sin saludarse, los dos con leve desilusión y a la vez intrigados por un sueño que adivinaron común y compartido, se fueron cada uno por su lado a la gélida mañana neoyorquina, que los recibió con una nieve lenta, morosa, asexuada.

# A B D Ó N   U B I D I A

ECUATORIANO
( 1 9 4 4 )

*Abdón Ubidia nació en Quito. Ha publicado los libros de cuentos* Bajo el mismo extraño cielo *(1979), obra que ganó el premio nacional de literatura de ese año;* Ciudad de invierno: y otros relatos *(1982), volumen que incluye el extenso cuento que da el título a la colección y los relatos "Tren nocturno", "La piedad", "La gillete", "La fuga"; luego publica* Divertinventos: libros de fantasías y utopías *(1989), que reúne once imaginativos textos, la mayoría breves con excepción de los cuentos "R. M. Wagen fabricante de verdades", "La historia de los libros comestibles" y "De la genética y sus logros".*

*Su novela* Sueño de lobos *(1986) fue también galardonada con el premio nacional de literatura correspondiente al año en que se publicó, al tiempo que la revista de mayor circulación en el país,* Vistazo, *la declaraba el mejor libro del año. Abdón Ubidia ha escrito también crítica literaria especialmente sobre los autores ecuatorianos Pablo Palacio y José de la Cuadra.*

*Aparte de su obra narrativa ha trabajado también temas relacionados con la literatura oral. En este campo pueden mencionarse* El cuento popular *(1977) y* La poesía popular ecuatoriana *(1928). Actualmente, Abdón Ubidia dirige la revista cultural* Palabra suelta.

*El cuento seleccionado "Tren nocturno" corresponde a la colección de cuentos* Ciudad de invierno. *Este relato fue traducido al inglés por Mary Ellen Fieweger; la traducción "Night Train" apareció en la revista* Stories *19 (1988): 62-76. Otro cuento excepcional de esta colección es "La guillette". Respecto de la colección* Divertinventos *destaca el cuento "De la genética y sus logros".*

## TREN NOCTURNO

Oyó un profundo silbato seguido del estrépito de un tren que se acercaba velozmente. Callada, temblando, con los ojos abiertos en la oscuridad imaginó los émbolos y barras que se golpeaban, los chorros de vapor que escapaban furiosamente por entre la herrumbre de ruedas y rieles sucias de fango y de grasa, ese caudal de aceros sobre aceros. Pero era absurdo, la estación de ferrocarriles se encontraba en el otro extremo de la ciudad. Era imposible escuchar nada de lo que allí ocurriera. Cierto es que el insomnio agudiza los sentidos, los prolonga, los electriza, los hace capaces de captar señales, detalles que durante el día permanecen ocultos, ahogados por las impetuosas imágenes del tráfico urbano. Se puede oír el crujir periódico de las maderas que se acomodan en el armario. O el roer de un animalito que abre túneles y galerías en la cal y el ladrillo de las paredes de la habitación. O el destrozarse de los insectos que vienen de la noche contra los vidrios de las ventanas. O la propia respiración. O más allá el rumor de la ciudad dormida —un lejano fragor, una suma de murmullos inquietantes, remotos autos que huyen, aullidos aislados, ecos de distantes fábricas, de pasos solitarios, de silbatos de serenos, probables gritos, probables canciones que salen de las cantinas abiertas a la madrugada—. Pero la estación de ferrocarriles se encontraba en el otro extremo de la ciudad y era imposible percibir nada de lo que allí ocurriera. A lo mejor —se dijo—, todo era un sueño. A lo mejor estaba soñando un insomnio que era además un sueño. Se revolvió entre las sábanas. Pero el vaso colocado en la mesita del velador empezó a tintinear. Luego la vibración del vaso se extendió el velador y luego al piso y luego a las paredes, por fin le pareció que toda la casa era sacudida por un temblor. Se levantó y en dos trancos estuvo parada frente a la ventana. Un tren o lo que fuera, pasaba en esos instantes frente a la casa. Era indudable. Mas no pudo descorrer las cortinas, estaba paralizada por el miedo. Cuando la vibración cesó y el raudo correr de las innumerables ruedas se fue apagando poco a poco y empezó a sentir el frío de la noche en los pies descalzos y en los brazos desnudos, retrocedió casi mecánicamente hacia la cama. Tenía la mirada fija en la ventana, como si pudiera mirar a través de las cortinas, como si continuara viendo lo que de todos modos no había alcanzado a ver.

Mucho más tarde un sueño entrecortado y bobo acabó por ganarla. Antes de las seis oyó los graznidos del pavo de la casa vecina. Una hora después y como siempre, sintió o presintió el menudo ajetreo que se escurría entre los trastos de la cocina: era su madre que había vuelto de la iglesia.

Ahora se había levantado. Alta, delgada, blanca como la túnica con trazas de hábito que la envolvía fue a sentarse frente a la peinadora. El viejo espejo de bordes con flores talladas al esmeril le devolvió como si emergiera del fondo del agua, esa cara suya que a pesar de las cremas humectantes y las cremas nutritivas, empezaba a bajarse hacia la boca y hacia los ojos. Esta vez había que añadir también las huellas dejadas por el insomnio. Su palidez habitual acentuada, los párpados ligeramente hinchados. Era como si hubiese llorado. Pero esos ojos, todavía hermosos, hace mucho tiempo que habían olvidado las lágrimas. Al menos era difícil imaginarlas en aquel rostro oval, más bien adusto, más bien desdeñoso y estoico a la vez.

—¿Por qué tan temprano si hoy es sábado?— dijo la madre en cuanto la vio aparecer en el recuadro de la puerta de cocina.

—Mamá, lo oíste—. Exclamó ella. Antes de que la madre alcanzara a preguntar, se apresuró a decir:

—El tren.

La madre abrió unos ojos asombrados.

—Pasó frente a la casa— dijo la hija.

La madre no atinó a decir una palabra. La miraba de soslayo: sus ojillos escrutaban atentos por detrás de sus ojeras violáceas. La luz de la mañana, difusa y gris, la bañaba desde lo alto de una estrecha ventana de vidrios cuadrados. Inmóvil detrás de la mesita forrada de marroquí blanco, el cuerpo levemente inclinado hacia adelante y sosteniendo un plato y una taza entre sus manos nudosas y apergaminadas, la madre se parecía a Santa Ana. "Has tenido una pesadilla", quiso decir. "No debes hacerle caso", quiso añadir. Pero calló. Era preferible callar. En los últimos años había aprendido a temerla. Y ahora que la veía demudada, tensa, no valía la pena poner en duda ninguna de sus palabras: acaso sería un pretexto que acabaría por estropearles el día. Ya había ocurrido en otras ocasiones. Sí, era preferible callar. Nada ganaría provocándola. Quizá fue una visión maligna. Tal vez fue asunto de los nervios. "Ya se olvidará", se dijo bajando la taza hasta la mesita como si ese suave descenso del brazo acompañado de un breve encogimiento del entrecejo, fueran ya una opinión. Tenía la mente en blanco. No se le ocurría decir una palabra.

La hija observó el descenso de la taza que se posaba sobre el marroquí de la mesita. Observó también la angosta frente de la madre. En verdad era extraño: bastaba un casi imperceptible movimiento de las cejas para cambiar el asombro por el patetismo. Era evidente que la madre no había escuchado nada raro en la noche anterior. De escucharlo, hasta se lo hubiera negado. Y olvidado. Los viejos tienen sus propias manías, su propia tozudez en la cual se esconden ciegamente por miedo, por cansancio, por hastío, vaya a saberse por qué. A su madre le había dado por llevarle la contraria. Y se lo hubiera negado. Pero ahora no sabía de qué tren le estaba hablando. "Cree que tengo alucinaciones", pensó. "Crees que estoy volviéndome loca", iba a decir. Las palabras no alcanzaron a salir de sus labios. Aquello sería como iniciar una discusión absurda. Como otras veces. Aquello terminaría por estropearles el día. Como otras veces. Calló.

—¿Un tren? —dijo la madre.

Fue una pregunta sin énfasis, como aspirada, con una entonación casi neutra tal que si fuera dirigida hacia sí misma. A la hija le pa-

reció oportuno cambiar de conversación, acogerse a ese aire de contrariedad y abandono, a ese gesto familiar y atávico que nunca significó otra cosa que una costumbre aprendida desde siempre, y decirle:
"Olvídalo, fue una pesadilla", y hacer a continuación un comentario
cualquiera que disipara las inquietudes de la madre.

—¿Un tren? —murmuró la madre.

Un silencio de panteón o de caverna las mantuvo suspendidas en
un tiempo sin horas ni segundos. La hija se abrochó el último botón
del salto de cama y se arrastró hasta el lavabo. La llave goteaba pere-
zosamente sobre el reluciente acero. La cerró con fuerza para que no
goteara más. Ahora el silencio era completo.

La salvación vino de arriba, como del cielo. Desde el piso superior y desde el otro extremo de la casa, llegaba el retintín de la campanilla del padre que llamaba. "¡Jesús! se ha despertado", dijo la
madre perdiéndose en un arremolinamiento del aire que la llevó a
preparar, en un instante, el vaso con las tres partes de agua caliente
y una parte de agua fría y la cucharadita de agua en reposo guardada
en el refrigerador. "En seguida te la llevo", dijo la madre con un hilo
de voz que sólo ella escuchó. Poco después se la oía subir por la escalera de madera en forma de caracol.

La hija la miró desaparecer entre el tejido de los soportes de la
escalera. Luego, apática, llamó:

—Pepín, ¿dónde te has metido?

Lo sintió apretarse contra sus piernas. Había salido por debajo
de un sillón. —Gato tonto, si no te llama no vienes—, le dijo, entrando nuevamente a la cocina.

Pepín la siguió con elásticas contorsiones acompañadas de breves
maullidos. Ella llenó su tazón con leche y se dirigió hacia la puerta
que daba al patio trasero de la casa. La abrió. Afuera un sol desvaído
iluminaba las cosas. Al fondo del patio, junto al poste que sostenía
los alambres para colgar la ropa, estaba la caseta vacía de Boby. El
pobre se murió de puro viejo. Tendría más de veinte años cuando se
murió. En sus últimos tiempos no hacía otra cosa que dormir. Y ni
siquiera los arañazos de Pepín le molestaban. Lento, el lomo cuadrado
por la gordura, sofocado por un revoltijo de pelos endurecidos por
una mugre que a nadie le interesaba limpiar, el hocico siempre abierto,
acezante, ya sólo tenía fuerzas para levantarse de vez en cuando, husmear por los rincones del patio como movido por una costumbre que
ya no alcanzaba a recordar, y volverse a echar sobre los trapos deshi-
lachados de su caseta. Por fin se murió.

—¿Lo extrañas? —le preguntó a Pepín.

Pepín alzó hacia ella sus ojos verde esmeralda, luego los cerró
casi con dulzura al tiempo que se pasaba la pata lamida por los bigotes y las orejas. Le hablaba a Pepín como a una persona, como en su
hora le habló a Boby, o antes de él a Tony, o como le habló también

ABDÓN UBIDIA

al canario y al guacamayo, a tanto perro, gato o pájaro que asomó y murió en su vida y que ahora no eran más que vagos espacios de su memoria, vagas formas dóciles a las que atribuyó siempre una suerte de cariño elemental que le era prodigado a cambio prácticamente de nada. Un día, años atrás, se propuso no hablar con los animales. "No debo hablarles como si fueran personas", se dijo. Otro día juró no hablar más en voz alta cuando estuviera sola. Y en principio trató de resistir a la tentación de hacerlo. Mas poco a poco, los hábitos de la soltería la fueron ganando, y luego se encontró hablando sola o con los animales como si fuera la cosa más natural del mundo. Ahora eso importaba menos. Pepín sería la última mascota de la casa. "Nunca más animales", había dicho el padre, meses atrás, mirando la caseta vacía de Boby. "Nunca más sufrimientos tontos", había insistido la madre. Y por una vez, ella sintió que tenía la razón.

—¿Lo extrañas? —le preguntó a Pepín.

Mientras Pepín volvía a cerrar sus ojos como de cristal, ella, algo encandilada por la luz del patio, miró el ángulo que formaba el pasamano de la escalera con el umbral de la puerta de la cocina. Su madre se demoraba allá arriba. Estaría diciéndole quién sabe qué cosas al padre. "No debí contarle el asunto del tren", murmuró para sí. Se sentó muy al filo de una silla.

Tenía apoyado un codo sobre la mesa y la mano curvada sobre la boca como una visera. Su otra mano jugueteaba con la cucharita dispuesta para el desayuno que no llegó a prepararse: un poco de café y dos tostadas untadas con miel de abeja para no engordar. A veces la golpeaba suavemente contra la taza todavía puesta boca abajo sobre el plato. Sintió que su madre llegaba a sus espaldas y que la miraba en silencio. No regresó el rostro hacia ella, no era necesario, de todos modos adivinaba en su mirada el mismo viejo reproche, "por qué no te casaste", le estaría diciendo con la mente. Ella supo que era inútil toda respuesta. La madre había aprendido a encerrarse en sus propias razones y de allí nadie lograba sacarla. No tenía sentido decirle que fue por ellos, por su tonto apego a un abolengo que no existió jamás, que huyó y rehuyó al hombre que en otro tiempo la buscó con una insistencia sombría y cauta que ella nunca alcanzó a explicársela muy bien, y que en algún sitio de su memoria, sobre todo en las noches de insomnio, continuaba rondándola y buscándola aferrado siempre a su antiguo fervor, y a quien acaso hubiera llegado a amar. No tenía sentido dejarse arrastrar por una ira ya inútil y responder a ese reproche con otro reproche también inútil, porque de todos modos la madre callaba, se replegaba en su torvo silencio aunque una y otra vez estuviera repitiéndole, en el pensamiento, la misma frase rumiada siempre y nunca dicha "por qué no te casaste, por qué", al tiempo que se acercaba por detrás y se colocaba junto a ella mirando sin mirar, la inmaculada taza de porcelana volcada todavía sobre su plato, y le preguntaba cualquier cosa, al respecto del desayuno, por ejemplo, cualquier pregunta hueca y fingida que ocultara mejor sus pensamientos.

—¿No desayunas todavía? —dijo la madre.

Un fulgor helado se encendió en el aire.

—¿No desayunas todavía? —dijo la madre.

—¡Sí, ya desayuné!— casi gritó la hija al tiempo que se levantaba bruscamente y huía de la cocina con un congestionamiento de la sangre que parecía empujarla por detrás del rostro, pero no fue lo suficientemente fuerte como para hacerla llorar porque, de todos modos, ya nada era lo suficientemente fuerte para hacerla llorar.

Era falsa aquella penumbra de tintes rosáceos. La creaban las cortinas a medio descorrer. Al fondo y como ajeno brillaba, entre dos paneles de cajones semiabiertos, el alto espejo de la peinadora. El mismo efecto de la luz irrumpiendo en la sombra se repetía en el pequeño cuadro colonial. El blanco rostro de Jesús resultaba como un recorte sobre las profundas tonalidades del fondo. Bajo de él y desde la cama deshecha se derramaba en espesa y blanda cascada, el conjunto de sábanas y colchas revueltas. Había ropa sobre el zapallo de damasco amarillo entrecruzado de hilachas doradas, las puertas del closet estaban entreabiertas y en una de las repisas del mueble de caoba con diseño de anaquel, dos de las muñecas de la colección habíanse caído, la una sobre la otra, posiblemente arrastradas por algún inadvertido revuelo de los encajes de su larga batona. Allí estaba todo por hacerse. Sin ponerse a pensar, como movida por un impulso inmemorial, inició el arreglo de la habitación. Había que empezar por las cortinas, descorrerlas del todo y abrir la ventana para que la luz penetrara íntegra y el aire se cambiara con un aire nuevo y se acabaran de borrar de una vez por todas los últimos vestigios de la noche. Había que abandonarse a la vieja costumbre de reordenar hoy lo desordenado ayer, porque así el tiempo se sentía menos y además el mismo pasado parecía borrarse y resolverse en una nueva espera, en un nuevo reinicio o partida, mientras los cajones abiertos volvían a cerrarse, y el closet se cerraba también con toda su ropa adentro y la cama deshecha se tendía, y las dos muñecas del mueble de caoba regresaban a su posición habitual en la larga congregación de cándidas efigies altas, bajas, flacas, regordetas, blancas, rosadas, morenas, perfectamente conservadas desde los años de su infancia. Más allá de la puerta de su habitación, ahora impecable, le esperaba el cuidado de los pisos de la sala, del comedor, de los pasillos, una obligación de las mañanas de los sábados y los domingos que se había autoimpuesto hubiera o no sirvienta, estuviera sana o enferma.

El padre la encontró inclinada sobre la máquina enceradora que zumbaba entre los muebles arrinconados de la sala y enfundados aún en sus protectores de lienzo.

—Pero hija, te vas a enfermar, podemos pagar para que lo hagan—, dijo.

—No vale la pena —repuso ella— nunca lo hacen bien. Nadie lo hace bien.

El padre recompuso en el cuerpo su actitud solemne y grave de siempre, como disponiéndose a continuar con el reproche. Pero no valía la pena hacerlo. No era eso lo que quería decir. Entonces pensó en preguntarle algo sobre la nueva sirvienta que vendría el lunes. Tampoco era eso lo que quería decir. Relativamente pequeño y encorvado, el pelo entrecano, la barba entrecana, muy corta y como forrada al rostro cruzado de arrugas, el padre no encontró el tono adecuado para cambiar el tema de la conversación. Se limitó a toser dos o tres veces. Estaba vestido como para salir a la calle. Sólo le faltaba colocarse el saco y el sombrero ariscado.

—Parece que no dosmiste bien anoche— dijo por fin. Había un ahuecamiento en su voz.

—¿Te lo contó mamá? —preguntó la hija como saliéndole al paso. El padre frunció el ceño. No supo qué responder. Luego asintió con la cabeza, mientras se sacaba los lentes y buscaba el pañuelo para limpiarlos.

La hija lo miró acomodarse los lentes nuevamente.

—Fue una pesadilla— mintió con soltura en tanto echaba a andar la enceradora. Por detrás del zumbido de la máquina oyó la voz de su padre:

—¿Lo del tren?

La hija apagó la enceradora y se volvió hacia él. —Una pesadilla— insistió. —Algo me hizo mal— no es nada extraño ¿no?

El padre contrajo la boca en un rictus de desagrado. "Mi bendita mujer ya no entiende bien las cosas", estaría pensando. "Tengo que decírselo" añadió, para sí, disponiéndose a salir en busca de la madre. La hija encendió la enceradora y el zumbido acabó por llevarse los pasos del anciano mientras ella redescubría con cada vaivén la máquina, algo como un oculto sentido en esa tarea de abrillantar la cera, una suerte de reiterado y minucioso llamado a ese alguien que no volvió más.

Más tarde lo vio venir por el pasillo. Lucía tenso, presa de un desagrado que no llegaba a ser indignación, o mejor, presa de una indignación fallida. Hubiera preferido (como casi todos los sábados), irse el día entero de la casa a ver a sus amigos (gracias al disgusto puntual de los sábados), pero en paz con su conciencia, dueño absoluto de sus propios motivos.

—¿Vas a salir a la calle, papá? —dijo la hija en una pregunta que era también una respuesta.

—No lo sé —respondió el padre. Pero sí lo sabía. Evidentemente, algo había fallado allá adentro. Acaso sus reclamos a la madre fueron excesivos y ahora se sentía culpable. En algún rincón de la casa la madre estaría, en ese instante, con el rostro compungido y lloroso. Él, en verdad, pudo no complicar la situación de ese modo. Nadie controlaba sus idas y venidas. Nadie le impedía hacer lo que le viniera en gana. Pero ese día era sábado. Y él era un hombre de costumbres y recelos, de hábitos establecidos y definitivos que, a veces sin embargo, no conseguía tolerar. Jubilado desde hacía más de diez años, durante la semana laborable observaba un horario de oficina. "Salgo a atender unos asuntos", decía muy por la mañana. Y esos "asuntos" no pasaban de ser el pago mensual de la luz, del teléfono o el agua potable. Alguna gestión ocasional. Algún funeral quizá. El resto del tiempo se lo pasaba en los bancos de los parques y plazas de la ciudad, aguardando el medio día, como años atrás, para retornar a casa como quien retorna del trabajo. Los sábados y domingos, en cambio, consideraba de su obligación dedicarlos al hogar. Sólo que entre sus obligaciones y sus impulsos más recónditos no siempre había un acuerdo. Y menos en los días sábados. Entonces le sobrevenía la desesperación de no poder hacer, por causa de él mismo, lo que él mismo quería hacer. Todo eso mientras sus amigos ya empezaban a reunirse en algún oscuro rincón al que siempre fueron fieles desde los años de su juventud, y al que ella y su madre apenas imaginaban sumido en una bruma de humo de tabaco de envolver y aromas de mallorca, fritada, mondongo y demás. Entonces venían las complicaciones. Entonces era necesario fingir un disgusto, cualquier cosa, cualquier pretexto para acudir a la reunión semanal, como siempre, como toda la vida, sobre todo ahora que cada vez eran menos y más decrépitos los que quedaban, ahora que la memoria empezaba a tergiversar los sucesos que ya no existían más que en la confusión de esa memoria tergiversada, puesto que nadie podría señalar el sitio en que ocurrieron porque éste, o se había perdido, o se había borrado en el nuevo asfalto y en los nuevos vericuetos de esa ciudad cambiante e irreconocible.

"¿Vas a salir a la calle, papá?" —dijo ella y el padre respondió que no lo sabía—, pero ella lo vio vacilar ante el arco de la sala, y luego irse y luego volver con su saco y su sombrero puestos, y con el impermeable oscuro doblado en el brazo.

—Cuídese mi niña —recomendó casi en una reverencia—, y ella no tuvo tiempo de decirle, con el rencor de otras veces, "tu anciana niña", ni tuvo tiempo de decirle "¡cuidado el piso, papá!", porque el padre salía ya, apresuradamente, dejando sobre el reluciente encerado, esos breves oscurecimientos de cada pisada, que ella no tuvo más remedio que seguir con su máquina que ronroneaba y bramaba restableciendo el brillo de la cera, volviéndola otra vez tersa y espléndida como el cristal.

La luz era una mancha plateada sobre el piso y un engolamiento de claroscuros verticales en la tela de las cortinas. Sobre la alfombra

central de la sala —un blando óvalo marrón—, se alzaba ya la mesa
tallada en cedro. La coronaba un murano lleno de hortensias nuevas.
En el aire límpido de la sala brillaban, aislados, los destellos de los
ceniceros, de las lámparas y apliques, de las figuritas de vidrio y porcelana reagrupadas, de una en una, en las repisas de cristal de la vitrina. Ahora, ella, se había cambiado. Vestía una blusa de seda estam-
pada en colores bajos, un blanco pantalón de bastas anchas y ajustado
al pelo, enrulado, un pañuelo que hacía juego con la blusa. Lucía
fresca, hasta rejuvenecida luego del baño caliente alternado con du-
chazos de agua fría. Olía a talco y perfume suave. Y en la cara a
medio maquillar, en los ojos todavía no enmarcados por el rímel y
el delineador, en la boca entreabierta pintada ya con un crayón oscuro,
temblaba una ansiedad placentera y breve, mientras contemplaba de
pie, medio oculta por el arco que daba a la sala, detalle a detalle, los
lugares por los cuales sus manos había pasado y repasado, puliendo,
limpiando, ordenando con implacable fervor. Pero aquella ansiedad
de su rostro no era solamente suya. Parecía emanar también de las
cosas, de los espacios, de los juegos de la luz de aquel recinto. Ella
la sentía como un aura nueva que envolvía a los objetos, como si en
ese instante, y por esa vez, los objetos fueran un poco más que ellos
mismos; como si les hubiera crecido un nuevo y amable espesor que
no era ni de aire ni de luz, pero que existía y llamaba desde las alfombras y las lámparas, desde las profundas opacidades del terciopelo
escarlata de los muebles, libres ahora de la más leve brizna. Allí todo
parecía esperar. La misma sala parecía esperar por algo o por alguien
desde su reciente, clamorosa nitidez.

Mas, aquella ensoñación se vino abajo muy pronto. Duró menos
que otras veces. Como una burbuja que se desprendiera del fondo de
un lago de oscuras aguas y ascendiera violentamente hacia la superficie, un despiadado exabrupto interior vino a decirle que allí las horas de la espera ya habían pasado, que en esa casa ya nadie esperaba
nada y menos aún los fríos objetos, vueltos por obra de esa aparatosa
caída mental, a su verdadero ser, a su verdadera muerte habitual, a
esa impávida limpidez de una sala convertida así de pronto en mauso-
leo. No fue ni una mueca de horror ni de angustia lo que le descompuso el rostro. No fue tampoco un grito de espanto lo que hizo que
su mano se apretara contra su boca. En ella solamente hubo un brusco
zigzag de estremecimientos que le atravesó el cuerpo. Mejor, una repentina sensación de frío. Un segundo después casi corría por la casa
en busca de su madre, y con una idea fija en la mente.

—¡Mamá! —llamó en cuanto la vio inclinada sobre un atado de
ropa, exagerando a su manera sus tareas domésticas.

La madre volvió el rostro estupefacto. Parecía haberse despertado,
de un golpe, de un largo sueño. La miró extrañada y dejó de mirarla
y sin ningún deseo de averiguar nada, volvió a sumirse en sus tareas

como retomando un sufrimiento o rencor doliente que ella adivinó enseguida: La culpaba y con razón de los reclamos del padre.

Ella buscó entonces acomodarse a ese tiempo especial de la madre y refrenar el acuciante ímpetu que la arrastró hasta allí. La había asustado en verdad. Al llamarla, su voz se había elevado como si gritara. No fue esa su intención. Apenas quería pedirle que olvidara su disgusto con la tía Antonia y la llamara por teléfono para que viniera a visitarlas. Eso era todo. Soportaría a la tía, a sus hijas y a sus sobrinos, que eso era mejor que sufrir una boba tarde de sábado mirando pasar y pasar las horas: La tarde del sábado se le había ocurrido un enorme vacío en el tiempo que no había con qué llenar, que era preciso llenar aunque fuese con la visita de la tía Antonia y su trepidante conversación acerca de todo lo que hubiera ocurrido (o fuera a ocurrir) con los miembros más remotos de la familia, de la cual ella era una especie de preceptora y dirigente ad honorem y a tiempo completo, pues no le importaba concurrir a donde fuese necesario para responder a cualquier agravio causado por tanto advenedizo, ahora colado en la familia por obra y gracia de la mala cabeza y pocos prejuicios de esa nueva generación moderna, y desaprensiva que se dejaba arrastrar, sin conciencia, por el primer amigo, novio, pretendiente y demás, que pasara cerca. Conversación implacable y prodigiosa la de la tía Antonia, que no impediría sin embargo a sus hijas, aportar con nuevos datos alarmantes, ni impediría a los hijos de éstas, tres diablillos incansables, corretear por la casa entera volcándolo y revolviéndolo todo; eso era preferible a volver a sentir en la casa vacía, en la sala vacía, la sensación helada del silencio y de la muerte, sobre todo ahora que un relámpago brutal de lucidez la llevaba a temer, en los momentos de soledad, por lo que pudiera haber detrás de ese monstruoso tren que había empezado a aparecer en sus noches de insomnio o de pesadilla.

—Mamá —llamó nuevamente—. Su voz sonaba firme, sin inflexiones.

La madre no respondió, o esa fue su manera de responder. La hija, manteniendo el mismo tono indiferente, dijo:

—¿Vas a llamar a la tía hoy?

La madre se vio obligada a contestar:

—No —dijo secamente. Recordaba el desaire de la tía Antonia, en la semana anterior.

—Pero mamá, no insistas en eso, no vale la pena ahondar los resentimientos de ese modo —repuso la hija—, dominando apenas, una primera indignación que empezaba a formársele dentro.

—La llamé el sábado pasado y nos dejó esperándola todo el día —dijo la madre—, ahora ya perfectamente convencida de sus razones. —Llámala tú, si quieres —añadió con desdén.

La hija no necesitó responder. No tenía sentido. El disgusto de la tía Antonia fue con su madre. A ella le correspondía llamarla en ese caso. Pero no lo iba a hacer. Era inútil insistir entonces.

La madre había ladeado la cabeza en un mohín de resignación y abandono. Prefería echarlo todo a perder con la tía Antonia. Luego de que tantas cosas se habían echado a perder, una más ya no importaba. Prefería persistir en su soledad, asumir, definitivamente, el cerco como una valla protectora. Era por cierto, inútil insistir. Además, ese primer ímpetu suyo de que la casa se llenara de gente, ya había pasado. Y la visita de la tía Antonia no era más que lo que siempre debió ser: una forma sustituta, un remedo, un fingimiento que ni siquiera bastaba para colmar, por unas horas, un vacío de todas maneras irremediable.

—Está bien, déjalo así —murmuró la hija.

La madre que esperaba otra respuesta se volvió, atónita. Aguardaba una reacción de ira, y se encontraba, en cambio, con esa mansedumbre imprevista, al tiempo que, en el rostro de la hija, había ahora una como serenidad absorta y extraña, que contrastaba con la expresión casi angustiosa de un instante atrás. Algo ocurría dentro de ella que la madre apenas lograba entrever. "Habrá tenido otra visión", se dijo. Y recordó aquel primer llamado que la sobresaltara en el momento en el que la hija irrumpió en la habitación. Y aquel llamado empezó a resonar en su memoria como el pedido de auxilio de alguien que se ahogara. Y la cara lívida de su hija le pareció la de una ahogada. Entonces el ciego impulso por salvarla pudo más que su resentimiento y su rencor, y aunque no entendía muy bien qué relación podía existir entre esa súbita necesidad de la visita de la tía Antonia, y el oscuro sufrimiento que la devastaba, plegando a un engaño que ella intuía inútil, dijo casi sin pensar:

—Voy a llamarla.

La hija la miró girar lentamente y avanzar hacia la puerta. Le pesaba mucho esa decisión. No quería hacer esa llamada. Al descubrirla así, las manos entrecruzadas sobre el vientre, los pasos demorados y vacilantes, se preguntó si a los sesenta y ocho años, más bien, si después de sesenta y ocho años de vida, las personas tenían todavía derecho a la vanidad, a la dignidad acaso.

—Mejor no lo hagas —dijo la hija.

La madre se detuvo un instante como aliviada. Pero después continuó su camino hacia el teléfono.

—Lo he pensado bien, mamá. No la llames. Será una lección para ella. Y al fin terminará por ceder —dijo y la siguió. La retuvo suavemente por un brazo y la madre accedió, se dejó detener, ahora sin remordimientos.

—Vamos mamá que es ya muy tarde, es hora de que almorcemos, papá no vendrá— añadió conduciéndola hacia la escalera.

Bajaron y la madre murmuró a modo de consuelo:

—Acabará por llamar. Y si no viene ella vendrán las sobrinas. Vas a ver —la hija no la escuchó.

Ahora estaban sentadas en la sala frente a frente. La madre dormitaba con un rosario en el regazo. Era la suya, una respiración tranquila, acompasada. Un sol oblicuo y quemante se metía por la ventana e iba a dar contra el terciopelo de los muebles, volviendo carmesí lo que antes sólo fue escarlata. En el pasillo, la luz que venía del fondo de la casa adquiría un tinte azul-gris, al mezclarse con las sombras del alto tumbado. En todo ese silencio a veces se oía, como un eco, el paso o las voces de los chiquillos del barrio, melenudos y deportivos como ordenaba la nueva moda, que se embromaban unos a otros. En un momento la madre se despertó y preguntó por si había llegado alguien. En otro momento se animó a decir:

—Si vienen, mejor no les cuentas lo de anoche.

—Para qué —respondió la hija— fue una pesadilla.

Poco después la madre la propuso ir a ver lo que habría en la televisión.

—Me quedo —dijo la hija— la madre salió.

Al cabo de un rato, la anciana retornó y dijo:

—¿Quieres café?

—No —repuso la hija.

La tarde había cambiado del amarillo intenso al anaranjado, luego al celeste y después al violeta. Fue entonces, la hora de encender las luces.

El padre volvió ya entrada la noche. La madre le había aguardado en un constante sobresalto renovado con cada auto que pasaba, con cada rumor que venía de la calle. La hija, desde su habitación, lo oyó llegar como llegaba casi todos los sábados: algo tomado y canturreando el principio del mismo viejo yaraví. Su grave autoridad cotidiana, esa compostura solemne y preocupada de siempre, se cambiaba por efecto de los tragos —y según la madre, por efecto de los consejos de sus amigos—, en una sorda beligerancia, un poco remolona y alevosa que, desde luego, nunca fue más allá del reproche dirigido a la madre y no dicho del todo, y que a la hija tampoco interesó descifrar. Como toda la vida, cuando el padre venía en ese estado, ahora los oía discutir, decirse cosas, acusarse tal vez. Todo en medias palabras y en un volumen de voz que no conseguía ser lo bajo que ellos querían. A veces, sin embargo, el padre gritaba. A veces la madre no lograba reprimir, entre sollozo y sollozo, sus protestas. La hija los escuchaba en la oscuridad de su cuarto sin saber si era ira o lástima lo que había en su corazón. Tenía ganas de salir, de ir a donde ellos, y decirles que se callaran, que no perdieran así, de ese modo, el tiempo que les quedaba; y decirle al padre que dejara de reclamarle ya nada a la vida, como ella lo hacía, y decirle a la madre que dejara de llorar, como ella lo hacía, pero la certidumbre de no poder penetrar al mundo de ellos, de no poder quebrantar ese intrincado juego de manías, la retenía en su habitación, inmóvil y con los puños crispados escuchando en silencio los ecos de esa batalla tan decrépita como sus protagonistas.

Por fin los padres se callaron. Y la noche empezó a sonar con un zumbido uniforme. Y el ruido de los autos y de los caminantes volvióse cada vez más espaciado. Y fue la hora del insomnio. De la perfecta lucidez del insomnio. La hora de los abismos y de la angustia. Y entonces se vio como si fuera otra persona. Y sufrió y compadeció a esa otra persona que era ella misma. Vio su situación nítidamente: el túnel taponado, el callejón sin salida, esa vida consagrada a enterrar a ese par de viejos, seres de otro tiempo, como ella, a los cuales ya sólo le unía el recuerdo del amor. Después de ellos vendría lo negro, la noche cierta, no habría tiempo para más. Entonces tuvo la imperiosa necesidad de rezar aquella oración pagana que era solamente suya, y no al Cristo de los cielos sin misericordia. Cerró los ojos en la oscuridad y se acogió con unción a ese clamor interior, a ese recogimiento, a esa interiorización profunda que la volcó sobre sí misma, que la volcó hacia adentro dejándola encontrar su propio silencio, su propia oscuridad, los verdaderos y no los falsos de afuera. Así pudo pensar en ese país lejano del que no sabía nada, excepto que era lejano y acaso cálido, y en el que sólo a veces conseguía pensar.

De tal arrobamiento la sacó el primer pitazo del tren. Fue tan lejano que en principio creyó que era solamente una idea. Pero el pitazo volvió a sonar. Se levantó de un salto y empezó a vestirse. Y no tuvo tiempo para el miedo, porque dentro de su alma hubo un vuelco que fue como el súbito vuelco de una balanza que se inclinara hacia el lado imprevisto, y tampoco tuvo tiempo de acudir al closet, ni de llevarse nada de allí, pues el tren se acercaba ya, vertiginosamente, entre resoplidos de vapor y el estruendo de la contundente maquinaria que golpeaba y tableteaba como los mismos alocados ritmos de su corazón, que eran también los de su respiración acezante, todo eso mientras corría por la casa para alcanzar a ese tren que venía por ella, que venía por ella era indudable, pues ya lo oía acercarse y reducir sus veloces émbolos, y aplicar los frenos y desacelerar la marcha, en tanto que ella dejaba de correr y caminaba, ya casi normalmente, y se daba modos para arreglarse la blusa y pasarse la mano por el pelo, justo en el momento en que llegaba ya a la puerta de calle y la abría.

# MARCIAL SOUTO
ARGENTINO
( 1 9 4 7 )

*Imágenes de transferencia, de rotaciones sensoriales, de delicada conformación lírica ganan el curso visual de los cuentos de Marcial Souto. En sus narraciones se nos hará familiar un pararrayos adoptando la forma de una golondrina; una mano que se estira para alcanzar fácilmente el sol; un barco esperando la muerte en el mar del desierto; unos árboles ("lobras") creciendo al revés para llevarse consigo el oxígeno; una luna atrapada en el hielo que no deja asirse; unos brazos (no importa si humanos) levantando un cuerpo que en su vuelo intenta lo infinito. Su "pozo de estrellas" es el acceso libre, móvil e incontrolable de la imaginación.*

*Marcial Souto nació en La Coruña, España. Llega a Montevideo en 1961, donde vivió hasta 1973. A partir de esta fecha se traslada a Buenos Aires, ciudad en la que reside actualmente. Souto ha desempeñado una extensa labor editorial iniciada en Montevideo donde dirigió su primera colección de libros; actividad en la que destaca el conocimiento del escritor uruguayo Mario Levrero ya que tanto su novela* La ciudad *(1970) como el volumen de cuentos* La máquina de pensar en Gladys *(1970) aparecen bajo la dirección editorial de Souto. Durante este periodo queda a cargo asimismo de la selección de los relatos del libro* Llegan los dragones *(1970), volumen que reúne a Robert Schekley, R. A. Lafferty, Dean R. Koontz y Mario Levrero.*

*Al llegar a Buenos Aires prosigue su desempeño editorial como director de colecciones y también como asesor en Ediciones Minotauro y en la Editorial Sudamericana. En 1983 Ediciones Minotauro le encarga la preparación de una serie de literatura fantástica de autores argentinos; en tres años, Souto lleva a cabo la publicación de diez volúmenes. Ha publicado seis antologías entre las que destaca* La ciencia ficción en la Argentina: antología crítica *(1985). Ha sido también director de las revistas* Entropía *en 1977;* La Revista de Ciencia Ficción y Fantasía *entre 1976 y 1977;* El Péndulo *en 1979, 1981-1982, 1986-1987 y 1990;* Minotauro *desde 1983 a 1986.*

*La habilidad como traductor es otra faceta bastante conocida de Marcial Souto. Sus traducciones del inglés al español compren-*

*den alrededor de veinte libros. La mayoría de ellos giran en torno
a temáticas sobre la ciencia ficción o la literatura fantástica. Las
traducciones de Souto han permitido el conocimiento en el mundo
hispánico de autores como Samuel R. Delany, Cordwainer Smith,
y J. B. Ballard.*

*Marcial Souto ha publicado hasta ahora dos colecciones de
cuentos* Para bajar a un pozo de estrellas *(1983) y* Trampas para
pesadillas *(1988). Se ha anunciado la publicación de un tercer
volumen de relatos y de la primera novela de Souto durante 1991.
"El intermediario" se incluyó en el libro* Para bajar a un pozo de
estrellas. *El interés desarrollado por Souto —como antólogo y traductor— por la literatura fantástica podría inducir a asociar su
narrativa en esa dirección artística. Esto es, sin embargo, una pista
falsa en su caso. Sus cuentos privilegian más bien el dinamismo
poético de la imagen y la asociación instantánea de todas los elementos del universo como formas transportables y cambiantes.*

*En "El intermediario" el inesperado detalle "algo falló en el
auto" (el accidente automovilístico) es el trasfondo anecdótico de
una nueva forma de comunicación en la cual la comprensión del
mundo se establece por medio de los dibujos que Carlitos, el hijo
de nueve años, traza para su madre, paralizada después del accidente. La nueva percepción de la realidad de la madre se completa en los dibujos de su hijo. Líneas y circunferencias son, fundamentalmente, las formas que la conectan al mundo que ella
vive ahora. La abstracción del dibujo simplifica el revestimiento
externo de la realidad al tiempo que profundiza los contenidos y
significaciones más internas del personaje.*

## EL INTERMEDIARIO

Carlitos, el bloc en la mano izquierda y el lápiz en la mano derecha,
esperó a que su madre abriese los ojos.

La madre, en la silla de ruedas, torció la boca y movió apenas
la cabeza, arrugando la frente; le temblaron las manos pálidas y delgadas.

Por la ventana se veían los troncos de los árboles, salpicados por
los primeros y movedizos rayos de sol. El viento y los pájaros saludaban el nuevo día con un tímido contrapunto de voces.

Carlitos sentía en los hombros las manos firmes de la enfermera,
que acababa de hablar por teléfono.

—Ya viene la ambulancia, Carlitos. Y también tus tías. No te
preocupes.

Los ojos de la madre de Carlitos se abrieron por fin, parpadearon y se quedaron mirando un punto fijo, a la altura del pecho del niño.

—Señora Clara. . . —dijo la enfermera, sin moverse.

Carlitos pasó el lápiz a la mano izquierda, donde tenía el bloc, y tendió la derecha.

Antes de que pudiese tocarla, la madre lo detuvo con un ademán.

—Cuéntame.

Carlitos retiró la mano, tomó de nuevo el lápiz y empezó a dibujar.

Una noche, casi dos años antes, cuando Carlitos y sus padres volvían de las vacaciones, algo falló en el auto, que imprevistamente salió de la ruta y volcó. Cuando alguien logró abrir la deformada puerta izquierda su padre ya había muerto. Su madre estaba inconsciente y bañada en sangre. Carlitos sólo tenía rasguños en la frente y en un hombro.

Al día siguiente, las tías se llevaron a Carlitos del hospital; la madre quedó allí ocho meses.

Carlitos dibujó dos circunferencias, de cada una de las cuales colgaban tres pelitos.

—Ojos cerrados —dijo la madre—. Me dormí. Me desmayé. Sí, estoy mareada.

Carlitos dibujó otras dos circunferencias sobre las que apoyó las puntas de una línea que se curvaba levemente hacia abajo.

—Teléfono. ¿Llamó alguien? ¿Han llamado a alguien?

Mientras la madre hablaba, Carlitos dibujó dos muñecos.

Los primeros días parecía dormida. No se movía y la alimentaban por las venas.

Carlitos, de nueve años, iba todas las tardes a verla con las tías, que después lo llevaban al cine y a tomar helados. Carlitos, a diferencia de ellas, nunca lloraba.

Una tarde, mientras la miraba, la madre abrió los ojos y sonrió. Carlitos no se movió de donde estaba, pero las tías se acercaron a su hermana sin acordarse de ocultar las lágrimas.

Una semana más tarde empezó a hablar.

Los dos muñecos que Carlitos había dibujado constaban de una pequeña circunferencia (cabeza) y cinco rayas (tronco y extremidades). Parecían tomados de la mano. El niño trazó una flecha que iba desde el dibujo del teléfono hasta esas figuras.

—Han llamado a mis hermanas —dijo la madre—. ¿Estoy mal?

Carlitos y la enfermera se miraron.

—Señora Clara... —dijo la enfermera.

Mejoraba despacio, pero los médicos y las enfermeras, que nunca habían tenido demasiadas esperanzas, se sentían sorprendidos y hasta orgullosos. Tres meses más tarde la sacaron de la cama y la pusieron en una silla de ruedas.

Iba y venía por los pasillos, y visitaba a otros pacientes del mismo piso. Se sentía contenta y fuerte. Carlitos y las tías se quedaban con ella mucho tiempo más, y conversaban animadamente.

Cuando cumplió ocho meses de internación, los médicos la dejaron salir del hospital.

Sin embargo, unos días antes, las hermanas recibieron la inesperada noticia de que Clara no viviría más de un año.

Carlitos dibujó tres muñecos más, y al lado dos pequeñas circunferencias sobre las que se apoyaba un rectángulo grande que contenía otra circunferencia muy pequeña con una cruz adentro.

—Médicos con ambulancia —dijo la madre.

Los dedos del sol ya arañaban la ventana.

Clara se instaló en su departamento con Carlitos, que ya había cumplido diez años, y con una enfermera. Al principio se movía por todas las habitaciones en la silla de ruedas, conversando y dando órdenes. Por las tardes iban las dos hermanas a visitarla, y se quedaban hasta la noche.

Poco a poco, sin embargo, Clara empezó a quejarse de los ruidos de la calle, de las voces de las personas, de los motores y de las bocinas de los autos, hasta de los aviones que tronaban a lo lejos.

Terminó recluyéndose en su dormitorio todo el día, a oscuras, la cabeza hundida entre las manos. De vez en cuando lanzaba un quejido de dolor.

—Me van a llevar.

—Todavía no lo sabemos, señora Clara. Eso lo decidirán los médicos cuando lleguen.

Clara apartó las palabras de la enfermera con un ademán. Miró a Carlitos.

Carlitos se apresuró a decirle lo mismo a la madre mediante un dibujo: la T de tiempo.

—Sí, habrá que esperar —dijo Clara.

Después de consultar con los médicos del hospital, las hermanas decidieron que lo mejor sería llevarla a un sitio tranquilo, donde ningún ruido pudiese molestarla.

Le cambiaron el departamento del centro por una casa en el borde de un parque, y se mudaron en seguida a ese lugar.

Carlitos miraba a la madre en silencio, el bloc y el lápiz en la mano izquierda. La madre se frotaba los ojos con las yemas de los dedos, y reacomodaba de vez en cuando el cuerpo en la silla de ruedas. Sobre la mesa de noche, al lado de los tres, había muchas hojas de bloc arrugadas, con los dibujos de Carlitos.

—No quiero ir. No soportaría los ruidos del centro...

—Pero es necesario, señora —dijo la enfermera, inútilmente. Clara no la oía ni la veía. Hacía mucho tiempo que para ella la enfermera había dejado de existir.

Su único contacto con el mundo exterior era Carlitos, que obraba como una especie de intermediario, de intérprete. Tampoco lo oía a él las pocas veces que el niño intentaba hablar, pero compensaba eso con una desmedida avidez por sus dibujos. No le aceptaba otra forma de comunicación.

Carlitos trazó una circunferencia, y adentro, en la parte superior, dibujó dos puntos, entre los que deslizó una raya vertical que casi tocaba otra más firme, horizontal: una cara seria.

—¿Tengo que obedecer?

Al principio, en la nueva casa, Clara era muy activa. Andaba de un lado a otro en la silla de ruedas, e incluso salía a veces, al atardecer, cuando no hacía frío, a tomar sol y a mirar los árboles y el cielo.

Cuando Carlitos volvía en bicicleta de la escuela, tenía que contarle lo que había hecho, y lo que tenía que estudiar para el día siguiente.

Poco a poco, la madre lo fue convenciendo de que completase las noticias con dibujos, aprovechando el talento plástico del niño, tan estimulado por la maestra.

Al principio los dibujos de Carlitos eran muy detallados y ricos. Usaba colores en trazos de diferentes intensidades para representar minuciosamente a la maestra, a los amigos, todo lo que le pasaba y veía: pájaros, árboles, perros, juegos en la escuela.

La madre, cada vez más fascinada, vivía casi exclusivamente para las noticias que Carlitos le dibujaba en hojas de bloc. Ya no oía lo que le decía la enfermera, y tampoco le interesaban demasiado las palabras de Carlitos. Sólo quería sus dibujos. El piso de la casa estaba siempre cubierto de dibujos viejos en papeles arrugados.

La exigencia de transmitir a su madre todo lo que pasaba en el mundo exterior a través de dibujos obligó a Carlitos a prescindir del color y de la complejidad, y a usar trazos más sintéticos, a representar hechos y cosas con la mayor economía posible. El sol, antes un círculo que variaba del amarillo pálido al rojo encendido, era ahora un simple anillo o (cuando las puntas de la circunferencia no coincidían a causa de la prisa de Carlitos) un imperfecto caracol. Los árboles, antes complejas estructuras de rayas cubiertas de hojas coloreadas según la estación, armadas sobre troncos robustos, eran ahora cuatro o cinco palitos: uno vertical (tronco) sosteniendo a tres o cuatro inclinados en diferentes direcciones (ramas), bajo unos rulos (follaje). Los niños, mostrados antes en cierto detalle, eran ahora simples monigotes: un anillo (cabeza) y cinco palitos (tronco y extremidades). La escuela, antes una blanca casa de teja naranja, era ahora un rectángulo con un triángulo encima.

Ante esa simplificación del mundo exterior, los pensamientos de la madre de Carlitos se fueron volviendo también más abstractos. Todo era simple y comprensible, y no hacía falta concentrarse demasiado para resolver un problema.

Como en el departamento del centro, Clara se fue recluyendo cada vez más en la casa, y finalmente se encerró en el dormitorio, donde sólo atendía a los dibujos de Carlitos, sencillas imágenes de un mundo igualmente sencillo.

Clara empezó a quejarse poco después del amanecer. Carlitos, que dormía de un lado de la habitación de la madre, y la enfermera, que dormía del otro, la oyeron al mismo tiempo y al mismo tiempo se levantaron. Clara se retorcía en la cama, y decía cosas incomprensibles. Finalmente abrió los ojos y habló con claridad. Dijo que quería estar en la silla de ruedas.

Le pidió a Carlitos que repitiese todo lo que le había dibujado el día anterior, y luego las cosas más importantes que recordaban los dos.

Al fin pareció satisfecha, y se quedó un rato pensativa, la vista perdida en el vacío.

Carlitos y la enfermera esperaron en silencio.

Al cabo de unos minutos, el cuerpo de Clara se estremeció. Torció la boca y arrugó la cara. Luego se aflojó y la cabeza chocó contra el respaldo. Estaba desmayada.

La enfermera llamó una ambulancia y a las hermanas de Clara. Era la tercera vez, en los últimos treinta días, que veía esa escena, y sabía muy bien lo que podía ocurrir. Ese ataque, o el siguiente...

A las hermanas de Clara los médicos del hospital les habían informado que, mientras la operaban después del accidente, le habían encontrado un tumor en el cerebro; que no viviría más de un año; que su estado se deterioraría sin pausa, hasta el final.

Afuera se apagó el motor de un auto y sonaron unas voces. Carlitos fue a abrirles la puerta a las tías. En ese momento oyó el chillido lejano de una sirena, y un minuto más tarde se detuvo la ambulancia delante de la puerta. Las tías y los médicos entraron casi juntos.

Clara ya no necesitaba de la intermediación de Carlitos para percibir la simplicidad del mundo. Las hermanas y los médicos aparecían

tal cual eran: rayas, palitos, con un anillo encima. Mientras la sacaban en la silla de ruedas, miró con atención el interior de la casa:
rectas, curvas, cuadrados, rectángulos, circunferencias; bajó la vista y
notó que la silla de ruedas era un verdadero catálogo de todas esas
formas.

Afuera, la ambulancia era sin duda el rectángulo que había dibujado Carlitos. El sol, un luminoso caracol que subía por los dedos de
los árboles.

Antes de que la metiesen en la ambulancia miró hacia arriba. El
cielo: una limpia hoja de bloc. En la hoja de bloc apareció y desapareció una circunferencia perfecta. La cara de Carlitos.

Se fue esa hoja y apareció otra allí arriba, menos brillante: el inmaculado cielo interior de la ambulancia.

Clara esperó explicaciones, un dibujo, sin parpadear.

Poco a poco el dibujo se trazó solo.

La geométrica circunferencia de su propia cara, en esa superficie
lisa y reluciente que casi era como un espejo.

Allí estaba su simple y verdadera imagen. Por primera vez se vio
tal cual era. Por primera vez se reconoció. Esa era ella, sin duda y
por fin: tan nítida, justa y lisa como los trazos que todos los días morían en el bloc de Carlitos. Cerró los ojos para saborear mejor ese
estado ideal.

Mientras lo hacía, una mano arrancó la hoja y la arrugó.

# ROBERTO CASTILLO

HONDUREÑO
( 1 9 5 0 )

La producción narrativa de Roberto Castillo comienza en la década del ochenta con la publicación del volumen de relatos Subida al cielo y otros cuentos (1980). Su segunda colección de cuentos Figuras de agradable demencia, aparece en 1985. Su obra se ha ido dando a conocer bastante bien en el extranjero; su cuento "La laguna" recibió en México el prestigioso Premio Plural de narrativa. También el hecho de que su novela El corneta (1981) haya sido traducida al inglés en Estados Unidos (Tivo, the Bugler, 1985, revista Chasqui) ha acrecentado el conocimiento de la obra del escritor hondureño.

Roberto Castillo cursó su educación universitaria en Costa Rica, especializándose en Filosofía. Fue miembro del Consejo Editorial de la revista Alcaraván publicada entre 1979 y 1984. Actualmente reside en Tegucigalpa donde ejerce la docencia como catedrático de Filosofía en la Universidad Nacional Autónoma de Honduras. Colabora en la revista de narrativa hondureña Imaginación.

El cuento "Holocausto sin tiempo en un pueblo lleno de luz" se publicó en la revista Imaginación en 1989. La atmósfera alucinante de este relato recrea la marca apocalíptica de lo histórico, destemporalizada artísticamente para acentuar su carácter reiterativo. Un gigantesco helicóptero suspendido en el centro del pueblo es el inicio de la profecía anunciada por la conciencia crítica y anticipatoria del artista. La poderosa luz proveniente del helicóptero cambia abruptamente el inalterado rostro del pueblo; el antiguo espacio pacífico se transforma en un escenario de destructividad, confusión y delirio de violencia. La lucidez del escritor es castigada con su sacrificio en la hoguera; también los libros se queman para que desaparezca la memoria de la Historia; los portadores de esta autoridad invasiva, saben que la eliminación de los registros culturales e históricos asegura la repetición del holocausto. Los motivos de la victimización del artista y la quema de los libros funcionan a su vez como voces de protesta: "las letras saltaban convertidas en chispas delirantes".

Menciones en el cuento como "napalm", "misiles", "metralla", "tanques", "soldados" despiertan nuevamente la conciencia del *mundo en que vivimos, cercado por la inminencia de la destrucción. El universo interno del cuento, por otra parte, se desrrealiza como si todo fuera el producto de una proyección traída por esa gigantesca luz de la máquina que ha llegado al pueblo: una especie de puesta en escena representada por "pícaros", saltimbanquis", "locos" "autores" que ejecutan su papel tragicómico. Irrealidad conectada a la esperanza de una pesadilla, sólo que ésta no tiene fin. El retrato artístico de este relato deja alojado ese sueño amargo en el lado visible de la Historia: amenaza apocalíptica descolgándose, por desplegarse.*

## HOLOCAUSTO SIN TIEMPO EN UN PUEBLO LLENO DE LUZ

El pueblo entero amaneció cegado por una luz alborotada y blanca. Confundida, la gente se preguntaba de dónde provenía. Algunos habitantes temían que guardara relación con los preparativos del día, que desataban alocadas carreras para el amontonamiento de la leña que alimentaría un pira gigantesca. Las calles empedradas lucían más tortuosas que nunca y los árboles emitían chirridos conmovedores al ser mecidos por un viento incontenible, rozándose unos con otros.

Las gallinas fueron las primeras en darse cuenta de lo que realmente ocurría y buscaron sus refugios en desbandada. Se engrifaban queriendo inútilmente huir de la luz. Un aullido ronco de perros se difuminaba en un horizonte incomprensible e incierto mientras las campanas de las iglesias tocaban a rebato y bultos informes se daban empellones por calles y aceras, en confuso movimiento de trastornadas carreras. Algunas gentes esgrimían garrotes o machetes porque los cerdos habían roto las cercas de los chiqueros y se dejaban venir calle abajo, gruñendo con los colmillos al aire. Pasaban de boca en boca noticias terribles de niños devorados por ellos. El fuerte viento no dejaba en paz a nadie y sus efectos —unidos a la luz— creaban la impresión de un nocturno torbellino infernal. Varias matracas, en manos de niños que corrían veloces sin tocar el suelo, dejaban oír su ruido seco; y tras él se hicieron presentes las visiones convocadas en la rotonda del parque central, escenario de un juicio singular.

Cuando la luz bajó su intensidad y los zanates del parque se callaron un poco, se reveló a los ojos de todos un mundo insospechado. Ya no estaban los cerros pelados; en su lugar se tendían ahora gigantescas avenidas, y rascacielos de formas esperpénticas salían de todas las cavidades de la tierra. Ruidos de motorones, cuyo chillido era como el estertor de la agonía del mundo, ensordecían el aire. Pero la luz que presentaba esta visión bajaba de los potentes faros de un gigantesco helicóptero que estaba suspendido sobre todo el pueblo. Y sólo las gallinas seguían sabiendo lo que pasaba, aunque en forma un poco ingenua, pues por el aspecto siniestro y el bailoteo del rotor creían que se trataba de un gran escarabajo enloquecido. Era tan grande que una de las ruedas triplicaba en tamaño a la iglesia principal. El viento fuerte descendía correntoso de las aspas del bicho rugiente.

A pesar de ignorar lo que pasaba, los hombres tuvieron una intuición certera: que el pueblo ya no existía y que los incontables rascacielos que se multiplicaban por todas partes, junto con las incomprensibles avenidas y su agitarse de lenguas rumorosas, eran la contemplación de aquella profecía anunciada años atrás en *La casona del tiempo anegado,* un libro de montoneras, fantasmas a lo Henry James y polvorientos caminos que tenía como centro el año 1889.

Una maraña de gestos y reflejos pícaros unió al instante a todos los del pueblo; y, como si hubieran esperado ese momento desde siglos antes, corrieron a darse cita en la rotonda del parque. Bajaron la estatua del cacique indígena del pedestal que había ocupado por casi cien años y la pusieron en una de las cuatro esquinas. En su lugar se encendió una pira gigantesca, alimentada al principio con leña y después con todo lo que cayera a mano. Junto a ella, esperando el momento del enjuiciamiento, amarrado a un poste y con los pelos de punta por el terror, tenían al odiado autor de *La casona del tiempo anegado*. A pesar de estar aterrorizado, podía distinguir con claridad los rostros de la gente y era, además de las gallinas, el único que había visto el helicóptero. Esta visión superior, unida a su desprecio hacia toda forma de autoridad, le hacía percibir más a fondo la presencia de soldados y tanques que en ese mismo momento venían rodeando el pueblo por todos lados, destrozando casas y convirtiendo las calles empedradas en barrizales intransitables. Del helicóptero infernal, que se sostenía amenazante encima del pueblo, vio salir misiles apocalípticos que pronto lo harían volar todo por los aires. El griterío contumaz lo hizo sentir más fuera de sí, pero logró retener cierta calma. Pidió un vaso de agua y le trajeron una bolsita de hiel, igual que a Cristo crucificado. Pensó que no podía ser verdad tanta estupidez, y sintió brotar tal ironía que rió con carcajada atronadora. Esta vez ni las gallinas pudieron entender lo que pasaba.

Uno tras otro fueron desfilando los testigos. El primero fue una especie de saltimbanqui que se presentó haciendo las equis más inverosímiles. Sostenía una pacha con la mano y el autor quiso probar un trago de ella; pero el saltimbanqui solamente se la enseñó, le permitió olisquear y la hizo desaparecer entre sus ropas. Luego se puso un puro entre los labios y tiró tanto humo con él que todo el gentío empezó a toser. Simultáneamente, grandes sorbos de aguardiente se deslizaban por su garganta desde la pacha descomunal, pegada a la boca, de donde sólo se retiró para dejar ver un rostro en llamas. Por un instante inatrapable el autor pensó: "ya está en el infierno".

Pero el saltimbanqui aún no estaba en el infierno. Más bien lucía radiante y forrado por un hálito resplandeciente. Y su resplandor se regó tanto que fue recogido por otras cuatro figuras que se movían, imprecisas, detrás de él.

—¡Lumpen glorioso, lumpen glorioso! —gritó con rara exaltación el autor.

Las campanas sonaron nuevamente, con tañido mayor; la risa del saltimbanqui fue tragada por ellas y lanzada hacia lo alto, donde estaba suspendido el helicóptero.

La pira producía llamas color rojo pompeyano y muchos libros cayeron dentro de ellas. Al arder, las letras saltaban convertidas en chispas delirantes.

Otro personaje se abrió paso hacia el autor. Era un pícaro. La gente no quería dejarlo pasar, pero era de tan pequeña estatura que se coló entre las piernas de todos y llegó hasta la rotonda. Lo reconocieron y señalaron como el que engañó dándole de beber agua con tierra al anciano Salatiel Valdivia, proeza celebrada con entusiasmo y gritos por un interminable coro de vagabundos. Caminó hacia el autor masticando pastillas de chicle, se acercó a él y le pegó chicle mascado en las barbas. Como estaba amarrado, el autor no pudo hacer nada. El gentío le lanzó un prolongado grito de ovación y el pícaro empezó a pasearse alrededor de la rotonda con movimientos de danza. Siguió así y sólo se fue cuando se escucharon gritos que pedían otras cosas.

El griterío no daba lugar a pensar en el fenómeno pasajero del tiempo; y las únicas cosas que simulaban la eternidad eran la luz infernal que bajaba desde el helicóptero y el ruido cavernoso de su ingente rotor. De pronto empezaron a caer pescados frescos a los pies del autor. Algunos pensaron que se trataba de animales misteriosos, o bien prehistóricos, desprendidos desde el origen de la luz. Pero pronto quedó claro que era una canastera quien pacientemente los venía regando por todo el parque. ¿Por qué lo hacía? No se sabe. Los animales mostraban un aspecto extraño, entre conmovedor y grotesco.

—¡Ellos son hoy el único símbolo de la vida! ¡Lo que está sobre nosotros, allí arriba, es el enviado de la muerte! ¿Es que no se dan cuenta, pendejos? —gritó con todas sus fuerzas el autor.

Este alegato desesperado no le dijo nada a nadie. Todos estaban como embrutecidos por la luz que caía de lo alto.

En el suelo, los pescados sugerían una idea de irrealidad. La canastera volvió sobre sus pasos, un poco como fuera de sí misma, empezó a juntarlos y a tirarlos dentro de la hoguera. No se transformaron en chispas ni dieron señales ígneas, sino que con su suave "push" desaparecieron del todo.

Vino un relativo silencio, roto por uno que gritó desde el fondo:

—¡Los·locos! ¡Que hablen los locos!

Un aplauso tronó desde todas las manos, y con él pasó al frente un conjunto macilento de hombres que caminaban con torpeza. Habló uno de ellos:

—Siempre se te olvidó que algunos sabemos leer el pensamiento humano. No son los demonios, con quienes tantas veces he peleado, ni es ningún autor que se crea dueño de sus personajes, ni hombre nacido de mujer quien pueda leer el pensamiento humano. Soy yo. Y lo leo porque no nací en este mundo, sino en la isla de El Paraíso, que está en los confines de aquel lugar donde una vez estuvo Er, el armenio.

Al autor le resultaba insoportable el brillo que salía de su mirada mientras le hablaba. No sabía qué decir. Otra vez habló el loco:

—Yo sé que te has burlado en tus escritos de los pleitos que mantengo con los pícaros y con los demonios. Sé también que me atribuiste opiniones falsas sobre el origen del mal y que nos hiciste representar escenas embarazosas.

El autor recordó que, efectivamente, había escrito un oscuro pasaje sobre el origen del mal. Y como un cuadro vivo le vino a la mente aquella pieza de teatro que nunca publicó, donde el Alcaide de la Penitenciaría Central reúne a todos los locos del plantel y, a punta de palos, los obliga a echar vivas al jefe de la oposición política. Luego se vuelve hacia el público y dice: "miren, esto es la oposición: un montón de locos". El recuerdo le dejó una cierta sensación incómoda y una gran confusión porque, al volverse hacia ellos, vio que todos los locos tenían el mismo rostro de los personajes que soñó para el escenario.

El grupo de locos estuvo lanzando a la pira los más extraños objetos y las llamas se elevaron a unas alturas que nadie hubiera imaginado jamás. Curiosamente, los objetos y prendas arrojados ardían con una blancura tal que hacía desaparecer totalmente el color rojo pompeyano. El loquero se mantuvo un rato en gran alegría, cantando canciones.extrañas.

Los locos se esfumaron y aparecieron otras manos que arrojaron infinidad de volúmenes y títulos. Hacía mucho tiempo que el mundo no conocía una quema de libros y las llamas parecían tener una voracidad especial por las páginas y las letras, avivada por el aliento de todas las gargantas. No sólo brillaban refulgentemente las llamas y las brasas, sino también los ojos de los hombres. La hoguera fue cobrando la forma de aquel Holocausto del mundo que un autor de Norteamérica mostró en alguno de sus cuentos hace más de un siglo. Ya muchos se habían olvidado del autor y se entretenían solamente mirando las llamas voraces. No faltó quien dijera que entre ellas, en las zonas más claras y traslúcidas de su centro, se estaban formando imágenes en movimiento, como las del cine. Algunos miraban fijamente hacia las llamas y decían ver cosas sorprendentes en ellas; otros esforzaban la vista, pero no veían nada.

El autor hubiera seguido olvidado de no aparecer un hombre totalmente vestido de negro que llevaba en las manos unos pliegos de papel sellado. Los levantaban en alto y su boca disparaba palabras que nadie comprendía, tal vez porque ya venían convertidas en destellos pertenecientes a la hoguera. Poco a poco se vio que se proponía lanzar una acusación formal contra el autor. Comenzó a leer del papel sellado y se oyó que lo llamaba el peor entre todos los malos hijos del pueblo; porque había escrito cosas como que vendría una destrucción masiva, prolongada y cruel, que del cielo caerían muchas bombas, que llovería metralla y napalm. Pero la verdadera piedra de escándalo estaba en haber sostenido que, al final de todo, solamente se salvarían los indigentes, los absolutamente orillados; en una palabra, los pobrecitos.

Al hablar se chiqueaba de un lado para otro y levantaba las manos de un modo realmente apocalíptico. Los libros que arrojaba a la hoguera producían las llamas más extrañas, acabadas en contornos delirantes. Algunas eran reproducción viva de esos fuegos a los que llaman "diablos azules", que salen del interior de las botellas que contienen bebidas fuertes cuando los borrachos les meten lumbre.

Leída la acusación, siguieron cayendo muchos objetos en la hoguera. Una tropa de leñadores salió de la nada y taló en cosa de minutos todos los árboles del parque. La hoguera creció tanto que los más viejos edificios, con sus maderas ya carcomidas, silbaron en el aire al convertirse en chispas y llamaradas colosales. Se quemó también la estatua del cacique indígena, quedando de ella sólo unos restos calcinados.

El tropel de unos soldados se acercó a la rotonda, repartiendo patadas, culatazos y empellones. El oficial que los mandaba se bajó de un jeep y saludó militarmente a la estatua calcinada del cacique indígena. Se quedó firme y un sargento llegó a cuadrarse frente a él; pidio permiso para leer la orden del día. Una vez concedido, comenzó la lectura, señalando hacia el autor mientras un torbellino incontrolable se desataba entre toda la gente.

Ya no se oyeron más palabras porque una confusión de gritos, carreras, pataleos, llamaradas y estruendos se apoderó de todo. Sonidos flamígeros revoloteaban junto a la hoguera que crecía y crecía.

Nadie supo nunca qué fue del autor. Algunos dijeron que los soldados lo fusilaron de inmediato; otros, que se les escapó aprovechando la confusión. Y no faltó quien sostuviera que lo había visto ocultándose entre las llamas, en lo más profundo de la hoguera.

Salieron a relucir las más grandes tonterías sobre lo que había pasado al final. Lo único cierto fue que el autor y las gallinas hacían grandes esfuerzos, en medio de aquel zafarrancho de muerte y destrucción, por aguzar el oído; pues les pareció que una música estaba bajando del cielo. Y el autor buscaba inútilmente en la memoria el título de una película que vio en su infancia. Sólo conseguía recordar una escena de ella: la de los helicópteros rociando previamente la selva con música de Wagner.

# MYRIAM BUSTOS ARRATIA
### CHILENA
### ( 1 9 3 3 )

*Las seis colecciones de cuentos y el libro de novelas cortas que hasta ahora ha escrito Myriam Bustos Arratia constituyen una producción narrativa de amplio registro temático y de esmerado dominio técnico. Myriam Bustos intima con el "duende" del cuento en una suerte de conocimiento radar de sus mecanismos internos. La profundización en el alma de este género supone un verdadero desafío por descender en los procesos imaginativos de renovación de este arte. El cuento no se presenta para la autora como el medio adquirido a través del ejercicio prolongado de la escritura sino como el instrumento admirado con pasión y, por tanto, constantemente afinado con inteligencia y sensibilidad.*

*Fina e imaginativa escritura. Su versatilidad, además, la traslada desde el tema del exilio al del universo infantil, desde el asombro de lo erótico a la decepción de lo alienante, desde el conocimiento de lo femenino junto con la voluntad de lo liberador al de modelos sociales y personales autoritarios. Cuando la narrativa de Myriam Bustos se interna en la vertiente de las relaciones humanas, éstas se van configurando en un escenario social de retos y destrucciones; allí los ideales de realización individual se deshacen frente a la abrumadora represividad generada en el curso de lo histórico.*

*Myriam Bustos Arratia realizó su educación universitaria en el Instituto Pedagógico de la Universidad de Chile en Santiago. Continuó sus estudios en España, graduándose de Profesora de Filología Española. En 1974 sale de Chile y se establece en Costa Rica, país en el que han transcurrido diecisiete años de activísima labor intelectual como profesora, crítica y escritora (la mayor parte de su producción narrativa ha aparecido en Costa Rica). Ha colaborado, asimismo, con diversos artículos en el campo del periodismo cultural. Myriam Bustos se hace ciudadana costarricense por naturalización. Actualmente se desempeña como docente en la Universidad Estatal a Distancia en Costa Rica.*

*Myriam Bustos ha publicado los libros de cuento Tribilín prohibido y otras vedas (1978), colección galardonada con los premios "Teófilo Cid" y "Gabriela Mistral", en 1973 y 1974 respec-*

*tivamente, ambos en Santiago de Chile;* Las otras personas y algunas más *(1978),* volumen ganador del premio *"Gabriela Mistral"* en Santiago de Chile en *1971;* Que Dios protege a los malos: cuentos sobre el último Chile 1973-1976 *(1979), libro que recibió en 1978 el primer premio de cuento en los Juegos Florales Centroamericanos de Quetzaltenango en Guatemala;* Del Mapocho y del Virilla *(1981);* Rechazo de la rosa *(1984),* y Reiterándome *(1988).*

*También ha publicado* Tres novelas breves *(1983), libro que incluye los textos "Las otras personas", "La tierra del edén" y "Tábula rasa". Esta última narración ganó en 1975 el segundo premio en el Primer Concurso Continental de Novela Corta auspiciado por el Instituto Venezolano de Cultura Hispánica. A través de su labor pedagógica ha publicado textos de redacción y estilo, y, en colaboración con Raúl Torres Martínez, varios textos escolares dirigidos a la enseñanza básica.*

*El cuento "Ictión" proviene del volumen* Del Mapocho y del Virilla, *colección que obtuvo el primer premio de cuento del certamen "Una Palabra 1980", organizado por la Escuela de Literatura y Ciencias del Lenguaje y el Departamento de Filosofía de la Universidad Nacional de Costa Rica.*

*No es la profusión de símbolos en sí lo que hace del cuento "Ictión" una de las piezas admirables del género en Hispanoamérica. Esa circularidad simbólica se mezcla en este cuento a la magistral utilización de la ironía, recurso a través del cual el lenguaje es de nuevo invención, y la imagen, plenitud de complejas significaciones. Las imágenes prevalentes buscan en el descenso hacia zonas marítimas revelaciones de lo inconsciente o el sentido de profundas modificaciones de la psiquis. La dinámica de esas mismas imágenes —dirigidas a lo subconsciente— admite la similitud del mundo marino y humano, y la autonomía de lo sexual respecto de fijaciones culturales. El resultado es el surgimiento de un universo maravilloso en el que los procesos de ósmosis borran las diferencias genéricas. Lo transformacional pasa a ser, así, el elemento imprescindible de desplazamiento y autoconocimiento.*

# ICTIÓN

A Víctor J. Flury, en recuerdo de nuestra
conversación inspiradora; a Eduardo Reyes
F., defensor compulsivo de cetáceos y otros
habitantes de nuestros mares del Sur.

"En términos generales, el pez es un ser
psíquico, un *movimiento penetrante* dotado
de poder ascensional en lo inferior, es decir, lo inconsciente... En esencia, el pez
posee una naturaleza doble; por su forma de huso, es una suerte de *pájaro de las
zonas inferiores* y símbolo del sacrificio
y de la relación entre el cielo y la tierra."

JUAN EDUARDO CIRLOT.
*Diccionario de Símbolos.*

Está bien. Él era pequeño. Demasiado. Diminuto, realmente. No un
enano. Ni tampoco un pigmeo, no hay que exagerar ni presentarse
en forma caricaturesca. Pero demasiado bajo, demasiado. Yo diría
que excesivamente. Un metro cincuento y cinco, a lo sumo, y colocando muy tirante la huincha de medir, para que ceda lo más posible: altura a la que llegó laboriosamente a los dieciséis, cuando
ya no supo siquiera lo que se sentía al aumentar un milímetro hacia
el cielo.

Por cierto que no era el único hombre exiguo que había en su
contorno. Los latinoamericanos somos, por lo general, de estatura
mediana, señor, eso usted lo sabe; más bien baja, diría yo.
El único drama era ser pequeño cuando el padre de uno resultó,
desde que se aprendió a identificarlo, un cachalote de metro ochenta,
sin exagerártelo. Cuando la madre de uno, campeona de salto alto,
como bien lo sabés, sobre todo vos, que te devorás la sección de-
portiva de los periódicos, llega al metro setenta y hasta parece, por
su estilizada figura, más catedral que el mismo padre. Cuando el
único hermano, que hizo méritos como el que más para ser considerado hermanastro, eso te lo juro objetivamente, unidas las longi-
líneas figuras de los progenitores, llegó, incluso, a sobrepasar el metro ochenta, vieras vos: si había que mirarlo como desde el suelo
hacia una torre. A tener, jovencillo jovencillo, un cuerpazo esbelto
y bien hecho que habría envidiado cualquier actor de cine de esos
que se van en puro músculo. A poseer, para colmo, una habilidad de

danzarín que atraía a una presa de necios ansiosos de verlo contonearse en las parrandas, mientras él, miserable hermanillo debilucho y esmirriado, se emparvecía aún más se hacía apenas una arañilla ovillada en medio de tanta cucaracha de diez, veinte o más centímetros que él, que se magnificaban y volvían amenazantes al considerarlas desde la propia insufrible menudez.

Y para mayor tragedia, su atracción invencible, casi desde la escuela primaria, por las gargantúas. Sí, esas que vos llamás roperos de tres cuerpos trailers o cazadoras, cuando te ponés pachuco. Sí era absurdo, pero bastaba que le interesara una muchacha, para que de inmediato ésta se desfasara en aumento de estatura con una rapidez nefasta. Ahorita la veía por la calle y a los dos minutos, cuando se le ponía a la par, era otra camiona más irrumpiendo en su destino erótico de rascacielos. Bueno, no tanto, siempre. Pero es que una contrincante de metro setenta era un abuso, era una flecha punta arriba y hasta con vuelo para remontarse, junto a él, mirrusco y enclenque hombrecito de bolsillo —y de bolsillo para el menudo, por desdicha—, diminuto homúnculo casi sin terminar. Pues que no se diga, doctor, que siquiera sus manos y pies estaban realmente hechos. Completa, acabada sería una mano de uñas gruesas, duras, firmes, y usted ve las mías. Las suyas eran frágiles, quebradizas. Como si al elaborarlo hubiera escaseado el tejido —¿conjuntivo es?— y le hubiesen mezquinado cantidades. Completo sería un pie cuyos dedos tuvieran cierta presencia y pudieran levantarse con todo y uñas y girarse hacia los lados a gusto, en abanico. Mas los suyos carecían de movilidad, casi. No, no me insista, si no puedo moverlos más. Allí se estaban, unidos al resto del pobre territorio humano, como cinco apéndices un tanto ajenos y sin autonomía. Como las extremidades de los palmípedos.

Completo podría llamarse, además, un hombre cuya voz al menos se escuchara. Sepa que no es por gusto que hablo así, como debajo de la tierra: me regañaba la maestra de primaria. Pero qué va: la suya era meliflua y bajísima, como si las cuerdas vocales estuvieran agotadas, como si los pulmones carecieran de oxígeno para exhalar a medida que las palabras pugnaban por articularse y ser percibidas.

Mientras su hermano, en la infancia, ejercía el crecimiento, ayudado por deportes de todo tipo y por una frivolidad que estimulaban los necios que se rendían a sus pies, él, el pequeñillo, la flor y nata de la parvifiscencia, la larva humana, se hacía aún más minúsculo entre los inmensos libros empastados, pletóricos de colorido y sugestivas ilustraciones que le obsequiaba su tía célibe, foca bigotuda y grisácea para quien ese sobrinillo insignificante era el que valía y no el otro, fanfarrón y pagado de sí mismo. Entonces se lo colocaba en su acojinado y muelle regazo saloliente, se lo introducía entre sus axilas en perenne estado de humedad pestífera y lo acunaba como a su muñequillo la prima Irene, maternal y protectora. Él se dejaba sobar, hacer añuñuños. Y no porque disfrutara, es claro, que la situación era harto incómoda. Es que lo que venía después, por desdicha muy muy después, le interesaba enormemente: un libro de cuentos, grande, grandísimo, enorme, pesado, imponente y con ilustraciones primorosas y aterciopeladas que le ayudaban a imaginar mejor cada historia.

El pesado mamífero hembra lo explotaba, no había duda, y eso lo vine a comprender, te lo aseguro, muchísimo después. Al pinnípedo, incluso, se le pasaba la mano (o la aleta, para ser más exacto). Se ponía audaz, atrevida, y entonces tornábase, de melosa que era al inicio, amenazante y agresora. Hasta repugnante, compadeceme vos. Figúrate que acezaba como una rana, cerraba los ojillos e incluso sufría convulsiones cuando manejaba a su regalado gusto al pequeñín de cinco años para el que siempre disponía de un sitio graso y bituminoso en su cuerpo al que innumerables veces despojó con impudicia de las quianas, docomas, lechuguillas y diolenes que, aunque casi estilando en esos momentos, siquiera algo protegían al parvo y zarandeado hombrecito de juguete.

A veces él pensaba que era aquel mamífero lascivo el que, con tanto sobajeo y apretones, le había impedido el crecimiento. Lo había apestado como a aquellos animalillos que los chiquitos mantienen eternamente en sus brazos. O bien, con sus malos deseos. Porque siempre lo trataba como a una miniatura y le elogiaba su tamaño tan cómodo y alababa su condición de fácilmente introducible. Y hasta le decía, la pérfida, hasta me decía, oíme, que ojalá no creciera nunca, que ojalá fuera siempre así: alevín, silencioso, manipulable, dócil, plegable y doblable. Pero que aquella aposición suya creciera, eso sí. Que creciera. YA, de una vez ahorita. Y caramba que ella misma —estaba seguro— se la había hecho aumentar hasta convertirla en un aditamento ridículo, descomunal, discordante con la parvedad del resto de su cuerpo. Él había llegado a sentirse extraño, como enajenado, a esa suerte de apéndice vermiforme e inverosímil que actuaba siempre de manera autónoma. Autónoma en relación con él, podés suponerlo, desde luego, puesto que la mujerona pilosa y pesada de cuerpo tenía sobre el calamarcillo aquel autoridad verdaderamente castrense. Para que se le presentara en posición de firmes. Para que penetrara en donde mejor le pareciera a ella. Para que efectuara los movimientos que necesitaba, cogiéndolo a él, al

propietario sin derechos, al hombrecito, por las nalgas y guiando su
va y viene al propio y exigente arbitrio incansable.

Pero como después venían los cuentos... Como después le entregaba el apetecido volumen con Zoraidas, Alíes, Mustafáes, Wal-
kirias, Nibelungos y otros seres poderosos representados a todo color
y esplendor, él conseguía, entre textos cautivantes e ilustraciones he-
chiceras, olvidar aquello. Al menos, mientras se sumergía en las páginas fascinadoras de historias orientales y de cuanta fantasía creaban los autores para solaz y consuelo de niños títeres de morsas abu-
sivas, sudorosas y de trasero deforme, fofo y reptante.

Nunca supo el motivo por el cual *Las mil y una noches* causó tal
seducción en él. La obra completa. Recordaba haberla leído muchas
veces. Y en cada nueva oportunidad, hallaba también desconocidos
elementos, como si en la lectura anterior hubiera estado distraído al
recorrer ciertos pasajes. Al principio, la inteligente y fantasiosa Sherezada fue casi su primer amor. Aparecía en sus sueños con frecuencia y vestida a la usanza oriental. Era la que se sentaba junto a su
cama para contarle un cuento destinado exclusivamente a él, escuchado con deleite y deseando que no terminara jamás. Sherezada
era tan convincente para narrar, que sus palabras provocaban, incluso, visiones en su receptor. Así, entonces, sobre su cama o al lado,
confundidos con su presencia y la de la hermosa persa que hablaba,
veía vivir su historia a Abdalá, el pescador; a Abu-Casem, el avaro
mercader; a Sabur, el rey generoso, rico y sabio. En general, a genios,
princesas, dragones y todo enjambre de seres exóticos. Una noche en
que Sherezada le explicaba cómo había hombres que hacían sonar
una flauta y conseguían, así, que se irguiera una cobra, levantara su
cabeza y ejecutara gráciles movimientos, vio muy vívidamente la
escena. Tanto, que de pronto el oriental gordo que tocaba se transformó en la foca rascaciélica y autoritaria, y él —o, mejor, su crecido
astil— resultó ser el voluptuoso reptil que obedecía con docilidad al
sonido que daba las órdenes. Despertó envuelto en sudor, respirando
agitadamente y tratando de tranquilizar a ese prepotente albogón que,
unido sin remedio a su cuerpo, emitía musicales sonidos por cuenta
propia y lo importunaba cuando más atareado sentíase él en asuntos
que le permitían olvidar las exigencias a que lo sometía muy a disgusto suyo.

Sherezada fue, entonces —y eso he venido a entenderlo ahora,
¿sabes?— mi primer amor. Y si te hablo del primero, es porque hubo
un segundo, tan fantástico, para mi desdicha, como ese, y tan ligado
también, como él, a los relatos de *Las mil y una noches*. La pasión
por Sherezada dejó sitio a otra no menos intensa cuando, por boca

de la oriental de los cuentos maravillosos, escuchó, esta vez, la historia de *Alí Babá y los cuarenta ladrones*. Dos elementos de la anécdota me atrajeron, ve vos: esa frase mágica, imperativa; ese "Ábrete Sésamo" que permitía dejar fuera todo lo peligroso del mundo e introducirse en un ambiente de refulgencias y misterio. Y aquella Morgana que se las ingeniaba para resolver todos los problemas de Alí. Creeme que cada vez que me veía en apuros, desde que conocí ese relato, murmuraba, inútilmente: "Ábrete Sésamo", y hasta, de manera familiar: "Abrite Sésamo". Y si la frase no surtió efecto nunca, al menos la esperanza de que algo viniera a salvarme era un apoyo importante. Cuando la mole carnívora le caía, una vez más, sobre el indefenso cuerpecillo, cerraba los ojos y lo ayudaba a soportar el sofoco y los resuellos del monstruo marino el dulce rostro de la diligente Morgana que le sonreía y le murmuraba, muy suavemente, que alguna vez, para él, sésamo iba a abrirse.

En la anécdota de Alí Babá percibía él asombrosas similitudes con su vida. Alí era él mismo, ciertamente, es decir, el hermano inferior, el alevín que no creció, por demasiado honesto y tímido. Claro que él no iba a tener la suerte que vino de pronto hasta la existencia de Alí para que se hiciera rico. Ni le interesaba tal condición. Sólo que, si hallara un día a la seductora Morgana, si la hallara: aquello constituiría una riqueza superior a cuantas se derraman por la tierra. Pero era difícil. Muy difícil. La verdad: imposible, pues él sólo se topaba con euterios hambrientos insaciables.

Su hermano Carlos era Kasín, el que siempre estaba listo para disfrutar de los pocos logros que él obtenía. Si hasta sus queridos libros se los hurtaba. Si hasta tuvo el atrevimiento de arrancarles páginas para recortar de ellas algunas de las hermosas ilustraciones y pegarlas en sus propios cuadernos escolares. Él se tragaba el furor, mas no las lágrimas, que bajaban sin exclusas por sus pálidas mejillas de muchacho exprimido y abusado.

Pero el hombrecito creció. Crecí en edad, eso es lo que debés entender. Mas se quedó pequeñillo, menudillo, débil, transparente, medroso y a medio terminar, físicamente hablando. Y como era de temer, se encontró, pasados los veinticinco años —casi todos ellos estrujados como un racimo de uvas al que sólo quisiera dejársele el hollejo y una que otra semilla—, no la leal, estilizada y bella Morgana que alimentaba sus fantasías, sino otra de aquellas paquidermas de personalidad avasallante y cuerpo fuerte e interminable que lo seducían en la realidad.

Por completo seguro de que unirse a ella constituiría, tal vez, un episodio detestable como el vivido en la infancia con aquel monstruo

viscoso que tuvo la buena idea de quedarse panciarriba en uno de sus
estertores solitarios antes de enviarlo a él al otro mundo y a temprana
edad: absolutamente convencido, sí, de que su destino irrevocable
era ser juguete de féminas devoradoras pero obsequiosas, marchó un
día hacia el altar, colgado del brazo protector y seguro de la imponente y erguida boya que había tenido buen cuidado de asegurarse
—con la debida antelación— de que el enanillo aquel poseía la añadi-
dura respetable que maldisimulaban los vestidos y que, a los primeros
intentos de averiguación de su parte, dio buenas muestras de tener un
intelecto vigilante y complaciente.

Y como él no era capaz de negarse a los deseos de una montaña
carnosa y babeante que se le echara encima ni ella podía pagar anti-
cipadamente y con fastuosidad el regalo que él exigía como sola condición —es decir, un libro enorme, lustroso y de aventuras extraordinarias—, vendió una vez más su dulzaina y su alma a aquel mamífero barbado cuyas grasas lo cercaban y acaloraban hasta asfixiarlo, y
cuya expiración —cuando lo amaba febrilmente por la embriaguez que
le provocaba aquel epílogo que la primera bestia salobre había educado y acrecentado de acuerdo con las exigencias y necesidades de
este singular orden de irracionales acuáticos— era tan espesa, que
llenaba de vapor el cuarto y lo convertía en una suerte de lecho líquido
y pegajoso.

El pescadillo no se hizo esperar más allá de los meses que tardan
estos mamíferos en dar a luz. Su advenimiento tuvo lugar entre gritos
y resoplidos de la ballena progenitora y fue depositado en aséptica
concha protegida por nívea alvéntola, en medio del regocijo de los
diligentes y colaboradores cetáceos hermanos y amigos de la parturienta. Odontocetos y misticetos se atropellaban por transportar jo-
fainas y albornías y servir de hábiles comadrones. Preparábanse para
la importante tarea de empujar al ballenato recién nacido hacia la superficie, a fin de que inaugurara sus respiros. Delfines machos severos
circulaban —guardias protectores y vigilantes de que bichos indesea-
bles importunaran la faena difícil de la primípara y el servicio de los
ayudantes—.

Sólo él, el minúsculo progenitor, se quedó fuera de la algazara
general.

Es que desde hacía muchos meses se había apoderado de su espíritu una sospecha, a raíz de la invasión, en la vida del matrimonio,
de algunos ejemplares zoológicos demasiado efusivos con la ballena.
Y a la abierta correspondencia de ella, por cierto, que solía extender
sus aletas con evidente y censurable impudicia sobre el pescuezo de
una especie de ocelote peludo y escamoso que los visitaba asiduamen-
te; y que meneaba la cola con acuático coqueteo cuando cierto asté-
nico y longilíneo arenque llegaba hasta el hogar.

Habíase convencido de que la monumental sirena negra se refocilaba en otras albercas que la establecida legalmente por ambos, y que allí, en medio de las olas rugientes y espumosas que levantaban sus fogosidades, dos bestias de distintas clases podían haberse hecho cómplices para que el pescadillo no fuera, en realidad, carne de su carne, sino tan sólo grasas y barbas de las de ella y tal vez branquias, valvas y quién sabe qué otras estructuras zoológicas del hipotético semental.

Pero lo extraño —ve vos cómo la naturaleza no acepta traiciones de ninguna especie— era que el pescadillo no sólo habíase constituido en rémora suya de la que sólo por excepción y tras muchos esfuerzos podía librarse —mientras ella, fijáte, ella parecía sentir que con echarlo al mundo, ya sus obligaciones con el hijo habían terminado—, sino que, desde su nacimiento, revelaba que también sería una frágil criatura en esbozo. Cuando los alevines de su misma edad caminaban desde hacía mucho y exploraban el mundo hasta enloquecer a sus padres, él, el pescadillo, era una criatura lloricona, suspirante y asustadiza que se cogía fuertemente de los pantalones de su padre y quería poco menos que alaparse allí. Mientras ella, claro, ya liberada, continuaba sus buceos, sus acuáticas y chapoteantes incursiones en cuanto acuario exótico se pusiera en su camino. Y daba saltos gigantescos y espectaculares, no tal vez por librarse —te lo garantizo— de los cirrípedos que suelen adherirse a estos cetáceos, sino, con toda seguridad, como reflejo inevitable del recuerdo de los placeres recientes ocurridos entre algas y corales no domésticos y, por ello, más muelles, excitantes y acogedores.

Lo triste era que el pescadillo parecía no tener el menor interés en hablar. Sólo chillidos: eso; sólo un cogerse desesperado de las ropas de él y un suspirar plañidero cuando yo tenía que salir a cumplir mis diarias obligaciones de trabajo, que qué hacerle, eran imprescindibles para la alimentación y las exigencias de la débil salud del nuevo pececillo.

Cuando él trataba de recordar su infancia, no se veía así, tan tímido, tan dependiente, y, sobre todo, nunca, tan impermeable a las imágenes visuales impresas. Porque ocurría que el alevín se quedaba inerte, impávido cuando él intentaba interesarlo por esas bellas ilustraciones de los libros de su niñez que guardaba como tesoro. Y eso no podía ser. No podía ser, si es que se trataba, realmente, de un hijo suyo. Sólo que ¿era, en verdad, su hijo? ¿No sería el fruto pecaminoso de la conjunción de la voluminosa y oscura sirena con ese escualo que tanto parecía divertirla? ¿O con el arenque aquel de voz fina y manos alargadas? ¿O con esa laya de anguila serpenteante y sudorosa que se agitaba en torno de ella con toda clase de antipáticas y onduladas maniobras? Porque, si vos lo meditás como corresponde, ¿qué motivos podría haber para que el fruto de semejantes seres natatorios tuviera sensibilidad para captar las bellezas de los mundos mágicos que se mostraban en las estampas, en los grabados, en las ilustraciones hechas por artística mano?

Ni los hemoanálisis —en que el pescadillo salió airoso como posible vástago suyo—, ni el remedo —tras el omóplato derecho— de la exacta y antiestética verrugilla con que él también nació, ni la devoción desamparada que le demostraba el pequeñín, ni las uñas quebradizas y estriadas que eran un testimonio más de la fatal herencia paterna lograban tranquilizarlo de su devastadora desconfianza. Todas las colecciones de imágenes de animalillos, flores, personajes por otros niños conocidos y tantos temas que a cualquier chico —aunque pisciforme —habrían encantado, no lograron seducirlo nunca. La verdad es que el pescadillo sólo ansiaba su compañía, su calidez de padre protector. Y con sólo eso se daba por complacido. El único día en que lo llevó a un cine repleto de chiquillos, se vio obligado a presenciar solitario la pueril cinta, porque a la par suya, acurrucado como una plumita de picaflor, en su brazo respiraba apenas, en lánguido sueño, el niño.

Muchas veces —ya que no visual— demostraba cierta sensibilidad auditiva. Cuando escuchó una canción, por ejemplo, una canción en la que yo ni siquiera había reparado, dulzona, melancólica, se mostró hasta entusiasta y dispuesto a tararearla. Entonces él pensó que la música podría ser un estímulo importante para el despertar del pequeño, y buscó, en su discoteca, algunas composiciones clásicas que pudieran agradar al casi inanimado niño. Pero el milagro no volvió a producirse. Él, de nuevo, creyó que la batalla no estaba perdida, y una tarde en que el cetáceo madre se hallaba tan ausente como de costumbre, sumergiéndose en quién sabe qué profundidades, cogió uno de sus más queridos libros de Perrault, llamó a su lado al pequeño y comenzó a mostrarle las ilustraciones y a leerle la primera historia cantándola con voz queda. Qué voy a saber, seguramente inventé la melodía o le apliqué la de "Noche de Paz" o la de "Los Pollitos Dicen" o "Que llueva, que llueva". El caso es que el niño se despertó realmente y hasta quiso unirse, con su media lengua de pequeño retrasadísimo en su lenguaje, a las modulaciones de él.
Claro está que sobrevino un nuevo problema, porque ahora, en los momentos menos apropiados, con sumo esfuerzo, trepaba a la biblioteca, cogía de allí un libro cualquiera e iba con él tras el padre. Si éste se limitaba, tan sólo a leerle el texto, el pececillo se enfurruñaba y empezaba a suspirar. Pero bastaba que él entonara la más simple de las melodías, para que se mantuviera despierto y demostrara su interés permaneciendo allí y tratando de asociar las ilustraciones con lo que

tarareaba el padre. Pero sólo eso. Ni una palabra. Ni un comentario hecho tan sólo con un gesto de su inexpresivo rostro pisciforme.

El pescadillo supo, entonces, de esa manera, toda la historia de *Blanca Nieves*, la de *Caperucita Roja*, la de *Piel de Asno*, la de *Alicia en el País de las Maravillas*. Ahora veía las estampas que representaban a cada personaje y, al menos, aunque de modo un tanto difícil de percibir con claridad, decía en voz baja y líquida sus exactos nombres.

Un día en que regresó a destiempo a su albufera, notó, casi en el aire, al aproximarse al hogar, un ambiente extraño. Era como si adentro estuviera realizándose alguna ceremonia inédita. Había un silencio muchísimo más espeso y caliginoso que el acostumbrado. Todas las cortinas de las vidrieras se hallaban extendidas, tal si en el interior tuvieran necesidad de tinieblas y de aislarse del resto del mundo. Ya desde la calle percibía la presencia de seres ajenos. Hasta temía introducir la llave, abrumado por la idea de encontrarse con una realidad superior a su capacidad de tolerancia. Tal vez el cetáceo madre... Aunque no..., comprenderás vos que no iba a elegir el océano de la vida familiar para tales cosas.

Antes de decidirse a entrar, dio una vuelta circundando la casa. Muchas veces, en el umbrío jardín interior, hallábase el pececillo jugando. Jugando solo, desde luego, ya que, por su casi absoluta falta de iniciativa para ello, hasta el momento había sido incapaz de entablar amistad con ninguno de los niños vecinos. Por lo demás, a los otros pequeños sobrecogíalos, al parecer, su aspecto. Siempre lo miraban desde lejos y con desconfianza, y eso me llenaba de angustia, comprendéme. A lo sumo, se le acercaban hasta un par de metros y lo inspeccionaban como a pieza de museo en su vitrina. Alevín ni los miraba, siquiera, como si no tuviera ojos o como si esos hombrecitos y mujercitas pertenecieran a una especie distinta de la suya y muy poco interesante. Manipulaba, ensimismado, algas, corales y conchas con los que se entretenía cuando estabo solo. Así lo encontró muchas veces el padre, cuando regresaba al mar de sus compulsiones.

Esta vez no halló al niño. Ni tampoco sus juguetes, que, habitualmente quedaban regados entre las matas hasta que, al día siguiente, él mismo se encargaba de juntárselos de nuevo. Del interior de la casa sólo fluía un murmullo, casi como un tenue batir de alas o como si peces ínfimos se deslizaran suavemente en una redoma. Por fin se decidió a entrar. Hizo moverse con lentitud la llave en la cerradura y abrió la puerta tratando de no producir ruido. Penetró en la sala, abriéndose paso, casi flotando, a través de los mantos de agua cristalina que le permitía distinguir claramente los objetos, los muebles: todo lo que constituía ese ambiente en el que llevaba años viviendo. Allí estaban los sillones, el sofá, la mesita de centro, los cuadros en

los muros, la alfombra de color verde. Sobre el sofá y ondulando como
hoja al viento, reposaba un lenguado de increíble delgadez, tendido,
por cierto, del lado en que no tenía ojos, y, por lo tanto, con sus ojos
del costado visible al desnudo. Era casi una proeza distinguirlo, pues
se había mimetizado —como no sé si sabés que ocurre siempre con
estos curiosos y aplastados peces— con el color verde del tapiz. Más
allá, un goloso bacalao perseguía incesantemente a unos diminutos
pececillos que intentaban huir de su voracidad que finalmente terminaría por almacenar sus grasos restos en su hígado productor de la
valiosa vitamina A. Casi tropezó, al caminar un poco, con un atolón
que tierra y corales, en amigable entendimiento, habían formado en
un rinconcillo, presumiblemente con fondo de naturaleza volcánica
y producto seguro de esos minúsculos hidrozoos expertos en la construcción de bancos de corales; las celdas calcáreas eran fácilmente
visibles al aproximarse. Cerca de allí, colonias de pólipos hidroideos,
parientes de las medusas y de las anémonas del mar, habían construido
esas extraordinarias formaciones que se llaman corales. Los hidroideos,
animales tan blandos como él mismo, de los que siempre —recordé
al verlos— se había sentido hermano, se protegían encerrándose en
alojamientos calcáreos. Algunos, los que querían comer, no sacaban
de su encierro natural más que unos pequeños tentáculos que se ra-
mificaban como las flores y producían un bello cuadro de formas y
colores variados. Ciertos hidrozoos mostraban un esqueleto muy macizo, surcado de arrugas como un cerebro pesadísimo. Otros habían
desarrollado ramas como la cornamenta de un ciervo. Había, ador-
nando otra esquina de la sala, unas especies coralinas de esqueleto cal-
cáreo delgado —georgonáceos te digo que se llaman— cuyas formas
sugerían abanicos de mar, látigos y hasta plumas marinas. Eran azules, rojos, amarillos, verdes, colores todos acentuados por la limpidez del agua que les servía de ambiente y que —cosa extraña— no
se había precipitado afuera cuando él abrió la puerta ni mojaba sus
vestidos ni le impedía en modo alguno abrir los ojos, ni pestañear.

Continuó avanzando por las habitaciones, casi ingrávido, no sin
sufrir algunos pequeños accidentes: una sepia —maestra, como todas
las de su especie, en el arte del camuflaje— que se hallaba posada en
una silla y, al parecer, se creyó atacada cuando él rozó el mueble con
su pierna, con una brusca contracción de todo su cuerpo expulsó
a su paso una nube de negra tinta que casi lo dejó ciego. La expulsión simultánea del agua que había almacenado en la bolsa ventral,
la llevó a saltar hacia atrás. Fue como si un pequeño avión a reacción
hubiera partido dejando tras sí su humareda. Él, asustado, se cogió
del marco de una ventana. Pero su mano se encontró con algo que
parecía un montón de gelatina y que la hizo reaccionar de inmediato.
Como era nada menos que una medusa como aquellas ¿recordás? con

que jugábamos en la playa, pasó un nuevo mal rato: toda la superficie del animal —lo mismo que sus tentáculos— estaba sembrada de pequeños arpones que, al ser tocados por su extremidad, se alargaron e inyectaron su veneno, que le produjo doloroso escozor.

Desde ese momento, casi no se atrevió a seguir. Antes de dar un paso o tocar algún muro, inspeccionaba cuidadosamente el terreno. En realidad, habíanse congregado allí todas las especies marinas conocidas. Pasaban junto a él curiosas formas transparentes, inverosímilmente lisas, traslúcidas, agitando patas filiformes, fingiendo hojas que se alargaban con ojos globulosos al extremo de largos filamentos. Los bebés langostas —hijos de los crustáceos que le impedían, casi, el paso— eran apenas visibles, por lo que se le antojaban pequeños fantasmas cristalinos. Un grupo extraño que al principio pensó no eran más que hongos, por sus formas, estaba constituido por esos crustáceos llamados percebes, que no estoy seguro si sabés que los portan, en el mar, las boyas flotantes.

Quedó deslumbrado al pasar al cuarto siguiente, casi por completo ocupado por gran cantidad de minúsculos bichos que se desplazaban golpeando el agua con sus antenas muy desarrolladas, dobladas a lo largo del cuerpo. Eran copépodos, que había visto muchas veces en los libros de su infancia. Tal como los de las imágenes, terminaban en unas especies de plumas con pompones muy coloreados, algunos con prolongaciones desmesuradas de sus colas constituidas por verdaderos ramilletes plumados que los hermanaban con los pájaros más bellos. Se sentía inmerso en el mundo de la fantasía más exuberante, superior a cuanta historia maravillosa había leído en su niñez.

De pronto vio venir, como dirigido en vuelo directo hacia él, una especie de pez avión, puesto que daba saltos sobre el agua en magnífico vuelo de planeador. Él había leído también acerca de esa manta a la que se llama, además, águila de los mares, la mayor de todas las rayas. A pesar de lo notable que resultaba verla casi volando, infundía miedo: los cuernos que llevaba a cada lado de su ancha boca le conferían aspecto de ciervo volador o de diablo. En su camino, con las amplias aletas pectorales, dirigía hacia su boca voraz, bien provista de dientes redondos y lisos, a los diminutos pececillos, moluscos y crustáceos que se le cruzaban. El exótico pez no parecía haberse percatado siquiera de la presencia de él, ser extraño a ese mundo que lo rodeaba por primera vez y en forma tan insólita. Mundo que, por otra parte, parecía hallarse muy a sus anchas pasando de un cuarto a otro y moviéndose entre muebles y enseres domésticos.

En una habitación que su esposa reservaba para reunirse a chismorrear con sus amigas, porque era soleada y tenía amplios ventanales con vista hacia la parte más bella del jardín, parecían haberse puesto de acuerdo para aislarse unos animales cuya imagen también

recordaba haber hallado en libros que trataban del mar y sus fasci-
nantes secretos en cuanto a flora y fauna. Al verlos, no eran más que
pequeños barcos que navegaban gracias al viento que empujaba las
velas. Reconocí entre ellos a la velella, con su vela que semejaba una
escama traslúcida; a la fisalia, que se movía lenta pero con seguridad
gracias a una gruesa campana transparente llena de aire. Había, también, variedades de argonautas, que en la última celda de su concha
contaban con una larga excrecencia de la que se servían para que
pudiera empujarlos el viento que penetraba por la parte alta del ventanal abierto. Aunque la escena era como para entretenerse largo rato,
salió del cuarto cuando recordó, de súbito, haber leído que conviene
mantenerse lejos de la fisalia, ya que bajo su campana disimula largos filamentos como dardos venenosos.

Al pasar a otra habitación, se detuvo embrujado, como en la infancia, por una estrella de enorme tamaño que realizaba una verdadera proeza. Se había acercado a un grupo de ostras e intentaba la
dificilísima tarea de vencer al poderoso músculo que, contractándose
fuertemente, mantenía por completo cerradas las valvas del molusco.
Se quedó abismado viendo cómo la estrella, aferrada con firmeza al
suelo apoyando dos de sus brazos, tiraba, con toda la fuerza de sus
otros tres brazos, de las valvas en sentido contrario. En cuanto consiguió abrir una pequeñísima hendidura, ante sus ojos atónitos se produjo algo increíble: la estrella regurgitó sobre el hueco todo su propio
estómago, al que dio vuelta como si fuera el dedo de un guante. Todas las pequeñas glándulas que tapizaban la mucosa interna del órgano secretaron, entonces, un líquido que dirigió completamente a la
ostra sin sacarla de su sitio. La estrella ni siquiera tuvo que prolongar
su esfuerzo hasta abrir completamente las valvas. Lo único que hizo
fue reabsorber su estómago y con él el jugo de la ostra predigerida.
Cuando la vio acercarse a otra para engullirla con el mismo procedimiento, él apresuró el paso, casi descompuesto, casi sintiéndose la
ostra devorada por la magnífica y diestra estrella.

Iba por un pasillo desde el cual se bajaba al subterráneo en donde
acumulábanse cosas viejas, envases de licores y de bebidas gaseosas,
trastos inservibles de los que, por sentimentalismo, no había sido capaz de prescindir. Mientras ponía los pies, uno por uno y cuidadosamente en los escalones, evitaba pisar unos curiosos tubos parecidos
a las fundas de los cables eléctricos: eran spirografis, es decir, gusanos marinos enraizados en la arena que cubría la madera y en cuya
boca —si se los observaba con detenimiento— crecían largas cerdas
que usaban para captar las minúsculas presas que constituían su alimento. Un poco más abajo, pululando en una especie de plancton que
llenaba un recodo, había grandes cantidades de pequeños animales
filiformes y transparentes, con aletas laterales que les daban aspecto

de flechas emplumadas. No eran gusanos, sino quetognatos, a cada lado de cuya boca tenían pelos curvados que les servían para atrapar sus presas. Recordó que estos seres —más evolucionados que los gusanos y los moluscos— son, simultáneamente, macho y hembra, y que ponen huevos en el mar.

Al parecer, la escalera se había alargado muchísimo, porque llevaba tamaño rato bajando y no lograba llegar al cuarto subterráneo. Las aguas, a medida que descendía, se espesaban. Costaba ver, ahora. Le daba la impresión de que se encontraba a gran profundidad, de que el cielorraso de la casa estaba muy, pero muy arriba. De no ser por la gran curiosidad que habíase adueñado de él, se habría devuelto, pues ahora la oscuridad era absoluta. Por fin la escena comenzó, ya en el subterráneo, a iluminarse: luces verdes y rojas aparecían en distintos puntos. Delante de él, a su lado, detrás. Cuando sus ojos empezaron a distinguir las figuras que había a su alrededor, sintió que lo invadía el espanto: estaba rodeado de peces de aspecto aterrador. Sus bocas tenían una abertura desmesurada en relación con su cuerpo; los dientes que las guarnecían eran como largos puñales acerados y curvados cual los colmillos de las serpientes. Recordó sus lecturas sobre los horribles peces abisales, es decir, aquellos que viven en los sitios más profundos del mar, allí donde la luz del sol no llega nunca. Rememoró, al ver uno de vientre flojo, que estos peces, capaces de engullir presas mucho más grandes que ellos, distienden desmesuradamente la zona ventral en estos casos, y pensó que no sería nada difícil ir a dar, absorbido violentamente, al interior de una de estas bestias horribles que, sin embargo, parecían no verlo. Algunos eran largos y comprimidos lateralmente; otros tenían aspecto serpentiforme. Sobre sus cabezas unos y sobre el cuerpo otros, portaban órganos luminosos: esos de color verde y rojo que él había creído luces y cuya función es la de iluminar la noche abisal en que viven y que se había trasladado, ahora, al subterráneo de su propio hogar. Los monstruos —cosa extraña— no eran muy grandes: la mayoría no pasaba de las doce centímetros, aunque había uno muy cabezón, de unos temibles sesenta centímetros, cuya cabeza era seguida de un cuerpo filiforme muy largo.

No estuvo allí más de un par de minutos. Temía, sin embargo, girar el cuerpo para subir nuevamente la escalera, pues imaginaba que por detrás lo tragaría íntegro uno de aquellos monstruos. Pero el mismo terror le infundió ánimo y subió entre zancadas y remedos natatorios la interminable hilera de peldaños. Ya arriba, la claridad era de nuevo absoluta y el ambiente plácido: las verdes cortinas contribuían, al parecer, a conferirles un aspecto de piscina verdosa pero limpidísima a los distintos ambientes: el de los moluscos, el de los crustáceos, el de los equinodermos, el de los gusanos. En fin: todas las familias instaladas allí por motivos que él ignoraba. Lo que le parecía más extraño era no haberse hallado con su esposa ni con su hijo. Mucho más desusado que aquello de ver a toda esa variada población marina allí, como en su medio cotidiano y natural.

De pronto, al pasar a la biblioteca —el más extenso de todos los cuartos—, se encontró a boca de jarro con el más increíble e impensado de los espectáculos: en medio de la habitación, sobre la gran alfombra de color verde, monumental, la ballena se había varado. Era ése el único cuarto al que el agua no llegaba. La alfombra había sido su última playa, donde el enorme peso a que había ascendido gradualmente desde su matrimonio y en forma aceleradísima, al parecer, durante las últimas horas, la había hecho morir asfixiada. Al faltarle la necesaria sustentación hidrostática que le brindaba el medio acuático, sus órganos internos se habían roto por el peso de la carne y de la grasa. Varada, ya no había podido hinchar los pulmones para respirar. Al intentarlo, el esfuerzo muscular intentísimo había acelerado el derrumbe interno. Sofocada, con el corazón comprimido y agotado al bombear la sangre en los vasos aplastados por la enorme presión, el cetáceo madre y rorcual estaba inerte, ocupando con su negroazulado y sedoso cuerpo sin vida casi toda la habitación.

Él no había visto nunca tan inmensa a esa extraña esposa que había elegido —tal vez en un momento de inspiración oceánica—. Ni se había sentido jamás tan ajeno a ella, tampoco. Aunque el espectáculo me sobrecogió, no puedo decirte que sentí tristeza. Eso era horrible, desde luego. Pero tan extraño. Tan inexplicable todo lo que estaba viviendo desde que entró en su casa.

Ahora era otra su preocupación: ¿Y Alevín? ¿Dónde estaba Alevín? ¿Qué papel había desempeñado o cumplía en todo aquello? Sólo restaba entrar en la cocina y en el refectorio. Fue directamente al comedor, donde la aglomeración de seres acuáticos era casi sofocante. Por eso fue que al principio no distinguió con claridad todo lo que encontrábase lujosamente dispuesto sobre la mesa. Manjares de todos los tipos se hallaban colocados en conchas multiformes. Algas de distintos colores y morfología adornaban artísticamente la gran mesa preparada para el condumio. Cuando él entró en la habitación, los huéspedes de aletas, agallas, colas, materiales calcáreos, rádulas, arpones, dientes temibles, barbas y cuanta estructura variada y exótica inventó para ellos el Creador, se atropellaron para ordenarse y dar la impresión de seres de buenos modales. Se alinearon en torno de la tabla que contenía los manjares y se quedaron silenciosos, en espera de la orden de él para devorarlo todo.

Sólo entonces vio el plato de fondo, el gran plato servido sobre una concha oval y que constituía el gran festín: allí, echado con su diminuto cuerpecillo albugíneo y endeble, los brazos a lo largo y la cabeza girada hacia un lado, alcaparrado y aderezado de algas verdes y exhibiendo mediante un certero corte recto de pecho a entrepiernas gran parte de sus órganos internos, estaba Alevín, sus ojos herméticos y una expresión casi beatífica que contrastaba con las vísceras —se diría que aún palpitantes—.

Nadie habló, puesto que este tipo de comensales no articula palabras. Pero lo miraban todos a él, expectantes. Y expresaban su inquietud en la forma en que lo hacen estos seres acuáticos: unos golpeaban sus opérculos o hacían rechinar los dientes; otros se esforzaban para que resonara su vejiga natatoria, dejando escapar el aire que contenía en un silbido que seguramente se escucharía por encima del líquido elemento circundante; unos cuantos utilizaban su esqueleto para producir ruido; no faltaban los que querían hacerse entender golpeando los huesos que articulan sus aletas pectorales; los siluros presentes —ésos que parecían águilas bigotudas— demostraban su impaciencia sacudiendo bulliciosamente las vértebras.

Comprendió que habían estado aguardándolo sólo a él para dar cuenta de las viandas y que debía, por lo tanto, iniciar el agasajo, que era el motivo por el cual se hallaba allí todo esa heterogénea población silúrica y devónica de la cual su esposa y su hijo eran representantes paleozoicos y él, de seguro, tan únicamente un ser de tránsito entre el agua y la tierra.

No tuvo duda alguna de cuál era el trozo de Alevín que le correspondía por su padre, de modo que, introduciendo con amorosa delicadeza el largo utensilio metálico de tres púas iguales en el pequeño corazón del pececillo amado, lo extrajo con toda naturalidad, desgajándolo, lo depositó en una concha de almeja y, como si se tratara de un componente habitual en su dieta cotidiana, empezó a masticarlo.

Sin repugnancia.

Sin lágrimas.

Sin deleite.

Casi como un ritual conocido e imprescindible.

Entretanto, los restantes asistentes al banquete paladeaban el plancton y otras exquisiteces preparadas espléndidamente, sin duda, por el cetáceo anfitrión antes de su deceso.

Sabía bien la víscera diminuta y suave de Alevín. Incluso sentía, al desmenuzarla y tragarla, que estaba atesorando a éste que ya era definitivamente mi hijo, para siempre dentro de mí. Introduciéndose a lo mejor, lo más perfecto y dulce de su vástago, sin duda.

Cuando sintió que ya había hecho todos los honores de la casa, salió de nuevo a la calle.

Sin mirar lo que dejaba.

Ingrávido.

Sereno.

Hombre construido de gasa y de niebla.

Le parecía que estaba emergiendo de otra edad antiquísima; de otro estado, también.

Caminó un par de cuadras y tuvo la impresión de que había crecido, de que ahora estaba completo y hasta transformado en un individuo robusto y —¿por qué no?— normal. Lástima no disponer de un espejo.

En sentido contrario venía una mujer. Pequeña y delgada. Al pasar junto a él lo miró con simpatía. Él le sonrió y pensó que era casi como una avecilla, como un picaflor que podría encerrar en una sola de sus grandes y protectoras manos. Sintió necesidad de sus plumitas tibias y de su piquito frágil. Volvió la cabeza y se encontró con la mirada risueña y aquiescente de la muchacha, que había dirigido la vista hacia atrás al mismo tiempo.

Era cierto, entonces, ve vos.

Sésamo, por fin, empezaba a abrirse.

# ÍNDICES

# ÍNDICE DE AUTORES

# CONTENIDO

856 CONTENIDO

CONTENIDO 857

ESTA OBRA SE ACABÓ DE IMPRIMIR
EL DÍA 30 DE AGOSTO DE 1991, EN LOS TALLERES DE
OFFSET UNIVERSAL, S. A.
Av. Año de Juárez, 177, Granjas San Antonio
09070, México, D. F.

LA EDICIÓN CONSTA DE 10,000 EJEMPLARES
MÁS SOBRANTES PARA REPOSICIÓN

# COLECCIÓN "SEPAN CUANTOS..." *

* Los números que aparecen a la izquierda corresponden a la numeración de la Colección.

173. **FERNANDEZ DE MORATÍN,** Leandro: *El sí de las niñas. La comedia nueva o el café. La derrota de los pedantes. Lección poética.* Prólogo de Manuel de Ezcurdia. *Rústica* ........................................................ 5,000.00

521. **FERNANDEZ DE NAVARRETE,** Martín: *Viajes de Colón. Rústica* ......... 15,000.00

211. **FERRO GAY,** Federico: *Breve historia de la literatura italiana. Rústica* ...... 20,000.00

512. **FEVAL,** Paul: *El Jorobado o Enrique de Lagardere. Rústica* ............... 8,000.00

**FILOSTRATO.** (Véase · LAERCIO. Diógenes.)

352. **FLAUBERT,** Gustavo: *Madame Bovary. Costumbres de provincia.* Prólogo de José Arenas. *Rústica* ........................................................ 6,000.00

375. **FRANCE,** Anatole: *El crimen de un académico. La azucena roja. Tais.* Prólogo de Rafael Solana. *Rústica* .............................................. 6,000.00

399. **FRANCE,** Anatole: *Los dioses tienen sed. La rebelión de los ángeles.* Prólogo de Pierre Joserrand. *Rústica* ........................................... 8,000.00
**FRANCE,** Anatole. (Véase RABELAIS.)

391. **FRANKLIN,** Benjamin: *Autobiografía y Otros escritos.* Prólogo de Arturo Uslar Pietri. *Rústica* ..................................................................... 8,000.00

92. **FRIAS,** Heriberto: *Tomóchic.* Prólogo y notas de James W. Brown. *Rústica.* 6,000.00

494. **FRIAS,** Heriberto: *Leyendas históricas mexicanas y otros relatos.* Prólogo de Antonio Saborit. *Rústica* ..................................................... 6,000.00

534. **FRIAS,** Heriberto: *Episodios militares mexicanos. Principales campañas, jornadas, batallas, combates y actos heroicos, que ilustran la historia del Ejército Nacional desde la Independencia hasta el triunfo definitivo de la República. Rústica* ................................................................................... 8,000.00

354. **GABRIEL Y GALÁN,** José María: *Obras completas.* Introducción de Arturo Souto Alabarce ...................................................................... 10,000.00

311. **GALVÁN,** Manuel de J.: *Enriquillo.* Leyenda histórica dominicana (1503-1533). Con un estudio de Concha Meléndez. *Rústica* ....................... 6,500.00

305. **GALLEGOS,** Rómulo: *Doña Bárbara.* Prólogo de Ignacio Díaz Ruiz. *Rústica.* 5,000.00

368. **GAMIO,** Manuel: *Forjando patria.* Prólogo de Justino Fernández. *Rústica* .... 8,000.00

251. **GARCIA LORCA,** Federico: *Libro de Poemas. Poema del Cante Jondo. Romancero Gitano. Poeta en Nueva York. Odas. Llanto por Sánchez Mejía. Bodas de Sangre. Yerma.* Prólogo de Salvador Novo. *Rústica* ............... 6,000.00

255. **GARCIA LORCA,** Federico: *Mariana Pineda. La zapatera prodigiosa. Así que pasen cinco años. Doña Rosita la soltera. La casa de Bernarda Alba. Primeras canciones. Canciones.* Prólogo de Salvador Novo. *Rústica* .................... 5,000.00

164. **GARCIA MORENTE,** Manuel: *Lecciones preliminares de filosofía. Rústica.* 5,000.00

**GARCILASO DE LA VEGA.** (Véase VEGA, Garcilaso de la.)

22. **GARIBAY K.,** Ángel María: *Panorama literario de los pueblos nahuas. Rústica.* 6,000.00

31. **GARIBAY K.,** Ángel María: *Mitología griega. Dioses y héroes. Rústica* ...... 7,000.00

**GARIN.** (Véase *Cuentos Rusos.*)

373. **GAY,** José Antonio: *Historia de Oaxaca.* Prólogo de Pedro Vázquez Colmenares. *Rústica* ...................................................................... 15,000.00

433. **GIL Y CARRASCO,** Enrique: *El Señor de Bembibre. El Lago de Carucedo. Artículos de Costumbres.* Prólogo de Arturo Souto A. *Rústica* ............... 6,000.00

21. **GOETHE,** J. W.: *Fausto. Werther.* Introducción de Francisco Montes de Oca. *Rústica* ............................................................................... 6,000.00

400. **GOETHE,** J. W.: *De mi vida poesía y verdad.* Prólogo de Ernst Robert Curtius. *Rústica* ...................................................................... 12,000.00

132. **GOGOL,** Nikolai V.: *Las almas muertas. La tercera orden de San Vladimiro. (Fragmentos de comedia inconclusa.)* Prólogo de Rosa María Phillips. *Rústica.* 6,000.00

457. **GOGOL,** Nikolai V.: *Tarás Bulba. Relatos de Mirgorod.* Prólogo de Emilia Pardo Bazán. Traducción de Irene Tchernowa. *Rústica* .................... 6,000.00
**GOGOL,** Nikolai V. (Véase *Cuentos Rusos.*)

461. **GÓMEZ ROBLEDO,** Antonio: *El Magisterio Filosófico y Jurídico de Alonso de la Veracruz.* Con una antología de textos. *Rústica* ....................... 6,000.00

**GONCHAROV.** (Véase *Cuentos Rusos.*)

262. **GÓNGORA:** *Poesías. Romances. Letrillas. Redondillas. Décimas. Sonetos atribuidos. Soledades. Polifemo y Galatea. Panegírico. Poesías sueltas.* Prólogo de Anita Arroyo. *Rústica* ........................................................ 5,000.00

*Motu Proprio non multo post,* de Benedicto **XV.** *Enciclica Studiorum Ducem,* de Pío **XI.** Análisis de la obra precedida de un estudio sobre los orígenes y desenvolvimiento de la Neoescolástica, por Francisco Larroyo. *Rústica* ........ 6,000.00

HUIZINGA, Johan. (Véase: ROTTERDAM, Erasmo de.)

**59.** HUMBOLDT, Alejandro de: *Ensayo político sobre el reino de la Nueva España.* Estudio preliminar, cotejos, notas y anexos de Juan A. Ortega y Medina. *Rústica* ................................................................. 16,000.00

**326.** HUME, David: *Tratado de la Naturaleza Humana.* Ensayo para introducir el método del razonamiento humano en los asuntos morales. Estudio introductivo y análisis de la obra por Francisco Larroyo. *Rústica* ................. 8,000.00

**587.** HUXLEY, Aldous: *Un mundo feliz. Retorno a un mundo feliz.* Prólogo de Theodor W. Adorno. *Rústica* ................................................ 5,000.00

**78.** IBARGÜENGOITIA, Antonio: *Filosofía Mexicana. En sus hombres y en sus textos. Rústica* ................................................................... 6,000.00

**348.** IBARGÜENGOITIA CHICO, Antonio: *Suma Filosófica Mexicana.* (Resumen de historia de la filosofía en México.) *Rústica* .................................. 8,000.00

**303.** IBSEN, Enrique: *Peer Gynt. Casa de Muñecas. Espectros. Un enemigo del pueblo. El pato silvestre. Juan Gabriel Borkman.* Versión y prólogo de Ana Victoria Mondada. *Rústica* .................................................... 6,000.00

**47.** IGLESIAS, José María: *Revistas Históricas sobre la Intervención Francesa en México.* Introducción e índice de materias de Martín Quirarte. *Rústica* ....... 20,000.00

**63.** INCLAN, Luis G.: *Astucia. El jefe de los Hermanos de la Hoja o Los Charros Contrabandistas de la rama.* Prólogo de Salvador Novo. *Rústica* ...... 12,000.00

**207.** INDIA LITERARIA (LA): *Mahabarata - Bagavad Gita - Los Vedas - Leyes de Manú - Poesía - Teatro - Cuentos - Apólogos y léyendas.* Antología-prólogo, introducciones históricas, notas y un vocabulario de hinduísmo por Teresa E. Rohde. *Rústica* ......................................................... 6,000.00

**270.** INGENIEROS, José: *El hombre mediocre.* Introducción de Raúl Carrancá y Rivas. *Rústica* ................................................................. 6,000.00

IRIARTE. (Véase FABULAS.)

**79.** IRVING, Washington: *Cuentos de la Alhambra.* Introducción de Ofelia Garza de Del Castillo. *Rústica* ...................................................... 6,000.00

**46.** ISAACS, Jorge: *María.* Introducción de Daniel Moreno. *Rústica* .............. 4,000.00

**245.** JENOFONTE: *La expedición de los diez mil. Recuerdos de Sócrates. El Banquete. Apología de Sócrates.* Estudio preliminar de Francisco Montes de Oca. *Rústica* .................................................................... 6,000.00

**66.** JIMÉNEZ, Juan Ramón: *Platero y Yo. Trescientos Poemas (1903-1953).* *Rústica* ................................................................... 5,000.00

**374.** JOSEFO, Flavio: *La guerra de los judíos.* Prólogo de Salvador Marichalar. *Rústica* ................................................................... 10,000.00

**448.** JOVELLANOS, Gaspar Melchor de: *Obras Históricas.* Sobre la legislación y la historia. Discurso sobre la geografía y la historia. Sobre los espectáculos y diversiones públicas. Descripción del Castillo de Bellver. Disciplina eclesiástica sobre ................uras. Edición y notas de Elviro Martínez. *Rústica* ......... 6,000.00

**23.** JOYAS DE LA AMISTAD ENGARZADAS EN UNA ANTOLOGIA. Selección y nota preliminar de Salvador Novo. *Rústica* ......................... 6,000.00

**390.** JOYCE, James: *Retrato del Artista Adolescente. Gente de Dublín.* Prólogo de Antonio Marichalar. *Rústica* ................................................ 6,000.00

**467.** KAFKA, Franz: *La metamorfosis. El proceso.* Prólogo de Milan Kundera. *Rústica* ................................................................... 9,000.00

**486.** KAFKA, Franz: *El Castillo - La Condena - La Gran Muralla China.* Introducción de Theodor W. Adorno. *Rústica* ...................................... 6,000.00

**203.** KANT, Manuel: *Crítica de la razón pura.* Estudio introductivo y análisis de obra por Francisco Larroyo. *Rústica* ......................................... 8,000.00

**212.** KANT, Manuel: *Fundamentación de la metafísica de las costumbres. Crítica de la razón práctica. La paz perpetua.* Estudio introductivo y análisis de las obras por Francisco Larroyo. *Rústica* .......................................... 6,000.00

**246.** KANT, Manuel: *Prolegómenos a toda Metafísica del Porvenir. Observaciones sobre el Sentimiento de lo Bello y lo Sublime. Crítica del juicio.* Estudio introductivo y análisis de las obras por Francisco Larroyo. *Rústica* ........... 6,000.00

**30.** KEMPIS, Tomás de: *Imitación de Cristo.* Introducción de Francisco Montes de Oca. *Rústica* ............................................................. 8,000.00

**204.** KIPLING, Rudyard: *El libro de las tierras vírgenes.* Introducción de Arturo Souto Alabarce. *Rústica* ..................................................... 8,000.00

LÓPEZ DE YANGUAS. (Véase *Autos Sacramentales.*)

566. LÓPEZ DE GOMARA, Francisco: *Historia de la Conquista de México.* Estudio preliminar de Juan Miralles de Ostos .......................................... 15,000.00

574. LÓPEZ SOLER, Ramón: *Los bandos de Castilla. El caballero del cisne.* Prólogo de Ramón López Soler .................................................. 10,000.00

218. LÓPEZ Y FUENTES, Gregorio: *El indio. Novela mexicana.* Prólogo de Antonio Magaña Esquivel. *Rústica* ...................................................... 6,000.00

298. LÓPEZ-PORTILLO Y ROJAS, José: *Fuertes y Débiles.* Prólogo de Ramiro Villaseñor y Villaseñor. *Rústica* ................................................ 6,000.00

LÓPEZ RUBIO. (Véase *Teatro Español Contemporáneo.*)

297. LOTI, Pierre: *Las Desencantadas.* Introducción de Rafael Solana. *Rústica.* 8,000.00

LUCA DE TENA. (Véase *Teatro Español Contemporáneo.*)

485. LUCRECIO CARO, Tito: *De la Naturaleza.* LAERCIO, Diógenes: *Epicuro.* Prólogo de Cocetto Marchessi. *Rústica* .......................................... 6,000.00

353. LUMMIS, Carlos F.: *Los Exploradores Españoles del Siglo XVI.* Prólogo de Rafael Altamira. *Rústica* .................................................... 6,000.00

595. LLULL, Ramón: *Blanquerna.* El doctor iluminado por Ramón Xirau. *Rústica* ..........................................................................

524. MAETERLINCK, Maurice: *El Pájaro Azul.* Introducción de Teresa del Conde. *Rústica* ............................................................. 6,000.00

178. MANZONI, Alejandro: *Los novios (Historia milanesa del siglo XVIII).* Con un estudio de Federico Baráibar. *Rústica* ...................................... 10,000.00

152. MAQUIAVELO, Nicolás: *El príncipe.* Precedido de *Nicolás Maquiavelo en su quinto centenario.* Antonio Gómez Robledo. *Rústica* ........................ 3,500.00

MARCO AURELIO. (Véase *Epícteto.*)

192. MARMOL, José: *Amalia.* Prólogo de Juan Carlos Ghiano. *Rústica* ......... 6,000.00

567. MARQUEZ STERLING, Carlos: *José Martí. Síntesis de una vida extraordinaria. Rústica* ....................................................... 8,000.00

MARQUINA. (Véase *Teatro Español Contemporáneo.*)

141. MARTÍ, José: Hombre apostólico y escritor. *Sus Mejores Páginas.* Estudio, notas y selección de textos. Raimundo Lazo. *Rústica* .............................. 5,000.00

236. MARTÍ, José: *Ismaelito. La edad de oro. Versos sencillos.* Prólogo de Raimundo Lazo. *Rústica* ...................................................... 6,000.00

338. MARTÍNEZ DE TOLEDO, Alfonso: *Arcipreste de Talavera o Corbacho.* Introducción de Arturo Souto Alabarce. Con un estudio del vocabulario del Corbacho y colección de refranes y alocuciones contenidos en el mismo por A. Steiger. *Rústica* ......................................................... 6.000.00

214. MARTÍNEZ SIERRA, Gregorio: *Tú eres la paz. Canción de cuna.* Prólogo de María Edmée Alvarez. *Rústica* ............................................ 6,000.00

193. MATEOS, Juan A.: *El Cerro de las Campanas. (Memorias de un guerrillero.)* Prólogo de Clementina Díaz y de Ovando. *Rústica* .................... 8,000.00

197. MATEOS, Juan A.: *El sol de mayo. (Memorias de la Intervención.)* Nota preliminar de Clementina Díaz y de Ovando. *Rústica* .......................... 6,000.00

514. MATEOS, Juan A.: *Sacerdote y Caudillo.* (Memorias de la insurrección.). 12,000.00

573. MATEOS, Juan A.: *Los insurgentes.* Prólogo y epílogo de Vicente Riva Palacio 9,000.00

344. MATOS MOCTEZUMA, Eduardo: *El negrito poeta mexicano y el dominicano. ¿Realidad o fantasía?* Exordio de Antonio Pompa y Pompa. *Rústica* ......... 6,000.00

565. MAUGHAM W., Somerset: *Cosmopolitas. La miscelánea de siempre.* Estudio sobre el cuento corto de W. Somerset Maugham. *Rústica* .................... 9,000.00

410. MAUPASSANT, Guy de: *Bola de sebo. Mademoiselle Fifi. Las hermanas Rondoll. Rústica* .................................................................. 9,000.00

423. MAUPASSANT, Guy de: *La becada. Claror de Luna. Miss Harriet.* Introducción de Dana Lee Thomas. *Rústica* .......................................... 6,000.00

506. MELVILLE, Herman: *Moby Dick o la Ballena Blanca.* Prólogo de W. Somerset Maugham ............................................................. 7,000.00

336. MENÉNDEZ, Miguel Ángel: *Nayar* (Novela). Ilustró Cadena M. *Rústica* .... 6.000.00

370. MENÉNDEZ PELAYO, Marcelino: *Historia de los heterodoxos españoles.* Erasmitas y protestantes. Sectas místicas. Judaizantes y moriscos. Artes mágicas. Prólogo de Arturo Farinelli. *Rústica* ...................................... 12,000.00

NEVILLE. (Véase *Teatro Español Contemporáneo.*)

395. NIETZSCHE, Federico: *Así hablaba Zaratustra.* Prólogo de E. W. F. Tomlin. *Rústica* ................................................... 8,000.00

430. NIETZSCHE, Federico: *Más allá del Bien y del Mal. Genealogía de la Moral.* Prólogo de Johann Fischl. *Rústica* ........................... 8,000.00

576. NÚÑEZ CABEZA DE VACA, Alvar: *Naufragios y comentarios.* Apuntes sobre la vida del adelantado por Enrique Vedia ....................... 5,000.00

356. NÚÑEZ DE ARCE, Gaspar: *Poesías completas.* Prólogo de Arturo Souto Alabarce. *Rústica* ................................................ 6,000.00

8. OCHO SIGLOS DE POESIA EN LENGUA ESPAÑOLA. Introducción y compilación de Francisco Montes de Oca. *Rústica* ...................... 12,000.00

45. O'GORMAN, Edmundo: *Historia de las divisiones territoriales de México.* *Rústica* ................................................... 6,000.00

OLMO. (Véase *Teatro Español Contemporáneo.*)

ONTAÑÓN, Juana de. (Véase *Santa Teresa de Jesús.*)

462. ORTEGA Y GASSET, José: *En Torno a Galileo. El Hombre y la Gente.* Prólogo de Ramón Xirau. *Rústica* ............................... 6,000.00

488. ORTEGA Y GASSET, José: *El Tema de Nuestro Tiempo. La Rebelión de las Masas.* Prólogo de Fernando Salmerón. *Rústica* .............. 6,000.00

497. ORTEGA Y GASSET, José: *La Deshumanización del Arte e Ideas sobre la Novela. Velázquez. Goya. Rústica* ............................. 6,000.00

499. ORTEGA Y GASSET, José: *¿Qué es Filosofía? Unas Lecciones de Metafísica.* Prólogo de Antonio Rodríguez Húescar. *Rústica* ............ 6,000.00

436. OSTROVSKI, Nicolai: *Así se templó el acero.* Prefacio de Ana Karaváeva. *Rústica* ................................................ 6,000.00

516. OVIDIO: *Las metamorfosis.* Estudio preliminar de Francisco Montes de Oca. *Rústica* ................................................ 6,000.00

213. PALACIO VALDÉS, Armando: *La hermana San Sulpicio.* Introducción de Joaquín Antonio Peñalosa. *Rústica* ......................... 6,000.00

125. PALMA, Ricardo: *Tradiciones peruanas.* Estudio y selección por Raimundo Lazo. *Rústica* ............................................ 6,000.00

PALOU, Fr. Francisco. (Véase CLAVIJERO, Francisco Xavier.)

421. PAPINI, Giovanni: *Gog. El libro negro.* Prólogo de Ettore Allodoli. *Rústica.* 10,000.00

424. PAPINI, Giovanni: *Historia de Cristo.* Prólogo de Victoriano Capánaga. *Rústica* ................................................ 6.000.00

266. PARDO BAZÁN, Emilia: *Los pazos de Ulloa.* Introducción de Arturo Souto A. *Rústica* ................................................ 6,000.00

358. PARDO BAZAN, Emilia: *San Francisco de Asís (Siglo XIII.)* Prólogo de Marcelino Menéndez Pelayo. *Rústica* ....................... 6,000.00

496. PARDO BAZAN, Emilia: *La madre naturaleza.* Introducción de Arturo Souto Alabarce ............................................... 6,000.00

577. PASCAL, Blas: *Pensamientos y otros escritos.* Aproximaciones a Pascal de R. Guardini, F. Mauriac, J. Mesner y H. Kung .............. 15,000.00

PASO. (Véase *Teatro Español Contemporáneo.*)

3. PAYNO, Manuel: *Los bandidos de Río Frío.* Edición y prólogo de Antonio Castro Leal. *Rústica* ...................................... 15,000.00

80. PAYNO, Manuel: *El fistol del diablo. Novela de costumbres mexicanas.* Texto establecido y estudio preliminar de Antonio Castro Leal. *Rústica* ... 15,000.00

PEMAN. (Véase *Teatro Español Contemporáneo.*)

PENSADOR MEXICANO. (Véase FABULAS.)

64. PEREDA, José María de: *Peñas arriba. Sotileza.* Introducción de Soledad Anaya Solórzano. *Rústica* .................................. 10,000.00

165. PEREYRA, Carlos: *Hernán Cortés.* Prólogo de Martín Quirarte. *Rústica* .... 6,000.00

493. PEREYRA, Carlos: *Las Huellas de los Conquistadores. Rústica.* ........... 6,000.00

498. PEREYRA, Carlos: *La Conquista de las Rutas Oceánicas. La Obra de España en América.* Prólogo de Silvio Zavala. *Rústica* ................. 6,000.00

188. PÉREZ ESCRICH, Enrique: *El mártir del Gólgota.* Prólogo de Joaquín Antonio Peñalosa. *Rústica* ..................................... 6,000.00

ROSAS MORENO. (Véase FÁBULAS.)

# ENCUADERNADOS EN TELA

## PRECIOS SUJETOS A VARIACIÓN SIN PREVIO AVISO.

# EDITORIAL PORRÚA, S. A.